Über die Autorin:
Karen Rose studierte an der Universität von Maryland, Washington, D. C. Ihre hochspannenden Thriller sind preisgekrönte internationale Topseller, die in vierundzwanzig Sprachen übersetzt worden sind und regelmäßig u. a. auf den Bestsellerlisten der *New York Times*, der *USA Today* und der *Sunday Times* stehen. Für »Des Todes liebste Beute« und »Todesbräute« gewann die Autorin den begehrten RITA-Award. Auch in Deutschland feiert sie seit Jahren große Erfolge. »Todesstoß« stand auf Platz 1 der *Spiegel*-Bestsellerliste. Wenn Karen Rose nicht gerade Thriller schreibt oder auf Weltreise ist, lebt sie mit ihrem Mann und ihren zwei Töchtern in Florida.
Mehr Informationen über Karen Rose unter:
www.karenrosebooks.com

KAREN ROSE
DORNENSPIEL
—— THRILLER ——

Aus dem Amerikanischen von Andrea Brandl

Die amerikanische Originalausgabe erschien 2017 unter dem Titel
»Every Dark Corner« bei Berkeley, einem Imprint von
Penguin Random House LLC, New York.

Besuchen Sie uns im Internet:
www.knaur.de

FSC
www.fsc.org
MIX
Papier aus ver-
antwortungsvollen
Quellen
FSC® C083411

Vollständige Taschenbuchausgabe August 2019
Knaur Taschenbuch
© 2017 Karen Hafer
Published by arrangement with KAREN ROSE BOOKS INC.
© 2017 der deutschsprachigen Ausgabe Knaur Verlag
Ein Imprint der Verlagsgruppe
Droemer Knaur GmbH & Co. KG, München
Redaktion: Antje Nissen
Covergestaltung: FAVORITBUERO, München
Coverabbildung: ArtHeart/Shutterstock.com
Satz: Adobe InDesign im Verlag
Druck und Bindung: CPI books GmbH, Leck
ISBN 978-3-426-51692-8

2 4 5 3 1

Meiner Freundin Amy Lane – für deine Geschichten,
die mich beruhigt haben, als ich voller Angst und
Trauer war, und dafür, dass ich mich durch deine
Figuren ein weiteres Mal in meine eigenen
verlieben konnte.
PS: Danke fürs Stricken :-]

Meiner Tante Maurita – inmitten des schlimmsten
Leids hast du wahre Stärke und Haltung bewiesen.
Danke, dass ich dein Ersatzkind in Ehren sein darf.

In Erinnerung an Reverend Richard Wertz alias Onkel
Dick. Du hast unsere Ehe geschlossen, hast mit uns
gelebt und gelacht, und als sich deine Zeit auf Erden
dem Ende neigte, hast du dem Tod mit großer Würde
und tiefem Glauben entgegengeblickt. Wir wünschten,
du wärst immer noch bei uns.

Und wie immer für Martin, für unsere
(bisher) fünfunddreißig wunderbaren
gemeinsamen Jahre. Ich liebe dich.

Prolog

Kekse. Chips. Fruchtgummis. Mit jedem Artikel, der in ihrem Einkaufswagen landete, biss Mallory Martin die Zähne fester zusammen. Sie strich die Fruchtgummis von ihrem Einkaufszettel und ging weiter in die Tiefkühlabteilung. *Pizza. Eiscreme.* Dann weiter zu den Backwaren am Ende des Gangs, wo sie von jeder Sorte Kuchengarnitur eine aussuchte: Schokoladensirup, kandierte Walnüsse, Erdnuss und Karamell. *Aber keine Eigenmarken*, hatte er ihr eingeschärft. Die aufsteigende Galle brannte in ihrer Kehle. *Nur das Beste vom Besten, Mallory, Schatz. Nur das Beste.*

Sie blickte wieder auf ihren Zettel, ob sie auch alles hatte. *Vergiss bloß nichts, Schatz*, hatte er mit einem verkniffenen Lächeln gesagt und ihr mit dem Finger über die Wange gestrichen. *Du weißt doch, wie ungern ich dich bestrafe.*

»Na, da feiert wohl jemand eine Party, was?«, ertönte eine tiefe Männerstimme hinter ihr.

Mallory zuckte zusammen und umklammerte das Glas mit den eingemachten Kirschen ein wenig fester, das sie gerade aus einem der Regale genommen hatte. *Kirschen brauchen wir unbedingt.* Seine dahingeträllerten Worte hallten in ihrem Kopf wider, als wollten sie sie verhöhnen.

Sie hörte seine Stimme ununterbrochen, immer, ganz egal wann und wo. Sie hasste sie. Sie hasste *ihn.* Ihr Blick fiel auf das Glas in ihrer Hand. Sie hasste sich selbst.

»Alles klar, Miss?« Vor ihr stand ein Mann und musterte sie besorgt.

7

Mallory verdrängte die Stimme aus ihren Gedanken und sah den Fremden an. Er war um die dreißig Jahre, hatte breite Schultern und einen kleinen Bauchansatz, Typ ehemaliger Footballspieler. Sie kannte die Sorte Mann. Kannte sie alle. Er musterte sie argwöhnisch, als wäre sie eine Irre, die bloß auf eine Gelegenheit wartete, etwas komplett Schwachsinniges zu tun.

Was ja auch stimmt, dachte sie.

»Entschuldigung, ich wollte Sie nicht erschrecken«, sagte er.

»Kein Problem«, sagte sie leise. »Aber danke.« Sie wollte ihren Einkaufswagen an ihm vorbeischieben, doch er vertrat ihr den Weg.

»Ich kenne Sie doch.« Er musterte sie mit zusammengezogenen Brauen.

Ein Schauder lief ihr über den Rücken. Angst. Ekel. Verzweiflung. »Das glaube ich nicht. Ich bin ganz neu in der Stadt«, erwiderte sie mit einem gezwungenen Lächeln. Natürlich war das eine glatte Lüge, aber was machte eine mehr oder weniger schon aus?

Er musterte sie eingehender. Mallory wollte zurückweichen, als sich seine Wurstfinger um das Metallgitter des Wagens schlossen und sie gezwungen war, stehen zu bleiben.

Sie konnte genau sehen, wann der Groschen fiel – seine Lippen verzogen sich zu einem anzüglichen Lächeln. Sie kannte diesen Mann nicht, seine Art zu lächeln dagegen sehr wohl. Wieder kam ihr die Galle hoch, doch diesmal mischte sich die blanke Angst unter ihren Abscheu.

»Lassen Sie mich vorbei.« Sie hörte die Panik in ihrer Stimme. »Ich muss sofort hier raus.« Kurz überlegte sie, den Einkaufswagen einfach stehenzulassen und die Beine in die Hand zu nehmen, aber dann entriss sie ihn seinem Griff und schob ihn an ihm vorbei.

Der Impuls, wegzulaufen, war fast übermächtig. Sie wollte laufen. Laufen, so schnell sie nur konnte.

Bis sie an einen Ort gelangte, wo sie nie wieder einem Mann begegnen müsste, der sie auf diese Weise anlächelte.

Aber diesen Ort gab es nicht.

Denn das Internet war überall. Und damit war auch Mallory überall, auch wenn sie sich am liebsten in Luft auflösen würde. Was natürlich ebenfalls nicht ging. Sie schob den Wagen zu den Milchprodukten, öffnete eines der Kühlregale und genoss für einen Moment die angenehme Kälte auf ihren erhitzten Wangen.

Das Herz schlug ihr bis zum Hals, und sie hörte das Rauschen ihres Bluts in den Ohren, das alle anderen Geräusche übertönte. Die Hand noch immer um die Tür des Kühlregals gelegt, spähte sie über die Schulter.

Der Typ stand am Ende des Gangs und tippte etwas in sein Handy, das in seinen Pranken winzig aussah. Er sah auf, verzog das Gesicht erneut zu einem fiesen Grinsen und winkte ihr zu. Und dann schoss er ein Foto von ihr.

Nein. Nein. Nein. Nicht schon wieder, hätte sie am liebsten geschrien. *Nicht schon wieder. Ich will das nicht.*

Aber sie tat es nicht. Sie weinte nicht, lief auch nicht weg. Stattdessen nahm sie so würdevoll, wie sie nur konnte, eine Milchflasche heraus, stellte sie in den Wagen und blickte wieder auf ihren Zettel.

Schlagsahne. Das war der letzte Artikel. Mit zitternden Fingern nahm sie die rote Sprühflasche aus dem Regal. Eigentlich sollte nichts weiter dabei sein, Schlagsahne zu kaufen, aber sie wusste ganz genau, wieso er sie haben wollte, wusste, dass er sie für ganz andere Dinge verwenden würde, als einen Eisbecher damit zu verzieren.

Sag es jemandem. Lieber Gott, Mallory, du musst mit jemandem reden.

Halt den Mund, befahl sie sich stumm. Wie oft hatte sie bereits mit diesem Gedanken gespielt? Aber so einfach war das nun mal nicht. Nichts war einfach, gar nichts. *Sonst hätte ich es ja längst getan,* dachte sie resigniert. Die rote Sprühflasche wanderte in den Wagen, und Mallory machte sich auf den Weg zur Kasse.

Der Ex-Footballtyp hatte sich in der Schlange links von ihr angestellt und zwinkerte ihr ununterbrochen zu, doch Mallory beachtete ihn nicht, sondern hielt den Kopf gesenkt. Wie üblich bezahlte sie bar.

Wir dürfen doch keine Spuren hinterlassen, stimmt's, Schatz? Nein, dachte sie niedergeschlagen, *das dürfen wir nicht. Aber* ich *habe genau das getan.* Und zwar eine Spur, die sogar aus dem beschissenen All zu sehen war. Dabei war es nicht ihre Absicht gewesen. *Es war nicht meine Schuld.*

Das stimmte, aber wen kümmerte das schon?

Die Kassiererin wollte wissen, ob ein Angestellter Mallory die Tüten nach draußen tragen sollte, doch das Mädchen schüttelte den Kopf. Sie war schließlich achtzehn Jahre alt und konnte ihre Einkäufe selbst zu ihrem verdammten Auto bringen.

Na ja, streng genommen war es nicht ihr Auto, sondern seines. Wie alles andere auch.

Sogar Mallory gehörte ihm. Und er sorgte dafür, dass sie es keine Sekunde lang vergaß.

Die brütende Augusthitze schlug ihr entgegen, als sie den Einkaufswagen aus dem Laden schob. Ehe sie die Straße überquerte, sah sie sich noch einmal um, aber der Footballtyp war weg. »Gott sei Dank!«, sagte sie leise.

Eilig lud sie die Einkäufe in den Kofferraum, sorgsam darauf bedacht, die Eiscreme in eine Gefriertüte zu geben, damit sie auf dem Heimweg nicht schmolz. Sonst würde er stocksauer werden. Und das war nicht gut. Ihre Narben bewiesen es ganz deutlich. Aber dass er ihr das angetan hatte, würde ihr sowieso keiner glauben.

Dafür hat er gesorgt, dachte sie bitter und schlug mit beiden Händen den Kofferraumdeckel zu, dann stand sie einen Moment lang da, die Hände flach auf dem brüllend heißen Blech, und kämpfte gegen das heftige Zittern in ihren Beinen an. *Niemand wird mir je wieder glauben.*

In dem Moment registrierte sie einen dunklen Schatten hinter sich. »Na, wenn das nicht Sunshine Suzie ist!«, ertönte die tiefe, gedehnte Männerstimme.

Mallory erstarrte.

Der Ex-Footballspieler. Er stand direkt hinter ihr. Seine breitschultrige Gestalt spiegelte sich in der Heckscheibe des Autos. Er hatte schon wieder sein Handy gezückt. »Ich hab dir doch gleich gesagt, dass sie es ist«, verkündete er feixend, ehe er das Handy so hindrehte, dass sich in der Fensterscheibe das verzerrte Gesicht eines anderen Mannes spiegelte. Ein Videoanruf. Scheiße. »Los, dreh dich mal um, Suzie, und sag hallo zu meinem Freund. Er ist auch ein Riesenfan von dir.«

Mallory schob die Hand in ihre Jeanstasche und schloss die Finger um die Autoschlüssel. *Nur ein paar Meter. Steig einfach ein, dann kann dir nichts mehr passieren.* Sie wollte davonstürzen, doch die Wurstfinger des Typen legten sich wie ein Schraubstock um ihren Oberarm, so fest, dass es bestimmt blaue Flecke geben würde.

»Loslassen!«, schrie sie. »Bitte, lassen Sie mich los!«

»Vergiss es.« Sein grausames Lachen hallte in ihren Ohren wider. »Jahrelang warst du von der Bildfläche verschwunden, Süße. Aber jetzt bist du wieder da, und da will ich doch eine kleine Zugabe sehen. Was meinst du, Justin? Findest du nicht auch, dass Sunshine Suzie uns eine kleine Extra-Show schuldig ist?«

»Aber hallo!«, johlte der Typ am anderen Ende der Leitung. »Und halt gefälligst dein Scheißhandy drauf!«

»Worauf du dich so was von verlassen kannst!«

»Nein!«, schrie Mallory, wirbelte herum und riss den Autoschlüssel abrupt hoch, wobei das scharfkantige Metall über die Wange des Footballspielers schrappte. Vor Schreck ließ er sein Handy fallen, dessen Display in tausend Scherben zerbarst – und mit ihm das Gesicht seines Kumpels am anderen Ende der Leitung.

Wieder versuchte Mallory zu fliehen, doch Mr. Football bekam sie erneut zu fassen. »Das Teil war nagelneu, du beschissene Schlampe«, stieß er hervor. »Dafür wirst du bezahlen. Auf die eine oder andere Art.«

»Entschuldigen Sie.« Eine ruhige Frauenstimme drang an Mallorys Ohren. »Gibt es hier ein Problem?«

Eine Polizistin. In Uniform. *JA!*, hätte Mallory am liebsten geschrien, doch stattdessen hörte sie sich sagen: »Nein, Ma'am.«

Mr. Football ließ von ihr ab. »Überhaupt nicht, Officer«, sagte er mit einem lässigen Grinsen. »Nur ein kleines Missverständnis, aber es ist nichts passiert.«

»Gar nichts«, bekräftigte Mallory, nickte der Polizistin flüchtig zu, ehe sie zur Autotür lief und das Schloss per Knopfdruck aufspringen ließ.

»Einen Moment!«, befahl die Polizistin.

Eine Hand um die geöffnete Tür gelegt, hielt Mallory inne. »Ich muss los«, erklärte sie, wohl wissend, dass die Panik in ihrer Stimme unüberhörbar war. »Sonst schmilzt mein Eis.«

»Was geht hier vor?«, wollte die Polizistin wissen.

Sag es ihr. Los, sag es ihr einfach. Alles. Für den Bruchteil einer Sekunde war sie drauf und dran, doch dann fiel ihr wieder ein, was beim letzten Mal passiert war. Und das Mal davor. Keiner hatte ihr zugehört. Keiner hatte ihr geglaubt.

Und die Strafe war zu brutal gewesen, um es auf einen weiteren Versuch ankommen zu lassen.

»Gar nichts«, wiegelte sie ab, »nur eine Verwechslung, das ist alles.« Sie stieg ein und ließ den Motor an, heilfroh, dass kein Wagen vor ihr parkte, da die Polizistin und der Footballtyp immer noch hinter ihr standen. Auf dem Weg zur Ausfahrt sah sie in den Rückspiegel und stellte erleichtert fest, dass ihr die Polizistin nicht gefolgt war.

Die Hände fest um das Lenkrad gekrallt, machte sie sich auf den Weg ... *nach Hause.* Allein beim Gedanken daran wurde ihr elend, aber es nützte nichts. Dort lebte sie, auch wenn es noch so grauenvoll sein mochte. Als sie in die Einfahrt bog, schmerzten ihre Finger von der Anstrengung.

Du hättest einfach weiterfahren sollen, sagte sie sich. Der Tank war voll genug, um bis nach Columbus oder gar Toledo zu kommen. *Und dann? Das ist doch Schwachsinn, Mallory. Du bist zurückgekommen, weil du es musstest.* Sie konnte nirgendwo anders hin. Nirgendwo.

Und selbst wenn sie es gekonnt hätte, war es ausgeschlossen. Wegen Macy. *Macy, die wegläuft, wenn sie mich bloß sieht. Als wäre ich ein Monster.* Macy wusste nicht, wer das Monster in Wirklichkeit war, und sie würde es auch nie erfahren, solange Mallory spurte. Also würde Mallory genau das tun.

Sie saß im Auto und blickte auf das hübsche weiße Farmhaus, ihr Gefängnis; das Haus, das zu ihrer Falle geworden war. Und wenn sie noch länger hier herumhockte, würde sie die Peitsche zu spüren kriegen. Beim letzten Mal hatte es zwei Wochen gedauert, bis die Striemen verheilt waren, so wütend hatte sie ihn gemacht.

Aber sie war immer noch völlig durcheinander von dem Vorfall auf dem Parkplatz. *Sunshine Suzie.* Mallory hasste Sunshine Suzie.

Sie schloss die Augen und kämpfte ihre aufsteigende Übelkeit nieder. Es war nicht das erste Mal, dass man sie erkannt hatte, und auch um eine »kleine Extra-Show« war sie schon mehr als einmal angebettelt worden, aber dass sich die Polizei einmischte, hatte es bisher noch nie gegeben.

Soll ich ihm von der Polizistin erzählen?, überlegte sie. Die Antwort kam blitzschnell. *Nein. Auf keinen Fall.* Selbst wenn die Beamtin das Kennzeichen notiert hätte, würde die Spur nicht hierherführen. Zu ihm. Ihn konnte keiner aufspüren. Er war unsichtbar.

Er war Satan. *Und ich werde seiner Hölle niemals entkommen.*

Niedergeschlagen stieg sie aus und holte die Tüten aus dem Kofferraum, während ihr das Wort »Extra-Show« immer noch im Kopf herumging. Der Geruch nach gegrillten Burgern schlug ihr entgegen, als sie ums Haus herumkam und die Hintertreppe zur Küche hinaufstieg.

Hamburger, Hotdogs, Eiscreme. Was könnte sich ein Kind sonst noch wünschen?

Freiheit.

Mallory blickte durchs Fenster, ehe sie den Türknauf umfasste. Beim Anblick des Küchentischs drehte sich ihr der Magen neuerlich um.

O Gott. Diesmal waren es vier, die am Tisch saßen. Normalerweise war es bloß einer oder auch mal zwei. Aber heute …

Vier. Zwei Jungs und zwei Mädchen. Alle noch jung, dreizehn Jahre vielleicht. Und alle völlig aus dem Häuschen über ihr vermeintliches Glück. Hamburger, Hotdogs und Eiscreme.

So hübsch. Alle vier. Mit großen, unschuldigen Augen.

Aber nicht mehr lange. Er würde sie benutzen, bis sie zerstört waren. *Bis sie so sind wie ich. Und dann werden die Leute im Supermarkt auch sie wiedererkennen.*

Nein. Etwas in ihrem Innern zerbrach. Das war's. Sie spürte es. Plötzlich konnte sie die Übelkeit nicht länger unterdrücken. Ihre Knie gaben nach. Sie sackte gegen das Treppengeländer, beugte sich darüber und gab das wenige, was sie heute gegessen hatte, in einem Schwall von sich.

Sie sank zu Boden, kauerte zitternd neben der Schwelle. Heute gab es Eisbecher. Nächste Woche Pizza, alles gratis, aber dann … Mallory wischte sich mit dem Ärmel den Mund ab.

Dann kam die Bezahlung. Irgendwann kam immer der Moment, wenn es an die Bezahlung ging.

Sie hob den Kopf. *Aber diesmal nicht.* Keine Sunshine Suzies mehr. Keine Extra-Shows. *Schluss. Aus.*

Aber was ist mit Macy? Ihre Entschlossenheit geriet ins Wanken. In diesem Moment drang Gelächter aus der Küche. Vier Kinder, die sich prächtig über einen Scherz amüsierten. Mallory konnte sich nicht erinnern, wann sie das letzte Mal gelacht hatte. Falls überhaupt jemals. Aber Macy lachte gern, und Mallory musste dafür sorgen, dass es so blieb.

Extra-Show. Sie schloss die Augen. Es musste einen Weg geben. Ihm Einhalt zu gebieten. Diesem Alptraum ein für alle Mal ein Ende zu machen, ohne Macy zu opfern.

Die Küchentür öffnete sich fast geräuschlos. Sein Schatten fiel über sie, als er heraustrat. »Mallory, Schatz«, sagte er mit seidiger Stimme. »Komm doch rein. Die Eiscreme schmilzt ja.«

Mallory zwang sich aufzustehen und presste die Knie gegeneinander, damit ihre Beine nicht unter ihr nachgaben. Nickte, ohne ihm in die Augen zu sehen. Das tat sie niemals. Weil unerträglich war, was sie darin sah. Die Macht. Die Überheblichkeit, weil er genau wusste, dass er die Fäden in der Hand hielt.

»Ich möchte dich gern unseren Gästen vorstellen«, sagte er.

Mallory zwang sich, den Kindern in die Augen zu blicken. »Das ist meine Tochter.«

Es muss aufhören. Mallory musste dafür sorgen. Und das würde sie auch.

Selbst wenn ich ihn töten muss.

Selbst wenn ich dabei getötet werde.

1. Kapitel

Lauf. Los. Schneller. Du musst ihn aufhalten. Bitte, lieber Gott, mach, dass ich es diesmal schaffe.

Immer zwei Stufen auf einmal nehmend, stürzte Kate die Treppe hinauf. Ihr Herz hämmerte, aber nicht vom Laufen, sondern vor Angst – so übermächtig, dass sie sie förmlich riechen, auf der Zunge schmecken und spüren konnte, wie sie sich wie ein Film über ihre Haut legte, als sie die nicht enden wollenden Stufen hinaufhetzte.

Weil sie wusste, dass sie ihn nicht aufhalten konnte. Niemals. Sie kam zu spät, jedes Mal.

Jedes Mal wieder blieb sie vor der Tür stehen. Ich kann es nicht. Nicht noch einmal. Bitte, zwing mich nicht, es noch einmal zu tun. *Doch ihre Hand bewegte sich wie von allein, schloss sich um den Türknauf. Langsam schwang die Tür auf.*

Dahinter sah sie ihn in ihrem Sessel sitzen. Sein Kopf ruhte auf der Decke, die ihre Großmutter ihr gehäkelt hatte, als sie sechs Jahre alt gewesen war. Auf seinem Gesicht lag ein höhnisches Lächeln.

Und in seinem Mund steckte der Lauf einer Waffe. Ihrer Waffe.

Sie zuckte zusammen und schloss die Augen, nur eine Sekunde, bevor der Schuss losging. Weil sie genau wusste, was passieren würde. Sie wusste, wie grauenvoll es –

»Kate!« Die gedämpfte, aber beharrliche Stimme drang durch den Nebel ihres Bewusstseins, dann wurde sie auf einmal laut und klar, und im nächsten Moment spürte Kate einen vorsichtigen Klaps gegen ihre Wange. »Kate? Aufwachen, Special Agent Coppola.«

Kate schreckte hoch und registrierte, dass ihr Herz noch schneller schlug als in ihrem Traum. Schon wieder war sie zu spät gekommen. Aber das würde sie immer tun. Weil er es so gewollt hatte.

Er hatte gewollt, dass sie es mit ansah.

Blinzelnd setzte sie sich in ihrem Stuhl auf – was für ein unbequemes Ding! – und sah zu dem schlafenden Mann im Bett hinüber: Special Agent Griffin Davenport, dessen rhythmische Atemzüge das einzige Geräusch in dem ansonsten stillen Krankenzimmer waren.

Dann blickte sie in ein ungewöhnliches Augenpaar – das eine Auge blau, das andere braun –, das auf sie gerichtet war, betrachtete die breiten schlohweißen Strähnen, die in scharfem Kontrast zu dem tiefschwarzen Haar der Frau vor ihr standen. Vorsichtig streckte sie die Hand aus und berührte Danis Schulter, um sich zu vergewissern, dass sie nicht träumte. Sie fühlte sich fest und real unter ihren Fingern an.

»Dani«, sagte sie, nur um ihre eigene Stimme zu hören. Sie klang rauh, wie Schmirgelpapier. Als hätte sie sich die Seele aus dem Leib geschrien. *O Gott, bitte mach, dass ich nicht geschrien habe.*

Dr. Dani Novak sprach ganz leise und ruhig, als hätte sie ein wildes Tier vor sich. Oder eine Frau, die gerade aus einem Alptraum gerissen worden war. »Ja. Ich bin echt. Und, ja, Sie sind tatsächlich wach.«

Sie kniete vor dem Sessel, Kates Ohrstöpsel in der einen, den Laptop in der anderen Hand, während Kate sich die Decke, an der sie gestrickt hatte, wie ein Schutzschild gegen die Brust presste.

»Ihr Laptop wäre beinahe heruntergefallen«, erklärte Dani

im selben beruhigenden Tonfall. »Ich habe ihn in letzter Sekunde aufgefangen. Sie haben geträumt.«

Kate ließ ihr Strickzeug sinken und presste sich die Fingerspitzen gegen die Schläfen. »Stimmt«, murmelte sie nur. Aus diesem Traum aufzuwachen, war jedes Mal fürchterlich. Sie hasste die Benommenheit, die Orientierungslosigkeit, hasste das Hämmern ihres Herzens, das letzte Bild des Traums – der zerberstende Kopf des Mannes, als er abdrückte. »Ich wünschte, Sie wären ein paar Sekunden früher reingekommen«, murmelte sie.

»Ich auch«, sagte Dani mitfühlend. »Sie haben im Schlaf gesprochen.«

Kates Augen weiteten sich, als eine ganz andere Angst Besitz von ihr ergriff. »Was habe ich gesagt?« *Bitte nicht zu viel.*

»Nur ›Es tut mir leid, Jack. So leid.‹«, antwortete Dani leise.

»Das war alles?«

Zu Kates Erleichterung nickte Dani, und obwohl sie die Ärztin nicht besonders gut kannte, wusste sie, dass sie kein Mensch war, der log. Schließlich war sie die Schwester ihres engen Freundes und früheren FBI-Kollegen Deacon, einem der aufrichtigsten Menschen, den Kate kannte.

Was sie mit Deacon Novak verband, hatte echten Seltenheitswert: Er war Kollege und guter Freund zugleich. Mehr nicht. Ohne jedes erotische Knistern oder sonst etwas, wofür Kate mehr als dankbar war. Als sie sich begegneten, hatte sie alles gebraucht, aber keinen Mann an ihrer Seite. Und vielleicht würde es auch für alle Zeiten so bleiben. Aber einen Freund, den hatte sie damals dringend gebraucht, und einen besseren als Deacon hatte sie kaum finden können.

Nach seiner Versetzung von Baltimore nach Cincinnati hatte Kate ihn schmerzlich vermisst, sowohl seine Fähigkeiten als Polizist als auch seinen Sarkasmus, gepaart mit seiner unverblümten Geradlinigkeit. Dann hatte sich eine freie Stelle in

Cincinnati aufgetan, und Kate hatte sofort zugegriffen. Sie hätte es auch getan, wenn es eine Degradierung für sie bedeutet hätte, doch zum Glück war genau das Gegenteil der Fall. Sie hatte allen erzählt, sie hätte die Stelle angenommen, weil eine Beförderung damit verbunden war, doch der wahre Grund für den Wechsel war Deacon Novak.

Zwar arbeiteten sie nicht länger Seite an Seite – Deacon gehörte einer Einheit an, die eng mit dem CPD, dem Cincinnati Police Department, zusammenarbeitete, während Kate dem FBI-Büro zugeteilt war, doch allein die Gewissheit, dass er in der Nähe war und sie im Auge behielt, genügte ihr schon.

Dass Deacon kurze Zeit nach seinem Umzug auch noch die Liebe seines Lebens kennengelernt hatte, freute Kate umso mehr. Sie selbst hatte ihren eigenen Seelenverwandten schon vor langer Zeit gefunden, lange bevor sie Deacon Novak begegnet war. Deacon hatte sein Glück mehr als verdient, und Kate wünschte ihm und seiner Verlobten Faith das Glück, das sie einst hatte erleben dürfen.

Allerdings hoffte sie, dass die beiden es länger genießen durften, als es ihr vergönnt gewesen war. Schließlich waren ein paar Jahre der unbeschwerten Freude nicht allzu viel, wenn man bedachte, dass jener Mann die Liebe ihres Lebens gewesen war. Mit gebrochenem Herzen und am Boden zerstört war sie drei Jahre zuvor nach Baltimore gekommen, und erst Deacons Auftauchen hatte ihr vor Augen geführt, wie allein sie gewesen war. Und jetzt …

Das höhnische Lächeln, der Pistolenlauf in seinem Mund, der Schuss …

Hör auf! Entschlossen verdrängte sie das Bild aus ihren Gedanken, doch ihr war bewusst, dass es auf kurz oder lang zurückkehren würde. Sie wusste, dass es immer da war, stets am Rand ihres Bewusstseins, als wollte es sie verspotten, doch gleichzeitig erinnerte es sie auch daran, wie sehr sie

Freunde brauchte. Und vielleicht könnte sie irgendwann auch Deacons Schwester dazuzählen.

»Ich glaube nicht, dass jemand Sie gehört hat. Eigentlich war es nur ganz leise, ein Murmeln. Geht es Ihnen gut?«, fragte Dani sachte.

Kate nickte, obwohl sie immer noch ziemlich erschüttert war. Von dem Traum, aber auch von dem Wissen, wie hilflos sie im Schlaf war. Wenn sie schlief, konnte sie nicht kontrollieren, was sie sagte. Andererseits hätte es schlimmer kommen können. *Immerhin habe ich nicht geschrien.*

Aber ging es ihr gut? Nein, verdammt, es ging ihr überhaupt nicht gut. Und vielleicht würde es ihr auch nie wieder gutgehen.

»Das wird schon«, log sie mit einem gezwungenen Lächeln und nahm Dani den Laptop und die Ohrstöpsel ab, sorgsam darauf bedacht, dass ihre Hände nicht zitterten. »Danke, dass Sie das blöde Ding aufgefangen haben.« Sie schob ihn unter ihren Stuhl. »Sosehr ich mir ja einen neuen wünsche, brauche ich das Teil hier wenigstens noch, bis ich meine Notizen zu den Audiodateien speichern konnte, die ich den ganzen Nachmittag lang transkribiert habe.«

Dani zuckte mit den Schultern. »Entweder war die Datei zu Ende, oder es war sowieso nichts drin.«

Kate sah sie durchdringend an. »Sie haben gelauscht? Aber sie waren nicht für fremde Ohren bestimmt.«

»Es war keine Absicht.« Gelassen griff Dani nach den Ohrstöpseln und ließ das Ende mit dem Stecker vor Kates Nase baumeln. »Der hier ist beim Hochheben herausgefallen.«

»Entschuldigung«, sagte Kate zerknirscht. »Noch mal danke. Das war nicht nett von mir, aber ich bin immer mies drauf, wenn ich so aus dem Schlaf gerissen werde.«

Dani winkte ab. »Geht mir genauso. Jedenfalls habe ich nur Rauschen gehört.«

»Weil die Lautsprecher genauso lausig sind«, brummte Kate. Sie konnte froh sein, dass sie die jüngsten Erkenntnisse in einer laufenden Ermittlung nicht versehentlich auch noch sämtlichen Schwestern, Patienten und deren Angehörigen auf der Intensivstation preisgegeben hatte.

»Was haben Sie sich denn da angehört?«, fragte Dani neugierig.

»Aufzeichnungen aus seiner Arbeit als verdeckter Ermittler«, antwortete Kate mit einem Nicken in Davenports Richtung.

Special Agent Griffin Davenport war vor einer Woche ins künstliche Koma versetzt worden, um seinen Genesungsprozess zu beschleunigen, nachdem eine Kugel eine Rippe durchschlagen hatte und in seine Lunge eingedrungen war, was zu einer massiven Blutung im Brustkasten geführt hatte. Er war an eine Herz-Lungen-Maschine angeschlossen, die allem Anschein nach ihre Aufgabe hervorragend erledigte, wie seine sich stetig hebende und senkende Brust bewies.

Dani von Davenports Aufzeichnungen zu erzählen, stellte kein Problem dar. Seine Tarnung war beim Versuch, einen Menschenhändlerring zu entlarven, aufgeflogen, wofür ihm die Verbrecher im Gegenzug eine Kugel verpasst hatten. Eine Schwester in der Notaufnahme hatte den in seinem Hosenbein eingenähten Umschlag mit mehreren CDs zufällig entdeckt und der Polizei übergeben.

Leider hatten sie bislang nichts allzu Belastendes ans Licht gebracht, obwohl Kate seit Tagen darüber saß.

Sind es wirklich erst ein paar Tage? Eigentlich fühlt es sich eher wie Wochen an. Auf den CDs waren eine Menge Unterhaltungen zwischen den Mitgliedern der Gruppe abgespeichert, die allerdings keine bahnbrechend neuen Erkenntnisse lieferten, zumindest nichts, was rechtfertigen würde, Davenport deswegen über den Haufen zu schießen.

»Wieso ausgerechnet Sie?«, fragte Dani.

Kate zwang sich, ihren Blick wieder auf Dani zu richten, die sie argwöhnisch musterte. »Was meinen Sie damit?«

»Wieso hören Sie sich die Aufzeichnungen an?«

»Weil auf diesen Dingern *irgendetwas* ein muss.« Kate ging jede Wette ein, dass sie irgendwann fündig werden würde. »Sie bei sich am Körper zu tragen, war ein enormes Risiko.« Der Umschlag mit den CDs war an Davenports Kontaktmann adressiert, für den Fall, dass er ihn nicht persönlich abgeben konnte, was am Ende auch der Fall gewesen war. Allerdings hätte der Umschlag ihn sowieso nie erreicht, da die Menschenhändler Davenports Kontaktmann getötet hatten, und aus diesem Grund war Kate die Aufgabe zugefallen, sich Davenports Aufzeichnungen anzunehmen.

»Nein, ich meine, warum ausgerechnet Sie sich die Aufnahmen anhören. Es gibt doch massenhaft Leute im Dezernat, und Deacon meinte, Sie stünden in der Hierarchie ziemlich weit oben, deshalb frage ich mich, wieso es nicht jemand von den niederen Rängen übernommen hat.«

Kate zuckte unbehaglich mit den Schultern. »Ich bin die Neue und habe nach einer Woche logischerweise noch nicht massenhaft Fälle auf dem Schreibtisch. Außerdem unterstützen mich ein paar Kollegen.«

Nachdenklich legte Dani den Kopf schief – eine Geste, die Kate bei ihrem Bruder schon Tausende Male beobachtet hatte. »Und wieso besuchen Sie ihn jeden Tag?«, fragte sie und lachte, als sie Kates konsternierte Miene sah. »Dachten Sie, den Schwestern fällt das nicht auf? Die haben mich ausgequetscht, sobald ich zur Tür reingekommen bin, das kann ich Ihnen versichern.«

Dass die Schwestern Dani mit Fragen bestürmten, war nicht weiter verwunderlich, schließlich arbeitete sie als Ärztin in der Notaufnahme, allerdings war sie vorübergehend beurlaubt. Kate konnte sich jedoch nicht vorstellen, weshalb ausgerechnet sie so interessant für die Schwestern sein sollte. »Und weswegen?«, fragte sie.

Dani verdrehte die Augen. »Sie dachten, Sie beide wären ein Liebespaar, das auf tragische Weise getrennt wurde und nun wieder zueinanderfindet, da er angeschossen wurde und Sie an seine Seite geeilt sind.«

Kate riss die Augen auf. »Sie machen Witze, oder? Davenport und ich?«

»Na ja, aber Sie sind doch jeden Tag hier, oder?«

Das stimmte. Manchmal hatte sie sich die Aufzeichnungen im Büro der FBI-Außenstelle angehört, aber es trotzdem nie versäumt, zumindest einmal am Tag im Krankenhaus vorbeizusehen. Soweit sie wusste, tat das außer ihr keiner, was ihr ziemlich an die Nieren ging. Die Vorstellung, dass er jetzt, nach seinem endlos langen Undercover-Einsatz, mutterseelenallein hier lag, war schrecklich – doch für einen verdeckten FBI-Ermittler war Einsamkeit meist kein Fremdwort.

Manchmal redete sie über ganz banale Dinge mit ihm, erzählte von der erbarmungslos schwülen Hitze, von ihrer Suche nach einem passenden Apartment. Ab und zu machte sie auch ihrem Frust Luft, weil sich auf den verdammten CDs nichts Brauchbares fand, dann wieder spielte sie ihm Songs von ihrem iPod vor oder las ihm aus dem Buch vor, das sie bei ihrer Abreise aus Baltimore spontan eingepackt hatte. Aber meistens saß sie einfach da und strickte, während sie den Aufzeichnungen lauschte, für die er sein Leben aufs Spiel gesetzt hatte.

»Ob Sie's glauben oder nicht, aber ich habe ihn nicht mal eine Stunde vor der Schießerei kennengelernt«, sagte sie mit einem Seufzer, als Dani sie weiter wortlos musterte. »Deacon wollte mit seinem Team das Versteck der Menschenhändler ausheben und mich als Scharfschützin dabeihaben.« Sie war gerade mal zwei Tage in der Stadt gewesen, hatte die Gelegenheit jedoch sofort beim Schopf gepackt, schließlich konnte sie ihre Fähigkeiten mit der Waffe nicht allzu häufig unter Beweis stellen. Deshalb war ihr der Einsatz gerade recht gekommen. »Ich habe das Gelände ausgekundschaftet und mitbekommen, dass Davenport sich davonmachen wollte. Er wollte die CDs in Sicherheit bringen, was ich aber logischerweise nicht wissen konnte. Deshalb habe ich mich von einem Baum fallen lassen und ihn gestellt.«

Dani erhob sich und setzte sich mit einem begeisterten Grinsen auf den Stuhl neben Kate. »Sie haben sich fallen lassen und ihn niedergestreckt? Heilige Scheiße, Sie sind ja unglaublich! Und ich dachte, Deacon übertreibt bloß.«

Kates Wangen glühten. »Na ja, ganz so war es nicht. Ich glaube nicht, dass ich ihn einfach so hätte niederstrecken können, auch nicht von einem Baum.« Schließlich war Griffin Davenport ein Bulle von einem Kerl.

»Das glaube ich gerne, wenn ich ihn mir so ansehe«, murmelte Dani. »Was haben Sie mit ihm angestellt?«

»Ich bin hinter ihm runtergesprungen und habe ihm meine Waffe ins Kreuz gedrückt. Damit hatte er nicht gerechnet. Aber natürlich wollte er festgenommen werden und hat sofort kooperiert. Ich hätte nur sehr ungern auf ihn geschossen. Leider hatten die Menschenhändler weniger Skrupel.«

Dani nickte. »Ich hatte noch gar keine Gelegenheit, mich bei Ihnen zu bedanken.«

Kate runzelte die Stirn. »Wofür denn?«

»Dafür, dass Sie Deacon das Leben gerettet haben. Er stand direkt neben Davenport, als die Schießerei losging. Hätten Sie den Schützen nicht kaltgemacht, würden jetzt noch viel mehr Patienten hier liegen. Oder ihre Leichen in der Pathologie. Deshalb – danke.«

Kate rutschte auf ihrem Stuhl herum. »Ach, das hätte jeder andere auch hingekriegt.«

Dani zog eine Braue hoch. »Soweit ich weiß, ist keiner der anderen Agents versiert genug mit der Waffe, um aus einer halben Meile Entfernung die Reifen eines Wagens zu treffen.«

»Deacon übertreibt mal wieder«, murmelte Kate, obwohl sie wusste, dass Dani recht hatte. Aber sich mit ihren Fähigkeiten zu brüsten, lag ihr nun mal nicht. »Außerdem haben sie versucht, vom Tatort zu flüchten. Eigentlich wollte ich sie nicht töten. Es wäre mir lieber gewesen, sie hätten alle überlebt, damit wir sie verhören können.« Sie hatte die drei Flüchtenden gestoppt, doch der Schütze war durch den Aufprall gegen einen Baum ums Leben gekommen, während die beiden anderen das Bewusstsein verloren hatten. Einer war kurz darauf gestorben, und der Dritte hatte zwar überlebt, aber zu wenig über den Menschenhändlerring gewusst, um wesentlich zur Aufklärung des Falls beitragen zu können.

Dani schüttelte den Kopf. »Das mag ja sein, trotzdem bin ich froh, dass meinem Bruder nichts passiert ist. Ich bin Ihnen etwas schuldig, Kate, ganz im Ernst.«

Kate wollte mit einem Lachen abwiegeln, als ihr aufging, dass Dani Novaks Dankbarkeit aufrichtig war. »Er ist mein Freund«, sagte sie nur. »Das hätte ich für jeden anderen Kollegen auch getan, aber so konnte ich in dieser Nacht definitiv ruhig schlafen.«

Was nicht stimmte, denn auch in dieser Nacht war sie aus ihrem Alptraum hochgeschreckt. Im letzten Monat vor ihrem Umzug nach Cincinnati hatte sie ihn überhaupt nicht mehr gehabt, nun jedoch suchte er sie praktisch jede Nacht heim. Vielleicht war er durch den Schusswechsel mit den Übeltätern heraufbeschworen worden … oder durch den Umstand, dass sie in einem fremden Hotelbett schlief. Oder die pure Erschöpfung, weil sie nachts so gut wie keine Ruhe mehr fand. Oder es lag an dem unbequemen Stuhl hier.

Kates Nacken gab ein lautes Knacken von sich, als sie den Kopf hin und her drehte. »Ich hasse es, wenn ich im Sitzen einschlafe.«

»Dann sollten Sie vielleicht nach Hause gehen«, schlug Dani sanft vor.

»Ich hätte nicht gedacht, Sie hier zu sehen«, wechselte Kate abrupt das Thema. »Sind Sie wieder im Dienst?«

Danis Beurlaubung lag mehrere Monate zurück. Kate kannte nur ein paar einzelne Fakten, teils aus Telefonaten und Mails während der letzten neun Monate mit Deacon, teils aus den Nachrichten im Internet. Dani war HIV-positiv, doch das war einzig und allein ihre Angelegenheit. Mehr gab es dazu nicht zu sagen.

Aber offensichtlich war jemand anderer Meinung gewesen und hatte sich mit der Nachricht an die Medien gewandt, die sie aufgegriffen und damit Danis Beurlaubung ausgelöst hatten. Kate wusste nichts Genaues, kannte die Novaks jedoch gut genug, um sicher zu sein, dass Dani bei der Arbeit stets alle erforderlichen Vorsichtsmaßnahmen getroffen hatte. Dass sie jetzt hier war, bedeutete hoffentlich, dass sich der Wirbel gelegt hatte und sie ihre Arbeit wiederaufnehmen durfte, für die sie so lange studiert hatte.

Ein Schatten huschte über Danis Gesicht. »Nein. Ich habe gekündigt.«

Kate blieb der Mund offen stehen. »Was? Aber warum? Und wann? Gerade eben?«

Dani holte tief Luft und ließ sie langsam wieder entweichen. »Eigentlich bin ich auch nicht wegen Agent Davenport hier, sondern wegen Ihnen. Deacon meinte, es könnte zu viel für Sie sein, rund um die Uhr an seinem Bett zu wachen.«

Kate hätte sie gern noch gefragt, wieso sie das Krankenhaus nicht wegen Diskriminierung verklagte. Sie konnte nur hoffen, dass Dani bereits eine andere Stelle gefunden hatte. Aber es lag auf der Hand, dass sie nicht darüber reden wollte, deshalb stieß Kate einen leisen Seufzer aus und zwang sich zu einem Lächeln. »Sie können Deacon sagen, dass es mir gutgeht.«

»Ich werde ihm sagen, dass Sie im Stuhl eingeschlafen sind und wahrscheinlich seit einer Ewigkeit nichts mehr gegessen haben. Aber er kommt sowieso bald vorbei, dann kann er Ihnen ja selbst die Meinung geigen«, erklärte sie knapp, obwohl sie insgeheim erleichtert war.

Kate schnitt eine Grimasse. »Eigentlich sollten Sie doch nett zu mir sein, Novak.«

Dani grinste. »Überraschung! Aber da Ihnen ja offensichtlich nichts fehlt, kann ich wieder gehen.« Sie stand auf, doch Kate hielt sie zurück.

»Nein, warten Sie.« Sie wollte nicht allein mit ihren unerfreulichen Gedanken sein, wollte nicht wieder einschlafen und sich ein weiteres Mal in den Fängen des schrecklichen Traums verstricken. »Könnten Sie nicht eine Weile mit mir reden, damit ich wach bleibe?« Sie bemühte sich um ein tapferes Lächeln.

Dani musterte sie stirnrunzelnd. »Wenn Sie so müde sind, sollten Sie vielleicht tatsächlich nach Hause gehen«, sagte sie noch einmal.

»Ich habe kein Zuhause, sondern wohne im Hotel, bis meine Sachen geliefert werden«, gab sie zurück. Und ins Hotel wollte sie auf keinen Fall. *Weil sonst nur der Traum zurückkommt, und ich …* Ein Schauder überlief sie, und dass sie noch nicht einmal den Versuch unternahm, ihn zu unterdrücken, sprach Bände – entweder war sie viel zu erledigt dafür, oder aber sie fühlte sich so wohl in Danis Gegenwart, dass es ihr nichts ausmachte, Schwäche zu zeigen … vielleicht war es auch eine Mischung aus beidem. »Außerdem muss ich bei Agent Davenport bleiben, falls er aufwacht. Mein Gesicht war eines der letzten, das er gesehen hat, bevor er das Bewusstsein verlor, deshalb hoffe ich, dass ich ihn beruhigen kann, falls er desorientiert ist, wenn die Ärzte noch einmal versuchen, ihn aus dem Koma zu holen.«

»Noch einmal? Das heißt, es gab schon einen Versuch?«

»Ja, aber es lief nicht besonders gut.« Kate stand auf, um sich zu strecken und einen Blick auf Davenports halb von einer Sauerstoffmaske verdecktes Gesicht zu werfen. Sanft strich sie eine blonde Locke zurück, die ihm in die Stirn gefallen war. »Heute Morgen, bevor ich hergekommen bin, aber offenbar war er völlig außer sich, hat wild um sich geschlagen und versucht, sich den Beatmungsschlauch herauszureißen, deshalb haben sie ihn sofort wieder sediert.«

»Das ist bei einem Mann von seiner Größe ziemlich gefährlich«, bemerkte Dani leise. »Er könnte jemanden verletzen.«

Allerdings. Davenport war bestimmt einen Meter neunzig groß, so dass seine riesigen Füße fast über die Bettkante hingen, und wog schätzungsweise fast hundert Kilo, allerdings ohne auch nur ein Gramm Fett, soweit Kate es beurteilen konnte.

Und dass sie ihn genauer unter die Lupe genommen hatte, war ein Geheimnis, das diese vier Wände niemals verlassen würde. Sie mochte nicht auf der Suche nach dem Mann fürs Leben sein, aber das bedeutete noch lange nicht, dass sie blind für maskuline Reize war. Und Griffin Davenport war selbst im Koma eine echte Augenweide – abgesehen von seiner muskelbepackten Brust, war er ein sehr gutaussehender Mann mit dichtem blondem Haar und einem markanten Kiefer, auch wenn im Moment wegen der Maske nicht allzu viel davon zu erkennen war.

Wie sämtliche Avengers in Personalunion, plus eine Prise von Thor und Captain America, ihren Lieblingshelden. Über kurz oder lang würde er wieder zu sich kommen, dessen war sie sich ganz sicher, und auch die Ärzte hatten eine rasche Genesung prognostiziert. Würde sein Leben am seidenen Faden hängen, hätte sie es nie gewagt, ihn so ungeniert anzustarren.

»Die Schwester hat gesagt, drei Pfleger hätten ihn festhalten müssen, damit der Arzt ihm die Spritze geben konnte.«

»Es ist nicht ungewöhnlich, dass Patienten beim Aufwachen aus dem Koma so aufgebracht sind«, meinte Dani. »Es kann ziemlich traumatisch sein, so als würde man aus einem besonders lebhaften Alptraum aufwachen.«

Ein leicht ironischer Unterton hatte sich in Danis Stimme geschlichen. Kate sah auf und bemerkte, dass Dani nicht länger den Patienten betrachtete, sondern sie … und ertappte sich dabei, dass sie die ganze Zeit sanft, fast zärtlich Davenports Stirn gestreichelt hatte.

Und das war nicht das erste Mal. Allerdings hatte sie es nur getan, weil man davon ausging, dass Koma-Patienten spürten, wenn jemand bei ihnen war. Weil sie nicht wollte, dass er sich einsam fühlte oder Angst hatte. Bloß eine mitfühlende, menschliche Geste, sagte sie sich, doch wenn sie ganz ehrlich war, hatte es immer noch etwas zutiefst Beunruhigendes, die Haut eines fremden Mannes unter ihren Fingern zu spüren, auch wenn sie nicht genau erklären konnte, warum.

Vielleicht weil die Zärtlichkeit, die sich ungewohnt anfühlen sollte, bei ihm so … natürlich war. Oder weil sie nicht angewidert zurückgewichen war.

»Der Arzt sagt, sie hätten das Paralytikum abgesetzt, das ihn stillhalten sollte, und allmählich auch das Narkotikum, so dass er jederzeit aufwachen könnte.«

»Bestimmt freut er sich, wenn er als Erstes ein freundliches Gesicht sieht«, bemerkte Dani.

»Das dachte ich auch. Bei mir wäre es jedenfalls so, wenn ich an seiner Stelle hier liegen würde.« Sie strich ihm ein letztes Mal über die Stirn, dann setzte sie sich wieder und verzog das

Gesicht, als ihr Magen laut knurrte. »Ich brauche etwas zu essen, sonst fährt meine Laune in den Keller. Noch mehr als sonst«, fügte sie hinzu und sah, dass Dani grinste. »Meine Proteinriegel habe ich schon verputzt, und das Essen in der Cafeteria ist fürchterlich. Haben Sie das mitgekriegt, Davenport?« Sie wandte sich dem bewusstlosen Mann im Bett zu. »Nächstes Mal müssen Sie wirklich aufwachen, damit ich aus dem Krankenhaus rauskomme und etwas Anständiges essen kann.«

»Hat er eigentlich Familie? Jemanden, den Sie für ihn anrufen könnten?«

»Bisher habe ich niemanden gefunden. Er hat mehrere Jahre verdeckt gearbeitet. Normalerweise nehmen Burschen wie er solche Jobs an, eben *weil* sie keine Familie haben. Er hat seinen Verbindungsmann als Notfallkontakt angegeben, aber der wurde letzte Woche von einem der Anführer getötet. Ansonsten stand niemand im Formular.«

»Schlimm, so einsam zu sein«, meinte Dani.

Genau das hatte Kate auch gedacht. Auch in ihrem Leben gab es niemanden mehr, der im Notfall benachrichtigt werden sollte – eine Tatsache, die ein seltsames Gefühl der Verbundenheit mit Davenport heraufbeschworen hatte. Aber zumindest hatte sie eine Handvoll Leute um sich herum, die sie fragen könnte. Was sie schleunigst tun sollte, da ihr die Personalabteilung seit dem Wechsel nach Cincinnati deswegen bereits im Genick saß.

»Sie sagten doch vorhin, dass Sie mir einen Gefallen schuldig wären, Dani. Tja, ehrlich gesagt, würde ich ihn sogar gleich einfordern. Natürlich können Sie auch nein sagen, ich würde das vollkommen verstehen …«

»Fragen Sie einfach.«

»Ich musste alle möglichen Formulare für die Personalabteilung ausfüllen. Dabei fiel mir auf, dass mein Notfallkontakt nicht … nicht mehr zur Verfügung steht.« *Nicht an den*

31

Traum denken. Nicht ... »Ich würde ja Deacon fragen, aber ...« Sie zuckte die Achseln.

Dani legte den Kopf schief. »Aber?«

Kate seufzte. »Vermutlich würde er fragen, wieso ich plötzlich jemand anderen brauche, und ich will ihn nicht mit diesem Thema belasten.« *Weder jetzt noch sonst jemals.*

»Früher war es Jack?«

In ihrer Frage schwang so viel Freundlichkeit und Mitgefühl mit, dass Kate unwillkürlich nickte. Ihr war bewusst, dass ihre Stimme versagen würde, deshalb beließ sie es dabei.

Jack Morrow war tatsächlich ihre Notfallkontaktperson gewesen. Bis er sich in ihrem Wohnzimmersessel das Hirn aus dem Schädel geschossen hatte. Über die gesamte Wand, den Teppich, die Deckenlampe. Und die Häkeldecke ihrer Großmutter.

»Mein herzliches Beileid«, sagte Dani sanft.

»Danke«, presste Kate mühsam hervor. Eigentlich sollte sie ein schlechtes Gewissen haben, weil sie Dani in dem Glauben ließ, Jack hätte ihr etwas bedeutet, doch nicht einmal dazu konnte sie sich durchringen. Und eigentlich war es ja nicht gänzlich unwahr. Jack war tatsächlich ein sehr guter Freund gewesen, aber dann hatte sich alles verändert.

Jack hatte sich verändert. Genauso wie Kate. In vielerlei Hinsicht nicht zum Besseren. *Was wäre, wenn Johnnie dich jetzt so sehen könnte? Was würde er von der Frau denken, zu der du geworden bist?*

Wenn Johnnie mich jetzt sehen könnte, wäre er hier, und damit wäre auch Jack hier, und ich würde kein schwachsinniges Selbstgespräch führen.

Ein scharfer Schmerz schoss ihr durch den Nacken. Erst jetzt wurde ihr bewusst, dass sie die Zähne fest aufeinandergebissen hatte. Und auch Dani war das natürlich nicht entgangen. »Alles in Ordnung?«, fragte sie nüchtern.

»Klar. Alles super.«

»Rufen Sie mich einfach an, wenn Sie was brauchen«, sagte Dani.

»Sie mich auch.« Dani stand bereits an der Tür, als Kate aus ihren Gedanken schreckte. »Moment, warten Sie. Haben Sie eigentlich schon einen neuen Job? Natürlich würde Deacon Sie nicht verhungern lassen, aber ...« Beschämenderweise brach ihre Stimme. Trotzig reckte sie das Kinn. »Ich muss sicher sein, dass es Ihnen gutgeht.«

Das Lächeln, das sich auf Danis Gesicht ausbreitete, reichte bis zu ihren bemerkenswerten Augen. »Ja, ja, ich schaffe das schon. Danke. Ich habe zuletzt stundenweise in der Lorelle E. Meadows Klinik gearbeitet, die zur städtischen Notunterkunft gehört. Dort können sich Obdachlose gratis behandeln lassen. Der Vorstand hat gerade beschlossen, eine Vollzeitstelle zu schaffen, die man mir angeboten hat. Offen gestanden, ärgert es mich maßlos, dass ich nicht länger in der Notfallmedizin arbeiten kann, nur weil die Zeitungen Schwachsinn verzapfen und die Leute dermaßen engstirnig sind, noch dazu, wo ich die Vorschriften der Ärztekammer genauestens befolgt habe. Aber in der Klinik kann ich immerhin etwas bewirken, und das ist gut. Am Montag ist mein erster Tag. Wenn Sie sich ein bisschen eingelebt haben, können Sie gern vorbeikommen, dann zeige ich Ihnen alles.«

»Mache ich.« Als Dani gegangen war, richtete Kate ihre Aufmerksamkeit wieder auf Griffin Davenport, dessen Brust sich rhythmisch hob und senkte. »Ich will ja nicht meckern, Griff, aber es wäre echt nett, wenn Sie sich ein bisschen beeilen und bald aufwachen würden. Ich brauche dringend Schlaf, aber nicht hier. Nicht noch einmal.«

Sie fuhr hoch, als sie glaubte, einen Finger auf dem weißen Laken zucken gesehen zu haben; sie rief sogar die Schwester, die jedoch keinerlei Anzeichen des Erwachens feststellen konnte. Sie tätschelte Kates Hand und riet ihr, nach Hause zu fahren und sich eine Mütze voll Schlaf zu gönnen, offensichtlich sehe sie schon Gespenster.

Kate verkniff sich einen bissigen Kommentar, setzte sich wieder hin, nahm ihr Strickzeug zur Hand und griff nach den Ohrstöpseln, um sich Davenports nächste Aufzeichnung anzuhören.

Doch dann hielt sie inne. »Ihnen ist schon klar, dass Sie mir dann auch verraten könnten, wonach ich suche, oder? Also los, Davenport.« Sie musterte ihn aufmerksam, doch er schien sich nicht zu regen, also steckte sie die Ohrstöpsel in die Ohren und machte sich an die Arbeit.

Cincinnati, Ohio
Mittwoch, 12. August, 22.30 Uhr

Will man etwas verstecken, plaziert man es am besten dort, wo es jeder sehen kann – diese Erkenntnis hatte er bereits vor vielen Jahren gemacht. Genau aus diesem Grund war er mit dem Wagen durch das kaputte Tor auf der Rückseite des King's College gefahren und wartete nun auf seine Informantin. Niemand würde Verdacht schöpfen, wenn er ihn hier stehen sah … Lovers' Lane, die Stelle war so etwas wie der Geheimtreffpunkt für Verliebte.

Na ja, eher eine Mischung aus Geheimtreffpunkt für Verliebte und Drogenumschlagplatz.

Kameras gab es keine, zumindest keine funktionierenden, dafür hatten die Studenten gesorgt. Wer behauptete, die Jugend von heute würde immer dümmer, hatte offensichtlich noch nie die Kids gesehen, die ums Verrecken high oder flachgelegt werden wollten. Oder beides.

Im Semester zuvor waren zwei junge Frauen entführt wor-

den, was für einigen Wirbel gesorgt hatte. Die Collegeverwaltung hatte sich zutiefst schockiert und entsetzt über die
mutwillige Zerstörung der Überwachungskameras gezeigt
und das gesamte Equipment bis hin zur letzten Glühbirne
auf dem Campus ersetzt, nur um sich danach selbst zu der
erfolgreichen Maßnahme zu beglückwünschen und sich
fortan nicht weiter darum zu scheren. Die Kamera am hinteren Tor war gleich als Erstes abmontiert worden. Sie hatte
nicht mal eine Woche dort gehangen.

All das wusste er von seinem Kundenstamm – Collegekids
gerieten schnell in Plauderlaune, wenn sie high waren, und
sein Stoff zählte zum Besten, was man kriegen konnte. Was
ein offenes Geheimnis war.

Sollte die Kamera wider Erwarten doch funktionieren, wäre es
auch kein Problem, weil nur genau das zu sehen wäre, womit
er sie gefüttert hatte. Trotzdem war er nicht allzu scharf darauf, hier herumzusitzen und zu riskieren, beobachtet zu werden, denn über kurz oder lang würde jemand vorbeikommen,
schließlich trafen sich hier die Verliebten zum Knutschen.

Er sah auf seine Armbanduhr – ja, er trug tatsächlich eine
Uhr, auch wenn so etwas nur alte Männer taten – und runzelte die Stirn. Sie kam zu spät. Das ging ihm ganz gewaltig
gegen den Strich, weil es einen grundsätzlichen Mangel an
Respekt darstellte, der nicht toleriert werden durfte. Andererseits spielte es keine Rolle. Sie würde die nächste Verabre-
dung sowieso nicht mehr erleben, insofern war es die ganze
Aufregung nicht wert.

Er hörte sie, noch bevor er sie sah. Sidney Siler fuhr einen
Motorroller, dessen Auspuff dringend repariert werden
musste. Kies spritzte hoch, als sie auf den Hof fuhr. Er verdrehte die Augen. Indem er sie tötete, würde er der Mensch-
heit sogar einen Gefallen tun. Dieses Mädchen war eine
Gefahr im Straßenverkehr, wie sie im Buche stand.

Sie öffnete die Beifahrertür und stieg ein. »Bitte entschuldigen Sie die Verspätung. Ich weiß ja, dass Sie Zuspätkommen nicht leiden können.«

Es gefiel ihm, dass sie gar nicht erst mit faulen Ausreden ankam, zwar nicht so sehr, als dass er sie deswegen am Leben gelassen hätte, aber trotzdem. »Und? Hast du sie gesehen?«

»Ja, und sie hat mir sofort abgekauft, dass ich die Assistentin ihres Anwalts bin. Ich hab mein schwarzes Kostüm angezogen – das eine, das ich immer zu Beerdigungen trage. Das und die Bestätigung auf dem Briefpapier ihres Anwalts haben gereicht, um ohne Probleme an der Gefängnispforte vorbeizukommen. Ich bin Ihnen echt was schuldig.«

Natürlich hatte das Bestätigungsschreiben funktioniert, schließlich hatte er es eigenhändig gefälscht. Dass sie ihr Beerdigungskostüm angezogen hatte, verlieh dem Ganzen eine köstlich ironische Note. »Und? Wie ist es gelaufen?«

Sidney zog eine Grimasse. »Von jetzt an werde ich höllisch aufpassen, von wem ich meine Drogen kaufe. So ein Gefängnis ist der reinste Saustall. Ich will jedenfalls nicht auf der anderen Seite der Glasscheibe enden.«

»Ich hoffe doch, die Hygienezustände sind nicht das einzige Abschreckungsmittel«, bemerkte er trocken. »Wie war Alice drauf?«

»Cool.« Ein Schauder überlief sie. »Die Frau ist ja der reinste Eisklotz. Ich kann froh sein, dass sie mir abgekauft hat, dass ich auf ihrer Seite bin. Die will ich definitiv nicht gegen mich haben.«

Das war so ziemlich das Intelligenteste, was Sidney je von sich gegeben hatte. »Und?«

»Sie war ein bisschen überrascht. Eigentlich hatte sie ihren Anwalt doch gefeuert, weil er so ein Schlappschwanz ist. Ihre Worte, nicht meine. Ich hatte das Gefühl, sie ist nicht so recht überzeugt davon, dass er es schafft, sie da rauszuholen. Eine wie sie braucht keinen Schlaffi, sondern eine knallharte Nummer. Im juristischen Sinne, meine ich.«

Seine Mundwinkel zuckten amüsiert. Er mochte Sidney. »Stimmt. Und mit knallharten Nummern kennt sie sich aus. Zumindest in diesem Sinne.« Alice war ein eiskaltes Luder. Heilige Scheiße, die Frau hatte mit einem Scharfschützengewehr von einem Dach auf eine Horde Agents geschossen, die einen Kronzeugen begleitet hatten. Davon abgesehen, war sie im Bett eine echte Granate gewesen. Mit ihr zu vögeln hatte beinahe Spaß gemacht, allerdings war sie viel zu alt für seinen Geschmack. Er unterdrückte einen Schauder. Sex mit Alice gehörte einfach dazu: Wollte man ihre Ware, musste man sie vögeln. Und eine Zeitlang hatte er die Ware gewollt und es deshalb notgedrungen in Kauf genommen.

Sidney grinste verschlagen, wobei sich ihre weißen Zähne von ihrer dunklen Haut abhoben. »Ich kann mir das echt nicht vorstellen. Sie beide, Sie wissen schon … zusammen. Ich meine, sie ist so alt wie ich. Und Sie … nicht.«

Er warf ihr einen finsteren Blick zu. Das kam dabei heraus, wenn man sich mit Kunden einließ, die noch grün hinter den Ohren waren. Im Handumdrehen vergaßen sie, wo ihre Grenzen waren. »Das ist lange her. Ich meinte damit, dass Alice eine lange und harte Zeit vor sich hat.«

Sidney prustete vor Lachen. »Lang und hart … Entschuldigung. Entschuldigung.« Sie zwang sich, ein ernstes Gesicht zu machen. »Sie meint, jemand hätte sie verpfiffen.«

»Logisch. Das sagen alle. Hat sie mich erwähnt? Du weißt schon … schöne Grüße an den Ex-Freund oder etwas in der Art?«

»Nein. Ich habe aber auch nichts von Ihnen erzählt.« Sie runzelte die Stirn. »Ich bin ja nicht blöd, Professor.«

Erleichterung durchströmte ihn. Das war die einzige Schwachstelle in seinem Plan gewesen, aber er hatte unbedingt jemanden ins Gefängnis einschleusen müssen, der mit Alice redete. Jemanden, dem keine Verbindung zu ihm nachgewiesen werden konnte.

»Gut.« Er lächelte. »Wie du gerade gesagt hast ... gegen mich will ich sie definitiv nicht haben. Und wenn sie erfährt, dass ich dich dort eingeschleust habe, damit du deinen Artikel schreiben kannst ...«

»Wird sie nicht. Keiner wird je davon erfahren. Ich habe es ja noch nicht mal meiner Studienberaterin erzählt. Ich war nicht sicher, ob es klappt, und wollte nicht, dass sie enttäuscht ist. Aber sie wird ausflippen, wenn ich es ihr sage. Das wird der perfekte Aufhänger für unsere Soziopathen-Story. Ich habe alle Zeit der Welt, und das Semester hat noch nicht mal angefangen.«

»Hast du Alice gebeten, dir die Unterlagen zu geben, damit du einen Deal aushandeln kannst?«

»Ja, ich habe ihr gesagt, mein Boss würde glauben, er könnte die Todesstrafe vom Tisch bekommen, wenn sie etwas liefert, woraus hervorgeht, wer ihre Kunden und Lieferanten sind, so wie Sie es wollten. Aber sie ist komplett ausgeflippt. Sie meinte, nur Vollidioten, Schwachköpfe und debile alte Säcke würden etwas schriftlich festhalten. Das sei doch viel zu riskant. Sie meinte, sie würde auspacken, und zwar komplett, sobald man ihr Straffreiheit gewährt. Deshalb sollte ich den Schwachsinnsvorschlag meines Chefs nehmen und ihn ihm in den Arsch stecken. Es war wirklich unglaublich ... so als würde ich sie wirklich ... sehen. Als könnte ich hinter ihre Fassade blicken und erkennen, was für ein Mensch sich dahinter versteckt. Eine Soziopathin, die alle Masken fallen lässt.«

Eine weitere Woge der Erleichterung durchströmte ihn. Alice hatte also keinerlei schriftliche Unterlagen irgendwo deponiert, das erleichterte die Dinge ungemein. Er hatte ausschließlich mit Alice kommuniziert, wenn er Ware von ihr gekauft hatte, deshalb brauchte er auch keine Angst zu haben, jemand könnte seinen Namen oder sonst etwas über ihn wissen. Das bedeutete, er konnte sie problemlos beseitigen.

Damit blieb nur noch ein Unsicherheitsfaktor: ein ehemaliger Undercover-FBI-Typ, der im Koma lag. Aber er hatte bereits alle notwendigen Schritte eingeleitet, um auch dieses Problem so schnell wie möglich zu lösen.

»Tja, Alice ist nun mal eine Soziopathin«, sagte er und lächelte Sidney zu. »Ich habe dir eine versprochen, und du hast sie bekommen.«

»Aber hallo. Ich kann es kaum erwarten, an den Schreibtisch zu kommen. Es war der totale Oberhammer.«

Er zog die Brauen hoch. Sie fühlten sich schwerer an als sonst – die Augusthitze ließ die Gesichtsprothese, die er bei seinen Trips zum Collegecampus trug, klebrig werden. Die Idee dazu war ihm vor vielen Jahren gekommen, als er selbst noch Student gewesen war und Koks an seine Freunde vertickt hatte. Keine großen Mengen, sondern nur für den Hausgebrauch, gerade genug, um seine Fachbücher und den Sprit für seinen Wagen bezahlen zu können. Aber das Geschäft hatte sich rasch entwickelt und er sich einen Ruf erarbeitet, »Spitzenstoff« zu verkaufen.

Er hatte das Zeug selbst hergestellt, im Keller, quasi der echte Walter White, zehn Jahre bevor den Drehbuchschreibern in Hollywood die Idee zu *Breaking Bad* gekommen war. Auch heute noch verkaufte er an Einzelpersonen wie Sidney, aber eigentlich eher, um weiterhin bei den Kids das Ohr am Gleis zu haben, und weniger wegen des Geldes. Die großen Summen kamen durch den Verkauf an echte, weitverzweigte Drogenringe wie der herein, den Alice für ihren Vater betrieben hatte. Aber jetzt, wo Alice dem FBI ins Netz gegangen war, musste er sich andere Partner suchen, schließlich hatte auch er Ausgaben.

Alice hatte nicht gewusst, dass er sowohl Kunde als auch Lieferant war. Als Professor hatte er ihr seinen erstklassigen Stoff verkauft und unter seinem richtigen Namen Ware abgekauft. Zum Glück hatte er bereits andere Quellen für seine Käufe aufgetan, viel preiswertere als Alice', und obendrein blieb es ihm auch erspart, mit ihr in die Kiste steigen zu müssen.

Jedenfalls war er heilfroh, dass Sidney seinen Namen nicht erwähnt hatte.

»Willst du dir mal so richtig das Hirn rausblasen?«

Sidneys dunkle Augen leuchteten. »Ich dachte schon, Sie fragen überhaupt nicht mehr.«

Er reichte ihr ein Tütchen mit weißem Pulver. »Meine Spezialmischung.«

Sie beäugte die Ware argwöhnisch. »Und wie viel kostet die?«

»Dasselbe wie sonst auch. Ich dachte, du willst vielleicht ein bisschen feiern.«

Sie strahlte. »Absolut.« Sie zog ihr Besteck aus dem Rucksack und legte alles auf die Mittelkonsole: Spiegel, Strohhälmchen, Rasierklinge. Mit routinierten Bewegungen zog sie drei säuberliche Lines auf dem Spiegel, beugte sich vor und wollte die erste hochziehen, als er ihre Schulter berührte.

»Heute gibt's einen Bonus. Etwas Neues, mit dem ich gerade ein bisschen experimentiere. Willst du's mal probieren?«

Sie musterte ihn. »Ist das Zeug auch ungefährlich?«

Das Mädchen schniefte Koks. Er unterdrückte den Impuls, die Augen zu verdrehen. »Absolut. Ich habe es selbst schon genommen und an einige meiner besten Kunden verteilt. Du wirst begeistert sein, versprochen.«

Sie strahlte vor Freude, zu seinen besten Kunden gezählt zu werden. »Und was ich muss ich dafür tun?«

Er hielt ein Glasröhrchen mit einer einzelnen Kapsel hoch.

»Zuerst sniefst du eine Line, dann steckst du dir das in den Mund und zerkaust es. Es ist der totale Hammer, geradezu orgasmisch.«

Sie kicherte. »Ich glaube nicht, dass es das Wort wirklich gibt, Professor.« Sie beugte sich vor, zog sich das Pulver in die Nase und lehnte sich zurück, während das Koks in ihrem Gehirn ankam. »Puh, wow. Allein das schon … Wahnsinn.«

Behutsam ergriff er ihr Kinn, drückte ihren Mund auf und ließ die Kapsel aus dem Röhrchen auf ihre Zunge gleiten. Keine Berührung. Keine Fingerabdrücke. »Und jetzt beiß zu. Fest. Und schnell schlucken.«

Sie gehorchte. Eine Minute lang passierte gar nichts. Sie runzelte die Stirn. »Ich spüre nichts.«

»Das kommt schon, keine Angst.« Er zog ein Paar Latexhandschuhe aus der Tasche und streifte sie über, dann gab er das restliche Kokain in das Tütchen, verschloss es und steckte es ein, ehe er ihr Besteck einsammelte und in ihren Rucksack fallen ließ und ihr Handy herauszog.

»Was machen …« Sie verzog das Gesicht. »Mir geht's irgendwie nicht gut … o Gott, was war in der Kapsel?«

»Zyanid.«

»Wa–?« Hilflose Panik flackerte in ihren Augen auf, während sie vergeblich versuchte, das Wort über die Lippen zu bringen.

»Und in dem Koks war Ketamin. Das ist meine Spezialmischung. Gleich kannst du dich nicht mehr bewegen, also versuch's gar nicht erst. Du wirst dir wünschen, du wärst tot. Und gleich bist du es auch.«

Er packte ihre Hand und drückte ihren rechten Zeigefinger auf die Taste ihres Smartphones, um die Sicherung zu lösen. *Presto.* Dann scrollte er durch die Fotos, um sicherzugehen, dass sie keines von Alice gemacht hatte. Es durfte keinerlei Verbindung geben.

Hervorragend. Keine Fotos. Er würde das Smartphone in den nächsten Mülleimer werfen.

Sidney hatte sich nach vorn gebeugt und die Arme um den Oberkörper geschlungen. *Krämpfe.* Jetzt würde es nicht mehr lange dauern. Er beugte sich über sie, öffnete die Tür und schob sie vom Sitz, dann warf er ihren Rucksack hinterher. »Tut mir leid«, sagte er. Und er meinte es auch so.

Er schloss die Tür und fuhr durch das kaputte Tor. Nach ein paar Metern nahm er die SIM-Karte aus dem Smartphone und warf das Gerät in den ersten Mülleimer, den er sah. Ein paar Blocks später hielt er ein weiteres Mal an und ließ die Karte in den Rinnstein fallen. *Nächster Halt, Ohio River.*

Wie praktisch. Und sollte die Karte wider Erwarten doch irgendwo angespült werden, wären die Daten längst zerstört. Er verzog das Gesicht. Und die Leute essen immer noch Fisch aus dieser Brühe. O Gott.

Apropos … er hatte noch nicht zu Abend gegessen. Er fragte sich, was Mallory wohl gekocht haben mochte. Wehe, es gab Fisch.

2. Kapitel

Sie klackerte wieder. Und summte. Und zwar fürchterlich falsch. Aber das machte Decker nichts aus. Wenigstens waren die Laute real. Das war das Allerwichtigste. Er klammerte sich mit aller Macht an das Reale, doch die Finsternis wollte ihn immer wieder aufs Neue verschlingen, und er war zu erschöpft, um weiterzukämpfen.

Doch jetzt hörte er dieses Klappern und das Summen, an dem er sich festhalten konnte. Was war das für ein Song? Er wusste genau, dass er ihn kannte, auch wenn die Töne noch so schief waren. Der Name schwebte direkt vor seinem geistigen Auge, und doch war er zu weit entfernt. Dann kamen die Worte. Sie sang.

»Wish you were here …«

Ah. Pink Floyd. Himmelschreiend falsch gesungen. Und so unendlich traurig. *Warum ist sie so traurig?* Er musste es wissen, konnte aber … er konnte sie nicht fragen. Weil er sich nicht bewegen konnte. Wut loderte in ihm auf, verrauchte aber sofort wieder. Nicht einmal dafür reichte seine Energie. Dann hörte das Klackern auf, ihre Stimme brach, als sie von den beiden verlorenen Seelen in einem Goldfischglas sang. Panik ergriff ihn, als er ein Rascheln hörte. Nicht gehen. *Bitte geh nicht. Bitte, berühre mich noch einmal. Bitte.* Es hatte sich so schön angefühlt, und das wollte er ihr sagen. Es war so lange her, seit ihn das letzte Mal jemand so berührt hatte.

Ein Schluchzen drang durch den Nebel seines Bewusstseins, gefolgt von einem zittrigen Seufzer. Sie weinte. *Nicht weinen.*

Bitte. Das Klackern setzte wieder ein, und er entspannte sich. Sie schniefte zwar noch, aber wenigstens schien sie zu bleiben. »Verdammtes Internetradio«, murmelte sie. »Wieso laufen hier bloß traurige Sachen? Und ich heule wie ein Schlosshund. Ausgerechnet heute. Ich brauche dringend etwas Fröhliches.« Das Klackern hörte wieder auf. »Hey, Griff, Sie auch? Vielleicht hilft es Ihnen ja aufzuwachen, damit Sie mir endlich sagen können, wonach ich suchen soll.«

Musik ertönte, aber ganz, ganz leise.

Er registrierte etwas neben seinem Kopf, dann war die Musik plötzlich lauter. *Ja. Genau. Danke.* Sie hatte den iPod auf das Kopfkissen gelegt. Am liebsten hätte er aufgelacht. Auch diesen Song kannte er. *Zip-a-Dee-Doo-Dah.* Sie spielte ihm Disney-Stücke vor.

»Das ist meine geheime Playlist, deshalb dürfen Sie auf keinen Fall etwas verraten«, murmelte sie und strich ihm über die Stirn. Ja. Bitte. Mehr. Aber dann zog sie ihre Hand zurück. Er hätte am liebsten geschrien, sie angebettelt. *Bitte. Weitermachen.* »Ich habe sie unter ›Death Metal‹ abgespeichert, nur für den Fall, dass jemand meinen iPod in die Finger bekommt. Schließlich habe ich einen Ruf als knallharte Polizistin zu verteidigen. Aber selbst knallharte Polizistinnen brauchen ab und zu mal was Nettes, und die Leute lieben nun mal Mickey und seine Freunde.« Ihre Stimme befand sich ganz dicht neben seinem Ohr. »Selbst so Schränke wie Sie.«

Sie begann wieder zu klackern, und er entspannte sich. Was tat sie gerade? *Mach die Augen auf.* Aber seine Lider fühlten sich immer noch bleischwer an. Er wollte sie bitten, weiter mit ihm zu sprechen. Er musste ihre Stimme hören, musste sich aus der Finsternis kämpfen. Sie hatte die ganze Zeit über geredet, als er bei Bewusstsein gewesen war. Na ja, halbwegs bei Bewusstsein. Sie hatte geredet und geredet.

Manchmal mit mir, manchmal mit dieser anderen Frau, aber die war unwichtig. Genauso wie die Musik. Er wollte ihre Stimme hören. Musste ihre Stimme hören.

Ich muss ihr sagen ... Er hielt inne. Das war sehr wichtig. Aber *was* musste er ihr sagen?

Die Musik spielte. Songs für Kinder, unbeschwert und fröhlich. *Mach die Musik aus und sprich mit mir.* Aber sie tat es nicht.

Und dann fiel es ihm wieder ein. Es war wie ein Schock. *Ich muss ihr von den Kindern erzählen.*

Wieder seufzte sie, und das Klackern verstummte. »So, die Pause ist vorbei, Griff.« Erneut raschelte es, dann hörte auch die Musik plötzlich auf. »Ich muss mit den blöden Aufzeichnungen weitermachen, die sterbenslangweilig sind, wenn ich das mal so sagen darf. Aber keine Angst, ich bleibe am Ball.«

Wach auf. Sie setzt sich wieder hin. Los, wach endlich auf, verdammt noch mal! Tu es! Er zwang sich, die Augen aufzuschlagen, und ... *Verdammte Scheiße, tut das weh. Es ist so hell. So brutal hell.*

Aber er würde die Augen nicht wieder schließen, denn sie war da, nur wenige Zentimeter neben ihm. Ihre großen braunen Augen waren weit aufgerissen, und ihr Mund stand offen, dann lächelte sie.

Er kannte sie, kannte das flammend rote Haar, die blasse, weiche Haut, die niedlichen Sommersprossen auf ihrer Nase. Kate. Sie hieß Kate. Er versuchte zu sprechen, aber es gelang ihm nicht. *Scheißmaske. Scheißschlauch. Weg damit.*

»Willkommen zurück, Agent Davenport. Wurde auch langsam Zeit.« Sie packte sein Handgelenk, bevor er sich die Maske vom Gesicht reißen konnte. »Nicht. Finger weg von dem Schlauch. Ich rufe die Schwester.«

Die Kinder. Er musste ihr von den Kindern erzählen. In seiner

Verzweiflung versuchte er, sich aus ihrem Griff zu befreien, aber sie schloss die Finger noch fester um sein Handgelenk.

»Hören Sie auf, Griffin«, befahl sie mit sanfter Strenge. »Wenn Sie den Schlauch noch einmal rausziehen, legen die Sie gleich noch mal ins Koma. Verstehen Sie, was ich sage?« Ihre Züge wurden etwas weicher, der feste Griff blieb. »Sie brauchen keine Angst zu haben, das wird schon wieder, versprochen.«

Er wehrte sich nicht länger, machte jedoch keine Anstalten, seine Hand sinken zu lassen – nur für alle Fälle.

Wieder trat das Lächeln auf ihre Züge. »Sehr gut, danke. Vielleicht erinnern Sie sich nicht mehr an mich, aber ich bin Kate.«

Das weiß ich. Er entspannte sich noch ein wenig mehr. Also hatte er sich richtig erinnert.

»Special Agent Kate Coppola«, fügte sie hinzu. »Ich war bei Ihnen, als Sie angeschossen wurden. Sie müssen sich jetzt beruhigen und mir zuhören. Ich will nicht, dass die Sie gleich wieder sedieren. Sie werden im Moment künstlich beatmet, aber Sie werden wieder gesund.«

Er nickte. Zumindest hoffte er es. Plötzlich siegte die Erschöpfung, und er ließ die Hand sinken. Sie strich ihm das Haar aus dem Gesicht und drückte seine Lider herunter. Bitte nicht aufhören. Bitte nicht. Doch ihre Hand verschwand, und die Panik kehrte zurück. *Nein, nicht weggehen! Bleib!*

Er zwang sich, die Augen wieder aufzuschlagen. Sie war noch da. *Ich muss es ihr sagen.* Er blinzelte.

»Ich habe nur die Schwester gerufen. Ich bin hier, Griffin.« Er runzelte die Stirn. Sie tat dasselbe. »So heißen Sie. Griffin Davenport.«

Er schüttelte den Kopf, der ihm erstaunlicherweise gehorchte. So lange hatte er hier gelegen ... regungslos. Erstarrt. Unsicher, ob es ihm je gelingen würde, die Finsternis hinter sich zu lassen. Tränen schossen ihm in die Augen. Wieder blinzelte er. Scheiße.

Behutsam wischte sie die Tränen mit den Fingerspitzen weg. Er hob seinen freien Arm und hielt ihre Hand fest. Wieder lächelte sie. *So süß. So verdammt süß.*

»Ich lasse Sie nicht allein, Griff. Jedenfalls noch nicht. Irgendwann muss ich mich allerdings eine Weile ausruhen. Aber ich komme wieder.«

Wieder runzelte er die Stirn und schüttelte den Kopf. *Nicht Griffin. Nicht Griff. Mein Name ist Decker.*

»Wobei ich wünschte, ich müsste nicht schlafen.« Sie lachte leise. »Aber leider muss ich es.«

Frustriert ließ er sich ins Kissen zurücksinken. Er konnte sie nur ansehen, alles andere strengte ihn viel zu sehr an.

Sie kniff die Augen zusammen. »Moment mal. Wieso haben Sie gerade den Kopf geschüttelt?« Sie sah auf und blickte zur Tür. »Er ist wach. Und ganz ruhig.«

Sekunden später blickte er in das lächelnde Gesicht einer Krankenschwester. »Sehr gut.«

Kate sah ihn mit hochgezogenen Brauen an. »Und er wird den Schlauch nicht herausreißen, stimmt's, Agent Davenport?«

Am liebsten hätte Decker ein Knurren von sich gegeben, aber nicht einmal das gelang ihm. *Verdammt!* Im Koma war es ja fast angenehmer gewesen. *Nein, natürlich nicht.*

Kate blieb an seiner Seite, während die Schwester Deckers Werte checkte. »Sie sind seit einer Woche hier«, erklärte sie.

»Gleich zieht sie den Beatmungsschlauch heraus, das stimmt doch, oder, Schwester?«

»Definitiv«, bestätigte die Schwester.

Eigentlich brauchte er ihre Beschwichtigungen nicht. Er vertraute Kate voll und ganz. Sie nickte ihm zu und lächelte, was bedeutete, dass sie seinen Versuch, es ihr ohne Worte mitzuteilen, registriert hatte.

»Reden Sie weiter mit ihm, Agent Coppola. Offenbar hilft es ihm, ruhig zu bleiben. Ich sehe zu, dass so schnell wie möglich der Arzt kommt.«

Kaum war die Schwester gegangen, nahm Kate seine Hand. »Die mussten Sie eine ganze Woche lang im Koma lassen. Die Kugel hat ziemlich großen Schaden angerichtet. Was genau, kann ich gar nicht alles aufzählen, aber am schlimmsten war Ihre Lunge betroffen. Ohne das Koma hätten Sie bei jedem Atemzug höllische Schmerzen gehabt. Verstehen Sie, was ich Ihnen sage?«

Er blinzelte. *Sprich weiter, Süße,* dachte er. *Du machst das ganz prima.*

»Sie hatten auch eine Thoraxdrainage, aber die wurde schon entfernt. Im Moment gibt es nur noch den Beatmungsschlauch. Sobald er draußen ist, können Sie wieder selbständig atmen, keine Angst.«

Er hatte keine Angst. Nicht davor. Ihm machte etwas ganz anderes Sorgen. Aber was war es noch mal?

Genau. Die Kids. Was war mit den Kindern?

Verdammt. Er konnte sich nicht erinnern. Aber es war wichtig.

»Schsch.« Kate drückte seine Hand. »Sie müssen sich entspannen. Wenn die glauben, dass Sie gleich ausflippen, schicken sie Sie gleich noch eine Runde in die Versenkung. Erstens wollen Sie das bestimmt nicht haben, und zweitens brauche ich Sie hier. Ich muss wissen, was auf den CDs ist und wonach ich suchen soll.«

Genau. Die Kids. Auf der CD. Wieder wanderte seine Hand zum Schlauch, doch sie hielt ihn zurück.

»Bitte, Griffin. Okay? Zwingen Sie mich nicht, gewalttätig zu werden. Das wollen Sie nicht erleben.« Sie drückte seine

48

Hand so lange nach unten, bis er nachgab. »Schon besser. Sobald der Arzt kommt und der Schlauch weg ist, finden wir eine Möglichkeit, wie Sie mit mir reden können. Versprochen.«

Er ließ sich in die Kissen sacken. Sie hatte es versprochen. *Los, Doc, Beeilung, bitte.*

Cincinnati, Ohio
Donnerstag, 13. August, 00.15 Uhr

Das Läuten des Telefons riss Mallory aus dem Tiefschlaf, aber das war nicht weiter schlimm, weil sie ohnehin von Männern mit Wurstfingern geträumt hatte, die sie durch den Supermarkt verfolgten. Ein Schauder überlief sie, als sie auf den Wecker auf dem Nachttisch blickte. Ihre Haut war klebrig vom Schweiß. Es war erst Mitternacht. Genug Zeit, um weiterzuschlafen und noch ein bisschen zu träumen. *Juhu.*

Aber Moment … offensichtlich war jemand ans Telefon gegangen. Obwohl es schon so spät war. Erst jetzt dämmerte ihr, was das zu bedeuten hatte, denn normalerweise hielt er sich strikt an die »Von neun bis neun«-Regel: Keine Anrufe vor neun Uhr morgens und keine nach neun Uhr abends. Alle Anrufe außerhalb dieser Zeitspanne wurden nicht angenommen und die Anrufer beinhart geblockt. Mit Ausnahme seiner beiden Schwestern. Bei ihnen ging er zwar an den Apparat, schnauzte sie aber an, weil sie sich nicht an seine Regel hielten.

Nell, die Ältere, war die Rücksichtsvollere und meldete sich nur im äußersten Notfall. Gemma hingegen rief grundsätzlich an, wann es ihr gerade passte, und er nahm stets den Hörer ab – schließlich könnte es wegen Macy sein.

Er hatte Macy zu Gemma gebracht, die sie offiziell adoptieren und wie ihr eigenes Kind großziehen sollte. Mallory dagegen hatte er behalten. Und benutzt und missbraucht, bis jede Hoffnung auf Rettung verloren gewesen war.

Normalerweise meldete sich Gemma, wenn Macy krank war, was anfangs ziemlich häufig vorgekommen war, inzwischen jedoch nicht mehr. Dafür zu sorgen, dass Macy gesund und munter blieb, geschah einzig und allein zu seinem Vorteil, denn schon die Drohung, Macy unter seine Fittiche zu nehmen und die nächste Sunshine Suzie aus ihr zu machen, genügte, um Mallory spuren zu lassen.

Anfangs hatte Mallory geglaubt, Gemma könnte ihre Verbündete werden ... dass seine kleine Schwester ihr zuhören würde, wenn Mallory ihr verriet, was er ihr angetan hatte. Und welches Schicksal Macy erwartete. Und womöglich würde auch Gemma etwas Schlimmes zustoßen, damit er an das Sorgerecht für Macy käme.

Im Zweifelsfall würde er nicht davor zurückschrecken, seine eigene Schwester zu töten. Er hatte sich vor Mallory oft genug damit gebrüstet, wie er es anstellen würde – auf dieselbe Weise, wie er auch Mallorys und Macys Mutter getötet hatte.

Aber Gemma hatte Mallory kein Wort geglaubt, sondern ihm stattdessen brühwarm alles erzählt, was sie erfahren hatte.

Danach war Mallorys Leben die reinste Hölle geworden. Er hatte ihr auf brutalste Weise demonstriert, welchen Preis Unehrlichkeit hatte. Danach hatte sie jede Hoffnung aufgegeben, eines Tages frei zu sein.

Aber dieser Anruf war deutlich nach Gemmas üblichen Zeiten eingegangen, und er hatte abgehoben, also musste es wohl etwas Geschäftliches sein. Leise schlüpfte Mallory aus dem Prinzessinnenbett, das er ihr gekauft hatte, als sie zu ihm gekommen war, und tappte zur Tür, sorgsam darauf bedacht, nicht auf eine der knarzenden Dielen zu treten.

Sie presste das Ohr gegen das Holz. Er war unten, deshalb konnte sie nur gedämpftes Murmeln hören. Aber wenn sie die Tür aufmachte und er es mitbekam … Es war eine ganze Weile her, seit er sie zuletzt geschlagen hatte, daher würde er wenigstens keine frischen Wunden aufreißen. Aber Anrufe nach Mitternacht waren nie ein gutes Zeichen, deshalb würde sie wohl oder übel riskieren müssen, entdeckt zu werden. Sie musste wissen, was er als Nächstes vorhatte, denn unvorbereitet zu sein, hatte sich mehr als einmal als äußerst unangenehm entpuppt.

Sie nahm eine leere Plastikflasche. Vielleicht konnte sie ja einfach so tun, als wäre sie auf dem Weg ins Badezimmer gewesen, um sie mit Wasser zu füllen.

Vorsichtig öffnete sie die Tür gerade so weit, um hindurchschlüpfen zu können, und schlich auf Zehenspitzen an Roxys Zimmer vorbei. Die Tür war geschlossen, aber sie könnte genauso gut sperrangelweit offen stehen – Roxy würde keiner Menschenseele etwas verraten, denn inzwischen war sie dem Tod näher als dem Leben. Eigentlich gehörte sie längst ins Krankenhaus, aber natürlich würde er das niemals erlauben, deshalb würde seine Frau zu Hause sterben.

Und das nur, weil er Angst hatte, jemand könnte ihm auf die Schliche kommen. Arme Roxy. Sie war genauso seine Gefangene wie Mallory.

Aber so etwas wie Mitleid konnte sie sich nicht erlauben. Wenn er sie hörte … tja, dann wäre sie schneller tot als Roxy. An manchen Tagen sehnte Mallory den Tod sogar herbei. Ohne Macy hätte sie sich schon vor langer Zeit umgebracht, weil es die einzige Möglichkeit war, hier herauszukommen.

Auf Zehenspitzen ging sie weiter, an den Gästezimmern vorbei. Im Moment standen sie alle leer, allerdings waren sie bereits geputzt und vorbereitet für die nächste Gruppe von … Opfern. Allein das Wort löste tiefes Unbehagen in ihr aus, aber das machte es nicht weniger wahr. Die Zimmer waren der reinste Kindertraum, würden aber auf kurz oder lang das Herzstück ihrer Alpträume werden. Solange Mallory keinen Plan entwickelte, wie sie ihm Einhalt gebieten konnte.

»Wann?«, hörte sie ihn barsch fragen. »Wann ist er aufgewacht?«

Von ihrem Beobachtungsposten auf der Treppe konnte sie ihn immer nur für ein paar Sekunden sehen, da er im Wohnzimmer auf und ab ging.

»Haben Sie ihn erledigt?«, fragte er. »Und wenn J. Edgar Hoover höchstpersönlich aus seinem Grab steigen und an seinem Bett Wache halten würde. Machen Sie ihn kalt, bevor dieser Schlauch rausgezogen wird, völlig egal, wie.« Er gab ein grollendes Knurren von sich. Erschrocken wich Mallory zurück, eine Hand auf den Mund gepresst, um ihren Aufschrei zu unterdrücken. Aber er hatte sie nicht gesehen. »Es ist mir scheißegal, dass Sie gerade keinen Dienst haben. Sie gehen da hinein und erledigen ihn, sonst sorge ich dafür, dass *Sie* bald einen Schlauch im Mund haben.«

Behutsam drehte sie sich um und schlich in ihr Zimmer zurück, während er weiter die Person anschrie, die dumm genug gewesen war, sich seinen Anweisungen zu widersetzen. *Wenigstens vereinbart er keine neuen Verabredungen für mich. Oder Videosessions.* Aber sie wären ohnehin nicht für sie geplant gewesen – das war zumindest ein Vorteil, schon zu alt zu sein. In diesem Fall wäre sie mit ihrem Plan, die vier Kinder zu retten, die sie am Samstag am Küchentisch gesehen hatte, unter gewaltigen Zeitdruck geraten.

Sie wäre gezwungen gewesen, sofort zu handeln, und am Ende hätte ihr Tod gestanden. Kein guter Plan.

Mallory legte sich wieder ins Bett und starrte an die Zimmerdecke, während sie darüber nachdachte, was sie gehört hatte, vor allem aber, wie sie die Information für sich nutzen könnte. Denn das könnte der Durchbruch sein, auf den sie so sehnlich gehofft hatte.

Wer auch immer »erledigt« werden sollte, lag vermutlich im Krankenhaus, so viel hatte sie sich zusammengereimt. Wirklich interessant war jedoch der Name J. Edgar Hoover. Auch ihn konnte sie durchaus zuordnen.

Hoover war früher der Boss des FBI gewesen. Ihr Herzschlag beschleunigte sich. Bedeutete das, dass das FBI in die Sache verstrickt war? Hatten sie ihn im Visier? War er so wütend gewesen, weil er Angst hatte? So klang er normalerweise nie. Na ja, zumindest nicht oft. Das letzte Mal lag fast ein Jahr zurück. Auch damals hatte sie gebetet, aber es war nichts passiert. Ihr Leben war genauso weitergegangen wie zuvor.

Aber wenn das FBI jetzt … Ihr schwirrte regelrecht der Kopf. Das bedeutete, dass ihn jemand im Verdacht hatte. *Und dieser Jemand wird mir glauben.* Allein bei dem Gedanken wäre sie am liebsten in Tränen ausgebrochen, aber sie hatte schon vor langer Zeit gelernt, nachts nicht zu weinen. Und auch sonst nicht.

Ach, Mallory. Es war seine Stimme, die ihr ins Ohr flüsterte. Sie hasste sie. *Niemand wird dir jemals glauben.*

Das ist nicht wahr. Derjenige, der ihn verdächtigte, würde ihr glauben. *Ich muss ihn bloß finden. Oder sie.*

Ach, Mallory, Mallory, Mallory. Du meinst diesen »Jemand«, der »ihn« in »einem Krankenhaus« bewacht? So viele Namen, Orte, Unbekannte. Und du hast keine Ahnung, wo du mit der Suche anfangen sollst …

Mallory biss die Zähne zusammen. *Ja. Genau das meine ich.* Genau diesen »Jemand« musste sie ausfindig machen. Sie würde schon herausfinden, wo sie suchen musste. Ganz bestimmt.

Seinen Computer konnte sie nicht benutzen, weil er so gut wie jede Webseite blockiert hatte. Sie könnte es über eine Rezeptseite probieren, doch sämtliche Seiten mit aktuellen Nachrichten waren auch geblockt.

Sie würde einen Weg finden. Denn wenn sie jemanden fand, der ihr glaubte, würde dieser Jemand ihm Einhalt gebieten. *Nicht ich.* Was bedeutete, dass sie nicht versuchen musste, ihr Leben dafür zu opfern.

Cincinnati, Ohio
Donnerstag, 13. August, 6.30 Uhr

»Du lieber Himmel, Kate, was ist denn mit dir passiert?«

Decker schreckte hoch. Blinzelnd sah er den Mann im Türrahmen an und fragte sich, ob er noch schlief oder wach war. Vielleicht hatten sie ihn wieder an den Morphiumtropf gelegt, und er hatte Halluzinationen, denn der Mann sah irgendwie ... seltsam aus. Schlohweißes Haar stand ihm wild vom Kopf ab, aber er war allenfalls in Deckers Alter, also vierunddreißig.

Er überlegte kurz, stellte dann erfreut fest, dass sein Verstand glasklar war und er keine Mühe hatte, die Information abzurufen. Genau. Sein Geburtstag lag erst wenige Wochen zurück. Er hatte ihn ganz allein gefeiert, weil er zu diesem Zeitpunkt noch verdeckt ermittelt hatte. Gene Deckers Geburtstag war im April.

Er richtete seine Aufmerksamkeit wieder auf den Mann im Türrahmen. Auch sein Ziegenbärtchen war weiß, ebenso die geschwungenen Brauen, die über den Rand der Wraparound-Sonnenbrille ragten. Aber sie waren doch in einem geschlossenen Raum, oder? Deckers Blick schweifte nach oben. *Ja. Eine Zimmerdecke.* Was zum Teufel war das für ein

Typ? Er hatte die Hände in die Hüften gestemmt und die Lippen fest aufeinandergepresst.

Decker blinzelte noch einmal, aber der Kerl stand immer noch da.

Ein kehliges Lachen klang von dem Stuhl auf der anderen Seite des Bettes herüber, gefolgt von leisem Klackern. *Kate. Gut. Sie ist noch da.*

»Doch, Griff, er ist echt. Sie sind wieder wach. Und Sie beide sind sich auch schon mal begegnet. Am Abend, als Sie angeschossen wurden. Das ist Special Agent Deacon Novak. Er hat dafür gesorgt, dass Sie nicht verbluten, bevor der Krankenwagen kam. Mach nicht so ein Gesicht, Deacon, sondern zeig Griffin mal, dass du Manieren hast.«

Deacon. Den Namen hatte Decker schon einmal gehört. Er durchforstete sein Gedächtnis. Wieder schien der Prozess reibungslos und schmerzfrei zu funktionieren. Kate hatte mit der anderen Frau über ihn gesprochen. Als er noch in der Finsternis gefangen gewesen war.

Er runzelte die Stirn. Aber Kate hatte »Es tut mir leid, Jack« gesagt. Wer zum Teufel war Jack?

Auch das würde er sie fragen, sobald sie ihm endlich diesen verdammten Schlauch rauszogen. Wieso war das nicht längst passiert? Sie hatte es doch versprochen. Er spürte, wie er sich anspannte, und zwang sich, locker zu lassen. Sie würde es ihm schon irgendwann sagen, aber im Moment war er immerhin klar genug im Kopf, um es nicht selbst zu versuchen.

Agent Novak trat an sein Bett. Ja, er konnte sich an ihn erinnern. Mehr oder weniger. Irgendetwas war mit seinen Augen. Etwas Seltsames. Aber das konnte nicht real gewesen sein. Bestimmt lag es am Morphium. Das Zeug bescherte einem übelste Halluzinationen.

Novak nickte ihm zu. »Agent Davenport. Wie schön, dass Sie wieder bei uns sind.«

Decker hob die Hand, die sich zu seinem Entsetzen bleischwer anfühlte. Eine Woche? Er fühlte sich, als wäre er einen ganzen Monat weg gewesen. Er tippte sich mit dem Finger gegen den Augenwinkel, worauf Novak grinsend die Sonnenbrille abnahm.

Scheiße. Decker zuckte zusammen, was Kate ein neuerliches leises Lachen entlockte. Diese Augen waren echt gruselig. Wie Katzenaugen, nur zweifarbig. Blau und braun.

Er konnte sich an sie erinnern, an die Stimme, die ihm befohlen hatte, gefälligst am Leben zu bleiben – und er hatte allen Ernstes geglaubt, er hätte vom Morphium halluziniert. *Heilige Scheiße.*

»Zum Glück setzt Agent Novak seine Grusel-Augen nur für positive Zwecke ein ... meistens jedenfalls.«

Novak warf ihr einen vernichtenden Blick zu. »Und das aus dem Mund einer Frau, die aussieht, als wäre sie unter die Räder gekommen. Was ist, verdammt noch mal, los mit dir, Kate? Dani hat mir schon erzählt, dass du dich gehenlässt, aber dass es so schlimm ist, hätte ich nicht gedacht. Sieh zu, dass du in dein Hotel kommst und dich anständig ausschläfst.«

Schrei sie gefälligst nicht an! Am liebsten hätte Decker sich den Schlauch herausgerissen und ihn Novak in die Kehle gerammt, aber er konnte seinen Killerblick nicht sehen, weil er – ebenfalls mit Killerblick – Kate anstarrte.

Das Klackern setzte wieder ein. Vorsichtig drehte Decker den Kopf. Ah. Sie strickte. Etwas in Grün und Braun und ... Tarnfarben. Das Muster sah genauso aus wie seine Kampfuniform bei der Army. Er nahm sich vor, sie auch danach zu fragen. Sein Blick wanderte zu ihrem Gesicht.

Sie sah tatsächlich todmüde aus, trotzdem war nichts schöner, als ihr Gesicht zu betrachten.

»Bist du fertig?«, fragte sie seelenruhig. »Denn falls nicht, würde ich vorschlagen, du zeterst in Zimmerlautstärke weiter. Immerhin sind wir hier auf einer Intensivstation.«

Deacons Wangen färbten sich rot. »Verdammt, Kate«, presste er halblaut hervor. »Hol deine Sachen, ich bringe dich ins Hotel, und zwar auf der Stelle.«

»Nein.«

»Nein?«, wiederholte er ungläubig. »Dann kommst du mit zu mir nach Hause.«

»Das sieht deine Verlobte sicherlich ein bisschen anders.«

»Tja, leider hat Faith mich gebeten, dir auszurichten, dass du jederzeit bei uns bleiben kannst, solange du willst. Wir haben ein Gästezimmer, und sie will dich sowieso kennenlernen. Also, los.«

»Ich gehe ins Hotel, sobald sie den Schlauch gezogen haben. Das habe ich ihm versprochen.«

Befriedigt lauschte Decker ihren Worten, doch dann runzelte er die Stirn. Sie hatte ihm auch versprochen, dass sie irgendwie kommunizieren würden, es aber bislang noch nicht getan. *Weil ich wieder eingeschlafen bin. Verdammt.* All die wichtigen Dinge, die er ihr unbedingt sagen musste …

Dass sein Name Decker war, nicht Griff.

Und die Kinder. *Scheiße.* Er tippte ganz leicht gegen das Bettgestell. Kate hielt inne, sprang auf und eilte zu ihm. Er spürte ihre Fingerspitzen auf der Stirn.

Ja. Genau das. Nicht aufhören. Sie lächelte ihn an. *Ja, das auch.* Es war schön, wenn sie lächelte.

»Entschuldigung, aber ich musste Deacon mal kurz zurechtstutzen. Sie wollen bestimmt wissen, wieso der Schlauch immer noch drin ist. Sie waren gestern Abend zu erschöpft, deshalb konnten die Ärzte nicht ausprobieren, ob Sie ohne Hilfe atmen können. Sie sind mittendrin eingeschlafen.« Sie sah ihn gequält an. »Wahrscheinlich hatten Sie sich überanstrengt, als Sie den Schlauch selbst rausziehen wollten.«

Er kniff die Augen zusammen, worauf Kate leise lachte. »Aber keine Angst, Sie kriegen heute schon noch eine Gelegenheit, uns zu zeigen, was Sie draufhaben. Der Arzt wollte im Lauf des Vormittags wiederkommen und einen weiteren Versuch wagen. Wollen Sie so lange versuchen, sich mit Blinzeln zu verständigen? Einmal für ja und …«

Er blinzelte einmal, worauf sie erneut lachte. »Okay, das sollte wohl ein Ja sein. Hast du das Schaubild mitgebracht, Deacon?«

»Klar.« Novak begann, in seinem Rucksack zu kramen.

»Für den Fall, dass Sie sich fragen, mit wem Sie es hier zu tun haben«, erklärte Kate. »Agent Novak und ich haben früher in Baltimore zusammengearbeitet. Jetzt sind wir beide hier in Cincinnati, allerdings gehört er einer Sondereinheit des Police Departments an, während ich für die Abteilung Menschenhandel des FBI tätig bin. Ich sollte mich mit den Akten bezüglich des Menschenhändlerrings vertraut machen, gegen den Sie die letzten drei Jahre ermittelt haben. Mein neuer Partner ist Agent Troy, der ebenfalls noch mit Ihnen reden will. Wir brauchen die Namen der Komplizen, der Lieferanten und der Abnehmer. Ich habe mir Ihre Aufzeichnungen angehört, weil ich dachte, ich könnte herausfinden, wohin das Geld geflossen ist. Novaks Team hat die Typen identifiziert und festgenommen. Er braucht ein paar Antworten von Ihnen, um seinen Bericht abschließen zu können. Außerdem ist er hergekommen, um nach dem Mann zu sehen, dem er das Leben gerettet hat. Und um mich eine Runde anzubrüllen.«

»Vor allem Letzteres«, brummte Novak und rollte einen Bogen Papier mit einem Alphabet und dem Abbild einer Tastatur darauf auseinander.

»Sie können selbst einen Stift zur Hand nehmen, aber wahrscheinlich ermüdet Sie das zu sehr, so dass Sie wieder einschlafen, bevor Sie uns alles mitgeteilt haben. Aber heute

Nachmittag oder spätestens morgen wird es Ihnen bestimmt bessergehen, dann können Sie selbst schreiben.«

Es hörte sich an, als wüsste sie, wovon sie sprach. Noch eine Frage für seine Liste.

»Oder wir erledigen das für Sie«, fuhr sie fort. »Sie deuten einfach auf die Buchstaben, und wir schreiben. Wenn Ihr Arm lahm wird, zeigt Deacon auf die Buchstaben, Sie blinzeln, und ich schreibe. Das wird ziemlich langwierig, deshalb haben Sie bitte Geduld mit uns, okay?«

Decker blinzelte ein Mal.

»Gut«, sagte sie. »Bevor wir loslegen, habe ich noch ein paar Fragen, die Sie mit Ja oder Nein beantworten können. Erstens – heißen Sie Griffin Davenport? Sie wirkten etwas aufgebracht, als ich Sie gestern Abend so genannt habe.«

Er blinzelte und hob probeweise die Schultern. Es tat weh, aber nicht so sehr, wie er erwartet hatte.

»Ja, aber?«, meinte Kate, worauf er erneut blinzelte. Sie hob ihren Stift. Decker schüttelte den Kopf, hob die Hand und formte mühsam mit den Fingern ein O. »Sie können Ihre rechte Hand nicht benutzen? Oh, Sie sind also Linkshänder, ja? Und natürlich ist das die Hand, aus der die Ärzte inzwischen ein Nadelkissen gemacht haben«, fügte sie trocken hinzu. »Okay, dann mit der Tastatur?«

Er blinzelte wieder, und Novak hielt das Poster so hin, dass er die Buchstaben erreichen konnte. DECKER. Kate runzelte die Stirn.

»Gene Decker war Ihr Undercover-Name. Heißen Sie wirklich so?«

NCK.

»Ein Nickname. Ein Spitzname«, folgerte Deacon, was Decker mit einem weiteren Blinzeln bestätigte. »Ein vertrauter Name erleichtert die Undercover-Arbeit natürlich.«

Decker sah Kate an, die ihn anlächelte. »Okay, dann Decker.

Erinnern Sie sich an den Abend, als Sie angeschossen wurden?«

Das tat er, mit geradezu erschreckender Klarheit. O Gott. Natürlich war er davon ausgegangen, dass er die Menschen, die er auskundschaften sollte, aus tiefster Seele hassen würde. Schließlich gehörten sie einem Drogenring an, beförderten und verkauften Kokain, Heroin und Oxycodon über die Interstate 75 zwischen Miami und Detroit. Aber damit nicht genug. Sie hatten ihr Tätigkeitsfeld erweitert und verkauften auch noch Menschen. Kinder.

Er hatte sie nicht nur gehasst, sondern den Wunsch verspürt, jeden Einzelnen aufzuschlitzen und an den Eingeweiden aufzuhängen. Aber er hatte gute Miene zum bösen Spiel machen müssen und gleichzeitig alles in seiner Macht Stehende getan, um ihre Machenschaften zu unterbinden, ohne dabei zu riskieren, dass er aufflog. Er hatte so tun müssen, als würde er sie auch noch *bewundern*.

»Hey«, sagte Kate leise. »Ihr Puls ging gerade regelrecht durch die Decke. Vielleicht sollten wir noch ein bisschen warten.«

Er blinzelte zweimal. Fest. Dann schloss er die Augen und versuchte, sich zu entspannen. Ihre zarte Berührung half.

»Was denn?«, hörte er sie scharf fragen und schlug gerade noch rechtzeitig die Augen auf, um zu sehen, wie sie und Novak sich gegenseitig anfunkelten.

Novak zuckte mit den Schultern. »Ich hab nichts gesagt.«

Doch Decker sah ihm an, dass er es am liebsten getan hätte.

Er wartete, bis Novak ihn anblickte, und kniff die Augen zusammen. Klappe halten, Freundchen.

Novak schnitt eine Grimasse. »Wow, die Message habe ich auch ohne Blinzeln oder andere Hilfsmittel verstanden«, bemerkte er sarkastisch. »Botschaft angekommen. Klar und deutlich.«

Decker konnte gerade noch nicken, als die Schwester eintrat

und Novak zur Seite schob. »Sie müssen jetzt gehen«, erklärte sie ohne Umschweife. »Sie regen meinen Patienten zu sehr auf.«

Novak zog seine Dienstmarke heraus, doch die Schwester winkte ab. »Ich weiß, wer Sie sind«, sagte sie. »Sie beide. Aber das interessiert mich nicht. Schluss jetzt.«

Decker hob die Schultern, doch Kate drückte ihn in die Kissen zurück, während die Schwester seinen Puls maß.

»Ma'am«, sagte Kate ruhig. »Der Mann ist Bundesagent, der etwas Wichtiges loswerden muss. Wenn Sie uns jetzt wegschicken, regt er sich nur noch mehr auf. Bitte lassen Sie ihn sagen, was er zu sagen hat, dann sind wir im Nu weg, und er kann sich ausruhen. Okay?«

Die Schwester runzelte die Stirn. »Da draußen mag er ein Agent sein, aber hier drinnen ist er mein Patient, und ich bin dafür verantwortlich, dass er am Leben bleibt, *damit* er bald wieder da draußen herumlaufen kann.« Sie stieß einen Seufzer aus. »Also gut, fünf Minuten. Aber nur, weil er sich ein bisschen beruhigt hat. Sobald sein Puls wieder ansteigt, werfe ich Sie beide höchstpersönlich raus, und glauben Sie bloß nicht, ich würde das nicht hinkriegen. Ich habe vier Söhne großgezogen, die alle solche Brocken wie Mr. Davenport sind, und ich kann Maßnahmen ergreifen, die Sie lieber nicht ausprobieren wollen. Habe ich mich klar ausgedrückt?«

»Ja, Ma'am.« Ein amüsiertes Lächeln spielte um Kates Mundwinkel. »Danke, dass Sie sich so gut um ihn kümmern. Wir werden uns benehmen, versprochen.«

»Na gut«, brummte die Schwester. »Ich werde dem Arzt sagen, dass der Patient wach ist.«

Novak blickte über die Schulter, um sicherzugehen, dass sie weg war, dann verdrehte er die Augen. »Schleimerin.«

»Und wer hat uns weitere fünf Minuten verschafft, Klugscheißer? Mit Krankenschwestern sollte man sich immer gut stellen. Denen bist du ausgeliefert, ganz klar.« Sie sah Decker an. »Und Sie, Mister, reißen sich schön zusammen. Über den Abend des Schusswechsels reden wir später. Jetzt will ich wissen, wonach ich auf den CDs suchen soll.«

Die CDs. Die Kinder. Decker schloss die Augen und durchforstete sein Gedächtnis. *Okay.* Er zeigte auf die Buchstaben.

DI AUG 4. Er hielt inne. 19, 20, 21 Uhr?

»Dienstag, der 4. August?«, fragte Novak. »Irgendwann zwischen 19 und 21 Uhr?«

Decker nickte und ließ die Hand sinken.

»Das war zwei Tage, bevor Sie angeschossen wurden«, bemerkte Kate. »Moment.« Er verlagerte das Gewicht und sah zu, wie Kate eine Tasche unter ihrem Stuhl hervorzog.

Kate Coppola hatte ein höchst ansehnliches Hinterteil, das in ihrer schmal geschnittenen Hose perfekt zur Geltung kam. Heiße Begierde loderte in ihm auf. Unwillkürlich ballte er seine freie Hand zur Faust, während er sich ausmalte, wie er sie berührte.

»Aufpassen, Arschloch«, raunte Novak dicht neben seinem Ohr.

Genau das tue ich, dachte Decker, ohne Kate aus den Augen zu lassen. *Keine Sorge.*

Unsanft packte Novak ihn am Kinn und zwang ihn, ihm ins Gesicht zu sehen. »Die kriegst du nicht!«, formte er lautlos mit den Lippen.

Decker hob die Brauen und erwiderte Novaks Blick. *Noch nicht.*

Novaks Blick wurde eisig. Er ließ Decker los und richtete sich gerade rechtzeitig wieder auf, als Kate sich mit einer einfachen Leinentasche und einem Wollknäuel in der Hand umdrehte. »Mein Strickzeug«, erklärte sie und stellte die

Tasche auf der Matratze neben Decker ab. »Was ist jetzt schon wieder?«, fragte sie Novak entnervt.

Novak schüttelte den Kopf. »Das ist kein sonderlich sicheres Versteck«, knurrte er.

Sie musterte ihn verblüfft, aber natürlich ahnte sie nicht, dass Novaks Feindseligkeit in Wahrheit gegen Decker gerichtet war. »Auch nicht unsicherer als meine Laptoptasche. Ich habe beides immer im Auge behalten.«

»Zumindest bis du im Stuhl eingeschlafen bist«, blaffte er.

»Halt den Mund.« Befriedigt registrierte Decker Kates vernichtenden Blick, während sie ein Knäuel der grünen Wolle herauszog und in dem Beutel kramte. »Ich habe fünf CDs mitgebracht. Hoffentlich ist es eine davon. Büro I, II und III habe ich schon durchgehört.« Sie nahm die CDs aus den Hüllen und hielt sie Decker vor die Nase. »Vorzimmer? Küche? Garage? Großes Schlafzimmer? Arbeitszimmer?«

Decker blinzelte, worauf sie die vier anderen CDs wieder unter der Wolle versteckte. »Dann also Arbeitszimmer. Ich höre sie mir so schnell wie möglich an. Und jetzt lassen wir Sie sich ein bisschen ausruhen.«

Decker packte ihren Arm und deutete auf ihr Handgelenk, wo sich eigentlich ihre Uhr befinden sollte. »Wie spät es ist?«, fragte sie, worauf er den Kopf schüttelte. »Wann wir zurückkommen?«

Er nickte und ließ sie los.

»Ein paar Stunden wird es schon dauern«, sagte sie.

»Mindestens«, brummte Novak. »Sie geht jetzt erst mal ins Hotel und legt sich hin. Oder, Kate?«

Verdrossen presste sie die Lippen aufeinander. »Ja, von mir aus. Aber zuerst müssen wir herausfinden, was auf der verdammten CD ist, okay? Danach müssen wir Zimmerman informieren, und dann lege ich mich schlafen.« Ihr Kiefer spannte sich an, als er nicht reagierte. »Lass gut sein, Deacon«, sagte sie ganz leise, in einem Ton, von dem Decker nur hoffen konnte, dass sie ihn ihm gegenüber niemals anschlagen würde. »Ich habe keine Ahnung, welche Laus dir über die Leber gelaufen ist, aber es reicht jetzt. Schluss damit!«

Novak nickte mit zusammengepressten Lippen. »Alles klar. Bist du so weit?«

»Warte bitte vor dem Aufzug auf mich. Ich bin gleich da. Geh jetzt«, bellte sie, als Novak sich nicht vom Fleck rührte. »Unsere fünf Minuten sind gleich vorbei.«

Novak verließ den Raum, ohne sich noch einmal umzudrehen, während Kate sich, immer noch sichtlich verärgert, Decker zuwandte. »Ich habe keine Ahnung, worum es hier gerade ging, aber Sie schon, vermute ich.«

Decker riss die Augen auf und sah sie unschuldig an, doch sie ließ sich nicht aufs Glatteis führen.

»Ich hatte vier Brüder, Freundchen«, erklärte sie. »Vergessen Sie's.«

Hatte? Wer ist Jack? So viele Fragen, aber nur eine, deren Antwort wirklich wichtig war. Er schnappte sich das Schaubild und buchstabierte KIDS, dann zeigte er auf die CD in ihrer Hand und blickte in ihr Gesicht, das so bleich war, dass ihre Sommersprossen deutlich hervortraten.

»Welche Kids?«, fragte sie.

Er zuckte hilflos mit den Achseln, weil er ihre Namen nicht kannte und auch keine Ahnung hatte, wer sie kennen könnte. Er wusste nur zwei Dinge: dass sie in höchster Gefahr schwebten. Wieder tippte er auf ihr Handgelenk, dann imitierte er mit dem Finger einen Zeiger auf der Uhr.

»Wer auch immer sie sein mögen, ihnen läuft die Zeit davon«, folgerte sie.

Er nickte. Das war der zweite Punkt. Im Augenblick hatte er alles getan, was er konnte. Jetzt würde er darauf vertrauen müssen, dass sie alles Weitere übernahm. Zumindest vorerst.

Er hörte, wie sie ihre Sachen nahm, dann strich sie behutsam mit dem Zeigefinger über seine Wange. Ein Schauder überlief ihn. »Ruhen Sie sich aus«, sagte sie leise.

Er schlug die Augen auf und starrte sie an. Ihr Mundwinkel zuckte. »Jaja, ich verstehe schon. Sie wollen sich nicht ausruhen, sondern aufstehen und Ihre Arbeit erledigen. Tja, blöd gelaufen, weil das leider nicht geht. Zumindest jetzt nicht«, fügte sie hinzu, als er drohend die Augen zusammenkniff.

»Der Arzt meinte, wenn Sie von der Beatmung weg sind, werden Sie sich wohl ziemlich schnell erholen. Eine Woche, maximal. Sie dürfen bald wieder aufstehen, herumlaufen und dann auch wieder an die Arbeit gehen. Aber nicht heute. Heute müssen Sie erst mal den Test bestehen, damit der Schlauch rauskommt. Ich komme später wieder, wenn ich etwas gefunden habe.«

Er beschrieb ein Kreuz über seiner Brust, worauf sich das Lächeln vollends auf ihrem Gesicht ausbreitete.

»Ja, ich verspreche es.« Sie ließ die Finger in sein Haar gleiten, worauf Decker seine Wange in ihre Handfläche schmiegte. Er hörte, wie sie nach Luft schnappte, doch sie machte keine Anstalten, ihre Hand wegzuziehen. Gierig sog Decker die folgenden Sekunden auf, schließlich wusste er nicht, wann er sie wiedersehen würde.

Von der Tür her war ein Räuspern zu hören.

»Die Schwester schaut schon ganz böse, deshalb verabschiede ich mich lieber.« Sie zog ihre Hand weg und notierte eine Telefonnummer auf dem Schaubild, riss den Streifen ab und drückte ihn ihm in die Hand. »Das ist meine Handynummer. Rufen Sie mich an, wenn Sie mich brauchen, aber jetzt ruhen Sie sich erst mal aus.«

Dr. Meredith Fallon mochte ihre Mädels von Herzen gern, aber fast noch größer war ihr Respekt vor ihnen. Die Frauen hatten einiges hinter sich, aus dem sie jedoch ausnahmslos gestärkt hervorgegangen waren. Und abgesehen von ihrer Stärke, besaßen sie alle eine große Portion Mitgefühl und Leidenschaft und waren fest entschlossen, die Welt zu einem besseren Ort zu machen. Egoismus war ein Fremdwort für sie.

Mit einer Ausnahme: wenn es Pfannkuchen gab, und vor allem, wenn Bailey Beardsley den Kochlöffel schwang. Dann gab es keine Gnade. Acht Frauen hatten sich um die Kücheninsel in Baileys Landhausküche geschart und debattierten hitzig darüber, woraus die Füllung heute bestehen sollte.

Meredith hielt sich heraus. Sie hatte es sich mit einem Becher Kaffee an Baileys Tisch gemütlich gemacht und verfolgte den Disput von dort aus.

»Sind die immer so?«

Meredith lächelte der jungen Frau neben ihr zu. Audrey O'Bannion traf heute zum allerersten Mal auf Merediths stetig wachsenden Freundinnenkreis. Die beiden hatten sich über Dr. Faith Corcoran und Detective Scarlett Bishop kennengelernt: Faith hatte vor neun Monaten in Merediths Psychologiepraxis angefangen, und Scarlett war eine Kollegin ihres Verlobten Deacon.

Audrey und Faith waren Stiefcousinen. Ihr Stammbaum war ein klein wenig verworren ... okay, hoffnungslos verworren, denn Scarlett war inzwischen mit Audreys älterem Bruder zusammen. Meredith, Faith und Scarlett hatten Audrey gewissermaßen gemeinschaftlich unter ihre Fittiche genommen.

Die O'Bannions waren eine wohlhabende Familie, doch Audrey kam Meredith völlig verloren vor. Sie war bereits dreimal festgenommen worden, weil sie sich an Protestaktionen unterschiedlichster Art beteiligt hatte – von Tierrechten bis hin zur Notlage der Obdachlosen. Außerdem engagierte sie sich unermüdlich für die Beschaffung von Spendengeldern für ebenjene Zwecke. Audrey war ein guter Mensch mit einem großen Herzen, gleichzeitig schien ihr der Halt im Leben zu fehlen. Sie wirkte einsam.

Meredith war fest entschlossen, etwas daran zu ändern. »Ach, die blödeln nur herum«, sagte sie. »Zum Glück gibt es nicht auch noch Wein. Ein Kinoabend mit Alkohol? Einmal hat es drei Stunden gedauert, bis wir uns geeinigt hatten, welchen Film wir ansehen wollen. Währenddessen war mir der Wein ausgegangen, und die Männer mussten ihre Frauen abholen kommen.«

Ein kleines, aber aufrichtiges Lächeln spielte um Audreys Mundwinkel. »Das klingt echt lustig. Vielleicht sogar lustiger als der Film selbst. Trefft ihr euch immer hier, bei Bailey?«

»Die Kinoabende machen wir bei mir, die Frühstücke finden hier statt, weil Bailey so gut kochen kann. Bailey und ich sind eigentlich auch Stiefcousinen, so wie du und Faith. Baileys Stiefschwester Alex ist meine Cousine. Bailey und Alex sind in der Nähe von Atlanta aufgewachsen, aber Alex ist mit meiner Familie hierhergezogen, als ihre Mutter … nun ja, sie wurde ermordet.«

Audreys Lächeln verschwand. »Wie schrecklich«, flüsterte sie.

Meredith wusste, dass Audrey nur allzu gut nachvollziehen konnte, was das bedeutete – vor neun Monaten war ihr jüngerer Bruder getötet worden, und vor gerade einmal einer Woche hatte sie um ein Haar auch noch ihre beiden älteren Brüder verloren. Hinter Audreys gepflegter Fassade verbarg sich ein Mensch mit einer gehörigen Portion Kummer und Schmerz. Und genau deswegen hatte Meredith das Thema angeschnitten – die junge Frau sollte wissen, dass sie mit ihrem Leid nicht alleine war.

»Es war eine Katastrophe«, fuhr Meredith fort. »Auch für Bailey, weil sie sehr an Alex' Mom gehangen hat. Wenn man sie heute sieht, kann man es sich eigentlich kaum vorstellen, aber Bailey war mal heroinabhängig.« Audrey schnappte schockiert nach Luft. »Vor ein paar Jahren ist Alex zurück nach Atlanta gegangen, um Bailey und ihre Tochter Hope zu unterstützen. Alex hat sich in einen Polizisten verliebt und ist dort geblieben. Bailey hat ihren Mann Ryan auch in Atlanta kennengelernt, brauchte nach der Entziehungskur aber dringend einen Neuanfang, deshalb sind sie zu mir gezogen, bis sie dieses Haus gefunden haben. Bailey hat ihr Schwesterndiplom gemacht und arbeitet heute als Drogenberaterin. Sie ist Wendi Cullen zugeteilt, der Blonden, die sich gerade wie ein Eichhörnchen mit Beeren vollstopft. Manchmal kann man sich kaum vorstellen, dass Wendi ein Heim für junge Mädchen leitet und nicht selbst Patientin ist. Aber die Mädchen lieben sie.«

Audrey lachte leise. »Deshalb bin ich hier, oder? Wendis Einrichtung braucht Spendengelder.«

»Nein, Süße. Du bist hier, weil wir dich bei uns haben wollen. Ich kann mir gut vorstellen, dass du diese Frauen sehr gernhaben wirst. Wir sind ein tolles Team, wenn jemand Unterstützung braucht.« Und die konnte Audrey definitiv gebrauchen. »Du solltest unbedingt Mitglied in unserem kleinen Club werden. Jeden zweiten Dienstag im Monat gibt es Frühstück, jeden letzten Mittwoch im Monat sehen wir uns einen Film an. Du bist herzlich eingeladen.«

Vorsichtige Dankbarkeit stand in Audreys Blick. »Danke, aber du sagtest trotzdem etwas davon, dass Wendis Einrichtung nicht länger in dem Haus bleiben kann und sie deshalb dringend Geld für ein anderes Objekt braucht.«

»Das Haus wird abgerissen. In sechs Wochen schon. Weil dort eine Straße gebaut werden soll. Aber wir können auf keinen Fall auf die Hilfe verzichten, die sie mit ihrem Heim leistet.«

»Sie nimmt junge Mädchen auf, die zur Prostitution gezwungen wurden, und gibt ihnen ein sicheres, liebevolles Zuhause, wo sie sich in Ruhe erholen und wieder in die Gesellschaft integriert werden können.«

Meredith war beeindruckt. »Da hat aber jemand seine Hausaufgaben gemacht.«

»Das tue ich immer, wenn ich Spendengelder sammeln soll«, gab Audrey mit einem Anflug von Trotz zurück.

»Das erklärt, wieso du deine Sache so gut machst.« Lächelnd beobachtete Meredith, wie Audreys Verärgerung verflog. »Ich habe das Gefühl, die Leute unterschätzen dich und halten dich für albern, oberflächlich oder sogar dumm. Aber ich nicht.«

»Danke. Ich habe in Wendis Lebenslauf gelesen, dass sie auch mal ein Opfer war. Der Typ, der sie missbraucht hat, hat obszöne Fotos von ihr gemacht und ins Netz gestellt. Ich finde es unglaublich beeindruckend, wie sie es geschafft hat, nach einem so grauenvollen Erlebnis etwas so Positives zu erschaffen. Deshalb will ich sehr gern helfen.«

»Und wir nehmen deine Hilfe nur zu gern an. Wir wollten dich schon die ganze Zeit dabeihaben, aber du hast unsere Einladungen immer abgelehnt. Und erzähl mir nicht, du wärst zu beschäftigt, denn das sind wir alle. Faith, Wendi, Bailey und ich sind alle Psychologinnen oder Therapeutinnen. Dani ist Ärztin. Delores betreibt ein Tierheim. Corinne studiert noch und absolviert gerade ein Praktikum bei mir. Sie bietet Kunsttherapie für die Kleinsten an. Und Scarlett und Kendra sind Polizistinnen, deshalb sind sie immer dann mit von der Partie, wenn sie gerade keinen Dienst haben.«

Ehrlich gesagt, bekamen sie Scarlett Bishop nur sehr selten zu Gesicht, selbst wenn sie nicht im Dienst war. Und die wenigen Male, die sie anwesend war, hatte sie sich ziemlich reserviert gegeben, als hätte sie Angst, zu zeigen, wer sie wirklich war. Es war eine echte und sehr nette Überraschung, dass sie heute Morgen gekommen war. Und dass sie so unbeschwert mit den anderen lachte und scherzte, erfüllte Meredith mit großer Freude – ihre neu gewonnene Lockerheit ließ sich zu hundert Prozent darauf zurückführen, dass sie seit kurzer Zeit mit Audreys älterem Bruder Marcus zusammen war.

Kendras Verhalten hingegen erfüllte Meredith mit Besorgnis. Sie lachte nicht mit den anderen, sondern sah immer wieder verstohlen herüber, wenn sie sich unbeobachtet glaubte. Hier stimmte etwas nicht.

»Ist Kendra auch Detective?«, fragte Audrey.

»Nein, nein, noch nicht. Sie hat gerade die Polizei-Akademie abgeschlossen. Sie und Wendi sind übrigens Schwestern.«

Audreys Verblüffung war unübersehbar, doch ihre guten Manieren verboten ihr, etwas anderes als ein erstauntes »Oh« von sich zu geben.

Meredith lachte leise. Wendi war nicht mal einen Meter sechzig groß, blond und spindeldürr, Kendra hingegen durchtrainiert, einen Meter dreiundachtzig und dunkelhäutig. »Sie waren in derselben Pflegefamilie«, erklärte Meredith. »Und sie freuen sich jedes Mal diebisch über die Reaktion der Leute, wenn sie erzählen, dass sie Schwestern sind, also tu bitte so, als würdest du aus allen Wolken fallen, okay?«

»Na gut. Und soll ich Wein zum Kinoabend mitbringen?«

»Gern, aber keinen allzu teuren. Er muss nur gut zu Schokolade passen.«

In diesem Moment kehrte Kendra dem Grüppchen den Rücken und setzte sich zu ihnen an den Tisch. »Ich wollte schon die ganze Zeit hallo sagen, Audrey.« Sie lächelte. »Und herzlich willkommen.« Sie stellte die Schüssel mit den Beeren vor sie. »Die musste ich ihr wegnehmen, sonst überfrisst Wendi sich noch. Diese Frau braucht ein Kindermädchen …«

Meredith schob sich eine Beere in den Mund. »Den Job machst du wirklich gut, Kendra.«

Kendra lächelte freundlich. »Allerdings. Ich hatte ja auch genug Zeit zum Üben.« Ihr Lächeln verblasste. »Ich muss ein Geständnis machen. Ich bin heute hergekommen, weil ich etwas mit dir besprechen wollte, wenn das okay für dich ist, Meredith. Aber ich wollte euch beide nicht unterbrechen.«

»Kein Problem«, sagte Audrey. »Redet ihr nur. Ich stürze mich solange ins Getümmel.«

Meredith wartete, bis sie allein waren, ehe sie sich Kendra zuwandte, die besorgt wirkte. »Was ist los, Süße?«

Kendra öffnete den Mund. Schloss ihn wieder. Blickte auf ihre zu Fäusten geballten Hände. »Ich habe Fantasien. Darüber, was ich diesen Gewalttätern gern antun würde. Vor allem denen, die Mädchen und Frauen sexuell missbrauchen.«

Arme Kendra. »Gewaltfantasien?«, murmelte Meredith.

Kendra nickte grimmig. »Allerdings. So gewalttätig, dass ich schneller beim Therapeuten sitzen würde, als ich *Piep* sagen kann, wenn ich auf dem Revier jemandem davon erzählen würde. Wahrscheinlich würden sie mich den Rest meiner Laufbahn bloß noch den Verkehr regeln lassen. Ich habe fast ein bisschen Angst vor mir selbst. Manchmal brennen mir leider schnell die Sicherungen durch.« Sie sah Meredith flehend an. »Ich will meine Karriere nicht zerstören. Und auch nicht im Knast landen. Eigentlich dürfte ich nicht mal daran denken, jemandem weh zu tun, aber ich schaffe es einfach nicht.«

»Es wäre eine Lüge, wenn du etwas anderes behaupten würdest«, erklärte Meredith sanft. »Ich will sie ja selber am liebsten mit bloßen Händen erwürgen, aufschlitzen und ihnen die Eingeweide ins Maul stopfen. Ich wünsche mir, dass sie für jedes Kind, dessen Seele sie zerstört haben, eines langsamen und qualvollen Todes sterben, und ich bin heilfroh, dass ich keinen Zugang zur Datenbank der Zulassungsstelle habe. Ich glaube, ich käme in Versuchung, mir ihre Adressen zu beschaffen.«

Kendras ungläubiger Blick war ein klarer Beweis, dass Meredith ins Schwarze getroffen hatte. »Du wirkst immer so … ausgeglichen. Selbst dann noch, wenn du schilderst, wie du jemanden aufschlitzen und ihm die Eingeweide herausreißen willst. Du hast eine fast heitere Gelassenheit an dir«, sagte sie. Meredith lachte leise. Das war ein häufiger Trugschluss. »Nein. Das stimmt nicht. Definitiv nicht. Aber ich lasse mich nicht von diesen Gedanken mitreißen. Das ist einer der Gründe, warum mir Treffen wie dieses hier so wichtig sind. Wenn ich beschäftigt und glücklich bin, bleibt kein Platz für die Wut. Und ich habe eine Menge Wut in mir, deshalb achte ich darauf, immer wieder neue Freundschaften zu knüpfen und sie zu pflegen. Das erdet mich. Und ich praktiziere Yoga. Meditiere. Wenn du willst, kann ich dir gern ein paar Tipps geben.«

»Würdest du das wirklich tun?«, gab Kendra dankbar zurück. Sie wirkte so jung. Das Mädchen besaß eine uralte Seele, deshalb vergaß Meredith ab und zu, dass sie gerade erst erwachsen geworden war.

»Klar. Wir machen nachher einfach einen Termin aus, okay? Oh, ich glaube, die Pfannkuchen sind fertig.«

Die Frauen beluden ihre Teller, als Baileys Ehemann, in Anzug und Krawatte, hereinkam, sich einen Pfannkuchen nahm, wie einen Burrito aufrollte und mit den Fingern aß.

»Ryan!«, tadelte Bailey. »Nimm einen Teller!«

»Geht leider nicht«, erwiderte er und gab ihr einen Kuss auf den Mund. »Ich muss los. Bin spät dran. Hope schläft noch.« Er sah zu Delores hinüber. »Falls du dich fragst, wo Angel abgeblieben ist – sie liegt am Fußende ihres Bettes.«

Angel war Delores' Mischlingshündin aus Wolfshund, Deutscher Dogge und Bernhardiner, die ihr als Schmusedecke und Bodyguard diente, seit ein brutaler Killer Delores angegriffen und einfach zum Sterben liegen lassen hatte. Seitdem machte sie praktisch keinen Schritt mehr ohne sie.

»Entschuldigung, ich habe gar nicht mitbekommen, dass sie sich nach oben geschlichen hat. Ich hole sie gleich«, erklärte Delores zerknirscht.

»Das wirst du schön bleibenlassen«, erklärte Ryan sanft. Der einstige Militärseelsorger mochte ein Schrank von einem Mann sein, besaß jedoch ein bemerkenswert sanftmütiges Wesen. »Sie leistet Hope Gesellschaft.« Er warf Bailey einen bedeutungsvollen Blick zu. »Dir ist klar, dass sie bald einen eigenen braucht.« Er wandte sich wieder Delores zu. »Hope wünscht sich seit Ewigkeiten einen Hund. Sie ist neun Jahre und alt genug, sich um ein Haustier zu kümmern, deshalb werden wir wohl demnächst mal bei dir vorbeikommen.«

Bailey verdrehte die Augen, wenngleich voller Zuneigung. »Du erfüllst dir damit doch bloß einen eigenen Wunsch.«

Er grinste. »Da ist was dran. Sag das deinen Verwandten, die sind schuld. Aber jetzt muss ich los. Ich liebe dich.«

»Ich dich auch.« Lächelnd sah Bailey zu, wie er einen zweiten Pfannkuchen stibitzte und den Frauen einen Luftkuss zuwarf, als ein kollektives verzücktes Stöhnen durch die Küche drang. »Dieser Mann ist genauso ein Kind wie Hope, nur größer. Meine Schwester und ihr Mann waren vor ein paar Wochen aus Georgia zu Besuch und hatten ihren Basset dabei. Ryan und Daniel sind mit Hope in den Park gegangen und haben stundenlang mit ihm gespielt. Und seitdem gibt es nur noch ein Thema für Hope.«

»Bei mir stehen gerade mehrere zur Adoption frei, wenn ihr Interesse habt«, warf Delores ein. »Gut erzogen und pflegeleicht.«

»Wie viele Tiere leben eigentlich in deinem Heim?«, erkundigte sich Wendi, als sich alle gesetzt hatten.

»Dreizehn Katzen und zehn Hunde, aber gerade ist nur etwa die Hälfte der Hunde vermittelbar. Warum?«

»Weil ich überlege, ob ich ein neues Ausbildungsprogramm für unsere älteren Mädchen anbieten soll, wenn wir erst mal eine neue Bleibe gefunden haben. Eine Köchinnenausbildung und eine für Webdesign haben wir schon, aber ich könnte mir vorstellen, dass die Arbeit mit Tieren eine Bereicherung sein könnte. Außerdem werden Tierarzthelferinnen gesucht, und die Arbeit mit Hunden wäre eine gute Therapie für die Mädchen, auch wenn sie sich später für einen anderen Berufszweig entscheiden.«

»Klingt toll.« Delores zögerte kurz. »Wie läuft es mit der Suche nach einer neuen Unterkunft?«

Wendi schüttelte den Kopf. »Leider nicht gut. Entweder wir kriegen nur abrissreife Bruchbuden angeboten, oder aber die Pacht ist viel zu hoch. Bislang hat sich noch nichts gefunden, was sicher, groß und schön genug ist. Aber uns bleiben ja noch sechs Wochen, da kann sich noch eine Menge tun.«

Aus dem Augenwinkel registrierte Meredith, wie Audrey nachdenklich die Augen zusammenkniff, doch es war Scarlett, die als Nächste das Wort ergriff. »Du solltest keine vorschnelle Entscheidung treffen. Wir könnten ja eine Truppe zusammenstellen, die so ein Haus renoviert. Marcus und sein Freund Diesel haben schon häufiger solche Arbeiten für einen guten Zweck übernommen. Ich kann sie ja mal fragen.«

Audrey nickte. »Und die Häuser sind wirklich schön. Wir

könnten versuchen, Spenden für das Baumaterial und die Einrichtung zu sammeln. Ich wüsste auch, wen ich fragen könnte. Damit kenne ich mich aus.«

»Das tut sie tatsächlich«, bekräftigte Dani. »Für die Meadow hat sie ein ziemliches Sümmchen gesammelt.«

»Und vielleicht habe ich sogar ein Haus an der Hand«, warf Faith ein. »Ich habe ein bisschen herumtelefoniert. Es ist zwar renovierungsbedürftig, aber es hat Charakter. Noch kann ich dir nichts Genaueres sagen, aber immerhin weißt du jetzt, dass wir alles versuchen, damit es klappt.«

Wendis Augen leuchteten. »O Gott, ich wäre so froh …« Ihre Stimme brach. »Danke.«

Sie waren noch dabei, Pläne zu schmieden, als Scarlett eine SMS bekam. »Tut mir leid, Mädels, aber ich muss los.« Sie stand auf.

»Alles klar?«, fragte Bailey besorgt.

»Jaja, mein Partner will mich nur sprechen.«

Meredith runzelte die Stirn. »Ich dachte, du bist noch krankgeschrieben.« Scarlett hatte sich in der vergangenen Woche bei einem Einsatz eine Rippenprellung zugezogen.

»Nein, seit ein paar Tagen verrichte ich wieder Schreibtischdienste.« Sie verdrehte die Augen. »Aber es ist alles bestens, Mama.«

Ihr Aufbruch war das Signal an die anderen, ebenfalls zum Ende zu kommen. Sie halfen Bailey, aufzuräumen, ehe sie sich verabschiedeten.

»Hast du heute Abend Zeit?«, fragte Kendra Meredith auf dem Weg zum Wagen. »Ich würde gern so schnell wie möglich anfangen und lernen, wie ich meine Wut unter Kontrolle halten kann. Ich bringe auch gern etwas zu essen mit.«

»Bei Essen sage ich nie nein. Gegen acht?« Meredith zog ihr Handy heraus und stellte fest, dass sie eine Nachricht von Special Agent Zimmerman bekommen hatte, der die

FBI-Zweigstelle von Cincinnati leitete. Er bat um baldmöglichsten Rückruf. Normalerweise wandte sich allenfalls das CPD an sie, nicht das FBI. Könnte interessant werden.

»Acht ist super«, bestätigte Kendra. »Bis dann.«

»Gut. Und lass dich nicht von deiner Wut mitreißen.«

»Ich gebe mir Mühe.«

»Gib dir große Mühe, bitte.«

3. Kapitel

Kate war nur kurz in ihr Hotelzimmer zurückgekehrt, um zu duschen und sich umzuziehen, bevor sie ins Büro fuhr. Inzwischen hatte sie eine Vermutung, weshalb es Decker so wichtig gewesen war, sich ihr mitzuteilen. War er während des künstlichen Komas doch ein Stück weit bei Bewusstsein gewesen?

Grundgütiger, hoffentlich nicht. Eine ganze Woche lang am Rand des Bewusstseins zu stehen, zu wissen, dass mehrere Kinder in Gefahr schwebten, und ihnen nicht helfen zu können ...

Kinder. Du lieber Gott. Sie hatte schon vor Jahren aufgehört, sich zu fragen, wie Menschen hilflosen Kindern etwas antun konnten. Stattdessen hatte sie notgedrungen akzeptiert, dass das personifizierte Böse in der Gestalt scheinbar harmloser Menschen nun einmal existierte. Und sie hatte alles in ihrer Macht Stehende getan, um diese Ungeheuer dorthin zu bringen, wo sie hingehörten: hinter Gitter. Und falls der eine oder andere in einer Holzkiste zwei Meter unter der Erde endete – auch gut. Der Gedanke hatte etwas zutiefst Befriedigendes, was sie natürlich niemandem erzählen würde, weil sie sonst im Handumdrehen auf der Couch eines Seelenklempners säße. Obwohl es durchaus möglich war, dass viele jener Menschen, vor denen sie großen Respekt hatte, ganz genauso dachten, jedoch denselben Schwur geleistet hatten, es nie laut auszusprechen.

Die Atmosphäre im Büro von Agent Zimmerman war äußerst

77

angespannt, als sie hereinkam, andererseits hatte ihr Chef auch allen Grund dazu, miese Laune zu haben – die vergangene Woche war die reinste Katastrophe gewesen.

Zimmerman stand mit verschränkten Armen am Fenster. Er hatte die Lippen aufeinandergepresst und wirkte abgespannt. Kate kannte ihn erst seit einer Woche, hatte ihn aber nur selten anders erlebt. Zwei seiner Agents waren in der Woche zuvor von Mitgliedern des Menschenhändlerrings erschossen worden, und auch Decker hätte er um ein Haar verloren.

Im Lauf ihrer Karriere hatte Kate schon häufig Angehörige über den Tod eines geliebten Menschen informieren müssen, sowohl im Auftrag des FBI als auch der US Army, und nach jedem Mal war ihr das Herz schwer gewesen. Zimmerman schien es ganz genauso zu gehen, aber er würde es schon verwinden. *Das tun wir doch alle, auf die eine oder andere Art.*

Die beiden getöteten Agents hatten wenigstens Familien, die um sie trauerten. Aber wer hätte um Decker geweint? *Ich.* Denn von dem Moment an, als er mit ihrem Gewehr im Rücken am Boden gelegen und aus dem Augenwinkel zu ihr hochgesehen hatte, war da diese Anziehungskraft zwischen ihnen gewesen.

Und seit gestern Abend, als sie ein zweites Mal in diese blauen Augen geblickt hatte ... nun ja, sie würden sehen müssen, wie es weiterging.

Deacon Novak saß bereits mit Ohrstöpseln in den Ohren an dem kleinen runden Tisch und blickte angestrengt auf den Bildschirm des Laptops, wandte jedoch den Kopf, als sie hereinkam. Der resignierte, erschöpfte Ausdruck in seinen sonst fast teuflisch wirkenden Augen erschreckte sie. Es war ihr weitaus lieber, den gewohnten Sarkasmus darin blitzen zu sehen.

Er nahm die Ohrstöpsel heraus. »Ich habe sie ihm gezeigt«, sagte er leise.

Er sprach von Zimmerman. Sie und Deacon hatten Deckers Aufzeichnung vom vierten August in seinem SUV auf dem Krankenhausparkplatz angehört. Danach hatte Deacon sie wortlos ins Hotel gefahren – und kein Wort des Protests geäußert, als sie erklärt hatte, dass sie sich in einer Stunde hier treffen würden.

Zimmerman wandte sich vom Fenster ab. Noch immer wirkte seine Miene gequält, doch in seinen Augen lag ein entschlossener Ausdruck. »Die anderen müssen jeden Moment hier sein. Sie sollen es sich auch anhören, dann entwickeln wir eine Strategie. Setzen Sie sich, Kate. Kaffee ist in der Kanne, und Bagels gibt es auch, falls Sie einen wollen.«

Sie wollte. Die Übelkeit, die sie beim Anhören der CD überfallen hatte, war inzwischen einem Bärenhunger gewichen. »Kein Kaffee für mich, aber ein Bagel ist genau das Richtige.«

Zimmerman warf ihr einen entsetzten Blick zu, der möglicherweise nicht nur scherzhaft gemeint gewesen war. »Sie trinken keinen Kaffee? Ein Mensch sind Sie aber schon, oder?«

Sie lächelte. »Ich trinke durchaus Kaffee, aber nicht, wenn ich die ganze Nacht wach war. Das macht mich zappelig.«

Deacon lachte. »Und dann wird es schwierig. Vor allem wenn sie auch noch ausgehungert ist.« Er tat so, als zitterte er vor Angst, woraufhin sie ihm einen vielsagenden Blick zuwarf. »Was denn?«, meinte er. »Ich muss ihn doch warnen, dass du ziemlich ... furchteinflößend sein kannst, wenn du unterzuckert und übermüdet bist.«

Ihre Neigung, andere zur Schnecke zu machen, war ein Symptom ihrer ADHS-Erkrankung, die erst ein Jahr nach ihrem Eintritt in die Armee entdeckt und diagnostiziert worden war. Diesem Arzt hatte sie es zu verdanken, dass sie nicht komplett den Verstand verloren hatte, von ihren Aufstiegsmöglichkeiten beim Militär ganz zu schweigen. Es hätte nicht viel gefehlt, und sie wäre in dem Gefängnis gelandet, zu dessen Bewachung sie während ihrer Zeit bei der Militärpolizei eingeteilt gewesen war.

Inzwischen wusste sie, was sie tun musste, um nicht an ihre Grenzen zu stoßen: genug schlafen. *Ha-ha.* Nicht zu sehr stressen lassen. *Ha-ha-ha.* Den Blutzuckerspiegel nicht zu tief sacken lassen. Und immer schön dafür sorgen, dass die Hände beschäftigt sind. Die beiden ersten Faktoren waren quasi Mangelware bei einer Karriere im Polizeidienst, die beiden anderen hingegen hatte sie inzwischen ziemlich gut im Griff.

Zimmerman setzte sich mit seiner Kaffeetasse neben Deacon. »Schon gut. Ich kriege auch immer miese Laune, wenn ich Hunger habe. Ich habe immer ein paar Proteinriegel in der Schreibtischschublade, falls Sie mal einen brauchen.«

»Ich normalerweise auch, aber trotzdem danke.« Sie nahm sich einen Bagel und setzte sich auf Deacons andere Seite. »Auf dem Weg vom Krankenhaus habe ich Special Agent Troy angerufen. Wer kommt noch?«

»Wir.« Eine große, schlanke Frau mit einem langen Zopf trat ein, gefolgt von einem Mann Anfang fünfzig mit schütter werdendem Haar und einem Gesicht, das früher einmal ziemlich attraktiv gewesen musste, bedauerlicherweise jedoch auf nicht ganz so attraktive Weise alterte.

Detective Scarlett Bishop war Deacons neue Partnerin, und Kate konnte sie ziemlich gut leiden – eine knallharte Polizistin mit einem großen Herzen. Und sie passte gut auf Deacon auf.

Der Mann war Kates neuer Partner, Special Agent Luther Troy – und nach allem, was Kate in den letzten Tagen gesehen und gehört hatte, war sie zuversichtlich, dass ihre Zusammenarbeit gut funktionieren würde. Troy war ein witziger, kluger Kerl mit einer messerscharfen Zunge, die er höchst versiert einzusetzen wusste – eine Schärfe, die man durchaus als Maulheldentum bezeichnen könnte, und die ihre Mutter zweifelsohne mit einer schallenden Ohrfeige quittiert hätte. Ihr Vater hingegen wäre nicht so zimperlich mit ihm umgesprungen – Troy gehörte einer der vielen, vielen Gruppen von Menschen an, die ihr Vater aus tiefster Seele verabscheute.

Ihr neuer Partner hatte das Thema gleich in ihrer ersten Arbeitswoche aufs Tapet gebracht. »Ich bin schwul«, hatte er rundheraus erklärt. »Haben Sie ein Problem damit? Falls ja, sagen Sie es lieber gleich. Ich muss sicher sein, dass Sie hinter mir stehen.«

»Nein, ich habe kein Problem damit«, hatte sie wahrheitsgetreu und ohne Umschweife erwidert. »Sie stehen hinter mir und ich hinter Ihnen.«

Obwohl ihn ihre Antwort zufriedengestellt zu haben schien, hatte sie geglaubt, einen Rest Argwohn in seinem Nicken zu sehen. Wahrscheinlich lag es daran, dass er höllisch aufpassen musste. So unfair es sein mochte, war es eine Tatsache, dass bei der Polizei nichts zu lachen hatte, wer nicht weiß und schwul war.

Kate musste sich beherrschen, nicht mit der Zunge über ihren angeschlagenen Frontzahn zu streichen – ein kleines Souvenir an den Tag, als sie es gewagt hatte, ihre Missbilligung über die himmelschreienden Vorurteile zum Ausdruck zu bringen, die in ihrem Elternhaus gang und gäbe gewesen waren. Und bis zum heutigen Tag bereute sie es nicht, ihre Meinung gesagt zu haben. Leid tat ihr nur, dass sie nicht flink genug gewesen war, um der Faust ihres Vaters auszuweichen. Oder der schallenden Ohrfeige ihrer Mutter, die sie ihr verpasst hatte, als sie sich vom Boden aufgerappelt hatte.

Wieso denkst du ausgerechnet jetzt an sie? Weil sie Decker vorhin versehentlich erzählt hatte, dass sie mit vier Brüdern aufgewachsen war. Der stumme, feindselige Dialog zwischen

Deacon und Decker hatte sie aus dem Konzept gebracht, und sie hatte zwar behauptet, sie wüsste nicht, worum es ging, aber das stimmte nicht. Sie war übermüdet, überreizt und durcheinander gewesen, deshalb war es ihr herausgerutscht.

Sie konnte es nicht ausstehen, wenn ihr etwas herausrutschte. Und noch viel weniger konnte sie es ausstehen, wenn sie an ihre Familie dachte. *Dann lass es. Denk lieber daran, wie Decker sein Gesicht in deine Hand geschmiegt hat.* Als wäre er ein Verdurstender und ihre Berührung eine Oase.

Sie holte tief Luft, als ihr Puls zu rasen begann. *Nein, besser auch nicht daran. Konzentriere dich lieber auf die zwei Menschen, die sich gerade hingesetzt haben und dich anstarren, weil du aussiehst, als hättest du den Verstand verloren.*

»Guten Morgen«, sagte sie und registrierte befriedigt, dass ihre Stimme völlig neutral klang und sich nichts von ihren Gefühlen darin widerspiegelte. »Scarlett, Sie sehen aus, als würde es Ihnen schon bessergehen.«

»Stimmt. Zumindest kann ich wieder normal atmen.« Scarlett stellte eine Plastikschüssel mit selbstgebackenen Keksen in die Mitte des Tisches. »Allerdings bringt mich die Schreibtischarbeit beinahe um den Verstand, deshalb ... bitte, bedient euch, Leute.«

Troys Augen leuchteten. »Sind das etwa Schokokekse?«

Scarlett nickte. »Mit Pecannüssen. Bitte, haut rein. Ich habe noch sechs Dutzend zu Hause, die bloß darauf warten, sich auf meine Hüften zu setzen und ›Hallo Schatz, da bin ich‹ zu sagen.«

Deacon hatte sich bereits bedient und reichte die Schüssel herum. »Kaum arbeitet man ein Dreivierteljahr zusammen, erfährt man auch schon, dass sie backen kann. Die sind ja der Hammer.«

»Das liegt an meinem neuen Backofen. Ein echtes Wunderteil.« Scarlett wandte sich an Kate. »Wie geht es Ihnen, Kate?«

»Ich habe ein Apartment gefunden und den Umzugswagen bestellt. Allmählich lebe ich mich ein. Was macht Marcus?«

Marcus O'Bannion war der Herausgeber des *Ledger*, einer der größten Tageszeitungen der Stadt, und war im Fall des Menschenhändlerrings eine wichtige Quelle gewesen – in welchem Ausmaß, vermochte Kate allerdings noch nicht zu sagen. Sie hatte sich gewundert, wie genau er über die Ermittlungen in einem laufenden Fall informiert gewesen war, und dass man ihn beim Zugriff hinzugezogen hatte. Der Mann konnte zwar mit Waffen umgehen, trotzdem war er ein Zivilist – und noch dazu in der Medienbranche tätig, was das Ganze noch viel schlimmer machte.

Deacon hatte ziemlich hinterm Berg gehalten, was den Verdacht nahelegte, dass die Ermittlungen nicht hundertprozentig nach Vorschrift durchgeführt worden waren. Auch aus Scarlett war nichts herauszubekommen, aber da sie sich Hals über Kopf in Marcus verliebt hatte, war sie ohnehin keine verlässliche Quelle. Allerdings schien Marcus ein Ehrenmann zu sein, und dass Deacon ihm vertraute, sagte einiges aus.

Jedenfalls hatte Marcus einen hohen Preis für die Exklusivstorys gezahlt, die während der letzten Woche das Titelblatt des *Ledger* geziert hatten. Er hatte zu viele geliebte Menschen verloren, als der Kopf der Menschenhändlerbande in die Redaktion eingedrungen war und wild um sich geschossen hatte.

»Er hat heute wieder angefangen zu arbeiten«, antwortete Scarlett. »Es ist besser für ihn, wenn er beschäftigt ist. Er hatte Probleme mit dem Schlafen, aber es scheint allmählich besser zu werden.« Einen Moment lang schien Scarlett die Frage auf der Zunge zu liegen, ob es Kate genauso gehe, doch dann schien sie sich eines Besseren zu besinnen.

Kate war ihr dankbar. Sie konnte niemanden gebrauchen, der ihr auch noch unter die Nase rieb, wie müde sie aussah.

Troy wischte sich die Krümel von den Fingern und beugte sich zu ihr. »Bishop ist ein netter Mensch. Im Gegensatz zu mir. Du siehst echt beschissen aus, Coppola. Was raubt dir den Schlaf?«, raunte er.

»Das ungewohnte Hotelbett«, antwortete sie leise. »Ich freue mich schon, bald wieder in meinem eigenen schlafen zu können.«

In widerstrebender Bewunderung zog Troy die Brauen hoch. »Wow, du bist ja eine begnadete Lügnerin. Versteh mich nicht falsch – an einem Partner weiß ich das durchaus zu schätzen, aber hör gefälligst auf, mich zu verarschen.«

Sie seufzte. »Schlechte Träume, okay? Das Warum spielt keine Rolle. Ich komme schon klar.«

»Schon besser«, bemerkte er. »Das ›Ich komme schon klar‹ am Ende war ein netter Versuch, mich aufs Glatteis zu führen, trotzdem gibt's neun Punkte für die B-Note.«

Sie lachte. »Halt den Mund«, gab sie gutmütig zurück.

»Mit Vergnügen.« Er wandte sich Zimmerman zu, der sich ebenfalls die Kekskrümel von den Fingern wischte. »Sie alle haben sich die Aufzeichnung schon angehört?«, fragte Troy. »Ich nämlich noch nicht.«

»Wir warten noch auf zwei weitere Kollegen«, meinte Zimmerman.

»Die eine davon ist hier und entschuldigt sich vielmals, weil sie zu spät kommt. Gerade als ich aussteigen wollte, fing es an zu gießen.« Eine rothaarige Frau mit einem tropfnassen Schirm kam hereingeeilt. Ihre Wangen waren feucht und rosig, aber ohne ein Tröpfchen Schweiß, registrierte Kate neidisch. Keine Sommersprossen, sondern Porzellanteint, vom Tau geküsst.

Sie hatte Dr. Meredith Fallon in der Woche zuvor kennengelernt, wusste aber lediglich, dass sie Kinderpsychologin war und großen Respekt in Deacons Abteilung genoss. Ihr Blick schweifte zu Deacon, auf dessen Gesicht ein Ausdruck von Bewunderung und … Dankbarkeit lag, was Kate nicht recht einzuschätzen wusste. Zumindest noch nicht.

»Meredith«, sagte Scarlett verblüfft. »Ich wusste gar nicht, dass du auch kommen würdest.«

»Ich habe Dr. Fallon dazugebeten«, erklärte Zimmerman. »Kommen Sie rein, Meredith, und setzen Sie sich. Ich freue mich, dass es geklappt hat, nachdem es ja doch etwas kurzfristig war.«

»Kein Problem.« Dr. Fallon lächelte ihn an. »Ich konnte meinen ersten Termin meiner Partnerin übertragen. Ich freue mich, dass Sie mich angerufen haben.«

»Deacon hat Sie mir empfohlen. Haben Sie die Agents Coppola und Troy schon kennengelernt?«

Meredith nickte. »Kurz. Letzte Woche, als sie die Bautistas befragt haben.« Die Bautistas gehörten zu den vielen Familien, die Opfer des Menschenhändlerrings geworden waren. »Sie lassen Sie übrigens schön grüßen. Sie waren mein erster Termin heute Morgen, und ich wollte sie zumindest meiner Partnerin vorstellen, die sich um sie kümmern wird. Bei Faith sind sie in guten Händen.«

Kate sah sie verblüfft an. »Deacons Verlobte arbeitet bei Ihnen?«

»Ja. Dr. Corcoran hat sehr viel Erfahrung in der Arbeit mit Opfern sexueller Übergriffe. Ich hatte Glück, dass sie bereit war, in meiner Praxis anzufangen.«

»Das bedeutet, dass Faith nicht mehr direkt mit den Straftätern arbeitet.« Deacon war die Erleichterung deutlich anzusehen. »Und das wiederum bedeutet, dass ich nicht noch mehr graue Haare bekomme, weil ich ständig Angst haben muss, dass noch ein Patient versucht, sie umzubringen.«

Ah. Deshalb war er Meredith also so dankbar. »Wenn dein Haar noch grauer wäre, wäre es noch weißer als jetzt, und wir müssten alle mit Sonnenbrille im Büro sitzen.«

Kates Bemerkung zeigte die gewünschte Wirkung, denn alle Versammelten lächelten kurz, ehe sie sich den grauenvollen Realitäten von Deckers CD stellten.

Zimmermans Handy summte. »Wir warten noch auf einen Kollegen, aber Detective Kimble hat gerade geschrieben, dass er schon unterwegs ist. Wollen Sie die Datei schon einmal hochladen, Deacon?«

Aus dem Augenwinkel registrierte Kate, dass Meredith Fallon stocksteif wurde, wenn auch nur für den Bruchteil einer Sekunde, ehe wieder der Ausdruck heiterer Gelassenheit auf ihre Züge trat.

Wieder beugte sich Troy ein Stück zu Kate herüber. »Was hat sie?«, raunte er.

»Keine Ahnung«, flüsterte Kate zurück, »aber ich frage bei Gelegenheit mal Deacon …«

Sie unterbrach sich, als es an der Tür klopfte und ein großer, dunkelhaariger Mann in einem pitschnassen grauen Anzug hereinkam und entschuldigend lächelte. Detective Adam Kimble und Deacon waren verwandt und gemeinsam aufgewachsen.

»Guten Morgen, allerseits«, sagte Kimble. »Tut mir leid, dass ich zu spät komme, aber wenn in dieser Stadt drei Regentropfen fallen, gerät sofort … der ganze Verkehr ins Stocken.« Wie auch Detective Kimbles Stimme beim Anblick von Meredith Fallon, doch er fing sich im Handumdrehen wieder, und das Lächeln trat erneut auf seine Züge.

»Guten Morgen, Detective«, begrüßte Zimmerman ihn. »Sie haben nichts versäumt. Wir fangen gerade erst an. Das ist übrigens Agent Adam Kimble. Er gehört gemeinsam mit Deacon und Scarlett dem MCES-Team an.«

»Soll heißen?«, flüsterte Troy.

»MCES steht für Major Crimes Enforcement Squad, eine Spezialeinheit für Gewaltverbrechen.«

Troy verdrehte die Augen. »Das weiß ich selbst. Ich meinte Informationen über *Kimble*.«

»Er ist Deacons Cousin«, sagte Kate leise. »Ich habe ihn letzte Woche beim Einsatz kennengelernt, aber bevor er zur MCES kam, war er bei Personal Crimes.« Personal Crimes war die harmlos klingende Umschreibung des CPD für Sexualstraftaten. »Keine Ahnung, was zwischen ihm und Dr. Fallon läuft.«

Inzwischen hatte Kimble sein tropfendes Jackett ausgezogen und schüttelte es leicht, während er den Blick über die Runde schweifen ließ und dann auf dem einzigen freien Stuhl Platz nahm, direkt neben Meredith. Allerdings zögerte er für den Bruchteil einer Sekunde, was jedoch nur auffiel, wenn man genau hinsah – was alle Anwesenden taten.

Genau das war das Problem mit Polizisten – jeder von ihnen war darauf trainiert, selbst das winzigste Anzeichen im Verhalten eines anderen Menschen wahrzunehmen, was es schwierig machte, Privates auch privat bleiben zu lassen.

Kate fand, dass sie ziemlich gut im Überspielen solcher Anzeichen war. Wenigstens hoffte sie inständig, dass dem so war, denn sie hatte private Angelegenheiten zu verschweigen, die wirklich niemanden etwas angingen.

Kimble blickte Troy ernst über den Tisch hinweg an. »Sie müssen Agent Troy sein. Ich habe von dem Massagesalon in Cleveland gehört, in dem junge Frauen ausgebeutet wurden. Sie haben ihn ausgehoben.« Ein stählerner Ausdruck trat in seine Augen. »Gute Arbeit.«

Troy musterte ihn leicht unbehaglich. »Danke, aber jetzt habe ich ein schlechtes Gewissen, weil Sie Ihre Hausaufgaben gemacht haben und ich noch nicht mal weiß, wie der Einsatzbefehl lautet.«

Ein ironisches Lächeln umspielte Kimbles Mundwinkel. »Hey, Deacon, sieht aus, als wäre ich zur Abwechslung mal der Einser-Schüler.«

Deacon blickte auf und verdrehte die Augen. »Der wärst du auch gewesen, hättest du nicht immer auf der Bank vor dem Büro des Rektors gesessen.« Er wandte sich an Zimmerman. »Okay, ich habe die Datei mit der Software, so gut es ging, bereinigt. Die Tonqualität ist immer noch lausig, aber ich bin so weit. Müssen wir Adam und Meredith noch aufklären?«

»Ich fasse alles kurz zusammen und beantworte später gerne Fragen«, antwortete Zimmerman. »Agent Griffin Davenport hat drei Jahre lang verdeckt in einem Menschenhändlerring ermittelt, den das FBI ursprünglich wegen Drogenhandels im Visier hatte, hauptsächlich Heroin und Oxy. Davenport hat sich unter dem Namen Gene Decker dort eingeschleust, anfangs als Bodyguard für die Anführer des Rings, hat jedoch recht schnell gemerkt, dass da noch etwas ganz anderes läuft. Als Bodyguard kam er natürlich nicht an die Informationen heran, die wir brauchten, und wir hatten sogar kurz überlegt, ihn wieder abzuziehen, als er vor ein paar Monaten eine Kugel abbekam. Die Verletzung war nicht ganz so schwer wie die jetzige, aber schlimm genug, so dass er für eine Weile den Job ruhen lassen musste. Griff hat einen Abschluss in Finanz- und Rechnungswesen, den wir bei der Erstellung seines Profils zum Glück in seinen Lebenslauf aufgenommen hatten. So konnte er die Leute überzeugen, ihm einen Job als Assistent des Chefbuchhalters zu geben. Auf diese Weise hat er zwar herausgefunden, dass der Ring massiv Menschenhandel betreibt, konnte aber leider keinen Blick in die inoffiziellen Bücher werfen, weil er nicht zum inneren Kreis gehörte. Deshalb haben er und sein Verbindungsmann …« Zimmermans Stimme brach, und er schloss für einige Sekunden die Augen. »Bitte entschuldigen Sie, aber Agent Symmes und ich waren Freunde.«

Und Agent Symmes war tot. Kate überlegte, ob Decker das noch mitbekommen hatte, bevor er ins Koma verlegt worden war, doch Symmes' Leiche war erst später aufgefunden worden. *Ich werde es ihm sagen müssen.* Die Vorstellung war der blanke Horror.

Zimmerman räusperte sich. »Davenport und sein Verbindungsmann hatten überlegt, dass ›Gene Decker‹ versuchen sollte, sich Zugang zu diesem inneren Kreis zu verschaffen, und haben auf den idealen Zeitpunkt dafür gewartet. Ihr Durchbruch kam vergangene Woche, als eines der Opfer flüchtete. Davenport konnte den Sicherheitschef des Rings und dessen rechte Hand überwältigen und sie zu Agent Symmes bringen, der sie festnehmen wollte. Dabei kam es zu einem Handgemenge. Symmes hat die beiden Männer zwar getötet, wurde dabei aber ebenfalls tödlich verletzt.«

Wieder versagte Zimmerman die Stimme, und er presste mit schmerzerfüllter Miene die Lippen aufeinander. Kate bemühte sich um eine neutrale Miene – vermutlich wollte er nicht auch noch mit ansehen, wie nah ihr sein Kummer ging. Stattdessen ergriff sie das Wort, um ihm Gelegenheit zu geben, sich ein wenig zu sammeln.

»Nachdem Davenport dafür gesorgt hatte, dass die beiden Männer aus dem Weg waren«, erklärte sie, »hat er die zentralen Sicherheitsaufgaben übernommen. Offenbar herrschte intern ein ziemliches Durcheinander, deshalb hat ihn niemand weiter hinterfragt, und es ist ihm gelungen, sich Zugang zu den Büros des inneren Kreises zu verschaffen. Gestern Morgen ist Davenport das erste Mal aus dem Koma aufgewacht, allerdings war er so durcheinander, dass die Ärzte ihn noch einmal sedieren mussten. Heute Morgen, als er wieder bei Bewusstsein war, hat er uns als Erstes das Datum und die

Uhrzeit auf der Datei mitgeteilt, die Deacon gleich abspielen wird.«

»Was hat er als Allererstes gesagt?«, erkundigte sich Meredith.

»Na ja, noch hängt er am Beatmungsschlauch, allerdings konnte er uns über ein Tastaturschema mitteilen, dass sein Name Decker lautet. Es scheint eine Art Alias zu sein, den er für seine verdeckten Ermittlungen benutzt hat«, antwortete Kate.

Zimmerman blickte sie erstaunt an. »Ich kenne ihn seit drei Jahren und habe ihn immer Griff genannt. Und Agent Symmes hat das auch getan.«

Kate zuckte die Achseln. »Vielleicht ist es ja eine Nachwirkung des Komas. Jedenfalls hat er noch das Wort ›Kinder‹ buchstabiert, bevor die Schwester uns rausgeworfen hat.« Bedrückte Stimmung machte sich im Raum breit. »Deshalb sind wir jetzt hier.«

»Sie werden gleich zwei Clips hören«, erklärte Deacon. »Sie sind beide Teil eines Gesprächs zwischen dem Anführer und seiner Tochter Alice.«

Scarlett Bishops Kiefer spannte sich an. »Dieses elende Miststück«, presste sie leise hervor, und keiner widersprach ihr. Alice war bei dem Versuch, einen Zeugen zu eliminieren, festgenommen worden. Wäre es ihr gelungen, hätte sie sich als Nächstes Marcus O'Bannion vorgenommen.

In Anbetracht der Umstände hatte sich Scarlett sogar ziemlich gut in der Gewalt, fand Kate.

»Es wird auch ein Mann namens Woody McCord erwähnt«, fuhr Deacon fort. »McCord wurde nach einem anonymen Hinweis bei der Hotline von Internet Crime Against Children wegen Besitzes von Kinderpornografie festgenommen.« Deacon sah seiner neuen Partnerin in die Augen. Wieder verhärtete sich Scarletts Kiefer, doch diesmal flackerte neben Wut auch so etwas wie Beklommenheit in ihrem Blick auf.

Doch sie sagte kein Wort, sondern starrte Deacon nur an. Schließlich seufzte Deacon.

Troy stieß Kate an. »Keine Ahnung«, sagte sie, laut genug, dass es jeder am Tisch hören konnte. »Aber bestimmt werden wir bald wissen, worum es geht, stimmt's, Detective Bishop?«

Scarlett nickte knapp. »Ja. Aber nicht jetzt.«

Kate beugte sich vor und stützte die Ellbogen auf der Tischplatte ab. Scarlett versuchte, Marcus zu schützen, daran bestand kein Zweifel. »Welches Geheimnis könnte wichtiger sein als die Kinder, die Agent Davenport offensichtlich so am Herzen liegen, Detective Bishop?«, fragte sie ruhig, obwohl sie innerlich kochte.

»Verdammt, Kate«, erwiderte Scarlett kläglich. »Sie haben doch schon genug durchgemacht.«

Herrgott noch mal! Kate verdrehte die Augen. »K-I-D-S, Scarlett. Der anonyme Hinweis kam doch aus der Zeitung Ihres Freundes, richtig? Blinzeln Sie einmal für Ja und zweimal für Nein.«

Scarlett blinzelte überhaupt nicht. »Ich beschaffe Ihnen die Informationen, die Sie brauchen«, sagte sie knapp. »So schnell es geht.«

Scheiße. Kate hatte Mühe, ihre Wut im Zaum zu halten. Sie griff nach der Tasche mit ihrem Strickzeug. »Danke.«

Verblüfft sah Troy zu, wie sie ihre Arbeit herausnahm und sich fieberhaft ans Werk machte. »Ich kann mich noch an McCords Verhaftung erinnern«, sagte er. »Es stand wochenlang in den Schlagzeilen, weil er an einer der hiesigen Highschools unterrichtet hat. Er wurde tot in seiner Gefängniszelle aufgefunden. Er hatte sich erhängt. Das war vor knapp einem Jahr. Wieso ist McCord auf einmal so wichtig?«

»Laut seinem Anwalt wollte er dem Staatsanwalt die Namen seiner Lieferanten nennen, um Strafmilderung zu erwirken. Die Anklage sollte von Besitz von Kinderpornografie auf Zuhälterei heruntergestuft werden. Am nächsten Tag war er tot. Zwei Tage danach wurde seine Frau tot aufgefunden. Angeblich Selbstmord. Wenig später kam sein Anwalt bei einem Brand ums Leben. Verdacht auf Brandstiftung«, erklärte Scarlett sachlich.

»Also hatte McCord höchstwahrscheinlich Hilfe, als er sich erhängt hat«, bemerkte Troy trocken.

»Genau das ist meine Vermutung«, gab Scarlett zurück.

Kate sah sie an. »Auf seinem Computer wurde kinderpornografisches Material gefunden, richtig? Aber Zuhälterei impliziert doch, dass damit Geld gemacht wurde. Wie kommt er darauf, dass sich der Staatsanwalt auf einen Deal mit ihm eingelassen hätte? War er denn Zuhälter?«

»Das weiß ich nicht.« Inzwischen hatte Scarlett sich wieder vollständig unter Kontrolle. Jegliche Anzeichen von Wut oder Kummer waren verschwunden. »Kann sein. Ich denke, das kinderpornografische Material auf seinem Computer war nicht nur für seinen Privatgebrauch bestimmt.«

Troy runzelte die Stirn. »Sie glauben, er hat das Zeug verkauft? Das hätte ihm doch eine noch längere Gefängnisstrafe eingebracht als nur der Besitz. Zuhälterei hätte in diesem Fall nicht gegriffen.«

»Wenn die Leute, die er ans Messer geliefert hätte, richtig dicke Fische gewesen wären, schon«, gab Scarlett leise zurück. »Deacon und ich hatten McCord bereits mit jemandem in Verbindung gebracht, von dem wir wissen, dass er Opfer des Rings als billige Arbeitskräfte gekauft hat.«

»Tja, das ist allerdings ein Riesenfisch«, murmelte Troy. »Wieso habe ich nie etwas davon gehört? In der Zeitung Ihres Freunds stand alles andere, aber das nicht.«

Scarletts Augen blitzten. »Nicht mal ansatzweise alles, Agent Troy.«

»Wir haben Mr. O'Bannion gebeten, die Information nicht im *Ledger* zu veröffentlichen, und er hat sich sehr kooperativ gezeigt«, schaltete sich Zimmerman ein. »Die ICAC hat sich die Dateien angesehen, die vor neun Monaten auf McCords Rechner sichergestellt wurden.« Das war die Sonderkommission, die sich mit Internetverbrechen an Kindern beschäftigte. Scarlett seufzte resigniert. »Und McCord ist tot, deshalb ist der Handel, in den er verstrickt war oder auch nicht, doch sowieso längst im Sande verlaufen und stellt keine Bedrohung mehr dar.«

Bei weitem nicht so sehr im Sande, wie du glaubst, dachte Kate. »Lass die erste Sequenz laufen, Deacon.«

»Das ist Alice«, erklärte Deacon, als eine wütende Frauenstimme blechern aus den Lautsprechern drang.

»O'Bannion gibt eine Tageszeitung heraus, er verfügt über ein ganzes Team an investigativen Journalisten. Ich muss doch nicht noch deutlicher werden, oder? Er hat uns bereits vor neun Monaten beinahe zu Fall gebracht, als er Woody McCords Kinderpornosammlung entdeckt hat. Wenn er noch etwas eingehender recherchiert hätte, wäre ihm aufgefallen, dass McCords Laster nicht einmal die Spitze des Eisbergs gewesen ist.«

Hier endete die Aufnahme. Troy stieß einen Pfiff aus. »Alles klar, jetzt kapiere ich es. McCord *ist* wichtig.«

»Aber er ist tot«, warf Kimble ein. Etwas an seinem Tonfall veranlasste Kate, ihr Strickzeug sinken zu lassen und ihn zu mustern. Kimble schien genauso angespannt zu sein wie sie selbst. Und es kostete ihn sichtlich Mühe, diese Anspannung unter Kontrolle zu halten.

»Und er kann nie wieder einem Kind weh tun«, fügte Meredith mit beinahe zärtlicher Sanftheit hinzu.

Kimble nickte grimmig. »Das stimmt. Trotzdem ist er bloß die Spitze des Eisbergs. Aber wo ist der Rest?«

»Jetzt kommt die zweite Sequenz«, sagte Deacon. »Alice und ihr Dad. Dieser Sean ist der IT-Mann und Alice' Halbbruder.«

»*Hast du McCords Partner noch im Auge?*«, fragte der Mann.

»*Ja*«, antwortete Alice. »*Er scheint alles unter Kontrolle zu haben. Jedenfalls hat er aus Woodys Fehlern gelernt.*«

»*Hat er sich neue Ware verschafft?*«

»*Ja, aber nicht von uns. Dennoch bekommen wir einen Anteil – nicht viel, aber zuverlässig –, und es besteht die Möglichkeit einer Expansion. McCords Partner hat sich Seans E-Commerce-Wissen zunutze gemacht, und seine Wertschätzung hat aus dem Tröpfeln der Gelder einen steten Fluss gemacht. Wir haben uns seit Monaten nicht mehr persönlich gesprochen. Er weiß, dass ich seine Geschäfte beobachte, aber solange jeden Monat eine Überweisung eingeht, lasse ich ihn in Frieden.*«

Die Sequenz endete. Stille legte sich wie eine dunkle Wolke über den Tisch, bis Zimmerman das Wort ergriff. »Die Spitze des Eisbergs. Und da dieser geheimnisvolle Unbekannte und McCord Partner waren, können wir nur davon ausgehen, dass es sich bei der ›Ware‹ um genau die Personen handelt, die McCord als Basis für einen Deal benutzen wollte.«

»Kinder«, sagte Kate grimmig.

Cincinnati, Ohio
Donnerstag, 13. August, 9.00 Uhr

»Na, Agent Davenport.« Der Arzt legte den Beatmungsschlauch auf ein Tablett, das die Schwester ihm hinhielt. »Wie fühlt sich das an? Besser? Nicken reicht völlig.«

Scheiß drauf. Decker musste sicher sein können, dass seine

Stimme noch funktionierte. *Damit ich mit Kate reden kann.*
»Als hätten Sie mir gerade einen verdammten Schlauch aus dem Hals gezogen«, krächzte er und begann, heftig zu husten. Und diesmal tat es wirklich weh.

Der Arzt, ein Mann in den Fünfzigern mit graumeliertem Haar, einem üppigen Schnauzbart und sanften Händen, verdrehte nur die Augen. »Ich habe Ihnen doch gesagt, Nicken reicht, aber ihr Cops wollt einfach nicht hören. Er kann ein paar Eischips haben«, sagte er zu der Schwester und legte sein Stethoskop an Deckers Brust. »Atmen. Langsam und tief.«

»Mund auf«, befahl die Schwester und ließ einen Eischip in seinen Mund fallen.

Ja, das tat gut. Seine Kehle fühlte sich an, als hätte jemand ein Dutzend wild gewordener Katzen herausgezogen, aber er hatte schon Schlimmeres erlebt.

Der Arzt schien zufrieden mit dem zu sein, was er hörte, und Decker war heilfroh, dass seine Brust nicht bei jedem Atemzug schmerzte. Er würde bald aufstehen und herumlaufen können. Je früher, desto besser. Denn je früher er wieder auf den Beinen war, umso schneller würde er dieses verdammte Krankenhaus verlassen und wieder an die Arbeit gehen können.

Kinder. Waren. Ein steter Geldfluss. McCords Partner war immer noch dick im Geschäft. *Aber nicht mehr lange.*

Der Arzt kniff die Augen zusammen. »Was Ihnen auch immer gerade im Kopf herumgehen mag, vergessen Sie's. Ihr Puls geht komplett durch die Decke. Es sei denn, Sie wollen, dass die nette Schwester Sie wieder ins Land der Träume schickt«, erklärte er mit aufgesetzter Freundlichkeit.

Die Schwester schürzte die Lippen – offenbar ärgerte sie sich über den Arzt genauso wie Decker. Doch sie sagte nichts, und der Arzt bemerkte ihre säuerliche Miene entweder nicht oder ignorierte sie. *Arschloch.* Kate hatte ihm am Morgen noch eingebleut, es sich keinesfalls mit den Schwestern zu verscherzen, weil sie einem das Leben zur Hölle machen konnten.

Er konzentrierte sich darauf, seinen Puls zu beruhigen, sah den Arzt an und bleckte in einer Parodie seines Grinsens die Zähne. »Nein, Herr Doktor«, sagte er. »Das ist nicht nötig.« *Blödmann.*

»Gut. Ihre Atemgeräusche sind so weit in Ordnung. Wir werden Sie schon bald auf die normale Station verlegen.«

»Hervorragend«, knurrte Decker. »Ich will so schnell wie möglich hier raus. Ich muss zurück an die Arbeit.« *Wegen der Kinder. Verdammt. Atme! Der Puls darf nicht hochschnellen.*

»Natürlich.« Der Arzt verschränkte die Arme vor der Brust und warf ihm einen ernsten Blick zu. »Also, die Sache läuft folgendermaßen, Special Agent Davenport: Sobald Sie in ein normales Zimmer verlegt wurden, leiten wir den Heilungsprozess ein, und der wird kein Spaziergang werden. Sie müssen Übungen für Ihre Lunge machen, regelmäßig essen, und ab und zu dürfen Sie auch auf der Station spazieren gehen. Wenn Sie brav mitmachen, kommen Sie vielleicht in einer Woche wieder raus. Wann Sie an die Arbeit zurückkehren können? In einem Monat. Frühestens.«

Atme. Deckers Puls blieb konstant, aber es fiel ihm schwer. *Eine Woche? Verdammte Scheiße. Und ein Monat, bis ich wieder arbeiten kann? Was rauchen Sie eigentlich, Doc?* Aber er nickte nur. »Das klingt prima, Herr Doktor.«

Der Arzt blickte ihn einen Moment lang an, dann brach er in schnaubendes Gelächter aus. »Wenn Sie glauben, dass ich Ihnen das abkaufe ... eine Woche, Davenport. Ich meine es ernst.«

Sonst? Decker hatte Mühe, nicht die Augen zu verdrehen. »Das glaube ich Ihnen«, gab er mit einem bekräftigenden Nicken zurück.

»Schon klar«, bemerkte der Arzt nur.

»Warten Sie«, rief Decker, als er sich zum Gehen wandte. »In einer Woche bin ich hier raus, richtig?«

»Richtig«, antwortete der Arzt argwöhnisch.

»Aber lesen kann ich doch, oder?«

Der Arzt zog eine Braue hoch. »Das weiß ich nicht. Können Sie's?«

Decker starrte ihn an. *Arschloch.* »Ich darf lesen, meine ich damit. Ist das korrekt?«

Der Arzt nickte. »Das ist korrekt, ja.«

War das jetzt so schwer? »Als ich hier eingeliefert wurde, hatte ich gerade eine Menge Bälle in der Luft, und ich weiß nicht, wo sie hingefallen sind. Ich brauche eine Zeitung. Bitte. Das sollte doch möglich sein.« Er musste sich auf den aktuellen Stand bringen, bevor Kate zurückkam.

»Sie befinden sich auf der Intensivstation, Agent Davenport«, erklärte der Arzt aufgebracht. »Seit ein paar Minuten atmen Sie zum ersten Mal seit einer Woche selbständig. Sie werden so schnell wie möglich auf die normale Station verlegt. Mehr kann ich Ihnen nicht versprechen.«

Decker schluckte seinen Frust hinunter. »Danke«, sagte er, um einen normalen Tonfall bemüht.

»Danken Sie mir, indem Sie kooperieren. Ich will Sie nicht noch mal hier haben.«

Da sind wir schon zwei. Decker sah ihm hinterher, als er den Raum verließ, und holte tief Luft. *Also gut.* Er atmete also selbständig. *Das ist doch ein Anfang.*

»Ich lasse Ihnen etwas zu essen kommen«, sagte die Schwester. Decker glaubte, so etwas wie Mitgefühl in ihrer Stimme zu hören. »Hier sind noch ein paar Eischips. Ihre Kehle fühlt sich sicher wie ein Reibeisen an.«

»Und Ihre Zunge blutet bestimmt schon, weil Sie so fest draufgebissen haben«, gab er zurück und lutschte an einem der Chips. »Ich dachte, man würde Ärzten Feingefühl und Respekt beibringen.«

Ihre Lippen zuckten. »Das tut man durchaus … und bei manchen funktioniert es auch.«

Er bemühte sich um einen eindringlichen Tonfall, doch seine Stimme klang, als würde ein Entführer seine Lösegeldforderung mitteilen. »Gibt es irgendeine Möglichkeit, wie ich an Informationen über einen bestimmten Vorfall kommen kann? Ich esse auch brav alles auf, was auf meinem Teller ist, ohne zu meckern. Selbst wenn es grau und eklig ist. Oder Wackelpudding mit Fruchtstückchen. Ich werde der beste Patient sein, den Sie je hatten. Aber ich muss es einfach wissen.«

Sie lachte leise. »Ich weiß, wer Sie sind, Agent Davenport, und was Sie vorhatten. Dr. Dani Novak ist eine Freundin von mir. Wir haben erst gestern über Sie gesprochen.«

»Novak wie Agent Novak?«, fragte er perplex. *Noch ein nervtötender Idiot?*

»Ja. Bruder und Schwester.«

Er fragte sich, ob die andere Stimme womöglich Dr. Novak gehört hatte. »Hat sie … weiß sie Bescheid?«

Wieder lachte die Schwester leise. »Nur grob. Aber sie meinte, Sie wären ein echter Held. Ich sehe mal, ob ich vielleicht einen Tablet-PC für Sie auftreiben kann. Aber Sie dürfen nicht zu lange lesen.« Sie drohte ihm mit dem Finger.

Er lächelte. »Heißt das, ich darf mich doch über den Wackelpudding beschweren?«

»Nein, das heißt es nicht.«

»Mist.« Er unterdrückte ein Gähnen. Verdammt, dass er so schnell müde wurde, passte ihm ganz und gar nicht. »Ist Dr. Novak meine Ärztin?« Hoffentlich war das nicht der Fall, weil er sonst auch noch nett zu Deacon sein musste.

Ein trauriger Ausdruck schlich sich auf ihre Züge. »Nein. Dr. Novak hat gestern gekündigt. Genaueres darf ich Ihnen leider nicht sagen, aber die Kurz- und auch die Langversion lautet, dass man sie reingelegt hat und dass wir sie sehr vermissen werden. Nein, Dr. Dani war hier, weil sie mit der Dame reden wollte, die neben Ihrem Bett campiert hat. Agent Coppola.«

Ein warmes Gefühl durchströmte seine Brust. Sie hatte an seinem Bett campiert. Doch dann fiel ihm etwas auf: Deacon Novak hatte geglaubt, seine Schwester würde übertreiben, als sie gemeint hatte, dass Kate völlig übermüdet aussehen würde. Erleichtert stellte er fest, dass sein Gehirn allmählich in die Gänge kam und er sich besser erinnern konnte. »Dürfte ich Sie um einen Gefallen bitten? Könnten Sie Agent Coppola wissen lassen, dass ich sprechen kann, und sie bitten, so schnell wie möglich herzukommen?«

Sein Blick fiel auf das Tischchen an seinem Bett, auf dem lediglich der Becher mit dem Eis stand. »Hier lag vorhin noch ein Zettel mit ihrer Nummer drauf.«

»Kein Problem, sie hat sie im Schwesternzimmer hinterlassen. Ich habe sie also.«

»Gut. Danke.« Er bemühte sich, dankbar zu lächeln, bis sie den Raum verlassen hatte, dann runzelte er die Stirn. *Kein Problem?* Weit gefehlt. Er konnte es nicht ausstehen, wenn Leute seine Sachen anfassten.

Nachdem Kate gegangen war, hatte er geschlafen. Jemand musste hereingekommen sein und den Zettel mitgenommen haben. Es war nur ein Streifen Papier, aber der Gedanke, dass jemand hier gewesen war, in seinem Zimmer, so nahe … die Vorstellung war beunruhigend.

Reiß dich zusammen, Decker. Du bist in einem Krankenhaus, Herrgott noch mal. Da kommen nun mal Leute ins Zimmer.

Entschlossen schob er das Gefühl beiseite und konzentrierte sich auf das Wesentliche: Gleich würde er die Nachrichten checken. Und bald wäre Kate wieder hier.

Kate betrachtete die Gesichter im Raum, während Deacon die Sequenzen laufen ließ, deren Aufzeichnung Decker Davenport um ein Haar das Leben gekostet hätte. Sie sah Ekel und Wut in den Gesichtern, aber auch wilde Entschlossenheit, dem geheimnisvollen Mann Einhalt zu gebieten, der aus Geldgier Kinder zur Prostitution zwang.

»Ware«, murmelte Meredith. »Dass jemand so über menschliche Wesen sprechen kann … über Kinder … so kalt …«

»Was weiß Agent Davenport sonst noch über diesen geheimnisvollen Kunden?«

Kate zuckte mit den Schultern. »Das kann ich noch nicht sagen. Wir müssen zurück ins Krankenhaus und ihn befragen, aber selbst wenn der Schlauch inzwischen entfernt ist, wird er trotzdem noch nicht lange sprechen können. Außerdem glaube ich, dass er auch nicht mehr weiß als das, was auf den CDs ist. Ich denke, wir sollten uns darauf konzentrieren, Alice zum Reden zu bringen.«

Scarletts dunkle Augen blitzten auf. »Glauben Sie ernstlich, Sie schaffen das?«

»Nein«, antwortete Kate und schüttelte den Kopf. Sie und Scarlett hatten Alice, die die Tochter des Anführers war, befragt, doch die Frau hatte sich als äußerst harte Nuss entpuppt. »Wir müssen erst etwas Hieb- und Stichfestes gegen sie in der Hand haben, und im Augenblick haben wir rein gar nichts, um sie aus der Reserve zu locken und in die Mangel zu nehmen. Sie ist Anwältin und verlangt Immunität wegen … ach, einfach, weil es ihr Spaß macht. Sie zwingt uns, jeden einzelnen Trumpf zu zeigen, den wir in der Hand haben, bevor sie auch nur einmal den Mund aufmacht.«

»Deshalb müssen wir einen Weg finden, um ihr in die Karten

zu schauen, selbst wenn wir dafür schummeln müssen«, meinte Kimble. »Seit wann lebt sie hier in Cincinnati?«

»Seit drei Jahren«, antwortete Deacon. »Nach ihrem Jura-Examen ist sie hergezogen.«

Kate klappte ihren Laptop auf und überprüfte ihre eigenen Notizen. »Wir haben die Niederschrift ihrer Aussage am Montag bekommen, aber nichts Auffälliges gefunden. Außerdem haben Troy und ich über Skype mehrere Professoren von ihr befragt, die im Grunde alle dasselbe sagen: Sie war eine ruhige, unauffällige Studentin, fleißig und immer gute Noten. Sie hatte nur wenige Freunde, ist ziemlich für sich geblieben und war auch in keinem Club oder einem sonstigen Verein außerhalb des Uni-Betriebs Mitglied.«

»Kate untertreibt«, warf Troy mit mildem Tadel ein. »Ich habe den Großteil der letzten Woche damit zugebracht, meinen Einsatz in Cleveland zu Ende zu bringen, während Kate hier die ganze Drecksarbeit erledigt hat. Stundenlang. Außerdem hat sie sich die ganzen Dateien angehört. Kein Wunder, dass du keinen Schlaf bekommen hast.«

»Vielleicht geht's noch ein bisschen lauter«, sagte Kate verärgert. Wenn männliche Kollegen rund um die Uhr auf den Beinen waren, krähte kein Hahn danach. »Wie auch immer. Der springende Punkt ist, dass Alice quasi eine Unbekannte ist. Sie taucht nirgendwo auf, in keinem der sozialen Netzwerke oder sonst wo. Keiner kennt sie. Wir wissen nur, dass sie vor einem Dreivierteljahr Marcus O'Bannion im Krankenhaus besucht hat und danach Mitglied in seinem Fitness-Club geworden ist, um ihn nach seiner Entlassung im Auge zu behalten. Sie hat ihn angequatscht, über seine Storys ausgehorcht und versucht, sich mit ihm anzufreunden. Sie und ihr Vater wollten verhindern, dass Marcus tiefer im Fall Woody McCord, seiner Verhaftung und seinem plötzlichen Tod gräbt.«

Deacon nickte. »Aber am meisten Sorge hat ihr die Möglichkeit bereitet, dass Marcus McCords Partner aufstöbern könnte.«

Scarlett warf Deacon einen beunruhigten Blick zu. »Jetzt verstehe ich, wieso du mich dabeihaben wolltest. Und natürlich ist das völlig richtig. Du musst mit allen beim *Ledger* reden – mit Marcus, seinem Bruder Stone und ihrem Freund Diesel Kennedy, weil sie gemeinsam McCords Kinderporno-Sammlung entdeckt haben.« Sie warf Zimmerman einen trotzigen Blick zu. »Und ich werde ihnen raten, einen Anwalt hinzuzuziehen.«

Das bedeutete wohl, dass die Jungs vom *Ledger* bei ihren Recherchen gegen ein, zwei Gesetze verstoßen haben mussten, dachte Kate. Schätzungsweise hatten sie seinen Computer gehackt. Sie sah der Begegnung mit den Männern mit Spannung entgegen.

»Das habe ich mir schon gedacht«, erwiderte Zimmerman, was Kates Verdacht bestätigte. »Allein schon wegen des Hackens des Computers. Deshalb habe ich auch Detective Kimble hergebeten. Ich will in diesem Fall eine enge Zusammenarbeit mit dem CPD, vor allem, da der Täter von hier zu sein scheint. Kennen Sie sich in der Gegend aus, Kimble?«

Kimble nickte vorsichtig. »Ich bin hier aufgewachsen. So wie Scarlett und Deacon.«

Zimmerman wirkte zufrieden. »Gut. Vielleicht finden Sie ja ein paar Fakten heraus, die wir noch nicht kennen. Detective Bishop, ich weiß Ihre Arbeit, die Sie in den Fall hineingesteckt haben, wirklich sehr zu schätzen, aber Sie sind zu nahe dran, deshalb besteht hier die Gefahr eines Interessenkonflikts. Daher muss ich die weiteren Ermittlungen Kimble und Novak übertragen. Aber Sie dürfen das keinesfalls als Bestrafung verstehen, habe ich mich klar ausgedrückt?«

Scarletts Lippen wurden schmal, und ihre Wangen röteten

sich, doch sie nickte. »Ich bin zu nah dran«, sagte sie. »Meine Vorgesetzte Lieutenant Isenberg sieht das genauso, nehme ich an?«

»Ja, das tut sie«, bestätigte Zimmerman. »Niemand will Ihnen ans Leder«, fügte er freundlich hinzu. »Im Gegenteil. Lieutenant Isenberg legt größten Wert darauf, dass Ihre Karriere nicht dadurch beeinträchtigt wird.«

Scarlett lächelte flüchtig, aber immerhin aufrichtig. »Ich weiß. Und ich bin auch dankbar dafür.«

Deacon, der den Dialog mit zunehmender Erschütterung verfolgt hatte, warf Zimmerman einen finsteren Blick zu. »Ich wusste nicht, dass sie dich von dem Fall abziehen würden, Scarlett, sonst hätte ich dich gewarnt.«

»Weiß ich doch«, sagte sie mit einem noch wärmeren Lächeln. »Wenn niemand etwas dagegen hat, fahre ich jetzt zum *Ledger* und rede mit Marcus und Diesel. Stone ist noch nicht wieder in der Redaktion. Wenn Sie ihn befragen wollen, müssen Sie zu seinem Vater nach Indian Hill fahren, wo er sich gerade erholt.«

»Sagen Sie ihnen bitte, dass wir innerhalb der nächsten Stunde mit ihnen reden wollen«, meinte Kate. »Und danke«, fügte sie hinzu und wartete, bis Scarlett den Raum verlassen hatte, ehe sie sich an Zimmerman wandte. »Es gibt noch einen anderen Hinweis, dem wir nachgehen können. Unmittelbar bevor Agent Davenport angeschossen wurde, hat er den Chefbuchhalter des Menschenhändlerrings erwähnt, Joel Whipple. Joel hat Davenport gegenüber angedeutet, dass er über einen Ausstieg nachdenkt, und Davenport glaubt, er könnte vielleicht als Zeuge für die Anklage dienen.«

»Aber?«, hakte Kimble nach.

»Aber als ich ein paar Agents zu Whipples Haus geschickt habe«, warf Zimmerman finster ein, »war er verschwunden. Und kein Anzeichen auf Fremdeinwirkung. Ich habe ein paar Leute auf ihn angesetzt, gehe aber jede Wette ein, dass der Herr Oberbuchhalter einen Plan B hatte – inklusive einem neuen Pass und Flugticket, für den Fall, dass der ganze Laden auffliegen sollte. Sein Boss hatte bei seiner Festnahme jedenfalls einen gefälschten Pass bei sich.«

»Und ein Flugticket nach Tahiti«, fügte Deacon verdrossen hinzu. »Bestimmt hat Whipple die Kurve gekratzt. Trotzdem frage ich mich, wieso er Davenport in dem Glauben gelassen hat, er würde als Kronzeuge auftreten.«

»Vielleicht hatte Whipple ihn im Verdacht, dass er irgendetwas weiß«, meinte Kate nachdenklich. »Und wir dürfen nicht vergessen, dass das passiert ist, bevor er angeschossen wurde. Davenport hat doch gesagt, zu den wirklich brisanten Daten hätte er während seiner Arbeit in der Buchhaltung keinen Zugang gehabt. Er hätte bloß die offiziellen Bücher geführt, während Whipple sich um die eigentlich relevanten Dinge gekümmert hat, aber auch von ihnen war keine Spur, als wir Whipples Haus durchsucht haben.« Sie dachte an die Nacht, als Decker angeschossen wurde. »Unmittelbar bevor ihn die Kugel getroffen hat, meinte er noch, er hätte die Daten, die er brauchte, größtenteils beisammen. Das meiste davon hätte er im Kopf. Er wollte so schnell wie möglich zu Ihnen, Sir, um Sie zu informieren«, sagte sie zu Zimmerman.

Der Anflug eines Lächelns erschien auf Zimmermans Gesicht. »Gut. Griff hat ein erstklassiges Gedächtnis. Wenn er tatsächlich Gelegenheit hatte, einen Blick auf die echten Bücher zu werfen, wird er uns viele hilfreiche Informationen liefern können.«

»Also müssen wir mit ihm reden«, sagte Kimble, »und hoffen, dass der stete Geldstrom, von dem Alice in der Aufnahme spricht, so fließt, dass wir ihn zurückverfolgen können.«

»Allerdings könnte das seine Zeit dauern«, warf Kate ein.

»Heute Morgen war Davenport noch ziemlich durcheinander. Ihm fiel irgendetwas ein, aber dann war es auch gleich wieder weg, was natürlich frustrierend für ihn ist. Das liegt an den Narkosemitteln.« Und sie wusste genau, wovon sie sprach. O Gott, es war eine der schwierigsten Situationen ihres Lebens gewesen, mit ansehen zu müssen, wie Johnnie ... *Nein. Nicht jetzt. Du wirst jetzt nicht darüber nachdenken.* »Das Zeug macht einen total benommen«, fügte sie leise hinzu.

»Holen Sie so viel aus ihm heraus, wie Sie nur können«, sagte Zimmerman. »Und lassen Sie sich von den Ärzten nicht ins Bockshorn jagen. Natürlich wollen die ihn ruhig halten, damit der Heilungsprozess in Ruhe fortschreiten kann, aber Sie müssen trotzdem so viel wie möglich ...« Er unterbrach sich und seufzte. »Das hört sich nicht richtig an, und natürlich meine ich es auch nicht so. Du liebe Güte, ich will ja, dass er wieder gesund wird, aber ...«

»Er hat gesagt, den Kindern laufe die Zeit davon«, sagte Kate.

»Das ist ihm bewusst. Ich werde ihn nicht antreiben müssen, weil er das schon selbst tut ...«

»Du?«, hakte Troy mit leisem Tadel nach. Kate spürte, wie sie rot anlief.

Ja, sie hatte wieder einen Partner, und, nein, sie hatte es nicht vergessen. Das war nicht der Punkt. Sie konnte sich nur niemand anderen an Deckers Seite vorstellen. *Niemanden außer mir.*

»Wir. Ich. Wer auch immer die Einsatznachbesprechung mit ihm durchführt. Bis auf Deacon.« Sie warf Deacon einen scharfen Blick zu. »Mr. Supergenie hat Agent Davenport auf dem falschen Fuß erwischt. Es gab eine Auseinandersetzung zwischen ihnen.«

»Ich dachte, er könnte wegen des Beatmungsschlauchs nicht sprechen«, bemerkte Troy belustigt.

»Nonverbal«, gab Kate zurück.

Zimmerman sah Deacon fragend an.

»Da war überhaupt nichts, Sir«, erklärte Deacon und schoss einen nicht minder scharfen Blick zurück. »Agent Coppola hat da etwas falsch verstanden.«

»Das kann ja heiter werden«, murmelte Troy und lachte leise, als Kate und Deacon ihn ins Visier nahmen. »Es freut mich, dass der alte Partner auch seine Macken hat. Da fühlt sich der neue gleich viel besser.«

Kate musste lachen, worauf sich die Anspannung sofort verflüchtigte – was Troy aller Wahrscheinlichkeit nach beabsichtigt hatte. »Okay, neuer Partner. Du hast also doch Humor. Ist ja gar nicht so schwierig. Kennst du dich eigentlich mit Buchhaltung aus?«

Troys amüsiertes Grinsen wich einem Ausdruck blanken Entsetzens. »Du liebe Güte, absolut nicht. Ich bin zum FBI gekommen, *bevor* man ein Superschlaukopf sein musste.«

»Unsinn«, warf Zimmerman gutmütig ein. »Aber die haben Sie trotzdem genommen.«

Troy musterte seinen Vorgesetzten einen Moment lang, ehe seine Lippen zu zucken begannen. »Mann, der war echt gut. Damit habe ich nicht gerechnet.« Er verdrehte die Augen. »Der alte Partner hat einen schlechten Einfluss auf unseren Chef, Agent Coppola.«

»Was du nicht sagst«, konterte Kate. »Aber mal im Ernst. Wer außer mir hat Ahnung von Buchhaltung?«

Kimble hob die Brauen. »Sie kennen sich mit Bilanzen aus? Ehrlich?«

»Mathematikstudium mit Schwerpunkt auf Wirtschaftskriminalität«, sagte sie mit einem geschäftsmäßigen Nicken, doch ihr Herzschlag beschleunigte sich. Damit brachte sie die perfekte Qualifikation für ein Gespräch mit Decker mit, was bedeutete, dass sie mehr Zeit mit ihm verbringen und gleichzeitig ihre Arbeit erledigen konnte. *Kinder*. Die Kinder hatte sie keineswegs vergessen. *Die Ware*, dachte sie verbittert und verfluchte im Geist jeden Einzelnen der Täter. Sollten sie in der Hölle schmoren. »Ich bin lizenzierte Wirtschaftsprüferin, deshalb werde ich die Befragung von Agent Davenport übernehmen.« Sie warf Troy einen Blick zu. »Bist du dabei, neuer Partner?«

Troy grinste. »Klar. Ich würde ihn zumindest gern kennenlernen. Danach werde ich mich mit Alice' Aktivitäten während des letzten Jahres beschäftigen. Jeder hinterlässt Spuren. Sie muss außerhalb des Studiums doch irgendetwas unternommen oder einen Freund gehabt haben oder sonst etwas. Irgendjemand muss etwas darüber wissen, wie dieses Mädchen tickt … und welche Geheimnisse sie hat, die wir gegen sie verwenden können.«

Deacon nickte. »Wir haben auch den Sohn eines der Menschenhändler verhaftet. Er und Alice haben irgendeine Art von Beziehung.«

Kate schnitt eine Grimasse. »Den habe ich schon mal befragt. Entweder weiß er tatsächlich nichts, oder aber er spielt den Dummen recht überzeugend, ich bin noch nicht ganz sicher.«

»Lass es mich mal versuchen«, schlug Deacon vor. »Vielleicht kriege ich ja etwas aus ihm heraus.«

»Ich will Woody McCord«, sagte Kimble leise. Kate war aufgefallen, dass er während der Flachserei der anderen keine Miene verzogen hatte. Und auch Meredith Fallon, die ihm immer wieder aus dem Augenwinkel einen Blick zuwarf, wenn sie sich unbeobachtet glaubte, war das nicht entgangen. »Ich weiß, dass er seit fast einem Jahr tot ist, aber nach dem ganzen Wirbel müssen seine Nachbarn oder seine Kollegen in der Schule über ihn geredet haben. Wenn er und dieser Typ Partner waren, hat vielleicht jemand die beiden zusammen gesehen.«

Meredith sog scharf den Atem ein. »Glaubst du?«, fragte sie kaum hörbar.

Kimble nickte und sah Zimmerman an. »Genau deswegen bin ich hier, stimmt's, Sir? Sie wollten jemanden dabeihaben, der mit der ICAC zusammengearbeitet hat und die Dateien auf McCords Computer durchsehen kann, falls sich dort Hinweise auf den geheimnisvollen Unbekannten finden.«

Kate zuckte zusammen. Bis zu diesem Moment hatte sie es sorgsam vermieden, an diese Aufgabe zu denken. Niemand war scharf darauf, Fotos von Minderjährigen durchzusehen – sie rissen einem die Eingeweide heraus und hinterließen eine klaffende, schmerzende Leere, wo sich bei anderen Menschen das Herz und die Seele befanden. Dass Kimble sie freiwillig übernahm, obwohl ihm sichtlich davor graute ... Respekt.

Zimmerman nickte. »Ihr Lieutenant ist der Ansicht, Sie wären am besten dafür geeignet. Ist das richtig?«

Meredith seufzte leise. »Ja, das stimmt. Du bist der Richtige dafür, Adam. Ich ... es tut mir leid. Ich hätte nichts sagen dürfen.«

Kimble sah sie an – das allererste Mal, seit er sich neben sie gesetzt hatte, blickte er ihr in die Augen. »Früher oder später muss ich es tun«, erklärte er mit geradezu erschreckender Sanftheit und wandte sich den anderen zu. »Ich war letztes Jahr bei Personal Crimes und habe ... nun ja, etwas ziemlich Schlimmes erlebt. Danach musste ich mich für eine Weile zurückziehen, um wieder einen klaren Kopf zu bekommen. Aber ich kenne die ICAC-Leute und weiß, wonach ich suchen muss. Ich ...«, er stieß den Atem aus, »tja, besser ich als jemand anderes.«

»Wieso?«, fragte Kate und beobachtete bestürzt, wie sich seine Lippen zu dem Versuch eines Lächelns verzogen, das ihr das Herz brach.

»Weil es mich schon einmal kaputtgemacht hat. Es besteht kein Grund, dass dasselbe jemand anderem passiert.«

Meredith schluckte. »Ich komme gern mit«, sagte sie.

Kimbles verkniffenes Lächeln wurde eine Spur weicher ... beinahe zart. »Nein, aber wenn ich danach Hilfe brauche, weiß ich ja, an wen ich mich wenden kann.«

Kate ertappte Deacon dabei, dass er die beiden mit unverhohlenem Kummer beobachtete, doch es schien auch ein Fünkchen Hoffnung mitzuschwingen. Was auch immer Detective Kimble widerfahren sein mochte, musste entsetzlich gewesen sein. Und Merediths Trost und Zuwendung waren allem Anschein nach überaus heilsam gewesen.

Kate räusperte sich. »Anfangs wird Agent Davenport immer nur über einen kurzen Zeitraum arbeiten können. Er braucht noch viel Schlaf, bis er wieder bei Kräften ist, vor allem, wenn er sein Gedächtnis so konzentriert durchforsten muss. Ich fahre ins Krankenhaus und sehe, wie es ihm geht. Vielleicht können wir auch einen Tablet-PC für ihn organisieren, damit er festhalten kann, wenn ihm etwas einfällt. Dann fahre ich zum *Ledger,* wo ich hoffentlich alles über die Recherchen zu McCord erfahre. Danach melde ich mich bei Ihnen, Adam, dann können wir ...« Sie hielt kurz inne und musste einen Schauder unterdrücken. »Sie sollten sich dem nicht allein aussetzen.«

»Wir werden sehen«, sagte Kimble und schloss die Augen. Er wirkte völlig erschöpft und ... zum ersten Mal, seit er hereingekommen war, authentisch. »Großer Gott, was für ein Horror.«

»Ich kann auch jemand anderen dafür einteilen«, sagte Zimmerman. »Ohne irgendwelche negativen Konsequenzen für Sie.« Er lächelte schief. »Ohne Vermerk in Ihrer Personalakte.«

Kimble schlug die Augen wieder auf und ließ ein rauhes Lachen hören, als wäre es sehr lange her, seit er zuletzt gelacht hatte. »Danke, Sir, aber in meiner Akte gibt es längst einen Vermerk.«

Zimmerman schüttelte den Kopf. »Nein, das stimmt nicht. Nur einen Eintrag, dass Sie eine Auszeit beantragt haben.«

»Ich rede nicht von meiner Personalakte, Sir. Sondern von der in meinem Kopf. Und wie oft bekommt man schon die Gelegenheit, einen Fehler zu korrigieren?«

»Du hast keinen Fehler begangen«, sagte Meredith mit leiser, aber fester Stimme. »Hast du mich verstanden?«

»Ja«, antwortete Kimble pflichtschuldig, wenn auch mit einem Anflug von Gereiztheit. »Ich habe dich verstanden.«

Meredith seufzte. »Aber du glaubst mir nicht.«

»Ich weiß es nicht«, gab Kimble, nun ohne jeden Sarkasmus, zurück. »Ich weiß nur, dass ich es tun muss. Lieutenant Isenberg weiß es auch«, fügte er, an Zimmerman gewandt, hinzu. »Sonst hätte sie mich wohl kaum für diese Aufgabe empfohlen. Ich fahre sofort zur ICAC.«

»Sonst noch etwas?«, fragte Zimmerman in die Runde.

»Vielleicht«, meldete sich Meredith nachdenklich zu Wort. »Die Fotos auf McCords Rechner sind mindestens ein Dreivierteljahr alt, wahrscheinlich sogar älter. Wir wissen ja nicht, wann er angefangen hat, Kinder zu missbrauchen. Sie könnten inzwischen längst erwachsen sein und ein völlig anderes Leben führen.«

»Oder tot«, warf Kimble grimmig ein.

Meredith nickte. »Aber bestimmt nicht alle. Viele schaffen es auch.«

»Aber normalerweise arbeiten sie auch später in der Sex-Industrie«, warf Kate ein, die bereits ahnte, worauf die Therapeutin hinauswollte. »Es ist das Leben, das sie kennen, deshalb schlittern sie vom Leben als Missbrauchsopfer geradewegs in die Prostitution.«

»Genau«, bestätigte Meredith. »Bis vor kurzem wurden diese Opfer wegen Prostitution angezeigt und bekamen dann auch noch eine Strafe aufgebrummt. McCords Opfer – und die seines unbekannten Partners – gehen auf den Strich. Diejenigen, die ein bisschen mehr Glück haben, sind in Therapie. Eine meiner Partnerinnen leitet ein Zentrum für junge Frauen, die aus dem Milieu ausgestiegen sind, und hilft ihnen, sich ein neues Leben aufzubauen. Ich hake mal nach, ob eine von ihnen vielleicht McCord kannte. Falls nicht, klappere ich den Strich ab. Wendi Cullen, meine Partnerin, weiß, wo sie stehen, und kommt bestimmt mit.«

Troy nickte. »Ich kenne Wendi. Sie ist ein kluges Mädchen und kann gut mit Jugendlichen umgehen. Ich habe letztes Jahr ein paar Mädchen bei ihr untergebracht. Was sie da aufgebaut hat, ist wirklich beeindruckend.«

»Nur leider besteht die Gefahr, dass sie dichtmachen muss«, entgegnete Meredith. »Aber im Moment wohnen noch ein paar junge Frauen bei ihr, die wir befragen können.«

»Ich schicke Ihnen jemanden als Begleitung mit, Meredith«, sagte Zimmerman und wiegelte ihren Protest mit einer Handbewegung ab. »Keine Widerrede. Wir nehmen jemanden, der Ihnen nicht im Weg steht, wenn Sie mit den Frauen sprechen, aber trotzdem da ist. Ich lasse Sie da nicht allein herumlaufen.« Seine Schultern sackten herab. »Das gilt für Sie alle. Natürlich brauche ich Ihnen nicht zu sagen, dass Sie vorsichtig sein müssen, aber ich tue es trotzdem. Rufen Sie Verstärkung, wenn Sie in eine gefährliche Situation geraten. Warten Sie nicht, bis die Kugeln fliegen. Wenn Sie ohne kugelsichere Weste losziehen, ist das ein Verstoß gegen die Vorschriften. Keine Ausnahmen, keine Ausreden. Ich will keine Beerdigungen mehr. Um Punkt sechzehn Uhr sind Sie alle zurück zur Nachbesprechung. Und jetzt Abmarsch.«

4. Kapitel

Er sah auf seine Uhr. Legte heutzutage eigentlich noch irgendjemand Wert auf Pünktlichkeit? Alle waren ständig nur im Internet oder hingen mit ihrem Handy vor der Nase herum, weshalb die einfachsten Umgangsformen auf der Strecke blieben. Wie zum Beispiel, zum vereinbarten Zeitpunkt zu einem Drogendeal zu erscheinen.

Los, Roy, ich habe noch andere Sachen zu tun. Krankenschwestern in Angst und Schrecken versetzen, zum Beispiel.

Denn Roys Freundin hatte gestern Abend nicht mitspielen wollen, als er ihr gesagt hatte, sie solle zu Davenport gehen und ihn aus dem Weg räumen.

Deshalb würde er jetzt Roy aus dem Weg räumen. Im Grunde verdiente er es nicht anders, deshalb gab es keinen Anlass, ein schlechtes Gewissen zu haben. Bedauerlich war allenfalls, einen Kunden zu verlieren. Vor allem einen wie Roy, der ohne Murren jeden Preis bezahlt hatte. Roy scherte sich nicht ums Geld. Und auch sein männlicher Stolz war ihm völlig egal. Er war seiner kleinen Krankenschwester begegnet und hatte sich mit Feuereifer in seine Rolle als Gigolo gestürzt. Oder als Toyboy. Oder wie auch immer die jungen Leute das heutzutage nannten. Jedenfalls war Roy ein Mann, der sich mit Freuden von seiner Krankenschwester aushalten ließ.

Er hoffte nur, dass Roy wenigstens ein guter Liebhaber gewesen war, denn diese Beziehung würde die Schwester unweigerlich ruinieren. Entweder sie tötete Davenport, oder aber die Krankenhausverwaltung erfuhr von ihrer Drogensucht. Auch das hätte ihm ein schlechtes Gewissen bereiten können, aber sie hatte ganz genau gewusst, in welchen Schlamassel sie sich hineinritt, als sie angefangen hatte, mit einem Collegebürschchen in die Kiste zu steigen, das halb so alt war wie sie.

Es war ihm schon immer ein Rätsel gewesen, wieso manche Frauen sich zu so üblen Typen hingezogen fühlten. Trotzdem war Roy zweifellos der perfekte Kandidat mit seinem schiefen Grinsen, seinem breitbeinigen Gang, seiner Angeberkarre und seinen aufgepumpten Oberarmen – ein Hoch auf Steroide … *Ich hoffe wirklich, dass er gut im Bett war, Schätzchen, aber sicher bin ich nicht.*

Roys Art, sich mit Drogen das Leben angenehm zu machen, war eine echte Verlockung für sie gewesen, eine wunderbare Methode für eine alleinstehende Frau mittleren Alters, mit einem jungen Mann ein bisschen Pep in ihr Leben zu bringen. Und jetzt würde sie den Preis dafür bezahlen.

Roy war nur der Warnschuss, damit sie kapierte, dass er ohne großes Aufhebens jemanden töten konnte. Roys frühes Ableben würde ihr aller Wahrscheinlichkeit nach keinen allzu großen Kummer bereiten – sie hatte den kleinen Mistkerl längst satt, aber nur noch nicht den Mumm gehabt, ihn aus ihrem Haus und ihrem Bett zu jagen. *Du liebe Güte, die Frau müsste mir sogar dankbar sein.*

Zumindest bis er ihr die nächste Anweisung erteilte, denn dann würde sie kapieren, was ihr blühte, wenn sie nicht mitspielte.

Das laute Brummen von Roys Karre ertönte. Er sah in den Rückspiegel, um sicherzugehen, dass der Junge allein gekommen war. Aber eigentlich lag es auf der Hand, denn Roy teilte nicht gern. Er hatte die Krankenschwester nur so lange an seinem Vorrat teilhaben lassen, bis sie süchtig gewesen war.

Roy war ihr Dealer geworden, weil sie sich um Himmels willen nicht dabei erwischen lassen wollte, wie sie das Zeug kaufte. Es zu nehmen, war schon schlimm genug. Also gab sie Roy das Geld, der wiederum die Beschaffung übernahm. Er hatte keine Ahnung, ob die Schwester wusste, dass sie auch seinen Konsum damit finanzierte. Vermutlich schon. Gleichzeitig hatte sie vermutlich wirklich keine Ahnung, dass Roy die Fotos geliefert hatte, die bewiesen, dass sie im Krankenhaus Betäubungsmittel geklaut hatte.

Nachdem ihr aufgegangen war, wie viel sie ihre Sucht in Wahrheit kostete, hatte sie angefangen, das Koks mit gestohlenen Opiaten zu strecken. Natürlich war es ein Kinderspiel für sie gewesen – so verführerisch leicht, dass man nicht mehr aufhören konnte.

Eine kleine Dosis für den Patienten, eine kleine Dosis für die nette Schwester. Einfach das Röhrchen in die Tasche stecken und es sich zu Hause in die Venen spritzen. Roy wäre das völlig schnuppe gewesen, hätte sie sich nicht geweigert, ihren Vorrat mit ihm zu teilen. Aus Rache hatte er Fotos von ihr gemacht, die sie mit der Nadel im Arm und einem eindeutig gestohlenen Glasröhrchen in der Hand zeigten. Diese Fotos hatte Roy ihm gezeigt, als er dicht bis unter die Hutschnur gewesen war. Für ein paar kostenlose Portionen seiner Spezialmischung hatte er sie dem Professor mit Freuden zugeschickt. Vermutlich hatte er es längst vergessen. Er war wirklich sehr, sehr high gewesen.

Ferner war ihm nicht klar, dass seine kleine Krankenschwester erpresst wurde. Umso besser, denn Roy mochte zwar keine allzu große Leuchte sein, aber trotzdem clever genug, um eins und eins zusammenzuzählen – und wenn die kleine Krankenschwester ihren Job verlöre, könnte Roy sich sein süßes Leben in die Haare schmieren. Und das wollte er bestimmt nicht so schnell.

Auch die Schwester wollte ihren Job keinesfalls aufs Spiel setzen, weil ihr Kind nicht gesund war und sie dringend die Krankenversicherung brauchte. Was genau mit dem Kind nicht stimmte, wusste er nicht, und es interessierte ihn auch nicht. Solange sie tat, was er von ihr verlangte, konnte es ihm egal sein. Er würde sie nicht auffliegen lassen, und sie könnte ihr Leben weiterführen wie bisher.

Trotz der fotografischen Beweise war sie nicht sofort eingeknickt. Stattdessen hatte sie sogar noch versucht, ihm seine Drohung, ihre Drogensucht öffentlich zu machen, auszureden. *Die könnten mich feuern,* hatte sie gesagt, *aber ich kriege anderswo einen Job. So was interessiert keinen. Ich habe massenhaft Freundinnen, die etwas Neues gefunden haben, nachdem man ihnen wegen ihrer Sucht gekündigt hatte.*

Daraufhin hatte er ihr in aller Seelenruhe erklärt, dass er höchstpersönlich sämtliche Krankenhäuser im Land von ihrer Drogenkarriere in Kenntnis setzen würde. Also hatte sie am Ende doch eingewilligt, aber bisher nichts getan. *Und jetzt ist Davenport aufgewacht, verdammt.* Wenn der Typ ein einziges belastendes Wort sagte … *werde ich das Miststück aufschlitzen und dafür sorgen, dass sie alles mitbekommt, jeden einzelnen Schnitt.*

»Hey, Mann.« Roy setzte sich auf den Beifahrersitz. Auf seinem Gesicht lag dieses schwachsinnige Grinsen, das er wahrscheinlich für cool und charmant hielt. »Tut mir leid, dass ich zu spät komme. Aber auf dem Campus war totales Chaos. Ein Mädchen ist tot. Hat sich wohl zu viel reingepustet.«

Roy war ein Baum von einem Kerl. Ein überschaubarer Verstand im Körper eines jungen Arnold Schwarzenegger.

Nur ein Idiot würde Roy reizen, wenn er nüchtern – oder halbwegs bei Bewusstsein – war. *Aber ich bin kein Idiot.* Allerdings war das Timing das A und O an der Sache, sonst würde er dieses Riesenbaby am Ende noch zu seinem Wagen schleppen müssen. Der Typ wog bestimmt über hundert Kilo.

Er lächelte nachsichtig. »Ich weiß. Ich habe es in den Morgennachrichten gehört, deshalb wusste ich, dass ich lieber nicht in die Nähe des Campus kommen sollte.«

Roy nickte fröhlich. »Hab's mir schon gedacht, als Sie mir die Koordinaten geschickt haben.« Er ließ den Blick über die Bäume ringsum schweifen. Er hatte Roy die GPS-Koordinaten geschickt, aus dem einfachen Grund, weil eine Lichtung keine Adresse hatte. »Echt urig hier, Professor. Vielleicht hätte ich ja im Flanellhemd und Wanderstiefeln kommen sollen.«

Er lachte leise. »Ich habe die Stelle entdeckt, als ich in deinem Alter war, und jahrelang mein Hasch hier angebaut.« Das war noch nicht einmal gelogen.

Roy musterte ihn interessiert. »Ich hab schon gehört, dass Sie Ihren eigenen Stoff anbauen. Vielleicht teste ich ihn ja mal.« Er schlug mit der Hand auf seine Brusttasche. »Ich hab das Zeug dabei. Sie auch?«

»Klar.« Er hob die Brauen. »Willst du es gleich mal probieren?«

Roys Augen wurden groß wie Untertassen, genauso wie Sidneys am Vorabend. »Logo.« Doch dann runzelte er die Stirn. »Wozu wollten Sie das haben?«, fragte er und klopfte wieder auf seine Tasche. »Ich hätte gedacht, Sie hätten Ihr eigenes Zeug.«

Gute Frage, Brutus. Der Bursche überraschte ihn doch tatsächlich. »Das stimmt, aber in letzter Zeit hapert es bei meinem an der Qualität. Es gab Beschwerden, deshalb will ich in meinem Labor einen Vergleichstest machen.«

Roy schien ihm die Erklärung abzukaufen. »Okay. Ich war nur neugierig. Also, was ist das mit der neuen Zusammensetzung?«

Er reichte Roy das Päckchen. »Für jemanden mit deiner Statur könnte es ein bisschen zu schwach sein. Wenn du nicht high genug davon wirst, gebe ich dir noch was mit. Erzähl einfach den anderen davon.«

»Das werde ich, keine Angst.« Roy bereitete das Pulver vor und zog es sich in einem Rutsch in die Nase.

Wie geplant.

Mit gerunzelter Stirn wartete er auf die Wirkung. »Es ist … okay. Aber ehrlich gesagt, sehe ich nicht ganz, wieso es so ein Knaller sein soll. Tut mir leid, Professor, aber das Zeug ist echt lasch.«

Er hatte gewusst, dass Roy genau das sagen würde. Im Gegensatz zu Sidneys Mischung hatte er für Roy deutlich mehr Ketamin dazugegeben, dessen Wirkung sich erst in ein, spätestens zwei Minuten zeigen würde. Das A und O dabei war das Timing, um keinen Leistenbruch zu riskieren.

Er stieß einen Seufzer aus. »Genau das habe ich befürchtet. Deshalb wollte ich es an jemandem mit deiner Statur ausprobieren. Bei kleineren Typen funktioniert es, aber du hast eben einen anderen Stoffwechsel.«

»Weiß ich«, gab Roy stolz zurück. »Rufen Sie mich einfach an, wenn es wieder reinhaut, okay?«

»Worauf du dich verlassen kannst.«

Roy stieg aus und hielt, eine Hand am Türrahmen, inne. »Ich hab vergessen, Ihnen die Ampullen zu geben.« Er zog sie aus der Tasche.

Die Sekunden verstrichen. *Steig endlich in deine Karre, Arschloch,* dachte er und lächelte ihn reumütig an. »Behalt sie. Es wäre nicht richtig, wenn ich sie nehmen würde.« Er stieg aus und folgte Roy zu seiner Angeberkarre, wo er wartete, bis der Junge eingestiegen war, ehe er an die Seitenscheibe klopfte. »Ich habe vergessen, dir das hier zu geben«, sagte er, als Roy die Scheibe heruntergekurbelt hatte, und reichte ihm ein weiteres Päckchen mit weißem Pulver. »Für deine Mühe.«

»Bei mir knallt das nicht, Professor. Geben Sie's lieber irgendeinem Spargeltarzan, damit ist wenigstens was verdient.« Lächelnd steckte er den Schlüssel ins Zündschloss und ließ den Wagen an, der mit einem lauten Röhren zum Leben erwachte. Gerade als er den Gang einlegen wollte, hielt er inne, runzelte die Stirn. »Scheiße. Irgendwie … geht's mir … ich fühle mich so …« Er schluckte. »Komisch.«

Schweigend sah er zu, wie Roys Muskeln zu zittern begannen. Mühsam streckte der Junge ein letztes Mal die Hand nach ihm aus, doch er trat zur Seite. Auch damit hatte er gerechnet.

Die Lähmung hatte später als erwartet eingesetzt, dabei hatte er so viel Ketamin untergemischt, dass es ein Nashorn umhauen könnte. Ein Glück, dass Roy im Wagen saß, sonst hätte er ihn auf dem Boden liegen lassen müssen – über hundert Kilo schweres Gewicht in den Wagen zu wuchten, wäre ein Ding der Unmöglichkeit gewesen.

Er wartete noch ein paar Minuten, dann streifte er Handschuhe über und nahm die Ampullen aus Roys Hemdtasche, ehe er eine Spritze und eine Aderpresse aus seiner eigenen Tasche zog und mit routinierten Bewegungen die Injektion vorbereitete. Wie angewiesen, hatte Roy fünf Ampullen Dilaudid mitgebracht, das Opiat, das die Schwester im Krankenhaus gestohlen hatte.

Er jagte den Inhalt von zwei Ampullen - sie waren nicht ganz voll, da die Schwester einen Teil davon ihren Patienten verabreicht hatte – in Roys muskelbepackten Oberarm und wartete, die Finger um sein Handgelenk gelegt, bis sich der Puls des Jungen immer weiter verlangsamte und schließlich erstarb. Dann steckte er die unbenutzten Ampullen ein, legte die leeren auf seine behandschuhte Handfläche und schoss ein Foto mit Roys Handy, das er an die Krankenschwester schickte, gefolgt von einer weiteren Aufnahme des toten Jungen mit einer Nadel im Arm auf dem Fahrersitz.

Dann wartete er auf ihren Anruf. Und der kam prompt.

»Was soll das?«, flüsterte die Schwester aufgebracht. Ihre Stimme hallte, vermutlich befand sie sich in der Umkleide oder einer Toilette. »Wer ist das?«

»Ihr Freund, Ma'am«, antwortete er höflich. »Oder das, was von ihm übrig ist. Ich mag es gar nicht, wenn man mich belügt. Wenn mir jemand Dinge verspricht, dann aber bloß mit faulen Ausreden daherkommt … tja, Ma'am … dann ärgert mich das eben maßlos.« Er hielt inne. »Also, Sie hören mir jetzt genau zu«, fuhr er fort, ohne sich noch länger Mühe zu geben, höflich zu klingen. »Sie werden jetzt tun, was ich gesagt habe.«

»Sonst?«, bellte sie hysterisch. »Bringen Sie ihn um? Tja, das haben Sie ja bereits getan.«

»Genau, und zwar mit den Medikamenten, die *Sie* aus dem Krankenhaus gestohlen haben. Und auf dem nächsten Foto wird er zu sehen sein.« Er fand ein Foto der Krankenschwester mit ihrem halbwüchsigen Sohn auf Roys Handy und schickte es ihr ebenfalls zu. Ihr Stöhnen verriet, dass sie es bekommen hatte.

»Wieso? Wieso tun Sie mir das an?«

»Es ist nichts Persönliches. Wirklich nicht. Sie müssen diesen Auftrag für mich erledigen. Hätten Sie es gleich getan, als Sie noch besser an ihn herangekommen sind, wären jetzt alle glücklich und zufrieden. Aber genau das haben Sie nicht getan und mich dadurch zu diesem Schritt gezwungen. Ich spreche keine leeren Drohungen aus, sondern werde dafür sorgen, dass Ihr Sohnemann ganz genauso endet wie Roy hier, aber so, dass man die Ampullen mit Ihren Fingerabdrücken bei ihren Leichen findet.«

Sie schnappte nach Luft. »Das können Sie nicht machen.«

»Doch, ich kann es, und ich werde es auch. Aber wenn Sie kooperieren, werde ich auch etwas für Sie tun.«

Einen Moment herrschte Stille. »Und was?«, stieß sie dann hervor, als hätte sie Schwierigkeiten, die Worte auszusprechen.

»Ich sorge dafür, dass der arme Roy eine andere Ampulle in der Hand hält, wenn man seine Leiche findet. Eine mit Oxycodon, die sich nicht zu Ihnen zurückverfolgen lässt. Aber dafür muss ich aus zuverlässiger Quelle erfahren, dass Davenport tot ist. Verstehen Sie, was ich sage?«

»Ja.« Ihr Schlucken war deutlich zu hören. »Ich hasse Sie.«

»Da sind Sie nicht die Einzige«, gab er in nachsichtigem Tonfall zurück. Und das entsprach durchaus der Wahrheit. Aber es kümmerte ihn nicht. »An die Arbeit, Schwester. Ich will Ergebnisse.«

Cincinnati, Ohio
Donnerstag, 13. August, 11.45 Uhr

Noch immer hatte niemand Decker einen Tablet-PC oder eine Zeitung gebracht, weshalb er nach wie vor keine Ahnung hatte, wie es um seinen Fall stand. Die nette Schwester von vorhin war verschwunden, und ihre Kollegin hatte ihn nur finster angesehen, als er sie darauf angesprochen hatte. »Ist Ihnen eigentlich klar, dass Sie mich vor zehn Minuten zuletzt nach einer Zeitung gefragt haben und ich vor neuneinhalb Minuten zuletzt nein gesagt habe?«, hatte sie ihn mit nasaler Oberlehrerstimme angefahren.

»Nein«, hatte er zurückgeblafft. »Das ist mir nicht klar, weil ich ja nicht mal ein Scheißhandy hier habe, auf dem ich die Uhrzeit ablesen kann. Ich brauche eine verdammte Zeitung! Ist das denn so schwierig?«

Bereits beim ersten Laut hatte sie die Zimmertür geschlossen und mit finsterer Miene die Arme vor der Brust verschränkt.

»Ihnen *ist* aber bewusst, dass Sie sich auf einer Intensivstation befinden, ja? Oder sind Sie tatsächlich so egoistisch? Vielleicht sind Sie ja auch psychisch labil, und ich sollte den Sicherheitsdienst rufen. Wir stellen Sie mit dem größten Vergnügen ruhig.«

Elende Hexe, dachte er, wurde jedoch sofort von Schuldgefühlen geplagt. Er hätte sie nicht so anschreien dürfen. »Es tut mir leid, Sie haben völlig recht. Ich wollte Sie nicht anschnauzen.« Er schenkte ihr sein charmantestes Lächeln – das, mit dem er seine Pflegemutter wieder und wieder dazu gebracht hatte, ihm zu verzeihen. »Ich werde ab sofort nur noch in Zimmerlautstärke sprechen.«

Die Schwester hatte die Entschuldigung widerstrebend angenommen. »Sie kriegen trotzdem keine Zeitung und auch kein Tablet-PC. Noch nicht mal zwei Dosen mit einer Schnur. Sie sind auf der Intensivstation.«

»Könnten Sie dann wenigstens dafür sorgen, dass ich hier rauskomme? Bitte?«, hatte er seufzend gefragt.

»Mit dem größten Vergnügen. Ich setze Sie ganz oben auf die Liste.«

Was sie auch getan hatte. Inzwischen lag er in einem normalen Krankenzimmer, hatte aber immer noch keinerlei Kontakt zur Außenwelt, dafür aber das Gefühl, demnächst den Verstand zu verlieren.

Eine neue Schwester kam herein, aber er fürchtete sich davor, sie um einen Tablet-PC zu bitten, weil er mittlerweile den Eindruck hatte, dass es umso länger dauerte, je häufiger er danach fragte. Also schloss er die Augen, zwang sich, ganz tief zu atmen. Er wartete, bis die Schwester den Infusionsbeutel gewechselt hatte und gegangen war, dann setzte er sich im Bett auf und fuhr die Rückenlehne ein Stück hoch, um nicht länger flach daliegen und an die Decke starren zu müssen. So konnte er zwar wenigstens den Fernseher einschalten, was sich jedoch als völlig sinnlos entpuppte.

Er zappte durch die Kanäle, wobei er auf jedem allenfalls eine Sekunde hängenblieb ... trotzdem eine Sekunde zu lang. Die Nachrichten waren ein Flop auf der ganzen Linie. Kein Wunder, dass dieses Land mit wehenden Fahnen unterging. Die Leute ließen sich ernsthaft diesen Blödsinn als »Nachrichten« servieren.

Nein, er wollte nichts über die jüngsten Sex-Eskapaden irgendwelcher Hollywood-Pärchen wissen und auch nichts über süße Babys oder Vaterschaftstests. Er wollte keinen Schmuck kaufen und noch nicht mal die Highlights des gestrigen Baseball-Spiels präsentiert bekommen. Bei einer Sendung über die Renovierung von Eigenheimen verharrte er kurz, ehe er weiterzappte. Das wäre vielleicht etwas für später. Nun, da er nicht länger verdeckt arbeitete, würde er sich eine neue Bleibe suchen müssen, und sein Budget würde vermutlich nur für etwas Renovierungsbedürftiges reichen.

Eigentlich wusste er noch nicht einmal, ob er überhaupt beim FBI bleiben wollte. Durchaus möglich, dass man ihn versetzte, aber eigentlich würde er gern hierbleiben. Zumindest für eine Weile. Bis der Job erledigt war, den er angefangen hatte.

Aber irgendwann wollte er sesshaft werden. Er wünschte sich ein Haus. Keinen Riesenbunker oder eine Luxusvilla. Nur etwas Hübsches mit einem Gemüsegarten und einem Hund. Einem großen. Ein Lächeln spielte um seine Lippen. Es war eine halbe Ewigkeit her, seit er zuletzt ein Haustier besessen hatte. Vielleicht würde er ja Rosen pflanzen, so wie Mama Davenport, in allen möglichen Farben. Er hatte ihr ein Spalier gebaut. Wie sie ihn damals angelächelt hatte ...

Bei der Erinnerung wurde seine Kehle eng. Sie war lange tot.

Sehr lange. O Gott, sie fehlte ihm so sehr, gleichzeitig war er heilfroh, dass ihr dadurch erspart blieb, mit ansehen zu müssen, was aus ihm geworden war – ein bitterer, harter Mann. Er stieß ein Lachen aus, das viel zu zittrig für einen mehrfach ausgezeichneten Soldaten war. Hätte sie mitbekommen, wie er vorhin mit der Schwester umgesprungen war, hätte sie ihm die Hammelbeine langgezogen.

Das hatte sie immer gesagt. *Dir ziehe ich gleich die Hammelbeine lang, Freundchen!* Dabei war sie der sanftmütigste Mensch gewesen, den er kannte. Nie im Leben hätte sie die Hand gegen ihn erhoben.

Er holte tief Luft und ließ sie ganz langsam wieder entweichen, während seine Augen zu brennen begannen. *Ich werde dich stolz machen, Mama D.* Das hatte er damals zu ihr gesagt, auf dem Bahnsteig, während sich sein Hals unter der Krawatte seiner nagelneuen Uniform ganz eng angefühlt hatte. Wie jung er damals gewesen war. Aber ihre Worte …

Viel zu lange hatte Decker sich nicht gestattet, daran zurückzudenken. *Das hast du bereits getan, Decker McGee. Jeden Tag, den du bei uns warst, hast du mich stolz gemacht.* Sie hatte sich auf die Zehenspitzen gestellt und ihm den Finger auf die Lippen gelegt, um seinen Protest zu unterbinden. *Ich war stolz auf dich, als du Decker McGee warst. Und dafür, dass du den Namen Davenport angenommen hast, liebe ich dich noch umso mehr.* Bis zu diesem Moment, als sie auf seinen Zug warteten, hatte sie ihm nie gesagt, dass sie ihn liebte. Aber tief im Herzen hatte er es immer gewusst. Jeden einzelnen Tag, solange er unter ihrem Dach gelebt hatte. *Pass gut auf dich auf, Second Lieutenant Griffin Davenport. Und komm nach Hause zurück, Junge.* Gesund und munter. Sie hatte ihn an sich gezogen und ihm einen herzhaften Kuss auf die Wange gedrückt. *Bei uns wirst du immer ein Zuhause haben. Vergiss das niemals.*

Mit zittrigen Händen wischte er sich die Tränen ab, dann schnappte er die Fernbedienung und zappte mit der konzentrierten Eindringlichkeit, mit der er sich innerlich auf einen Kampfeinsatz vorbereitete, weiter durch die Kanäle. Denn ... ja, das hier fühlte sich ganz ähnlich an.

Die Renovierungssendung würde er sich später ansehen. Wenn sein Herz sich nicht länger anfühlte, als hätte es jemand mit der Faust zerquetscht.

Etwas auf dem Bildschirm erregte seine Aufmerksamkeit, doch ein paar Sekunden zu spät. Er schaltete zurück, bis er den Kanal gefunden hatte, und blickte mit zusammengekniffenen Augen auf den Bildschirm.

Er kannte diese Leute. Ein Mann und eine Frau, beide groß und dunkelhaarig. Sie waren an dem Abend auch dabei gewesen. Beim Zugriff auf die Menschenhändlerbande. Als er angeschossen worden war.

Nur ihre Namen wollten ihm gerade nicht einfallen.

Es stellte sich heraus, dass er tatsächlich bei einem News-Sender gelandet war, wo gleich die Nachrichten zur vollen Stunde laufen würden. Die beiden gingen die Straße entlang, dicht gefolgt von einer Reporterin mit einem Mikrofon in der Hand, die sie mit Fragen bombardierte. Er drehte den Ton lauter, gerade noch rechtzeitig, um zu hören, wie sie »Mr. O'Bannion! Marcus!« rief.

Marcus O'Bannion. Der Zeitungstyp, der den *Ledger* herausgab. Er war Woody McCord auf die Schliche gekommen. Die Menschenhändler hatten den Mann gehasst wie die Pest. Und Decker konnte ihm für seine Enthüllungen nur dankbar sein. Die Frau war ... nun ja, bildhübsch. Vielleicht nicht so atemberaubend wie eine gewisse Rothaarige, aber dennoch sehr attraktiv. Wie hieß sie noch? *Genau.* »Scarlett«, sagte er hochzufrieden. Der Nachname hatte irgendetwas mit der Kirche zu tun gehabt. Vicar? Priest? »Bishop.« Er nickte.

»Mr. O'Bannion! Detective Bishop!« Die Reporterin verfiel in Laufschritt, da die beiden keine Anstalten machten, ihr Tempo zu drosseln. In diesem Moment zupfte Detective Bishop O'Bannion am Ärmel, beugte sich zu ihm und sagte etwas, worauf er stehen blieb. Sie ergriff seine Hand, ihre Finger verschlangen sich ineinander, dann drehten sie sich um.

»Ja?«, fragte O'Bannion ruhig.

»Ist dies Ihr erster Tag in der Redaktion nach der Schieße-rei?«, fragte die Reporterin leicht atemlos.

Decker runzelte die Stirn, während die Fragen auf ihn einstürmten. *Schießerei? Wo? Wann? Wer war das Opfer? Ja. Genau.* Jetzt fiel es ihm wieder ein. Einer der Menschen-händler hatte die Redaktion des *Ledger* gestürmt und das Feuer eröffnet. Mehrere Mitarbeiter waren dabei ums Leben gekommen. *O Gott.*

O'Bannion wirkte … mitgenommen, erschöpft. Am Boden zerstört. *Verständlich,* dachte Decker.

Bishop hingegen … Beim Anblick ihres kampflustig gereck-ten Kinns und ihrer blitzenden Augen musste Decker grin-sen … wie eine Löwin, die, ohne zu zögern, die Krallen in jeden schlagen würde, der dem Mann an ihrer Seite zu nahe kam. *Genau das will ich auch,* dachte er. *Ich will, dass mich eine Frau genau so ansieht.*

Nein. Nach den langen Jahren des Alleinseins war das »Ich will« längst einem »Ich brauche« gewichen, einem tiefsitzen-den Bedürfnis, ja sogar Hunger, so intensiv, dass er sich bei-nahe fürchtete, es sich einzugestehen. Und in den letzten Tagen seiner Arbeit war es immer stärker geworden – viel-leicht hatte der ständige Kontakt mit den Verbrechern und ihrer unbeschreiblichen Menschenverachtung ja diese Gefühle in ihm heraufbeschworen. Er hatte nach irgendet-was gesucht, um ihre Schlechtigkeit zu kompensieren. Oder zumindest, um sich dagegen zu schützen, um innerlich nicht vollkommen vor die Hunde zu gehen. Wäre es ihm nicht gelungen, alldem zu entfliehen … wäre vielleicht nichts mehr von dem Mann übrig gewesen, der er einst gewesen war.

Der echte Griffin Davenport, der ihn bei sich aufgenommen und ihm ein Zuhause gegeben hatte, war ein verdammt anständiger Mann gewesen. Ehrenhaft. Hart arbeitend. Freundlich. Und keiner, der eine unschuldige Krankenschwester auf der Intensivstation anbrüllte. Decker hatte sich bemüht, so zu sein wie er, jeden Tag während seiner Karriere bei der Armee. Und in den drei Jahren als verdeckter Ermittler.

Am Ende war es der Gedanke an den echten Griffin Davenport gewesen, der ihm geholfen hatte, nicht den Verstand zu verlieren. Jetzt konnte er nur darauf hoffen, dass ihm der Ausstieg noch rechtzeitig gelungen und genug von Griffin übrig war, um Decker zu gestatten, ein ruhiges, schönes Leben zu führen. Gemeinsam mit der richtigen Frau an seiner Seite.

Und dass er es verdiente, jemanden zu finden, der ihn genauso ansah, wie Detective Bishop Marcus O'Bannion ansah.

»Ja«, antwortete O'Bannion. »Für viele von uns ist dies der erste offizielle Tag im Büro. Wir sind Zeitungsleute mit Leib und Seele, deshalb ist uns auch klar, dass Sie nachhaken und unsere Trauer öffentlich zeigen müssen. Was wahrscheinlich nur fair ist, weil wir unsere Brötchen genau auf dieselbe Art verdienen. Aber viele unserer Mitarbeiter sind nicht an das ständige Rampenlicht gewöhnt. Deshalb bitte ich Sie, uns in Ruhe trauern zu lassen. Ich stehe Ihnen sehr gern für ein Interview zur Verfügung, wenn Sie danach die Privatsphäre meiner Mitarbeiter respektieren. Aber jetzt muss ich zurück an die Arbeit. Vielen Dank.«

Er trat durch die Tür, während Bishop noch einen Moment

stehen blieb, um sicherzugehen, dass die Reporterin ihnen nicht folgte, doch die Frau hatte sich bereits abgewandt und sprach ihren Schlusstext. Im nächsten Bericht ging es um eine Studentin, deren Leiche auf dem Campus des King's College aufgefunden worden war – offensichtlich war sie an einer Überdosis gestorben. Ihre Freunde hatten sich versammelt und erklärten sichtlich geschockt, was für ein wunderbarer Mensch sie gewesen sei, so witzig und nett.

Decker verdrehte die Augen und schaltete den Ton ab. Diese dummen Kids. Warfen einfach ihr Leben weg, nur wegen diesem Zeug. Weil sie »Spaß« haben wollten. Man musste sich fragen, was für ein Spaß es wohl wäre, in Afghanistan zu sein und dafür sorgen zu müssen, dass man keine Kugel abbekam. Im Grunde hatte er keinerlei Mitleid mit ihnen. Würden sie das Zeug nicht konsumieren, gäbe es keinen Markt dafür, und Typen wie diese Menschenhändler könnten keine Geschäfte machen. Und folglich ihre Tätigkeit nicht auf den Handel mit Kindern ausweiten. *Kinder! Du lieber Himmel!*

Er zappte weiter, fand jedoch nichts Brauchbares, auch die Renovierungssendung war mittlerweile zu Ende. Sein Blick schweifte zu dem Telefon auf dem Tischchen neben dem Bett. Was mochte Kate inzwischen über McCords unbekannten Partner herausgefunden haben?

Selbst wenn sie noch nichts Konkretes in der Hand hatte, könnte sie ihm zumindest einen Tablet-PC vorbeibringen, mit dem er ins Internet gehen und ein wenig weiter recherchieren konnte. Er streckte den Arm aus, wappnete sich innerlich für den Schmerz, der zu seinem Erstaunen nicht ganz so schlimm war wie befürchtet. Er würde sie anrufen und eine Nachricht hinterlassen, falls sie nicht an den Apparat ging, und dann zusehen, dass er aus diesem Bett herauskam.

Schließlich hatte der Arzt doch gesagt, dass er sich bewegen solle. Je früher er wieder fit war, desto besser. Eine Woche, hatte der Arzt gesagt. Und einen Monat, bis er an die Arbeit zurück-könnte. *Scheiß drauf. In der Wüste flicken sie die Soldaten nach einer Schussverletzung wieder zusammen und schicken sie zu-rück in den Kugelhagel. Vier Tage, dachte er. Maximal.*

Er wählte Kates Nummer aus dem Gedächtnis. Zu seiner Verblüffung ging sie sofort ran. Ein leiser Schauder überlief ihn beim Klang ihrer Stimme.

»Er spricht«, sagte sie neckend, als er sich meldete. »Seit wann ist der Schlauch draußen?«

»Schon eine ganze Weile. Eigentlich sollten die Sie anrufen.«

»Seltsam. Ich habe keinen Anruf bekommen. Aber vielleicht war zu viel zu tun. Dürfen Sie schon Besuch empfangen?«

»Kommt drauf an«, krächzte er. »Moment mal.« Er schob sich noch einen Eischip in den Mund. »Dieser verdammte Schlauch hat sich wie eine Glasscherbe angefühlt. Wer will denn vorbeikommen?«

»Na ja, erst mal nur mein Partner und ich.«

Decker verzog das Gesicht. »Novak?«

Sie lachte leise. »Nein. Luther Troy ist mein neuer Partner. Ich habe es Ihnen heute Morgen erzählt, aber vielleicht haben Sie es vergessen. Rein zufällig steigen wir gerade in den Auf-zug in der Krankenhauslobby.«

»Oh.« Eine Mischung aus Enttäuschung und gespannter Erregung durchströmte ihn. *Sie ist schon auf dem Weg hier-her.* Aber nicht allein. »Ich hatte gehofft, ich erwische Sie, bevor Sie losfahren. Ich brauche dringend ein Tablet oder einen Laptop, damit ich ins Internet kann.«

»Ich habe mein altes Tablet dabei. Es ist vielleicht ein biss-chen langsamer als die ganz neuen, aber es funktioniert.«

Erleichterung mischte sich unter … ja, was? »Danke. Ich bin verlegt worden. In den vierten Stock. Zimmer 426.«

»Alles klar. Im Aufzug habe ich kein Netz, deshalb lege ich jetzt auf.«

Er ließ sich ins Kissen sinken und schloss die Augen, als ihn schlagartig tiefe Müdigkeit überkam. *Scheiße.* So viel zum Vorsatz, eine erste Runde auf dem Flur zu drehen. Er konnte ja noch nicht mal die Augen offen halten. *Kate kommt gleich. Ich darf jetzt nicht einschlafen.*

Stirnrunzelnd steckte Kate ihr Handy ein. »Seltsam, die Schwestern von der Intensivstation hätten mich eigentlich anrufen sollen, sobald sie den Schlauch entfernen. Jetzt liegt er auf Station vier.«

Troy drückte den Aufzugknopf. »Wahrscheinlich war einfach zu viel Trubel, wie du schon gesagt hast.«

»Ja, schon, aber …« Sie starrte ihn finster an, als sie seine Mundwinkel zucken sah. »Was?«

»In der Army musst du die reinste Furie gewesen sein. Du solltest mal dein Gesicht sehen – Strafe, sofort und schmerzhaft. Ich würde es mir jedenfalls nicht mit dir verscherzen wollen«, erklärte er in betont lockerem Tonfall, der verriet, dass seine Worte keineswegs als Kritik gemeint waren.

Schuldbewusst entspannte sie ihre Züge. »Besser?«

»Viel besser. Was hast du in der Army gemacht?«

»Ich war bei der Militärpolizei.«

»Wieso überrascht mich das nicht?«, bemerkte er trocken.

»Ich wette, da gibt es immer noch dutzendweise Soldaten, die Rotz und Wasser heulen, wenn sie nachts von dir träumen.«

Sie lächelte wehmütig. »Eher mehrere hundert. Tut mir leid, aber ich kann Krankenhäuser nun mal nicht ausstehen. Zu viele schlimme Erinnerungen. Wenn ich ins Zimmer komme, wird es meistens besser, aber den Flur entlangzugehen, ist fürchterlich.« Allein ihr Strickzeug hatte sie über die langen Stunden an Deckers Bett gerettet.

»Wegen deines Ehemanns«, sagte er. »Mein Beileid.«

Ihre Augen weiteten sich – sowohl, weil er von Johnnie wusste, als auch, weil er das Thema zur Sprache brachte. »Dafür musstest du aber recherchieren.«

Er zuckte entschuldigend mit den Schultern. »Ich weiß einfach gern, mit wem ich es zu tun habe. Wo die wunden Punkte liegen.« Ein bitteres Lächeln spielte um seine Mundwinkel. »Ich habe mir mehr als einmal die Finger verbrannt. Und deine Familie schwenkt ja nicht gerade die Regenbogenfahne.«

»Das stimmt allerdings. Toleranz ist ein Fremdwort für sie, aber mit Hass kennt sie sich dafür umso besser aus.«

Troy schüttelte den Kopf. »Wie hast du es geschafft, da unbeschadet rauszukommen?«

»Ich bin früh ausgezogen und weit weggegangen«, erklärte sie trocken und ertappte sich dabei, wie sie mit der Zunge über die abgeschlagene Kante ihres Schneidezahns fuhr. »Vor fast zwanzig Jahren. Und ich bin nie wieder zurückgekehrt. Wie ist es bei dir? Akzeptiert dich deine Familie?«

»Ja«, antwortete er lächelnd. »Bis auf einen Bruder sind sie alle ganz wunderbar.«

Verlegene Stille machte sich breit, die erst vom gleichzeitigen Läuten ihrer Handys durchbrochen wurde, als sie aus dem Lift stiegen. Dankbar zog Kate ihr Telefon heraus.

Und starrte fassungslos auf das Display. *Nein! Scheiße, scheiße, scheiße.*

»Verdammt noch mal!«, zischte sie und sah Troy an, der ebenso entsetzt und wütend auf sein Telefon starrte. »Wie konnte das passieren?«

»Keine Ahnung«, antwortete er tonlos. »Wir müssen ihn anru-

fen. Ich rufe dich auf deinem Telefon an und schalte Zimmerman dazu. So können wir beide ohne Lautsprecher mithören.«
Er wählte bereits die Nummer, während Kate ans Fenster eines Warteraums trat, der zum Glück leer war. »Kate ist zugeschaltet«, sagte Troy, als Zimmerman an den Apparat ging. »Was ist da los, verdammt noch mal?«
»Jemand hat sich Alice Newman geschnappt.« Zimmermans Stimme bebte vor Wut. »Sie ist tot.«

Cincinnati, Ohio*

Donnerstag, 13. August, 12.00 Uhr

Sein Handy läutete, als er gerade unter der Dusche stand. Zum Glück war er so gut wie fertig – die Überreste seiner Professor-Maske abzunehmen, dauerte manchmal eine Zeit. Wegen der Sommerhitze musste er einen stärkeren Kleber verwenden, sonst würde sie sich lösen, was eine echte Katastrophe wäre.
Er drehte das Wasser ab und griff nach dem Telefon. Wenn dieser Anruf aus dem Gefängnis keine besseren Nachrichten brachte als der aus dem Krankenhaus, würde er ausflippen. Ausreden. Nichts als Ausreden. Griffin Davenport war immer noch am Leben, weil seine Kontaktperson in der Klinik bloß mit faulen Ausreden ankam. Jetzt war der Mann aus dem Koma erwacht. Und schon bald würde er anfangen zu reden. Die CDs hatte er bereits dem FBI übergeben. Wenigstens das hatte seine Kontaktperson bestätigen können. Kein Mensch wusste, was sich darauf befand, aber nachdem Davenport Alice' Leute über drei verdammte Jahre hinweg ausspioniert hatte, brauchte man kein Genie zu sein, um zu ahnen, dass sie Informationen enthielten, die nach Möglichkeit nicht an die Öffentlichkeit gelangen sollten.

Dass er selbst auffliegen könnte, bereitete ihm keine allzu großen Sorgen. Seit McCord festgenommen worden war, hatte er in keinem direkten Kontakt mehr mit Alice gestanden. Dieser verdammte Schwachkopf. Aber was, wenn der Inhalt der CDs so belastend war, dass sie zu einem Deal mit dem Staatsanwalt bereit war?

Dann lässt sie mich wie eine heiße Kartoffel fallen, und zwar in null Komma nichts. Deshalb musste Alice sterben.

Er trocknete sich den frisch rasierten Kopf ab und nahm das Gespräch an. »Ja?«, sagte er scharf.

»Es ist erledigt, Professor«, erklärte Rawlings mit zuckersüßer Stimme.

Er stieß einen lautlosen Seufzer der Erleichterung aus. Auf Rawlings war einfach Verlass. Eine Schande, dass er auch ihn irgendwann töten musste. »Sind Sie sicher?«

»Ja. Ich hab ihre Leiche mit eigenen Augen gesehen. Sie halten sich doch an unseren Deal, oder?«

Er gab Feuchtigkeitscreme auf seine von dem Kleber ausgetrocknete Haut. »Wir treffen uns heute Abend. Sie wissen ja, wo. Nicht mehr lange, dann sind Sie der reichste Wachmann im ganzen Knast.«

Der Mann am anderen Ende der Leitung lachte trocken. »Ich bleibe lieber am Leben, Professor.«

Er erstarrte für den Bruchteil einer Sekunde. »Was soll das denn heißen?«, fragte er, sorgsam darauf bedacht, genau das richtige Maß an Verärgerung in seine Stimme zu legen.

»Das heißt, dass ich kein Idiot bin. Ich hab mich um eine wichtige Gefangene für Sie gekümmert, aber die letzten Tage habe ich genau im Auge behalten, wer sie so alles besucht hat. Und die Frau hatte eine Menge Besuch – Detectives, Agents, Anwälte, das ganze Programm. Ich habe keine Ahnung, wieso Sie unbedingt wollten, dass sie stirbt, aber ich arbeite schon eine Ewigkeit hier. Wäre sie nicht brandgefährlich für

Sie gewesen, hätten Sie nie im Leben so ein großes Risiko auf sich genommen.«

Ihm wurde eiskalt, doch er bemühte sich um einen lässigen Tonfall, während er die Feuchtigkeitscreme ins Badezimmerschränkchen zurückstellte. »Mit mir hat das nichts zu tun, das habe ich ja schon gesagt. Ich bin nur der Mittelsmann. Mehr nicht. Ich wurde für den Job angeheuert, weil ich entsprechende Kontakte zum Gefängnis habe, unter anderem Sie.«

»Gehört Sidney Siler auch zu Ihren Kontakten?«

Wut stieg in ihm auf. *Oh Rawlings, eigentlich solltest du ohne Schmerzen sterben. Aber jetzt? Jetzt wird es weh tun.* »Ich kenne sie. Wieso?«

»Tja, rein zufällig weiß ich, dass sie gestern Alice besucht hat. Sie hat einen gefälschten Ausweis benutzt. Und wie ich höre, wurde sie heute Morgen tot aufgefunden. Eine Überdosis verunreinigtes Koks, heißt es.«

Mein Koks ist aber nicht verunreinigt, du Arschloch. »Wie bedauerlich. Ich mochte sie. Vielleicht hätte sie ihren Stoff einfach bei mir kaufen sollen, dann würde sie noch leben.«

Wieder lachte Rawlings leise. »Eins muss ich Ihnen lassen. Sie sind ein eiskalter Dreckskerl. Ich hoffe, Sie nehmen es mir nicht krumm, aber ich habe Sie auf meine Liste der Leute gesetzt, denen ich Gefallen getan habe. Diese Liste habe ich an einem sicheren Ort deponiert. Falls mir etwas zustoßen sollte, und sei es nur ein eingerissener Fingernagel, wird mein Vertreter mit der Liste an die Öffentlichkeit gehen. Das ist nur eine kleine Versicherung für mich. Bestimmt verstehen Sie das.«

Allerdings. Und ich verstehe auch, dass du ein toter Mann bist. Oder dir schon bald wünschen wirst, du wärst einer. »Klar. Ich tue genau dasselbe.« *Weil ich kein Idiot bin, Arschloch.* Er wusste Dinge, die Rawlings nicht wusste. *Selbst wenn der Professor auffliegen sollte, kann ihn niemand mit mir in Verbindung bringen.* Seit fast zwei Jahrzehnten hielt er sich an diese Strategie. Und er wusste auch, dass Rawlings' ältester Sohn ein kleines Drogenproblem hatte. Der kleine Timmy Rawlings junior stand auf Koks. Und zwar sehr.

Statt zu drohen, würde er einfach handeln, und Rawlings senior würde schon merken, wie der Hase lief. Was diese Dinge betraf, war Rawlings senior ziemlich clever. »Wir sehen uns also heute Abend?«

»Klar. Bis dann.«

Er legte auf und atmete durch. Das Alice-Problem war also gelöst. Um den kleinen Rawlings würde er sich später kümmern. Es war ja noch viel Zeit bis zum Abend.

Jetzt galt seine Sorge erst einmal Special Agent Davenport. Er hatte noch ein paar andere Kontakte im Krankenhaus, wollte sie aber keinesfalls riskieren. Er brauchte sie genau dort, wo sie waren. Wenn sich der eine Kontakt nicht zu einer Aktion bewegen ließ, musste er sich vielleicht selbst um Davenport kümmern. Und das wäre übel.

Er musste Davenport eliminieren, um sich auf die Planung des bevorstehenden Videoshootings konzentrieren zu können. Seine neuesten Kunden hatten sehr spezielle Anforderungen an das junge Talent und waren auch bereit, für seine Mühen zu bezahlen. Und wenn sie mit der Lieferung zufrieden waren, würden sich dadurch für die nächsten Jahre hervorragende Geschäftsbeziehungen eröffnen.

Der Verkauf von Kokain an Einzelpersonen wie Roy und Sidney brachte nicht genug ein, um seinen Lebensunterhalt zu finanzieren. Bis letzte Woche war die Lieferung von Koks, Heroin und Meth an Alice und ihren Vater seine Haupteinnahmequelle gewesen. Jetzt musste er sich einen neuen Vertriebspartner suchen, was sicherlich dauern würde. Bis dahin würden die Pornovideos und der Verkauf der kleinen Darsteller genügen müssen.

Vor einem Jahr hätte er noch Mühe gehabt, Darsteller für die Videos aufzutreiben, die seine Kunden haben wollten, weil sie teuer und schwer zu finden gewesen waren. McCord hatte keine Amerikaner kaufen wollen und stattdessen auf die über Alice und ihren Vater beschaffte Ware zurückgegriffen. Diese Vorgehensweise machte ihre Operation noch sicherer – niemand konnte die Herkunft der Teenager ermitteln, weil keiner sie kannte. Wenn sie verschwanden, gab es keine verzweifelte Familie, die nach ihnen suchte. Und wenn jemand geschnappt wurde, dann waren es Alice und ihr Vater, die wiederum über die entsprechenden Mittel und Wege verfügten, sich dem Zugriff durch die Polizei zu entziehen.

Anfangs hatte er noch mitgezogen, weil er der Schüler und McCord der Experte gewesen war. McCord hatte die Porno-Kontakte gehabt – die Quellen für die Beschaffung der Darsteller, die Vertriebskanäle für die Videos und die Verfahrensweise mit den Darstellern selbst, wenn sie mit ihnen fertig waren. Sie waren aus zahllosen Ländern gekommen und hatten alle verschiedene Sprachen gesprochen, was es deutlich schwerer machte, sie für die Aufnahmen fit zu machen. Er wollte fröhliche Darsteller vor der Kamera haben, keine, die sich vor Angst beinahe in die Hose machten und flennten. Das war schlecht fürs Geschäft.

Aber dann war McCord geschnappt worden, und alles war den Bach runtergegangen. *Und jetzt bin ich der Experte.* Er hatte vieles verändert, wodurch alles deutlich besser lief. Die Ware kam von hier und ließ sich mit ein bisschen Zeit auch dazu bringen, genau das zu tun, was er verlangte.

Ohne Zwang.

Er konnte immer noch Ware nachkaufen, wenn er welche brauchte, und zwar für viel weniger Geld, als McCord hingeblättert hatte, wodurch sich sein Gewinn enorm gesteigert hatte. Eine Mutter würde für einen Schuss sogar ihre eigene Seele verkaufen – aber in den meisten Fällen trennte sie sich vorher von ihrem Kind. Und er musste es wissen, schließlich hatte er über Jahre hinweg seine Junkie-Klientel herangezüchtet, hatte Buch geführt und die Namen derer von seiner Liste gestrichen, die clean geworden waren. Oder tot. Meistens Letzteres.

Persönlich wollte er nicht mit einer schmierigen Junkie-Braut im selben Raum sein, die ihr eigenes Kind für Drogen verkaufte, aber was tat man nicht alles, um seine Rechnungen bezahlen zu können? So wie alle anderen auch.

Nur dass ich es ein bisschen schlauer anstelle.

5. Kapitel

»Bitte genauer, Sir«, presste Kate mit zusammengebissenen Zähnen hervor. Alice – die Einzige, die mit Sicherheit die Identität von McCords Partner gekannt hatte – war tot.

»Wie konnte das passieren?«, wollte Troy wissen. »Wir hatten sie doch in einem Hochsicherheitstrakt untergebracht.«

Im grellen Schein der Deckenbeleuchtung des Warteraums trat Troys zorngerötetes Gesicht, seine starren dunklen Augen und seine angespannten Kiefer noch deutlicher hervor. Ihr neuer Partner schien völlig fassungslos zu sein, genauso wie sie selbst. Und außer sich vor Wut.

Wütend hatte sie ihn bislang noch nicht erlebt. Gut. Der Typ hatte Pfeffer im Hintern. Wie sie es sich erhofft hatte.

»Aber offensichtlich war der Trakt nicht sicher genug«, bemerkte Zimmerman knapp.

Erschöpft ließ Kate sich auf einen Plastikstuhl am Fenster sinken, stieß den Atem aus und versuchte, sich zu sammeln.

»Am liebsten würde ich Bishop an die Gurgel gehen«, sagte sie. »Hätte sie uns letzte Woche gleich gesagt, dass McCord keinen Selbstmord begangen hat, statt sich vor die Leute vom *Ledger* zu stellen, hätten wir Alice' Bewachung noch verstärkt.«

»Das war auch mein erster Gedanke«, warf Zimmerman ein. Auch er klang völlig erschöpft. »Ich hatte schon die Nummer ihrer Vorgesetzten gewählt, aber dann habe ich mich wieder eingekriegt. Wir dachten eben, mit McCords Verhaftung hätten wir den ganzen Porno-Ring erwischt. Bishop dachte das auch.«

Kate massierte sich die Stirn. »Wie lautet die Todesursache?«

»Gift, wie es aussieht. Möglicherweise im Frühstück. Die Gerichtsmedizinerin ist schon vor Ort und untersucht die Leiche. Alice hat ihre Mahlzeiten in ihrer Zelle eingenommen, nicht im Speisesaal. Sie war so etwas wie eine Berühmtheit«, fügte er mit eisiger Stimme hinzu.

»Also muss es jemand getan haben, der an ihr Essen herangekommen ist«, bemerkte Troy. »Dafür kommen entweder ganz viele oder nur einige ausgewählte Personen in Frage, je nachdem, wie gut die Überwachung funktionierte.«

»Ich tippe auf Ersteres«, erklärte Zimmerman grimmig. »Es gab zwar zusätzliche Schutzmaßnahmen, wie zum Beispiel die Verköstigung in der Zelle, aber natürlich deckt hier jeder jeden, deshalb habe ich noch keine Ahnung, wer die Wahrheit sagt und wer nicht. Dr. Washington wird die Autopsie möglichst schnell durchführen, aber ihrer ersten Einschätzung nach ist der Tod früher eingetreten, als der Wärter angegeben hat. Es sieht ganz so aus, als wäre sie bereits eine geschlagene Stunde tot gewesen, bevor man mich informiert hat.«

»Weiß Dr. Washington, was sie tut?«, wollte Kate wissen.

»Ja«, antwortete Zimmerman. »Wenn es eine Todesursache zu finden gibt, dann findet sie sie. Alice hat ihr Frühstück gegen neun Uhr bekommen. Gegen zehn war sie bereits tot, das heißt, das Gift hat ziemlich schnell gewirkt.«

»Jemand wollte verhindern, dass sie plaudert«, sagte Troy. »Vielleicht McCords unbekannter Partner, aber wer weiß, wie viele Leute sie womöglich belastet hätte? Es wundert mich, dass sie nicht schon längst beseitigt wurde.«

»Wer auch immer es gewesen sein mag ... hier versucht jemand ganz gezielt, alle Beteiligten ...« Kate unterbrach sich, als hätte sie einen elektrischen Zaun angefasst. O Gott. »Decker! Er ist aufgewacht, und Alice ist tot.« Auch bei Troy fiel der Groschen augenblicklich. Wie auf Kommando rannten sie los. »Der Täter eliminiert jeden, der etwas wissen könnte, und Decker steht ganz oben auf der Liste«, rief Kate. »Ich melde mich gleich wieder!«

Sie wich einem Pfleger aus, der einen Wagen voller Essenstabletts über den Flur schob. »Scheiße. Gleich gibt es Essen.« Sie hielt ihre Dienstmarke hoch, als mehrere Schwestern aus dem Schwesternzimmer traten und drohten, den Sicherheitsdienst zu rufen, wenn sie nicht stehen bliebe. Sie beschleunigte ihre Schritte, wich einigen anderen Wägelchen aus und stürzte geradewegs in Zimmer 426, wo sie entsetzt vor Deckers Bett stehen blieb.

Er atmete, aber sehr mühsam. Seine Lider flatterten, und er war nicht bleich, sondern aschfahl. Seine Lippen waren … Du lieber Gott. Sie waren ganz blau.

Eine Pflegeassistentin in grüner Kluft stand mit einem Tablett in der Hand neben seinem Bett und starrte Kate angsterfüllt an.

»Weg mit dem Tablett!«, befahl Kate, worauf die junge Frau es fallen ließ. Mit einem lauten Klappern landete es auf dem Fußboden, und das Essen flog durch die Gegend, während sie mit erhobenen Händen und kreidebleichem Gesicht zurückwich.

»Kate!«, krächzte Decker. »Falsch. Etwas … stimmt nicht.«

»Ich weiß.« Am Essen, das die Pflegeassistentin gerade erst hereingebracht hatte, konnte es nicht liegen. »Hat Ihnen jemand etwas gegeben? Medikamente oder sonst irgendetwas?«

»Nur die Infusion.«

Möglich wäre es. Kate lief auf die andere Seite des Betts und drückte den Infusionsschlauch zusammen, um den weiteren Zufluss zu stoppen, ehe sie sich zu der Schwester umdrehte, die in diesem Augenblick hereingestürmt kam und sie finster anstarrte. *Jen Choi* stand auf ihrem Namensschild.

»Was machen Sie da?«, fragte sie barsch und trat an Deckers Bett. Sie musste um die fünfzig sein und wirkte trotz ihrer zierlichen Figur ziemlich resolut. »Das hier ist ein Krankenhaus, kein …«

»Seine Lippen sind ganz blau«, unterbrach Kate. »Tun Sie etwas!«

»Verdammt!«, stieß die Schwester hervor und rief den Arzt, ehe sie Deckers Vitalfunktionen überprüfte. »Was haben Sie mit ihm gemacht?«

»Ich?« Kate starrte sie fassungslos an.

»Ja, Sie.« Ihre Augen wurden groß, als sie Kates Hand um den Infusionsschlauch sah. »Sie haben seine Infusion unterbrochen? Ich weiß ja nicht, wer Sie sind, Lady, aber der Sicherheitsdienst ist schon unterwegs und schafft Sie hier raus!«

Schwester Jens Aufgebrachtheit hatte etwas seltsam Beruhigendes an sich, so dass es Kate gelang, ihre eigene Panik in den Griff zu bekommen und wieder einen klaren Gedanken zu fassen. »Ich bin Special Agent Kate Coppola, FBI. Das ist Special Agent Davenport. Offenbar wurde ihm etwas verabreicht. Oder er hat eine allergische Reaktion, keine Ahnung.« *Bitte, lass es keine Vergiftung sein.* Er konnte doch nicht so tapfer um sein Leben gekämpft haben, nur um dann doch an vergiftetem Krankenhausessen zu sterben. Sie beugte sich über das Bettgitter. »Haben Sie in den letzten Minuten irgendetwas gegessen, Decker?«

»Nein.« Er hatte sichtlich Mühe, nicht das Bewusstsein zu verlieren. »Aber Frühstück.«

Verdammte Scheiße. Auch Alice war durch etwas in ihrem Frühstück vergiftet worden. »Wann war das?«

Er blinzelte mühsam. »Als … sie den Schlauch gezogen hatten. Ich weiß nicht, um wie viel Uhr.«

Kate sah die Schwester an. »Wann hat er sein Frühstück bekommen?«

Die Schwester runzelte die Stirn. »Das kann ich nicht genau sagen, aber vor zehn Uhr.«

»Das wären rund zwei Stunden.« Alice war innerhalb einer Stunde tot gewesen. »Was ist in der Infusion da?«

Verärgert sah Schwester Choi sie an. »Kochsalzlösung und ein Antibiotikum. Beides hat er schon auf der Intensivstation bekommen. Das ist sogar der Beutel von oben.«

»Das kann nicht derselbe Beutel sein, weil er auf der Intensivstation nämlich keine blauen Lippen hatte. Also, entweder Sie geben ihm sofort ein Gegenmittel gegen das, was auch immer in diesem Beutel sein mag, oder aber Sie holen jemanden her, der es kann.«

Die Schwester sah sie fassungslos an. »Sie glauben, jemand von uns hat das getan?«

Kate holte tief Luft. »Vor wenigen Minuten haben wir einen Anruf bekommen, der den Verdacht nahelegt, dass jemand versuchen könnte, Agent Davenport zu töten, und dann kommen wir hier herein und finden ihn in diesem Zustand. Was würden Sie da denken?«

»Kate.« Decker fiel es sichtlich schwer, Blickkontakt zu halten. »Jemand war hier und hat den Beutel ausgetauscht. Aber nicht sie.«

Kate wandte sich der Schwester zu, die sie erschüttert ansah. »Ich muss den Beutel als Beweisstück sichern. Bitte holen Sie einen anderen«, sagte Kate.

Die Schwester nickte. »Der Arzt sollte jeden Augenblick hier sein. Das sieht nach einer Opiat-Überdosierung aus, aber Agent Davenport bekommt sofort ein Gegenmittel gespritzt.«

»Okay.« Erst jetzt merkte Kate, dass Troy verschwunden war. Vermutlich verhandelte er draußen mit dem Sicherheitsdienst. Sie wandte sich wieder an die Schwester. »Wir brauchen eine Kopie der Bänder der Überwachungskameras auf diesem

Stockwerk und eine Liste aller Mitarbeiter, die diesen Infusionsbeutel angefasst haben.« Ihr Blick fiel auf die Pflegeassistentin. »Das Tablett können Sie liegen lassen. Es ist ebenfalls ein Beweismittel. Bitte warten Sie draußen auf dem Flur. Gehen Sie nicht weg. Ich muss Sie später noch sprechen.«

Das Mädchen sah sie aus angstgeweiteten Augen an, nickte und floh aus dem Zimmer.

»Knallhart«, flüsterte Decker.

»Allerdings.« Sie strich ihm übers Gesicht. »Wie geht es mit dem Atmen?«

»Kein Schlauch. Bitte.«

»Wenn die glauben, dass Sie …«

»Nein. Kein Schlauch, verdammt.« Er starrte die Schwester an. »Verstanden?«

»Aber Ihre Lippen sind blau, Sir. Sie leiden unter Sauerstoffmangel. Wenn wir nichts unternehmen, wird Ihr Gehirn geschädigt. Wollen Sie das?«

Decker warf ihr einen vernichtenden Blick zu. »Nein.«

»Das will ich wohl meinen. Sagen Sie mir, wie Sie sich gefühlt haben, bevor Ihre Freundin Speedy Gonzalez hier aufgetaucht ist, meine halbe Belegschaft über den Haufen gerannt und eine Riesenpanik verbreitet hat, weil sie zu Ihnen wollte.«

»Nur Riesenpanik?«, fragte er zwischen zwei mühsamen Atemzügen. »Kein komplettes Chaos? Ganz schön lasch.«

»Hören Sie sofort auf damit«, befahl Kate. »Und sparen Sie Ihre Kräfte auf, um ihr zu antworten.«

Decker wandte sich der Schwester zu. »Plötzliche Müdigkeit. Probleme beim Atmen. Wie eine Welle, die mich runtergezogen hat.« Unwillkürlich tastete er nach Kates Fingern, die, ohne zu zögern, seine Hand ergriff und behutsam drückte. »Metallgeschmack auf der Zunge«, fuhr er fort. »Ekelhaft. Ich bin so müde.«

In diesem Moment kam der Arzt herein und runzelte beim Anblick des Essens auf dem Boden die Stirn. »Jemand soll das sauber machen«, sagte er und starrte Kate finster an. »Sie haben den Infusionsbeutel eines Patienten angefasst.«

»Möglicherweise wurde er manipuliert.« Sie warf ihm einen herausfordernden Blick zu. »Sie hängen sofort einen neuen Beutel dran, und wagen Sie es nicht, mich aus dem Zimmer zu schicken.«

Der Arzt überprüfte Deckers Werte. »Wenn Sie vielleicht netterweise zur Seite treten könnten«, sagte er, ehe er sich an Decker wandte. »Ich gebe Ihnen jetzt ein Medikament namens Naloxon.«

»Zeigen Sie es ihr«, sagte Decker und schloss die Augen in der Gewissheit, dass er Kate voll und ganz vertrauen konnte. Kate ließ los, um zur Seite zu treten, doch Decker streckte erneut die Hand nach ihr aus, und auch jetzt ergriff sie sie, ohne zu zögern. Der Mann schien regelrecht nach Berührung zu lechzen, aber vielleicht war es auch die Nachwirkung einer ganzen Woche im Koma. Der Arzt hielt die Ampulle so hin, dass Kate die Aufschrift erkennen konnte. »Die Bezeichnung stimmt jedenfalls.«

»Dann geben Sie es mir«, hauchte Decker.

»Das Naloxon lindert die Wirkung des Opiats in Ihrem Körper«, erklärte der Arzt.

»Und wenn es etwas anderes war?«, fragte Troy, der so leise hereingekommen und hinter Kate getreten war, dass sie es nicht mitbekommen hatte. Vielleicht hatte sie sich auch zu sehr auf Decker konzentriert. Das war ein schlechtes Zeichen. Sie würde ab sofort besser aufpassen müssen, wer zu dieser Tür hereinkam.

»Schaden tut es jedenfalls nicht.« Der Arzt spritzte das Medikament in Deckers Arm und beobachtete ihn dann aufmerksam. »Wir geben es sogar Ersthelfern mit, die es Patienten mit Verdacht auf Heroinüberdosis verabreichen. Wenn sie sich irren und es sich doch nicht um Heroin handelt, passiert nichts. Wieso liegt eigentlich das ganze Essen auf dem Boden herum?«

»Wir haben Grund zur Annahme, dass jemand, der in engem Zusammenhang mit einem Fall stand, mit dem Agent Davenport zuletzt betraut war, in einer Vollzugsanstalt über das Essen vergiftet wurde«, antwortete Troy.

»Ich habe es lieber nicht drauf ankommen lassen«, ergänzte Kate, »und der Pflegerin befohlen, das Tablett zu entfernen. Leider hat sie mich etwas zu wörtlich genommen.«

»Verstehe«, sagte der Arzt, ehe er sich an Decker wandte. »Fühlen Sie sich schon etwas besser, Agent Davenport?«

Decker nickte langsam und holte tief Luft. »Ja. Jetzt kann ich besser atmen. Kein Schlauch.«

»Ich werde trotzdem noch ein bisschen hierbleiben. Manchmal kehren die Symptome zurück. Falls ja, kann ich noch etwas Naloxon nachspritzen.« Der Arzt wandte sich an Kate. »Haben Sie sich an den Apparaten zu schaffen gemacht, Detective?«

»Special Agent Kate Coppola«, korrigierte Kate ihn. »Das ist mein Kollege Special Agent Troy. Nein, das habe ich nicht getan, sondern nur den Schlauch zugehalten. Warum?«

»Weil jemand den Tropf voll aufgedreht hat«, erklärte der Arzt. »Aber nach dem, was noch im Beutel ist, dürfte die Infusion zehn Minuten, maximal eine Viertelstunde gelaufen sein.«

Immerhin schien der Arzt ihnen zu glauben. »Kurz bevor wir kamen, habe ich mit Agent Davenport telefoniert. Da klang er noch völlig wach.«

»Es fing gleich an, nachdem ich aufgelegt hatte«, sagte Decker, noch immer mit geschlossenen Augen. »Aber jetzt ist es besser.«

»Zumindest sind Ihre Lippen nicht mehr blau. Das hat mir echt Angst gemacht«, sagte Kate.

Ein Lächeln spielte um Deckers Mundwinkel. »Mir auch. Die Schwester hat den Beutel angehängt und ist wieder gegangen. Ich habe ferngesehen. Es war kurz vor zwölf. Das weiß ich deshalb, weil kurz danach die Nachrichten kamen.« Der Arzt nickte. »Ihr Zeitgefühl funktioniert zumindest wieder. Jen, wer war hier eingeteilt?«

Schwester Choi runzelte die Stirn. »Ich. Aber als er aus der Intensivstation runterkam, war der Beutel noch halbvoll und auf Minimum, deshalb hätte er mindestens noch eine Stunde reichen müssen.«

»Wie sah die andere Schwester aus?«, wollte Kate wissen.

»Blond. Schmales Gesicht. Wie ein Hase. Etwa vierzig.«

»Ein schmales Gesicht wie ein Hase?«, hakte Kate nach.

»Nein. Es hat gezuckt. Ein Tick.«

»Wir brauchen eine Liste sämtlicher Schwestern«, erklärte Kate. »Egal, welche Haarfarbe. Wir müssen sie alle befragen. Am besten, das Krankenhaus wird komplett abgeriegelt.«

»Das habe ich schon veranlasst«, sagte Troy. »Keine vollständige Sperrung, aber an den Ausgängen sind Beamte postiert, und der Sicherheitsdienst bereitet gerade Kopien der Bänder der Überwachungskameras aus dem ganzen Krankenhaus vor. Wie groß war sie etwa, Davenport?«

Wieder schloss Decker die Augen. »Eins achtundsechzig. Allerhöchstens fünfundfünfzig Kilo. Ganz dünn mit raspelkurzen Haaren.« Er runzelte die Stirn, als würde ihm das Nachdenken Schmerzen bereiten. »Dieses Zucken ... Jetzt wo ich darüber nachdenke ... sie könnte high gewesen sein.«

»Verdammt«, murmelte der Arzt.

»Raspelkurze Haare?«, wiederholte Schwester Choi. »Könnte Eileen Wilkins gewesen sein. Aber sie ist nicht hier auf der Station.«

»Sondern auf der Intensivstation«, warf Kate ein. »Zumindest habe ich sie dort gesehen. Sie hat ein paar Mal seinen Infusionsbeutel gewechselt, während er im Koma lag.«

»Ich rufe gleich unten an«, sagte Troy. »Die Sicherheitsleute können sie abfangen, falls sie noch im Haus sein sollte.« Er wandte sich zum Gehen.

Deckers Miene war ausdruckslos, als er die Augen wieder aufschlug. »Ich kann mich nicht an sie erinnern.«

Kate lehnte sich über das Bettgestell näher an ihn heran. »Wie auch? Sie haben schließlich in einem verdammten Koma gelegen und waren hilflos«, sagte sie ruhig, obwohl sie innerlich vor Wut schäumte. »Sie hätte Sie jederzeit umbringen können, und Sie hätten nichts davon mitbekommen. Und ich genauso wenig, obwohl ich direkt danebengesessen habe. Genau das ist es ja, was mir solche Angst macht. Und Ihnen auch. Aber wenn sie noch hier ist, schnappen wir sie.«

Erst als Decker sie ansah, erkannte sie das Ausmaß seiner Wut. Und seiner Angst, die nur allzu verständlich war.

»Wir lassen uns etwas einfallen, damit Sie in Sicherheit sind, versprochen.«

Er nickte knapp, doch sie ließ sich davon nicht beeindrucken. Es war nun einmal schwierig für jemanden, der sonst immer das Zepter in der Hand hielt, plötzlich so hilflos zu sein, noch dazu, wenn man an ein Krankenhausbett gefesselt war ... manchmal war es für denjenigen, der danebenstand und zusehen musste, sogar noch schlimmer als für den Patienten selbst. Das wusste sie nur zu genau. Aus Erfahrung.

Aber diesmal ist es anders, dachte sie und atmete auf, wenn auch nur ein kleines bisschen. Decker würde zumindest überleben.

Beim dritten Läuten ging er ans Telefon. »Ich hoffe für Sie, dass Sie gute Nachrichten haben, Schwester. Ich habe Ihre ewigen Ausreden satt.«

»Es ist erledigt«, stieß Roys Freundin hervor. »Ich hab's getan, Sie elender Dreckskerl. Und jetzt lassen Sie gefälligst meinen Sohn in Ruhe.«

»Wie?«

»Ich habe genug Dilaudid in den Infusionsbeutel getan, um einen Elefanten zu töten, und dann auf maximal gestellt.«

»Und dann sind Sie einfach wieder rausgegangen?«

»Ja. Wäre es Ihnen lieber gewesen, wenn man mich erwischt hätte?«, zischte sie.

In diesem Moment kam eine SMS von einem seiner unverzichtbaren Kontakte innerhalb des Krankenhauses. *Schwester hat es vergeigt. Fed lebt noch.*

Natürlich. Er biss die Zähne aufeinander. *Verdammt noch mal! Jetzt wird es noch schwieriger, ihn zu beseitigen.*

»Natürlich nicht«, sagte er ruhig zu der Krankenschwester. »Sie sind also nicht mehr im Krankenhaus?«

»Nein.«

»Gut. Hat Sie jemand gesehen?«

»Nein. Der Agent hat ferngesehen und gar nicht mitgekriegt, dass ich da war. Ich bin einfach reingeschlüpft und wieder raus, und ich habe auch meine Personalkarte nicht benutzt, um auf die Station zu kommen, sondern bin einfach den anderen hinterhergelaufen, deshalb bin ich offiziell nie dort gewesen. Jetzt zu unserer Abmachung. Sie wollten es so hindrehen, dass die Ampullen, die Roy bei sich hat, nicht zu mir zurückverfolgt werden können.«

Sie klang höchst nervös – keineswegs am Boden zerstört,

weil der arme Roy nicht mehr am Leben war, was bedeutete, dass sie nicht ganz blöd sein konnte.

»Ich halte mich an meine Versprechen«, gab er eisig zurück. *Im Gegensatz zu anderen.* »Es kann niemand eine Verbindung zu Ihnen herstellen.« Weil sie ebenfalls tot wäre, wenn er entdeckt wurde.

»Danke«, gab sie zurück, hörbar um einen Rest Würde bemüht. »Ich werde also nichts mehr von Ihnen hören, richtig?«

»Nein.« *Weder hören noch sehen, Schätzchen.* »Ich tue Ihnen sogar noch einen Gefallen und verrate Ihnen, wo Roy ist, dann können Sie die Ampullen selbst holen, um auch ganz sicher zu sein.«

Sie atmete hörbar auf. »Das wäre sehr gut.«

»Ich schicke Ihnen die Koordinaten.«

Er beendete das Gespräch, schickte ihr die Koordinaten und schrieb dann eine Nachricht an seine Kontaktperson. *Hat jemand einen Verdacht?*

Er musste eine ganze Minute auf die Antwort warten. *Der Fed hat sie gesehen.*

»Natürlich«, murmelte er. *Wer weiß sonst noch davon?*, schrieb er.

Alle. Agents. Personal. Hat sich sofort herumgesprochen.

Sollte sich das Personal doch das Maul zerreißen, dachte er und schrieb zurück. *Danke. Bis dann.*

Die Antwort kam sofort. *Gern. Ich liebe dich. XOXOXO.*

Hervorragend. Ein Kontakt, der einen liebte, würde einen nicht ans Messer liefern. So lange, bis die Liebe erloschen war. Aber bis das passierte, hatte er sie sowieso immer getötet.

Pfeifend nahm er seine Schlüssel, schloss die Kellertür auf und lief die Treppe hinunter, vorbei an seinem Labor und dem Lager, wo er sein bestes Koks, Heroin und Meth sowie die Steroid-Vorräte für die Fitness-Heinis lagerte, mit denen er so viel Kohle machte. Er schloss die Tür zu seiner Waffenkammer auf, wo er seine Gewehre, Pistolen und eine Handvoll neuer Waffen aufbewahrte, die er selbst angefertigt, aber noch nie ausprobiert hatte. Hier lagerte er auch, was man brauchte, um einfache, aber überaus wirkungsvolle Autobomben zu basteln, die er im Lauf der Jahre immer wieder gebraucht hatte, als unmissverständliche Warnung für zahlungsunwillige Kunden.

In einem gesonderten Schrank befanden sich die Reste des Rizins, das er selbst hergestellt hatte – aus reinem Interesse, ob er es konnte. Schließlich hatte Walter White es im Fernsehen auch hinbekommen, so schwierig konnte es also nicht sein, oder? Gar nicht schwierig, hatte sich herausgestellt. Ehrlich gesagt, war er sogar ein bisschen enttäuscht gewesen, dass es ihn nicht vor eine größere Herausforderung gestellt hatte. Also hatte er einen Teil davon verwendet, um etwas anderes auszuprobieren – eine chemische Waffe, mit der sich weit mehr als eine Ungezieferplage in den Griff bekommen ließe.

Das Ergebnis – zwei Kanister voll aerosolisiertem Rizin – befand sich in einem luftdichten Spezialsafe, nicht etwa, weil er befürchtete, sie könnten gestohlen werden. Außer ihm hatte niemand einen Schlüssel. Aber was, wenn sie aus Versehen mitgenommen würden? Das wäre äußerst übel.

Für die Schwester hingegen brauchte er ganz bestimmt nichts von dem Zeug. Er nahm ein gewöhnliches Halbautomatikgewehr heraus und seine Lieblingspistole, inklusive Schalldämpfer, nur für alle Fälle. Es bestand kein Anlass, Eileen Wilkins' Tod als etwas anderes erscheinen zu lassen, als es war – die Eliminierung einer Angestellten, deren Dienste nicht länger benötigt wurden. Weil sie versagt hatte. Die Leute sollten wissen, was mit ihr passiert war. Künftigen

Mitarbeitern sollte bewusst sein, dass er Idioten nicht tolerierte. Wenn er das nächste Mal anordnete, dass jemand liquidiert wurde, musste es schnell und anständig erledigt werden.

Jetzt musste er sich nämlich überlegen, wie er mit Griffin Davenport weiter verfahren sollte. Logischerweise würde der Agent ab sofort rund um die Uhr bewacht werden, und fest stand auch, dass er seinen FBI-Kollegen bereits wichtige Informationen gegeben hatte.

Kurz fragte er sich, ob es den Aufwand wert war, Davenport jetzt zu töten. Alice war tot, deshalb konnte sie nichts mehr ausplaudern. Und sie hatte nichts Schriftliches zurückgelassen. *Von der Seite droht also keine Gefahr.*

Trotzdem gefiel es ihm nicht, dass dieses Problem ungelöst war. Der Mann musste verschwinden, schon allein um seines Seelenfriedens willen.

Er verließ den Keller und schloss die Tür ab. »Ich gehe!«, rief er Mallory zu. »Zum Abendessen bin ich wieder da!«

Mallory trat mit einem Korb voll frisch gewaschener Kleider für Jugendliche aus der Waschküche – Sachen, in denen sich die Kids ganz toll finden würden, egal ob Junge oder Mädchen. »Ich bereite alles vor.«

»Ich hätte Lust auf ein Steak. Ja, Steak ist das Richtige.«

»Aber dann muss ich vielleicht noch einkaufen gehen.«

Er hatte nichts dagegen, wenn sie sich frei bewegte – innerhalb gewisser Grenzen, versteht sich. Er wusste, dass sie nicht so dumm wäre, wegzulaufen oder sich an jemanden zu wenden, der ihm schaden könnte, denn schließlich lagen die Gesundheit und das Wohlergehen ihrer kleinen Schwester einzig und allein in seinen Händen.

Er tippte ihr mit dem Finger gegen die Nase und registrierte, dass sie schon wieder gewachsen war. Dabei war sie so ein süßes Kind gewesen, sein erster Star. Sie hatte ihm und

McCord eine ordentliche Stange Geld eingebracht, trotz der vielen Dreckskerle, die die Videos heruntergeladen hatten, ohne dafür zu bezahlen.

»Dann bring bei der Gelegenheit gleich noch frische Erdbeeren mit«, meinte er. »Und back diesen leckeren Mürbeteigkuchen zum Nachtisch.«

Cincinnati, Ohio
Donnerstag, 13. August, 12.35 Uhr

»Ich kann wieder ganz normal atmen«, sagte Decker, nachdem er auf Anweisung des Arztes mehrere tiefe Atemzüge gemacht hatte. Augenblicklich normalisierte sich auch Kates Blutdruck wieder. Dass das Naloxon anschlug, bestätigte, dass sie mit ihrer Vermutung richtiggelegen hatten. Im Gegensatz zu Alice war er unter Drogen gesetzt und nicht vergiftet worden. »Ich glaube, ich brauche keine weitere Dosis von Ihrem Wundermittelchen, und Sie müssen auch nicht länger bleiben. Mir geht's wieder gut. Vielen Dank.«

Der Arzt warf ihm einen aufgebrachten Blick zu. »Ich treffe meine Entscheidungen ganz gern selbst, Agent Davenport, und werde genau dann gehen, wenn ich sicher sein kann, dass Sie stabil sind.«

»Genau das hatte ich befürchtet«, murmelte er und blickte Kate an, deren Herzschlag für einen kurzen Moment auszusetzen schien. Der Mann hatte die schönsten blauen Augen, die sie je gesehen hatte. »Also, wer ist vergiftet worden?«, fragte er.

Sie beugte sich zu ihm herunter. »Alice«, antwortete sie mit einem argwöhnischen Blick in Richtung des Arztes.

Deckers Schultern sackten herab. »Verdammte Scheiße. Sie hätte auspacken können.«

»Ich weiß.« Sie strich mit dem Daumen über seine Finger-knöchel. »Wir hatten Angst, dass jemand das auch von Ihnen befürchten könnte.«

Er ließ ein heiseres Lachen hören. »Deswegen sind Sie wie eine Furie hier hereingestürmt.«

»Genau.« Und das war es wert gewesen, denn er hatte sich sichtlich erholt. Sie nahm ihre Hand weg. »Ich muss das Essen aufheben und in Beweistüten packen. Bin gleich wieder da.«

»Ich übernehme das«, sagte Troy, der gerade wieder herein-kam. »Du bleibst bei Davenport.«

»Danke«, sagte Kate. »War Eileen Wilkins schon weg?«

Troy zog ein paar Klarsichtbeutel heraus und gab die Reste des Essens hinein. »Ja, leider. Mist.«

Kate seufzte. »Hast du eine Fahndung rausgegeben?« Sie hielt inne. »Entschuldigung! Natürlich hast du das getan. Ich bin immer noch völlig durch den Wind.«

»Keine Angst, ich hab's nicht persönlich genommen.« Troy verschloss die Tüte. »Der Sicherheitsdienst besorgt uns gerade eine Kopie ihres Mitarbeiterausweises. Sobald ich sie habe, geht die Fahndung raus.«

»Das ist also Ihr Partner?«, fragte Decker. »Nicht so ein Arschloch wie der andere Typ.«

Troy lachte. »Sie konnten Novak echt nicht leiden, was?«

»Arschloch«, wiederholte Decker.

»Deacon ist ein anständiger Kerl«, erklärte Kate mit mildem Tadel. »Wir sind seit Jahren gute Freunde.«

»Trotzdem ist er ein Arschloch.«

Troy trat ans Fußende des Bettes. »Ich bin Luther Troy. Freut mich, Ihre Bekanntschaft zu machen, Agent Davenport. Soll ich Sie Griff oder Decker nennen?«

»Wie Sie wollen.« Decker holte mehrmals tief Luft, ehe er Kate ansah. »Sie haben doch vorhin gesagt, ich könnte Ihr altes Tablet haben, damit ich ins Internet komme.«

»Ich glaube, ihm geht's tatsächlich wieder gut«, sagte Kate zu dem Arzt.

»Oder er ist besessen«, konterte er. »Schon auf der Intensivstation hat er offenbar alle damit verrückt gemacht.« Er tätschelte seine Kitteltasche, in der das krankenhauseigene iPad steckte. »In seiner Krankenakte steht, dass er die Schwestern ganz schön aufgemischt hat.«

Deckers Wangen färbten sich dunkelrot. »Aber ich habe mich dafür entschuldigt.«

»Auch das steht drin. Das heißt, die Schwester hat die Entschuldigung angenommen. Was einiges aussagt. Mary Jean ist ein ziemlich harter Brocken. Da haben Sie offenbar Ihren ganzen Charme spielenlassen.« Der Arzt reichte Kate den drogenverseuchten Infusionsbeutel, hängte einen frischen dran und zog etwas aus der Tasche, das wie EpiPens aussah. »Die hier lasse ich Ihnen da, Agent Coppola. Das sind Auto-Injektoren mit demselben Wirkstoff wie Naloxon, nur dass er eine andere Bezeichnung hat. Sie können sie überallhin injizieren. Schmerzhaft ist es nicht. Falls er sich plötzlich wieder erschöpft fühlt oder Probleme mit dem Atmen hat, geben Sie ihm eine Dosis. Zögern Sie nicht. Und dann rufen Sie sofort die Schwester. Ich komme später noch mal vorbei und sehe nach ihm.«

»Danke.« Kate steckte die Injektoren ein. »Was machen wir bloß mit Ihnen, Decker?«, fragte sie, als der Arzt gegangen war.

Ein freches Grinsen glitt über Deckers Züge. »Inwiefern, Kate?«

Ihre Wangen röteten sich. »Insofern, als dass wir Sie schützen müssen, damit Sie am Leben bleiben.«

Seine blauen Augen strahlten. »Hm, das klingt nach einem guten Plan.«

»Allmählich verstehe ich, wieso Agent Novak ein Problem mit Ihnen hat«, warf Troy säuerlich ein.

»Schluss jetzt«, erklärte Kate, als Decker etwas erwidern wollte. »Ehrlich gesagt, ist mir nicht wohl bei dem Gedanken, Sie hierzulassen.« Sie sah Troy besorgt an. »Hier kann jeder hereinspazieren, dem es gerade einfällt, selbst wenn wir jemanden vor der Tür postieren.«

Troy seufzte. »Das ist mir auch klar. Schließlich weiß keiner, was das Personal mit ihm macht.«

Wieder versteinerten sich Deckers Züge. »Ich muss hier raus. Die haben gesagt, dass ich dringend aufstehen muss. Wenn ich erst mal wieder auf den Beinen sei, würden sie mich gehen lassen.« Abrupt setzte er sich auf, sank jedoch mit einem Stöhnen ins Kissen zurück. »Puh, das war ziemlich dämlich, was?«

»Allerdings«, bestätigte Kate. »Was haben die Ärzte gesagt, wie lange Sie hierbleiben müssen?«

»Eine Woche. Ich hatte mir vier Tage vorgenommen. Aber unter diesen Umständen … muss ich früher hier raus.«

»Und zwar erheblich«, bestätigte Kate mit einem Blick auf die Gerätschaften, an die er angeschlossen war. »Wovor haben die denn Angst? Vor einer Infektion? Oder einem Rückfall?«

»Lungenentzündung. Die Wunde ist schon sehr gut verheilt, aber wenn ich mich nicht bewege, riskiere ich eine Lungenentzündung.«

»Also können wir Sie nicht rund um die Uhr hier drinnen bewachen lassen.« Sie wandte sich zu Troy um. »Könnten wir ihm nicht einen Arzt zur Seite stellen, dem wir vertrauen, und ihn irgendwohin bringen, wo er sicher ist? In ein Hotel oder ein sicheres Haus oder so etwas?«

»Die Idee gefällt mir«, antwortete Troy, sichtlich überrascht. Decker nickte. »Mir auch«, bestätigte er, allerdings stellte Kate erfreut fest, dass er nicht im mindesten überrascht klang. »Haben Sie auch eine Idee, wer dafür in Frage käme?«

Kate nickte. »Ja, das habe ich. Dani Novak. Sie hat gerade gekündigt und fängt erst in ein paar Tagen ihre neue Stelle an. Ihr können wir vertrauen.«

»Sie war gestern hier«, meinte Decker, worauf Kate ihn verblüfft ansah.

»Das haben Sie mitbekommen?«

»Jedes Wort«, antwortete er.

»Tja, ich werde sehen, was sich machen lässt.« Troy öffnete die Tür, drehte sich aber noch einmal um. »Vor der Tür steht Agent Triplett, eine Wache. Ich rufe dich an, sobald ich etwas weiß. Hat mich gefreut, Griff.« Er schloss die Tür hinter sich. Decker griff nach der Fernbedienung für das Bett und ließ die Rückenlehne langsam hochfahren. »Also, das Tablet ...«

Kate schüttelte den Kopf. »Ihnen ist bewusst, dass Sie ein Sturkopf sind, wie er im Buche steht?«

»Ich betrachte das als eine meiner Stärken«, konterte er und streckte die Hand aus. »Bitte.«

Kate nahm das Tablet aus ihrer Tasche mit dem Strickzeug, zögerte jedoch. Sobald er online war, würde er alles über den Fall nachlesen, der ihn hierhergebracht hatte. Folglich würde er den Nachruf auf Agent Symmes lesen – jenes Mannes, den er als seine Notfallkontaktperson angegeben hatte. Dass sein Verbindungsmann umgekommen war, sollte Decker definitiv persönlich mitgeteilt werden, beschloss sie. »Vorher muss ich Ihnen noch etwas sagen.«

Sie sah, wie sein Blick schlagartig ausdruckslos wurde und er jede Gefühlsregung verbarg. »Ich höre.«

Man brauchte kein Genie zu sein, um zu ahnen, was gleich kommen würde.

Decker musste Kate zugutehalten, dass sie nicht lange um den heißen Brei herumredete und versuchte, die Tragödie durch Euphemismen und Plattitüden zu beschönigen. Stattdessen sagte sie es einfach, mit klaren Worten, aber sanfter Stimme. »Agent Symmes ist tot.«

Er schloss die Augen, um das Mitgefühl in ihren Augen nicht sehen zu müssen, und biss die Zähne zusammen, als sich eine Enge über seine Brust legte, die eindeutig nicht von seinen Verletzungen herrührte. Einen Moment lang saß er ganz still da, bis die erste Woge des Schmerzes verebbte. »Das habe ich mir fast gedacht«, sagte er mit tonloser Stimme.

»Weil er nicht hier war, während Sie im Koma lagen?«

Decker nickte. »Er war mein Notfallkontakt.«

»Ich weiß. Der Einzige, den Sie angegeben hatten. Deshalb wollte ich Sie ja so ungern alleine lassen.«

Er schluckte. »Da hatte ich aber Glück. Symmes hätte garantiert nicht stundenlang an meinem Bett gesessen. Immerhin hat er Familie. Hatte«, korrigierte er sich. »Zwar keine Frau und Kinder, aber seine Eltern, die schon ziemlich alt sind.« Wieder musste er sich räuspern. »Wären Sie nicht im Zimmer gewesen, hätte die Killerschwester mir wahrscheinlich schon längst ein Kissen aufs Gesicht gedrückt.«

»Kann sein«, sagte Kate leise. »Aber das macht seinen Verlust auch nicht leichter.« Er spürte, wie sie die Hand um seine Finger schloss. Es war eine tröstliche Geste, so rein und unschuldig und … süß. Und sie verlieh ihm den Mut, ihr all die unschönen Fragen zu stellen, obwohl er die Antworten eigentlich nicht hören wollte.

»Wie ist er gestorben?« Decker erinnerte sich ganz genau, wie er den Sicherheitschef des Menschenhändlerrings und einen seiner Männer überwältigt hatte. Das war am Tag vor der Schießerei gewesen. Die Erinnerung an diesen Tag war ganz klar, jede einzelne Sekunde davon. *Ich habe sie gefesselt, ihnen die Waffen abgenommen und ihre Taschen geleert.* Aber etwas musste schiefgegangen sein, denn Richard Symmes war tot.

»Der Sicherheitschef hatte ein Messer im Hosensaum versteckt«, sagte Kate. »Wir konnten den Hergang rekonstruieren. Der zweite Mann hat seinem Chef offensichtlich geholfen, den Saum aufzureißen und das Messer herauszuziehen. Damit haben sie sich gegenseitig die Fesseln durchgeschnitten. Sie hatten es fast geschafft, als Symmes hereinkam. Sie haben ihn niedergestochen, aber er konnte sie trotzdem erschießen, bevor sie abhauen konnten. Als wir eintrafen, waren alle drei tot.«

Decker unterdrückte einen Seufzer. »Ich hätte genauer nachsehen müssen.«

Sie drückte seine Hand. »Die Klinge war hauchdünn, Decker. Vielleicht hätten Sie sie gefunden, wenn Sie die beiden ausgezogen hätten. Aber Sie haben sie gefesselt, und zwar sehr fest, wie ich an den aufgeschnittenen Knoten gesehen habe. Vielleicht müssen wir uns ja auch fragen, wie es möglich ist, dass sie Agent Symmes überwältigen konnten. Er war schließlich bewaffnet und hätte wissen müssen, dass es gefährlich werden könnte. Vielleicht hat er nicht gut genug aufgepasst.«

»Symmes war ein guter Mann.«

»Das sind Sie auch, soweit ich es beurteilen kann.« Ihre Stimme verriet, dass sie lächelte, dennoch weigerte er sich beharrlich, ihr ins Gesicht zu sehen.

Doch seine Mundwinkel schienen plötzlich ein Eigenleben zu entwickeln, denn sie hoben sich unwillkürlich. »Wenigstens hat er sie erwischt«, sagte er grimmig.

»Und wie haben Sie sie erwischt?«, fragte sie, ohne ihre Hand wegzunehmen. »Das fragen wir uns schon die ganze Zeit.«

»Ich war so verdammt frustriert, weil sie mich immer nur an die offiziellen Bücher herangelassen haben, obwohl ich den Chefbuchhalter immer wieder darauf angesprochen habe«, antwortete er, dankbar für den Themenwechsel.

»Joel Whipple.«

»Genau. Joel ist ein echtes Zahlengenie, ansonsten aber ein mieses Schwein. Und doch ist er viel zu feige, um sich die Finger schmutzig zu machen. Er würde einen vielleicht nicht über Bord schubsen, aber wenn man stolpern und über die Reling fallen würde, wäre er derjenige, der dasteht und zusieht, wie man absäuft. Ihn müssen Sie im Auge behalten. Er wird behaupten, dass er zu einem Deal bereit ist, dann aber nur seinen eigenen Vorteil herausschlagen wollen.«

Kate zuckte mit den Schultern. »Das ist hinfällig. Er ist spurlos verschwunden.«

Eigentlich überraschte es Decker nicht. »Hat er irgendwas gedreht?«

»Die ermittelnden Kollegen haben bisher nichts gefunden. Er hat die Kaution hinterlegt. Bestimmt sitzt er längst irgendwo in der Sonne am Strand und schlürft Cocktails. Könnte er Sie unter Verdacht gehabt haben?«

»Dass ich beim FBI bin? Das bezweifle ich. Falls ja, hätte er es seinen Partnern gesteckt, und ich wäre eines Morgens ganz einfach nicht mehr aufgewacht.« Lediglich ein leises Zucken ihrer Finger verriet, was diese Vorstellung in ihr auslöste. Abgesehen davon, hörte sie ihm ruhig und überlegt zu – noch etwas, was ihm gut gefiel. »Aber er hat befürchtet, dass ich an seinem Stuhl säge. Deshalb hat er mich nur die offiziellen Bücher sehen lassen. Er wusste, dass ich mich zu Tode langweile. Schätze, er hat auf Zeit gespielt und nur darauf gewartet, dass ich einen Fehler mache, damit er mich aus dem Verkehr ziehen kann.«

»Was ist an dem Abend passiert, als Sie die beiden Sicherheitsmänner hopsgenommen haben?«

»Das war teils Glück, teils gute Vorbereitung. Sowie sie mich in die Buchhaltung versetzt hatten, habe ich einen Plan entwickelt, für den Fall, dass sich eine Gelegenheit bietet. Was an dem Abend der Fall war.«

»Eines ihrer Opfer hatte versucht zu fliehen.«

»Genau. Das hat den Alarm im Kontrollraum ausgelöst. Mit dem Typ dort hatte ich mich schon vorher angefreundet. Ich habe immer bis spät in der Nacht gearbeitet und dann meine Pausen mit ihm verbracht. Ich habe Kaffee und Doughnuts mitgebracht und mich mit ihm unterhalten, damit er sich allmählich daran gewöhnt, dass ich da bin. Und ich hatte immer eine Spritze mit einem Schlafmittel in der Tasche, für den Fall, dass ich schnell die Kurve kratzen muss. Als der Alarm losging, habe ich sie ihm verpasst und noch etwas von dem Mittel in seinen Kaffee gegeben, für den Fall, dass jemand nach ihm sieht. Davon war er so benommen, dass ich ihn hinaus zu seinem Wagen bringen konnte, ohne dass ein weiterer Alarm losging. Ich habe seinen Chef informiert und ihm erzählt, ich hätte den Verdacht, dass der Typ Drogen nimmt. Ich fände aber, er solle das Problem am besten gleich selbst in die Hand nehmen, ohne sein restliches Team damit zu behelligen. Er fand die Idee gut – der Typ war Ex-Polizist und hat den Menschenhändlern nicht recht über den Weg getraut. Sie ihm allerdings schon, und genau das war ihr großer Fehler. Als er vorbeikam, habe ich auch ihm eine Ladung verpasst, dann habe ich sie gefesselt und sie in das Apartment gebracht, das Symmes als Treffpunkt für uns besorgt hatte. Über Festnetz habe ich Symmes angerufen, es einmal klingeln lassen und wieder aufgelegt. Das war unser Zeichen.«

»Wieso haben Sie Symmes nicht gesagt, wen Sie in das Apartment gebracht hatten?«

»Weil die beiden Typen zu dem Zeitpunkt noch dachten, das wäre ein Versuch, die Macht an mich zu reißen. Schließlich war ich ja früher als Bodyguard angestellt gewesen, deshalb sollten sie denken, ich wäre nur ein mieser Opportunist und kein FBI-Agent. Ich bin kurz rausgegangen, habe Symmes auf meinem Wegwerfhandy angerufen und es danach gleich entsorgt. Ich verwende die Dinger nie zweimal hintereinander. Rich Symmes wusste also, was ihn erwartet.«

Wie ist es dann möglich, dass sie dich überwältigen konnten, Rich? Wieso?

»In diesem Fall sollten Sie sich keine Vorwürfe machen«, sagte Kate leise, aber fest. »Der Plan war gut, Decker. Er hat funktioniert, nur Symmes hat sich von ihnen überwältigen lassen. Das geht nicht auf Ihre Kappe.«

Er nickte dankbar. Eines Tages würde er ihr vielleicht sogar glauben. »Sonst noch etwas, das Sie mir sagen müssen?«

»Der Typ, der Sie angeschossen hat ... ist ebenfalls tot. Jeder, der eine wichtige Funktion innehatte oder etwas wusste, ist tot.«

»Und wer hat die Burschen erschossen?«

Sie reckte kaum merklich das Kinn. »Ich. Sie hatten sich hinter den Bäumen verschanzt und sind dann in ihren Wagen gestiegen und davongefahren. Ich bin ihnen hinterhergelaufen und habe geschossen. Ihr Wagen ist gegen einen Baum geknallt, und das war's.«

Decker rief sich das Gelände ins Gedächtnis. Wenn es so gewesen war, wie sie es schilderte, hatte sie die lange Einfahrt hinunterlaufen müssen, um ungehindert zielen und feuern zu können. Das bedeutete, die Typen mussten einigen Vorsprung gehabt haben. »Wie weit waren sie schon weg?«

Sie zuckte mit den Schultern. »Eine halbe Meile, mehr oder weniger.«

Seine Augen weiteten sich. Diese Frau traf einen fahrenden Wagen aus dieser Entfernung? »Ist das Ihr Ernst?«

Sie presste die Lippen aufeinander. »Ich bin ziemlich gut, Decker.«

Erst jetzt fiel ihm wieder ein, dass sie ein Gewehr mit Zielfernrohr bei sich gehabt hatte, als sie hinter ihm von diesem Baum gesprungen war. »Heilige Scheiße, das können Sie aber laut sagen. Ich meine … Wahnsinn.« Sein Lob schien ihr fast ein wenig unangenehm zu sein, deshalb verkniff er sich einen weiteren Kommentar. »Danke. Sie haben dafür gesorgt, dass sie keinen Schaden mehr anrichten können.«

Sie wandte den Kopf ab. »Das stimmt. Andererseits können wir sie nicht mehr befragen.«

»Wer weiß, ob sie überhaupt noch leben würden. Wer auch immer Alice getötet hat, hätte vielleicht auch sie erwischt. Was genau ist mit ihr passiert?«

»Ich weiß nicht mehr als Sie. Novak kümmert sich gerade darum. Wie geht es Ihnen?«

»Ich bin müde. Frustriert. Und hungrig. Abgesehen davon, bin ich einfach nur froh. Danke, dass Sie die Leute draußen auf dem Flur umgerannt haben. Dadurch haben Sie mir vielleicht das Leben gerettet.«

Sie zog die Brauen hoch, während wieder der verschmitzte Ausdruck auf ihre Züge trat. »*Vielleicht?* Ich würde sagen, sogar ganz bestimmt. Sie sind mir was schuldig, so viel steht ja wohl fest.«

Schlagartig fiel die Müdigkeit von ihm ab. Doch der Frust und der Hunger blieben, wenngleich eine völlig andere Art von Hunger. Er war ihr etwas schuldig. Das gefiel ihm. Sogar so gut, dass er das Gewicht auf die Seite verlagern musste, um die Ausbeulung zu kaschieren, die sich unvermittelt unter der Bettdecke wölbte.

»Kann ich jetzt ins Internet?«, fragte er mit einem Blick auf den Tablet-PC in ihrer Hand.

Sie lachte auf und reichte ihm das Gerät. »Ich habe sämtliche

Passwörter gelöscht, das heißt, Sie können jederzeit loslegen.«

»Danke.« Er fragte sich, wie ihr Passwort gelautet haben
mochte. *Jack?* »Irgendwelche Seiten, die ich nicht aufrufen
soll?«

»Nein. Ich benutze es bloß zum Lesen von E-Books, für
meine Strickmuster und Spiele, und auch das so gut wie nie.
Ich kann mich gar nicht erinnern, wann ich es das letzte Mal
benutzt habe.«

Mit einem Mal überkam ihn ein Anflug von Verunsicherung.
Sie war der erste Mensch seit langer Zeit, der ihm nahege-
kommen war ... ihm etwas bedeutete. Sie hatte an seinem
Bett gesessen, seine Hand gehalten, und sie hatte ihm das
Leben gerettet. Inzwischen wusste er, dass es ihre Stimme
gewesen war, der er in der scheinbar endlos langen Woche
gelauscht hatte, als er hilflos an dieses Bett gefesselt gewesen
war. Ihr konnte er vertrauen.

Aber noch wusste er nicht, warum sie bei ihm geblieben
war. Wegen Symmes, hatte sie gesagt, und weil er sonst niemanden angegeben hatte, der informiert werden sollte, falls
ihm etwas zustieß. Wenn das der einzige Grund war, würde
sein Interesse so schnell erlöschen, wie es aufgeflammt war.
Ihr Mitleid brauchte er nicht. Sondern ihre Leidenschaft,
die genauso in ihr brennen sollte, wie sie bereits in ihm
brannte.

»Decker? Stimmt etwas nicht?«

Er trommelte mit den Fingern auf die Tablet-Hülle. Musste
seine Hände irgendwie beschäftigen. *Frag sie. Frag sie einfach, und dann weißt du es.* »Wer war Jack?«

Selbst in der Stille des Raums war kaum zu hören, wie sie
nach Luft schnappte. Eine gefühlte Ewigkeit schwieg sie.

»Woher wissen Sie von Jack?«, fragte sie schließlich.

»Sie haben seinen Namen gesagt«, antwortete er, ohne den

Blick von dem Tablet zu lösen. »Sie haben gesagt, dass es Ihnen leidtut.«

Wieder herrschte Stille, diesmal noch länger. Dann schloss sie die Finger um seine Hand. »Bitte lassen Sie das. Sie machen mich noch ganz verrückt.« Ihre Hand zitterte.

»Wer war das, Kate?«

»Wieso *war*? Vielleicht *ist* er ja noch.«

»Sie haben Novaks Schwester erzählt, Sie bräuchten jemand Neues, der im Notfall benachrichtigt werden sollte. Daraufhin wollte sie wissen, ob es zuvor Jack gewesen war, und hat Ihnen ihr Beileid ausgesprochen. Das deutet normalerweise darauf hin, dass jemand tot ist.«

»Großer Gott.« Nun zitterte auch ihre Stimme. »Was haben Sie sonst noch gehört?«

»Später haben Sie ›Wish You Were Here‹ gesummt und dann geweint.« Ein Lächeln spielte um seine Mundwinkel. »Danach haben Sie mir Disney-Songs vorgespielt und gesagt, dass ich Sie auf keinen Fall verraten dürfte, weil Sie einen Ruf als knallharte Polizistin zu verlieren hätten.« Er drehte seine Hand und verschränkte seine Finger mit den ihren. Sie machte keine Anstalten, sich ihm zu entziehen, deshalb nahm er ein weiteres Mal all seinen Mut zusammen. »Wer war Jack, Kate?«, fragte er sanft.

Sie holte tief Luft. »Der Bruder meines Ehemanns«, sagte sie.

Scheiße! Abrupt sah er sie an. »Sie sind verheiratet?«, platzte er heraus, bereute seinen barschen Tonfall jedoch augenblicklich.

Sie war kreidebleich. Wie erstarrt. Als hätte ihr jemand ins Gesicht geschlagen. *Und zwar ich. Du bist ein Idiot, Decker.* Manchmal konnte eine verbale Ohrfeige schmerzhafter sein als eine physische.

Sie schüttelte den Kopf. »Nicht mehr. Er ist auch tot.«

Decker ließ sich zurücksinken und verfluchte sich im Stillen. »Das tut mir leid.«

»Was tut Ihnen leid?«, fragte sie. Ihr Tonfall war zu ruhig, wie betäubt. »Dass Sie dachten, ich hätte meinen Mann betrogen, dass er tot ist oder dass Sie sich in mein Privatleben einmischen?«

»Ich habe Ihnen etwas sehr Schlimmes unterstellt, und das tut mir leid. Und der Verlust Ihres Ehemanns ebenfalls.« Das Schuldgefühl war schmerzhafter als jede körperliche Verletzung, die er je erlitten hatte. »Aber dass ich gefragt habe, nicht. Ich musste es wissen.«

Sie drückte seine Hand kaum merklich, ehe sie ihre Finger löste. »Ist schon gut. Ich hätte mich das wahrscheinlich auch gefragt. Ach ja, ich habe übrigens auf dem Weg hierher angefangen, das Tablet aufzuladen. Es ist bei rund zwanzig Prozent.« Sie zog das Tablet und ein Ladekabel aus ihrer Tasche. »Hier drinnen haben Sie Internet, aber Sie können natürlich auch meine WLAN-Karte haben, das ist wesentlich sicherer.«

»Danke.« Er biss sich auf die Lippen, als er zusah, wie sie sich hinunterbeugte und den Stecker des Ladegeräts einsteckte. *Heilige Scheiße, was für ein Hintern.* Am liebsten hätte er ihn berührt … *aber nicht hier. Und nicht jetzt.*

Aber *irgendwann.* Er rückte das Tablet so hin, dass es seine Erektion verbarg, die sich erneut geregt hatte, seit er wusste, dass sie nicht verheiratet war. Sein Herz mochte voller Mitgefühl für den Verlust ihres Mannes sein, in seinem Unterleib löste die Enthüllung etwas völlig anderes aus. Er wollte sie. Und zwar sehr.

Sie richtete sich wieder auf und schwang sich ihre Tasche mit dem Strickzeug über die Schulter, wobei ihr Jackett ein Stück nach hinten rutschte und den Blick auf ihre Dienstwaffe im Schulterholster freigab.

O Gott. Die Frau, die aus tarnfarbener Wolle Schals oder sonst was strickte, war eine bessere Schützin als er. Eine wesentlich bessere. Der Gedanke war … heiß. So heiß, dass das Tablet hochschnellte und von der Bettdecke rutschte, als sein mitleidloser Schwanz erneut ein Eigenleben entwickelte. Eilig riss er es zurück und plazierte es wieder auf seinem Schoß. In diesem Moment wurde ihm bewusst, dass sie gleich gehen würde.

»Moment mal«, sagte er. »Wo wollen Sie hin?«

»Ich wollte nur sehen, wie weit Agent Troy inzwischen mit der Suche nach einem geeigneten Quartier für Sie ist.«

»Sie können ihn doch von hier aus anrufen«, sagte er und sah sie an. Sie wirkte immer noch ein bisschen mitgenommen.

»Ich brauche einen Moment für mich«, gestand sie leise.

»Keine Angst, ich bin bald wieder da, und draußen steht Agent Triplett. Ich sage ihm, dass niemand zu Ihnen darf. Soll ich Ihnen etwas zu trinken besorgen? Wasser oder Saft? In der Cafeteria gibt es einen Automaten.«

»Das wäre nett.« In diesem Moment meldete sich sein Magen knurrend zu Wort. »Und einen Cheeseburger. Oder lieber gleich zwei. Und Hühnchen. Aber keine Suppe oder Nuggets, sondern Chicken Wings. Mit scharfer Sauce. Oder … vielleicht sollte ich mir die Sauce lieber für morgen aufheben.« Sie lachte. »Sonst noch etwas?«

Erleichterung durchströmte ihn. Immerhin war ihre gute Laune zurückgekehrt. »Und Erdnuss-M&Ms«, fügte er hinzu. »Und Kuchen. Apfel. Oder Kirsch, je nachdem, was sie haben. Vielleicht auch eine Tüte Chips. Und einen Brownie. Oder Schokokuchen.«

Sie schüttelte den Kopf. »Und danach vielleicht gleich einen Termin beim Zahnarzt bei dem vielen Zucker?«

»Ich verwende Zahnseide«, erklärte er und hob drei Finger. »Großes Pfadfinderehrenwort.«

»Sie waren bei den Pfadfindern?«, fragte sie erstaunt.

»Eagle Scout.« Dank Mama und dem richtigen Griffin Davenport.

»Wie schön«, sagte sie nachdenklich. »Ich werde sehen, was ich auftreiben kann.« Sie ging zur Tür, blieb jedoch noch einmal stehen. »Ach ja, ich habe ganz vergessen, wieso ich ursprünglich herkam. Wir brauchen alle Informationen aus den Büchern der Menschenhändler, an die Sie sich erinnern können. Abnehmer, Lieferanten, Gewinne, Verluste, alles. Vielleicht finden wir ja etwas, das uns bei der Suche nach McCords geheimnisvollem Partner weiterhilft.«

Decker nickte, heilfroh, dass er etwas Konkretes zu tun hatte. »Kriegen Sie.« Er wartete, bis sie hinausgegangen war und die Tür hinter sich geschlossen hatte, ehe er das Tablet einschaltete und einen Browser öffnete.

Eine geschlagene Minute starrte er auf den Bildschirm, ehe er dem Drang nachgab, mit seiner freien Hand die Suchbegriffe eingab – *hinterlässt seine Ehefrau Kate Coppola, Ehemann, Tod und Jack* – und auf *Enter* drückte.

6. Kapitel

Auf der Fahrt zum Supermarkt hatte Mallory gründlich über ihr Vorhaben nachgedacht und war überzeugt gewesen, genau zu wissen, was sie tun musste. Aber nun, da sie hier war und einen Parkplatz suchte, war sie sich ihrer Sache plötzlich nicht mehr sicher.

Was, wenn er es herausfindet? Wenn mir immer noch keiner glaubt?

Er würde ihr Macy wegnehmen. Und er würde das Sorgerecht für sie bekommen, auch wenn er dafür einen Mord begehen müsste.

Aber das wäre schließlich nicht das erste Mal. Er hat schon so viele auf dem Gewissen. Was machen da zwei mehr schon aus?

Aber … sie waren sein eigen Fleisch und Blut. Seine Schwester. Ihr Ehemann.

Er würde es trotzdem tun. Daran zweifelte Mallory keine Sekunde. Er hatte es schon mal beinahe getan. *Nur um mir eine Lektion zu erteilen.* Und wenn er das Sorgerecht für Macy bekam? Dann würde er eine neue Sunshine Suzie aus ihr machen.

Was soll ich nur tun? Mallory seufzte. Wie oft hatte sie schon darüber nachgedacht? »Entscheide dich endlich«, murmelte sie. Das hatte ihre Mutter immer gesagt – damals, in einem anderen Leben.

Der Gedanke an ihre Mutter hatte sie all die Jahre bei der Stange gehalten. Sie wollte auf keinen Fall werden wie sie –

immer nur vom einen Schuss zum nächsten leben, während die eigenen Kinder froren, Hunger litten und sich in den Schlaf weinten. *Lieber will ich tot sein.*

Sie schloss den unauffälligen Wagen ab und bemerkte, dass er die Kennzeichen seit der letzten Fahrt zum Supermarkt ausgetauscht hatte. Das tat er jedes Mal, und sie fragte sich oft, woher er all die Nummernschilder hatte. Aber sie fragte ihn lieber gar nicht erst danach, denn die vielen seiner Geheimnisse, die sie kannte, lasteten ihr schon schwer genug auf der Seele.

Mit gesenktem Kopf ging sie in Richtung Supermarkt. Hoffentlich hing dort noch das Münztelefon an der Wand – inzwischen gab es ja praktisch nirgendwo mehr öffentliche Telefone, deshalb hatte sie sich den Apparat bewusst gemerkt. Natürlich erlaubte er ihr kein eigenes Handy, auch wenn er jeden ihrer Anrufe nachverfolgen könnte.

Psychospielchen. Das liebte er.

Beim Anblick des altmodischen Telefons seufzte sie erleichtert. *Es ist noch da.* Sie musste an die Kleider denken, die sie vorhin zusammengelegt hatte. Er bereitete alles dafür vor, dass die Kinder wieder zu Besuch kamen. Am Samstag. Am Samstag zuvor hatte er bereits angefangen, hatte ihnen das Gefühl gegeben, willkommen zu sein. Geliebt und wertgeschätzt zu werden.

Diesen Samstag folgte die nächste Stufe. Er würde ihnen das Gefühl vermitteln, hübsch zu sein. Attraktiv. Sexy.

Ihre Kehle brannte von der aufsteigenden Galle. *Ruf an, Mallory. Er wird es nicht erfahren. Wie sollte er auch? Er glaubt doch, du hättest viel zu große Angst.* Wegen Macy. Immer wegen Macy.

Wenn du jetzt nicht anrufst, stimmt es ja auch.

Sie zwang sich weiterzugehen, bis sie vor dem Fernsprecher stand. Mit zitternden Händen zog sie das schwere Telefonbuch hoch und legte es auf das schmale Brettchen vor dem Apparat. Sie hatte noch nie ein Telefonbuch benutzt, aber sie konnte lesen. Wie schwierig konnte es also sein?

Schwieriger, als es aussieht. Es gab so viele Nummern, aber sie hatte nur eine Handvoll Münzen. Sie hatte sie zwischen den Sofakissen gefunden, aber nicht alle behalten. Die meisten gab sie ihm zurück, weil sie wusste, dass er es merken würde, wenn sie fehlten. In jedem Zimmer waren Kameras installiert, über die er sie beobachtete. Unablässig.

Sie legte das Telefonbuch wieder weg und schloss die Augen, während sie eine Woge der Übelkeit überkam. Er wusste immer über alles Bescheid.

Er wird es herausfinden. Er wird es herausfinden. Er wird es herausfinden.

Sie grub die Fingernägel tief in ihren Arm, damit der Schmerz sie aus ihrer nicht enden wollenden Gedankenschleife herausriss.

Wenn du zulässt, dass er diesen Kindern weh tut, bist du keinen Deut besser als er. Also, nimm jetzt dieses Buch und ruf an. Sie atmete tief durch die Nase ein und aus, in der Hoffnung, dass sich ihr Herzschlag ein wenig beruhigen würde.

Sie suchte die Nummer heraus, deren Adresse dem Einkaufszentrum, wo sie letzten Samstag gewesen war, am nächsten lag. Sie hatte keine Ahnung, wie sie den Namen des FBI-Mannes im Krankenhaus herausfinden sollte, den er töten lassen wollte. Aber die Polizistin würde es wissen. Die eine, die so nett zu ihr gewesen war. Die gemerkt hatte, dass etwas nicht stimmte, und dafür gesorgt hatte, dass es aufhörte, auch wenn sie sich dessen wahrscheinlich gar nicht bewusst gewesen war. Mallorys Hände zitterten so heftig, dass sie kaum die Münzen in den Schlitz bekam. Schließlich wählte sie die Nummer und kämpfte ein weiteres Mal gegen die Galle in ihrer Kehle an.

»Cincinnati Police«, meldete sich eine klare Frauenstimme.
»Mit wem darf ich Sie verbinden?«

»Ich ... ich weiß es nicht«, stammelte Mallory. »Ich suche
nach einer Frau ... sie ist Polizistin. Aber ich kenne ihren
Namen nicht.«

»Okay.« Die Stimme der Frau wurde freundlicher. »Ist das
ein Notruf?«

»Nein, ich muss nur diese Polizistin finden.«

»Nun ja, ich will sie gern für Sie suchen, aber bestimmt kann
Ihnen auch ein Kollege weiterhelfen.«

»Nein!«, rief Mallory, als die Panik sie ergriff. »Ich meine ...
nein, bitte. Ich will genau mit dieser Polizistin sprechen. Sie
hatte letzten Samstag Dienst.« *Wieso hast du nicht auf ihr
Namensschild gesehen, du dämliche Idiotin!* »Ich habe sie
vor dem Kroger-Supermarkt auf der Glenway gesehen. Sie
war jung. Und groß. Sehr groß. Afro-Amerikanerin.«
Wie viele große afroamerikanische Polizistinnen konnte es
auf dem Revier geben? Hoffentlich nicht allzu viele.

»Auf Anhieb weiß ich nicht, wen Sie meinen«, erwiderte die
Frau am Telefon, »aber ich versuche gern, es herauszufinden.
Kann sie Sie zurückrufen?«

Nein. Nein. Mallory hatte sich das Ganze nicht genau genug
überlegt. Absolut nicht. Wie sollte die Polizistin sie denn
zurückrufen?

»Oh, ich ... äh, ich habe kein Handy. Ich rufe von einem
Münztelefon an. Kann sie mich vielleicht hier zurückrufen?«

»Ist alles in Ordnung mit Ihnen, Schätzchen? Sie müssen
nichts weiter sagen, wenn jemand neben Ihnen steht und
zuhört, aber wenn Sie Hilfe brauchen, sagen Sie einfach
›Heute ist es wirklich heiß‹, dann schicke ich Ihnen sofort ein
Team. Dauert nur eine Sekunde.«

Sag es ihr. Sag es ihr. Aber Mallory konnte es nicht. Sie kannte
diese Frau doch gar nicht. Nein, sie musste mit der Polizistin

sprechen, die ihr geholfen hatte. Die den Mann auf dem Parkplatz verjagt hatte. Der es wichtig gewesen zu sein schien, ihr zu helfen.

»Nein, mir geht's gut«, sagte Mallory, sorgsam darauf bedacht, ihre Stimme warm und freundlich klingen zu lassen. »Ich wollte sie nur ein paar Sachen fragen. Wie es ist, Polizistin zu sein. Für ein Schulprojekt.«

Ja. Das klingt doch gut. Für die Schule.

»Ein Schulprojekt?«, hakte die Frau nach. »Aber es sind doch noch Ferien.«

Mist. Aufgeflogen. Verdammt. »Sommerkurs. Ich bin sitzengeblieben.«

»Okay«, sagte die Frau. »Ich versuche, sie zu finden. Vielleicht rufen Sie mich später einfach noch mal an? Fragen Sie nach Lilith. Das bin ich. Ich werde herausfinden, wie die Kollegin heißt.«

Mallorys Knie wurden weich. »Danke«, hauchte sie.

»Ich will Ihnen wirklich gern helfen, Schätzchen. Bitte, lassen Sie mich Ihnen helfen.«

»Ich rufe später wieder an.« Unvermittelt überkam sie Panik. »Danke.«

Sie legte auf, schloss die Augen, die Finger immer noch um den Hörer gekrallt, und holte einige Male tief Luft, ehe sie sich in der Lage fühlte, ihn loszulassen. Sich aufzurichten. Und in den Laden zu gehen und ihm sein Steak und seine gottverdammten Erdbeeren zu kaufen.

Kate schloss die Tür zu Deckers Zimmer hinter sich und stieß den Atem aus. Er hatte also gehört, wie sie im Schlaf Jacks Namen gerufen hatte. Und sich daran erinnert. Sie konnte nur spekulieren, was er sonst noch mitbekommen hatte. War er tatsächlich ein Eagle Scout gewesen? Sie fragte sich, ob es ein Fehler gewesen war, ihn glauben zu lassen, dass er ihr etwas bedeutete, indem sie die ganze Woche an seinem Bett gesessen, mit ihm geredet und sein Gesicht gestreichelt hatte. Ein Fehler ist es nur, wenn du eigentlich kein Interesse an ihm hast.

Hast du denn Interesse? Ja, das hatte sie. Denn sie mochte ihn – und mit jedem Moment, den sie in seiner Gegenwart verbrachte, noch ein bisschen mehr. Er war witzig, provokant und schlagfertig.

Und natürlich gefiel ihr auch einiges andere an ihm. Es war lange her, seit ihr Herz so heftig geklopft hatte – zumindest wenn sie nicht gerade einem Killer hinterherrannte.

Bestimmt googelt er gerade meinen Namen. Ich an seiner Stelle würde es jedenfalls tun.

»Agent Coppola?«

Kate zuckte zusammen. Ihre Augen weiteten sich, als sie den Mann neben sich stehen sah – warum gerade er als Deckers Wache abgestellt worden war, lag jedenfalls auf der Hand. Der Typ war bestimmt zwei Meter groß und wie ein Schrank gebaut.

Wahnsinn, neben ihm wirkte Decker geradezu durchschnittlich. *Na ja, vielleicht ein bisschen mehr als durchschnittlich,* entschied sie.

Mit seinem kahlrasierten Schädel und dem doppelreihigen schwarzen Anzug hätte der Agent einen ziemlich Ehrfurcht

einflößenden, wenn nicht gar beängstigenden Anblick geboten, wäre da nicht sein Gesicht gewesen: Der Mann war bild-
schön, wie ein Model, mit schokoladenbrauner Haut, noch
dunkleren Augen, waffenscheinpflichtigen Wimpern und
einem gewinnenden Lächeln. Kate brauchte einen Moment,
um ihre Stimme wiederzufinden, während sich ein Anflug
von Verlegenheit in sein Lächeln mischte, als sei er sich seiner
Wirkung auf andere nur allzu bewusst, aber zu höflich, um
sich offenkundig darüber zu freuen.

»Ja, ich bin Agent Coppola. Und Sie sind Agent Triplett,
Davenports Wache?«

Er streckte die Hand aus. »Jefferson Triplett. Freut mich.
Willkommen in Cincinnati.«

Lächelnd schüttelte sie ihm die Hand. »Danke. Als meine
Maschine letzte Woche gelandet ist, bin ich geradewegs ins
kalte Wasser gesprungen. Ich glaube, Sie sind der Erste, der
mich hier willkommen heißt.«

Er war noch jung, etwa Mitte zwanzig, und in seinem offenen Lächeln war noch nichts von den düsteren Schatten zu
erkennen, die die Erfahrungen bei ihr und ihren Kollegen
hinterlassen hatten. Aber eines Tages würde die Unbe-
schwertheit auch aus seinen Augen gewichen sein – ein
Gedanke, der sie ein klein wenig traurig machte.

»Ich habe die Tagschicht. Sollten Sie oder Agent Davenport
etwas brauchen, sagen Sie bitte einfach Bescheid.«

»Ich wollte kurz runter in die Cafeteria. Agent Davenport
hat nichts zu Mittag bekommen, und ich habe noch nicht mal
richtig gefrühstückt.«

»Es dürfte sicherer sein, ihm etwas von dort mitzubringen«,
stimmte er zu. »Tja, zumindest was eine mögliche Vergiftung
angeht. Dafür könnte das Risiko einer Magenverstimmung
umso größer sein.«

Kate lachte. »Vor allem, wenn ich mir überlege, was ich ihm

alles mitbringen soll. Der Mann muss einen Magen wie ein Büffel haben. Bitte achten Sie darauf, dass niemand sein Zimmer betritt, ihm etwas zu essen und zu trinken gibt oder auch nur den Infusionsbeutel wechselt. Die Schwester reicht Ihnen vielleicht bloß bis zu den Kniekehlen, aber sie ist ein echter Besen.«

»Nein, Ma'am. Meine Mutter ist gerade mal eins fünfzig, aber ihr würde auch niemand widersprechen.«

»Und sie hat Ihnen beigebracht, Ma'am zu sagen«, stöhnte Kate. »O Gott, ich werde wirklich alt.«

»Sie sind nicht mal annähernd alt, Ma'am.« Wieder erschien dieses leicht verlegene Grinsen auf seinem Gesicht. »Ich habe von Ihrem Schuss gehört. Das hat ziemlich die Runde gemacht.«

»Wie bitte? Was genau erzählt man sich denn so?«

»Die eine Hälfte glaubt es nicht, die andere wünscht sich, Sie würden uns beibringen, wie man das macht.«

Ihre Lippen zuckten. »Und zu welcher Hälfte gehören Sie, Agent Triplett?«

»Definitiv zur zweiten, Ma'am. Ich wäre wirklich dankbar für ein paar Nachhilfestunden.«

»Gern«, sagte sie und nickte.

»Spitze. Aber was ist eigentlich mit ihr?« Er deutete in Richtung Wand, wo die Pflegeassistentin, die das Tablett hatte fallen lassen, immer noch wartete. Sie wirkte ziemlich nervös.

»Ach du Scheiße«, murmelte Kate. *Die habe ich ja völlig vergessen.*

»Sie hat sich nicht vom Fleck gerührt«, fuhr Triplett fort. »Weil Sie gesagt hätten, sie soll hierbleiben.«

»Das stimmt. Danke, Agent Triplett.« Sie wandte sich der Pflegeassistentin zu. »Miss? Würden Sie bitte mit mir kommen?«

Sie ging voran in einen Warteraum. Die Schwester hielt den Kopf gesenkt und wrang die Hände. Auf den ersten Blick wirkte sie überaus schuldbewusst, aber Kate war klug genug, sich nicht täuschen zu lassen.

»Setzen wir uns doch«, sagte sie und warf einen Blick auf das Namensschild der Frau. Teresa Robbey, Pflegeassistentin. »Danke, dass Sie gewartet haben, Miss Robbey.«

Die Frau musterte sie mit zusammengekniffenen Augen. »Sie haben mir ja keine andere Wahl gelassen. Ich hoffe bloß, ich verliere jetzt nicht meine Stelle. Sie mussten einen Ersatz für meine Schicht einteilen. Außerdem werde ich nach Stunden bezahlt, deshalb wird mir die Zeit vom Lohn abgezogen, und ich muss schließlich meine Miete bezahlen und Lebensmittel kaufen.«

Kate seufzte. »Ich werde sehen, ob ich etwas für Sie tun kann. Könnten Sie mir bitte den heutigen Vormittag genau schildern? Wo holen Sie die Essenstabletts ab? Wer bereitet die Mahlzeiten zu?«

»Ich dachte, Sie wüssten schon, wer's war«, meinte Miss Robbey argwöhnisch. »Eileen Wilkins.«

»Möglicherweise. Aber bis uns die Beweise vorliegen, müssen wir sichergehen, dass alles abgeklärt wurde. Also. Wo haben Sie die Essenstabletts geholt?«

»Wo ich sie immer hole. Unten in der Küche. Das Küchenpersonal bereitet sie nach den Vorgaben der Ärzte vor und stellt sie dann in die Ausgabewagen. Ich gehe einfach nur runter und hole die ab, die ich austeilen soll.«

»Das heißt, diejenigen, die die Tabletts bestücken, wissen auch, welches Essen in welches Zimmer geht?«

»Ich denke schon.«

»Wissen Sie, wer Ihren Wagen befüllt hat?«

»Ich schätze, das war Jessie. Normalerweise ist sie dafür zuständig. Gesehen habe ich sie allerdings nicht, wenn Sie das meinen. Ich bin runtergekommen, und da stand der Wagen schon bereit.«

»Okay. Ist Ihnen irgendjemand aufgefallen, der dort nicht hingehört?«

»Sie meinen, jemand wie Eileen? Nein. Sie war nicht unten, sondern nur die übliche Mannschaft.«

»Kennen Sie Eileen Wilkins persönlich?«

»Ja.« Miss Robbeys Freude schien sich in Grenzen zu halten. »Ich kann sie nicht leiden.«

Kate zog die Brauen hoch. »Wieso denn nicht?«

Miss Robbey zögerte. »Der Zusammenhalt hier ist ziemlich stark. Die Schwestern mögen mich, was die Arbeit für mich deutlich angenehmer macht. Ich will keine Gerüchte in Umlauf bringen.«

»Ich werde alles daransetzen, dass nichts von dem durchsickert, was Sie mir erzählen.«

Miss Robbey stieß einen tiefen Seufzer aus. »Okay. Eileen Wilkins ist süchtig.«

Kate hatte mehr erwartet, aber Miss Robbey schien nicht bereit zu sein, mehr preiszugeben.

»Sprechen Sie von Drogen?«

Miss Robbey schwieg.

Kate stieß einen ungeduldigen Seufzer aus. »Ich bemühe mich wirklich, nett zu sein, Miss Robbey, weil Sie meinetwegen so lange warten mussten.«

»Und Sie haben mir eine Scheißangst eingejagt.«

»Auch das. Aber Sie müssen schon konkreter werden. Lassen Sie mich Ihnen bitte nicht jedes Wort einzeln aus der Nase ziehen, sonst werde ich sauer, und das will keine von uns. Also, zurück zu Eileen Wilkins. Konsumiert sie Drogen während der Arbeit?«

»Ja. Dilaudid. Das kriegen die Patienten, die allergisch auf Morphin reagieren.«

»Haben Sie sie dabei beobachtet?«

»Ja, aber sie hat es nicht mitbekommen. Ich habe gesehen,

wie sie Ampullen, in denen noch Reste waren, eingesteckt hat, um sie mit nach Hause zu nehmen. Schätzungsweise hatte sie einen schweren Tag gehabt, weil sie auf der Toilette war und …« Sie verdrehte die Augen. »Das hört sich jetzt an, als wäre ich pervers, aber ich wollte nur sehen, ob es der Frau in der Kabine auch wirklich gutgeht. Ich habe zuerst gerufen, ob alles in Ordnung sei. Zu dem Zeitpunkt wusste ich nicht, dass Eileen da drinnen ist. Sie hat so seltsame Geräusche gemacht, wie ein Stöhnen, aber dann hat sie gesagt, es gehe ihr gut. Allerdings hat es sich nicht so angehört, sondern eher … irgendwie überdreht. Deshalb habe ich durch den Spalt gelinst und gesehen, dass sie auf dem Toilettensitz saß und eine Nadel im Arm und eine Ampulle in der Hand hatte.«

»Und Sie sind sicher, dass es Dilaudid war?«

»Ja. Ich lerne gerade für mein Schwesterndiplom und achte auf alles. Ich will nicht für den Rest meines Lebens Pflegeassistentin bleiben. Ich habe Kinder, die aufs College gehen sollen.«

»Okay, wissen Sie, wie lange sie schon süchtig ist?«

»Seit etwa einem Jahr, vielleicht auch länger. Es fing an, kurz nachdem sie den Typen kennengelernt hat, mit dem sie zusammen ist.«

»Was ist das für ein Typ?«

»Er ist ein richtiger Schrank. Muskelbepackt, aber dumm wie Bohnenstroh. Und er ist ziemlich aufbrausend. Letztes Jahr hat sie ihn zur Weihnachtsfeier der Intensivstation mitgebracht.« Der Blick, den sie Kate zuwarf, war trotzig, beinahe feindselig. »Ich arbeite nebenbei in einer Bar, um ein bisschen was dazuzuverdienen, deshalb werde ich bei allen Krankenhausfeiern angeheuert, für die Getränke zu sorgen.«

»Dabei sollten Sie eigentlich auch eingeladen werden«, meinte Kate, worauf Miss Robbey bitter nickte.

»Das wird wohl nicht so schnell passieren. Sie mögen mich zwar, aber in ihrem Kreis wollen sie mich deswegen noch lange nicht haben.«

»Was ist mit Schwester Choi? Sie scheint ja ein ziemlich strenges Regiment zu führen.«

»Das stimmt. Sie hat ziemlich Feuer im Hintern, trotzdem gehört sie zu den Anständigen hier. Sie können von Glück sagen, dass sie Sie nicht ungespitzt in Grund und Boden gerammt hat. Choi beschützt ihre Patienten wie eine Löwin.«

»Und Eileen?«

Miss Robbey schnaubte nur abfällig.

»Nein. Die Hälfte der Zeit kriegen sie ihre Schmerzmittel nicht, weil sie den nächsten Schuss braucht. Sie reißt sich das Zeug unter den Nagel und schießt es sich anschließend in die Venen, während die armen Leute leiden.«

Kate fragte sich, ob es bei Johnnies Krankenschwestern genauso gewesen sein mochte, und was sie getan hätte, wenn sie dahintergekommen wäre. Vor allem gegen Ende, als er die Schmerzmittel dringend gebraucht hatte. *Wenn ich mit ihr fertig gewesen wäre, hätte sie das Zeug wirklich gebraucht.*

»Ich frage nur aus reiner Neugier, Miss Robbey, und völlig wertfrei, ehrlich, aber haben Sie je darüber nachgedacht, es jemandem zu sagen? Ihre Vorgesetzten zu informieren?«

»Nein«, antwortete sie, sichtlich beschämt. »Über die letzte Pflegeassistentin, die eine Schwester verpfiffen hat, gab es danach jede Menge anonyme Beschwerden. Sie war wirklich gut, aber am Ende hat sie ihren Job verloren. Und mir könnte es genauso gehen.«

»Das ist übel«, sagte Kate. »Und Sie haben Kinder zu ernähren, wenn ich Sie vorhin richtig verstanden habe. Ich kann Ihre Situation nachvollziehen. Wirklich.« Resigniert massierte sie sich die Stirn. »Erzählen Sie mir bitte mehr über Eileen. Es muss ja einen Grund dafür geben, dass sie Agent

Davenport etwas antun wollte. Er kennt sie nicht, deshalb kann sie keinen Groll gegen ihn persönlich gehegt haben. Hat sie Geld gebraucht, was meinen Sie?«

»Klar. Das tut doch jeder. Ihr Sohn ist ein bisschen älter als meiner, und sie ist auch alleinerziehend, außerdem hat er Probleme in der Schule, deshalb klemmt es an allen Ecken und Enden.«

»Sie sagten, sie hätte einen Freund gehabt, den sie zur Weihnachtsfeier mitgebracht hat. Was ist da passiert?«

»Der Typ hat sich unmöglich benommen. Er ist jünger als sie, und damit meine ich *sehr viel* jünger. Sie hält sich für eine echte Granate, ist überall herumstolziert, hat mit ihm getanzt, aber die anderen haben sie nur ausgelacht. Für sie war sie bloß eine ältere Frau, die sich einen Toyboy hält. Sie haben über die Größe seines … na ja, Sie wissen schon … gelästert.« Sie hielt Daumen und Zeigefinger etwa zwei Zentimeter auseinander. »Aber natürlich hinter vorgehaltener Hand.«

Kate sah sie verblüfft an. »Sie haben sie ausgelacht, weil ihr Freund vermutlich nicht gut ausgestattet war?«

»Genau. Wegen der Steroide. Ohne das Zeug kriegt keiner derart aufgepumpte Muskeln. Höchstens Ihr Agent Davenport.« Verlegen verdrehte sie die Augen. »Ich habe mir die Ergebnisse seines Tox-Screens angesehen. Kein Hinweis auf Steroide.«

»Freut mich zu hören«, bemerkte Kate trocken, worauf Teresa Robbey flüchtig grinste.

»Jedenfalls hat sich Eileens Freund an diesem Abend unmöglich benommen. Er hat zu viel getrunken und herumkrakeelt. Eine der Schwestern hat ihm sogar eine Ohrfeige verpasst, weil er sie in den Hintern gekniffen hat. Sagen wir, ich hatte eine Menge zu tun an diesem Abend. Die haben gesoffen, was das Zeug hielt. Aber Schwestern sind so. Keine Ahnung, wo die den ganzen Alkohol lassen.«

»Und wie hieß Eileens Freund?«

Miss Robbey biss sich auf die Lippe. »Ray? Roy?« Sie nickte. »Genau ... Roy. Boy-Toy Roy haben die Schwestern ihn genannt. Seinen Nachnamen kenne ich allerdings nicht.«

»Kein Problem. Was hat er getan, als die Schwester ihm eine geknallt hat?«

»Er wollte auf sie losgehen, aber Eileen hat ihn weggezogen. Am Ende war sie dann doch nicht ganz so stolz auf ihn. Und als ich sie das nächste Mal gesehen habe, hatte sie verdammt viel Lidschatten aufgelegt.«

»Er hat sie also verprügelt?«

»Keine Ahnung, aber irgendjemand muss es ja getan haben.«

»Hatten Sie den Eindruck, dass er außer den Steroiden noch andere Substanzen zu sich nimmt?«

»Mich hat er gefragt, ob ich ihm ein bisschen Pot besorgen könnte, als wäre ich eine Dealerin oder so was. Für ihn und seine ›Alte‹, meinte er, aber er würde es auch gern mit mir teilen, wenn ich nach der Party ein bisschen Zeit hätte, was ich natürlich abgelehnt habe. Zählt das auch?«

Kate lehnte sich auf ihrem Stuhl zurück. Verdammt. »Ihnen ist klar, wo das hätte enden können, oder?«

Die Pflegeassistentin zuckte mit den Schultern. »Ach, mich haben an dem Abend mehrere Schwestern gefragt, wo sie was herkriegen könnten. Und mindestens genauso viele Ehemänner oder Partner. Eileens Toyboy war nicht der Einzige. Allerdings wird sich niemand mehr daran erinnern können, so besoffen, wie sie waren.«

»Wie sieht Mr. Boy-Toy eigentlich aus?«

»Groß, blond, attraktiv. Er ist höchstens zweiundzwanzig und hängt mit irgendwelchen College-Kids ab. Sofern er nicht im Fitness-Studio trainiert. Manchmal sehe ich ihn auf dem Campus, wenn ich zum Abendkurs gehe. Mit Eileen hat er einen echten Treffer gelandet. Er wohnt kostenlos bei ihr und macht, wozu er Lust hat, während sie Extraschichten schiebt, um die Rechnungen bezahlen zu können. Aber das ist heutzutage wahrscheinlich der Preis, den man zahlen muss, wenn man einen hübschen jungen Kerl an seiner Seite haben will.«

»Kann sein. Wissen Sie sonst noch etwas über Eileen und Mr. Boy-Toy?«

Miss Robbey dachte kurz nach. »In letzter Zeit hat sie ziemlich angespannt gewirkt. Vielleicht seit einer Woche oder so.«

»Wann haben Sie gesehen, wie sie sich auf der Toilette einen Schuss gesetzt hat?«

»Das war ... vor vier Tagen.« Wieder zuckte sie die Achseln. »Keine Ahnung. Ich kann sie nicht leiden, und die Patienten haben Schmerzen, weil sie ihnen ihre Medikamente klaut, aber dass sie jemanden mit Absicht umbringen würde, kann ich mir eigentlich nicht vorstellen. Das ist doch ziemlich krass, finden Sie nicht auch?«

Vielleicht. Vielleicht auch nicht. Wenn Eileen Geld brauchte ... oder aber sie wurde erpresst. Kate war kein Motiv fremd.

»Das werden wir wohl herausfinden, wenn wir sie geschnappt haben. Danke, Miss Robbey. Sie haben mir sehr geholfen. Was werden Sie jetzt tun? Ihre Schicht wieder übernehmen oder nach Hause gehen?«

»Ich will weiterarbeiten. Schließlich brauche ich das Geld.«

»Verstehe. Wer ist für den Dienstplan zuständig?«

»Lacey. Sie ist unten.« Miss Robbey musterte Kate argwöhnisch. »Wollen Sie es wirklich versuchen?«

»Ja. Es ist das mindeste, was ich für Sie tun kann. Ich bitte sie, sich bei Ihnen zu melden, okay?«

»Okay.«

Kate stand auf. »Es tut mir leid, dass ich Ihnen Angst eingejagt habe. Agent Davenport hat eine Menge durchgemacht. Ich bin in Panik geraten, und Sie standen eben zufällig daneben.«

Miss Robbey erhob sich ebenfalls. »Ihre Angst war ja durchaus berechtigt. Und seine Lippen waren tatsächlich ganz blau. Ich hatte es gerade bemerkt und wollte Schwester Choi rufen, als Sie reingestürmt kamen.«

»Danke. Ich weiß Ihre Hilfe wirklich sehr zu schätzen. Viel Glück beim Schwesterndiplom.« Kate lächelte ihr zu und wandte sich zum Gehen. Zuerst würde sie mit Schwester Lacey wegen Teresa sprechen und dann Decker etwas Essbares besorgen. *Vielleicht brauche ich sogar einen Wagen, um alles zu transportieren.*

Cincinnati, Ohio
Donnerstag, 13. August, 14.05 Uhr

Drei Jahre. Decker starrte auf das Foto auf dem Bildschirm von Kates Tablet. John Fitzgerald Morrow war vor drei Jahren gestorben. Und er hatte seine Ehefrau Katherine A. Coppola, mit der er seit einem Jahr verheiratet gewesen war, und seinen Bruder Jack R. Morrow hinterlassen. John war gerade einmal dreiunddreißig gewesen. Gehirntumor.

Was für eine Katastrophe.

Die Suche war das reinste Kinderspiel gewesen: Das Online-Kondolenzbuch auf der Homepage des Begräbnisinstituts war noch aktiv. John Morrow war ein allseits beliebter Mann gewesen, wie die zahlreichen Einträge bewiesen.

Decker fragte sich, ob Kate sie wohl alle gelesen hatte, und, falls ja, ob sie ihr ein wenig Trost gespendet hatten.

Ob wohl jemand auf die Idee käme, auch für ihn ein richtiges Begräbnis zu arrangieren oder ein Online-Kondolenzbuch einzurichten, wenn er letzte Woche, vor einem oder damals vor zehn Jahren gestorben wäre? Vermutlich nicht. Er hatte viel zu lange ein Leben im Verborgenen geführt, fernab der normalen Realität. Es gab niemanden mehr, der ihn wirklich kannte. Alle, denen er einst am Herzen gelegen hatte, waren längst tot. Niemand hatte ihn lange genug überlebt, um online oder auf anderem Wege seiner zu gedenken.

Kate hätte es bestimmt getan. Daran zweifelte er keine Sekunde. Aber wie lange kannte sie ihn jetzt? Eine Woche? Und bis auf ein paar Stunden hatte er die ganze Zeit im Koma gelegen.

Unvermittelt flammte Wut in ihm auf. Er wollte die Browserseite schließen ... tat es dann aber doch nicht. Stattdessen starrte er John Morrows Foto an. Er war ein gutaussehender Mann gewesen. Ein glücklicher Mann. Ein Mann, dem alle mit Respekt, Loyalität und Zuneigung gegenübergetreten waren. Zumindest jeder, der sich in seinem Gästebuch verewigt hatte.

Er hatte als Lehrer an einer Highschool gearbeitet und war offenbar so beliebt bei seinen Schülern gewesen, dass sie ihm die düstersten Seiten ihrer Teenagerängste anvertraut hatten. Einige seiner Schüler hatten versichert, dass sie zu zufriedenen, glücklichen Menschen heranwachsen würden. Und jeder Einzelne hatte den Satz *Nutzet den Tag und macht etwas Außergewöhnliches aus eurem Leben* angefügt.

Decker kannte das Zitat. Es stammte aus einem Film, den er mit Mama D. und Griff auf DVD gesehen hatte. Er wusste noch, wie sie vor Rührung ins Geschirrtuch geweint hatte. Und dass Robin Williams auf einem Tisch gestanden hatte. An mehr erinnerte er sich nicht.

Damals war er erst fünfzehn Jahre alt gewesen und hatte sich Filme, in denen nicht alle zwei Minuten irgendetwas in die Luft flog, nur angesehen, um eine Ausrede zu haben, neben Mama D. sitzen zu dürfen und sich verwöhnen zu lassen. Allerdings wusste er noch, dass er sich damals gewünscht hatte, auch so einen Lehrer wie Robin Williams zu haben –

einen, der nicht bloß den großen, brutal aussehenden Jungen sah, der keine Ahnung von all dem Kulturkram hatte, den ein Highschool-Schüler eigentlich kennen sollte. Ein Lehrer, der hinter die Fassade blicken konnte und erkannte, dass der Junge es wert war, ihn aus seinem Sumpf zu retten.

Im darauffolgenden Schuljahr hatte er genau so einen Lehrer gehabt, Dr. Heale – der es gemeinsam mit seinen Pflegeeltern geschafft hatte, ihn doch noch auf einen guten Weg zu bringen. Jenen Lebensweg, der Mama D mit großem Stolz erfüllt hatte.

Wie es aussah, war auch John Morrow so ein Lehrer gewesen, und noch dazu ein grundanständiger Kerl und leuchtendes Vorbild in jeder Hinsicht. Ziemlich große Fußstapfen. *Kein Druck, Decker, nur die Ruhe.*

Jack Morrow hingegen hatte große Probleme gehabt. Sogar so große, dass er sich vor sechs Monaten eine Waffe in den Mund gesteckt und abgedrückt hatte. Für ihn existierte kein Online-Kondolenzbuch. Keine liebevollen Erinnerungen, die im Internet für immer weiterexistieren würden, sondern lediglich eine knappe Meldung im *Des Moines Register,* wo es hieß, er habe Selbstmord begangen, nachdem er seinen Job als stellvertretender Footballcoach der Mannschaft seiner Highschool-Alma-Mater verloren hatte.

Und dass seine Leiche im Washingtoner Apartment seiner Schwägerin, Special Agent Kate Coppola, aufgefunden worden war, ebenfalls Absolventin dieser Highschool.

Großer Gott, Kate. Dass sie nach Hause gekommen war und ihn dort vorgefunden hatte … Decker hatte schon mehr als einmal erlebt, was passierte, wenn Menschen auf diese Weise aus dem Leben schieden, hatte die Schweinerei beseitigen müssen, die sie angerichtet hatten. Selbst heute noch bereitete ihm die Erinnerung Alpträume, und dabei waren es Wildfremde gewesen, keine Angehörigen.

Es tut mir leid, Jack. Warum? Was tat Kate denn leid?
Ich muss sie fragen. Aber nicht heute.

Er wollte diesen niedergeschmetterten Ausdruck in ihren Augen nicht noch einmal sehen müssen. Er schloss das Browserfenster und löschte die Suchhistorie. Sollte sie ihn direkt darauf ansprechen, ob er sie gegoogelt hatte, würde er die Wahrheit sagen, ansonsten sein Wissen jedoch für sich behalten, bis der richtige Zeitpunkt gekommen war, um das Thema zur Sprache zu bringen. Oder bis sie selbst davon anfing.

Erschöpft blickte er auf den Bildschirm. Zuerst hatte er es kaum erwarten können, endlich ins Internet zu gehen, doch nun gab es keine Veranlassung mehr dafür. Kate hatte ihm alles gesagt, was es zu sagen gab, all die traurigen Details: Agent Symmes war tot, ebenso die Übeltäter – darunter auch Alice. *Und keiner von denen, die noch am Leben sind, wird uns helfen können, McCords Partner zu finden.*

Er kniff die Augen zusammen. McCord. Ihm fiel wieder ein, wie wütend Alice und ihr Vater gewesen waren, als Marcus O'Bannion im *Ledger* über McCords Perversionen berichtet hatte.

Aber wie hatte O'Bannion überhaupt davon erfahren? Und wie kam es, dass eine Horde blutrünstiger, eiskalter Menschenhändler so große Angst vor ihm gehabt hatte?

Es klopfte an der Tür. »Ich bin's nur«, sagte Kate. »Ich bringe Ihnen etwas zu essen.«

»Kommen Sie rein«, erwiderte Decker.

»Was ist los?«, fragte sie beim Anblick seiner finsteren Miene. »Ist etwas passiert?«

»O'Bannion.«

»War er hier?« Sie trug ein Tablett herein, auf dem alles lag, was er geordert hatte, doch statt zwei Cheeseburger gab es nur einen. Dafür stand daneben ein leerer Teller mit Krümeln und Ketchup- und Mayoresten.

»Nein. Aber ich habe eine Frage zu ihm und McCord. Haben Sie meinen zweiten Burger etwa selbst gegessen?«

Sie stellte das Tablett auf dem schwenkbaren Tischchen ab.

»Sie können ruhig ein bisschen netter zu mir sein. Schwester Choi wäre mir gerade im Aufzug beinahe ins Gesicht gesprungen, weil ich Ihnen etwas bringe.«

»Also haben Sie gelogen und behauptet, es wäre alles für Sie? Und als Beweis haben Sie gleich mal den ersten Cheeseburger verputzt?«

Sie lachte. »Nein, ich habe die Wahrheit gesagt. Und sie war auch einverstanden, allerdings wollte sie, dass Sie nur einen Cheeseburger essen. Deshalb habe ich den anderen genommen. Und ich hatte Bärenhunger.«

»Danke.« Grinsend betrachtete er das Tablett. »Sie haben sogar an die M&Ms gedacht.«

»Da habe ich tatsächlich gelogen und gesagt, dass sie mir gehören. Aufgerissen habe ich sie jedenfalls noch nicht.« Sie setzte sich auf den Stuhl neben seinem Bett. »Allerdings würde ich nicht nein sagen, wenn ich welche angeboten bekäme.«

Er warf ihr das Tütchen zu. »Die Hälfte.«

»Klingt fair.« Sie schob sich ein paar Kugeln in den Mund, ehe sie aus ihren Schuhen schlüpfte und sich mit den Füßen am Rand seiner Matratze abstützte. Sie hatte sehr hübsche Füße mit lackierten Nägeln, auch wenn man die Farbe durch die schwarzen Strümpfe kaum erkennen konnte. Rosa mit …

Er kniff die Augen zusammen, dann lachte er laut. »Sie haben den Schild von Captain America auf den Fußnägeln?«

»Das nennt sich Nail Art«, erklärte sie lässig und zwinkerte ihm zu. »Auf diese Weise kann ich total in sein und verstoße trotzdem nicht gegen die Kleiderordnung.« Sie neigte ihren linken Fuß in seine Richtung. »Der Schild von Captain America, der Bogen von Hawkeye, die Fäuste von Hulk und Thors Hammer.«

»Sie sind also leidenschaftlicher Fan, ja?«

»Deacon hat mich auf die Superhelden-Filme gebracht. Und Thor ist so ein schöner Mann.« Sie lachte, als Davenport die Augen verdrehte. Dann wurde ihre Miene wieder ernst. »Also, wegen O'Bannion. Was wollten Sie wissen?«

Er löste den Blick von ihren Füßen, weil ihm unwillkürlich die Frage in den Sinn kam, wie weit ihre Strümpfe reichten. Und ob sie ihm wohl erlauben würde, sie ihr auszuziehen. Er räusperte sich. »Woher hat er von McCord erfahren?«

Sie nickte. »Das ist eine sehr gute Frage. Eine, die Scarlett Bishop uns schon bald beantworten sollte. Eigentlich wollte ich ja zum *Ledger* fahren, sobald ich mit Ihnen gesprochen hatte, aber dann haben Sie hier für Aufregung gesorgt.«

»Tut mir leid.« Er biss in den Cheeseburger und verzog das Gesicht. »Oh, Mann, ich dachte, ich hätte solchen Hunger, dass ich notfalls die Wandtapete essen würde, aber offensichtlich habe ich mich geirrt.«

Sie lachte. »Zumindest kann nichts passieren. Ich habe einen davon gegessen, und es geht mir gut. Noch.«

Er runzelte die Stirn. »Das ist nicht witzig, Kate.«

Sie zuckte die Achseln. »Ein klein bisschen witzig war es schon, aber okay. Ich nehm's zurück.«

»Hat Agent Troy die Schwester schon ausfindig gemacht?«

»Nein, noch nicht. Er ist immer noch unten beim Sicherheitsdienst und sieht sich die Überwachungsbänder an, um herauszufinden, durch welchen Ausgang Eileen Wilkins das Krankenhaus verlassen hat. Außerdem haben wir noch keinen sicheren Unterschlupf für Sie gefunden, aber zumindest habe ich Dani Novak erreicht. Sie kommt so schnell wie möglich her und spricht sich mit Ihrem behandelnden Arzt ab.«

»Stellt sich irgendjemand quer?«

Sie zuckte mit den Schultern. »Begeistert sind sie nicht, dass wir sie ausbremsen, und das FBI will natürlich die Kosten nicht übernehmen, aber Sie hätten heute Morgen sterben können, deshalb ...«

»Wann wollten Sie sich mit Marcus O'Bannion und seinen Leuten treffen?«

»Ich habe immer noch vor, später zum *Ledger* zu fahren. Wir haben jemanden vor Ihrer Tür postiert, der aufpasst, dass keiner reinkommt, während ich weg bin.«

»Ich weiß. Agent Triplett war vorhin hier, um sich vorzustellen, und er sieht regelmäßig nach mir. Alle fünf Minuten. Sie können die Uhr danach stellen.«

Sie lächelte. »Er ist echt süß.«

Decker schnaubte. »Der Typ ist ein Koloss.«

»Das sagt ja der Richtige.« Sie legte die halbleere M&Ms-Tüte auf das Tablett, schnappte sich einen Apfel und polierte ihn an ihrem Jackenärmel. »Ich finde, er ist ein sehr netter junger Mann.«

»Wer spricht da? Ihre Großmutter? So alt sind Sie ja wohl nicht.«

Sie seufzte. »Um ein Haar hätte ich Ihnen geglaubt«, murmelte sie. »Zurück zum Thema. Wie es aussieht, haben sich Marcus und seine Leute mit unlauteren Mitteln Daten über Privatpersonen, darunter auch McCord, verschafft und darüber berichtet. Deacon hat mir erzählt, O'Bannion hätte es auf irgendwelche miesen Dreckskerle abgesehen, die der Justiz durchs Netz gegangen sind.« Sie hielt inne. »Ich treffe Deacon später im Leichenschauhaus, wollte aber noch warten, bis seine Schwester kommt. Wenn wir nicht ständig Angst haben müssten, dass jemand Sie vergiften könnte, wäre es für uns alle leichter, uns auf unsere Arbeit zu konzentrieren.«

»Wie unangenehm«, bemerkte er trocken. »Ich habe noch eine Frage. Die Menschenhändler hatten panische Angst vor

O'Bannion. Sie haben ihn gehasst, weil er McCord ans Messer geliefert hat, aber wenn er so ein großartiger Ermittler ist, dass selbst die fiesesten Verbrecher sich seinetwegen in die Hose machen, wieso hat er dann nicht bei der Gelegenheit auch gleich den Namen von McCords Partner publik gemacht?«

Sie lachte leise. »Ich habe Zimmerman gewarnt, es könnte eine Weile dauern, bis Ihre grauen Zellen wieder einwandfrei funktionieren, aber ich muss mich korrigieren. Auch das ist eine gute Frage, die ich bisher nicht bedacht habe.«

»Sie hatten ja auch einiges um die Ohren«, meinte er, in der Hoffnung, dass sie ihm nicht anmerkte, wie sehr er sich über ihr Lob freute.

»Ein bisschen«, räumte sie ein. »Trotzdem ist es eine verdammt gute Frage. Vielleicht gibt es ja einen Grund, wieso O'Bannion nicht weiß, wer McCords Partner ist. Vielleicht haben die Männer getrennt voneinander agiert oder nur bestimmte Vertriebskanäle gemeinsam benutzt.«

»Kann sein. Es wäre gut, wenn wir wüssten, was man auf McCords Computer gefunden hat.«

»Die Polizei hat eine Razzia in seinem Haus durchgeführt und seinen Computer beschlagnahmt. Er war randvoll mit Fotos.« Sie sog den Atem ein. »Von Kindern.«

Schlagartig war Decker der Appetit vergangen. Er schob das Tablett weg. »Ich wusste, dass es um Kinder ging«, erklärte er, »aber ich meinte das Format. Waren es Videos oder Fotos?«

»Das weiß ich nicht genau. Eines unserer Teammitglieder, Adam Kimble, ist gerade bei der ICAC und sieht sich alle Dateien an, die als Beweismittel gesichert wurden. Das könnte eine Weile dauern.«

Stille senkte sich über den Raum, während Decker an die Zeit zurückdachte, als er noch Decker McGee gewesen war …

bevor Mama D und Griff ihn bei sich aufgenommen hatten. Bevor er gewusst hatte, wie man um das kämpfen sollte, was richtig war, sondern ihm nur bewusst gewesen war, dass das, was er kannte, eindeutig falsch war. Vollkommen falsch.

»Wo waren Sie denn gerade in Gedanken?«, fragte Kate leise.

Decker seufzte. »Ich war ein Pflegekind und auch immer wieder im Heim«, erklärte er und registrierte, wie sie stocksteif wurde und ein entsetzter Ausdruck über ihre Züge glitt. »Nein«, sagte er fest. »Das, was Sie gerade dachten, ist mir nie passiert.« Er schluckte. »Aber nur, weil ich größer war und schneller laufen konnte als die meisten Typen, die meine Mutter mit nach Hause gebracht hat.«

»Decker«, hauchte sie voller Kummer.

»Am Ende habe ich es ja geschafft«, meinte er. »Aber ich kenne Leute … Kinder … die nicht so viel Glück hatten.« Darunter auch das Mädchen, das dieselben Augen gehabt hatte wie er. »Ich muss sagen, dass ich Ihren Kollegen nicht um seine Aufgabe beneide. Diese kranke Scheiße, die einen mit jeder Stunde, die man sich den Kram ansieht, noch mehr kaputtmacht. Und das jedes Mal, wenn man hört, dass ein Mensch verkauft worden ist – ganz egal, wozu. Allein wie Ware behandelt zu werden … ein Besitz, weniger wert als jedes menschliche Lebewesen. Menschenhandel an sich ist schon schlimm genug, aber …«

»Am schlimmsten ist der Handel mit Sex-Sklaven. Das macht einen völlig fertig«, sagte sie traurig. »Wenn man nicht aufpasst – oder sich zu sehr reinhängt –, kann einen die Arbeit komplett aushöhlen, so dass man bloß als leere Hülle zurückbleibt.«

»War es so bei Ihnen?«, fragte er ernst.

»Nein. Nicht ganz. Aber ich habe auch nicht allzu lange in diesem Bereich gearbeitet. Kurz nachdem wir der Zweigstelle in Minneapolis geholfen hatten, den Kinderporno-Ring auszuheben, wurde ich zur Task Force nach Washington versetzt. Ich habe die Ermittlung in einem Doppelmord mit der sechsjährigen Tochter des Opfers als einziger Zeugin geleitet. Die Täter hatten es auf den Schmuck der Mutter abgesehen, wollten aber auch das Mädchen verschleppen und nach Minneapolis verkaufen. Die Kerle wurden geschnappt und verurteilt. Derjenige, der die kleine Lana kaufen wollte, war nicht mal einen Monat nach seiner Überstellung ins Gefängnis tot. Unter der Dusche erstochen.«

»Prima. Ein Stück Dreck weniger auf der Welt. Was ist aus dem Mädchen geworden?« Er musste es wissen, musste sicher sein, dass wenigstens *einige* der Kinder gerettet wurden. Zu seiner Erleichterung lächelte Kate.

»Lana und ihre kleine Schwester sind wieder in Russland, wo sie geboren wurden, und leben jetzt bei ihrer Tante. Sie hat mir eine Weihnachtskarte mit einem Foto der beiden Mädchen geschickt. Sie sahen glücklich aus.«

»Fotos wie dieses müssen die schlimmen ausgleichen.«

»Nur leider tun sie das nicht«, bemerkte Kate. »Zumindest nicht auf lange Sicht. Aber immerhin verhindern sie, dass wir nicht ganz so schnell innerlich verrohen, wie wir es vielleicht sonst tun würden.« Sie verfiel in Schweigen und sah ihn an, so lange, dass er verlegen wurde.

»Was ist?«, fragte er.

»Ich habe mich gerade gefragt, wen Sie wohl verloren haben.« Er zuckte zurück, doch dann kniff er die Augen zusammen. »Wie kommen Sie darauf, dass ich jemanden verloren haben könnte?«

Ein ironisches Lächeln umspielte ihre Mundwinkel. »Vielleicht haben Sie sich wegen der Narkose nicht ganz so im Griff wie sonst, denn es steht Ihnen mitten auf die Stirn geschrieben.«

Plötzlich fühlte er sich hundemüde und rieb sich das Gesicht. »Die Narkose. Daran wird es wohl liegen.«

Kate setzte sich abrupt auf, zog ihre Füße vom Bett, schlüpfte in ihre Schuhe und warf den Apfelrest in den Mülleimer. »Es tut mir leid«, sagte sie und leerte sein Tablett. »Ich hätte nicht nachbohren dürfen. Ich kann es auch nicht leiden, wenn die Leute das bei mir machen. Ruhen Sie sich aus. Ich bleibe so lange hier, wie ich kann.«

Er verspürte einen Anflug von Gewissensbissen, weil er vorhin genau das getan hatte, nämlich über sie zu recherchieren, schob den Gedanken aber beiseite. Es war wichtig gewesen. *Und du bist ein Idiot, Decker. Quid pro quo. Lass wenigstens irgendetwas raus.*

Nein, nicht nur *irgendetwas*. Er hatte sie ausspioniert, obwohl es nicht richtig gewesen war, deshalb hatte sie es verdient, dass er ihre Frage beantwortete.

Was bedeutete, dass er es sagen musste – das, was er so lange verborgen ... was ihn die letzten drei Jahre immer wieder angetrieben hatte.

Er schloss die Augen und zwang sich, den Namen auszusprechen. Das erste Mal seit zwanzig Jahren. Den Namen, den er nicht einmal Mama D oder Griff preisgegeben hatte. Und sie hatten ihn danach gefragt. *Gab es noch andere im Heim wie dich? Wir würden auch sie bei uns aufnehmen. Sie wären sicher, versprochen.* Aber Decker hatte nur den Kopf geschüttelt. Weil es niemanden gegeben hatte. Niemanden mehr.

Er schlug die Augen auf und sah, dass Kate auf ihr Handy starrte. Offenbar dachte sie, er sei eingeschlafen. »Sie hieß Shelby Lynne«, hörte er sich sagen, mit genau jenem Dialekt, den er an dem Tag begraben hatte, als ihr Sarg in die Erde hinabgelassen wurde.

Kate ließ ihr Handy sinken und sah ihm in die Augen. »Wer war sie?«

»Meine Schwester«, sagte er.

Sie öffnete den Mund, schloss ihn wieder. »Ist sie tot?«

Er nickte. »Ja. Schon seit zwanzig Jahren. Sie war elf«, antwortete er, zwar immer noch nicht mit der kultivierten Stimme, an der er jahrelang gearbeitet hatte, dennoch weit weg vom ausgeprägten Dialekt seiner Jugend.

Sie schloss die Augen. »Das tut mir sehr leid.«

Es tut mir leid, Jack. Es tut mir so leid. Vielleicht verlieh die Tatsache, dass in Kates Leben unübersehbar auch einiges schiefgelaufen war, Decker den Mut, fortzufahren. Vielleicht wollte er sich auch nur jemandem anvertrauen. Wäre er letzte Woche gestorben, hätte niemals jemand die Wahrheit über Shelby Lynne McGee erfahren. Aber jemand musste die Wahrheit kennen.

Jemand muss sich an sie erinnern. Jemand außer mir. »Sie hat es verdient«, sagte er leise.

»Wer verdient was?«

»Shelby Lynne verdient es, dass sie nicht vergessen wird.«

Kates Lächeln war süß und traurig zugleich. »Erzählen Sie mir von ihr, dann wird sie nicht vergessen.«

7. Kapitel

Kate saß völlig regungslos da, wagte kaum zu atmen, aus
Angst, Decker könnte das als Ausrede benutzen, um nicht
auszusprechen, was ihm so schwer auf der Seele lastete. Sie
sah ihn an – den Mann, der drei Jahre lang jede Gefühlsregung hinter seiner Fassade verborgen hatte und dem nun die
Trauer über einen verheerenden Verlust ins Gesicht geschrieben stand.

Schockiert hatte sie aufgehorcht, als er den Namen seiner
Schwester zum ersten Mal laut ausgesprochen hatte – nicht
etwa wegen des Namens selbst, sondern wegen seines Dia-
lekts. Des Tonfalls. Es war, als hätte sie plötzlich einen Jungen aus dem tiefsten Süden vor sich.

Beim zweiten Mal hatte seine Stimme wieder so geklungen,
wie sie sie kannte – ein ganz klein wenig rauh mit dem Hauch
eines Südstaatendialekts.

In seinen Akten hatte sich kein Hinweis auf eine Schwester
gefunden, weder tot noch lebendig. Sie wartete.

»Mein richtiger Name ist nicht Griffin Davenport«, sagte er.
Sie blinzelte nur, was ihn zu amüsieren schien. »Das überrascht Sie also nicht, Agent Coppola?«

»Eigentlich nicht. Ich habe nach jemandem gesucht, der bei
Ihnen bleiben kann, wenn ich wegmuss. Jemanden, der zu
Ihrer Familie gehört.«

»Jemanden, der nicht tot ist, so wie Agent Symmes.«

Sie nickte. »Ja. Ich habe ein bisschen recherchiert und eine
Freundin gebeten, Ihre alten Personalakten zu überprüfen,

194

ob dort jemand angegeben ist.« Sie zuckte mit den Schultern, als er die Brauen hochzog. »Na ja, ich musste ganz konkret fragen, ob jemand mit dem Nachnamen Davenport als nächster Angehöriger auftaucht. Sie hat mir dann gesagt, dass früher ein gewisser Griffin Davenport IV. aus Biloxi, Mississippi, und seine Frau Ramona angegeben gewesen seien, allerdings seien beide während Ihres ersten Einsatzes verstorben, innerhalb weniger Monate.«

Sein Adamsapfel wippte, als er schluckte. »Mein Einsatz hat zwei Jahre gedauert, und ich hatte nur einmal Heimaturlaub. Damals hat mir Mama D nicht gesagt, dass sie schwerkrank war und eigentlich das Bett hüten sollte. Sie hatte Herzprobleme, stand aber die ganze Zeit am Herd, um mir meine Lieblingsgerichte zu kochen, während ich ihr von meinem Einsatz in der Wüste und all meinen Erlebnissen dort erzählt habe. Sie wäre immer gern gereist, hat es aber nie getan. Wegen ihrer Herzschwäche musste sie ihr ganzes Leben lang einen Arzt in der Nähe haben. Und die Krankheit war auch der Grund, weshalb es nie einen Griffin Davenport V. gab. Aber all das habe ich erst erfahren, als ich neben Griff an ihrem Grab stand. Das war mein zweiter Heimaturlaub.«

»Zu ihrem Begräbnis?«

»Genau. Kurz danach ist auch Griff gestorben, aber ich konnte erst ein Jahr später Blumen auf sein Grab legen.«

»Sie haben seinen Namen angenommen. Griffin Davenport.«

Er nickte. »Ein guter Name ist wichtig. Und Griffin Davenports Name genoss überall Respekt. Was Griff sagte, galt. Auf sein Wort konnte man sich verlassen. Ich wollte nicht unter dem Namen bekannt sein, mit dem ich geboren wurde, deshalb habe ich seinen angenommen.«

»Und wusste er es?«

Decker nickte. »Ja. Er ist an meinem achtzehnten Geburtstag sogar mit mir zum Standesamt gegangen, um die Papiere auszufüllen. Er hat mich nie gefragt, warum ich es tun wollte, aber ich bin mir sicher, er hat es auch so gewusst. Und es hat ihm sehr viel bedeutet. Erst nach Mama D.s Tod ist mir klargeworden, wie sehnlich sie sich Kinder gewünscht hatten.«

»Und wie lautet Ihr ursprünglicher Name?«, fragte Kate. Augenblicklich wurde er stockteif. Sie sah ihm an, wie schwer es ihm fiel. Er schien sich fast zu schämen.

»Barron. Barron Robert McGee.«

Kate zögerte. »Aber eigentlich ist Barron doch kein so schlechter Name. Anders eben.«

Er verdrehte nur die Augen. »Es ging nicht um den Vornamen, sondern den Nachnamen. Darum, dass jeder wusste, wer mein Vater war. Duke McGee. Und, ja, er hieß tatsächlich so. Sein Bruder hieß Earl. Meine Mutter hat mir mal erzählt, sie hätte mich eigentlich Prince nennen wollten, aber mein Vater hätte nicht gewollt, dass sein Sohn in der adligen Hierarchie weiter oben steht.«

Kate öffnete den Mund und schloss ihn wieder. »Ehrlich gesagt, weiß ich nicht, was ich dazu sagen soll.«

Er lachte und schüttelte den Kopf. »Da sind wir schon zwei.« Seine Miene wurde ernst. »Ich weiß nicht, wie Ihr Elternhaus war, aber bei Duke und Lizzie McGee aufzuwachsen, war jedenfalls kein Zuckerschlecken. Duke hatte ständig Ärger am Hals. Er hat den falschen Leuten Geld geschuldet, sich pausenlos mit allen angelegt und den wenigen Lohn, den er bekommen hat, immer gleich versoffen. Am Ende hat ihm sein Gegner bei einer Prügelei mit einer Whiskeyflasche den Schädel eingeschlagen. Im Gegensatz zum Film gehen sie im echten Leben nicht kaputt.«

Er bemühte sich um einen beiläufigen Tonfall, doch ihr entging der angespannte Zug um seinen Mund nicht. »Das tun sie nicht«, bestätigte sie leise. »Wie alt waren Sie damals?«

»Zehn. Shelby Lynne war sieben. Aber auch schon bevor

Duke gestorben ist, herrschte ziemliches Chaos bei uns. Die Fürsorge hat mich mitgenommen, weil er gewalttätig war – einmal vor Shelbys Geburt und zweimal danach. Einmal kamen wir zusammen zu Pflegeeltern, ein anderes Mal getrennt, aber beide Male hat meine Mutter es geschafft, uns zurückzuholen. Dann ist er gestorben, und sie hat komplett den Boden unter den Füßen verloren. Sie hatten immer zusammen gekokst und gekifft, aber nachdem er tot war, gab es für sie kein Halten mehr.«

»Manchmal passiert das, wenn Menschen trauern«, sagte sie leise und dachte an Jack.

Er warf ihr einen eigentümlichen Blick zu. »Nein, das war nicht der Grund. Sie war außer sich vor Begeisterung, weil sie wieder Single war. Sie war frei, hat immer mehr Drogen genommen, und irgendwann ist sie sogar auf den Strich gegangen. Sie hat Männer mit nach Hause gebracht und … na ja, einige standen eben auch auf Kinder. Ich war damals groß genug, um auf mich selbst aufzupassen, bin aber wegen Shelby Lynne geblieben.«

»Sie mussten sich um sie kümmern.«

Wieder nickte er. »Ich habe sie mitgenommen und mich mit ihr unter einer Plane verkrochen. Wenn die Luft wieder rein war, sind wir nach Hause gegangen, und ich habe ihr geholfen, sich für die Schule fertigzumachen. So ging das lange. Monate. Lizzie wurde stinkwütend. Wenn wir mitgespielt haben, hat sie mehr Geld kassiert.«

Kate sog scharf den Atem ein und verkniff sich eine Gemeinheit.

»Um es kurz zu machen: Eines Tages hat sie mir etwas ins Essen getan, und als ich wieder zu mir kam, war ich an den Küchenstuhl gefesselt.« Er schloss die Augen. »Shelby Lynne war sehr zart für ihr Alter. Sie hatte sehr brüchige Knochen. Mangelernährung.«

Kate erschauderte, während ihr heiße zornige Tränen in die Augen stiegen. *O Gott, Decker.* »Mehr brauchen Sie mir nicht zu erzählen.« *Bitte nicht noch mehr.*

Er fuhr sich über die Lippen. Schluckte. »Doch«, flüsterte er. »Weil ich diesen Fall mit Ihnen gemeinsam lösen muss. Ich muss McCords Partner finden, sobald ich wieder laufen kann. Die Personalabteilung will mich für eine ganze Weile krankschreiben, aber da spiele ich nicht mit. Und ich will, dass Sie verstehen, warum. Und eine Möglichkeit finden, dass ich zum Team gehöre.«

Verdammt. Sie verstand ihn. So gut. Und ihr war auch bewusst, dass sich unter der knallharten Fassade und den Muskeln eine zerbrechliche Seele verbarg. Er brauchte Ruhe, doch tief in ihrem Herzen wusste sie, dass sie an seiner Stelle ganz genauso handeln würde. *Verdammt, Decker, wieso musst du so ein gottverdammter Held sein?*

Aus demselben Grund, weshalb ich eine Heldin sein muss. Sie seufzte. *Scheiße.*

»Ich höre«, sagte sie leise. *Versprechen kann ich nichts, aber ich höre dir zu.*

Er holte tief Luft und schlug die Augen auf, sah sie an. Sie hätte gedacht, dass sie Kummer, Verzweiflung und ohnmächtige Wut darin lesen würde, doch stattdessen war sein Blick völlig ausdruckslos. Nicht einmal der Hauch einer Gefühlsregung flackerte in seinen blauen Augen. Seine Miene war wie versteinert.

»Nachdem ich aufgewacht war, konnte ich alles hören. Shelby hat geschrien. Ich glaube, ihre Schreie haben mich geweckt. Ich habe den Stuhl zertrümmert, um mich zu befreien. Lizzie lag bewusstlos im Bett, die Nadel noch im Arm. Shelby war völlig hysterisch. Sie hat geblutet. Überall. Der Typ hat sich seine Sachen geschnappt und ist abgehauen, während ich den Notruf alarmiert habe. Die Cops haben sich nur einmal umgesehen und wussten sofort, was Sache war.«

Wieder überlief Kate ein Schauder. »Aber sie haben doch nicht Sie verdächtigt, oder? Bitte nicht.«

»Nein«, antwortete er, noch immer mit beängstigender Selbstbeherrschung. »Die wussten, dass ich sie vom Haus ferngehalten habe. Und auch, warum. Sie hatten die Zeltplane gesehen. Wir lebten in einer Kleinstadt, das darf man nicht vergessen. Alle wussten Bescheid. Aber jeder dachte, es ginge ihn nichts an.«

Am liebsten hätte sie das Kaff auf der Stelle in Schutt und Asche gelegt, genauso wie jede andere Kleinstadt, in der die Leute einfach die Augen schlossen und wegsahen. Sie verspürte den Drang, etwas zu tun, damit sich ihre Wut entladen konnte. Aber Decker bewahrte die Fassung, also tat sie es ebenfalls. »Was ist mit Shelby Lynne passiert?«

»Ich habe drei Tage lang an ihrem Krankenhausbett gesessen. Wenn sie bei Bewusstsein war, hat sie auf nichts reagiert, aber die meiste Zeit war sie sowieso nicht bei sich … was eine echte Gnade war.« Seine Brust hob sich. Senkte sich wieder. »Sie ist gestorben.«

Sie ist gestorben. Wie konnte jemand so viel Schmerz in diese drei Worte legen? »Und Lizzie?«

»Sie ist noch in der Nacht gestorben, als es passiert ist. Überdosis.«

»Und der Typ? Hat die Polizei ihn geschnappt?«

»Nein«, sagte er nur.

»War er fremd in der Stadt?«, hakte sie sanft nach, weil sie bereits ahnte, dass mehr hinter diesem *Nein* steckte.

»Nein. Er war ziemlich bekannt.«

»Lebt er noch?«, fragte sie betont beiläufig.

Er sah sie an. »Nein.«

Sie nickte und kniff die Augen zusammen, um keine Missverständnisse aufkommen zu lassen. »Gut. Ich hoffe, es war ein sehr schmerzhafter Tod.«

Sein Mundwinkel hob sich. »Die Polizisten meinten, es sei so gewesen. Zumindest stand es in der Zeitung. Er ist in der Nacht verschwunden, als Shelby Lynne gestorben ist. Muss wohl betrunken in den Fluss gefallen sein. Da schwimmt ja eine Menge Zeug im Flussbett herum, deshalb sah seine Leiche reichlich ramponiert aus, als sie vor Natchez angespült wurde.«

»Und Barron Robert McGee? Wohin ist er verschwunden?« Wieder zuckte ein Muskel in seiner Wange. »Er kam ins Heim, weil er erst vierzehn war und laut Jugendamt noch nicht auf sich selbst aufpassen konnte.«

»Obwohl er jahrelang genau das getan hat ... auf sich und auf seine kleine Schwester.«

Er zuckte achtlos die Achseln. »Die beiden ersten Heime waren eigentlich ganz okay. Sie wurden von netten Leuten geführt, aber Barron hat Streit gesucht. Was perfekt funktioniert hat, weil die Arschlöcher in seiner Schule nur darauf gewartet haben, ihm eins aufs Maul zu geben. Im dritten Heim war es dann nicht mehr so toll. Der Heimleiter stand auf blonde Jungs. Deshalb bin ich abgehauen. Ich bin den ganzen Weg nach New Orleans getrampt, auf einem Laster. Der Typ war zum Glück nett. Der Nächste hatte auch was für Blonde übrig, deshalb habe ich nein gesagt und bin den ganzen Weg gelaufen, bis ich so müde und hungrig war, dass ich dachte, ich werde gleich ohnmächtig. Und mir war fürchterlich kalt. Ich kann mich nicht erinnern, dass ich jemals so gefroren habe. Es war Januar, und selbst so tief im Süden kann es da gerade mal drei, vier Grad haben. Ich hatte keine Jacke, deshalb habe ich mich zum Schlafen in einer Scheune verkrochen. Und als ich aufgewacht bin, hatte ich eine Schrotflinte vor der Nase.«

Diesmal hoben sich beide Mundwinkel.

»Das war gut?«

»Sogar sehr gut. Mama D konnte ›Rumtreiber, Faulenzer und Tagediebe‹ auf den Tod nicht ausstehen, aber für hungrige Jungs mit schmutzigem Gesicht hatte sie eine Schwäche. Sie brachte mich in ihre Küche – ich mit erhobenen Händen und der Flinte im Rücken, das volle Programm. Als Sie mit Ihrem Gewehr von diesem Baum gesprungen sind, musste ich sofort an Mama D denken. Eigentlich musste ich ja grinsen, aber Sie waren bewaffnet, deshalb wollte ich Sie nicht unnötig reizen. Genauso wenig wie Mama D.«

»Sie hat Sie gut behandelt?«

»O ja. Sie und Griffin. Der Tag, als ich in dem Heuballen aufgewacht bin, war der beste Tag meines ganzen Lebens.« Er wandte den Blick ab. »Ich habe noch nie jemandem von Shelby und dieser Nacht erzählt. Irgendwann bekam ich die Gelegenheit, als verdeckter Ermittler zu arbeiten, und ich habe mir vorgenommen, möglichst viele Drogendealer aus dem Verkehr zu ziehen und dadurch vielleicht die Anzahl der Lizzies zu reduzieren, die für einen Schuss ihre Kinder verkaufen. Als ich das mit dem Menschenhandel herausgefunden habe … war das meine Chance, in Shelbys Namen etwas wiedergutzumachen.«

»Aber Sie haben doch nichts falsch gemacht.«

Er schüttelte den Kopf, zögerte, holte noch einmal tief Luft. »Sie haben mich vorhin nicht gefragt, ob ich der Polizei eine Beschreibung des Mannes gegeben habe, der meine kleine Schwester vergewaltigt hat.«

Nein, das hatte sie nicht getan. Weil sie den Mut nicht aufgebracht hatte. »Ich dachte, es hatte bestimmt seine Gründe, weshalb Sie es nicht getan haben.«

»Sie haben eine hohe Meinung von mir. Vielleicht eine zu hohe.«

»Das glaube ich nicht. War er Polizist?«

Ihre Frage schien ihn zu verblüffen. »Nein, aber er war sehr angesehen in der Stadt, und ich war ja bloß der Sohn von Duke und Lizzie McGee … Junkie-Abschaum.« Er wollte noch etwas sagen, tat es dann aber nicht.

O Gott. Das ist noch nicht alles. Kate wappnete sich innerlich. »Sprechen Sie weiter.«

Decker sah ihr in die Augen. Erschüttert registrierte Kate, dass seine versteinerte Ausdruckslosigkeit einem tiefen Schmerz gewichen war.

»Er hat Fotos gemacht«, krächzte er. »Von meiner Schwester. Und hat sie ins Internet gestellt. Damals war das Internet noch ganz neu, aber die Kinderporno-Liebhaber hatten es schon für sich entdeckt. Und wenn solche Fotos einmal im Netz sind, bleiben sie es auch. Man kann sie zwar löschen, aber trotzdem sind sie auf Festplatten gespeichert wie auf der von McCord, wo irgendwelche perversen Schweine sich jederzeit daran aufgeilen können. Einige Kids aus den Pflegeheimen, in denen ich war … hatten sie gesehen und sie wiedererkannt. Sie haben sich lustig gemacht.«

Wieder hatte Kate Mühe, ihre Wut zu zügeln. »Haben Sie sich gewehrt?«

»Ich habe ihnen die Seele aus dem Leib geprügelt.«

Ihre Wut war so groß, dass es ihr körperliche Schmerzen bereitete. »Sehr gut. Trotzdem sind sie immer noch im Netz. Sie wissen es … und sicher macht es genau das so schlimm, nicht wahr? Es tut bestimmt sehr weh, Decker.«

»Nur wenn ich dran denke.«

»Also die ganze Zeit«, sagte sie leise.

»So ziemlich. Diese Fotos kursieren, und alle sagen, es sei ein Verbrechen, bei dem es keine Opfer gibt. Erklären Sie das mal den Kindern auf den Fotos«, erklärte er bitter. »Es in den Griff kriegen zu wollen, ist so, als würde man versuchen, Gas mit Händen zu fassen zu bekommen. Der Handel mit diesen

Fotos breitet sich aus wie ein Krebsgeschwür, und jeder Perverse in jeder noch so finsteren Ecke des Planeten kann sie sich ansehen. Und man kann nichts dagegen tun, außer die Schweine zu schnappen, die die Fotos überhaupt erst schießen, einen nach dem anderen.«

Seine Wangen waren tränenfeucht, doch Kate war nicht sicher, ob er überhaupt merkte, dass er weinte. Sie stand auf, holte ein feuchtes Handtuch aus dem Badezimmer und betupfte behutsam sein Gesicht.

Seine Schultern sanken herunter, und er schmiegte das Gesicht in ihre Handfläche. »Jetzt verstehen Sie.«

»Ja.« Sie strich ihm das Haar aus dem Gesicht. »Sie sind müde, Decker«, sagte sie. »Sie müssen schlafen. Wenn Sie wieder aufwachen, ist Dani Novak hier und kümmert sich um Sie. Ich werde dann vielleicht bei der Arbeit sein, aber ich komme bald wieder, versprochen.«

»Dann können wir die Bücher durchgehen«, flüsterte er erschöpft.

»Das werden wir.«

Sie hängte das feuchte Handtuch ans Bettgestell und nahm seine Hand. Mit der anderen streichelte sie seine Wangen, bis seine Atemzüge tief und gleichmäßig wurden.

In diesem Moment ging die Tür hinter ihr auf. »Kate«, flüsterte jemand.

Sie drehte sich um und sah Dani Novak hinter sich stehen.

»Er schläft«, sagte Kate leise.

»Das sehe ich.« Auf Danis Zügen lag ein weicher Ausdruck. »Sind Sie dabei, wenn wir ihn verlegen?«

»Ja. Deacon und Adam haben schon eine Unterbringung für ihn gefunden, und ich habe mich mit seinem behandelnden Arzt abgestimmt. In einer Stunde sind wir so weit.«

»So schnell?«, fragte Kate überrascht. »Ich dachte, die Krankenhausverwaltung legt uns ein paar Steine in den Weg.«

»Haben sie auch. Zumindest haben sie es versucht, aber Ihr Chef hat nicht mitgespielt. Einer seiner Agents ist beinahe in diesem Krankenhaus umgekommen. Zimmerman hat ihnen deswegen mächtig die Hölle heißgemacht. Einer der Abteilungsleiter meinte, das FBI hätte jemanden zu seinem Schutz abstellen sollen. Da ist Zimmerman ausgeflippt. Niemand hätte ahnen können, was die Schwester heute Morgen vorhatte, und auch jetzt könne keiner garantieren, dass es nicht noch einmal vorkomme. Also haben sie den Schwanz eingezogen.« Sie sah Decker an. »Ich bleibe bei ihm, bis alles vorbereitet ist.«

Kates Handy summte – Deacon hatte eine Nachricht geschickt, sie solle in die Pathologie kommen. Wie es aussah, hatte die Rechtsmedizinerin Neuigkeiten für sie. »Eine Stunde sollte genügen, um zu sehen, was die Rechtsmedizinerin uns über Alice sagen kann«, sagte Kate und nahm ihre Sachen. »Danke, Dani. Wir sind Ihnen wirklich sehr dankbar.«

Danis zweifarbige Augen funkelten verschmitzt. »Einige vielleicht mehr als andere.«

Kate öffnete den Mund, um abzuwiegeln, doch die Worte wollten ihr nicht über die Lippen kommen. Außerdem wäre es ohnehin eine Lüge gewesen. Also schwang sie ihre Laptoptasche und ihren Wollbeutel über die Schulter. »Bis später«, sagte sie nur.

Cincinnati, Ohio
Donnerstag, 13. August, 14.45 Uhr

Er musste lachen, als er die Schwester heranfahren sah. Er war absichtlich früher gekommen, um sicherzugehen, dass sie allein war. Im Gegensatz zu Roy wollte er nicht, dass sie ihn sah, deshalb hatte er seinen Wagen außer Sichtweite abgestellt.

Sofern sie nicht gerade jemanden im Kofferraum versteckt hatte, schien sie tatsächlich allein zu sein, aber sie hatte sich unübersehbar für einen Kampf gerüstet: Sie trug einen schwarzen Polizeihelm und eine kugelsichere Weste mit SWAT-Aufdruck auf dem Rücken. Er hatte keine Ahnung, wo sie das Ding herhatte, jedenfalls war es uralt. Aber zumindest war sie nicht komplett verblödet, was die bevorstehende Aufgabe einen Hauch spannender für ihn machte.

Er ertappte sich dabei, dass er lächelte. Eine echte Herausforderung hatte er schon lange nicht mehr gehabt.

Er zog das Gewehr unter seinem Sitz hervor und stieg aus. Eileen sah sich um, als erwartete sie, dass er hinter einem Baum hervortrat. Ziemlich unwahrscheinlich. Stattdessen würde er sich ihr ganz leise nähern und so dicht herankommen, dass sie nichts mehr würde tun können.

Er steckte seine Pistole ins Holster und schulterte das Gewehr. Wenn sie sich bückte, um Roy die Ampullen aus der Hand zu nehmen, würde sie ihre Konzentration einen Moment lang nicht mehr auf ihre Umgebung richten können. Dann würde er den ersten Schuss abgeben.

Er wartete, bis sie an Roys Wagen getreten war und vorsichtig durch das offene Fenster griff. Obwohl sie Latexhandschuhe trug, achtete sie darauf, außer Roys Hemd nichts zu berühren. Sehr clever.

Er zielte auf ihren nackten Arm und drückte ab.

Ihr Schrei hallte in seinen Ohren wider, als sie herumfuhr, den Arm fest an ihre Seite gepresst. Als Nächstes fixierte er die kleine Kuhle ihrer Kehle und drückte erneut ab. Wieder wurde sie von der Wucht des Aufpralls herumgerissen.

Na also! Blut spritzte aus ihrer Kehle, und ihr Blick irrte eine Sekunde lang wild umher, ehe er erlosch.

Mit einem leisen Seufzer ließ er das Gewehr sinken. Auf der Schwierigkeitsskala von eins bis zehn war das allenfalls eine Sechs gewesen, in erster Linie, weil sie so einen mageren Hals hatte, und sie genau in dem Moment zu treffen, wenn sie sich wieder umdrehte, war kein Kinderspiel gewesen. Trotzdem. Zwei Schüsse – *plopp, plopp,* und das war's gewesen.

Er hob die Hülsen auf, ging zum Wagen, zog die beiden Dilaudid-Ampullen aus Roys Hemdtasche und schob sie in die Westentasche der toten Schwester, dann zog er ihr Handy heraus, streifte ihr den Handschuh ab und drückte ihren Zeigefinger auf das Feld.

Presto. Er überprüfte, ob sie seit ihrem Gespräch niemanden mehr kontaktiert hatte, was der Fall war. Gut. Er machte das Handy aus, nahm die SIM-Karte heraus und trug alles zu seinem Wagen, wo er das Handy auf Werkseinstellung zurückstellte und die Fingerabdrücke abwischte, ehe er sich auf den Weg machte. Auf dem Weg in den Park war er an einer verlassenen Baustelle vorbeigekommen, wo er nun kurz stehen blieb, ausstieg und Eileens Handy in das Dixi-Klo warf.

Die SIM-Karte behielt er, um sie später in der Stadt in den Rinnstein zu werfen, so wie er auch mit der SIM-Karte von Sidney Siler verfahren war. Er sah auf die Uhr. Er war spät dran.

Wenn er sich beeilte, würde er es gerade noch zu seinen Nachmittagsterminen schaffen. Und danach würde der kleine Rawlings mit seinen Kumpels an ihrem Lieblingstreffpunkt, einem Basketballfeld hinter dem Drugstore, abhängen.

Die Kids von heute haben viel zu viel Freizeit, dachte er und lachte auf, als ihm klarwurde, dass es genau dieselben Worte waren, die auch sein alter Herr benutzt hätte.

Prügel hatten sie nie von seinem alten Herrn bezogen. Er hatte sie versorgt und ihnen ein Dach über dem Kopf gegeben, hatte nichts mit Drogen oder anderen Frauen am Hut gehabt.

Er war Akademiker gewesen. Einer, der seinen Kopf benutzte und nicht die Fäuste. Wieso ins Schwitzen kommen, wenn man das Selbstvertrauen eines Kindes auch mit einem einzigen Wort in Grund und Boden stampfen konnte? Oder sogar einer Geste. Er war ein Arschloch allererster Güte gewesen, ein habsüchtiger Dreckskerl, der finanzielle – und emotionale – Zuwendung einzig und allein nach seinen eigenen Maßstäben verteilte. *Die nie mit meinen eigenen übereingestimmt haben.* Gleichzeitig hatte ihn das beschissene Verhalten seines Vaters veranlasst, sich kreative Gedanken darüber zu machen, wie er an Geld kommen könnte. Und *voilà* – ein Drogenimperium war entstanden.

Er wünschte nur, sein Vater könnte ihn jetzt sehen. Die Videos? Der Alte würde ausflippen. Was das Ganze nur noch lustiger machen würde.

Sein knurrender Magen erinnerte ihn daran, dass er noch nichts zu Mittag gegessen hatte. Er wählte die Kurzwahlnummer seiner Schwester. »Ich bin's, Nell.«

»Ich wollte dich gerade anrufen. Dein Termin für 15.30 Uhr ist hier. Gina Fuentes.«

»Sie ist zu früh dran«, brummte er genervt.

Nell seufzte. »Und du bist zu spät dran.«

»Nur ein bisschen. Ich wollte dich fragen, ob du ein Sandwich für mich bestellen könntest.«

»Klar.« Ihr war immer daran gelegen, dass er auch genug zu essen bekam. »Truthahnbrust und Schweizer Käse auf Roggenbrot?«

»Und einen Reibekuchen dazu.«

»Remy, dieser Fraß bringt dich noch um. Das ist pures Fett.«

Sie war die Einzige, die ihn Remy nennen durfte. Jeder andere würde es bitter bereuen. Aber Nell war seine Ersatzmutter geworden, nachdem ihre richtige Mutter ein Fläschchen voll Tabletten geschluckt hatte und gestorben war – die weit bessere Alternative als ein Leben mit ihrem Vater. Er beschloss, seinen Kleiner-Bruder-Charme spielenzulassen. »Bitte, bitte, bitte. Reibekuchen sind soo lecker. Und kannst du meinen Termin noch ein bisschen hinhalten?«

»Ich versuche es, aber sie hat um vier ein Vorstellungsgespräch auf dem Campus und muss um Viertel vor vier weg. Deshalb ist sie ein bisschen früher gekommen.«

»Das sollte ich schaffen. Kommt darauf an, was sie braucht.«

»MMR und MCV4. Sie ist ein Erstsemester.«

Er trat aufs Gas, sorgsam darauf bedacht, die Geschwindigkeitsbegrenzung nicht zu überschreiten … nicht mit einem frisch abgefeuerten Gewehr unter dem Sitz und einer nicht registrierten Pistole in der Tasche.

»Das sollte kein Problem sein. Und wenn ich es tatsächlich nicht schaffe, kannst du es doch erledigen.« Seine Schwester übernahm den Großteil der Arbeit – eine Lösung, mit der sie beide zufrieden waren.

»Das habe ich ihr auch schon angeboten«, erklärte Nell knapp, »aber Miss Fuentes möchte nicht von einer Assistentin behandelt werden, sondern besteht auf einen Arzt.«

Er nahm den Fuß vom Gas und drosselte das Tempo auf zehn Meilen unter der Höchstgeschwindigkeit. Miss Fuentes hatte seine Schwester beleidigt, und das würde er ihr keinesfalls durchgehen lassen. »Wenn das so ist, wird sie wohl oder übel warten müssen.«

Cincinnati, Ohio
Donnerstag, 13. August, 15.00 Uhr

Meredith pustete sich eine Haarsträhne aus der Stirn. Sie war völlig verschwitzt und hatte schlechte Laune wegen der Hitze – und noch dazu war alles völlig umsonst gewesen. »Die werden nicht mit uns reden, oder?«

Wendi Cullen zog ein Päckchen Feuchttücher aus der Tasche und bot Meredith eines an, ehe sie sich den Schweiß abwischte. »Nein.«

Sie standen an einer Straßenecke, wo die Prostituierten nach Sonnenuntergang ihrer Tätigkeit nachgehen würden. Mitten am Tag herrschte reges Treiben ... Leute gingen an ihnen vorbei, jeder mit seinen eigenen Angelegenheiten beschäftigt, aber keiner sah sie an oder schien ein paar Worte mit ihnen wechseln zu wollen, sondern machte eher einen großen Bogen um sie.

So lief es praktisch schon den ganzen Tag – seit sich herumgesprochen hatte, dass sie nach Leuten suchten, die ihnen Informationen über einen ... nun ja, Pornokönig liefern könnten.

Mit jeder Stunde, die verging, wuchs Merediths Respekt vor dem, was ihre Freundin hier leistete. Sie selbst empfing ihre Patienten in ihrer Praxis, auf Empfehlung der Polizei, des Jugendamts oder anderer zufriedener Patienten. Wendi dagegen drehte hier mehrmals pro Woche ihre Runden, üblicherweise spätabends, und versuchte, auf die Frauen zuzugehen und ihnen ihre Hilfe anzubieten.

»Aber du hast es ja gleich gesagt.« Meredith seufzte.

Wendi drückte ihren Arm. »Aber ich habe auch gesagt, dass wir es eben versuchen müssen. Es ist ja nichts passiert, Meredith. Es wird sich herumsprechen, was wir brauchen, und vielleicht kommt in den nächsten Tagen ja sogar etwas heraus. So etwas kann man nicht übers Knie brechen.«

»Das ist mir klar, aber die Zeit drängt. Nun, du hast wahrscheinlich recht. Lass uns für heute Schluss machen. Wir haben alle Visitenkarten verteilt, und Wasser haben wir auch keins mehr.« Hoffnungsvoll beäugte sie Wendis Riesentasche. »Es sei denn, du hast noch ein, zwei Flaschen da drin versteckt.«

»Leider nein.« Wendi grinste. »Los, gehen wir zu meinem Wagen, dann fahre ich dich zu deinem.« Wendi hatte Merediths Vorschlag, ihr hübsches Cabrio in dieser Gegend abzustellen, mit schallendem Gelächter quittiert. »Ich rufe dich an, sobald ich etwas erfahre.«

»Okay. Danke, Wendi«, sagte Meredith, während sie sich auf den Weg zu Wendis altem Dodge machten. »Ich weiß ja, dass du eigentlich andere Pläne für heute hattest.«

»Das stimmt, aber die laufen mir nicht weg. Das hier war wichtig. Man kann noch so sehr versuchen, diese Frauen von der Straße wegzuholen, aber es ist wie bei dieser Schlange. Wenn du einen Kopf abschlägst, wachsen zwei weitere nach. Solange wir diese Dreckskerle nicht daran hindern, die Pornos zu drehen und Profit aus der Prostitution zu schlagen, wird es immer Frauen und Männer geben, die ihren Platz einnehmen.«

»Und Kinder«, fügte Meredith bedrückt hinzu.

»Und Kinder«, wiederholte Wendi.

Schweigend gingen sie ein Stück die Straße entlang. »Hydra. Das habe ich eben gemeint.«

»Stimmt. Manchmal wünschte ich, ich wäre aufs College gegangen«, sagte Wendi leichthin.

Meredith lachte. »Aber das bist du doch.«

Wendis Lächeln verblasste. »Das kann man so nicht sagen. Ich habe zwar die Kurse belegt, die nötig waren, um das Heim zu eröffnen, aber eigentlich habe ich etwas ganz anderes machen wollen. Davor.«

Merediths Miene wurde ernst. Wendi war mit vierzehn Jahren entführt und vergewaltigt worden, und die Täter hatten den Missbrauch gefilmt und anschließend ins Netz gestellt. Danach war ihr Leben nie wieder dasselbe gewesen. »Was wolltest du denn davor studieren?«

»Englisch. Das mochte ich immer am liebsten. Die Geschichten. Mit Grammatik hatte ich weniger am Hut, aber die Geschichten …« Sie zuckte mit den Schultern. »Die vielen Romane, die ich gelesen hatte, haben mir über die schlimmen Jahre hinweggeholfen. Ich habe das, was passiert ist, wie einen Film ablaufen lassen. Auf diese Weise war ich während des Missbrauchs eigentlich gar nicht dabei, sondern es war, als würde es jemand anderem passieren. Als ich das alles endlich hinter mir hatte, war an ein Studium nicht zu denken. Ich musste ja Geld verdienen. Dann habe ich das Heim eröffnet, und mir blieb keine Zeit mehr dafür.«

»Sie haben dir deine Träume gestohlen«, bemerkte Meredith traurig.

»Ja. Ja, das haben sie. Aber darüber will keiner reden. Natürlich wurden die Opfer missbraucht, und natürlich gibt es Therapiemöglichkeiten für diejenigen, denen der Ausstieg gelungen ist.«

»Oder die jemanden wie dich haben, der ihnen einen Rettungsring zuwirft und ihnen heraushilft.«

Wendi lächelte. »Oder das. Aber was einem einmal genommen wurde, lässt sich nicht ersetzen. Die verlorenen Jahre. Der Verlust der Unschuld. Der Verlust des Selbstwertgefühls. Und der Verlust der Träume.«

Meredith musste gegen die Tränen ankämpfen. »Wir müssen eine neue Unterkunft für dich und die Mädchen finden. Dein Programm darf auf keinen Fall sterben, Wendi. Lieber überlass ich dir mein eigenes Haus.«

Wendi tätschelte Merediths Arm. »Das hast du schon mal

angeboten, und ich habe es dir auch schon mal gesagt: Danke, aber dein Haus ist einfach zu klein. Als Übergangslösung könnte es vielleicht funktionieren, aber die Mädchen brauchen Stabilität. Sie müssen die Gewissheit haben, dass sie abends irgendwo einschlafen können, wo sie sicher sind. Ich kann nicht von einem Ort zum anderen mit ihnen ziehen und auf dem Fußboden campieren, weil es nicht genug Betten gibt.«

Inzwischen standen sie vor Wendis Wagen und stiegen ein. »Was ist mit Faith?«, fragte Wendi. »Ich wollte heute Morgen kein großes Aufhebens machen, als sie meinte, sie hätte da vielleicht eine Idee, aber wenn ich ehrlich sein soll, kann ich an fast nichts anderes mehr denken.«

»Wenn sie so was sagt, ist die Sache praktisch schon unter Dach und Fach. Faith würde niemals leere Versprechungen machen«, sagte Meredith. »Ich glaube auch, ich weiß, welches Haus sie meint. Falls es so ist, wirst du ein paar Entscheidungen treffen müssen.«

Wendi ließ den Motor an und seufzte vor Wonne, als die kalte Luft aus dem Lüftungsschlitzen blies. »Was für Entscheidungen?«

»Du weißt, dass Faith hergekommen ist, weil sie auf der Flucht vor einem Stalker in Miami war, oder?«

»Ja. Aber der Kerl wurde geschnappt.« Wendi erschauderte. »Und in diesem gruseligen Haus wurden mehrere Leichen ...« Sie riss die Augen auf. »*Das* ist das Haus?«

»Vermutlich.«

»Aber ... aber ... dort sind Menschen gestorben, Meredith. Frauen. Opfer.«

»Das weiß ich.« Viele Frauen. Unschuldige Frauen. Tot, weil sie ins Profil eines Serienkillers gepasst hatten. »Aber es ist sehr groß, Wendi, solide gebaut und schön ruhig, mit einem riesigen Grundstück drum herum. Um die acht Hektar.«

»Das ist eine ganze Menge. Groß genug, um Tiere zu halten und einen Garten anzulegen.«

Meredith nickte. Wenigstens schien Wendi den einen oder anderen Vorteil zu erkennen. »Eigentlich war es noch größer, aber Faith musste einen Teil des Grundstücks verkaufen, um die Erbschaftssteuer zu bezahlen. Offensichtlich hat sie genug dafür bekommen, um die Grundsteuer und den Erhalt des Hauses für die nächsten zehn Jahre zu bezahlen, und denkt darüber nach, was sie damit anstellen könnte.«

»Und jetzt überlegt sie, ob ich mit den Mädchen dort einziehen soll? Die alle Opfer von Sexualstraftätern geworden sind? Ernsthaft?«

Meredith sah ihr in die Augen. »Ja, ernsthaft, Wendi. Und wenn du es dir genau überlegst – kann man der vielen Opfer angemessener gedenken, als einer neuen Generation junger Frauen genau dort ein Zuhause zu geben, wo andere ihr Leben lassen mussten?«

Wendi blieb der Mund offen stehen. Mit einem verschmitzten Blick legte Meredith ihr den Finger unters Kinn und klappte ihn wieder zu. »Sonst fliegen doch die Mücken rein«, bemerkte sie grinsend.

Wendi starrte sie völlig perplex an. »Sie … sie würde es uns zur Verfügung stellen? Einfach so?«

»Oder es an eine Stiftung vermieten«, antwortete Meredith. »Das war ihre Überlegung. Sie will ein Haus, in dem sich all die Jahre so grauenvolle Dinge abgespielt haben, nicht einfach leer und ungenutzt stehen- und verrotten lassen, sondern dass Überlebende dort ein Zuhause finden.«

Wendi holte tief Luft. »Du lieber Gott, Meredith. Ich habe keine Ahnung, was ich dazu sagen soll.«

»Nun ja, noch hat sie es dir ja nicht offiziell angeboten. Und vielleicht kommt es auch gar nicht dazu. Aber ich kenne Faith jetzt seit einem Dreivierteljahr, deshalb scheint es mir die wahrscheinlichste Lösung. Sie ist ein guter Mensch, Wendi. Wenn sie es dir anbieten sollte und du nein sagst, tu es bitte behutsam, so dass sie nicht verletzt wird.«

»Das werde ich nicht ... auf keinen Fall.« Noch immer sichtlich verblüfft, fuhr Wendi los. »Ich fahre dich zu deinem Wagen, dann kannst du noch schnell nach Hause fahren und dich frisch machen, bevor Kendra zur Therapie kommt.«

Meredith schwieg. Obwohl Kendra und Wendi Schwestern waren, fiel jegliche Kommunikation zwischen Meredith und Kendra unter die Schweigepflicht. Vertraulichkeit war auch hier oberstes Gebot.

»Keine Angst, ich versuche gar nicht, irgendetwas aus dir herauszuquetschen, sondern habe sie gleich zu dir geschickt, damit du ihr hilfst.« Sie grinste, ehe sie wieder ernst wurde. »In letzter Zeit geht es ihr gar nicht gut. Sie macht sich völlig verrückt wegen ihrer Ängste, und das wiederum macht mich vor Angst halb wahnsinnig.«

»Du weißt also, wieso sie mit mir reden will?«

»Ja.« Wendi sah sie an. »Aber für mich steht Vertraulichkeit auch an oberster Stelle.«

Meredith musste lachen. »Touché. Aber natürlich weiß ich das. Sonst hätte ich wohl kaum so großen Respekt vor dir. Apropos Respekt – ich muss dringend SAC Zimmerman anrufen und ihm sagen, dass ich noch lebe und er seinen Wachhund zurückpfeifen soll.« Zimmerman hatte ihr einen Aufpasser zur Seite gestellt, einen bulligen, zornig dreinblickenden Kerl namens Agent Colby, der aussah, als würde er eine Schachtel Reißnägel frühstücken.

Mit ihm im Schlepptau war es Wendi und ihr anfänglich nicht einmal gelungen, ihre Visitenkarten zu verteilen, deshalb hatte sie Zimmerman erklärt, er solle Colby abziehen. Danach war Agent Colby ihnen im Abstand von einem halben Häuserblock gefolgt, sowohl zu Zimmermans als auch seinem eigenen Frust. Deshalb hatte Meredith versprochen, beide Männer jede halbe Stunde anzurufen, um sie wissen zu lassen, dass sie noch lebte.

»Ach, ich finde Agent Brummbär eigentlich ganz niedlich. Da ist er übrigens.« Sie winkte dem Agent zu, der ihr signalisierte, hinter seinem Wagen stehen zu bleiben. Sie hielt an und kurbelte das Fenster so weit wie möglich herunter – gerade einmal zehn Zentimeter.

»Wir sind fertig, Agent Colby«, sagte Meredith. »Wendi fährt mich zu meinem Wagen zurück.«

Er beugte sich herunter und spähte durch den Schlitz. *Süß* war so ziemlich das letzte Attribut, das zu ihm passte, fand Meredith. Stattdessen lag ein harter Ausdruck auf seinen Zügen, der ihn älter wirken ließ, als er vermutlich war.

»Könnten Sie das Fenster ganz herunterkurbeln?«, sagte er barsch.

»Tut mir leid, aber weiter geht es nicht«, gab Wendi zurück. »Das ist eine echte Schrottkarre, aber zumindest ist sie abbezahlt.«

Er runzelte die Stirn. »Das ist ein fahrendes Sicherheitsrisiko, sonst nichts, Madam.«

Wendi zuckte mit den Schultern. »Wie gesagt, er ist abbezahlt, und er läuft.«

»Ich fahre hinter Ihnen her. Haben Sie jemanden gefunden, der unseren Verdächtigen kennt?«

»Nein, leider nicht«, antwortete Meredith. »Auch ohne Sie im Hintergrund wollte keiner mit uns reden.«

»Aber sie haben zumindest unsere Visitenkarten genommen, deshalb wird schon irgendeine Rückmeldung kommen«, erklärte Wendi fest. »Machen wir dasselbe morgen noch mal?«

»Ich werde fragen«, antwortete Meredith. »Danke, dass Sie auf uns aufgepasst haben, Agent Colby.«

Er verdrehte nur die Augen. »Ich glaube nicht, dass Sie einen Aufpasser gebraucht haben, Dr. Fallon. Die junge Dame hier ist ja bis an die Zähne bewaffnet.«

Wendi strahlte – in ihrer Tasche befanden sich ein Pfefferspray, eine Dose Tränengas und ein funktionstüchtiger Taser. Am Gürtel trug sie ein Klappmesser, das vermutlich nicht zulässig war, aber Agent Colby hatte kein Wort dazu gesagt. »Danke«, meinte sie, »das Kompliment nehme ich gern entgegen.«

Er seufzte resigniert, als hätte er sich einen ganzen Tag lang mit einer Horde quengeliger Kleinkinder herumgeschlagen. »So war es aber nicht gemeint. Passen Sie gut auf sich auf … Sie beide.«

Wieder winkte Wendi ihm zu. »Wie gesagt«, meinte sie, als sie losfuhr. »Irgendwie süß.«

Meredith lachte. »Aber definitiv nicht mein Typ, fürchte ich.«

Wendi warf ihr einen Blick zu. »Wer dann?«

Adam Kimble. Unverhofft schob sich sein Bild vor ihr geistiges Auge … wie so oft in den neun Monaten, seit sie sich zum ersten Mal begegnet waren. Auch er fühlte sich zu ihr hingezogen, daraus hatte er nie einen Hehl gemacht.

Aber Adam war … seine Seele hatte schweren Schaden genommen. Damals hatte sie alles in ihrer Macht Stehende getan, um ihm zu helfen, was jedoch die Dynamik ihrer Beziehung veränderte, noch bevor sie richtig angefangen hatte. Dabei hätte sie nie im Leben seine Therapeutin sein können – die gegenseitige Anziehungskraft war einfach viel zu groß.

Und jetzt schon gar nicht mehr. Sie war noch nicht einmal sicher, ob sie mit ihm befreundet sein könnte. So viel war seitdem passiert, Dinge, die sich nicht rückgängig machen ließen. »Im Moment gar niemand.«

»Du lügst. Das sehe ich dir an der Nasenspitze an. Aber irgendwann rückst du schon mit der Sprache heraus. Das tust du doch immer.«

Diesmal nicht, dachte Meredith traurig. Der Gedanke an ihn schmerzte – so nah und doch unerreichbar. Und im Moment musste dieser Mann mit dem großen Herzen so etwas Grauenvolles tun. Zimmerman hätte jemand anderen schicken können, der sich die Fotos ansah. Es wäre nicht notwendig gewesen, es Adam zuzumuten, aber Adam hatte es sich nicht nehmen lassen.

Merediths Angebot, ihn zu begleiten, war durchaus ernst gemeint gewesen. Sie hätte ihm geholfen. Und sich dann nachts in den Schlaf geweint, so wie sie es bereits zuvor getan hatte.

Sie öffnete den Mund, als Wendi ihre Hand nahm und liebevoll drückte. »Und wenn nicht, dann ist es auch in Ordnung«, sagte sie leise. »Ich komme trotzdem zu dir, um Schokomartinis zu trinken und DVDs anzuschauen.«

Meredith ließ zittrig den Atem entweichen. »Das klingt gut.«

8. Kapitel

Deacon stand vor der Tür der Pathologie und checkte seine Mails, als Kate zu ihm stieß, um gemeinsam mit der Rechtsmedizinerin einen Blick auf Alice Newmans Leiche zu werfen. »Hey«, sagte er, hob jedoch nur flüchtig den Blick. »Ist Dani schon bei Davenport?«

»Ja. Danke, dass du das veranlasst hast.«

Er zuckte mit den Schultern. »Eigentlich waren es Zimmerman und Troy. Adam hat einen sicheren Ort gefunden – ich kenne ihn, weil ich Faith damals dort untergebracht habe. Dort können wir Davenport schützen, bis er wieder auf den Beinen ist.«

»Was wahrscheinlich schneller passiert, als er sollte, aber das gilt ja für uns auch. Was ist denn so wichtig, dass du mich kaum ansehen kannst?«

Er hob den Kopf. »Die Liste der Personen, die Alice in der Untersuchungshaft besucht haben. Sie ist ziemlich lang. Etliche Reporter. Ein paar Anwälte. Aber sie hat Letztere allesamt abgelehnt, weil keiner versuchen wollte, ihr Immunität zu verschaffen.«

»Trotzdem müssen wir alle befragen. Schick mir die Liste, dann teilen wir sie auf.«

Deacon nickte und tippte. »Schon passiert. Die Namen haben wir den Zutrittsformularen entnommen, dazu Kopien von den Besucherausweisen.«

Kate öffnete das Dokument und lud die Daten herunter, was wegen des schwachen WLAN-Signals in der Pathologie ziemlich langsam vonstattenging. »Weißt du schon, was die Rechtsmedizinerin für uns hat?«

»Nein, als ich ins Gefängnis kam, war die Leiche schon abtransportiert worden.«

»Ach so? Bevor Dr. Washington den Tatort untersucht hat? Ist das normal?«

»Nein, und ich komme fast um vor Neugier, zu erfahren, wieso sie es getan hat.«

»Keine Anspielungen aufs Sterben, bitte«, stöhnte Kate.

»Aber du lächelst, also findest du es witzig. Los, gib's zu.« Er hielt inne. »Gehen wir rein.«

Sie setzten Masken auf und streiften Handschuhe und Schürzen über, dann sog Kate ein letztes Mal frische Luft ein, ehe sie Deacon in die Pathologie folgte.

»Carrie …« Deacon blieb so abrupt stehen, dass Kate ihn um ein Haar über den Haufen gerannt hätte.

Sie folgte Deacons Blick, um herauszufinden, was ihn so erschreckt hatte. Eine hochgewachsene Frau stand neben einem der Kühlfächer und beugte sich über die Leiche auf der halb herausgerollten Bahre – aus diesem Winkel sah es aus, als hätte sie das Gesicht in der Leiche vergraben.

»Carrie?«, sagte Deacon noch einmal, worauf sich die Rechtsmedizinerin aufrichtete und umdrehte. Sie trug eine Schutzbrille und eine bis knapp unter die Nase reichende weiße Maske, die sich von ihrer dunklen Haut abhob. Sie zog sie vollends herunter und winkte Kate und Deacon zu sich.

»Deacon, wie schön, dass Sie endlich hier sind.« Sie musterte Kate mit schief gelegtem Kopf. »Ich bin Dr. Washington. Sie müssen Agent Coppola sein.«

»Stimmt. Äh, ich will ja nicht unhöflich sein, aber was um alles in der Welt machen Sie da?«

Dr. Washington hob die Brauen. »So viel zum Thema nicht unhöflich …«, bemerkte sie trocken.

Deacon schüttelte den Kopf. »Ehrlich gesagt, muss ich Kate recht geben. Ich habe mich das auch gerade gefragt. Es sah ziemlich gruselig aus, Carrie, und mich schockt eigentlich nichts so schnell. Ich dachte schon, Ihre Maske wäre voller Blut, als Sie sich umgedreht haben.«

Carrie grinste abrupt. »Das wäre ja mal ein Spaß, was?« Genauso schnell wurde ihre Miene wieder ernst. »Aber, nein, das wird definitiv nicht passieren.« Sie bedeutete ihnen, noch näher zu treten. »Das ist Alice.«

»Gütiger Himmel«, stieß Deacon hervor, während Kate das Gesicht verzog.

»Wow.« Sie hätte sie nicht wiedererkannt. »Hübsch ist sie jedenfalls nicht mehr, was?« Alice, die bei ihrer Inhaftierung noch ein bemerkenswert attraktives Mädchen gewesen war, sah ziemlich schlimm aus – ihre Haut hatte einen rötlichen Schimmer, und ihr Körper war von blauen Flecken übersät. Ein Veilchen bedeckte fast eine gesamte Gesichtshälfte, die Unterlippe war geplatzt, und auf ihrer Wange prangte ein tiefer Schnitt. »Was ist denn mit ihr passiert?«

»Tja«, meinte Carrie, »so einiges, wie es aussieht. Offenbar gab es gestern beim Hofgang eine kleine Auseinandersetzung.«

»Ich dachte, man hätte sie von den anderen Insassinnen getrennt«, warf Kate stirnrunzelnd ein.

»Nur bei den Mahlzeiten«, sagte Deacon. »Der Wärter hat gesagt, sie hätte allein in ihrer Zelle gegessen, aber unter normaler Bewachung Hofgang gehabt. Zu dem Vorfall kam es offenbar gestern am frühen Abend. Die Frau, die sie so zugerichtet hat, behauptet, Alice hätte sie geschubst und an den Brüsten gepackt. Mehrere Insassinnen haben das bestätigt. Aber sie hatten Alice eingekreist, so dass man über die Überwachungskameras nichts Genaues erkennen konnte. Die Frau befindet sich seitdem in Einzelhaft. Nach dem Bericht

hätte man ein paar oberflächliche Schrammen vermuten können, aber nicht so was. Nicht dass ich Mitleid mit ihr gehabt
hätte, aber trotzdem …«

»Abends wurde Alice dann auf die Krankenstation gebracht«,
erklärte Carrie. »Abgesehen von den Verletzungen, litt sie
wohl unter heftiger Übelkeit und Durchfall.«

Deacon schnitt eine Grimasse. »Prima. Wenn jemand Durchfall verdient hat, dann sie.«

»Alice war Anwältin und ein ziemlich patziges und überheb-
liches Mädchen«, bemerkte Kate. »Ich habe sie ja befragt und
kann mir eigentlich nicht vorstellen, dass sie einer Frau einfach an die Brüste greift.«

»Viel wahrscheinlicher ist, dass der Angriff nur vorgescho-
ben war, weil jemand wollte, dass Alice den Abend auf der
Krankenstation verbringt, wo man ihr das Gift verabreichen
konnte. Noch weiß ich nicht, welches es war und wann man
es ihr gegeben hat. Ich muss erst noch ein paar Untersuchungen machen.«

»Moment mal«, warf Deacon ein. »Ich dachte, sie sei während des Frühstücks vergiftet worden.«

»Das stimmt auch«, bestätigte Carrie. »Sie wurde zweimal
vergiftet. Mit verschiedenen Substanzen.«

Kate und Deacon wechselten einen düsteren Blick. »Von ein
und derselben Person?«, fragte Kate.

»Mit zwei verschiedenen Substanzen?«, fragte Deacon im
selben Moment.

»Ob es dasselbe Gift war, kann ich zum momentanen Zeitpunkt noch nicht sagen, weil die Art der Verabreichung unterschiedlich war. Das erste Gift ist durch Verletzungen in der
Hautoberfläche in den Körper gelangt.« Carrie zog den Roll-
tisch vollends heraus und zeigte auf die Schnittwunden auf
Alice' Armen und Gesicht, dann schlug sie das Laken zurück,
unter dem weitere Schnitte auf den Beinen zu erkennen waren.

»Die sehen alle oberflächlich aus«, bemerkte Kate.

»Das sind sie auch. Tief genug, dass es blutet, aber nicht so tief, dass sie hätten genäht werden müssen. Sehen Sie sich die Haut ringsum an.«

Deacon schüttelte den Kopf. »Sie ist gerötet. Worauf soll ich genau achten?«

»Unter der Rötung befindet sich ein Ausschlag. Er ist ebenfalls rot, deshalb ist er nicht so einfach zu erkennen.« Sie reichte Deacon ein großformatiges Foto. »Das ist die Schnittwunde am linken Oberschenkel. Ich habe die Kontraste entsprechend angepasst, damit der Ausschlag deutlicher zu erkennen ist.«

Kate blickte über Deacons Schulter. »Jetzt sehe ich ihn, aber nur ganz leicht«, sagte sie und sah die Rechtsmedizinerin an. Dr. Washington schien ihr Handwerk tatsächlich zu beherrschen. »Sie haben ein sehr gutes Auge.«

Carrie nickte wohlwollend. »Ich habe sie etwa neunzig Minuten nach Eintritt des Todes gesehen. Da war die Rötung der Haut noch nicht ganz so ausgeprägt. Ich bin mir ziemlich sicher, dass der Ausschlag das Ergebnis des ersten Gifts ist, während die Rötung der Haut vom zweiten Gift ausgelöst wurde – von dem, das ihr zum Frühstück verabreicht wurde und das wahrscheinlich zum Tod geführt hat.«

Kate ging im Geist noch einmal die Fakten durch: Hautrötung, Tod innerhalb einer Stunde ... die Ärztin, die über die Leiche gebeugt stand und schnüffelte. »Cyanid. Sie wollten wissen, ob sie nach Mandeln riecht.«

Wieder nickte die Rechtsmedizinerin und lächelte leicht. »Ja, aber entweder nehme ich ihn nicht wahr, oder aber ihr Körper produziert ihn nicht. Der Mandelgeruch macht sich nicht zwingend bemerkbar, aber da sich Cyanidspuren in ihrem Blut befinden, war das die Todesursache.«

»Aber wieso haben Sie dann an ihr gerochen?«, wollte

Deacon wissen. »Sie haben die Ergebnisse doch schon vorliegen.«

Carrie zuckte mit den Schultern. »Ich war einfach neugierig. Bisher hatte ich noch nie das Opfer einer Cyanidvergiftung auf dem Tisch. So was kommt sehr selten vor, maximal zehn im Jahr. Das wird in den Medien für einigen Wirbel sorgen.«

»Und Sie werden berühmt«, bemerkte Deacon trocken. »Ob Sie dann überhaupt noch Zeit haben werden, mit dem niedrigen Fußvolk wie uns zu reden?«

Ihre Lippen zuckten amüsiert. »Für Sie, Agent Novak, habe ich doch immer Zeit.« Sie wurde ernst und deutete auf den Ausschlag rings um die Schnitte an Alice' Bein. »Aber das ist kein Cyanid. Ich habe ein paar Untersuchungen durchgeführt, aber mit Gewissheit werde ich es wohl erst sagen können, wenn ich sie aufgemacht habe.«

»Sie sind sicher, dass das Gift über die Wunden in den Körper eingebracht wurde?«, fragte Kate.

Carrie hob die Brauen. »Worauf wollen Sie hinaus, Agent Coppola?«

»Na ja, wie genau hätte das denn passieren sollen? Ich meine, Alice war ein hinterhältiges, eiskaltes Miststück, das andere foltern konnte, ohne mit der Wimper zu zucken. Ich kann mir nur schwer vorstellen, dass sie seelenruhig dasitzt und zusieht, wie jemand das Gift über ihre Wunden spritzt.«

Ein grimmig befriedigtes Lächeln trat auf Carries Züge. »Ich sehe klar und deutlich vor mir, worauf Sie hinauswollen. Ein gutes Bild.« Ihr Blick schweifte über die anderen Fächer. »Im Lauf dieser Woche habe ich definitiv zu viele Leichen obduziert, und die meisten davon gehen auf das Konto dieses … Ungeheuers. Ich empfinde keinerlei Mitgefühl mit ihr. Selbstverständlich werde ich ihre Leiche mit gebührendem Respekt untersuchen und mit derselben Professionalität nach der Todesursache forschen, wie ich sie bei jeder anderen an den

Tag lege, aber ich muss leider zugeben, dass ich mir wünsche, sie hätte mehr leiden müssen. Ohne das Cyanid wäre das vermutlich der Fall gewesen. Aber leider trat der Tod recht schnell ein.«

»Amen«, murmelte Deacon.

»Das kannst du laut sagen«, bemerkte Kate. »Aber zurück zu dem Gift – wie könnte es in die Wunden gelangt sein? Hat jemand sie während des Hofgangs damit bespritzt? Oder über kontaminierte Instrumente, als sie auf der Krankenstation lag? Mit einer Salbe, mit der die Schnitte behandelt wurden? Oder auf den Verbänden?«

»Gute Fragen«, bemerkte Carrie. »Ich vermute, es ist auf der Krankenstation passiert. Bei der Versorgung der Wunden. Hätte sie jemand beim Hofgang bespritzt, wäre das Gift beim Säubern abgewaschen worden, außerdem wäre bestimmt jemandem aufgefallen, wie ihre Haut aussieht.« Sie zögerte. »Abgesehen davon, war sie den ganzen Abend krank und auch am nächsten Morgen noch. Wäre ich der Täter, hätte ich nicht gewollt, dass sie stöhnend in ihrer Zelle liegt und damit die Aufmerksamkeit der Wärter auf sich zieht, sondern hätte dafür gesorgt, dass ich sie im Auge behalte.«

»Vielleicht hat ja jemand nach ihr gesehen«, schlug Deacon vor. »Jemand, der nicht der Täter war.«

Carrie nickte. »Genau. Als Alice in ihre Zelle zurückgekehrt ist, war sie immer noch krank. Es wundert mich, dass sie heute Morgen überhaupt etwas gegessen hat. Ich werde später noch ihren Mageninhalt untersuchen, um herauszufinden, welches Lebensmittel mit dem Cyanid vergiftet war. Ich habe eine Liste sämtlicher Mitarbeiter, die sowohl zu der Zeit Dienst hatten, als Alice auf der Krankenstation lag, als auch davor und danach. Die Tat hat eine gewisse Planung erfordert, vor allem, wenn das Gift über die Verbände oder Salben verabreicht wurde.«

»Das ist wohl wahr.« Deacon stieß den Atem aus. »Wir werden das Personal auf der Krankenstation und die anderen Insassinnen befragen, die zur selben Zeit dort waren. Die Frau, die auf sie losgegangen ist, hatte ganz konkrete Anweisungen, wie schwer sie sie verletzen sollte. Die Tiefe der Wunden ist viel zu gleichmäßig. Das war kein Zufall. Das heißt, wir müssen herausfinden, ob sie an der Planung beteiligt oder bloß ausführendes Element war.«

Kate rief die Mail mit der Liste von Alice' Besuchern auf. »Vielleicht wurde Alice von jemandem bedroht. So etwas hätte sie doch bestimmt nicht für sich behalten, sondern zumindest ihrem Anwalt davon erzählt.« Sie überflog die Liste. »Da. Sie hat gestern noch mit der Assistentin ihres Anwalts geredet. Keisha Findlay.«

»Dann fangen wir mit ihr an«, sagte Deacon. »Ich wüsste gern, was sie ihr erzählt hat, bevor wir uns an die Befragung der anderen machen.«

Kate nickte. »Gute Idee. Dr. Washington, wann kriegen Sie die Ergebnisse Ihrer ausstehenden Untersuchungen? Jene, aus denen hervorgeht, worum es sich bei dem ersten Gift handelt?«

Carrie blickte auf die Uhr an der Wand. »Ein Teil könnte jetzt schon so weit sein. Ich habe die Proben in den Gas-Chromatografen gegeben. Moment, ich sehe kurz nach. Ich bin gleich wieder …«

Die Türen hinter ihnen gingen auf, und ein Assistent schob eine Rollbahre mit einer mit einem Laken bedeckten Leiche herein. »Der Überdosis-Fall ist so weit vorbereitet. Wo wollen Sie sie hinhaben, Dr. Washington?«

Carrie seufzte. »Entschuldigen Sie mich bitte«, sagte sie zu Kate und Deacon. »Bringen Sie sie in die Kühlung, Toby. Ich muss mich erst mal um die Vergiftung kümmern, dann kommt die Überdosis dran.« Sie verschwand in ihrem Büro und kehrte zurück, gerade als der Assistent die frische Leiche in das Kühlfach neben Alice schob. Carrie legte die Ausdrucke beiseite und hob behutsam das Laken an, um einen Blick auf die junge Afroamerikanerin zu werfen. Auf ihrem Gesicht spiegelte sich Trauer und Wehmut – ganz anders als die abgrundtiefe Verachtung, mit der sie Alice betrachtet hatte.

Schließlich ließ sie das Laken ebenso behutsam wieder sinken und bemerkte, dass Kate sie beobachtet hatte. »Sie war im Aufbaustudium, hatte ihr ganzes Leben noch vor sich. Es ist fürchterlich, mit ansehen zu müssen, wie diese Kinder für einen Schuss ihr Leben einfach wegwerfen, noch dazu jemand wie sie, die aus einfachen Verhältnissen stammt. So wenige schwarze Frauen schaffen es, eine akademische Laufbahn einzuschlagen. Sie wollte Professorin werden, aber jetzt sind wir wieder eine weniger.«

Kate wusste nicht recht, was sie darauf sagen sollte. »Kennen Sie die Lebensgeschichte von allen Fällen, die Sie auf den Tisch bekommen?«, fragte sie in respektvollem Tonfall.

Betrübt schüttelte Carrie den Kopf und schob das Kühlfach zu. »Nein, aber über sie wurde heute Morgen in den Nachrichten berichtet. Man hat ihre Leiche auf dem Campus des King's College gefunden.« Sie nahm ihre Unterlagen wieder zur Hand und blätterte sie durch. »Ich habe mit meiner Vermutung richtiggelegen«, sagte sie. »Deacon?«

Novak, der sich ein Stück näher zur Tür gestellt hatte, um seine Mails noch einmal zu checken, trat zu ihnen.

»Beim ersten Gift handelte es sich um Rizin«, erklärte Carrie.

Kate und Deacon starrten sie fassungslos an. »Rizin?«, wiederholte Deacon. »Machen Sie Witze?«

»Nein. Die Symptome haben auf etwas aus dieser chemischen Familie hingewiesen, außerdem bekommen wir zunehmend häufiger Fälle mit Rizin oder einer Variante als Todesursache herein. Schönen Dank auch, *Breaking Bad*«, fügte sie sarkastisch hinzu. »Kaum braut Walter White zwei Chargen von dem Zeug, schon tauchen überall im Internet Rezepte für die Rizinherstellung auf. Deshalb lasse ich diesen Test immer als einen der ersten durchlaufen, wenn ich von einem Ausschlag in Verbindung mit gastrointestinalen Beschwerden unmittelbar vor Eintritt des Todes lese.«

»Rizin«, murmelte Deacon. »Dabei denke ich an mit unsichtbaren Nadeln manipulierte Regenschirme des KGB.«

»Das stimmt«, wandte Kate ein, »aber wenn ich recht informiert bin, tritt der Tod bei Rizin doch erst nach einer ganzen Weile ein.«

»Es dauert zwischen sechsunddreißig Stunden und mehreren Tagen«, bestätigte Carrie.

»Wieso also der Aufwand mit dem Cyanid?« Kate runzelte die Stirn. »Entweder haben wir es mit zwei verschiedenen Tätern zu tun, oder aber sie haben Angst bekommen, das Gift könnte nicht ausreichen, und haben ihr deshalb noch eine zweite Dosis verpasst.«

»Tja, genau das sollten Sie beide herausfinden«, sagte Carrie.

»Sieht ganz so aus«, sagte Kate mit grimmiger Entschlossenheit. »Danke, Dr. Washington. Hat mich gefreut, Sie kennenzulernen.«

»Sagen Sie einfach Carrie zu mir, okay?«

»Wenn Sie mich Kate nennen, gerne.« Sie schüttelte ihr die Hand, dann folgte sie Deacon hinaus auf den Korridor, wo sie Masken, Handschuhe und Schürzen ablegten. »Wo fangen wir an?«

»Ich kümmere mich um das Personal auf der Krankenstation«, sagte Deacon. »Und du fängst mit der Besucherliste an. Als Erstes ist die Assistentin des Anwalts dran, und danach können wir die Frau befragen, die auf Alice losgegangen ist. Wir halten uns gegenseitig auf dem Laufenden.«

»Klingt gut.« Kate folgte ihm zum Aufzug, während sie das Formular auf ihren Handybildschirm rief, das die Assistentin an der Gefängnispforte ausgefüllt hatte – Keisha Findlay arbeitete für die Kanzlei Heath, Gill & Schwartz. Die Büros befanden sich in der Innenstadt, deshalb würde die Fahrt nicht allzu lange dauern.

Gerade als sie einsteigen wollte, blieb sie abrupt stehen. »Ach du Scheiße.«

Deacon sah sie stirnrunzelnd an. »Was ist los?«

Verdammte Scheiße noch mal! »Wir müssen sofort zurück.« Sie machte kehrt und hastete den Flur entlang zur Pathologie, steckte ihr Handy ein und schnappte eine frische Maske und ein Paar Handschuhe, ehe sie hineinstürmte.

»Nein«, sagte Deacon hinter ihr. »Sag, dass das nicht wahr ist.«

»Schön wär's.« Kate streifte sich die Handschuhe über. Carries Assistent stand vor einem Schreibtisch und tippte auf einer Computertastatur. »Entschuldigung. Toby, stimmt's?«

Er sah sie an. »Ja. Kann ich Ihnen helfen?«

Sie deutete auf das Kühlfach neben Alice'. »Könnten Sie dieses Fach bitte aufmachen, und zwar bis zum Anschlag, damit ich mir das Schildchen am Fuß ansehen kann?«

Toby trat zu dem Kühlfach, zog es heraus und drehte das Schild so hin, dass Kate den Namen erkennen konnte. *Sidney Siler*.

»Nein«, sagte Deacon noch einmal. »Das gibt's doch nicht, verdammt noch mal!«

Kate zog das Laken zur Seite und hielt ihr Handy neben das Gesicht der Studentin. »Doch, das gibt's. Darf ich vorstellen – Sidney Siler alias Keisha Findlay alias die letzte Person, die Alice vor dem Hofgang besucht hat.«

Deacons Schultern sackten herab. »Verdammte Scheiße!«

»Agent Davenport, wachen Sie auf.«

Die Stimme war sanft. Sie gehörte einer Frau, aber nicht Kate. *Wo ist Kate?*

»Agent Davenport.« Die Stimme wurde eine Spur schärfer. »Sie müssen aufwachen. *Jetzt.*«

Decker fuhr aus dem Schlaf hoch und setzte sich abrupt auf, wünschte jedoch, er hätte es nicht getan. Sofort begann sich der Raum um ihn zu drehen, wenn auch nicht mehr ganz so schlimm wie zuvor. Er blinzelte und blickte in ein Augenpaar mit unterschiedlich gefärbter Iris – eines war blau, das andere braun. Wieder blinzelte er und erkannte schwarzes Haar mit schlohweißen Strähnen links und rechts an den Schläfen. Die Verwandtschaft dieser Person mit Deacon Novak war unverkennbar. Sie waren einander wie aus dem Gesicht geschnitten.

»Sie müssen Dr. Novak sein«, krächzte er.

»Das ist korrekt.« Sie reichte ihm eine Tasse mit einem Strohhalm.

»Was ist das?«, fragte er argwöhnisch.

»Gin Tonic, was denken Sie denn?«, gab sie belustigt zurück.

»Nein, Wasser. Trinken Sie.«

Er trank mehrere große Schlucke und spürte, dass es ihm augenblicklich besserging – na gut, zumindest nicht mehr ganz so lausig wie zu Beginn des Tages. »Kate vertraut Ihnen.«

»Das sollte sie auch, schließlich bin ich eine tolle Ärztin.« Danis unterschiedliche Augen funkelten.

»Das ist bestimmt richtig, aber sie vertraut auch darauf, dass Sie mich nicht im Schlaf ermorden, was noch viel besser ist.«

Sie sah ihn bestürzt an. »Was Ihnen passiert ist, tut mir aufrichtig leid, Agent Davenport. Ich werde alles in meiner Macht Stehende tun, damit Sie in Sicherheit sind.«

»Danke.« Das kurze Schläfchen hatte seine Lebensgeister geweckt. »Darf ich aufstehen?«

»Ja, aber erst mal nur zur Toilette und wieder zurück.« Sie ließ das Bettgitter herunter und zog den Infusionsständer und eine Gehhilfe heran. »Versuchen Sie aufzustehen, und schauen Sie, wie sich Ihre Beine anfühlen.«

Entschlossen schwang er die Beine über die Bettkante. Er musste so schnell wie möglich wieder an die Arbeit.

Musste McCords Partner aufstöbern. Um …

Wieder wurde ihm schwindlig, und er klammerte sich an der dünnen Matratze fest. Du lieber Gott. Hatte er Kate tatsächlich von Shelby erzählt, oder war es nur ein Traum gewesen? Er dachte ein, zwei Sekunden lang scharf nach. Nein, er hatte es ihr tatsächlich erzählt. Alles. Und praktisch zugegeben, dass er den Dreckskerl getötet hatte, der seine Schwester vergewaltigt hatte. *Heilige Scheiße!*

Und dann hatte er auch noch geflennt. *Na prima! Das hat bestimmt mächtig Eindruck auf sie gemacht, du Genie.* Aber Kate hatte ihn deswegen nicht verurteilt – sie hatte Mitgefühl gezeigt, aber kein Mitleid. Sie hatte gesagt, er sei ein anständiger Mann, und wie froh sie sei, dass das elende Schwein hatte leiden müssen. Und auch sie hatte geweint. *Um Shelby Lynne und um mich.*

Trotzdem hatte sie ihm nicht erlaubt, sich wieder ins Getümmel zu stürzen, das war ihm keineswegs entgangen. Also würde er es allein in Angriff nehmen müssen. Und der Ausflug zur Toilette und wieder zurück war der erste Schritt.

Er sah Dr. Novak an, die geduldig wartete. »Ich gehe davon aus, dass Sie kein Feigling sind, sondern Bescheid sagen, wenn Sie Hilfe brauchen«, sagte sie.

Allem Anschein nach wusste Dr. Novak genau, welche Knöpfe sie drücken musste. »Nicht lange fackeln, sondern gleich mit der Feigling-Nummer ankommen, so ist es richtig«, murmelte er, worauf sie lachte. Er grinste. »Ja, Ma'am. Sollte ich Hilfe brauchen, bin ich nicht zu stolz – oder zu feige –, Sie um Hilfe zu bitten.«

»Sie sind ja doch nicht so eine Nervensäge, wie mein Bruder gesagt hat.«

Sein Grinsen wurde noch eine Spur breiter. »Doch, bin ich. Geben Sie mir die Gelegenheit dazu, dann beweise ich es Ihnen.« Er packte die Gehhilfe und stemmte sich hoch, ohne auf den Schmerz durch die Infusionsnadel in seiner Hand zu achten. Dann stand er einen Moment lang da und wartete, bis der Schwindel verflog und er ein Bein vors andere setzen konnte.

Er brauchte gefühlt zwanzig Mal länger als gedacht, aber am Ende schaffte er es, den Weg zur Toilette und wieder zurück zu bewältigen. Kaum lag er im Bett, ging die Tür auf, und Agent Troy kam herein.

Dr. Novak trat vor Decker, der hinter ihrem Rücken grinsen musste. »Und Sie sind?«, fragte sie in einem Tonfall, der jeden halbwegs vernünftigen Menschen warnen würde, ihr bloß nicht in die Quere zu kommen.

»Special Agent Troy. Wir haben telefoniert.« Er zückte seine Dienstmarke.

»Er ist sauber, Dr. Novak. Ich habe ihn heute Morgen schon kennengelernt. Haben Sie sie gefunden, Agent Troy?«, fragte er. »Die Killerschwester?«

Troy schüttelte den Kopf. »Leider noch nicht. Sie ist hinter einer anderen Schwester herein- und wieder hinausgeschlüpft, ohne ihren Mitarbeiterausweis zu benutzen. Hätten Sie sie nicht gesehen, wüssten wir noch nicht mal, nach wem wir suchen müssen. In diesem Zimmer gibt es keine Kamera, und draußen auf dem Flur hat sie den Kopf immer schön gesenkt gehalten, damit man ihr Gesicht nicht sieht. Sie hat auch nicht den Aufzug benutzt, sondern ist über die Treppe hochgekommen, deshalb können wir nur beweisen, dass sie hier auf der Station war, wenn wir jemanden finden, der sie gesehen hat, was bisher allerdings nicht der Fall ist.«

»Oder jemanden, der es zugibt«, warf Dr. Novak ein. »Verstehen Sie mich nicht falsch, das hier ist ein gutes Krankenhaus, aber die Angestellten sind auch nur Menschen, so wie überall. Manche würden einem freiwillig ihr letztes Hemd geben, andere dagegen ...« Sie zuckte die Achseln. »Vor allem, wenn sie nicht auffallen wollen, weil sie selber süchtig sind, so wie Eileen Wilkins. Die Leute wären entsetzt, wenn sie wüssten, wie viele Ärzte und Schwestern drogen- oder medikamentensüchtig sind. Wir haben katastrophale Arbeitszeiten, müssen ständig hellwach und in Bereitschaft sein, und das Zeug liegt an jeder Ecke herum.«

»Es ist ein Kinderspiel, etwas zu klauen«, erklärte Troy düster. »Und genau das hat Schwester Wilkins offenbar getan. Keine der anderen Schwestern in ihrer Schicht hatte sie im Verdacht, aber ich bin nicht sicher, ob sie mir die Wahrheit sagen. Wir haben Schwester Wilkins zur Fahndung ausgeschrieben und Kollegen zur Schule ihres Sohns geschickt. Wenn sie ihn abholen kommt, schnappen wir sie. Außerdem hatte sie offenbar einen Freund, einen wesentlich jüngeren Typen, der sie überhaupt erst an die Nadel gebracht hat.«

Dr. Novak schüttelte den Kopf. »Wenn er sie nicht gerade gewaltsam festgehalten und ihr den Schuss gesetzt hat, kann man wohl kaum von ›an die Nadel bringen‹ sprechen. Nennen wir das Kind doch beim Namen. Die Frau hat Scheiße gebaut, und zwar richtig.«

»Immer schön ruhig bleiben«, sagte Decker.

Troy starrte sie wütend an. »Ich wollte nur taktvoll sein«, erklärte er knapp.

»Nicht wegen mir. Lassen Sie es einfach bleiben«, sagte Dr. Novak, lächelte jedoch, um den Worten etwas von ihrer

Schärfe zu nehmen. »Es ist nett von Ihnen, dass Sie meine Gefühle schonen wollen, aber ich habe zu oft erlebt, dass Patienten in Gefahr geraten sind, nur weil ein Arzt oder eine Schwester Drogenprobleme hatten. Auf mich brauchen Sie keine Rücksicht zu nehmen, ich bin nicht mehr empfindlich. Und dieser Gentleman hier«, fügte sie mit einer Geste in Deckers Richtung hinzu, »hat laut meinem Bruder einen dickeren Panzer als ein Nashorn.«

Decker stieß ein Schnauben aus. »Schön wär's. Dafür habe ich schon zu viele Kugeln abbekommen und kann es sogar beweisen. Als ich das letzte Mal nachgesehen habe, waren es zwölf Narben.«

Dr. Novak drehte sich um und sah ihn entsetzt an. »Sie wurden zwölf Mal angeschossen?«

Decker wollte eine läppische Antwort geben, als ihm einfiel, dass sie vermutlich in der ständigen Angst lebte, ihrem Bruder könnte in der Ausübung seines Dienstes etwas zustoßen. »Seit ich beim FBI bin, nur zwei Mal«, sagte er und sah, dass sie aufatmete. »Und einmal war es mit Absicht.«

Sie starrte ihn fassungslos an. »Sie haben sich mit Absicht anschießen lassen?«

Er schnitt eine Grimasse. »Zu dem Zeitpunkt schien es eine gute Idee zu sein. Ich musste dringend in die Buchhaltung des Menschenhändlerrings versetzt werden, war aber zu gut in meinem Job als Bodyguard, deshalb wollten sie es nicht. Also haben mein Verbindungsmann und ich uns überlegt, dass meine Chancen auf einen Schreibtischjob deutlich besser stehen, wenn ich beim Versuch, meinen Boss zu beschützen, angeschossen werde. Mein Verbindungsmann sollte mir ins Bein schießen, nur oberflächlich, so dass es mit ein, zwei Stichen genäht werden kann. Leider hat er schlecht gezielt und mir einen glatten Durchschuss verpasst. Hat fast gar nicht geblutet.«

»Ihnen ist aber schon klar, dass das eine echte Schnapsidee war, oder?«

Ja, klar, inzwischen schon. »Aber es hat funktioniert. Danach durfte ich in der Buchhaltung arbeiten. Die meisten der anderen Kugeln habe ich mir in Afghanistan eingefangen, aber dort herrschte Krieg, deshalb musste man damit rechnen.«

»Die meisten?«, hakte sie nach.

Er zuckte mit den Schultern. »Ich hatte eine harte Jugend«, sagte er bloß.

Zu seiner Erleichterung ergriff Troy das Wort. »Draußen wartet ein Pfleger mit einem Rollstuhl auf Sie. Wir bringen Sie jetzt an einen sicheren Ort.«

Decker riss die Augen auf. »So schnell? Wow, ihr Burschen habt es ja wirklich drauf.«

»Allerdings.« Troy reichte ihm einen schlichten schwarzen Rucksack. »Und hier sind ein paar Klamotten.«

Decker öffnete den Reißverschluss – es war nicht ganz leicht, Sachen in seiner Größe zu finden, doch zu seiner Verblüffung waren die Sachen eher zu groß als zu knapp. »Wahnsinn, das passiert mir sonst nie. Darin ertrinke ich ja fast.«

Troy lächelte. »Agent Triplett hat ein Hemd und ein Paar Shorts gestiftet. Er ist der Einzige mit einer Kleidergröße, die Ihnen passen könnte. Wir wollten Sie schließlich nicht im Flügelhemdchen hier rausschieben. Das wäre zu auffällig. Wir wissen nicht, ob Miss Wilkins oder sonst jemand mit einem Gewehr draußen auf Sie wartet.«

»Das wäre übel«, bemerkte Decker. Vor allem, wenn dabei auch noch ein Zivilist betroffen wäre. Dr. Novak, zum Beispiel. Die Ärztin schüttelte den Kopf. »Wie mir scheint, sind hier alle wahre Meister der Untertreibung.« Sie zog den Rucksack heran und reichte Decker ein Paar Boxershorts.

»Eigentlich trage ich ja lieber Boxerslips«, bemerkte Decker.

»Möchten Sie vielleicht draußen warten, Ma'am?«

Sie sah ihn an. »Ich bin Ärztin, das haben Sie inzwischen mitbekommen, oder?«

Decker sah ihr ins Gesicht. »Ja, habe ich. Und wenn ich untersucht werden soll, bin ich der bravste Patient der Welt. Aber jetzt ist das nicht der Fall, deshalb hätte ich gern ein bisschen Privatsphäre.«

Sie trat einen Schritt zurück. »Natürlich. Passen Sie aber bitte auf, dass Sie den Zugang nicht herausreißen.«

»Das werde ich, Ma'am.« Als sie weg war, wandte Decker sich Troy zu, den seine Schamhaftigkeit etwas zu verwirren schien. »Bringen wir sie in Gefahr, indem sie auf mich aufpasst, während ich gesund werde?«

»Nein, sonst hätte Zimmerman nie im Leben mitgespielt. Wir bringen Sie ins oberste Stockwerk eines Luxusapartmentgebäudes am Eden Park. Es gibt nur einen Aufzug zum Penthouse, und man braucht einen eigenen Schlüssel dafür. Über die Türen zum Treppenhaus kommt auch keiner nach oben. Das CPD hat die Wohnung schon mehrmals als Unterschlupf genutzt. Die Fenster sind kugelsicher und die Türen schwer und solide. Vom Dach her kann man das Apartment nicht erreichen, deshalb droht auch von oben keine Gefahr. Außerdem lassen wir Sie rund um die Uhr bewachen, entweder von Kollegen des CPD oder des FBI. In Ihrer Nähe ist sie sicherer als in der Meadow-Klinik, wo sie nächste Woche anfängt. Das ist eine ziemlich miese Gegend dort.«

»Sie sprechen von der Notunterkunft? Dort arbeitet sie? Aber warum?«

Troy zog die restlichen Sachen aus dem Rucksack. »Sie hat gestern hier gekündigt.«

»Ah ja, das habe ich mitbekommen. Sie war hier und hat mit Kate geredet, als ich allmählich zu mir gekommen bin. Kate hat sich Sorgen um sie gemacht und wollte wissen, ob sie schon etwas Neues hat. Wieso hat sie denn gekündigt?«

»Keine Ahnung. Ich weiß nur, dass es nichts mit ihren Fähigkeiten als Ärztin zu tun hat.« Troy hielt ihm das Hemd hin. »Ich helfe Ihnen gern beim Reinschlüpfen.«

Mit geradezu schlafwandlerischer Sicherheit streifte Troy Handschuhe über, zog die Infusionsnadel aus dem Zugang, schob Deckers Arme in die Ärmel und legte die Nadel wieder an.

»Wen haben Sie gepflegt?«, fragte Decker, als Troy die Knöpfe schloss.

Für den Bruchteil einer Sekunde erstarrte Troy, ehe er fortfuhr. »Meinen Lebenspartner«, antwortete er. Widerstrebend. Als würde er sich auf eine gemeine Erwiderung gefasst machen. Die jedoch nicht kam.

»Das tut mir leid für Sie«, sagte Decker, denn es lag auf der Hand, dass Troy immer noch in tiefer Trauer war. »Wie lange ist es her?«

»Fünf Jahre. Er hatte einen Unfall und saß danach im Rollstuhl. Paraplegiker. Er hat eine Lungenentzündung bekommen und … tja, das war's dann.« Troy reichte Decker die Boxershorts. »Brauchen Sie hierbei auch Hilfe?«

»Kann sein.« Decker stand auf und schaffte es, Stück für Stück die Boxershorts über seine Schenkel zu ziehen, war danach jedoch so erschöpft, dass er sich erst einmal kurz ausruhen musste. »Ich muss schleunigst auf die Beine kommen.«

»Sie sind heute Morgen erst aus dem Koma aufgewacht«, meinte Troy und zog die Sportshorts mit dem Crimson-Tide-Logo aus der Tasche. »Du lieber Gott«, murmelte Decker. »Der Bursche war an der Alabama? Damit steht fest, dass wir niemals Freunde werden können.«

Lachend nahm Troy ein Paar Schuhe aus der Tasche. »Wieso? Sie waren an der Ole Miss?«

»Nein, an der Southern Miss, aber ich muss die Alabama

236

schon aus Prinzip hassen. Danke«, sagte er, als Troy ihm die Schuhe anzog und die Schnürsenkel band.

»Sie sind nicht ganz so riesig, wie ich dachte, trotzdem müssen Sie aufpassen, dass Sie nicht stolpern. Die meiste Zeit werden Sie ohnehin im Rollstuhl sitzen, deshalb … Moment. Ich kriege gerade eine Nachricht.« Er blickte auf sein Handy und seufzte. »Verdammt.«

Deckers Lächeln verblasste. »Was ist los? Bitte!«, drängte er, als Troy keine Anstalten machte, mit der Sprache herauszurücken. »Geht es Kate gut?«

»Ja. Sie ist mit Deacon in der Pathologie. Sie haben gerade herausgefunden, dass das Mädchen, das gestern Abend an einer Überdosis gestorben ist, die letzte Person war, die Alice im Gefängnis besucht hat. Kate meldet sich, sobald sie Genaueres weiß.« Er runzelte die Stirn. »Mist, das habe ich ja völlig vergessen.« Er zog ein zweites Handy heraus. »Zimmerman wollte, dass ich Ihnen das hier gebe. Sie können es benutzen, bis Sie wieder ein eigenes Diensthandy bekommen. Coppola hat Ihnen auch eine Nachricht geschickt.«

Augenblicklich entspannte er sich. Kate ging es gut, und sie kommunizierte mit ihm. Doch als er die Nachricht las, wurde ihm ganz anders. »Cyanid? *Und* Rizin? Du liebe Zeit, da wollte aber jemand mit allen Mitteln verhindern, dass Alice den Mund aufmacht. Da kann ich ja fast froh sein, dass ich nur ein Opioid bekommen habe.«

»Tot ist tot, völlig egal, wovon«, murmelte Troy.

Dem konnte Decker nur zustimmen. »Ich will nicht, dass Dr. Novak im selben Wagen fährt wie ich. Lassen Sie sie unabhängig von mir in dieses Penthouse bringen. Falls jemand versuchen sollte, auf mich zu schießen, will ich nicht, dass ihr etwas passiert.«

»Ich habe genau dasselbe gedacht. Es wird ihr nicht gefallen, aber es geht wohl nicht anders.«

Jemand klopfte an die Tür. »Das muss Triplett sein. Sind Sie so weit?«

»Ja«, rief Decker. »Kommen Sie rein.«

Die Tür ging auf, und Triplett kam herein. »In der vorderen Tasche ist auch noch eine Mütze, Agent Troy.«

Mit einem boshaften Lachen zog Troy die Crimson-Tide-Mütze heraus. Decker stöhnte.

»Das ist ja die reinste Beleidigung«, brummte er, während er sie aufsetzte. »Mussten Sie unbedingt auf die Alabama gehen, Triplett?«

»Wenn ich nicht von meiner Familie verstoßen werden wollte, ja. Mein Dad hat dort in der Footballmannschaft gespielt.« Er kniff die Augen zusammen. »Ole Miss?«

»Nein, aber er muss Sie schon aus Prinzip hassen«, erklärte Troy. »Können wir, Jungs?«

Triplett grinste Decker an. »Tut mir echt leid.«

»Das ist eine Lüge«, konterte Decker.

Tripletts Grinsen wurde noch eine Spur breiter. »Falsch. Sind Sie bereit für den Rollstuhl?«

»Ja, verdammt. Je früher ich hier rauskomme, umso besser.« Er überprüfte, ob er Kates Tablet eingepackt hatte. »Sobald ich dort bin, muss ich mich an die Arbeit machen.«

Nun betrat Dr. Novak in Begleitung eines Pflegers das Zimmer und schob den Rollstuhl höchstpersönlich herein. »Als Erstes werden Sie sich eine Weile ausruhen.«

Decker fiel auf, dass die beiden Männer jeden Blickkontakt mit der Ärztin vermieden. »Feiglinge«, murmelte er, als er sich vom Bett in den Rollstuhl hievte.

»Ich führe nur die wirklich wichtigen Schlachten«, erklärte Troy. »Zum Beispiel, Dr. Novak zu erklären, dass sie in einem anderen Fahrzeug zum Penthouse fährt, weil es da draußen jemand auf Sie abgesehen haben könnte.«

»Wie bitte?« Dr. Novak starrte Troy an.

»Genauso ist es, Ma'am.«

»Aber …«

»Wenn Ihnen etwas passiert, können Sie sich nicht länger um ihn kümmern. Und der Weg ist nicht weit. Höchstens eine Viertelstunde«, unterbrach Troy.

Sie schürzte die Lippen. »Kann ich wenigstens mit meinem eigenen Wagen fahren?«

»Es wäre uns lieber, wenn Sie es nicht täten«, erklärte Troy. »Zu Ihrer eigenen Sicherheit. Sollten Sie wegmüssen, bringen wir Sie natürlich jederzeit zu Ihrem Wagen zurück. Hier versucht jemand ganz konsequent, *tabula rasa* zu machen, und wir wollen Ihr Leben unter keinen Umständen aufs Spiel setzen.«

»Na gut, dann lassen Sie uns gehen.« Sie gab dem Pfleger ein Zeichen, der daraufhin Decker im Rollstuhl aus dem Zimmer schob, während sie den Infusionsständer übernahm und ihm und Troy in Richtung Aufzug folgte. Agent Triplett kam direkt hinter ihr.

Sowie sich die Türen hinter ihnen schlossen, schien Troy sich zu entspannen. »Wir nehmen den direkten Weg«, erklärte er und zog einen Generalschlüssel heraus. In der Tiefgarage wartete ein fensterloser Transporter mit keinem Geringeren als SCA Zimmerman am Steuer. Über eine Rampe ließ sich der Rollstuhl über das Heck ins Innere des Wagens schieben. Troy gesellte sich zu ihnen.

»Ich werde Sie fahren, Dr. Novak«, sagte Triplett. »Wir treffen uns gleich dort.« Er schloss die Türen, und Zimmerman fuhr los.

»Mit Ihnen hätte ich nicht gerechnet, Sir«, sagte Decker. Zimmerman sah ihn im Rückspiegel an. »Wir wollten die Operation auf ganz kleiner Flamme halten. Außerdem wollte ich mir selbst ein Bild davon machen, wie es Ihnen geht.«

»Nicht übel. Ich kann selbständig atmen und habe heute

Nachmittag etwas Anständiges zu essen bekommen. Wenn man mal davon absieht, dass ich Klamotten von feindlichen Unis tragen muss, kann ich mich nicht beklagen. Immerhin weile ich noch unter den Lebenden.«

Zimmerman lachte leise. »Wäre gut, wenn es auch so bliebe.«

»Amen«, schloss Troy leise, hob das Gewehr zu seinen Füßen auf und überprüfte, ob es geladen war, dann checkte er eine Handfeuerwaffe, die er aus einem Behälter unter seinem Sitz nahm, und reichte sie Decker. »Hier. Nur für alle Fälle.«

»Danke«, sagte Decker nüchtern. »Ich habe mich fast ein bisschen nackt gefühlt.«

»Das wird sich gleich ändern.« Troy zog eine auf beiden Seiten offene kugelsichere Weste aus einem großen Plastikbehälter. »Die können Sie einfach über den Kopf ziehen, ohne dass dem Infusionsschlauch etwas passiert. Und den hier können Sie statt der Mütze aufsetzen.« Er drückte ihm einen Polizeihelm in die Hand. »Ein Zivilfahrzeug folgt uns, ein zweites wartet schon am Zielort, falls wir Verstärkung brauchen sollten. Noch Fragen? Oder sonst etwas, das Ihnen Sorgen macht?«

»Nein.« Ganz beruhigt wäre er erst, wenn er Kate wiedergesehen hatte, aber das behielt er tunlichst für sich. »Alles bestens.«

Cincinnati, Ohio
Donnerstag, 13. August, 16.25 Uhr

»Es sieht echt übel aus, Leute.« Carrie Washington betrat ihr Büro.

Kate und Deacon hatten die Zeit genutzt, solange Dr. Washington Sidney Silers Leiche einer ersten kurzen Untersuchung unterzog, um ihre nächsten Schritte zu planen.

»Übel, weil Sie etwas gefunden haben?«, wollte Deacon wissen. »Oder weil das Gegenteil der Fall ist?«

»Ersteres. Ich habe Cyanid in ihrem Blut gefunden. Allerdings hätte ich das leicht übersehen können, weil es auch Kokainspuren gab. Und Ketamin. Wegen ihrer Hautfarbe ist die typische Rötung nicht ganz so leicht zu erkennen.«

»Also …« Kate wünschte, sie hätte ihr Strickzeug mitgebracht. Sie fühlte sich angespannt, und ihr ging so vieles gleichzeitig durch den Kopf, dass sie kaum einen klaren Gedanken fassen konnte. Sie zog ein paar leere Blätter aus dem Vorratsfach des Druckers und begann, Origami-Figuren zu falten. »Derselbe Mörder, aber unterschiedliche Vorgehensweisen. Wieso?«

»Oder zwei unterschiedliche Mörder, die zusammengearbeitet haben«, warf Deacon ein. »Allerdings ist es ziemlich riskant, eine Verbindung zwischen den beiden Opfern herzustellen, nur weil sie am selben Tag getötet und in die Pathologie gebracht wurden. Wie gelangte das Cyanid in den Körper der Studentin, Carrie?«

»Das kann ich erst sagen, wenn ich sie aufgemacht und mir ihren Mageninhalt angesehen habe. Das Kokain-Ketamin-Gemisch hat sie allerdings geschnupft. Ich habe Reste auf den Innenseiten ihrer Nasenflügel gefunden. Außerdem weist ihre Nasenscheidewand deutliche Spuren von langfristigem Konsum auf.«

Kate stellte das Papierboot beiseite und machte sich an einen Hubschrauber. »Vielleicht dachten sie ja, wir wären so mit Alice und Decker beschäftigt, der ja inzwischen ebenfalls tot sein sollte, dass uns eine Studentin mit Überdosis gar nicht auffällt. Aber wieso eine Überdosis Kokain *und* Ketamin? Und wieso das Cyanid? Das erregt doch Verdacht.«

»Vielleicht wollte der Mörder erreichen, dass sie möglichst schnell stirbt, ist aber davon ausgegangen, dass ich nicht nach dem Gift suchen würde«, mutmaßte Carrie. »Und der Gedanke ist nicht so abwegig. Normalerweise untersucht man nicht darauf. Wer weiß, wie viele Cyanid-Vergiftungen wir schon übersehen haben.«

»Fest steht, dass sie mit Alice gesprochen hat«, warf Kate ein. »Sie hat sich als Assistentin der Anwaltskanzlei ausgegeben. Ich habe dort angerufen und herausgefunden, dass es keine Mitarbeiterin namens Keisha Findlay gibt. Sie hatte ein Bestätigungsschreiben mit dem Briefkopf der Firma dabei und sich so den Kontakt zu Alice verschafft.«

»Alice hatte bereits drei Kanzleien das Mandat entzogen, weil sie sich geweigert haben, auch nur zu versuchen, völlige Straffreiheit für sie herauszuschlagen.«

»Wir müssen herausfinden, was sie all diesen Anwälten erzählt hat«, sagte Deacon.

»Das wird ein Riesenspaß«, bemerkte Kate höhnisch. »Die werden sich doch alle hinter dem Anwaltsgeheimnis verschanzen.« Sie stellte den fertigen Hubschrauber auf den Tisch und machte sich an einen Hund. »Wir wissen auch, dass der Mörder – ob er nun McCords Partner ist oder nicht – andere vorschickt, die die Drecksarbeit für ihn erledigen. Eileen sollte Decker töten, und Sidney hat er auf Alice angesetzt. Vielleicht will er nicht, dass die Überwachungskamera ihn einfängt.«

»Sidney war ein Koks-Junkie«, sagte Deacon nachdenklich. »Können Sie die Reste in ihren Nasenlöchern untersuchen, Carrie? Vielleicht können wir das Zeug ja bis zum Dealer zurückverfolgen.«

»Ich bemühe mich.«

Inzwischen hatte Kate auch den Hund vollendet und blickte auf das nächste Blatt Papier. »Sowohl Eileen Wilkins als auch Sidney Siler haben regelmäßig Koks konsumiert. Die Pflegeassistentin in Deckers Zimmer ...« Sie wandte sich Carrie zu. »Sie haben mitbekommen, dass einem unserer Agents heute Morgen im Krankenhaus eine Überdosis eines Opioids verpasst wurde, um ihn zu töten, oder?«

Carrie riss die Augen auf. »Nein. Ist alles in Ordnung mit ihm?«

Kate nickte. »Ja, aber nur, weil Sie so schnell erkannt haben, dass Alice vergiftet wurde. Mein Partner und ich waren gerade auf dem Weg zu ihm und schon im Krankenhaus, als die Nachricht kam. Ich bin in sein Zimmer gestürmt, gerade als das Zeug zu wirken anfing. Der diensthabende Arzt hat ihm sofort ein Gegenmittel gespritzt.«

»Naloxon«, bestätigte die Ärztin. »Dadurch hat sich die Zahl der Herointoten, die ich auf den Tisch bekomme, drastisch reduziert.«

»Eine Schwester hatte ihm das Opioid über den Tropf verabreicht.« Kate machte sich an das nächste Origami-Kunstwerk, wenngleich weniger fieberhaft. Inzwischen hatte sich der Druck in ihrem Innern gelöst, und sie konnte wieder halbwegs klar denken. »Eileen Wilkins muss denjenigen gekannt haben, der Sidney Siler getötet hat. Eileen hat ihr Koks über ihren Liebhaber bezogen, ein wesentlich jüngerer Bursche namens Roy, der zwar offiziell am King's College eingeschrieben ist, seine Zeit aber eher im Fitness-Studio verbringt. Sidney Siler war auch auf dem King's College, daher könnte es sein, dass sie ein und denselben Dealer haben.«

»Sollten Sie das Zeug finden, das diese Schwester geschnupft hat, könnte ich es vielleicht mit den Spuren in Sidneys Nasenlöchern vergleichen«, sagte Carrie.

»Die sind wirklich gut, Kate«, bemerkte Deacon und warf ihr einen seltsam abwägenden Blick zu. »Wenn dieses Papierfalten hilft, so schnelle Rückschlüsse zu ziehen, sollte ich vielleicht auch damit anfangen.«

Kate kannte diesen Blick, und sie wusste, dass er später noch einmal darauf zurückkommen würde. In ihrer gemeinsamen Zeit in Baltimore hatte sie keine Figürchen falten oder Stricken oder sich sonst irgendwie ablenken müssen. Damals hatte sie den Stress anderweitig abbauen können, doch nun schien sie dem Lärm in ihrem Kopf nicht länger entfliehen zu können.

»Da drinnen tobt ein Hurrikan«, gestand sie leise und tippte sich an die Schläfe. »Zuerst war es Kategorie fünf, jetzt bin ich runter auf zwei, wo das Denken wieder funktioniert. Es könnte sein, dass Agent Troy diesen Roy bereits aufgestöbert hat«, fuhr sie fort, heilfroh, nicht länger über sich sprechen zu müssen. »Troy hat herausgefunden, dass Eileen einen fünfzehnjährigen Sohn hat, der gerade seinen Schulabschluss machen sollte. Er absolviert ein spezielles Sommerprogramm für Kinder mit Lernschwierigkeiten. Troy hat ein paar Zivilkollegen vor der Schule postiert, falls ihn jemand abholen sollte. Oder ihm nach Hause folgt, wenn er sich allein auf den Weg macht. Außerdem wird Schwester Wilkins' Haus überwacht. Die Fahndung ist draußen. Ich schicke Troy eine Nachricht, dass er die Drogen, die sie vielleicht bei einer Hausdurchsuchung finden, gleich herbringen lässt.« Sie wollte ihr Handy zücken, doch Deacon gebot ihr Einhalt.

»Ich schreibe Zimmerman und Troy. Du faltest weiter deine Figürchen und denkst schön nach.«

Kate wagte sich an eine kompliziertere Figur. »Noch mal zu dem Rizin«, sagte sie. »Wie Sie vorhin sagten, Carrie, kursieren überall in diesem verdammten Internet Rezepte für die Herstellung. Vor kurzem hat es ein Neunzehnjähriger im Zimmer seines Wohnheims an der Georgetown University mit Material aus dem Baumarkt selbst hergestellt, und zwar genug, um eine ganze Stadt auszulöschen. Mit dem Material, ein paar Basiskenntnissen in Chemie und ein paar Laborutensilien für Amateure ist das alles kein Problem.«

Deacon ließ den Atem entweichen. »McCord war Highschool-Lehrer, sein Partner vielleicht ebenfalls. Folglich hatte zumindest McCord Zugang zu einem Labor. Gib mir mal so ein Blatt Papier, Coppola.«

Sie grinste ihn an. »Du hast diese gruseligen Augen, die den Leuten solche Angst machen, dass sie sofort gestehen. Also darf ich ja wohl meine eigenen Superkräfte haben, oder?« Sie strich noch einmal über einen Falz und begutachtete ihr Werk. »Nicht übel«, stellte sie fest.

Carrie beugte sich vor. »Was ist das? Ein Adler oder ein Falke?«

»Etwas in der Art«, antwortete sie ausweichend und sah Deacon an, der nur die Augen verdrehte.

»Das ist ein Greif«, warf Deacon tonlos ein. »Ein mystisches Mischwesen aus einem Adler und einem Löwen. Nicht real«, fügte er bedeutungsvoll hinzu.

»Trotzdem supercool«, sagte Carrie, die die Anspielung nicht mitbekommen hatte.

»Tja, dann lassen wir Sie mal weiterarbeiten.« Kate erhob sich und sammelte ihre Papierfigürchen ein. »Wo ist der Papierkorb?«

Carrie streckte ihr die Hand hin. »Ich nehme sie gern mit. Mein fünfjähriger Neffe wird begeistert sein, wenn er sie auseinanderfalten und sich ansehen kann, wie Sie das gemacht haben. In ihm schlummert ein Ingenieur.«

Kate und Deacon verließen die Pathologie und standen in verlegenem Schweigen vor dem Aufzug, als eine Nachricht auf Deacons Handy einging.

»Von Scarlett«, sagte Deacon. »Sie hat sie schon vor einer Viertelstunde geschickt. Verdammt. Hier unten ist man ja völlig von der Welt abgeschnitten. Sie und Marcus warten beim *Ledger* wegen der Ermittlungen von Woody McCord auf uns.«

»Mist, das habe ich ja völlig vergessen.« Kate zog ihr Handy heraus, auf dem ebenfalls mehrere Nachrichten eingegangen waren. »Troy hat mir geschrieben. Sie haben Decker sicher in das Penthouse gebracht. Deine Schwester ist bei ihnen. Troy und Zimmerman reden gerade mit Decker. Offenbar hat Scarlett sich zuerst mit ihm in Verbindung gesetzt, und er wollte, dass sie zum Unterschlupf kommt, da er und Troy wohl noch eine Weile dort bleiben werden. Zimmerman will, dass wir uns alle gemeinsam anhören, was Marcus O'Bannion über McCord zu sagen hat.«

»Davenport auch?«, fragte Deacon stirnrunzelnd.

»Ja, er auch.« Kate machte keinen Hehl daraus, dass ihr seine Frage auf die Nerven fiel. »Vielleicht hat er bei den Menschenhändlern zufällig etwas aufgeschnappt, ohne zu wissen, dass es wichtig sein könnte. Deshalb muss er sich anhören, was Marcus zu sagen hat. Außerdem hat er sein Leben aufs Spiel gesetzt, um uns wissen zu lassen, dass McCord einen Partner hat. Du würdest dir an seiner Stelle auch alles anhören wollen.«

»Stimmt«, räumte Deacon ein. »Ich gebe Scarlett Bescheid, dass wir unterwegs sind.« Er schickte ihr eine Nachricht und sah Kate seufzend an. »Sei bloß vorsichtig wegen Davenport. Es gefällt mir nicht, wie er dich ansieht.«

Der Mann sieht mich an, als wäre ich seine Heilsbringerin, dachte sie, verkniff sich die Worte jedoch wohlweislich.

»Wieso?«, fragte sie stattdessen. »Ich verstehe gar nicht, wieso du ihn nicht leiden kannst.«

»Weil er dich ansieht, als hätte er jahrelang auf einer einsamen Insel gelebt, ohne eine Frau weit und breit«, antwortete Deacon unverblümt. »Und weil er es geschafft hat, drei ganze Jahre undercover zu arbeiten. Wer weiß, was er in dieser Zeit tun musste und was das aus ihm gemacht hat. Ich kenne ein paar Kollegen, die längere Zeit verdeckt ermittelt haben. Die machen ihre Sache deshalb so gut, weil sie keine Bindungen eingehen. Zumindest keine, die länger halten.«

Ah. Darum ging es also. Allerdings bezweifelte sie, dass seine Vermutung auch auf Decker zutraf. Zumindest wünschte sie es sich.

»Ich bin schon erwachsen, Deacon, und kann auf mich selbst aufpassen.« Sie lächelte ihn an. »Aber trotzdem danke, dass du dir meinetwegen Gedanken machst.«

Die Aufzugtüren öffneten sich. Dankbar für die Ablenkung, folgte Kate Deacon hinein. Minuten später traten sie wieder heraus, und Kate sog die frische Luft tief ein. »Ich hasse den Geruch dort unten«, sagte sie und schnupperte an ihrer Jacke. »Jetzt stinke ich auch noch nach Tod. Deshalb kann ich mein Strickzeug auch nicht mit runternehmen.«

Deacon setzte seine Sonnenbrille auf. »Im Penthouse gibt es drei Badezimmer. Dort kannst du gleich duschen.«

»Gute Idee. Vielleicht mache ich das tatsächlich. Ich habe Kleider zum Wechseln im Wagen.«

Die glühende Sommerhitze schlug ihnen entgegen, als sie das Gebäude verließen – trotzdem: immer noch besser als der widerliche Pathologie-Gestank. Sie machten sich auf den Weg zu ihren Autos.

»Warte«, sagte Deacon, als Kate aufschließen und einsteigen wollte. »Diese Hurrikans in deinem Kopf … sie sind schlimmer geworden, stimmt's? Früher musstest du jedenfalls nicht ständig stricken. Heute Morgen hast du mich an einen Junkie erinnert, der es kaum erwarten kann, sich den nächsten Schuss zu setzen. Und vorhin, mit den Figürchen, war es genauso. Alles in Ordnung?«

»Ja. Mehr oder weniger.«

»Was ist passiert?«

»Ein Stück weit liegt es an den Hormonen. Ich werde nun mal älter.« Sie wünschte, sie könnte ihm in die Augen sehen, um sicher zu sein, dass er es ihr abkaufte. Aber Deacon war ihr Fels in der Brandung gewesen, deshalb verdiente er etwas Besseres als diese faule Ausrede. »Aber in Wahrheit ist Jack der Grund.«

»Oh.« Er sah sie bestürzt an. »Das hätte ich wissen müssen. Es tut mir leid, Kate.«

»Wieso?« Sie tätschelte ihm die Wange. »Du hast dein Leben, Deacon, und ich freue mich von Herzen für dich. Ich komme schon zurecht. Ich bin heilfroh, dass ich jetzt hier bin. Zu wissen, dass du hinter mir stehst, reicht mir schon.«

»Ja, und du weißt, dass ich das immer tun werde.«

»Genau. Deshalb habe ich auch zugelassen, dass du auf Decker herumhackst. Aber sei ein bisschen nachsichtig mit ihm – zumindest bis du ihn etwas besser kennengelernt hast. Wenn du ihm dann immer noch nicht über den Weg traust, höre ich auf dich, versprochen.«

»Okay.« Wieder sah er auf sein Handy. »Noch eine Nachricht von Scarlett. Sie bringen Stone, Marcus' Bruder, mit. Er will auch unbedingt dabei sein.« Er sah Kate an. »Eigentlich sollte er sich noch ausruhen.«

»Decker sollte auch noch nicht auf den Beinen sein. Aber für ihn ist es genauso wichtig wie für Stone. Außerdem sind sie sowieso schon unterwegs. Und im Penthouse ist wenigstens deine Schwester, die sich um ihn kümmern kann, wenn er Hilfe braucht.«

»Stimmt.«

»Was ist mit Adam?«, fragte Kate. »Sollte er nicht auch dabei sein?«

»Gute Idee. Ich gebe ihm gleich Bescheid. Wir treffen uns dann dort.«

9. Kapitel

Dani Novak war schlimmer als sein fiesester Drillsergeant, dachte Decker beim Anblick des Essenstabletts auf seinem Schoß. Es gab gekochtes Hühnchen ohne Haut, dazu ungewürzte grüne Bohnen aus der Dose. Wenigstens waren die Karotten frisch, wie er feststellte, als er kräftiger als nötig hineinbiss.

»Kate hat mir Chicken Wings mitgebracht«, maulte er. »Und einen Cheeseburger. Und M&Ms.«

»Kate ist auch nicht Ihre Ärztin«, erwiderte Dani scharf. »Aber ich. Hören Sie auf mit dem Gejammer, das ist ja erbärmlich.«

»Das ist mir egal«, schoss er zurück. »Ich habe Hunger.«

Sie setzte sich mit ihrem eigenen Tablett auf einen Stuhl neben seinem Bett. »Dann essen Sie jetzt und hören auf, sich wie ein quengeliger Dreijähriger aufzuführen.«

Agent Triplett hatte Mühe, ein Prusten zu unterdrücken. Decker warf ihm einen vernichtenden Blick zu. »Sie halten gefälligst den Mund.«

Triplett hob die Hände. »Ich habe kein Wort gesagt.«

Decker stieß einen frustrierten Seufzer aus. »Auch egal.« Er wandte sich ab und blickte durch die bodentiefen Fenster auf die Stadt und den Ohio River hinaus. Sein Krankenbett stand im Wohnzimmer des luxuriösesten Apartments, das er je gesehen, geschweige denn betreten hatte, und die Aussicht war absolut atemberaubend. »Wie kommt das FBI zu so einer Wohnung?«

»Über Adam«, antwortete Dani. »Adam Kimble«, fügte sie beim Anblick seiner verständnislosen Miene hinzu.

»Ach ja, Kate hat mir von ihm erzählt. Er gehört zum Team und arbeitet im Moment für die ICAC.« Das war der Typ, der sich die Fotos auf McCords Computer ansehen musste.

Ein Schatten huschte über Danis Augen. »Ja. Ich hoffe nur, es funktioniert auch.«

Sie war wütend. Die Frau schäumte regelrecht vor Wut. »Was meinen Sie damit?«

Sie biss sich auf die Unterlippe, dann zuckte sie mit den Schultern. »Es ist kein Geheimnis, dass Adam vor etwa einem Jahr zu Personal Crimes versetzt wurde.«

»Verstehe. Das ist hart.«

Sie nickte. »Nach drei Monaten hat er sich plötzlich verändert. Und zwar dramatisch. Früher war er ein optimistischer, fröhlicher und geduldiger Mensch, aber dann hatte er so etwas Düsteres, fast Beängstigendes an sich.«

»Sie sind mit ihm befreundet?«

»Er ist Deacons und mein Cousin. Wir sind zusammen aufgewachsen.«

»Oh. Mir war nicht klar, dass hier alle so … eng miteinander vernetzt sind.« Decker warf Triplett einen Blick zu, der neugierig von seinem Posten neben der Tür herübersah, ehe er sich erneut an Dani wandte. »Sie sagten, Adam sei nur drei Monate dabei gewesen. Was ist dann passiert?«

»Keine Ahnung. Er hat es mir nie erzählt. Und Deacon auch nicht. Aber es muss etwas ziemlich Schlimmes gewesen sein, weil er sich danach erst mal eine Auszeit genommen hat. Seit seiner Rückkehr ist er wieder Lieutenant Isenberg unterstellt, die die gemeinsame Sondereinheit des FBI und des CPD leitet und auch Deacons und Scarletts Vorgesetzte ist.«

»Aber wieso sollte sie von ihm verlangen, sich Fotos anzusehen, bei denen die meisten Leute den Verstand verlieren würden?«, fragte Decker.

»Gute Frage«, antwortete Dani grimmig. »Ich habe schon nach dem ersten Mal geholfen, die Scherben einzusammeln. Ehrlich gesagt, will ich lieber gar nicht daran denken, wie es diesmal sein wird.« Seufzend blickte sie auf ihren Teller. »Jedenfalls gehört das Apartment einem Mann, dessen Kind vor mehreren Jahren entführt wurde. Adam hat maßgeblich dazu beigetragen, dass es sicher wieder nach Hause zurückkehren konnte. Danach hat der Besitzer das Apartment umbauen lassen, so dass niemand mehr hier eindringen kann. Er ist so eine Art Marketing-Guru und hat einen Vierjahres-Vertrag in Asien unterschrieben. Aus purer Dankbarkeit hat er Adam erlaubt, das Apartment als Unterschlupf zu nutzen.«

»Ich bin Ihnen allen wirklich dankbar dafür«, sagte Decker leise. »Tut mir leid, dass ich gejammert habe. Ich habe nur einen Riesenhunger, und das Hasenfutter hier macht mich nicht satt.«

»Mich auch nicht«, gestand Dani, »aber etwas anderes hatte Agent Troy nicht im Kühlschrank, und wir mussten doch sicher sein, dass es nicht vergiftet ist. Aber ich sorge dafür, dass demnächst jemand die Vorräte auffüllt.«

»Troy isst dieses Zeug?«, fragte Decker entsetzt. »Freiwillig?«, fügte er leise hinzu und blickte zur Tür des kleinen Arbeitszimmers, in dem Zimmerman und Troy verschwunden waren.

»Er hat ein Magengeschwür«, sagte Triplett. »Deshalb muss er Diät halten.«

»Du liebe Zeit. Andererseits ist das kein Wunder bei den Arbeitszeiten und der Ernährung. Da muss der Magen ja verrücktspielen.«

»Bei Ärzten ist das natürlich ganz anders«, spottete Decker. »Menschen wie Sie stehen doch auch unter Dauerstrom. Und diejenigen, die keine Drogen nehmen, haben andere Laster, so wie wir anderen auch.«

»Touché«, sagte sie. »Was ist denn Ihr Laster, Decker?«

Er dachte kurz nach. »Drogen jedenfalls nicht. Sex auch nicht und noch nicht mal Rock 'n' Roll«, fügte er mit einem selbstironischen Kopfschütteln hinzu. »Ich trinke nur wenig Alkohol.« Weil er noch heute seine sturzbetrunkenen Eltern vor sich sah, wann immer er ein Glas in die Hand nahm. »Wahrscheinlich der Job, nach dem Motto – Hi, ich heiße Griffin Davenport und bin Workaholic.«

»Hi, Griffin«, sagte Triplett. »Ich heiße Jefferson Triplett und jogge.«

»Sport ist doch gesund«, meinte Dani, musterte den jungen Agent jedoch mit professionellem Interesse.

»Aber nicht in dem Maß, wie ich ihn betreibe«, gab Triplett betrübt zurück. »Ich habe mir die Knie und den Rücken ruiniert und laufe trotzdem weiter. Ich *muss* einfach laufen, sonst finde ich nachts keinen Schlaf. Und ich bin gerade einmal ein Jahr dabei.«

Du liebe Güte, Junge, dachte Decker voller Mitleid. *Das FBI macht dich kaputt und tritt noch drauf, wenn du am Boden liegst.*

»Was sind wir doch für ein erbärmlicher Haufen«, bemerkte Dani. »Ich bin auch ein Workaholic und merke, dass es mir nicht guttut. Ich darf keinen Alkohol trinken und muss viel zu viele Medikamente schlucken.« Sie schob ihren Teller beiseite. »Tja, wo wir alle gerade so rührselig sind, muss ich Ihnen etwas sagen, damit Sie wissen, was im Notfall zu tun ist und welche Vorsichtsmaßnahmen Sie ergreifen müssen. Und auch damit Sie jetzt entscheiden können, ob Sie mich noch weiter als Ihre behandelnde Ärztin haben wollen, Decker. Ich bin HIV-positiv. Die Zahl meiner T-Zellen ist gut, und meine Viruslast ist nicht feststellbar. Ich kann Ihre

Ärztin sein, ohne Sie einem Risiko auszusetzen, aber falls etwas passieren und ich bluten sollte ...«

Decker sah sie an. »Das ist so ziemlich das Letzte, was ich erwartet hatte, aber nur fürs Protokoll – Sie können gern auch weiterhin meine Ärztin sein. Ob Triplett bleiben will, muss er selbst entscheiden.«

»Ich gehe nirgendwohin«, erklärte Triplett mit fester Stimme.

»Wir sorgen einfach dafür, dass Sie nicht bluten werden, okay, Doc?«

Danis Schultern entspannten sich sichtlich. »Immer eine gute Idee. Danke.«

»Nichts zu danken«, gab Decker zurück. »Aber ich habe eine Frage. Natürlich müssen Sie sie nicht beantworten, wenn Sie nicht wollen ... aber haben Sie deshalb im Krankenhaus gekündigt? Eine der Schwestern meinte, man hätte Sie ziemlich mies behandelt.«

»Es wurde zum Problem, das stimmt«, räumte Dani ein. »Aber ich habe alle Vorsichtsmaßnahmen ergriffen und sämtliche Regeln und Vorschriften strengstens befolgt.«

»Dann sind es Arschlöcher«, bemerkte Triplett sachlich.

Decker prustete vor Lachen. »Der Junge bringt es auf den Punkt«, sagte er, worauf auch Dani grinste.

Einen Moment lang ließ Decker den Blick aus dem Fenster schweifen. Dani war bildhübsch, und wenn sie lächelte, war es, als hätte jemand eine 1000-Watt-Birne angeknipst. Trotzdem rührte sie sein Inneres nicht an. Nicht so wie eine gewisse rothaarige Polizistin.

Und wenn man vom Teufel spricht ... In diesem Moment meldete sein Handy eine Nachricht von besagter Rothaarigen, in der sie ihn informierte, dass sie bereits auf dem Weg sei. »Scheint, als würden wir gleich Gesellschaft bekommen. Kate, Ihr Bruder, Ihr Cousin und ein paar Leute vom *Ledger* müssen gleich –«

Tripletts Handy klingelte, und er zog es hervor – es wirkte wie ein Kinderspielzeug in seinen Pranken. »Ja? Schicken Sie sie hoch. Ich weiß dann Bescheid.« Er legte auf. »Detective Bishop und die Jungs vom *Ledger* sind schon auf dem Weg nach oben. Einer von ihnen sitzt im Rollstuhl.«

Dani räumte bereits das Geschirr beiseite, hielt jedoch inne und starrte Triplett fassungslos an. »*Was*? Die haben Stone dabei? Sind die verrückt?«

»Wer ist Stone?«, fragte Decker.

Dani schnaubte. »Marcus' Bruder. Auch er wurde letzte Woche angeschossen. Mehrfach.«

»Stone O'Bannion?«, hakte Decker nach. »Der Reporter? Er war doch vor ein paar Jahren mit den Truppen unterwegs, richtig?«

»Genau. Haben Sie ihn drüben kennengelernt?«, fragte Dani.

»Nein, aber ich habe einige seiner Artikel gelesen. Die meisten von uns können Reporter auf den Tod nicht ausstehen, aber er hat selbst ein oder zwei Einsätze mitgemacht, deshalb war er quasi einer von uns, und wir haben ihm vertraut.« Vor allem ein Bericht war Decker ganz besonders im Gedächtnis geblieben. »Er hat einen verdammt eindrucksvollen Nachruf auf eine Gruppe von Ärzten geschrieben, die unter Beschuss geraten sind, obwohl sie mit einem Fahrzeug vom Roten Kreuz unterwegs waren.«

»Haben Sie bei diesem Angriff Freunde verloren?«, wollte Triplett wissen. »Entschuldigung, ich wollte nicht neugierig sein, aber Sie hatten einen Moment lang so einen Ausdruck im Gesicht …«

»Ja, das habe ich.« Eilig schob Decker die Erinnerung beiseite. Er hatte heute bereits bittere Tränen wegen Shelby Lynne vergossen und wollte nicht auch noch von seinen Gefühlen wegen Beth übermannt werden, was durchaus passieren könnte, wenn er weiter an sie dachte. »Ja, ein paar sehr enge sogar.«

Dani runzelte die Stirn. »Es ist schön, dass Stone den Nachruf verfasst hat, das ändert aber nichts daran, dass er zu Hause im Bett sein sollte. Und sich erholen.«

»Wegen mir kann er gern das Bett haben«, sagte Decker. »Ernsthaft. Ich will nicht in diesem Bett liegen, solange hier die Bude voll ist. Trip, können Sie mir mit dem Rollstuhl helfen?«

Triplett eilte an seine Seite.

»Damit überschreiten Sie jetzt schon die Zeit, die Sie außerhalb des Bettes verbringen dürfen«, tadelte Dani, machte jedoch keine Anstalten, weiter darauf herumzureiten, wofür Decker ihr überaus dankbar war.

Gerade als er sich in den Rollstuhl gehievt hatte, läutete es an der Tür. Triplett öffnete nach einem Blick auf den Sicherheitsmonitor, und Scarlett Bishop trat als Erste ein.

»Wow«, stieß sie hervor und sah sich um. »Ich habe ganz vergessen, wie toll es hier ist.«

»Mir gefällt dein Haus besser«, meldete sich Marcus O'Bannion zu Wort, der einen Rollstuhl mit einer Behutsamkeit über die Schwelle schob, als wäre es ein Kinderwagen mit einem schlafenden Säugling darin.

Der Mann in dem Rollstuhl verdrehte die Augen. »Ich bin nicht aus Glas, Marcus.«

»Nein, aber du bist immer noch ziemlich angeschlagen, Stone, und solltest eigentlich gar nicht hier sein.«

»Allerdings«, brummte Dani. »Wer so was tut, kann ja nicht ganz bei Trost sein.«

Stone strahlte sie unbeirrt an. »Ich wusste gar nicht, dass Sie auch hier sein würden, Dr. Dani.«

Decker verfolgte den Dialog und fragte sich, woher Stone wohl Dani Novak kennen mochte. Diese Leute waren derart

eng miteinander bekannt – Cousins und Cousinen, Lebens-
gefährten und Verlobte, und das Herz des Geflechts bildete
Deacon Novak, wie es aussah.

»Ich kümmere mich um ihn.« Dani nickte in Deckers Richtung, der verfolgte, wie das letzte Mitglied der Gruppe das
Apartment betrat und die Tür hinter sich schloss.

Der Mann hätte Tripletts Zwilling sein können, nur dass er
weiß und über und über tätowiert war. Und er wirkte gefährlich, wohingegen Triplett allein durch seine Körpergröße
Eindruck machte.

Mit ernster Miene ließ der Typ den Blick routiniert umher-
schweifen, als halte er nach versteckten Fallen oder Angrei-
fern Ausschau. *Militär*, dachte Decker. *Ganz klar.* Doch als
sein Blick auf Dani fiel, erstarrte der Typ zur Salzsäule –
ebenso wie die Ärztin.

Während Danis Starre jedoch wirkte, als traue sie sich nicht,
einen Muckser zu machen, um den Riesen bloß nicht aufzu-
schrecken, wirkte der Typ selbst hingegen, als würde er jeden
Augenblick aus der Haut fahren. Gleichzeitig schienen sämtliche Anwesende den Atem anzuhalten.

Schließlich durchbrach Dani die Stille. »Coach Diesel«, sagte
sie leise. »Freut mich, Sie wiederzusehen.«

Der Mann nickte abrupt, sagte jedoch nichts.

Stone seufzte leise. »Der Arztkittel. Könnten Sie ihn vielleicht ausziehen, Dr. Dani?«

Ihre Augen weiteten sich. »Oh. Aber natürlich.« Sie verschwand in ihrem Zimmer, kehrte Augenblicke später ohne
ihren Kittel zurück und schenkte dem tätowierten Riesen ein
gewinnendes Lächeln. »Ist es so besser?«

Der Riese lief rot an. Dunkelrot. Fasziniert verfolgte Decker
den Dialog und sah sich um, doch alle anderen gaben geflis-
sentlich vor, beschäftigt zu sein. Marcus schob Stones Rollstuhl neben Deckers, ehe er zu Scarlett ans Fenster trat, um

die Aussicht zu bewundern, während Stone Decker eingehend musterte. *Ziemlich seltsam.*

Lediglich Triplett beobachtete Dani und den Riesen, allerdings schien er sich nur davon überzeugen zu wollen, dass keine Gefahr von Diesel ausging. Was offensichtlich der Fall war, denn nach einem Moment trat er vor und reichte ihm die Hand. »Jeff Triplett.«

»Diesel Kennedy«, stellte sich der Riese mit einer Stimme vor, die an einen laufenden Harley-Davidson-Motor erinnerte. »Ich arbeite für Marcus.«

»Darf ich Ihnen Agent Davenport vorstellen, Coach?«, meldet sich Dani mit sanfter Stimme zu Wort.

Diesel trat an Dani vorbei und setzte sich neben Stone. *Ein Wort, und es knallt,* sagte sein Blick.

Stone verdrehte die Augen und wandte sich Decker zu. »Und? Lust auf ein kleines Rennen?«

Decker lachte laut auf, verzog jedoch schmerzerfüllt das Gesicht. »Au! Lieber nicht. Ich fürchte, Dr. Novak wäre nicht begeistert, und ich muss schön brav sein, dann kriege ich später vielleicht eine Pizza.«

Stone seufzte. »Tja, hört sich so an, als würden Sie mächtig unter dem Pantoffel stehen, andererseits klingt Pizza echt verlockend. Ich bin immer noch bei Schonkost.« Sein Blick wurde scharf. »Wie lange waren Sie eigentlich bei diesen Menschenhändlern?«

»Kein Interview, O'Bannion.« Decker lächelte, um seinen Worten die Schärfe zu nehmen. Es hatte ja noch nicht einmal die offizielle Nachbesprechung seines Einsatzes stattgefunden. Er hatte lediglich nach ihrer Ankunft Zimmerman einige Details mitgeteilt, woraufhin dieser in das angrenzende Arbeitszimmer verschwunden war, um die anstehenden Aufgaben auszuarbeiten. Leider gab es keine neuen Erkenntnisse zur Frage, wer McCords Partner sein könnte.

Wieder stieß Stone einen Seufzer aus. »Das hatte ich auch nicht angenommen, aber einen Versuch war's trotzdem wert.«

»Dass Sie Reporter sind, wusste ich bereits«, sagte Decker, ehe er sich an Diesel wandte, »aber wieso hat Dr. Novak Sie Coach genannt?«

Wieder wurde Diesel rot, doch nun, da die Ärztin nicht länger in unmittelbarer Nähe war, bekam er auch die Zähne auseinander. »Ich trainiere eine Kinderfußballmannschaft. Einer meiner Schützlinge hat sich verletzt, und Dr. Novak hat ihn in der Meadow verarztet, wo sie Freiwilligenarbeit leistet.«

»Nächste Woche fängt sie fest dort an zu arbeiten«, klärte Decker ihn auf.

Diesel kniff die Augen zusammen. »Vollzeit? Dort geht es ganz schön gefährlich zu.« Er drehte sich um und warf Dani einen finsteren Blick zu, die jedoch nichts davon mitbekam.

»Bislang ist kein einziger Vorfall bekannt, bei dem das Personal dort zu Schaden gekommen ist«, warf Stone ein. »Sie macht das schon. Ein paar Polizisten leisten dort auch Freiwilligenarbeit. Die passen schon auf sie auf.«

Diesel starrte Stone an. »Woher willst du das wissen?«

»Sie hat mir gestern Abend davon erzählt, als sie nach dem Essen vorbeigekommen ist, um nach mir zu sehen, und da habe ich sie gefragt, weil ich mir schon gedacht habe, dass du dich sorgst.«

Diesel machte ein finsteres Gesicht. »Das ist ihre Sache.«

»Das stimmt, Diesel, es sei denn, du machst es auch zu deiner Sache. Falls nicht, dann will ich kein Gemecker hören.« Diesel schien nach Luft zu schnappen, während Stone sich bereits wieder Decker zuwandte. »Wie sollen wir Sie nennen, Agent Davenport? Griffin? Griff?«

»Decker ist okay.«

»Oder vielleicht lieber Mr. Surferboy«, meldete sich Diesel zu Wort.

Decker starrte ihn an. »Wie bitte?«

Diesel zuckte die Achseln. »Ich war derjenige, der Agent Novak letzte Woche zum Haus der Menschenhändler gefahren hat, um ihm zu helfen, Ihren Arsch zu retten.«

Decker schürzte die Lippen. Dass Deacon Novak die Blutung gestoppt hatte, war immer noch ein wunder Punkt für ihn. »Wenn das so ist, sollte ich mich wohl bei Ihnen bedanken. Aber das erklärt noch lange nicht den Spitznamen.«

»Ich habe Sie und Agent Coppola zusammen gesehen und Marcus gefragt, wer denn dieser Surferboy sei, weil ich fand, dass Sie wie einer dieser Strandheinis aussehen, aber er hat mich aufgeklärt, dass Sie der Undercover-Typ sind.«

Kurz fragte Decker sich, woher ein Zivilist wissen konnte, dass ein verdeckter Ermittler in den Menschenhändlerring eingeschleust worden war, beschloss jedoch, sich die Frage für später aufzuheben. »Man hat mich schon als so manches bezeichnet, aber Surferboy war definitiv nicht dabei.«

»Vielleicht wissen Sie es ja bloß nicht«, gab Diesel zurück.

»Auch wieder wahr. Aber ich erinnere mich nicht an Sie, obwohl mir Ihre Tattoos bestimmt im Gedächtnis geblieben wären.«

»Ich war nur ganz kurz da. Zu viele Cops für meinen Geschmack.« Er mimte einen Schauder. »Da kriege ich die Krätze.«

»Ich auch«, bestätigte Stone mit einem Seitenblick auf Scarlett und seinen Bruder, die immer noch Arm in Arm am Fenster standen. »Und jetzt muss ich auch noch nett zu einer sein.«

»Das habe ich gehört!«, rief Scarlett, ohne sich umzudrehen.

»Ich weiß!«, gab Stone zurück und grinste, als Scarlett ihm hinter ihrem Rücken den Stinkefinger zeigte.

Diesel schüttelte den Kopf. »Hör auf, sie zu ärgern, Stone.«

»Hey, ich kann erst in ein paar Wochen wieder zur Arbeit,

und an Sport ist erst mal nicht zu denken. Sie ein bisschen aufzuziehen, ist der einzige Spaß, der mir noch geblieben ist. Decker ist in einem tausendmal besseren Zustand, obwohl er gerade erst aus dem Koma aufgewacht ist, verdammt noch mal.«

Decker konnte nur hoffen, dass er besser als Stone O'Bannion aussah: So breitschultrig und kräftig der Mann auch sein mochte, nun wirkte er auffallend zerbrechlich. Sein Gesicht war kreidebleich, seine Wangen wirkten hohl und eingefallen unter dem Bartschatten. Er war letzte Woche angeschossen worden, als einer der Menschenhändler auf der Suche nach Marcus in die Redaktionsräume des *Ledger* eingedrungen war. Aus Wut, weil der Herausgeber unauffindbar gewesen war, hatte er das Feuer eröffnet, mehrere Mitarbeiter getötet und Stone lebensgefährlich verletzt. Doch Stone hatte im Zuge des Angriffs mehreren Menschen das Leben gerettet, was ihn zu einem echten Helden machte.

Darüber hinaus hatten die beiden dabei geholfen, McCord ans Messer zu liefern, was an sich schon eine Heldentat war. Dabei mochten sie zwar hier und da vom Pfad der Legalität abgekommen sein, aber Decker würde ihnen ganz bestimmt keinen Vorwurf daraus machen.

Nicht nach dem, was er an Methoden hatte anwenden müssen.

Er blickte zur Tür, wo Triplett gerade Kate in Empfang nahm. Ein geradezu kindliches Gefühl der Freude durchströmte ihn, als sie ihn anlächelte.

Hinter ihr trat ein dunkelhaariger Mann in einem konservativen Anzug ein. Er wirkte bleich und … erschüttert. Dani trat auf ihn zu, schloss die Arme um ihn und wiegte ihn behutsam. Trost, dachte Decker. Das musste Detective Adam Kimble, ihr Cousin, sein.

Augenblicke später ging die Tür erneut auf, und Agent Novak trat ein.

Stone schnaubte. »Na toll. Mr. Superblödmann mit den Gruselaugen darf natürlich auch nicht fehlen.«

Decker verschluckte sich fast an seinem Lachen. »Wie bitte?«

»Stone würde Agent Novak am liebsten aus tiefster Seele hassen«, erklärte Diesel.

»Aber das kann ich leider nicht, weil er meine Cousine Faith heiraten wird«, warf Stone ein. »Bislang haben wir es so gut hingekriegt, uns die Cops vom Leib zu halten, und jetzt haben wir gleich zwei am Hals. Weihnachten wird nie wieder so sein wie früher.«

»Ah, daher weht der Wind«, meinte Decker. »Ich habe mich schon gefragt, woher Sie Dani kennen.«

»Ja, wir sind alle eine große glückliche Familie«, bemerkte Stone sarkastisch. »Alle sind bester Dinge, nur Diesel und ich nicht. Das CPD und das FBI reißen uns demnächst den Arsch auf bis zum Anschlag, und das Material, das wir gefunden haben, können wir wahrscheinlich noch nicht mal verwenden. Ein Debakel auf der ganzen Linie.«

Diesel seufzte. »Lassen Sie sich von ihm keinen Bockmist erzählen«, murmelte er. »Wir wussten nicht, dass McCord einen Partner hatte. Wir zerbrechen uns schon den ganzen Tag den Kopf darüber, wie wir das übersehen konnten. Und wenn er die ganze Zeit diese armen Kinder … Verdammte Scheiße!« Voller Mitgefühl sah Decker zu, wie der tätowierte Riese betrübt die Augen schloss.

»Aber hätten Sie es gewusst, hätten Sie ihn doch genauso der Polizei gemeldet, oder nicht?«, hakte Decker nach.

Diesel riss die Augen wieder auf und sah ihn empört an. »Natürlich!«

»Dann brauchen Sie auch keine Gewissensbisse zu haben«, sagte Decker.

»Leichter gesagt als getan«, gab Stone tonlos zurück. In diesem Moment begriff Decker, dass Stone seine sarkastische

Fassade brauchte, um seine Ängste zu kaschieren. Und sein schlechtes Gewissen. »Also, los geht's.«

Das Apartment war sensationell, dachte Kate. Hier würde Decker sich wesentlich besser erholen können als im Krankenhaus. Am Esszimmertisch fanden problemlos zehn Personen Platz – was ein Glücksfall war, weil sie – von Agent Triplett abgesehen – exakt zu zehnt waren, als Zimmerman und Troy sich zu ihnen gesellten.

Dani hatte sich mit der Entschuldigung, ein paar Patientenakten zur Vorbereitung für ihren Wechsel in die Festanstellung durcharbeiten zu müssen, in ihr Zimmer zurückgezogen, während Triplett wieder seinen Posten neben der Eingangstür bezogen hatte, um zu gewährleisten, dass ihnen niemand zu nahe kam. Nicht dass auch nur der Hauch einer Chance dazu bestanden hätte – Zimmerman hatte den unteren Gebäudeeingang mit Beamten bemannt, die jeden, der ins Haus wollte, mit der Liste der Bewohner abglichen.

Kate ließ den Blick über den Tisch schweifen – unwillkürlich hatten sich die Anwesenden in zwei Teams aufgeteilt: Decker und Stone hatten ihre Rollstühle jeweils an ein Kopfende der Tafel gerollt. Sie selbst saß neben Decker, Troy, Zimmerman und Kimble auf der einen Seite der Tafel, während Diesel sich zwischen Stone am Tischende und Marcus zu seiner anderen Seite niedergelassen hatte. Dass Scarlett neben Marcus Platz nahm, verwunderte niemanden – ebenso wenig wie den kaum verhohlenen warnenden Blick, den sie Kate zuwarf. Schließlich hatte ihr Widerstreben am Morgen, O'Bannions Geheimnisse preiszugeben, bei Kate nur sehr wenig Begeisterung ausgelöst. Sie alle hätten eine Menge durchgemacht, hatte Scarlett argumentiert. *Tu ihnen bloß nicht weh* – diese Botschaft las Kate klar und deutlich in Scarletts dunklen Augen. Dass der Polizistin der Schutz von Kindern besonders am Herzen lag, hatte nie jemand bezweifelt, doch allem Anschein nach sollte Kate begreifen, dass sie auch alles tun würde, um Marcus, Diesel und Stone zu beschützen.

Deacon nahm neben Scarlett Platz und hatte Decker zu seiner anderen Seite und Kate gegenüber. Er bildet gewissermaßen die Brücke, dachte Kate, doch dann bemerkte sie den grimmigen Blick, den Deacon und Scarlett tauschten, was die Frage aufwarf, ob Kate ihren ehemaligen Partner tatsächlich so gut kannte, wie sie immer geglaubt hatte.

Lange Zeit sagte keiner etwas. Stattdessen musterten die Anwesenden einander argwöhnisch. Kate beschloss, das Eis zu brechen, in der Hoffnung, dass ihre Flapsigkeit ihr nicht zum Verhängnis werden würde.

»Hätte ich gewusst, dass wir heute hier zusammenkommen, hätte ich T-Shirts drucken lassen«, sagte sie. »Mit *Team Cop* und *Team Ledger* vorne drauf.« Hier und da flackerte ein Lächeln auf, und der eine oder andere lachte sogar leise, was ihr den Mut verlieh, noch einen draufzusetzen. »Oder aber alle mit demselben Aufdruck – *Team Lasst uns den verdammten Partner von McCord schnappen und für immer hinter Schloss und Riegel bringen*.«

Marcus' Lachen war tief und rumpelnd ... und sehr melodiös. Seine Stimme vermochte andere zu beschwichtigen und zugleich zu verzaubern, und genau das versuchte er auch zu tun. »Das ist vielleicht ein bisschen lang, Kate, aber ich würde es definitiv anziehen.« Er sah Diesel und seinen Bruder an und wurde ernst. »Alles, was die beiden getan haben, ist auf meine Veranlassung passiert. Das muss klar sein. Ich trage die alleinige Verantwortung.«

»Schwachsinn«, blaffte Diesel. »Wir haben es freiwillig getan.«
»Und würden es jederzeit wieder tun«, warf Stone ein. »Nur diesmal besser, weil wir offensichtlich etwas Wichtiges übersehen haben.«

Deacon hatte völlig recht, dachte Kate. *Stone hätte nicht mitkommen dürfen.* Allein in dem Rollstuhl sitzen zu müssen, schien ihn bereits an seine körperlichen Grenzen zu bringen. Aber manchmal musste man den Dingen ins Auge blicken, und sie hatte einen Heidenrespekt, dass Stone tapfer genug dafür war, es auch zu tun.

»Vielleicht sollten wir ganz von vorn anfangen«, schlug Kate sanft vor. »Soweit ich informiert bin, haben Sie, die vom *Ledger* sind, McCord anonym bei der Polizei angezeigt. Ich gehe weiter davon aus, dass Sie sich Zugang zum Material auf seiner Festplatte verschafft haben, nachdem Sie ahnten, was darauf abgespeichert ist.«

Marcus nickte. »Das ist korrekt.« Er zögerte und blickte kurz an die Raumdecke. »Manchmal gehen der Justiz sehr schlimme Menschen durch die Lappen. Wir erleben so etwas jeden Tag und berichten darüber. Und es macht uns regelrecht krank.«

»Also haben Sie die Dinge in die Hand genommen«, erklärte Decker sachlich. Und vollkommen wertfrei.

Marcus' Mundwinkel hoben sich. »Ja. Die Sache war klar: Entweder wir unternehmen etwas, oder aber wir verlieren den Verstand.«

»Und es ging hier immerhin um Menschen, die schreckliche Verbrechen begangen haben«, presste Stone zwischen zusammengebissenen Zähnen hervor. »Keine Bagatellen wie Ladendiebstahl oder bei Rot die Straße zu überqueren. Wir haben es mit Menschen zu tun, die Kindern weh getan haben und dachten, sie kämen ungeschoren davon, weil ihnen skrupellose Anwälte dabei helfen, inkompetente Polizisten oder

Sozialarbeiter ihre Arbeit nicht auf die Reihe bekommen oder weil sie ihren Opfern Angst einjagen und sie dadurch zwingen, den Mund zu halten.«

»Und nach welchen Kriterien haben Sie Ihre Zielpersonen ausgewählt?«, fragte Troy. »Wie sind Sie auf McCord gekommen?«

»Die Hinweise stammen aus unterschiedlichen Quellen«, antwortete Marcus ausweichend. »Und ich werde Ihnen ganz bestimmt nicht verraten, um wen es sich handelt, also sparen Sie sich die Frage lieber gleich.«

»Dazu kommen wir später noch«, erklärte Zimmerman mit fester Stimme.

Marcus lächelte dünn. »Nein, Sir, das werden wir nicht tun. Wenn Sie wissen wollen, wie wir McCord aufgestöbert haben, werden Sie uns wohl oder übel unsere Geschichte so erzählen lassen müssen, wie wir sie erzählen wollen. Hier geht es einzig und allein um McCord. Ich werde Ihnen sagen, wie wir von ihm erfahren haben, aber andere Zielpersonen, die wir im Lauf der Jahre aufgestöbert haben, stehen hier nicht zur Debatte. Ich kann Ihnen allerdings versichern, dass keine unserer Quellen gegen irgendwelche Gesetze verstoßen hat. Vielleicht gegen die Verschwiegenheitsklauseln – Assistentinnen von Anwälten, die es gut meinen, aber schlimme Dinge gesehen haben. Der eine oder andere Sozialarbeiter. Ein Lehrer, der den Missbrauch eines Schülers gemeldet hat, aber dann mit ansehen muss, dass alles genauso weitergeht wie bisher. Diese Leute könnten ihren Job verlieren, weil sie mit uns kooperieren, aber sie verstoßen gegen keine Gesetze. Ich hoffe, das zerstreut Ihre Bedenken.«

Zimmerman blickte Deacon an. »Und? Sollte es meine Bedenken zerstreuen?«

»Ich finde, Sie sollten ihn alles so erzählen lassen, wie er es will«, erklärte Deacon, ohne zu zögern.

Zimmerman seufzte. »Na gut. Bitte, Mr. O'Bannion, fahren Sie fort.«

Marcus nickte. »Okay. Auf McCord bin ich persönlich aufmerksam gemacht worden. Ich arbeite nebenbei als ehrenamtlicher Coach für mehrere Schulfootballmannschaften. Der *Ledger* sponsert Sportangebote für Jugendliche. Auf diese Weise kommen wir nicht nur unserer Pflicht nach, der Gemeinde etwas zurückzugeben, sondern bleiben auch in engem Kontakt mit ihr. Außerdem entsteht auf diese Weise ein Umfeld, in dem die Kids frei aussprechen können, was ihnen auf der Seele brennt.«

Decker beugte sich zu Diesel vor. »Arbeiten Sie deshalb auch ehrenamtlich als Fußballtrainer?«

Wieder stieg Diesel die Röte ins Gesicht. »Ja, unter anderem. Die meisten Kids wachsen ohne männliche Bezugsperson auf, und bei mir war es genauso.« Er zuckte die Achseln. »Ich will, dass sie es besser haben, mehr nicht. Keine große Sache.«

»O doch, das ist sehr wohl eine große Sache«, widersprach Decker freundlich. »Ich war auch so ein Jugendlicher und wäre froh gewesen, hätte sich jemand um mich gekümmert. Aber bitte entschuldigen Sie, Marcus, ich wollte Sie nicht unterbrechen. Bitte, sprechen Sie weiter.«

Kate verspürte den Drang, Deckers Hand zu nehmen, verkniff es sich aber. Nicht, solange alle zusahen. *Später,* dachte sie und schluckte den dicken Kloß in ihrer Kehle hinunter, während sie sich fragte, wie ein Mann mit so viel Empathie in der Hölle eines Menschenhändlerrings hatte überleben können.

Marcus warf Decker einen dankbaren Blick zu, als er sah, dass Diesels Miene sich eine Spur aufgehellt hatte. »Von McCord habe ich durch ein paar Kids in meinem Team erfahren, die in seine Klasse gingen. Ich kenne diese Kinder, und sie vertrauen mir. Dieses Vertrauen werde ich nicht verraten, indem ich Ihnen ihre Namen nenne, aber ich bin bereit, sie zu fragen, ob sie Ihnen freiwillig erzählen, was sie wissen. Keiner von ihnen hat mehr rausgerückt, als dass McCord ihnen ein bisschen zu viel Aufmerksamkeit hat zuteilwerden lassen. Ich habe sie gezielt darauf angesprochen, aber keiner wollte offenlegen, ob er fotografiert oder auf andere Weise missbraucht wurde.«

»Und werden sie auspacken?«, fragte Zimmerman mit unverhohlener Betroffenheit.

Marcus zuckte mit den Schultern. »McCord ist tot und kann ihnen nichts mehr tun. Aber man kann nie im Vorhinein sagen, wie sich diese Kinder verhalten. Vielleicht fühlen sie sich wie Helden, weil sie geholfen haben, ihn zu schnappen. Dann würden sie wohl auch kooperieren. Aber vielleicht wollen sie nicht, dass jemand glaubt, sie seien missbraucht worden, vor allem die Jungs. Sie sind in einem schwierigen Alter. Wenn sie zugeben, dass McCord sie unsittlich berührt hat, könnten sie dafür von anderen gemobbt werden. So etwas ist dem Standing innerhalb einer Clique alles andere als förderlich.«

»Falls sie bereit sind, mit uns zu reden, sollte Meredith Fallon dabei sein«, sagte Kate zu Zimmerman. »Psychologische Beratung wäre in jedem Fall wichtig für sie.«

Zimmerman nickte. »Absolut. McCord war also ihr Lehrer, Marcus?«

»Genau. Er hat in den unteren Klassen Naturwissenschaften unterrichtet und sich bei den Versuchen ein bisschen zu nahe über sie gebeugt. Mehr hatten sie allerdings nicht mit ihm zu tun. Er hat weder AGs noch außerschulische Aktivitäten betreut.«

Kate sah Deacon an. »Naturwissenschaften«, murmelte sie.

Deacon grinste schwach. »Los, spuck's aus, Origami-Queen.«

Kate schilderte den Anwesenden, was sie in der Pathologie

erfahren hatten. »Wir haben überlegt, ob McCords Partner ein Kollege von ihm sein könnte. Noch logischer wäre es, wenn auch er Naturwissenschaften unterrichten würde.«

Marcus runzelte nachdenklich die Stirn. »Möglich wäre es, allerdings kann ich mich nicht erinnern, dass die Kids jemanden erwähnt haben. Und ich habe sie ganz direkt danach gefragt, aber nur vor McCord hatten sie solche Angst.«

»Trotzdem ist die Information sehr wertvoll, Kate«, sagte Troy. Sie hatte ihn auf dem Rückweg von der Pathologie angerufen – als ihr Partner verdiente er es, vor allen anderen auf den neuesten Stand gebracht zu werden, und er war ihr überaus dankbar dafür gewesen. »Vielleicht unterrichtet er ja an einer anderen Schule. Nach unserem Gespräch habe ich eine Liste sämtlicher Lehrer für Naturwissenschaften im County zusammengestellt. Eigentlich sind es gar nicht so viele, zumal wir nach Alice' Aussage auf Deckers Band ja wissen, dass es sich um einen Mann handelt.«

Zimmerman runzelte die Stirn. »Aber nachdem die Kids nach McCords Verhaftung mitbekommen haben, dass die Übeltäter durchaus bestraft werden, würde ich mir wünschen, dass sie mit uns reden.«

Stone schüttelte den Kopf. »Viele der Kinder reden nicht über den Missbrauch. Nicht dass sie es nicht wollen würden, nein, sie können einfach nicht. Es ist, als hätten sie eine Mauer um sich errichtet, die sie nicht überwinden können. Ich würde mich an Ihrer Stelle lieber nicht darauf verlassen. Die Angst vor Stigmatisierung ist viel zu groß. Für sie steht zu viel auf dem Spiel.«

Kate bemerkte den Schmerz, der in Marcus' Augen aufflackerte, als er seinen Bruder so leidenschaftslos und sachlich reden hörte, beinahe so, als zitierte er aus einem Buch. Kate konnte sich nur fragen, inwiefern Stone vielleicht doch aus Erfahrung sprach, andererseits ging es sie natürlich nichts an.

»Und wie haben Sie McCord am Ende geschnappt?«, fragte sie Marcus.

»Ich habe ihn drangekriegt«, sagte Diesel tonlos. »Ich kann ganz gut mit Computern umgehen.«

Stone schnaubte. »Und Rembrandt hat ein paar Bildchen gepinselt. Diesel ist ein Künstler ... und Hacken seine Spezialität.«

»Lieber Himmel, Stone«, murmelte Diesel. »Wir reden hier mit dem FBI.«

Stone verdrehte die Augen. »Du hättest doch nur wieder tagelang um den heißen Brei herumgeredet, und dafür habe ich keinen Nerv.« Er sah Zimmerman ins Gesicht. »Diesel hat sich in McCords privates Netzwerk gehackt. Es hat allerdings ein paar Tage gedauert, weil der Drecksack jede Menge Firewalls gebastelt hatte.«

»Es war erstaunlich gut gesichert«, räumte Diesel ein. »Aber da wusste ich, dass ich auf dem richtigen Weg bin. Normalerweise brauche ich maximal ein paar Stunden. Die meisten erneuern ja noch nicht mal das Standard-Passwort ihres Routers. Andererseits haben die Leute normalerweise auch keine Kinderpornografie auf ihrer Festplatte«, fügte er bitter hinzu und schluckte. »Was für eine kranke Scheiße«, flüsterte er, den Blick auf die Tischplatte geheftet.

»Ich weiß«, sagte Adam leise.

Diesel hob den Kopf und blickte Adam voller Schmerz an. »Es tut mir so leid, dass Sie sich das ansehen mussten, Mann.«

Adam lächelte traurig. Voller Qual. »Mir auch.«

»Sie haben also sein Netzwerk geknackt, Diesel«, fuhr Kate fort. »Und was ist dann passiert?«

»Ich bin gleich wieder raus«, antwortete Diesel erschaudernd. »Ehrlich gesagt, habe ich mich übergeben, und dann bin ich einfach umgekippt. Damit ... damit hatte ich nicht gerechnet. Normalerweise kopiere ich alles, was ich auf den

Computern irgendwelcher Leute finde, aber in diesem Fall konnte ich es nicht. Es ging einfach nicht. Ich habe lediglich die Ordner mit Dokumenten kopiert, das ist alles. Keine Fotos. Keine Videos. Dann habe ich Stone angerufen, und gemeinsam haben wir Marcus alles erzählt, der das CPD und die ICAC informiert hat. Anonym. Und als Nächstes kam die Razzia in McCords Haus, bei der sein Computer beschlagnahmt wurde.«

»Aufgrund Ihres Hinweises hat der Richter einen Durchsuchungsbeschluss ausgestellt«, erklärte Adam. »Ich hatte einen Ausdruck des Dateiverzeichnisses, aber Dokumentenordner gab es nicht, sondern nur Bildordner.«

Diesel lehnte sich mit zusammengekniffenen Augen auf seinem Stuhl zurück. »Was? Aber das ist völlig unmöglich.«

»Wir hatten doch die Dokumentenordner, die Diesel für uns kopiert hatte«, warf Scarlett ein. »Ich habe sie der ICAC als Beweismittel übergeben. Sogar höchstpersönlich. Ich bin mit der Festplatte hingegangen und habe eine Quittung dafür bekommen.«

»Haben Sie der ICAC auch gesagt, dass sie zu McCord gehören?«, fragte Adam.

»Natürlich.« Doch dann schien Scarlett sich mit einem Mal nicht mehr ganz so sicher zu sein. »Na ja, ziemlich sicher. Ich muss es gesagt haben.«

»Sie haben mir Zugang zu allem gegeben, was in Zusammenhang mit McCord steht«, erklärte Adam. »Es gab nur diesen Computer, der vor neun Monaten beschlagnahmt wurde, sonst nichts.«

»Vielleicht war die Liste noch nicht erfasst worden«, meinte Deacon. »Bei den Jungs herrscht doch pausenlos Personalmangel, deshalb hinken sie mit allem hinterher.« Er schnitt eine Grimasse. »Selbst wenn sämtliche Kollegen des CPD dort arbeiten würden, wäre es immer noch nicht genug.«

»Das ist wohl wahr«, murmelte Adam. »Moment mal.« Er tippte etwas in sein Handy. »Ich frage nur kurz nach, ob irgendwelche Beweismittel noch nicht registriert wurden.«

Frustriert massierte sich Scarlett die Schläfen. »Ich war am Tag nach dem großen Knall dort. Stone war noch im Krankenhaus, Agent Davenport auch, und wir hatten so viele Leute verloren ... Ich bin rübergegangen und habe alles abgegeben, weil ich nicht wollte, dass es noch länger dauert. O Gott, was ist, wenn ich das Formular falsch ausgefüllt habe?«

Diesel schüttelte den Kopf. »Das spielt doch keine Rolle, Scarlett. Was du ihnen gebracht hast, war längst als Beweismittel aufgenommen. Sie hatten es schon seit neun Monaten vorliegen.«

Scarlett nickte sichtlich erleichtert. »Danke, Diesel, ich würde verrückt werden, wenn ich wüsste, dass meinetwegen so ein Ungeheuer auch nur einen Tag länger sein Unwesen treibt.«

»Genau das versuche ich Ihnen doch gerade zu sagen, Scarlett«, warf Adam ein. »Auf der Festplatte, die in McCords Haus beschlagnahmt wurde, waren keine Textdateien.« Er zog seine Computertasche unter seinem Stuhl hervor und nahm einen dünnen Stapel Papier heraus, dessen Seiten mit endlosen Wortreihen bedruckt war. »Das ist ein Ausdruck sämtlicher File-Namen auf McCords Computer. Keine .doc-Dateien, keine Videos.«

Deacon erhob sich und holte die Blätter zu sich heran. »Lassen Sie bitte mal sehen.« Mit gerunzelter Stirn legte er die Seiten zwischen sich und Scarlett und ging sie durch. Nach dem letzten Blatt hob er den Kopf. »Hier stimmt etwas nicht. Ich habe doch mit eigenen Augen gesehen, was auf der Festplatte war. Es waren *ausschließlich* Textdateien.«

»Ich habe Deacon ja nicht gesagt, woher ich die Festplatte

hatte«, erklärte Scarlett, bevor Deacon fortfahren konnte.

»Er wusste es nicht.«

»Einen Scheißdreck.« Deacons Kiefermuskeln spannten sich an. »Ich bin nicht blöd, Scarlett. Diesel ist ein Computergenie, und wenn ich zwei und zwei zusammenzähle, kommt vier heraus.« Er wandte sich Zimmerman zu. »Wir dachten, wir finden dort etwas, das uns zu den Menschenhändlern führt. Aber da war nichts.«

»Und wollten Sie mich davon unterrichten?«, hakte Zimmerman nach.

»Nein«, antwortete Deacon knapp. »McCord war tot, und die ICAC hatte seine Dateien. Wir haben die Übeltäter geschnappt und dachten, damit sei alles erledigt. Offen gestanden, habe ich keine Veranlassung gesehen, es zu tun.« Zimmerman wirkte alles andere als zufrieden. »Wir reden später darüber. Jetzt wollen wir erst mal herausfinden, wie Diesel eine Kopie von etwas machen konnte, das anscheinend gar nicht existiert.« Er wandte sich Diesel zu. »Wie viel Zeit ist zwischen den wichtigsten zeitlichen Eckpunkten vergangen? Bitte versuchen Sie, so genau wie möglich zu sein.«

Diesel fuhr sich mit der Hand über seinen rasierten Schädel. »McCords Sicherheitssystem habe ich gegen zehn Uhr abends geknackt. Du meine Güte, das war lange vor Weihnachten, deshalb weiß ich es nicht mehr ganz genau.«

»Versuchen Sie's«, drängte Zimmerman.

»Mit Druck geht überhaupt nichts«, murmelte er. »Erinnerst du dich noch, Stone? Ich habe dich gleich angerufen, nachdem ich die Dateien gefunden hatte.«

»Das war gegen Viertel vor elf, weil gerade *Criminal Minds* im Fernsehen lief, als du angerufen hast. Ich habe die Folge aufgenommen, damit ich das Ende später mitbekomme, weil ich ja zunächst alles stehen und liegen lassen musste, um ins

Büro zu fahren. Dort hast du mir gezeigt, was du gefunden hast, und dann haben wir sofort Marcus angerufen.«

»Das war um halb zwölf. Ich habe zwar nicht vor dem Fernseher gesessen, erinnere mich aber deshalb so genau, weil Diesel ziemlich panisch war, was er sonst nur in Krankenhäusern oder in der Nähe von Ärzten wird, aber das ist eine andere Geschichte.«

»Herzlichen Dank, Marcus, willst du's vielleicht noch mit dem Laser an die Wand werfen?«, brummte Diesel.

»Darauf sind wir schon selbst gekommen«, bemerkte Decker trocken und schüttelte den Kopf, als Diesel schnaubend die Arme vor der Brust kreuzte. »Wann haben Sie die ICAC angerufen und von wo aus, Marcus?«, fragte er weiter.

»Von einem Wegwerfhandy. Ich habe im Wagen vor dem Revier gesessen. Ich wollte auf keinen Fall, dass mein Anruf zur Redaktion oder zu meiner Wohnung zurückverfolgt werden kann, dazu war Diesels Entdeckung viel zu brisant. Ich habe etwa eine Viertelstunde zur ICAC gebraucht, deshalb muss es gegen Viertel vor zwölf gewesen sein. Am nächsten Morgen um sechs wurde McCords Haus durchsucht. Sie kamen angefahren, als er gerade die Zeitung reinholen wollte.« Marcus zuckte mit den Schultern. »Ich habe ein Foto für die Titelseite geschossen – McCord, wie er im Bademantel festgenommen wird.« Er hob die Hand, als Zimmerman etwas sagen wollte. »Ich habe einen Tipp bekommen. Auf mein privates Handy. Keine Ahnung, wer es war. Ich weiß auch nicht, ob derjenige wusste, dass ich McCord am Vorabend angezeigt hatte. Ich habe mich aber immer gefragt, ob es gewissermaßen die Gegenleistung dafür war.«

»Haben Sie die Nummer zurückverfolgt, von der dieser Tipp kam?«, hakte Decker nach.

»Natürlich, aber der Anruf wurde von einem Wegwerfhandy getätigt, so wie meins.«

»Also ist irgendwo bei der ICAC eine undichte Stelle«, stellte Zimmerman eisig fest.

Marcus zuckte mit den Schultern. »Vielleicht hat auch einfach jemand die Schnauze voll, dass diese Kinderschänder immer mit einem Klaps auf die Finger davonkommen. McCord stand immerhin öffentlich am Pranger. Das Foto von ihm im Bademantel hat es auf so ziemlich jede große Zeitung des Landes geschafft.« Seine Stimme wurde ebenfalls eisig. »Diese Verhaftung hat ihn nicht nur vor aller Augen bloßgestellt, sondern sein Leben, wie er es bis dato kannte, zerstört. So wie er das Leben jedes einzelnen Kindes auf diesen Fotos zerstört hat.«

Zimmerman sah ihm ins Gesicht. »Und für Sie ist das Gerechtigkeit, Mr. O'Bannion?«

»Nein«, antwortete Marcus tonlos. »Aber soweit ich mich erinnern kann, ist Mord ein Verbrechen.«

Kate machte Anstalten, das Gespräch auf neutraleres Terrain zu lenken – ihr war nicht entgangen, dass Zimmerman allem Anschein nach gerade seine Meinung über den Herausgeber neu überdachte –, doch Decker kam ihr zuvor.

»Das ist allerdings wahr«, sagte er und hielt Zimmermans eisigem Blick unbeirrt stand. »Wenn ich etwas in den drei Jahren als verdeckter Ermittler gelernt habe, dann, dass diese Verbrecher drei Motive antreibt ... Geld, Macht und ihr Ego. McCord ist keines davon geblieben. Und sein Tod im Gefängnis war auch keine Gerechtigkeit. Dafür war er viel zu schnell und schmerzlos, aber er hat dem Staat immerhin die Kosten für ein Verfahren erspart und, was noch viel wichtiger ist, seinen Opfern die beschämende Aufgabe, vor Gericht gegen ihn aussagen zu müssen. Allerdings«, fuhr er fort, bevor Zimmerman die Gelegenheit ergriff zu unterbrechen, »denke ich, wir sollten uns darauf konzentrieren, dass bei der ICAC tatsächlich irgendwo eine undichte Stelle sein muss. In diesen sechs Stunden zwischen dem anonymen Anruf und der Razzia muss irgendetwas passiert sein, weil seltsamerweise Dateien verschwunden sind, und McCord selbst kann nicht gewarnt worden sein, sonst hätte er seine Festplatte ja gelöscht, und die Polizei hätte rein gar nichts auf seinem Computer gefunden.«

Kate fiel auf, dass Decker in einem freundlich-höflichen, möglichst wenig bedrohlichen Tonfall sprach und auch seinen Südstaatendialekt leicht einfließen ließ, was ihm Aufrichtigkeit und eine gewisse Herzlichkeit verlieh.

Doch Zimmerman nahm ihm seine Tour nicht ab. »Glauben Sie bloß nicht, Sie könnten mir Sand in die Augen streuen, Agent Davenport.«

»Natürlich nicht, Sir«, erwiderte Decker lammfromm. »Ich würde nicht mal im Traum daran denken.«

»Trotzdem gebe ich Ihnen recht«, fuhr Zimmerman fort. »Sofern wir davon ausgehen, dass McCords Festplatte manipuliert wurde.«

»Aber hätte die ICAC denn keine Beweise dafür gefunden?«, fragte Troy. »Irgendetwas, das darauf hindeutet, dass Dateien gelöscht wurden?«

»Wenn sie nachgesehen hätten, bestimmt, aber weshalb sollten sie das tun?«, wandte Decker ein. »Sie hatten doch einen Volltreffer gelandet. Sie haben genug Pornofotos gefunden, um ihn festzunehmen und zu verhindern, dass er gegen Kaution auf freien Fuß gesetzt wird.«

Irgendetwas übersehen wir, dachte Kate frustriert. Sie senkte den Kopf, schloss die Augen, versuchte nachzudenken. »Was war in den Ordnern mit den Textdateien?«

Stille. Sie sah auf und blickte in fragende Gesichter auf der *Ledger*-Seite des Tisches. »Keiner hat sie je geöffnet?«

Kollektives Kopfschütteln, mit einer Ausnahme: des schlohweißen Kopfes direkt gegenüber von ihr.

Deacon seufzte. »Wir haben sie uns angesehen, weil wir nach Hinweisen zu den Menschenhändlern gesucht haben. Sie enthielten Storys.« Er schluckte. »Dialoge.«

»Drehbücher?«, fragte Decker zögernd.

»Könnte sein. Ich weiß es nicht.« Deacon wirkte bedrückt.

Kate spürte blanke Wut in sich aufsteigen – wie hatten McCord und sein Partner sich mit dieser Selbstverständlichkeit an unschuldigen Kindern vergehen können? Der Zorn drohte ihr die Luft abzuschnüren.

Nein, nicht jetzt. Blindlings tastete sie unter ihrem Stuhl nach dem Beutel mit ihrem Strickzeug. Sie zog es heraus und packte die Nadeln so fest, dass es an ein Wunder grenzte, dass sie nicht zerbrachen.

»Aber wieso?«, fragte Scarlett. »Weshalb sollte jemand die Drehbücher löschen und die Fotos drinlassen?«

»Die Videos haben sie auch rausgenommen«, warf Diesel ein. »Und es gab definitiv welche, manche sogar eine ganze Stunde lang. Wie haben sie das gemacht? Haben die die Dateien gehackt, so wie ich? Sind sie bei ihm eingebrochen? Aber woher sollten sie es gewusst haben? Wir haben es ihnen jedenfalls nicht erzählt, und Marcus, Stone und ich waren schließlich die Einzigen, die davon wussten. Hat ihnen jemand bei der ICAC einen Tipp gegeben?«

Lange Zeit sagte niemand etwas.

»Es muss so gewesen sein«, meinte Decker schließlich. »Die Menschenhändler, allen voran Alice, hatten nur Marcus allein im Verdacht. Sie sollten vor neun Monaten sterben, Marcus, als McCord ins Gefängnis gewandert ist.« Er rieb sich die Brauen mit seiner freien Hand so heftig, dass sich die Haut rötete. »Ich zermartere mir das Gehirn … irgendetwas ist da. Ein Gesprächsfetzen, den ich mitbekommen habe, als ich noch Bodyguard war … bevor ich mich in die Buchhaltung habe versetzen lassen.«

Die absichtlich zugefügte Schussverletzung. Kate zwang sich, ihre Hände zu entspannen, die mitten in der Bewegung innegehalten und sich um die Stricknadeln gekrallt hatten. Sie holte mehrmals tief Luft. Augenblicklich war sie wieder ganz im Hier und Jetzt, ihre Hände bewegten sich müheloser, und ihre Ängste und Sorgen zogen sich an den Rand ihres Bewusstseins zurück. Sie musste ihre Gedanken stets beschäftigt halten, wie ein Hamster im Rad, dann konnte ihr nichts passieren.

Lauf, kleiner Hamster, immer weiter, immer weiter.

Verdammt, Kate, hör zu.

Ein dumpfes Vibrieren auf dem Tisch riss sie aus ihren Gedanken. Endlich gelang es ihr, sich zu sammeln und ihre Konzentration wieder auf den Raum und die Anwesenden zu richten. Adam Kimble starrte wie gebannt auf sein Handy.

»Scheiße«, stieß er hervor. »Die ICAC ist mit der Erfassung der Beweismittel nicht in Verzug. Der Kollege hat Unterlagen gefunden, dass Detective Scarlett Bishop die Festplatte übergeben hat, aber sie ist nicht auffindbar. Das Fach, in dem sie gelagert wurde, ist leer, und laut Register wurde sie entnommen.«

»Aber von wem?«, fragte Zimmerman, obwohl er die Antwort lieber nicht hören wollte.

»Von Detective Scarlett Bishop«, antwortete Adam düster.

10. Kapitel

Verdammte Scheiße, dachte Decker niedergeschlagen. Sie hatten es erstens nicht nur mit einer undichten Stelle bei der ICAC, sondern mit einem richtigen Verräter zu tun, und zweitens war Scarlett kreidebleich geworden, ob vor Wut oder vor Entsetzen, konnte er allerdings nicht sagen. Vermutlich war es eine Mischung aus beidem, dazu eine gesunde Portion Panik, da die Polizistin in diesem Moment ihre Karriere in Trümmern liegen sah, noch bevor sie richtig angefangen hatte.

»Aber ich war das nicht«, sagte sie leise.

»Natürlich nicht«, warf Kate ein, die während der letzten Minute auf wundersame Weise ihre Ruhe gefunden zu haben schien. Ihre Nadeln klapperten leise in einem steten Rhythmus. »Da hat jemand Ihren Namen reingeschrieben, weil Sie die Festplatte abgegeben hatten und daher erklären müssten, woher Sie sie überhaupt hatten, wenn sie plötzlich verschwunden wäre.«

Niemand erhob Einwände dagegen.

»Und was jetzt?«, fragte Marcus, nahm Scarletts Hand und drückte sie.

Kate schenkte dem Herausgeber, der sichtlich erschüttert über den Versuch eines Unbekannten war, seine Freundin zu diskreditieren, ein freundliches Lächeln. »Nichts anderes als das, was wir auch schon vor fünf Minuten getan haben«, antwortete sie. »Wir stöbern McCords verdammten Partner auf und sorgen dafür, dass er für den Rest seines Lebens weggesperrt wird. Dass es einen Verräter unter den Cops gibt, sagt uns doch nur, dass wir auch noch in andere Richtungen ermitteln müssen.«

»Die haben es zu weit getrieben, Scarlett«, erklärte Decker und warf Kate einen bewundernden Blick zu. Sie hatte es wieder einmal geschafft, alle am Tisch zu vereinen und auf ihr gemeinsames Ziel einzuschwören. »Die hätten nicht gedacht, dass Sie zugeben würden, mit Hackern zusammengearbeitet zu haben. Damit haben sie uns direkt in die Hände gespielt, denn jetzt können wir eine Verbindung zwischen ihnen und McCords Partner herstellen.«

»Und es ist von Vorteil, wenn man keine Geheimnisse vor seinen Vorgesetzten hat«, sagte Zimmerman, an Deacon und Scarlett gerichtet. »Man nimmt den Leuten die Möglichkeit, einen zu erpressen. Ich gehe davon aus, dass Sie mit Lieutenant Isenberg gesprochen haben, Detective Bishop?«

»Bevor ich hergekommen bin«, antwortete Scarlett. »So ist nun mal die Befehlskette. Und ich wollte das Richtige tun.«

»Ich stimme Ihnen zu.« Zimmerman nickte und wandte sich an Decker. »Sie wollten etwas über die Unterhaltung sagen, die Sie mitbekommen haben.«

Decker nickte. Der kurze thematische Abstecher hatte ihm die Möglichkeit gegeben, sich zu sammeln – was mit jeder Stunde, die er wach war, schwieriger wurde. Er gab ja nur ungern zu, dass Dr. Novak recht gehabt hatte, aber leider war es so. Er brauchte Ruhe. »Es war Anfang November, direkt nach Halloween. Alice und ihr Vater haben sich mit einem Freund ihres Vaters unterhalten.« Er verzog das Gesicht, als hätte er in etwas Ekliges gebissen. »Sie waren wütend auf McCord, weil er seine Hände nicht bei sich behalten konnte, und auf Marcus, weil er ein … beschissener Blutsauger sei.« Decker hielt inne und warf Marcus einen Blick zu. »Tut mir leid.«

»Ich wurde schon schlimmer beschimpft«, wiegelte Marcus ab.

»Sie waren sich uneinig, was sie mit Ihnen anstellen sollten. Für Alice war es ein klarer Fall: Sie mussten aus dem Weg geräumt werden. McCord hatten sie gerade beseitigt, aber sie haben weder Ihren noch McCords Namen je genannt, sondern immer nur von dem ›Idioten‹ und dem ›Blutsauger‹ gesprochen. Alice' Vater wollte ...«, wieder massierte sich Decker die Schläfen und blinzelte, während die anderen reglos auf ihren Stühlen saßen, »auch, dass Sie sterben. Nur der Freund hat darauf bestanden, noch zu warten. Sie lagen zu der Zeit im Krankenhaus. Es hieß, Sie hätten die falsche Schlange angestupst, und jetzt wären Sie in den Hintern gebissen worden.«

Scarlett zog die Brauen hoch. »So kann man es auch bezeichnen. Marcus hat einer jungen Frau das Leben gerettet und dabei eine Kugel kassiert.«

»Ich kenne die Geschichte.« Decker lächelte der *Ledger*-Seite des Tischs mitfühlend zu. »Ich habe danach in Ihrer Zeitung davon gelesen, wusste zuvor aber natürlich nicht, von wem sie reden.« Er wusste, dass derselbe Killer auch Marcus' und Stones jüngeren Bruder auf dem Gewissen hatte. »Jedenfalls hat Ihnen die Tatsache, dass Sie zu der Zeit im Krankenhaus lagen, das Leben gerettet, Marcus. Sie dachten, dadurch wären Sie außer Gefecht, aber sie wollten Sie im Auge behalten, falls Sie die Geschichte weiter verfolgen würden. Alice sagte zu den anderen, sie sollten sich keine Sorgen machen, sie würde sich um alles kümmern. Sie hätte einen gut vernetzten Freund, der ihr Bescheid sagen würde, falls Sie weiter recherchieren würden. Vermutlich gegen gewisse sexuelle Gefälligkeiten.«

»Diese Frau war ein echtes Miststück.«

»Allerdings«, murmelte Scarlett. »Sie hat Marcus im Fitness-Center angesprochen und behauptet, sie sei eng mit seinem jüngeren Bruder befreundet gewesen.«

Decker zog überrascht die Augenbrauen hoch, das hatte er nicht gewusst. Kate warf ihm einen Blick zu und nickte. »Mit dem Bruder, der getötet wurde?«, fragte Decker leise, worauf Kate erneut nickte. »Wir wissen auch, dass sie dort unter falschem Namen Mitglied wurde, nachdem Marcus nach seiner Schussverletzung wieder trainiert hat. Sie hat eine falsche Adresse angegeben, deshalb wissen wir bis heute nicht, wo sie gewohnt hat.«

»Im Haus ihres Vaters«, sagte Decker, schüttelte jedoch den Kopf. »Nein, das stimmt nicht. Am Ende schon, aber nicht von Anfang an.« Er massierte sich die Schläfen. »Ich habe sie ein paar Mal nach Hause gefahren.«

Das Klappern von Kates Nadeln verstummte. »Wirklich?«

Er deutete auf ihr Strickzeug. »Bitte, machen Sie weiter. Das Geräusch hilft mir beim Nachdenken. Ich glaube, es war im Krankenhaus wie eine Art Anker für mich, als ich versucht habe, aus dem Koma aufzuwachen.«

Sie musterte ihn verblüfft, gehorchte aber. »Und wohin haben Sie sie gebracht? Wenn sie eine eigene Wohnung hatte, finden wir dort vielleicht Hinweise auf die Männer, mit denen sie im Austausch von Informationen intim war.«

Er schüttelte den Kopf. »Sie hat mir nie über den Weg getraut. Ich musste sie jedes Mal woanders absetzen, aber ich zeige Ihnen gern auf der Karte jene Stellen, an die ich mich erinnern kann. Es war in der Hyde-Park-Gegend. Dort wollte sie jedenfalls immer aussteigen, wenn es kalt war. Ich nehme an, bei den Temperaturen wollte sie nicht allzu weit zu Fuß gehen.«

»Vielleicht ist das nicht notwendig«, sagte Deacon Novak langsam. »Moment.« Er zog seinen Laptop heraus und schaltete ihn ein. »Hier ist der Teil der Aufzeichnung, den wir uns heute Morgen angehört haben. Direkt bevor über McCord und seinen Partner gesprochen wird. Alice und ihr Vater.«

»*Demetrius gibt sich gern als knallhartes Rauhbein, das anständig austeilt, kann aber überhaupt nichts einstecken. Der kleinste Schnitt ist immer gleich eine halbe Amputation.*«

Das war Alice' Vater gewesen. Decker kämpfte gegen eine Woge der Übelkeit an, wohl wissend, was gleich kommen würde. »*Ich kriege schon, was ich will, solange Decker dafür sorgt, dass er nicht vorher verblutet.*«

»*Nett.*« Das war Alice.

Und sie hatten bekommen, was sie wollten, dachte Decker. Aber es war ihm nicht gelungen, den Mann vor dem Verbluten zu retten. All das viele Blut. Und die Körperteile, die er weggeschafft hatte …

In der Aufzeichnung herrschte einen Moment lang Stille.

»*Du wusstest von der Überwachung?*«, fragte Alice' Vater.

»*Sicher*«, antwortete sie. »*Das weiß ich schon seit Monaten. Irgendwann hast du aufgehört, mich zu fragen, wo ich abends war. Und Sean ebenfalls.*«

»*Deshalb wusste ich also nichts von dir und D. J.*«, sagte er.

Novak stoppte die Aufzeichnung. »Sean war ihr IT-Experte. Er ist zwei Tage nach dem Mann gestorben, der auf Sie geschossen hat, Decker. Dank Kate.«

»D. J. ist Demetrius' Sohn«, fuhr Novak fort. »Der Mann, der die ›Ware‹ herangeschafft hat.« Er blickte Decker mit ausdrucksloser Miene an. »Wir haben Demetrius' Leiche hinter dem Schuppen gefunden. Vermutlich ist es Ihnen nicht gelungen, ihn vor dem Verbluten zu retten.«

»Nein«, antwortete Decker leise. »Ich hab's versucht, weil ich ihn als Zeugen haben wollte.«

»Demetrius muss sehr gelitten haben. Es war ein grausamer Tod«, bemerkte Novak betrübt.

Das stimmte. »Was wollen Sie damit sagen, Agent Novak?« Decker registrierte, dass er leicht nuschelte. Inzwischen schwanden seine Kräfte mit jeder Minute.

»Deacon«, sagte Zimmerman. »Worauf wollen Sie hinaus?«
Novak runzelte die Stirn. »Ich weiß, dass man als verdeckter
Ermittler manchmal Dinge tun muss, die man nicht tun will,
und ich weiß auch, dass Agent Davenport nach Kräften versucht hat, anderen das Leben zu retten, aber er hat auch viele
Menschen sterben sehen. Eines gewaltsamen Todes sterben
sehen. Ich frage mich, ob er wohl auch tatenlos zugesehen
hätte, wie sie Marcus umbringen?«
»Damals, im November, wusste ich nicht, von wem sie reden,
aber letzte Woche schon. Und ich hätte selbstverständlich
alles Menschenmögliche getan, um sie daran zu hindern.
Sollten Sie mich allerdings fragen, ob ich im Zweifelsfall
meine Tarnung dafür riskiert hätte, lautet die Antwort nein.
Weil das Leben zu vieler Menschen daran gehangen hätte.
Zufrieden, Agent Novak?«
»Eigentlich nicht«, antwortete Novak, wenn auch nicht mehr
ganz so feindselig. »Aber vermutlich wären Ihnen die Hände
gebunden gewesen. Ich entschuldige mich für die Frage,
trotzdem musste ich sie stellen.«
»Okay, jetzt hast du deine Antwort«, schnauzte Kate ihn an.
»Lass das Band weiterlaufen, damit er endlich aus diesem
Stuhl heraus- und ins Bett kommt, wo er hingehört. Und
dasselbe gilt für Stone.« Mit einem Seufzer blickte sie zu dem
leise in seinem Rollstuhl schnarchenden Stone am anderen
Ende des Tischs. »Bringen wir's zu Ende, damit Marcus und
Diesel Stone nach Hause bringen können.«
Decker musste ein Lächeln unterdrücken. Dass sie seinetwe-
gen so besorgt war, rührte ihn, gleichzeitig war es nicht nötig.
»Mir geht's gut, Kate.«
»Blödsinn«, brummte sie. »Also, mach endlich, Deacon.«
Novak sah sie zerknirscht an. »Ich habe mich doch entschul-
digt, Kate.« Wortlos deutete sie auf den Laptop, woraufhin
Novak die Abspieltaste drückte und Alice' Stimme ertönte.

»Und es … hat euch nicht gestört? Dass ich euch überwacht habe?«

»Doch.« Alice klang verärgert. *»Aber uns war klar, dass du dir wegen deiner Führungsetage Sorgen machst, also ließen wir das Smartphone einfach zu Hause, wenn wir nicht wollten, dass du weißt, wo wir uns herumtreiben. Übrigens hat Sean nur neunzig Sekunden gebraucht, um dein Smartphone zu hacken.«*

Novak schaltete die Aufzeichnung ab. »Wir haben ihre Handys – das von Alice und ihrem Vater. Wenn er ihr Telefon überwacht hat, finden wir die Informationen möglicherweise auf seinem Gerät. Wenn Sean es innerhalb von anderthalb Minuten gehackt hat, schaffen wir das vielleicht auch.«

»Habt ihr es nicht schon längst probiert?«, fragte Scarlett skeptisch.

Novak nickte. »Klar. Aber wir haben nur nach Beweisen für irgendwelche Deals und nach Kontakten gesucht, nach ihren Lieferanten und Kunden, und nicht nach Tracking-Software.«

Decker wollte gerade sagen, dass es einfacher sein könnte, das Ziel mit Hilfe der Karte einzugrenzen, als Troy einen altmodischen Stadtplan herauszog und auf dem Tisch auseinanderfaltete.

Decker ignorierte Novaks finsteren Blick und nickte Troy zu. »Danke, das–«

»Moment mal.« Diesel zog Adams Ausdrucke von McCords Dateiverzeichnissen heran und stieß dabei versehentlich Stone an. »Lassen Sie mich mal sehen.«

Stone schreckte aus dem Schlaf hoch und sah sich einen Moment lang verwirrt um. »Was soll das, Diesel?«, fragte er, schüttelte den Kopf und zuckte prompt zusammen. »Was treibst du denn da?«

»Ich sehe mir nur etwas an«, murmelte Diesel und überflog

die Seiten, ehe er zu Adam hinüberblickte. »Wo wurde Mc-Cords Computer gefunden?«

Adam zog einen weiteren Papierstapel aus seiner Aktentasche und begann zu blättern. »Das hier ist der Einsatzbericht. ›Ein Laptop, gefunden im Brandschutzsafe des Verdächtigen in dessen begehbarem Schlafzimmerschrank‹, steht hier. Warum?«

Diesel deutete auf die Liste. »Sehen Sie sich mal die Kalenderdaten an.«

»Alle innerhalb des Jahres, in dem McCord verhaftet wurde«, bemerkte Scarlett.

Diesel schüttelte den Kopf. »Nein, in der Spalte steht, wann die Dateien das letzte Mal geöffnet wurden. Ich meine aber die Spalte, aus der hervorgeht, wann die Dateien angelegt wurden. Alle vor 2010.«

»Also sind es keine neuen Opfer«, folgerte Adam stirnrunzelnd. »Die Fotos, die ich mir heute angesehen habe …« Er hielt inne. »Im Hinblick auf die zeitliche Einordnung gab es praktisch keine Hinweise, wie zum Beispiel Kleidung oder so.« Er blätterte weiter und seufzte. »Der Laptop ist noch nicht mal WLAN-fähig. Die Karte wurde entfernt.«

Diesel lehnte sich auf seinem Stuhl zurück. »Höchstwahrscheinlich war das McCords Privatsammlung. Und die Dateien konnten gar nicht vom Laptop gelöscht werden, es sei denn, jemand wäre in sein Haus eingedrungen und hätte das manuell erledigt. Und ich kann auch nicht darauf zugegriffen haben, weil das Gerät nicht ans WLAN angeschlossen war. Hatte McCord noch einen anderen Computer?«

»Ja, aber darauf wurde nichts gefunden, weshalb er nicht an die ICAC als Beweismittel übergeben wurde. Das Gerät steht noch in der Asservatenkammer des CPD. Dem Bericht zufolge weist es keine Spuren von Manipulation auf.«

Diesel schnaubte. »Ich bitte Sie. Ich hinterlasse auch nie derartige Spuren.«

Marcus zuckte zusammen. »Äh, Diesel? FBI? Vielleicht einfach mal einen Gang runterschalten?«

Diesel zuckte mit den Schultern. »Allzu viele Geheimnisse haben wir ohnehin nicht mehr. Außerdem stimmt es doch. Und dasselbe gilt, wenn es die Festplatte ist, die ich gesehen habe, sich aber irgendwer daran zu schaffen gemacht und sämtliche Beweise für ein Verbrechen beseitigt hat.«

»Könnten Sie das denn sagen?«, fragte Kate. »Ob es dieselbe Festplatte ist, meine ich?«

»Ja. Da waren auch noch andere Sachen drauf, normale Dinge wie Steuerformulare und sein Stundenplan. Ihre IT-Spezialisten sollten Beweise dafür, dass noch mehr auf der Platte war, finden können. Wenn man Dateien löscht, sind sie keineswegs vollständig verschwunden, allerdings hört es sich so an, als hätte sich hier jemand zu schaffen gemacht, der wusste, was er tat.«

Decker sah von dem Stadtplan auf. »Auf Alice' Halbbruder Sean trifft das jedenfalls zu. Der Typ ist ein verdammtes Computergenie. Und Alice hat ihrem Vater erzählt, Sean hätte McCords Partner geholfen, nach dessen Verhaftung Proxys und Offshore-Server einzurichten. Damit ist klar, dass Sean noch in jener Nacht womöglich alles gelöscht hat, was irgendwie belastend gewesen sein könnte.«

Diesel ließ die Schultern hängen. »Dann ist es vielleicht tatsächlich für immer weg.«

»Mag sein«, warf Decker ein, »aber inzwischen hätten sie ihre Server ohnehin längst ins Ausland verlegt, so dass Sie keinen Zugriff mehr darauf hätten. Ich frage mich, ob Alice und die anderen dachten, das Problem sei gelöst, indem sie die Beweise von McCords ans WLAN angeschlossenen Computer löschten.«

Kate sog scharf den Atem ein. »Oh. Sie meinen, sie wussten entweder nichts von dem Laptop im Safe und waren völlig von den Socken, als McCord verhaftet wurde, oder aber sie wussten von dem Gerät und haben McCord auflaufen lassen? Um ihn gewissermaßen zum Bauernopfer zu machen?« Decker nickte. »Genau. Eher Ersteres, würde ich sagen. Ich kann mir nicht vorstellen, dass sie Bescheid wussten.«

»Ich habe mich sowieso gefragt, wieso sie dermaßen belastende Beweise zurücklassen sollten«, warf Zimmerman ein. »Das ist doch völlig unlogisch, zumal McCord ja offensichtlich die Schwachstelle in dem ganzen Konstrukt war. Schließlich war er drauf und dran, als Zeuge für die Staatsanwaltschaft auszusagen und sie alle ans Messer zu liefern, als sie ihn liquidiert haben.«

Scarlett nickte. »Und wenn McCords Kumpane vor der Razzia nichts von dem Laptop im Safe wussten, erklärt das auch, weshalb sie solche Angst vor Marcus hatten. Sie dachten, jemand würde begreifen, dass die Dateien auf McCords Computer alle alt waren und …«

»Und dass dieser verdammte Laptop sich nicht hacken ließ«, unterbrach Diesel. »Wie hätte Marcus also etwas finden können, was er anonym den Behörden meldet?«

»Und dass mir jemand den Zeitpunkt der Razzia in McCords Haus stecken und ich noch ein bisschen tiefer graben würde.« Marcus schien sich zu entspannen. »Derjenige, der mir diesen Tipp gegeben hat, war nicht derselbe, der Alice gewarnt hat. Ehrlich gesagt, fühle ich mich gleich ein bisschen besser.«

»Okay«, sagte Kate, ohne ihr Strickzeug sinken zu lassen. »Wir haben also zwei undichte Stellen bei der ICAC und/oder dem CPD. Eine ist uns wohlgesinnt – oder zumindest Marcus –, die andere arbeitet für Team Evil um McCords Partner. Wir sollten überprüfen, wer in der Nacht, als Marcus die Anzeige gemacht hat, Dienst hatte oder mit der Planung der Razzia beauftragt wurde. Es wäre genug Zeit geblieben, Alice zu warnen. Wir wissen ja, dass Alice irgendeine Art von sexueller Beziehung zu demjenigen aus Team Evil hat, der etwas hat durchsickern lassen. Vielleicht ist dabei auch Geld geflossen. Fest steht, dass wir uns Alice' Privatleben ansehen müssen. Im Zuge dessen finden wir hoffentlich heraus, wo sie gewohnt hat, und vielleicht auch einen Hinweis auf den Cop, der sie gewarnt hat.« Sie hielt kurz inne. »Alice … illoyaler Cop«, murmelte sie nachdenklich. »Ja, genau! Alice' Mörder und das Rizin. Wir müssen McCords Komplizen unter die Lupe nehmen, um herauszufinden, wer von ihnen Rizin im Labor zu Hause oder sogar in der Schule selbst herstellen könnte. Wir können gleich mit Troys Liste der Naturwissenschaftslehrer anfangen.«

»Allerdings muss McCords Partner ja nicht zwingend loyal sein«, gab Troy zu bedenken. »Und er könnte weiß Gott wo stecken.«

»Aber trotzdem nahe genug, um Sidney Siler und Eileen Wilkins für seine Zwecke einzuspannen«, gab Kate zurück und strickte eifrig weiter. »Sie einspannen, ihnen Drogen verkaufen und sie dann damit erpressen – zumindest gilt das für Schwester Wilkins.«

»Und dann Sidney töten«, fügte Deacon hinzu.

Kate erstarrte und blickte traurig auf. »Sie hatte viele Freunde und war sehr beliebt auf dem College. Mindestens eine Person muss gewusst haben, dass sie süchtig war. Und diese Person müssen wir finden. Wir müssen ihren Dealer aufstöbern.«

»Und Eileen Wilkins' Liebhaber«, sagte Deacon. »Vielleicht hatte er ja denselben Dealer wie Sidney.«

»Was für ein Liebhaber?«, hakte Decker nach und ärgerte sich, dass Novak etwas wusste, das ihm bislang noch nicht bekannt gewesen war.

»Die Krankenschwester, die Sie töten wollte, war mit einem Typen zusammen, der auch aufs College geht und kokst, so wie Sidney Siler«, erklärte Kate. »Höchstwahrscheinlich hat er auch Steroide gespritzt. Sie wissen schon ... um ein bisschen gefährlicher zu wirken.« Sie bleckte die Zähne, worauf Decker grinste. »Er heißt Roy, studiert ein kleines bisschen, aber die meiste Zeit hängt er im Fitness-Club in der Nähe des Campus herum, und alles auf Eileens Kosten.«

Kate beugte sich vor und sah Zimmerman an. »Wieso überprüfen wir eigentlich die Fotos der Opfer auf McCords Laptop, wenn sie ohnehin nicht aktuell sind und vermutlich nicht mit seinem Partner in Zusammenhang stehen?«

Zimmerman holte tief Luft und ließ sie langsam wieder entweichen. »O Gott, genau vor der Frage habe ich mich gefürchtet. Ignorieren können wir sie nicht, aber im Augenblick ist auch nicht klar, woher sie kommen. Wir sollten unsere Ressourcen besser nutzen, um nach aktuellen Opfern zu suchen.«

»Bei den Textdateien auf McCords Computer handelte es sich wahrscheinlich um Drehbücher. Die Dokumente, die gelöscht wurden, meine ich«, sagte Deacon. »Für Filme. Meredith Fallon wollte ein paar junge Frauen auf der Straße fragen, ob sie vielleicht von Leuten wissen, die solche Filme drehen.«

»Das hat sie den ganzen Morgen getan«, sagte Zimmerman. »Sie hat mir jede halbe Stunde eine Nachricht geschickt, damit ich weiß, dass es ihr gutgeht. Weil sie den Agent, den ich zu ihrem Schutz mitgeschickt hatte, nicht in der Nähe haben wollte.«

»Wie bitte?«, sagte Adam.

»Sie meinte, mit so einem Koloss im Schlepptau, der aussieht, als würde er kleine Kinder frühstücken, würden die Frauen nicht mit ihr reden.« Zimmerman schüttelte den Kopf. »Agent Colby.«

Deacon Novak starrte ihn böse an. »Wie bitte? Der Typ ist

wirklich beängstigend. Ich fasse es nicht, dass er immer noch im Dienst ist.«

Zimmerman seufzte. »Das haben wir doch schon x-mal besprochen, Deacon. Er hat die Therapiestunden absolviert, die man ihm aufgebrummt hat. Und Faith hat ihm verziehen.«

Novaks Miene blieb finster. »Tja, sie ist auch der nettere Mensch von uns beiden.« Er sah zu Decker hinüber. »Colby ist auf meine Verlobte losgegangen, als sein Partner getötet wurde, und hat sie an der Kehle gepackt. Die beiden waren abgestellt, auf sie aufzupassen. Ich glaube nicht, dass er psychisch schon stabil ist, aber das Department sieht das anders.« Er rollte die Schultern nach hinten, um sie zu lockern. »Ich meine, wir können doch nicht zulassen, dass Meredith sich in so eine Gefahr bringt.«

»Genau deshalb hat sie mir ja jede halbe Stunde eine Nachricht geschickt«, erklärte Zimmerman. »Außerdem war sie nicht allein. Wendi Cullen war bei ihr.«

Adam schnaubte. »Klar. Wendi Cullen ist gerade mal einen Meter fünfzig groß und so dünn, dass der kleinste Windstoß sie umpustet. Ein prima Personenschutz ...«

»Vorsicht«, warnte Scarlett. »Wendi springt Ihnen ins Gesicht, wenn sie das hört.«

»Das wäre bestimmt ein lustiger Anblick«, bemerkte Zimmerman trocken, »aber es muss ja nicht sein. Agent Colby ist auf Abstand geblieben, um die Frauen nicht zu verängstigen. Marcus, Diesel und Stone – danke, dass Sie gekommen sind. Sie haben uns sehr geholfen, ein paar wichtige Fragen zu klären, aber jetzt sollten Sie lieber gehen, damit Stone sich ausruhen kann. Wir bleiben in Kontakt, falls sich noch weitere Fragen ergeben.«

»Gott sei Dank«, bemerkte Stone. »Ich dachte, wir kommen hier überhaupt nicht mehr raus.«

»Ich werde auch gehen«, sagte Scarlett.

»Warum?«, fragte Decker stirnrunzelnd.

»Der Interessenkonflikt ist einfach zu groß«, antwortete sie. »Aber wenn Sie Hilfe brauchen, melden Sie sich, okay? Es war schön, Sie zu sehen, Decker.« Sie lächelte »Wir sind alle heilfroh, dass Sie noch leben.«

»Geht mir genauso«, gab Decker zurück und sah zu, wie Diesel Stones Rollstuhl zur Tür schob. Hoffentlich brachen auch die anderen bald auf, damit er sich hinlegen und ausruhen konnte. Marcus und Scarlett folgten ihnen hinaus, während sich Zimmerman erschöpft die Augen rieb.

»Okay«, sagte er. »Zu den Aufgaben. Deacon, Sie versuchen, Alice' Apartment zu finden. Die IT-ler sollen Ihnen helfen und sich noch mal das Handy von Alice' Vater vornehmen. Vielleicht finden sich ja dort Spuren des Trackings. Und nehmen Sie den Stadtplan, den Decker markiert hat, und kreisen Sie den Standort ein.«

Novak nickte. »Sobald ich so weit bin, schicke ich ein paar Leute los, die mit Fotos von Alice die Nachbarschaft abklappern, während ich mir die Überwachungsvideos ansehe und die Gesichtserkennungssoftware drüberlaufen lasse. Wenn wir Glück haben, wurde ihr Gesicht irgendwo aufgenommen, und wenn wir noch mehr Glück haben, können wir anhand der Tracking-Software nachvollziehen, wo sie wann war, denn selbst mit der Gesichtserkennung dauert es ewig, sämtliche Bänder zu checken.«

»Dann sollten Sie sich lieber zügig an die Arbeit machen«, erklärte Zimmerman grimmig. »Troy, bei Ihnen bleibt alles beim Alten: Sie überprüfen Alice' Hintergrund. Hören Sie sich auch in diesem Fitness-Studio um. Ich will ein vollständiges Profil dieser Frau. Kate, Sie übernehmen diese Siler – finden Sie ihren Dealer und jeden, der sich gestern Abend sonst noch mit ihr getroffen hat.«

Kate nickte. »Und was ist mit Eileen, ihrem Toyboy und seinem Dealer?«

»Die Schwester ist immer noch nicht gefunden worden. Das Jugendamt kümmert sich um ihren Sohn. Adam, Sie fahren zu dem Haus und befragen den Jungen. Nehmen Sie am besten Meredith mit. Und finden Sie heraus, wer deren Dealer ist.«

»Alles klar«, bestätigte Adam sichtlich erleichtert.

»Was ist mit dem Gefängnis?«, hakte Deacon nach. »Wir müssen dringend mit dem Personal der Krankenstation reden und die Frau befragen, die Alice gestern Morgen während des Hofgangs angegriffen hat.«

»Das übernehme ich«, sagte Zimmerman. »Der Gefängnisdirektor soll wissen, dass das Chefsache ist. Er hat zugelassen, dass die Sache unter den Teppich gekehrt worden ist, oder genau das vielleicht sogar veranlasst. Den Cop, der geplaudert hat, drücke ich Ihrem Lieutenant aufs Auge, schließlich ist das eine Angelegenheit des CPD.«

»Die schreit bestimmt vor Freude«, bemerkte Novak.

»Ich kann …«, begann Decker.

»Schlafen«, riefen Zimmerman und Kate wie aus einem Mund.

»Und dann alles aufschreiben, was Ihnen aus den Büchern wieder einfällt«, fügte Kate hinzu.

»Okay, okay«, murmelte Decker, verdrossen und erleichtert zugleich.

»Morgen früh um Punkt neun Uhr treffen wir uns in meinem Büro«, erklärte Zimmerman.

»Ich werde auch kommen«, sagte Decker, worauf Zimmerman ihn ungeduldig musterte. »Wir werden sehen, was Dr. Novak dazu sagt.«

In diesem Moment trat Dani aus dem angrenzenden Zimmer. »Ich bin drauf und dran, Ihnen allen das Fell über die Ohren zu ziehen, weil Sie ihn so lange hier haben sitzen lassen.«

»Mit mir tut sie das häufiger, und es ist nicht witzig, deshalb kratze ich lieber die Kurve«, sagte Deacon und sammelte seine Sachen ein. »Passt auf euch auf, Leute.«

Adam, Troy und Zimmerman machten sich ebenfalls auf den Weg, so dass lediglich Kate, Dani und Triplett zurückblieben. Kate verstaute ihr Strickzeug, während Triplett Decker in sein Krankenhausbett half.

»O Mann, bin ich fertig, dabei habe ich bloß in einem verdammten Rollstuhl gesessen«, stöhnte Decker und ließ sich in die Kissen sinken.

»Morgen geht es bestimmt schon viel besser«, versprach Dani. »Aber jetzt müssen Sie ein bisschen schlafen. Kate, so nett Sie sind, aber jetzt ist Schluss. Schaffen Sie Ihren Hintern hier raus.«

Kate lachte. »Bitte, lassen Sie mich noch eine Minute mit Agent Davenport reden, dann bin ich weg.«

Seine Augen waren geschlossen, als sie neben ihn trat, doch sie strich mit den Fingerspitzen über seine Wange, worauf er leise seufzte. Vorhin, am Tisch, hatte er sich so sehr nach der Berührung gesehnt, sie war so nahe gewesen und doch so weit weg. »Seien Sie vorsichtig, Kate, das müssen Sie mir versprechen.«

»Das werde ich. Eigentlich ist es hier viel gemütlicher als in meinem Hotelzimmer. Wenn Dani nichts dagegen hat, komme ich später wieder her und übernachte hier. Dann haben Sie noch einen Aufpasser mehr.«

»Wecken Sie mich, wenn Sie wieder hier sind.«

»Mache ich. Aber jetzt müssen Sie schlafen, Decker, dann geht es Ihnen bald besser.«

Sie hatte völlig recht, so deprimierend es auch sein mochte.

Er ließ sich auf seinen Schreibtischstuhl sinken und rieb sich den Nacken. »Ich bin viel zu jung, um mich so verdammt alt zu fühlen.«

Nell nahm auf einem der Sessel neben seinem Schreibtisch Platz. »Morgen wird es bestimmt besser«, sagte sie leise.

Er lächelte sie an. »Heute war eigentlich nicht so übel«, sagte er. »Ich muss nur ein bisschen herumjammern.«

Sie deutete auf das halb gegessene Sandwich auf dem Tisch. »Du hast ja noch gar nicht alles gegessen. Iss.«

Er verzog das Gesicht. »Lieber nicht. Eine Lebensmittelvergiftung steht nicht auf der Liste meiner Lieblingsbeschäftigungen. Außerdem macht Mallory heute Steak zum Abendessen.«

Sie musterte ihn über den ausladenden Schreibtisch hinweg, der einst ihrem Vater gehört hatte. »Was dann?«

Er runzelte die Stirn. »Was ist dann?«

»Was steht dann auf der Liste deiner Lieblingsbeschäftigungen für heute?«, fragte sie. »Hier zu sein, definitiv nicht. Du kannst es auf den Tod nicht ausstehen.«

Er legte die Stirn in noch tiefere Falten. »Was kann ich auf den Tod nicht ausstehen?«

Sie machte eine ausholende Geste. »All das hier. Die Praxis, die Patienten, die Verantwortung. Sei ehrlich, du hasst all das.«

»Nein, ich hasse es nicht unbedingt.« Aber es gab so viel anderes, was er lieber tat – zum Beispiel, in seinem Keller zu werkeln. Seine Spezialmischungen herzustellen, das machte ihn glücklich. Und reich. Der Verkauf chemischer Substanzen zum Aufputschen an Highschool- oder Collegekids brachte ihm unterm Strich deutlich mehr ein, als er mit Impfungen und sonstigem Kram je verdienen konnte.

Außerdem war er als Professor deutlich beliebter. Was eigentlich auf der Hand lag – logischerweise stand ein cooler Typ, der erstklassige Ware verhökerte, höher im Kurs als ein Langweiler, der sie vor Drogen und ungeschütztem Sex warnte.

Aber ohne die Praxis ging es nun einmal nicht. Sie garantierte ihm eine rechtschaffene Existenz und ein legitimes Einkommen, damit ihm die Obrigkeit nicht auf den Pelz rückte. Und sie bot ihm die Gelegenheit, einzuschätzen, wer als potenzieller Abnehmer für den Professor in Frage kam.

Deshalb konnte er nicht behaupten, dass er die Praxis hassen würde.

Nell schüttelte den Kopf. »Erzähl mir doch nichts. Wir wissen beide, dass die Praxis nicht dein großer Traum ist, Remy. Sondern Dads. Er hat sie aufgebaut, hat sie gehegt und gepflegt. Hat dafür gesorgt, dass sie floriert.« Sie lächelte traurig. »Aber du hast sie kein Stück weiter wachsen lassen. Wir sind immer noch auf genau demselben Stand wie an dem Tag, als Dad gestorben ist. Ich will dir nicht zu nahe treten, aber es ist nun mal die Wahrheit.«

»Schon gut. Du bist die Seele der Praxis. Damit habe ich keinerlei Problem.« Für ihn war dieses Familienunternehmen lediglich Mittel zum Zweck, ohne große Leidenschaft. Zudem gab es Nell die Gelegenheit, das zu sein, was ihr Vater ihr stets verwehrt hatte: Sie hätte diejenige sein sollen, die Medizin studierte. Doch ihr alter Herr war altmodisch gewesen und hatte entschieden, dass lediglich der Sohn des Hauses aufs College ging, während die beiden Töchter bloß einen Ehemann brauchten und Kinder in die Welt setzen sollten.

Dass keine von ihnen dies getan hatte, war eigentlich Rache genug. Nell hatte sich entschieden, allein zu leben und eine Ausbildung zur Arzthelferin zu machen, für die sie länger gebraucht hatte als er für sein Medizinstudium. Aber am

Ende hatte sie es geschafft und kümmerte sich seitdem meistens um die Patienten, während er den Papierkram erledigte, ihr auf die Finger sah und die obligatorischen paar Stunden in der Praxis verbrachte, um ein offizielles Gehalt rechtfertigen zu können.

Dass Nell heute die Praxis quasi im Alleingang führte, war im Grunde nur gerechtfertigt. Und dass er sein auf dem College erworbenes Wissen dazu nutzte, um hochkarätige, aber höchst illegale Drogen herzustellen, bescherte ihm und Nell die ultimative Rache an ihrem Vater, der in seinem Grab wie ein Brathähnchen am Spieß rotieren musste.

Ihre kleine Schwester Gemma hatte sich zwar Kinder gewünscht, aber keine bekommen. Am Ende hatte sie es mit einer offiziellen Adoption versucht, die psychologische Untersuchung aber jedes Mal vermasselt – was sowohl verwunderlich als auch beschämend war, weil sie im täglichen Leben eigentlich als durchaus normal durchging. Er hatte wirklich gedacht, dass sie die Prüfer würde täuschen können, aber es war ihr nicht gelungen, deshalb hatte er eine Adoption über ein privates Unternehmen veranlasst.

Dieser Schritt hatte ihm die lebenslange Dankbarkeit seiner Schwester garantiert, und, was noch viel mehr wert war, die ihres Ehemannes – eine Schuld, die sein Schwager bereits tausendfach zurückgezahlt hatte. Menschen Gefallen zu tun, die dasselbe erwidern konnten, war immer eine gute Sache.

Das war sein erster Deal mit einer Crack-Mutter gewesen: ihr Kleinkind gegen einen Wochenvorrat an Schüssen. So war er an Macy gekommen – und den Überraschungsbonus in Gestalt von Mallory, ihrer großen Schwester, die zu dem Zeitpunkt gerade einmal zwölf gewesen war. Und verdammt hübsch. Ein Naturtalent vor der Kamera.

»Und?«, hakte Nell nach. »Wovon träumst du? Was bringt dich gerade zum Lächeln?«

»Ich habe gar nicht gemerkt, dass ich lächle«, sagte er, obwohl es eigentlich auf der Hand lag: Aus Spaß und zu Profitzwecken Chemikalien zu mischen, war stets sein größtes Glück gewesen. Bis zu dem Tag, als er das erste Mal die kleine Mallory vor der Kamera gehabt hatte.

Es war die Geburtsstunde von Sunshine Suzie gewesen, und sie hatte ihm mehr eingebracht als seine beste Spezialmischung. Zwar hatte er sie vor mehreren Jahren in den Ruhestand geschickt, trotzdem kursierten die Videos von Sunshine Suzie bis heute im Netz und wurden tausendfach von ihren Fans heruntergeladen. In den letzten Jahren hatte er Tausende Videos gedreht, aber keines war auch nur annähernd so erfolgreich gewesen wie Suzies. Das hatte er nur Mallory zu verdanken.

Und sie gehört immer noch mir. Bis zum heutigen Tag. Wegen Macy. Mallory riss sich zusammen, weil sie genau wusste, dass er Macy sonst zu seinem neuen Star machen würde. Natürlich würde er es trotzdem tun, wenn Macy erst einmal alt genug war. Noch ein paar Jahre, dann war sie so weit.

Nell gab ein missmutiges Grunzen von sich. Erst jetzt bemerkte er, dass sie ihn stirnrunzelnd ansah.

»Was ist?«, fragte er verwirrt.

»Ich hasse es, wenn du das tust. Wenn du dich so in dich zurückziehst. Wenn du mir nicht sagen willst, was dich wirklich glücklich macht, dann lass es, aber hör auf, dich in deine Traumwelt zu flüchten.«

»Tut mir leid«, sagte er aufrichtig. Er verdankte Nell so viel, denn sie war immer für ihn da gewesen, ihr ganzes Leben lang. »Ich habe nur gerade gedacht, wie wütend Dad wohl wäre, wenn er uns jetzt sehen könnte.«

Ein Lächeln umspielte ihre Mundwinkel. »Wirklich?«

Nein, eigentlich nicht, aber er würde seiner Schwester auf keinen Fall verraten, dass die Vorstellung, wie er ein neues

Pornovideo drehte, ihrem geliebten Bruder, ihrem Ein und Alles, ein Lächeln aufs Gesicht zauberte. Das würde sie nicht gutheißen. Er wollte ihr nicht weh tun, ihr Wohlwollen brauchte er allerdings genauso wenig.

»Ja«, antwortete er, wohl wissend, dass sie ihn niemals auch nur der kleinsten Unwahrheit bezichtigen würde. Er war ein viel zu geschickter Lügner, der ganz genau wusste, wie er Wahrheit und Lüge miteinander verschmelzen lassen musste, um sie glaubhaft wirken zu lassen. »Er würde sich vor Angst in die Hose machen, wenn er wüsste, dass du die Praxis in Wahrheit führst, während ich unterwegs bin und Wohltätigkeitsarbeit leiste.« Was er tatsächlich ab und zu tat. Es öffnete ihm die Türen und verschaffte ihm Verbindungen, die er sonst nie im Leben bekäme – im Zuge dieser Tätigkeit war er auch Mallorys und Macys Mutter begegnet, einer ziemlich harten Nuss, die den Aufwand jedoch definitiv wert gewesen war. Die Wohltätigkeitsarbeit hatte ihn zu einem reichen Mann gemacht.

»Oh ja, das kannst du laut sagen«, sagte Nell voller Zuneigung. Sie hatte den alten Arsch immer gemocht, auch wenn er ihr das Leben zur Hölle gemacht hatte. Das war der große Unterschied zwischen ihnen – *Ich kann nicht mehr lieben.*

Nicht einmal Nell. Sie lag ihm am Herzen, aber wenn es nach ihm ginge, würde er hier alles stehen und liegen lassen, sobald ihm der Sinn danach stand. Was bisher nicht der Fall gewesen war.

Er setzte sich auf und streckte den Nacken, bis er das leise Knacken der Wirbel spürte. »Wenn nichts mehr anliegt, würde ich für heute Schluss machen«, sagte er. Denn heute gab es Steaks zum Abendessen und als Dessert Erdbeerkuchen.

Und er musste sich um Rawlings, den Gefängniswärter, kümmern.

Und dann würde er mit seinem neuesten Kunden reden, ihn in seine Pläne für seine jüngsten Zuwächse einweihen. Sein Kunde war sehr, sehr interessiert. Und sehr, sehr reich. Zwar würde er keine Gebühren für die Nutzung kassieren, weil der Kunde die Ware mit dem Film für seine Privatzwecke haben wollte, aber der Vorschuss machte das locker wieder wett.

»Nein, das war's für heute«, sagte Nell und stapelte die Akten. »Ich muss noch ein bisschen Papierkram erledigen, aber du kannst gern gehen.«

»Wir könnten doch jemanden für den Empfang engagieren.« Sie verdrehte die Augen. »Haben wir doch. Gemma. Sie kommt, wie und wann sie gerade Lust hat. Heute wollte sie nicht, weil sie für Macy Klamotten für die Schule kaufen musste. Obwohl Macy ja zu Hause unterrichtet wird.«

Ihre Schwester war eine Versagerin vor dem Herrn, die absolut gar nichts auf die Reihe bekam. »Schmeiß sie raus. Das habe ich dir doch gesagt.«

Nell verzog das Gesicht. »Ich hab's ja versucht, aber es gab Tränen.«

Er runzelte verärgert die Stirn. »Sie flennt doch bloß, weil du darauf anspringst. Setz sie vor die Tür, Nell, und such jemand Anständiges.«

»Was ist mit Mallory? Sie ist doch achtzehn, oder?«

Nein. Nein, nein, nein. Mallory einkaufen gehen zu lassen, war eine Sache – dabei konnte er jeden ihrer Schritte überwachen. Er wusste stets, wo und wie lange sie unterwegs gewesen war, welchen Weg sie genommen und ob sie irgendwo angehalten hatte. Aber sie in einem Büro, vor einem Computer sitzen zu lassen? Auf keinen Fall.

»Sie muss mich und Roxy bei der Wohltätigkeit unterstützen«, erklärte er mit neutraler Miene.

Ein Hauch von Besorgnis spiegelte sich auf Nells Miene wider. »Wie geht es Roxy überhaupt?«

»Sie ist eine hoffnungslose Alkoholikerin, Nell«, erklärte er scharf. »Daran hat sich nichts geändert, seit du mich das letzte Mal nach ihr gefragt hast.« Und genau so wollte er es haben: Solange Roxy unter seinem Dach lebte, hinterfragte niemand Mallorys Gegenwart. Niemand ahnte, dass Roxy die meiste Zeit sowieso nur ihren Rausch ausschlief, und noch nicht einmal Nell wusste, wie schlimm es wirklich um sie stand. Denn bevor ihre Leber ihren Dienst versagt hatte, war Roxy eine gewöhnliche Säuferin gewesen. Aber jetzt, wo Mallory achtzehn war, wurde Roxy immer weniger wichtig. Was praktisch war, weil sie ohnehin bald sterben würde.

Nell sah ihn gekränkt an. »Ich mache mir Sorgen um sie. Roxy ist immerhin meine Schwägerin. Sie braucht doch Hilfe.«

Natürlich brauchte Roxy Hilfe. Aber sie würde sie nicht bekommen. Nicht, solange er es verhindern konnte. Alles sollte genauso weiterlaufen wie bisher. »Du versuchst, vom eigentlichen Thema abzulenken – dass du jederzeit eine erstklassige Assistentin engagieren kannst, nachdem du Gemma rausgeworfen hast.«

Nell seufzte. »Na gut. Ich werde es versuchen.«

Und sie würde es wieder nicht schaffen. Daher brauchte er auch kein schlechtes Gewissen zu haben, wenn sie länger bleiben musste, um die Sachen zu erledigen, die eigentlich andere übernehmen könnten. Er stand auf und räumte die Abfälle weg. »Was ist das eigentlich?«, fragte er, als sie den Aktenstapel auf eine Seite des Schreibtischs schob. Sobald er weg war, würde sie seinen Platz einnehmen, aber solange er neben ihr stand, traute sie sich nicht.

»Akten«, antwortete sie. »Von Patienten, die im laufenden Jahr entweder ihren Abschluss gemacht haben oder …«, sie hielt inne und seufzte, »oder gestorben sind.« Sie berührte die oberste Akte.

Sidney Siler. »Ach ja, stimmt ja.« In gespieltem Mitleid verzog er das Gesicht. »Das arme Ding.«

Ein harter Ausdruck trat auf ihre Züge. »Sie hat lange Zeit Drogen genommen, Remy. Das Mädchen ist definitiv vom rechten Weg abgekommen.«

»Trotzdem kann ich es doch bedauern, dass sie tot ist, oder?«, fragte er betrübt, während er innerlich die Augen verdrehte. Wenn ein Mädchen Koks nahm, konnte Nell knallhart sein, aber von ihrer kleinen Schwester ließ sie sich auf der Nase herumtanzen.

»Stimmt auch wieder. Nun ja, dann bis morgen, Remy. Schönen Abend.«

Er drückte ihr einen flüchtigen Kuss auf die Wange. »Dir auch.«

Vor der Tür blieb er stehen, um Mallory anzurufen und ihr zu sagen, dass er auf dem Heimweg war und sie schon mal den Grill anwerfen sollte, dann stieg er in seinen Wagen und ließ das Verdeck herunter. Nell, die Praxis und sogar Sidney Siler waren im Handumdrehen vergessen, als ihm der warme Abendwind um die Nase wehte.

11. Kapitel

Zum dritten Mal klopfte Kate an die Tür von Sidney Silers Apartment und lauschte auf Geräusche von drinnen, doch da war nichts. Sidney teilte sich die Wohnung mit ihrer Kommilitonin Chelsea Emory. Falls diese da sein sollte, gab sie zumindest keinen Laut von sich oder weigerte sich schlicht, die Tür aufzumachen.

»Und es ist niemand reingegangen oder herausgekommen?«, fragte Kate den Streifenbeamten des CPD, den Deacons und Scarletts Vorgesetzte zur Sicherheit vor der Tür postiert hatte.

»Seit ich um Viertel nach vier hergekommen bin, hat keiner die Wohnung betreten oder verlassen. Allerdings sind ein paar Leute aufgetaucht. Ich habe eine Beschreibung von ihnen gemacht und die Uhrzeiten und die Nummern der jeweiligen Apartments notiert.«

»Hat jemand mit Ihnen geredet?«

»Nein, Ma'am. Die haben mich gemieden wie der Teufel das Weihwasser.«

»Okay. Danke.« Dass Chelsea nicht nach Hause gekommen war, verhieß nichts Gutes. Aller Wahrscheinlichkeit nach war Sidney gestorben, weil sie etwas gewusst hatte, was sie nicht hätte wissen dürfen. Falls sie sich ihrer Mitbewohnerin anvertraut hatte, könnte auch Chelsea in Gefahr schweben. Doch wenn Chelsea davon ausging, dass Sidney an einer Überdosis gestorben war, würde sie nicht die notwendigen Sicherheitsmaßnahmen ergreifen. Hoffentlich hatte Sidneys Mörder nicht ein zweites Mal zugeschlagen.

Allerdings könnte es auch eine viel einfachere Erklärung geben: Vielleicht suchte Chelsea ja Trost bei Freunden oder ihrer Familie. Laut Polizeibericht waren Sidney und Chelsea schon lange befreundet gewesen, auch schon, bevor sie sich ein Apartment im Wohnheim geteilt hatten.

Chelsea war am frühen Morgen zum Tatort gerufen worden, um Sidneys Leiche zu identifizieren und den Beamten vor Ort die Kontaktdaten von Sidneys Eltern in Houston zu geben, die sich gerade auf dem Weg hierher befanden. Sie wurden im Lauf des Abends erwartet und hatten sich laut Carrie Washington bislang noch nicht mit der Pathologie in Verbindung gesetzt. Was gut war, denn sie wussten ebenso wenig wie Chelsea, dass Sidney in Wahrheit ermordet worden war.

Verdammt. Jemand würde es ihnen sagen müssen – und dieser Jemand war sie.

Kate ging weiter zur nächsten Wohnungstür. Sie musste herausfinden, mit wem Sidney ihre Freizeit verbracht hatte, vor allem aber musste sie jemanden aufstöbern, der von ihrer Drogensucht gewusst und womöglich ihren Dealer gekannt hatte. Falls sie im Wohnheim niemanden antreffen sollte, würde sie ihr Glück in den verschiedenen Cafeterien auf dem Campus versuchen.

Gerade als sie ein weiteres Mal klopfen wollte, ertönten Stimmen vom anderen Ende des Korridors, wo sich der Aufzug befand – eine jung klingende Frauenstimme und die Stimme eines älteren Mannes, unter die sich das Schluchzen einer weiteren – ebenfalls weiblichen – Stimme mischte.

»Sind Sie sicher, Ruth?«, fragte die jüngere Frau. »Sie müssen das nicht mehr heute tun. Ich kann Ihnen ein Hotelzimmer besorgen, wo Sie sich erst mal ausruhen können, und morgen früh …«

»Ich will es aber tun«, schluchzte die Frau. »Ich muss es heute Abend noch tun. *Heute Abend.*«

»Wir wollen es einfach nur hinter uns bringen«, krächzte der Mann. »Vorher finde ich keine Ruhe. Erst …« Seine Stimme brach. »Erst wenn ich sie mit eigenen Augen gesehen habe.«

Die drei bogen um die Ecke: Eine junge Frau hatte den Arm um eine schluchzende Frau um die fünfzig gelegt. Die geröteten Augen des Mannes verrieten, dass auch er geweint hatte. Die drei blieben stehen, als sie Kate vor der Tür des Nachbarapartments stehen sahen.

»Da ist niemand zu Hause«, sagte das Mädchen.

»Sind Sie Chelsea Emory?«, fragte Kate, worauf das Mädchen die Augen zusammenkniff.

»Ja. Wer sind Sie? Und wieso steht ein Polizist vor unserer Tür?«

Kate zückte ihre Dienstmarke. »Ich bin Special Agent Coppola, FBI. Ich würde gern mit Ihnen reden.«

»Das ist jetzt kein guter Zeitpunkt«, gab Chelsea ungeduldig zurück, dennoch sah Kate Angst in ihren Augen aufflackern.

»Ich weiß«, sagte Kate sanft. »Dafür gibt es nie einen guten Zeitpunkt. Darf ich reinkommen?«

»Ich wohne hier drüben. Aber wieso steht ein Polizist vor meiner Tür, verdammt noch mal?«

Ohne auf Chelseas Frage einzugehen, wandte Kate sich dem älteren Ehepaar zu. »Sie sind Alan und Ruth Siler?«

Mr. Siler nickte. »Worum geht es?«

Der Mann wusste auf Anhieb, dass etwas nicht stimmte, und zwar ganz und gar nicht. Das sah Kate ihm an. »Ich möchte das nur ungern auf dem Flur besprechen.« Sie trat vor die Tür von Chelseas Apartment und wartete. »Bitte.«

Unsicher blickte Chelsea Mr. Siler an. »Na gut«, sagte er. »Bringen wir es hinter uns.«

Kate folgte den dreien hinein und schloss die Tür. Die Wohnung war winzig, noch winziger als Kates Studentenapartment. Nervös begann Chelsea herumzuräumen.

»Bitte nicht«, sagte Kate. »Sie sollten nichts anfassen.« Sie zog zwei Stühle heran und stellte sie vor einen hässlichen orangefarbenen Futon. »Vielleicht möchten Sie sich lieber setzen.«

In frostigem Schweigen nahmen die Silers Platz, während Kate sich auf einen hölzernen Hocker quetschte, der schon bessere Tage gesehen hatte, und Chelsea sich auf den Futon sinken ließ.

Kate holte tief Luft. »Als Erstes möchte ich Ihnen mein aufrichtiges Beileid aussprechen.«

Mrs. Siler starrte sie finster an. »Kommen Sie einfach auf den Punkt, Agent Wie-auch-immer-Sie-heißen.«

»Ruth«, murmelte Mr. Siler, der die Hand seiner Frau festhielt, und sah Kate ins Gesicht. »Wir wollten sehen, was vom Leben unserer Tochter übrig geblieben ist, bevor wir ins Leichenschauhaus fahren, um sie zu identifizieren, Agent Coppola. Bitte machen Sie es kurz.«

»Na gut. Ihre Tochter, Sidney, ist nicht an einer Überdosis gestorben, sondern sie wurde ermordet.«

Die drei schnappten nach Luft. Drei Augenpaare richteten sich schockiert auf Kate.

»Das stimmt nicht«, sagte Chelsea nach einem Moment. »Der Rettungssanitäter hat gesagt, das Koks sei verunreinigt gewesen.«

Carrie hatte die Spuren der Substanz in Sidneys Nasenlöchern untersucht und darüber hinaus festgestellt, dass das Cyanid über eine im Mund zerkaute Kapsel in Sidneys Blutkreislauf gelangt war – Überreste des Gifts und der Gelatine der Weichkapsel hatten sich zwischen den Backenzähnen gefunden.

»Es stimmt, dass sie Kokain konsumiert hat. Es war mit einer hohen Dosis Ketamin versetzt, um eine vorübergehende Lähmung hervorzurufen. Aber bevor es wirken konnte, hat ihr jemand Gift verabreicht.«

Mr. Siler schüttelte den Kopf. »Aber das Kokain war ... ist Gift. So viele Kinder zerstören ihr Leben mit diesem verdammten Zeug. Wir dachten, sie hätte die Sucht überwunden.«

»Ihre Tochter scheint bereits geraume Zeit Kokain geschnupft zu haben. Aber gestern Abend hat man ihr auch Cyanid verabreicht«, sagte Kate zu Mr. Siler, obwohl es in Wahrheit Chelseas Reaktion war, die sie interessierte.

Mrs. Siler begann zu hyperventilieren. »Wa... Was? Wie? Warum?«

Chelsea fiel die Kinnlade herunter. Sie schien aufrichtig schockiert zu sein. Oder aber sie war eine hervorragende Schauspielerin.

»Sie sagen, unsere Tochter wurde ermordet?«, fragte Mr. Siler.

»Ja, Sir«, antwortete Kate ruhig. Erst jetzt schienen Chelsea und die Silers allmählich zu begreifen. »Wir glauben, das Kokain sollte die eigentliche Todesursache, nämlich die Vergiftung durch Cyanid, verdecken. Noch sind wir uns nicht sicher, warum der Täter das wollte. Oder wer er ist.«

»Du lieber Gott.« Eine Hand auf den Mund gepresst, brach Mrs. Siler neuerlich in Tränen aus und wiegte sich rhythmisch vor und zurück.

»Wir suchen ihren Dealer«, fuhr Kate unverblümt fort. »Können Sie mir weiterhelfen, Chelsea?«

»Nein«, flüsterte das Mädchen. »Ich weiß nicht, von wem sie ihren Stoff gekauft hat. Ich ... ich tue so was nicht. Ich habe sie angefleht, damit aufzuhören, aber ich habe keine Ahnung, wer ihr Dealer war.«

Das Mädchen log. Ein Schnelltest würde zeigen, ob auch sie in letzter Zeit Kokain geschnupft hatte.

»Verstehe«, sagte Kate leise. Chelsea zuckte zusammen, machte aber keine Anstalten, noch etwas hinzuzufügen. Kate beschloss, vorerst nicht weiter auf dem Thema Drogen herumzureiten. Vielleicht wurde das Mädchen gesprächiger, wenn Sidneys Eltern nicht dabei waren. »Sidney war gestern im Gefängnis, um eine Insassin zu besuchen.«

Die Eltern wirkten bestürzt, während Chelsea die Stirn runzelte.

»Diese verdammte Arbeit«, stieß Mr. Siler aufgebracht hervor. »Perverse und Soziopathen befragen. Bestimmt hat einer von denen sie zu dem Stoff gebracht.«

Mrs. Siler knetete ihre Hände. »Ich habe ihr immer gesagt, dass das nur schlimm ausgehen kann. Aber sie wollte ja nicht hören. Und jetzt ist sie tot! Meine Kleine ist tot!« Sie schluchzte.

Kate schwieg. Schließlich nickte Chelsea, wenn auch ganz langsam, als wüsste sie nicht recht, was sie sagen sollte. Doch zumindest schien sie nicht länger etwas verbergen zu wollen.

»Das hat sie schon ein paar Mal getan. Für ihre Recherchen. Sie hat klinische Psychologie studiert und an ihrer Dissertation gearbeitet.«

»Wussten Sie, dass sie gestern vorhatte, ins Gefängnis zu fahren?«

»Nein, aber mir war klar, dass irgendetwas ansteht, weil sie so … aufgedreht war. Ich dachte, sie hätte Koks genommen, aber sie meinte, sie wäre einfach nur gut drauf. Dass man ihre Thesen in sämtlichen Fachzeitschriften abdrucken würde.« Chelseas Augen füllten sich mit Tränen. »Das hat sie sich immer so sehr gewünscht. Und jetzt wird sie es nie erleben.«

»Hat sie sich Notizen gemacht?«, fragte Kate.

»Ja. Natürlich.« Chelsea trat zu einem der beiden Schreibtische.

Kate streifte Latexhandschuhe über und folgte ihr. »Bitte nichts anfassen, Chelsea, sondern nur deuten.«

»Da.« Chelsea zeigte auf ein Notizbuch, wie es sie an jeder

Ecke zu kaufen gab. »Das ist ihr aktuelles. In der Schublade liegen die älteren.«

Kate schlug den letzten Eintrag auf. »Der ist aber mehrere Monate alt.«

Chelsea spähte über Kates Arm auf die Seite des Notizbuchs. »Stimmt. Das war ihr letztes Gespräch. Oben im Chillicothe Prison. Sie war mit ihrer Studienberaterin dort. Sie arbeiten gemeinsam an einem Artikel.«

»Inwiefern ist das denn wichtig, Agent Coppola?«, fragte Mr. Siler gereizt.

Über Alice' Tod war bereits in den Nachrichten berichtet worden. Möglicherweise hatten die Silers es auf einem der Monitore am Flughafen mitbekommen, und wenn nicht, würden sie schon bald zwei und zwei zusammenzählen. »Die Insassin, die sie besuchen wollte, wurde heute Morgen getötet«, antwortete Kate. »Sie wurde vergiftet.«

Mrs. Silers Schluchzer waren verebbt. Mr. Siler schloss seine Frau, die sich immer noch vor und zurück wiegte, in seine Arme. »Du lieber Gott«, flüsterte er. »Du lieber Gott. Was hast du getan, Sidney? Was hast du nur getan?«

Chelsea schloss die Augen. »Haben Sie zufällig ihren Stift bei ihren Sachen gefunden?«

Kate horchte auf. Was für eine seltsame Frage. »Keine Ahnung. Warum?«

»Sie hatte einen Stift, mit dem man aufnehmen konnte«, erklärte Chelsea und verzog bitter den Mund. »Sie fand sich ganz toll, weil sie es mehrmals geschafft hatte, ihn durch die Kontrollen im Gefängnis zu schmuggeln. Damit hat sie jedes Wort der Interviews aufgezeichnet, und ihre Studienberaterin dachte, sie hätte ein Wahnsinnsgedächtnis. Sid meinte, das Ding sei ihr Ass im Ärmel.«

»Einen Moment, bitte«, sagte Kate, öffnete die Wohnungstür und gab dem Beamten auf dem Flur ein Zeichen. »Es dauert nur ganz kurz. Bitte sorgen Sie dafür, dass niemand die Wohnung verlässt.«

Mr. Siler schnappte nach Luft. »Stehen wir etwa unter Verdacht?«, fragte er laut.

»Nein, Sir«, erwiderte Kate freundlich und sah Chelsea an. »Sie und Mrs. Siler nicht.«

Chelsea wurde blass, während Mr. Siler aufsprang. »Wollen Sie etwa behaupten, Chelsea hätte Sidney umgebracht? Das ist doch verrückt! Komplett verrückt! Die beiden waren wie Schwestern.«

Kate blickte in Chelseas bleiches Gesicht. »Wir werden das Apartment durchsuchen, Chelsea, und dabei finden wir auch Ihren Drogenvorrat. Ich muss jetzt telefonieren, und dann werde ich Sie noch einmal nach Sidneys Dealer fragen. Sie sollten sich Ihre Antwort gut überlegen. Ein kleiner Hinweis – ›Ich weiß nicht, von wem Sidney das Koks bezogen hat‹ – ist nicht die Antwort, die ich gerne hören möchte.« Sie wandte sich an den Uniformierten. »Keine Anrufe, und keiner fasst etwas an. Sie verlässt die Wohnung nicht, genauso wenig wie Mr. und Mrs. Siler. Schon zu ihrer eigenen Sicherheit. Okay?«

Der Officer nickte knapp. »Ja, Ma'am.«

Kate rief Zimmerman, Deacon und Troy an und schaltete sie zusammen. »Wissen wir, wo sich Sidneys Habseligkeiten gerade befinden?«, fragte sie. »Vor allem ihr Rucksack?«

»Entweder in der Pathologie oder aber bei der Forensik«, antwortete Deacon. »Ich rufe gleich Tanaka bei der Spurensicherung an.«

»Worum geht es hier, Kate?«, fragte Zimmerman, als Deacon sich kurz ausgeklinkt hatte.

»Wahrscheinlich um das Motiv für den Mord an Sidney«, antwortete Kate. »Warten wir, bis Deacon sich zurückmeldet, dann erkläre ich Ihnen alles.«

Deacon brauchte nicht einmal eine Minute. »Vince Tanaka sagt, der Rucksack sei nicht bei ihnen, also muss er noch in der Pathologie liegen.«

»Okay«, sagte Kate. »Jemand, dem wir vertrauen können, muss hinfahren und sich auf die Suche machen. Ich muss jetzt die Befragung zu Ende bringen.« Sie brachte die Männer mit einigen Sätzen auf den neuesten Stand. »Wir suchen also nach einem SpyCam-Stift.«

»Sidney hat ihr Gespräch mit Alice aufgenommen«, stellte Zimmerman befriedigt fest. »Ich gehe höchstpersönlich rüber und überwache die Suche.«

»Tanaka macht das schon«, erklärte Deacon mit fester Stimme. »Und auf Carrie Washington ist auch Verlass. Trotzdem würde ich an Ihrer Stelle die Suche per Video überwachen lassen, nur zur eigenen Sicherheit der Leute.«

»Laden Sie gleich danach alles auf den Beweismittelserver und schicken uns die Kopien zu«, fügte Kate hinzu.

»Mache ich«, versprach Zimmerman. »Ich fahre jetzt gleich aus dem Gefängnis los.«

»Danke«, sagte Kate. »Ich versuche noch mal, den Namen des Dealers herauszukriegen. Drückt mir die Daumen.«

Cincinnati, Ohio.
Donnerstag, 13. August, 19.05 Uhr

Er bog in die Einfahrt, stieg aus und registrierte zufrieden den Duft nach Gegrilltem, der ihm entgegenwehte. Mallory hatte sich zu einer sehr fähigen Köchin und Haushälterin gemausert, die das Essen pünktlich auf den Tisch brachte, vor allem, wenn er sie von unterwegs aus anrief.

Doch seine Zufriedenheit verflog schlagartig, als die Hintertür aufging und JJ mit finsterer Miene auf die Veranda trat.

Sie verschränkte die Arme vor der Brust und sah zu, wie er das Verdeck seines Wagens schloss.

Er ließ sich alle Zeit der Welt damit, wohl wissend, dass ihre Ungeduld mit jeder Minute wachsen würde. *Geschieht ihr recht.* Eigentlich sollte sie gar nicht hier sein. Er hatte sie nicht eingeladen, und dass sie einfach unangekündigt auftauchte, ärgerte ihn.

»JJ, was ist los?«

»Dieses Mädchen«, erklärte JJ mit versteinerter Miene. »Sie will mich nicht in die Küche lassen.«

Er stellte einen Fuß auf die unterste Stufe und musterte sie. »Ich hatte dich heute Abend nicht erwartet.«

JJ presste die Lippen aufeinander. »Ich habe fürs Abendessen eingekauft. Ich dachte, nach dem heutigen Tag … brauchst du vielleicht etwas Besonderes.«

Der heutige Tag. Sie hatte ihm einen Gefallen getan und erzählt, dass Davenport überlebt hatte, deshalb hatte er sich um Eileen Wilkins kümmern können. Und jetzt erwartete sie von ihm, dass ihre Beziehung enger wurde. Mit so etwas war sie bisher nie angekommen.

Andererseits hatte sie ihm noch niemals Informationen geliefert, die zum unmittelbaren Tod eines anderen Menschen geführt hatten. Und wenn Eileens Leiche erst gefunden worden wäre, würde sie noch viel mehr einfordern, weil sie dann etwas Konkretes gegen ihn in der Hand hatte. *Vergiss es.*

»Ich wollte tatsächlich etwas Besonderes«, gab er kühl zurück. »Das Steak, das Mallory gerade für mich grillt.«

Schlagartig wurden JJs Augen glasig. Das war neu. Eigentlich war sie keine Frau, die schnell in Tränen ausbrach. Zumindest bisher nicht. Also hatte sie sich entweder verändert, oder aber sie versuchte, ihn zu manipulieren. Ihre Lippen verzogen sich zu etwas zwischen einem Schmollen und einem hämischen

Grinsen. »Hättest du eine *richtige* Frau, bräuchtest du *Mallory* nicht mehr.«

Mallorys Anwesenheit trieb JJ in den Wahnsinn, weil *sie* die Nummer eins in seinem Leben sein wollte, schon von Anfang an. Sie wollte, dass Mallory verschwand. Zwar hatte sie es nie rundheraus zugegeben, aber in letzter Zeit waren ihre Anspielungen immer deutlicher geworden.

Was bedeutete, dass JJ auf ihr Ablaufdatum als Geliebte zusteuerte. Noch nicht heute, dafür lag Eileens unübersehbar gewaltsames Ableben noch nicht lange genug zurück. Nein, er würde sie noch eine Weile bei der Stange halten und ihr das Gefühl geben, dass sie bekam, was sie wollte – bevor er sie beseitigte.

Er runzelte in gespielter Verwirrung die Stirn. »Ich bin verheiratet, JJ. Daraus habe ich nie ein Geheimnis gemacht.«

Sie verdrehte die Augen. »Roxy ist doch der reinste Witz. Du könntest dich einfach von ihr scheiden lassen, ohne dass jemand auch nur mit der Wimper zuckt. Jeder Richter würde das ohne Probleme unterstützen. Wahrscheinlich brauchtest du ihr noch nicht einmal Unterhalt zu bezahlen.«

Er würde sich auch dann nicht von Roxy scheiden lassen, wenn sie nicht im Sterben läge. In ihrer Rolle als Ehefrau, die tat, was man von ihr verlangte, und keine Fragen stellte, hatte sie hervorragende Dienste geleistet.

Er ließ seine gespielte Verwirrung in leise Verärgerung übergehen. »Sie ist meine *Frau,* JJ. Ich werde mich nicht von ihr scheiden lassen. Nicht, wenn sie mich am dringendsten braucht. Sie *stirbt.*«

JJ zuckte zurück, blinzelte. Einzelne Tränen kullerten ihr über die Wangen. »Aber du hast gesagt, dass du mich liebst.«

Das hatte er nicht getan. Er hatte nicht einmal gesagt, dass er sie an seiner Seite haben wollte. Sondern lediglich, dass er sie brauchte, was der Wahrheit entsprach. Und jetzt brauchte er sie noch für ein paar Tage länger an seiner Seite, ehe er sie verschwinden ließ. Nur bis der Tod von Eileen und dem armen Roy kalter Kaffee waren.

»Und ich habe es auch genauso gemeint, jedes Wort«, gab er beschwichtigend zurück. »Aber was wäre ich für ein Mann, wenn ich die arme Roxy einfach vor die Tür setzen würde? Sie kann doch nirgendwohin. Wer soll sich um sie kümmern?« Er sah die Verunsicherung in ihren Augen aufflackern. Sehr gut. Er hatte ins Schwarze getroffen. Andererseits war das keine große Meisterleistung. Schließlich schlummerte der Drang, sich um andere zu »kümmern«, in jeder Krankenschwester, deshalb war es ein Kinderspiel, sie damit zu kriegen. »Mallory sorgt dafür, dass sie alles hat, was sie braucht. Deshalb besteht keinerlei Anlass, eifersüchtig auf sie zu sein.«

Auf JJs Miene spiegelte sich noch größere Verunsicherung wider. »Aber warum? Wieso willst du Roxy unbedingt weiter hier haben? Sie könnte doch in einer Entzugsklinik versorgt werden. Dort ist man auf Fälle wie ihren spezialisiert.«

Das ging allein deshalb nicht, weil Roxy weit über dieses Stadium hinaus war. »Als ich sie das letzte Mal in eine Klinik bringen wollte, hatte sie einen Nervenzusammenbruch.« Das war eine glatte Lüge. Er hatte es nie versucht, weil es ihm nichts bringen würde. »Sie kommt nicht wieder auf die Beine. Deshalb kann ich bloß dafür sorgen, dass sie es so angenehm wie möglich hat, bis sie … stirbt.«

JJ schlang die Arme fester um sich und wandte den Blick ab. »Wie könnte ich da böse sein?«, sagte sie leise, wenn auch mit einem bitteren Unterton.

»Das ist nun mal mein Leben, Süße«, sagte er seufzend. »Ich hab's dir von Anfang an gesagt.«

»Das stimmt.« Sie kämpfte sichtlich mit den Tränen. »Was ist jetzt mit dem Abendessen? Ich wollte doch für dich kochen.«

»Vielleicht kann Mallory ja noch ein Steak auf den Grill legen.«
Wieder presste sie die Lippen aufeinander. »Bestimmt würde
sie mir ins Essen spucken«, sagte sie leise.

Er tat so, als hätte er sie nicht genau verstanden. »Was hast du
gerade gesagt?«, fragte er und musste ein Lachen unterdrücken. Vielleicht würde Mallory das tatsächlich tun – JJs
Abneigung ihr gegenüber beruhte auf Gegenseitigkeit.

»Nichts.« JJ sah ihn gekränkt an. »Wenn Mallory für dich
kocht, könntest du doch einfach morgen zu mir kommen,
und ich koche das, was ich für heute geplant hatte.«

Der Vorschlag war nachvollziehbar – und die beste Art, sie
für den Moment in Schach zu halten. »Gerne. Ich bringe
auch den Wein mit.« Er ging die Treppe hinauf und schob
sich an ihr vorbei, wobei er gegen den Drang ankämpfen
musste, sie an der Kehle zu packen und zuzudrücken, bis sie
erschlaffte.

Mallory, die an der Spüle stand und Erdbeeren abwusch,
drehte sich kurz um. »Ich kann noch ein Steak auf den Grill
legen«, sagte sie. »Und ich werde auch nicht in ihr Essen spucken.«

Mit einem leisen Lachen schloss er die Tür und damit JJ aus
der Unterhaltung aus. Durchs Fenster sah er sie dastehen,
kerzengerade und stocksteif. Ein deutliches Zeichen, dass er
sie ein weiteres Mal brüskiert hatte, aber sie würde sich am
Riemen reißen. Vorerst.

Er trat zur Spüle und schlang die Arme um Mallorys Taille.
Augenblicklich versteifte sie sich, was ihm verriet, wie sehr
sie die Berührung verabscheute. Was sie nur umso reizvoller
für ihn machte. »Wenn du Lust hast, kannst du ihr gern ins
Essen spucken. Sie tut dir nichts, versprochen«, raunte er.

Mallorys Hand verharrte in der Luft. Sie hatte so schöne
Hände, elegant und mit langen, schlanken Fingern. Er liebte
es, sie dazu zu bringen, ihn zu berühren. Und er genoss es,

dass sie es verabscheute, es aber tun musste, weil sie keine andere Wahl hatte. Und dass auch sie es wusste.

»Muss nicht sein«, sagte sie leise. »Sie hasst mich schon genug.«

Etwas in ihrem Tonfall ließ ihn aufhorchen. Er würde gleich herausfinden, was nicht stimmte. Sobald er in Erfahrung gebracht hatte, wie es JJ es geschafft hatte, ins Haus zu gelangen. Er beugte sich vor und strich mit den Lippen über ihren nackten Hals. »Wieso hast du sie überhaupt reingelassen?«

Sie wandte sich wieder ihren Erdbeeren zu. »Ich habe sie nicht reingelassen«, gab sie angespannt zurück, »weil sie einen Schlüssel hatte.«

Er erstarrte. »Was?«

»Sie. Hatte. Einen. Schlüssel«, erklärte Mallory, wobei sie jede Silbe einzeln betonte.

Er richtete sich abrupt auf. »Wo zum Teufel hat sie einen Schlüssel her?«

»Keine Ahnung. Ich habe sie nicht gefragt. Außerdem hätte sie es mir sowieso nicht gesagt.«

Hier war noch etwas völlig anderes im Gang. Er sah es an ihrem angespannten Kiefer. »Was verschweigst du mir?« Er legte die Hand um ihre Kehle und drückte zu, gerade fest genug, um ihr zu zeigen, dass er es ernst meinte. »Was ist passiert?«

Wieder wurden ihre Hände still, und ihr Blick heftete sich auf eine Stelle an der Wand über der Spüle, ohne sie wirklich zu erkennen. »Ich war oben und habe Roxys Bett frisch bezogen«, sagte sie tonlos. »Und als ich wieder runterkam, wollte JJ gerade in den Keller.«

Er ließ von ihr ab und holte tief Luft, während er lautlos bis zehn zählte. »Wieso hast du mir das nicht gleich gesagt?«

»Du warst sowieso schon unterwegs. Außerdem war ich beschäftigt.«

»Womit denn?«

Sie deutete auf das rohe Steak auf der Arbeitsplatte. »Damit, mir das hier aufs Auge zu legen.«

Er drehte ihren Kopf zu sich. Ihre eine Gesichtshälfte war geschwollen und begann sich bereits zu verfärben. »Dieses elende Miststück! Das hat sie getan?«

»Ja«, antwortete Mallory leise. »Ich habe ihr gesagt, sie solle abhauen, sonst würde ich dich anrufen. Wenn du mich jetzt bitte entschuldigen würdest ... ich muss dein Steak vom Grill nehmen, sonst verkohlt es.« Sie schob sich mit der Schulter an ihm vorbei, schnappte sich das rohe Steak und legte es auf einen Teller, ehe sie die Küche verließ.

Durchs Fenster sah er zu, wie sie an JJ vorbeiging, ohne sie eines Blickes zu würdigen. Erst in diesem Moment ging ihm auf, dass sie JJ genau das Fleischstück grillen würde, das sie sich zuvor aufs Gesicht gelegt hatte. Sehr lustig – es sei denn, sie täte dasselbe auch mit seinem Fleisch. Aber das würde sie nicht wagen. Sie kannte ihre Grenzen ganz genau. Im Gegensatz zu JJ.

JJ hat also einen Hausschlüssel. Aber woher? Und wer besaß wohl sonst noch einen? Andererseits spielte es keine Rolle, weil er sämtliche Schlösser austauschen und die Alarmanlage neu programmieren würde. JJ würde nie wieder hier reinkommen – weil sie das Haus gar nicht lebend verlassen würde.

Er hatte sein Vorhaben, sie noch ein paar Tage am Leben zu lassen, in diesem Moment geändert. Sie hatte versucht, sich Zugang zu seinem Keller zu verschaffen – weil sie wusste, dass dort seine Vorräte lagerten. Sie wusste, dass er Drogen verkaufte, und hatte kein Problem damit gehabt, weil er sie mit Drogen im Austausch von Informationen versorgte – vor allem über die Überdosis-Opfer, die in die Notaufnahme des Bezirkskrankenhauses eingeliefert wurden. Von denen das eine oder andere unter keinen Umständen überleben durfte, wenn die Gefahr bestand, dass sie bereit waren, über ihren Dealer auszupacken.

Also wusste sie, dass er dealte, aber nicht, dass er der Professor war. Oder etwa doch? Über die Pornos konnte sie nicht Bescheid wissen, sonst hätte sie ihn längst angezeigt.

JJ war ein Junkie, hatte aber ihre Prinzipien, und Kinderpornografie passte nicht in ihr Weltbild. Aber was, wenn sie wusste, dass er der Professor war? Das wäre übel. Doch deswegen brauchte er sich keine Sorgen zu machen. Durchaus möglich, dass sie bloß mehr von dem Stoff haben wollte, den er ihr für ihre Dienste lieferte. Außerdem glaubte sie vielleicht, dass er ihr einen Extra-Schuss für die Information schuldig war, die sie ihm heute mitgeteilt hatte. Vielleicht glaubte sie auch, so etwas stünde ihr zu, da sie von der gewöhnlichen Geliebten zur potenziellen Ehefrau aufgestiegen war – zumindest in ihren Augen, denn für ihn stand fest, dass es niemals dazu kommen würde.

Er würde die Wahrheit schon aus ihr herausholen, irgendwie. Er öffnete die Hintertür und sah sie immer noch an derselben Stelle stehen, wo er sie zurückgelassen hatte. »JJ«, sagte er und legte einen entschuldigenden Tonfall in seine Stimme. »Komm rein und lass uns etwas trinken. Mallory soll dich heute Abend mal bedienen. Das hast du dir verdient.«

Sie drehte sich um und musterte ihn mit zusammengekniffenen Augen. »Sie wollte auf mich losgehen.«

Wieder legte er in gespielter Verwirrung die Stirn in Falten. »Bist du dir sicher? Das klingt eigentlich gar nicht nach ihr.«

JJ wurde stocksteif und starrte ihn böse an. »Ja, ich bin mir sicher. Ich stand mit den Händen voller Einkaufstüten vor der Tür und habe angeklopft, aber sie war einfach bloß frech und hat noch nicht mal angeboten, mir beim Reintragen zu helfen. Sie meinte sogar, ich dürfe nicht reinkommen. Sie wollte mich wieder hinausschieben, deshalb habe ich mich an ihr vorbeigedrängt, und dann hat sie mir eine Ohrfeige gegeben.« Sie stieß den Atem aus. »Ich habe zurückgeschlagen. Ich werde nicht in diesem Haus bleiben, solange sie hier ist.« Sie log. Er sah es in ihren Augen. *Elendes Miststück.* »Ich schicke sie gleich auf ihr Zimmer«, sagte er. »Dann sind wir unter uns. Ich mache auch eine Flasche Wein auf. Eine von dem, den du so gern trinkst.«

Sie schien zu überlegen, ob sie ins Haus zurückkehren wollte. Er konnte nur hoffen, dass sie sich nicht entschied, zu ihrem Wagen zu gehen, sonst würde er sie den ganzen Weg zurück schleppen müssen, und nach Schwitzen stand ihm nicht der Sinn. Im klimatisierten Haus wäre es wesentlich angenehmer. »Bitte«, fügte er sanft hinzu. Sie nickte und trat ein. »Geh doch schon ins Wohnzimmer und leg die Füße hoch«, sagte er. »Du hast einen anstrengenden Tag hinter dir.«

Sie hielt inne und sah ihn mit gerunzelter Stirn an. »Du wirst sie doch bestrafen, weil sie so unverschämt zu mir war, oder?« Er musste gegen den Drang ankämpfen, die Augen zu verdrehen. »Worauf du dich verlassen kannst.« Er sah zu, wie sie sich steif setzte. »Ich gehe nur kurz in den Keller und hole den Wein. Bin gleich wieder da.«

Demonstrativ schloss er die Kellertür auf und ließ sie, den Schlüssel noch im Schloss, offen stehen, um herauszufinden, was sie tat. Er ging die Treppe hinunter, vorbei an seinem Labor in den Weinkeller, wo er eilig eine Flasche herauszog. Leise ging er zur Treppe zurück, wo er stehen blieb und auf das Klirren des Schlüssels lauschte.

Da war es. Kaum hörbar. JJ war gut. Sehr geschickt. Zu schade, dass er sie töten musste. Vermutlich machte sie gerade einen Abdruck vom Kellerschlüssel. Aber das würde er bald herausfinden.

Sie würde mindestens eine Minute dafür brauchen, deshalb

ging er ins Labor, schloss die Tür hinter sich und holte eine Einzeldosis GHB-Pulver aus seinem Vorratsschrank. Dann verließ er das Labor, schloss alles sorgfältig ab und ging zurück zur Treppe, wo er sich räusperte, um ihr Zeit zu geben, zum Sessel zurückzukehren.

Cincinnati, Ohio
Donnerstag, 13. August, 19.25 Uhr

Kate musste gegen den Drang ankämpfen, in die Pathologie zu stürmen, um die Suche nach Sidneys Rucksack und dem Kamera-Stift zu überwachen. Was natürlich absolut lächerlich war. Vince Tanaka, der Leiter der Spurensicherung, war sehr wohl in der Lage, auch ohne ihre Hilfe einen Rucksack zu finden.

Außerdem war Zimmerman dabei, und ihm vertraute sie voll und ganz. Na ja, fast. Zumindest misstraute sie ihm nicht. Aber wenn sie ehrlich war, traute sie eigentlich nur sich selbst. Und Deacon Novak.

Und natürlich Decker. Eine Hand auf den Knauf von Sidney Silers Wohnungstür gelegt, hielt sie inne, als ihr bewusst wurde, wie überzeugt sie davon war. *Natürlich?* Eigentlich konnte es nach der kurzen Zeit doch noch gar kein *natürlich* geben, oder? Aber es war so.

Sie untersuchte den Gedanken, drehte ihn im Geist hin und her, beäugte ihn aus sämtlichen Blickwinkeln. Und gelangte zum selben Schluss. *Ja. Ich vertraue Decker.* Auch wenn sie nicht sagen konnte, warum es so war. Aber … da war etwas. Er hatte irgendetwas an sich.

Vielleicht waren es seine Augen. Oder die Art, wie er sich ihr mit der Geschichte über seine Schwester offenbart, ihr einen Einblick in seine Seele gewährt hatte.

Oder vielleicht war es einfach nur seine ganze Art. Sein Ich.

319

Oh. Sie musste tief Luft holen und sich bewusst aufrecht halten, da sich ihre Knie auf einmal zittrig anfühlten. Sie kannte das Gefühl, das sie durchströmte. Damals hatte sie es nicht weiter aus dem Gleichgewicht gebracht, wohingegen es ihr jetzt gerade eine Heidenangst einjagte. Sie hatte Johnnie von der ersten Sekunde an vertraut. Als sie ihm das erste Mal in die Augen geblickt und sein Lächeln gesehen hatte. Sie hatte ihm ihr Leben anvertraut. Ihr Herz geschenkt.

Aber Johnnie war fort, und er würde nie wieder zurückkommen. *Und jetzt ist da Decker.* Dass sie ihm so schnell vertraute, könnte sich noch als Problem entpuppen.

Oder als Geschenk, flüsterte eine leise, süße Stimme in ihrem Innern, bei deren Klang ihr das Herz schmerzte. Johnnie hatte nicht gewollt, dass sie alleine blieb. Er hatte nicht gewollt, dass sie sich fürchtete. Und er hatte nicht gewollt, dass ihr Leben nicht weiterging, nur weil seines zu Ende gewesen war.

Er hätte auch nicht gewollt, dass Jack den Schritt ging, den er gegangen war, doch Jacks Tat ließ sich nicht mehr rückgängig machen – ein Alptraum, der nicht enden zu wollen schien.

Ein Geschenk, Kate. Diesmal ließ der Gedanke sie lächeln.

Okay. Ich überlege es mir.

Später. Wenn dieser Fall abgeschlossen war, hatte sie genug Zeit, um über dieses neu gewonnene Vertrauen – und Deckers Anziehungskraft – nachzudenken. Entschlossen schob sie ihre rührseligen Gedanken beiseite und legte die Rüstung um ihr Inneres an, die ihr während ihrer Zeit bei der Militärpolizei einige Spitznamen eingebracht hatte: der Kühlschrank oder die Eisprinzessin. Oder: das Miststück. Eigentlich traf alles zu.

Sie öffnete die Tür und nickte dem Officer knapp zu. »Danke.«

»Ich warte draußen, falls Sie mich brauchen«, sagte er und schloss die Tür hinter sich.

Chelsea, bleich und zitternd, stand noch genauso am Schreibtisch wie zuvor. »Sie bleiben bitte hier, Miss Emory«, sagte sie und blickte dann in die bestürzten Gesichter der Silers. »Was ich Chelsea jetzt gleich fragen werde, könnte ziemlich unschön für Sie sein. Wenn Sie möchten, kann ich jemanden bitten, Sie in die Pathologie zu bringen. Oder aber Sie warten, dann können Sie mit mir fahren.«

Mr. Siler nickte. »Wir warten. Wir müssen wissen, was los ist.«

»Gut.« Kate deutete auf den Futon. »Setzen Sie sich, Miss Emory.«

Die junge Frau gehorchte.

»Okay«, sagte Kate. »Wir haben uns vorhin über Sidneys Dealer unterhalten. Ich würde gerne ein paar Lücken schließen. Sidney hat sich mit dem gefälschten Briefkopf einer Anwaltskanzlei und einem falschen Ausweis als Assistentin dieser Kanzlei ausgegeben und eine mutmaßliche Menschenhändlerin befragt.« Sie hörte, wie Sidneys Eltern entsetzt nach Luft schnappten, und warf ihnen einen flüchtigen Blick zu: Beide waren leichenblass, und auf ihren Gesichtern lag ein Ausdruck ungläubigen Entsetzens. Doch keiner sagte ein Wort. Chelsea hingegen wirkte zwar erschüttert, doch ihre Miene verriet keinerlei Skepsis. »Das scheint Sie nicht zu überraschen, Chelsea.«

»Nein. Sid war ein sehr zielstrebiger Mensch. ›Veröffentlicht werden oder sterben‹, hat sie immer gesagt.« Chelsea zeichnete Anführungszeichen in die Luft. »Sie wollte um jeden Preis ihren Namen in einem Fachmagazin lesen und war bereit, dafür auch gegen Vorschriften oder Regeln zu verstoßen. Ich kenne Sid seit dem ersten Semester. Sie hat auch eiskalt ihren Ausweis gefälscht, um Alkohol zu kriegen, bevor sie einundzwanzig war. Es tut mir leid«, sagte Chelsea, an die Silers gewandt. »Mir ist klar, dass Sie das nicht gern hören.«

Mrs. Siler stieß einen abgrundtiefen Seufzer aus. »Ich wünschte, das wäre ihr größtes Problem gewesen. Aber der Alkohol war es bestimmt nicht. Wir haben gleich in ihrem ersten Semester gemerkt, wie Sidney sich verändert hat. Ich habe mir eingeredet, dass es zum Erwachsenwerden dazugehört, aber irgendwie habe ich geahnt, dass sie Drogen nimmt. Ich wollte es nur nicht wahrhaben.«

Mr. Siler blickte seine Frau zutiefst gekränkt an. »Ruth?«

Mrs. Siler drückte seine Schulter. Mit einem Mal war sie die Starke von ihnen beiden. »Bitte, fahren Sie fort, Agent Coppola. Wir wollen, dass der Mörder unserer Tochter gefasst und bestraft wird. Nur weil sie Drogen genommen hat, heißt das noch lange nicht, dass jemand sie einfach töten darf.«

»Das sehe ich genauso«, sagte Kate leise und wandte sich wieder Chelsea zu. »Jedenfalls hat Sidney das Gefängnis wieder verlassen, und wenige Stunden später ist sie tot. Vergiftet. Und nicht einmal zwölf Stunden danach stirbt auch die Menschenhändlerin, die sie befragt hat. Ebenfalls durch Gift. Also, Chelsea, wo waren Sie gestern Abend?«

Chelsea riss die Augen auf. »*Ich?* Mit meiner Studiengruppe in der Bibliothek. Es waren mindestens vier weitere Personen dabei, außerdem hängen bestimmt überall Überwachungskameras.«

Kate drückte ihr einen Block und einen Stift in die Hand. »Schreiben Sie mir bitte die Namen auf, damit ich Ihr Alibi bestätigen kann.« Sie wartete währenddessen. »Sie waren heute Morgen am Tatort, als die Ersthelfer eintrafen.«

Chelsea nickte vage. »Ja. Als ich aus der Bibliothek zurückgekommen bin, war es schon nach Mitternacht. Sid war nicht hier, was aber nicht weiter ungewöhnlich war. Manchmal ist sie erst um drei oder vier Uhr früh vom Feiern nach Hause gekommen, aber als sie um sechs immer noch nicht da war, habe ich es auf ihrem Handy versucht. Sie ist aber nicht rangegangen.«

»Hat es geklingelt, oder ist der Anruf gleich auf die Voicemail weitergeleitet worden?«, hakte Kate nach.

»Gleich auf die Voicemail«, flüsterte Chelsea und räusperte sich. »Ich habe ihr eine SMS geschickt, es kam aber keine Antwort, deshalb habe ich mir Sorgen gemacht. Ich bin zur Lane gefahren und ...«

»Was für eine Lane?«, unterbrach Kate.

»Die Lovers' Lane. Dort fährt man zum Knutschen oder zum Koksen hin.«

»Und die Collegeverwaltung erlaubt das?«, fragte Mrs. Siler entsetzt.

»Na ja, offiziell natürlich nicht«, antwortete Chelsea. »Aber sie schicken auch keine Wachleute hin, vor allem während der Sommerferien nicht, und die Kameras sind ständig kaputt. Nachdem zwei Mädchen letztes Jahr vom Campus entführt wurden, hat man überall welche montiert, aber die Studenten haben sie zerstört. Es wurden noch ein paarmal neue aufgehängt, bis die Verwaltung aufgegeben hat. Seitdem läuft alles wieder genauso wie früher.«

»Und wie sind Sie dort hingekommen?«, fragte Kate.

»Mit dem Wagen. Ich habe Sids Roller dort stehen sehen. Und dann habe ich sie gefunden.« Ihre Stimme brach. Tränen liefen ihr über die Wangen. »Ich bin hingelaufen und wollte sie aufwecken, aber sie war ganz kalt. Eiskalt.« Sie schlang sich die Arme um den Oberkörper und wiegte sich hin und her. »Ich habe ihren Puls gefühlt, aber sie hatte keinen. Dann habe ich den Notarzt gerufen. Ich wusste nicht, was ich sonst tun sollte. Ich hätte gestern Abend schon hinfahren sollen, als sie um Mitternacht noch nicht zu Hause war. Verdammt!«, stieß sie heiser hervor. »Wieso bin ich nicht hingefahren und habe nach ihr gesehen?«

»Weil sie sonst immer nach Hause gekommen ist«, sagte Kate sanft. »Und weil sie um Mitternacht vermutlich schon tot war, deshalb hätten Sie ohnehin nichts mehr für sie tun können. Aber jetzt können Sie etwas für sie tun. Sie können mir sagen, wer ihr die Drogen verkauft hat.«

Chelseas tränenerfüllte Augen weiteten sich. »Sie glauben, es war ihr Dealer? Aber das ergibt doch keinen Sinn. Ein Dealer ermordet doch keinen Kunden. Damit bringt er sich ja um seine Einnahmen. Der ist doch nicht dumm.«

»Sie kennen ihn also?«, fragte Kate leise.

Chelsea nickte knapp. »Ja, Sie werden hier auch meinen Stoff finden. Aber es ist nicht viel. Ich habe nie so viel genommen wie Sid. Erstens konnte ich es mir nicht leisten, aber eigentlich habe ich es auch nicht gebraucht. Ich habe das Zeug nur während der Abschlussprüfungen genommen, um wach und konzentriert zu sein. Aber ich habe eine ganze Zeit schon darauf verzichtet, weil es bei Sid genauso angefangen hat und nach einer Weile komplett aus dem Ruder gelaufen ist. Ich habe sie angebettelt, zum Arzt zu gehen, aber sie wollte nicht. Erst wenn sie ihren Abschluss in der Tasche hat. Wenn ihre Arbeit endlich *veröffentlicht* wurde, hat sie gesagt«, stieß Chelsea hitzig hervor. »Diese verdammte Studienberaterin, die sie andauernd angetrieben hat. Ein Artikel in der Fachzeitschrift, das war das Allerwichtigste. Veröffentlichen oder sterben. Was für ein beschissener Schwachsinn. Denn jetzt ist sie trotzdem tot.«

»Wie heißt denn die Studienberaterin?«, wollte Kate wissen.

»Dr. Sanderson. Oder sollte ich lieber Dr. Gnadenlos sagen?«

»Sie war diejenige, die uns angerufen hat«, erklärte Mr. Siler. »Sie war am Boden zerstört.«

»Sidney hat erzählt, dass sie sie sehr mag«, fügte Mrs. Siler hinzu. »War das auch eine Lüge?«

»Ich werde es überprüfen, sobald wir hier fertig sind«, sagte Kate freundlich und wandte sich wieder an Chelsea. »Also, jetzt zu den weniger schönen Fragen«, fuhr sie mit fester Stimme fort. »Wer war ihr Dealer?«

Chelsea schloss die Augen. »Ich will es Ihnen ja sagen. O Gott, wirklich, aber wenn die anderen das herausfinden, bin ich … ach, keine Ahnung, jedenfalls wäre es ganz übel.«

»Sie haben Angst, die anderen könnten Sie deswegen ausgrenzen?« Kate zog die Brauen hoch.

»Nein, ich habe Angst, verprügelt zu werden. Oder Schlimmeres. Wenn ich es Ihnen verrate, ist er weg. Und dann stehen die ganzen asozialen Typen wieder auf der Matte und verhökern ihren Stoff. Die Leute flippen aus, wenn das passiert.«

Kate zweifelte keine Sekunde daran, dass Chelsea glaubte, was sie da verzapfte. »Tja, eines kann ich Ihnen versichern: Wenn Sie den Mund nicht aufmachen, wird das ›Oder Schlimmeres‹ trotzdem passieren. Denn der Mann, der Sidney getötet hat, wird ganze Arbeit leisten. Sie sind ihre Mitbewohnerin, und jetzt weiß der ganze Campus, dass Sie mit einer FBI-Beamtin gesprochen haben. Wie lange dauert es wohl, bis das zu ihm durchsickert? Sie werden die Nächste auf seiner Liste sein.«

Chelsea wurde blass. »Aber ich weiß absolut nichts!«

»Sie wussten, wo sie war«, gab Kate ruhig zurück. »Sie wussten, wo Sie sie finden.«

»Weil ihr Besteck nicht da war! Ich dachte, sie ist losgezogen, um sich was reinzuziehen, ehrlich, ich schwöre!«

»Und ich glaube Ihnen vielleicht sogar. Aber Sidneys Mörder wird das nicht tun.«

»Aber … aber«, stammelte Chelsea. »Das ist nicht fair!«

»Dass Ihre Freundin in einer Schublade des Leichenschauhauses liegt, ist auch nicht fair«, gab Kate barsch zurück. »Sie verschwenden meine Zeit, Chelsea.« Sie stand auf und nahm die Handschellen von ihrem Gürtel. »Los, stehen Sie auf.«

»Sie verhaften mich?«, quiekte Chelsea in einer Tonlage, bei der Kate eine Gänsehaut bekam.

»Ganz genau. Sie gehen erst mal in Untersuchungshaft, und zwar in jedem Fall. Wenn Sie mir den Namen des Dealers verraten, nehme ich Sie zu Ihrer Sicherheit in Haft, falls nicht, dann eben ganz normal, zu all den anderen.«

»Meine Mitbewohnerin hatte eine Schwäche für Soziopathen, die in der Todeszelle auf die Vollstreckung ihres Urteils warten«, blaffte Chelsea. »Ich weiß, was das bedeutet. Sie können mich kreuzweise, Agent Coppola. Ich habe nichts getan.«

»Abgesehen davon, dass Sie Drogen gekauft haben, wenn auch nur sporadisch. Und dass Sie das Zeug nur sporadisch konsumiert haben, behaupten *Sie*. Aber wenn ich diese Bude jetzt durchsuchen lasse, kommt vielleicht heraus, dass das eine Lüge war.«

Chelsea zuckte zusammen, was Kate verriet, dass sie ins Schwarze getroffen hatte. »Also stehen Sie jetzt auf, Miss Emory.« Sie packte Chelsea am Kragen, zog sie hoch und legte ihr die Handschellen an. »Das ist Ihre letzte Chance.«

»Lecken Sie mich«, fauchte Chelsea. »Er nennt sich der Professor. Ich habe keine Ahnung, wie er wirklich heißt und wie er aussieht. Er trägt eine beschissene Maske.«

Kate stieß sie auf den Futon zurück, nahm ihr jedoch die Handschellen nicht ab. »Das ist doch mal ein Anfang. Und wie sieht diese Maske aus?«

»Er macht sich älter. Die meisten merken es wahrscheinlich gar nicht, weil man seinem Dealer ja nicht unbedingt ins Gesicht sieht. Die Leute wollen ihren Stoff, und das war's. Und er hat das beste Zeug in der Gegend.«

»Was sich bestimmt verifizieren lässt, wenn wir Ihren Vorrat im Labor untersuchen lassen.«

»Ich will einen Deal.« Trotzig reckte Chelsea das Kinn.

»Ich selbst kann das nicht entscheiden, rede aber gern mit dem Staatsanwalt darüber.«

»Und ob Sie das können«, maulte Chelsea halblaut.

»Nein, ich kann es nicht. Sie wissen schon, Recht und Ordnung. Ich stehe für die Ordnung, aber nicht für das Recht. Aber zurück zum Thema. Wenn niemand mitkriegt, dass er sich verkleidet, woher wissen Sie es dann?«

»Ich arbeite nebenbei am Theater. Hinter der Bühne. Einmal war es brüllend heiß, und da ist mir aufgefallen, dass sich der Kleber seiner Maske ein bisschen gelöst hatte. Ich glaube aber nicht, dass Sid das gemerkt hat. Und wie gesagt, kaufe ich nicht oft bei ihm, weil ich es mir nicht leisten kann.«

»Und wie hat Sidney das gemacht?«, fragte Mr. Siler. »Wir konnten ihr doch kaum Geld geben.«

Seufzend schloss Chelsea die Augen. »Sid lebt ... lebte gern auf großem Fuß. Klamotten, Schmuck, Schuhe, Urlaub. Deshalb hat sie für den Professor gearbeitet. Hat ihm neue Kunden verschafft. Manchmal hat sie auch Stoff für sie gekauft und ein bisschen davon für sich behalten, als Provision sozusagen.«

»Sie hat also auch gedealt?«, flüsterte Mrs. Siler schmerzerfüllt.

»Manchmal. Ab und zu hat sie sich auch ... auf ein Gegengeschäft eingelassen, um sich kaufen zu können, was sie haben wollte.«

Kate warf den Silers einen kurzen Seitenblick zu, wandte sich aber gleich wieder Chelsea zu, um ihren Schmerz nicht noch schlimmer zu machen, indem sie die Frage laut aussprach. Chelsea nickte.

»Mit dem Professor?«, murmelte Kate.

»Nein. Er hat sich mit niemandem eingelassen. Zumindest nicht, soweit ich davon weiß. Doch irgendjemanden wird er schon haben. Hat doch jeder.«

»Was glauben Sie, wie alt er wirklich ist?«, fragte Kate.

»Ende dreißig, Anfang vierzig, schätze ich. Aber bestimmt nicht älter als fünfzig. Er bewegt sich wie ein jüngerer Mensch.«

Alles klar, dachte Kate. Wenn sie ehrlich war, konnte sie sich nicht einmal mehr erinnern, wie es sich anfühlte, jung zu sein. »Konnten Sie erkennen, wie er unter der Maske ausgesehen haben könnte?«

»Er hat blondes Haar. Dunkelblond, trägt aber eine graue Perücke. Markantes Kinn. Die Maske hatte sich ein Stück zur Seite geschoben, deshalb konnte man seinen Haaransatz sehen. Nur ein paar Millimeter, aber genug. Natürlich wollte ich nicht, dass er es merkt, denn jedes Mal, wenn er sauer wird, taucht er für eine Weile ab.«

»Das meinten Sie also vorhin mit ›weg‹, richtig?«

»Genau. Manchmal verschwindet er für mehrere Wochen, einmal sogar ganze drei Monate. Damals sind die Koks-Nasen wie Zombies über den Campus gewankt. Der Stoff der anderen Dealer ist nicht mal annähernd so gut wie seiner.«

»Können Sie sich erinnern, wann das war?«

»Wenn Sie mich verhaften, leider nein«, gab Chelsea mit aufgesetzter Coolness zurück, doch Kate sah ihr an, dass ihr in Wahrheit der Arsch auf Grundeis ging.

»Ich mache Ihnen einen Vorschlag«, sagte Kate. »Sie versprechen mir, dass Sie mir alles sagen, was ich brauche, und wenn ich hier rausgehe, sorge ich dafür, dass die anderen denken, Sie hätten dichtgehalten. Ich sehe zu, dass das überall auf dem Campus die Runde macht, und die Gerüchteküche erledigt den Rest. Sind Sie dabei?«

Chelsea zögerte höchstens eine Sekunde. »Ja.«

»Sollten Sie mich verarschen, wird das übel für Sie enden«, fügte Kate ernst hinzu.

»Tue ich nicht«, gab Chelsea zurück. »Was wollen Sie sonst noch wissen?«

Kate dachte kurz nach. »Gehen Sie ins Fitness-Studio?«

»Ja. Es gibt eins auf dem Campus. Dort ist es billiger für Studenten.«

»Und was ist mit dem Studio direkt neben dem Campus?«

»Dort treiben sich die ganzen Bodybuilder herum.« Ihre Brauen schossen in die Höhe. »Ja, dort hat er auch gedealt, wenn Sie das meinen. Ein Freund von mir hat vor ein paar Jahren dort gearbeitet. Er meinte, der Professor würde die besten Steroide des ganzen Planeten verkaufen.«

»Kennen Sie einen jungen Mann namens Roy?«

Chelsea schüttelte den Kopf. »Nein. Ich stehe nicht auf Bodybuilder, falls Sie das meinen.«

»Auf wen stehen Sie dann?«

Chelsea schluckte, und zum ersten Mal, seit sie das Apartment betreten hatte, glaubte Kate, einen Blick auf die Frau hinter der Fassade zu erhaschen. Ein tiefer, brennender Schmerz wütete in Chelseas Augen – ein Schmerz, den Kate nur allzu gut kannte und der ihr die Antwort verriet, bevor Chelsea sie aussprach. »Sid.«

»Oh«, sagte Kate leise. »Sie waren ein Paar?«

»Ja.« Wieder füllten sich Chelseas Augen mit Tränen. »Ich wollte nicht, dass ihre Eltern es so erfahren«, sagte sie, als wären die Silers nicht im Raum. »Sie wollte es ihnen sagen, aber erst, wenn der richtige Zeitpunkt gekommen wäre. Und der kam irgendwie nie.«

Mit einem Mal schien die Erschöpfung zentnerschwer auf Kates Schultern zu lasten. »Und die Studienberaterin ...«

Chelsea ließ den Kopf hängen, und ihre Schultern bebten. »Ich hasse diese Frau«, schluchzte sie. »Und ich habe Sid dafür gehasst, dass sie sich so verkauft hat. Trotzdem habe ich sie geliebt. Ziemlich dämlich, was?«

»Nein«, widersprach Kate leise. »Ziemlich menschlich.« Sie seufzte. »Ich werde jetzt den Beamten hereinholen, damit er Sie in Schutzgewahrsam nimmt. Ich werde dafür sorgen, dass die Nachbarn es mitbekommen, wenn ich ihm sage, dass er Sie in eine Zelle zu den Nutten packen soll, wo Sie schmoren können, bis Sie endlich den Mund aufmachen. Okay? Ich werde Ihnen auch Handschellen anlegen, aber nur locker. Zum Schein.«

Chelsea nickte, noch immer schluchzend. »Okay. Okay.« Sie hob den Kopf und sah die völlig schockierten Silers an. »Es tut mir so leid. Ich hätte nach ihr sehen müssen. Ich hätte sie daran hindern müssen. Ich hätte sie in eine Entzugsklinik bringen müssen. Es tut mir so leid.«

Die Silers nickten nur wortlos, während Kate Chelsea die Handschellen anlegte und ihr ein paar Papiertaschentücher in die Hand drückte. Dann bat sie den Streifenbeamten herein, erteilte ihm wie angekündigt ihre Anweisungen und rief Verstärkung, die das Apartment beaufsichtigen sollte, bis die Spurensicherung eintraf.

Schließlich folgte sie Chelsea und dem Uniformierten auf den Gang, wobei ihr auffiel, dass mehrere Türen einen Spaltbreit geöffnet wurden. Sie biss die Zähne aufeinander und machte ein finsteres Gesicht. »Vielleicht hilft ihr ja eine Nacht in der Zelle, es sich noch mal zu überlegen. Stecken Sie sie zu den Nutten. Sie soll das volle Programm kriegen. Vielleicht macht sie ja morgen den Mund auf. Falls nicht, werde ich ganz andere Saiten aufziehen.«

Der Officer nickte knapp. »Verstanden.«

Kate wartete, bis der Uniformierte und Chelsea verschwunden waren, ehe sie in das Apartment zurückkehrte. Sie schloss die Tür hinter sich und lehnte sich einige Momente mit geschlossenen Augen dagegen. Als sie sie wieder aufschlug, blickte sie in die besorgten Gesichter der Silers.

»Alles in Ordnung, Agent Coppola?«, erkundigte sich Mr. Siler leise.

Kate wünschte, sie würde sich dafür schämen, dass sie ihre Erschöpfung so zur Schau trug, doch sie war viel zu müde dafür. *Ich muss schlafen. Ich muss zu Decker.*

Der Gedanke, dass dieser Professor Gott weiß wie lange ungehindert Drogen an Collegekids verkauft hatte und über Kontakte innerhalb des Krankenhauses, des Gefängnisses und des CPD verfügte, war ernüchternd. Und beängstigend. Denn diese ausgebuffte Raffinesse hatte Decker heute beinahe das Leben gekostet. Deshalb, nein, es war überhaupt nichts in Ordnung.

Trotzdem nickte sie. »Ja, Sir, es ist nett, dass Sie fragen. Normalerweise würde ich eine Befragung wie diese bei uns im Büro durchführen, aber ich hatte das Gefühl, dass Chelsea bereit war, auszupacken, und wollte ihr keine Gelegenheit geben, dichtzumachen.«

»Ich bin froh, dass wir alles mithören konnten«, sagte Mrs. Siler. Sie wirkte tausend Mal erschöpfter, als Kate es jemals sein könnte. »Dass das eigene Kind drogensüchtig war, will kein Elternpaar hören, aber Sidney war unsere Tochter, und wir haben sie über alles geliebt. Wir hätten Chelsea in unserer Familie aufgenommen. Und werden es trotz allem tun.«

»Sie war immer wie eine Tochter für uns«, erklärte Mrs. Siler mit schwacher Stimme. »Und jetzt umso mehr. Sie ist alles, was uns von Sidney noch geblieben ist.« Sie brach ab und sank schluchzend in die Arme ihres Mannes.

»Möchten Sie Sidney heute Abend noch sehen?«, fragte Kate. »Oder lieber erst morgen?«

»Heute noch«, presste Mrs. Siler hervor. »Danach können wir in Ruhe trauern.«

»Gut. Sobald die Verstärkung eintrifft, bringe ich Sie zu Ihrer Tochter und besorge Ihnen ein Hotelzimmer.«

12. Kapitel

Mit der Weinflasche in der Hand schloss er die Kellertür zu, zog die Schlüssel ab und ging ins Wohnzimmer. »Einer meiner besten Tropfen«, erklärte er und hielt die Flasche so, dass JJ das Etikett lesen konnte.

Sie saß exakt an der gleichen Stelle, in exakt derselben Position und mit exakt derselben Miene. Hätte er nicht gehört, dass sie den Schlüssel bewegt hätte, wäre er niemals auf die Idee gekommen, dass etwas nicht stimmte. »Den mag ich«, sagte sie und nickte. »Der passt gut zum Steak.«

Mit einem lauten Seufzer trat er hinter die Hausbar, um einen Korkenzieher aus der Schublade zu nehmen. Und um das K.-o.-Pulver in ihr Glas zu geben, ehe er den Rotwein einschenkte. »Ich habe nachgedacht«, sagte er.

»Worüber?«, hakte sie nach, als er keine Anstalten machte fortzufahren.

Er schwenkte die rubinrote Flüssigkeit, damit sich das Pulver auflöste. »Du solltest dich nicht mit Mallorys Unverschämtheit herumärgern müssen. Es tut mir leid, JJ.«

Lächelnd nahm sie ihr Glas entgegen, als er sich neben sie setzte. »Solange du ihr die Leviten liest, werde ich es schon überleben.«

O nein, das wirst du definitiv nicht.

Sie stießen miteinander an. »Danke, dass du mir heute wegen Davenport Bescheid gegeben hast. Das war sehr nett von dir. Jetzt muss ich mir wohl etwas anderes für ihn einfallen lassen.«

Sie nippte an ihrem Wein. »Das wird schwierig. Ich habe mitbekommen, dass er nicht mehr bei uns ist.«

Er sog scharf den Atem ein. »Wieso hast du mir das nicht gleich gesagt?«

Sie sah ihn stirnrunzelnd an. »Das wollte ich gerade tun. Das ist der zweite Grund, weshalb ich hier bin. Aber dann musste Mallory ja Streit mit mir anfangen.« JJ schmollte – keine sonderlich attraktive Geste für eine Frau ihres Alters. »Gegen vier Uhr heute Nachmittag hat er das Krankenhaus verlassen. Die Oberschwester hat es mir erzählt, als ich gerade mit deinem Abendessen auf dem Weg hierher war – das wir ja jetzt doch nicht essen werden.«

Ich pfeife auf das blöde Abendessen. »Und wusste sie auch, wohin er verlegt wurde?«

»Nein, aber sie hat mir erzählt, wer ihn begleitet hat.«

Er wartete für den Bruchteil einer Sekunde, ehe er ungeduldig schnaubte. »JJ?«

»Setzt du Mallory vor die Tür?«

Oh, wie du gleich leiden wirst, dachte er zornig, bemühte sich jedoch um eine ausdruckslose Miene. »Ich habe versprochen, dass ich sie bestrafen werde. Aber wer soll sich um Roxy kümmern, wenn ich sie rauswerfe? Wer wechselt die Bettwäsche, wenn sie sich wieder mal vollgepinkelt oder vollgekotzt hat? Du vielleicht?«

»Vergiss es.« JJ verzog das Gesicht. »Ich muss bei der Arbeit schon genug Pisse und Kotze aufwischen, herzlichen Dank. Siehst du dich wenigstens nach einem Ersatz für sie um?«

Vergiss es, dachte er und wünschte, er könnte sie auf der Stelle kaltmachen. Aber er hatte noch so viele Fragen, auf die sie ihm keine Antwort geben würde, wenn er ihr keinen Anreiz bot. Und das nahm Zeit in Anspruch. Im Augenblick war er zu beschäftigt, um sich um sie zu kümmern, deshalb würde er sie einfach unter Drogen setzen und es später erledigen.

»Das werde ich«, sagte er. »Mit wem hat Davenport die Klinik verlassen?«

»Mit Dani Novak.« Sie nahm einen großen Schluck Wein und verzog das Gesicht, als löse allein der Name dieser Frau einen schlechten Geschmack in ihrem Mund aus. »Sie hat ja gekündigt. Aber eigentlich hätte sie gar nicht erst dort anfangen dürfen.« Angewidert verzog sie den Mund. »Ich meine, alle in der Notaufnahme einer HIV-Infektion auszusetzen ...«

Er riss die Augen auf. Er kannte Dani Novak, aber dass ausgerechnet sie sich um Davenport kümmern würde – damit hatte er nicht gerechnet. Doch im Grunde war das nicht allzu abwegig. Ihr Bruder arbeitete fürs FBI, deshalb lag es auf der Hand, dass sie nach dem Anschlag auf Davenports Leben heute Morgen besonders gut auf ihn aufpassen würden. »Der pure Egoismus«, bestätigte er. »Hast du noch mal einen Test gemacht?«

»Ja.« Sie erschauderte. »Ich hätte sie umgebracht, wenn sie mich angesteckt hätte.«

»Ich kenne Dr. Novak. Sie hat sich um einen meiner Patienten gekümmert, der sich letzten Winter beim Eislaufen den Arm gebrochen hat. Aber ich hatte keine Ahnung, dass sie HIV-positiv ist.«

Was eine glatte Lüge war. Jeder in der medizinischen Szene wusste Bescheid. Aber das war für den Moment nicht wichtig. Viel wichtiger war, dass er über Dr. Novak an Davenport herankäme. Es ging aufwärts ...

»Schon seit ihrer Assistenzzeit«, fuhr JJ fort. »Keine Ahnung, wo sie es sich geholt hat.«

»Tja, das ist im Moment sicher nicht meine größte Sorge«, erklärte er wahrheitsgetreu. »Mich interessiert viel mehr, wie ich an diesen Griffin Davenport herankomme. Hast du eine Ahnung, wo sie ihn hingebracht haben?«

»Nicht die geringste.« Sie nahm noch einen Schluck, legte den Kopf schief und runzelte die Stirn. Sekunden später weiteten sich ihre Augen, als ihr dämmerte, was mit ihr passierte. »Du elendes Dreckschwein«, nuschelte sie.

Er riss ihr das Glas aus der Hand, um zu verhindern, dass sie den Rotwein auf dem Polster verspritzte. »Das ist wahr.« Er trat hinter die Hausbar und kippte den Inhalt der Gläser in das kleine Spülbecken, ehe er vor sie trat und sie aus ihrem Sessel zog. Sie war nicht besonders groß, aber stämmig, was es schwieriger machte als gedacht. Mühsam bugsierte er sie ins Gästezimmer im Erdgeschoss, wo er sie aufs Bett legte und ihr die Schuhe auszog. Die würde er mitnehmen, falls sie versuchen sollte abzuhauen.

Er fesselte ihre Hände und Füße und steckte ihr ein Taschentuch in den Mund, dann breitete er die Decke über ihr aus, so dass es aussah, als würde sie schlafen.

»Ich komme bald wieder«, sagte er, für den Fall, dass sie bei Bewusstsein war. »Wir haben noch einiges zu besprechen.«

Er schloss die Tür von außen ab, um zu verhindern, dass sie beim Aufwachen Lärm machte und Mallory auf den Plan rief. Eigentlich war es schade – JJ hatte erstklassige Dienste geleistet, aber vielleicht sollte er sich eine kleine Auszeit nehmen und sein Kontaktnetz neu aufbauen. In letzter Zeit verlor er all seine Zuarbeiter.

»Sterben wie die Fliegen«, murmelte er und kehrte in die Küche zurück, wo Mallory mit dem Mixer Schlagsahne für den Erdbeerkuchen schlug, doch ihre Miene war finster. »Was ist denn?«, fragte er.

»Die Sahne wird nicht steif«, sagte sie.

Er beugte sich über die Schüssel, roch daran und verzog das Gesicht. »Die ist schlecht.«

»Aber ich habe sie vorhin erst gekauft.« Die blanke Angst stand in ihren Augen, als fürchte sie sich davor, dass er sie schlagen würde. Was durchaus berechtigt war, denn es wäre nicht das erste Mal, dass er sie bestrafte, weil irgendetwas beim Kochen schiefgegangen war. »Ich schwöre.«

Er nahm den Behälter und sah auf das Datum. »Sie flockt aus. Aber du hast recht, sie ist nagelneu. Eigentlich dürfte sie noch nicht verdorben sein.« Er sah, wie ihre Schultern heruntersackten und ihre Furcht Erleichterung wich. »Hast du noch eine da?«

»Nein. Tut mir leid.«

»Tja, dann gibt es heute Abend eben keinen Erdbeerkuchen«, sagte er verdrossen. »Ohne Sahne schmeckt er nicht.«

»Aber ich kann doch schnell in den Laden fahren und noch eine besorgen«, bot sie an.

Wieder seufzte er gereizt. »Nein, das ist nicht nötig. Ich habe noch einiges zu erledigen und keine Zeit, so lange zu warten. Erledige es morgen. Ist wenigstens das Steak fertig?«

»Ja. Ich habe es für dich warm gestellt. Der Tisch ist schon gedeckt. Wo ist Miss JJ?«

»Sie hat einen kleinen Schwips und musste sich ein Weilchen hinlegen. Lassen wir sie erst mal schlafen.«

»Soll ich ihr Steak zur Seite stellen, damit sie es später essen kann?«

»Nein, iss du es.«

»Und was soll ich mit den Sachen machen, die sie mitgebracht hat?«

Er warf einen Blick in die Tüten auf der Arbeitsplatte – gebratenes Hühnchen, Kartoffelsalat und andere fertig verpackte Delikatessen. So viel zum Thema *kochen*, dachte er und verdrehte die Augen. Er hob den Deckel eines Behälters Kartoffelsalat an, wobei ihm auffiel, dass das Klebeband abgerissen war. Jemand hatte ihn schon vor ihm geöffnet.

Und nicht nur diesen, sondern auch alle anderen.

»Hast du die Sachen aufgemacht?«, fragte er scharf.

Mallory schüttelte den Kopf. »Nein. Ich habe die Tüten hier abgestellt, nachdem ich sie dabei erwischt hatte, wie sie in den Keller wollte. Sie weigerte sich, zu gehen, und als ich die Sachen in den Kühlschrank packen wollte, hat sie mich angeschrien, ich solle nichts davon anrühren. Darauf habe ich ihr gedroht, dich anzurufen, wenn sie nicht auf der Stelle verschwindet.« Vorsichtig berührte sie ihre geschwollene Wange. »Da hat sie mich geschlagen.«

»Verstehe.« Er machte einen der Behälter auf und roch daran, konnte jedoch nichts Verdächtiges entdecken. Aber das hatte nichts zu bedeuten. »Ich muss das zuerst untersuchen. Iss nichts davon.«

Er wollte nicht, dass Mallory starb ... zumindest nicht, solange er noch nicht mit ihr fertig war. Ihre kleine Schwester musste erst noch etwas älter werden, um als würdiger Ersatz herhalten zu können.

Mallorys Augen weiteten sich. »Aber was soll ich damit machen? Kann ich das Zeug in den Müll geben?«

»Ich erledige das.« Er nahm die Sachen und griff im selben Moment nach dem Sahnebehälter wie Mallory. Prompt fiel der kleine Karton um, und Sahne spritzte über die Küchenschränke und den Fußboden. Er starrte Mallory böse an, während sie mit verängstigter Miene zurückwich.

»Es tut mir leid«, flüsterte sie. »Ich wollte doch nur helfen.«

»Lass es gut sein«, schnauzte er. »Mach die Schweinerei weg. Ich bin unten.«

Sie nickte. »Aber was ist mit deinem Essen?«

»Mir ist der Appetit vergangen. Ich esse später unterwegs etwas.«

Die Hände um die Kante der Arbeitsplatte gekrallt, sah Mallory zu, wie er die Küche verließ. *O Gott. Das war knapp.* Sie holte tief Luft und versuchte, ihren Pulsschlag zu beruhigen. *Ich hab's getan. Er hat mir geglaubt.*

Das Veilchen, das sie morgen haben würde, war es wert gewesen. Und wie! Den ganzen Tag hatte sie gegrübelt, wie sie es bewerkstelligen sollte, dass sie morgen das Haus verlassen konnte, um diese Frau auf dem Polizeirevier anzurufen und den Namen der Polizistin zu erfahren, die ihr geholfen hatte.

Sie ging auf die Knie und wischte die Sahne mit einem Stück Küchenrolle auf. Später würde sie sie in den Müll werfen und damit den Beweis für ihre Lüge verschwinden lassen.

Er hätte im Handumdrehen herausgefunden, dass die Sahne lediglich durch einen Schuss Zitronensaft geronnen war. Natürlich hatte sie nicht daran gedacht, dass er die Sahnereste gemeinsam mit JJs Lebensmitteln untersuchen wollen würde, deshalb war ihr nichts anderes übriggeblieben, als den Behälter von der Platte zu stoßen. *Los, beeil dich, bevor er etwas merkt.*

Die Idee, Zitronensaft in die Sahne zu geben, war ihr schon auf dem Heimweg vom Supermarkt gekommen, allerdings hatte sie sie aus Angst gleich wieder verworfen. Wenn er dahinterkäme, würde er sie umbringen. Er würde Macy nehmen und …

Nein. Nicht. Sie musste positiv denken. Sie würde mit dieser Polizistin reden, und dann würde ihr endlich jemand glauben. *Bitte, lieber Gott, mach, dass mir diesmal jemand glaubt.*

Den ganzen Nachmittag, während sie ihre Arbeit erledigt

und sich um Roxy gekümmert hatte, die *dringend* in ein Krankenhaus gehörte, hatte sie über ihre Möglichkeiten nachgedacht. Roxys Zeit als Alibi-Frau war vorüber. Auf Partys würde sie ihn nicht mehr begleiten, so viel stand fest. Schon bald würde man sie tot im Bett finden, oder aber sie würde einfach von der Bildfläche verschwinden. *Und nur ich werde wissen, wer sie in Wirklichkeit getötet hat.*

Er würde eine andere Frau finden, die ihn zu Partys begleitete. Eine andere lächelnde Begleiterin, damit die Eltern seiner jugendlichen Opfer glaubten, sie hätten es mit einem normalen kinderlosen Paar zu tun, das lediglich armen benachteiligten Kindern eine Chance geben wollte. Er würde eine andere finden, die im Zweifelsfall schamlos für ihn log. *Vielleicht werde ja sogar ich diejenige sein.* Bei dem Gedanken wurde ihr speiübel. Im Lauf der Jahre hatte sie sich daran gewöhnt, ihm sexuell zu Diensten sein zu müssen, aber für ihn zu lügen … diese armen unschuldigen Kinder in diese Hölle zu locken … *Das kann ich nicht.*

Nicht jetzt daran denken. Sie zwang sich, stattdessen an JJ zu denken, die in ernsthaften Schwierigkeiten steckte. Sie war tatsächlich unerlaubt ins Haus eingedrungen und hatte sich am Schloss der Kellertür zu schaffen gemacht – Mallory hatte sie ertappt, als sie mit einem Korb mit Roxys schmutziger Bettwäsche die Treppe heruntergekommen war. Sie hatte genau gesehen, wie JJ mit einem falschen Schlüssel herumexperimentiert und dann sichtlich verärgert einen Satz Dietriche aus der Tasche gezogen hatte. Auf leisen Sohlen hatte sich Mallory auf den nächsthöheren Treppenabsatz zurückgezogen.

JJ wusste, was sich in diesem Keller befand, daran bestand nicht der geringste Zweifel. Mallory hatte sie noch nie gemocht – ein Gefühl, das definitiv auf Gegenseitigkeit beruhte. Mallory wusste, dass JJ drogensüchtig war, hätte aber nicht geglaubt, dass sie verzweifelt – oder dumm – genug wäre, das Risiko einzugehen und zu versuchen, an seine Vorräte zu gelangen.

Schließlich hatte JJ aufgegeben und war in die Küche gegangen. Mallory war die Treppe heruntergeschlichen und hatte um die Ecke in die Küche gespäht, wo JJ gerade ein weißes Pulver in sämtliche Behälter mit den Delikatessen gab und kräftig umrührte.

War das Gift? Vielleicht auch Drogen. JJ war schließlich Krankenschwester, deshalb kam sie genauso leicht an Drogen und Medikamente heran wie er. Vielleicht sogar noch ungehinderter, da sie in einem Krankenhaus arbeitete.

Er wird es herausfinden und mir die Schuld geben – das war ihr erster panischer Gedanke gewesen. Erst dann war ihr aufgegangen, dass sie diesen Umstand ja für sich nutzen könnte. Wenn sie die Sahne verdarb, glaubte er vielleicht, dass JJ alle Lebensmittel verseucht hatte. Sie musste nur einen Weg finden, um es JJ in die Schuhe zu schieben.

In diesem Moment hatte sich JJ umgedreht und Mallory an der Tür stehen sehen. Sie hatte ausgeholt und so fest zugeschlagen, dass Mallory wie ein nasser Sack zu Boden gegangen war und dabei den Korb mit der verschmutzten Wäsche fallen gelassen hatte. Zwischen Roxys vollgekotzten und vollgepinkelten Laken war ihr die Idee gekommen, wie sie es anstellen könnte.

Und es hatte funktioniert. Sie hob den Blick gen Himmel. *Falls du mich hören kannst – danke.*

Sie nahm das Bleichmittel und begann, den Fußboden zu schrubben, sorgsam darauf bedacht, sämtliche Spuren ihres Täuschungsmanövers zu beseitigen.

Morgen würde sie in den Supermarkt fahren und noch einen Behälter Sahne kaufen. Und sie würde die Polizei anrufen. Sie würde den Namen der Polizistin erfahren und ihr alles erzählen. Auch den Namen des Mannes, den er töten wollte. *Griffin Davenport*. Sie hatte gehört, wie er JJ den Namen genannt hatte.

Die Polizei würde diesen Davenport beschützen und auch die Lady, die auf ihn aufpasste – Dani Novak. Dass sie die Namen kannte, *musste* ihr doch Glaubwürdigkeit verschaffen. Noch einmal blickte sie zum Himmel auf. *Bitte, mach, dass sie mir diesmal glauben. Und lass nicht zu, dass er Macy etwas tut. Bitte, sorg dafür, dass ihr nichts passiert.*

Und bitte mach, dass Macy mich liebhat. Nur ein bisschen. Aber selbst wenn Macy sie für den Rest ihres Lebens für ein Ungeheuer halten würde, könnte sie damit leben … solange ihr nur nichts passierte.

Cincinnati, Ohio,
Donnerstag, 13. August, 20:00 Uhr

Meredith hatte gerade den Wasserkessel aufgesetzt, als es an der Tür läutete. Kendra stand vor ihr. Und sie sah aus, als würde sie am liebsten sofort wieder verschwinden. »Kommst du, oder gehst du?«, fragte Meredith.

Kendra schnitt eine Grimasse. »Ich hasse es, über meine Gefühle reden zu müssen.«

Meredith öffnete die Tür ein Stück weiter. »Komm rein und trink einen Tee mit mir.«

Kendra schwenkte zwei Einkaufstüten; die eine von einer Restaurantkette, die andere von einem Supermarkt. »Ich habe etwas zum Abendessen eingekauft. Und zum Nachtisch gibt es Eis.«

Meredith nahm ihr die Skyline-Tüte ab, öffnete sie und schnupperte. »Hmm, Spaghetti mit Chili und Zwiebeln, mein Lieblingsgericht.« Sie spähte in die Supermarkttüte. »Ohhh.

Graeter's. Ah. Brombeer mit Schokochips. Hat Faith dir verraten, was ich am liebsten esse?«

»Genau. Sie hat mir erzählt, dass ihr beide einmal die Woche bei Skyline einfallt.«

»Und wir haben in der Praxis einen Vorrat von genau diesem Eis, für die Tage, wenn uns zu viele Opfer ihre grauenvollen Geschichten erzählt und wir mörderische Laune haben. Na ja, danach müssen wir auf dem Laufband eben noch mehr Gas geben.« Sie grinste schief. »Komm rein.«

Kendra folgte ihr ins Wohnzimmer und sah sich lächelnd um. »Bei dir ist es so gemütlich. Und so schön ruhig.«

»Jetzt vielleicht. Morgen um die Zeit wimmelt es hier von Neunjährigen. Bailey kommt mit Hope rüber, weil Ryan einen Jungsabend zu Hause machen will. Sie sehen sich ein Baseballspiel an, und die Mädels kommen auf eine Pizza und einen *Plötzlich-Prinzessin*-Marathon vorbei.«

»Und wie kann es mit einer einzigen Neunjährigen von ihnen ›wimmeln‹?«

»Weil Hope gefragt hat, ob sie eine Freundin mitbringen darf. Aus einer wurden zuerst zwei, dann sechs, und plötzlich wurde eine Pyjama-Party draus. Also habe ich den Kühlschrank mit Junkfood vollgestopft und die Glitzernagellack-Vorräte aufgestockt.«

Kendra schnaubte. »Du kannst einfach nicht nein sagen. Das ist dein ewiges Problem.«

Meredith seufzte, wenn auch nur in gespielter Resignation. In Wahrheit genoss sie es in vollen Zügen, Gesellschaft zu haben – Ruhe wurde in Wahrheit doch völlig überbewertet. In diesem Moment begann der Kessel zu pfeifen. »Setz dich, ich hole nur kurz den Tee. Ich schlage vor, wir reden zuerst, danach können wir essen.«

Als sie zurückkam, stand Kendra vor dem Bücherregal und inspizierte das Sortiment Nagellackfläschchen, die Meredith erst an diesem Tag gekauft und wie in einem Beautysalon aufgereiht hatte, denn die Wahl der passenden Farbe war bekanntermaßen der halbe Spaß.

Sie stellte das Tablett auf dem Couchtisch ab, goss ihren Tee ein und machte es sich auf dem Sofa bequem. »Wenn du willst, können wir uns auch gegenseitig die Nägel machen, statt zu quatschen.«

Kendra trat mit einem Lächeln, das ihre Augen nicht ganz erreichte, zum Sofa. »Das Kirschrot ist wirklich schön. Zu schade, dass meine Nägel komplett ruiniert sind.«

»Du kaust«, sagte Meredith. »Warum?«

»Nervosität. Gewohnheit.« Steif setzte sie sich ans andere Ende des Sofas, doch dann trat ein Lächeln auf ihre Züge, als sie den Pfefferminzteebeutel neben ihrer Tasse sah. »Du vergisst nie, was ich mag.«

»Aber nur weil du mir erzählt hast, wieso du ihn trinkst.«

Kendra gab den Beutel in die Tasse und goss mit zitternden Händen Wasser darauf. »Genau. Weil man ihn ewig lange ziehen lassen kann. Ich vergesse ihn einfach immer. Eigentlich dürfte jemand wie ich kein Popcorn in der Mikrowelle machen. Das Zeug ist jedes Mal rabenschwarz, weil ich mit den Gedanken wieder mal woanders bin.«

Meredith nippte an ihrem Tee. »Ich auch. Ich glaube, ich überschätze gnadenlos, was ich in zwei Minuten alles erledigen kann, während die Dinger in der Mikrowelle herumfliegen.«

Kendra sah sie dankbar an. »Du lässt mich erst mal schwafeln.«

Meredith lächelte. »Aber etwas zu essen gibt es erst, wenn du mit der Sprache rausgerückt bist. Du sagtest heute Morgen, du hättest Gewaltfantasien im Hinblick auf irgendwelche Sexualstraftäter.«

Kendra nickte. »Das stimmt. Ehrlich gesagt, weiß ich gar nicht, wo ich anfangen soll.«

»Wie wär's, wenn du mir erst mal erzählst, wie lange das schon so ist.«

»Jahre. Aber bisher habe ich nie etwas dagegen unternommen.«

Meredith sah sie besorgt an. »Und was ist jetzt passiert?«, fragte sie.

»Ich habe am Samstag einen potenziellen Übergriff verhindert«, sagte sie und starrte in ihre Tasse.

Meredith runzelte die Stirn. »Aber das ist doch gut, oder nicht?«

»Ja, aber seitdem geht mir das Opfer nicht mehr aus dem Sinn. Ich hatte gerade Pause und war kurz in den Supermarkt auf der Glenway gegangen, um mir einen Salat zu kaufen. Da habe ich dieses Mädchen gesehen. Sie war höchstens achtzehn und sah völlig verängstigt aus. Sie hat zwar versucht, einen auf erwachsen und arrogant zu machen, aber das habe ich ihr nicht abgekauft. Ein Mann ist ihr durch den ganzen Laden und hinaus auf den Parkplatz gefolgt. Er war Ende zwanzig, Typ Ex-Footballspieler. Sie stand vor dem Kofferraum, als er von hinten angekommen ist und sie bedrängt hat. Er hatte sein Handy dabei und hat über Facetime mit einem anderen Typen gequatscht. Dabei hat er das Handy so hingedreht, dass der andere das Mädchen sehen konnte.«

»Und du bist dazwischengegangen und hast ihn verjagt?«

»Genau. Aber als ich sie gefragt habe, was los sei, hat sie gekniffen und gemeint, es sei nichts passiert. Dann ist sie in ihren Wagen gestiegen und davongeschossen, als wäre der Teufel höchstpersönlich hinter ihr her. Ich wollte ihr nachfahren, aber bis ich zu meinem Wagen kam, war sie längst weg. Ich habe ein Foto von ihrem Kennzeichen gemacht und es überprüft. Der dazugehörige Wagen ist als gestohlen gemeldet und passt nicht zu dem Wagen, den sie gefahren hat.«

Merediths Miene wurde noch besorgter. »Okay, das ist übel. Aber wie kann ich dir genau helfen, Kenny? Bis jetzt ist das alles normale Polizeiarbeit und nichts, bei dem ein Therapeut eingreifen könnte.«

»Ich versuche ja gerade, auf den Punkt zu kommen. Der Typ hat sie Sunshine Suzie genannt. Nach meiner Schicht habe ich den Namen gegoogelt.« Sie schloss die Augen und schüttelte den Kopf. »Die Treffer ...« – Kendra schluckte – »bis vor etwa drei Jahren war sie so was wie der Star in der Internet-Pornografie. Meredith ... Das Mädchen wurde jahrelang vor der Kamera missbraucht.« Kendras Stimme brach. »Ich habe die ICAC informiert. Sie haben mir versprochen, einen Blick darauf zu werfen, aber natürlich sind sie hoffnungslos überlastet, und das Mädchen ist nicht mehr minderjährig. Es gibt massenweise Kinder, um die sie sich zuerst kümmern müssen. Und alles nur wegen der beschissenen Budgetkürzungen.«

»Frustrierend, aber leider wahr«, murmelte Meredith. Das Einsatzkommando Internet Crimes Against Children hatte seit ewigen Zeiten mit den Personalkürzungen zu kämpfen. Sie hatten einfach nicht genug Leute, um sich um alle Fälle zu kümmern. Aber immerhin war jetzt ein Sondereinsatzkommando zusammengestellt worden, das vor Ort ermittelte. Und das Mädchen hatte in einem Supermarkt in der Stadt eingekauft.

Das könnte wichtig sein. Vielleicht war das Mädchen auch in einem anderen, viel weitläufigeren Zusammenhang wichtig. Doch für den Augenblick ging es erst einmal um Kendra, die leise weinte.

»Ich habe schon viele Missbrauchsopfer gesehen«, sagte sie und wischte sich über die Augen. »Mädchen, die zur Prostitution gezwungen wurden. Himmel, in Wendis Haus wohnen jede Menge dieser Mädchen.«

Meredith schob ihr eine Schachtel Papiertaschentücher zu. »Aber?«

»Ich kriege dieses Mädchen nicht mehr aus dem Kopf. Ich vergesse kein einziges von ihnen, aber sie … Irgendetwas an ihr … Mit ansehen zu müssen, wie dieser Kerl aus dem Supermarkt sie bedrängt. Am helllichten Tag. In aller Öffentlichkeit. Das macht mich ganz krank.« Wieder wischte sie sich über die Augen. »Natürlich sagt Wendi, dass sie sie gern bei sich aufnimmt, falls wir sie finden.«

»Falls.«

Kendra schloss die Augen und nickte bedrückt. »Allerdings. *Falls.* Aber das ist nicht der Grund, weshalb ich mit dir reden wollte. Als mir klargeworden ist, dass das Mädchen längst über alle Berge ist, habe ich an der Ausfahrt des Parkplatzes auf diesen Drecksack gewartet und sein Nummernschild fotografiert. Für den Fall, dass er sie noch mal belästigen sollte.« Sie schlug die Augen auf. Meredith sah den gequälten Ausdruck darin. »Ich habe seinen Namen und seine Adresse. Und … ich bin so verdammt wütend, Meredith«, flüsterte sie.

»Das steht dir auch zu«, gab Meredith ruhig zurück.

Kendra schüttelte den Kopf. »Nein. Das ist nicht der Punkt. Ich muss die ganze Zeit daran denken, was dieses Schwein, mit dem Wendis Mutter zusammen war, ihr damals angetan hat, als sie noch ein kleines Mädchen war … an die Alpträume, die sie immer hatte, als wir noch Kinder waren. Wir haben uns ein Zimmer geteilt, wusstest du das?«

»Nein. Ich wusste auch nicht, dass sie unter Alpträumen gelitten hat, aber es wundert mich nicht.«

»Sie redet nicht darüber. Aber ich erinnere mich ganz genau daran. Manchmal träume sogar ich schlecht deswegen. Sie hat immer so ein Geräusch gemacht … im Schlaf … wie ein Tier, dessen Bein in einer Falle steckt.« Kendra erschauderte.

»Sie hat geweint, weil sie wusste, dass die Leute ihre Fotos nach wie vor angaffen ... und dass das immer so bleiben wird und sie nichts dagegen tun kann.«

»Einmal im Netz, immer im Netz«, stellte Meredith traurig fest.

In hilfloser Wut presste Kendra die Lippen aufeinander. »Ja. Aber in meiner Fantasie waren die Typen, die ihre Fotos angegafft haben, schmierige, eklige, glubschäugige Wichser, die in heruntergekommenen Kellern bei ihrer Mutter hausen.«

»Männer, die aus der Masse herausstechen.«

»Falls sie sich jemals aus ihrem verwanzten Keller heraustrauen.« Kendra seufzte. »Das ist doch total idiotisch. Ich bin Polizistin. Gerade ich weiß, dass die Schlimmsten manchmal die Hübschesten sind, aber mit ansehen zu müssen, wie dieses Schwein das Mädchen im Supermarkt belästigt hat, als wäre sie sein beschissenes Eigentum ... Er hat sich nicht im mindesten geschämt, und er war auch kein glubschäugiger Wurm, sondern war attraktiv, gesund und ...«

»Normal?«

»Genau.« Sie nickte verlegen. »Aber zurück zum Thema. Seit Samstag bin ich sechsmal an seinem Haus vorbeigefahren. Ich ...«, sie holte tief Luft, »ich fantasiere ... über Dinge, über die man lieber nicht fantasieren sollte.«

Du liebe Güte. Die Sache schien ernster zu sein als gedacht. »Inwiefern? Was würdest du denn am liebsten mit dem Mann tun?«

Kendra stieß den Atem aus. »Was ich hier in diesem Zimmer sage, bleibt auch hier?«

»Natürlich. Es sei denn, du machst deine Drohung wahr, aber so weit lassen wir es nicht kommen.«

»Okay.« Kendra straffte die Schultern. »Ich wünsche mir, dass er leidet. Er soll für das bezahlen, was er getan hat. Ich will, dass er vor Angst die Hosen voll hat, so sehr, dass er um

Gnade winselt, aber die kriegt er nicht. Am liebsten würde ich klingeln und seiner Frau stecken, was für ein Schwein er ist. Ich träume davon, ihn wegen des Besitzes von Kinderpornografie zu verhaften. Ich will, dass Marcus O'Bannion sein Foto auf die Titelseite setzt, damit jeder weiß, was für ein perverser Drecksack er ist. Und wenn er in den Knast geht, wünsche ich mir, dass er jeden verdammten Tag seines verdammten restlichen Lebens so richtig rangenommen wird, und zwar so, dass es weh tut.«

Meredith nippte schweigend an ihrem Tee. Das konnte noch nicht alles gewesen sein. Nichts, was Kendra sagte, war schlimm genug, um ernsthaft Merediths Beistand zu erfordern. Doch Kendra war verstummt, spielte geistesabwesend mit ihrem Teebeutel herum, hob ihn an und sah zu, wie die Tropfen in die Tasse fielen.

»Hast du einen konkreten Plan, Kendra? Denn ansonsten finde ich deine Fantasien ziemlich nachvollziehbar. Ehrlich gesagt, sind sie im Vergleich zu meinen sogar fast harmlos.«

Eine Minute verging. Dann noch eine. »Ich will ihn töten«, flüsterte Kendra schließlich. »Ich stelle mir vor, wie ich vor dem Haus warte, bis er herauskommt, und ihm dann eine Knarre an den Kopf halte. Ich träume davon, dass ich ihn zwinge, in meinen Wagen zu steigen, und mit ihm wegfahre, irgendwohin, wo ihn niemand schreien hört.« Sie holte tief Luft. »Ich kenne da eine gute Stelle.«

»Wo?«

Kendra warf ihr einen Blick zu. »Faiths Haus. Dieser Riesenkasten mit dem Riesengrundstück drum herum. Kein Mensch weit und breit. Der Mörder, der dort sein Unwesen getrieben hat, ist doch jahrelang ungeschoren davongekommen. Wieso sollte ich das nicht auch schaffen?«

Alles klar. Jetzt kommen wir der Sache näher. »Und wie würdest du es anstellen?«

Kendra blinzelte. »Was?«

»Wie würdest du ihn genau töten?«

Kendra öffnete den Mund, schloss ihn wieder. »Keine Ahnung. Erschießen wäre eine Möglichkeit, aber das wäre zu unspektakulär.«

Meredith nippte an ihrem Tee. »Stimmt.«

»Ich könnte ihn auch zerstückeln«, meinte Kendra nachdenklich. »Die wichtigsten Körperanhängsel zuerst.«

»Das wäre eine Möglichkeit, aber er würde ziemlich laut schreien.«

»Sehr gut«, gab Kendra eisig zurück.

»Vielleicht sogar betteln.«

Kendra biss die Zähne aufeinander. »Hoffentlich würde er genau das tun.«

Würde. Nicht *wird*. Kendra hatte also noch keine konkreten Pläne geschmiedet, sondern stellte sich vor, dass sie es tun könnte. »Aber was ist mit seinen Opfern?«

Kendra runzelte die Stirn. »Was meinst du damit?«

»Na ja, auf diese Weise hättest nur du deinen Spaß. Aber was ist mit ihnen?«

Kendra zögerte. »Keine Ahnung. Vielleicht könnten sie mir ja helfen.«

»Du würdest also zulassen, dass auch sie sich zu Mörderinnen machen?«

»Verdammt noch mal, Meredith.« Aufgebracht nahm Kendra den Teebeutel aus dem Wasser, legte ihn beiseite und trank einen großen Schluck, zuckte jedoch zusammen. »Autsch!«

»Tee ist nun mal heiß. Wenn du ihn zu schnell trinkst, verbrennst du dir die Zunge. Alles, was wir tun, und sei es aus purem Zufall, hat Konsequenzen. Und das gilt auch, wenn wir es mit den besten Absichten tun.«

Kendra kniff die Augen zusammen. »Heilige Scheiße, du bist echt gut, weißt du das eigentlich?«

Meredith grinste. »Klar.«

»Hast du dir das gerade eben ausgedacht? So ganz nebenbei?«

»Improvisieren ist eine Stärke von mir«, erklärte Meredith mit gespielter Selbstgefälligkeit, ehe sie ernst wurde. »Okay, Kendra. Jemandem den Tod zu wünschen, der ihn mehr als verdient hat, ist eine Sache, ihn aber tatsächlich ins Jenseits zu befördern, eine ganz andere. Diese Grenze überschreiten die meisten von uns nie in ihrem Leben. Normalerweise redet man höchstens darüber, fantasiert herum. Um es letzten Endes zu tun, braucht man einen ganz bestimmten Aspekt der Persönlichkeit, der den meisten von uns fehlt. Wir würden vielleicht jemanden töten, um uns selbst oder jemand anderen zu schützen, aber jemanden kaltblütig zu ermorden … dazu könnte sich die Mehrzahl von uns nicht durchringen. Und selbst wenn wir es könnten, sollten wir es nicht tun.«

»Aber dass wir es könnten, bedeutet nicht, dass wir es auch tun sollten«, sagte Kendra leise.

»Genau. Es ist nur menschlich, dass du ihm am liebsten das Licht ausblasen würdest. Vielleicht hast du sogar einen groben Plan im Kopf. Aber du wusstest auch, dass es nicht gut für dich ist, zum Haus dieses Mannes zu fahren. Sonst würdest du jetzt nicht hier sitzen. Und was noch viel wichtiger ist – du weißt auch, was du zu tun hast. Das war eines der ersten Dinge, die du gesagt hast.«

»Ihn wegen des Besitzes von Kinderpornografie festnehmen und dafür sorgen, dass seine Mithäftlinge es ihm im Knast so richtig besorgen?«

»Was die Verhaftung angeht, absolut. Das mit dem Knast … na ja, vielleicht lieber nicht.«

Kendra sah sie an. »Wieso das denn? Willst du nicht, dass er leidet?«

»Doch, klar. Natürlich! Aber wenn er leiden soll, muss ihm jemand anderer etwas antun. Und dieser Jemand muss wiederum mit den Konsequenzen seines Verhaltens leben. Gewalt zieht neue Gewalt nach sich, und sie lässt uns abstumpfen. Wann immer wir Gewalt erleben, geht etwas in uns verloren. Selbst bei diesen verrohten Gewalttätern im Knast.«

»Gewalt drängt uns weg vom Licht und weiter in die Dunkelheit.«

»Genau. Aber zurück zum Positiven. Wie kannst du dazu beitragen, dass er wegen des Besitzes von Kinderpornografie verhaftet wird?«

»Ich habe ihn der ICAC gemeldet.«

»Das ist doch ein guter Anfang.«

Kendra runzelte die Stirn. »Aber das war schon vor ein paar Tagen, und bisher hat mich keiner zurückgerufen.«

»Das ist nicht gut. Bestimmt sind sie völlig überlastet und kommen nicht hinterher.« Aber das sollte nicht so sein. Kendras Tipp war ein wichtiger Hinweis gewesen, eine ganz heiße Spur, der die ICAC schleunigst nachgehen sollte. »Trotzdem haben wir Glück. Erinnerst du dich, dass Scarlett heute Morgen während unseres Frühstücks zu einem Meeting ins FBI-Büro gerufen wurde? Ich wurde kurz darauf ebenfalls dazugebeten. Wir sollen bei der Suche nach dem Kopf eines Kinderpornorings helfen. Bestimmt wären sie froh, wenn sie das Mädchen finden würden, und sei es nur, um mehr über die Strukturen hier in der Stadt herauszufinden.«

Kendra nickte abrupt. »Gut. Und das Arschloch, das sie verfolgt hat?«

»Über ihn auch. Zumal er bestimmt auch Videos von anderen Kindern auf seinem Computer hat. Morgen früh trifft sich das Einsatzteam wieder. Ich werde ihnen einfach sagen, was du mir erzählt hast.«

»Aber was ist mit dem Mädchen?«, hakte Kendra nach. »Die Kennzeichen an ihrem Wagen waren gestohlen, womöglich ist sie bei irgendjemandem, der gegen das Gesetz verstößt.« »Hast du nur die Nummernschilder fotografiert oder auch das Mädchen selbst?«

»Nein, aber«, Kendra schluckte, »auf Google war ein Foto von ihr. Ich … ich habe es verkleinert, als ich wieder auf dem Revier war, so dass man nur ihr Gesicht erkennen kann. Dann habe ich eine Notiz hinterlegt, warum ich das tat, weil allein schon beim Öffnen solcher Dateien die Alarmglocken schrillen.« Wieder füllten sich Kendras Augen mit Tränen. »Das Foto war fürchterlich, Meredith. Und die ganze Zeit habe ich Wendi in diesem Alter vor mir gesehen und wusste nicht, ob ich wegen des Mädchens oder meiner Schwester so unglaublich wütend bin.«

»Ist das denn wichtig? Du hast etwas gesehen, das nicht sein darf, und versucht, es wiedergutzumachen. Das ist dein Job, Kendra. Genau darum geht es doch bei der Polizeiarbeit – darum, die Unschuldigen zu beschützen.«

»Ich würde ihn wirklich am liebsten umbringen, Meredith«, gestand sie leise.

»Ich auch, Süße. Ich auch.« Meredith erhob sich vom Sofa und streckte sich. »Ich zeige dir jetzt ein paar Atemübungen, mit denen du dich im Zweifelsfall etwas beruhigen kannst.« Sie sah ihr in die Augen. »Wenn du nicht lernst, mit deiner Aggression umzugehen, frisst sie dich von innen auf. Sie macht dich kaputt, und Wendi und ich dürfen später die Scherben einsammeln. Deine Karriere ist am Ende, weil du völlig ausgebrannt und leer sein wirst. Und das will ich nicht. Ich will, dass du noch lange, lange Zeit als Polizistin arbeitest.«

»Aber warum?«, krächzte Kendra.

»Weil dir das Schicksal anderer am Herzen liegt. Weil du den

Kerl umbringen würdest, wenn du es müsstest, aber zu mir gekommen bist, damit du es nicht tust. Ich bin sehr stolz auf dich. Möge die Macht mit dir sein.«

Kendra brach in eine Mischung aus schnaubendem Gelächter und Schluchzen aus. »Du hast nur Unsinn im Kopf.« Aber sie stand ebenfalls auf und reckte die Arme zur Zimmerdecke. »Also, dann zeig mal, was du kannst. Und danach können wir endlich etwas essen.«

»Genau.« Chili auf Nudeln mit Käse, Zwiebeln und Bohnen. »Und danach noch ein Eis.«

Ein Lächeln breitete sich auf Kendras Gesicht aus. Und diesmal erreichte es auch ihre Augen. »Aber hallo.«

Cincinnati, Ohio
Donnerstag, 13. August, 20.45 Uhr

Frustriert verließ er den Parkplatz hinter dem CVS-Drugstore. Es hatte viel länger gedauert als erwartet, die Schlösser auszutauschen und die Lebensmittel zu untersuchen, die JJ mitgebracht hatte. Zwar hatte er sein Haus wieder sicher gemacht und wusste, dass JJ sein Essen mit Fingerhut vergiftet hatte, andererseits hatte er die Gelegenheit sausenlassen müssen, Rawlings an seinem wundesten Punkt zu treffen.

Rawlings' Sprössling war nicht da. Und auch sonst niemand. Es hatte angefangen zu regnen, mit Donner, Blitz und allem Drum und Dran. Diese dämlichen Teenager … alles Weicheier. Kaum wurde es mal ein bisschen ungemütlich, rannten sie gleich nach Hause zu Mami und Daddy, die sie mit viel zu viel Taschengeld und Freizeit verwöhnten. Was für verzogene Gören.

Jetzt würde er morgen noch einmal herkommen müssen. Dabei hatte er sich fest vorgenommen, Rawlings senior beizubiegen, dass es ein großer Fehler war, dem Professor zu drohen. Stattdessen würde er die versprochenen Drogen liefern und das Spielchen des Wärters mitspielen müssen. Er würde behaupten müssen, er hätte Rawlings' Namen niedergeschrieben, für den Fall, dass ihm etwas zustöße. Er würde ihm auch mit dem geballten Unmut seiner Kunden drohen, die nicht länger in den Genuss seiner erstklassigen Ware kämen.

Aber er wollte nicht nur zeigen, dass er ihm ebenbürtig war, sondern ihn übertrumpfen. Ihn zertreten wie ein lästiges Insekt. Ihm beibringen, wer der Boss war und wer lediglich die Anweisungen befolgte.

Er wollte ihn zerstören. Ihn auslöschen. *Damit er es nie wieder wagt, mir zu drohen, solange er lebt.*

Morgen. Er würde es morgen tun. Jetzt war es Zeit für das Gespräch mit seinem Kunden. Er bog auf den WalMart-Parkplatz ein, der immer noch gut besucht war, weshalb niemand Verdacht schöpfen würde, wenn er hier saß und telefonierte.

Exakt um 21 Uhr wählte er die Nummer.

»Hallo?«, meldete sich eine Stimme mit einem ausgeprägten Akzent. »Wer ist da?«

»Ich bin's. Ich wollte nur wissen, ob Sie schon einen Blick auf die Fotos werfen konnten, die ich Ihnen geschickt habe.«

Die Fotos von den Kids, die er am Samstag zu sich eingeladen hatte ... es war ein Kinderspiel gewesen, sie in gute Stimmung zu versetzen. Ein Burger und ein großes Eis, und schon strahlten sie mit der Sonne um die Wette.

»Ja. Ich denke, sie werden genügen.«

Er runzelte die Stirn, wohl wissend, was der Kunde hier gerade abzog: Er versuchte, den Preis zu drücken. »Wenn sie bloß genügen, finde ich bestimmt einen anderen Abnehmer dafür. Ich möchte Sie keinesfalls enttäuschen. Vielleicht kommen wir ein anderes Mal ins Geschäft. Schönen Tag noch.«

Er sah auf seine Uhr. Da drüben war es doch bestimmt noch Tag, oder? »Bis dann.«

»Moment«, brummte der Mann am anderen Ende der Leitung. »Sie sind schmutzig.«

»Sie werden sich waschen, versprochen.«

»Sind sie ganz neu in der Materie?«

»Jetzt ja. Wenn Sie sie bekommen, natürlich nicht mehr.«

»Gut. Sie müssen wissen, was sie erwartet. Müssen ausgebildet sein. Und willig.«

»Ich bin ganz Ihrer Meinung. Ich habe Ihnen meinen Vertrag zugeschickt, aber noch nicht mit Ihrer Unterschrift zurückbekommen.«

»Wozu brauchen wir einen Vertrag? Das ist doch lächerlich.«

»Ehrlich gesagt, dient er Ihrem Schutz. Ich will, dass Sie mit allem zufrieden sind, was ich Ihnen schicke, schließlich kann ich es ja nicht zurückgeben. Wenn ich das Geld bekommen und geliefert habe, kann ich keine Änderungen mehr vornehmen. Kreuzen Sie einfach das Kästchen an, wo steht, dass Sie mit meiner vorgeschlagenen Lieferung einverstanden sind. Mehr brauche ich gar nicht. Ich will nicht, dass es zwischen uns Missverständnisse gibt.«

»Gut. Aber ich werde nicht mit meinem richtigen Namen unterzeichnen.«

»Kein Problem. Als Erstes schicken Sie mir mein Geld. Ich bin der Wehrlosere in der ganzen Angelegenheit. Sie wissen, wo Sie mich finden, während ich nur weiß, wo Sie die Lieferung hinversendet haben wollen.«

»Wohin Sie die Lieferung *versandt* haben wollen.«

Arroganter Drecksack. Er zwang sich zu einem Lächeln, um zu verhindern, dass seine Stimme vor Wut bebte. »Entschuldigen Sie, in Englisch habe ich immer geschlafen.«

»Typisch Amerikaner. Ich spreche fünf Sprachen fließend.«

Ja, klar, du Arschloch. »Also, wollen Sie jetzt die Lieferung haben oder nicht?«

»Ja. Fahren Sie mit den Vorbereitungen fort. Ich werde dasselbe tun, so dass sich meine neuen Gäste hier wohl fühlen werden.«

»Gut. Ich bin sicher, das werden sie.«

Er legte auf und verdrehte die Augen. Die vielen Nullen auf dem Kontoauszug zwangen ihn zwar, freundlich zu seinen Kunden zu sein, aber keiner konnte von ihm verlangen, dass er es auch noch gern tat.

Als Nächstes stand das Treffen mit Rawlings an. Er sah unter dem Sitz nach, ob er alles hatte, was er brauchte. »Ware? Alles vorhanden.« Ursprünglich war die Ware sehr hochwertig gewesen, doch er hatte sie mit allerlei Substanzen gestreckt, die Menschen ihrem Körper eigentlich nicht zuführen sollten. *Du hättest mir nicht drohen sollen, Arschloch. Dafür wirst du büßen.* Wenn Rawlings das Zeug vertickte, würde er sich recht bald den Zorn einiger übler Knastgesellen zuziehen. *Und ich wasche meine Hände in Unschuld.* »Neun Millimeter im Holster ... vorhanden. Gewehr unterm Sitz ... vorhanden. Betäubungsgewehr ... vorhanden. Er legte das Betäubungsgewehr in die Mittelkonsole, um es im Zweifelsfall schnell zur Hand zu haben, ehe er sich auf den Weg machte.

Dass Rawlings Alice die Cyanid-Kapsel am Morgen verabreicht hatte, passte ihm ganz und gar nicht in den Kram, da Sidney und sie zur selben Zeit in die Pathologie überstellt worden waren. Das Cyanid war quasi als Notnagel gedacht gewesen, falls das Rizin nicht wirken sollte und Alice Anstalten machte, auszupacken. Er konnte nur hoffen, dass die Begleiterscheinungen bei Sidneys dunkler Hautfarbe nicht ganz so deutlich zutage traten, sonst würde die Rechtsmedizinerin am Ende noch eine gefährliche Querverbindung zwischen den beiden Fällen herstellen.

Heute Abend sollte Rawlings noch denken, er hätte den Professor bei den Eiern, aber schon morgen würde er seinen Versuch, ihn mit ihrer Transaktion zu erpressen, bitter bereuen. Er wäre am Ende. Wachs in seinen Händen. Perfekt.

Cincinnati, Ohio
Donnerstag, 13. August, 21.25 Uhr

Meredith brachte Kendra zur Tür und nahm sie in die Arme. »Ruf an, wenn du mich brauchst«, sagte sie. »Und danke für das Essen und das Eis.« Gemeinsam hatten sie den kompletten Familienbecher vernichtet. »Wendi und ich sind heute Nachmittag stundenlang in der Gluthitze herumgelaufen. Ich glaube, morgen reichen mir zwanzig Stunden auf dem Laufband statt vierundzwanzig.«

Kendra erwiderte die Umarmung. »Danke. Ruf mich an, wenn dein Team etwas über das Mädchen herausgefunden hat.«

Sie hatten sich darauf geeinigt, dass »das Mädchen« ein weitaus angenehmerer Name als »Sunshine Suzie« war – ihren offiziellen Pornostar-Namen zu verwenden, kam einer noch schlimmeren Beleidigung gleich. Das arme Mädchen hatte schon genug gelitten.

»Absolut. Und vergiss nicht, mir das Foto zu schicken.« Meredith hielt inne, ehe sie in einem unbeschwerteren Tonfall fortfuhr: »Bist du sicher, dass du morgen nicht zur Pyjama-Party vorbeikommen willst? Die Mädchen könnten dir ja die Fußnägel lackieren. Es wäre bestimmt nett.«

»So lustig es klingt, aber mach das mal schön alleine«, gab Kendra zurück und blieb abrupt auf der Veranda stehen.

»Hm, könnte sein, dass du ein Problem hast.«

»Was ist denn?« Meredith spähte um Kendra herum. Inzwischen hatte es zu regnen begonnen, trotzdem sah sie es auf den ersten Blick.

»Dieser alte Jeep auf der anderen Straßenseite … er stand vorhin schon da. Zwar ist er weggefahren, als ich hielt, aber ich hatte trotzdem den Eindruck, dass der Fahrer dein Haus beobachtet. Und jetzt steht er wieder da.«

Meredith seufzte. »Ja, das ist tatsächlich ein Problem, aber nicht so, wie du denkst.«

»Du kennst ihn?«

Und wie gut. »Ja. Ist schon okay. Das ist Danis Cousin Adam.«

In diesem Moment wurde die Tür geöffnet. Adam stieg aus. Trat neben den Jeep. Stand da. Wartete. Ohne Schirm. *Er wird ja nass. Aber was geht dich das an?*

Kendra zögerte. »Sicher? Ich habe eine Menge über ihn gehört. Er hat sich eine Auszeit wegen psychischer Probleme genommen, das weißt du, oder? Inzwischen ist er zwar wieder zurück, aber … na ja, gesund ist er immer noch nicht.«

Nein, Adam war definitiv nicht gesund, aber das war nicht Kendras Angelegenheit. »Ich kann dir versprechen, dass er mir nichts tun wird.« Zumindest nicht in körperlicher Hinsicht. Für ihr Herz … konnte sie das nicht behaupten.

Dieser Zug war bereits vor neun Monaten abgefahren.

»Hat Dani euch einander vorgestellt?«

»Nein. Wir haben uns im Krankenhaus kennengelernt. Er hat letzten Herbst in einem versuchten Mord ermittelt – an einer der College-Studentinnen, die entführt wurden. Ich wurde dazugerufen, weil sie noch minderjährig war und unter staatlicher Pflegschaft stand.«

Kendra blickte zu Adam hinüber, der immer noch mit verschränkten Armen neben seinem Wagen stand. Wieder stieß Meredith einen Seufzer aus. »Nur so viel – du weißt, wie du dich allein nach dem Anblick eines Fotos gefühlt hast.«

»Ja. Und?«

»Und jetzt stell dir vor, du hättest dir Hunderte solcher Fotos ansehen müssen. Jeden Tag. Wochenlang.«

Kendra erschauderte. »Alles klar.«

»Gut. Jetzt fahr nach Hause und geh aufs Laufband, so wie wir es besprochen haben. Falls du mit mir laufen willst – ich bin jeden Tag um fünf Uhr früh auf den Beinen. Nur am Samstag nicht … du weißt schon, die Pyjama-Party.«

Wieder erschauderte Kendra. »Okay, ich bin so was von raus.«

»Feigling«, rief Meredith ihr hinterher, als sie die Treppe hinunter und zu ihrem Wagen lief. Adam stand immer noch da. *Wird nass. Beobachtet mich.*

Am liebsten hätte Meredith die Tür zugeschlagen. Hätte nein gesagt. Aber sie wusste, dass sie es nicht über sich brachte. Auf ihm lastete eine schwerere Schuld als auf jedem anderen Menschen, den sie kannte. Doch ihm Trost zu spenden, war mit einem hohen Preis verbunden.

Einem zu hohen. Einem so hohen, dass sie nicht wusste, ob sie es tun oder lieber lassen sollte.

Doch er stand immer noch im Regen und starrte sie an. Sie winkte ihn heran. Er setzte sich in Bewegung, langsam, bewusst, ein Fuß vor den anderen, als gehe er durch klebrige Melasse. Oder zu seiner Henkersmahlzeit.

Weil wir ja so unwiderstehlich sind, stimmt's, Meredith?, dachte sie bitter.

Du führst schon wieder Selbstgespräche. Und hör mit diesem blöden »wir« auf, du bist nicht die Königin von England. Schluss damit.

An den Türrahmen gelehnt, wartete sie, bis er vor ihr stand. Tropfnass und immer noch der schönste Mann, den sie je gesehen hatte.

Aber so kaputt. Er sah sie an. Ein argwöhnischer, vorsichtiger Ausdruck lag in seinen Augen. Als hätte er Angst, dass sie ihn wie einen Hund wieder auf die Straße hinausschickte.

Als würde sie das jemals über sich bringen. »Komm rein und bleib ein bisschen«, sagte sie leise und registrierte, wie seine Schultern in stummer Erleichterung nach unten sackten. Ohne auf eine Erwiderung zu warten, machte sie kehrt und ging ins Haus zurück. Es überraschte sie nicht, als er die Tür hinter ihnen schloss und beide Riegel vorschob. Sie ging in die Küche und belud die Spülmaschine. »Hätte ich gewusst, dass du kommst, hätte ich Kendra gebeten, noch eine Portion mehr mitzubringen.«

Sie blickte über die Schulter. Er stand an der Schwelle zur Küche. Er hatte sein Jackett ausgezogen, und sein klatschnasses Hemd klebte ihm am Leib, so dass sich jede einzelne Wölbung seines Sixpacks abzeichnete.

Ein Schauder überlief sie bei seinem Anblick. Adam Kimble war der Mann, von dem sie immer geträumt hatte. Und doch so nah und unerreichbar. Weil sein Inneres unwiederbringlich zerstört war.

»Ich gehe kurz in die Waschküche und hole dir ein paar Handtücher«, sagte sie, als er immer noch kein Wort sagte. »Vielleicht liegen sogar noch ein paar Sachen von Daniel im Gästezimmer. Ich räume nur kurz auf, dann gehe ich nachsehen.«

Er bewegte sich so leise und schnell, dass sie es erst registrierte, als er dicht hinter ihr stand. Nur wenige Zentimeter trennten sie voneinander, und von ihm schien eine Hitze auszugehen, als lodere ein Feuer in seinem Körper.

»Wer zum Teufel ist Daniel?«, fragte er mit seiner tiefen Reibeisenstimme.

Meredith drehte sich um und zwang sich, ihm ins Gesicht zu sehen. Seinem Blick standzuhalten. Alles in ihrer Macht Stehende zu tun, dass ihre Stimme nicht zitterte. Vor einer schwachen Frau würde er keinen Respekt haben – weder als Partnerin noch als Therapeutin. Und auch nicht als Geliebter. Aber nichts davon würde sie jemals sein. Nicht noch einmal.

»Daniel Vartanian, der Mann meiner Cousine Alex. Sie waren letztes Weihnachten zu Besuch hier.«

Er nickte, und die Anspannung schien von ihm abzufallen. »Danke.«

Sie zog die Brauen hoch. »Wofür? Dafür, dass ich dich nicht angelogen habe? Ich habe dir schon mal gesagt, dass ich dich nicht belüge, Adam. Oder dir nur das sage, was du hören willst.«

Lügnerin. Denn sie hatte ihm nicht gesagt, wie sie in Wahrheit empfand. Wie sehr er sie verletzt hatte. Vor neun Monaten war er zu ihr gekommen, weil er jemanden zum Reden gebraucht hatte – die Bilder in seinem Kopf hatten einen wahren Flächenbrand in seinem Inneren ausgelöst, dem er allein nicht länger Herr geworden war. Doch vom ersten Moment an war da dieser Funke zwischen ihnen gewesen, und wider besseres Wissen hatte sie zugelassen, dass er zu einer Flamme auswuchs – und ihr Instinkt hatte sie nicht getäuscht, denn in dieser Nacht war sie mit ihm eingeschlafen, seine Arme um sie geschlungen, als wollte er sie nie wieder loslassen, nur um am nächsten Morgen allein aufzuwachen.

Er war fort gewesen. Ohne eine Nachricht oder sonst etwas. *Und ich bin so unglaublich blöd.*

Er schloss die Augen. »Es tut mir leid, Meredith.«

»Was?«, fragte sie.

»Dass ich nicht der Mann bin, den du brauchst. Und dass ich mich von dir fernhalten muss, weil ich dich so sehr brauche.«

Sie schluckte. Der abgrundtiefe Schmerz in seiner Stimme ließ ihr das Herz bluten – ebenso wie ihr Drang, seine Qual zu lindern.

Er beugte sich vor, bis seine Stirn die ihre berührte – augenblicklich spürte sie, wie ihre Knie weich wurden. Sie ballte die Fäuste an den Seiten, um dem Drang zu widerstehen, ihn zu berühren.

»Dann habe ich dich wiedergesehen«, fuhr er leise fort. »Und trotzdem habe ich mir geschworen, nicht herzukommen.«

»Aber du bist hier.«

»Ja.« Er schluckte. »Ich werde nicht noch einmal tun, was ich letztes Mal getan habe. Das verspreche ich.«

Ihre Augen brannten. »Was, Adam? Dich an mich wenden, weil du Hilfe brauchst? Du bist ja bereits hier. Oder meinst du, dass du nicht mehr mit mir schläfst? Oder vielleicht auch, dass du einfach verschwindest, ohne eine Nachricht oder eine SMS oder sonst etwas. Neun verdammte Monate lang?«

Er erstarrte, dann richtete er sich zu voller Größe auf, so dass sie den Kopf heben musste, um ihm ins Gesicht sehen zu können. Sie sah ihn an, bis ein Muskel an seinem Kiefer zu zucken begann.

»Ich habe dich verletzt«, sagte er steif.

»Ach. Echt?«, blaffte sie.

»Es … es tut mir leid. Ich werde lieber gehen.« Er machte auf dem Absatz kehrt. Sie stand da und sah ihm nach. Für eine Sekunde.

»Warte«, sagte sie scharf. Er blieb stehen, drehte sich jedoch nicht zu ihr um. »Jetzt bist du schon …« *Verdammt. Verdammt noch mal.* »Warte. Ich hole dir trockene Sachen, dann kannst du mir erzählen, was heute vorgefallen ist, bevor du komplett durchdrehst. Das Team braucht dich, und zwar bei glasklarem Verstand.«

Er wandte sich um. »Das Team«, wiederholte er bitter.

»Was sonst? Mich willst du ja nicht. Hättest du mich gewollt, wärst du zurückgekommen. Es sei denn, du hast erwartet, dass ich dir nachlaufe und dich anbettle. Das werde ich nämlich nicht tun.« Ihr Tonfall wurde etwas weicher, denn er sah aus, als warte er nur darauf, dass sie ihm eine Tracht Prügel verpasste. »Aber ich höre dir zu. Wenn es dir hilft, höre ich dir zu.«

»Für das Team«, stieß er zwischen zusammengepressten Lippen hervor.

»Ja, aber auch für dich. Und für mich. Ich will nicht verbittert und wütend sein, Adam. Du hast mir nie Versprechungen gemacht, deshalb steht es mir nicht zu, wütend und verbittert zu sein. Aus diesem Grund habe ich dir heute Morgen angeboten, dir zuzuhören. Wenn du das willst, setz dich hin und warte, während ich ein paar Handtücher und trockene Sachen hole. Wenn du es nicht willst, dann geh. Und schließ die Tür hinter dir.«

Sie wandte sich um und ging die Kellertreppe hinunter, ganz langsam, um ihm Zeit zu geben, zu einer Entscheidung zu gelangen.

Mit den Sachen im Arm kehrte sie einige Minuten später in die Küche zurück, in der Erwartung, nichts als eine Wasserpfütze vorzufinden. Beklommen öffnete sie die Tür …

Er stand immer noch da. Die Verunsicherung auf seiner Miene brach ihr das Herz.

Willkommen im Club, mein Freund. »Du kannst dich im Keller umziehen. Wir geben deine Sachen in den Trockner, während wir reden, dann kannst du sie später wieder anziehen, wenn du gehst.«

Ohne ein Wort nahm er ihr das Bündel aus der Hand, doch sie sah all die Fragen in seinen dunklen Augen – zu viele Fragen. Und zu viel Schmerz.

Sie setzte den Wasserkessel noch einmal auf und wünschte, Kendra hätte mehr Eiscreme mitgebracht. Sie hatte das dumpfe Gefühl, dass sie an diesem Abend die ermutigende Wirkung von Brombeer-Schoko gut gebrauchen könnte.

13. Kapitel

»Passen Sie lieber auf«, warnte Triplett.

Obwohl Decker jeder einzelne Knochen im Leib weh tat, bedachte er den hochgewachsenen Agent mit einem höhnischen Grinsen. Natürlich hatte er sich viel zu sehr angestrengt, aber er musste sich bewegen, um wieder auf die Füße kommen. Musste seine Kräfte zurückgewinnen. Um Kate bei den Ermittlungen in dem Fall unterstützen zu können, den er selbst ins Rollen gebracht hatte – und am Ende lösen würde.

Während der letzten halben Stunde hatte er im Penthouse ein paar Runden gedreht, die allerdings während der letzten achtundzwanzig Minuten zunehmend qualvoller geworden waren. »Sie haben doch nur Schiss vor Dani«, höhnte er.

»Aber hallo«, gestand Triplett ohne jede Scham. »Sie etwa nicht?«

»Und wie«, antwortete er, worauf Triplett lachte. »Könnten Sie mir zum Tisch helfen?«

Der Agent gehorchte. Mit schmerzverzerrtem Gesicht ließ Decker sich auf einen Stuhl sinken.

»Könnte vielleicht sein, dass ich es ein bisschen übertrieben habe.«

»In tausend Jahren nicht«, gab Triplett trocken zurück.

Decker grinste. »Lecken Sie mich, Trip.« Er lehnte sich zur Seite, um den Kühlschrank zu öffnen, wobei er beinahe vom Stuhl fiel.

Trip feixte. »Na, Landei, brauchen Sie etwas aus dem Kühlschrank?«

»Ihnen zu erzählen, dass ich auf einer Farm aufgewachsen bin, war definitiv ein Fehler, stimmt's?« Aber Trip hatte ihn nach seinem Zuhause gefragt, und auch wenn es die Farm der Davenports nicht mehr gab, verdiente sie diese Bezeichnung. »Allerdings.« Trip öffnete den Kühlschrank. »Was darf es sein?«

Völlig egal, Hauptsache, es schmeckt nach irgendetwas, lag ihm auf der Zunge, doch er verkniff es sich. Ihm etwas von seinen Vorräten abzugeben, war eine wirklich nette Geste von Agent Troy gewesen, aber geschmacklich hatte das Zeug eher an Wellpappe erinnert. »Was ist denn in dem blauen Behälter?«

Trip hob vielsagend die Brauen. »Grillhühnchen und Krautsalat. Und Jalapeño-Maisbrot. Und Shrimps auf Maisfladen.«

»O Gott.« Decker lief das Wasser im Mund zusammen. »Wo kommt denn das auf einmal her?«

»Ich habe es besorgt, solange Sie sich ausgeruht haben. Eigentlich hätten Sie viel länger schlafen sollen. Dani ist bestimmt sauer.«

»Sie brauchen es ihr ja nicht zu verraten. Einfach Klappe halten und mir bitte etwas von dem Brathuhn geben.«

Trip grinste. »Ich wette, extra scharf ist genau das Richtige für Sie.«

»Eher nicht, aber ich komme um vor Hunger und kann es kaum erwarten, endlich etwas Anständiges zwischen die Kiemen zu bekommen.«

»Habe ich mir schon gedacht. Wie ein Bär nach dem Winterschlaf. Die passende Statur dazu haben Sie ja.« Er richtete einen Teller her, auf den sich Decker mit Feuereifer stürzte. Das Zeug hatte es mächtig in sich, aber es war lecker.

Trip hielt inne und berührte seinen Ohrstöpsel. »Okay, lassen Sie sie rein.« Er wandte sich an Decker. »Kate ist zurück.«

Decker stand auf und ging langsam zur Küchentür, von wo

aus er den Eingangsbereich im Auge hatte – er konnte nicht sagen, weshalb es ihm so wichtig war, aber er musste sie einfach sehen, wenn sie hereinkam. Und zwar auf beiden Beinen stehend.

Trip öffnete ihr die Tür. Kate lächelte ihm erschöpft zu. »Ich dachte, Sie sind längst zu Hause und im Bett, Agent Triplett.«

»Ich schiebe eine Doppelschicht. Agent Davenport wollte unbedingt ein paar Schritte gehen, und ich bin ja der Einzige, der ihn vom Boden aufklauben kann, wenn er hinfällt.«

Sie grinste. »Das sollte er lieber nicht hören.«

»Zu spät«, bemerkte Decker trocken und spürte, wie er augenblicklich ruhiger wurde. Sie war zurück, es ging ihr gut. Zumindest körperlich. In ihren Augen hingegen stand eine tiefe Erschöpfung. Und noch etwas anderes. *Traurigkeit.*

»Weiß ich«, entgegnete Trip ebenso trocken. »Ich habe Sie schlurfen gehört. Wie ein alter Mann im Seniorenheim. Hätten Sie länger geschlafen, ginge es vielleicht schon viel besser.«

»Sie gehen mir ganz gewaltig auf die Nüsse.« Decker lehnte sich gegen den Türrahmen, als ihn ein leichter Schwindel erfasste. »Vielleicht wollen Sie sich bloß bei Dani lieb Kind machen.«

»Schuldig im Sinne der Anklage. In beiden Punkten. Das ändert aber nichts an den Tatsachen«, gab Trip kopfschüttelnd zurück, doch Decker hatte nur noch Augen für Kate, die ihn anlächelte.

»Der Tropf ist weg«, sagte sie und unterzog ihn einer Musterung, die eher medizinisches Interesse als Sinnlichkeit verriet.

Er zuckte mit den Schultern. »Inzwischen kann ich wieder normal essen, deshalb hat Dr. Novak ihn rausgezogen.« Eine Untersuchung durch Kate war so ziemlich das Letzte, was er jetzt brauchte. Er hatte eine Weile geschlafen und von ihr geträumt, was ihm eine heftige Erektion beschert hatte. So erfreulich die Erkenntnis war, dass an dieser Front noch alles bestens zu funktionieren schien, so wollte er lieber verhindern, dass jeder darüber Bescheid wusste – was ziemlich schwierig war, solange er in einem Krankenhausbett mitten im Wohnzimmer campierte.

Und nun, da sie vor ihm stand, verspürte er dieselbe Erregung. *Verdammt.* Doch er unterdrückte seinen Frust. Sie war zurückgekommen. Und zwar mit zwei Koffern.

Trip beäugte das Gepäck neugierig. »Haben Sie vor, länger zu bleiben, Agent Coppola?«

Sie lachte. »Nein, nur ein oder zwei Nächte. Hier ist es netter als in meinem Hotel, deshalb habe ich meine Sachen gepackt und ausgecheckt. Danach war ich noch kurz einkaufen und könnte ein richtiges Abendessen kochen. So was habe ich seit meiner Abreise aus D. C. nicht mehr gehabt.«

Trip nahm ihr die Lebensmitteltüten ab. »Ich trage die Sachen schon mal in die Küche und bringe Ihre Koffer ins Gästezimmer. Ruhen Sie sich aus, und legen Sie die Füße hoch. Sie sehen ziemlich mitgenommen aus, wenn ich mir die Bemerkung erlauben darf.«

Kate folgte Trip, blieb jedoch in der Tür stehen, um Decker den Arm zu reichen. »Setzen wir uns«, sagte sie. »Trip hat recht. Ich bin völlig erledigt.«

Decker blickte auf ihren Arm. »Wenn ich hinfalle, reiße ich Sie mit.«

»Nein, werden Sie nicht. Ich kenne das schon.«

Von Johnnie, dachte er. *Ihrem Ehemann.* Vor seiner Krebserkrankung hatte er Deckers Statur gehabt. Deshalb vertraute Decker ihr und ließ sich zum Tisch hinüberführen. Sie setzte ihn auf einen Stuhl, ehe sie gegenüber von ihm Platz nahm und für einen Moment die Augen schloss.

»Danke, Agent Triplett«, sagte sie, als der junge Agent die Lebensmittel verstaute.

»Kein Problem. Ich bringe nur noch Ihre Koffer ins Gästezimmer, dann mache ich mich auf den Weg. Agent Daily übernimmt die Nachtschicht. Ich bin morgen früh wieder hier.« Er verließ die Küche.

»Was ist heute Abend vorgefallen?«, fragte Decker leise.

Sie schlug die Augen auf und blickte auf seinen halbleeren Teller. »Das sieht sehr lecker aus. Ich habe Bärenhunger.«

Er schob den Teller in die Mitte des Tischs. »In der Schublade liegen Gabeln. Ich würde Ihnen ja eine holen, aber ich habe Angst, dass ich umkippe.«

Sie stand auf, holte eine Gabel und eine der Cola-Dosen, die Trip in den Kühlschrank gestellt hatte. »Eigentlich sollte ich so spät kein Koffein mehr zu mir nehmen, aber ich muss noch meinen Bericht schreiben und bin so todmüde, dass ich schon Angst hatte, hinterm Steuer einzuschlafen. Ich hatte wirklich Mühe, wach zu bleiben, aber abgesehen davon, musste ich ja aufpassen, dass mir niemand folgt.« Wortlos schlang sie das Hühnchen hinunter und lehnte sich dann auf ihrem Stuhl zurück. »Inzwischen haben wir ein Motiv für den Mord an Sidney Siler.«

»Ihr Mörder wollte nicht, dass sie etwas preisgab, das sie über ihn wusste?«

»Sie war doch bei Alice. Und das war nicht ihr erster Besuch im Gefängnis. Für ihre Dissertation über perverse und soziopathische Gewaltverbrecher hat sie immer wieder verurteilte Mörder interviewt. Sie hat zwar nicht das erste Mal gegen die Vorschriften verstoßen, aber es war das erste Mal, dass sie einen falschen Ausweis verwendet hat. Und bei all den Gesprächen hatte sie einen Stift mit einem integrierten Aufnahmegerät dabei. Ihre Zimmergenossin hat uns den Tipp gegeben, und wir haben ihn bei ihren Sachen gefunden. Die

Suche wurde aufgezeichnet und in der Datenbank abgespeichert, und alle Beteiligten, also Zimmerman, der Kollege von der Spurensicherung und die Rechtsmedizinerin, haben Kopien des Videobands.«

»War das Ihre Idee?«, fragte er, obwohl er die Antwort bereits kannte. Kate war ein gründlicher Mensch.

»Meine und Deacons. Wir wollten sichergehen, dass keine Beweismittel mehr praktischerweise einfach verschwinden. Außerdem haben wir das gesamte aufgezeichnete Interview gefunden. Alice hat jede Menge Blödsinn erzählt, aber eine Sache war von größter Bedeutung: dass es keine schriftlichen Aufzeichnungen ihrer Transaktionen gibt, sondern dass sie sich alles gemerkt hat. Ein paar Stunden später wurde sie auf dem Gefängnishof verprügelt, und am nächsten Morgen war sie tot.«

»Also gibt es keine Aufzeichnungen darüber, wer McCords geheimnisvoller Partner gewesen sein könnte. Er konnte sie einfach umbringen, und damit sind sämtliche Beweise vernichtet.«

»Genau. Wir haben auch erfahren, wer Sidneys Dealer war. Irgendein Typ, der sich ›Professor‹ nennt.«

Decker runzelte die Stirn. »Den Namen habe ich schon mal gehört. Mein Boss konnte ihn nicht leiden. Sie haben ihm sein Zeug für das Verkaufsgebiet entlang der Interstate 75 abgekauft, gemocht haben sie ihn aber nicht. Er hat auch seinen eigenen Stoff verhökert, und diese Konkurrenz wollten die Menschenhändler natürlich nicht haben. Aber dann ist er immer wieder plötzlich von der Bildfläche verschwunden, und Alice' Vater war glücklich und zufrieden, weil die Profite wieder stiegen.«

»Und woher wusste man, dass es wieder so eine Phase war und er bloß abgetaucht ist?«

Decker dachte scharf nach, aber sein Erinnerungsvermögen

war immer noch ein klein wenig eingeschränkt. »Es könnte irgendwo auf den Bändern gewesen sein, aber ich glaube, Alice' Vater hat es gesagt. Er hat ihm die Pest an den Hals gewünscht, weil er seine Preise erhöht hatte. Selbst wenn der Professor nicht direkt dealen würde, würde er anständig abkassieren. Sein Stoff sei qualitativ hochwertig und gefragt. Also ist der Professor das Bindeglied zwischen Eileen Wilkins, Sidney Siler und Alice?«

»Sieht ganz danach aus.«

Decker musterte sie. Kate wirkte immer noch bedrückt. »Und was ist noch passiert?«

»Ich habe Sidneys Eltern kennengelernt. Sie kamen gerade an, als ich ihre Mitbewohnerin befragen wollte. Das Mädchen war auch mit Sidney zusammen.«

»Also Kummer und Schmerz auf allen Ebenen«, bemerkte er leise.

»Genau. Ich habe ihre Mitbewohnerin in Schutzhaft nehmen und es so aussehen lassen, als habe sie mir nur Blödsinn erzählt, weil sie Angst hatte, was die Leute mit ihr anstellen würden, wenn sie mitbekämen, dass sie den Professor verraten hat. Er hat einen ziemlich großen Fanclub auf dem Campus.«

»Ich weiß. Wie gesagt, er hat erstklassigen Stoff im Angebot. Die jungen Leute haben direkt bei ihm gekauft, wenn er da war.«

»Ach ja, und er trägt eine Maske. Die Mitbewohnerin hat es gesehen, als sie einmal bei ihm Stoff gekauft hat.«

Decker hob die Brauen. »Das wusste ich nicht.«

»Die meisten Leute hätten keine Ahnung gehabt, hat das Mädchen gemeint. Sie seien viel zu sehr damit beschäftigt gewesen, ihren Stoff zu beschaffen.«

»Aber noch mal zurück zu den Eltern«, sagte er leise. »Ich vermute, es hat sie sehr hart getroffen.«

»Allerdings. Ich bin mit ihnen in die Rechtsmedizin gefahren.«

»Wie nett von Ihnen.«

Sie zuckte mit den Schultern. »Sie war ihre Tochter, und sie haben sie geliebt. Es war wahnsinnig schwer für sie, vor allem, nachdem sie erfahren haben, dass ihre Tochter nicht nur Drogen konsumiert, sondern auch ihren Körper verkauft und für den Professor gedealt hat.«

Decker zuckte zusammen. »Du lieber Gott.«

»Ich weiß. Ich habe versucht, ein Hotelzimmer für sie zu finden, aber es war schon spät, und sie schienen nicht allzu viel Geld zu haben. Ich hatte ja ohnehin vor, hierherzukommen, deshalb habe ich ihnen meines überlassen. Es ist bis Dienstag bezahlt, deshalb wäre es schade, wenn es leersteht.«

Decker ging das Herz auf. »Sie sind wirklich ein freundlicher Mensch, Kate. Aber ich werde es niemandem verraten.«

»Danke«, sagte sie lächelnd und rollte den Kopf hin und her. Decker hörte das Knacken ihrer Wirbel. »Eigentlich wollte ich noch mit Sidneys Studienberaterin reden, aber das muss bis morgen warten. Jetzt muss ich erst mal ein paar Stunden schlafen.«

»Kommen Sie her«, sagte er und tätschelte den Stuhl neben sich.

Sie kniff die Augen zusammen, gehorchte aber. »Wieso?«

»So was sollten Sie nicht tun. Das ist nicht gut für die Wirbel. Lassen Sie mich das machen.« Er drehte sich auf dem Stuhl um und begann, die verhärteten Muskeln ihrer Nackenpartie zu bearbeiten. Sie stöhnte – ein Laut, der geradewegs den Weg in seine Lenden fand.

»Das fühlt sich wunderbar an. Wo haben Sie das gelernt?«

»In der Armee. Eine Freundin von mir war bei den Sanitätern. Sie hatte magische Hände.«

Ihre Schultern versteiften sich. »Was hat sie Ihnen bedeutet?«

Vermutlich war es keine große Überraschung, dass sie es sofort gewusst hatte. Diese Frau besaß eine eindrucksvolle Gabe, zwischen den Zeilen zu lesen, was ihr bei der Arbeit einen entscheidenden Vorteil verschaffte. »Wir waren etwa ein Jahr zusammen.«

Sie stieß ihren angehaltenen Atem aus. »Haben Sie sie geliebt?«

»Mag sein. Wenn wir mehr Zeit gehabt hätten«, antwortete er wahrheitsgetreu. »Ein bisschen habe ich sie wohl geliebt.«

»Was ist aus ihr geworden?«

Er schluckte, ohne seine Bewegungen zu unterbrechen. Aus irgendeinem Grund fiel es ihr leichter, über Beth zu sprechen, solange er Kates warme Haut unter seinen Händen fühlte. »Sie ist umgekommen. Eine Sprengladung hat ihren Geländewagen erwischt.«

»Das tut mir sehr leid.«

»Mir auch. Sie war eine nette Frau. Sie hatte es nicht verdient zu sterben, und schon gar nicht so.« Seine Stimme bebte kaum merklich.

Ein nüchterner und zugleich mitfühlender Ausdruck lag in Kates braunen Augen, als sie sich umdrehte. »Wie denn?«

Er konnte den Blick nicht abwenden. Wollte es auch gar nicht. Aber er wollte auch die Frage nicht beantworten. Zumindest nicht in allen Details. Die Erinnerung war immer noch zu schmerzlich, zu lebendig. Die Flashbacks waren schlimm genug. »Ihr Wagen war … am nächsten dran. Es blieb nicht viel von ihr übrig.«

Sie kniff die Augen zusammen, als wollte sie geradewegs in sein Inneres blicken. »Und woher wissen Sie das?«, fragte sie so sanft, dass er sich kurz fragte, ob sie die Antwort ohnehin bereits kannte.

»Ich war bei der Einheit, die zum Aufräumen hinterhergeschickt wurde.«

Sie schloss die Augen und senkte den Kopf. »Das tut mir aufrichtig leid.«

Also hatte sie es gewusst. »Woher wissen Sie es?«

Sie sah ihm wieder in die Augen. »Nach unserem Meeting heute Morgen hat Zimmerman das Team aufgestockt, das sich Ihre Aufzeichnungen anhören soll. Sie haben den ganzen Tag daran gesessen und sich vor allem auf die Unterhaltungen konzentriert, an denen Alice beteiligt war. Zimmermann hat dem Team die Niederschriften zugeschickt. Ich stand wieder mal in der längsten Kassenschlange im Supermarkt und habe einige der Unterhaltungen gelesen. In einer ging es um Sie. Alice' Vater war wütend, weil jemand von seinen Leuten Sie beauftragt hat, eine Zeugin zu beseitigen. Eine völlig unschuldige Frau, die nichts mit der ganzen Sache zu tun hatte. Sie sagten darauf, Sie hätten die Frau bereits liquidiert und ihre Leiche verschwinden lassen.«

Schlagartig fiel ihm das Gespräch wieder ein. »Was ich übrigens nicht getan habe.«

»Ich weiß. Ich habe die Frau später selbst befragt. Sie haben sich als FBI-Agent ausgegeben und ihr geraten, für ein paar Tage unterzutauchen.«

Er ließ ein freudloses Lachen hören. »Genau. Ich war ein FBI-Agent, der sich als Killer für einen Menschenhändlerring ausgibt, der sich als FBI-Agent ausgibt.«

Sie grinste. »Da ist die Identitätskrise ja beinahe vorprogrammiert.«

»Das können Sie laut sagen.«

Sie wurde ernst. »Nein, das kann ich nicht. Ich kann mir beim besten Willen nicht vorstellen, wie es ist, so lange undercover zu arbeiten, abgeschnitten von allen Menschen, die man kennt und die einem etwas bedeutet haben. Ständig lügen zu müssen. Bestimmt war es schön, zur Abwechslung mal die Wahrheit sagen zu dürfen.«

Er nickte. »Ich habe mich daran festgeklammert, um mir einzureden, dass mir all die grauenvollen Dinge nichts ausmachen. Sie haben …« Nun schloss er die Augen, während sich
ihm der Magen umdrehte. »Sie haben die Leichen in den
Häcksler gesteckt. Aber das wissen Sie ja inzwischen. Sie
haben sie ja gefunden.«

»Das ist wahr. Was nicht weiter schwierig war. Der Gestank
war bestialisch.«

Er schlug die Augen wieder auf. »Ich weiß. Sie haben all die
Opfer einfach reingeworfen, um sie danach verrotten zu lassen. Ich habe ja so einiges in der Wüste gesehen, aber das war
selbst für mich zu viel. Ich konnte nicht zulassen, dass sie
meinen Ekel bemerken. Deshalb habe ich ihnen erzählt, dass
ich im Aufräumtrupp war.«

»Sie klangen absolut überzeugend.« Sie war sichtlich beeindruckt, und er hatte Mühe, sich nicht vor Stolz in die Brust
zu werfen.

»Sonst hätte ich wohl nicht allzu lange überlebt. Alice war
die reinste Bestie. Sie ist in eine Horde brutaler, seelenloser
Menschenräuber hineingeboren worden und hat überall
Täuschung und Verrat gewittert. Deshalb war es hilfreich,
immer wieder ein Bröckchen Wahrheit einzustreuen, um das
Leben mit der Lüge leichter zu machen.«

»Zudem hat es Ihnen geholfen, sich ein Stück von Griffin
Davenport zu bewahren. Aber dabei hat Ihnen auch Ihr Pfle-
gevater geholfen, indem er Ihnen eine Art mentalen Rettungsring hinterlassen hat, an dem Sie sich festhalten konnten, um in diesem ganzen Versteckspiel nicht komplett die
Orientierung zu verlieren.«

Sie hatte es verstanden. Hatte verstanden, wie er sich fühlte,
was er war. »Es hat es ein klein wenig erträglicher gemacht,
ein totales Arschloch zu sein. Das war das Allerschlimmste
daran. Rings um mich herum sind die Menschen gestorben,

und ich konnte nichts dagegen tun. Ich habe zwar getan, was in meiner Macht stand, aber es war so verdammt wenig.«

Sie zog die Brauen hoch. »Und hat es Ihnen gefallen? Haben Sie es genossen, ein totales Arschloch zu sein?«

Er wich zurück. »Nein, verdammt, überhaupt nicht.«

»Genau darum geht es doch. Sie haben Dinge getan, die Sie nicht tun wollten. Sie waren bei dem Trupp in der Wüste, der die Leichen Ihrer Kameraden einsammeln musste. Sie haben es getan und geholfen, sie zu sortieren und in ihre Särge zu legen, damit ihren Familien wenigstens *etwas* von ihnen blieb. Das war gut. Menschlich. Und dass unter diesen Soldaten eine Frau war, die Ihnen viel bedeutet hat – das war geradezu übermenschlich. Genau wie die Tatsache, dass Sie drei lange Jahre als absolutes Arschloch gelebt und dabei nicht den wahren Griffin Davenport in sich verloren haben.«

Seine Wangen wurden heiß. »Wir alle müssen Dinge tun, die wir nicht tun wollen.« Er hatte innegehalten, doch nun nahmen seine Daumen ihre Tätigkeit wieder auf. »Sie auch.« Er holte tief Luft. »Ich habe Ihren Namen gegoogelt. Ihren und Jacks und Johnnies.«

Ein Lächeln spielte um ihre Mundwinkel. »Das habe ich mir fast gedacht. Ich an Ihrer Stelle hätte auch nicht widerstehen können.« Das Lächeln verblasste. »Ich hatte Leichendienst, als Jack … es getan hat.«

Er starrte sie entsetzt an. »Aber wieso haben Sie niemanden dafür engagiert? Ich meine, bei mir ging es nicht anders. Aber Sie hätten doch eine Tatortreinigungsfirma engagieren können.«

Sie schien förmlich in sich zusammenzufallen. »Weil es das mindeste war, was ich tun konnte.«

Er öffnete den Mund, schloss ihn wieder, musterte sie. Da war etwas. Etwas Wichtiges. *Schuldgefühle. Es tut mir leid, Jack. Es tut mir so leid.*

»Aber warum?«, fragte er sanft.

Sie schluckte. »Weil es meine Schuld war«, flüsterte sie.

Cincinnati, Ohio,
Donnerstag, 13. August, 22:20 Uhr

Meredith saß mit ihrer Teetasse am Küchentisch und blickte nachdenklich in die Schachtel mit den Malstiften. »Violett«, sagte sie nachdenklich und begann, ein weiteres Segment der prächtig bunten Pfauenfeder auszumalen.

»Du malst«, sagte eine tiefe Männerstimme hinter ihr.

Adam Kimble hatte so lange unter der Dusche gestanden, dass Meredith überlegt hatte, Deacon anzurufen und ihn zu bitten, herüberzukommen und nachzusehen, ob alles in Ordnung war. Aber dann hatte sie gehört, wie das Rauschen aufhörte, und genau den Moment gespürt, als er in den Türrahmen getreten war – das war vor mindestens fünf Minuten gewesen.

»Ja, ich male. Das ist sehr entspannend. Du solltest es auch mal versuchen.«

»Ich … ich …« Er schnaubte. »Malbücher sind doch etwas für Kinder.«

»Falsch.« Erst als sie glaubte, genug Mut gesammelt zu haben, sah sie auf. Er war so ein schöner Mann: dunkles Haar, dunkle Augen, ein dunkler Dreitagebart, der ihm etwas Piratenhaftes verlieh. »Malen ist etwas, das ich seit Jahren in meine Therapien einfließen lasse. Mit Kindern funktioniert es besser, weil sie offener dafür sind, aber auch Erwachsene können sich durchaus dafür erwärmen. Malbücher sind die neuen Bestseller.«

»Du willst mich auf den Arm nehmen.«

»Nein, absolut nicht. Das ist mein voller Ernst, Adam. Und

ich habe hier ein paar Motive, die dir gefallen könnten.« Sie breitete einige Blätter aus. »Ein Buntglasfenster. Ein Dinosaurier. Ein dahinplätschernder Bach. Und das hier besteht nur aus ... Mustern. Versuchs doch einfach mal. Ich verrate auch niemandem etwas.«

»Nein«, murmelte er, »das würdest du nicht tun. Danke.«

»Gern. Aber wenn du mir wirklich helfen willst, steh hier nicht herum, sondern setz dich hin und leg los.«

Er zog einen Stuhl auf der anderen Seite des Tischs heran – so weit von ihr entfernt, wie es nur ging. Kurz zögerte er, dann setzte er sich hin und starrte auf die Blätter vor sich. »Ich komme mir so lächerlich vor«, sagte er, zog jedoch das Blatt mit dem Buntglasfenster zu sich heran und nahm einen roten Stift.

»Einfach malen, Adam«, sagte sie ruhig. »Mehr nicht.«

»Okay.«

Zehn Minuten später war er immer noch mit dem roten Buntstift zugange. Jedes einzelne Segment des Fensters war rot. Er hatte keine einzige Linie übermalt, aber alle Fensterteile waren rot. *Man muss kein Seelenklempner sein, um die richtigen Schlüsse daraus zu ziehen.* Unwillkürlich dachte sie an die Nacht vor neun Monaten, als er sich wie ein Ertrinkender an sie geklammert hatte.

Rot stand für seinen Alptraum. So viel Blut. Wieder und wieder hatte er das gesagt, während er in ihre Arme gesunken war. Und später, in seinen Träumen. Seinen Alpträumen. Sie brauchte ihn nicht danach zu fragen, ob sie ihn bis heute heimsuchten ... die rote Farbe auf dem Blatt Papier war die Bestätigung.

Mit sanfter Gewalt versuchte sie, ihm den roten Stift aus der Hand zu nehmen und durch einen blauen zu ersetzen. Doch seine Finger schlossen sich fest darum.

Er sah auf. Tränen glitzerten in seinen Augen, die er sich nicht zu weinen gestattete. Denn Männer weinten nicht. *Schwachsinn*, hätte sie ihm am liebsten ins Gesicht geschrien, doch sie tat es nicht. Stattdessen zog sie ein Taschentuch aus dem Karton und tupfte ihm so behutsam, wie sie nur konnte, die Augen trocken, sorgsam darauf bedacht, ihre Hand nicht zittern zu lassen. Sie würde nicht zusammenbrechen. Nicht, solange er hier war. Sie würde warten, bis er fort war, und dann zum 24-Stunden-Supermarkt fahren, um noch eine Portion Eiscreme und eine Schachtel Schmerztabletten zu besorgen, gegen ihre Kopfschmerzen, die sie morgen bestimmt quälen würden, nachdem sie sich in den Schlaf geweint hätte.

Noch einmal versuchte sie, ihm den roten Stift zu entwinden, doch er ließ ihn nicht los. »Ich bin noch nicht fertig«, krächzte er.

Kein Blau. Nicht heute Abend. »Dann lass ihn mich wenigstens für dich anspitzen«, sagte sie leise.

Wie betäubt nickte er und wartete, bis sie fertig war, dann nahm er den Stift wieder entgegen und malte weiter. Rot. Alles rot. Meredith setzte den Kessel auf und wartete am Herd, bis das Wasser heiß war. Sie ließ ihn einige Sekunden lang pfeifen, weil es viel zu still in ihrem Haus war und sie die unnatürliche Stille nur noch nervöser machte. Schließlich stellte sie zwei Teetassen auf den Tisch. Er blickte nicht auf, doch der Stift verharrte reglos über dem Motiv.

»Adam?«, fragte sie leise.

»Was?« Er hob den Kopf und blickte sie gequält an.

»Du gehst doch morgen nicht zur ICAC, oder?« *Bitte, sag, dass du es nicht tun wirst.*

Sein Schlucken schien förmlich in der stillen Küche zu widerhallen. »Nein. Der Hinweis hat nicht viel getaugt. Die Fotos waren mindestens zehn Jahre alt.«

»Aber du hast sie dir trotzdem angesehen?«

Er legte den Stift hin und schloss die Hände um den Teebecher, als wäre ihm eiskalt. »Das wusste ich anfangs nicht. Erst bei der Abschlussbesprechung am Nachmittag. Diesel hat es herausgefunden.«

»Diesel? Der Typ, der für Marcus arbeitet?«

»Genau. Der riesige Typ mit den Tätowierungen. Er hat zwar damals die Dateien auf McCords Computer gefunden, konnte sich die Fotos aber nicht ansehen. Er … ich glaube, er hat sich zu sehr mit den Opfern identifiziert.«

»Oh.« Sie lehnte sich mit der Hüfte gegen den Tisch. »So viele Menschen, die Schlimmes erlebt haben, wollen Wiedergutmachung leisten«, murmelte sie.

»Das ist wahr.« Er nahm einen Schluck und zuckte vor Schmerz zusammen, sagte jedoch nichts. »Jedenfalls hat er gemerkt, dass die Dateien, die er gefunden hat, nicht dieselben waren wie jene, die die Polizei sichergestellt hat. Sie stammten von zwei unterschiedlichen Computern. Die Fotos von heute waren nicht neu und gehören vermutlich weder McCord noch seinem Partner.«

»Also war es völlig umsonst?«

Er nickte düster. »Ziemlich.«

»Und dein ICAC-Kontakt wusste nicht, dass die Fotos schon uralt sind?«

»Er hatte sie auch nicht angesehen. Vermutlich hatte er noch nicht mal einen Blick auf die Daten geworfen.«

Aber jeder Anfänger weiß doch, dass das Erstelldatum einer Datei ganz entscheidend ist, dachte Meredith verärgert. Sie hatten Adam völlig umsonst dieser enormen Belastung ausgesetzt. »Verdammt.«

Zu ihrer Überraschung lächelte er. »Schon okay. Mir geht's gut.«

»Wohl nicht«, flüsterte sie.

»Dann lass mich wenigstens so tun, als ob«, flüsterte er. »Ich muss es einfach glauben.«

Sie blickte auf das rot ausgemalte Fenster. »Okay. Vorerst. Aber das kann so nicht bleiben. Du musst darüber reden.«

Er holte tief Luft und ließ die Schultern sacken. »Aber nicht heute Abend.«

»Okay. Für den Moment.« Sie verschränkte die Arme vor der Brust. »Wer war deine Kontaktperson bei der ICAC?«

»Wyatt Hanson, er ist an sich kein schlechter Kerl, sondern einfach bloß überarbeitet und hoffnungslos überfordert ... kein Grund, sich seinetwegen aufzuregen.« Er lächelte flüchtig. »Vielleicht sollte er ja auch mal eine Runde Bilder ausmalen.«

»Vielleicht. Vielleicht solltet ihr das alle mal tun. Ihr Cops steht einfach unter Dauerstrom, das ist definitiv nicht gesund.« Sie würde diesen Punkt bei Gelegenheit mit Zimmerman besprechen. »Aber wenn ich mich nicht über Wyatt Hanson aufregen darf ... wie soll ich dir denn sonst bei diesem Fall helfen?«

Wieder trat ein flüchtiges, bitteres Lächeln auf seine Züge.

»Du brauchst nicht jedes Wort mit Bedacht zu wählen. Ich bitte dich ausschließlich bei diesem Fall um Hilfe, sonst nicht. Und vielleicht könntest du mir noch mal den Spitzer geben.«

Sie stellte ihre Teetasse hin und warf ihm den Spitzer zu. »Hier, tob dich aus.«

Er spitzte den Stift mit einer Hingabe an, als gäbe es nichts Wichtigeres auf der Welt. »Morgen früh werde ich deine Hilfe brauchen. Ich sollte heute Abend eine mutmaßliche Verdächtige und ihren Sohn finden. Wir haben einen Streifenbeamten vor seiner Schule postiert, weil er gerade ein Sommerprogramm für Kinder mit Lernproblemen absolviert, aber der Kleine hat es wohl spitzgekriegt und ist ihm durch die Lappen gegangen. Die Verdächtige arbeitet als Krankenschwester auf der Intensivstation und ist heute Abend nicht nach Hause gekommen, aber zumindest ihr

Sohn, als es anfing zu regnen. Er ist auf Entzug und verbringt die Nacht im Krankenhaus, aber morgen früh werden wir ihn befragen müssen. Kooperativ ist er nicht. Zimmerman hat darum gebeten, dass du bei der Befragung dabei bist.«

»Inwiefern hat er Probleme in der Schule?«

»Er ist psychisch labil ... steht offenbar kurz vor einem Zusammenbruch.«

»Verstehe. Und wieso will er nicht kooperieren?«

»Seine Mutter ist für den Angriff auf Agent Davenport heute Morgen verantwortlich. Du hast davon gehört, oder?«

»Ja. Zimmerman hat es mir heute Nachmittag erzählt, als ich ihn angerufen und darum gebeten habe, dass er Agent Colby feuert.«

Adam runzelte die Stirn. »Ich habe davon gehört. Das war keine gute Idee, Meredith. Hier kommt inzwischen ein Zeuge nach dem anderen ums Leben, und heute ist ein FBI-Agent nur knapp einem Mordanschlag entgangen. In einem Krankenhaus.«

»Danke, deine Anteilnahme ist reizend, aber ich passe schon auf mich auf.«

Er starrte sie finster an. »Diesen überkorrekten Ton kann ich auf den Tod nicht leiden ... diese damenhafte Art, mir zu sagen, dass ich mich verpissen soll.«

Sie hatte Mühe, ihr Grinsen zu unterdrücken. *Erwischt.*

»Zurück zu diesem Jungen. Seine Mutter steht unter Mordverdacht. Versucht er, sie zu schützen?«

»Kann sein. Seine Mutter ist ein Junkie – Koks und gestohlene Opioide aus dem Krankenhaus, und der Liebhaber, der kaum älter als ihr Sohn ist, pumpt sich mit Steroiden und Koks voll. Der Liebhaber hat die Frau angefixt und sich dann an sie drangehängt, damit sie ihm seine eigene Sucht finanziert. Und der Kleine hat sich die Reste unter den Nagel gerissen.«

Meredith seufzte. »Wenn ich so was höre, würde ich den Eltern am liebsten ins Gesicht schlagen.«

»Ich auch. Deshalb hat der Kleine keine Quelle mehr, braucht aber dringend einen Schuss. Ich versuche, einen Platz in einer Entzugsklinik für ihn zu kriegen.« Er trank noch einen Schluck Tee und musterte den Becher nachdenklich. »Wenn man sich nicht die Zunge verbrennt, schmeckt das Zeug eigentlich ganz gut.«

Sie verdrehte die Augen. »Tee muss heiß sein. Wieso begreift das eigentlich keiner? Kendra ging es genauso.«

»Das war Kendra? Ich dachte, sie sei Wendi Cullens Schwester.«

»Sie sind Pflegegeschwister.«

»Ah. Verstehe.« Er wandte sich wieder seiner Zeichnung zu. »Wieso war sie hier?«

Aus demselben Grund wie du, dachte Meredith betrübt. »Wir haben zusammen zu Abend gegessen.«

»Und dann habt ihr Yoga gemacht?« Er zuckte die Achseln, als sie ihn verblüfft ansah. »Ich habe euch durchs Fenster gesehen. Du solltest dir dringend dichtere Vorhänge zulegen. So kann dir jeder Perversling ungeniert zusehen.«

Sie erschauderte. »Ich lasse ab sofort die Jalousien runter.«

»Danke.« Er betrachtete sein Buntglasfenster. »Ich bin fertig.«

Sie rang sich ein Lächeln ab, um ihre Traurigkeit angesichts all der roten Farbe zu verbergen. »Sollen wir es an den Kühlschrank hängen?«

Er schob es ihr zu. »Gern.«

Sie zog die Brauen hoch, machte sich aber daran, es mit einem Magneten zu befestigen. »Bitte schön.«

Er blickte auf den roten Buntstift, der nur noch halb so lang war wie zu Beginn. »Ich besorge dir einen neuen. Den hier habe ich fast ganz aufgebraucht.«

»Wenn du willst, aber nötig ist es nicht.«

Sein Blick blieb an dem Papierstapel auf der anderen Seite des Tischs hängen. »Was ist denn das?«

»*My Little Pony*, Elsa aus der *Eiskönigin* und Pferde. Morgen kommt meine Nichte mit einer Horde Neunjähriger zu Besuch.«

In seinem Lächeln, das sich auf seinem Gesicht ausbreitete, lag eine Süße, die ihr den Atem stocken ließ. »Das wird bestimmt toll.« Er stand auf und schob seinen Stuhl unter den Tisch. »Danke, dass ich eine Weile hier sitzen durfte, aber jetzt will ich dich nicht länger belästigen. Wir sehen uns morgen.« Er wandte sich zum Gehen, ehe er sich noch einmal zu ihr umdrehte. »Verriegle die Tür hinter mir. Und besorg dir dickere Vorhänge«, sagte er.

Noch immer wie betäubt, stand sie auf und folgte ihm zur Tür. Sein Lächeln, die Aufrichtigkeit, die sie zum ersten Mal erleben durfte, hatte ihr Gehirn regelrecht lahmgelegt. »Gute Nacht«, brachte sie mühsam hervor. »Komm gut nach Hause.«

An der Schwelle zögerte er kurz, ehe er die Hand hob und ihr behutsam die Wange streichelte. Federleicht. »Gute Nacht. Und schließ ab.«

Sie schloss die Tür und verriegelte sie, ehe sie durchs Fenster zusah, wie er zu seinem Wagen ging und einstieg. Eine Minute oder noch länger saß er reglos hinterm Steuer, ehe er den Motor anließ und davonfuhr. Erst jetzt wurde ihr bewusst, dass seine Sachen noch im Trockner lagen.

Aber er würde zurückkommen, wenn auch nur, um ein Motiv auszumalen oder nicht allein sein zu müssen. Und bis es so weit war, würde sie die Sachen einfach hierbehalten.

Decker saß neben Kate in der stillen Küche des Penthouse und starrte sie an. Ihr Geständnis hing noch immer zwischen ihnen. *Weil es meine Schuld war.*

Schwachsinn, dachte Decker aufgebracht. Kates Schwager hatte sich in ihrem Apartment erschossen. Inwiefern sie daran eine Schuld treffen sollte, konnte er sich beim besten Willen nicht vorstellen, doch er versuchte gar nicht erst, es ihr auszureden, da sie felsenfest davon überzeugt zu sein schien. »Was ist passiert?«, fragte er nur.

»Ich … wir haben ihn zu etwas gedrängt, das er nicht wollte. Johnnie und ich.«

Wieder wollte er etwas sagen, während zahllose Bilder sein Gedächtnis überfluteten. Drei. Drei Menschen.

Ihre Augen weiteten sich. »*Nein!*«, rief sie – offenkundig hatte sie ihm seine Gedanken angesehen. »Nichts Sexuelles.«

Sie schnitt eine Grimasse. »Du liebe Güte. Allein die Vorstellung …« Sie schüttelte entschieden den Kopf. »Ich bin bestimmt nicht prüde, aber … also, was das angeht, bleibe ich lieber bei den üblichen zweien, Decker.«

Er atmete erleichtert auf. »Das freut mich zu hören.«

Zu seiner Verblüffung musste sie grinsen. »Heiliges Kanonenrohr. Sie sollten mal Ihr Gesicht sehen … Allein das war die Peinlichkeit wert.«

»Ich bin ein Junge vom Land, Kate«, konterte er. »Deshalb ziehe ich die einfachste Variante vor. Zwei Menschen. Welchen Geschlechts, ist mir egal, aber ich bin keiner, der … egal. Ich meine, natürlich weiß ich, dass manche Leute so was tun, weil ich es selbst gesehen habe. Heimaturlaub … Sie verstehen schon.«

»Absolut.« Noch immer glitzerten ihre Augen vor Belustigung.

»Wenn Sie mich fragen, amüsieren Sie sich gerade viel zu sehr auf meine Kosten«, brummte er, worauf sie erneut grinste. Genau das brauchte er. So wie die Luft zum Atmen. Er holte tief Luft und spürte, wie ihn ein Gefühl der Befreiung durchströmte.

»Tut mir leid«, sagte sie.

»Tut es nicht, aber das ist okay.« Er hob die Hand und strich behutsam mit dem Daumen über ihre Wange. Erleichtert registrierte er, dass sie ihr Gesicht an ihn schmiegte. Noch hatte sie seine Frage nicht beantwortet, aber das spielte keine Rolle, denn sie lächelte ihn abermals an. »Also nicht prüde, ja?«

Ihre Wangen röteten sich, doch sie wich seinem Blick nicht aus. »Nein.«

»Schön zu hören«, sagte er und genoss die Weichheit ihrer Wange unter seinem Finger.

Mit einem leisen Seufzer schloss sie die Augen. »Was passiert hier gerade, Decker?«

»Keine Ahnung. Ich weiß nur, dass es mir gefällt. Es ist lange her, seit ich das letzte Mal ... na ja ... nicht prüde war.«

»Wie lange?«, fragte sie, ohne die Augen aufzuschlagen.

»Tja, solange ich undercover war, ging es logischerweise nicht. Lieber Gott, in diesem Schlangennest hätte ich nicht mal eine Sekunde unaufmerksam sein dürfen.«

Erst jetzt öffnete sie die Augen und sah ihn an. »Wie lange, Decker?«

Kurz war er versucht, ihre Frage mit einem Scherz abzuwiegeln, doch die Ernsthaftigkeit in ihren braunen Augen verbot es ihm. »Vier Jahre«, antwortete er leise. »In der Nacht, bevor Beth in den Geländewagen gestiegen ist. Danach ... ging es nicht mehr. Ich wollte nicht mit irgendwem ins Bett steigen.«

»Kein Grund, sich dafür zu schämen«, sagte sie leise.

Mit einem Mal fühlte sich seine Kehle ganz eng an, und ihm wurde warm. »Wie lange ist es bei dir her?«

»Fast genauso lange. Johnnie ist seit drei Jahren tot, aber in den Monaten davor war er zu krank. Die Chemo hat ihm heftig zugesetzt. Es war schwer, das mit anzusehen.«

»Du hast dich um ihn gekümmert.« Das war keine Frage. Vielmehr konnte er sich nichts anderes vorstellen, als dass sie bis zur letzten Sekunde an der Seite ihres sterbenden Ehemannes ausharren würde.

»Bis zum letzten Atemzug.«

»Und wo war das?«

»In Chicago. Dort war ich, bevor ich in Baltimore angefangen habe.«

»Und in Baltimore hast du auch Deacon kennengelernt.«

Sie nickte. »Ja, er war mir ein Freund, als ich dringend einen brauchte. Deshalb bin ich nach Cincinnati gekommen. Weil ich wieder dringend einen Freund gebraucht habe.«

»Wegen Jack.«

Sie schürzte die Lippen, nickte aber. »Ich weiß, dass ich die Frage noch nicht beantwortet habe, aber ich kann einfach nicht. Nicht jetzt gleich.«

»Dann lassen wir sie einfach stehen«, sagte er leise.

»Danke. Ich ... ich bin hergekommen, weil ich mir genau das hier erhofft habe.«

»Brathuhn?«, fragte er leichthin und sah erfreut zu, wie ein Lächeln über ihre Züge glitt, wenn auch ein betrübtes. »Ich habe Sidneys Eltern trauern gesehen, ich habe Chelsea trauern gesehen. Ich ... ich musste etwas tun, brauchte etwas.«

»Berührung. Nicht«, sagte er scharf, als sie sich lösen wollte. »Ich brauche dasselbe. Ich war so lange allein, Kate. Und eines Abends hatte ich plötzlich ein Gewehr im Rücken, und eine Frau befahl mir, mich auf den Boden zu legen und die Arme auszustrecken, die Handflächen nach unten.«

Wieder spielte ein Lächeln um ihre Lippen. »Ganz schön gemeines Miststück, was?«

»Ich fand es unglaublich scharf«, gestand er. »Vor allem, als ich dich gesehen habe. Und dann ging alles den Bach runter, und plötzlich war es dunkel ... und dann habe ich deine Stimme gehört. Habe gespürt, wie du mich streichelst. Mein Haar. Warum?«

Kate schluckte hörbar. »Weil ich es tun musste. Du warst so allein. Und ich auch.«

»Du warst doch nicht allein. Sondern hattest deine Freunde.«

»Das stimmt, aber die Zeiten ändern sich, und die Leute ebenfalls. Deacon war mein bester Freund, aber jetzt hat er andere Freunde. Und er hat seine Familie hier, sein eigenes Leben. Ich bin nicht etwa neidisch oder eifersüchtig, ganz bestimmt nicht, sondern freue mich von Herzen für ihn. Nur fühle ich mich manchmal ein bisschen fehl am Platz.«

»Das kann ich gut verstehen. So ging es mir, nachdem ich aus Afghanistan zurück war. Es war niemand da, der auf mich gewartet hat. Dort aber auch nicht. Alle waren tot. Das ist zutiefst verstörend.«

»Wir brauchen alle irgendjemanden, der uns Halt gibt.« Sie sah ihn niedergeschlagen an. »Geht es nur darum?«

»Nein, das glaube ich nicht. Richard Symmes war ein Freund. Jemand, der mir Halt gegeben hat, wenn du so willst. Aber sosehr ich um ihn traure und ihn vermisse, hege ich ganz bestimmt nicht diese Gefühle für ihn.«

»Was für Gefühle?«, schnurrte sie, und ihm stockte der Atem. Er wollte sie. Jetzt. Alles. Doch er riss sich zusammen, wohl wissend, dass er womöglich nicht mehr würde aufhören können, wenn er seinem Drang erst einmal nachgegeben hätte. Er stieß den Atem aus. »Das könnte womöglich eine schlechte Idee sein.«

Sie löste sich abrupt und wandte den Blick ab. »Tut mir leid.«

»Und ich bin ein unbeholfener Idiot. Das war nicht damit gemeint.« Er drehte ihren Stuhl so um, dass sie einander gegenübersaßen, dann spreizte er die Beine und zog ihn zu sich heran. Ganz langsam streckte er die Hand aus, um ihr Zeit zu geben, ihm Einhalt zu gebieten. Doch sie machte keinerlei Anstalten. Er vergrub die Hände in ihrem dichten roten Haar, das sie zu einem Zopf trug, und begann, ihre Kopfhaut zu massieren, worauf sie erneut einen wohligen Seufzer ausstieß.

»Was hast du dann gemeint?«, raunte sie mit kehliger Stimme, die ihm geradewegs in die Lenden fuhr.

»Dass ich seit vier Jahren keine Frau mehr angefasst habe und Angst habe, dass ich eine Flutwelle auslöse, wenn ich es erst einmal tue. Es könnte sein, dass alle Dämme brechen und es nicht sehr angenehm wird.«

»Hmm, mal überlegen. Explodierender Beton, wilde, ungezügelte Wassermassen. Das Tal hoffnungslos überflutet, nichts als Wasser. Die Menschen in Gefahr. Massen, die sich in ihrer Panik gegenseitig niedertrampeln wie eine Herde wild gewordener Gnus. Alles klar.«

Wild gewordene Gnus. Er musste sich ein Grinsen verkneifen. »Das ist mein voller Ernst, Kate. Es könnte sein, dass ich mich nicht länger zurückhalten kann.«

Sie nahm einen tiefen Atemzug und beugte sich vor. »Vielleicht würde ich das ja gar nicht wollen«, wisperte sie. »Außerdem bist du gerade erst aus dem Koma erwacht, deshalb stellt sich die Frage, wie viel du überhaupt schon aushältst.«

Ihre lässig dahingesagte, aber provokante Frage jagte ihm einen Schauder durch den Körper. »Keine Ahnung.«

»Dann sollten wir es vielleicht herausfinden.« Sie beugte sich vor, bis ihre Lippen die seinen berührten und ihre Augen so dicht vor ihm waren, dass er die goldenen Sprenkel darin erkennen konnte. »Und wenn du aufhören willst, dann sorge ich schon dafür. Versprochen.«

Sein Herz hämmerte wie verrückt. »Ich will dir nicht weh-
tun, aber bei mir hat sich so einiges angestaut.« Nur am Rand
registrierte er, wie sein Dialekt erneut zum Vorschein kam,
doch es kümmerte ihn nicht.

Er spürte ihr vibrierendes Lachen an seinen Lippen. »Halt
den Mund und küss mich, Decker.« Sie packte ihn beim Kragen und zog ihn zu sich heran.

Er schnappte nach Luft. Ihr Kuss war nicht zärtlich, nicht
behutsam oder vorsichtig. Sondern hart, gierig und voller
Verlangen.

O Gott, sie war völlig ausgehungert. *Genauso wie ich.*

Mit einem Ruck zog er sie fester an sich. Und in diesem
Moment brachen die Dämme. Voller Verlangen küsste er sie,
zog sie noch enger zu sich heran, um sie zu spüren, sie zu
schmecken. Sie berührte ihn. Nicht nur ein flüchtiges Streicheln übers Haar oder seine Hand. Nein.

Doch es genügte nicht. Er hatte es gewusst. Unvermittelt
löste er sich von ihr. Sein Atem kam stoßweise, genauso wie
der ihre, deshalb empfand er keinerlei Scham. Er packte ihre
Hand, presste sie fest auf seine Brust, spürte, wie die Berührung seiner Haut einen Schauder durch seinen Körper jagte.
»Bitte«, flüsterte er, »es ist zu lange her.«

Zu lange, dass ihn ein anderer Mensch einfach nur berührt
hatte. Doch was sie mit ihm tat, ging weit darüber hinaus. Sie
öffnete die obersten Knöpfe seines Hemds, ließ ihre gespreiz-
ten Finger darunter gleiten. Er stöhnte auf. Ihm war nicht
bewusst gewesen, wie sehr er das gebraucht hatte.

Ganz langsam ließ sie ihre Hände über seine Brust bis zu den
Muskeln seiner Schultern wandern. »Ich will dir nicht den
Verband abreißen«, sagte sie leise und legte die Hand um seinen Nacken, ehe sie ihn an sich zog und ein weiteres Mal
küsste, diesmal sanfter.

Süßer. Langsamer. Voller Sinnlichkeit. Wie ein Stück dunkler

Schokolade, das es zu genießen galt. Er gab ein leises Summen von sich. Spielerisch zog sie seine Unterlippe zwischen ihre Zähne und ließ wieder los.

»Wie sieht es mit dem Damm aus?«, fragte sie, dicht an seinem Mund. Er lächelte.

»Das Tal ist schon der reinste Ozean, aber die Evakuierung der Bewohner geht geordnet über die Bühne.«

Sie kicherte – ein Laut, so jung und unbeschwert, der ihn mit Stolz erfüllte, weil er sich nicht vorstellen konnte, dass er allzu häufig über ihre Lippen kam. »Also sind alle in Sicherheit, ja?«, fragte sie.

»Vorläufig. Aber ich will nichts versprechen. Die Situation könnte jederzeit umschlagen.«

»Das habe ich mir fast gedacht. Der Damm ist also nicht gebrochen, sondern es musste nur ein bisschen Dampf abgelassen werden.«

Er strich mit seinen Lippen über die ihren. »Du vermischst hier die Metaphern.«

»Und was willst du dagegen tun?«

»Dich in den Armen halten.« Er ließ die Hände an ihrem Körper entlangwandern und widerstand nur mühsam dem Drang, ihre Brüste zu berühren, sondern strich stattdessen über den Schwung ihrer Taille. »Komm her.« Er tätschelte seinen Schenkel.

Sie schüttelte den Kopf. »Nein, sonst tue ich dir noch weh.«

»Wenn du aufhören willst, sorge ich schon dafür. Versprochen«, wiederholte er ihre Worte von zuvor.

»Es ist unfair, mir alles nachzuplappern«, murmelte sie, doch in ihren Augen stand ein strahlendes Leuchten. Ihre Traurigkeit schien wie fortgewischt zu sein. Rittlings setzte sie sich auf seinen Schoß und legte ihm die Arme auf die Schultern. »Dani setzt mich eiskalt vor die Tür, wenn sie mich so erwischt.«

Sie hatte beide Beine auf dem Boden abgestellt, doch er zog

sie zu sich herunter. Ah. Viel besser. Er schlang die Arme um sie und umfasste ihre Pobacken, die er am Morgen bereits bewundert hatte, und grinste, als sie ihm einen strafenden Blick zuwarf, jedoch keine Anstalten machte, von ihm herunterzuklettern.

»Das ist, als wäre man wieder Teenager«, erklärte er leichthin. »Auf der Veranda knutschen und Angst haben müssen, dass dein Vater gleich mit der Knarre herauskommt und mich davonjagt.«

Das Leuchten in ihren Augen erlosch abrupt, und er sah, wie ihre Zunge flüchtig über ihren Vorderzahn glitt. Er hielt inne, sah sie an. Das war nur ein alberner Scherz gewesen, doch offensichtlich hatte er einen wunden Punkt getroffen. »Was ist mit deinem Zahn passiert?«, fragte er beiläufig.

Wieder erstarrte sie und zog die Zunge zurück. Er stieß sie an. »Kate?« Behutsam schob er mit dem Finger ihre Oberlippe hoch, unter der ihr Zahn zum Vorschein kam – er hatte zwei Schattierungen, wenn man genau hinsah. Als wäre er irgendwann gebrochen und wieder repariert worden.

Plötzlich verstand er. »Wer hat dich geschlagen?«, fragte er sanft, obwohl die Wut bereits in ihm hochkochte.

Sie erhob sich, und er widerstand dem Drang, sie zurück auf seinen Schoß zu ziehen. Sie trat zur Spüle, wusch sich die Hände und begann, die Küchenschränke zu durchsuchen. Sie nahm Rührschüsseln, Messbecher heraus und dann die Zutaten, die sie mitgebracht hatte.

Er saß da und sah ihr zu. Ihre Hände blieben ständig in Bewegung. Unwillkürlich kam ihm ihr Strickzeug in den Sinn. Wenn sie unter Stress stand, musste sie offenbar ihre Hände beschäftigen. »Ich wollte damit keine alte Wunde aufreißen«, sagte er leise.

»Hast du nicht. Sie war nie geschlossen.«

»Und wieso backst du jetzt?«

»Weil ich es gern tue. Es hilft, den Stress abzubauen, was gut ist, weil ich einen ziemlich stressigen Tag hatte.«

»Wie viel hast du heute schon gestrickt?«

Sie warf ihm einen Blick zu. »Die Stunden mitgerechnet, die du geschlafen hast? Bestimmt einen halben Meter.«

»Was wird es denn?«

Lächelnd gab sie Mehl in die Schüssel. »Das hier oder das Strickwerk?«

»Beides.«

»Ich stricke eine Decke für ein Veteranenkrankenhaus. Irgendein Soldat soll sie später mal bekommen. Und das hier«, sagte sie und maß Zucker ab, »werden die leckersten Brownies, die du je gegessen hast.«

Er war gerührt, aber nicht überrascht. Natürlich lagen ihr die Veteranen am Herzen. »Tja, ich weiß ja nicht, aber Mama D war eine erstklassige Köchin und hat mir alles beigebracht. Ihr Pfirsichkuchen war der absolute Hammer, und wenn du brav bist, backe ich ihn dir vielleicht mal.«

Sie warf ihm einen frechen Blick zu, der ihn unruhig werden ließ. »Und wenn ich unartig bin?«

»Dann gebe ich dir ihr Rezept.«

»Hm. Vielleicht sollte ich mir das mal überlegen.«

Schweigend sah er ihr ein paar Minuten lang zu, während sie mit professioneller Routine die Zutaten mischte. »Wer hat dich geschlagen, Kate?«, fragte er, als sie den Teig auf das Backblech gab.

Sie stieß den Atem aus und wandte sich ab, um das Blech in den Ofen zu schieben, ehe sie sich schweigend ans Aufräumen machte. Nach einer halben Ewigkeit stieß sie einen Seufzer aus. »Mein Vater. Ich war nicht gerade das, was man als gehorsames Kind bezeichnen würde.«

»Wenn du damit sagen willst, dass du es verdient hast, mach dich lieber gleich darauf gefasst, dass ich dich anschreie.«

»Das brauchst du nicht. Ich weiß, dass ich die Prügel nicht verdient habe. Genauso wenig wie meine Brüder, aber natürlich wussten wir das damals nicht. Normalerweise hat er uns so verprügelt, so dass man die blauen Flecke nicht sehen konnte. Aber an diesem speziellen Tag war er zu wütend, um gut zu treffen, und ich bin zu langsam ausgewichen.«

»Und dabei ist der Zahn zu Bruch gegangen.«

»Genau.«

Er holte tief Luft und ließ sie wieder entweichen. »Hat jemand die Polizei gerufen?«

Sie lächelte bitter. »Nein. Mein Vater war Polizist. Und er ist es immer noch. Inzwischen ist er sogar Captain. In einer Kleinstadt in Iowa. Ein Kaff. Die nächstgrößere Stadt, Des Moines, ist mehrere Autostunden entfernt.«

Decker kochte vor Wut, trotzdem zwang er sich, Ruhe zu bewahren. »Und was genau ist an diesem speziellen Tag passiert?«

»Er war suspendiert worden, weil er einen Teenager zu hart angefasst hat. Der Junge war ein Freund von mir und schwul. Ich war dumm genug, meinem Vater an den Kopf zu werfen, ich fände es gut, dass man ihn suspendiert hätte, weil er sich wie der letzte Schläger aufführen würde.«

»Und um zu demonstrieren, dass er kein Schläger ist, hat er mal so richtig ausgeholt?«

Sie lächelte freudlos. »So in der Art.«

»Und wo war deine Mutter?«

»An seiner Seite.« Kate hatte die Schüssel in die Spülmaschine verfrachtet und begann, mit größerem Nachdruck die Arbeitsplatte sauber zu machen, als vielleicht nötig gewesen wäre. »Als ich mich aufgerappelt hatte, gab es von ihr gleich noch eine Ohrfeige obendrauf. Und sie hat gemeint, sobald ich achtzehn sei, solle ich mir eine andere Bleibe suchen.«

Decker hatte die Zähne so fest zusammengebissen, dass sein Kiefer schmerzte. »Und wie lange war es noch bis dahin?«

»Acht Monate. Mir war schon klar, dass ich die Hölle auf Erden haben würde, bis es endlich so weit wäre, aber ich wollte mich nicht entschuldigen. Dafür war ich zu stur.«

»Glaube ich nicht.«

Sie lächelte ein wenig verkniffen. »Ich fürchte, doch.«

»Und was hast du gemacht, als du achtzehn geworden bist?«

»Es stellte sich heraus, dass ich gar nicht so lange warten musste. Am nächsten Tag bin ich zur Schule gegangen, mit meinem kaputten Zahn und einer geschwollenen Lippe. Meine Mutter hatte gewollt, dass ich zu Hause bleibe, aber ich bin durchs Fenster abgehauen. Ich hatte einen Englischtest, den ich nicht versäumen wollte. Außerdem dachte ich, dass ich meinem Vater mehr schade, wenn alle sehen, dass ich Prügel bezogen hatte, als wenn ich mich zu Hause gegen ihn auflehne.«

»Und war es so? Dass du ihm mehr geschadet hast, meine ich?«

»Nicht so, wie ich es mir erhofft hatte. Mein Englischlehrer hat mich nur angesehen und sofort die Fürsorge angerufen. Die haben sich alles angehört und versprochen, zu ermitteln, aber ich habe meinen Einfluss überschätzt. Eigentlich dachte ich, dass ich in eine Pflegefamilie komme, aber es wollte sich niemand mit meinem Vater anlegen. Doch all das ist nichts im Vergleich zu dem, was du durchgemacht hast. Deine Mutter war ein Junkie, die ihr eigenes Fleisch und Blut verhökert hat.«

»Missbrauch ist Missbrauch«, gab er scharf zurück und strich sich mit dem Handrücken über die Lippen. »Es tut mir leid. Ich sollte nicht in diesem Ton mit dir sprechen. Was ist passiert?«

»An diesem Tag hatte ich in der letzten Stunde Chemie. Mein

Laborpartner war ein guter Freund von mir. Er hat gemerkt, was los war, und mich zu seiner Mutter geschleppt, die die Theater-AG geleitet hat. Sie haben mich bei sich aufgenommen, und sie hat ihren Mann zu meinen Eltern geschickt, damit er meine Sachen holt. Er ist Trainer der Ringer-Mannschaft und einer, mit dem man sich nicht anlegt. Nicht mal mein Dad. Ich bin nie wieder in mein Elternhaus zurückgekehrt.« Sie zuckte mit den Schultern. »Ringen ist in Iowa ein Riesending, wir hatten sogar ein Team in der obersten Liga.«

»Das war sehr nett von ihnen. Ich bin froh, dass du jemanden hattest, der dir zur Seite gestanden hat.«

Sie nickte, ohne ihn anzusehen, stattdessen starrte sie wie gebannt auf die Arbeitsplatte. »Der Name meines Freundes war Jack Morrow.«

»Oh.«

»Ja. Seine Mom wurde meine Mom. Dann, zu Thanksgiving, kam ihr älterer Sohn übers Wochenende vom College nach Hause.«

Eifersucht wallte in ihm auf und verdrängte die Wut. »Johnnie.«

»Genau. Natürlich war ich viel zu jung, als ich ihn das erste Mal sah, trotzdem habe ich mich Hals über Kopf in ihn verliebt. Und ihm ging es genauso. Jene Weihnachten war die Versuchung ziemlich groß, aber Johnnie hat sich geweigert, mich anzurühren, bevor ich achtzehn war.« Ein aufrichtiges Lächeln erschien auf ihren Zügen. »Allerdings habe ich es ihm schwergemacht. Ich war ein echtes Miststück.«

Der arme Kerl. Die siebzehnjährige Kate musste ihm all seine Selbstbeherrschung abverlangt haben. Aber in erster Linie empfand er Mitleid mit ihm, denn John Morrow war es nicht vergönnt gewesen, gemeinsam mit ihr alt zu werden. *Deshalb kann ich mich großmütig zeigen. Vielleicht.* »Auch in dem Punkt würde ich sagen, dass das nicht stimmt.«

Ihr Lächeln wurde noch breiter. »Glaub mir, nicht mal ich kann so eine Lüge verzapfen. Einen Monat nach dem Highschool-Abschluss bin ich achtzehn geworden.«

»Waren deine Eltern bei der Feier?«

»Nein. Auch meine Brüder nicht, aber das ist okay. Dafür waren die Morrows geschlossen gekommen, auch Johnnie. Ich besaß keinen Cent, deshalb bin ich zur Army gegangen, um das College zu bezahlen. Johnnie war stocksauer, weil ich mich eingeschrieben habe, ohne vorher mit ihm darüber zu reden.«

»Ich wäre auch wütend gewesen.«

»Die Morrows wollten mir das College finanzieren, aber sie kamen gerade so über die Runden. Ich wollte nicht, dass sie meinetwegen leiden mussten, nur weil sie mich bei sich aufgenommen hatten. Sie haben ihre Jobs zwar behalten, wurden aber gemieden, und das war schlimm für sie, obwohl sie behauptet haben, dass es ihnen nichts ausmacht. Sie waren tief in der Gemeinde verwurzelt, aber die Leute dort haben ihr Fähnchen immer schön in den Wind gehalten. Keiner wollte es sich mit meinem Vater verscherzen.«

»Also hast du dich zur Armee gemeldet.«

»Genau. Ich war im Nahen Osten. Zwei Einsätze. Als Militärpolizistin.«

»Wieso?«

»Ich wollte unbedingt Polizistin werden. Und ich wollte mehr als mein Vater sein.«

»Und hat Johnnie dir irgendwann verziehen?«

»Ja, am Ende schon. Obwohl er sauer auf mich war, hat er mir regelmäßig geschrieben. Jeden Monat kam ein Brief von ihm, ohne Ausnahme. Anfangs war ich ein junges verliebtes Mädchen, aber durch seine Briefe habe ich ernsthaft die Liebe gefunden. Er war ein wunderbarer Mann.«

»Ich weiß. Ich habe die Nachrufe gelesen. *Nutzet den Tag …*«

»... *und macht etwas Außergewöhnliches aus eurem Leben*«,
beendete sie den Satz sanft. »Seine Schüler haben ihn geliebt.
Und er sie.«

Decker rechnete im Geist nach. »Ihr beide wart ziemlich
lange getrennt.«

»Ja. Und als ich nach Hause kam, bin ich an der Ostküste
aufs College gegangen, während er in Iowa unterrichtet hat.
Ein paar Jahre lang haben wir eine Fernbeziehung geführt. Er
wollte mir Zeit geben, damit ich auch ganz sicher war, dass er
der Richtige sei. Als hätte ich mir das erst überlegen müssen.
Für mich gab es nur ihn, keinen anderen. Gleichzeitig war es
ein Ansporn, Gas zu geben. Ich habe meinen Abschluss ein
ganzes Jahr früher gemacht und eine Zusage für die FBI-Aka-
demie bekommen. Wir haben uns verlobt, wollten mit der
Hochzeit aber warten, bis ich meinen Abschluss in Quantico
gemacht und ein paar Jahre Berufserfahrung hatte, weil wir
für ein Haus sparen wollten. Ich wurde nach Chicago
geschickt, also hat er seinen Job in Iowa gekündigt und eine
Stelle im Stadtteil South Side angetreten, obwohl ich absolut
dagegen war. Ich hatte Angst, er könnte versehentlich von
einer Kugel getroffen werden.«

»Stattdessen hat er Krebs bekommen.«

»Genau. Wir mussten unsere Pläne ändern, weil alles so
schnell ging. Ich habe die Hochzeit vorgezogen, damit ich
mich beurlauben lassen und um ihn kümmern konnte. Eine
Sonderbeurlaubung ist nur für Ehegatten, nicht für Verlobte
vorgesehen. Und dann ...« Sie schloss die Augen.

»... ist er gestorben«, sagte Decker leise. »Es tut mir so leid.«
Und er meinte es auch so.

»Danke«, sagte sie mit einem traurigen Lächeln. »Danach bin
ich zur Arbeit zurückgekehrt und wurde nach Baltimore
versetzt, wo ich wie eine Besessene gearbeitet habe. Und jetzt
bin ich hier.«

Noch immer war sie nicht auf Jacks Selbstmord und ihre Überzeugung, für seinen Tod verantwortlich zu sein, eingegangen, aber er wollte sie nicht bedrängen. »All die Umstände, die dich hierhergeführt haben, tun mir sehr leid. Trotzdem bin ich froh, dass du hier bist.«

Sie legte den Lappen über den Wasserhahn, trat vor ihn und setzte sich wieder rittlings auf seinen Schoß. »Danke. Ich bin auch froh, hier zu sein. Ich bin froh, dass ich von diesem Baum gesprungen bin und dir ein Gewehr ins Kreuz gedrückt habe.«

Er schlang die Arme um ihre Taille. »Das war die beeindruckendste Art aller Zeiten, sich vorzustellen.«

»Da muss ich Ihnen zustimmen, Agent Davenport.« Sie lehnte ihre Stirn gegen die seine. »Du sitzt schon ziemlich lange hier. Eigentlich solltest du längst im Bett sein.«

Allein bei dem Wort »Bett« meldete sich sein Unterleib, und er biss die Zähne zusammen. Sie riss die Augen auf. »O-kay«, sagte sie und blinzelte. »Dir auch einen schönen guten Abend, da unten.«

Er musste lachen. »Eigentlich wollte ich ja auf die Brownies warten.«

»Wenn ich dich ins Bett bringen und zudecken darf, kriegst du einen, sobald ich sie aus dem Ofen nehme.« Sie glitt von seinem Schoß, half ihm hoch und stützte ihn, als er leicht ins Schwanken geriet. »Und morgen lässt du es ein bisschen ruhiger angehen, okay? Ich will, dass du gesund wirst.«

»Und ich will hier raus«, murmelte er und wischte sich den Schweiß von der Stirn. Er war erschöpfter, als er angenommen hatte.

»Ich weiß. Aber dieses Arschloch von Professor hat versucht, dich heute umbringen zu lassen. Und deshalb musst du fit genug sein, um es ihm heimzuzahlen, wenn ihr euch das nächste Mal über den Weg lauft.«

Verdammt. Er biss sich auf die Lippe, als sein Körper unvermittelt auf ihre Worte reagierte. Die Frau war blutrünstig, eine erstklassige Schützin, hatte ein großes Herz, und backen konnte sie auch noch – er könnte sich ernsthaft in sie verlieben. »Ja, Ma'am.«

Cincinnati, Ohio,
Donnerstag, 13. August, 23.15 Uhr

Verdammt. Er kam eine Dreiviertelstunde zu früh zum vereinbarten Treffpunkt, aber dieses Arschloch Rawlings war bereits da. Es machte ihn nervös, wenn ihm keine Zeit blieb, sich innerlich auf die Begegnung vorzubereiten. Dieser elende Drecskerl. In Position konnte er sich also nicht bringen, aber er hatte einen Plan B. Wie immer.

Der jedoch vorsah, dass der Gefängniswärter ihn erst bemerkte, wenn er so weit war. Er zog das Betäubungsgewehr unter dem Sitz hervor und überprüfte es, dann schaltete er die Innenbeleuchtung des Wagens aus, damit sie nicht anging, wenn er die Tür öffnete. Er glitt aus dem Wagen und robbte auf dem Bauch über den nassen Boden, bis er freie Sicht auf sein Ziel hatte. Es goss immer noch in Strömen. Das Gewehr besaß lediglich eine Reichweite von gut dreißig Metern, deshalb musste er näher heran, als ihm lieb war. Er musste dafür sorgen, dass Rawlings aus dem Wagen stieg. Und wenn er danebenschoss, wäre der Wärter stocksauer. Deshalb zog er seine Pistole heraus und legte sie neben sich. Nur für alle Fälle. Er zog das Handy aus der Tasche und schirmte das Display mit der Hand ab, ehe er zu tippen begann. *Bin hier. Will Ihre Hände sehen. Steigen Sie bitte aus. Will bei der Übergabe des Geldes keine Überraschung erleben.* Er drückte auf *Senden* und wartete.

Rawlings' Antwort kam innerhalb von nicht einmal dreißig Sekunden. *Steige nicht aus. Bin nicht blöd.*

Ich auch nicht. Soll ich das Geld bei Ihrem Boss im Gefängnis abgeben?

Leck mich!

Nein danke. Nicht mein Typ. Also was ist jetzt?

Leck mich, schrieb Rawlings noch einmal, stieg jedoch aus.

Ins nasse Gras gekauert, zielte er und drückte ab. Und wartete, bis ... *Treffer!*

Rawlings schlug sich mit der flachen Hand gegen den Hals, als wollte er eine Stechmücke verscheuchen, und riss den Betäubungspfeil mit einem Ruck heraus, ehe er in die Richtung losrannte, aus der geschossen wurde. Aber damit hatte der Professor gerechnet und drückte ein weiteres Mal ab. Der Pfeil traf Rawlings an der Schulter. Der Wärter rannte weiter, doch dann geriet er ins Straucheln und taumelte noch ein paar Schritte weit, ehe er auf die Knie fiel. Er versuchte, auf allen vieren vorwärtszukommen, sank jedoch in sich zusammen und landete mit dem Gesicht voran im Schmutz.

Das Betäubungsmittel würde nicht lange wirken, deshalb schnappte er seine Waffen, stand auf und trabte zu Rawlings' Wagen. Er ließ das Päckchen auf den Fahrersitz fallen, rannte zurück zu seinem eigenen Wagen und fuhr ein gutes Stück, ehe er auf einen verlassenen Parkplatz einbog.

Bezahlung komplett. Entschuldigung für das Nickerchen, aber ich war nicht sicher, ob Sie Ihr Versprechen halten. Er drückte auf *Senden* und fuhr wieder los.

Er hatte nicht ernsthaft in Erwägung gezogen, Rawlings zurück zu seinem Wagen zu schleppen – der Typ hatte die Statur eines Bodybuilders. Nein, definitiv nicht sein Typ. Und sein Sohn? Tja, das stand auf einem anderen Blatt. Natürlich nicht zu seinem eigenen Vergnügen, aber der Kleine war ein süßes Bürschchen. Er würde sich gut vor der

Kamera machen. Und damit ließe sich Rawlings im Zweifelsfall hervorragend in Schach halten.

Arschloch! Setzt mich auf die Liste der Leute, denen er einen Gefallen getan hat? Und droht mir, mich ans Messer zu liefern?

Nach dem heutigen Abend würde sich Rawlings bestimmt keine derartige Frechheiten mehr herausnehmen. Und falls doch ... tja, dann wäre sein Sohn an der Reihe. Er würde ihn vor die Kamera verfrachten.

Versuch ja nicht, mich ans Messer zu liefern, oder dein Kleiner wird im Handumdrehen zum Internet-Star. Und zwar bis in alle Ewigkeit. Denn es gilt: einmal im Netz, immer im Netz. Bis zum Jüngsten Tag. *Frag Mallory, sie wird es dir gern bestätigen.*

14. Kapitel

Er bog in die Einfahrt und stellte den Wagen hinter dem Haus auf seinen gewohnten Platz neben Mallorys Wagen ab. Er hatte ihren Wagen mit zwei Peilsendern versehen, für den Fall, dass sie in einem Anfall von Wagemut einen davon entfernen würde. Getan hatte sie es noch nie, trotzdem war Vorsicht geboten. Wie bei allen seinen Lieblingsspielzeugen.

Er stieg aus. Es hatte zwar aufgehört zu regnen, doch die Luft war immer noch schwül. Es fühlte sich an, als würde man Wassertropfen einatmen. Und er selbst war pitschnass von seinem Bad im Schlamm.

Seine Hand lag schon auf dem Türknauf, als er merkte, dass JJs Wagen verschwunden war. Panik erfasste ihn. *Sie ist weg. Wie ist das möglich?*

Mallory. Die Panik schlug in lodernde Wut um. Sie hatte JJ bestimmt geholfen. *Moment. Einen Moment mal.*

Weswegen sollte sie das tun? Jedenfalls nicht aus reiner Herzensgüte. Mallory hasste JJ mit derselben Inbrunst wie JJ sie. Daher war der Gedanke unlogisch.

Er versuchte, sich zu beruhigen. Erst jetzt ging ihm auf, dass er ihren Wagen nicht vor dem Haus hatte stehen sehen, als er früher am Abend nach Hause gekommen war. Er war so verblüfft über ihr Auftauchen gewesen, dass er gar nicht darüber nachgedacht hatte.

Aber jetzt. *Dieses Miststück.* Sie hatte ihren Wagen versteckt. Wo, würde sich problemlos feststellen lassen. Auch an ihrem Auto hatte er einen Peilsender installiert, nachdem er sie das erste Mal flachgelegt hatte – den Trick hatte er von Alice gelernt, die dasselbe mit ihm gemacht hatte, nachdem sie das erste Mal mit ihm ins Bett gestiegen war. Er hatte den Sender gefunden und sie zur Rede gestellt, aber Alice war hart geblieben. Sie wollte wissen, wo sich ihre Kunden – und ihre Liebhaber – zu jedem Zeitpunkt aufhielten.

Und das will ich auch. Er würde JJs Wagen aufstöbern und ihn und seine Besitzerin anschließend wegschaffen. Er musste verhindern, dass ihr Verschwinden jetzt schon bemerkt wurde, so kurz nach Eileen Wilkins' Tod. Zwei Krankenschwestern, die am selben Tag ermordet worden waren. Das würde eine Menge Fragen aufwerfen, die er weder gestellt noch von jemandem beantwortet haben wollte.

Ruhig und gefasst ging er hinein und die Treppe hinauf in Mallorys Zimmer. Sie lag im Bett und schlief. Er trat zu ihr und rüttelte sie an der Schulter.

»Mallory, wach auf.«

Verschlafen rollte sie sich herum und riss die Augen auf, als sie seine nassen, verdreckten Sachen sah. »Du bist ja ganz schmutzig.«

Er ignorierte die Bemerkung. »Was ist mit JJ?«

»Sie ist vor einer Weile aufgewacht und macht seitdem einen Heidenlärm. Deshalb habe ich mich nach oben verzogen.«

Er runzelte die Stirn. Eigentlich hatte er JJ doch einen Knebel verpasst. »Warst du bei ihr im Zimmer?« Sie konnte nicht bei ihr gewesen sein, weil er die Tür abgeschlossen und den einzigen Schlüssel mitgenommen hatte.

»Nein. Du hast es ja verboten. Soll ich ihr etwas zu essen machen? Sie hatte kein Abendessen.«

»Ist noch etwas von dem Zeug übrig, das sie mitgebracht hat? Abgesehen von dem, was du mir gegeben hast?« Falls ja, würde er JJ zwingen, es zu essen. *Versucht, mich mit Fingerhut unter die Erde zu bringen, dieses elende Miststück.*

»Nein. Mehr war nicht da.«

»Dann braucht sie auch nichts.«

Mallory nickte. »Roxy hätte ihre Medikamente längst bekommen müssen. Soll ich sie ihr geben?«

»Ja. Ich weiß nicht, wann ich zurück bin.« Er legte sich neben sie, zog sie an sich und vergrub die Nase an ihrem Hals. Befriedigt registrierte er, wie sie stocksteif wurde. Es war wichtig, ihr regelmäßig vor Augen zu führen, wer der Herr im Haus war. Und es machte Spaß. Reglos wie eine Eisskulptur lag sie da. Er hob ihr Kinn an, um ihr ins Gesicht zu sehen, doch ihre Miene war völlig ausdruckslos. Lediglich ihre angespannten Schultern verrieten, dass überhaupt etwas in ihr vorging.

Plötzlich packte ihn die Wut, und er stieß sie von sich. Wenn sie keine Angst zeigten, machte es überhaupt keinen Spaß. Vielleicht näherte sich Mallory ihrem Ablaufdatum schneller als erwartet.

Mit finsterer Miene ging er nach unten ins Gästezimmer – mit einem kurzen Abstecher, um sein Skalpell-Set zu holen –, wo es JJ zwar gelungen war, den Knebel auszuspucken, sie aber nach wie vor gefesselt auf dem Bett lag. Augenblicklich hob sich seine Laune.

»Was soll das, verdammt noch mal, Brandon? Was ziehst du hier für eine kranke Scheiße ab?«

»Das ist keine kranke Scheiße.« Er lächelte sie freundlich an. »Ich werde dich jetzt töten.«

Sie wurde blass. »Was? Aber warum?«

»Weil du versucht hast, mich zu vergiften.«

Sie schüttelte vehement den Kopf. »Nein. Das stimmt nicht. Das würde ich nie tun. Es war das Mädchen. Sie hat das getan.«

»Nein, das hat sie nicht, weil Mallory genau weiß, was mit ihr passieren würde, wenn mir etwas zustieße.« Wieder und wieder hatte er Mallory eingetrichtert, was Macy Schlimmes geschehen würde, wenn sie versuchen sollte, sich jemandem anzuvertrauen oder abzuhauen. Und dass sein Partner das Ruder übernehmen würde – der nicht abwarten würde, bis Macy älter war.

Ein Mal hatte Mallory versucht, sich aus dem Staub zu machen. Ein einziges Mal. Damals hatte er ihr gezeigt, wie leicht er seine Drohung wahr machen konnte, und sie war klug genug, um aus ihren Fehlern zu lernen. Und er hatte ihr sorgsam verschwiegen, dass sein Partner längst im Gefängnis umgekommen war, deshalb war die Bedrohung für sie nach wie vor real. Insofern war seine Sorge, sie könnte ihm etwas antun, absolut unbegründet.

JJ zitterte. »Aber was ich sage, ist wahr. Ich schwöre, dass sie es getan hat.«

»Du kannst schwören, bis du schwarz wirst. Überall im Haus sind Überwachungskameras installiert.«

Sie wurde noch blasser, so dass er beinahe Angst hatte, sie könnte das Bewusstsein verlieren. »Du lügst.«

»Weshalb sollte ich?« Natürlich war es keine Lüge, obwohl er die Aufzeichnungen von heute noch nicht überprüft hatte. Das war auch nicht nötig – es lag auf der Hand, dass JJ nicht die Wahrheit sagte. »Wenn du lügst, hast du immer so eine kleine Falte hier.« Er deutete auf seine Stirn. »Man sieht es auf den ersten Blick.«

Sie funkelte ihn böse an. »Ich habe erzählt, dass ich hierher- fahre. Wenn ich mich nicht melde, kommt jemand und sucht nach mir.«

Er musterte sie ausdruckslos. Sie log immer noch. Er checkte die Peil-Software auf seinem Handy. Ihr Wagen stand auf dem Parkplatz eines Motels, nicht einmal eine Meile entfernt. »Hast du mich verstanden?«, kreischte sie. »Es gibt Leute, die wissen, wo ich bin.«

»Was für Leute?«, fragte er ruhig.

»Das verrate ich dir nicht, sonst bringst du sie um.«

»Natürlich. Also, raus damit. Ich will Namen hören.«

»Vergiss es.«

Er lächelte. Sie wollte ihn also herausfordern. »Du wirst es mir sagen. Aber im Grunde spielt es keine Rolle. Wenn sie kommen, um dich zu retten, werde ich hier sein. Ich erwarte sie.«

»Sie bringen aber die Cops mit.«

»Das glaube ich nicht, denn in diesem Fall müssten sie ja erklären, wieso du überhaupt in Gefahr bist. Es sei denn, sie erzählen den Polizisten, dass es sich um eine Affäre handelt, die in die Brüche gegangen ist, und dann werde ich ein paar Nachrichten verfassen, die dich wie eine durchgeknallte, drogenabhängige und verschmähte Geliebte dastehen lassen. Die Polizei wird wohl eher mir als einer Verrückten glauben.«

»Ich hasse dich.«

»Das beruht auf Gegenseitigkeit, Schatz. Ich kann es nicht leiden, wenn man mich hinters Licht führen will, und vergiften lasse ich mich auch nicht gern. Da kriege ich schlechte Laune.«

»Ich bin nicht selbst hergefahren, sondern ein Freund hat mich hergebracht«, behauptete sie mit einem selbstgefälligen Nicken. »Deshalb weiß er auch, wo er nach mir suchen muss.«

»Dir ist klar, dass ich auch draußen überall Kameras installiert habe, oder?« Er beschloss, auf ihr Spielchen einzusteigen, für den unwahrscheinlichen Fall, dass sie tatsächlich jemandem Bescheid gesagt hatte. »Hätte er dich hier abgesetzt, hätte ich eine Aufnahme von ihm und dem Kennzeichen seines Wagens. Ich würde ihn finden. Und umbringen.«

Sie öffnete den Mund und schloss ihn wieder. »Er hat mich

nicht direkt hergefahren.« Sie leckte sich die Lippen. Inzwischen war ihre Verzweiflung unverkennbar. Ihre Pupillen waren geweitet, ihre Augen irrten ruhelos im Raum umher. Der Entzug setzte ein – diesen Umstand würde er für sich nutzen. »Sondern ich bin am Ende der Straße ausgestiegen und zu Fuß hergekommen.«

Das kam der Wahrheit schon etwas näher. Sie war tatsächlich zu Fuß hergekommen. Aber von dem Motel-Parkplatz, wo sie ihren Wagen abgestellt hatte. Es gab keinen Freund.

»Okay, JJ, wir hatten unseren Spaß im Bett. Du warst nützlich für mich, und dafür hast du gratis erstklassigen Stoff von mir bekommen. Aber dann konntest du den Hals nicht vollkriegen, hast versucht, mich über den Tisch zu ziehen, und ich habe dich auf frischer Tat ertappt. Bestimmt war dir bewusst, dass das riskant werden könnte. Du bist hier aufgetaucht und hast versucht, mich zu vergiften und mich zu bestehlen. Dir muss doch klar gewesen sein, dass das Konsequenzen hat.«

Ihre Augen füllten sich mit Tränen. Krokodilstränen. »Ich war's nicht. Sondern das Mädchen. Ich schwöre.«

»Ich habe dich jetzt über mehrere Stunden allein gelassen und hatte gehofft, dass du dir in der Zeit eine bessere Ausrede einfallen lässt.« Er arrangierte die Skalpelle auf dem Nachttisch und registrierte mit Genuss die blanke Panik in ihren Augen.

»Was tust du da?«, flüsterte sie entsetzt.

»Ich werde ein Exempel an dir statuieren, mein Schatz. Nur für den Fall, dass meine nächste Geliebte auf die Idee kommt, mir Fingerhut unters Essen zu mischen.« Er wählte das erste Skalpell mit Bedacht. »Tja, mal sehen, wie laut du schreien kannst.«

Beeil dich, los, mach schon. Immer zwei Stufen auf einmal nehmend, rannte Kate die Treppe hinauf. Ihr Herz hämmerte, und in ihren Augen brannten Tränen. Beeil dich, sonst kommst du zu spät.

Sie fummelte den Schlüssel ins Schloss, doch die Tür war offen. Jack saß in ihrem Sessel. Wartete. Sein Gesicht war zu einem höhnischen Grinsen verzogen.

»Nein!«, rief sie. »Tu's nicht.«

Er hielt sich die Waffe unters Kinn. »Jetzt sagst du mir also, dass ich es nicht tun soll? Entscheide dich, Kate. Umbringen oder nicht? Beides geht nicht.«

Sie trat einen Schritt auf den Sessel zu, auf dem die alte Häkeldecke ihrer Großmutter lag. »Nicht, Jack. Nicht.« Sie war nahe genug, um ihm die Waffe zu entreißen, doch er lachte nur und drückte ab. Sie schrie. Schrie und schrie und schrie.

»Kate. *Kate!*« Große, kräftige Hände packten sie bei den Schultern. *Nein. Nein.* Sie wollte sie abschütteln, aber es ging nicht. »Kate!«

Sie schnappte nach Luft und schlug die Augen auf. Blau. Sie kannte dieses Blau. Es erinnerte sie an den Himmel.

Decker. Sie erschauderte, rang nach Atem. Sie war in eine Decke gehüllt, die sie wie eine Zwangsjacke umgab. Er hatte die Arme um sie gelegt und drückte sie fest an sich. »Lass mich los. Bitte.«

»Sieh mich an, Kate.« Er schüttelte sie leicht. »Du musst atmen.«

Sie versuchte es, doch es schien ihr nicht zu gelingen. Ein leises Schwindelgefühl erfasste sie.

»Was ist passiert?«, fragte eine Frauenstimme. *Dani.*

»Ein Alptraum«, erklärte Decker knapp. »Holen Sie bitte
eine Papiertüte oder so etwas, damit sie hineinatmen kann. –
Schsch. Es ist alles gut, Kate. Es ist alles gut.«
Nein. Gar nichts ist gut. Und das wird es auch nie wieder sein.
Trotzdem nickte sie. »Ja. Es ist alles in Ordnung.«
Sie spürte, wie ihr Körper sich vor und zurück bewegte.
Decker wiegte sie in seinen Armen und gab wieder diese
beruhigenden Laute von sich. »Schsch. Du bist im Penthouse.
In Cincinnati. In Sicherheit.«
Sie nickte erschöpft, schloss die Augen und ließ den Kopf
gegen seine Brust sinken. »Wie spät ist es?«
»Kurz nach zwei«, antwortete er und wandte sich um.
»Legen Sie das auf den Nachttisch. Es geht ihr gut.«
Kate hörte Papier rascheln. »Der Wachmann will reinkom-
men und nach Ihnen beiden sehen«, sagte Dani.
Nein! Kate wollte nicht, dass noch jemand sie so sah – so
aufgebracht und wie von Sinnen. Schlimm genug, dass
Decker sie in diesem Zustand erlebte. *Verdammt!*
»Nein«, wehrte Decker entschieden ab. »Sagen Sie ihm ein-
fach, sie habe schlecht geträumt. Herrgott, oder ich sei derje-
nige gewesen, der einen Alptraum hatte. Aber lassen Sie ihn
nicht rein.«
Eine Hand strich ihr übers Haar. »Alles in Ordnung, Kate?«,
fragte Dani leise.
Kate brachte es nicht über sich, die Augen aufzuschlagen und
Danis mitfühlenden Blick sehen zu müssen. »Ja, ja, es ist alles
okay.«
Die Tür schloss sich. »Wir sind allein. Ich lasse dich jetzt
los«, sagte Decker leise.
Kate presste das Gesicht noch etwas fester an seine Brust.
»Nein. Noch nicht.«
Er schloss die Arme wieder um sie. »Okay, dann bleiben wir
einfach noch eine Weile so sitzen.«

Mit einem leisen Stöhnen verlagerte er das Gewicht und zog sie, eingehüllt in die Decke wie ein Burrito, ein Stück nach oben, so dass er sich gegen das Kopfende lehnen konnte. *Er ist doch verletzt,* dachte sie. Eigentlich sollte er im Bett liegen, nicht ich.

»Du kannst mich jetzt loslassen. Ich bin viel zu schwer für dich.«

»Sie wollen mich wohl beleidigen, Agent Coppola.«

Nicht zum ersten Mal fiel ihr auf, dass sein Dialekt wieder sehr ausgeprägt war – ein klares Zeichen, dass er sich sicher fühlte. »Habe ich dich aufgeweckt?«

»Nein. Dieser Witz von einem Krankenhausbett hat mich aus dem Schlaf gerissen. Das Ding ist steinhart, und ich muss es ja wissen, weil ich schon mehr als einmal auf blankem Stein geschlafen habe.«

Sie konnte sich ein Grinsen nicht verkneifen. »Auf Stein und Sand. Überall nur Sand, Sand, Sand.«

»Ich habe diesen Scheißsand gehasst«, gestand er erschaudernd.

»Ich auch.« Sie stieß einen leisen Seufzer aus, als er seine Wange gegen ihren Kopf schmiegte. »Es tut mir leid, wenn ich dir Angst eingejagt habe.«

»Na ja, im ersten Moment habe ich fast einen Herzinfarkt bekommen. Nur gut, dass ich einen Stock hatte, sonst wäre ich auf dem Weg zu dir wahrscheinlich der Länge nach hingeknallt. Ganz schön kräftige Lunge, Lady.«

»Keine Ahnung, schließlich kann ich beim Schlafen nicht hören, wenn ich schreie.«

Er lachte leise. »Sagen wir einfach, hätte ich nicht so kurze Haare, hätten sie sich mir wahrscheinlich aufgestellt.« Er strich ihr übers Haar. »Dein Haar ist übrigens wunderschön. Wie ein Sonnenuntergang.«

»Deines auch. Wie flüssiges Gold.« Er gab einen erstickten

Laut von sich, der sie grinsen ließ. »Wie Thor und Captain America in Personalunion.«

Er stöhnte. »Mir wird gleich schlecht.«

Sie lachte leise. »Jaja, als wüsstest du nicht ganz genau, dass Frauen beinahe ohnmächtig werden, wenn sie dein Gesicht sehen.«

»Es ist nur ein Gesicht, Kate«, brummte er. »Und noch dazu eines, das ganz schön was abbekommen hat.«

»Mir gefällt's. Es ist ein schönes Gesicht.«

»Gleichfalls«, murmelte er.

Sie wollte sich von ihm lösen, doch er schloss die Arme fester um sie. »Nur noch ein bisschen.«

»Ich tue dir doch weh, wenn ich halb auf dir liege.«

»Nein, so nicht. Vorhin war es schlimmer. Du hast … na ja, um dich geschlagen.«

Entsetzt löste sie sich von ihm. »Was? Habe ich dich getroffen?«

Er sah ihr tief in die Augen. »Ich habe schon Schlimmeres erlebt.«

»Aber nicht von mir!«

Er legte die Hand um ihren Hinterkopf und drückte sie an seine Brust. »Keine Angst. Aber ich will dich noch eine Weile festhalten.«

Etwas in seinem Tonfall zwang sie, seinem Drängen nachzugeben. Auch er schien diese Nähe zu brauchen. »Könnte ich wenigstens meine Hände freibekommen?« Er zog die Decke auseinander, während sie sich gegen ihn sinken ließ und tief Luft holte. Er roch so gut. Nach Seife und … nach Schokolade. Moment mal! »Hast du dir etwa die Brownies unter den Nagel gerissen?«

»Ja«, antwortete er ohne jede Scham. »Sie waren sensationell.«

»*Waren*? Hast du für Triplett und die anderen etwas übrig gelassen?«

»Na ja, vielleicht einen oder zwei, aber nur kleine.«

Sie schnappte nach Luft. »Ich fasse es nicht, dass du sie alle aufgegessen hast.«

»Nicht alle. Ein paar habe ich dem Kollegen vom Nachtdienst abgegeben. Ich brauchte doch jemanden, der vor der Dusche wartet, für den Fall, dass ich ausrutsche und auf den Hintern falle. Er hat versprochen, dich oder Doc Dani nicht zu wecken, wenn ich teile.«

»Das bedeutet, ich muss noch ein Blech voll backen?«

»Das wäre vielleicht keine schlechte Idee«, antwortete er. »Schokolade hilft mir beim Denken.«

Wieder löste sie sich von ihm – diesmal jedoch, um ihn anzulächeln. »Hilft beim Denken, ja?«

»Ja, verdammt. Ich habe versucht, die Einträge niederzuschreiben, die ich in den Geschäftsbüchern gesehen habe, unmittelbar bevor Alice verhaftet wurde. Zu dieser Zeit ist ihr Vater komplett durchgedreht, und die ganze Sache ging den Bach runter. Die meisten Bücher habe ich gar nicht zu Gesicht bekommen, weil Whipple, der Chefbuchhalter, sie immer schön unter Verschluss gehalten hat. Aber an einem der letzten Tage habe ich Sean, dem IT-Mann, bei ein paar Sachen geholfen. Er hatte eine Kopie.« Decker hielt inne und runzelte die Stirn. »Moment mal. Jetzt, wo ich darüber nachdenke ... eigentlich hätte er die gar nicht haben dürfen. Vielleicht war mir das auch damals schon bewusst, aber ich kann mich nicht erinnern. Eigentlich hat die Führungsriege immer darauf geachtet, keine elektronischen Spuren zu hinterlassen, zumindest nichts, worauf online zugegriffen werden konnte. Jeder hatte nur die eigenen Aufzeichnungen, damit die anderen geschützt wären, falls etwas passieren sollte. Aber Sean hatte alles.«

»Und jetzt ist er tot.« Weil sie auf das Fluchtfahrzeug geschossen hatte, wobei zwei der drei Insassen im Verlauf der Ereignisse ums Leben gekommen waren, und derjenige, der überlebt hatte, war ihnen nicht von Nutzen.

»Das ist nicht deine Schuld«, erklärte Decker mit fester Stimme. »Bestimmt habt ihr alles durchgekämmt, trotzdem frage ich noch einmal, ob ihr irgendetwas bei ihm gefunden habt ... einen USB-Stick oder sonst etwas?«

»Nein, und die Spurensicherung hat alles mit dem Mikroskop durchsucht. Weder im Wagen noch bei den Insassen haben sie etwas gefunden. Und auch nicht in ihnen. Wir haben sie sogar röntgen lassen, um sicherzugehen, dass sie nichts geschluckt hatten oder so. Könnte Sean die Bücher irgendwo deponiert haben?«

»Kann sein. Aber wahrscheinlicher ist, dass er sie auf irgendeinen Server hochgeladen hat, von dem nur er wusste. Was diese Dinge anging, war er ein ziemlicher Geheimniskrämer. Alle dachten immer, er sei ein Idiot, der keine Ahnung hat, was läuft, dabei hat er in Wahrheit längst den großen Putsch geplant. Der ihm beinahe auch gelungen wäre.« Wieder verfiel Decker in Schweigen. Sie musterte ihn, bis er ihr in die Augen sah. »Was?«

»Ich habe mich nur gefragt, wo du gerade mit den Gedanken warst. Deine Augen waren ganz glasig.«

»Ich habe an die Bildschirme gedacht. Ab und zu habe ich Sean oder auch Whipple über die Schulter sehen können. Normalerweise haben sie die Dokumente immer gleich geschlossen und irgendetwas Harmloses aufgerufen, aber ein-, zweimal habe ich trotzdem einen Blick erhascht.«

»Zimmerman meinte, du hättest ein fotografisches Gedächtnis.«

»Vielleicht nicht ganz, aber zumindest kann ich mich gut an Computermonitore und schriftliche Unterlagen erinnern. Gesichter fallen mir nicht ganz so leicht.«

»Lass uns mal nach Vegas fliegen«, meinte Kate leichthin.

»Genau. Die würden dich innerhalb einer Minute erkennen. Du hast doch ›FBI‹ in Leuchtschrift auf der Stirn stehen.«

»Herzlichen Dank.«

»Hast du schon mal verdeckt ermittelt?«

»Nein«, gestand sie verdrossen. »Themenwechsel.«

Er lachte, dann seufzte er. »Wir müssen Seans Dateien finden. Selbst wenn sich dort keine Verbindung zu McCords Partner findet, erfahren wir zumindest mehr über andere Kunden und Lieferanten.«

»Aber kriegen wir das nicht auch aus den Büchern heraus?«

»Mag sein, aber ich habe immer nur hier und da mal eine Seite gesehen. Außerdem waren die Namen alle verschlüsselt.«

»Ich bin gut im Knacken von Codes.« Verschlüsselung war in Wahrheit bloß Mathematik.

»Ich auch, aber ich glaube nicht, dass ich genug Futter habe, um ernsthaft damit arbeiten zu können. Natürlich kannst du es gern versuchen, aber ich denke, wir sind besser dran, wenn wir Seans Dateien finden.«

»Und wo sollen wir mit der Suche anfangen?«

»Ich würde ja gern vorschlagen, bei Alice, weil sie Halbgeschwister waren. Aber sie ist tot. Sean war ein Einzelgänger. Ich glaube, Alice hat ihm viel bedeutet, aber er konnte nicht sonderlich gut mit anderen umgehen. Zumindest soweit ich es mitbekommen habe. Für mich hatte es immer den Anschein, als würde er förmlich im Büro wohnen.«

»Das wir im Übrigen genauso akribisch durchsucht haben«, erklärte Kate.

»Dann muss ich noch ein Weilchen nachdenken.« Wieder begann er, ihr Haar zu streicheln. »Mir gefällt es, wenn du dein Haar offen trägst. Ich wusste gar nicht, dass es so lang ist. Es reicht ja bis zur Hälfte deines Rückens.«

»Normalerweise flechte ich es zu einem Zopf, damit es sich

beim Schlafen nicht verheddern kann, aber ich glaube, heute bin ich vorher eingeschlafen.« Zufrieden schmiegte sie sich an ihn. Es war lange her, seit jemand ihr übers Haar gestreichelt hatte. »Das ist schön.«

»Gut.« Nach ein paar Sekunden hielt er inne. »Was hast du vorhin geträumt, Kate?«

Sie schloss die Augen und spürte, wie ihre Zufriedenheit verflog. »Von Jack.«

»Das dachte ich mir. Lag es daran, dass ich dich heute Abend nach ihm gefragt habe?«

»Nein«, antwortete sie. »Ich habe diesen Traum fast jede Nacht seit ... du weißt schon.«

»Seit er sich umgebracht hat.«

»Genau. In letzter Zeit ist es besser geworden, aber seit ich auf diese Männer in dem Wagen geschossen habe, ist er wieder da. Vielleicht wurde mein Traum durch den Schuss ausgelöst, keine Ahnung.«

Er küsste ihre Schläfe. »Ich will dir ja nicht zu nahe treten, aber hast du mal mit jemandem darüber geredet?«

»Nein«, erwiderte sie schärfer als beabsichtigt. »Warst du beim Seelenklempner, nachdem Beth gestorben war?«

»Nein«, antwortete er freundlich, worauf sie sich noch viel mieser fühlte.

»Es tut mir leid. Ich will das Thema nur nicht diskutieren. Niemals. Mit niemandem.«

Er holte tief Luft. »Alles klar.«

»Decker, ich ... ich kann einfach nicht.«

»Kate, ich habe es verstanden«, sagte er sanft.

»Hast du nicht. Es hat nichts mit dir zu tun.«

»Das sagen sie alle«, gab er zurück.

»Aber es stimmt. Wenn ich mit einem Psychiater darüber reden würde, könnte ich ...« *Meinen Job verlieren. Ins Gefängnis kommen. Und Decker würde mich nie wieder so ansehen wie jetzt gerade.* »Es wäre einfach unerfreulich, das ist alles.«

»Kate, ich sagte, ich habe verstanden. Du brauchst es mir nicht zu erklären.«

Aber sie wollte es. Eines Tages würde sie es tun. Wenn sie einander näherkämen. Weil sie es einem Mann schuldig war, selbst zu entscheiden, ob er mit dem leben konnte, was sie getan hatte, oder nicht. Jack hatte es definitiv nicht gekonnt. Aber sie würde es wieder tun. Jederzeit.

Decker gab ein Brummen von sich. »Heilige Scheiße, du denkst zu laut. Spuck's aus oder lass es bleiben, aber hör auf, darauf herumzukauen.«

Sie starrte ihn finster an. »Das ist widerlich.«

Er grinste. »Aber es hat geholfen. Weil du nicht mehr darüber nachdenkst.«

»Du machst mich fertig, Decker.«

»Klingt gut.« Wieder zog er sie an sich und begann, mit einer Hand ihren Nacken zu massieren. Sie stöhnte wohlig. »Hör auf mit diesem Gestöhne, sonst glaubt Doc Dani noch, wir würden es hier treiben wie die Karnickel, und kommt nachsehen.«

Sie lachte leise. »Ja, Sir.«

»Schon besser«, sagte er belustigt. »Und jetzt schlaf ein bisschen.«

Sie rieb die Wange an seiner Brust. »Du auch.«

»Nicht in diesem Folterding. Ich schlafe auf der Couch.«

»Oder … du bleibst einfach hier«, sagte sie vorsichtig.

Er rutschte ein Stück tiefer. »Ich dachte schon, du fragst überhaupt nicht mehr.« Er zog die Decke um sie und schloss die Augen. »Schlaf jetzt. Und kein Kampfdenken mehr.«

»Ja, Sir«, sagte sie und schob ihre Hand unter sein offenes Hemd, das den Blick auf seine muskelbepackte Brust und sein beeindruckendes Sixpack freigab. Sorgsam darauf bedacht, seinen Verband nicht zu berühren, strich sie über seine glatte Brust und tätschelte sie sanft, worauf er ein zufriedenes Grollen von sich gab. »Decker? Das Licht brennt noch.«

Ohne die Augen zu öffnen, tastete er nach dem Schalter der Nachttischlampe. Sekunden später war der Raum in tiefe Dunkelheit gehüllt, lediglich die rote Digitalanzeige des Weckers leuchtete. Vorsichtig stützte sie sich auf den Ellbogen, um ihn anzusehen. Sein Gesicht lag im Schatten, dennoch konnte sie die markante Linie seines Kiefers, seine hohen Wangenknochen und seine leicht schiefe Nase ausmachen, die ein paar Sommersprossen schmückten. Er hatte etwas Jungenhaftes und zugleich Verwegenes an sich.

Ihr Blick fiel auf seinen Mund. Weich und perfekt geschwungen. Sie konnte es nicht fassen, dass sie ihn einfach geküsst hatte. Seine Lippen waren so weich gewesen. Sie hatte keine Ahnung, welcher Teufel sie geritten hatte.

Trotzdem war sie froh, dass sie die Initiative ergriffen hatte. Sie wollte es herausfinden. Und jetzt wusste sie es.

Er hatte sie mit einem einzigen Kuss aus dem Gleichgewicht gebracht. Genauso wie Johnnie damals. Bekam ein Mensch eine zweite Chance, so wie diese? Wirklich? Es schien zu schön, um wahr zu sein. Die Zeit würde es zeigen. Für den Augenblick würde sie die Vorfreude und die Aufregung einfach genießen. Denn Decker ließ sie an Dinge denken, nach denen sie sich eine halbe Ewigkeit nicht mehr gesehnt hatte. Dinge, von denen sie nach Johnnies Tod gedacht hatte, sie würde sie nie wieder tun wollen. Und jetzt wollte sie.

Sie wollte diese großen Hände auf ihrem Körper spüren. Überall. Und sein … Heilige Scheiße. Er war derart hart gewesen, als sie auf seinem Schoß gesessen hatte, dass sie hatte aufstehen müssen, um sich nicht schamlos an ihm zu reiben und dieses Ding seiner eigentlichen Verwendung zuzuführen.

Ihr Blick wanderte tiefer. Ihr stockte der Atem. Er hatte die Shorts gegen eine weite Jogginghose getauscht. *Danke, lieber Gott.*

Denn er war schon wieder hart, wie sie trotz der Jogginghose deutlich erkennen konnte. *Das ist wegen mir.* Ihre Wangen glühten, und sie spürte einen leisen Schmerz in ihrer Unterlippe – erst jetzt merkte sie, dass sie die ganze Zeit darauf herumgekaut hatte.

Sie bog die Finger durch, ehe sie sie zur Faust ballte. Wie würde er sich in ihrer Hand wohl anfühlen? In ihrem Mund? In ihrem Körper? Sie erschauderte. So zärtlich er sein mochte, so hart und entschlossen war er in anderen Momenten. Und sie würde es in vollen Zügen genießen. Beides. Daran bestand nicht der geringste Zweifel.

Sie sog scharf den Atem ein, als das Objekt ihrer Begierde unvermittelt zuckte, gefolgt von einem scharfen Atemzug direkt neben ihrem Ohr.

Ihr Gesicht glühte. *Erwischt.* Langsam hob sie den Blick, ließ ihn an seinem Körper entlangwandern, bis er seine blauen Augen traf, die … förmlich zu lodern schienen. Ohne ein Wort vergrub er die Finger in ihrem Haar und küsste sie, so leidenschaftlich, dass ihr die Sinne zu schwinden drohten. Er zog ihren Kopf ein Stück zu sich heran, strich mit der Zunge über ihre Lippen, die sie ohne eine Sekunde des Zögerns bereitwillig öffnete. Seine Zunge drängte sich zwischen sie, erkundete gierig ihren Mund, ergriff Besitz von ihm. Sie stöhnte.

Dieses Verlangen, so lange unter Verschluss gehalten. *Meines. Seines. Ich könnte all das bekommen.* Diese geballte Energie. Und sie wollte sie. So sehr, dass sie keine Fragen stellte, als er von ihr abließ, die Finger um ihre Hand schloss und sie zu der gewaltigen, eisenharten Beule hinabdirigierte, die sich unter seiner Jogginghose wölbte.

Er ließ ihre Hand los, drängte ihr die Hüften entgegen, so dass seine Erektion nur Zentimeter vor ihren Fingern schwebte.

Mit einem scharfen Atemzug sah sie ihm in die Augen, die geschlossen waren. Seine Lippen bewegten sich, doch kein Laut drang zwischen ihnen hervor. *Bitte. Fass mich an.*

Er brauchte sie nicht darum zu bitten. Sie schloss die Hand um seine Erektion, lediglich durch den Stoff von seinem pochenden Fleisch getrennt, und drückte ganz behutsam zu, woraufhin er sich ihr mit einem leisen Stöhnen entgegenwölbte.

»O Gott. Kate.«

»Schsch.« Sie brachte ihn mit einem Kuss zum Schweigen – den Wachmann auf den Plan zu rufen, war so ziemlich das Letzte, was sie jetzt gebrauchen konnten. Oder, was noch viel schlimmer wäre, Dani Novak. *Das hier steht vermutlich nicht auf ihrem Genesungsplan,* dachte Kate, aber in Wahrheit kümmerte es sie nicht. Sie hätte auch gar nicht aufhören können, weil Decker sich in diesem Moment mit einem lustvollen Grollen in ihre Hand schmiegte.

Er war … *o Gott.* Sie erschauderte, als er erneut aufstöhnte. Dieser Mann war sogar noch erregender, als sie vermutet hatte. Sie verstärkte den Druck ihrer Finger, streichelte ihn, während sie sich wünschte, seine nackte Haut spüren zu können. Wäre sie doch nur ein bisschen mutiger. *Ich hätte die Hand in seine Hose schieben sollen.* Es hatte ihr so gefehlt, diese weiche, glatte Haut über der eindrucksvollen Härte.

»Ich … es ist so lange her. O Gott, ich muss … Verdammt!« Er biss die Zähne zusammen, hatte alle Mühe, nicht auf der Stelle zu kommen.

Scheiß drauf, dachte sie und ließ für einen kurzen Moment von ihm ab, gerade lange genug, um ihm die Jogginghose über die Hüften zu ziehen. Wieder drang ein animalischer

Laut aus seinem Mund, weil sie ihn losgelassen hatte, der in ein tiefes Knurren umschlug, als sie seine nackte Haut berührte.

»Kate.« Die Ellbogen und Fersen in die Matratze gedrückt, stemmte er sich hoch und begann, sich in einem steten, harten Rhythmus in ihrer Hand zu bewegen, der keinen Zweifel daran ließ, wie es wäre, ihn in sich zu haben. Und, o Gott, wie sehr sie sich genau das wünschte …

Nächstes Mal, dachte sie, obwohl ihr Körper unablässig *Jetzt!* schrie. Dieser Moment gehörte allein ihm, doch sie wollte ihm mehr als bloße Erlösung schenken. Stattdessen sollte er sich noch lange, lange Zeit an diese Nacht erinnern. An sie.

Sie löste ihre Finger, presste ihre Handfläche flach auf seinen Bauch, unter dem sich seine Muskeln spannten. Seine Augen öffneten sich, und sie las die Begierde darin. »Nein«, krächzte er. »Nicht aufhören.«

»Schsch.« Die Hand noch immer auf seinem Bauch, beugte sie sich über ihn und küsste ihn behutsam. »Entspann dich. Das ist kein Wettrennen hier.« Noch einmal küsste sie ihn, schob ihre Zunge zwischen seine Lippen, während ein weiterer stöhnender Laut aus seinem Mund drang, dessen Vibrieren sie unter ihrer Handfläche fühlen konnte.

»Du bringst mich noch um.«

Sie lächelte an seinen Lippen. »Was für ein Tod!«

Er lachte und trat sich die Jogginghose vollends von den Beinen, so dass er nackt bis auf sein aufgeknöpftes Hemd vor ihr lag.

Sie ließ sich einen Moment Zeit, ihn zu betrachten, doch sie wusste, dass sie sich wohl niemals an ihm sattsehen würde. Er war so unbeschreiblich schön – von seiner breiten, glatten Brust bis hinab zu seinen langen Beinen, die einladend gespreizt vor ihr lagen. Mehrere Narben prangten auf seiner

Brust, einige neu, die meisten jedoch alt, manche glatt, andere gezackt und schartig. Auch seine Beine trugen die deutlichen Zeichen, dass er im Krieg gewesen war; eine Narbe verlief quer über seinen linken Oberschenkel. Und das waren nur jene, die sie sehen konnte, aber natürlich wusste sie, dass es noch andere gab. Auf seinem Rücken. Und in seinem Herzen. Trotzdem war er wunderschön. Innerlich und äußerlich.

»Kein Wettrennen«, wiederholte er krächzend.

»Nein«, flüsterte sie. »Lass mich.« Ohne den Blick von ihm zu nehmen, ließ sie ihre Hand über seine Brust wandern, dann wieder tiefer. Mit einem Finger strich sie über die schmale Linie aus blonden Härchen unter seinem Nabel und bis zu seinen Lenden nach, dann über seine immer noch gewaltige Erektion und lächelte, als er unter der Berührung wohlig erschauderte.

»Ich will, dass du dich gut fühlst«, raunte sie. Er nickte, die Augen konzentriert geschlossen, die Hände in das Laken verkrallt. Sein Mund war leicht geöffnet. Wieder schloss sie die Faust um sein Fleisch und begann, sie zu bewegen, zuerst langsam und behutsam, dann immer schneller und härter, während sie mit dem Daumen über die Spitze glitt, die bereits feucht von seinem Saft war.

Wieder wurde er von einem heftigen Schauder geschüttelt. »Kate, bitte.«

Sie küsste ihn, worauf er die Hände löste, sie um ihren Nacken legte und sie zu sich herunterzog, um sie voller Leidenschaft zu küssen, in einem wilden Spiel aus Zungen und Zähnen, während er ihr gierig seine Hüften entgegenreckte. Er war kurz davor, doch so leicht würde sie es ihm nicht machen. Sie musste es weiter hinauszögern, musste ihm all die Wonne schenken, die ihm die vielen Jahre verwehrt geblieben war.

Nein, korrigierte sie sich. Nicht all die Wonne. Denn dies

hätte bedeutet, dass sie sich auf ihn setzte und diese gewaltige Erektion in sich aufnahm und ihn ritt, bis sie beide explodierten. Und sollte sie diese Chance jemals bekommen, würde sie es, ohne zu zögern, tun. Aber nicht heute Nacht. Sie durfte ihm nicht weh tun, außerdem hatte sie keine Kondome bei sich. Also würde sie sich nicht auf ihn setzen. Nicht explodieren. Sie hatte Mühe, ein Stöhnen zu unterdrücken, doch für heute würde es auf diese Weise genügen müssen – und der Ausdruck auf seinem Gesicht verriet ihr, dass er höchst zufrieden damit war.

Fass mich an, hatte er gesagt. Wie lange war es her, seit sie diese Worte zuletzt gehört hatte? Viel zu lange. Und auch sie hatte niemanden mehr berührt, und, o Gott, es fehlte ihr so sehr. Ihr Körper vibrierte vor Verlangen. *Mehr.* Sie brauchte mehr. Sie versuchte, näher an ihn heranzurücken, um sich an ihm zu reiben, doch diese verdammte Decke war im Weg. Fluchend ließ sie von ihm ab, nahm seine Hand und legte sie auf ihre Brust, presste ihm ihre Brustwarze entgegen. Es fühlte sich wunderbar an, trotz der Decke, die sich immer noch zwischen ihnen befand. Der Stoff hielt ihrem Druck stand, es fühlte sich gut an. So gut. Sie registrierte, wie ein leises Wimmern aus ihrer Kehle drang, als die Lust zwischen ihre Beine zuckte und …

Sie spürte den Moment, als Decker vollends die Selbstbeherrschung verlor. Ein Grollen drang aus den Tiefen seiner Kehle, und er packte neuerlich ihre Hand und presste sie auf seine Erektion. Er legte ihre Finger darum, ehe er Kate an sich riss und mit einer brutalen Intensität küsste, in der sich all die Leidenschaft Bahn brach, die so lange verborgen in ihm geschlummert hatte.

Es war ein harter, roher Kuss, doch Kate genoss ihn in vollen Zügen. Er war perfekt, genau das, was sie brauchte. Sie erwiderte ihn, drückte die Finger fest zusammen, als er ihr die

Hüften entgegenrammte, in seinem verzweifelten Versuch, noch länger an sich zu halten. In diesem Moment löste er seine Hand um ihren Nacken und zerrte die Decke zur Seite, ehe seine Finger ungeduldig ihr T-Shirt hochschoben und die glatte Haut ihres Bauchs berührten. Für einen kurzen Moment legte er seine flache Hand darauf, dann ließ er sie nach oben wandern und strich mit dem Daumen über ihre Brustwarze.

O Gott. Mehr. Mehr. Mehr. Die Worte hallten in ihrem Kopf wider, im Gleichklang mit dem Schlag ihres Herzens. Ihre Hand bewegte sich schneller, härter, bis er sich von ihren Lippen löste und in die Kissen fallen ließ.

Sieh hin. Sie löste den Blick von ihren Fingern um seinen Schwanz, ließ ihn über seinen Bauch und seine Brust zu seinem Gesicht wandern, sog den animalischen Ausdruck ein, als er endlich Erlösung fand.

Sieh hin. Ein grollendes Stöhnen entrang sich seiner Kehle, als er kam.

Wunderschön. Er war so unbeschreiblich schön.

Schwer atmend ließ er sich zurückfallen, die Augen immer noch geschlossen. »Mein Gott«, stieß er hervor. »O mein Gott, Kate.« Sein Körper wurde von den Nachbeben des Höhepunkts geschüttelt. »Danke.«

Sie küsste ihn, diesmal ganz zärtlich, auf den Mund, dann auf die Schläfe. »Schsch«, hauchte sie. »Ich kümmere mich um dich.«

Er stieß ein ersticktes Lachen aus. »Ich glaube, das hast du gerade eben schon getan.«

»Hm, tja, mag sein. Und es war … bemerkenswert. Sie sind ein bildschöner Mann, Griffin Davenport.«

Er schnitt eine Grimasse. »Du bist nicht gekommen«, sagte er verlegen.

»Diesmal nicht.« Fast. Alleine dadurch, dass sie ihn angesehen hatte. Und sie hätte es am liebsten jetzt, doch sein geschundener Körper hatte für heute genug geleistet. »Das heißt, du bist mir einmal schuldig.«

Seine Zähne schimmerten im Schein der Digitalanzeige, als er das Gesicht zu einem wölfischen Grinsen verzog. »Die Art von Schulden habe ich gern.«

»Dachte ich mir.« Sie schälte sich vollends aus der Decke und krabbelte aus dem Bett, doch er umfasste ihre Taille und zwang sie, sich auf den schmalen Streifen zwischen ihm und der Bettkante zu setzen.

»Geh nicht«, flüsterte er. »Bleib. Bitte.«

»Bin gleich zurück. Ich muss nur kurz etwas holen, um ... du weißt schon.« Sie deutete auf seine Brust, die von seinem Samen glänzte.

Er grinste. »Ich dachte, du bist nicht prüde.«

»Bin ich auch nicht«, gab sie zurück und reckte das Kinn. »Immerhin habe ich dich gerade kommen lassen, stimmt's?«

Ein langsames, sexy Lächeln breitete sich auf seinem Gesicht aus. »Dazu kann ich nur ganz klar ja sagen.«

Sie nickte. »Okay. Ich gehe jetzt kurz raus, und du bleibst liegen.«

Das Gästezimmer verfügte über ein eigenes Badezimmer, so dass zumindest keine Gefahr bestand, dass Dani oder der Kollege sie erwischte – was gut so war, weil ein breites, zufriedenes Grinsen auf ihr Gesicht gepflastert war und wohl nicht so schnell wieder verschwinden würde.

Doch sie irrte sich. Als sie einen Waschlappen mit warmem Wasser befeuchtete, kam ihr Johnnie wieder in den Sinn – damals war er bereits zu schwach gewesen, um sie zu lieben, deshalb hatte sie ihn geliebt, so gut es in seinem Zustand ging.

Sie blickte in den Spiegel und musste einen Seufzer unterdrücken. Sie sah ... müde aus. *Weil ich müde bin.* Aber da war mehr als nur Müdigkeit. Sie beugte sich vor und musterte ihr Spiegelbild. Und sah eine Glut in ihren Augen glimmen.

Diese Art Feuer hatte seit drei langen Jahren nicht mehr in ihren Augen gefunkelt. Bis heute Nacht. Bis der Mann aufgetaucht war, der jetzt in ihrem Bett lag und auf sie wartete. Sie wrang den Waschlappen aus und hoffte darauf, dass das Feuer nicht nur heute Nacht brennen würde. Zu lange hatte sie darauf verzichten müssen.

Deckers Augen waren geschlossen, als sie zurückkehrte und sich daranmachte, seine Brust zu säubern, doch er riss sie auf. Er hatte nicht geschlafen, im Gegenteil. Er war hellwach. »Meine Schuld häuft schon Zinsen an«, sagte er leise. Sie erschauderte.

»Mit beängstigender Geschwindigkeit.« Sie warf den gebrauchten Waschlappen in den Wäschekorb. »Eigentlich solltest du mich wegen Zinswucher festnehmen«, sagte sie leichthin, doch ihr Tonfall klang ein wenig gezwungen. Weil er schon wieder bereit war. Sogar sehr. Sie schluckte. Sie wollte es. Wollte ihn. Aber nicht heute Nacht.

Sie wandte sich um und tastete nach seiner Jogginghose, doch er bekam sie am T-Shirt zu fassen und hielt sie fest. »Was willst du, Kate?«, fragte er mit leiser, sonorer Stimme, die ihr bis ins Mark zu dringen und sie von innen heraus schmelzen zu lassen schien.

Sie rang sich ein Lächeln ab. »Nichts, was wir heute tun könnten. Ich will nicht riskieren, dass deine Naht reißt.«

Wieder hielt er sie fest, als sie aufzustehen versuchte. Er zog sie zu sich heran, dann rollte er sich auf die Seite und stützte sich auf dem Ellbogen ab, so dass sich sein Gesicht auf der Höhe des inzwischen deutlich sichtbaren Flecks auf ihren Schlafanzugshorts befand. Er sah ihr in die Augen und holte tief Luft – es bestand kein Zweifel, dass er ihre Erregung riechen konnte.

O Gott. Ihre Knie wurden ganz weich.

»Was willst du, Kate?«

Ihre Wangen glühten. Herrgott, ihr ganzer Körper fühlte sich an, als stünde er in Flammen. »Dich«, sagte sie. »Ich will dich. In mir. Aber ich werde dir nicht weh tun. Ich kann warten.«

»Ich nicht.« Er zog kräftig an ihrem T-Shirt und fing sie auf, als sie zur Seite kippte. Scheinbar mühelos hob er sie hoch und setzte sie rittlings auf sich. »Wenn es nicht das ist, was du willst, hast du jetzt Gelegenheit, es mir zu sagen.«

Unverbrämte Leidenschaft flackerte in seinen blauen Augen, und seine Lippen waren dunkelrot und geschwollen von ihren Küssen, während Kate die Erfüllung noch immer verwehrt blieb. Sie nahm seine Hände von ihrem T-Shirt und legte sie auf ihre Schenkel, dann streifte sie sich das Shirt über den Kopf.

Voller Verlangen sah er sie an, während sich seine Finger auf ihren Schenkeln krümmten. Wieder wurde sein Atem schwer, und seine Brust hob und senkte sich in raschem Rhythmus. Schließlich ließ er die Hände über ihren Körper wandern und umfasste ihre Brüste.

Kate schloss die Augen und gab sich seiner Berührung hin. Spielerisch massierte er ihre Brustwarzen zwischen Daumen und Zeigefinger, kniff sie behutsam zusammen, was ihr ein leises Stöhnen entlockte. »Gefällt dir das?«, raunte er, worauf sie lediglich nickte, da sie kein Wort mehr über die Lippen brachte.

Es fühlte sich so gut an, dass sie am liebsten geweint hätte.

Es war so lange her, dass jemand sie auf diese Weise berührt hatte. Als sei sie schön, lebendig und begehrenswert. Seine warmen Hände gaben ihre Brüste frei und fuhren mit leichtem Druck ihren Rücken hinauf.

Ergeben ließ sie sich nach vorn fallen und krallte sich im Kissen fest, als seine Zungenspitze über ihre aufgerichtete Brustwarze glitt und sie vorsichtig zwischen die Zähne zog.

»Sieh mich an, Kate«, befahl er.

Sie gehorchte und sah zu, wie seine Lippen über die weiche Haut ihrer Brüste glitten. Vage registrierte sie, dass alles um sie herum verschwamm, und blinzelte. Mit dem Daumen strich er über ihre Wangen. »Tränen? Warum weinst du?«

»Es ist … so lange her. Ich bin einfach überwältigt, aber bitte hör nicht auf.«

Sein Lächeln war dunkel und voller Verständnis für sie. »Dann lass die Augen auf.« Wieder sog er ihre Brustwarze zwischen die Lippen, liebkoste und umschmeichelte sie voller Hingabe, ehe er sich ihrer anderen Brust zuwandte. Seine Hände wanderten über ihre Schenkel, immer weiter nach oben, schoben sich unter den Bund ihrer Shorts, doch nie bis an die Stelle, wo sie sie spüren wollte.

Als er sich von ihr löste, bebte sie am ganzen Leib. Sie wollte ihn so sehr.

Die ganze Zeit hatte er ihr in die Augen gesehen, und nun trat wieder dieses Lächeln auf seine Züge, das ihn wie einen Wolf auf Beutezug aussehen ließ. Sie hatte ihm die Hüften entgegengereckt, in der Hoffnung, den Druck zwischen ihren Beinen lindern zu können, doch es gelang ihr nicht. Zu fest hielt er ihre Pobacken umfasst, zwang sie, stillzuhalten, während sie vor Frust stöhnte.

»Ich werde dich jetzt kosten«, sagte er. Wieder überlief sie ein Schauder, und ihr Körper zuckte unwillkürlich auf. »Keine Angst. Ich werde nicht zulassen, dass es dabei bleibt. Okay?« Sie nickte zittrig. »Gut«, raunte er. »Und jetzt lehn dich zurück, ich halte dich, so dass du nicht fällst.«

Sie lehnte sich nach hinten gegen seine aufgestellten Beine.

»Hoch«, befahl er sanft, zog ihr Shorts und Höschen bis zu den Knien herunter und streifte ihr beides über die Beine. Sie war nackt … und so unfassbar scharf. Sie griff hinter sich, wohl wissend, dass sein Schwanz sich erneut zu voller Größe aufgerichtet hatte, doch er bekam ihr Handgelenk zu fassen und zwang sie innezuhalten. »Nicht. Sonst kann ich mich nicht beherrschen.« Er hob eine Braue. »Und du müsstest Dani die geplatzte Naht erklären.«

Er lachte leise, als sie dunkelrot anlief. Dann wurde seine Miene ernst, während sich sein Blick auf eine lange und ausgiebige Reise über ihren Körper begab. Sein Adamsapfel wippte, als er hart schluckte. »Du bist perfekt.«

Sie wollte widersprechen, hielt jedoch inne. Für sie war er perfekt, mit all seinen Narben, seinen Besonderheiten. Jetzt zu protestieren, würde die Magie des Augenblicks zerstören. Für sie beide. »Danke.«

Seine Hände glitten über die Innenseite ihrer Schenkel und verharrten nur Millimeter vor ihrem Ziel. Scharf sog sie den Atem ein, woraufhin er lachte … ein tiefes, verführerisches Grollen.

Er legte beide Hände um ihre Pobacken, hob sie auf seine Brust, legte ihre Beine auf seine Schultern und zog sie ein Stück nach vorn, näher zu seinem Gesicht. Ein unterdrückter Schrei drang aus ihrer Kehle, als er sie endlich berührte.

Gott. Er fasste sie an. Leckte. Schmeckte. Brachte sie um den Verstand. Sie vergrub die Finger in seinem Haar und klammerte sich an ihm fest, zog ihn tiefer in sich.

Er löste sich von ihr. Seine Augen schienen sie zu durchbohren. Seine Lippen waren feucht. »Ich will dich«, flüsterte er heiser. »Nächstes Mal, Kate. Okay? Wir besorgen Kondome und … dann. Okay?«

Atemlos nickte sie. »Ja.« Ihre Stimme brach, doch es kümmerte sie nicht. »Gut. Aber … hör nicht auf. Bitte.«

»Ja, Ma'am.«

Sie ließ sich nach hinten sinken, schloss die Augen und …

fühlte. Sie fühlte sich schön, begehrenswert, sinnlich. Endlich. Nach all den Jahren konnte sie endlich wieder *fühlen.*

Er schien ganz genau zu wissen, was sie brauchte, und gab es
ihr bereitwillig. Und noch ein bisschen mehr. Er leckte und
sog, teilte ihr Fleisch mit dem Finger, um noch tiefer in sie
dringen zu können. Wieder und wieder berührte seine Zunge
das Zentrum ihrer Lust, während er ihre Brüste liebkoste. Sie
war dicht dran, ganz dicht.

Und dann holte er zum ultimativen Schlag aus – sanft grub er
die Zähne in sie, während er ihre Brustwarzen leicht zusammenkniff, und sandte sie damit in den freien Fall. Scheinbar
schwerelos trieb sie durch Raum und Zeit, inmitten von glei-
ßendem Licht, während die Lust sie zu übermannen drohte.
Und dann war es zu viel. Die Wellen schlugen über ihr
zusammen, rissen sie in die endlose Tiefe, in die Schwärze.

Zitternd lag sie kurz darauf in seinen Armen. Weinte. Klammerte sich an ihm fest wie eine Ertrinkende.

»Schsch.« Er wiegte sie in seinen Armen, streichelte ihr übers
Haar. »Es ist okay. Es ist okay.«

Bebend holte sie Luft und wischte sich die Tränen ab. »O
Gott. O mein Gott. Was war denn das?«

»Ein Damm, der gebrochen ist«, antwortete er trocken.
»Verängstigte Bewohner oder auch eine Herde wild gewor-
dener Gnus.« Er drückte ihr einen Kuss auf den Scheitel.
»Auch bekannt als längst überfälliger Orgasmus.«

»Heilige Scheiße«, flüsterte sie. »Der erste Teil war ja schon
unglaublich, aber das …«

»Es war zu viel«, sagte er leise. »Wir sollten zusehen, dass bis
zum nächsten Mal nicht allzu viel Zeit verstreicht. Wir wollen ja nicht, dass sich wieder so viel aufstaut.«

Ihre Lippen verzogen sich zu einem Lächeln. »Wie selbstlos
von dir.«

»Ja, nicht?« Er gähnte so herzhaft, dass sein Kiefer knackte, dann stand er auf. »Ich muss mich kurz waschen, bin aber gleich wieder da. Du bist nicht die Einzige, die gerade gekommen ist«, fügte er grinsend hinzu. »Wenn es poltert, komm und hilf mir.«

Sie hörte die Dusche rauschen und überlegte kurz, ob sie aufstehen und sich zu ihm gesellen sollte, doch ihr Körper fühlte sich bleischwer an. Sie war fast eingeschlafen, splitternackt und auf der Decke liegend, als er zurückkehrte, sie vorsichtig hochhob und die Decke über ihr ausbreitete.

»Bleibst du bei mir?«, fragte sie schlaftrunken.

»Definitiv«, antwortete er leise, glitt neben sie und schlang die Arme um sie.

15. Kapitel

Schwerfällig ging Mallory die Treppe hinunter in die Küche, um sich einen Kaffee zu machen, bevor sie sich um Roxy kümmerte. Sie hatte nicht gut geschlafen.

Weil immer noch JJs Schreie in ihrem Kopf widerhallten. Er hatte sie mindestens drei Stunden lang gefoltert – vermutlich, um Mallory wissen zu lassen, dass er dazu fähig war und auch nicht davor zurückschreckte. Er war mit JJ intim gewesen, und sie hatte ihn im Gegenzug mit Informationen über seine Drogenkunden versorgt, die mit einer Überdosis in der Notaufnahme gelandet waren. Dort hatte JJ dafür gesorgt, dass sie nicht überlebten und deshalb nicht verraten konnten, von wem sie den Stoff hatten. JJ war überaus nützlich für ihn gewesen.

Mallory hatte keine Ahnung, wie viele arme Teufel JJ in seinem Auftrag getötet hatte. Aber nach ihren Schreien zu schließen, hatte das letztlich keine Rolle für ihn gespielt.

Sie hatte geschrien und geschrien und geschrien. Irgendwann hatte es aufgehört – entweder hatte sie endlich das Bewusstsein verloren, oder aber er hatte bekommen, was er wollte, und sie kaltgemacht. Da war es schon nach drei Uhr gewesen.

Es war eine Warnung an Mallory: *Mach mich wütend, und dir blüht genau dasselbe.* Mit zitternden Händen gab Mallory Kaffeepulver in den Filter und schaltete die Maschine ein. Ob er wusste, was sie vorhatte? Aber wie sollte er? Und würde es sie davon abhalten?

Mit gesenktem Kopf holte sie tief Luft. Seit sie ihn kannte, war sie durch die Hölle gegangen, aber ein stundenlanger Todeskampf wie bei JJ? Sie war nicht sicher, ob sie so etwas aushalten würde.

Sie sandte ein stummes Gebet gen Himmel. *Lieber Gott, schenk mir bitte Mut.*

Aber Gebete hatten JJ gestern Nacht auch nichts genützt. Und auch kein Betteln und Flehen.

Entschlossen richtete sich Mallory auf, drehte sich um und nahm eine Kaffeetasse aus dem Schrank. In diesem Moment sah sie sie – drei Koffer, nebeneinander aufgereiht an der Hintertür.

Drei Koffer. Hartschale. Schwarz. Ein großer, ein mittlerer und ein kleiner. Sie hatte sie noch nie gesehen, wusste aber auf der Stelle, was sie enthielten. Sie biss die Zähne aufeinander und zwang sich, die Geräusche zu verdrängen, die die Stille erschüttert hatten, nachdem JJs Schreie verklungen waren.

Eine elektrische Säge, durchdringend und hoch. Sie hatte sich einzureden versucht, dass es etwas anderes war, ein Staubsauger oder ein Teppichreinigungsgerät. Vergeblich.

»Nein«, wimmerte sie leise, denn sie wusste genau, dass sie vor JJs sterblichen Überresten stand. Noch eine Warnung an sie.

Auf zitternden Beinen taumelte sie zum Mülleimer – gerade noch rechtzeitig, um sich zu übergeben. *Mach mich wütend, und dir blüht genau dasselbe.* »O Gott.«

Die Hände um den Rand des Mülleimers gelegt, stemmte sie sich hoch und wankte zur Spüle, um sich kaltes Wasser ins Gesicht zu spritzen und sich den Mund auszuspülen. Erst jetzt bemerkte sie den Zettel am hinteren Küchenfenster. Er war auf dem Computer geschrieben worden. Er schrieb selten etwas mit der Hand – nur zur Sicherheit, sagte er stets mit einem Lachen, das so gar nicht heiter und nett war. Sondern böse. Abgrundtief böse.

Und jetzt wollte er, dass auch Mallory böse war. Wieder einmal. Ihre Hände zitterten so heftig, dass sie zweimal nach dem Zettel greifen musste. Dann setzte sie sich an den Tisch, sorgsam darauf bedacht, nicht zu den Koffern hinüberzusehen.

Guten Morgen, Mallory! :-] Ich hoffe, du hast gut geschlafen, Liebes. Heute Morgen habe ich eine Aufgabe für dich, also mach dich gleich an die Arbeit. Leg die drei Koffer in den Kofferraum deines Wagens, den ich zur Sicherheit mit einer Plane ausgelegt habe, und bring sie zum Parkplatz des Motels am Highway – das mit dem albernen Gorilla auf dem Dach, du weißt schon, welches ich meine. Such nach einem blauen Honda Civic. Mit dem Schlüssel, der am kleinsten Koffer befestigt ist, schließt du den Kofferraum auf. Stell die Koffer hinein und sorg dafür, dass die Heckklappe wirklich geschlossen ist. Steck den Schlüssel ins Zündschloss des Hondas, lass alle Türen offen und kurble das Fahrerfenster herunter. Dann fährst du wieder nach Hause.

Wenn du später in den Supermarkt fährst, um die Schlagsahne zu besorgen, bringst du Folgendes mit: Hotdogs, Burger, Brötchen, Gemüsezwiebeln – für diese frittierten Zwiebelringe, die du so gut machst –, Tiefkühlpommes, Eiscreme und von jeder Sorte Garnitur eine. Du weißt, was zu tun ist. Ach ja, und eine Tüte Mikrowellen-Popcorn … meine Gäste und ich wollen uns morgen ein paar Filme ansehen.
xoxoxo

Mallory schluckte und betrachtete das Foto am unteren Rand der Seite – eine Schwarzweißaufnahme eines Kindes, dessen Gesicht verwischt war, damit es niemand erkennen konnte. Niemand, nur die Schwester, die es immer noch liebte. Mit zitternden Fingern strich Mallory die Umrisse von Macys Gesichtchen nach. Ihre kleine Schwester war neun Jahre alt. Schon bald im richtigen Alter.

Zu bald. Und seine Gäste – die Kids, die letzten Samstag hier gewesen waren. Er zeigte ihnen Filme. Jetzt schon. Eigentlich sollte es erst in ein paar Wochen so weit sein. Diese Gruppe würde sein Ausbildungsprogramm also früher durchlaufen als die anderen.

All die anderen. Ich darf das nicht zulassen. Nicht schon wieder. Aber ...

Sie schlug sich die Hände auf die Ohren, um JJs Schreie nicht mehr zu hören, doch es war sinnlos. Sie waren in ihrem Kopf. Für immer. *Ich kann das nicht, nein, nein, nein.*

Sie würde sterben, würde genauso enden wie JJ, zerstückelt, in Koffern, in der sengenden Sonne verrottend.

Aber nur wenn du dich erwischen lässt. Dann lass dich gefälligst nicht erwischen.

Sie las noch einmal den Einkaufszettel durch, dann blickte sie auf das verschwommene Foto. Ihr Entschluss stand fest: Sie durfte nicht zulassen, dass diese Kids zur nächsten Sunshine Suzie herangezüchtet wurden. Und sie musste Macy beschützen, selbst wenn sie in einem billigen Kofferset zu enden drohte.

Dann lass dich gefälligst nicht erwischen.

Kate trabte quer über das Feld. Es war noch nass vom Regen, der gestern Abend vermutlich sämtliche verwertbaren Spuren weggespült hatte. Verdammt. Sie trat zu den beiden Männern, die bei einer Leiche neben einem Wagen hockten, so dicht zusammen, dass sich ihre Köpfe beinahe berührten. Zwei Cousins, einer weiß-, der andere dunkelhaarig, beide gleichermaßen attraktiv.

Doch sie konnte nur an den blonden Mann denken, der in ihrem Bett im Gästezimmer lag. Decker war kurz aufgewacht, als ihr Handy klingelte und es hieß, sie solle sofort zum Tatort kommen, doch sie hatte ihn geküsst und ihm befohlen weiterzuschlafen. Dass er ohne weiteren Protest gehorcht hatte, war ein eindeutiges Zeichen, wie sehr er sich während der Nacht verausgabt hatte.

Und wie froh sie darüber war! Sein Anblick in diesem Moment größter Verzückung hatte sich unauslöschlich in ihr Gedächtnis gebrannt und würde sie begleiten, selbst wenn sich nie wieder die Gelegenheit für ein heimliches Liebesspiel böte. Wobei sie inbrünstig darauf hoffte. Allein beim Gedanken an all die Energie – und diesen unglaublichen Körper – überlief sie ein Schauder. Verlangen durchströmte sie. O Gott, wie sehr sie sich nach ihm sehnte.

Doch erst die Arbeit, dann das Vergnügen, hieß es doch immer so schön ... vor allem, da das Schwein, das Decker um ein Haar hatte töten lassen und mutmaßlich auch für diese Tat verantwortlich war, wohl nicht aufgeben würde.

Sie blieb neben den beiden Männern stehen, die eine weiße weibliche Leiche von etwa Anfang vierzig in Augenschein nahmen.

Deacon blickte hoch, nickte kurz und kniff die Augen zusammen. Er trug keine Brille, und die Sonne ging gerade auf. Kate ging neben ihm in die Hocke.

»Das ist sie«, erklärte Adam Kimble grimmig und wies mit dem Daumen auf den Wagen neben ihnen. »Und dort ist ihr Toyboy.«

»Verdammt«, stieß Kate halblaut hervor. »Roy auch?«

»Er war als Erster dran«, meinte Deacon.

Kate richtete sich auf und blickte durch das geöffnete Wagenfenster. Der Sitz war nach hinten gekippt, was den Eindruck entstehen ließ, dass das Opfer schlief. Er war ein Riese, breitschultrig und sogar noch muskulöser als Decker. Er brachte mindestens hundert, hundertzehn Kilo auf die Waage.

Auf Steroide untersuchen lassen, dachte sie. Sein Gesicht war noch immer zu einer Grimasse erstarrt, doch die Muskulatur seiner gewaltigen Schultern hatte sich bereits wieder gelockert. »Er muss schon eine ganze Weile tot sein.«

»Gute achtzehn Stunden, würde ich sagen«, bemerkte Deacon. »Die Totenstarre lässt wieder nach. Die Finger sind noch steif, aber die Muskeln in Armen und Beinen sind schon wieder beweglich.«

Da die größeren Muskelgruppen als Erstes steif wurden, ließ die Totenstarre nach ihrer vollen Entfaltung dort auch als Erstes wieder nach. Kate ging wieder in die Hocke und warf einen Blick auf Eileen, deren Leiche eine Schusswunde im Arm und eine weitere in der Kehle aufwies. Sie trug eine kugelsichere Weste und einen Polizeihelm. »Sie ist noch steif wie ein Brett«, stellte Kate fest.

Adam nickte. »Das heißt zwölf, vielleicht fünfzehn Stunden.«

Kate rechnete im Geist nach. »Der Mordversuch auf Decker geschah gestern um die Mittagszeit. Zu diesem Zeitpunkt war Roy bereits tot.«

»Deshalb war Eileen also gezwungen, Davenport unter Drogen zu setzen?«, fragte Deacon stirnrunzelnd.

»Ich weiß nicht recht.« Nachdenklich biss sich Kate auf die Unterlippe. »Die Pflegeassistentin meinte, Eileen hätte eigentlich nichts mehr von Roy wissen wollen. Ich hatte eher den Eindruck, als wäre sie froh gewesen, wenn sie ihn vom Hals gehabt hätte. Sie würde wohl kaum ihre Karriere für ihn aufs Spiel setzen. Was die Frage aufwirft, wieso sie überhaupt hier ist. Hätte sie ihn noch geliebt, wäre es ja nachvollziehbar gewesen, aber das war offenbar nicht der Fall.«

»Fest steht, dass sie auf Ärger gefasst war«, meinte Deacon mit einer Geste auf ihren Helm und die Weste. »Trotzdem ist sie hergekommen«

»Vielleicht ging es ja um etwas anderes, für das sie bereit war, ihr Leben aufs Spiel zu setzen«, meinte Kate nachdenklich.

»Ich bezweifle, dass wir herausfinden werden, was das gewesen sein könnte«, warf Adam ein. »Sie wurde vermutlich mit dem Versprechen hergelockt, dass sie es bekommen würde, aber der Täter hat es wohl nicht hiergelassen.«

»Verdammt«, murmelte Kate. »Ich bräuchte erst mal einen anständigen Kaffee, um ein bisschen klarer denken zu können. Wie seid ihr auf den Tatort gestoßen?«

»Roys Wagen hatte ein Diebstahltracking-System«, antwortete Adam. »Ich habe gestern schon Eileens Wagen überprüft, aber erst nachdem ich heute Morgen in Roys Fitness-Studio war und mit einigen seiner Kumpels geredet habe, bin ich auf die Idee gekommen, es auch mit seinem Wagen zu versuchen.«

Kate zog die Brauen hoch. »Wann um alles in der Welt warst du heute Morgen schon in seinem Fitness-Studio?«

»Gegen fünf.«

Deacon musterte seinen Cousin besorgt. »Hast du überhaupt geschlafen?«

»Ja«, antwortete Adam knapp. »Lass gut sein«, fügte er hinzu, als er Deacons Miene sah. »Ich hab's im Griff, okay?«

Deacon schien noch etwas sagen zu wollen, verkniff es sich jedoch und nickte stattdessen nur. »Okay. Und was haben Roys Kumpels dir erzählt?«

»Dass sein Wagen sein Augapfel war. Und dass er jede Menge Sex mit anderen Frauen hatte. Eileen war nur seine Anlaufstelle, um ein Dach überm Kopf und etwas zu essen zu haben. Seine Kumpels hatten schon Angst, sie könnte ihm etwas angetan haben oder so. Der Typ am Empfang hat überprüft, ob Roy gestern Abend im Studio war, aber das war nicht der Fall. Offensichtlich war sein Wagen sein Heiligtum und der Fitness-Club seine Kirche.«

»Dass *sie ihm* etwas angetan haben könnte?«, hakte Kate kopfschüttelnd nach. »Der Typ ist doch doppelt so breit wie sie.«

»Aber ›irgendwann müsste er schließlich auch mal pennen‹, haben sie gesagt.« Adam zuckte mit den Schultern. »Und dass sie ihm Opioide beschafft hätte.«

»Damit hat sie versucht, Decker zu töten«, sagte Kate. »Wurde etwas von dem Zeug bei ihr zu Hause gefunden?«

»Allerdings. Und jede Menge Nadeln«, antwortete Adam finster. »Und auch im Zimmer ihres Jungen. Er hat sich etwas von Roys und ihren Vorräten unter den Nagel gerissen. Eileen hatte Dutzende Ampullen herumliegen, manche voll, andere nur mit ein, zwei Tröpfchen.« Er zog sein Handy heraus. »Hier.« Er zeigte Kate und Deacon das Foto einer Ampulle mit einem *Dilaudid*-Etikett. »Ich habe alles ins Labor gegeben, wo es jetzt mit dem abgeglichen wird, was gestern in Davenports Infusionsbeutel gefunden wurde. Das Zeug ist hochpotent. Viermal stärker als Morphin. Davenport hatte Riesenglück, dass ihr rechtzeitig gekommen seid.«

Kate holte tief Luft. Sie wollte lieber nicht über die Alternative nachdenken. *Verdammte Scheiße.*

»Es geht ihm gut«, sagte Deacon beruhigend. »Oder?«

Unwillkürlich schlich sich ein Lächeln auf ihr Gesicht. Deacon starrte sie fassungslos an. »Das ist nicht dein Ernst, Kate. Wirklich?«

Adam schnaubte abfällig. »Als wärst du nicht vom ersten Moment an scharf auf Faith gewesen.«

Kate schürzte die Lippen und bemühte sich um eine ernste Miene. »O Gott, Adam, er wird ja rot!«

»Das ist noch gar nichts«, warf Adam ein. »Ich kenne da Geschichten …«

»Lasst uns wieder an die Arbeit gehen, okay?«, unterbrach Deacon verdrossen.

»Natürlich.« Kate nickte. »Roy taucht also als Erster hier auf. Vermutlich hat ihn dieser Typ hergelockt, der sich der *Professor* nennt. Habt ihr das Memo gesehen, das Zimmerman nach unserem Besuch in der Pathologie gestern Abend noch rausgeschickt hat?«

Beide Männer nickten. »Der Professor hat Sidney Siler Koks verkauft«, sagte Deacon. »Und offensichtlich Steroide an Roy. Dass ihr Sidneys Spycam-Stift gefunden habt, war gute Arbeit. So wissen wir jetzt wenigstens, wieso sie sterben musste.«

»Auch wenn es bedeutet, dass wir im Hinblick auf Alice nichts in der Hand haben«, erklärte Adam düster.

»Decker hatte von diesem Professor gehört«, sagte Kate. »Offenbar hat er manchmal direkt gedealt oder aber seinen Stoff an andere Dealer weiterverkauft, beispielsweise an Alice und ihren Vater. Die beiden konnten ihn nicht leiden, weil er mit seinen Direktgeschäften natürlich ihren Profit geschmälert hat.«

»Und wieso haben sie es ihm dann durchgehen lassen?«, hakte Adam nach. »Alice und ihr Vater haben Leute auch schon wegen weitaus unbedeutenderen Vergehen kaltgemacht.«

»Decker meinte, sein Stoff sei so herausragend, dass die Leute explizit danach gefragt hätten. Wenn sie ihn beseitigt hätten, wäre ihnen eine wichtige Bezugsquelle verlorengegangen. Außerdem haben sie sich wohl oder übel mit ihm arrangiert, weil sie ihn wegen seiner Verkleidung nicht mal finden konnten«, fügte sie trocken hinzu.

»Was es aber auch für uns schwieriger macht, ihn aufzustöbern«, folgerte Deacon seufzend. »Vor allem jetzt, wo er weiß, dass wir ihm auf den Fersen sind.«

»Sidneys Mitbewohnerin hat erzählt, er würde von Zeit zu Zeit komplett abtauchen, manchmal sogar monatelang.«

»Was bedeutet, dass er sein Drogengeld entweder gut anlegt oder noch über andere Einnahmequellen verfügt«, folgerte Adam.

Kate dachte darüber nach. »Durchaus möglich. Das passt zu unserer Theorie, dass er Lehrer oder Chemiker ist. Fakt ist, dass seine und McCords Wege sich irgendwann gekreuzt haben und daraus ihre Partnerschaft entstanden ist. Das heißt, wir müssen herausfinden, wo das war.« Sie stand auf und betrachtete erneut den toten Roy. »Der Typ ist ein Riese.«

»Ein Gorilla«, bestätigte Adam und erhob sich ebenfalls. »Der Professor muss ihm eine Dosis verpasst haben, die einen Elefanten umnieten würde.«

»Genau das habe ich auch gedacht.« Kate nahm ihre Taschenlampe vom Gürtel. »Carrie Washington wird das erst noch bestätigen müssen, aber ich gehe davon aus, dass er hier auf diesem Sitz gestorben ist. Ich hätte ihn jedenfalls nicht nach Eintritt des Todes in diesen Wagen zerren wollen.« Sie richtete die Taschenlampe auf Roys Nasenlöcher und sah die Kristallreste darin glitzern. »Unmittelbar vor seinem Tod hat er irgendetwas geschnupft. Genauso wie Sidney. Könnte sein, dass der Professor ihn gezwungen hat, Rizin oder Cyanid zu nehmen, so wie bei Sidney und Alice.« Oder … Sie richtete den Lichtkegel auf seine nackten Arme. »Aha, da haben wir's ja.« Sie wich zurück und reichte Deacon die Taschenlampe. »Sieh dir seinen Arm an, direkt über dem Ellbogen. Siehst du den winzigen Einstich?«

Deacon gehorchte und reichte die Taschenlampe an Adam weiter. »Du bist ein echtes Genie, Kate. Unmittelbar vor Eintritt des Todes hat ihm offensichtlich jemand eine Injektion verpasst. Das Blut um die Einstichstelle ist geronnen.«

»Natürlich muss Carrie sein Blut erst noch untersuchen, aber ich denke gerade nach …«, fuhr Kate fort, erfreut über das Kompliment. »Vielleicht waren es seine Steroide, aber wieso? Eine Überdosierung hätte wohl kaum zum Tod geführt. Deshalb hat ihm jemand vermutlich etwas Stärkeres verpasst. Vielleicht Dilaudid. Und wir wissen ja, dass Eileen regelmäßig Opiate aus dem Krankenhaus mitgehen ließ. Was, wenn der Professor das auch gewusst hat? Wenn er sie damit hergelockt hat?«

»Mit Ampullen, die sie im Krankenhaus geklaut hat?«, hakte Adam nach. »Wäre möglich.«

»Die Seriennummern auf den Ampullen stimmen garantiert mit denen im Krankenhaus überein«, fügte Kate mit Überzeugung hinzu. »Das wäre Erklärung genug. Und auch, wieso sie davon ausgegangen ist, dass der Täter auf sie schießen würde.«

Deacon hatte sich wieder neben Eileen gehockt und tastete ihre Westentaschen ab. »Bingo. Hier stecken Ampullen. Zwei, vermute ich.« Er zog den Klettverschluss der Tasche auf.

»Vorsicht«, warnte Adam. »Carrie reißt dir den Kopf ab, wenn du etwas an der Leiche veränderst.«

»Weiß ich doch«, murmelte Deacon und zog mit der Behendigkeit eines Langfingers eine der Ampullen aus der Tasche.

»Aha. Dilaudid. Eileen ist hergekommen, um die Ampullen zurückzuholen, damit sie nicht mit Roys Tod in Verbindung gebracht werden konnte, und nicht, um ihm zu helfen. Eiskalt, die Frau.«

»Klingt nicht nach einem großen Liebespaar für mich.« Vorsichtig, um keine Spuren zu verwischen, ging Kate um den Wagen herum. »Also, wie ist das Ganze vonstattengegangen? Roy trifft sich mit dem Professor und kauft ihm Koks ab, das er gleich schnupft. Aber wie ist dieser Professor an das Dilaudid gekommen? Hat Roy es mitgebracht? Hat man einige der Ampullen in seinem Zimmer gefunden?«

Adam schüttelte den Kopf. »Nein, nur Koks und die Steroide, aber er hat sie vielleicht Eileen geklaut. Sie hat sie nicht weggeschlossen.«

»So ist auch ihr Sohn an das Zeug herangekommen«, erklärte Kate angewidert. »O Gott, wieso dürfen solche Menschen auch noch Kinder bekommen? Also hat entweder Roy sie mitgebracht, oder der Professor war in ihrem Haus und hat sie gestohlen. Ich halte Ersteres für wahrscheinlicher, weil Roy schließlich freiwillig hergekommen ist.«

»Der Typ ist ein Riese«, meinte Adam nachdenklich. »Er hätte sich doch bestimmt nicht freiwillig eine Spritze verpassen lassen, und ich sehe keinerlei Spuren von Fesseln.«

»Sidney hat einen Cocktail aus Koks und Ketamin genommen«, erklärte Deacon. »Das Ketamin hat sie bewegungsunfähig gemacht, während das Cyanid seine Wirkung entfalten konnte. Roy hat auch irgendetwas geschnupft. Wir lassen Carrie sein Blut auf Koks, Ketamin und den Rest des üblichen Sortiments untersuchen. Du liebe Gute, ich hätte dem Kerl jedenfalls ganz sicher irgendetwas verpasst, das ihn lähmt, bevor ich ihn anfasse. Nächste Frage: Warum kein Ketamin in diesem Fall? Oder wieso hat der Täter Sidney kein Dilaudid verabreicht?«

»Wir hätten das Cyanid um ein Haar bei ihr übersehen«, sagte Kate. »Ohne das Foto aus der Besucherakte des Gefängnisses hätten wir sie nicht wiedererkannt.«

»Du schon«, korrigierte Deacon. »Ich aber nicht. Ich hatte mir die Unterlagen ja schon angesehen, bevor du gekommen bist, und sie nicht als die Frau wiedererkannt, die Alice im Gefängnis besucht hat.«

Kate zuckte nur die Achseln. »Ich wollte auf etwas anderes hinaus. Wir hätten das Cyanid übersehen und Carrie möglicherweise auch, weil der rote Ausschlag bei ihrer Hautfarbe nicht weiter aufgefallen ist. Vielleicht hat der Täter ja das Cyanid benutzt, weil er davon ausgegangen ist, dass wir es nicht merken würden. Oder es war rein zufällig noch etwas übrig, nachdem er Alice hat beseitigen lassen. Er hat Sidney das Dilaudid nicht verabreicht, weil sie keine Einstichstellen hatte. Das hätte nach einem Fake ausgesehen, aber es sollte der Anschein entstehen, dass sie an einer Überdosis Koks gestorben ist.«

»Er wusste, dass Eileen und Roy gefunden werden würden«, sagte Adam ruhig. »Wieso hat er keinen Versuch unternommen, die Leichen zu verstecken?«

»Eileens Ermordung ist eine Strafe«, erklärte Kate. »Was bedeutet, dass er gewusst haben muss, dass sie versagt hat. Wann kam die Meldung mit dem Anschlag auf Davenport in die Nachrichten?«

»Der Sicherheitsdienst im Krankenhaus konnte das bis zum Schichtende aus den Medien heraushalten«, antwortete Deacon. »Da war Eileen vermutlich schon tot. Das bedeutet, der Professor hat noch eine weitere Quelle im Krankenhaus.«

Kate runzelte die Stirn. »Tja, das Blöde ist, dass die Gerüchteküche in Krankenhäusern meistens heftig brodelt. Decker war sowieso *das* Gesprächsthema. Wir haben keine Ahnung, wer diesem Professor gesteckt hat, dass Decker doch nicht tot ist. Das heißt, es läuft noch eine durchgeknallte Kranken-schwester oder ein Pfleger durch die Gegend. Toll.«

»Ich bin bloß froh, dass Dani nicht mehr in diesem Laden arbeitet«, sagte Adam. »Mir hat es schon nicht gefallen, dass die sie wie ein Stück Dreck behandelt haben, aber jetzt hätte es ernsthaft gefährlich für sie werden können.«

Deacon machte ein finsteres Gesicht. »Na ja, die Meadow-Kli-nik ist auch nicht gerade der Inbegriff eines sicheren Hafens.«

Kate schnippte mit den Fingern. »Hallo, Jungs, zurück zu Eileen und Roy.« Sie hielt inne. »Okay. Roy taucht also mit den Ampullen in der Hand freiwillig hier auf, um sich mit dem Professor zu treffen. Aber wieso? Um sie ihm zu ver-kaufen? Oder einzutauschen?«

»Möglich«, wiederholte Adam. »Er wurde auf dem Autositz getötet. Bedeutet das, dass sich der Professor zu ihm in den Wagen gesetzt hat?«

Kate spähte durch das geschlossene Beifahrerfenster. »Kann sein. Falls ja, wird die Spurensicherung bestimmt etwas fin-den.« Sie drehte sich langsam einmal um die eigene Achse. »Aber wieso ausgerechnet hier? An seinem üblichen Treff-punkt ging es nicht, weil der inzwischen ein Tatort war, aber wieso hier? Woher kannte er diese Stelle? Das Areal gehört doch zu einem Naturschutzgebiet.«

Adam und Deacon sahen einander an, und Adam zuckte mit den Achseln. »Möglich wär's.«

»Was?«, fragte Kate.

»Naturschutzgebiete in Kentucky und diesem Teil von Ohio … vor allem in versteckten Ecken, wo kein Mensch hinkommt … Tja, sie sind perfekt für den Anbau von Marihuana geeignet. Das Klima könnte nicht besser sein«, antwortete Adam.

»Wir lassen Drogenspürhunde herkommen«, erklärte Dea-con. »Sollten wir ein Feld finden, brauchen wir nur noch eine Kostprobe von dem Stoff, den er verkauft hat.«

»Haben wir«, sagte Kate befriedigt. »Sidneys Mitbewohnerin hat Gras von ihm gekauft. Bei der Durchsuchung ihres Zimmers gestern Abend habe ich es gefunden.« Sie hielt inne und schob entschlossen die Gedanken an den Abend und alles, was danach passiert war, beiseite. »Aber hier werden wir ihn auf keinen Fall schnappen. Hätte ich so ein Schlachtfeld angerichtet, würde ich mich so schnell nicht wieder blicken lassen, selbst wenn mein Stoff noch so gut wäre.«

»Mag sein«, räumte Deacon ein. »Aber ein Täterprofil können wir erstellen. Und wenn wir herausfinden, wie alt die Pflanzen sind, können wir auch sagen, seit wann er sie anbaut. Damit hätten wir noch ein Detail.«

Sie lächelte. »Details sind deine Stärke.« Sie blickte auf Eileens Leiche hinunter. »Der Typ ist ein verdammt guter Schütze«, stellte sie fest – die Eintrittswunde in der Kehle der Frau sprach Bände. »Sie ist hergekommen und aus dem Wagen gestiegen, hat gesehen, dass Roy tot ist, und wollte sich die Ampullen holen.«

Adam ging ein weiteres Mal neben der Leiche in die Hocke. »Beim ersten Schuss stand sie noch mit dem Gesicht zum Wagen. Es war ein glatter Durchschuss. Die Kugel steckt in der Tür.« Er deutete auf das Loch im Blech. »Der Lack ist abgesplittert. Und er hat die Kugel herausgefriemelt.«

»Okay«, sagte Kate. »Sie dreht sich also um, will vielleicht sogar weglaufen, aber die zweite Kugel trifft sie vorher in den Hals.«

»Auch das war ein Durchschuss. Die Austrittswunde befindet sich in ihrem Nacken. Aber er hat sie im Stehen erwischt, denn es gibt keine weiteren Kugeln im Wagen, aber vielleicht haben wir ja Glück, und die Kugel ist irgendwo ins Erdreich eingeschlagen.«

»Aber wo genau hat der Täter gestanden?« Deacon sah sich um.

»Ich an seiner Stelle hätte mich da drüben hingestellt, zwischen die Bäume«, meinte Kate. »Eileen hat damit gerechnet, dass es Ärger gibt. Trotzdem muss er schon ein verdammt guter Schütze sein, wenn er sie so punktgenau in die Kehle getroffen hat, vor allem, wenn sie drauf und dran war, zu ihrem Wagen zu flüchten. Er hat sie genau im richtigen Moment erwischt.«

Deacon setzte seine Sonnenbrille auf, weil die Sonne inzwischen vollständig aufgegangen war. »Wir wissen also, dass wir irgendwo bei Roys Wagen nach einer Gewehrpatronenhülse suchen müssen, und dass der Täter vermutlich noch einen weiteren Informanten im Krankenhaus hat. Hat schon jemand mit Eileens Sohn geredet?«

»Noch nicht«, antwortete Adam. »Die Beamten vor Eileen Wilkens' Haus haben ihn gestern Abend erwischt, als er sich reinschleichen wollte. Er war nass bis auf die Knochen und hat am ganzen Leib gezittert … offenbar ist er auf Entzug. Wir haben einen Notarzt gerufen, der ihn ins Krankenhaus gebracht hat. Ich habe veranlasst, dass seine Tür bewacht wird. Später versuche ich, einen Platz in einer Einrichtung für ihn zu finden, und Meredith will mitkommen, wenn ich ihn befrage. Ich hoffe, dass er inzwischen stabil genug ist, um mir ein paar Fragen zu beantworten.«

»Gut, dass Meredith mitkommt«, sagte Kate. Der arme Junge. Wie konnte eine Mutter ihr Kind so dermaßen im Stich lassen? »Wenn er erfährt, dass seine Mutter tot ist, wird er eine gute Betreuung brauchen. Okay, Jungs, wir sollten zusehen, dass wir ins Büro kommen. Es ist fast Zeit für die Morgenbesprechung bei Zimmerman.«

»Ich bleibe hier, bis die Rechtsmedizin und die Spurensicherung kommen«, meinte Adam. »Wir sehen uns nachher.«

»Ich brauche erst mal einen anständigen Kaffee«, meinte Deacon. »Wie sieht's mit dir aus, Kate?«

»Klar. Ich habe heute Nacht ein bisschen geschlafen, deshalb wird mich eine kleine Tasse schon nicht umhauen. Aber bitte kein Espresso, sonst kriege ich Herzflattern, okay?«

Deacon begleitete sie zu ihrem Wagen. »Du hast also heute Nacht ein bisschen Schlaf bekommen, ja?«, bemerkte Deacon beiläufig.

Sie runzelte die Stirn. »Worauf willst du hinaus?«

Er zuckte mit den Schultern. »Auf gar nichts. Ich finde nur, dass du ein bisschen ausgeruhter aussiehst. Das ist gut.« Er nahm die Brille ab und sah sie an. »Für den Augenblick. Aber sei vorsichtig, okay?«

Kate stieg die Röte in die Wangen. »Wie kommt es eigentlich, dass du immer genau weißt, was Sache ist?«

Er grinste. »Weil ich ein Genie bin, genauso wie du. Außerdem hatte ich genau denselben Ausdruck in den Augen, als ich Faith das erste Mal gesehen habe.« Sein Grinsen verflog. »Adam konnte sie nicht leiden, und Scarlett hat ihr keinen Meter über den Weg getraut. Aber ich. Ich wusste von der ersten Sekunde an, dass sie die Richtige ist.«

Genauso geht es mir mit Decker, dachte Kate, verkniff es sich aber, denn Deacon warf ihr einen besorgten Blick zu, der einen Anflug von Verunsicherung in ihr heraufbeschwor.

»Ich freue mich für euch beide«, sagte sie stattdessen. »Von ganzem Herzen.«

»Das weiß ich. Aber ich weiß auch, dass du bei weitem nicht so unverwundbar bist, wie du alle glauben lässt. Du bist gerade in einer sehr verletzlichen Situation. Wenn Davenport es schafft, dir ein Gefühl der Ruhe zu vermitteln, ist das sehr gut. Du musst dir nur darüber im Klaren sein, dass Typen wie er, die verdeckt arbeiten … nun ja, Bindungen sehr leicht auch wieder lösen können. Du denkst vielleicht, es würde für den Rest deines Lebens halten, aber der Kerl kann jederzeit ohne ein Wort wieder von der Bildfläche verschwunden sein. Natürlich bin ich da und helfe dir, die Scherben aufzusammeln, aber es wäre mir lieber, wenn ich es nicht tun müsste.«

Er setzte seine Sonnenbrille wieder auf, stieg in den Geländewagen und fuhr davon. Kate folgte ihm in ihrem eigenen Wagen. Hatte Deacon mit seiner Einschätzung recht? Ihr Instinkt sagte nein. Vielmehr schien Decker sich danach zu sehnen, Wurzeln zu schlagen und sesshaft zu werden. Aber vielleicht glaubte sie das auch nur, weil sie selbst es sich wünschte.

Sie sehnte sich so sehr danach, endlich anzukommen, jemanden zu haben, zu dem sie abends zurückkehren konnte.

Wie albern. Sie kannte diesen Mann gerade seit einem Tag – die Zeit im Koma zählte schlichtweg nicht. *Ich muss Tempo rausnehmen, muss abwarten, was passiert.*

Ich bin so eine elende Lügnerin. Denn selbst jetzt, während sie diesen Schwur leistete, zählte sie bereits die Minuten bis zu ihrem Wiedersehen. *Scheiße.*

Cincinnati, Ohio
Freitag, 14. August, 08.45 Uhr

Decker war stolz auf sich – er hatte allein geduscht, sich rasiert, Dr. Danis Frühstück bis auf den letzten Bissen vertilgt und dennoch genug Zeit gehabt, sich Gedanken über die codierten Einträge in den Büchern zu machen.

Und dank Troys und Tripletts Hilfe saß er nun in Zimmermans Konferenzraum: Die beiden hatten Dr. Dani so lange bearbeitet, bis sie resigniert hatte, und ihn anschließend ins FBI-Büro gebracht.

Er hatte sich bei ihnen bedanken wollen, doch sie hatten nur abgewinkt, schließlich hätte er Informationen, die ihnen helfen könnten, den letzten Kompagnon des Menschenhändlerrings ausfindig zu machen. McCords Partner endlich zu finden, hatte für sie alle oberste Priorität.

»Heiliger Strohsack, was machen Sie denn hier, Griff?«, stieß Zimmerman hervor, als er eintrat.

»Arbeiten«, antwortete Decker gelassen. »Frau Doktor hat gesagt, es sei okay.«

»Nein, hat sie nicht«, warf Dani, die am anderen Ende des Tischs saß, säuerlich ein. »Frau Doktor hat gesagt, dass Sie noch einen weiteren Tag im Bett bleiben müssen, aber auf Frau Doktor hört ja keiner. Legen Sie mir gefälligst keine Worte in den Mund, Agent Davenport. Verstanden?«

»Ja«, murmelte Decker. »Ich habe verstanden. Okay, Frau Doktor hat mir gnädigerweise erlaubt, das Penthouse für eine Weile zu verlassen, solange ich im Rollstuhl bleibe und mich nicht überanstrenge. Besser?«

Dani starrte ihn finster an. »Wie auch immer. Ich weiß nicht, wieso Sie mich überhaupt brauchen, weil Sie ja offensichtlich kerngesund sind«, fügte sie sarkastisch hinzu. »Ein medizinisches Wunder!«

»Ich habe den Eindruck, als wäre Dr. Novak mit Ihrer Entscheidung nicht ganz so glücklich, Griffin«, bemerkte Zimmerman.

»Aber gleich werden Sie umso glücklicher sein.« Decker schwenkte den Notizblock mit seinen Aufzeichnungen über die Codes, doch Zimmerman ging nicht darauf ein, sondern setzte sich neben ihn.

»Sie sollten wirklich nicht hier sein, mein Sohn.«

Deckers Kiefer spannte sich an. Er war nicht Zimmermans Sohn. Auch wenn er durchaus verstand, dass Zimmerman ihm nur helfen wollte, ging ihm seine herablassende Art ganz gewaltig auf die Nerven.

»Ich muss unbedingt wieder an die Arbeit, Sir. Bei allem

Respekt, aber Sie stecken nicht in meinem Körper, sondern ich.« Unwillkürlich schweiften seine Gedanken zu jenen Minuten der ungezügelten Lust gestern Nacht. Vier Jahre der Enthaltsamkeit hatten zweifelsohne bei der Intensität seines Höhepunkts eine Rolle gespielt, aber in erster Linie war es Kates Hand gewesen, die …

Reiß dich zusammen, Davenport. Du bist kein liebestoller Teenager, verdammt noch mal!

»Genau aus diesem Grund haben wir eine Ärztin engagiert, die Ihren Zustand im Auge behalten soll«, gab Zimmerman, noch immer in demselben herablassenden Tonfall, zurück.

Dani seufzte. »Ich kann ihn hier genauso gut im Auge behalten. Und wären wir nicht in der Nähe, würde er vermutlich die ganze Zeit auf und ab gehen, so wie er es die halbe Nacht getan hat. Er hat sogar überlegt, aufs Laufband zu steigen.«

»Ich dachte, Laufen wäre gut für ihn«, bemerkte Zimmerman, als würde Decker nicht direkt neben ihm sitzen.

»Das stimmt, aber in Maßen. Hier kann er es nicht übertreiben, deshalb ist es gar keine so schlechte Idee, wenn er für eine Weile hier ist. Er kann seine Rundgänge wieder aufnehmen, wenn wir zurück in der Wohnung sind.«

»Und seine Verletzungen?«, hakte Zimmerman nach.

»Heilen sehr gut. Die zusätzlichen Tage im Koma haben geholfen.« Ihre Mundwinkel verzogen sich zu einem freudlosen Lächeln. »Wahrscheinlich war es die einzige Möglichkeit, ihn ruhig zu halten.«

Decker warf ihr einen vernichtenden Blick zu. »Ich bin übrigens auch anwesend. Hier. Leibhaftig.«

»Ja, das weiß ich«, erwiderte Dani. »Vielleicht gibt Ihnen das eine Vorstellung davon, wie es ist, ständig ignoriert zu werden.«

Decker zuckte zusammen. »Es tut mir leid. Nach diesem Meeting bin ich der bravste Patient, den Sie je hatten.«

Dani verdrehte die Augen. »Das haben Sie mir gestern auch schon erzählt, also entschuldigen Sie bitte, wenn ich Ihnen kein Wort glaube.« Sie wandte sich Zimmerman zu. »Wahrscheinlich wäre er nach dem Wochenende sowieso aus dem Krankenhaus entlassen worden, deshalb kann eigentlich nichts passieren, wenn er aufsteht. Er braucht keine Überwachung rund um die Uhr. Wenn Sie nichts dagegen haben, würde ich mich während Ihres Meetings gern in ein leeres Büro setzen und ein bisschen arbeiten.« Sie tätschelte ihre große Umhängetasche. »Ich habe heute Morgen ein paar Krankenakten zugemailt bekommen. Bei einer meiner Patientinnen sind Komplikationen aufgetreten. Es könnte sein, dass ich für ein paar Stunden in die Klinik fahren muss, aber ich sorge dafür, dass Agent Davenport versorgt ist. Meredith Fallons Cousine ist gelernte Krankenschwester. Sie heißt Bailey Beardsley und arbeitet für Wendi Cullen. Ich kenne sie seit Jahren und weiß, dass sie zuverlässig ist. Fingerabdrücke und eine aktuelle Akte über sie liegen vor, weil sie als Drogenberaterin arbeitet.«

»Das klingt 'gut«, meinte Zimmerman. »Meine Assistentin bringt Sie in ein leeres Büro.« Er blickte zu dem Block, auf den Decker mit den Fingerspitzen eintrommelte. »Was ist denn das?«

»Ich habe alles über die Unterlagen der Menschenhändler aufgeschrieben. Alles, woran ich mich erinnern kann. Die Namen sämtlicher Kunden und Lieferanten sind codiert. Gestern Abend konnte ich noch nicht viel mit meinen Erinnerungen anfangen, aber ein paar Stunden Schlaf haben definitiv geholfen.« Allerdings hatte der Orgasmus womöglich eine noch viel belebendere Wirkung gehabt, aber das würde er hübsch für sich behalten. »Mit einer entsprechenden Dechiffrier-Software kann ich Ihnen vielleicht ein paar Namen nennen.«

Zimmerman sah ihn erfreut an. »Ich kümmere mich gleich nach dem Meeting darum. Ich konnte gestern Abend noch veranlassen, dass der Anschluss im Penthouse mit unserem Server verbunden wird, deshalb sollten Sie nachher gleich loslegen können.«

In diesem Moment ging die Tür auf, und Zimmermans Mannschaft trat ein. Decker ließ den Blick über die Gesichter schweifen, bis er an dem einen hängenblieb, nach dem er Ausschau gehalten hatte, doch Kate schien ebenso wenig begeistert über sein Auftauchen zu sein wie Zimmerman vorhin.

»Was machst du denn hier?«, fragte sie und wandte sich Dani zu. »Er sollte sich doch noch mindestens einen Tag ausruhen?«

Dani hob die Hände. »Sagen Sie das ihm und seinen zwei Spießgesellen.« Sie zeigte auf Trip und Troy, die Kate unschuldig ansahen. »Ich mache mich jetzt an die Arbeit.«

»Wir fanden, dass er ganz gut aussieht«, meinte Troy. »Regen Sie sich ab, Kate. Er ist erwachsen und nicht das erste Mal angeschossen worden. Wie oft hat es Sie schon erwischt, Decker?«

»Ein glattes Dutzend Mal«, antwortete Decker. »Ich weiß, was ich tue. Außerdem ist Eileen tot und kann nicht noch mal versuchen, mir das Licht auszublasen, oder?«

Kate ließ sich auf einen Stuhl fallen und fuhr sich mit den Händen übers Gesicht. »Das ist wahr, aber dieser Professor wird wohl so schnell nicht aufgeben. Die Gefahr ist also noch nicht gebannt.«

»Ein Grund mehr, sich in die Arbeit zu stürzen«, bemerkte er seelenruhig.

»Lassen Sie uns anfangen«, meldete sich Zimmerman zu Wort. »Wir haben eine Menge Arbeit vor uns.«

Decker ließ den Blick über die Anwesenden schweifen. Inzwischen kannte er alle, nur eine im Team hatte er noch nicht kennengelernt: Meredith Fallon, die Kinderpsychologin.

Zimmerman schien ihr Fehlen in dieser Sekunde zu bemerken. »Wo ist Meredith?«

Adam Kimble runzelte die Stirn. »Sie war direkt hinter uns.«

Die Tür ging auf. Eine weitere Rothaarige trat mit dem Handy am Ohr ein und umrundete auf ihren 10-Zentimeter-Absätzen anmutig den Tisch. Decker betrachtete sie, ließ den Blick über ihr dunkelrotes, fast kastanienfarbenes Haar und den warmen Pfirsichton ihres Teints schweifen.

Kate war tausendmal hübscher, dachte er. Ihre Züge waren markanter, ihr Körper athletischer, und ihr Haar hatte das flammende Rot eines Sonnenuntergangs. Sie war genau der Typ Frau, auf den Decker stand. *Ich bin ein echter Glückspilz.*

»Ich bitte ihn um die Nummer«, sagte Meredith eindringlich. »Dann rufst du hier an, damit ich dich auf Lautsprecher stellen kann. Ich schicke sie dir gleich.« Sie legte auf.

»Wer war das?«, fragte Zimmerman, während er ein Blatt von Deckers Block abriss, die Nummer notierte und Meredith reichte.

»Officer Kendra Cullen«, antwortete Meredith. »Sie arbeitet als Streifenpolizistin für das CPD und hat einen Hinweis, den Sie alle hören sollten.«

Decker und Troy sahen Kate fragend an, die jedoch nur mit den Schultern zuckte. »Ich habe keine Ahnung, wovon sie spricht«, sagte Kate, als der Festnetzapparat auf dem Tisch läutete.

Zimmerman ging ran und stellte auf Lautsprecher. »Officer Cullen? Hier ist Special Agent Zimmerman. Wie ich höre, haben Sie einen Hinweis für uns?«

»Ich denke, ja«, sagte die Frau mit ihrer tiefen, kehligen Stimme. »Soll ich gleich loslegen?«

»Bitte«, forderte Meredith sie auf und sah Zimmerman an.
»Das ist doch okay, oder?«

»Klar. Übernehmen Sie«, meinte Zimmerman.

»Danke. Kendra, du bist hier im Morgenmeeting des Einsatzkommandos, von dem ich dir erzählt habe. Anwesend sind Agent Zimmerman, die Agents Novak, Coppola, Troy und Triplett und ...«, Meredith hob die Brauen, »Sie sind Davenport, stimmt's?«

»Richtig, Ma'am.« Decker nickte höflich.

»Und Agent Davenport«, sagte Meredith. »Und Detective Kimble vom CPD.«

»Scarlett ist nicht da?«, fragte Kendra.

»Nein, sie ist persönlich von dem Fall betroffen und hat sich deshalb wegen Befangenheit zurückgezogen. Also, Officer Cullen hat am Samstag einen potenziellen Übergriff auf dem Parkplatz des Kroger-Supermarkts auf der Glenway verhindert. Das Opfer könnte von Interesse für uns sein. Bitte, schieß los, Kendra.«

»Ich hatte am Samstag Pause und bin kurz zum Supermarkt gefahren, um mir etwas zu essen zu besorgen. Dabei fiel mir ein etwa dreißigjähriger Mann auf, der ein etwa achtzehnjähriges Mädchen belästigt hat. Ich bin den beiden auf den Parkplatz gefolgt, wo der Mann die junge Frau an ihrem Wagen bedrängte. Es handelte sich um einen ziemlich rostigen Chevy Impala, dessen hintere Stoßstange grundiert worden war. Er hat sie gegen den Kofferraum gedrängt. Ich habe das Mädchen gefragt, ob sie Hilfe bräuchte, aber sie meinte, es sei nur ein Missverständnis. Ich habe die Kennzeichen beider Fahrzeuge fotografiert, für den Fall, dass sie ihn später doch noch anzeigt. Mir fiel auf, dass er sie Sunshine Suzie genannt hat.«

Adam sog scharf den Atem ein. »*Was?* Entschuldigen Sie, hier ist Adam Kimble. Wie war der Name?«

»Sunshine Suzie«, wiederholte Kendra. »Sagt Ihnen das etwas?«

Adam stieß den Atem aus. Die Ader an seiner Schläfe pulsierte sichtbar. »Ich weiß, dass sie eine Berühmtheit in Kinderpornokreisen war. Quasi einer der Stars«, fügte er bitter hinzu. »Etwa drei Jahre lang wurden regelmäßig Filme von ihr ins Netz gestellt. Von ihrem zwölften bis zum fünfzehnten Lebensjahr.«

Die Anspannung im Raum war beinahe mit Händen greifbar. »Zwölf«, flüsterte Kate. »O Gott. Und was ist passiert, als sie fünfzehn wurde, Adam?«

Adam zuckte die Achseln. »Sie ist plötzlich verschwunden. Keine Filme mehr. Zumindest stand es so im Bericht, den ich gelesen habe. Niemand bei der ICAC ist je auf die Idee gekommen, dass sie hier in der Stadt leben könnte.«

»Zumindest jetzt tut sie es«, bemerkte Kendra. »Ich habe versucht, ihr zu folgen, aber sie war zu schnell. Ich habe beide Kennzeichen überprüft. Die an ihrem Wagen waren gestohlen und gehören nicht zu dem Fahrzeug, mit dem sie unterwegs war. Seines ist auf den Namen Corey Addison registriert. Er lebt in der East Galbraith und arbeitet in der Stadt. Ich habe Dr. Fallon bereits seine Adresse geschickt.«

»All das ist vorigen Samstag passiert?«, hakte Troy nach. »Und was hat Sie bewogen, sich heute an uns zu wenden?«

»Sie hat mich angerufen«, antwortete Kendra. »Sie kannte meinen Namen nicht, hat aber gestern Nachmittag von einem Münztelefon bei Kroger in Price Hill aus in der Zentrale angerufen. Sie hat der Telefonistin erzählt, sie wollte wegen eines Schulprojekts mit mir reden … mit der afroamerikanischen Polizistin, die am Samstag in der Nähe der Glenway Dienst hatte, so hat sie es ausgedrückt. Die Telefonistin wusste sofort, dass da etwas nicht stimmte, und hat versucht, mehr zu erfahren, aber das Mädchen hatte offensichtlich panische Angst und wollte nicht mehr sagen. Die Telefonistin hat mich über den Dienstplan ausfindig gemacht und eine Nachricht hinterlassen. Ich habe gleich zurückgerufen und gefragt, wie ich das Mädchen erreichen kann, aber sie hatte der Telefonistin erzählt, sie hätte kein Handy. Allerdings hätte sie gemeint, sie würde so schnell wie möglich noch mal von dem Münztelefon aus anrufen. Die Telefonistin hatte ihr ihren Namen gegeben, um sicherzugehen, dass sie beim nächsten Mal wieder bei ihr und nicht bei jemand anderem landet.«

Meredith ließ den Blick über die Runde schweifen. »Was machen wir jetzt?«

»Wir warten, bis sie sich meldet«, sagte Zimmerman, »und wir postieren ein paar Zivile auf dem Parkplatz.« Er schnitt eine Grimasse. »Bestimmt lässt sich ein Foto von ihr beschaffen, aber, liebe Güte, ich will nicht derjenige sein, der auf diese Internetseite gehen muss. Keiner von uns.«

»Ich übernehme das«, sagte Adam.

Meredith schüttelte den Kopf. »Du musst das nicht tun. Kendra hat ein Foto besorgt und bereits so bearbeitet, dass man nur ihr Gesicht sieht.«

Sichtlich erleichtert atmete Adam auf. »Danke, Kendra.«

»Keine Ursache«, sagte Kendra schroff. »Schön war's nicht. Ich habe die Suche von einem der Computer des Reviers gestartet und das Foto darauf bearbeitet«, fügte sie zögernd hinzu. »Natürlich habe ich meinem Vorgesetzten davon berichtet, um nicht die Internen am Hals zu haben.«

Zimmerman runzelte die Stirn. »Wem sind Sie denn unterstellt?«

»Captain Berry.«

»Haben Sie ihm erzählt, dass das Mädchen gestern versucht hat, Sie zu erreichen?«

»Nein, Sir, noch nicht. Ich wollte es tun, aber Meredith hat mir von der Einsatztruppe im Fall des Kinderpornorings erzählt, deshalb habe ich zuerst sie angerufen.«

»Sagen Sie Ihrem Captain bitte vorläufig noch nichts«, bat Zimmerman. »Es könnte sein, dass irgendwo eine undichte Stelle ist, und ich will nicht, dass diese Information durchsickert. Ich werde Detective Kimbles Lieutenant informieren, damit Sie auf der sicheren Seite sind.«

»Okay«, meinte Kendra leicht argwöhnisch. »Und was soll ich noch tun?«

»Verrichten Sie Ihren Dienst, als wäre alles ganz normal«, antwortete Zimmerman. »Falls sich etwas ändern sollte, erhalten Sie Ihre Anweisungen direkt von Lieutenant Isenberg.«

»Okay«, sagte Kendra, obwohl ihr die Zweifel deutlich anzumerken waren. »Ich will meinen Job nicht verlieren, Agent Zimmerman.«

»Das werden Sie nicht. Ich hoffe, wir müssen nicht allzu lange mit dieser Geheimniskrämerei weitermachen. Das war gute Arbeit, Officer. Vielen Dank.«

»Gern geschehen, Sir. Sonst noch etwas?«

»Nein, das war's. Dr. Fallon soll Ihnen noch ein paar Telefonnummern zukommen lassen. Meine direkte Durchwahl, die von Lieutenant Isenberg, von Kimble, von Novak, Troy und Coppola. Sollten Sie irgendwelche Probleme kriegen, rufen Sie sofort einen von uns an.«

»Verstanden, Sir. Danke.«

»Eines noch: Die Telefonistin kann Sie jederzeit erreichen, falls sich das Mädchen meldet?«

»Ja, ich habe ihr meine Handynummer gegeben.«

»Gut. Schönen Tag, Officer, und passen Sie gut auf sich auf.«

»Werde ich machen.« Sie legte auf. Seufzend lehnte sich Meredith auf ihrem Stuhl zurück.

»Ich hoffe, Sie nehmen es mir nicht übel, dass ich Ihr Meeting gesprengt habe, aber es erschien mir wichtig«, sagte sie.

Zimmerman schenkte ihr ein väterliches Lächeln. »Absolut. Doch bevor wir weitermachen, will ich die Überwachung des Supermarkts veranlassen.«

»Es muss eine Frau sein, Agent Zimmerman«, erklärte Meredith. »Vor einem Mann würde sie fliehen.«

»Das war mir schon klar«, bemerkte Zimmerman und verließ den Raum.

16. Kapitel

»Das sollte genügen«, murmelte er und blickte auf die fein säuberlich gestapelten Hüllen auf dem Küchentisch. *DVDs, erledigt.* Er hatte vorwiegend Filme ausgewählt, die lediglich in Anwesenheit von Erwachsenen angesehen werden sollten, einige waren sogar definitiv nicht jugendfrei, aber letztlich würde er die Auswahl seinen Gästen überlassen. Sollten sie sich für Streifen entscheiden, die erst ab sechzehn Jahren oder gar ab achtzehn freigegeben waren, zeigte es ihre Bereitschaft, gegen Vorschriften zu verstoßen, wenn sich ihnen die Gelegenheit dazu bot.

Fast jedes der Kids, das sein Programm durchlief, entschied sich für nicht jugendfreie Filme. Sie waren neugierig, und Neugier im Hinblick auf Sexualität war etwas völlig Normales, Menschliches.

Er ging davon aus, dass es bei seinen heutigen Gästen nicht anders war, deshalb hatte er einen besonders harten Streifen herausgesucht, den er auf den Stapel legen würde, wenn sie zum Mittagessen eine Pause machten und hinaus an den Pool gingen. Auch morgen sollte es sehr heiß werden, deshalb würde er dafür sorgen, dass sie lange genug in der Sonne blieben, bis sie völlig erhitzt waren, und ihnen dann eine kleine Abkühlung vorschlagen.

Badesachen, erledigt. Er sagte den Kids nie im Vorfeld, dass sie Schwimmzeug mitbringen sollten, doch eine kleine Poolparty gehörte zum Standardprogramm. Die Badesachen waren bewusst ein wenig aufreizend gehalten – gerade genug, damit die Mädchen sexy wirkten und die Jungs es bemerkten.

Als bräuchte ein normaler heranwachsender Junge mit einem Minimum an Selbstbewusstsein eine schriftliche Einladung, dachte er und verdrehte die Augen.

Wenn sie nach der Poolparty nicht schon scharf waren, dann ganz bestimmt nach dem leichten Snack – zu dem er die Partydrogen servieren würde, die der eigentliche Grund dafür waren, dass die Kids immer wieder den Weg zu ihm fanden. Und immer wieder taten, was man von ihnen verlangte, bis sie zu tief gesunken waren und Schluss machen wollten. Das war der Zeitpunkt, wenn sie verschwanden und als Eigentum eines Sammlers, der seinen eigenen kleinen Pornostar besitzen wollte, wieder auftauchten. Oder einer *Sammlerin,* denn unter seinen Kunden fand sich eine verblüffende Anzahl an Frauen.

Und falls es keinen Käufer gab, wurden die kleinen Aussteiger als weiteres tragisches Drogenopfer irgendwo tot auf der Straße aufgefunden. Doch welches Schicksal die Darsteller auch immer ereilen mochte – sie waren für immer auf DVD und Streaming-Videos gebannt.

Vielen Dank, Sean, für die Hilfe beim Aufbau des Internethandels und des Streamingangebots auf all den Servern auf der ganzen Welt. Wo niemand mich jemals finden wird.

Das perfekte Arrangement.

Mit der morgigen Gruppe würde das Ganze allerdings ein bisschen heikler werden. Er hatte noch nie mit so vielen Kids auf einmal gearbeitet, sondern immer nur mit einem oder zweien. Aber sein Kunde hatte ein Kleeblatt verlangt, und er musste liefern. Er würde die Kids sehr genau im Auge behalten müssen, um sicherzugehen, dass sie sich nicht irgendwann so unwohl fühlten, dass sie ihren Eltern von allem erzählten.

Oder, besser gesagt, dem Elternteil, bei dem sie aufwuchsen, denn keines der Kinder stammte aus einem intakten Elternhaus, was es heutzutage ja sowieso praktisch nirgendwo mehr gab. Und genau dieses alleinerziehende Elternteil, die Schwester oder die Großmutter waren der Grund, weshalb sie überhaupt bei ihm gelandet waren. Diese Leute hatten ihm die Kids zur Verfügung gestellt und ließen sich mit Drogen dafür bezahlen, wobei sie natürlich nicht ahnten, was er genau mit ihren Sprösslingen vorhatte. In aller Regel konnte er ihnen einreden, dass er bloß helfen wollte, indem er den Jugendlichen die Türen zu einem besseren Leben öffnete.

Dabei machte er sich die Gier der Erwachsenen, ihre Sucht oder in manchen Fällen auch nur die erbärmliche Überzeugung zunutze, dass sie gerade eine schwierige Zeit im Job oder mit dem gewalttätigen Lebenspartner durchmachten oder mit sonst irgendeinem Chaos zu kämpfen hatten. Er versprach ihnen, sich gut um ihre Sprösslinge zu kümmern und ihnen ein Vorbild zu sein, während sie selbst versuchten, ihr Leben wieder in den Griff zu kriegen.

Er log diesen Menschen das Blaue von Himmel herunter, erzählte ihnen Gott weiß was, um an diese Kinder mit ihren unschuldigen Gesichtern zu gelangen, denn die unschuldigen Gesichter brachten am meisten Geld ein, vorzeitig gealterte Teenies hingegen waren bei seinen Kunden kaum gefragt. Nein, sie verlangten unverbrauchte Frische, Spaß und Inspiration vor der Kamera. Sie wollten daran glauben, dass auch die Kids Lust darauf hatten, wollten sich dieser Fantasie hingeben.

Und das kriegen sie von mir.

Leider war das Vierergespann, das er diesmal zusammengestellt hatte, nicht ganz so glamourös wie sonst. Es waren Ferien, die Leute befanden sich im Urlaub, und die heimlich drogensüchtigen Vorstadtmamis waren gerade nicht greifbar.

In ein paar Wochen war die Auswahl wieder erstklassig, doch in diesem Fall musste er leider früher liefern.

Deshalb hatte er die vier aus einem sozial schwächeren Umfeld mit härteren Drogen rekrutieren müssen, was die Ausbildung erschweren würde, weil sie in Trailer-Parks und Sozialwohnungen groß geworden waren. Aber es würde funktionieren. Dank des Professors kannte er genug Junkies, die ihre Kids für einen Schuss verhökerten, ohne mit der Wimper zu zucken. Er hatte Junkie-Eltern ausgesucht, die zumindest noch halbwegs klar im Kopf waren und eine winzige Resthoffnung hatten, dass ihre Kinder so etwas wie eine Zukunft haben könnten. Diese Kids waren noch nicht gänzlich verloren, auch wenn es ein hartes Stück Arbeit werden würde, sie auf Vordermann zu bringen.

Also … *Sonnencreme, erledigt. Shampoo, erledigt. Haar-Styling … das war ein Problem.* Er blickte zur Zimmerdecke. Direkt über ihm befand sich Roxys Zimmer. Früher hatte sie den Part des Frisierens übernommen, aber das war Vergangenheit.

Er musste jemanden dafür finden, der ihre Arbeit erledigte, ohne groß Fragen zu stellen. Vielleicht könnte Mallory ja dafür geschult werden. Das wäre eine Idee. Aber es würde nicht von heute auf morgen funktionieren, und er musste dafür sorgen, dass sein neues Grüppchen präsentabel war, vielleicht nicht heute, aber innerhalb von zwei Wochen – zwei Wochen, um ein Wunder zu vollbringen, denn sein Kunde würde nur für kurze Zeit herkommen und mit seiner Neuanschaffung das Land wieder verlassen wollen. Und er verlangte, dass die Kids guter Dinge waren.

Kein Druck. Er musste nur zügig ans Werk gehen. Gas geben.

Und was, wenn eines der Kids Anstalten machte, zu erzählen, was es gesehen hatte? Wenn es sich nach seinen aufgepeppten Snacks »irgendwie komisch« fühlte? Tja, manchmal passierten die schlimmsten Dinge. Tragische Unfälle.

Nicht hier. Nicht in meinem Haus oder auf meinem Grundstück. Aber anderswo. Am praktischsten waren Autounfälle – vor allem, wenn die Mutter, die Schwester oder die Großmutter zugedröhnt am Steuer saßen, was bei den Vorstadtmamis ein Kinderspiel war, da sie praktisch von morgens bis abends zugedröhnt waren. Normalerweise waren sie auf Koks, wobei sich auch Crystal Meth schockierender Beliebtheit erfreute. Es war immer dasselbe leidige Problem – zu viel zu tun, zu wenig Zeit. Ach ja, und dann noch der Ehemann, der von ihnen verlangte, dass sie dieselbe Figur hatten wie bei der Hochzeit. Vielbeschäftigte Vorstadtmamis bescherten dem Professor ein erstklassiges Auskommen.

Aber, wie gesagt, es handelte sich bei seinem neuesten Quartett nicht um die Sprösslinge gutsituierter Vorstadtmamis, sondern gewöhnlicher Junkies, die sich deutlich leichter eliminieren ließen. Es grenzte an ein Wunder, dass sie überhaupt so lange am Leben geblieben waren. Er brauchte lediglich der Mutter, Schwester oder Großmutter eine hochkonzentrierte Dosis zur Verfügung zu stellen, die sie sich dann die Nase hinauf- oder in die Venen jagen würde, und schon war das Problem vom Tisch. Dann würde er dafür sorgen, dass der Teenager dasselbe Zeug nahm – notfalls sogar mit Gewalt –, und beide einfach liegen lassen, bis jemand sie fand.

Der Fall würde in die Medien kommen, und alle würden betrübt die Köpfe schütteln. *Schon wieder ein Drogenopfer. Schlimm, schlimm. Die Innenstadt mit ihren Problemen. Ach, gibt es eigentlich was Neues bei den Kardashians?*

Und das Leben würde weitergehen, als hätte weder der Teenager noch die Mutter, die Schwester oder die Großmutter je existiert. Und er würde sich neue Ware suchen. Und weiter

Filmchen machen und die speziellen Bedürfnisse seiner Kunden erfüllen, während er darauf wartete, dass Macy endlich alt genug war, um den Platz ihrer älteren Schwester einzunehmen – dann wäre der Moment der Magie wieder gekommen.

Jahrelang hatte er Videos von ihr gedreht, bei Geburtstagen, in den Ferien. Macy besaß dieselbe Ausstrahlung, wie Mallory sie einst gehabt hatte, und die Kamera liebte sie. Sie war wunderschön und authentisch, genauso wie Mallory in diesem Alter, und wenn sie größer wurde, würde sie auch genauso aussehen wie sie.

Genau wie Sunshine Suzie. Niemand hatte so viele Videos verkauft wie sie, und irgendwann würde es wieder so weit sein. Er würde Macy einfach als »Suzie« anpreisen, und niemand würde blöde Fragen stellen. Im Gegenteil, alle wären heilfroh, dass Suzie zurück war, und würden ihre Clips downloaden, bis der Morgen graute.

Und ich werde massenhaft Geld damit verdienen. Aber bis dahin musste er sich noch mindestens zwei Jahre gedulden. Macy war erst neun. *Fast zehn*, dachte er, und seine Laune hob sich schlagartig. Bald hatte sie Geburtstag.

»Mallory!«, rief er und lächelte, als sie in die Küche gestolpert kam. Sie war immer noch kreidebleich von dem morgendlichen Schock – drei Koffer mit JJs sterblichen Überresten – und trat mit gesenktem Blick vor ihn. Manchmal musste er dem Mädchen vor Augen führen, wer hier der Boss war. Er durfte nicht zulassen, dass sie Spielchen mit ihm spielte, so wie gestern Abend … dass sie sich entzog und neben ihm lag, kälter als ein toter Fisch.

Deshalb war sie als Sunshine Suzie so erfolgreich gewesen. Ich habe sie dazu gebracht, dass sie es gern getan hat. Mallory hatte einfach gestrahlt. Und ihre Fans hatten ihren Spaß, ihre Lebensfreude gespürt und sich deshalb all ihre Filme angesehen, wieder und wieder und wieder. Zu schade, dass Mallory inzwischen zu alt war.

Er musterte ihr Gesicht eingehend. Unter ihren Augen bildeten sich allmählich Tränensäcke. Er würde ihr eine Portion Botox verpassen müssen. Sie alterte unverhältnismäßig rasch. Er konnte nur hoffen, dass Macy länger jung aussehen würde als ihre Schwester.

»Ja?«, fragte Mallory schließlich. Er hatte minutenlang vor ihr gestanden und darauf gewartet, dass sie ihn endlich ansah. »Warst du schon einkaufen?«

Sie schluckte. »Nein, noch nicht.«

»Ist alles in Ordnung mit dir, Liebes?«, fragte er mit einem höhnischen Grinsen.

Für den Bruchteil einer Sekunde flackerte etwas in ihren Augen auf. »Mir geht's gut. Ich fahre los, sobald ich Roxy das Mittagessen gebracht habe.«

»Steht sie morgen auf, um meine Gäste zu begrüßen?«

Schockierte Ungläubigkeit flackerte in Mallorys Blick auf, erlosch jedoch sofort wieder. »Nein«, sagte sie vorsichtig. »Es geht ihr wirklich schlecht. Vielleicht solltest du mal nach ihr sehen.«

Er verzog das Gesicht. In Roxys Zimmer stank es wie in einem Altersheim. »Vielleicht sollten wir unseren Gästen dann einfach sagen, dass meine Frau ihre Mutter besucht.«

Mallory nickte. Ihre Miene war wieder völlig ausdruckslos. »Wenn du es so haben willst.«

Allmählich gelang es ihr ganz gut, ihre wahren Gefühle vor ihm zu verbergen, verdammt. Das war inakzeptabel. »Hast du meine Liste gesehen?«

»Ja.«

»Und auch das Foto auf der Seite?«

»Es ist unscharf, deshalb kann man nicht genau erkennen, wer es ist.«

Er lächelte. Sie log. »Tja, vielleicht weil meine kleine Macy so schnell groß wird.« Mallory erbleichte, und sein Lächeln wurde breiter. *Ja.* »Bald hat sie Geburtstag, du wirst also noch ein paar zusätzliche Dinge auf die Einkaufsliste setzen.«

Mallorys Kiefer spannte sich an. »Gut. Und was?«

»Alle Zutaten für einen Kuchen. Und ein, zwei hübsche Flaschen Schaumbad, aber die gibt es im Supermarkt nicht. Die werde ich wohl online bestellen. Oder, noch besser, gegenüber vom Kroger-Supermarkt in Eastgate ist eines dieser Deko-Geschäfte, wo es Geschenkartikel und solche Dinge gibt. Dort wirst du das Schaumbad besorgen. Und unbedingt eine Geburtstagskarte mit dem Gruß ›Für meine süße Nichte‹.«

Was für ein Glück, dass Mallorys Mutter zwei Töchter geboren hatte. Er hatte Mallory vom ersten Moment an gewollt, aber Macy war das Einzige auf der Welt, das Mallory aufrichtig liebte. Wenn Macy Gefahr drohte, war Mallory hellwach. Und bei ihm als Macys reizender, fürsorglicher Patenonkel würde niemand auf dumme Ideen kommen, wenn er das Sorgerecht für sie beantragte, falls seiner Schwester oder seinem Schwager etwas zustieße.

Genau das hatte er Mallory mehr als einmal klargemacht.

Ihre Augen verengten sich zu Schlitzen, und ihre Nasenlöcher blähten sich, als sich ihre Atemzüge beschleunigten. »Gut«, presste sie hervor. »Ich besorge eine Karte.«

»Ach ja, und bitte noch Bleichmittel für das Gästebad«, fügte er hinzu und beobachtete befriedigt, wie sie gegen die aufsteigende Übelkeit ankämpfte. »Ich habe eine ziemliche Schweinerei hinterlassen, und davon sollen meine Gäste morgen nichts mehr sehen.«

Sie nickte. Ihr Teint war leicht grünlich geworden.

»Und wenn du in diesen Deko-Laden gehst, bringst du gleich noch ein Kofferset mit. Am besten in Schwarz, das kaschiert immer die *schlimmsten* Flecken.« Er lehnte sich vor und drückte ihr einen flüchtigen Kuss auf die Wange. Sie fühlte sich kalt wie Marmor unter seinen Lippen an. Sie hatte Angst. *Sehr gut.* Damit war gewährleistet, dass sie seine Anweisungen genau befolgen würde. »Beeil dich. Wenn du zurück bist, essen wir zu Abend und sehen uns einen Film an. Zusammen.«

Mallory machte kehrt und stürzte die Treppe hinauf, als wäre der leibhaftige Teufel hinter ihr her. *Perfekt.*

Cincinnati, Ohio
Freitag, 14. August, 9.10 Uhr

»Nicht zu fassen«, murmelte Decker, noch immer völlig schockiert über Kendras Geschichte. Sunshine Suzie … im Supermarkt auf der Glenway. Ein Blick in die Runde zeigte, dass er mit seiner Verblüffung nicht allein war.

»Damit hatte ich nicht gerechnet«, bemerkte Kate. »Und ein ziemlicher Zufall, muss man sagen.«

Novak nickte. »Allerdings, genau dasselbe habe ich auch gerade gedacht. Wieso taucht sie ausgerechnet jetzt aus der Versenkung auf?«

»Vielleicht wegen des großen Medienrummels, als der Menschenhändlerring letzte Woche aufgeflogen ist«, meinte Decker. Falls der Professor hinter McCords Partner aufräumt – oder vielleicht sogar dieser geheimnisvolle Partner ist –, wird er womöglich langsam nervös. Vielleicht traut sie sich jetzt aus ihrer Versenkung, weil sie denkt, dass endlich jemand etwas unternehmen muss. Nach einer Vergewaltigung erleben wir oft einen ähnlichen Effekt. Sobald sich ein Opfer gemeldet hat, wagen es auch die anderen, den Mund aufzumachen.«

»Möglich«, warf Meredith ein. »Oder sie ist inzwischen achtzehn und hat das Gefühl, sich von ihm gelöst zu haben.«

»Kann sein.« Nachdenklich kaute Kate auf ihrer Unterlippe. »Andererseits kann ich mir nicht vorstellen, dass er sie einfach so durch die Gegend laufen lässt. Falls er unser Professor ist, plant er alles bis ins letzte Detail und geht sehr sorgfältig vor. Immerhin vertreibt er angeblich den besten Stoff der ganzen Stadt.«

Meredith runzelte die Stirn. »Wollen Sie uns erzählen, was Sie wissen?«

»Das meiste hat uns Zimmerman bereits in seinem Memo gestern Abend mitgeteilt«, antwortete Kate. »Eigentlich hätten Sie es bekommen müssen, aber ich fasse es gern noch mal in ein paar Sätzen zusammen.« Sie brachte die Psychologin auf den neuesten Stand. »Ich kann mir nicht vorstellen, dass er das Mädchen einfach laufenlassen würde. Entweder ist sie abgehauen und irgendwo untergetaucht, oder aber er weiß, wo sie sich aufhält, und hat irgendetwas gegen sie in der Hand, wodurch er sie zum Schweigen zwingt, ansonsten hätte er sie längst getötet.«

»Beide Theorien erklären, wieso sie so ein Geheimnis um sich macht«, bekräftigte Troy. »Ich würde auf die zweite Variante tippen. Dass er ihr mit irgendetwas droht, und sie glaubt, dass er sie beobachtet, völlig egal, ob es tatsächlich so ist. Sonst hätte sie wohl kaum von einem öffentlichen Telefon aus angerufen.«

»Das klingt einleuchtend«, meinte Meredith. »Ich hoffe sehr, sie meldet sich noch einmal, ansonsten sehe ich wenig Chancen, wie wir ihr helfen sollen. Wenn wir sie zur Fahndung ausschreiben, bekommt sie nur Angst und taucht sofort wieder ab.«

»Was wir natürlich nicht tun werden«, erklärte Zimmerman, der wieder zurückgekehrt war. »Ich will nicht, dass irgendetwas durchsickert. Bestimmt wird sie beim ersten Anzeichen, dass wir ihr auf den Fersen sind, versuchen abzuhauen. Kate hat Ihnen also inzwischen erzählt, was sie in Erfahrung gebracht hat. Deacon? Sie wollten versuchen, Alice' Apartment zu finden.«

»Ja, aber das ist mir noch nicht gelungen. Ich habe mir die Überwachungsbänder der Gemeinde und der Ladenbesitzer in der Gegend, die Davenport uns gestern genannt hat, aushändigen lassen und wollte mit der Sichtung heute anfangen.«

Zimmerman schüttelte den Kopf. »Nein, ich brauche Sie im Gefängnis. Leider bin ich mit der Befragung der Mitarbeiter nicht allzu weit gekommen. Wir müssen herausfinden, wer das Cyanid in Alice' Essen gemischt und ihre Verbände mit dem Rizin getränkt hat. Ich gebe die Überwachungsbänder einem unserer Leute.«

»Geben Sie sie mir«, erklärte Decker. »Ich habe Alice mehrmals in der Gegend abgesetzt. Vielleicht erkenne ich irgendetwas wieder, das mein Gedächtnis in Gang setzt. Zumindest kann ich das Areal so weit eingrenzen, dass wir mit einer Befragung anfangen können.«

»Wie wär's mit einem Aufruf in den Medien?«, warf Deacon ein. »Die Fernsehsender und Zeitungen könnten doch Alice' Foto veröffentlichen. Vielleicht gehen ja ein paar Hinweise ein. Marcus hilft uns bestimmt und hält alles unter Verschluss, was wir nicht öffentlich gemacht haben wollen.«

»Ich überlege es mir«, versprach Zimmerman. »Allerdings würde ich mich lieber erst dann an die Medien wenden, wenn wir herausgefunden haben, wer vom Gefängnispersonal an dem Mord beteiligt war. Lassen Sie uns erst versuchen, das Apartment ohne fremde Hilfe zu finden.«

»Vielleicht stoßen wir dort ja auf einen Hinweis, wo der IT-Mann die Dateien gespeichert hat«, fügte Kate hinzu.

Decker nickte. »Genau. Alice' Halbbruder Sean war der IT-Mann. Ich habe die Bücher und andere Informationen über deren Finanzen auf Seans Bildschirm gesehen.« Er runzelte die Stirn, als ihm ein weiterer Gedanke kam. »Sean hatte auch die Zugangsdaten zu den Offshore-Konten und Informationen über den falschen Pass seines Vaters. Wenige Minuten, bevor Ihre Leute das Areal gestürmt haben, habe ich mitbekommen, dass die beiden sich deswegen in der Wolle hatten«, sagte er zu Zimmerman. »Sean kannte den falschen Namen und wusste, wo sein Vater sich vor den Behörden verstecken wollte. Er hatte das gesamte Geld von dem Offshore-Konto auf sein eigenes transferiert. Er wusste alles Mögliche, das er eigentlich nicht wissen sollte. Falls er diese Informationen irgendwo festgehalten haben sollte, wäre das unser Zugang zu den Kernabläufen des Menschenhändlerrings. Vielleicht wusste er auch über Alice' Machenschaften Bescheid, und auch, wer das Kinderporno-Material geliefert hat.«

»Okay, Griff.« Zimmerman seufzte resigniert. »Mir ist klar, dass Sie sich eigentlich ausruhen sollten, aber ich brauche Sie. Nehmen Sie die Überwachungsbänder, und sehen Sie sie durch.«

Deckers Puls beschleunigte sich. Er war wieder im Spiel, wenn auch nur auf der Ersatzbank. Nächstes Ziel: mitten aufs Feld. »Danke.«

»Aber übertreiben Sie's nicht, sonst macht Dani uns einen Strich durch die Rechnung.«

Novak hatte Mühe, sich ein Grinsen zu verkneifen. »Haben Sie etwa Angst vor meiner Schwester, Sir?«

Zimmerman bedachte ihn mit einem scharfen Blick. »Sie etwa nicht?«

Novak schnitt eine Grimasse. »Gutes Argument.«

»Finde ich auch.« Zimmerman wandte sich Troy zu. »Irgendwelche Fortschritte im Hinblick auf Alice' Profil?«

»In dem Fitness-Studio, wo auch Marcus O'Bannion trainierte, kannte man sie nicht unter ihrem richtigen Namen. Ihr Pseudonym lautete Allison Bassett. Die Mitarbeiter wussten allerdings nicht viel. Entweder ist etwas an dem Klischee dran, dass diese Muskeltypen alle nichts im Kopf haben, oder sie haben gut geschauspielert. Es wundert mich, dass sie sich ihren eigenen Namen merken können. Über Alice war jedenfalls nichts herauszukriegen.«

»Wir reden von dem Studio in der Nähe des King's College?«, hakte Kate nach.

Troy schüttelte den Kopf. »Nein, von dem in der Nähe von O'Bannions altem Apartment in Hyde Park. Warum? Glaubst du, der Professor hat in Alice' Studio mit Steroiden gedealt?«

Kate runzelte die Stirn. »Vielleicht. Darüber muss ich erst nachdenken.«

Novak zog einen Stapel Papier aus seiner Aktentasche und legte ihn auf den Tisch. »Fang schon mal an zu falten.«

Sie lächelte ihn an. »Du hast mir Papier mitgebracht?«

»Wenn es dir hilft …«

Kate nickte ernst. »Danke.« Sie zog ein Blatt heran und begann zu falten. Innerhalb weniger Augenblicke war ein Hund zu erkennen.

Das war ihr Alternativprogramm zum Stricken und Backen, ging Decker auf. Um sich konzentrieren zu können, musste sie dafür sorgen, dass ihre Hände beschäftigt blieben. Deshalb hatte Novak sie gestern als Origami-Queen bezeichnet.

»Offenbar haben alle den Professor gekannt«, sagte sie nach einem Moment. »Er hat seinen Stoff regelmäßig in der Lover's Lane im King's College verkauft, und die Studenten sind scharenweise gekommen. Aber wir wissen nicht, wie die Typen im Fitness-Club an seine Steroide gekommen sind. Und wir wissen auch nicht, wie er sie als Kunden ausgewählt hat. Er muss mit großer Vorsicht ans Werk gegangen sein, schließlich wurde er über Jahre hinweg nicht erwischt. Das heißt, er hat seine Kunden mit Bedacht gewählt. Vielleicht hat er das Zeug in mehreren Fitness-Clubs in der ganzen Stadt verkauft.«

»Das wäre vielleicht die klügere Taktik«, meinte Troy. »Herauszufinden, wie er seine Kunden auswählt. Bevorzugt er einen bestimmten Typus? Läuft das Ganze über Mund-zu-Mund-Propaganda ab? Und dann ist da noch die Tatsache, dass er von Zeit zu Zeit komplett abtaucht. Vielleicht läuft ja auch das nach einem bestimmten Muster ab. Ich denke, hier wäre meine Zeit sinnvoller genutzt als damit, ein Täterprofil von Alice zu erstellen.«

»Das ist wahr«, stimmte Zimmerman zu. »Machen Sie es so. Adam, Sie haben die Leichen der Krankenschwester und ihres Liebhabers gefunden. Gute Arbeit. Haben Sie den Sohn schon befragt?«

»Nein, Meredith und ich wollten nachher zu ihm fahren. Er wurde wegen der starken Entzugserscheinungen gestern Abend ins Krankenhaus gebracht.«

»Abhängig geworden durch die Drogen seiner Mutter«, sagte Meredith voller Verachtung.

Einen Moment lang herrschte Stille am Tisch. »Am liebsten würde ich diesen Corey Addison wegen Besitzes von kinderpornografischem Material verhaften«, erklärte Kate schließlich – inzwischen war sie bei ihrem dritten Tier angelangt – einem Seehund oder Walross. »Nach Kendras Beschreibung und der Art, wie er das arme Mädchen belästigt hat, sollten wir doch ohne Probleme einen Durchsuchungsbeschluss für sein Haus und sein Büro bekommen, oder, Boss?«

»Ja«, antwortete Zimmerman bestimmt. »Ich lasse ihn sofort ausstellen und unterschreiben. Sobald wir hier fertig sind, nehmen Sie den Kerl hops, Kate. Und sorgen Sie dafür, dass es so viele Leute wie möglich mitbekommen. Keine falsche Diskretion, bitte.«

»Mit dem allergrößten Vergnügen. Elendes Dreckschwein!« Sie zuckte zusammen. »Bitte entschuldigen Sie, Sir.«

»Schon gut«, wiegelte er ab. »Ich hätte es nicht treffender formulieren können.«

Kate lächelte ihm flüchtig zu, ehe sie sich an ihr nächstes Werk machte. »Ich würde gern Officer Cullen mitnehmen, wenn ich zu diesem Addison fahre. Sie kann ihn identifizieren, außerdem hat sie die ganze Drecksarbeit für uns erledigt«, fügte sie mit einem Achselzucken hinzu. »Deshalb sollte sie auch die Ernte einfahren dürfen.«

»Ich rufe Lieutenant Isenberg an und bitte sie, mit ihrem Vorgesetzten zu sprechen«, versprach Zimmerman. »Aber sie darf nur mitkommen, wenn sie trotzdem jederzeit schnell beim Supermarkt sein kann, falls das Mädchen sich meldet …« Er hielt inne. »Ich will mir lieber gar nicht vorstellen, wie es in diesem armen Ding aussieht.«

Meredith nickte betrübt. »Ich schätze, die Einzige, die das wirklich kann, ist Kendra Cullens Schwester Wendi. Sobald wir das Mädchen aus den Fängen dieser Schweine befreit haben, nimmt Wendi sie bestimmt mit offenen Armen bei sich auf. Vorausgesetzt, sie will es. Wenn sie volljährig ist, kann sie für sich selbst entscheiden. Ich hoffe für sie, dass sie es tut.«

»Ich auch.« Zimmerman ließ den Blick über die Runde schweifen. »Sonst noch etwas? Nein? Gut, dann weiß jeder, was er zu tun hat. Los geht's. Und seien Sie vorsichtig. Griffin, Sie fahren ins Penthouse zurück. Sie können einen Blick auf die Videos werfen, aber sehen Sie zu, dass Sie auch ein bisschen Schlaf bekommen. Um exakt siebzehn Uhr will ich Sie alle wieder hier sehen, und bis dahin halten Sie sich gegenseitig auf dem Laufenden.«

Mallory hatte kaum die Tür zu ihrem Zimmer hinter sich geschlossen, als ihre Knie nachgaben. Sie kroch zum Bett und vergrub das Gesicht in der Decke. Bestimmt beobachtete er sie gerade. Das tat er gerne. Er genoss es, sie immer weiter zu provozieren, bis sie die Kontrolle verlor und schließlich zusammenbrach. Und dann lachte er.

Du krankes, verkorkstes, perverses Dreckschwein, dachte sie. Denn ihre Gedanken waren das Einzige, was noch ihr gehörte, darauf hatte er keinen Zugriff. Deshalb flüchtete sie sich in ihre Gedankenwelt, äußerlich zitternd wie Espenlaub, innerlich weinend vor Kummer und Schmerz.

Er wusste es. Aber wie war das möglich? Sie hatte doch kein Wort gesagt. Nein, es musste daran liegen, dass sie ihn heute Nacht zurückgewiesen hatte. Alles, was er heute Morgen getan hatte – die Einkaufsliste, das Foto von Macy, die drei Koffer, die so ein feuchtes Schmatzen von sich gegeben hatten ... all das war sein Versuch, sie in den Wahnsinn zu treiben.

Sie holte Luft, hielt sie mehrere Sekunden lang an und ließ sie dann langsam entweichen, ehe sie das Ganze wiederholte, wieder und wieder, bis ihr Puls sich beruhigt hatte. Sie malte sich aus, auf einer Wiese zu sitzen, neben ihr ein Bächlein, das leise vor sich hinplätscherte, während ein Reh in aller Ruhe äste und die bunten Blumen in der sanften Brise bebten.

Dieses Bild hielt sie fest, bis sie in ihrem Inneren wieder Ruhe gefunden hatte und klar denken konnte.

Morgen würde er ihnen Filme zeigen. Inzwischen hatte er seinen gewohnten Rhythmus verkürzt. Sie war davon ausgegangen, noch mehrere Wochen Zeit zu haben, aber wenn er die Filme schon jetzt zeigte, war dem offensichtlich nicht so.

Sie wusste, dass er auch eine Poolparty plante. Sie hatte die Badesachen gewaschen und zusammengelegt.

Sie musste dringend mit der Telefonistin auf dem Polizeirevier sprechen. Lilith. Die Telefonistin hatte versprochen, die Polizistin zu finden, die sie am Samstag vor diesem Mann gerettet hatte.

Aber er hatte ihre Pläne durcheinandergebracht. Im Supermarkt gegenüber dem Deko-Laden in Eastgate gab es kein Telefon. Definitiv nicht. *Was mache ich jetzt?*

Sie hatte keine Ahnung. *Dann lass dir etwas einfallen.* Vielleicht könnte sie ja jemanden bitten, ihr ein Handy zu leihen. *Das hat ja schon beim letzten Mal super funktioniert.*

Hör auf. Und Sarkasmus hilft dir auch nicht weiter. Aber es stimmte. Der Vorfall lag fünf Jahre zurück, doch sie erinnerte sich daran, als wäre es gestern gewesen. An diesem Tag hatte er sie gebrochen. Er hatte ihr vor Augen geführt, dass es für sie keinen Ausweg gab.

Sie hatte eine Frau gebeten, ihr ihr Handy zu leihen, damit sie die Polizei anrufen und ihn anzeigen könne. Die Frau hatte mitfühlend und entsetzt gewirkt. *Sie hat mir geglaubt.* Für ein paar Minuten hatte ihr jemand geglaubt, dass sie bei einem Ungeheuer lebte, der sie zwang … Dinge zu tun. Sex-Dinge, die sie nicht tun wollte.

Die Polizei war auch tatsächlich bei ihrem alten Haus aufgetaucht, um ihn zu befragen. Später hatte er es verkauft, weil sie jetzt seine Adresse kannten.

Und er war so wütend gewesen. So unbeschreiblich wütend. Nicht der Polizei gegenüber. O nein, vor ihnen hatte er sich von seiner freundlichsten Seite gezeigt, sein unschuldiges, besorgtes Gesicht aufgesetzt, sein »Seht her, ich bin doch ein ganz netter Kerl«-Gesicht. Und dann hatte er ihnen die Krankenakte gezeigt … die er selbst angelegt hatte. Er hatte ihnen Fotos von ihr gezeigt, auf denen sie wie ein hemmungs-

loser, komplett durchgeknallter Junkie ausgesehen hatte –
Standaufnahmen aus den Videos, in denen sie genau diese
Rolle hatte spielen müssen, eine verrückte, hemmungslose
Drogenabhängige. Alles nur gespielt. Schmierentheater. Eine
Lüge.

Aber so glaubhaft. Er hatte so aufrichtig, so ehrlich gewirkt,
hatte so kluge Dinge gesagt. Er hatte schon so vielen Menschen geholfen, alle kannten und mochten ihn. Sie konnte es
den Polizisten nicht einmal übelnehmen, dass sie den Rückzug antraten und sich für die Störung entschuldigten.

An diesem Tag war sie bereit zum Sterben gewesen. Nur ein
Umstand hatte ihn davon abgehalten, sie nicht grün und blau
zu prügeln: Er hatte bereits ein Video von ihr verkauft, das
noch nicht gedreht war. Statt sie zu schlagen, hatte er sie mit
Drogen vollgepumpt und getan, was er ihr vom ersten Tag an
angedroht hatte.

Er hatte sich Macy geholt. Er hatte einen seiner Junkies zum
Haus seiner Schwester und seines Schwagers geschickt und
ihn mit der Waffe drohen lassen. Der Junkie hatte sogar versucht, Macys Mutter zu erschießen, doch Macys Vater war
schneller und hat ihn getötet.

So kurz davor, hatte er Mallory später ins Ohr gesäuselt.
Macy war so kurz davor gewesen, zur Vollwaise zu werden.
Und wer würde dann als ihr Vormund eingesetzt werden?
Er. Deshalb sollte Mallory lieber nie wieder jemandem etwas
sagen. Und genau das hatte sie auch getan. Sie hatte die
Grenze nie wieder überschritten.

Bis heute. Weil er drauf und dran war, diesen Kids das anzutun, was er ihr angetan hatte – er würde ihnen ihre Kindheit
stehlen. Sie aussaugen, ihre Seele rauben und sie dann fallen-
lassen, seelenlose Hüllen, voller Schmerz und Hass auf das
Leben. Und dann würde er sie verkaufen. Oder sie töten. *Ich
werde es nicht zulassen.*

476

Okay. Sie wusste, was sie tun würde. Sie würde irgendeinen Weg finden, Kontakt zu dieser Polizistin aufzunehmen. Und dann würde sie ihr alles sagen.

Sie musste nur noch überlegen, wie.

Cincinnati, Ohio
Freitag, 14. August, 9.10 Uhr

Mit der Kaffeetasse in der Hand ging er in sein Büro und setzte sich vor den riesigen Monitor, auf dem die Aufnahmen sämtlicher Kameras in seinen Häusern zu sehen waren. Auf diese Weise konnte er sein eigenes Anwesen, die Praxis in der Innenstadt, das Studio, das McCord und er angemietet hatten, sowie die Häuser seiner Schwestern überwachen. Natürlich ahnte keine von ihnen, dass er sie ständig im Auge behielt, und er drang auch nicht allzu häufig in ihre Privatsphäre ein, aber er musste auf Macy aufpassen, weil … nun ja, es hatte durchaus seine Gründe, weshalb seine jüngere Schwester Gemma sie nicht auf konventionellem Weg hatte adoptieren können. Die Frau war schlicht und ergreifend geisteskrank.

Er wollte nicht, dass Macy etwas zustieß. Gewalttätig war Gemma zwar nicht, kreiste aber ausschließlich um sich selbst und ließ Macy immer wieder »nur ein paar Minütchen« unbeaufsichtigt, um sich die Nägel oder die Haare zu machen. Es würde nichts bringen, den Behörden zu verraten, dass Macy von ihrer Mutter vernachlässigt wurde. Zum einen würden sie ihr das Mädchen bloß wegnehmen, und er wartete doch nur darauf, dass sie endlich größer wurde. Zum anderen würden im Zuge dessen auch Macys Eltern ins Rampenlicht geraten, weil sein Schwager sich im Lauf der Jahre beim CPD kontinuierlich hochgearbeitet hatte. Und genau dort sollte er auch bleiben, weil er ihm in seiner Position am meisten nützte. *Eine Hand wäscht nun mal die andere.*

Seine Hauptsorge galt allerdings der Tatsache, dass die Behörden Macys Adoptionsverfahren genau unter die Lupe nehmen und feststellen würden, dass es alles andere als sauber war. *Was sie wiederum geradewegs zu mir führen würde.* Deshalb versuchte er, Macy zu beschützen, indem er sie beobachtete, was im Grunde ein Vergnügen war. Macy war ein bildschönes Kind, vielleicht sogar noch schöner als Mallory.

In dieser Sekunde sah er, wie Mallory ihr Zimmer betrat und auf unsicheren Beinen zu ihrem Bett stakste – einem dieser Mädchenträume mit viel Rüschen und Schnickschnack. Mallory war deswegen völlig aus dem Häuschen gewesen. Anfangs.

In letzter Zeit jedoch bereitete ihm das Verhalten des Mädchens zunehmend Sorge. Er hatte die Zügel definitiv zu locker gelassen. Heute allerdings war es ihm gelungen, sie komplett aus der Fassung zu bringen. Lächelnd nippte er an seinem Kaffee, während er zusah, wie sie sich resigniert zu Boden sinken ließ.

Sie presste die Wange auf die Matratze und starrte trübselig vor sich hin. Er wartete nur darauf, dass sie in Tränen ausbrach. Mallory weinte nicht besonders oft, aber wenn, dann war ihr Gefühlsausbruch ein echtes Spektakel, das er in vollen Zügen genoss.

Doch die Tränen kamen nicht. Stattdessen verharrte sie völlig reglos auf dem Boden. Zu reglos.

Sie brütet irgendetwas aus. Schon wieder. Verdammt. Es wurde höchste Zeit, das Mädchen unter Kontrolle zu bringen. Er schnappte sich das Telefon und wählte die Nummer seiner jüngeren Schwester. Die Voicemail sprang an.

Als wäre sie zu beschäftigt, um ranzugehen, dachte er verächtlich. Gemma war ein faules Miststück, wie es im Buche stand. Mit ein paar Tastenbewegungen zappte er von einer Kamera zur nächsten, bis er sie in ihrem Gästebadezimmer fand, wo sie vor dem Spiegel stand und ihre Haut so weit über die Wangen zurückzog, dass sich ihre Falten glätteten. Seine kleine Schwester kämpfte gegen ihre Falten. *Wir werden langsam alt.*

Die Erkenntnis erschreckte ihn. Eigentlich fühlte er sich nicht alt. Als Professor sah er zwar so aus und wurde von seinen Kunden mit großem Respekt behandelt, aber das lag hauptsächlich daran, dass er ihnen erstklassigen Stoff verkaufte und nicht an ihrer grundsätzlichen Hochachtung vor älteren Menschen. Aber als er selbst, als Brandon? Er war nicht alt. Noch nicht.

Trotzdem musste er den Impuls unterdrücken, sein eigenes Gesicht zu betasten. Natürlich hatte er keine Falten, weil er auf sich achtete. Er trieb Sport. Aß gesund. Verwendete jeden Tag Zahnseide.

Er war in der Blüte seiner Jahre, verdammt noch mal. Herr über sein Schicksal. Und Herr über all jene, die er im Auge behalten musste.

So wie jetzt gerade Mallory, die immer noch auf dem Boden neben ihrem Bett kauerte. Sie plante irgendetwas. Auf der anderen Seite des geteilten Bildschirms hielt seine Schwester inne, hielt den Kopf schief, als lausche sie, ehe sie langsam in die Hocke ging und eine Tüte Damenbinden aus dem Schränkchen unter dem Waschbecken nahm.

Wären ihre Bewegungen nicht so betont langsam gewesen, hätte er auf eine andere Kamera geschaltet, denn der eigenen Schwester beim Wechsel der Binden zuzusehen, war zu krass, selbst für ihn. Aber Gemma führte eindeutig etwas im Schilde, deshalb blieb er dran. Sie kramte in dem Plastikbeutel und zog schließlich eine kleinere Tüte mit einem Designer-Logo heraus. Wieder legte sie den Kopf schief, dann lächelte sie und zog einen Spiegel und eine dritte, noch kleinere Tüte mit einem weißen Pulver heraus.

Verdammte Scheiße. Gemma war süchtig. Als würde ihr krankes Hirn dadurch besser funktionieren. Definitiv nicht. Er rief sie noch einmal auf dem Handy an und beobachtete zufrieden, wie sie vor Schreck zusammenfuhr und den Spiegel ins Waschbecken fallen ließ. Der Spiegel blieb ganz, aber sie packte ihre Utensilien eilig ein, ehe sie ranging.

»Brandon«, rief sie mit aufgesetzter Fröhlichkeit, während sie lautlos »Arschloch« mit den Lippen formte. »Was kann ich für dich tun?«

»Es geht um Mallory«, antwortete er mit ernster Stimme. »Ich mache mir Sorgen um sie.«

Seine Schwester schnitt eine Grimasse, legte jedoch aufrichtige Betroffenheit in ihre Stimme. »Oh nein, was ist denn passiert?«

»Gar nichts, aber ich fürchte, es könnte bald etwas passieren. Ich habe Angst, sie könnte … na ja, sie könnte sich da in etwas hineinsteigern.«

Gemma seufzte. »Dieses Mädchen ist eine Katastrophe, Brandon. Ich habe keine Ahnung, was du mit ihr willst. Sie sollte ins Heim oder so was. Man sollte sie einsperren.«

Angesichts dessen, was er Gemma in den vergangenen sechs Jahren über Mallory erzählt hatte, war ihr Urteil durchaus nachvollziehbar. Allerdings handelte es sich dabei größtenteils um Lügen, auch wenn er darauf geachtet hatte, dass sie wenigstens ein Körnchen Wahrheit enthielten, um Mallorys Verhalten vor den wenigen Menschen, die er in ihre Nähe ließ, halbwegs nachvollziehbar wirken zu lassen. »Das haben wir doch alles schon durchgekaut, Gemma. Sie ist meine Tochter, so wie Macy deine Tochter ist. Wie geht es Macy überhaupt?«

»Oh, sehr gut. Sie sieht gerade fern. Aber natürlich etwas pädagogisch Wertvolles.«

Das entsprach zumindest zur Hälfte der Wahrheit. Natürlich hatte er längst mitbekommen, dass Macy vor dem Fernseher saß, aber sie sah sich Wiederholungen von *Familienduell* an, was wohl kaum als pädagogisch wertvoll zu bezeichnen war.

»Gut. Das freut mich. Aber wie gesagt, mache ich mir Sorgen wegen Mallory. Ich ... ich denke, sie nimmt vielleicht sogar Drogen.«

Gemma schnappte entsetzt nach Luft. »Nein!« Sehnsüchtig beäugte sie ihre Tüte. »Wie kommst du darauf?«

»Wegen ihres Verhaltens in letzter Zeit. Sie ist so launisch und rastet wegen jeder Kleinigkeit aus. Sie hat Wutanfälle und ist ... na ja, einfach ständig genervt.«

»Tja, das könnte natürlich auch PMS sein.«

Genau auf diese Antwort hatte er gehofft. »Daran habe ich auch schon gedacht. Könntest du nicht mal mit ihr reden? Vielleicht kriegst du ja heraus, was sie hat.«

Wieder sah er, wie sie die Augen verdrehte. »An sich gern«, sagte sie zuckersüß, »aber ich schätze, Nell kann das besser als ich. Sie ist doch Krankenschwester.«

»Das stimmt, andererseits ist sie wesentlich älter als Mallory, während du altersmäßig näher an ihr dran bist.«

Nun war er derjenige, der die Augen verdrehte. Diese Frau war so verdammt leicht zu durchschauen. Ihrer Eitelkeit zu schmeicheln, war schon immer der Schlüssel zum Erfolg gewesen. »Das ist richtig. Altersmäßig bin ich tatsächlich nicht weit von ihr entfernt. Soll ich rüberkommen?«

»Nein, das ist nicht nötig. Der Weg ist viel zu weit. Aber sie fährt heute Nachmittag zu Kroger und diesem Deko-Geschäft auf der Eastgate und kauft ein paar Sachen für Macys Geburtstagsparty.«

Gemma formte lautlos »Scheiße« mit den Lippen. Sie hatte

den Geburtstag ihrer eigenen Tochter vergessen. »Aber bis dahin dauert es ja noch ein Weilchen.«

»Nächste Woche«, sagte er, in einem ebenso beiläufigen Tonfall wie sie. »Die Zeit vergeht wie im Flug, was?«

»Allerdings«, bestätigte sie. »Klar, ich fahre einfach hin und rede mit ihr. Ich muss sowieso noch ein paar Kleinigkeiten für Macy besorgen, da trifft es sich gut. Ich sage dir dann Bescheid, was ich herausgefunden habe, okay?«

»Okay«, antwortete er fröhlich, legte auf und streckte die Zunge heraus. »Kotz«, murmelte er. Aber zumindest hatte Gemma ihren Stoff weggepackt, und ihre Hände schienen nicht zu zittern, was darauf schließen ließ, dass sie nicht auf Entzug war. Noch nicht.

Er fragte sich, wo sie den Stoff herhaben mochte. Bestimmt war er nicht so hochwertig wie seiner, aber das würde er ihr natürlich nicht auf die Nase binden. Er schaltete die Kamera ab und wandte sich wieder Mallory zu, die mit angespanntem Kiefer immer noch neben ihrem Bett hockte.

Ja, sie führte eindeutig etwas im Schilde. Leider hatte er am Nachmittag Termine, sonst würde er ihre Überwachung selbst übernehmen. Vielleicht sollte er sich krankmelden und Nell die Termine absagen lassen. Keiner seiner angemeldeten Patienten war ein potenzieller Kunde, deshalb wäre es kein großer Verlust.

Er sah zu, wie Mallory sich aus ihrer Starre löste und aufstand. Ihre Miene war grimmig und entschlossen.

Verdammt. Er nahm sein Telefon, wählte Nells Nummer und hustete kräftig, um seine Stimme etwas heiser klingen zu lassen. »Nell?«, krächzte er mit nasaler Stimme.

»Du liebe Zeit«, seufzte Nell. »Bist du krank? Verdammt, Remy, du musst einfach mehr auf dich achten.«

»Es tut mir leid«, gab er trübe zurück. »Ich habe so ein schlechtes Gewissen, weil ich dich einfach hängenlasse.«

Wieder seufzte sie. »Ich schaffe das schon. Ruh dich aus. Am Montag musst du wieder fit sein.«

»Was ist denn am Montag?«, schniefte er.

»Da kommen ein paar Bewerberinnen für den Empfang. Ich habe noch mal über das nachgedacht, was du gesagt hast, und kurzfristig eine Anzeige in der Zeitung von heute aufgegeben.«

»Gute Idee.« Und er hatte auch schon die eine oder andere Kandidatin im Auge – Krankenschwestern, die einen kleinen Bonus gut gebrauchen konnten. Lieber einen Teufel am Empfang, den er kannte, als einen Engel, den er nicht einschätzen konnte. »Vielleicht sollten wir auch noch eine zusätzliche Helferin einstellen.«

»Auch daran habe ich schon gedacht. In diesem Fall könnten wir mehr Patienten annehmen, was wiederum genug Geld einbringt, um nicht nur ihr Gehalt, sondern auch einen Teil der Fixkosten, wie zum Beispiel die Stromrechnung, zu bezahlen.«

»Wie du meinst«, sagte er und hustete.

»Leg dich hin, Remy. Wir können ja übers Wochenende noch mal telefonieren, wenn es dir bessergeht.«

»Okay.« Er legte auf und räusperte sich. Okay, zum nächsten Punkt auf der Tagesordnung: Was sollte er mit Rawlings, dem Gefängniswärter, im Hinblick auf dessen Sohn tun? Er wollte Junior nichts antun … schon gar nicht gezwungen sein, ihn umzubringen. Gleichzeitig musste er ein klares Zeichen setzen: *Versuch nicht, mich zu verarschen. Denk nicht mal dran, mich auf deine Liste von Leuten zu setzen, die dir einen Gefallen schulden. Ich sitze hier am längeren Hebel und schrecke nicht davor zurück, dir das wegzunehmen, was dir am meisten am Herzen liegt.*

Nur Kate blieb am Konferenztisch sitzen, während sich die anderen erhoben und allmählich unter lautstarken Unterhaltungen den Raum verließen. Neben mir, dachte Decker. *Aber sie sieht mich nicht an.* Stattdessen war ihr Blick auf die Tierchen vor ihr geheftet, und um ihren Mund lag ein bitterer Zug.

Decker lehnte sich hinüber und sog den Duft ihres Haars ein. Inzwischen war es wieder zu einem straffen Knoten frisiert, aber er hatte es offen gesehen, es gestreichelt, seine Seidigkeit auf seiner nackten Haut gespürt. Eilig verlagerte er das Gewicht im Rollstuhl und legte sich seinen Block auf den Schoß. »Ich finde die Figuren nett«, raunte er.

Sie holte Luft. »Danke.«

»Aber ...«

Ihr Achselzucken hatte etwas seltsam Kindliches und Bezauberndes. Und Verletzliches. »Ich hasse es, dass ich regelrecht süchtig danach bin.« Sie blickte auf ihre Hände. »Ich stehe da, als wäre ich verrückt.«

»Nein«, widersprach er sanft. »Es verleiht dir so etwas Eindringliches.« *Und unglaublich Scharfes.* »Mit Verrückten kenne ich mich aus, und du bist definitiv nicht verrückt, glaub mir.«

Sie sah ihn an. »Tue ich. Und auch das macht mir Angst.«

Er beugte sich noch ein Stück weiter herüber, so dass sich ihre Köpfe beinahe berührten. »Was? Dass du mir so schnell vertraust?«, murmelte er, worauf sie nickte. »Mir geht es genauso, aber es macht mir keine Angst. Jemandem nach kurzer Zeit zu vertrauen, ist nicht unbedingt schlecht. Ich werde dir nicht weh tun, Kate.«

»Das weiß ich. Zumindest nicht mit Absicht.«

In diesem Moment landete eine schwarze Reisetasche auf dem Tisch. Novak hatte sich vor ihnen aufgebaut und blickte sie mit der mittlerweile vertrauten finsteren Miene an.

»Die Überwachungsbänder«, sagte er und sah flüchtig zu Kate hinüber, ehe er Decker mit seinen zweifarbigen Augen durchbohrte.

»Danke«, sagte Decker förmlich. »Sind das Kopien, oder müssen wir sie zurückgeben?«

»Sie gehören Ihnen.« Er hob eine Braue. »Viel Spaß damit. Ich fahre jetzt ins Gefängnis.« Er beugte sich vor und schob eine Visitenkarte unter eines ihrer Kunstwerke. »Vielleicht versuchst du's einfach mal«, sagte er ruhig, wandte sich um und ging davon.

Sie starrte auf die Karte. »Herrgott, Novak«, flüsterte sie.

»Was ist das?«

»Eine Spezialistin für posttraumatische Belastungsstörungen.«

Decker sah Novak mit neu gewonnenem Respekt hinterher. Kate lag diesem Kerl wirklich am Herzen, so viel stand fest. In diesem Moment blieb Novak noch einmal stehen, drehte sich um und legte mit einem Blick in Deckers Richtung beinahe fragend den Kopf schief, dann war er verschwunden.

Decker wandte sich Kate zu, die immer noch mit gerunzelter Stirn dasaß. »Du sagtest, die Träume hätten wieder angefangen, direkt nachdem du auf diese Typen geschossen hast«, sagte er. »Novak könnte recht haben. Vielleicht verstärkt die Belastungsstörung dein ADHS sogar noch.«

Kate riss die Augen auf. »Du bist mit Deacon einer Meinung?«

Deckers Mundwinkel zuckten. »Ja, aber nur dieses eine Mal. Vielleicht. Sag ihm bloß nichts.«

Sie steckte die Karte ein. »Dein Geheimnis ist bei mir sicher.« Sie warf ihm einen bedeutungsvollen Blick zu. »Alle.«

»Ich weiß. Das gilt umgekehrt genauso.« Obwohl sie nicht einmal ansatzweise etwas von ihren Geheimnissen preisgegeben hatte.

Sie nickte. »Ich muss los und die Adresse von diesem Addison ausfindig machen. Ich hoffe, es ist mitten in der Stadt, damit möglichst viele Leute mitbekommen, wenn ich ihn bis aufs Blut demütige.« Sie stand auf und sammelte ihre Figuren ein. »Wo ist der Papierkorb?

»Warten Sie!«, rief Meredith und kam angelaufen. »Nicht wegwerfen. Kann ich die vielleicht haben?«

Kate sah sie verblüfft an. »Warum?«

»Weil sie cool sind«, warf Decker ein.

»Genau«, bestätigte Meredith. »Haben Sie zufällig Anleitungen dafür?«

»Nein, ich … falte sie einfach aus dem Kopf.«

»Ah.« Meredith lächelte. »Sie sind also der kreative Typ. Ich behandle meine kleinen Patienten unter anderem mit Kunsttherapie. Das ist absolut perfekt für mich. Vielleicht können Sie ja noch ein paar nachliefern?«

Kate sah sie verdattert an. »Wieso nicht?«

Meredith zögerte. »Ich muss gestehen, das ist nicht der einzige Grund, weshalb ich Sie sprechen wollte. Es geht um Kendra Cullen. Danke, dass Sie sie mitnehmen. Dieser Fall bedeutet ihr sehr viel.«

Kate legte den Kopf schief. »Wegen ihrer Schwester, die auch Missbrauchsopfer ist, richtig?«

»Ja, aber …« Meredith biss sich auf die Lippe. »Behalten Sie sie einfach ein bisschen im Auge, okay?«

Kate zog die Brauen zusammen, und Decker hörte die Rädchen in ihrem Kopf förmlich rattern. »Oh.« Statt Verwirrung zeichnete sich Verständnis und Mitgefühl auf Kates Miene ab. »Sie hatte die Adressen und ist deswegen zu Ihnen gekommen. Sie ist wütend, habe ich recht?«

Meredith wandte den Blick zur Decke. »Ich … behalten Sie sie einfach im Auge, okay?«, sagte sie noch einmal.

»Alles klar. Und falls sie zu wütend wird, nehme ich sie aus dem Spiel, okay?«

»Sehr gut. Danke.«

Kate zog die Visitenkarte der Therapeutin heraus und schnupperte daran. »Die haben Sie Deacon gegeben, stimmt's?«

Meredith zuckte kaum merklich zusammen. »Erwischt. Ja. Er hat mich um Hilfe gebeten. Aber bitte seien Sie ihm nicht allzu böse.«

»Oh, nein, überhaupt nicht«, beschwichtigte Kate sie. »Ich war nur neugierig. Eigentlich hatte ich gedacht, er hätte sie von Faith, aber sie riecht nach Ihrem Parfum.«

»Ich vergesse immer wieder, dass ich mit Detectives zusammenarbeite«, meinte Meredith leichthin, doch ihre Miene blieb ernst. »Dr. Lane ist wirklich gut. Sie hat eine Menge Erfahrung und ist sehr diskret. Bestimmt wird sie Ihnen bestätigen, dass Stricken und Papierfalten gute Kompensationstechniken sind, gegen die es nichts einzuwenden gibt.«

»Nur dass alle wissen, dass ich allmählich den Verstand verliere.«

Decker packte ihre Hand und drückte sie fest, ließ sie jedoch sofort wieder los, bevor jemand außer Meredith es mitbekam. »Du weißt, was du tun musst, Kate. Weil es für dich funktioniert. Du bist eine erstklassige Agentin. Wen interessiert es, wenn du nebenbei strickst oder sonst was machst?«

»Der Mann hat völlig recht«, bekräftigte Meredith. »Dr. Lane hat vielleicht ein paar Ansätze für Sie, die weniger auffällig sind. Versuchen Sie es wenigstens. Schlimmstenfalls haben Sie ein, zwei Stunden Zeit vergeudet.«

Kate musterte die Karte. »Ich überlege es mir. Danke. Und jetzt muss ich herausfinden, wo Corey Addison arbeitet.«

Meredith beugte sich näher. »Er ist in der Werbebranche tätig«, sagte sie leise. »Bei Smith, Addison und Nigel. Main, Ecke Sixth. Wenn Sie Glück haben, erwischen Sie ihn bei einer Präsentation. Normalerweise macht er eine ausgiebige Mittagspause, also sehen Sie zu, dass Sie rechtzeitig dort sind.«

Kate hob die Brauen. »Wow, Kendra hat ihre Hausaufgaben gemacht.«

Meredith zuckte mit den Schultern. »Ach, mir kommt so einiges zu Ohren. Ich verrate meine Quellen niemals.«

»Apropos Quellen«, schaltete sich Decker ein. »Ich wette, wenn Marcus O'Bannion einen anonymen Tipp bekäme, würde er liebend gern jemanden mit einer Kamera schicken, um Addisons Verhaftung zu filmen.«

Meredith drückte ein paar Tasten auf ihrem Telefon. »Erledigt.«

»Meredith«, rief Adam von der Tür. »Wir müssen uns beeilen. Die Sozialarbeiterin ist schon bei Eileen Wilkins' Sohn im Krankenhaus. Wir treffen uns vor der Kinderstation.«

»Mein Typ wird verlangt«, sagte Meredith und ließ die Origami-Figürchen in ihre Tasche fallen. »Sie werden zwar ein bisschen zerdrückt, aber Corinne, meine Praktikantin, faltet sie später auseinander und sieht sie sich an. Jetzt muss ich mich beeilen. Bis dann.« Sie wandte sich zum Gehen, drehte sich aber noch einmal um. »Es hat mich gefreut, Sie kennenzulernen, Agent Davenport. Und, Kate, ich gehe jeden Tag um fünf Uhr früh laufen. Das ist eine gute Methode, um den Stress abzubauen.«

»Meredith«, rief Adam ungeduldig. »Ich muss los.«

Meredith verdrehte die Augen, drehte sich um und hastete auf ihren Highheels so flink zur Tür, dass Decker allein vom Zusehen die Füße weh taten. »Herrje, ich komme ja schon.«

»Ich glaube, sie ist immer spät dran«, bemerkte Kate. »Ist nur so eine Ahnung.«

Decker lachte. »Könnte sein.« Wieder drückte er ihre Hand und registrierte erfreut, dass sie den Druck erwiderte. »Schreib mir, wenn du das elende Schwein geschnappt hast, okay? Ich muss wissen, dass es dir gutgeht.«

»Mache ich. Und viel Spaß bei der Suche nach Alice.«

17. Kapitel

»Ziemlich stylish«, bemerkte Kate leise, als sie das Gebäude der Werbeagentur betraten, wo Corey Addison als Junior Vice President arbeitete. »Hier kommen die Leute freitags ganz bestimmt nicht in Jeans.«

Kendra schnaubte. »Das hier *ist* bereits deren Vorstellung eines lockeren Dresscodes, Agent Coppola.« Sie klang ein bisschen nervös ... nun, da sie hier waren und die Verhaftung eines elenden Dreckskerls unmittelbar bevorstand, der sich einen Spaß daraus machte, junge Frauen zu belästigen, die schon mehr als genug Schlimmes erlebt hatten.

»Kopf hoch, Officer«, sagte Kate. »Sie haben ein gutes Werk getan. Und jetzt tun Sie ein noch viel besseres, indem Sie helfen, eines dieser Dreckschweine hochgehen zu lassen, die schuld daran sind, dass Kinderpornografie ewig und ewig weiterbetrieben wird.«

»Er ist nur einer von vielen«, meinte Kendra, »da draußen laufen noch Tausende andere herum.«

»Ich weiß. Und wir werden sie auch nicht alle schnappen, aber diesen einen kriegen wir und zwingen die anderen, wenigstens vorübergehend innezuhalten.« Kate blickte über ihre Schulter nach draußen, wo Marcus O'Bannion mit einer großen Kamera auf der Schulter stand, Scarlett an seiner Seite. »Sieht so aus, als würden wir Unterstützung vom Herausgeber des *Ledger* höchstpersönlich kriegen.«

Kendra lächelte und schien sich ein wenig zu entspannen. »Marcus hat auch über die Verhaftung von McCord berichtet. Es ist ihm wichtig, die Übeltäter an den Pranger zu stellen. Scarlett meint, das sei einer der Gründe, weshalb sie sich in ihn verliebt habe. Und natürlich hat sein gutes Aussehen ihm auch nicht gerade geschadet.«

Ein junger Mann in einem weißen Overall mit FBI-Aufdruck auf dem Rücken kam in der Lobby auf sie zu. »Agent Coppola? Ich bin Agent Quincy Taylor.«

»Freut mich, Quincy. Ich bin Kate, und das ist Kendra Cullen. Sie hat die ganze Vorarbeit geleistet.«

Quincy nickte respektvoll. »Ich hab's schon gehört. Gute Arbeit.«

»Quincy soll Addisons Büro durchsuchen«, erklärte Kate, »und seinen Computer sicherstellen. Er steht zwar bereits auf der Liste zu beschlagnahmender Gegenstände im Haftbefehl, aber ich erwarte keine Kooperation.«

Quincy hob vielsagend die Brauen. »Das macht das Ganze gleich viel spannender. Also, sind wir so weit?«

Kendra richtete sich zu ihrer vollen Größe auf. »Ja«, erklärte sie entschlossen. »Bringen wir es hinter uns.«

Kate grinste. »Definitiv.« Quincy Taylor folgte ihnen, als sie losgingen. »Und es fängt genau ... jetzt an«, bemerkte er leise.

Ein säuerlich dreinblickender Wachmann trat auf sie zu. »Kann ich Ihnen helfen?«

»Ja.« Kate zückte ihre Marke. »Ich bin Special Agent Coppola, FBI, das sind Special Agent Taylor und Officer Cullen vom CPD. Ich habe einen Haftbefehl für eine der hier arbeitenden Personen. Bitte treten Sie zur Seite, Sir.«

Die Miene des Mannes verdüsterte sich noch weiter, doch er machte einen Schritt zur Seite, um sie vorbeizulassen, folgte ihnen jedoch in den Aufzug. Kendra wollte den Knopf drücken, doch Kate schüttelte kaum merklich den Kopf, worauf Kendra die Hand sinken ließ.

»Was nun?«, meinte der Wachmann kampflustig. »Drücken Sie doch, wenn Sie es so eilig haben.«

Kate drückte jedoch den Knopf, der die Türen offen hielt, und fing den Blick eines der beiden Detectives auf, die sich gerade durch die Lobby näherten. Verstärkung von Lieutenant Isenberg, zusammen mit zwei weiteren Uniformierten, die vor der Tür Posten bezogen hatten – im Grunde war ihre Anwesenheit eher gedacht, um Eindruck zu schinden, zumal niemand davon ausging, dass Addison aus dem Fenster springen oder über die Feuertreppe zu fliehen versuchen würde. Doch das Aufgebot würde sich ganz hervorragend vor der Kamera machen.

Detective Muller blieb vor der Aufzugtür stehen. »Kann ich Ihnen helfen, Agent Coppola?«

Es war erstaunlich, wie anders genau dieselben Worte doch klangen, wenn sie mit Respekt ausgesprochen wurden.

»Ja. Könnten Sie diesen Gentleman zurück in die Lobby begleiten und dafür sorgen, dass er weder sein Funkgerät noch sein Handy benutzt?« Sie lächelte dem Wachmann zu. »Nur für den Fall, dass Sie vorhatten, jemanden zu warnen ...«

Dem Wachmann fiel die Kinnlade herunter. »Sie haben kein Recht, hier einfach reinzuplatzen, als würde Ihnen das ganze Gebäude gehören.«

»Laut Haftbefehl habe ich das Recht sehr wohl. Detective Muller hat zudem eine Kopie bei sich, die er Ihnen bestimmt gerne zeigt. Und jetzt treten Sie bitte hinaus, sonst muss ich Sie leider ebenfalls festnehmen.« Wieder lächelte Kate ihm ins Gesicht. »Und eines kann ich Ihnen versichern, Sir, mit dem Mann, den wir gleich abführen werden, wollen Sie nicht in einen Topf geworfen werden.«

Der Wachmann leistete keinerlei Widerstand, als Muller ihn am Arm nahm, warf Kate jedoch einen finsteren Blick zu. »Ich werde mich bei Ihrem Vorgesetzten beschweren.«

»Tun Sie das«, erwiderte Kate, noch immer lächelnd. »Coppola, mit zwei ›p‹ und einem ›l‹. Die Leute schreiben es immer falsch.« Sie ließ den Fahrstuhlknopf los, worauf die Türen zuglitten.

»Glauben Sie ernsthaft, er hätte jemanden gewarnt?«, fragte Kendra und drückte den Knopf für den fünften Stock.

»Ich glaube, er hat angefangen, etwas auf seinem Handy in der Hosentasche zu tippen«, antwortete Quincy.

»Du meine Güte. Ich dachte, so was machen nur Teenager in der Schule unter der Bank, aber keine erwachsenen Leute.« Kendra zuckte die Achseln.

»Der Typ war früher bei der Armee«, sagte Kate. »Das hier ist sein Territorium, und er glaubt, alle, die sich in diesem Gebäude befinden, beschützen zu müssen. Er wollte der große Held sein und sich überall ins Bild schieben, damit auch jeder sieht, wie gut er seine Sache macht. Ich habe während meiner Dienstzeit bei der Militärpolizei Tausende dieser Typen erlebt … meistens wenn ich nach einer Verhaftung die Formalitäten erledigen musste.«

»Sie waren bei der Militärpolizei?«, fragte Kendra und grinste. »Meredith hat gemeint, Sie seien eine knallharte Polizistin mit Stricknadeln im Gepäck. Also, das mit der knallharten Polizistin stimmt jedenfalls schon mal.«

Kate lachte. »Das mit dem Strickzeug auch. Die Tasche liegt im Wagen.« Die Aufzugglocke läutete. Sie stiegen aus. »Smith, Addison und Nigel. Coreys Daddy ist Namenspartner.«

»Ich bin schockiert«, bemerkte Quincy trocken, worauf Kendra lächelte.

Kate nahm sich vor, sich später bei ihm zu bedanken, weil es ihm gelungen war, Kendras Nervosität ein wenig zu dämpfen.

In der Agentur herrschte reges Treiben – bis sie durch die Tür traten. Kate ging mit ihrer gezückten Dienstmarke voran.

Ihre Stimme hallte in der Stille wider. *Prima. Je lauter, desto besser.* »FBI«, sagte sie zu der jungen Dame am Empfang, die sie mit schreckgeweiteten Augen ansah. »Wir wollen zu Corey Addison. Wo ist er?«

Die junge Frau zeigte auf eine geschlossene Tür. »Aber er hat einen Kundentermin. Sie können nicht einfach …«

Das wollen wir doch mal sehen, Schätzchen. »Ich weiß, dass Sie nur Ihren Job machen, aber trotzdem«, unterbrach Kate und ging voran in den Konferenzraum mit einem Mahagonitisch, der ein Vermögen gekostet haben musste. Corey Addison stand neben einem Whiteboard am Kopfende und hielt mitten im Satz inne. »Was soll das? Wie sind Sie hier hereingekommen? Das hier sind geschlossene Geschäftsräume.«

Addison sah genauso aus wie auf dem Foto der Datenbank der Zulassungsstelle. Selbst das Grübchen an seinem Kinn war deutlich zu erkennen. Auf der Highschool und im College war er Footballspieler gewesen und schien nach wie vor regelmäßig zu trainieren. Ihn zu überwältigen, würde nicht ganz einfach werden, falls er Widerstand leisten sollte.

Kate warf Kendra einen Blick zu, die nickte. »Ja«, sagte sie leise, »das ist er.«

Am Tisch saßen sechs Männer mittleren Alters und eine junge Frau in einem konservativen Hosenanzug. *Die Kunden,* dachte Kate und lächelte innerlich. Sie würden gleich eine hübsche Show geboten bekommen. *Danke, lieber Gott.* »Mr. Addison? Corey Addison?« Ohne seine Antwort abzuwarten, trat sie auf ihn zu und legte ihm die Handschellen an. Addison sagte kein Wort, sondern starrte Kendra wutentbrannt an.

»Was soll das?«, fragte er, wobei er jedes Wort einzeln betonte.

Kate packte ihn am Arm. »Corey Addison, Sie sind wegen Belästigung vorläufig festgenommen.«

»Was soll das, verdammt noch mal?«, schrie er.

Ein Mann, der wie die zwanzig Jahre ältere Version von Corey aussah, erschien im Türrahmen. *Daddy.* »Was zum Teufel tun Sie hier? Ich habe den Sicherheitsdienst gerufen. Sie verschwinden jetzt, und zwar auf der Stelle.«

Kate hielt ihm die Kopie des Haftbefehls vor die Nase. »Hier steht alles, Sir.« Addison senior riss ihr das Papier aus der Hand.

»Belästigung? Wen hast du belästigt?« Er überflog das Formular und starrte seinen Sohn finster an. »Was hast du getan?«

»Gar nichts! Die da hat sich in eine private Unterhaltung eingemischt.« Corey wies mit dem Kinn auf Kendra. »Ich habe überhaupt niemanden belästigt.«

»Er hat letzten Samstag ein junges Mädchen bei Kroger bedrängt«, sagte Kate mit einem Seitenblick auf Kendra, die sich jedoch in der Gewalt zu haben schien.

»Das?« Corey atmete sichtlich auf und lachte verlegen. »Ich habe sie bloß gefragt, ob sie mal mit mir etwas trinken geht. Da war gar nichts.« Er ließ den Blick über die Anzugträger schweifen, die das Ganze mit einer Mischung aus Entsetzen und Faszination verfolgten. »Das ist ein Missverständnis, ich schwöre es.«

»Das glaube ich eher nicht«, warf Kate ein. »Wir beschlagnahmen Ihren Bürocomputer und sämtliche Akten. Außerdem durchsucht in diesem Moment ein weiteres Team Ihre Privatwohnung.«

»Und wonach suchen Sie?«, presste Coreys Vater hervor.

»Nach Kinderpornografie«, antwortete Kate laut und deutlich.

Die Anzugträger schnappten kollektiv nach Luft, während Addison senior kreidebleich wurde und sich gegen den Türrahmen sinken ließ. Corey Addison stand eine Sekunde lang reglos da, die Kate jedoch als Warnung genügte. Dann stürzte er los, doch Kate machte sich seinen Schwung zunutze, um ihn zu packen und zu Boden zu reißen, wo er mit einem lauten Grunzen auf dem Bauch landete. Er versuchte, sie abzuschütteln, doch sie zog nur ihre Waffe und hielt sie ihm an die Schläfe.

»Damit kommt auch noch Widerstand gegen die Staatsgewalt dazu«, bemerkte sie, während sie spürte, wie ihr Herz hämmerte. Als sie das letzte Mal ihre Waffe in der Hand gehalten hatte, hatte es Tote gegeben. Zu ihrer Erleichterung schien sich Corey Addison zu beruhigen, obwohl er immer noch wie ein angriffslustiger Bulle schnaubte. Aus dem Augenwinkel registrierte sie, dass Kendra und auch Quincy die Waffen gezogen hatten. »Officer Cullen, bitte geben Sie mir Deckung, während ich seine Beine fessle. Sie, Agent Quincy, gehen in Mr. Addisons Büro und nehmen alles mit, was nicht niet- und nagelfest ist.« Ihr Blick fiel auf Mr. Addison senior, der sich noch immer am Türrahmen festhielt und seinen Sohn anstarrte, als sähe er ihn zum allerersten Mal. »Und kann jemand bitte einen Krankenwagen rufen? Ich glaube, Mr. Addison senior braucht Hilfe.« Sie zog eine Plastikhandfessel heraus und legte sie um Coreys Füße, ehe sie aufstand und ihre Waffe ins Holster zurücksteckte.

»Was sollen wir mit ihm machen?«, fragte Kendra.

Inzwischen hatte sich Kates Puls wieder normalisiert. »Er soll erst einmal hier liegen. Ich rufe jetzt das Team bei ihm zu Hause an und sage Bescheid, dass wir ihn haben.« Sie erledigte den Anruf, dann trat sie zu Coreys Vater, der sich inzwischen auf einen Stuhl gesetzt hatte und am ganzen Leib zitterte, und fühlte seinen Puls. »Haben Sie Herzprobleme, Sir?«, fragte sie.

Er nickte. »Ja. Ich hab's eigentlich unter Kontrolle, nur …«, er blickte auf seinen gefesselten Sohn am Boden, »nur in Stresssituationen ist es schwierig.«

Die junge Empfangsdame trat mit einem Tablettenröhrchen und einem Glas Wasser herein. »Ich habe schon den Notarzt gerufen. Er ist gleich da«, sagte sie, schüttelte eine Tablette heraus und reichte sie dem Mann. »Das ist ein Nitro-Präparat«, sagte sie zu Kate.

Mr. Addison legte sich die Tablette unter die Zunge. Innerhalb einer Minute hatte sich sein Puls stabilisiert.

Kate stand auf und wandte sich an die versammelten Anzugträger. »Es tut mir leid, aber ich muss Sie bitten, noch einen Moment zu bleiben. Wir müssen Ihre Namen und Adressen für unseren Bericht aufnehmen.«

Die Frau hielt ihr Handy in die Höhe. »Ich habe alles auf Video, vom ersten Moment an. Natürlich nur für meine eigene Verwendung. Ich werde nicht damit an die Medien gehen, stelle Ihnen aber gern eine Kopie zur Verfügung, wenn Sie sie brauchen sollten.«

Kate sah sie verblüfft an. »Was meinen Sie damit? Zu Ihrer eigenen Verwendung? Weshalb sollten Sie das Video brauchen?«

»Um mich selbst zu schützen.« Sie warf einem ihrer Kollegen einen verächtlichen Blick zu. »Ich habe Ihnen gesagt, dass er mir auf die Pelle gerückt ist, aber Sie wollten mir ja nicht glauben. Ich habe Sie gebeten, nicht mehr mit ihm zusammenzuarbeiten, aber Sie haben sich geweigert. Ich habe Sie außerdem gebeten, mir ein anderes Projekt zuzuteilen, aber Sie haben nur gemeint, das könnte meiner Karriere schaden.«

Ihr Kollege zupfte unbehaglich an seinem Kragen. »Es tut mir leid. Ich …« Er blickte sich am Tisch um, doch keiner wollte ihm in die Augen sehen. »Ich hätte nicht an Ihnen zweifeln dürfen.«

»Danke«, gab sie würdevoll zurück. »Agent … Entschuldigung, aber ich habe Ihren Namen vorhin nicht verstanden.«

»Coppola.« Sie reichte der jungen Frau ihre Visitenkarte. »Ich hätte gern eine Kopie des Videos, aber es wäre wohl besser, wenn einer unserer Techniker das übernehmen würde. Möchten Sie mich gern in mein Büro begleiten?«

»Wenn ich den Nachmittag freibekomme ...« Sie sah ihren Kollegen an, der steif nickte.

»Natürlich unterstützen wir die Behörden nach Kräften. Bitte, nehmen Sie sich so viel Zeit, wie Sie benötigen«, sagte er.

»Danke.« Sie reichte Kate ihre Visitenkarte. »Ich bin Felicia Petrie. Sollten Sie noch weitere Beweise gegen ihn brauchen, habe ich auch die Namen der anderen Frauen, die er belästigt hat. Ich bin einundzwanzig. Das hier ist meine erste Stelle nach dem College, doch im Vergleich zu den Kolleginnen fühle ich mich schon um Jahre gealtert.«

Corey lag mit abgewandtem Gesicht noch immer auf dem Fußboden, doch er atmete, deshalb machte Kate sich seinetwegen keine allzu großen Sorgen. »Ist mit Mr. Addison so weit alles in Ordnung, Officer Cullen?«, fragte sie der Form halber.

Kendra zeigte keinerlei Gefühlsregung. *Gut gemacht.* »Ja, Agent Coppola. Er ... Nun ja, er weint bitterlich, Ma'am.«

»Leck mich, Schlampe«, knurrte Corey.

Sein Vater schloss die Augen. »Lieber Gott, das ist der reinste Alptraum.«

»Das können Sie laut sagen«, warf Felicia ein. »Dieser Mann ist seit meinem ersten Arbeitstag vor zwei Monaten ein Alptraum. Ich hätte ja längst gekündigt, aber dann hätte ich den Zuschuss für den Umzug zurückzahlen müssen.«

Wieder zuckte der Kollege mit dem Kragen zusammen, sagte aber nichts.

»Wie haben Sie von den anderen Frauen erfahren?«, hakte Kate nach.

»Über ein Online-Forum«, antwortete Felicia. »Dort tauschen sich Frauen über Typen aus, die nicht kapieren wollen, dass ›nein‹ auch wirklich ›nein‹ bedeutet. Manche ziehen auch einfach nur über ihre Ex-Freunde her, aber ich habe seinen Namen eingegeben und sofort mehrere Ergebnisse bekommen.«

Noch mehr Opfer, dachte Kate grimmig. »Ich wäre Ihnen sehr dankbar, wenn Sie mir den Link zu dieser Seite zukommen ließen.«

Geräusche drangen aus dem Flur herein – offenbar war der Notarzt eingetroffen. Kate trat zur Seite. »Sie können Ihre Waffe wieder einstecken, Officer«, sagte sie leise zu Kendra, worauf die junge Polizistin gehorchte. Ihre Hand zitterte so leicht, dass Kate es nur bemerkte, weil sie ganz genau hingesehen hatte. Sie nickte Kendra zu. »Bitte helfen Sie Agent Taylor, Officer Cullen. Ich brauche Sie erst wieder, wenn wir ihn hinausbringen. Danke.«

Erst jetzt sah Kendra ihr in die Augen, und für einen Moment wich Kate erschrocken zurück, als sie das Wirrwarr aus Emotionen darin sah – Befriedigung und Verzweiflung, Triumph und hilflose Wut, vor allem aber grenzenlose Erleichterung. »Ja, Ma'am«, erwiderte sie, doch nun sagten ihre Augen etwas anderes – *danke.*

Cincinnati, Ohio
Freitag, 14. August, 13.00 Uhr

Decker saß vor seinem Monitor, als sein Handy summte. Sein Magen verkrampfte sich. Eine Nachricht von Kate. *Wir haben ihn. Alles bestens.*

Hervorragend. Eigentlich hätte er gern mehr Details erfahren, doch Hauptsache, es ging ihr gut. Er wandte sich wieder

dem Monitor zu und suchte die Gegend ab, in der sich Alice'
Apartment befinden könnte, vor allem die kleinen Geschäfte
an der Ecke, wo er sie ein paar Mal abgesetzt hatte.

Ein Räuspern ertönte. Decker blickte über den Rand des
Laptops hinweg. »Was kann ich für dich tun, Hope?«

Hope war die Tochter von Bailey Beardsley, die ihn im Auge
behalten sollte, solange Dani in der Klinik war. Sie sei neun,
hatte sie ihn höflich informiert und ihn dann um Erlaubnis
gebeten, sich zu ihm an den Küchentisch setzen zu dürfen,
um zu »arbeiten«. Ihre Mutter hatte sie sanft getadelt, aber
Decker mochte Kinder, deshalb hatte er sie eingeladen, ihm
Gesellschaft zu leisten. Es hatte sich herausgestellt, dass es
sich bei ihrer »Arbeit« um ein Buch handelte, das sie für die
Schule lesen sollte, obwohl der Unterricht noch gar nicht
wieder angefangen hatte. »Das ist zur Vorbereitung«, hatte
sie erklärt. »Ich bin in der Begabtenklasse.«

Sie hatte mucksmäuschenstill gelesen und sich erst vor einigen Minuten geräuspert. »Ich wollte mir einen Snack holen«,
hatte sie gesagt. »Vielleicht haben Sie ja auch Hunger.«

Decker musste grinsen. Die Kleine redete, als hätte sie ein
Drehbuch vor sich. Ein Blick auf die Uhr verriet, dass es
exakt ein Uhr war – und damit seine von Dani festgelegte
Essenszeit. »Und woran dachtest du so?«

Hope runzelte leicht die Stirn. »Etwas Gesundes«, antwortete sie, wobei sie einen Anflug von Frustration nicht verhehlen konnte.

Decker lachte. »Ach, wenn Dr. Dani dir schon aufgetragen
hat, dafür zu sorgen, dass ich etwas esse, dann sollte es doch
wenigstens schmecken, oder?«

Hopes Augen weiteten sich. »Woher wissen Sie ...«, fragte
sie und schürzte die Lippen. Decker brach in schallendes
Gelächter aus.

»Du hast alles richtig gemacht, Süße. Dr. Dani ist einfach zu pflichtbewusst und wäre niemals gegangen, ohne dich und deine Ma ausführlich über meinen Zeitplan zu informieren. Ich mache dir einen Vorschlag: Wenn wir ein bisschen Obst essen, könnten wir uns danach auch ein Stück Schokolade gönnen. Als Ausgleich, sozusagen.«

»Haben Sie denn welche?«, fragte sie verschwörerisch, als würden sie einen geheimen Deal verhandeln.

»Ja, Agent Coppola hat mir gestern eine ganze Tüte Erdnuss-M&Ms mitgebracht.«

»Oh, die mag ich besonders«, flüsterte sie. »Mein Dad kauft mir auch immer welche, wenn wir unterwegs sind. Aber ich darf es niemandem verraten, weil meine Mom nicht will, dass ich so viele Süßigkeiten esse.«

»Mittagessen«, verkündete Bailey, die in diesem Moment die Küche betrat. »Hope stört Sie doch hoffentlich nicht bei der Arbeit, Agent Davenport?«

»Aber nein, überhaupt nicht«, wiegelte Decker ab. »Sie ist die perfekte Bürogenossin. Wir unterhalten uns gerade über gesunde Ernährung.« Er zwinkerte Hope zu, worauf die Kleine ihn anstrahlte.

»Über Süßigkeiten, meinen Sie wohl«, bemerkte Bailey und lachte, als sie das Gesicht ihrer Tochter sah. »Ach, Schatz, ich kriege es doch mit, wenn du und Daddy wieder mal genascht habt. Ich schmecke es, wenn er mir einen Kuss gibt.«

Hopes Entsetzen wich Ekel. »Mama, ich will so was nicht hören.«

»Also, für welches gesunde Mittagessen habt ihr euch entschieden?«, fragte Bailey. »Agent Davenport darf nur Schonkost essen, sagt Dr. Dani.«

Decker schnaubte. »Natürlich sagt sie das, aber nur, um sich an mir zu rächen. Es sind noch Shrimps auf Maisfladen im Kühlschrank. Und Brathähnchen. Das war wirklich lecker, allerdings ist nicht mehr viel übrig. Ich habe heute Nacht

Hunger bekommen.« Er hatte sich gerade etwas von dem Huhn und die Brownies einverleibt, als Kate zu schreien angefangen hatte. Danach hatte er vergessen, die Sachen wieder in den Kühlschrank zu stellen, also musste Dani es erledigt haben und wusste folglich, dass er sich nicht an ihre Vorgaben hielt. »Ich schätze, die Schonkost war nur eine Anregung von ihr, aber sie erwartet bestimmt nicht, dass ich mich danach richte. Also, Hope, Brathuhn oder Shrimps auf Maisfladen?«

»Beides?«, fragte Hope. Gemeinsam blickten sie mit hoffnungsvollem Welpenblick in Richtung von Hopes Mutter. »Bitte, Mama?«

»Ich wäre Ihnen wirklich zu großem Dank verpflichtet, Ma'am«, fügte Decker mit seinem ausgeprägten Dialekt hinzu.

Baileys Mundwinkel zuckten. »Ah, der brave Südstaatenjunge. Alles klar.«

»Das mit den Südstaaten stimmt. Ich bin in Mississippi aufgewachsen. Aber ob ich brav bin?« Wieder zwinkerte er Hope zu, die kicherte. Es war wie Musik in seinen Ohren. Seine kleine Schwester hatte auch manchmal vor Begeisterung gekichert, wenn auch nicht allzu oft. Bei ihnen zu Hause hatte es zu selten Anlass dazu gegeben, umso mehr hatte er es genossen. Und daran hatte sich nichts geändert.

Hope glitt von ihrem Stuhl und wollte einen Blick auf seine Unterlagen werfen. »Eigentlich wollte ich etwas fragen, aber wir mussten ja arbeiten. Doch jetzt ist Mittagspause, also –«

Bailey wollte protestieren, doch Decker schüttelte den Kopf. »Aber natürlich kannst du mich fragen. Woran ich arbeite, ist nicht vertraulich und jugendfrei.« Er sah Bailey an, die vermutlich bereits wusste, woran er gerade saß.

»Aber nur ganz kurz, Hope«, sagte sie, »und dann lässt du Agent Davenport weitermachen.«

Hope nickte und tippte auf die Karte links von ihm. »Wofür ist die?«

»Ich versuche herauszufinden, wo jemand gewohnt hat, den ich kannte. Früher sollte ich diese Person immer nach Hause bringen, sie wollte, dass ich sie in der Nähe ihres Apartments absetze. Aber nie direkt vor ihrem Haus. Deshalb habe ich all die Orte auf der Karte markiert, an denen ich sie habe aussteigen lassen. Jetzt versuche ich, die Suche einzugrenzen.«

»Ein Streudiagramm«, stellte Hope sachlich fest, worauf Decker überrascht auflachte.

»So was lernt ihr in der Grundschule?«, fragte er verblüfft.

»Klar«, antwortete Hope. »Mathe-Begabtenkurs.«

»Sie geht auf die Privatschule«, erklärte Bailey. »Mein Mann unterrichtet dort.«

»Früher war er mal Pfarrer bei der Army«, warf Hope ein, »aber jetzt nicht mehr. Er ist im Ruhestand. Zuerst unterrichtet er bei mir an der Schule, und danach geht er ins Gefängnis.«

Bailey hüstelte. »Er unterrichtet dort Insassen«, erklärte sie. »So, eine Frage noch, dann ist Schluss, Hope.«

Hope runzelte die Stirn. »Okay, Mama. Ich muss kurz überlegen.« Mit geschürzten Lippen blickte sie auf den Bildschirm. »Wieso machen Sie ein Spiel, obwohl Sie eigentlich arbeiten müssten?«

»Hope!«

»Schon okay. Die Frage ist durchaus legitim.« Decker zeigte auf den Bildschirm. »Das hier ist kein Spiel, Hope, sondern die Straßenansicht von Google Maps.« Er tippte auf den Stadtplan. »Diese Straße ist praktisch der Mittelpunkt des Streudiagramms.«

»Oh.« Hope lehnte sich gegen den Tisch und spähte auf den Bildschirm. »Sie haben die Frau also abgesetzt, und sie ist dann shoppen gegangen.«

»Genau das dachte ich auch«, meinte er, sichtlich beeindruckt von ihrer Fähigkeit, logisch zu denken. »Ich habe mir überlegt, ob sie damals Tüten von einem dieser Läden bei sich hatte.«

Hope sah ihn an. »Und war sie Ihre Freundin?«

»Hope!«, rief Bailey. »Du setzt dich jetzt hin. Sofort.«

Decker schüttelte sich bei dem Gedanken. »Ist schon gut, kein Problem. Auch diese Frage ist ja berechtigt. Nein, Hope, sie war definitiv nicht meine Freundin. Im Gegenteil. Die Frau war eine Verbrecherin, und ich habe versucht, als verdeckter Ermittler Informationen über sie herauszufinden.«

Hopes Augen weiteten sich. »Ehrlich? Genau das will ich auch werden. Polizistin. So wie mein Onkel Daniel und mein Onkel Luke. Aber auch verdeckte Ermittlerin.«

»Aber du hast doch gesagt, du willst Ärztin werden, wie Dr. Dani«, warf Bailey ein.

Hope zuckte mit den Schultern. »Das wäre bestimmt auch nett.«

Decker musste sich ein Lachen verbeißen. »Wenn Sie nichts dagegen haben, würde ich mich gern noch ein Weilchen mit Hope unterhalten. Mein Gehirn braucht eine kleine Pause. Kann sie bleiben?«

Hope sah ihn voll dankbarer Verzückung an, während Bailey resigniert seufzte. »Wenn Sie unbedingt wollen. Aber sie kann ziemlich vorlaut und altklug sein.«

Hope sah ihre Mutter an. »Was bedeutet altklug?«

»Das heißt, dass du für dein Alter schon ganz schön viel weißt«, antwortete Decker. »Normalerweise bezeichnen Eltern und Lehrer so Kinder, die zwar schlau und intelligent, aber auch kleine Klugsch…« Decker unterbrach sich.

Hope giggelte. »Meine Onkel sagen auch immer Klugscheißer. Das ist okay.«

»Na ja, eigentlich nicht«, wandte Decker ein, »zumindest nicht von mir, schließlich kennst du mich ja nicht.«

Hope zuckte mit den Schultern und beugte sich wieder vor. »Ich glaube, da waren wir schon mal«, sagte sie und spähte auf den Bildschirm.

Bailey beugte sich über Deckers Schulter. »Das glaube ich nicht, Schatz. Diese Straße erkenne ich nicht wieder. Aber den Namen des Viertels. Hyde Park.«

»Genau genommen, ist es Oakley«, sagte Decker, »aber hier lebt es sich nicht billiger als in Hyde Park.«

»Wie lange haben Sie verdeckt gearbeitet?«, fragte Bailey.

»Drei Jahre. Wieso?«

»Weil ich dachte, Sie wären ganz neu hier in der Stadt, aber Sie kennen sich besser aus als ich, obwohl ich schon fünf Jahre hier lebe.«

»Ich fühle mich auch, als wäre ich erst hergezogen. Wenn man undercover arbeitet, gehört man nirgendwo dazu, sondern tut immer nur so, in Wahrheit bleibt man außen vor.«

»Man steht am Rand und sieht den anderen zu«, murmelte Bailey. »Das hört sich nach einem ziemlich einsamen Leben an.«

»War es auch«, gestand er, wohl wissend, worauf sie hinauswollte. »Man kann keine echten Freundschaften schließen, weil man immer nur von Verbrechern umgeben ist. Und wenn man Freunde im wahren Leben hat, kann man sich nicht mit ihnen treffen, weil man fürchten muss, man könnte auffliegen.«

Hope sah ihn unsicher an. »Vielleicht ist Ärztin ja doch besser als Undercover-Polizistin.«

»Viel besser«, bekräftigte Bailey. »Wie auch immer, wir wohnen jedenfalls nicht mal in der Nähe dieser Straße, und die Läden dort sind auch viel zu teuer für uns. Ich bin sicher, dass wir noch nie dort waren, Hope.«

»Nein, wir beide nicht, Mama. Aber mit Daddy war ich dort. Wir waren in einem der Geschäfte ... wir wollten dort ein G–« Hope unterbrach sich, während sich Bestürzung auf ihrer Miene abzeichnete.

»Ein ... g-roßes Eis kaufen«, warf Decker eilig ein.

Hope wandte sich Decker zu und formte lautlos *Danke* mit den Lippen.

Bailey strich ihrer Tochter liebevoll über das Haar. »Wenn du das nächste Mal mit Daddy dort für meinen Geburtstag einkaufen gehst, dann sag ihm, dass ich gegen etwas in Gelb nichts einzuwenden hätte.«

»Okay, Mama«, erwiderte Hope, dann blickte sie wieder auf den Monitor. »Wir sind wirklich an all diesen Geschäften vorbeigegangen. Und dann haben wir dort ein Eis gegessen, weil es sauheiß war.«

Bailey wollte ihre Tochter tadeln, doch dann seufzte sie nur und schüttelte den Kopf. »Ich gebe jetzt das Hühnchen in den Ofen. Wenn der Timer läutet, hole ich es wieder heraus. Du fasst nichts an, Hope, sonst verbrennst du dir die Finger. Und hör auf, Agent Davenport zu belästigen.«

Sie verließ die Küche. »Sie denkt immer, ich sei ein Baby«, stieß Hope hitzig hervor.

»Sie liebt dich heiß und innig«, erwiderte Decker leise. »Du hast großes Glück. Meine Mama hat meine Schwester und mich nie so liebgehabt. Du kannst echt froh sein, Süße.«

Aufrichtiges Mitgefühl zeichnete sich auf Hopes Miene ab.

»Das tut mir sehr leid, Agent Davenport.«

»Du kannst gern Decker zu mir sagen.«

»Nein, ich darf Erwachsene nicht mit dem Vornamen ansprechen. Mr. Decker vielleicht?«

»Gut. Und jetzt erzähl mir von dem Eis.« Denn irgendwo hatte bei der Erwähnung etwas geklingelt.

Er lauschte ihrer Schilderung über die unterschiedlichen Sorten, die sie und ihr Dad probiert hatten, und wie sie danach mit ihren Eistüten zu einem Antiquitätengeschäft weitergegangen waren.

»Antiquitätengeschäft?«, hakte Decker nach.

»Nicht so laut«, mahnte sie mit finsterem Blick, »sonst hört Mama uns noch.«

»Ach, dort habt ihr also ihr Geburtstagsgeschenk gekauft, ja?«

Sie nickte. »Dad hat zwei Glaslampen gekauft, die man an der Wand aufhängen kann. Sie sind antik. Mama mag alte Sachen gerne, aber nur in ihrem Nähzimmer. Der Rest des Hauses soll zum Wohnen da sein, sagt sie. Daddy sollte sich keine Gedanken machen müssen, wo er seine Füße drauflegt oder dass er etwas umwerfen könnte. Dad ist ziemlich groß. So wie Sie. Aber nicht fett oder so was«, wiegelte sie eilig ab.

»Sie sind beide nicht fett. Außerdem sind Sie bestimmt nicht tollpatschig. Sie machen sicher nichts kaputt.«

Decker hatte Mühe, nicht in schallendes Gelächter auszubrechen. »Danke. Ein klein bisschen tollpatschig bin ich schon, aber danke, dass du mich nicht fett findest, weil das bedeutet, dass ich Brathühnchen, M&Ms und Brownies essen kann, ohne mir Sorgen machen zu müssen. Zumindest jetzt noch nicht.«

Hope zog die Brauen hoch. »Ich habe vorhin ein Blech mit Kuchenkrümeln in der Spüle gesehen. Ist noch was übrig?«

»Nein, tut mir leid. Aber ich bitte Kate, noch ein Blech voll zu backen. Und jetzt erzähl mir von dem Antiquitätengeschäft.« Er war zwar ziemlich sicher, dass Alice auch ein- oder zweimal in der Eisdiele gewesen war, doch da dort reger Betrieb herrschte, würde sich wohl kaum jemand an sie erinnern. Da er selbst nicht mehr wusste, an welchem Tag er sie dort hatte aussteigen lassen, wäre es auch sinnlos, nach den Überwachungsbändern zu fragen. Bei einem Antiquitätengeschäft dagegen …

Irgendetwas hatte es damit auf sich.

»Die verkaufen da alten Plunder«, erklärte Hope. »Seltene Tischchen und irgendwelches Zeug aus Europa. Dad hat die Lampen gekauft, weil sie perfekt zu einer passen, die meine Mama von ihrer Mama bekommen hat. Sie ist schon vor meiner Geburt gestorben, deshalb habe ich sie nie kennengelernt«, sagte Hope traurig.

»Das tut mir sehr leid«, sagte er. »Ich kannte meine Großeltern auch nicht, aber ich bin bei Pflegeeltern aufgewachsen, und eine der Großmütter hat noch gelebt, als ich zu ihnen kam. Zumindest eine Weile. Sie ist gestorben, als ich auf der Highschool war.«

»Durften Sie Oma zu ihr sagen?«

Decker musste lächeln. Was für eine wunderschöne Frage.

»Ja. Und sie war eine tolle Frau.«

»Wie schön. Und was ist mit Ihren Pflegeeltern passiert?«

»Sie sind beide gestorben, während ich bei der Armee war. Sie waren zwar schon etwas älter, trotzdem war es viel zu früh. Auch sie waren ganz wunderbare Menschen.«

»Ihr Verlust tut mir sehr leid«, erklärte Hope mit feierlichem Ernst. Unwillkürlich fragte er sich, von wem sie diese Worte aufgeschnappt haben mochte. Von ihrem Vater, dem ehemaligen Pfarrer? Oder von ihren beiden Onkeln, die bei der Polizei waren? Doch er verkniff sich die Fragen. In diesem Moment tätschelte sie ihm die Hand und wandte sich wieder dem Computerbildschirm zu. »Ist die Lady, die Sie suchen, in einem dieser Geschäfte gewesen?«

»In der Eisdiele und vielleicht auch in dem Antiquitätengeschäft. Ob die auch Reparaturen durchführen?«

»Klar. An der Wand hing ein Schild, dass sie Glas ersetzen, alte Gemälde restaurieren und antike Möbel säubern. Denn wenn man das nicht tut, verlieren die Gegenstände ihren Wert. Ich sehe mir im Fernsehen immer die *Antiques Road-*

show an, deshalb weiß ich das. Jede Folge, egal, was passiert.«

»Jede Folge, ja? Ich rein zufällig auch.« Er schloss die Augen. Hope stand neben ihm und gab nicht einmal den leisesten Laut von sich. Er konzentrierte sich auf das Bild, wie er Alice nach Hause fuhr, dachte an ihre schnippische Art und an ihre schlechten Manieren. Sie hatte ihn wie einen Dummkopf behandelt. Und einmal hatte sie ihn vor dem Antiquitätengeschäft anhalten lassen und war mit einer Uhr in der Hand ausgestiegen. *Wenn sie in dem Laden auch Uhren reparieren, dann haben wir vielleicht eine Spur.*

Er googelte den Laden und rief an. Hope lauschte, Zeige- und Mittelfinger beider Hände gekreuzt. »Hallo«, sagte er, als sich die Ladenbesitzerin meldete. »Hier spricht Special Agent Davenport, FBI. Ich bin auf der Suche nach einer Person, die vielleicht in Ihrem Geschäft gewesen ist.«

Einen Moment lang herrschte Stille in der Leitung. »Oh. Natürlich«, sagte die Frau dann. »Ich helfe Ihnen gerne, aber vorher möchte ich um Ihre Dienstnummer bitten, damit ich Sie überprüfen kann.«

Decker ärgerte sich ein wenig über die Verzögerung, gleichzeitig war er beeindruckt von der Umsicht der Ladenbesitzerin. »Natürlich.« Er nannte ihr die Nummer seiner Dienstmarke. »Die Frau, nach der ich suche, heißt Alice Newman. Sie ist etwa eins siebzig groß, dünn und blond. Sie hat eine Uhr zur Reparatur vorbeigebracht.«

»Wenn Sie mir das genaue Datum sagen, vereinfacht das die Suche enorm«, gab die Frau zurück.

»Das exakte Datum habe ich nicht, tut mir leid.« Aber es war kalt gewesen, daran konnte er sich erinnern. »Ende Februar, Anfang März dieses Jahres, ungefähr.«

»Das hilft mir schon ein ganzes Stück weiter. Ich überprüfe nur Ihre Dienstmarke, dann mache ich mich sofort auf die

Suche. Kann ich Sie unter dieser Handynummer erreichen, mit der Sie angerufen haben?«

»Ja. Und wenn Sie in unserer Dienststelle anrufen, lassen Sie sich bitte mit Special Agent in Charge Zimmerman verbinden. Er ist mein Vorgesetzter.«

»Okay. Hoffentlich kann ich Ihnen die Informationen bald zur Verfügung stellen.«

Decker beendete das Gespräch und legte auf. »Sie muss mich erst überprüfen«, meinte er seufzend.

»Das ist echt schlau von ihr«, bemerkte Hope. »Meine Onkel sagen immer, man darf nur Leuten am Telefon trauen, die man auch selbst kennt.«

»Dann sind deine beiden Onkel auch sehr schlau.«

»Ja. Sie arbeiten beim GBI. Ich glaube, das ist fast dasselbe wie das FBI. Nur ein Buchstabe ist anders.« Sie begann, ihre Bücher wegzuräumen, während Decker sich fragte, welche Behörde damit gemeint sein könnte.

»Oh. Das Georgia Bureau of Investigation«, sagte er, als der Groschen fiel.

»Genau.« Sie nickte. »Wir haben früher in Atlanta gewohnt. Mama und ich. Und dann hat sie meinen Dad kennengelernt. Sie haben geheiratet und sind hierhergezogen. Eine Weile haben wir bei Tante Meredith gewohnt, aber jetzt haben wir unser eigenes Haus, und ich habe ein Zimmer ganz für mich allein.«

»Verstehe. Aber das GBI ist dem Bundesstaat Georgia zugeordnet, während das FBI fürs ganze Land zuständig ist. Manchmal arbeiten wir mit den Kollegen der Bundesstaatsbehörde zusammen. Vielleicht lerne ich deine Onkel ja eines Tages kennen.«

»Vielleicht. Sie kommen uns in den Ferien und zu Feiertagen manchmal besuchen. Und weil Ihre Familie ja tot ist, könnten Sie Thanksgiving und Weihnachten auch bei uns feiern.

Meine Mama kocht wirklich gut.« Ihr Angebot war so aufrichtig und unschuldig, dass Decker Tränen der Rührung in die Augen stiegen.

»Danke«, krächzte er.

Hope wandte sich ihm zu. Tiefes Verständnis und Mitgefühl standen in ihren Augen. »Das Essen ist gleich fertig. Sie müssen Ihre Sachen wegräumen, damit Platz für die Teller ist.«

»Mache ich. Danke, Hope. Du hast mir sehr geholfen.« In Wahrheit hätte er es wohl auch allein geschafft, trotzdem hatte ihre Schilderung seinem Gedächtnis eindeutig auf die Sprünge geholfen. Und ihr Angebot, die Feiertage nicht allein verbringen zu müssen … das Mädchen hatte ein Herz aus Gold. Strahlend, hell und wunderschön.

Und ihr Lächeln war noch viel strahlender. »Gern geschehen, Mr. Decker. Ich helfe gern anderen Leuten.«

Cincinnati, Ohio
Freitag, 14. August, 13.15 Uhr

Seit fast einer Stunde wartete er hinter den Bäumen am Ende der Einfahrt. Mallory ließ sich ewig Zeit, und trotz der Klimaanlage herrschte Gluthitze im Wagen. Endlich hörte er das leise Brummen des Motors, als sie aus der Einfahrt bog und zum Einkaufen fuhr.

Er wählte Gemmas Nummer. »Hi, ich bin's. Mallory ist jetzt unterwegs zum Laden. Ich wollte dich nur daran erinnern, dass du mit ihr redest.«

»Ich habe es nicht vergessen. Wo bist du? Es hört sich an, als würdest du im Wagen sitzen.«

»Ich muss ein paar … Sachen für Roxy besorgen«, log er.

»Schnaps«, sagte sie. »O Gott, Brandon. Die Frau ist eine elende Säuferin. Setz sie endlich vor die Tür.«

Roxy mag eine elende Säuferin sein, dafür bist du eine schein-heilige Kokserin. »Nein, ich muss ins Sanitätsgeschäft. Roxy kann nicht mehr aufstehen, deshalb brauche ich Bettpfannen.« Ehrlich gesagt, hatten sie dieses Stadium längst hinter sich. Eigentlich hätte er ihr längst einen Katheter legen müssen.

»O Gott, Brandon«, jammerte Gemma. »Ich hoffe, du ver-langst nicht von mir, dass ich auch noch Bettpfannen wechsle.«

»Habe ich dich je darum gebeten, etwas für Roxy zu tun?«

»Nein«, erwiderte sie knapp. »Abgesehen davon, dachte ich, du bist krank.«

Er horchte überrascht auf. Seine Schwestern hatten also über ihn gesprochen. »Ich habe ein Antihistaminikum genommen, damit ich besser atmen kann, aber für Patienten bin ich noch nicht wieder fit genug.« Sein Telefon piepste. »Ich kriege gerade einen zweiten Anruf und muss auflegen.« Er nahm den Anruf an, ohne auf das Display zu sehen. »Hallo?«

»Guten Tag, Professor«, sagte Rawlings eisig – offenbar war das kleine Schlammbad so gar nicht nach seinem Geschmack gewesen.

»Guten Tag, Mr. Rawlings«, begrüßte er ihn freundlich. »Wie geht es Ihnen?«

»Leider fehlt mir etwas. Das Produkt, das Sie mir gestern Abend liefern sollten.«

Was für eine Nummer zog der Typ hier gerade ab, verdammt? »Ich habe es auf den Fahrersitz gelegt«, sagte er, ebenso eisig wie Rawlings.

»Dann hat es sich jemand unter den Nagel gerissen, solange ich mit dem Gesicht im Schlamm gelegen habe. Deshalb müssen Sie es ersetzen. Mit Zins und Zinseszins.«

Einen Scheißdreck werde ich tun. »Wenn das Produkt gelie-fert ist, bin ich nicht länger dafür verantwortlich, Mr. Raw-lings.«

»Vielleicht überlegen Sie es sich noch mal, wenn ich Ihnen erzähle, dass ich gerade ein langes Gespräch mit Special Agent Deacon Novak geführt habe, der mich über eine Stunde in die Mangel genommen hat. Der Typ kann einem echt Angst machen. Ziemlich gruselig.«

Rawlings schien allen Ernstes zu glauben, er könnte ihn damit unter Druck setzen. »Ja, das stimmt«, sagte er nachsichtig.

»Ich habe Sie nicht verpfiffen. Noch nicht. Aber ich kann es jederzeit tun, und zwar so, dass es nicht auf mich zurückfällt. Ich habe eine weiße Weste. Sie sind schließlich der Drogendealer, der mit sehr vielen Menschen in Kontakt stand, die jetzt tot sind.«

»Ich bin nur der Mittelsmann, der anderen zu ihren Geschäften verhilft«, erwiderte er, immer noch nachsichtig.

»Aha. Deshalb hat Agent Novak mich also wegen eines gewissen Professors durch den Wolf gedreht. Ob ich schon von ihm gehört hätte, ihn persönlich kennen würde und so weiter.«

Verdammt. Panik ergriff Besitz von ihm, und das wiederum machte ihn stinkwütend. Er holte tief Luft, in der Hoffnung, dass Rawlings es nicht mitbekommen würde, doch das Gelächter des Wärters drang durch die Leitung. »Es war echt schwierig, mich dumm zu stellen. Und nächstes Mal wird es vielleicht noch schwieriger. Also passen Sie schön auf, was Sie tun, Professor. Schön aufpassen.«

Er hatte alle Mühe, sich von seinem herablassenden Tonfall nicht auf die Palme bringen zu lassen, doch er war fest entschlossen, nicht darauf einzugehen. *Weil ich schlau bin. Und zwar tausendmal schlauer als du.* Er war stets darauf vorbereitet gewesen, sich von seiner Existenz als Professor zu verabschieden, falls ihm die Polizei auf die Schliche käme, und er hatte das beste Ass im Ärmel, das man nur haben konnte:

seinen Schwager, der ihm ein hieb- und stichfestes Alibi geben würde.

Sein größter Vorteil war jedoch ein ganz anderer: *Ich habe niemanden, durch dessen Tod ich am Boden zerstört wäre. Du schon.*

Er legte den Anflug eines Zitterns in seine Stimme. »Ich ... darüber muss ich nachdenken.«

»Tun Sie das«, sagte Rawlings, hörbar befriedigt. »Und vergessen Sie meine kleine Liste nicht. Sie ist immer noch im Spiel. Sollte mir etwas zustoßen, geht sie sofort an die Öffentlichkeit.« Der Wärter beendete das Gespräch, in der Überzeugung, dass er die Oberhand in ihrem Spielchen hatte.

Er bog auf den ersten Parkplatz ein, den er sah, und beobachtete, wie Mallorys Wagen hinter der nächsten Kurve verschwand. Dann wendete er und fuhr nach Hause.

Rawlings musste noch etwas über die Spielregeln lernen. Und darüber, was passierte, wenn man gegen sie verstieß.

18. Kapitel

Cincinnati, Ohio
Freitag, 14. August, 13.45 Uhr

Deckers Handy läutete, gerade als er und Hope den letzten Rest ihres Mittagessens verputzt hatten. Agent Tripletts Nummer erschien auf dem Display.

»Decker hier. Was steht an, Trip?«

»Ich habe heute Dienst in der Lobby, und Sie kriegen Besuch. Dieser Diesel Kennedy. Heute ist er allerdings allein gekommen.«

»Danke. Hey, gehen Sie zufällig über die Mittagspause raus?«

Trip lachte. »Klar, kann ich machen. Worauf haben Sie denn Lust?«

»Auf eine weitere Portion von diesem Brathuhn von gestern. Und bringen Sie einfach noch etwas von der Karte mit, völlig egal, was. Ich gebe Ihnen das Geld dafür zurück, versprochen.« Decker warf Hope einen Blick zu. »Und vielleicht ein paar Desserts. Eines von jeder Sorte.«

Hope strahlte ihn an, und Decker zwinkerte ihr zu.

»Heiliges Kanonenrohr, Ihr Appetit ist ja in Windeseile zurückgekehrt.«

»Na ja, ich habe schließlich eine Woche im Koma gelegen und damit eine gute Ausrede. Außerdem habe ich heute Hilfe hier, die ich verköstigen muss. Die junge Dame heißt Hope und isst gern Süßes, aber das muss unser Geheimnis bleiben.«

»Alles klar«, sagte Trip. »Ich beeile mich.«

»Danke. Ich muss auflegen. Es klingelt schon.« Er stand auf und sah, wie Hope die Augen aufriss.

»Sie sind ja riesig. Noch viel größer als mein Dad. Aber das

wusste ich nicht, weil Sie die ganze Zeit auf dem Stuhl gesessen haben.«

»Vielleicht kannst du ihn mir ja mal vorstellen. Klingt, als
wäre er sehr nett.«

Nach ihrer Rückkehr vom Vormittagsmeeting hatte Dani
ihm erlaubt, den Gehstock zu benutzen. Zu seiner Belustigung wich Hope ihm keine Sekunde von der Seite, sondern
streckte die Hände aus, als wollte sie ihn stützen, falls er fiel.
Nun ja, abgesehen von Belustigung, empfand er tiefe Rührung bei dem Anblick, und seine Augen begannen erneut zu
brennen ... nur ein ganz klein wenig. »Wenn ich hinfalle, zer-
quetsche ich dich wie einen kleinen Käfer.«

Sie sah zu ihm hoch. »Sie fallen schon nicht hin.«

Er lachte noch, als der Wachmann die Tür öffnete, doch beim
Anblick von Diesel Kennedys Miene blieb ihm das Lachen
im Hals stecken. Der Mann war kreidebleich, was das Tattoo
an seinem Hals noch schärfer hervortreten ließ.

Decker registrierte, wie Hope den tätowierten Riesen musterte und sich mit verschränkten Armen und gerecktem Kinn
vor ihm aufbaute.

Decker legte ihr die Hand auf den Kopf. »Ist schon gut. Diesel ist ein netter Kerl, trotz der vielen Tattoos, keine Angst.«

Erst jetzt schien Diesel Deckers kleinen Bodyguard zu
bemerken. »Eure Leute werden auch immer jünger, was?«,
bemerkte er.

»Ich bin keine Agentin«, informierte Hope ihn förmlich.
»Und wer sind Sie, bitte?«

»Hope!« Bailey kam mit mehreren Schachteln Verbandszeug
aus Danis Schlafzimmer gehastet und blickte Diesel erschrocken an. Decker gab ihr mit einer flüchtigen Geste zu verstehen, dass ihre Sorge unbegründet war.

Hope machte keine Anstalten, zur Seite zu gehen. »Aber ich
hab *bitte* gesagt, Mama.«

»Das stimmt, Ma'am, das hat sie.« Diesel ließ sich auf ein Knie sinken und blickte Hope ins Gesicht. »Ich bin Diesel Kennedy und ein Freund von Agent Davenport. Ich wollte ihm nur etwas vorbeibringen. Darf ich bitte reinkommen?«, fragte er in höflich respektvollem Tonfall.

»Arbeiten Sie auch beim FBI?«, wollte Hope wissen.

»Nein, ich arbeite für eine Zeitung, den *Ledger*.«

Hopes Miene erhellte sich. »Oh, kennen Sie zufällig Miss Scarlett? Detective Bishop, meine ich.«

Diesel grinste. »Ich nenne sie auch manchmal Miss Scarlett. Ich mag sie, und ich glaube, sie mag mich auch.«

»Sind Sie Marcus?«

Diesel hustete. »Nein. Ich meine nicht *so* mögen, sondern eher in dem Sinne, dass sie mich gut leiden kann.«

»Also ist sie eine Freundin von Ihnen?«

»Ja, das kann man wohl so sagen. Und woher kennst du Miss Scarlett?«

»Sie ist eine Freundin von meiner Mama und meiner Tante Meredith. Das ist meine Mama. Sie ist Krankenschwester.«

»Bailey Beardsley«, stellte Bailey sich vor. »Freut mich, Sie kennenzulernen, Mr. Kennedy. Hope, du kommst jetzt mit mir und lässt die beiden Herren in Ruhe reden.«

»Okay.« Sie sah Decker an. »Sind Sie sicher, dass Sie alleine zurechtkommen?«

»Ja«, antwortete Decker ernst. »Aber vielen Dank.« Er sah ihr hinterher, als sie ihrer Mutter in Danis Zimmer folgte, ehe er sich wieder Diesel zuwandte, der noch immer auf einem Knie im Türrahmen verharrte. »Ich helfe Ihnen gern auf, allerdings kann ich nicht garantieren, dass das gut geht«, sagte Decker trocken.

Diesel erhob sich mühsam. »Wieso ist hier eine Schwester? Wo ist Ihre Ärztin?«

»Dani musste wegen eines Notfalls in die Klinik.«

Diesels bleiche Wangen färbten sich dunkelrot. »*Allein?* Sie haben Sie ohne Begleitschutz dort hinfahren lassen?«

Decker wich zurück. »Einer der Agents hat sie hingefahren, aber, ja, arbeiten tut sie allein. Ich wollte, dass jemand sie beschützt, aber sie meinte, es würde ihr schon nichts passieren. Sie wollte so schnell wie möglich wieder hier sein, und Bailey, die Krankenschwester, ist eine Freundin von ihr. Baileys Hintergrund wurde überprüft. Also nur die Ruhe.«

»Tut mir leid.« Diesel erhob sich. »Ich habe Ihnen etwas mitgebracht.« Er wandte den Blick ab. »Ich … na ja, ich war gestern bei dem Meeting nicht ganz ehrlich.«

Decker zog die Brauen hoch, dann wandte er sich um und ging in die Küche, dicht gefolgt von Diesel, der einen kurzen Moment vor dem Tisch stehen blieb, ehe er einen USB-Stick aus der Tasche zog und ihn zwischen sie legte. Dann ließ er sich so schwer auf den Stuhl sinken, dass dieser unter seinem Gewicht knarzte.

»Was ist das?«, fragte Decker, ohne den USB-Stick anzufassen, weil Diesel ihn anstarrte, als wäre er eine Kobra, die zum tödlichen Biss ausholte.

»Darauf ist alles abgespeichert, was auf McCords Festplatte war … der richtigen, von dem Rechner, mit dem er in der Nacht, als ich ihn gehackt habe, im Internet war.«

Decker starrte ihn fassungslos an. »Was zum Teufel soll das heißen, Diesel? Wieso haben Sie das gestern nicht gesagt?«

»Weil ich nicht sicher war, ob ich die Dateien auch wirklich habe. Ich wollte Ihrem Boss keine Munition liefern, die er später, wenn sich die Wogen etwas geglättet haben, gegen mich verwenden kann. Erst wollte ich ganz sicher sein, dass ich etwas Konkretes in der Hand habe.«

»Okay«, sagte Decker langsam. »Und jetzt sind Sie sich sicher?«

»Ja.« Diesel nickte grimmig. »Ich habe alles überprüft.«

Oh. Das erklärte womöglich seine Gesichtsfarbe. »Und wieso hatten Sie bisher Zweifel?«

Diesel legte die Ellbogen auf die Knie und senkte den Kopf. »Nachdem ich alle Sicherheitsebenen auf McCords Computer geknackt hatte, ist mir aufgegangen, dass ich unter enormem Zeitdruck stehe. Sein Netzwerk-Sicherheitssystem hat sich kontinuierlich resettet, deshalb habe ich schnell alles heruntergeladen, bevor es mich rauskickt oder ich auffliege.«

»Sie hatten also irgendwann den gesamten Inhalt seiner Festplatte, richtig? Nicht nur die Textdateien.«

»Ja, aber nur für ein paar Minuten. Ich habe das erste Foto geöffnet und ...« Er schluckte. »Mir ist übel geworden«, flüsterte er. »Ich ... leider habe ich mit so etwas Erfahrung.«

Decker brach das Herz. »Als Opfer?«, fragte er sanft. Diesel nickte. »Meine Schwester auch«, fügte Decker hinzu.

Wieder schluckte Diesel hörbar und hob den Kopf. »Das tut mir echt leid, Mann.«

Decker nickte. »Mir auch«, flüsterte er. »Der Typ, der sie vergewaltigt hat, ist ihr Mörder. Er war ... unglaublich brutal.«

Diesels Augen wurden glasig, und er ließ den Kopf wieder sinken. »Scheiße. Verdammte elende Scheiße.«

»Genau.« Decker schloss die Finger fest um den USB-Stick. »Und danach haben Sie alles gelöscht, bis auf die Dokumente?« Wieder nickte Diesel. »Wo war Ihre Sicherheitskopie?«

»Auf einer externen Festplatte«, murmelte er. »Auf Auto-Update. Ich war mir nicht sicher, wann das Update automatisch durchgeführt wurde. Ob überhaupt. Ich konnte in dem Moment nicht klar denken, ich wollte nur die Fotos loswerden.«

»Verstehe. Ich kann Ihnen keinen Vorwurf daraus machen«, sagte Decker.

Ein Schauder überlief Diesel. »Und dann mussten wir Marcus' jüngeren Bruder begraben, Marcus wurde angeschossen und wäre fast gestorben, und wir mussten den *Ledger* ohne ihn weiterführen und hatten keine Zeit für …« Er hielt kurz inne und stieß einen zittrigen Seufzer aus. »Wir hatten keine Zeit für weitere Ermittlungen. Und dann kam Silvester.«

»Was war an Silvester?«, hakte Decker nach.

»Am Tag danach gehe ich immer zu meinem Schließfach.« Diesel sog vorsichtig den Atem ein, hielt den Blick jedoch immer noch gesenkt. »Jedes Jahr gehe ich am Neujahrstag mit meiner externen Festplatte zu meinem Schließfach und lege sie hinein. Und dann fahre ich wieder nach Hause und lege eine neue an. Ich säubere meinen Computer von allem, was ich nicht mehr brauche. Neujahr, Neubeginn. Auch die Sicherheitskopien.«

Einen Moment lang sah Decker die Schließfachkassette vor sich, mit all den Festplatten, die Diesel Kennedy dort deponierte, wenn er ins neue Jahr startete. Aber er schob das Bild beiseite. Es war wichtig, dass Diesel sich auf die Aufgabe konzentrierte, die vor ihnen lag, statt gegen die Dämonen der Vergangenheit zu kämpfen. »Und heute waren Sie wieder dort?«, folgerte er. »Bei Ihrem Schließfach.«

»Gestern Abend. Ich konnte nicht schlafen, deshalb bin ich hingefahren. Die Fahrt hin und zurück hat eine Weile gedauert, und dann musste ich mich zwingen, mir anzusehen, was darauf gespeichert war.«

Decker blickte auf den Stick in seiner Hand. »Das sind also die wahren Opfer, ja?«

Wieder nickte Diesel resigniert mit gesenktem Kopf. »Die meisten stammen aus dem Ausland. Aus Südostasien, Südamerika oder Indien.«

»Und McCord hat sie über Alice und ihren Vater gekauft?«

»Vermutlich.« Diesel begann zu zittern. Im ersten Moment wusste Decker nicht recht, wie er sich verhalten sollte, doch dann legte er ihm einfach die Hand auf die Schulter und drückte sie, während ein ersticktes Schluchzen aus der Kehle des Riesen drang.

Diesel Kennedy ließ seinen Tränen freien Lauf, während Decker weiterhin seine Schulter festhielt, ihm Halt zu geben versuchte, nur ein ganz klein wenig, um zu verhindern, dass der Mann nicht vollkommen zerbrach, nicht hoffnungslos in die Tiefe trudelte. Es war unglaublich hart. Da war nichts Sanftes an diesem Mann, vor allem nicht an seinem Schluchzen. Vielmehr klang es wie die Laute eines verzweifelten Tiers, dessen Schmerz selbst zu groß war, um sich in einem Heulen zu entladen.

Decker wischte sich die eigenen Tränen ab, während sich Diesels Schluchzer wie stumpfe Messer in sein Herz bohrten. Er konnte sich so gut an die Trauer und das Leid erinnern, als er hatte zusehen müssen, wie seine Schwester gestorben war, aber er war nicht das Opfer gewesen. Er konnte sich nicht ansatzweise vorstellen, wie es sein musste, all die Jahre damit zu leben.

In diesem Moment hörte er ein Geräusch hinter sich und drehte sich um. Bailey stand im Türrahmen, hilflos und ebenfalls tränenüberströmt. Decker schüttelte den Kopf, woraufhin sie sich zurückzog, um Diesel Raum zu geben, um in Ruhe zu trauern. Wütend zu sein. Sich seinem Kummer hinzugeben.

Als seine Schluchzer allmählich verebbten, stand Decker auf, trat an die Spüle und spritzte sich kaltes Wasser ins Gesicht, dann befeuchtete er ein Tuch und hielt es Diesel über die Schulter entgegen, so dass sich dieser nicht umzudrehen brauchte. Anschließend nahm er ein Kühlpad aus dem Kühlschrank, das er ihm ebenfalls reichte, um dem hochgewachsenen Mann Gelegenheit zu geben, sein tränenüberströmtes Gesicht dahinter zu verbergen.

»Wieso ausgerechnet ich?«, fragte Decker leise. »Wir kennen uns doch gar nicht.«

Diesel schüttelte den Kopf. »Keine Ahnung. Ich dachte einfach, dass ich es Ihnen sagen kann.« Er stieß zitternd den Atem aus und presste sich mit beiden Händen den Eisbeutel aufs Gesicht. »Ich war enttäuscht, dass Dani nicht da ist, aber jetzt ... verdammt noch mal, jetzt bin ich heilfroh. Ist schon schlimm genug, dass Sie hier sind.«

Decker beschloss, ihm diese Worte nicht übelzunehmen. »Ich verrate ihr nichts.«

»Was ist mit der Krankenschwester?«

»Sie haben mitbekommen, dass sie hier war?«

Diesel ließ das Kühlpad sinken und warf ihm einen sarkastischen Blick zu. »Sie sind nicht der Einzige, der in der Wüste gedient hat. Ich war bei den Rangers und merke sofort, wenn sich jemand anschleicht.«

Rangers? Die Spezialeinheit? »Das glaube ich gern. Aber Dani vertraut ihr, und ich bin mir ziemlich sicher, dass sie diskret ist.«

»Gut.« Diesel legte sich das Kühlpad wieder auf die Augen. »Was ist aus dem Dreckschwein geworden, das Ihre Schwester getötet hat?«

Decker biss die Zähne aufeinander. »Er ist tot.«

Diesel nickte und gab ein befriedigtes Brummen von sich. »Gut. Ich hoffe, es war ein langsamer, qualvoller Tod.«

»Ja«, sagte Decker leise. »Das war es.«

Diesel stieß ein freudloses Lachen aus. »Ich finde es gut, wie ihr Feds eine Frage beantwortet, ohne euch selbst in die Bredouille zu bringen.«

»Und ihr Zeitungsfritzen tut das nicht? Aber, Sie haben recht. Sein Tod war sehr qualvoll. Und das Beste ist, dass er so etwas keinem Mädchen jemals wieder antun wird. Oder Jungen. Und für McCord gilt dasselbe. Und für seinen Partner genauso, weil wir ihn irgendwann schnappen werden. Wir kriegen sie nicht alle, aber diesen einen holen wir uns, Diesel.«

»Danke.« Diesel legte den Kopf in den Nacken. »Was werden Sie Ihrem Boss wegen des USB-Sticks sagen?«

Decker betrachtete das kleine Utensil aus Plastik und Metall in seiner Hand. »Genau das, was Sie mir erzählt haben. Dass Ihr Sicherungssystem eine Kopie angefertigt hat, die Sie erst später gefunden haben. Er braucht ja nicht zu wissen, wo Sie die Festplatte aufbewahrt haben und dass Sie mehrere davon besitzen.«

»Sind Sie sicher, dass Sie beim FBI sind?«

»Als ich das letzte Mal nachgesehen habe, war ich es jedenfalls noch. Danke, dass Sie mir den Stick gebracht haben. Wenn wir herausfinden, wer McCords Opfer waren, hilft uns das bestimmt bei der Suche nach seinem Partner.«

»Falls die Kinder überhaupt noch leben.«

»Ich hoffe es sehr, aber selbst falls nicht, finden wir garantiert Hinweise, die uns zu ihm führen.« Decker konnte es nur hoffen. Die Opfer von Alice und ihrem Vater, die Scarlett und Deacon vergangene Woche gerettet hatten, waren allesamt als billige Arbeitskräfte angeboten worden.

Diesel erhob sich unsicher. »Verdammt. Mir brummt der Schädel. Aber das Eis hat geholfen.«

»In dem großen Behälter da drüben ist Ibuprofen. Kate hat sich gestern Abend beim Einkaufen ausgetobt.« *Und anschließend hat sie sich an mir ausgetobt. Vielleicht passiert es heute noch einmal. Vielleicht sogar noch wilder als gestern.* Und vielleicht sollte er lieber aufhören, an sie zu denken, denn seine Jogginghose verriet ihn bereits. Wieder mal.

Diesels Mundwinkel zuckten. »Ihnen ist schon klar, dass Kate wie eine kleine Schwester für Deacon ist, oder?«

»Das ist schön.« Decker nahm zwei Flaschen Mineralwasser

aus dem Kühlschrank und warf Diesel eine davon zu. »Vor allem, weil *ich* sie definitiv nicht so sehe.«

Ein Anflug von Boshaftigkeit schwang in Diesels Lachen mit. »Das wird bestimmt lustig.«

Decker grinste. In diesem Moment läutete sein Handy. Es war das Antiquitätengeschäft. »Hier ist Agent Davenport. Haben Sie meine Dienstnummer überprüft?«

»Ja«, antwortete die Ladenbesitzerin. »Ihr Boss sagt, ich soll Sie nach Kräften unterstützen. Also, Folgendes: Eine Frau hat Ende Februar eine Uhr zur Reparatur abgegeben, aber ihr Name war nicht Alice. Nach drei Monaten überspielt unser Überwachungssystem die Aufnahmen, deshalb kann ich nicht sagen, ob die Beschreibung auf die Frau passt, nach der Sie suchen.«

»Es könnte sein, dass sie einen anderen Namen benutzt hat. Hmm.« Nachdenklich schnippte er mit den Fingern, während er sich die Namen ins Gedächtnis zu rufen versuchte, die Alice verwendet hatte. Schließlich wandte er sich an Diesel. »Troy hat doch heute Morgen etwas von einem Pseudonym erzählt, unter dem sich Alice im Fitness-Studio angemeldet hat.«

»Allison Bassett«, antwortete Diesel wie aus der Pistole geschossen. »So hat sie sich Marcus vorgestellt, als sie ihn im Krankenhaus besucht und nach seiner Entlassung gestalkt hat. Sie wollte sichergehen, dass er den McCord-Fall nicht neu aufrollt. Und jetzt wissen wir auch, wieso.«

»Ja«, gab Decker grimmig zurück und hielt sich das Telefon wieder ans Ohr. »Hat sie Allison Bassett als Namen angegeben?«

»Ja«, antwortete die Frau hörbar erleichtert. »Ich hätte Ihnen den Namen ohnehin gegeben, aber so ist es mir lieber. Sie hat auch eine Adresse hinterlassen, damit wir die Uhr nach der Reparatur liefern. Soll ich sie Ihnen durchgeben?«

Decker lächelte. »Ja, Ma'am. Sehr gern.«

Mallory parkte vor dem Deko-Geschäft, ließ jedoch den Motor laufen. Ihr war hundeelend. *Bring's einfach hinter dich, verdammt noch mal. Los.* Und dann?

Und dann musst du die Konsequenzen tragen, ganz einfach. Solange nur Macy nichts passierte.

Ich werde mit dieser Polizistin reden und ihr alles erzählen. Und dann fährt sie zu Gemma und holt Macy da raus. Sie sorgt dafür, dass sie in Schutzgewahrsam genommen wird. So was konnten Polizisten veranlassen. Das hatte sie im Fernsehen gesehen, und zwar in einer Dokumentation, nicht in einer dieser Cop-Serien. Der Mann hatte der Polizei wertvolle Hinweise gegeben und im Gegenzug umfassenden Schutz für seine Frau und seine Tochter erwirkt.

Vier Jugendliche vor einem Leben als Internet-Pornostar zu bewahren, erschien ihr ein angemessener Ausgleich für ihre Forderung.

Sie stieg aus und schwankte leicht, als ihr die brüllende Nachmittagshitze ins Gesicht schlug. In dieser Dokumentation waren der Mann und seine Familie in ein Zeugenschutzprogramm aufgenommen worden und hatten neue Identitäten und eine neue Bleibe bekommen. Falls sie umziehen müsste, würde sie sich einen Ort aussuchen, wo es keine grauen, trostlosen Winter und schwülheißen Sommer gab. Vielleicht Maine. Oder Seattle. Oder irgendwo in der Pampa, wo keiner sie als Sunshine Suzie erkennen würde.

Hör auf, Zeit zu schinden, Mallory, sondern geh da rein und frag den Filialleiter, ob du das Telefon benutzen darfst. Und dann rufst du diese Polizistin an. Los, tu's einfach.

Sie schloss den Wagen ab und zwang sich loszugehen. Ein Fuß vor den anderen. Sie ging ein paar Meter, sah sich um.

Vorhin hatte sie das Gefühl gehabt, dass ihr jemand folgte, hatte aber niemanden entdecken können, als sie auf den Highway abgebogen war.

Du bist ja schon völlig paranoid. Aber lieber auf Nummer sicher gehen, sonst bist du tot. So wie JJ.

Auf der Höhe des Parkplatzes des Motels, wo sie am Morgen JJs sterbliche Überreste abgeliefert hatte, war sie vom Gas gegangen. Der Wagen war weg. *Deshalb wollte er, dass ich den Schlüssel stecken lasse.* Entweder hatte er jemanden geschickt, der ihn – oder JJs Leiche – entsorgte, oder aber er war gestohlen worden. Wie auch immer, Mallorys Fingerabdrücke waren überall am und im Wagen verteilt.

Er hatte sie in eine Falle gelockt, hatte sie zur Komplizin in einem Mordfall gemacht. Na und? Sie wusste ja auch darüber Bescheid, dass er Kinder missbrauchte. Wieso nicht auch noch Mord?

Plötzlich erschien ihr die Idee, mit der Polizei zu reden, nicht mehr ganz so schlau. *Wenn die Cops die Koffer finden, gehe ich ins Gefängnis.* Sie blieb stehen und überlegte, ob sie umdrehen sollte.

Aber wenn sie nichts unternahm, würden vier weitere Kids zu neuen Sunshine Suzies werden. Sie machte kehrt und ging weiter in Richtung Laden. Es gab dort ein Münztelefon! Sie beschleunigte ihre Schritte. Nur noch wenige Meter. In diesem Moment ertönte eine Stimme hinter ihr.

»Mallory, Süße!«

Gemma! O Gott. Das verhieß nichts Gutes. Aber dass Gemma hier war, bedeutete, dass sie Macy gleich wiedersehen würde. Sie drehte sich um. Die Enttäuschung traf sie wie ein Schlag ins Gesicht. Keine Macy. Gemma war allein, und auf ihrem Gesicht lag ein viel zu strahlendes Lächeln.

»Wie geht's dir denn, Süße? Wir haben uns ja eine halbe Ewigkeit nicht mehr gesehen. Was für ein Zufall!«

Nein, das konnte kein Zufall sein. Gemma musterte sie von Kopf bis Fuß, und Mallory fragte sich, was er seiner Schwester diesmal über sie erzählt haben mochte. »Mir geht's gut, Gemma«, antwortete sie höflich, wohl wissend, dass sie es bitter bereuen würden, wenn sie unfreundlich war. »Und dir?«

»Könnte gar nicht besser sein«, trällerte Gemma.

Mallorys Furcht wuchs. Gemmas Lächeln war viel zu breit, ihre Augen zu strahlend. *O Gott.* Die Frau, die sich um Macy kümmerte, war hoffnungslos high. »Wo ist denn Macy?«

Gemmas übermäßig leuchtende Augen verengten sich zu Schlitzen. »Sie ist bei ihrem Daddy.« Das war eine deutliche Warnung an Mallory, doch dann legte Gemma ihr den Arm um die Schultern. »Ich wollte ein paar Kleinigkeiten für Macys Geburtstag besorgen. Vielleicht hast du ja Lust, mir zu helfen. Du hast doch so einen guten Geschmack.«

Die Lüge war so unverschämt, dass Mallorys Knie nachzugeben drohten. *Sie weiß es. Sie weiß, dass ich telefonieren und alles sagen wollte.*

Nein, das war doch lächerlich. Woher sollte sie es wissen? Aber im Grunde spielte es keine Rolle, sondern nur, dass Gemma hier war und es nicht den Anschein hatte, als würde sie in absehbarer Zeit wieder verschwinden. Und damit stand fest, dass Mallory heute nicht telefonieren würde.

Aber morgen kamen die Kids. Vier.

Morgen wird er sie noch nicht anrühren, sondern sich bloß Filme mit ihnen ansehen und im Pool planschen. Aber was, wenn doch?

Ich muss mir eine Ausrede einfallen lassen, wieso ich morgen noch mal herkommen muss.

»Sie haben angerufen, Kate?«

Mit einem stummen Dankesgebet schaltete Kate den Computerbildschirm aus, als Adam Kimble eintrat. Zugleich bedauerte sie es aus tiefstem Herzen, einen Kollegen um Rat bitten zu müssen. »Ja.« Sie nahm ihre Wasserflasche. »Wir haben Corey Addison verhaftet.«

»Ich habe es gehört. Und Quincy Taylor hat erzählt, Sie wären die reinste Ninja-Kämpferin.«

Kate musste grinsen. »Danke. Ich bin ziemlich stolz darauf, weil ich nicht sicher war, wie dieser Addison reagieren würde. Es war ein ziemliches Spektakel. Ich hatte ihm Handschellen und Fußfesseln angelegt, und überall im und vor dem Gebäude standen Cops und FBI-Kollegen. Das muss ein sensationelles Bild für die Kameras abgegeben haben.«

»Allerdings«, bestätigte Adam mit einem ebenso boshaften Lächeln. »Ich habe die Bilder gesehen. Es lief sogar auf CNN, und die BBC hat es offenbar auch übernommen.«

»Juhu!« Kate stieß den Atem aus. *O Gott. Es ist fürchterlich.* »Wir haben sein Büro und sein Haus durchsucht, Adam. Und ... Dinge gefunden.«

Adams Lächeln verflog. »Das habe ich mir fast gedacht.«

»Ich will nicht, dass Sie sich das alles ansehen, zumindest nicht alleine.«

»Ist schon okay.« Er schwenkte eine Plastiktüte mit dem Logo einer bekannten Buchhandlung. »Ich habe mir etwas zur Bewältigung besorgt.« Er legte die Tüte auf den Tisch, und Kate musste wieder lächeln.

»Malbücher und *Origami für Dummies?* Prima!«

»Es ist ein Anfang. Und ich muss lernen, meine Wut in den Griff zu bekommen. Ich suche mir einen Therapeuten.«

»Ich dachte, Sie und Meredith …«

Er schüttelte den Kopf. »Oh, nein. Nein, wir sind Freunde. Ich kann nicht von ihr erwarten, dass sie mich behandelt. Das wäre nicht fair. Deshalb brauche ich jemand anderen.«

»Verstehe.« Die Visitenkarte der PTBS-Therapeutin brannte ihr förmlich ein Loch in die Tasche. »Ich suche auch jemanden, der mir hilft, meine …« Sie streckte die Hände vor und ließ sie ein wenig übertrieben zittern. »Ich steigere mich derart hinein, dass ich kaum noch klar denken kann. Und ich kann ja nicht immer stricken oder Figürchen falten.«

Adam setzte sich vor den ausgeschalteten Monitor. »Sie haben mich aber nicht hergebeten, um über Gefühle zu sprechen, wobei Sie mich natürlich jederzeit anrufen können, wenn Sie drauf und dran sind, aus dem Fenster zu springen.«

»Wenn Sie mir dasselbe versprechen.« Er nickte. Sie setzte sich neben ihn. »Okay, lassen Sie uns einfach Therapiekumpels sein … Ich hätte nicht gedacht, dass ich so was jemals sagen würde, aber nun gut.« Sie holte tief Luft, überlegte kurz und zog dann ihr Strickzeug heran. »Auf Addisons Bürocomputer haben wir nichts Belastendes gefunden. Aber das Gerät in seinem privaten Arbeitszimmer war voll bis zum Anschlag, außerdem hatte er eine riesige DVD-Sammlung. Einige von den Dingern waren sehr professionell gemacht, wobei ich den Begriff hier bewusst weitläufig anwende, andere wiederum hatte er offenbar selbst gedreht. Zu diesem Thema ermitteln wir separat. Wichtig für diesen Fall sind einige herkömmlich gemachte CDs, die mit ›SS‹ sowie dem Datum und einer laufenden Nummer beschriftet waren. Sie reichen über einen Zeitraum von drei Jahren, angefangen vor sechs.«

»Als Sunshine Suzie gezwungen wurde, diese Sexfilmchen zu drehen«, erklärte Adam knapp.

»Genau. Pro Jahr wurden mehrere davon produziert, vor allem im ersten Jahr. Corey Addison war ein leidenschaftlicher Fan. Ich habe mir jeweils die erste CD aus jedem Jahr angesehen, um ein Gefühl für die Machart zu bekommen.«

»Beispielsweise das Set oder die Requisiten. Ein kluger Ansatz.«

Kate nickte nervös und strickte die Reihe zu Ende. Erst jetzt merkte sie, dass sie unbewusst die ganze Zeit mit dem Kopf gewippt hatte. Verlegen sah sie auf und erkannte das tiefe Verständnis in Adams Augen.

»Es ist wirklich übel«, sagte er leise. »Und nicht jeder geht gleich damit um. Ich habe mich gewissermaßen selbst zerstört ... ich habe mich von meiner Familie und meinen Freunden abgekapselt. Aber Ihre Art, damit umzugehen, ist Ihr eigener Weg zum Ziel.«

»Klingt wie eine japanische Weisheit.«

»Ist es auch. Während meiner Zeit bei Personal Crimes hatte ich einen Mentor. Mit ihm zusammen habe ich mir gestern die Fotos auf McCords Computer angesehen. Es geht nur darum, dass man sich für seine eigenen Verhaltensweisen nicht zu schämen braucht. Und ... Sie können mich gern um Hilfe bitten. Keine Angst.«

»Genau das ist das Problem«, sagte sie kläglich. »Ich bitte Sie um Hilfe, weil ich weiß, dass Sie schneller etwas finden als wir alle zusammen.«

»Also gab es Unterschiede zwischen den Aufnahmen aus den einzelnen Jahren?«

»Ja. Das Set ist anders. Und dann war ich auf der Website, die Corey Addison mit einem Lesezeichen versehen hat, um die vorhandenen mit den Videos von Suzie aus dem Internet zu vergleichen. Sie waren größtenteils identisch, nur in einem Jahr nicht. Addison hatte auch Videos auf seinem Computer, die man nicht online abrufen konnte. Zumindest habe ich sie nirgendwo gefunden, aber noch kenne ich nicht alle Seiten, auf denen ich suchen muss.«

»Niemand kennt alle. Weil täglich neue dazukommen und andere verschwinden. Nur die perversen Schweine sind offenbar immer bestens informiert.« Er holte mehrmals tief Luft. »Ich muss mir die Online-Videos nicht noch mal ansehen, weil ich sie mir heute Nachmittag bei der ICAC angesehen habe, um mein Gedächtnis aufzufrischen. Ich dachte mir, dass wir wissen sollten, was sie durchgemacht hat, außerdem muss Meredith informiert sein, damit sie weiß, wie sie sich ihr gegenüber verhalten muss, wenn wir sie erst gefunden haben. Ich wollte nicht, dass Meredith sich das ansehen muss.«

Kate drückte seine Schulter. »Sie sind ein sehr anständiger Mann, Kimble.«

Er verzog das Gesicht. »Das sehe ich ein bisschen anders.«

Sie packte sein Kinn und zwang ihn, ihr ins Gesicht zu sehen. »Sie sind ein anständiger Mann«, wiederholte sie mit fester Stimme. »Wir alle gehen unterschiedlich damit um, aber eine Gemeinsamkeit sollten wir trotzdem haben: Wir machen uns nicht selbst schlecht. Und unsere Freunde genauso wenig. Also Schluss damit, verstanden?«

Er lächelte verlegen, weil sie ihn immer noch festhielt. »Ja, allmächtige Ninja-Königin.«

»Das gefällt mir besser als Origami-Queen«, gab sie leichthin zurück und ließ ihn los. »Das Video, das ich mir gerade angesehen habe, ist eins von Addisons ersten Suzie-Videos. Sie ist sehr jung, Adam. Entsetzlich jung.«

Er nickte und schaltete den Monitor ein. Sekunden später verdüsterten sich seine Züge, und er ballte die Fäuste. »Lieber Himmel«, flüsterte er. »Warum? Ich meine, wie kann jemand so …«

»Bösartig sein«, endete Kate traurig. »Keine Ahnung, aber bei Gott, ich will den Mann finden, der ihr das angetan hat.«

»Ich auch.« Mit gerunzelter Stirn blickte er weiter auf den Monitor. »Sie haben recht. Die Videos wurden an zwei verschiedenen Orten gedreht. Das Licht ist anders. Sehen Sie, wie es hier durchs Fenster einfällt? Aber es ist keine Sonne.«

»Nordseite«, erklärte Kate. »Als ich in die Armee eingetreten bin, wollte ich unbedingt Fährtenleserin werden, aber damals war das als Frau nicht möglich.«

»Völlig schwachsinnig. Sie schießen besser als jeder Mann, den ich kenne.«

»Danke, aber so war das damals nun mal. Egal. Ich kann mich jedenfalls immer orientieren, ob bei Tag oder Nacht und bei Bewölkung oder klarem Himmel.« Das war keine Angeberei, sondern eine reine Feststellung von Tatsachen.

»Vielleicht könnten Sie ja mal meiner Mum Nachhilfe geben«, bemerkte Adam. »Sie verirrt sich schon auf dem Weg zum Lebensmittelmarkt an der Ecke.«

»Vielleicht sollten Sie ihr ein GPS anschrauben«, konterte Kate scherzhaft – das unbeschwerte Geplänkel schien ihnen beiden gutzutun.

Adam lachte. »Vielleicht.« Er seufzte. »Aber zurück zum Thema. Das Licht hier ist anders, also muss das Video zumindest in einem anderen Raum aufgenommen worden sein.« Er legte den Kopf schief. »Nein, das ist ein anderes Haus. Die Decke ist viel höher als in dem neueren.«

Sie beugte sich näher. »Jetzt wo Sie es sagen, sehe ich es auch. Ja.«

»Rein theoretisch könnte es zwar dasselbe Haus sein, aber die Landschaft vor dem Fenster wirkt ganz anders. Doch eigentlich ist das nicht relevant für uns. Es ist ein anderes Haus, und er macht dort keine Aufnahmen mehr, deshalb hilft uns das bei der Suche vermutlich nicht weiter, vor allem, wenn es schon ein paar Jahre her ist.«

»Aber wieso sind die älteren Videos nicht mehr verfügbar?«,

hakte Kate nach. »Es sieht doch ganz so aus, als hätte er es darauf angelegt, so viele Downloads wie möglich zu kriegen, um möglichst viel Geld herauszuholen.«

»Das stimmt.« Nachdenklich lehnte Adam sich auf seinem Stuhl zurück. »Aber vielleicht ist das Haus unbrauchbar für ihn geworden.«

»Sie meinen, er hat Angst bekommen, dass ihn jemand anhand des Hauses erkennen könnte?«

»Genau. Leute, die ihm einen Strick daraus drehen könnten. Ihn erpressen.« Adams Brauen schossen in die Höhe. »Oder ihn festnehmen.«

Ein Lächeln breitete sich langsam auf ihren Zügen aus. »Vielleicht ist die Polizei ja auf das Haus aufmerksam geworden. Falls ja, war ihnen vielleicht gar nicht bewusst, was er dort treibt, weil sie ihn nicht verhaftet haben. Oder ...« Ihr Lächeln verblasste. »Oder sie haben es herausgefunden und wollten an seinen Geschäften beteiligt werden.«

»Das sind alles nur Spekulationen, aber es wäre immerhin ein Anfang.«

»Wenn wir herausfinden, wo das Haus ist, könnten wir die Adresse mit den Berichten der Polizei abgleichen. Vielleicht ist es ja noch gar nicht so lange her. Vor sechs Jahren hat er dort seine Filme gemacht, aber vor fünf Jahren war er in einem anderen Haus.«

»Das dürfte schwierig werden«, wandte Adam ein. »Als Sunshine Suzie das erste Mal aufgetaucht ist, wusste niemand bei der ICAC, dass sie hier in der Stadt lebt. Es gab keinerlei Hinweis darauf, dass die Videos in einer Stadt im Mittleren Westen gedreht wurden. In den USA, ja, mehr aber auch nicht.«

»Was für Hinweise meinen Sie? Steckdosen und derlei mehr?«

»Genau. Haushaltsartikel in der Küche und im Badezimmer.

Tapetenmuster. Schuhe, solche Dinge. Aber da die technischen Möglichkeiten heute deutlich besser sind, finden die Kollegen bestimmt heraus, wo die unterschiedlichen Aufnahmen gemacht wurden.« Ein eindringlicher Ausdruck lag in seinen Augen, als er sie ansah. »Ich habe zum ersten Mal so etwas wie Hoffnung, Kate.«

»Gut. Das lindert meine Gewissensbisse, weil ich Sie dazugerufen habe, zumindest ein kleines bisschen.«

»Sie hätten keine haben müssen. Das ist ein Job. Mein Job.«

Sie zögerte. »Eigentlich sind Sie doch bei der Abteilung für Gewaltverbrechen, oder? Sie wollen doch nicht etwa zu Personal Crimes zurück!«

»Das stimmt, und, nein, ich will nicht zurück.«

»Klingt schon besser. Und was jetzt?«

»Ich nehme die CDs mit und lasse sie mit der tollsten und neusten Software überprüfen, die ich finden kann. Ich wette, ihr Feds habt die bessere Technik als die ICAC.«

»Kann sein. Troy kann Ihnen bestimmt helfen.« Sie runzelte die Stirn. »Keine Ahnung, wo er steckt. Ich habe seit Stunden nichts mehr von ihm gehört, andererseits habe ich hier drinnen auch kein Netz.« Der Raum, in dem sie sich befanden, war abhörsicher und wurde genutzt, um höchst Vertrauliches zu besprechen oder zu sichten. »Eigentlich wollte er wegen des Professors recherchieren.« Sie wählte seine Nummer vom Festnetz. Augenblicke später hob Troy ab. »Hey, wo steckst du?«

»Ich bin auf dem Weg zu Alice' Apartment. Decker hat es gefunden.«

Kate blieb der Mund offen stehen. »Was? Wieso hat mir das keiner gesagt?«

»Hat er doch. Er hat eine Rundnachricht an dich, mich und Zimmerman geschickt.«

»Verdammt. Ich hasse es, wenn ich vom Rest der Welt abgeschnitten bin. Aber ich mache mich sofort auf den Weg. Wir treffen uns dort.« Sie sah Adam an. »Kann ich Sie mit dem Material allein lassen?«

»Klar«, antwortete Adam, »aber lassen Sie mich vorher kurz mit Troy reden.«

Kate reichte ihm das Telefon und suchte ihre Sachen zusammen. Kaum hatte sie den Raum verlassen, meldete ihr Handy mehrere Nachrichten – eine von Troy als Antwort auf die Gruppennachricht, und eine von Zimmerman.

Eine Gruppennachricht von Deacon, der vermeldete, dass er noch im Gefängnis sei und einer der Wachleute sich »seltsam« verhalte.

Eine von Meredith, die sich bedankte, weil sie Kendra unter ihre Fittiche genommen hatte.

Eine von Felicia Petrie, die sich ebenfalls bedankte und ihr das versprochene Video von Addisons Verhaftung und Kates daraus resultierendem Ninja-Einsatz schickte.

Und acht Nachrichten von Decker, darunter auch die Gruppennachricht, in der er ihr Alice' Anschrift in Oakley mitteilte, wohingegen die sieben restlichen Nachrichten rein privater Natur waren.

Habe das Hühnchen aufgegessen, tut mir leid. Vielleicht können wir ja später rausgehen und irgendwo noch was essen. Ich setze mir auch einen Helm auf. Ich drehe beinahe durch von der Herumsitzerei hier.

Genau!, dachte sie. Einen Teufel werden wir tun. Sie würde auf dem Rückweg ins Penthouse noch etwas einkaufen – sie hatte ohnehin vorgehabt, frische Zutaten für ein neues Blech Brownies zu besorgen. Er würde schön brav im Unterschlupf bleiben. Wo er sicher war, verdammt noch mal. *Männer!*

Sie verdrehte die Augen und las weiter. Die nächste Nachricht war etwa eine Stunde später eingegangen.

Ich habe Alice' Apartment gefunden. Dann, fünf Minuten

später: *Habe dich im Fernsehen gesehen, wie du dieses Schwein rausgebracht hast. Mit Fußfesseln. Sah gut aus.*

Eine Viertelstunde später: *Hallo, Kate, bist du da?*

Zehn weitere Minuten später: *Hallooooo? Jetzt kriege ich allmählich Angst. Ruf mich an. Muss wissen, ob es dir gutgeht.*

Einige Minuten später: *Alles klar. Z sagt, du bist im abhörsicheren Raum. Mach beim nächsten Mal eine Pause, verdammt. Okay?* Sie musste grinsen.

Das Grinsen verflog bei der letzten Nachricht, die vor einer Viertelstunde eingegangen war: *Wir treffen uns bei Alice. Bin wieder im Spiel! Jaaaa!*

»Nein, verdammt!«, murmelte sie und hastete zu ihrem Wagen, ohne sich von der feuchten Schwüle beirren zu lassen. »Dieser verdammte Kerl braucht ein verdammtes Kindermädchen!«

»Das brauchen sie alle«, sagte eine ältere Dame, die aus ihrem Wagen neben Kates stieg.

Kate lächelte sie an. »Ich hatte gehofft, mit dem Alter würde es besser.«

Die Dame lachte. »Die Hoffnung stirbt zuletzt.«

»Schönen Tag noch.« Kate sprang in ihren Wagen und fuhr los. »Ich bin gespannt auf deine Erklärung, Decker.«

Cincinnati, Ohio
Freitag, 14. August, 15.20 Uhr

Er verfolgte die Übergabe mit dem Fernglas aus etwas mehr als einem Block Entfernung. Auch der Kurier, Charlie, war nur ein Teenager, niemand Besonderes, auch wenn er sich dafür hielt, weil der Professor ihn auserkoren hatte, seinen neuesten Muntermacher auszuprobieren. Dabei hatte er ihn nur ausgewählt, weil er als Erster auf dem Basketball-Feld hinter dem Drugstore aufgekreuzt war.

Schätzungsweise würde sich Charlie in ein paar Minuten nicht mehr ganz so wohl fühlen, aber so lief es nun mal. *Keine Zeugen. Niemals.*

Rawlings' Sohn war wie üblich nach seiner Schicht bei McDonald's auf der anderen Straßenseite aufgetaucht. Während des Schuljahrs kamen alle Teenager hierher, sobald die Schulglocke läutete, wie Brieftauben, die ganz automatisch in ihren Schlag zurückflogen. Das Basketballfeld war *der* Treffpunkt schlechthin: Die Jungs konnten zeigen, was sie mit dem Ball draufhatten, während die Mädchen in Grüppchen ringsum standen und sie bestaunten. Jedes Jahr. Die Klamotten mochten anders aussehen, das Verhalten der Kids blieb im Grunde gleich.

Im Sommer kamen weniger Kids und blieben auch nicht so lange. Weil ihnen ein Hitzschlag drohte. Jeden Sommer hatten er und Nell mindestens eine arme Seele zu behandeln, die in der glühenden Sonne auf dem Feld aus den Latschen gekippt war. Er war sich sogar ziemlich sicher, dass auch Charlie irgendwann einmal Patient gewesen war, wahrscheinlich wegen einer Grippe oder Erkältung. Er kannte den Jungen, seit er ein rotznäsiger Fünftklässler gewesen war. Und Charlies Mutter kannte er noch viel länger, sowohl als Hausarzt der Familie als auch in seiner Funktion als Professor. Sie waren zusammen aufs College gegangen. Damals hatte sie zu seinen unregelmäßigen Kundinnen gehört, die nur etwas genommen hatte, um die Prüfungen zu schaffen. Und später für die Anwaltsprüfung. Und dann, um einen besonders anspruchsvollen Fall bei Gericht zu gewinnen.

Dann waren die Kinder gekommen, und sie und ihr Mann hatten beide ihre Karrieren verfolgt, aber der Tag schien einfach nie genug Stunden zu haben, um zu kochen, die Kleinen herumzukutschieren, zu Softball-Spielen zu gehen und gleichzeitig eine knallharte Anwältin zu sein und, ach ja, auch noch fit und superschlank für den Ehemann zu bleiben, der gern vor seinen Freunden damit angab, dass sie immer noch in ihr Cheerleader-Kostüm aus der Highschool passte. Was kompletter Irrsinn war, aber Charlies Mum schien dem Geschwafel ihres Mannes Glauben zu schenken.

Und schluckte immer mehr Tabletten, die der Professor ihr lieferte, weil es brutal war, all die Erwartungen anderer Menschen zu erfüllen. Inzwischen gehörte sie zu seinen besten Kundinnen und war vielleicht ein bisschen zu leichtsinnig. Denn Charlie hatte ihm die Tabletten seiner Mutter mitgebracht, um sie gegen etwas einzutauschen, das noch ein bisschen toller war, ohne zu ahnen, dass er mit dem Dealer seiner Mutter dealte.

Aber das würde er dem Jungen natürlich nicht auf die Nase binden, schließlich gab es auch zwischen einem Dealer und seinem Kunden so etwas wie einen Ehrenkodex. Jeder Kunde wurde individuell behandelt, und Diskretion war oberstes Gebot. Außerdem interessierte es ihn nicht, solange es nur genug Geld einbrachte.

Tim Rawlings junior und Charlie waren Kumpels. Die beiden hatten schon früher zusammen auf dem Feld gestanden. Tim junior hatte sein T-Shirt ausgezogen und wischte sich den Schweiß ab. Sie waren hübsche Jungs. Tim junior war etwas schlanker und muskulöser. Vermutlich trainierte er regelmäßig im Fitness-Raum seines Vaters. Er würde sich bestimmt gut vor der Kamera machen.

Sofern er am Leben blieb. Was wiederum ganz in der Hand von Rawlings senior lag.

Charlie trank einen Schluck Wasser, schüttelte ein, zwei Tabletten aus einem Röhrchen und betrachtete sie eingehend, ehe er sie sich in den Mund schob. Er hatte die richtigen genommen, eine ganz normale Meth-Tablette und eine blaue Kapsel. *Weil du schon größer bist,* hatte er dem Jungen erklärt. Die gelbe war für Tim junior gedacht, weil er weniger Gewicht auf die Waage brachte.

In Wahrheit befand sich in Charlies blauer Kapsel Zucker, wohingegen Juniors etwas weitaus Gefährlicheres enthielt. Etwas, das Rawlings senior schwer zu denken geben würde – es würde dafür sorgen, dass er es sich noch einmal gut überlegte, gegen wen er seine Drohungen und Forderungen richtete. Etwas, das dem Wärter eine Heidenangst einjagen würde. *Und zwar vor mir.*

Er sah zu, wie Charlie Tim junior seine Tabletten anbot und ihm mit ernster Miene das Prinzip des neuen Muntermachers erläuterte – durch ihn ließ sich die Wirkung des Meth gefahrlos verstärken. *Gefahrlos.* Das zog jedes Mal wieder.

Naive Dummköpfe, dachte er verächtlich. Aber lukrative Dummköpfe, deshalb konnte er sich nicht beschweren.

Er sah zu, wie Tim junior die Tabletten beäugte und Charlie argwöhnisch ansah. Charlie schien es gutzugehen, deshalb würde ihm wohl auch nichts passieren. Also warf er die beiden Pillen ein und spülte sie mit einem Schluck Wasser hinunter.

Er ließ sich auf dem Fahrersitz nach hinten sinken und stieß den Atem aus, den er die ganze Zeit angehalten hatte. Das Ganze hätte auch ganz anders ablaufen können, aber es hatte funktioniert.

Jetzt musste er nur noch warten, bis Tims Magensäure die Kapselhülle zerfraß. Innerhalb weniger Stunden würden die Schmerzen einsetzen. Ohne ärztliche Behandlung würde der kleine Tim innerhalb von drei Tagen sterben. *Zum Glück brauche ich Rawlings senior die Gefahren von Rizin nicht zu erklären,* dachte er. Schließlich kannte der Wärter sich damit aus, seit er das Zeug Alice verabreicht hatte.

Geduldig wartete er, bis es den Jungs zu heiß wurde, um weiterzuspielen. Junior radelte davon, während Charlie wie vereinbart zu ihm herüberschlenderte. Charlie war sein offizieller Frontmann, dessen Aufgabe darin bestand, seine Kumpels dazu zu bringen, die neuen Tabletten des Professors auszuprobieren.

Im Gegenzug bekam er etwas ganz Besonderes, nur für ihn. *Naives Schaf.*

Er schob das Fernglas unter den Sitz und wandte sich dem Jungen zu, der auf der Beifahrerseite einstieg. »Hey, Charlie. Und? Was denkst du?«

Charlie zuckte mit den Schultern. »Keine Ahnung. Ich merke nichts.«

Zumindest war er ehrlich. »Dann versuch's mal mit dieser hier.« Er reichte Charlie eine Tablette, die aus reinem Meth bestand und unter Garantie sein Herz sprengen würde. Eigentlich hätte er sie auch Sidney Siler geben können, hatte aber nicht warten wollen, um sicherzugehen, dass sie tot war. Das Cyanid wirkte deutlich schneller, und bei ihrer Hautfarbe war nicht zu erwarten gewesen, dass jemand die Veränderungen bemerkte. Zudem hatte er sie noch übrig gehabt, nachdem er Rawlings das Cyanid als Reserve mitgegeben hatte, um Alice zu erledigen.

Außerdem war das Cyanid einfach zu cool. Allerdings war Charlie so käsig, dass es jeder auf den ersten Blick merken würde, wenn er ihm das Zeug gab.

»Cool. Danke.« Nach wenigen Minuten wurde Charlie zunehmend zappelig, und sein Atem ging immer schwerer. »Wow. Professor. Das ist echt … schräg.«

»Lass es noch eine Weile wirken. Das klappt schon. Hat dein Kumpel gefragt, woher du die Pillen hattest?«

»Nö. Ich klaue das Zeug immer aus dem Medizinschränkchen meiner Mutter. Das weiß er.« Charlie wischte sich den

Schweiß von der Stirn. »Verdammt, Professor. Ich fühl mich echt komisch.«

Eine Viertelstunde später war es vorbei. Er fuhr Charlies Leiche zum Basketballfeld zurück, das inzwischen leer war, und stieß ihn hinter dem Wagen des Jungen vom Sitz.

In ein, zwei Stunden würde er Rawlings senior anrufen und ihm sagen, was er zu tun hatte, wenn er das Leben seines Sohnes retten wollte. Bei der Vorstellung konnte er sich ein Lächeln nicht verkneifen.

Aber noch konnte er die Korken nicht knallen lassen. Denn es gab noch etwas zu tun. Es war an der Zeit, Agent Davenport zu beseitigen. Endgültig.

Dann würde er seine Verkleidung abnehmen und den Professor sterben lassen.

Und dann lasse ich die Korken knallen und trinke auf meine Freiheit.

19. Kapitel

Auch ohne sich umzudrehen, wusste Decker sofort, dass Zimmerman in diesem Moment Alice' Apartment betreten hatte. Er konnte förmlich die finstere Miene des Mannes spüren.

»Legen Sie's drauf an, wieder ins Krankenhaus zu kommen?«, fragte sein Boss barsch.

Decker drehte sich auf seinem Klappstuhl um und blickte zu Zimmerman, der sich mit verschränkten Armen im Türrahmen von Alice' Schlafzimmer aufgebaut hatte und ziemlich verdrossen wirkte.

»Nein, Sir. Aber ich habe Dr. Novak gefragt, und sie hat es mir nicht verboten.«

»Aber hat sie es erlaubt?«, hakte Zimmerman nach.

»Na ja, nicht direkt. Ehrlich gesagt, hat sie sich überhaupt nicht dazu geäußert. Sie hat auf meine Nachricht nicht reagiert. Sie dürfte ziemlich sauer auf mich sein, deshalb kaufe ich ihr später einen schönen Blumenstrauß und entschuldige mich bei ihr.«

Zimmerman verdrehte die Augen. »Und wer hat Sie hergefahren?«

»Trip. Allerdings auf meine Anweisung, deshalb bestrafen Sie ihn bitte nicht. Ich meine, wir haben jede Menge von unseren Leuten hier, und mir geht's prima.«

»So lange, bis das Adrenalin nachlässt.« Zimmerman schüttelte den Kopf, trat jedoch zu dem großen quadratischen Loch in der Wand. »Nun gut, jetzt sind Sie schon hier. Dass

Sie offiziell noch nicht wieder im Dienst sind, klären wir später. Was haben Sie gefunden?«

Decker deutete auf den wachsenden DVD-Stapel auf dem Boden. »Filme. Massen von dem Zeug.«

Zimmerman runzelte die Stirn. »Alice hatte Kinderpornos zu Hause?«

»Nein, Sir, das scheinen Erwachsenenfilme zu sein. Von Alice und ... na ja, mehreren Männern ... nicht gleichzeitig«, erklärte er hastig, als Zimmerman ihn entsetzt ansah. »Aber sie war auffallend ... aktiv.«

»O Gott. Wie viele von den Dingern haben Sie denn gefunden?«

»Bisher fünfundzwanzig.« Decker deutete auf das Loch in der Wand und mehrere Bücherregale, die danebenstanden. »Mit den Regalen hat sie das Loch verborgen.«

»Und wie haben Sie es gefunden?«

»Auf dem Teppich waren Spuren, außerdem war die Wandfarbe leicht beschädigt. Sie muss die Regale ziemlich oft verschoben haben.«

»Gut gemacht, aber jetzt warten Sie erst einmal ab, bis Dr. Novak Sie für dienstfähig erklärt.«

Decker nickte gehorsam. »Ja, Sir.«

Wieder verdrehte Zimmerman die Augen. »Sie lügen wie gedruckt, Junge. Nur eine Frage: Weiß Kate, dass Sie hier sind? Denn ich will lieber nicht in der Nähe sein, wenn sie es mitbekommt.«

In diesem Moment blinkten mehrere Lichter auf – ein lautloses Warnsystem, dass die Eingangstür geöffnet wurde. Sekunden später ertönte eine vertraute Stimme, die nach Agent Davenport fragte. »Ich habe ihr gesagt, dass wir uns hier treffen. Schätzungsweise ist sie nicht allzu guter Laune.«

»Hört sich ganz danach an«, bestätigte Zimmerman.

Kate betrat mit unheilvoller Miene den Raum. O Gott, sie

war unglaublich. Decker spürte sofort, wie er hart wurde.
»Agent Coppola«, begrüßte er sie erfreut. »Wie schön, dass
Sie zu uns stoßen.«

Ohne Decker eines Blickes zu würdigen, trat Kate zu Zimmerman. »Bitte sagen Sie mir, dass Sie nicht mitgespielt haben, Sir.«

»Nein, habe ich nicht«, antwortete Zimmerman. »Agent Davenport hat sich bei Triplett und Troy Unterstützung geholt, und vermutlich wussten beide nicht, dass Dr. Novak ihn noch nicht für diensttauglich erklärt hat.«

»Und selbst wenn sie es gewusst hätten, wäre es egal gewesen«, brummte sie, noch immer ohne Decker anzusehen. »Agent Davenport wickelt doch mit seinem Charme jeden um den Finger.«

»Nur gut, dass er seine Fähigkeiten für die richtige Seite einsetzt«, bemerkte Zimmerman.

»Im Krankenhaus wird ihm sein Charme allerdings nicht viel nützen.«

»Genau das versuche ich, ihm die ganze Zeit schon zu verklickern.« Zimmerman nickte.

»Ich bin übrigens hier«, warf Decker ein.

»Oh, das ist mir durchaus bewusst«, konterte Kate, holte tief Luft und stieß sie wieder aus.

Decker hob die Hand. »Ich weiß ja, dass du sauer bist –«

»Das bin ich«, unterbrach sie. »Ich bin stinksauer, weil dir deine Genesung anscheinend völlig egal ist. Die Ärzte haben dir einmal das Leben gerettet. Wie oft sollen sie es denn noch tun? Verdammt noch mal, ich habe zwei Männer getötet, nur um dir das Leben zu retten. Zwei Verbrecher, okay, aber trotzdem. Zwei Männer. Und dann tust du so was? Wie viele muss ich noch erledigen, um dir den Hintern zu retten? Sag es mir einfach, damit ich mich schon mal drauf einstellen kann. Zwei? Zehn?«

Decker zuckte zusammen. »Der war leider gut, Kate. Treffer.«

Zimmerman trat den Rückzug an. *Feigling,* dachte Kate. »Ich sehe mal nach, wie Agent Taylor vorankommt.«

»Ich treffe immer ins Schwarze«, sagte Kate, als er verschwunden war. »Und ich habe es mit Absicht so krass ausgedrückt, damit du endlich auf mich hörst.«

Decker massierte seine Nasenwurzel. Streng genommen hatte sie keine zwei Männer getötet, um ihm das Leben zu retten, weil sie ihn bereits angeschossen hatten und sich auf der Flucht befanden. Stattdessen hatte sie auf den Wagen der Flüchtigen geschossen, um sie aufzuhalten, aber er beschloss, keine Haarspalterei zu betreiben, denn die Wahrheit war: Kate hatte zwei Männer getötet. Er selbst hätte nicht die geringsten Gewissensbisse deswegen, sie dagegen …

Kate war diejenige, die Disney-Songs hörte, wenn sie traurig war, gleichzeitig aber Angst hatte, es könnte herauskommen und ihr Ruf als knallharter Cop darunter leiden. Sie war diejenige, die den trauernden Silers ihr Hotelzimmer überlassen hatte, weil die sich kein eigenes leisten konnten, und die ihren Mann bis zu seinem Tod hingebungsvoll gepflegt hatte.

Sie war diejenige, die eine geschlagene Woche an seinem Bett gewacht hatte, weil er sonst niemanden hatte, der bei ihm war. Ihrer Stimme hatte er in der Finsternis des Komas gelauscht, orientierungslos und … ja, voller Angst. Ihre Berührung hatte ihn ins Hier und Jetzt zurückgeholt, die Berührung, nach der er sich so lange gesehnt hatte.

Daher hatte sie ihn sehr wohl gerettet, wenn auch vielleicht nicht in der Art und Weise, wie sie dachte, und er würde sie nicht beleidigen, indem er ihre Schuld oder ihre Gabe herabsetzte. Aber er würde auch nicht zulassen, dass sie ihn wie einen streunenden Welpen behandelte, den sie auf der Straße aufgesammelt hatte und knuddeln musste.

»Ich werde mich nicht dafür entschuldigen, dass ich meine Arbeit mache. Ich trage eine kugelsichere Weste, und unsere Leute sind überall postiert. Ich habe sogar meine Krankenschwester mitgebracht. Sie ist nebenan, im Wohnzimmer. Sie heißt Bailey und hat gesagt, dass mir ein bisschen Bewegung guttut. Mal an die frische Luft zu kommen und ein bisschen Anspannung abzubauen, die meinen Blutdruck in die Höhe treibt. Ihr Mann hat ihre kleine Tochter im Penthouse abgeholt, damit Bailey mich begleiten kann, weil ich wusste, dass dir wohler ist, wenn du weißt, dass jemand bei mir ist.«

Kates Augen sprühten vor Wut. »Mir wäre *wohler*? Du bist gestern erst aus dem Krankenhaus entlassen worden, Decker! Nachdem du eine Woche lang im Koma gelegen hast, verdammt noch mal!«

»Ein künstliches«, erklärte er und registrierte den trotzigen Unterton in seiner Stimme. »Und heute kann ich schon wieder gehen. Und ich kann arbeiten. Und ich habe herausgefunden, wo Alice gelebt hat.«

»Und deshalb musstest du auch gleich mitkommen, um dich an der Durchsuchung zu beteiligen«, gab sie leise zurück.

»Auch wenn du noch so wütend auf mich bist, ändert es nichts an den Tatsachen«, sagte er. »Du sagst, du hättest zwei Männer getötet, um mir das Leben zu retten. Ich sage, du hast zwei Männer getötet und mir das Leben gerettet, und ich sollte jetzt auch dringend etwas mit diesem Leben anfangen. Das kann ich aber nicht, wenn ich in einer superschicken Penthouseküche herumsitze und auf einen Computerbildschirm starre. Und hätte ich deinetwegen zwei Menschen getötet, würdest du genau dasselbe tun, ob du's nun zugeben willst oder nicht.«

»War's das jetzt?«, fragte Kate, deren Miene keinerlei Gefühlsregung verriet.

Decker seufzte. »Sieht ganz so aus.«

»Dann zeig mir, was du gefunden hast. Bitte.«

»Okay«, sagte er mit einem argwöhnischen Unterton. »Das Loch hier scheint das einzige Versteck in der Wohnung zu sein, aber die Spurensicherung hat zur Sicherheit ein Röntgengerät angefordert. Alice hat massenweise DVDs aufbewahrt, die sie mit der Kamera dort drüben gemacht hat.« Er deutete auf die Wand gegenüber vom Bett. »Es hingen mehrere Bilder ringsum, damit man sie nicht sehen konnte. Fest steht, dass die Kamera direkt aufs Bett gerichtet war. Wir haben noch nicht alle DVDs gesichtet, aber es sieht so aus, als hätte sie sich beim Sex mit ihren jeweiligen Partnern gefilmt. Quincy Taylor katalogisiert sie gerade und zieht Standaufnahmen heraus, die wir später durch ein Gesichtserkennungsprogramm laufen lassen. Ich habe gerade die letzten DVDs herausgeholt.« Er deutete auf den Stapel vor sich.

»Aber wieso hat sie das getan?«

»Vielleicht war es eine Macke von ihr. Auf jeder Hülle hat sie das Datum, die Initialen und eine Bewertung notiert.«

»Eine Bewertung im Sinne einer Altersfreigabe?«

»Nein.« Decker spürte, wie ihm die Wärme ins Gesicht stieg. »Eine Sechs auf der Zehnerskala, eine Sieben oder eine Neun-Komma-Fünf. Eine Benotung der Performance.« Er räusperte sich. »Bei einem der Ersten, die wir überprüft haben, handelt es sich um den Sohn eines der anderen Menschenhändler. Es ist der Bursche, den du im Gefängnis befragt hast. Wir hoffen, dass ihre anderen Partner ebenfalls zu dem Ring gehört haben. Dann hätten wir ihre Geschäftskontakte.«

»Klingt logisch«, sagte Kate nachdenklich. »Alice musste ihre Identität vor der Außenwelt geheim halten, deshalb hat sie sich in ihrer Freizeit mit Insidern vergnügt.«

»Es könnte sein, dass sie die DVDs benutzt hat, um die Typen später zu erpressen. Einige der Männer waren vielleicht verheiratet. Oder es war tatsächlich nur eine Marotte von ihr. Oder eine Methode, um ihre Macht auszukosten. Ihr Dad hat sie schließlich an einer ziemlich kurzen Leine gehalten.«

»Was ich verstehen kann.« Instinktiv fuhr sie sich mit der Zungenspitze über ihren angeschlagenen Schneidezahn. »Hast du irgendwelche Unterlagen über ihre Geschäfte in dem Versteck gefunden? Verträge, Rechnungen oder so etwas?«

Decker musste sich zwingen, seine Wut auf den Mann zu unterdrücken, der Kate das angetan hatte. »Noch nicht, aber es könnte sein, dass ich eine andere Möglichkeit habe, um an ihre Kunden und Lieferanten heranzukommen. Jemand hat mir einen USB-Stick gegeben, auf dem der Inhalt von McCords Computer abgespeichert ist – der, mit dem er im Internet war.«

Ihre Augen verengten sich. »Diesel. Er hatte eine Sicherheitskopie«, sagte sie.

»Ich habe den Stick von einer Quelle erhalten, die Angst hat, das FBI könnte ihm das Leben schwermachen und seine Freunde hinter Gitter bringen. Deshalb habe ich ihm Anoymität zugesichert.«

Zum ersten Mal, seit sie hereingefegt war, lächelte Kate. »Diesel«, wiederholte sie.

»Ich gebe meine Quellen grundsätzlich nicht preis«, sagte Decker, nickte aber. »Er hat sich die Dateien angesehen, um sicherzugehen, dass es sich auch wirklich um das handelt, wonach wir suchen, und es hat ihm schwer zugesetzt.«

Kates Lächeln verblasste. »Der arme Kerl.«

»Du hast keine Ahnung, wie sehr.« Decker nahm ihre Hand Zu seiner Erleichterung machte sie keine Anstalten, sie ihm zu entziehen. »Er hat gar nicht gemerkt, dass es eine Sicherungskopie gab. Er wollte nachsehen und hat sie mir gebracht. Nachdem er weg war, habe ich mir einige der Fotos angesehen, solange wir auf den Durchsuchungsbeschluss warten mussten.« Er schloss die Augen und schüttelte den Kopf. »Es war genau so, wie ich befürchtet hatte. Krank.«

Kate drückte seine Hand. »Ich musste mir heute einige der Sunshine-Suzie-Videos ansehen«, flüsterte sie. »Sie war gerade mal zwölf. Deshalb kann ich absolut nachvollziehen, was du meinst.«

»Ich musste aus diesem Penthouse raus, Kate.« Er registrierte, wie tonlos seine Stimme klang. »Nachdem ich mir diese Fotos angesehen hatte … musste ich etwas unternehmen.«

Sie ging neben seinem Stuhl in die Hocke. »Das verstehe ich, Decker. Ehrlich. Aber so lange du noch nicht weglaufen und Kugeln ausweichen kannst, bist du eine Gefahr für dich selbst. Ich will dich nicht noch einmal blutend am Boden liegen sehen oder noch eine Woche an deinem Bett sitzen müssen.« Ihre Stimme drohte zu brechen, und zu seiner Erschütterung sah er Tränen in ihren Augen. »Bitte, zwing mich nicht dazu.«

Er stieß schwer den Atem aus. »Okay. Ich … muss einsehen, dass ich noch etwas Zeit brauche, bis ich wieder auf den Beinen bin, weil es dir weh tut, wenn ich es übertreibe.«

Sie legte ihre Stirn gegen ihre verschränkten Finger. »Danke.«

»Aber solange hier alles gesichert ist, kann ich arbeiten. Ich will nicht verhätschelt werden. Du würdest das im umgekehrten Fall auch nicht wollen, das hast du selbst zugegeben.«

Ein feuchtes Glitzern lag in ihren Augen, als sie aufsah, und vermutlich war die eine oder andere Träne auf ihrer dunklen Hose gelandet. »Das stimmt, das habe ich tatsächlich gesagt, und ich werde dir dabei helfen, McCords Dateien zu sichten. Ich finde, wir sollten niemanden einweihen, solange wir nicht sicher sein können, dass es tatsächlich keine undichte Stelle gibt.«

»Das stimmt. Ist damit zwischen uns alles klar?«

»Darf ich dich trotzdem verhätscheln, nur ein kleines bisschen?«

»Wenn Backen dazugehört, gerne. Und ... andere Dinge auch. Aber wenn es bedeutet, dass du mich in Watte packst, muss ich leider ablehnen.« Er sah sie an. »Ich mag dich wirklich sehr gern, Kate.«

»Schön. Das beruht nämlich absolut auf Gegenseitigkeit.« Sie ließ seine Hand los und drehte sich zu dem Loch in der Wand um. »Tja, damit dürfte die Mietkaution wohl einbehalten werden.«

Decker lachte. »Allerdings.«

Kate zückte ihre Taschenlampe und leuchtete in die Dunkelheit. »Zumindest hausen keine Mäuse oder Schlangen in dem Loch«, stellte sie fest und erhob sich. »Sieht so aus, als wäre sonst nichts darin. Aber wäre es ein richtiges Versteck, hätte sie doch bestimmt noch andere Sachen dort aufbewahrt. Einen falschen Pass oder wichtige Geschäftsbücher oder so etwas. Oder eine Waffe und Munition. Wahrscheinlich liegen die wirklich wichtigen Dinge in einem Safe oder einem Bankschließfach. Sie war eine gute Schützin, deshalb hat sie bestimmt irgendwo ein Gewehr versteckt. Hier sehe ich allerdings keines. Dieses Loch hier war ausschließlich für ihre DVD-Sammlung gedacht. Alice hatte offensichtlich eine Schwäche fürs Visuelle.«

»Ich bin jedenfalls nicht scharf darauf, ihr zuzusehen«, bemerkte Decker. »Für heute hatte ich schon genug Zeug vor Augen, das mein Gehirn am liebsten gleich wieder vergessen würde.«

»Geht mir genauso. Aber wir müssen mit anpacken, das ist viel zu viel für einen Kollegen, wenn es halbwegs schnell gehen soll.«

»Ich weiß, aber ich will es trotzdem nicht tun. Wann sollen wir loslegen?«

»Wir sollten erst sicher sein, dass wir alles gründlich durchsucht haben. Wann wollte die Spurensicherung mit dem Röntgengerät hier sein?«

»Frühestens morgen, schätze ich. Sie wollten sich zuerst auf die offensichtlichen Dinge konzentrieren. Schubladen, Schränke und solche Dinge.«

»Dann können wir uns solange die DVDs vornehmen. Aber vorher würde ich vielleicht erst mal eine Kleinigkeit essen und mich ein Weilchen ausruhen. Ich bin völlig erledigt.«

»Ein Nickerchen klingt gut.« Sein Handy läutete. Eine Sekunde später klingelte auch ihres. »Diesel«, sagte er.

»Deacon«, sagte sie mit sorgenvoller Miene und wandte sich ab.

»Diesel, was liegt an?«, sagte Decker. »Alles in Ordnung?«

»Nein.« Der Mann schien völlig außer sich zu sein. »Es ist nichts in Ordnung. Gar nichts, verdammt.«

Scheiße. »Beruhigen Sie sich erst mal«, sagte er ruhig. »Was ist passiert?«

»Es geht um Dani. Jemand hat sie niedergestochen. Ich bringe sie in die Notaufnahme. Könnten Sie Kate Bescheid sagen?«

Decker sah zu Kate hinüber, die kreidebleich geworden war.

»Ich glaube, Deacon sagt es ihr gerade«, murmelte Decker.

»Ja, ich habe ihn als Erstes informiert.«

»Wohin bringen Sie sie?«, fragte Decker und bemühte sich um einen ruhigen Tonfall, um Diesel nicht noch mehr aufzuregen, während er nach Kates Hand tastete, die sich an ihm festklammerte wie an einen Rettungsring. »Ins County General?«

»Eher friert die Hölle zu«, blaffte Diesel. »Außerdem ist der Weg zum Christ kürzer.«

Decker atmete erleichtert auf. Die Verwaltung des County General hatte Dani nicht nur gezwungen, ihren Job zu kündigen, sondern eine der Schwestern dort hatte versucht, ihn mit Drogen ins Jenseits zu befördern. Von der Meadow waren es nur fünf Minuten zum Christ Hospital, von Alice' Apartment aus würden sie im Berufsverkehr mindestens eine Viertelstunde brauchen. »Wir kommen, so schnell es geht«, versprach Decker mit einem Blick in Kates Richtung, die zu seiner Erleichterung nickte.

Sie beendete ihr Telefonat. »Frag Diesel, wo sie angegriffen wurde.«

»Ich hab's gehört«, sagte Diesel scharf. »In dieser verdammten Klinik. Meine Sorge war also doch begründet.«

»Wir schicken ein paar Streifenkollegen rüber, damit sie den Tatort sichern«, sagte Decker. »Sie konzentrieren sich erst mal darauf, sie sicher ins Krankenhaus zu bringen, haben Sie mich verstanden, Diesel?«

»Ja«, antwortete Diesel mit grimmiger Entschlossenheit. »Ich hab's kapiert. Ich muss jetzt auflegen.«

Er beendete das Gespräch. Decker stand auf, klappte seinen Stuhl zusammen und klemmte ihn sich unter den Arm. »Los. Ins Christ Hospital.«

Cincinnati, Ohio
Freitag, 14. August, 17.20 Uhr

»Ich hätte sie nicht gehen lassen dürfen«, sagte Decker so leise, dass Kate ihn fast nicht hören konnte.

Sie hatte soeben vor der Notaufnahme angehalten, damit Decker aussteigen konnte. »Und wie hättest du das anstellen wollen? Dani lässt sich genauso wenig Anweisungen erteilen wie ihr Bruder. Oder ich. Oder du.« Sie lächelte ihn an, in der Hoffnung, ihn etwas aufzumuntern. »Wir sind der reinste Sack Flöhe.«

Er erwiderte ihr Lächeln nicht. »Als sie gesagt hat, sie wüsste nicht, wieso ich überhaupt um einen Arzt gebeten hätte, habe ich nicht auf sie gehört. Ich dachte, sie wollte sich nur ein bisschen beschweren.«

»Vielleicht war es ja auch so. Sie musste ihren Job kündigen und war auf alles und jeden sauer. Aber irgendwann wird sie sich an ihre neue Aufgabe in der Klinik gewöhnen und ihre Sache gut machen. So wie wir alle. Wir überleben, und dann legen wir uns ins Zeug, um das Beste herauszuholen. Aber selbst wenn du brav auf dem Sofa gelegen hättest, wäre sie nicht bei dir geblieben, wenn es einen Notfall in der Klinik gegeben hätte. Das glaubst du doch auch, oder?«

Er nickte. »Ja, wahrscheinlich.«

»Und mal ganz ehrlich – im Grunde brauchtest du von dem Moment an, als du bei Bewusstsein warst und selbständig atmen konntest, sowieso keinen Arzt mehr. Das hat sie mir selbst gesagt. Sie hat mit deinem behandelnden Arzt geredet, der ihr erzählt hat, dass das Koma den Heilungsprozess massiv beschleunigt hat. Genau deswegen haben sie es ja überhaupt eingeleitet. Du brauchtest einfach nur Ruhe, die richtige Art der Bewegung und ein bisschen Zeit, um wieder zu Kräften zu kommen.«

»Und eine Krankenschwester, die nicht versucht, mich ins Jenseits zu befördern«, fügte er mit einer Grimasse hinzu.

»Allerdings«, stimmte sie zu. »Hätten wir mehr Zeit gehabt, hätten wir eine Schwester engagiert, aber Dani war gerade verfügbar und meinte, damit hätte sie wenigstens das Gefühl, sich … nützlich zu machen.«

Er zuckte zusammen. »Jetzt fühle ich mich gleich noch viel schlechter.«

»Das brauchst du nicht. Es ist ja nicht deine Aufgabe, dafür zu sorgen, dass sie sich nützlich fühlt. Für dich zählt nur, möglichst schnell wieder auf die Beine zu kommen, um wieder das zu tun, was du sonst auch tust – deine Arbeit. Dass Dani das Gefühl hat, sich nützlich zu machen, war eine Art Bonus.«

Er beäugte sie argwöhnisch. »Wer sind Sie, und was haben Sie mit der echten Kate gemacht?«

Sie zuckte mit den Schultern. »Die echte Kate hat sich Gedanken darüber gemacht, was du gesagt hast. Darüber, dass ich mich an deiner Stelle vermutlich genauso verhalten würde. Das ist alles.« Sie sah ihm in die Augen. »Aber jetzt lass uns reingehen.«

Er zögerte. »Diesel hält sehr viel von ihr. Er mag sie.«

»Stimmt. Er hat sie gestern die ganze Zeit beobachtet, als er dachte, es sieht keiner hin.«

Er versuchte, Zeit zu schinden. Aber wieso? Hatte er Angst, die anderen könnten ihm Vorwürfe machen, weil er seine starrköpfige Ärztin nicht daran gehindert hatte, zu einem Notfall zu eilen? *Ja!* Genau das war der Punkt. Neue Freunde. Endlich, nach all den Jahren des Alleinseins, gehörte er wieder zu einem Kreis von Menschen. Kate würde an seiner Stelle ganz genauso reagieren.

»Sie werden es dir nicht vorhalten«, sagte sie leise, worauf er – endlich – lächelte.

»Woher wusstest du, was mir so schwer im Magen liegt?«

»Weil es mir ganz genauso gehen würde. Diesel hat dich angerufen, Decker, und ist mit dem Stick zu dir gekommen. Das bedeutet doch, dass er dir vertraut. Also, jetzt geh da rein und sei ein guter Freund.« Sie legte die Hand um seinen Hinterkopf und zog ihn zu sich heran – eigentlich hatte sie ihm bloß einen flüchtigen Kuss geben wollen, doch er erwiderte ihn voller Leidenschaft und Zärtlichkeit.

»Danke«, sagte er leise.

»Beweg dich rasch und bleib nicht stehen. Falls das hier ein Versuch unseres Täters sein sollte, uns herzulocken, ist es ihm gelungen.«

»Daran habe ich auch schon gedacht.«

Sie packte ihn am Revers, zog ihn noch einmal zu sich heran und spähte unter sein Hemd. »Gut. Ich wollte nur sichergehen, dass du auch wirklich eine kugelsichere Weste trägst. Geh jetzt. Ich parke nur noch den Wagen, dann komme ich nach.«

Er stieg aus und hastete, auf seinen Gehstock gestützt, die wenigen Meter auf den Eingang zu. Bei seinem Anblick bedauerte sie augenblicklich, ihm vorhin so zugesetzt zu haben. Es ging ihm tatsächlich schon viel besser, und schließlich kannte er sich und seinen Körper am besten.

Aber sie wollte so gern die Chance haben, ihn ebenfalls kennenzulernen, und wenn er sich mit seinem Verhalten wieder ins Krankenhaus brachte, würde das ihre Pläne ganz empfindlich stören. Denn sie hatte Pläne.

Sie stellte den Wagen auf dem Parkplatz ab. Auf dem Weg in die Notaufnahme erkannte sie mehrere Autos wieder – Deacons SUV. Natürlich. Marcus O'Bannions Subaru. Wahrscheinlich hatte er Scarlett hergefahren, die an Deacons Seite sein wollte. Und Adams ramponierten Jeep, den sie an diesem Morgen bereits gesehen hatte, als er sie und Deacon zum Wilkins-Tatort gerufen hatte. Natürlich war auch er sofort hergekommen. *Familie,* dachte sie.

Ein Teil ihrer Seele hoffte, dass diese Menschen ebenfalls herbeigeeilt kämen, wenn ihr etwas zustieße. Dass es ihr nicht wie Decker ergehen und niemand auftauchen würde. *Wenigstens hat er jetzt auch seine Leute.*

Sie beschleunigte ihre Schritte. Sollte es sich um eine Falle handeln, würde sie sich nicht zu einem leichten Ziel machen. McCords Partner würde inzwischen wissen, dass sie ihm auf den Fersen waren. Vier Menschen hatte er bereits getötet, zumindest waren diese bekannt. Früher oder später würde er wieder auf ihrem Radar auftauchen.

Der Warteraum der Notaufnahme war bereits halbvoll. Meredith saß neben Adam direkt am Eingang. Auf ihrer normalerweise so gelassenen Miene lag ein furchtsamer Ausdruck.

O Gott. Das sah nicht gut aus.

Deacon saß auf einem Stuhl, den Kopf gesenkt, die Ellbogen auf die Schenkel aufgestützt, während Faith ihm beruhigend den Rücken streichelte.

Diesel Kennedy stand am Fenster und starrte blicklos nach draußen. Decker lehnte neben ihm an der Wand … einfach nur da sein. Ohne etwas zu sagen. Als Freund.

Kate trat zu Deacon, ging vor ihm in die Hocke und sah ihm ins Gesicht. »Was ist passiert? Gibt es schon etwas Neues?«

Er schüttelte den Kopf. »Nein, noch nicht.«

»Sie wurde in den Bauch gestochen«, sagte Faith leise. »Und hat einen Schlag auf den Kopf bekommen, so heftig, dass sie mehrere Minuten bewusstlos war.«

O Gott. Kate drückte Deacons Knie. »War sie bei Bewusstsein, als Diesel sie hergebracht hat?«

»Anscheinend ja. Aber sie haben sie sofort in den OP gebracht. Ich habe sie nicht gesehen.«

»War Diesel bei ihr, als es passiert ist?«

»Ja.« Er schluckte. »Und ich hatte Angst, sie fängt sich eine Grippe oder sonst eine üble Krankheit an ihrem Arbeitsplatz ein.« Endlich sah er auf. Seine zweifarbigen Augen waren rot gerändert. »Aber sie ist ja Superwoman und wird nicht krank, dabei könnte sie selbst die leichteste Grippe umbringen.«

Kate nahm seine Hände. »Aber sie ist stark.«

Deacon nickte grimmig. »Ja, verdammt stark.«

»Sie ist deine Schwester«, erklärte Kate. »Wenn sie es schaffen kann, dann tut sie es auch. Und wir helfen ihr dabei. Verstanden?«

»Ja.« Er hob einen Mundwinkel zu einem traurigen Lächeln.

»Aber gerade du weißt ja selbst genau, dass es manchmal einfach nicht klappt.«

Kates Kehle wurde eng. »Das weiß ich. Aber dass Dani niedergestochen wurde, ist nicht dasselbe, wie wenn Johnnie an einem Gehirntumor stirbt. Das weißt du selbst. Du musst dich zusammenreißen. Wenn sie aufwacht, braucht sie dich, ihren starken Bruder, *capisci?*«

Faith drückte ihm einen Kuss auf die Schulter. »Ich hätte es nicht treffender formulieren können.«

»Danke. Also, du musst mir jetzt kurz zuhören und dich konzentrieren. Ich habe deine Vorgesetzte angerufen. Sie wird höchstpersönlich zum Tatort fahren, für den Fall, dass es kein gewöhnlicher Angriff war, der aus dem Ruder gelaufen ist. Gibt es jemanden, der deiner Schwester Böses will?«

Deacon schloss die Augen. »Es gab einige Hassmails, die aber alle an ihre Adresse im County gerichtet waren. Von Leuten, die nicht wollten, dass sich ›ihr AIDS‹ ungehindert verbreitet. Ein paar haben mit Klagen gedroht. Aber an ihre Privatadresse gab es nichts.«

»Na ja …«, Faith biss sich auf die Lippe, »sie hat sehr wohl welche an ihre Privatadresse bekommen, hat es dir aber nicht gesagt, weil sie nicht wollte, dass du dir Sorgen machst.«

Deacon hob den Kopf und starrte seine Verlobte an. »Was zum Teufel soll das heißen, Faith?«

Faith presste ihm die Fingerspitzen auf die Lippen. »Ich weiß es auch erst seit gestern Morgen. Sie hat es mir beim Frühstück bei Bailey erzählt, und ich habe ihr gesagt, dass sie zwei Möglichkeiten hat: Entweder wir heuern jemanden zu ihrem Schutz an, oder aber sie zieht wieder bei uns ein. In jedem Fall aber müsste sie es dir spätestens heute Abend sagen, sonst würde ich es tun. Ich dachte, ich lasse ihr ein, zwei Tage Zeit, um es dir selbst zu sagen, da sie im Penthouse ja erst mal sicher war. Mit diesem Auftrag hat sie zwei Fliegen mit einer Klappe geschlagen – einen kleinen Zusatzverdienst und kostenlosen Personenschutz. Aber ich hätte wissen müssen, dass sie sofort alles stehen und liegen lässt, wenn es einen Notfall gibt.«

Deacon löste Faiths Finger und drückte einen Kuss in ihre Handfläche. »Entschuldige. Ich hätte dir vertrauen sollen, bevor ich ausraste.«

»Stimmt«, gab Faith zurück, »aber ich nehme es dir nicht übel, weil es dir gerade nicht gutgeht.«

»Ich hätte ihm das nicht durchgehen lassen«, warf Kate ein, worauf Deacon lachen musste.

»Doch, hättest du. Genauso wie du dem Kerl da drüben so einiges durchgehen lässt.« Er nickte in Deckers Richtung.

Kate zog die Brauen hoch. »Topf. Deckel. Also halt den Mund. Ich lasse mir die Drohmails und -briefe vom County geben. Bestimmt haben diese Feiglinge sie archiviert, um sich abzusichern.« Sie tätschelte Deacons Knie. »Ich rede jetzt mit Diesel. Und du bleibst genau hier sitzen. Du bist hiervon persönlich betroffen, deshalb wirst du dich aus den Ermittlungen schön raushalten.«

Er blickte sie aus zusammengekniffenen Augen an. »Manchmal vergesse ich glatt, wie rechthaberisch du sein kannst.«

Sie zwinkerte ihm zu, dann wandte sie sich an Faith. »Ich habe ihn schon mal weichgeklopft für dich, Faith«, erklärte sie und erhob sich.

»Herzlichen Dank.« Faith stand ebenfalls auf und drückte Kate fest an sich. »Trotzdem wird er es versuchen«, flüsterte sie ihr ins Ohr. »Lass nicht zu, dass er da mitmischt, bitte. Es wird ihn zerstören. Vor allem, falls …« Sie hielt inne, als ihre Stimme brach. »Du weißt schon.«

Falls Dani es nicht schafft. Denn es bestand durchaus die Gefahr, dass sie den Blutverlust durch die Stichwunde zwar überlebte, aber später an einer Infektion starb. Es würde keine Rolle spielen. Sie wäre tot.

Kate tätschelte Faith den Rücken und spürte, wie sie tief Luft holte und gegen die Tränen kämpfte. »Ich weiß«, flüsterte sie. »Er war jahrelang mein Partner, deshalb weiß ich, was für ein Sturkopf er manchmal sein kann.«

Faith löste sich von ihr. »Ich bin so froh, dass du hier bist.«

»Ich auch.« Kate sah zu Meredith hinüber. »Wenn jetzt allerdings noch eine Rothaarige hier auftaucht, setzen wir den ganzen Laden in Brand«, bemerkte sie trocken.

Meredith hob den Kopf. »Mein Haar ist kastanienfarben.«

»Also rot, stimmt's?« Ohne Deacon anzusehen, legte Kate ihm die Hand auf die Schulter und drückte ihn auf seinen Stuhl zurück, als er aufstehen wollte. »Du meine Güte, warst du immer schon so vorhersehbar? Ich habe doch gesagt, du sollst hierbleiben, zum Teufel. Ich hab's ernst gemeint. Du vertraust mir doch, oder?«

»Klar«, antwortete Deacon mit finsterer Miene. »Nur kann ich dich im Moment nicht besonders leiden.«

»Damit kann ich leben. Du bleibst hier.« Sie verdrehte die Augen. »Diese Typen mit ihrer ewigen Halsstarrigkeit. Brauchen alle ein Kindermädchen.«

»Hört, hört«, bemerkte Faith.

»Ich widerspreche nicht«, warf Meredith ein.

»He«, maulte Adam trotzig. »Ich hab nichts getan.«

Bloß Freunde, alles klar, dachte Kate. Adam war hin und weg von ihr, und sie fragte sich, wieso er sich so dagegen sträubte.

»Noch nicht«, gab Meredith zurück. »Ich bin hier, Kate, falls Sie mich brauchen.«

»Weil Diesel kurz davor ist zusammenzubrechen?«, fragte sie leise. Der Mann stand immer noch am Fenster, vollkommen reglos und stocksteif, als hätte er Angst, dass er zerbrach, sobald er sich vom Fleck rührte. »Ich komme gern auf das Angebot zurück.« Sie sah sich um. »Wo sind Scarlett und Marcus? Ich habe seinen Wagen auf dem Parkplatz gesehen.«

»Sie besorgen Kaffee und etwas zu essen, weil keiner von uns zu Mittag gegessen hat und wir wahrscheinlich noch eine ganze Weile hier sein werden«, antwortete Adam. »Sie wollten von woanders her etwas besorgen, für den Fall, dass das Arschloch, das es auf Decker abgesehen hatte, auch hier seine Handlanger hat.«

»Klingt nachvollziehbar«, bestätigte Kate. »Allerdings ist es völlig verrückt, dass wir uns über so etwas überhaupt Gedanken machen müssen. Adam? Sie behalten Deacon im Auge, bis Scarlett zurück ist, okay? Lassen Sie nicht zu, dass er das Krankenhaus verlässt. Notfalls fesseln Sie ihn an seinen Stuhl.«

Adam salutierte, doch es war eine traurige Geste. »Ja, Ma'am.«

Deacon warf ihr einen vernichtenden Blick zu, doch Kate zuckte nur mit den Schultern. »Du hast schon deine Flucht geplant, gib's zu.«

»Dein Onkel und deine Tante brauchen dich«, sagte Faith leise. »Und dein kleiner Bruder erst recht. Greg braucht jetzt keinen großen starken Cop, sondern seinen Bruder. Also lass Kate ihre Arbeit erledigen. Bitte.«

Er schloss die Augen und ließ sich in einer Mischung aus Resignation und Verzweiflung auf seinem Stuhl zurücksinken. »Okay. Ich bleibe hier.«

Kate drückte seinen Arm. »Danke.« Sie trat zu Diesel. »Ich muss Ihnen ein paar Fragen stellen«, sagte sie leise. »Können wir uns irgendwo eine ruhige Ecke suchen? Decker kann gerne mitkommen, wenn Sie sich dann wohler fühlen.«

Diesels Augen waren stählern. »Sie brauchen mich nicht mit Samthandschuhen anzufassen, Agent Coppola. Vor Cops habe ich keine Angst, nur vor Ärzten. Cops kann ich einfach bloß nicht leiden.«

Kate lächelte ihn an. »Ich manchmal auch nicht. Aber ich verspreche Ihnen, alles in meiner Macht Stehende zu tun, dass der Fall gelöst wird.«

Seine Selbstbeherrschung schien zu bröckeln. »Für Deacon.«
»Und für Sie. Vor allem aber für Dani.« Sie berührte seinen
tätowierten Unterarm und drückte ihn behutsam. »Kommen
Sie. Vielleicht kriegen wir hier irgendwo einen Kaffee her,
und Sie können mir alles erzählen.«

20. Kapitel

Decker folgte Kate in einen leeren Familienraum, sorgsam darauf bedacht, einen Schritt hinter Diesel Kennedy zu bleiben, der den Anschein erweckte, als würde er jede Sekunde kehrtmachen und abhauen. Er schloss die Tür und setzte sich neben ihn, wobei er flüchtig seine Schulter berührte. Mittlerweile hatte Diesels kreidebleiches Gesicht eine gräuliche Färbung angenommen, auf seiner Stirn glitzerten Schweißperlen, und seine Hände zitterten. Er trug ein T-Shirt mit dem *Ledger*-Logo auf dem Rücken und dem Namen einer Jugend-Fußballmannschaft, doch es war nicht dasselbe Shirt, das er bei ihrem Gespräch am frühen Nachmittag getragen hatte. Decker fragte sich, ob es wohl mit Danis Blut befleckt war.

Danis HIV-positivem Blut. Decker hatte noch Danis bebende Stimme im Ohr, als sie das Team über ihre Erkrankung informiert hatte. Und Tripletts seelenruhige Erwiderung. *»Wir sorgen einfach dafür, dass Sie nicht bluten, okay, Doc?«*

Decker konnte nur beten, dass sie es schaffte, allein schon um das Seelenheil des Teams willen. Aber jetzt stand erst einmal Diesels Seelenheil im Vordergrund. Und es schien nicht sonderlich gut darum bestellt zu sein.

»Einen Moment«, murmelte Decker und verließ den Raum. Im Korridor stützte er sich einen Augenblick lang auf seinen Stock. Er spürte, wie ihn seine Kräfte verließen. Er musste dringend etwas essen – sobald er sich um Diesel gekümmert hatte. Er hielt eine vorbeigehende Schwester an und ließ sich ein paar Spucktüten von ihr geben. Das würde erst mal helfen.

Als er in den Raum zurückkehrte, hatte Kate ihr Strickzeug und etwas von dem Papierstapel aus ihrer Tasche gezogen, den Deacon ihr am Morgen überreicht hatte. Mit einem Anflug von Stolz registrierte Decker, dass sie ruhig und souverän wirkte.

»Hier.« Er reichte Diesel eine der Tüten. »Atmen Sie ganz ruhig hinein.«

Diesel gehorchte mit einem dankbaren Nicken, während Decker sich auf einen Stuhl sinken ließ. »Kannst du mir das auch mal beibringen?«, fragte er mit einem Nicken in Richtung von Kates Strickzeug.

»Klar. Ich habe zusätzliche Nadeln und Wolle im Koffer. Du lernst es im Handumdrehen.«

Diesel ließ die Tüte sinken und setzte sich mit geschlossenen Augen auf seinen Stuhl zurück. »Ich hasse Krankenhäuser«, sagte er.

»Das ist uns auch schon aufgefallen«, gab Kate trocken zurück. »Wenn Sie weiter so schwitzen, brauchen Sie bald ein frisches T-Shirt.«

»Das *ist* mein Ersatzshirt«, gab er mit einem tiefen Seufzer zurück. »Die Schwester in der Notaufnahme hat mir mein anderes weggenommen und entsorgt. Das sei Sondermüll, hat sie gesagt. Verdammt.«

»Wussten Sie über Danis Zustand Bescheid?«, wollte Decker wissen.

Diesel schüttelte den Kopf. »Wir sind noch gar nicht dazu gekommen, uns in Ruhe zu unterhalten.« Er warf Decker einen finsteren Blick zu. »Woher wissen Sie davon? Sie kennen sie ja noch nicht so lange wie ich.«

»Sie hat es mir gesagt, als wir das Penthouse bezogen haben, weil sie wollte, dass wir Bescheid wissen und uns im Notfall schützen können.«

Diesel nickte. »Ich habe sie reingetragen. Sie hat geblutet.«

Er blickte auf seine riesigen Hände. »Das Blut war überall. Auch auf dem Boden. Auf der Fahrt hat sie die ganze Zeit geredet, aber ich habe ihr gesagt, sie soll sich die Kraft sparen, damit sie am Leben bleibt. Dabei wollte sie es mir einfach nur sagen. Der Notarzt hat sie natürlich sofort erkannt. Na ja, ihr Haar …«

»Klar«, sagte Decker. »Wie Rogue aus *X-Men*.«

»Nur hübscher«, flüsterte Diesel und riss sich zusammen. »Sie haben gesagt, ich soll sie sofort loslassen, aber natürlich wusste ich nicht, wieso. Sie haben sich jeweils zwei Paar Handschuhe übergestreift und sie auf eine Trage gelegt. Dann haben sie mich in einen Raum geführt, damit ich mich waschen konnte, bevor sie mich auf offene Wunden untersucht haben. Sie wollten wissen, ob wir … intim waren.« Er lief rot an und wandte den Kopf ab. »O Gott.«

»Das war ja nur, damit Ihnen nichts passiert«, erklärte Decker leise. »Auch wenn es sich nicht so angefühlt hat.«

»Hat es eindeutig nicht. Dann haben sie meine Klamotten in eine Sondermülltüte gesteckt und mir OP-Kleidung zum Anziehen gegeben.« Er krallte die Finger so fest in seine Oberschenkel, dass seine Knöchel weiß hervortraten. »Ziemlich beschissene Art, es zu erfahren.«

»Sie kommt ganz gut damit zurecht.« Kates Nadeln klackerten wieder in diesem steten Rhythmus, den Decker als so beruhigend empfunden hatte, während er darum gekämpft hatte, das Bewusstsein wiederzuerlangen. Und auch jetzt besänftigte ihn das Geräusch. »Aber es macht die Operation und ihre Genesung natürlich wesentlich schwieriger. Sie wird Hilfe brauchen. Genauso wie Deacon.«

Diesel nickte. Inzwischen schien er sich ein wenig gefangen zu haben. »Das ist kein Problem. Nur Krankenhäuser machen mich fast verrückt.«

»Mich auch«, sagte Kate in einem Tonfall, der Decker ahnen

ließ, wie schwer es für sie gewesen sein musste, eine geschlagene Woche an seinem Bett auszuharren. »Erzählen Sie uns doch genauer, was vorgefallen ist, Diesel.«

Wieder schloss Diesel die Augen. »Ich war im Penthouse, um Decker etwas zu bringen, als ich erfahren habe, dass Dani ganz allein in die Klinik gefahren ist. Was für ein Irrsinn!«

»Dem kann ich nicht widersprechen«, bemerkte Kate, wenn auch nachsichtig. »Andererseits hat auch Decker unseren sicheren Unterschlupf verlassen, um in das Apartment einer skrupellosen Killerin zu fahren.« Sie zuckte die Achseln. »Was will man machen?«

»Fesseln, aber das ist wahrscheinlich verboten«, bemerkte Diesel bitter.

»Nur wenn es ohne ihr Einverständnis geschieht«, gab Kate trocken zurück, worauf Diesel abrupt die Augen aufriss. Verblüfft starrte er sie einen Moment lang an, dann brach er in Gelächter aus. »Sie können einem leidtun, Decker. Agent Coppola hält Sie mächtig auf Trab, das sehe ich jetzt schon.«

»Hoffentlich«, erwiderte Decker gedehnt, ehe seine Miene wieder ernst wurde. »Sie müssen uns jetzt erzählen, was passiert ist«, fuhr er fort, wohl wissend, dass Diesel bloß Zeit schinden wollte. »Wir müssen denjenigen finden, der das getan hat.«

»Ich dachte, das CPD übernimmt die Befragung. Was haben Sie beide damit zu schaffen?«, fragte Diesel.

»Vielleicht kommt das noch«, antwortete Kate. »Ich habe Lieutenant Isenberg angerufen, damit sie ein paar ihrer Leute zum Tatort schickt, und sie meinte, wir sollten schon mal Ihre Aussage aufnehmen. Sollte es sich um einen gewöhnlichen Überfall handeln, übergeben wir die Ermittlungen ans CPD.«

Diesel saß reglos auf seinem Stuhl. »Aber Sie glauben nicht, dass es so war, oder?«

»Keine Ahnung. Das können wir erst sagen, wenn wir mehr wissen. Deshalb – je schneller wir loslegen, umso besser«, antwortete Kate.

Diesel holte tief Luft und straffte die Schultern. Dann begann er, aus Kates Papierstapel Flugzeuge zu falten. Und zwar von der richtig coolen Sorte. *Wer hätte das gedacht?,* stellte Decker stumm fest.

»Nachdem ich vom Penthouse losgefahren bin, war ich … ziemlich durch den Wind. Aber keine Gefahr für mich oder andere«, fügte er mit einem hilflosen Blick auf Decker hinzu.

»Er war völlig erschüttert wegen der Fotos«, erklärte Decker.

»So wie ich später auch.«

Kate nickte. »Daraus wird man Ihnen keinen Vorwurf machen, Diesel. So was geht einem nun mal mächtig an die Nieren.«

Decker fiel auf, dass Diesel ganz leicht auf seinem Stuhl schwankte – kaum merkliche Bewegungen, aber synchron zum Klappern von Kates Nadeln. »Wo sind Sie hingefahren?«, fragte er.

»In die Meadow. Ich musste sie einfach sehen, musste mich vergewissern, dass es ihr gutgeht.« Er blickte stirnrunzelnd von einem weiteren Papierflieger auf, den er gerade gebastelt hatte. »Ich bin kein Stalker oder so.«

»Verstehe. Sind Sie reingegangen?«

»Nein, ich … ich konnte nicht. Zu viele Ärzte.« Er schluckte. »Und der Geruch. Ich hasse diesen Geruch.«

»Ich auch«, sagte Kate und sah ihn an. Diesel saß reglos am Tisch und starrte ins Leere. Sie ließ ihr Strickzeug sinken und klopfte auf die Tischplatte, so dass er vor Schreck zusammenfuhr. »Wo auch immer Sie gerade in Gedanken waren, kommen Sie zurück, das ist ein schlechter Ort«, befahl sie.

Diesel starrte sie finster an. »Woher wollen gerade *Sie* das wissen?«, fragte er frostig. »Sie haben doch keine Ahnung.«

Oje, dachte Decker. *Falsche Frage und falsche Ansage.*

Kates Miene wurde eisig. Erbarmungslos. Da war sie, die Frau, die ihm ihren Gewehrlauf in den Rücken gedrückt hatte. »Weil ich manchmal dasselbe tue und dann nicht mehr zurückfinde. Und dann läuft die ganze Zeit dieser Film in meinem Kopf ab, wieder und wieder. Ich habe keine Ahnung, wie Ihr Film aussieht, aber meiner ist … grauenvoll. Und manchmal ändert er sich auch, je nach Stimmung oder Situation oder was auch immer ihn heraufbeschworen hat. Neuerdings sehe ich, wie das Gehirn meines Schwagers durch das Wohnzimmer spritzt, weil er sich meine beschissene Waffe in den Mund geschoben hat.«

O Gott. Decker hatte nicht gewusst, dass es ihre Waffe gewesen war. Er sah den Schmerz in ihren Augen. Schmerz und Schuld. Aber auch Wut, die sich gerade über Diesel entlud.

Sie beugte sich vor und musterte ihn scharf. »Erzählen Sie mir also nicht, was ich weiß und was nicht. Vielleicht ist Ihr Film ja ein Überbleibsel aus Ihrer Armeezeit. Ja, ich weiß, dass Sie gedient haben«, fuhr sie fort, als er die Augen aufriss. »Und ich weiß auch, dass Sie ein Ranger waren. Und einer, der mächtig zu kämpfen hat. Ich beobachte die Menschen rings um mich herum sehr genau, Mr. Kennedy, außerdem mache ich meine Hausaufgaben. Sobald ich wusste, dass Sie in diesem ganzen McCord-Chaos vorn dran waren, habe ich Sie überprüft. Vielleicht sehen Sie ja in Ihrem Film Explosionen oder wie Leute durch die Luft fliegen, vielleicht auch jemanden, den Sie nicht retten konnten. Aber Sie erzählen mir nicht, dass ich keine Ahnung hätte. Denken Sie das nicht mal, denn das steht Ihnen eindeutig nicht zu.«

Inzwischen kam ihr Atem stoßweise, und ihre Augen sprühten vor Wut. Ganz langsam nahm sie ihr Strickzeug wieder auf. »Und genau aus diesem Grund stricke ich«, sagte sie leise. »Weil ich meinen Mund aufmache und Worte herauskommen. Manchmal sind es nicht meine Worte, sondern welche, für die ich mich auch mal entschuldigen muss.«

Diesel betrachtete sie mit neu gewonnenem Respekt. »Ist das gerade so eine Art Entschuldigung?«

Sie gab ein verächtliches Schnauben von sich. »Nein, verdammt. Von Ihnen etwa?«

»Ja«, sagte Diesel. »Ich entschuldige mich aufrichtig, Special Agent Coppola, weil Sie recht haben. Ich weiß genauso wenig darüber, was Sie gesehen haben, wie umgekehrt. Und es war falsch von mir, davon auszugehen, dass Sie es leichter hatten, bloß weil Sie Ihr Leben im Griff haben.«

Kate blieb der Mund offen stehen. »Wie bitte? Sehen Sie dieses Strickzeug, Diesel? Das ist meine Bewältigungsstrategie. Meine Stütze. Eine Frau, die ihr Leben im Griff hat, braucht so etwas ganz bestimmt nicht.« Sie wandte den Blick ab. »Und nur fürs Protokoll – ich hatte mein Leben noch nie wirklich im Griff, sondern war immer gut im Vortäuschen.«

Deckers Brauen schossen in die Höhe, während Diesel vergeblich versuchte, sich ein Grinsen zu verkneifen. Kate runzelte die Stirn, als der Groschen fiel. »Herrgott noch mal, doch nicht *das!* Wie alt seid ihr, Jungs? Zwölf?«

»Genau das fragt Marcus Stone und mich auch immer«, lachte Diesel.

»Und was antworten Sie darauf?«

»Noch nicht. Wir sind beide bei sechs stehengeblieben.« Diesels Lächeln wich einem Ausdruck tiefer Traurigkeit.

Decker und Kate tauschten einen Blick.

Verstehe ich das richtig?, fragte sie ihn stumm.

Ja, sagten seine Augen. Diesel hatte zugegeben, dass auch er Erfahrungen mit den Handlungen hatte, die anzusehen er gezwungen war. Es bestand kein Zweifel, dass auch er das Opfer eines Missbrauchs war. Etwas musste vorgefallen sein, das ihn bewogen hatte, die Machenschaften von Männern wie McCord ans Licht zu zerren und sogar Strafverfolgung durch das FBI wegen Diebstahls von Daten zu riskieren – selbst wenn es sich bei den Daten um das Material perverser Kinderschänder handelte. Man brauchte kein Therapeut zu sein, um sich ausmalen zu können, was ihm widerfahren war.

Sei behutsam mit ihm.

Keine Sorge, das bin ich.

Kate nahm ihr Strickzeug wieder auf. »Okay. Zurück zum Thema. Sie sind also in die Meadow gefahren, aber nicht reingegangen. Wusste Dani, dass Sie da sind?«

»Nein. Ich glaube nicht, dass es jemand mitbekommen hat. Obwohl ich groß bin, kann ich mich sehr gut verstecken, wenn es sein muss.«

»Das glaube ich gerne«, gab Kate zurück. »Ich nehme an, Sie konnten Dani sehen, umgekehrt aber nicht?«

»Natürlich. Deshalb bin ich ja hingefahren.«

Sie nickte. »Klar. War jemand bei ihr und hat sie belästigt oder etwas in der Art?«

»Nein. Aber sie war ziemlich aufgebracht. Sie war wegen einer Patientin gerufen worden, die sie letzte Woche behandelt hat und bei der nun Komplikationen aufgetreten waren. Die Frau hat der diensthabenden Schwester offenbar erzählt, dass sie ausschließlich von Dani behandelt werden wollte. Aber dann ist sie nicht aufgetaucht. Dani war besorgt. Die Schwester hat zwar versprochen, gleich bei der Frau anzurufen, aber eine Stunde später hatte sie es immer noch nicht getan. Ich wusste, wer die kranke Frau war, und habe mir auch Sorgen gemacht. Sie sah letzte Woche schon nicht so gut aus. Und vorletzte.«

Kate sah ihn erstaunt an. »Wo genau haben Sie sich denn versteckt?«

»Auf der Rückseite des Gebäudes, wo ich sie durch eines der Fenster zum Hinterhof beobachten konnte. Von dort aus hat man den gesamten Wartebereich im Blick. Sie hat vorwiegend ältere Leute und Kinder behandelt.«

Kate nickte. »Dass Sie alles durchs Fenster gesehen haben, ist mir jetzt klar, aber woher wissen Sie, was gesprochen wurde?«

Diesel sah sie verlegen an. »Na ja, ich habe da so ein Gerät ... ein Abhörgerät. Wir haben alle so eines, das ganze *Ledger*-Team. Schließlich kann man nie wissen, wann man etwas mithören muss.«

Kate seufzte. »Falls Sie Telefone abgehört haben, will ich es lieber nicht wissen. Wie hieß die Schwester? Jene, die bei der Patientin anrufen sollte.«

»Belinda. Ihren Nachnamen habe ich nicht mitbekommen, weil alle sie nur Schwester Belinda genannt haben.«

Kate legte ihr Strickzeug beiseite und zog ein Notizbuch aus ihrer Tasche. »Könnten Sie sie beschreiben?«

»Sie war klein, viel kleiner als Dani. Knapp eins sechzig vielleicht. Dunkles Haar. Müdes Gesicht, obwohl sie nicht unausgeruht gewirkt hat. Ich glaube, sie ist noch ganz neu und weiß nicht, wie der Laden so läuft. Vielleicht war sie auch freiwillige Helferin. Jedenfalls hat sie sich bei Dani bedankt, dass sie gekommen ist, weil sie sich noch nicht richtig auskennen würde.«

Kate sah von ihren Notizen auf. »Und woher kennen Sie die Patientin?«

»Ihr Enkel ist in meiner Fußballmannschaft. Ich habe seine Nummer und beschlossen, einfach anzurufen. Seine Großmutter ging ran und meinte, da müsse ein Missverständnis vorliegen. Es gehe ihm schon viel besser, und sie hätte gar nicht vorgehabt, in die Klinik zu kommen. Das hat mir noch mehr Sorgen gemacht.«

»Mir auch«, bestätigte Kate.

Diesel hielt inne und fuhr sich mit den Fingern über die

Glatze. »Verdammt«, murmelte er und fing an, den nächsten Papierflieger zu falten. »Das macht ja regelrecht süchtig.«

»Wem sagen Sie das«, erwiderte Kate trocken. »Und weiter?«

»Ich habe also aufgelegt und wollte gerade reingehen, um Dani zu warnen. Aber da meinte sie schon, sie wolle nicht mehr länger warten und würde spontan einen Hausbesuch bei ihrer Patientin machen. Also bin ich um das Gebäude herumgelaufen und wollte sie auf dem Parkplatz abfangen, aber da ... hatte er sie schon erwischt.« Er ballte die Fäuste. »Der Typ war knapp eins achtzig groß und schwarz angezogen. Er trug Handschuhe und eine Skimaske.« Diesel fuhr sich mit der Hand übers Gesicht. »Keine Ahnung, wo er auf einmal hergekommen war. Er war plötzlich da und hat sie gepackt.«

»Dani wurde niedergestochen«, fuhr Kate sachlich fort. »Haben Sie ein Messer gesehen?«

Wieder begann Diesel zu zittern. »Ja, in seiner Hand. Er hat es ihr an die Kehle gehalten. Mit der anderen hat er sie bei den Haaren gepackt und so fest gezogen, dass sie auf Zehenspitzen stand. Er hat versucht, sie in seinen Wagen zu stoßen ... eine alte Klapperkiste ... ein Chevy Impala ... völlig verrostet.«

Kate hob abrupt den Kopf. »Mit Grundierung an der hinteren Stoßstange?«

Decker schloss die Augen und durchforstete fieberhaft sein Gedächtnis und nickte dann. *Der Wagen des Mädchens, das Officer Kendra Cullen am letzten Samstag auf dem Parkplatz des Supermarkts aufgefallen war.*

Verdammt. Genau das hatte er befürchtet. Es war also doch kein gewöhnlicher tätlicher Angriff gewesen. Sondern eine vereitelte Entführung – und ein Mordversuch. Und der einzige Grund, weshalb jemand versuchen sollte, Dani zu entführen ... Er schloss die Augen. *Ich. Er wollte mich. Verdammte Scheiße!*

Diesel sog scharf den Atem ein. »Sie wissen also, wer es war?«

Decker schlug die Augen auf und sah Kates Blick auf sich ruhen. Wieder erwachte diese unsichtbare Verbindung zwischen ihnen zum Leben.

Nicht deine Schuld –, sagte sie.

Doch. Doch, das ist es –, antwortete er.

Du hättest sie nicht davon abhalten können, in die Klinik zu fahren. Vergiss das nicht. Kate wandte sich wieder Diesel zu.

»Ich kenne den Wagen«, sagte sie ruhig und legte den Kopf schief. »Sagt Ihnen der Spitzname ›Professor‹ zufällig etwas?«

Diesels Brust hob sich und verharrte sekundenlang in dieser Position, ehe er den Atem entweichen ließ. »Ich habe den Namen schon gehört, aber nie persönlich mit ihm zu tun gehabt. Was sollte ein Drogendealer von Dani wollen? Sie ist nicht süchtig. Wollte er Drogen aus der Klinik stehlen?«

»Wir glauben, dass eine Verbindung zwischen dem Besitzer des Wagens und den Computerdateien besteht, die Sie gefunden haben«, erklärte Kate.

Diesel schüttelte den Kopf. »Aber weshalb sollte er Dani etwas antun wollen? Sie hat doch gar nichts damit zu tun. Sie ist Ärztin, verdammt, und kein Cop. Sie hatte von alldem keine Ahnung und würde keiner Fliege etwas zuleide tun.«

»Aber sie wusste, wo ich mich aufhalte«, sagte Decker leise.

Diesel blieb der Mund offen stehen. »Dann war der Notfall tatsächlich eine Falle.«

»Höchstwahrscheinlich«, sagte Kate. »Okay, er hat ihr also ein Messer an die Kehle gehalten und wollte sie zwingen, in seinen Wagen zu steigen. Lief der Motor?«

Diesel runzelte die Stirn. »Nein. Ich habe ihn erst starten hören, als ich ihn verjagt hatte.«

»Gut.« Kates Nadeln klapperten wieder. »Und wie haben Sie das angestellt?«

»Im ersten Moment habe ich das Messer gar nicht bemerkt, weil er mit dem Rücken zu mir stand. Ich habe nur gesehen, wie er sie zu seinem Wagen gezerrt hat. Dann habe ich ihren Namen gerufen.« Wieder fuhr er sich mit den Händen übers Gesicht. »Offenbar habe ich ihn erschreckt, weil er herumgefahren ist und mich mit weit aufgerissenen Augen angestarrt hat.«

»Welche Farbe hatten seine Augen?«

»Blau«, antwortete er wie aus der Pistole geschossen. »Seine Augen waren blau.«

»So wie Deckers?«

Decker riss die Augen auf und wandte sich Diesel zu, der ihn einen Moment lang ansah und dann den Kopf schüttelte. »Nein, eher blaugrau. Aber ich habe sie nur eine Sekunde lang gesehen. Dani hat wie verrückt geblutet. Er hat sie mit dem Messer verletzt. Hier.« Er deutete auf sein Schlüsselbein.

»Er hätte ihr auch die Kehle aufschlitzen können«, bemerkte Kate brüsk. »Dann hätte ihr keiner mehr helfen können.«

Seltsamerweise schien die Bemerkung Diesel zu beruhigen. »Stimmt, das ist allerdings wahr. Er hat mich angesehen, ›Verdammt‹ gerufen und dann versucht, ihr die Kehle aufzuschneiden. Aber ich hatte auch ein Messer«, fuhr er grimmig fort. »Ich trage immer eins bei mir. Und ich übe regelmäßig das Werfen. Mit dem Ergebnis, dass ich verdammt gut treffe.«

Daran zweifelte Decker keine Sekunde. »Wo haben Sie ihn getroffen?«

»In den Arm. Auf der Seite, auf der er das Messer in der Hand hatte. Er hat sofort von ihr abgelassen.«

Kate hob leicht die Brauen. »Aber hatten Sie keine Angst, dass Sie Dani verletzen könnten?«

Diesel schnaubte verächtlich. »Ich treffe immer.«

»Das freut mich zu hören«, gab Kate zurück. »Und dann?«

»Aber dann hat er mein Messer herausgezogen ...«, er kniff die Augen zusammen, »... und damit auf sie eingestochen. In den Bauch. Dann hat er sein Messer genommen und ist abgehauen. Ich bin zu Dani gelaufen, während er schon in seinem Wagen saß und davongerast ist.«

»Wie klang der Motor?«, hakte Decker nach. »Klapprig oder wie geschmiert?«

»Verdammt gut geschmiert«, antwortete Diesel wie aus der Pistole geschossen. »Und stark. Von außen war es eine völlige Schrottkarre, aber unter der Haube hat offensichtlich jemand mächtig nachgeholfen. Ich tippe auf einen V8.«

»Gut«, lobte Kate. »Hat Dani etwas gesagt?«

»Nein. Sie konnte nicht sprechen, sondern hat nur nach Luft geschnappt. Ich habe sie hochgehoben und reingetragen. Die Schwester war da und ist ganz blass geworden, als sie sie gesehen hat. Nähen könnte sie die Wunden nicht, weil sie keine Ärztin sei, hat sie gesagt, aber sie würde sofort einen Notarzt rufen. Ich dachte, dass es schneller geht, wenn ich sie selbst herfahre. Ich ... das Messer habe ich in der Wunde gelassen. Die Ärzte meinten, das sei besser so gewesen, weil sie sonst womöglich unterwegs verblutet wäre.«

»Haben Sie der Schwester erzählt, was Sie gehört haben?«, fragte Decker.

»Nein. Ich war zu ... Ich konnte nur daran denken, dass Dani dringend Hilfe braucht. Diese Schwester, falls sie überhaupt eine war, hat nicht mal *versucht*, ihr zu helfen«, fügte er verbittert hinzu.

»Könnten Sie den Mann identifizieren, wenn Sie ihn noch mal ›Verdammt‹ sagen hören würden?«, hakte Kate nach.

Diesel bleckte die Zähne. »Absolut. Sie finden ihn. Das weiß ich.« Diesels Stuhl scharrte laut über den Boden, als er sich erhob. »War's das? Kann ich zurück in den Warteraum?«

Kate ließ ihr Strickzeug sinken und sah ihn an. »Gleich.

Woher kennen Sie den Professor? Ich brauche Namen. Von Leuten, die mir alles sagen, was sie über ihn wissen.«

Diesel zögerte.

»Herrgott noch mal, Kennedy«, herrschte Kate ihn an. »Das ist jetzt nicht der richtige Zeitpunkt, um die Hand über jemanden zu halten. Wessen Geheimnisse könnten es schon wert sein, dieses Schwein deswegen davonkommen zu lassen?«

Diesel holte scharf Luft. »Stones«, antwortete er und ließ sie geräuschvoll wieder entweichen. »Stone O'Bannions Geheimnisse.«

Cincinnati, Ohio
Freitag, 14. August, 17.50 Uhr

Er schloss sich in sein Büro ein. Sein Arm brannte wie Feuer, und er zitterte am ganzen Leib. Aber das war immer noch besser als diese eisige Kälte, die durch seinen Körper geströmt war, als er das Messer dieses Arschlochs herausgezogen hatte. Verdammte Scheiße! Wo war dieses tätowierte Dreckschwein auf einmal hergekommen?

Er hatte schon befürchtet, Dani Novak würde niemals aus dieser beschissenen Klinik kommen, aber dann war sie plötzlich da gewesen. Über eine Stunde hatte er in diesen beschissenen schwarzen Klamotten in der Gluthitze ausgeharrt. Er hatte überlegt, ob er die verdammte Skimütze überhaupt aufsetzen sollte oder ob er damit einen Hitzschlag riskierte, aber jetzt war er heilfroh, dass er sich dafür entschieden hatte. Im Hinblick auf seine Identität hätte es keine Rolle gespielt. Hätte ihn jemand beobachtet, wie er die Ärztin in seinen Wagen zerrte, wäre es der Professor gewesen, den Zeugen beschrieben hätten – den er ohnehin in den Ruhestand schicken würde, wenn das alles hinter ihm lag. Aber es war hell-lichter Tag und weitaus klüger gewesen, den Eindruck zu erwecken, dass die brave Frau Doktor von einem Räuber überfallen worden war. Eine miese Gegend … eine hübsche Ärztin, die womöglich wertvolle Drogen und Medikamente bei sich hatte, die sich auf der Straße gut verkaufen ließen? Kein Mensch würde sich darüber wundern.

Er ließ sich auf den Stuhl hinter seinem Schreibtisch fallen und begutachtete seinen Arm. Zum Glück hatte die Wunde aufgehört zu bluten, und auch am Tatort hatte er keinen einzigen Tropfen hinterlassen, nur auf dem Messer, das er ihr in den Bauch gerammt hatte. Hätte er noch eine Sekunde mehr Zeit gehabt – und seinen Arm benutzen können, verdammt noch mal! –, hätte er ihr ihre verdammte Kehle aufgeschlitzt. Aber dieser tätowierte Irre war auf ihn zugestürmt wie ein rasender Bulle, deshalb hatte er das Einzige getan, was er konnte – der Ärztin das Messer in den Leib stoßen und die Beine in die Hand nehmen.

Ich hoffe, die Schlampe stirbt! Trotz des Messers an ihrer Kehle hatte sie Davenports Aufenthaltsort nicht preisgegeben. Sie war also doch härter im Nehmen, als er gedacht hatte. Andererseits hatte sie in den letzten Monaten einiges durchgemacht. *Verdammte Scheiße!*

Ihr Blut hatte ihn besudelt. Es war aus ihrer Wunde am Schlüsselbein gesickert, die er ihr versehentlich zugefügt hatte, als dieses Arschloch aus dem Nichts hinter ihm aufgetaucht war und ihren Namen gebrüllt hatte. *Ich hab mir schier in die Hose gemacht.* Dabei machte ihm normalerweise so schnell nichts Angst.

Aber HIV? Puh. Auch das hatte ihm mächtig Angst eingejagt. Weil dieses elende Dreckschwein ein Messer nach ihm geworfen und ihn damit aufgeschlitzt hatte wie eine Thunfischdose. Er nahm sein Hemd in Augenschein. Dani Novaks

Blut war über eine Seite gespritzt, seine gesunde. Sein verletzter Arm schmerzte wie die Hölle, aber zumindest schien ihr Blut nicht mit der Wunde in Berührung gekommen zu sein.

Trotzdem würde er sich einen prophylaktischen Medikamentencocktail verabreichen, nur für alle Fälle. Das würde ein Riesenspaß werden ...! Sein Körper reagierte in aller Regel gar nicht gut auf Medikamente, auf Drogen jeglicher Art. *Daher – nein, es wird ganz und gar kein Spaß!*

Und das Problem mit der Ärztin war noch nicht gelöst. Falls sie überleben sollte, würde sie den Cops erzählen, dass er sie nach Davenport gefragt hatte. Noch ein Problem, das es zu beseitigen galt. Und er wusste immer noch nicht, wo sich dieser verdammte Davenport verkrochen hatte.

»Verdammte Scheiße!« Er sah zur Tür, um sicherzugehen, dass sie auch abgeschlossen war. Nell hatte bereits Feierabend gemacht, aber manchmal kam sie nach dem Abendessen noch mal vorbei, um sich um irgendwelchen Papierkram zu kümmern. Er konnte nur hoffen, dass sie heute zu faul dafür war. Oder ein Date hatte. Er wollte ihr diesen Schlamassel nicht erklären müssen. Sie würde die Cops anrufen, damit er Anzeige gegen den Angreifer erstatten konnte – keine gute Idee.

Er suchte alles zusammen, was er zum Nähen der Wunde brauchte. Das hatte er seit seinen Anfängen als Dealer nicht mehr tun müssen. Der Professor hatte den Status eines Rockstars erlangt, deshalb versuchte normalerweise niemand, sich mit ihm anzulegen.

Mit zusammengebissenen Zähnen säuberte und vernähte er den Schnitt, der sich glücklicherweise als glatt entpuppte – so etwas ließ sich deutlich besser nähen als eine Wunde mit ausgefransten Rändern. Er biss die Zähne noch fester zusammen, bis ihn sein schmerzender Kiefer von dem Brennen der

Wunde ablenkte. Das Messer war verdammt scharf gewesen und hatte eine scheißtiefe Wunde verursacht, verdammt noch mal! Und er konnte nicht beidhändig arbeiten, deshalb hatte er Mühe, die Nadel richtig festzuhalten.

Endlich hatte er es geschafft. Er setzte sich zurück und stieß den Atem aus. Inzwischen war er schweißgebadet und stank bestialisch. Er leerte seine Taschen, zog sich aus und packte seine Kleider in eine Tüte. Später würde er die Sachen verbrennen. Einen Moment lang stand er reglos vor der Klimaanlage und genoss die Kühle auf seinem erhitzten Gesicht, dann trat er vors Waschbecken und wusch sich, so gut es ging. Er würde später duschen, zu Hause. Vielleicht würde er sogar eines der Schmerzmittel einnehmen, die ihm ein hübsches Sümmchen eingebracht hatten … und für deren Verkauf er jetzt Wege würde finden müssen.

Er verabscheute die Vorstellung, den Professor loswerden zu müssen. Er war … ja, ein Freund geworden. Ein überaus nützlicher Freund.

Er warf eine Handvoll Ibuprofen ein – im Augenblick musste ein nicht verschreibungspflichtiges Medikament genügen. Er schlüpfte in seine Ersatzklamotten. Zwar fühlte er sich immer noch lausig, aber immerhin wieder ein klein wenig mehr wie ein Mensch.

Ich brauche etwas zu essen, sonst ätzt mir das Ibuprofen die Magenwände durch. Aber in seiner Schreibtischschublade lagen nur Müsliriegel und Lollis, die sie den Kids zum Trost nach einer Spritze schenkten, selbst wenn sie schon auf der Highschool oder auf dem College waren – die waren schlimmere Weicheier als die Kleinsten. Und ein Lutscher war perfekt, damit das Aua nicht mehr aua machte.

Er schlang einen Müsliriegel hinunter und schob sich einen Lolli in den Mund. Und lächelte. Er wusste nur zu genau, was er tun musste, damit sein eigenes Aua nicht mehr so weh tat. Er zog ein Stück Verbandmull aus der Schachtel, rief eine IP-Verschleierungsseite auf und wählte mit der Nummer des armen Charlie den Notruf.

»Notrufzentrale hier. Was für einen Notfall möchten Sie melden?«

Er legte den Verbandmull über das Mikrofon und sprach mit verstellter Teenager-Stimme. »Mein Freund hat irgendwas eingeworfen. Er braucht dringend Hilfe.« Er gab Rawlings' Adresse durch und legte auf, ehe die Telefonistin noch weitere Fragen stellen konnte.

Dann wählte er Rawlings' Nummer und machte es sich auf seinem Stuhl bequem.

»Was wollen Sie?«, blaffte Rawlings. »Ich bin gerade ziemlich beschäftigt.«

Im Hintergrund waren heftige Würgelaute und Stöhnen zu hören. Er musste grinsen. Tim juniors Stoffwechsel schien bestens zu funktionieren. »Tut mir leid, wenn es gerade ungünstig ist. Geht es Ihrem Sohn sehr schlecht?«

Schweigen. »Was haben Sie mit ihm gemacht?«, zischte Rawlings schließlich.

»Na ja, streng genommen gar nichts. Das hat er schon selbst getan.«

Schwere, zornige Atemzüge drangen durch die Leitung. »Was zum Teufel haben Sie meinem Sohn angetan?«

»Sie sollten ihn in die Notaufnahme bringen. Und zwar schleunigst. Sorgen Sie dafür, dass man ihm den Magen auspumpt und er Aktivkohle oder so was bekommt. Außerdem sollten die Leber und die Nieren untersucht werden.«

»Sie haben ihn vergiftet?«, flüsterte Rawlings. »Womit?«

»Mit demselben Zeug, das Sie Alice gegeben haben.«

»O mein Gott«, stöhnte er. »Aber warum? Er ist doch noch ein Kind.«

»Weil ich es kann. Weil Sie mir gedroht haben.«

»Ich werde auspacken … alles erzählen«, krächzte Rawlings.

»Nein, das glaube ich nicht. Weil die dann nämlich fragen werden, wieso jemand versucht hat, Ihren Sohn mit Rizin zu töten. Sie haben doch gesagt, Agent Novak hätte Sie mit Fragen gelöchert. Das sieht nicht gut aus für Sie.«

»Ich werde denen sagen, dass Sie mich angeheuert haben. Dass Sie mich bedroht haben. Dass Sie mich gezwungen haben.«

»Auch das glaube ich eher nicht. Schließlich haben Sie doch noch zwei weitere Kinder, oder nicht? Auch die kann ich mir schnappen, Rawlings. Jederzeit. Irgendwo. Also … lassen Sie uns lieber Freunde statt Feinde sein. Sie zerreißen Ihre kleine Liste, und schon sind alle Probleme gelöst.«

Er hörte, wie Rawlings am anderen Ende der Leitung schluckte und zittrig den Atem ausstieß. »Und wie wollen Sie sicher sein, dass ich meine Liste vernichtet habe?«, presste Rawlings erstickt hervor.

Manche Leute lernen es einfach nie. »Gar nicht. Ich kann nur darauf hoffen, dass Sie noch lange am Leben bleiben. Und sollte jemand dem Professor hinterherschnüffeln, werde ich mich an Ihnen rächen. Oder an Ihrer Familie.«

»Sie sind ein Ungeheuer.«

Er lachte. »Als wüssten Sie das nicht längst. Ich an Ihrer Stelle würde mich jetzt um den Sohnemann kümmern, Rawlings. Mit jeder Minute, die das Zeug länger in seinem Magen bleibt, baut sein Körper Proteine ab. Und das mögen die inneren Organe gar nicht. Ich hätte Schlimmeres mit ihm anstellen können. Zum Beispiel hätte ich ihn das Zeug einatmen lassen können, dann wäre er unweigerlich gestorben. Solange er es über den Verdauungstrakt aufgenommen hat, besteht zumindest die Chance, dass er überlebt, sofern Sie ihm bald den Magen auspumpen lassen.«

»Wenn er wieder zu sich kommt, werden die Cops ihn fragen, wer ihm das Zeug gegeben hat«, stieß Rawlings verzweifelt hervor. »Ich will nicht, dass er in Gefahr gerät, nur weil er Ihren Namen verrät.«

»Das kann er nicht. Er wird sagen, er hätte die Tabletten von einem Freund bekommen. Und dieser Freund kann kein Wort mehr verraten.«

Schockiertes Schweigen, dann: »Sie haben seinen Freund getötet? O mein Gott! Sie sind wirklich ein Ungeheuer.«

»O mein Gott«, äffte er ihn höhnisch nach. »Herrgott noch mal, Rawlings. Ich hätte ein bisschen mehr von Ihnen erwartet.« Das Heulen von Sirenen entlockte ihm ein Grinsen. »Ich glaube, Sie kriegen gleich Gesellschaft.«

Rawlings schnappte nach Luft. »Was haben Sie getan?«

»Ihrem Sohn das Leben gerettet. Ich muss jetzt Schluss machen.« Er legte auf und nickte. »Besser als jedes Schmerzmittel, eindeutig.«

Er sammelte die Tüte mit seinen schmutzigen Sachen und das blutige Verbandszeug ein. Jetzt würde er sich erst mal eine anständige Mahlzeit besorgen und sich dann überlegen, wie er mit Davenport verfahren wollte.

Und mit Dani Novak, falls sie überleben sollte.

Cincinnati, Ohio
Freitag, 14. August, 17.50 Uhr

Fassungslos starrte Decker Diesel Kennedy an. »Stone O'Bannion kennt den Professor?«

Kate hatte nur flüchtig geblinzelt, sich jedoch sofort wieder unter Kontrolle gehabt. »*Der* Stone O'Bannion, der gestern bei uns am Tisch gesessen hat? Marcus' Bruder?«

Diesel nickte steif. »Er schämt sich so, dass er bestimmt kein Wort darüber verlieren wird.«

»Weiß sein Bruder Bescheid?«, fragte Decker leise.

»Nein. Das wollte Stone nicht.« Ein Muskel in seiner Wange zuckte. »Und jetzt wird er es erfahren, weil ich meine Klappe nicht halten konnte.«

»Wegen Dani«, erklärte Decker. »Nimmt Stone noch Drogen?«

»Nein!« Diesel schüttelte vehement den Kopf. »Himmelherrgott, nein! Er hat es nur nach seiner Rückkehr vom Golf getan, aber inzwischen ist er clean. Seit Jahren schon.«

»Viele der Jungs haben Drogen genommen«, sagte Decker leise. »Ich war auch in Versuchung, deshalb verurteile ich das ganz und gar nicht.«

»Da sind Sie aber vielleicht der Einzige«, gab Diesel barsch zurück. »Kann ich jetzt verdammt noch mal gehen?«

Kate nickte resigniert. »Ja. Danke.«

Diesel schloss die Tür mit so viel Nachdruck, dass Kate zusammenfuhr.

Decker seufzte. »Scheiße. Was für ein Chaos.«

»Allerdings.« Kate betrachtete ihr Strickzeug. »Verdammt! Als er von Stone angefangen hat, habe ich eine Masche fallen lassen.« Sie hob die Masche wieder auf und sah ihn dann mit gequälter Miene an. »Stone hat einiges durchgemacht. Ich will ihn lieber nicht deswegen befragen.«

»Das wirst du aber tun müssen. Er ist Reporter, Kate. Deshalb sind ihm vielleicht Dinge am Professor aufgefallen, die andere Kunden übersehen haben. Kleinigkeiten, die wichtig sein könnten.«

»Ich weiß.« Sie verstaute ihr Strickzeug in der Tasche. »Das ist alles so grauenvoll, Decker. Dani ist im OP, vier Leute liegen im Leichenschauhaus. Und dieses Mädchen hat sich noch nicht gemeldet.« Sie presste sich die Fingerspitzen gegen die Schläfen. »Ich hoffe nur, er hat sie nicht auch getötet. Hoffentlich habe ich durch Corey Addisons öffentlichkeitswirksame Verhaftung das Mädchen nicht in Gefahr gebracht. Das arme Ding. Wieso musste ich das auch tun? Es war das Risiko vielleicht nicht wert.«

So gern Decker sie beruhigt und ihr gesagt hätte, dass alles wieder gut werden würde – er wagte es nicht. Sein Respekt vor ihr war viel zu groß. Denn die Gefahr, dass das Mädchen ins Visier jenes Mannes geraten sein könnte, war nicht von der Hand zu weisen – vor allem, wenn der Typ, der sie zur Pornografie gezwungen hatte, wusste, dass sie Kontakt mit der Polizei aufgenommen hatte. Was ebenfalls durchaus möglich war, zumal dieses Schwein überall Augen und Ohren zu haben schien.

Statt also mit irgendwelchen Plattheiten ihre Intelligenz zu beleidigen, nahm er ihre Hände und küsste ihre Fingerspitzen. Sein Herz zog sich zusammen, als er Tränen in ihren Augen glitzern sah. »Hier geht es nicht nur um ein einzelnes Mädchen, Kate, sondern um all die Kinder da draußen, die vor und abseits der Kamera missbraucht werden. In diesem Moment. Indem wir zeigen, dass die Leute geschnappt werden, die sich diese Schweinereien ansehen, überlegt es sich der eine oder andere künftig vielleicht, bevor er ein Video herunterlädt. Außerdem hast du im Fernsehen Sunshine Suzie nicht erwähnt.«

Sie war noch nicht überzeugt. »Erzähl mir das noch mal, wenn wir ihre Leiche finden«, gab sie mit unverhohlenem Sarkasmus zurück. »Genau dann brauche ich diese Lüge noch einmal von dir.«

Er verkniff sich ein Seufzen und änderte die Taktik. »Wenn das so ist, kannst du mir gern sagen, dass es nicht meine Schuld ist, wenn Dani stirbt. Denn dann brauche ich diese Lüge noch einmal von *dir*.«

Sie blinzelte, worauf ihr die Tränen über die Wangen liefen. »Das ist nicht dasselbe.« Sie wollte ihm ihre Hände entziehen, doch er hielt sie fest und wischte ihr mit dem Daumen die Tränen ab. »Es ist nicht deine Schuld, dass Dani niedergestochen wurde.«

»Wie kann es dann deine Schuld sein, wenn derselbe Mann das Mädchen tötet?«, fragte er sanft.

»Jetzt mit Logik anzukommen, ist unfair«, flüsterte sie.

Ein Lächeln spielte um seine Mundwinkel. »Wieso? Hat es funktioniert?«

Sie schüttelte den Kopf, während ihr neuerlich die Tränen in die Augen stiegen. »Nein, nicht so richtig. Verdammt. Ich hasse das.« Wieder wollte sie ihm ihre Hände entziehen, und diesmal ließ er sie gewähren. Sie wischte sich die Tränen ab.

»Was hasst du? Menschlich zu sein?«

»Diese Heulerei. Es ist dumm und schwach und sinnlos. Ich kann das nicht machen. Nicht jetzt. Für diesen Unsinn habe ich keine Zeit. Verdammt noch mal!«, fluchte sie, als die Tränen weiter flossen und ein erstickter Seufzer aus ihrer Kehle drang.

Decker konnte nicht länger zusehen, wie sie sich verrückt machte. Er zog sie in seine Arme, setzte sie auf seinen Schoß und legte ihren Kopf an seine Schulter. »Wein ruhig«, murmelte er. »Lass alles raus. Ich halte dich.«

Das genügte, um sämtliche Dämme brechen zu lassen. Das Gesicht an seiner Brust vergraben, schluchzte sie aus tiefster Seele, doch der Ausbruch war so schnell vorüber, wie er begonnen hatte. Unter Aufbietung all ihrer Willenskraft riss sie sich zusammen, vergrub den Schmerz tief in ihrem Innern, was sein Herz nur umso mehr bluten ließ. Sie holte tief Luft, während ihr Schluchzen vollends verebbte.

»Es tut mir leid«, flüsterte sie. »Jetzt flenne ich schon das zweite Mal in deinen Armen wie ein Baby.«

»Das macht doch nichts, und ich werde es auch keinem verraten. Bei mir bist du in Sicherheit, Kate. Du kannst alles rauslassen.«

»Das weiß ich. Aber mein Gesicht wird ganz verquollen sein, und dann wissen die Leute, wieso ich die Fassung verloren habe, was es umso schwieriger macht, wenn ich wieder mal das Arschloch raushängen lassen muss. Vielleicht kann ich es ja auf später verschieben?«, fragte sie zögernd, als wäre sie sich nicht sicher, wie die Antwort lauten musste.

»Ich bestehe darauf«, sagte er leichthin, worauf sie sich sichtlich entspannt gegen ihn sinken ließ. Auch seine Anspannung löste sich – allem Anschein nach hatte er die richtigen Worte gefunden. »Wenn ich mich recht entsinne, hat es beim letzten Mal ein ziemlich schönes Ende genommen. Für uns beide.«

Sie seufzte genüsslich. »Allerdings«, bestätigte sie, ohne Anstalten zu machen, von seinem Schoß aufzustehen. Behutsam streichelte er ihren Rücken. »Ich habe sogar mal gelesen, dass der Körper beim Weinen und beim Sex Endorphine produziert, deshalb ist es eigentlich eine gute Idee, zuerst zu weinen und dann … du weißt schon. Aber«, fügte er mit gespielter Ernsthaftigkeit hinzu, »in erster Linie sollst du wissen, dass ich für dich da bin. Und dir alles gebe, was du brauchst, egal was.«

Sie lachte. »Der Inbegriff der Selbstlosigkeit. Oder des Blödsinns, ich bin mir noch nicht sicher.«

»Vielleicht ein bisschen von beidem«, sagte er lächelnd. Es war ihm offensichtlich gelungen, sie aufzumuntern. Dankbar schlang er innig die Arme um sie und spürte, wie sie die Umarmung erwiderte. »Aber in Wahrheit geht es nur darum, dass ich dich will«, raunte er, worauf sie ein heftiger Schauder überlief. »Deshalb kommt mir jede Ausrede gerade recht.«

»Ich glaube, ›Ich will dich‹ funktioniert schon ganz gut.

Danke, Decker«, fügte sie sanft hinzu. »Diesen Trost habe ich gebraucht. Wenn ich erst mal anfange, um die Opfer zu weinen, gibt es kein Halten mehr.«

»Da bist du nicht die Einzige«, sagte er, diesmal voller Ernsthaftigkeit. »Das alles ist nur schwer zu ertragen.«

Sie schmiegte ein letztes Mal ihre Wange an seine Brust, ehe sie von seinem Schoß glitt. »Ich muss jetzt Lieutenant Isenberg anrufen und ihr von Schwester Belinda erzählen, damit jemand sie zur Befragung aufs Revier holt.«

»Falls sie überhaupt noch in der Klinik ist. Ich an ihrer Stelle wäre es jedenfalls nicht.«

»Das stimmt, aber sie weiß ja nicht, dass Diesel mitbekommen hat, wie sie Dani von dieser Patientin erzählt hat. Selbst wenn Dani überleben und eine Aussage machen sollte, denkt sie vermutlich, dass sie immer noch behaupten kann, es sei ein Missverständnis gewesen.«

»Trotzdem würde ich an ihrer Stelle schleunigst verschwinden. Falls sie überhaupt dort angestellt war.«

»Das ist wahr.« Sie rief Isenberg an und schilderte ihr, was sie von Diesel erfahren hatten – auch die Marke und das Modell des Fluchtwagens. »Beim letzten Mal hatte der Wagen falsche Kennzeichen, deshalb ist es wohl sinnlos, nach dem Fahrzeughalter zu suchen«, sagte sie. »Okay. Ich warte.« Sie sah Decker an. »Sie will die Schwester ausfindig machen.«

Decker blieb sitzen, während Kate ruhelos im Raum auf und ab wanderte. Schließlich stand er auf, nahm ihr das Handy aus der Hand und stellte es auf Lautsprecher. Kate setzte sich und zog ihr Strickzeug wieder heraus.

»Ich wünschte, ich müsste das nicht tun«, sagte sie. »Aber trotzdem danke.«

Er beugte sich vor und drückte ihr einen Kuss auf die Stirn. »Gern geschehen.«

»Coppola?«, drang Isenbergs Stimme aus dem Lautsprecher.

»Ja. Ich bin hier, neben mir sitzt Agent Davenport. Haben Sie sie gefunden?«

»Nein«, antwortete Isenberg knapp. »Sie ist weg.«

Kates Schultern sackten herab, und sie warf Decker einen Blick zu. *Du hattest recht.* »Haben wir wenigstens eine Adresse von ihr?«

»Ja. Ich habe schon einen meiner Detectives hingeschickt. Ihr voller Name lautet Belinda Boyette, und sie lebt in Madeira, Hamilton County. In einem der etwas teureren Viertel.«

»Und das bezahlt sie von ihrem Schwesterngehalt?«, hakte Decker nach. »Oder hat sie einen Mann, der besser verdient?«

Isenberg hielt inne. »Wieso fragen Sie, Agent Davenport?«

»Weil sie aus irgendeinem Grund unbedingt wollte, dass Dani die Klinik verlässt und zum Haus dieser Patientin fährt. Ihre Reaktion, als Dani niedergestochen wurde und wie verrückt geblutet hat, lässt allerdings darauf schließen, dass sie keine Ahnung hatte, was passieren würde.«

»Sie meinen, sie war eine Handlangerin des Täters?«

»Davon gehe ich aus. Vor allem, wenn man bedenkt, dass dieser Mistkerl Mitarbeiter im County Hospital engagiert hat, um mich unter Drogen zu setzen, und im Gefängnis offenbar auch jemanden an der Hand hatte, der Alice getötet hat. Falls Belinda dazu gebracht wurde, Dani zu belügen – so wie Eileen Wilkins dazu gebracht wurde, einen Mordanschlag auf mich zu verüben –, wird sie womöglich erpresst. Vermutlich ist sie ein Junkie. Und wenn ihr Ehemann genug verdient, dass sie sich ein Haus in einer teuren Gegend leisten können, reicht es vielleicht auch, dass sie ihr Hobby finanziert. Vielleicht kauft sie ihren Stoff beim Professor, statt ihn im Krankenhaus zu klauen wie Eileen.«

»Das klingt nachvollziehbar«, meinte Isenberg. »Es sieht ganz so aus, als wäre Belinda nach Hause gegangen, kurz nachdem Mr. Kennedy Dr. Novak hereingetragen hat. Einer der Patienten hat beobachtet, dass sie kreidebleich wurde und kurz danach ihre Handtasche geschnappt hat und weggegangen ist. Eine Freiwillige aus der Meadow hat sie sogar gesehen, als sie weglief. Sie hat sofort kapiert, dass mit Dr. Novak etwas nicht stimmte, den Notarzt gerufen und dann den Klinikleiter informiert, der vorhin gekommen ist und sich äußerst hilfsbereit zeigt.«

»Immerhin«, meinte Kate. »Sie melden sich, sobald es etwas Neues gibt?«

»Sobald ich etwas weiß. Sonst noch etwas?«

»Nein, Lieutenant«, antwortete Kate zu Deckers Erstaunen. Er wartete, bis sie aufgelegt hatte. »Du hast ihr nichts von der Verbindung zwischen Stone und dem Professor gesagt.«

»Nein. Noch nicht. Erst wenn wir mit Stone gesprochen haben.«

Decker zog die Brauen hoch. »Wer ist wir?«

»Du und ich oder nur ich allein. Ich bin mir nicht sicher, mit wem er lieber reden will.«

»Wir gehen beide zu ihm«, sagte Decker, erfreut, dass sie ihn so mühelos zu akzeptieren schien. »Wenn er nur mit einem von uns reden will, kann der andere solange Wache stehen. Aber vorher sollten wir nach Dani sehen.« Er stand auf, trat zu Kate, legte die Finger um ihr Kinn und drehte ihren Kopf prüfend hin und her. »Man sieht nicht, dass du geweint hast, aber wenn du dich noch frisch machen willst, warte ich auf dich.«

»Ich habe kein Make-up dabei, sondern nur mein Tablet, Extramunition und mein Strickzeug.« Sie spähte in ihre Tasche. »Ein Paar Flexi-Handschellen, eine Handvoll Proteinriegel, eine Wasserflasche und ein Buch.«

Er lächelte. »Falls dir langweilig wird.«

»Nein. Das Buch dient zur Tarnung.« Sie zwinkerte ihm zu.

»Wenn ich Leute beobachten will, ohne dass sie etwas davon mitbekommen.«

Sein Lächeln wurde noch breiter. Sie war so verdammt süß.

»Und funktioniert das überhaupt?«

Sie hielt das Buch in die Höhe. Beim Anblick des Titels traten ihm fast die Augen aus den Höhlen. »Das ist eine dieser Erotik-Schmonzetten, die gerade alle Welt liest«, erklärte sie.

Er räusperte sich, während das Blut, das ihm in den Kopf gestiegen war, geradewegs abwärtszuschießen drohte. »Ich ... äh ... verstehe.«

Ein boshaftes Grinsen erschien auf ihrem Gesicht. »Dadurch werde ich unsichtbar. Weil die meisten Leute keinen Blickkontakt mit mir aufnehmen, wenn sie gesehen haben, was ich da lese. Deshalb, ja, funktioniert es sogar gut.« Sie steckte das Buch in die Tasche zurück. »Tja, was haben wir sonst noch? Ein paar Blatt Papier, damit ich meine Figürchen falten kann. Kleenex-Tücher. Aber kein Make-up, sorry.« Sie verzog das Gesicht. »Du bekommst, was du siehst. Sozusagen die ungeschminkte Wahrheit.«

Er legte die Hand um ihren Nacken und zog sie an sich. Sein Kuss, den er hart, leidenschaftlich und voller Verlangen halten wollte, wurde sanft und zärtlich. Er legte beide Hände um ihr Gesicht und genoss das Gefühl, wie ihr Körper unter der Berührung weich zu werden schien. Vorsichtig grub er die Zähne in ihre Unterlippe, worauf sie lächelte. »Schon besser«, raunte er an ihrem Mund. »Und ich freue mich sehr über das, was ich sehe, weil es mir sehr gut gefällt.«

Sie blickte ihn mit großen Augen an. »Das ist schön«, stieß sie atemlos hervor.

Er trat einen Schritt zurück und ließ die Arme sinken. »Los, lass uns zu Stone fahren.«

21. Kapitel

Im Warteraum der Notaufnahme hatten sich noch mehr Menschen eingefunden, als Kate und Decker zurückkehrten. »Wow«, murmelte er. »Hier ist ja einiges los.«

»Dani kennt nun mal eine Menge Leute«, sagte sie. »Und sie mögen sie alle.«

Für einen Moment begegneten sich ihre Blicke – gerade lange genug, um die Wehmut in den Augen des anderen zu erkennen. »Wenn du auf dem OP-Tisch liegen würdest, wären sie auch alle hier«, sagte er leise. »Zumindest die Wichtigsten. Du bist nicht allein, Kate, sondern hast inzwischen Familie hier.«

»Das habe ich dank Deacon tatsächlich. Solltest du hierbleiben, gehörst du auch irgendwann dazu.«

Er lächelte. »Ich glaube, das würde mir gefallen. Also, wer sind all diese Leute?«

Kate deutete auf ein älteres Ehepaar, das zwischen Deacon und Adam saß. »Das sind Adams Eltern. Sie haben Deacon und Dani zu sich genommen, nachdem deren Eltern gestorben waren. Der Junge zwischen Deacon und Faith ist sein kleiner Bruder Greg. Ein netter Bursche.«

»Er ist starr vor Schreck«, bemerkte Decker mitfühlend.

»Ja. Dani war praktisch wie eine Mutter für ihn.« Sie fuhr fort, ehe der Kloß in ihrer Kehle noch enger wurde. »Von den Frauen dort drüben sind mir nur einige bekannt. Bailey kennst du ja inzwischen. Die große Afroamerikanerin neben ihr ist Kendra Cullen. Sie dürftest du bei der Addison-Verhaftung im Fernsehen gesehen haben.«

»Genau.«

Wieder musste Kate an das Mädchen denken, das Kendras Hilfe gesucht und sich nach wie vor nicht gemeldet hatte. Decker, der ihre Gedanken zu spüren schien, warf ihr einen beschwichtigenden Blick zu. Trotzdem konnte ein kleines Gebet nicht schaden. *Bitte, lieber Gott, mach, dass sie noch lebt. Bitte.*

»Ich glaube, die kleine Blonde neben ihr ist ihre Schwester Wendi«, fuhr Kate fort. »Und das Mädchen mit dem Stock ist Corinne Longstreet. Ich habe sie noch nicht offiziell kennengelernt, habe aber in der Zeitung von ihr gelesen. Sie wurde vor neun Monaten entführt und gefangen gehalten. Allerdings ist ihr die Flucht gelungen, und dabei hat sie einem kleinen Mädchen das Leben gerettet. Sie arbeitet inzwischen für Meredith.«

»Ah. Sie ist die Praktikantin, die Kunsttherapie macht«, warf Decker ein.

»Ja. Und neben ihr steht Delores. Sie wäre um ein Haar von dem Mann getötet worden, der Corinne entführt hat. Derselbe Typ, der Mikhail, Stones und Marcus' jüngsten Bruder, auf dem Gewissen hat und Marcus um ein Haar getötet hätte. Mikhail war erst siebzehn.«

»Du lieber Gott«, stöhnte Decker. »Und jetzt erholt sich Stone gerade von einer Schussverletzung, die ihn beinahe das Leben gekostet hätte? Jetzt weiß ich auch, was du vorhin gemeint hast. Der Mann ist tatsächlich durch die Hölle gegangen.«

»Und das ist nur die Spitze des Eisbergs«, fuhr Kate leise fort, während sie sich die vielen anderen Artikel der letzten Tage und Wochen ins Gedächtnis rief. »Stone hat massenhaft Probleme, schon von Anfang an, als er noch ein Junge war. Ich erzähle dir alles auf der Fahrt.«

»Deshalb willst du ihn auch nicht wegen des Professors in die Mangel nehmen.«

Sie nickte. »Für mich grenzt es an ein Wunder, dass er keine Drogen mehr nimmt. Und ich will nicht schuld daran sein, dass er wieder damit anfängt.«

»Falls er es doch tun sollte, ist es bestimmt nicht deine Schuld. Stattdessen hätte er eine Million anderer Gründe, es zu tun. Trotzdem sollten wir jemanden einweihen, der ihn unterstützt, falls er Hilfe braucht. Seinen Bruder vielleicht?«

»Das würde ich lieber spontan entscheiden. Laut Diesel weiß Marcus nichts von alldem, deshalb will ich lieber nicht diejenige sein, die dieses Geheimnis lüftet.« Nachdenklich ließ sie den Blick über die Gesichter schweifen. »Vielleicht Delores. Sie hat ihn letzte Woche im Krankenhaus besucht und ist ihm keine Sekunde von der Seite gewichen.«

»Was macht sie?«

Kate lachte leise. »Sie betreibt ein Tierheim. Fast jeder hier hat einen ihrer Hunde adoptiert. Auch Deacon, der nie wieder unversehrte Schuhe haben wird, fürchte ich. Sein Welpe hat sie alle zerbissen.«

Decker sah sie wehmütig an. »Zufällig habe ich erst gestern überlegt, ob ich mir einen Hund zulegen soll. Jetzt, wo ich nicht mehr verdeckt arbeite, wäre es bestimmt schön.«

»Dann ist Delores definitiv deine Frau.«

Er beugte sich auf seinem Gehstock ein Stück herüber und streifte mit den Lippen ihr Ohr. »Es wäre mir lieber, du wärst das.« Mit einer fließenden Bewegung richtete er sich auf und sah sie unschuldig an. Nur das verschmitzte Lächeln um seine Mundwinkel verriet ihn. »Du wirst ja rot, Kate.«

»Keine Ahnung, wieso.« Sorgsam darauf bedacht, ihre Hormone wieder unter Kontrolle zu bekommen, ließ sie den Blick erneut über die Wartenden schweifen. »Mal sehen, ob es schon etwas Neues über Dani gibt, ansonsten können wir los.« Sie wollte gerade zu Scarlett hinübergehen, als diese in dem Moment schon auf sie zukam.

»Ich habe schon auf Sie gewartet«, erklärte sie nachdrücklich und musterte Decker. »Haben Sie nicht gerade noch im Rollstuhl gesessen?«

»Stimmt, aber ich arbeite an mir, Bishop«, gab Decker lässig zurück.

Kate schüttelte den Kopf. »Vergessen Sie's«, sagte sie zu Scarlett. »Der Mann tut sowieso, was er will. Er hat seinen ganz eigenen Kopf, und der steckt wohl gerade in seinem Hintern, auf dem er partout nicht sitzen bleiben will.«

Scarlett kicherte, während Decker das Gesicht verzog. »Kate«, warnte er.

»*Decker*«, echote Kate und sah wieder Scarlett an, die Mühe hatte, ihr Grinsen zu unterdrücken. »Wie geht es Dani?«

Schlagartig wurde Scarletts Miene ernst. »Noch haben wir nichts gehört. Aber wir wissen zumindest, wer sie behandelt. Die Chirurgin ist eine Freundin von Carrie Washington, die die Hand für sie ins Feuer legt.«

»Carrie ist die Rechtsmedizinerin«, erklärte Kate Decker.

»Dani ist also in guten Händen«, folgerte Decker. »Immerhin.«

»Wir sind für alles dankbar«, gab Scarlett zurück. »Aber deshalb bin ich nicht hergekommen. Sehen Sie den Typ dort drüben?« Sie deutete auf einen Mann mittleren Alters, der mit verschränkten Armen den Korridor auf und ab ging. Als er mitbekam, dass sie ihn beobachteten, warf er ihnen einen so finsteren Blick zu, dass Kate ein eisiger Schauder überlief.

»Sie meinen Mr. Psycho dort drüben?«

»Ja.« Sie hielt inne und seufzte, als Deacon aufstand und zu ihnen trat. »Ich habe dir doch gesagt, du sollst dich da raushalten«, sagte sie.

»Tue ich doch«, gab Deacon scheinbar gelassen zurück. »Ich habe ihn nicht umgebracht. Noch nicht.«

»Und du wirst es auch in Zukunft nicht tun«, erklärte sie mit fester Stimme. »Verdammt, Deacon, wir haben gerade erst angefangen. Ich habe keine Lust, mich an einen neuen Partner gewöhnen zu müssen, nur weil du im Knast sitzt.«

Decker und Kate tauschten einen Blick. »O-kay«, sagte Kate dann. »Wer ist der Typ?«

»Tim Rawlings.« Deacon schluckte. Kate sah ihm an, dass er stocksauer war. »Er arbeitet als Gefängniswärter.«

»Der, der so hektisch war?«, hakte Kate nach. »Alice' Wärter?«

Deacon nickte knapp. »Genau der.«

Decker drehte sich um und beäugte den Mann, der sie finster anstarrte. »Weswegen ist er hier?«

»Wegen seines Sohns«, antwortete Deacon. »Er ist sechzehn und leidet an Krämpfen, Übelkeit und Durchfall.«

»Aber der Junge lebt noch«, folgerte Decker. »Sonst würde Rawlings nicht ständig auf und ab gehen. Also kann es kein Cyanid gewesen sein.« Er wandte sich wieder den anderen zu. »Rizin kann allerdings solche Beschwerden hervorrufen, wenn man es oral zu sich nimmt.«

Deacon warf ihm einen beinahe wohlwollenden Blick zu. »Allerdings.«

Scarlett verdrehte die Augen. »Jetzt freunden sie sich auch noch an«, sagte sie halblaut zu Kate, wofür sie empörte Blicke der beiden Männer erntete. »Diesel hat uns von Ihrer Theorie erzählt, dass Danis Angreifer es in Wahrheit auf Sie abgesehen hatte, Davenport, deshalb habe ich ein paar Fakten gesammelt.« Sie sah Deacon an. »Denn jetzt, wo Dani betroffen ist, sollten auch Deacon und Adam sich aus dem Fall zurückziehen.«

»Du lieber Gott«, murmelte Kate. »Da bleibt ja bald keiner mehr übrig.«

»Was vielleicht genau das ist, was er erreichen will«, bemerkte Decker.

Ein fast beängstigendes Grollen drang aus Deacons Mund.
»Elender Scheißkerl.«

Scarlett drückte mitfühlend seinen Arm. »Das sehen wir alle so. Wahrscheinlich sogar der Wärter dort drüben. Sein Sohn heißt Tim junior. Das Notarztteam und ein paar Streifenbeamte haben auf einen Notruf reagiert, der von einem Handy abgesetzt wurde, das auf einen gewissen Charlie Chalmers angemeldet ist. Charlie Chalmers ist ebenfalls sechzehn. Der Anrufer hat offenbar gesagt, sein Freund hätte etwas eingeworfen. Als die Einsatzkräfte bei der angegebenen Adresse eintrafen, ging es Tim junior bereits sehr schlecht, trotzdem war er noch ansprechbar. Er hat ihnen erzählt, er hätte ein paar Aufputschmittel und etwas ›ganz Besonderes‹ eingeworfen, wüsste aber nicht, was es genau gewesen sei. Er hat die Drogen von seinem Freund Charlie bekommen. Nach dem Basketballspielen im Park.«

»Hervorragend.« Kate spürte, wie die Erregung sie durchströmte. »Also können wir mit diesem Charlie reden und …« Sie hielt inne, als sie Scarletts Miene sah. »Charlie ist tot, stimmt's?«

Scarlett nickte betrübt. »Deshalb haben wir auch so schnell die Infos über das Handy bekommen. Das Rettungsteam hat Tim ins Krankenhaus gebracht, und die Streifenbeamten sind in den Park gefahren, um herauszufinden, ob es Charlie genauso mies geht wie Tim junior. Sie haben ihn auch gefunden, aber er hat nicht mehr geatmet und hatte keinen Puls mehr. Sie haben ihn als Tod durch Überdosis gemeldet und abholen lassen. Seine Leiche ist noch in einem der Behandlungsräume. Was für eine Tragödie.« Sie seufzte. »Jedenfalls hat mich einer deiner Notärzte hier stehen sehen, nachdem sie Tim eingeliefert hatten. Er ist rübergekommen und hat mir erzählt, dass sich Tims Vater irgendwie seltsam benimmt. Eigentlich hätten sie den Jungen ins County bringen wollen, aber der Vater wollte das unbedingt verhindern. Er hätte herumgebrüllt, dass dort überall Schwestern herumliefen, die im Auftrag des Professors Leute umbringen würden, und dass sein Sohn dort nicht sicher sei. Der Notarzt hatte von dem Mordversuch an einem FBI-Agent gehört und hat sich deshalb an mich gewandt.«

»Also war das, was mit Tim junior passiert ist, in Wahrheit als Warnschuss an seinen Vater gedacht«, folgerte Kate. »Nach dem Motto – Halt bloß die Klappe, sonst passiert etwas.«

»Es stellt sich die Frage, wieso der Professor den Vater nicht gleich eliminiert hat«, fügte Decker hinzu. »Sidney hat er auch getötet, sobald sie für ihn nicht mehr von Nutzen war, genauso wie Eileen. Wieso also nicht den Wärter beseitigen, der Alice entweder selbst getötet hat oder, falls nicht, zumindest wusste, wer es war.«

»Verdammt gute Frage«, stieß Deacon mit zusammengebissenen Zähnen hervor. »Rawlings war aalglatt, als ich ihn heute Nachmittag befragt habe … er hatte auf alles sofort eine Antwort parat. Aber jetzt schwimmt er nicht mehr so obenauf.«

Wieder drehte Decker sich zu dem Wärter um und nahm ihn ungeniert in Augenschein. Rawlings kehrte ihm den Rücken zu und starrte auf die Türen zu den Behandlungsräumen.

»Nein, jetzt geht ihm der Arsch auf Grundeis, und er ist stocksauer.«

»Für Letzteres bin ich verantwortlich«, gestand Scarlett. »Noch während ich mit dem Notarzt gesprochen habe, kam die Info der Streifenbeamten, dass der zweite Junge tot am Tatort aufgefunden wurde. Ich habe sofort Carrie angerufen und sie gebeten, dass sie herkommt und den Inhalt von Tims Magen untersucht, nachdem er ausgepumpt wurde. Sie ist unterwegs. Danach habe ich Lieutenant Isenberg informiert,

die angeordnet hat, dass der Vater nicht in den Behandlungs-
raum darf, für den Fall, dass er versucht, seinen Sohn zum
Schweigen zu bringen.« Sie nickte in Richtung der beiden
Uniformierten. »Sie behalten ihn im Auge. Unter Arrest
steht er nicht, zumindest noch nicht, gehen darf er aber auch
nicht. Sollte er es versuchen, legen sie ihm Handschellen
an.«

»Hat er denn versucht, seinem Sohn das Wort zu verbieten,
während die Notärzte ihn behandelt haben?«, fragte Decker.

»Der Notarzt hat es verneint. Als sie vor Ort eintrafen, hat er
nichts gesagt, sondern sie einfach nur hereingelassen und zu
seinem Sohn geführt.«

»Als hätte er sie bereits erwartet«, folgerte Decker. »Obwohl
er den Krankenwagen gar nicht gerufen hat.«

»Weil er bereits Bescheid gewusst hat«, sagte Kate. »Ich
wette, nicht Charlie Chalmers hat den Notruf gewählt, weil
er da vermutlich längst tot war. Wo sind seine Sachen? Ich
würde mir sein Handy gern mal ansehen.«

»Bei seiner Leiche«, antwortete Scarlett. »Auch dort habe ich
einen Kollegen von der Streife postiert. Er passt auf, damit
niemand Beweismittel verschwinden lassen kann.«

»Wo ist Mrs. Rawlings?«, erkundigte sich Decker. »Man
sollte doch annehmen, dass sie hier ist.«

»Noch eine gute Frage«, bemerkte Scarlett. »Sie ist nicht ans
Telefon gegangen, deshalb habe ich eine Einheit zu ihrem
Haus geschickt. Ein Nachbar hat gesagt, er hätte die Ehefrau
gesehen, wie sie mit den beiden anderen Kindern und Gepäck
aus dem Haus kam.«

»Sie taucht ab, weil sie ihre beiden anderen Kinder beschützen will«, sagte Kate.

»Wurden Charlies Eltern schon informiert?«, fragte Decker,
worauf Scarlett nickte.

»Der Notarzt hat sie angerufen, als sie Charlie reingebracht haben. Die Nummer stand ja in seinem Handy. Noch hat man ihnen nicht gesagt, dass er tot ist. Sie sind unterwegs.«

Kate seufzte. »Ich übernehme das. Hoffentlich wissen wir dann zumindest schon, ob Rawlings' Sohn überlebt, denn ich kann es kaum erwarten, den Kerl ordentlich in die Mangel zu nehmen.«

»Hier im Krankenhaus gibt es Räume, die wir benutzen könnten.« Die Drohung in Deacons Stimme war unüberhörbar. Er starrte den Wärter an, der immer noch mit verschränkten Armen von ihnen abgewandt dastand. »Das würde ich am liebsten selbst übernehmen.«

Noch während Kate überlegte, wie sie die tickende Zeitbombe in Gestalt ihres einstigen Partners entschärfen könnte, trat Faith zu ihnen und schlang den Arm um Deacons Taille.

»Ich brauche dich«, sagte sie leise. »Bitte komm mit. Bitte vertrau Kate. Bitte.«

Das letzte *Bitte* zeigte Wirkung. Ein Schauder überlief Deacon, und sein Blick wanderte zu seinen geballten Fäusten. »Am liebsten würde ich auf ihn einprügeln, Faith. Der Kerl weiß, wer es getan hat. Und er weiß, wie er mit dem Täter in Kontakt treten kann.«

»Ich weiß, Schatz«, flüsterte sie. »Und Kate und Decker werden es schon aus ihm herauskriegen. Jetzt komm und setz dich wieder hin. Greg braucht dich. Und ich auch.«

Er nickte und ließ sich von seiner Verlobten zu ihren Stühlen zurückführen, wo er dieselbe Haltung – nach vorn gebeugt und mit hängendem Kopf – wie zuvor einnahm.

In diesem Moment drehte Rawlings sich um und musterte die beiden mit höhnischem Triumph. Kate spürte, wie die Gäule mit ihr durchgingen. Am liebsten hätte sie den Kerl an der Gurgel gepackt und so lange geschüttelt, bis er blau anlief. Aber das würde ihr Problem nicht lösen. »Könnten

Sie bitte Ihren Kollegen sagen, dass Rawlings vielleicht versuchen wird abzuhauen?«, sagte sie leise zu Scarlett.

»Mit dem allergrößten Vergnügen.« Scarlett wandte sich zum Gehen.

»Tust du mir einen Gefallen, Decker?«, fragte Kate.

»Kommt darauf an. Solange du nicht versuchst, mich wegzuschicken? Nicht jetzt, wo es gerade interessant wird.«

Sie lächelte. »Nein, aber ich muss sicher sein können, dass meine Informationen stimmen, bevor ich den Kerl auseinandernehme.« Aus dem Augenwinkel registrierte sie, dass Rawlings inzwischen sie höhnisch angrinste. *Sehr gut. Er hört uns also zu.* »Könntest du die Notizen beschaffen, die Agent Novak heute im Gefängnis gemacht hat? Vor allem interessiert mich, was er über die Frau in Erfahrung gebracht hat, die den Streit mit Alice angezettelt hat. Ich würde sie gern überprüfen lassen – Familie, Freunde, ehemalige Arbeitgeber, frühere und aktuelle Zellengenossinnen. Jeder, der als Hebel benutzt werden könnte, sie zum Handeln zu zwingen. Vor allem Kinder. Ihre eigenen oder die ihrer Geschwister oder sonstiger Verwandter«, sagte sie laut.

Decker nickte. »Die Drohung, einem Kind etwas anzutun, kann eine enorme Triebfeder sein.«

Rawlings' Grinsen war verflogen. Stattdessen starrte er sie finster an.

Wieder lächelte Kate Decker zu. Er hatte ihr Spielchen durchschaut und machte bereitwillig mit. »Genau. Außerdem sollten wir wissen, ob Agent Novak mit irgendjemandem auf der Krankenstation geredet hat. Dieselbe Fragestellung. Oh, und noch etwas.« Sie winkte ihn zu sich heran. »Mach dich bereit, ein Handyfoto zu schießen.«

Decker sah sie an und hob fragend die Brauen, nickte aber dann. *Er versucht, dich aufs Glatteis zu führen,* sagte er ihr mit den Augen.

Ich weiß, keine Angst. Kate hatte ihr Temperament inzwischen fest im Griff. Nicht zuletzt, weil sie verhindern wollte, dass der Kerl einfach hier herausspazierte. Sie wusste nur allzu genau, dass genau das passieren würde, wenn sie sich zu dem hinreißen ließe, wonach ihr eigentlich der Sinn stand. *Tja, spazieren könnte er jedenfalls nicht mehr, weil ich ihm vorher die Beine breche.* Aber er wäre trotzdem auf freiem Fuß, und das galt es zu verhindern.

Langsam trat sie auf Rawlings zu. »Was macht Ihre Frau beruflich, Mr. Rawlings?«

Er blinzelte verwirrt. »Sie ist Lehrerin.«

»Oh. Dann hat sie ja eine gute Krankenversicherung. Das ist erfreulich für Ihren Sohn. Vorausgesetzt, er überlebt.«

Er starrte sie mit zusammengekniffenen Augen an. »Was soll das denn heißen?«

»Man hat Ihnen doch bestimmt schon erklärt, welche Langzeitfolgen Rizin haben kann, oder? Leberversagen, Nierenschädigung ... Ihr Sohn wird vielleicht eine sehr zeitintensive Behandlung benötigen. Immer vorausgesetzt, er schafft es überhaupt.«

Rawlings' Nasenflügel bebten. »Wenn Sie mich festnehmen wollen, dann tun Sie's eben, ansonsten lassen Sie mich einfach in Ruhe. Versuchen Sie erst gar nicht, mich so wütend zu machen, dass ich ein Geständnis ablege. Ich hab nichts getan.«

»Ich verstehe«, sagte Kate. »Im Fernsehen sieht es immer aus, als wäre es ein Kinderspiel für die Cops, jemandem ein Geständnis zu entlocken. Leider fallen die wirklich schlauen Verbrecher aber nicht drauf herein, und die Dummköpfe hinterlassen so viele Spuren, dass wir auf solche Tricks gar nicht erst zurückgreifen müssen.«

»Haben Sie eine konkrete Frage an mich, Detective ... wer auch immer Sie sein mögen.«

»Oh, entschuldigen Sie bitte. Special Agent Kate Coppola, FBI. Ich übernehme für Agent Novak die Befragung. Sie wissen schon«, erklärte sie und senkte verschwörerisch die Stimme, »Frauen im Gefängnis verhören. Femininer Touch und so.«

Er warf ihr einen verächtlichen Blick zu. »Die werden Ihnen nichts sagen. Weil es nichts zu sagen gibt.«

»Mit Agent Novak wollten sie vielleicht nicht reden, mit mir hoffentlich schon. Vor allem, wenn ich ihnen verrate, dass Sie in Untersuchungshaft sitzen.«

»Sie können mich nicht festnehmen. Weil ich nichts getan habe.«

»Ich habe Sie auch beim ersten Mal schon verstanden. Und ich muss Sie noch nicht mal festnehmen, sondern es reicht schon, wenn ich es behaupte. Wobei ich vermutlich mehr als genug Beweise für eine Verhaftung in der Hand habe, wenn uns die Laborergebnisse des Mageninhalts Ihres Sohnes vorliegen und wir sie mit Alice' verglichen haben. Falls in beiden Fällen Spuren von Rizin gefunden werden sollte, sind Sie automatisch das Bindeglied. Das reicht zumindest für einen Durchsuchungsbeschluss. Und wenn ich erst einmal verbreitet habe, dass Sie zur Befragung vorgeladen wurden und höchstwahrscheinlich nicht zum Dienst zurückkehren werden, wird jeder, der Ihnen noch einen Gefallen schuldet, sofort wissen, dass Sie sich nicht revanchieren werden. Und jeder, den Sie unter Druck gesetzt und erpresst haben, wird wissen, dass Sie nichts mehr gegen ihn in der Hand haben. Deshalb werden sie mir alles sagen, was sie wissen. Da gibt es keine Loyalität mehr.«

Er lächelte zuckersüß. »Das ist doch bloß heiße Luft, Agent Coppola.«

Sie schenkte ihm ein strahlendes Lächeln, nahm seine Hand und schüttelte sie. »Danke. Vielen Dank.«

»Was soll das?« Er riss seine Hand zurück. »Fassen Sie mich nicht an!«

Kate sah zu Decker hinüber und stellte erfreut fest, dass er sein Handy gezückt hatte. »Hast du's?«

Decker ließ sein Handy sinken. »Klar.« Er trat zu ihr und hielt es ihr hin. Es zeigte genau das, was sie sich erhofft hatte – Rawlings bei einem freundlichen Gespräch mit Kate, die ihn dankbar ansah.

Rawlings fiel die Kinnlade herunter. »Das können Sie nicht machen. Das sieht ja aus, als würden wir hier irgendwelche Absprachen treffen.«

Kate zuckte mit den Schultern. »Ich kann so ziemlich alles machen, was mir in den Sinn kommt. Es sei denn, Sie sagen mir, was ich wissen will.«

Rawlings wurde blass. »Er wird mich umbringen. Meine Familie.«

Kate musterte den Wärter kühl. »Er hat versucht, Agent Novaks Schwester zu töten. Er hat den besten Freund Ihres Sohnes ermordet und mindestens noch vier weitere Menschen, soweit wir wissen. Sie alle hatten Familien, die jetzt um sie trauern. Er hat versucht, Ihren Sohn zu töten. Und Sie wollen ihn einfach davonkommen lassen?« Sie ließ ihm einige Sekunden Zeit, um zu antworten, ehe ihr bewusst wurde, dass er nichts sagen würde. »Sie sagen mir jetzt, was Sie wissen, sonst mache ich Kopien von dem Foto und lasse es in jeder einzelnen Gefängniszelle aufhängen, bevor ich Sie mit einem Lächeln und einem dicken Dankeschön an die Arbeit zurückschicke. Ich werde sogar eine Durchsage über Lautsprecher machen, wie dankbar das FBI ist, einen so auskunftsfreudigen, kooperativen und redseligen Beamten wie Sie an seiner Seite zu haben.«

Rawlings rang nach Atem. »Sie sprechen also das Todesurteil über meine restliche Familie?«

Kate zuckte mit den Schultern. »Nein. Sondern über Sie. Denn ich werde in jedem Fall dafür sorgen, dass er glaubt, Sie hätten kooperiert, also können Sie mir genauso gut jetzt gleich sagen, was ich wissen will.«

Obwohl sie eigentlich damit gerechnet hatte, dass er auf sie losgehen würde, war sie doch ein wenig überrascht, als er es tatsächlich tat, denn statt zu fliehen, trat er mit dem Fuß gegen Deckers Gehstock, riss ihm dabei das Handy aus der Hand und schleuderte es mit voller Wucht gegen die Wand. Mit einem Klirren zerbarst das Display. Splitter regneten auf den Fußboden herab.

Die beiden Uniformierten eilten herbei, legten Rawlings Handschellen an und rissen ihn zu Boden, während Decker wütend, aber offensichtlich unversehrt dasaß.

»Mir geht's gut«, stieß er hervor, noch bevor Kate etwas sagen konnte. »Es ist nur mein Stolz verletzt, und mein Hintern tut weh. Und zwar genau in dieser Reihenfolge.«

Rawlings blickte ihn befriedigt an. »Das war's dann wohl mit dem Foto.«

Decker schnaubte. »In der Cloud ist es längst. Ich habe es an meine Mailadresse geschickt. Und an Kates.«

»Die moderne Technik ist etwas Wunderbares«, bemerkte Kate und atmete auf, während ihre Panik bereits wieder verebbte. Sie zog ihr Handy heraus und checkte ihre Mails. »Ah. Da ist es ja. Da wollen wir doch gleich noch eins schießen.« Sie drückte ihr Telefon einem der Uniformierten in die Hand und ging neben Rawlings in die Hocke. »Sorgen Sie dafür, dass unsere Gesichter und die Handschellen gut zu erkennen sind.«

»Ja, Ma'am.« Der Officer schoss das Foto. »Ich kann noch eins machen, wenn Sie wollen.«

Sie sah sich das Foto an. »Gut. Sehr gut sogar.« Sie schickte es an ihre Mailadresse, dann hielt sie es Rawlings vor die Nase.

»Sie sehen ein bisschen blass aus, aber das macht das Foto nur noch glaubwürdiger, wenn ich es herumzeige.« Sie drückte die Video-Aufnahmetaste und reichte es dem Uniformierten zurück. »Bitte drücken Sie auf die rote Taste und sagen mir, wann wir anfangen können.« Sie wartete auf das Signal. »Tim Rawlings, Sie sind verhaftet wegen eines tätlichen Angriffs auf einen Agenten und Zerstörung von Eigentum der amerikanischen Regierung.« Sie las ihm seine Rechte vor, dann nickte sie dem Officer zu, der die Aufnahme stoppte und ihr das Telefon zurückgab. »Das wird sie überzeugen, falls es die Fotos nicht schon tun.«

Blanker Hass stand in Rawlings' Augen. »Das Blut meiner Familie klebt an Ihren Händen.«

»Falls wir Ihre Frau und Ihre Kinder finden, gebe ich sie in Schutzhaft«, sagte Kate. »Ihre Sorge sollte im Augenblick eher Ihnen gelten, Mr. Rawlings. Und Ihrem Sohn dort drinnen.«

Sie blickte zu Deacon hinüber, der aufgesprungen war, als Rawlings Decker zu Fall gebracht hatte, jetzt aber lächelte – zwar grimmig, aber immerhin.

Er trat zu ihnen. »Ihr beide gebt ein gutes Team ab«, sagte er nur, ehe er zu seinem Platz zwischen Faith und seinem kleinen Bruder zurückkehrte.

Kate sah Decker in die Augen und lächelte, worauf dieser ebenfalls grinste. Sie gaben tatsächlich ein gutes Team ab.

»Was sollen wir jetzt mit ihm machen, Ma'am?«, fragte der Officer.

»Durchsuchen Sie ihn, und stellen Sie sicher, dass er unbewaffnet ist«, sagte sie, klopfte seine Taschen nach seinem Handy ab. Es gab sogar zwei – eigentlich keine Überraschung. Bei einem davon handelte es sich wahrscheinlich um ein Wegwerfhandy. Sie gab beide in Beweismitteltüten und versiegelte sie. »Ich rufe Agent Troy an, der ihn mit ins Büro nimmt. Dort soll er erst einmal warten. Ich will keine Klagen hören, dass ihn jemand misshandelt hat.«

In diesem Moment wurden Stimmen hinter ihnen laut. Ein gutgekleidetes Paar trat ein. Die Frau schien völlig hysterisch zu sein. Beide verlangten, sofort zu ihrem Sohn gebracht zu werden. Charlie Chalmers. Kates Schultern sackten herab.

»Ich kann das machen«, meinte Decker.

»Das wäre mir am allerliebsten. Aber lass es uns gemeinsam tun.«

Cincinnati, Ohio
Freitag, 14. August, 18.45 Uhr

Das ist ja der reinste Cop-Treff hier. Ein Selbstbedienungsladen. Er hatte seinen Wagen am hinteren Ende des Parkplatzes der Notaufnahme abgestellt. Sowohl Dani Novak als auch Tim Rawlings junior waren hierher statt ins County gebracht worden.

Was man ihren Angehörigen nicht verdenken konnte. Im County waren schlimme Dinge passiert. *Ich stecke dahinter, das ist wahr, aber trotzdem.*

In diesem Krankenhaus hatte er niemanden, der mit ihm kooperierte. Noch nicht. Aber das war nicht so wichtig. Dani Novak war sofort in den OP gebracht worden, deshalb sollte sie erst einmal ruhiggestellt sein. Danach hatte er noch genug Zeit, um sich mit ihr zu befassen. In der Zwischenzeit war die ganze Mannschaft in die Notaufnahme gepilgert. Cops, Feds, Reporter …

Wirklich, ein Selbstbedienungsladen: Deacon Novaks SUV, Marcus O'Bannions Subaru, Adam Kimbles Jeep und ein Toyota, den Kate Coppola gemietet hatte. Noch konnte niemand wissen, wann sie wieder herauskämen, aber wenn es so weit war, würde er ihnen problemlos folgen können. Zumindest einem von ihnen. Er hatte den Peilsender von JJs Wagen abmontiert, bevor Mallory auf seine Anweisung die Leichenteile im Kofferraum deponiert hatte, und trug ihn bei sich.

Die Wahl war schnell getroffen. Kate Coppola schien Griffin Davenport adoptiert zu haben – zuerst hatte sie tagelang an seinem Bett gesessen und war gestern dann in einem Hindernislauf über den Flur gestürmt, um ihm das Leben zu retten. Sollte jemand wissen, wo Davenport untergekrochen war, dann sie.

Deshalb würde er ihren Wagen überwachen. Er setzte eine Kappe auf, zog den Schirm tief ins Gesicht und streifte ein Paar Handschuhe über, ehe er an den Autos vorbeischlenderte und auf der Höhe des gemieteten Toyotas so tat, als würde er sich die Schnürsenkel binden.

Diskret befestigte er den Sender unter dem Fahrzeug, richtete sich wieder auf und ging weiter. Falls er sich mit Coppola anlegen musste, um an Davenport heranzukommen, musste er vorbereitet sein. Die Frau hatte den Ruf einer ausgezeichneten Schützin. Angewidert betrachtete er seinen Arm. *Im Gegensatz zu mir – im Moment.*

Vergiss es. Davenport hat denen doch längst alles erzählt, was er weiß.

Er schüttelte den Kopf. Das Problem war, dass er nicht genau wusste, *was* Davenport wusste. Der Bulle hatte in seiner Funktion als verdeckter Ermittler über drei Jahre hinweg Alice und ihren Vater ausspioniert. In dieser Zeit konnte man eine Menge in Erfahrung bringen. Und was, wenn Alice' Behauptung, sie hatte nirgendwo etwas Schriftliches hinterlassen, eine Lüge gewesen war? Die Frau hatte doch pausenlos die Unwahrheit erzählt.

Nein, Davenport war nach wie vor eine ernste Bedrohung. Außerdem ging es hier um seinen Stolz. Wenn er nicht reinen

Tisch machte, würde ihn das hier für den Rest seines Lebens verfolgen. Er würde sich immer wieder heimlich umdrehen und sich fragen, ob sie irgendetwas Neues herausgefunden hatten.

Ich kann erst wieder an die Arbeit gehen, wenn er tot ist.

Und dieser Weg führte über Agent Coppola. Bis die Stichwunde an seinem Arm verheilt war, durfte er sich nicht in ihre Nähe wagen. Ein Glück, dass ihm der Sender wieder zur Verfügung stand.

Cincinnati, Ohio
Freitag, 14. August, 20.10 Uhr

»Decker. Wach auf, Decker, wir sind da.«

Decker blinzelte, schlug langsam die Augen auf und spürte Kates Hand auf seiner Schulter. Sie lehnte über der Mittelkonsole dicht vor ihm. Decker blickte in Kates Gesicht – große dunkelbraune Augen, samtig weiche Lippen. Er legte die Hand um ihren Nacken und zog sie näher zu sich heran. Im ersten Moment versteifte sie sich, doch dann ergab sie sich seinem zärtlichen Kuss.

Widerstrebend löste sie sich von ihm und leckte sich die Lippen, so verführerisch, dass er sie am liebsten gleich noch einmal an sich gezogen hätte. »Wenigstens bist du wach«, sagte sie mit einem schiefen Lächeln.

Wieder blinzelte er, während ihm mehrere Dinge gleichzeitig bewusst wurden. Erstens war er seit Jahren nicht mehr auf so friedliche, sanfte Weise aus dem Schlaf aufgewacht. Er hatte von ihr geträumt, und dann war sie plötzlich neben ihm gewesen. Er war nicht hochgeschreckt, hatte nicht erschrocken nach Luft geschnappt, nicht die Fäuste geballt oder nach der M16 getastet, die längst nicht mehr neben seiner

Pritsche stand … sondern er war einfach aufgewacht. Wie ein ganz normaler Mensch. Darüber musste er später noch in Ruhe nachdenken.

Zweitens saß er in ihrem Wagen. Der in einer Einfahrt stand. Vor einem riesigen Haus, einem richtigen Anwesen.

»Heiliger Strohsack«, flüsterte er. »Hier lebt Stone O'Bannion?«

»Das ist das Haus seines Vaters«, antwortete Kate. »Stone ist hier, um sich zu erholen. Ich habe den Eindruck, dass es nicht die allerschlaueste Entscheidung war, bei seiner Mutter zu bleiben.«

Decker legte fragend den Kopf schief. »Sie trinkt«, erklärte Kate seufzend. »Und zwar viel. Ich habe letzte Woche mit ihr gesprochen, aber es war praktisch nichts mit ihr anzufangen. Sie hat zwei ihrer Söhne durch ein Gewaltverbrechen verloren, und die beiden überlebenden wurden im letzten Dreivierteljahr um ein Haar getötet.«

»Stone und Marcus' Bruder ist vor einem Dreivierteljahr erschossen worden, sagtest du vorhin.«

Kate nickte. »Mikhail. Faiths Cousin. Sie und Deacon haben der Familie in dieser schweren Zeit beigestanden. Aber die Mutter hatte bereits einen weiteren Sohn verloren. Als Kleinkind. Durch eine Entführung. Marcus und Stone waren ebenfalls entführt worden. Marcus war damals acht, Stone sechs. Ich habe nur die Zeitungsausschnitte darüber gelesen, aber so etwas übersteht niemand unbeschadet, daran besteht kein Zweifel.«

Decker dachte kurz nach. »Das hat Diesel also gemeint, als er sagte, er und Stone seien beide auf dem Stand eines Sechsjährigen stehengeblieben. Und das ist noch ein Grund, weshalb man Stone keinen Vorwurf daraus machen kann, wenn er Drogen konsumiert hat. Ich dachte, es wäre wegen der ganzen Scheiße, die er im Krieg erlebt hat. Ich habe ganz ähnliche Dinge erlebt und kann durchaus nachvollziehen, dass man der Versuchung erliegt.«

»Viele meiner Freunde waren drogenabhängig«, meinte Kate leise. »Bei der Militärpolizei haben wir die Kampfeinsätze weniger direkt erlebt, sondern eher die Nachwirkungen davon. Die Schlägereien, die Saufgelage. Die Gewaltausbrüche. Keiner von uns war nach der Rückkehr nach Hause noch derselbe Mensch.«

Zärtlich strich er ihr mit dem Daumen über die Wange. »Strickst du ihnen deshalb Decken in Tarnfarben?«

Sie verdrehte leicht die Augen. »Ja. Wieso, willst du auch eine haben?«

»Nur wenn du darunter liegst.«

Sie räusperte sich. »Ich denke, wir sollten jetzt mal reingehen und unsere Arbeit erledigen. Bestimmt beobachten sie uns schon.« Sie deutete auf die Kamera, die an der Garage montiert war. »Nicht gerade diskret …«

»Wenn das so ist, sollten wir so richtig reinhauen und ihnen eine anständige Show bieten, Special Agent Coppola.«

Sie löste sich von ihm und nahm ihre Sachen. »So verlockend es auch sein mag, aber das halte ich für keine gute Idee, Special Agent Davenport.« Sie blickte in den Spiegel unter der Sonnenblende und seufzte. »Immer noch rote Augen. Ich hasse es, Todesnachrichten zu überbringen. Vor allem, wenn es um Kinder geht.«

Sie hatte Mr. und Mrs. Chalmers so respektvoll und mitfühlend wie möglich darüber informiert, dass Charlie an einer Überdosis gestorben war, doch kaum hatten sie den Parkplatz verlassen, war sie in Tränen ausgebrochen. Und er hatte nichts anderes tun können, als ihre Hand zu halten. Wieder hatte sie sich ihre Tränen nur sehr kurz gestattet. Auf der Interstate hatte sie sich bereits wieder beruhigt. Sie hatte sich zusammengerissen und sich auf die nächste Aufgabe konzentriert – aus dem einfachen Grund, weil sie ihre Arbeit erledigen musste.

»Vielleicht sollte ich tatsächlich Make-up auflegen«, sagte sie leise und klappte die Sonnenblende wieder hoch. »Hast du mitbekommen, dass ich vorhin telefoniert habe?«

»Nein. Ich war völlig weg.« Kaum hatte sie aufgehört zu weinen, war er eingeschlafen.

»Eigentlich solltest du im Bett liegen«, bemerkte sie mit einem leichten Stirnrunzeln. »Und dich ausruhen, und zwar alleine.« Sie hielt kurz inne. »Jedenfalls hat Deacon sich gemeldet. Dani ist aus dem OP. Sie konnten die Wunde nähen. Zurzeit ist sie noch im Aufwachraum, wird aber heute Abend auf die Intensivstation verlegt. Wir haben jemanden in ihrem Zimmer postiert, der auf sie aufpasst, und Carrie und ihre Freundin haben eigenhändig vertrauenswürdige Schwestern ausgesucht, die alle vorher noch einem Drogentest unterzogen werden. Hoffentlich hat der Professor nicht noch mehr Schwestern rekrutiert.«

»Noch mehr?«, hakte Decker mit ernster Miene nach.

»Ja. Troy hat sich auch gemeldet und erzählt, dass es außer Eileen Wilkens noch eine weitere Schwester geben könnte, die der Professor in der Hand hat. Der Sicherheitsdienst aus dem County hatte gerade angerufen, als er Mr. Rawlings in die Arrestzelle sperrte. Sie hatten ja überprüft, wann und wo Eileen im Krankenhaus unterwegs war, nachdem sie dir die Drogen verabreicht hatte, und Troy hatte den Wachmann gebeten, die Kameras und das Zeiterfassungssystem zu checken, für den Fall, dass jemand, der keinen Dienst hat, mit seinem Zugangsausweis auf die Station gelangen will, oder Mitarbeiter unentschuldigt nicht zum Dienst erschienen sind. Eine der Schwestern hat beides getan. Zum einen hat sie sich gestern eingeloggt, obwohl sie keinen Dienst hatte, und heute ist sie nicht zu ihrer Schicht erschienen. Janet Jungers.

Der Wachmann hat gesehen, dass sie auf der Station herumgelungert hat, auf der du gelegen hast. Es hat sich herausgestellt, dass sie dort war, als ich zu dir ins Zimmer gelaufen bin.«

»Du meinst, als du praktisch jeden über den Haufen gerannt hast«, murmelte Decker. »Gibt es ein Foto von ihr?«

Kate zog ihr Handy heraus. »Troy hat versprochen, es gleich zu mailen. Ja, hier ist es.« Sie lud das Foto herunter und lehnte sich wieder vor, um Decker das Handy vors Gesicht zu halten.

Verdammt, wie gut sie riecht, dachte er und zwang sich, sein Augenmerk auf das Foto zu richten. Noch immer bereitete ihm sein Gedächtnis manchmal Mühe. »Ich … genau kann ich mich nicht erinnern. Oh, Moment mal. Vielleicht …« In diesem Moment fiel der Groschen. »Der Aufzug. Sie stand am Aufzug, als Dani, Trip und Troy mich weggebracht haben. Sie haben sie gebeten, auf den nächsten zu warten.«

Kate schien beeindruckt zu sein. »Verdammt, Decker. Das ist großartig. Troy konnte sich erst an sie erinnern, als der Sicherheitsmann ihm erzählt hat, dass die Kamera über dem Aufzug sie eingefangen hat. Troy hat sie und ihren Wagen zur Fahndung ausgeschrieben und überprüft sie gerade. Okay, lass uns reingehen und mit Stone reden.«

»Ob die einen Butler haben, was denkst du? Nicht mal die Menschenhändler hatten einen.«

Sie grinste, genau wie er es sich erhofft hatte. »Keine Ahnung, aber wir werden es gleich erfahren.«

Er nahm seinen Gehstock und folgte ihr den gepflegten Weg entlang. »Was macht Stones Vater beruflich?«, fragte er – was auch immer es sein mochte, er verdiente jedenfalls ein Vermögen damit.

»Jeremy O'Bannion unterrichtet Ärzte, seit er sich bei einem Unfall Verbrennungen an der Hand zugezogen hat. Davor hat er als Chirurg gearbeitet. Er lebt mit seinem Ehemann Keith hier.« Sie senkte die Stimme ein wenig. »Deacon und Faith mögen Jeremy sehr gern. Nur Keith kann wohl ein bisschen … schroff sein. Nicht dass Deacon etwas gegen ihn hätte, aber offenbar ist es nicht ganz einfach, ihn näher kennenzulernen. So, damit weißt du so viel über die Familie wie ich.«

Die Tür wurde geöffnet, noch bevor Kate Gelegenheit hatte zu klopfen. Vor ihnen stand ein Mann in den Vierzigern mit einem leichten grauen Anzug, Krawatte und schwarzen Lederhandschuhen. »Agent Coppola?«

»Dr. O'Bannion«, begrüßte Kate ihn höflich. »Das ist Special Agent Davenport. Ich hoffe, wir kommen nicht ungelegen.«

Decker musterte den Mann eingehend und rechnete im Geist nach. Stone war mindestens dreißig, Marcus noch zwei Jahre älter. Dieser Mann konnte höchstens fünfundvierzig sein. War er ihr Stiefvater?

»Ganz und gar nicht«, antwortete Jeremy. »Bitte kommen Sie doch –«

»Jeremy! Herrgott noch mal!« Ein Poltern ertönte, dann erschien ein stämmiger Mann in Jeans und Poloshirt, der sich vor Jeremy aufbaute. In einem Holster an seinem Gürtel steckte eine Pistole. Er lehnte sich auf einen Gehstock aus handgeschnitztem Hartholz mit einem glänzenden Messinggriff – ebenfalls eine perfekte Waffe. *So einen muss ich mir dringend auch besorgen,* dachte Decker.

»Ich habe dir doch gesagt, du sollst mich an die verdammte Tür gehen lassen«, erklärte der Mann und starrte sie finster an.

Ah. Der schroffe Keith.

»Ich wusste, wer es ist«, gab Jeremy nachsichtig zurück, als würden sie diese Diskussion jeden Tag führen. »Würdest du unsere Gäste vielleicht hereinbitten, geht das?« Die beiden Männer traten einen Schritt zurück. Beim Anblick von Kates

Gesicht im hellen Schein des Kronleuchters, der vermutlich so viel kostete, wie Decker im Jahr verdiente, sog Jeremy scharf den Atem ein. »Sie haben ja geweint. Ist Dani ...«

Kate schüttelte eilig den Kopf. »Nein, Sir. Inzwischen ist die OP erfolgreich abgeschlossen, und sie wird wieder gesund.«

Er war sichtlich erleichtert. »Gut. Ich kenne die Chirurgin, die sie operiert hat. Sie war eine meiner Studentinnen. Nur die besten Noten und begnadete Hände.«

Kate lächelte. »Die Gerüchteküche funktioniert offenbar bestens.«

»Marcus hat mich angerufen, weil er wusste, dass ich mir Sorgen um Dani machen würde. Ich bin ihr zwar erst ein paar Mal begegnet, aber sie ist eine außergewöhnliche junge Frau. Bitte, kommen Sie doch herein.« Er führte sie in einen Salon, der den Begriff tatsächlich verdiente – inklusive einem silbernen Teeservice auf einem kleinen Tischchen. »Darf ich Ihnen Tee anbieten?«

»Nein danke«, antwortete Kate höflich und setzte sich in den Sessel, auf den Keith mit einem leisen Brummen wies. Decker nahm im Sessel neben ihr Platz, während Keith und Jeremy sich auf das Sofa gegenüber setzten. »Eigentlich sind wir wegen Stone hier, werden ihn aber nicht lange behelligen, versprochen.«

»Und was kann ich für Sie tun?«

»Eigentlich wollten wir wirklich nur mit Stone sprechen«, wiederholte Kate. »Ist er da?«

»Ja.« Jeremy zögerte.

Keith verdrehte die Augen. »Stone hat gesagt, dass er nicht mit Ihnen reden will, Agent Coppola, sondern nur mit Agent Davenport. Jeremy will bloß Ihre Gefühle nicht verletzen.«

Wie auf Kommando sahen Decker und Kate einander an.

Diesel hat ihn gewarnt, sagte Deckers Blick.

Ist okay. Übernimm du das. »Sagen Sie ihm bitte, dass ich das

613

verstehe«, erklärte Kate laut und ruhig. »Ich denke, ich nehme doch eine Tasse Tee, Dr. O'Bannion, wenn ich darf.«

»Natürlich«, erwiderte Jeremy. »Keith, würdest du Agent Davenport bitte zu Stone bringen?«

Keith stand auf und wies mit dem Kinn auf die Tür. »Hier entlang.«

Decker folgte dem barschen Mann, warf Kate jedoch noch einen Blick über die Schulter zu. »Die beiden werden jetzt über uns reden«, meinte Decker.

Keith zuckte mit den Schultern. »Sie machen sich eben Sorgen.«

»Ja, wahrscheinlich. Was ist mit Ihnen passiert?«, fragte er und zeigte auf den Gehstock.

»Zwei künstliche Kniegelenke. Ich bin vor einem Dreivierteljahr angeschossen worden.« Er formte Daumen und Zeigefinger zu einer Pistole und deutete auf seine Knie. »Peng, peng.«

Decker zuckte zusammen. »Autsch.«

»Sie haben keine Ahnung, wie sehr.«

»Das nicht, aber ich habe selbst schon die eine oder andere Kugel abbekommen. Zwölf, um genau zu sein.«

Wieder sah Keith ihn abschätzend an. »Armee?«

»Zwei Einsätze. Afghanistan.« Decker schwieg einen Moment, doch dann siegte seine Neugier. »Da ist ja eine Menge passiert vor neun Monaten.«

»Und wenig Gutes«, gab Keith düster zurück. »Bis auf Faith. Was für ein nettes Mädchen. Deacon mögen wir auch sehr gern, obwohl er mich für ein ... bisschen schroff hält.«

Deckers Wangen wurden heiß. »Erwischt. Ich habe mich schon gefragt, ob in den Kameras auch Mikrofone eingebaut sind.«

»Ich nehme meine Pflichten, für meine Familie zu sorgen, eben sehr ernst.« Das war eine unüberhörbare Warnung, die Decker auch genauso auffasste.

»Verstehe.« Mehrere Sekunden lang humpelten sie schweigend nebeneinanderher. »Mir gefällt Ihr Gehstock übrigens gut. Darf ich fragen, woher Sie ihn haben? Meiner ist aus dem Krankenhaus und eine echte Krücke, wenn man das so sagen darf.«

Keith gab ein Grunzen von sich, das als Lachen ausgelegt werden könnte. »Ich habe noch einen zweiten, den ich Ihnen gern leihen kann.«

»Auch mit diesem Messinggriff? Der ist nämlich das eigentlich Tolle daran.«

Keith grinste. »Auch vorhanden. Ich habe beide Stöcke extra anfertigen lassen.«

»Das wäre wirklich nett. Ich hoffe, dass ich ihn nicht allzu lange brauchen werde. Nicht dass ich Ihnen zu nahe treten will, aber ich muss bald wieder fit sein, denn so bin ich eine Zumutung für andere. Wenn Kate laufen muss, kann ich nicht mithalten. Schießen kann ich zwar noch, aber auch das kann sie besser als ich.«

Keith grunzte. »Ich habe von ihrem Wahnsinnsschuss in der Zeitung gelesen.«

»Die Frau hat es wirklich drauf, auch wenn man es ihr auf den ersten Blick vielleicht nicht ansieht«, erklärte Decker, ohne Anstalten zu machen, den Stolz in seiner Stimme zu verhehlen.

Wieder gab Keith diesen Grunzlaut von sich. Ein Lachen, beschloss Decker. »Ich denke, Sie haben auch Ihre geheimen Waffen, Davenport. Bilden Sie sich bloß nicht ein, ich würde es nicht merken, wenn jemand versucht, mich um den Finger zu wickeln.«

Decker grinste. »Mist. Schon wieder erwischt.« Er holte tief Luft und wurde ernst. »Also, Karten auf den Tisch. Stone wusste, dass wir kommen, stimmt's?«

»Ja. Diesel hat ihn angerufen. Keine Ahnung, wieso Sie hier

sind, und ich will es auch gar nicht wissen. Es ist nur … wenn es Jeremy betrifft, muss ich Bescheid wissen. Also, Karten auf den Tisch.«

»Ich denke, so weit müssen wir es nicht kommen lassen«, gab Decker ruhig zurück.

»Danke.« Sie blieben vor einer dunklen Holztür stehen. »Er ist da drin.« Keith schlug einmal mit seinem Stock gegen die Tür. »Stone!«, bellte er. »Davenport ist da.«

»Lass ihn rein«, bellte Stone zurück. »Ich bin so weit.«

Keith öffnete die Tür, hinter der sich eine über drei Etagen angelegte Bibliothek verbarg. Dunkles Holz. Ein riesiges rundes Fenster, durch das die verblassende Abendsonne hereinschien. »Heilige Scheiße«, stieß Decker hervor. »Entschuldigung. Ich war nur … puh, ganz schön beeindruckend. Danke, dass Sie mich empfangen, Stone.«

Stone saß in seinem Rollstuhl neben einem Krankenhausbett. Sein dunkles Haar war noch feucht, aber frisiert. Er hatte sich auch rasiert, so dass seine Wangenknochen noch markanter hervortraten. Sein Gesicht war schmal und ausgezehrt, und der Schmerz zeichnete sich in seinen dunklen Augen ebenso ab wie in der schmalen Linie seines Mundes.

»Klar«, sagte er müde. »Kommen Sie rein.«

»Soll ich dir etwas bringen, Stone?«, fragte Keith, verblüffend sanftmütig.

»Nein, aber danke, dass du fragst. Was ist mit Ihnen, Davenport? Haben Sie Hunger?«

Decker zögerte kurz. *Ach, zum Teufel,* dachte er. »Sogar Bärenhunger.« Kate hatte zwar am Autoschalter eines Schnellrestaurants haltgemacht, aber das reichte ihm bei weitem nicht.

»Ich bringe Ihnen etwas. Setzen Sie sich.« Keith schloss die Tür. Stille durchzog den Raum.

Decker zog einen Stuhl von einem Lesetisch aus demselben

handgeschnitzten dunklen Holz wie die Vertäfelungen heran. »Verdammt«, murmelte er, als er sich setzte – es fühlte sich viel zu gut für seinen Geschmack an. »Ich hasse diesen ganzen Genesungsmist. Jedes Mal wieder.«

»Besser als die Alternative«, bemerkte Stone achselzuckend. »Außerdem sind Sie erst gestern aus dem Koma aufgewacht, und heute rennen Sie schon wieder durch die Gegend. Ich dagegen …« Er schüttelte niedergeschlagen den Kopf. »Ich fühle mich, als wäre ich achtzig.«

»Wie oft wurden Sie angeschossen, Stone?«, fragte Decker. »Viermal? Fünf?«

»Mehr«, antwortete Stone nur. Decker seufzte.

»Sie wissen, wieso ich hier bin, stimmt's?«

»Ja. Aber vorher muss ich wissen, wieso Agent Coppola geweint hat.« Er deutete auf den Bildschirm seines Laptops neben dem Bett, auf dem die Aufnahme der Kamera über der Garage zu sehen war. »Ich habe sie gesehen, als sie ausgestiegen ist. Ihre Augen sind ganz verquollen. Geht es Dani wirklich gut? Marcus hat es zwar behauptet, aber manchmal redet er die Dinge schön, wenn er das Gefühl hat, dass es uns weh tut.«

»Kate weiß von Deacon, dass Dani wieder gesund wird. Sie hat geweint, weil sie den Eltern eines Sechzehnjährigen sagen musste, dass ihr Sohn an einer Überdosis gestorben ist. Dank unseres reizenden Professors.«

Stone wurde blass und schloss die Augen. »Ich habe ihn seit vier Jahren weder gesehen noch gesprochen.«

»Diesel wollte es uns nicht sagen. Kate hat ihn unter Druck gesetzt. Der elende Dreckskerl hat Dani niedergestochen. Der Professor, meine ich natürlich, nicht Diesel.«

Stone lachte leise. »Diesel ist auch ein Dreckskerl, aber einer mit einem großen Herzen.« Beschämt wandte er den Blick ab. »Ich habe niemandem von den Drogen erzählt. Nicht mal

Diesel. Er ist eines Morgens bei mir in der Wohnung aufgetaucht, als ich breit bis unter die Hutschnur war. Er hatte schon geahnt, dass etwas nicht stimmt, und wollte mich auf frischer Tat ertappen. Ich habe versprochen, einen Entzug zu machen, wenn er Marcus nichts erzählt. Und soweit ich weiß, hat er sich daran gehalten.«

»Uns hat er gesagt, dass Marcus nichts davon weiß. Aber woher weiß Diesel vom Professor?«

Ein bitterer Zug erschien um Stones Mund. »Offensichtlich werde ich redselig, wenn ich high bin.«

»Und wieso haben Sie ihn nicht angezeigt, als Sie clean und nüchtern waren? Wieso hat Diesel es nicht getan?« Decker spürte Wut in sich aufsteigen. »Verdammt, Stone, der Typ hat seinen Stoff an Kinder verkauft.«

Stone sank regelrecht in sich zusammen. Mit einem Mal sah er tatsächlich wie achtzig aus. »Ich weiß, dass er an Kids verkauft«, sagte er kleinlaut. »Weil ich auch noch ein Junge war.«

22. Kapitel

Decker starrte den zusammengesunkenen Mann im Rollstuhl fassungslos an. Stone O'Bannion gehörte seit frühester Jugend zum Kundenkreis des Professors? *Scheiße*. Er rief sich ins Gedächtnis, was Kate ihm über Stones und Marcus' Entführung erzählt hatte. Und den Tod ihres kleinen Bruders. »Verdammt, Stone!«

Stone gab einen Laut von sich. Kein Knurren und auch kein Schluchzen, dennoch voller Schmerz. »Ich sage Ihnen alles, was ich weiß. Wenn Sie mich dann festnehmen, tun Sie's. Aber lassen Sie mich vorher noch mit meinem Dad reden, okay? Er weiß von nichts.«

»Gut«, sagte Decker. »Aber ich nehme Sie nur im äußersten Notfall fest. Und falls doch, werde ich Ihre Privatsphäre, so gut es geht, schützen.«

Stone starrte ihn ungläubig an. »Wieso zum Teufel würden Sie das tun? Gerade ist ein Sechzehnjähriger gestorben. Nur weil ich aus Stolz den Mund nicht aufgemacht habe.«

Decker schluckte. Das Mitgefühl für diesen Mann brach ihm das Herz. »Nur fürs Protokoll – ich weiß, dass Sie als kleiner Junge entführt wurden und Ihr Bruder ums Leben gekommen ist. Ich weiß auch, dass Sie Ihrem Land mit Disziplin und Hingabe gedient haben und in den letzten neun Monaten durch die Hölle gegangen sind, weil Sie noch einen weiteren Bruder und um ein Haar auch Marcus verloren haben und zudem selbst nur knapp dem Tod entronnen sind. Und ich weiß, dass Sie Schmerzen haben. Ich sehe es Ihnen an. Kriegen Sie Schmerzmittel?«

»Ja. Aber ich spüle sie die Toilette runter. Ich kann sie nicht nehmen, weil ich ein Junkie bin.«

»Es gibt Alternativen. Wir müssen nur jemanden finden, der Ihnen helfen kann, okay?«

Stone blickte ihn aus seinen dunklen Augen scharf an. »Sie haben meine Frage nicht beantwortet, Davenport. Wieso sollten Sie mir helfen wollen? Sie gehören zu den Guten. Weshalb sollten Sie Ihre Karriere riskieren, nur um einem Junkie zu helfen, der tatenlos zusieht, wie Kids sterben. Wieso?«

»Weil Sie nicht der Einzige sind, der Dinge getan hat, auf die er nicht gerade stolz ist.« Er ließ die Worte einen Moment lang im Raum stehen, ehe er fortfuhr. »Wahrscheinlich werde ich für den Rest meines Lebens versuchen, Wiedergutmachung dafür zu leisten, dass ich meine Schwester nicht retten konnte und für das, was ich mit dem Dreckskerl angestellt habe, der sie auf dem Gewissen hat. Wenn Sie Wiedergutmachung leisten wollen, fangen Sie am besten damit an, dass Sie mir alles erzählen, was Sie über dieses Arschloch von Professor wissen.«

Stone nickte. »Genau das hatte ich ohnehin vor.«

»Dann fangen wir mit den jüngsten Informationen an. Sie sagten vorhin, Sie hätten seit vier Jahren nicht mehr mit ihm gesprochen. Wie haben Sie Kontakt zu ihm aufgenommen, was haben Sie von ihm gekauft und wo? Ich vermute, Sie haben den Stoff in bar bezahlt?«

»Natürlich. Ehrlich gesagt, hat er mich kontaktiert. Er hat mich auf meinem Handy angerufen. Ich war gerade von meinem zweiten Afghanistan-Einsatz zurück und hatte mich am King's College eingeschrieben.«

Decker horchte auf. »Eines der Opfer hat auch dort studiert. Ein weiteres hat ein paar Kurse dort belegt, aber die meiste Zeit bloß im Fitness-Studio abgehangen. Die letzten beiden

Opfer waren noch auf der Highschool. Am liebsten waren ihm Studenten.«

»Zwei?«, hakte Stone nach. »Ich dachte, Sie hätten nur von einem Jungen gesprochen.«

»Einer ist gestorben. Dem zweiten wird gerade der Magen ausgepumpt. Genau genommen war der Professor hinter seinem Vater her. Womöglich war der Junge nur eine Art … Kollateralschaden.«

Stone ließ den Kopf hängen. »Verdammte Scheiße!« Er holte Luft und straffte die Schultern, die trotz seines Gewichtsverlusts immer noch ansehnlich breit waren. »Der Professor hat einen ziemlich soliden Kundenstamm und sehr sorgfältig ausgewählt. Einige waren schon seit der Mittelschule seine Kunden. Er hat erstklassigen Stoff verkauft, deshalb wollte ihn keiner ans Messer liefern und auch nicht über ihn reden. Jeder wollte sich mit ihm gut stellen, weil er einen sonst eiskalt abserviert hat. Er hat mich angerufen, als ich vom Golf zurück war, um mir zu sagen, dass ich gut aussehen würde. So durchtrainiert. Dass ich in der Armee meinen letzten Rest Babyspeck verloren hätte. Er wollte wissen, ob ich gern noch ein bisschen zulegen würde, und hat mir Steroide angeboten.« Stone zuckte mit den Schultern. »Ich habe das Zeug eine Weile genommen, aber eigentlich war ich eher auf Tabletten scharf. Ich wollte glücklich sein oder schlafen können. Oder vergessen. Mir war alles recht, Hauptsache, ich konnte aufhören nachzudenken.«

»Babyspeck?«, hakte Decker nach.

Wieder zuckte Stone mit den Schultern. »Ja. Ich war als Kind eher mollig. Zu viele Donuts. Als ich mit den Aufputschmitteln angefangen habe, ging es mit dem Gewicht sofort abwärts. Ich war auf einer Privatschule, mit vielen Kids, deren Eltern das Geld locker saß. So wie bei mir. Ich habe die Aufputschmittel genommen, um abzunehmen und besser drauf zu sein, und abends habe ich Schlaftabletten eingeworfen. Wegen … na ja, Sie wissen ja von der Entführung.«

»Nur, dass es passiert ist. Der Mann hat also Ihre Verletzlichkeit schamlos ausgenutzt. Er hat genau gewusst, wo Ihr wundester Punkt ist. Was für ein Arschloch! Kinder süchtig zu machen!«

»Und Collegestudenten und jeden, der genug Geld hat. Hausfrauen mittleren Alters. Einmal, ich war erst vierzehn, wollte er mir gerade den Stoff geben, nachdem ich gezahlt hatte, als eine Frau angelaufen kam. Das war ungewöhnlich, weil er sich eigentlich nie mit mehreren Abnehmern gleichzeitig getroffen hat. Er hatte seine Lieblingskunden, die als Mittelsmänner für ihn gearbeitet haben. Ich habe auch dazugehört. Ich habe das Geld von meinen Freunden eingesammelt und für uns alle den Stoff besorgt. Offensichtlich konnte er mich gut leiden, deshalb hat er es mir erlaubt. Jedenfalls kam die Frau her und hat ihn angebettelt, er solle ihr etwas geben. Worauf er sie angeschnauzt hat, er würde sie später anrufen, und zwar so richtig fies. Sie war total verzweifelt, hat sich die Bluse aufgerissen und gemeint, sie würde ihm auch gleich hier einen blasen, wenn er ihr nur genug geben würde, bis ihr Mann wieder Gehalt bekäme und sie ihm etwas Bargeld aus dem Portemonnaie klauen könnte.«

Deckers Augen weiteten sich. »Meine Güte. Können Sie die Frau beschreiben?«

Stone sah ihn nur an. »Mann, ich war damals vierzehn Jahre alt, und die Frau stand mit nackten Brüsten da. Ich habe überall hingesehen, nur nicht in ihr Gesicht.«

»Verständlich.«

Stone runzelte nachdenklich die Stirn. »Aber sie hat ihm das Hemd aus der Hose gezogen. Er hatte ein Tattoo. Welches Motiv, kann ich nicht sagen, weil ich nur den oberen Rand gesehen habe, aber er hatte es definitiv auf dem Hinterteil.

Danach wollte ich unbedingt auch eins haben. Das hatte ich völlig vergessen.«

»Und was hat er mit der Frau angestellt?«

»Er hat ihr eine Ohrfeige verpasst, und zwar so heftig, dass sie hingefallen ist. Ich war völlig geschockt. Sie … lag schluchzend auf dem Boden. Er hat gesagt, sie soll in ihren Wagen steigen, er käme gleich nach.«

»Wo fand das Treffen statt?«

»Im Park.« Stone runzelte die Stirn. »East Fork. Es hieß, er hätte dort eine Marihuana-Plantage angelegt.«

»Dort wurde die Leiche der Krankenschwester gefunden, die mich unter Drogen gesetzt hat.«

Stone sah ihn erstaunt an. »Eigentlich sollte man denken, dass er in zwanzig Jahren mal die Stelle wechselt.«

Zwanzig Jahre? »Wie alt waren Sie, als Sie angefangen haben, Ihren Stoff bei ihm zu kaufen?«

»Dreizehn.« Stone schüttelte bitter den Kopf. »Für uns war er damals wie ein Gott. Er sah hammermäßig aus, hatte eine Wahnsinnskarre und die tollsten Klamotten. Inzwischen weiß ich, dass ihm die Weiber nur nachgelaufen sind, weil er ihnen Koks verkauft hat.«

»Beschreiben Sie ihn bitte.«

»Knapp eins achtzig, normal gebaut, braunes Haar. Grüne Augen. Oder vielleicht auch blau, ich kann mich nicht mehr erinnern.«

»Und als Sie ihn nach Ihrer Rückkehr aus dem Golf wiedergesehen haben?«

»Noch genauso. Nur ein bisschen älter. Die ersten grauen Haare, ein paar Falten.«

»Aha.« Widerstrebend musste Decker zugeben, dass er beeindruckt war. »Seine Tarnung altert also mit.«

Stone sah ihn fragend an. »Er tarnt sich? Woher wissen Sie das?«

»Eine unserer Zeuginnen hat gesehen, wie sich seine Gesichtsmaske am Rand abgelöst hat, als es einmal besonders heiß war.«

Sichtlich verblüfft ließ sich Stone in seinen Rollstuhl zurückfallen. »Darauf wäre ich echt nicht gekommen, verdammt. Ich bin ein lausiger Reporter.«

»Er hat sich zwanzig Jahre lang gehalten, ohne je erwischt zu werden«, konterte Decker trocken. »Der Mann ist gut.«

Stone machte ein finsteres Gesicht. »Aber ich sollte eigentlich besser sein.«

»Sie haben bis über beide Ohren in der Scheiße gesteckt. Seien Sie nicht so streng mit sich«, herrschte Decker ihn an, hielt jedoch inne und massierte sich die Schläfen. »Entschuldigen Sie. Aber ich bin müde und hungrig.« Er wandte den Blick ab und erstarrte, als er auf den Bildschirm des Laptops auf Stones Bett sah. »Was zum Teufel ist denn da los?« Er sprang auf.

Ein Mann pirschte sich an Kates Wagen heran.

»Scheiße«, rief Stone, zog sein Handy heraus und wählte eine Nummer. »Keith. Da ist jemand in der Einfahrt.«

Decker packte Stones Rollstuhl. »Festhalten!«

Beide Hände um die Griffe geklammert, rannte er den langen Flur entlang in Richtung Eingang. Der Salon war leer.

In diesem Moment ertönten draußen Gewehrschüsse. Decker blieb das Herz stehen. »Sie bleiben hier«, befahl er, zog seine Waffe und humpelte in Richtung Eingangstür.

»Keiths Gehstöcke«, rief Stone ihm hinterher. »Im Schirmständer neben der Tür.«

Decker zog einen der Stöcke mit Messinggriff heraus. Für alle Fälle.

Kate fand die Unterhaltung mit Jeremy O'Bannion äußerst angenehm. Inzwischen war ihr durchaus klar, weshalb Deacon ihn so gern mochte. Der Mann war allem Anschein nach brillant, aber bescheiden, und er liebte seine Kinder von ganzem Herzen. Er strahlte vor Stolz – auch wenn sich unübersehbar Sorge darunter mischte –, wenn er von Marcus, Stone und seiner Tochter Audrey sprach, die Kate bislang noch nicht kennengelernt hatte. Kate erzählte von Fällen, die sie und Deacon in ihrer gemeinsamen Zeit in Baltimore geknackt hatten, als er sie ohne Vorwarnung mit der Frage aushebelte, von der sie geglaubt hatte, sie hätte sie zuvor erfolgreich umschifft. »Wieso haben Sie geweint, Kate?«

Ihr war auf Anhieb klar, dass sie Farbe bekennen musste. Ein zweites Mal würde er sich nicht mit einem Ausweichmanöver abspeisen lassen. »Direkt bevor wir hergekommen sind, musste ich einem Elternpaar sagen, dass ihr Junge verstorben ist. Er war erst sechzehn. Sie ... sie waren am Boden zerstört und untröstlich.«

Jeremy schien in sich zusammenzusinken. »Ich weiß genau, wie das ist.«

»Ich weiß nie, was ich in diesen Situationen sagen soll. Es fühlt sich immer gleich schlimm an, ganz egal, wie sehr ich es versuche.«

Zu ihrer Verblüffung streckte er den Arm aus und legte seine immer noch in dem schwarzen Handschuh steckende Hand auf ihre Finger. »Dass Sie es versuchen, spüren die Leute. Vielleicht nicht in dem Moment, wenn Sie es laut aussprechen, weil man wie in einem Nebel ist, wie hinter einer Wand, die nichts durchdringen kann. Man hört nur, dass das eigene Kind tot ist. Aber später erinnert man sich daran.«

»Danke.« Kates Augen brannten, doch sie wollte nicht mehr weinen, deshalb griff sie nach der Teekanne und goss sich noch etwas ein, um sich ein wenig zu sammeln.

»Haben Sie vor, Stone festzunehmen?« Jeremys Frage brachte sie derart aus dem Konzept, dass sie beinahe den Tee verschüttete.

Sie stellte die Kanne so abrupt auf das Silbertablett zurück, dass ein paar Tropfen überschwappten, und sah ihm ins Gesicht. »Nein, aber ich gehe davon aus, dass ihn das Gespräch mit Decker nicht sonderlich glücklich machen wird.«

Jeremy griff nach einer Serviette und begann, den Tee vom Tablett zu tupfen. »So etwas wie Glück kennt Stone nicht. Ich habe ihn zufrieden erlebt und auch leidenschaftlich wegen irgendetwas, aber glücklich noch nie, auch wenn das für ein Elternteil sehr schwer zu ertragen ist.«

»Sie sehen … sehr jung aus. Sind Sie sein Stiefvater?«

Jeremy lächelte. »Vermutlich sollte ich mich geschmeichelt fühlen.« Er lachte leise, als Kate sich unbehaglich wand. »Ist schon okay. Ich war erst einundzwanzig, als ich ihre Mutter geheiratet habe. Marcus war damals zehn, Stone acht.« Er seufzte. »Stone war damals schon innerlich zerrissen. Er hat gelernt, so zu tun, als wäre alles in Ordnung mit ihm, aber das stimmt nicht. Was hat er angestellt, Agent Coppola?«

»Das sollte er Ihnen vielleicht lieber selbst sagen, Sir. Ich will da nicht reingrätschen und damit alles womöglich noch viel schlimmer machen.«

»Sehen Sie? Sie sind ein Mensch mit einem großen Herzen. Ich hoffe wirklich, Sie und Ihr gutaussehender Herzbube finden Ihr Glück.«

»Danke.« Sie lächelte verschmitzt. »Er sieht tatsächlich unglaublich gut aus, was?«

»Mich erinnert er an Thor … Sie wissen schon, im Film.«

»Genau das dachte ich auch.« Gerade als sie es sich wieder

bequem machen wollte, kam Keith aus der Küche hereingestürmt, so eindringlich, dass der Holzfußboden unter seinem Gehstock vibrierte. Und er hielt ein Gewehr in der Hand.

»Jemand macht sich an Ihrem Wagen zu schaffen, Coppola.«

Sie stellte ihre Tasse ab und sprang auf. »Sie bleiben hier und rufen die Polizei«, sagte sie zu Jeremy und zog ihre Waffe. »Wo ist der Seiteneingang?«

»Kommen Sie mit.« Keith führte sie in die Garage und zeigte auf eine Tür, dann streckte er ihr sein Gewehr entgegen. »Hier. Nehmen Sie das hier. Tragen Sie eine kugelsichere Weste?«

»Ja.« Sie steckte ihre Waffe ein und nahm das Gewehr. »Sie bleiben bitte hier.«

Er zog seine eigene Pistole aus dem Holster. »Das ist mein Haus, und das werde ich gegen jeden verteidigen, der mir ans Leder will.«

Sie verdrehte die Augen. »Na gut. Können Sie von hier aus die Kameraübertragung verfolgen?«

»Auf dem Handy.« Er streckte es ihr entgegen, so dass sie ihren in der Einfahrt geparkten Wagen und eine schemenhafte, tief geduckte Gestalt links davon erkennen konnte. »Er befestigt irgendetwas unter dem Wagen.«

Sie runzelte die Stirn. »Hier ist doch eine Kamera montiert. Wieso geht er dieses Risiko ein?«

»Man kann sie nur aus einem ganz bestimmten Winkel erkennen … vom Vordersitz des Wagens. Ansonsten wird sie vom Dachvorsprung verdeckt.«

»Verstehe.« Sie schlüpfte zum Seiteneingang hinaus und hielt sich dicht an der Wand. Als sie zur Hausecke gelangte, hörte sie ein Geräusch. Sie hob das Gewehr an und spähte um die Ecke. Und starrte geradewegs jenen Mann an, den Sidney Silers Zimmergenossin beschrieben hatte. *Der Professor.*

Er stand direkt hinter ihrem Wagen und hatte seine Waffe auf sie gerichtet.

»Waffe runter«, befahl sie.

Er lächelte sie an.

Und drückte ab.

Die Wucht des Aufpralls presste sämtliche Luft aus ihrer Lunge. Sie stieß einen erstickten Laut aus, dann hob sie das Gewehr an und feuerte, doch er war bereits hinter dem Wagen in Deckung gegangen. Sie gab keinen weiteren Schuss ab. Er war noch da, so viel stand fest. *Er wartet, bis ich hervorkomme, damit er mir noch eine verpassen kann. Arschloch. Aber ich habe Zeit.*

Ein Geräusch ließ sie aufhorchen. Sie blickte zu Boden und stieß einen Fluch aus. Eine kleine Büchse war direkt vor ihre Füße gerollt. *Eine Granate,* dachte sie im ersten Moment und machte instinktiv einen Satz rückwärts. Weg von ihrem Wagen.

Drecksack. Woher hast du eine Handgranate? Doch statt zu explodieren, begann langsam Rauch aus dem Ding zu entweichen, den der Wind jedoch glücklicherweise in die andere Richtung trug, weg von ihr. Sie lief ins Haus und schlug die Tür hinter sich zu. »Los, alle verlassen den Raum.« Wieder stieß sie einen Fluch aus, als sie Decker mit einem von Keiths Gehstöcken aus der Garage kommen sah. Sie rannte ihm, gefolgt von Keith, hinterher.

»Er will abhauen«, rief Decker ihr über die Schulter zu. »Was hat er da geworfen?«

»Wir haben ihn über die Kamera beobachtet«, erklärte Keith.

»Eine Gaspatrone«, antwortete Kate. »Bringen Sie bitte alle auf die andere Seite des Hauses. Sollten Sie Mundschutz-Masken im Haus haben, setzen Sie sie bitte auf.«

»Was für ein Gas?«, rief Keith.

»Rauch. Vielleicht auch Rizin.« *Verdammt.* Sie musste etwas unternehmen. »Ich brauche frische Kleidung und eine Plastiktüte. Und ich muss duschen.«

»Ja. Natürlich. Er ist weg, Agent Coppola. Bleiben Sie hier, und sorgen Sie erst mal dafür, dass Sie aus diesen Sachen rauskommen.«

»Das werde ich gleich«, versprach Kate. »Der Wind hat das Gas weggeweht, deshalb sollte ich nicht allzu viel davon abbekommen haben.« Aber vorher musste sie Decker einholen. *Er war ihm gefolgt. Ohne Schutzkleidung.*

Decker stand vor dem Haus. »Er ist weg. Er ist mit einer Gasmaske die Straße runtergelaufen und dann in einem dunkelgrünen Mercedes vorbeigefahren.« Seine Miene verdüsterte sich. »Du hättest auf mich warten sollen. Was hast du dir dabei gedacht? Ihm ohne Deckung hinterherzulaufen.«

Sie starrte ihn wutschnaubend an, und ihr Temperament ging mit ihr durch. »Keine Ahnung! Vielleicht, weil du noch vor zwei Tagen im beschissenen Koma lagst? Verdammt noch mal, Decker!«

Er blieb ruhig. »Du hättest warten müssen.«

Sie war schon im Begriff zu antworten, doch dann besann sie sich ... *Er hat recht. Er hätte mir Deckung geben müssen.* Sie seufzte. »Stimmt. Es tut mir leid. Ich vergesse dauernd, dass du ...«

»Dass ich durchaus einsatzfähig bin?«, presste er zwischen den Zähnen hervor.

»Verdammt. Nein. Ich wollte nicht ...« Wieder seufzte sie. »Ich hätte auf dich warten sollen. Aber ich sehe dich nun mal immer noch ... verletzt. Und ich will nicht, dass dir etwas passiert.«

»Was glaubst du, was ich will?« Er schüttelte den Kopf. »Geh jetzt, Kate, und zieh dir frische Sachen an. Ich mache so lange Meldung. Du könntest kontaminiert worden sein.«

»Wahrscheinlich habe ich nichts abbekommen. Der Wind hat das Gas von mir weggeweht.«

»Und was, wenn nicht?«, fragte er scharf. »Rawlings' Sohn

hat das Zeug im Magen und überlebt es vielleicht nicht. Wenn du das Zeug über die Lunge aufgenommen hast, bist du so gut wie tot.«

Wieder hatte er recht. *Verdammt. Ich bin so blöd.* Es war nicht richtig gewesen, sich dem Eindringling alleine zu stellen. Sie holte tief Luft und zuckte zusammen. »Au.«

Er hatte sie getroffen. Zum Glück in die Brust. Hätte er auf ihren Kopf gezielt, wäre sie jetzt tot.

»Ich habe zwei Schüsse gehört. Einer von ihm, der andere von dir?« Zum ersten Mal, seit sie ihn kennengelernt hatte, war sein Blick kalt.

Ihr blutete das Herz. Sie hatte ihn gekränkt. Seinen Stolz verletzt. *Wir können so nicht zusammenarbeiten. Nicht solange Gefühle im Spiel sind. Seine. Meine.* »Ja. Er hat mich in die Brust getroffen. Wegen des Aufpralls habe ich einen Moment lang keine Luft bekommen.«

»Deshalb hast du danebengeschossen«, sagte er. Ein Muskel an seinem Kiefer zuckte.

Sie nickte. »Ja.« Sie schloss die Augen. »Ich hab's vermasselt.«

»Allerdings.« Sie hörte, wie er Luft holte, und wartete darauf, dass er fortfuhr. Dass er wütend wurde. Ihr noch einmal aufs Brot schmierte, dass sie Mist gebaut hatte. Dass sie ihre einzige Chance vermasselt hatte, den Dreckskerl zu schnappen, der so viele Menschen auf dem Gewissen hatte. Aber er sagte nichts. Und als sie ihn ansah, lag eine so große Traurigkeit in seinen Augen, dass ihr neuerlich die Tränen kamen.

»Wir reden später darüber«, sagte er leise. Sanft. »Wenn wir allein sind. Okay?«

Sie nickte. »Jeremy sollte die 911 anrufen.«

»Das hat er schon getan. Sie sind unterwegs«, sagte Stone hinter ihnen. Sie drehten sich um. »Alles in Ordnung?«

Kate stieß den Atem aus. »Ja, ich denke schon.« Sie wagte einen Blick in Deckers Richtung. »Du?«

Doch Decker starrte sichtlich erschüttert auf ihre Brust. »Da ist ein Loch in deiner Bluse«, krächzte er. »Direkt über deinem Herzen.«

»Ich weiß.« Sie runzelte die Stirn. »Aber wieso hat er auf mein Herz gezielt?«

»Weil er dich töten wollte?« Panik schwang in Deckers Stimme mit, als würde er erst jetzt begreifen.

»Ja, natürlich, aber warum aufs Herz? Der Typ war gerade einmal fünf Meter weg. Er hat Eileen Wilkins vom anderen Ende der Wiese mitten in die Kehle geschossen. Das waren locker fünfzig, sechzig Meter. Der Typ ist ein erstklassiger Schütze und muss gewusst haben, dass ich eine kugelsichere Weste trage. Wieso hat er nicht auf meinen Kopf gezielt?«

Decker schloss die Augen und atmete einige Male schwer ein und aus. »Ich kann das nicht. Ich schaffe das einfach nicht.«

»Mir geht's gut. Ich bin nicht verletzt.«

»Aber es hätte leicht passieren können.«

»Das stimmt. Aber mir fehlt nichts.«

»Diesel hat ihn mit dem Messer am Arm erwischt. Deshalb«, sagte Stone.

Decker schien sich zu sammeln. »Das ist richtig. Er hat ihn am rechten Arm erwischt. Gerade hatte er die Waffe in der linken Hand, das Messer hatte er aber in der Rechten, als er auf Dani losgegangen ist. Er dürfte also Rechtshänder sein und trifft mit der Linken nicht so gut. Deshalb hat er auf die größte Fläche gezielt.«

»Aber er war vorbereitet«, fuhr Kate fort. »Ich muss dafür sorgen, dass niemand in die Nähe dieses Behälters kommt und er nicht doch noch explodiert. Dann müssen wir eine Bombenentschärfungseinheit rufen, damit er sichergestellt und untersucht werden kann.« Sie legte den Kopf schief. »Gibst du mir Deckung?«

Decker stieß ein ersticktes Lachen aus. »Wahnsinn, eine zweite Chance für mich, Kate. Da freue ich mich aber.«

Sie runzelte die Stirn. Sein unverhohlener Sarkasmus ging ihr ziemlich an die Nieren, doch bevor sie darauf eingehen konnte, kam Keith mit einem großen Kochtopf, einem Herrenhemd und einer Jogginghose über dem Arm nach draußen. »Den Topf können Sie über den Behälter stülpen. Handschuhe und Gasmasken vorher rausnehmen. Wie gesagt – ich nehme meine Pflichten als Hausherr sehr ernst.« Er sah Decker an. »Sie sind ein bisschen blass um die Nase, Davenport. Vielleicht sollten Sie sich lieber hinsetzen.«

»Mir geht's gut«, gab Decker zurück.

Kate reichte Decker das Gewehr und eine der Masken, dann setzte sie die andere Maske auf. Ihre Hände zitterten. *Später,* sagte sie sich. *Später kannst du einknicken.* Aber was, wenn Decker dann immer noch wütend auf sie war?

Später. Nicht jetzt darüber nachdenken.

Sie stülpte den Topf über die Gaspatrone, die immer noch auf dem Rasen lag. *Dieses verdammte Arschloch.* Dann trat sie in einem großen Bogen um ihren Wagen herum, falls er etwas noch Gefährlicheres darunter deponiert haben sollte, als eine alte Klapperkiste am Beginn der Einfahrt hielt. Eine zierliche Blondine stieg aus und pfiff nach einem riesigen Hund, der daraufhin neben ihr die Einfahrt heraufmarschierte und dabei dicht an ihrer Seite blieb, obwohl er nicht angeleint war. Beim Anblick von Kate mit der Gasmaske blieb sie abrupt stehen. Kate bedeutete ihr, rasch ins Haus zu gehen. Decker wartete, bis alle hineingegangen waren, folgte ihnen, stellte das Gewehr neben der Tür ab und nahm die Maske ab. Kate tat es ihm nach. »Zimmerman schickt ein Bombensicherungsteam und einen Gefahrguttransporter«, sagte er.

Jeremy trat zu ihnen. »Kommen Sie doch rein, bitte. Wir sollten uns lieber von den Fenstern fernhalten.« Der Riesenhund trat schwanzwedelnd zu Stone, der in seinem Rollstuhl saß. Stone beugte sich vor, worauf der Hund ihm das Gesicht abzulecken begann. Nach ein paar Sekunden richtete sich Stone wieder auf und lächelte Delores an. »Hi.«

»Hi.« Delores blickte in die angespannten Gesichter ringsum. »Was ist denn hier passiert?«

»Ein Eindringling«, sagte Kate. »Er ist uns entwischt.«

Delores' Augen weiteten sich. »Dunkelgrüner Mercedes?«

»Ja«, antwortete Decker. »Haben Sie ihn etwa gesehen?«

»Ja. Er hat mich fast von der Straße gedrängt«, rief sie. »Ich dachte, was für ein Rüpel, aber …« Ihre Augen wurden noch größer, als sie Kates Bluse sah. »Da ist ja ein Einschussloch drin. Er hat auf Sie geschossen.«

»Ja, aber ich trage eine kugelsichere Weste«, murmelte Kate, um Decker nicht noch einmal aus der Fassung zu bringen. Delores stieß den Atem aus. »Du liebe Zeit. Ich glaube, ich muss mich erst mal hinsetzen.« Sie ließ sich aufs Sofa sinken, den Blick immer noch auf Kates zerrissene Bluse gerichtet. »Ich … ich bin ihm hinterhergefahren, um mir das Kennzeichen aufzuschreiben. Der Typ ist eine Gefahr für den gesamten Straßenverkehr. Er hätte mich umbringen können! Aber natürlich wusste ich nicht, dass er bewaffnet war. Er hätte mich tatsächlich umbringen können.«

Stone rollte neben sie und nahm ihre Hand. »Und hast du das Kennzeichen?«

»Ja.« Delores' Arm zitterte, als sie ihn ausstreckte, um ihnen die mit schwarzem Filzstift aufgekritzelten Buchstaben zu zeigen. »Ich habe sie mir notiert.«

Kate notierte sich das Kennzeichen. Bestimmt war weder der Wagen auf seinen Namen angemeldet, noch würden die Kennzeichen stimmen, aber wenn er verzweifelt genug war, um sich so dicht an ihr Auto zu wagen, ließ er sich vielleicht auch noch zu weiteren Fehlern hinreißen. »Ich lasse sie gleich überprüfen. Danke, Delores.«

Delores nickte wie betäubt. »Ich wollte eigentlich zu dir, Stone. Diesel meinte, du bräuchtest mich vielleicht.« Sie verzog das Gesicht. »Mist. Eigentlich sollte ich das nicht verraten.« Sie blickte ihn unter ihren Ponyfransen hervor an. »Könnten wir einfach vergessen, dass ich das gesagt habe?«

Stone lachte, was ihn um Jahre jünger wirken ließ. »Ja«, sagte er. »Wir vergessen es, und ich freue mich einfach, dass du da bist.«

Staunen und ein winziger Funke Hoffnung spiegelten sich auf Jeremys Miene wider, als er seinen Stiefsohn ansah. Stone wirkte tatsächlich glücklich.

Keith wandte sich vom Fenster ab, an das er eben getreten war. »Die Polizei ist hier«, sagte er. »Ich werde sie hereinbitten.«

Stones Lächeln verflog. »Kann ich einen Moment allein mit meinem Dad reden?«, bat er Decker.

»Nehmen Sie sich so viel Zeit, wie Sie wollen. Kate, du gehst unter die Dusche und ziehst dich um. Ich kümmere mich so lange hier um alles.«

Cincinnati, Ohio
Freitag, 14. August, 22.15 Uhr

»Mallory! *Mallory!*«

Oh, prima, er ist zu Hause. Und er schien wütend zu sein.

Voller Scham, weil sie dankbar für den kurzen Aufschub war, wandte sich Mallory von Roxy ab. Die Bettwäsche musste gewechselt werden. Schon wieder. Und jedes Mal wurde ihr schlecht dabei. *In mir steckt definitiv keine Krankenschwes-*

ter. Sie hatte das Gefühl, dass sie Roxy Schmerzen zufügte, wenn sie sie nur berührte, dabei war Roxy stets nett zu ihr gewesen, was es noch viel schlimmer machte.

Mallory trug noch die Handschuhe, die sie übergestreift hatte, um Roxys wundgelegene Stellen zu säubern. »Ja?«

»Los, schaff sofort deinen verdammten Arsch her!«

»Ich komme schon«, rief sie und wandte sich der armen Frau im Bett zu. »Ich komme, so schnell es geht, wieder«, sagte sie sanft. »Tut mir leid. Ich bin so bald wie möglich wieder bei dir.« Sorgfältig streifte sie die Handschuhe so ab, dass ihre Finger nicht mit dem Wundsekret in Berührung kommen konnten. Sie würde sie unten in den Müll werfen.

Sie wünschte, sie würde den Mut aufbringen, Roxy einfach ein Kissen aufs Gesicht zu drücken und so dem Leid ein Ende zu machen. *Aber ich bin ein elender Feigling. Ich kann das einfach nicht.* Zumindest würde es nicht mehr lange dauern. Mallory hatte keine Ahnung, wieso sie sich so sicher war – sie hatte noch nie einen kranken Menschen gepflegt.

Sie betrat die Küche und blieb abrupt stehen. Er saß am Tisch und versuchte, sein Hemd auszuziehen. Am rechten Arm trug er einen Verband, durch den das Blut gedrungen war.

»Hier bin ich«, sagte sie leise, wohl wissend, dass es nicht ratsam war, ihn zu fragen, was passiert war. »Wie kann ich dir helfen?«

Er starrte sie finster an. »Hol zwei Scheren. Desinfiziere sie mit Alkohol, aber vorher bringst du mir den Erste-Hilfe-Kasten.«

Sie rannte nach oben, um die Sachen zu holen. Als sie zurückkam, saß er immer noch am Tisch. »Elende Schlampe. Schießt mit einem Gewehr auf mich. Verdammt noch mal!«

Sie legte die beiden Scheren auf die Spüle, schraubte die Flasche mit dem Alkohol auf und verteilte ihn großzügig. »Was jetzt?«

»Trenn den Ärmel auf. Wenn du *mich* schneidest, bringe ich dich um.«

Das bezweifelte sie keine Sekunde. »Wenn du mich anschreist, zittern meine Hände. Also schrei mich bitte erst an, wenn ich fertig bin«, bat sie in respektvollem Tonfall.

Er starrte sie kurz an, dann brach er in schnaubendes Gelächter aus. »Okay. Aber beeil dich.«

Vorsichtig machte sie sich an seinem Hemd zu schaffen. Es war schmutzig und stank. Nach Schweiß. Säuerlichem Schweiß.

»Wasch dir sorgfältig die Hände«, befahl er, »dann ziehst du dir die Handschuhe über und schneidest den Verband auf. Aber vorsichtig.«

»Ja, Sir.« Sie gehorchte, sorgsam darauf bedacht, ihre Hände ruhig zu halten und sich ihren Ekel beim Anblick der Wunde nicht anmerken zu lassen. Der Schnitt war lang und sehr tief. Jemand hatte ihn stümperhaft genäht. Die Stiche waren unregelmäßig, die Wundränder gerötet und angeschwollen.

Wahrscheinlich hatte er es selbst gemacht. Hätte Nell ihn genäht, würde die Wunde perfekt aussehen. Und Mallory musste es wissen, denn Nell hatte sie bereits mehr als einmal zusammengeflickt, wenn er wieder mal zu fest zugeschlagen hatte. Sie sei gestürzt, weil sie wieder mal stockbetrunken gewesen sei oder einen Tobsuchtsanfall bekommen hätte, hatte er seiner Schwester dann erzählt.

»Und was soll ich mit dem Verband machen?«

»Wirf ihn in den Müll. Ich verbrenne ihn später zusammen mit ein paar anderen Sachen. Jetzt sprüh etwas von dem Desinfektionsspray drauf. Bei den Erste-Hilfe-Sachen sollte eine silberfarbene Tube mit Wundgel sein. Hast du sie? Gib etwas davon auf ein Stück Verbandmull und leg es dann auf die Wunde, dann verbindest du sie. Kannst du dir das merken?«

Sie nickte und machte sich an die Arbeit. Morgen würde sie

den Verband wechseln müssen. Im Erste-Hilfe-Kasten war noch genug Material, da war nichts zu machen. Es sei denn, sie sorgte dafür, dass etwas ausging. Die Tube mit der Wundsalbe war praktisch neu, das Fläschchen mit dem Antiseptikum dagegen zu zwei Dritteln leer.

Sollte die Infektion weiter voranschreiten und das Fläschchen bald leer sein, würde sie in einen Laden fahren müssen. *Und dann kann ich auf dem Revier anrufen und nach dieser Polizistin fragen.*

Es könnte klappen. Sie blickte auf ihre Handschuhe und dachte an das Paar in ihrer Hosentasche. Das, mit dem sie Roxy eben versorgt hatte. Wäre es nicht mehr als gerecht, wenn er sich durch die Wunden seiner Frau infizierte? Hätte er auch nur einen Funken Menschlichkeit in sich, hätte er sie längst ins Krankenhaus gebracht. Er hätte sie auch selbst töten können, aber Mallory hatte schon vor langer Zeit begriffen, dass er sich am Leiden anderer ergötzte.

Es machte ihm Spaß. Weil es ihm Macht verlieh. Sie blickte über die Schulter. Er saß mit dem Rücken zu ihr. Eilig zog sie die Handschuhe aus der Tasche und streifte sie so über, dass sich die Oberfläche, mit der sie Roxys Haut berührt hatte, außen befand. Dann rieb sie mit dem Handschuh über das Stück Verbandmull und drückte etwas von der Salbe heraus. Vielleicht passierte ja auch nichts, weil die Salbe die Keime abtötete.

Aber woher soll ich das wissen? Ich bin kein Arzt. Mit erstaunlich ruhigen Händen wandte sie sich ihm zu, legte das Mullstück auf die Wunde und wickelte den Verband darum.

»Das reicht. Mach alles sauber und leg das schmutzige Verbandzeug in einer Tüte neben die Hintertür. Ich werde es morgen verbrennen. Jetzt gehe ich ins Bett. Weck mich nicht.«

»Ja, Sir.« Sie wartete, bis die Tür zuging, dann schnappte sie sich die Flasche mit dem Antiseptikum und kippte den Inhalt bis auf einen kleinen Spritzer ins Spülbecken. Anschließend packte sie alles zusammen und machte sauber. So wie er es angeordnet hatte.

Schließlich ging sie nach oben, um Roxys Bett frisch zu beziehen.

Sie konnte nur hoffen, dass morgen alles anders wäre. Besser. Für sie alle. *Für mich. Für Macy. Für diese vier jungen Menschen. Und selbst für Roxy. Bitte.*

Cincinnati, Ohio
Samstag, 15. August, 1.20 Uhr

»Ihnen ist hoffentlich klar, dass Sie Riesenglück hatten«, sagte Zimmerman zum gefühlt hundertsten Mal.

Decker hätte ihm am liebsten eine Ohrfeige verpasst, weil Kate mit jedem Mal mehr in sich zusammenzuschrumpfen schien. »Ja, ich weiß«, sagte sie und nickte dienstbeflissen.

Sie hatte tatsächlich großes Glück gehabt – das war ihnen klargeworden, als der Arzt ihnen erklärt hatte, dass sie dank ihrer raschen Reflexe und dem günstig stehenden Wind praktisch nichts von dem Gas abbekommen hatte. In dem Behälter befand sich tatsächlich Rizin, wie befürchtet. Dieses elende Dreckschwein hatte das feingemahlene Pulver aerosolisiert und mit einer umfunktionierten Sprühdose zum Entladen gebracht. Selbst in einem geschlossenen Raum hätte sich das Gas nicht weit ausbreiten können, doch im Gegensatz zu über den Verdauungstrakt aufgenommenem Rizin war die über die Lunge in den Körper gelangte Substanz absolut tödlich. Hätte Kate sich nicht instinktiv gegen den Wind gedreht, wäre sie jetzt tot.

Wenn die Kugel sie nicht doch tödlich erwischt hätte. Deshalb, ja, hatte sie Riesenglück gehabt.

Decker war das klar gewesen, noch bevor das Bombeneinsatzteam den amateurhaften, aber durchaus effektiven Sprengsatz unter Kates Wagen entdeckt hatte. Oder Zimmerman wie von Furien gehetzt das Anwesen der O'Bannions gestürmt hätte.

Der Boss war stocksauer gewesen. Sie hatten den Verdächtigen direkt vor der Nase gehabt und ihn entkommen lassen. *Na ja, freiwillig sicherlich nicht.* Der Mann war bereit gewesen, noch mehr unschuldige Menschen zu töten.

Decker fragte sich, ob der Professor tatsächlich geplant hatte, den Rizinbehälter ins Haus zu werfen, nachdem er den Sprengsatz an Kates Wagen befestigt hatte. Denn Stone war schließlich ein ehemaliger Kunde von ihm, der ihnen womöglich bereits alles erzählt hatte, was er wusste.

Was er ja auch tatsächlich getan hatte. Und Decker war unbeschreiblich stolz auf ihn.

»Wir würden jetzt wirklich gern zu Bett gehen, Sir«, sagte er zu Zimmerman an der Tür des Penthouse, wo er bereits seit mehreren Minuten stand, während Zimmerman Kate nicht weniger als fünf Mal mitgeteilt hatte, wie viel Glück sie doch gehabt hatte. »Ich schätze, Agent Coppola ist inzwischen klar, was für ein Glück sie gehabt hat«, fügte er mit einem vielsagenden Blick hinzu.

Zimmerman blinzelte, als der Groschen allmählich fiel. »Das habe ich schon gesagt, nicht wahr?«

»Mehrmals, Sir«, antwortete Decker gelassen. »Und ich freue mich jetzt auf ein bisschen Ruhe.«

»Sie haben doch schon im Wagen geschlafen«, warf Troy mit seinem gewohnten Sarkasmus ein. »War das etwa nicht genug?«

Trotz seiner tiefen Erschöpfung musste Decker grinsen. Er hatte während der gesamten Fahrt zum Penthouse, die fünfundvierzig Minuten dauerte, wie ein Bär geschlafen. Und ausnahmsweise hatte er sich auch nicht darüber beschwert, im Rollstuhl sitzen zu müssen ... weil er bereits laut geschnarcht hatte.

»Doch, klar«, gab Decker sarkastisch zurück. »Am liebsten würde ich jetzt zehn Meilen joggen gehen. Na, wie sieht's aus?«

»Hier passiert den beiden nichts, Boss«, sagte Troy zu Zimmerman. »Ich bin heute Nacht hier, Trip hält vor der Tür Wache. Unten haben wir zwei Männer postiert. Gehen Sie nach Hause, wir schaffen das schon.«

Mit einem letzten entschuldigenden Blick in Kates Richtung nickte Zimmerman und wandte sich zum Gehen. »Ehrlich gesagt, weiß ich nicht, was ich anders gemacht hätte. Morgen ist ein neuer Tag. Gute Nacht allerseits.«

Decker schloss die Tür, ging zum Sofa und ließ sich neben Kate in die Kissen sinken. »Ich dachte schon, er will hier übernachten.«

Troy, der wie ein Bodyguard an Kates Seite ausgeharrt hatte, tätschelte ihr die Schulter. »Zimmerman hat ein weiches Herz, außerdem hat er schon zu viele Leute bei diesem Fall verloren. Ehrlich gesagt, hätte ich mich genauso verhalten. Ich schlafe in Danis Zimmer. Und ich habe einen sehr leichten Schlaf, deshalb wäre ich für ein Minimum an Diskretion mehr als dankbar.«

Kate musterte ihn mit zusammengekniffenen Augen. »Entschuldigung?«

»Oh, jetzt machen wir einen auf höflich, ja?« Troy verdrehte die Augen. »Das war letzte Nacht aber ganz anders. Ich habe euch Turteltäubchen nämlich gehört ... euren Horizontal-Mambo ...«

»Soweit ich mich erinnere, war sie nicht in der Horizontalen«, warf Decker süffisant ein.

Einen Moment lang starrten Kate und Troy ihn an – Kate

völlig entsetzt, Troy ein klein wenig schockiert –, dann warf Troy den Kopf in den Nacken und lachte, bis ihm die Tränen übers Gesicht liefen.

»O Gott«, japste er schließlich. »Wenn das alles vorbei ist und ihr ein ganz normales Paar sein könnt, wirst du ihm den Mund zukleben müssen, Kate.« Er wurde ernst. »Denn wenn das alles erst einmal vorbei ist, werdet ihr beide noch am Leben sein, weil ihr ab sofort *vorsichtiger* seid.« Ein sanfter, fast wehmütiger Ausdruck breitete sich auf seinem Gesicht aus. »Ihr beiden habt die Chance auf etwas ganz Großes, etwas wirklich Wichtiges. Vermasselt es nicht, indem ihr euch eine Kugel einfangt oder sonst etwas. Und jetzt geht Onkel Luther erst mal in die Heia, und bitte weckt mich nicht.«

Kate starrte ihm mit offenem Mund hinterher, selbst dann noch, als er die Tür zum Gästezimmer hinter sich geschlossen hatte.

Decker legte ihr die Finger unters Kinn und drückte ihren Mund zu. »Er will auch nur, dass es uns gutgeht.«

Sie stieß den Atem aus. »Ich ... o Gott, Decker. Ich habe keine Ahnung, was ich sagen soll. Kurz dachte ich, Zimmerman würde mich feuern, oder, falls er es nicht tut, dass Deacon mir das Fell über die Ohren zieht.«

Nachdem Zimmerman wie ein Hurrikan hereingefegt war, hatten sich auch Deacon und Faith gemeinsam mit Marcus und Scarlett im Haus der O'Bannions eingefunden. Minutenlang hatte ein völliges Durcheinander geherrscht. Alle hatten wild durcheinandergeredet, bis Delores Kaminsky sich aufs Sofa gestellt und einen scharfen Pfiff ausgestoßen hatte, der alle zusammenfahren ließ. »Delores hat dir den Arsch gerettet«, sagte Decker liebevoll.

Kate grinste. »Sie wollte nur nicht, dass alle Stone durcheinanderbringen. Dass ich zufällig im Kielwasser mitgeschwommen bin, war pures Glück.« Ihr Lächeln verblasste. »O Gott, Decker ... Stone ... Ich hätte nie im Leben gedacht, dass er so Schlimmes durchgemacht hat. Und ganz allein einen Entzug durchzustehen ... Diesel hat ihm zwar geholfen, schon klar, aber seine Familie all die Jahre im Dunkeln zu lassen? Wie einsam muss sich der arme Kerl gefühlt haben.«

»Absolut.« Dass es im Haus der O'Bannions bald vor Polizei wimmeln und sich unweigerlich die Frage erheben würde, weshalb er Besuch von zwei Agents gehabt hatte, war Anlass genug für Stone gewesen, ein umfassendes Geständnis abzulegen. Vor seiner Familie, seinen Freunden, vor Delores ...

»Er hatte solche Angst davor, Marcus und seinem Vater damit weh zu tun. Oder ihren Respekt zu verlieren.«

Wieder trat ein Lächeln auf ihr Gesicht. »Aber sie haben sich bedingungslos hinter ihn gestellt. Ich muss zugeben, dass ich einen Moment lang versucht war, Jeremy O'Bannion zu bitten, mich zu adoptieren.«

»Ich auch. Wir können jetzt sicher sein, dass Stone Unterstützung bekommt. Und wir haben wertvolle Informationen über den Professor gesammelt.«

»Zwanzig Jahre«, meinte Kate kopfschüttelnd. »Wie konnte er so lange seine miesen Geschäfte betreiben, ohne dass es jemand gemerkt hat, Decker? Er muss Freunde beim CPD haben. Anders geht es nicht.«

»Das sehe ich genauso. Irgendjemand muss doch irgendwann einmal etwas gemerkt ... einen Bericht geschrieben haben ... keine Ahnung.« Einladend legte er den Arm auf die Sofakante, worauf Kate näher rückte und den Kopf an seine Schulter lehnte. Er schlang den Arm um sie und zog sie noch näher zu sich heran. Minutenlang saßen sie einfach nur da, reglos und schweigend.

Schließlich seufzte sie. »Es tut mir leid, Decker. Dass ich dich heute Abend außen vor gelassen habe. Dass ich einfach losgeprescht bin, ohne nachzudenken. Es hätte auch ganz anders ausgehen können. Im Job spiele ich gern den Boss, und im Umgang mit Gefühlen bin ich ziemlich unbeholfen.«

»Das stimmt doch nicht. Du bist einfach zu sehr daran gewöhnt, allein zu sein. Was dachtest du denn vorhin, was ich sagen würde?« Als sie die Augen geschlossen und reglos dagestanden hatte, als würde sie auf einen Schlag warten, egal ob verbaler oder körperlicher Art. Der Anblick hatte ihm beinahe das Herz gebrochen.

»Dass ich es verdient hätte, was passiert ist. Dass ich ein herrschsüchtiges Miststück bin und beinhart über andere Leute hinwegrumpeln würde, nur damit ich meinen Willen durchsetze.« Sie schluckte schwer. »Dass du mit mir fertig wärst, noch bevor es überhaupt richtig zwischen uns angefangen hat. Du hast ausgesehen, als wärst du am Boden zerstört. Als hätte ich dir das Herz aus dem Leib gerissen.«

»Das habe ich geahnt. Nicht alles, was du gerade gesagt hast, aber so ziemlich. Aber ich habe nichts davon gedacht, sondern mir nur überlegt, wie du auf die Idee kommst. Wer dir das eingeimpft haben mag. Schätzungsweise dein Vater und deine Brüder. Ich habe nur gehofft, dass es nicht Johnnie war.«

Sie lehnte sich ein Stück nach hinten, um ihn ansehen zu können. Die Erkenntnis, wie sehr sie seine Worte zu erleichtern schienen, war fast ein Schock. »Ich bin beinahe so froh darüber wie über die Diagnose, dass ich nichts von dem Rizin abbekommen habe.«

Er runzelte die Stirn. »Das ist doch idiotisch, Kate.«

»Deshalb habe ich ja ›beinahe‹ gesagt.« Sie ließ sich wieder an seine Schulter sinken und stieß einen müden Seufzer aus. »Es war nicht Johnnie. Er hätte so etwas nie gesagt. Mein Dad, ja. Meine Mom, ja. Meine Brüder, und wie! Und am Ende auch Jack. Aber Johnnie niemals.«

»Gut.« Er spürte einen eifersüchtigen Stich, verdrängte ihn jedoch sofort. »Da bin ich froh.«

»Johnnie ist tot, Decker. Du lebst. Und ich auch, da ich – zumindest laut Zimmerman – ja der größte Glückspilz unter den Special Agents auf dem ganzen Planeten bin.«

Er drückte ihr einen Kuss aufs Haar. »Vertragen wir uns wieder?«

»Ja. Solange ich nicht wieder vorpresche und mich bei dir entschuldigen muss.«

Er drückte ihre Schultern, worauf sie vor Schmerz zusammenzuckte. Abrupt ließ er sie los. Er war so erleichtert über die Nachricht gewesen, dass sie nichts von diesem Rizin abbekommen hatte, dass er den blauen Fleck von der beschissenen Kugel des Professors völlig vergessen hatte.

Sie horchte überrascht auf. »Hast du gerade geknurrt?«

»Ja. Dieser elende Drecksack … dir in die Brust zu schießen. Ich muss Diesel bei Gelegenheit zum Essen einladen, als Dankeschön, weil er das Schwein in den Arm gestochen hat. Sonst müssten wir uns jetzt wegen des Rizins keine Gedanken mehr machen, weil du nämlich tot wärst.«

»Oder in einem künstlichen Koma für eine Woche, damit meine Verletzung in Ruhe heilen kann«, gab sie frech zurück.

Das nahm ihm den Wind aus den Segeln. »Stimmt. Du hast völlig recht. Das vergesse ich ständig.«

Sie kicherte. »Du meine Güte, wir sind schon ein Gespann.«

Er stimmte in ihr Gelächter ein. »Wie Topf und Deckel.«

Inzwischen bebten ihre Schultern vor unterdrücktem Gelächter. »Wir brauchen wohl beide einen Aufpasser.«

Es war so schön, sie lachen zu sehen. So wunderbar. Er hob ihr Kinn mit dem Finger an. Blickte sie an. Sog ihren Anblick förmlich in sich auf, völlig hingerissen von ihrem lachenden Gesicht. Sie hielt inne und erwiderte seinen Blick, während ihre Erleichterung und Freude einem verlangenden Ausdruck wich.

So abrupt, dass auch seine Begierde schlagartig erwachte. Er stand auf und zog sie hoch.

Dann legte er die Lippen auf ihren Mund, während das Verlangen, sie zu besitzen, wie eine Woge in ihm aufstieg und über ihm zusammenschlug. *Du gehörst mir* – seit sie von diesem Baum gesprungen und ihm ihr Gewehr in den Rücken gedrückt hatte.

Ein leiser Laut stieg aus ihrer Kehle auf, als sie die Arme um ihn schlang und seinen Kuss mit beinahe verzweifelter Leidenschaft erwiderte.

»Schsch«, flüsterte er. »Ich bin hier und werde auch hier bleiben. Das hier ist kein Wettrennen.«

Ihre Arme lösten sich kaum merklich, und sie leckte sich über die Lippen. Zuerst über die eigenen, dann über seine.

»Ich glaube, wir sollten lieber rübergehen. Troy wollte sich doch keinen Horizontal-Mambo anhören müssen.«

Grinsend küsste er sie ein weiteres Mal, voller Zärtlichkeit. Mit einem wohligen Laut sank sie an seine Brust, während er die Hände unter ihr Hemd schob und über die seidige Haut ihres Rückens strich, ehe er sie langsam aufwärtswandern ließ. Wo eigentlich ihr BH sitzen würde, empfing ihn bloße Haut – in einem reinen Männerhaushalt hatte sich natürlich kein Ersatz für ihren eigenen gefunden. Daher trug sie lediglich ein T-Shirt unter dem Hemd, das Keith ihr geborgt hatte, doch Decker hatte es die ganze Zeit gewusst.

»Zu wissen, dass du unter diesem Shirt nackt bist, hat mich schier wahnsinnig gemacht.« Er nahm ihre Hand und schob sie rückwärts in Richtung Schlafzimmer. Und sie ließ sich von ihm führen, voller Vertrauen, als wüsste sie ganz genau, dass er nicht zulassen würde, dass ihr etwas zustieß.

Sie lächelte. »So?«

»Ja. Ich musste pausenlos daran denken, wie du aussiehst. Wie du dich anfühlst. Und wie du schmeckst«, raunte er dicht an ihrem Hals, als sie endlich das Schlafzimmer erreichten. Leise schloss er die Tür hinter ihnen. »Ich will dich.«

Wieder ließ sie ihre Zunge über seine Unterlippe schnellen. »Dann nimm dir doch, was du willst, Decker. Und ich nehme mir, was ich will.«

»Was willst du denn?«, fragte er und zog ihr ganz langsam das T-Shirt über den Kopf – so weiche Haut. Kurven. All diese herrlichen Kurven. Und ein hässlicher blauer Fleck mitten auf ihrer Brust. Er beugte sich vor, um ihn zu küssen, während sie ihm die Hände auf die Schultern legte und sie zuerst sanft knetete, ehe sie ihn mit einem kleinen Schubs von sich stieß.

»Du sollst mich ansehen, nicht diesen Fleck«, sagte sie, »weil ich immer irgendwo blaue Flecken haben werde. Das gehört nun mal dazu.«

Sie hatte völlig recht. Zärtlich legte er beide Hände über ihre Brüste, während er sich mit der Zunge einen Weg bis zu ihrem Hals bahnte und ihren wohligen Schauder registrierte.

»Langsam?«, fragte er. »Oder lieber schnell?« Vorsichtig drückte er ihre Brustwarzen zwischen den Fingern zusammen. »Süß oder versaut? Sag es mir.«

Sie ließ den Kopf in den Nacken sinken und entblößte ihre Kehle. »Ich weiß es nicht. Wenn du das tust, kann ich nicht klar denken. Aber hör nicht auf.«

Leise lachend küsste er den Schwung ihres Halses. »Dann langsam.«

Wieder gab sie ein wohliges Stöhnen von sich, dessen Vibrieren an seinen Lippen kitzelte. »Ich mag es gern langsam. Manchmal. Aber nicht heute. Nicht jetzt. Jetzt will ich erst mal duschen. Ich rieche nach Krankenhausseife.«

Seine Lippen streiften ihr Ohr, während er spürte, wie sie wieder erschauerte, heftiger diesmal, als er erneut ihre Brustwarzen liebkoste. »Das ist mir egal«, flüsterte er.

Sie rollte die Schultern nach hinten, richtete sich auf und schob ihn von sich. »Aber mir nicht.«

»Dann komme ich einfach mit.«

Sie zögerte. »Dann sollten wir deine Verbände irgendwie abdecken, damit kein Wasser drankommt.«

»Nein, der Verband über der Wunde des Schlauchs ist weg. Während du dekontaminiert wurdest, habe ich sie noch mal ansehen lassen. Ich darf jetzt alle möglichen Aktivitäten unter der Dusche betreiben, kein Problem.«

»Sehr gut.« Sie packte ihn am Hemd und zog ihn mit sich. »Dann los.«

Er streifte die Schuhe ab und überließ ihr die Führung. Zumindest für den Moment. Sie drehte das Wasser auf, dann knöpfte sie sein Hemd auf, streifte es ihm von den Schultern, riss die Klettverschlüsse seiner kugelsicheren Weste auf, die sie ihm ebenfalls auszog und an den Haken an der Tür hängte – morgen würde er sie wieder brauchen, und das Zeug juckte wie verrückt auf der Haut, wenn es Falten warf.

Dann waren ihre Hände überall, und er vergaß die Weste und alles, was morgen kommen würde. Stattdessen schloss er die Augen und *fühlte* einfach nur. »Es ist so lange her«, flüsterte er mit heiserer Stimme. »Ich glaube, es dauert eine ganze Weile, bis ich genug davon habe.«

Statt einer Antwort küsste sie zärtlich die Kuhle an seinem Hals, während sie geschickt die Schnalle seines Gürtels öffnete und ihn mit einem Ruck herauszog. Er landete mit einem metallischen Klappern auf den Fliesen, dem keiner von ihnen Beachtung schenkte, weil sie sich bereits am Reißverschluss seiner Hose zu schaffen machte und sie gemeinsam mit seinen Boxershorts über seine Hüften streifte. Vorsichtig ließ sie sich auf die Knie sinken und blickte mit einem sexy Grinsen zu ihm auf, bei dessen Anblick sein Schwanz begierig zuckte.

647

Sie begann, die Stelle oberhalb seiner Knie zu küssen, dann ließ sie eine Spur weiterer Küsse an seinen Schenkeln entlang folgen bis zu seiner Hüfte. Erst jetzt bemerkte er, dass sie seine Narben liebkoste, und dann konnte er überhaupt keinen Gedanken mehr fassen, weil sich ihr Mund um ihn schloss, feucht und heiß. Ein Stöhnen drang aus den Tiefen seiner Kehle.

Sie löste sich von ihm. Wieder lag dieses Glitzern in ihren dunklen Augen, als sie zu ihm aufsah. »Du musst still sein, sonst muss ich aufhören.«

Er schürzte die Lippen und biss sich auf die Zähne. Sie lachte leise. »Dachte ich es mir doch«, sagte sie und schloss ihre Lippen erneut um ihn und nahm ihn tief in sich auf. Einen Moment lang war er sicher, gleich den Verstand zu verlieren. Er ließ den Kopf nach hinten sinken und spreizte die Finger auf den Fliesen an der Wand hinter sich, während sie sog und leckte, bis er es keine Sekunde länger ertrug. Er packte sie bei den Schultern, zog sie auf die Füße und eroberte ihren Mund mit einer Eindringlichkeit, die sie innehalten lassen sollte, doch stattdessen erwiderte sie seinen Kuss mit derselben Leidenschaft. Sie vergrub die Finger in seinem Haar, und ihre Nägel gruben sich in seine Kopfhaut, als sie ihn an sich zog und ihren Kuss vertiefte.

Schließlich löste er sich schwer atmend von ihr. »Ich bin kurz davor, dich aufs Bett zu werfen und dir das Hirn aus dem Schädel zu vögeln. Wenn du also nicht nach Krankenhausseife riechen willst, solltest du dich beeilen.«

Sie zog ihn an sich zu einem weiteren Kuss, den sie mit einem neckenden Biss in seine Unterlippe beendete. »Ich bin immer noch halb angezogen, Agent Davenport.«

Mit einem Grollen zog er die geliehene Jogginghose über ihre Beine und schleuderte sie zur Seite, bevor sie protestieren konnte – auch wenn sie es keineswegs vorgehabt hatte –, ehe er ihr Spitzenhöschen packte und mit einem Ruck zerfetzte. Er sank auf die Knie und ließ den Blick nach oben schweifen, über ihr Gesicht mit den vor Erregung geröteten Wangen. »Den ganzen Abend musste ich daran denken, dass du splitternackt unter Keiths Jogginghose bist«, sagte er mit rauher Stimme. »Wo kommt das Höschen auf einmal her?«

»Jeremys Tochter hat es wohl liegenlassen. Es ist ganz neu und war sogar noch eingepackt«, antwortete sie atemlos.

»Noch nie getragen. Und jetzt ist es endgültig Geschichte.«

»Ich entschuldige mich, aber leid tut es mir nicht.« Er drückte einen Kuss auf die Innenseite ihres Schenkels und sog den Duft ihrer Erregung tief in sich. »Aber du bekommst ein neues.«

Ihr Lachen schlug in ein Stöhnen um. »Schon gut. Mir hat noch keiner das Höschen vom Leib gerissen, das war echt verdammt heiß, Decker.« Sie trat in die Dusche und winkte ihn zu sich. »Kommst du?«

Er schloss kurz die Augen. »Du hättest auch sagen können, dass du es nicht langsam haben willst.«

Sie lachte – ein tiefes, sinnliches Lachen, das ihn beinahe auf der Stelle kommen ließ. »Ich sagte, dass ich es manchmal langsam mag.« Sie streckte die Hand aus. »Aber nicht heute.«

Er stand auf, folgte ihr unter die Dusche und drückte sie mit seinem Körpergewicht gegen die Wand, was ihr ein neuerliches Stöhnen entlockte. »Ich muss in dir sein. Sofort.«

Er nahm ihr die Seife aus der Hand und seifte sie eilig ein, viel zu schnell. Er musste sie besitzen, jetzt gleich. Wie konnte er bloß auf die Idee kommen, es ganz langsam angehen zu lassen? Genüsslich? Wohl wissend, dass sie ihn beobachtete, seifte er sich ebenfalls ein. Ihr Blick folgte ihm, als er seine Hände tiefer wandern ließ.

Er ließ die Seife fallen, trat unter den Strahl, drehte das Wasser ab und schnappte sich das nächstbeste Handtuch, um sie beide flüchtig abzutrocknen. Dann zog er sie aus der Dusche, hielt gerade lange genug inne, um ein Kondom aus seiner Hosentasche zu holen, ehe er sie mit sich zum Bett zog. Er warf sich auf sie, und allein die Berührung ihrer Haut ließ ihn beinahe kommen.

Sie schob ihn von sich, rollte ihn auf den Rücken und riss ihm das Kondom aus der Hand. Dann setzte sie sich auf ihn, so wie in der Nacht zuvor, und rollte das Kondom mit raschen, geübten Bewegungen über seinen betonharten Schwanz. »Okay?«

Sein Blick wanderte von ihrer Hand um seine Männlichkeit über ihre Brüste und schließlich zu ihrem Gesicht. »Was meinst du?«

Sie grinste. »So herum ... Dass ich ... du weißt schon.«

Er schloss die Augen und versuchte, einen letzten Rest Selbstbeherrschung zu finden. Wieder versuchte sie, ihn zu beschützen, wollte ihm Gelegenheit geben, vollständig zu genesen, ehe er auf ihr sein sollte. Er grub die Finger in ihre Hüften und zog sie an sich. »Oh Kate, solange ich in den nächsten fünf Sekunden in dir sein darf, kannst du von mir aus an einem Trapez baumeln, verdammt noch mal!«

»Tja, das klingt gar nicht mal so uninteressant.« Sie küsste ihn zärtlich, was ihm ein neuerliches Stöhnen entlockte, das beinahe wie ein Wimmern klang.

»*Kate!*«

»Schsch.« Sie hob ihre Hüften an und ... nahm ihn in sich auf. *Endlich.* Wieder stöhnte er auf, doch sie verschloss seinen Mund mit ihren Lippen und begann, sich zu bewegen, während ihm bewusst wurde, dass er jederzeit mit dem größten Vergnügen sterben würde, wenn sich der Himmel so anfühlen würde.

»Schneller. Bitte«, stieß er rauh hervor. Sie schob sich etwas höher, um ihn noch tiefer in sich aufnehmen zu können, ehe sie den Kopf in den Nacken fallen ließ und ihn ritt, wild und hart und schnell, wobei ihre Brüste im Einklang mit ihren Bewegungen wippten. Er wollte sie ansehen, ihr Gesicht, doch alles rings um ihn herum schien zu verschwimmen, als er ihr die Hüften weiter entgegenreckte. Er wollte sich in ihr versenken, sie ausfüllen, voll und ganz, sie mit Beschlag belegen, damit kein anderer sie jemals wieder besitzen konnte, weder heute noch in Zukunft.

Er blinzelte heftig, als sich etwas in ihm löste. Sie sah ihn an, ohne ihre Bewegungen zu verlangsamen. Es war still, lediglich das Klatschen ihrer Körper und ihre harschen Atemzüge erfüllten den Raum. Er stellte einen Fuß auf die Matratze, um sich noch tiefer in ihr zu versenken, worauf sie einen wimmernden Laut von sich gab und sich ihm noch etwas weiter entgegenwölbte.

Sie presste sich die Hand auf den Mund, um ihren Schrei zu unterdrücken, als sie kam und damit seinen Höhepunkt auslöste. Er zog sie an sich, drückte seinen Mund hart auf ihre Lippen und rollte sie herum, so dass sie auf dem Rücken lag. Dann schloss er die Augen, packte ihre Hüften und grub sich tief in sie hinein.

Und als er kam, schien es, als würde sich ein Blitz über ihm erhellen. Winzige Lichter tanzten hinter seinen Lidern. Es war wie eine Sturmflut, die ihn und alles, was sich ihr in den Weg stellte, mit sich riss. Und dann war es still.

Frieden. Vorsichtig ließ er sich auf die Ellbogen sinken und erschauderte, als sie zärtlich seinen Rücken streichelte und einen neuen, langsameren Rhythmus anschlug.

Frieden, dachte er noch einmal, erschauderte ein weiteres Mal und küsste zuerst ihren Hals, dann ihre Schläfe, dann ihre Stirn. Schließlich öffnete er die Augen und blickte in ihr lächelndes Gesicht.

Das. Genau das wollte er haben. Genau das war es, wonach

er sich in den zahllosen einsamen Nächten immer gesehnt hatte. Dass sie ihn anlächelte. Dieses lächelnde Gesicht wollte er jeden Tag sehen. Für den Rest seines Lebens.

»Du bist so wunderschön«, flüsterte sie.

Er lächelte. »Ich dachte, das sei mein Text. Aber das ist es nicht. Ein Text, meine ich.«

Sie berührte seine Wange. »Ich weiß.«

Er wollte sie nicht verlassen, die Wärme ihres Körpers, doch er musste sich um etwas kümmern. Er löste sich von ihr und stand auf, um das Kondom zu entsorgen, doch als er zurückkehrte, lag sie mit geschlossenen Augen da.

Er hob sie hoch, um die Decke unter ihr hervorzuziehen, dann bettete er ihren Kopf auf das Kissen und zog die Nadeln aus ihrem Haar, so dass es sich um ihre Schultern ergoss – ein herrliches Bild, von dem er später würde träumen können.

23. Kapitel

»Sind Sie eigentlich ein Mensch, Davenport?«

Decker blickte von seinem Laptop auf, als Troy in Boxershorts hereinkam und sich die Augen rieb. »Als ich das letzte Mal nachgesehen habe, war's noch so, ja«, antwortete er mit einem milden Lächeln.

»Ich glaube Ihnen kein Wort. Wieso kommen Sie nicht um vor Müdigkeit?«

Weil ihm der Sex neue Energie verliehen hatte, aber das würde er Troy natürlich nicht auf die Nase binden. »Ich habe im Krankenhaus eine ganze Woche geschlafen. Das sollte für ein paar Tage reichen. Und wieso sind Sie wach?«

»Dieses verdammte Magengeschwür«, murmelte Troy, warf den elektrischen Wasserkessel an und durchforstete die Schränke nach einer Tasse. »Tee. Kamille. Das hilft.« Mit schmerzverzerrtem Gesicht rieb er sich den Magen. »Ein Abendessen hätte sicher auch gutgetan. Aber ich habe es vergessen.«

»Im Kühlschrank steht noch etwas. Keith O'Bannion hat es uns mitgegeben. Er ist ein toller Koch.«

Troy machte ein finsteres Gesicht. »Tolle Sachen kann ich aber nicht essen. Wenn es gut schmeckt, kommt es sowieso gleich wieder heraus.«

»Vielleicht auch nicht. Ich hab ihm erzählt, dass einer unserer Kollegen an einem Magengeschwür leidet. Es hat sich herausgestellt, dass Jeremy auch eines hat und Keith deshalb besonders magenschonend kocht. Der Behälter steht im

Kühlschrank, und es klebt ein Zettel mit MF für magenfreundlich drauf.«

Troy sah ihn verblüfft an. »Das war wirklich nett von Ihnen, Davenport. Und von O'Bannion auch.« Er nahm den Behälter heraus, gab den Inhalt auf einen Teller und stellte ihn in die Mikrowelle. »Was machen Sie da?«

»Ich sehe mir die Dateien an, die Diesel gestern Nachmittag vorbeigebracht hat.«

Troy verzog mitfühlend das Gesicht. »Noch mehr Fotos?«

»Ja, aber mir ist etwas eingefallen. Ich frage mich die ganze Zeit schon, wann ...« Er unterbrach sich, als Kate in T-Shirt, Schlafanzugshorts und mit ihrer Stricktasche aus dem Schlafzimmer kam. »Wieso bist du wach?«

»Ich habe Stimmen gehört und wollte mir den Spaß nicht entgehen lassen«, gab sie leichthin zurück, doch Decker konnte sie nichts vormachen – er registrierte auf Anhieb diesen gequälten Ausdruck in ihren Augen.

Wieder der Alptraum?, fragte er sie mit seinem Blick, worauf sie erschöpft nickte.

»Was habt ihr vorhin da drin getrieben?«, fragte Troy argwöhnisch.

»Privatsache, Onkel Luther«, antwortete Kate. »Niedliches Höschen übrigens. Ein Glück, dass du Cap-Fan bist, sonst hätte ich Zimmerman bitten müssen, mir einen neuen Partner zuzuteilen.«

Troy wurde rot. Auf seinen Boxershorts prangten Captain-America-Schilde. »Ich gehe mich gleich anziehen, aber ich dachte, ich wäre allein in der Küche.«

Kate winkte ab und setzte sich an den Tisch. »Ich bin mit vier Brüdern aufgewachsen, und deine Shorts sind so ziemlich die züchtigsten, die ich je zu sehen bekommen habe. Solange du kein Problem damit hast – ich habe jedenfalls keines.«

»Ich schon«, gab Troy zurück. »Manche Grenzen sollte man

lieber nicht überschreiten.« Er verschwand im Gästezimmer und kehrte gleich darauf in Jogginghose und einem FBI-Shirt zurück. »Ich mache mir gerade etwas zu essen warm. Hat sonst noch jemand Hunger?«

Kate legte den Kopf schief. »Ja, ich. Im Gegensatz zu einigen anderen hier habe *ich* mir bei Keith ja nicht den Bauch vollgeschlagen«, erklärte sie mit einem vielsagenden Blick in Deckers Richtung.

»Hey, ich habe eine Woche lang geschlafen und gehungert. Und ich könnte schon wieder etwas vertragen.« Er nickte Troy zu. »Also, ja. Gern.«

Troy richtete die Teller her. »Also, womit waren Sie gerade beschäftigt, Davenport?«

Decker richtete seine Aufmerksamkeit wieder auf den Laptop vor ihm auf dem Tisch. Es waren zwar Fotos auf dem Bildschirm zu sehen, allerdings keine von der Sorte, die ihm Alpträume bescheren würden. »Ich habe über etwas nachgedacht, das Stone gestern Abend gesagt hat. Dass er in der mittleren Klassenstufe angefangen hat, Stoff vom Professor zu kaufen. Das hat mich so wütend gemacht, dass ich nur an eines denken konnte – was für ein verdammtes Arschloch dieser Typ ist. Aber nachdem ich mich ein bisschen beruhigt hatte, kam mir ein anderer Gedanke. Wir wissen inzwischen, wie der Professor die Kids an Land zieht. Er tritt entweder über die Schulen an sie heran, wenn sie noch sehr jung sind, oder später, wenn sie ins Fitness-Center oder aufs College gehen.«

»Ich habe doch diese Liste der Lehrer aus der Umgebung und könnte sie auf die Angaben zu Größe und Statur überprüfen«, meinte Troy.

»Das wäre gut«, gab Decker zurück. »Aber ich überlege auch, woher er McCord gekannt haben könnte.«

Kate biss sich auf die Lippe. »Diese Spur haben wir komplett links liegenlassen, stimmt's? Der Professor verkauft seinen Stoff an Schulkinder, und McCord ist ihr Lehrer. Außerdem hat er von Alice und ihrem Vater Kinder für seine Pornos gekauft.« Sie zog die Brauen hoch. »Hat McCord *alle* Opfer gekauft? Das muss ihn doch eine Menge Geld gekostet haben. Wie hätte er da noch Profit machen sollen?«

»Das ist ein Argument«, murmelte Decker und machte sich eine Notiz. »An den Profit hatte ich nicht gedacht. Vielleicht sollte ich mein Diplom als Wirtschaftsprüfer lieber verbrennen.«

»Oder uns verraten, worüber du stattdessen nachgedacht hast«, erwiderte Kate kleinlaut. »Entschuldige, ich wollte dich nicht aus dem Konzept bringen.«

Er sah sie vorwurfsvoll an. »Du brauchst mich nicht mit Glacéhandschuhen anzufassen, Kate. Dem Geld zu folgen, kann nie schaden.« Er deutete auf den USB-Stick in seinem Computer. »Aber zurück zu den Daten. Ich habe Zimmerman gestern in Alice' Apartment eine Kopie von dem USB-Stick gegeben, und er lässt gerade ein paar Leute von der Sondereinheit auf Landesebene die Fotos mit denen bekannter Opfer abgleichen … was sie im Zuge ihrer Routineermittlungen ja grundsätzlich tun. Trotzdem frage ich mich, wo sich McCord und der Professor über den Weg gelaufen sein könnten. Selbst wenn sie beide Lehrer waren, kommt man doch nicht einfach so ins Gespräch, nach dem Motto: ›Stehst du auf Baseball? Ich auch. Und Kinderpornos? Ich drehe auch welche. Wahnsinn, lass uns ins Geschäft kommen.‹ So läuft das wohl kaum ab.«

Troy stellte die Teller vor Kate und Decker ab und setzte sich zu ihnen. »Klar. Viel zu riskant. Es muss eine andere Verbindung geben.« Er schob sich die erste Gabel in den Mund. »Oh, Wahnsinn.« Er schloss verzückt die Augen. »Das ist ja total lecker. Und es bringt mich nicht um?«

Decker grinste. »Ich hoffe nicht, aber falls ja, sterben Sie wenigstens als glücklicher Mann.«

Troys finstere Miene war nur teilweise gespielt, als er mit der Gabel auf ihn deutete. »Also, raus damit. Wie sind sich die beiden begegnet?«

»Na ja, kommen wir noch mal zu Kates Argument zurück, dass McCord seine Filme nicht ausschließlich mit Opfern gedreht haben kann, die er Alice und ihrem Vater abgekauft hat. Die ersten Dateien sind zehn Jahre alt und etwa um den Zeitraum entstanden, als zuletzt Dateien auf dem PC in seinem Schrank gespeichert wurden. Ich habe sie nur überflogen«, gestand Decker. »Ich konnte mich nicht überwinden ... mir jede einzelne anzusehen.« Kate drückte ermutigend seinen Arm. »Anfangs waren es noch Kinder, die amerikanisch aussahen, und auch nicht so viele, wie ich befürchtet hatte. Die meisten sahen nach eher niedrigem gesellschaftlichen Status aus – billige Klamotten, schmale Gesichter, resigniert-hoffnungsloser Ausdruck ... Sie wissen schon, was ich meine.«

»McCord hat an einer Schule in der Innenstadt unterrichtet.« Troy setzte sich auf. »Waren es vielleicht ehemalige Schüler von ihm?«

Decker nickte. »Genau das habe ich gerade überprüft. Ich habe mir alte Jahrbuchfotos mit dem Ziel angesehen, ob ich eines der Kids erkenne. Bislang habe ich eine Übereinstimmung gefunden.« Kate und Troy wollten etwas sagen, doch Decker hob die Hand. »Der Junge ist bereits tot«, sagte er, worauf die beiden enttäuscht die Schultern sacken ließen.

»Wie?«

»Selbstmord. Tabletten.«

Einen Moment herrschte Schweigen. Troy schob seinen Teller zur Seite. »Verdammt.«

Kate seufzte. »Vielleicht können wir seine Familie befragen

und eine Verbindung finden. Wann hat er sich das Leben genommen?«

»Vor fünf Jahren. Etwa zu dem Zeitpunkt, als McCord angefangen hat, Teenager zu missbrauchen, die er von Alice gekauft hat … Kids aus armen weißen amerikanischen Familien und aus Südostasien, Thailand, Vietnam. Auch philippinisch und ein paar indisch aussehende Kinder. Standfotos und Videos.«

Kate schluckte schwer. »Wo sind sie? Diese Kinder, meine ich?«

Decker rieb sich den schmerzenden Nacken. »Das weiß ich nicht. In McCords Haus wurden jedenfalls keine Hinweise gefunden, und weitere Immobilien schien er nicht zu besitzen.« Er räusperte sich. »Ich nehme an, dass er sie entweder weiterverkauft oder getötet hat. Ersteres hätten Alice und ihr Vater aber mitbekommen, weil ihre Opfer Fußfesseln mit einem Sender trugen, dessen Bewegungen auf einem Laptop aufgezeichnet wurden, den Alice' Vater in der Schreibtischschublade seines privaten Arbeitszimmers aufbewahrt hat. Ich habe das Gerät zufällig einmal gesehen.«

»Aber bei der Durchsuchung lag dort kein Laptop«, wandte Kate ein. »Und auch nicht in seiner Aktentasche.«

»Alice' Bruder Sean könnte ihn an sich genommen haben. Aber wir wissen immer noch nicht, wo er die Dateien versteckt hat. Ihr habt zwar das gesamte Anwesen abgesucht, aber wenn der Laptop nicht im Wagen lag, als er getötet wurde, muss er noch dort sein. Wir müssen noch mal nachsehen.«

»Außerdem ist die Durchsuchung von Alice' Apartment noch nicht abgeschlossen«, warf Troy ein. »Heute werden Röntgengeräte eingesetzt, um die Wände abzusuchen. Vielleicht finden wir ja etwas.«

»Hoffentlich«, erklärte Decker hitzig. »Ich habe nicht alle

Kids auf den Fotos gezählt, aber in den letzten fünf Jahren hat er mindestens zehn gekauft, vielleicht sogar mehr.«

»Wir suchen weiter«, erklärte Kate entschlossen. »Vor fünf Jahren hat der Ort, wo die Videos mit Sunshine Suzie gedreht wurden, gewechselt. Und vor fünf Jahren hat McCord angefangen, ausländisch aussehende Kinder vor die Kamera zu holen. Vor fünf Jahren hat ein ehemaliges Opfer Selbstmord begangen. Zufall?«

»Ich würde sagen, nein«, antwortete Troy. »Das Mädchen, das Corey Addison Suzie genannt hat, wurde später im selben Wagen gesehen, der auch bei dem Angriff auf Dani benutzt wurde. Das hängt alles irgendwie zusammen. Was spricht dagegen, einfach mal davon auszugehen, dass McCord sich vor fünf Jahren mit dem Professor zusammengetan hat?«

»Bislang gar nichts.« Kate zog ihr Strickzeug heraus und machte sich an die Arbeit. »Die Suzie-Videos liefen noch zwei weitere Jahre, waren aber anders aufgemacht. Der Ort hat gewechselt, deshalb gehe ich davon aus, dass bei der alten Location die Gefahr bestand, dass sie von jemandem erkannt werden könnte, denn die Filme sind online nirgendwo mehr zu finden.«

»Da könnte etwas dran sein.« Troy stand auf und schenkte sich Tee nach, dessen Aroma sich mit dem des Essens vermischte. »McCord und der Professor haben ihre Geschäfte unabhängig voneinander gemacht, bis sie irgendetwas zueinandergeführt hat. McCords ehemaliger Schüler hat sich das Leben genommen. Der Mann, der Suzie missbraucht hat – wir gehen nach wie vor davon aus, dass es der Professor oder jemand aus seinem Umfeld war –, wechselt das Studio, vernichtet eine ganze Jahresproduktion und verzichtet dadurch auf den Gewinn. Trotzdem wissen wir immer noch nicht, wann und wie sie sich über den Weg gelaufen sind. Der Professor lebt hier in der Stadt. Zumindest ist er heimisch genug, um seit zwanzig Jahren Drogen an Kids in der Stadt zu verkaufen. McCord hat auch sein ganzes Leben in seiner Heimatstadt verbracht, deshalb müssen sie sich eigentlich hier in Cincinnati begegnet sein.«

Decker verputzte den letzten Bissen. Das Schicksal der jungen Opfer wühlte ihn auf, aber er war dazu erzogen worden, kein Essen wegzuwerfen. Außerdem war er höllisch hungrig. Wortlos schob Kate ihm ihren halb aufgegessenen Teller hin.

»Danke«, sagte er. »Wie kommt jemand auf die Idee, Kinderpornos zu drehen? Okay, der eine oder andere will vielleicht Geld damit verdienen, trotzdem ist so was doch inzwischen wahnsinnig gefährlich. Die Feds sind ja nicht von gestern. Offenbar muss der Drang so groß sein, dass man das Risiko trotzdem eingeht. Das legt den Verdacht nahe, dass sowohl der Professor als auch McCord zuerst Fans dieser Schweinereien waren, bevor sie selbst angefangen haben, zu produzieren.«

»Klingt logisch.« Troy blies vorsichtig in seine Teetasse. »Und? Weiter?«

Kate ergriff das Wort, um Decker etwas Zeit zum Essen zu lassen. »Was wäre, wenn der Professor eines Tages, als er sich ein Video reingezogen hat, ein Kind erkannt hätte, weil er ihm schon einmal seinen Stoff verkauft hat? Er hat schon etliche Suzie-Filme gedreht, muss aber aus irgendwelchen Gründen das Studio wechseln. Die ersten Suzie-Videos wirken ziemlich amateurhaft … was, wenn er Angst bekommen hat, jemand könnte die Räumlichkeiten erkennen, und er sich deshalb mit jemandem zusammentun wollte, der mehr Erfahrung auf dem Gebiet hat? Er nimmt einfach Kontakt zu dem Teenager auf, den er in dem Film erkannt hat, und zack – schon ist die Verbindung zu McCord da.«

»So könnte es gewesen sein«, erklärte Troy. »Das Problem ist nur, dass der Professor seinen Stoff bloß an Kinder reicher Eltern verkauft hat.«

»Zumindest soweit Stone wusste«, sagte Decker. »Stone war ja selbst so ein Jugendlicher. Vermutlich kannte er damals gar keine armen Kids, was aber nicht heißen muss, dass sie nicht auch zu den Kunden des Professors gehört haben. Stone hat gesagt, der Professor hätte ja auch an Frauen mittleren Alters verkauft.«

»Ach ja«, sagte Troy und zog eine Grimasse. »Und wo trifft er diese Frauen?«

»Keine Ahnung«, antwortete Decker. »Aber jene Frau, die Stone gesehen hat, war auch nicht arm. Sie hat gesagt, ihr Mann käme bald nach Hause, und dann könnte sie ihm das Bargeld aus der Brieftasche klauen, um die Drogen zu bezahlen. Wenn er so viel Bargeld bei sich hat, kann er wohl nicht ganz arm sein.«

»Außerdem pflegt der Professor enge Kontakte zu Krankenschwestern«, warf Kate ein. »Er hat Eileen Wilkins über ihren Liebhaber kennengelernt, den er mit Steroiden versorgt hat. Eileen hat gestohlene Opiate aus dem Krankenhaus gespritzt. Offenbar ist Drogensucht inzwischen eine regelrechte Epidemie unter den Schwestern. Genauso wie ...« Sie hielt inne und sah auf. »Soccer Mums mittleren Alters oder auch Karrierefrauen mit Kindern. Immer im Stress, zu viel Arbeit, zu wenig Zeit. Sie brauchen etwas, um in die Gänge zu kommen. Ein gewöhnlicher Latte von Starbucks reicht da nicht mehr. Oder sie steigen über verschreibungspflichtige Schmerzmittel ein und wechseln dann zu Heroin. Wie kommt er in Kontakt mit diesen Frauen?«

»Über die Schule?«, schlug Troy achselzuckend vor. »Über den Lehrer-Eltern-Ausschuss? Über den Supermarkt? Über den Zumba-Kurs oder auf der Zuschauertribüne des Softballstadions? Es kann überall passieren.«

»Aber einige der Frauen haben es doch geschafft, clean zu werden«, wandte Decker ein. »Stone hat auch klammheimlich entzogen. Wie wär's, wenn wir einfach mal mit jemandem reden, der in einer Entzugsklinik arbeitet, so wie Bailey Beardsley? Über derzeitige Patienten darf sie uns natürlich keine Auskunft geben, aber vielleicht über solche, die den Absprung geschafft haben.«

»Falls sie überhaupt mit uns reden wollten, hätten sie doch zwanzig Jahre dafür Zeit gehabt«, wandte Troy zweifelnd ein.

»Vielleicht haben sie Angst«, meinte Kate. »Wir haben heute Abend erfahren, dass der Kerl nicht davor zurückschreckt, über das Kind an ein Elternteil heranzukommen, oder einen unschuldigen Teenager wie Charlie Chalmers einfach zu töten. Wenn sie fürchten, ihre Familie könnte in Gefahr sein, werden sie den Mund bestimmt nicht aufmachen. Trotzdem kann es nicht schaden, einfach mal zu fragen. Vielleicht bringt ja doch jemand den Mut auf.«

Decker, der endlich das Gefühl hatte, satt zu sein, spürte, wie ihn eine tiefe Erschöpfung überkam. »Ich rede gleich morgen früh mit Bailey.« Er musste so herzhaft gähnen, dass sein Kiefer knackte. »Jetzt haue ich mich erst mal aufs Ohr.«

»Dem Herrn sei Dank«, sagte Troy. »Ich hatte schon Angst, mir knallt vor Müdigkeit gleich der Kopf auf den Tisch. Wir haben noch ein paar Stunden bis zum Morgenmeeting, also, Leute, lasst uns noch ein Weilchen schlafen.« Er stellte das Geschirr in die Spüle und ging ins Gästezimmer.

Dankbar packte Decker den Gehstock, den er von Keith geliehen hatte, denn der Raum begann, sich plötzlich zu drehen. »Mist, ich mache tatsächlich schlapp. Kommst du?«

Kate verstaute ihr Strickzeug in der Tasche. »Klar, aber wenn ich nicht schlafen kann, stehe ich wieder auf und stricke weiter, damit ich dich nicht störe.«

Sie wirkte seltsam widerstrebend, als sie ihm ins Schlafzimmer folgte. Decker glaubte den Grund dafür zu kennen, trotzdem musste er mehr über sie erfahren, wenn er ihr helfen wollte. Er legte sich neben sie, zog sie zu sich heran und bettete ihren Kopf auf seine Brust, dann knipste er das Licht aus.

»Du hattest wieder einen Alptraum«, sagte er in die Dunkelheit hinein.

Sie versteifte sich. »Ja.«

»Willst du mir sagen, wieso?«

Stille. »Ja«, sagte sie dann.

Wieder herrschte Stille, diesmal noch länger. Er drückte ihr einen sanften Kuss aufs Haar. »Wenn ich nicht weiß, worum es geht, kann ich dir nicht helfen.«

»Ich glaube, dass du mir überhaupt nicht helfen kannst, Decker. Weil es nichts zu helfen gibt. Ich kann es nun mal nicht ungeschehen machen. Und ich würde es auch nicht tun, selbst wenn ich es könnte.«

»Aber du träumst nicht davon, was du getan hast, stimmt's? Sondern von dem, was Jack getan hat.« Er spürte ihren warmen Atem auf seiner nackten Brust, als sie seufzte. »Glaubst du, ich würde deswegen schlechter von dir denken?«

»Keine Ahnung, aber wenn du es tätest …« Ihre Stimme zitterte. »Dann könnte ich es vielleicht nicht ertragen.«

Er wünschte sich so sehr, dass sie ihm vertraute. Doch nach der kurzen Zeit, die sie sich kannten, musste es ihr auch unvernünftig erscheinen. Es sei denn, es gelang ihm, sie vom Gegenteil zu überzeugen. Er holte tief Luft und sprach die Worte aus, die bisher noch niemand zu hören bekommen hatte. »Ich habe den Mann getötet, der meine Schwester auf dem Gewissen hat«, sagte er, bevor ihn der Mut verlassen konnte.

Sie strich mit den Fingerspitzen über seine Brust. »Ich weiß. Darauf bin ich schon von selbst gekommen.«

Aber er hatte es noch nie jemandem erzählt. »Ich habe ihm

eins mit dem Baseballschläger übergezogen. Mit voller Wucht. Und gehört, wie sein Schädel gebrochen ist. Dann habe ich ihn in den Fluss gestoßen. Er hat noch gelebt. Laut Bericht des Leichenbeschauers ist er gestorben, ohne noch einmal das Bewusstsein zu erlangen.«

Ihre Stimme wurde hart. »Dann ist er noch mal gut davongekommen.«

»Vermutlich. Ich dachte, es würde mir nichts ausmachen, aber selbst wenn ich heute genau dasselbe wieder tun würde, sind die Gewissensbisse geblieben ... bis heute.«

Sie seufzte. »Sollte das ein Test gewesen sein, um herauszufinden, ob ich dich hängenlasse? Tja, das werde ich nicht tun. Falls es dazu dient, mir das Gefühl zu geben, dass es in Ordnung ist, mich dir anzuvertrauen, bin ich dir dankbar. Wirklich.«

»Aber?«

»Kein Aber. Ich bin dir die Wahrheit schuldig. Es ist nur schwer, sich daran zu erinnern, und es ist unmöglich, sie zu vergessen.«

»Dann erzähl sie mir doch einfach so, als wäre es eine Geschichte. Es war einmal eine Frau namens Kate, die ihren Mann von Herzen liebte ...«

Sie zögerte kurz. »Aber er hatte einen inoperablen Gehirntumor. Nach der Diagnose führte er ein sehr ernstes Gespräch mit den Menschen, die er am meisten liebte – seine Verlobte und sein Bruder. Er beschloss, dass er keine Chemotherapie über sich ergehen lassen, sondern lieber die Zeit genießen wollte, die ihm noch blieb. Er bat, dass sie seine Entscheidung respektierten und nicht versuchten, ihn umzustimmen. Es war schwierig, aber sie akzeptierten seinen Entschluss. Eigentlich hätte ihm ein ganzes Jahr bleiben sollen, deshalb machte er eine Liste der Dinge, die er gern noch erleben wollte. Er und seine Verlobte gingen Fallschirmspringen und in den Rocky Mountains wandern. Und …« Ihre Stimme zitterte. Und brach schließlich.

Und mit ihr brach auch ein Stück seines Herzens. »Und zwei Komma sieben Sekunden auf einem Bullen namens Fu Manchu?«, fragte er, als ihm der Text des Songs wieder einfiel, auf den sie gerade angespielt hatte.

»Nein. Dafür war er schon zu krank, und Bullenreiten war sowieso nicht sein Ding. Er wollte Tiere nicht leiden sehen. Deshalb fand seine Verlobte einen künstlichen Bullen und ritt ihn … na ja, keine zwei Komma sieben Sekunden, aber immerhin lange genug, um ihn zum Lachen zu bringen. Und dann bastelte sie mit Photoshop dem Bullen einen Fu-Manchu-Bart auf dem Foto, das er geschossen hatte, während sie sich mit aller Kraft an dem Vieh festklammerte.«

Er gab ihr einen Kuss auf die Stirn und ließ sich wieder in die Kissen sinken. »Ich hoffe, du hast das Foto noch. Das würde ich wirklich gern mal sehen.«

»Es ist auf dem iPad, das ich dir geliehen habe. Alle Fotos sind dort abgespeichert.«

Er war heilfroh, dass er es nicht heimlich im Krankenhaus durchstöbert hatte. »Du kannst es mir zeigen, wenn du bereit dafür bist. Jedenfalls ging es ihm zunehmend schlechter.«

»Genau. Und er konnte den Job nicht mehr ausüben, den er über alles geliebt hat. Seine Schüler haben geweint. Er hat geweint. Seine Verlobte nicht. Weil sie für ihn stark sein musste. Aber später, als sie allein war, weinte sie, weil niemand auf der Welt so stark sein kann, verstehst du?«

»Ja, ich verstehe.«

»Sie hatten ihre Hochzeit im Juni geplant, zum Hochzeitstag seiner Eltern, weil sie bei einem Verkehrsunfall ums Leben gekommen waren und er und seine Verlobte sie von Herzen geliebt hatten und sie damit ehren wollten. Aber seine Verlobte erfuhr, dass sie sich nur für ihren Ehemann, nicht aber für ihren Verlobten vom Dienst beurlauben lassen konnte, also haben sie auf dem Standesamt geheiratet, mit seinem Bruder als Trauzeugen. Sie könnten ja im Juni immer noch kirchlich heiraten, für ihre Freunde. Aber die Krankheit entwickelte sich rascher als gedacht, und sie schafften es nicht mehr.«

»Das tut mir so leid.«

»Mir auch.« Er spürte die feuchte Wärme ihrer Tränen auf seiner Brust. »Jedenfalls schritt sein Verfall immer rascher voran. Einen Punkt hatten wir bei diesem ernsten Gespräch nach der Diagnose geklärt: Er wollte zu Hause und zu seinen Bedingungen sterben. Die Ärzte hatten uns schon gewarnt, dass er uns am Ende nicht mehr erkennen würde. Dass er Schmerzen haben würde.« Sie lachte unter Tränen. »Johnnie hatte Angst vor Schmerzen. Er war ein echtes Weichei und wurde schon hysterisch, wenn er sich mal an einem Blatt Papier in den Finger geschnitten hat.« Sie räusperte sich. »Er wollte nicht als Hülle seiner selbst sterben, als Mann, den wir nicht mehr kennen. Deshalb mussten wir ihm versprechen …«

Die Nässe auf seiner Brust schien sich auszubreiten, und ihre Schultern bebten. Decker konnte nichts anderes tun, als sie in seinen Armen zu halten.

»Wir mussten ihm versprechen, dass wir ihn gehen ließen, wenn der erste Schub käme und er uns nicht mehr erkennen würde. Wir mussten versprechen, dass wir Schmerztabletten für ihn bereitlegen würden, damit er seinem Leben dann ein Ende setzen konnte, wenn er es für richtig hielt. Ich wollte das nicht, und Jack schon gar nicht, aber Johnnie … er konnte einen mit seinem Charme um den Finger wickeln, deshalb hat er uns am Ende doch überredet. Und dann kam der Tag. Im März. Es war eiskalt und hat geschneit, und eines Morgens ist er schreiend aufgewacht. Er wusste nicht mehr, wo er war, wer er war, wer ich war, und er hatte schreckliche Angst.

Ich habe ihm etwas gegeben, damit er wieder einschlafen konnte, nur ein Weilchen. Dann habe ich Jack angerufen, der so schnell herkam, wie er nur konnte. Er war gerade in Iowa und hat dort die Mannschaft der Highschool trainiert, an der wir alle drei gewesen waren. Unterwegs brach ein Blizzard los, und er kam, gerade als Johnnie wieder aufgewacht war. Ich dachte, Johnnie wüsste nicht mehr, was passiert war, aber dem war nicht so. Er hat uns an unser Versprechen erinnert.«

»Hat Jack versucht, es ihm auszureden?«

»Nein. Er hat versucht, *mich* dazu zu bringen, es Johnnie auszureden, aber ich wollte nicht, und deshalb war er wütend auf mich. Aber wir hatten es Johnnie nun mal versprochen, und er hatte Schmerzen. Das Problem war, dass wir uns nicht einigen konnten, wer ihm das Fläschchen hinstellen sollte. So einfach war es nicht.«

»Und wie habt ihr euch am Ende geeinigt?«

Sie stieß ein trauriges Lachen aus. »Wir haben Schere, Stein, Papier gespielt. Darin hatte ich Jack schon immer geschlagen. Eigentlich wollte ich ihn gewinnen lassen, dann wäre ich diejenige gewesen, die es tun musste, aber ich habe fair gespielt, und Jack hat verloren. Er hat das Fläschchen hingestellt, Johnnie einen Kuss auf die Stirn gegeben, und dann ist er davongelaufen, als wäre der Leibhaftige hinter ihm her. Er hat sich in die nächstbeste Bar gesetzt und sich bis zur Besinnungslosigkeit volllaufen lassen.«

»Und dich allein zusehen lassen, wie Johnnie stirbt?«

»Genau. Ich wusste die ganze Zeit, dass er es nicht über sich bringen würde. Deshalb habe ich mich neben Johnnie ins Bett gelegt und ihn gehalten. Wir haben uns seinen Lieblingsfilm angesehen, und beim Abspann war er von uns gegangen.«

Decker blinzelte, als ihm die Tränen über die Wangen liefen. »Es tut mir so unendlich leid.«

»Mir nicht. Wie gesagt, ich würde es jederzeit wieder tun. Es war gegen das Gesetz, was eigentlich nicht richtig ist. Es war Johnnies gutes Recht, selbst zu bestimmen, wie er sterben wollte. Als der Leichenbeschauer kam, wollte er wissen, wie Johnnie an die Tabletten gekommen sei, und ich habe gelogen und behauptet, er müsste sie wohl selbst aus dem Badezimmerschränkchen genommen haben. Ich sei eingeschlafen, und als ich wieder aufgewacht sei, hätte er bereits nicht mehr gelebt. Aber zu diesem Zeitpunkt konnte Johnnie schon seit mehreren Wochen nicht mehr selbständig gehen. Und ich glaube, der Leichenbeschauer wusste das auch, aber er hat nicht weiter insistiert. In der Sterbeurkunde stand ›Krebs‹, nicht ›Selbstmord‹. Und schon gar nicht Sterbehilfe. Mir hätten sonst rechtliche Konsequenzen gedroht.«

»Weil du auch niemals Jack hineingezogen hättest.«

»Das hätte ich nicht gekonnt, schließlich hatte er es nicht tun wollen. Der arme Kerl war so betrunken, dass er die Beerdigung nur mit Mühe überstanden hat. Aber er war so außer sich vor Trauer, dass niemand etwas ahnte. Johnnies Schüler kamen und haben ›Wish You Were Here‹ gesungen …« Sie musste tief durchatmen. »Dieser Teil mit ›Two lost souls swimming in a fishbowl, year after year‹ bricht mir bis heute das Herz, weil Jack und ich genau das nach Johnnies Tod waren … zwei verlorene Seelen.«

»Das erklärt so einiges«, sagte Decker leise. »An dem Abend, als ich das erste Mal zu mir gekommen bin, habe ich dich singen hören. Ich habe gehört, wie du geweint hast. Ich wollte dir so gern helfen, wusste aber nicht, wie. Und auch jetzt weiß ich es nicht.«

»Du bist hier, hörst mir zu. Du hast mich nicht als Mörderin bezeichnet, die zu egoistisch war, um sich noch ein paar Tage länger um ihren sterbenden Mann zu kümmern. Das hilft mir sogar sehr.«

Ihm stockte der Atem. »Das hat Jack zu dir gesagt?«

»Allerdings. Und noch einiges mehr. Ich habe es auf die Trauer geschoben und dachte, dass er es irgendwann schon verwinden wird, aber das hat er nicht. Nie. Stattdessen hat er immer weiter getrunken. Morgens hat er Tabletten geschluckt, um irgendwie seinen Arbeitstag an der Schule zu überstehen, und abends etwas, um einschlafen zu können. Es ist ein Wunder, dass er sich dabei nicht versehentlich umgebracht hat, schließlich hat er die Pillen mit Alkohol runtergespült. Er ist noch zwei ganze Jahre an der Schule geblieben, aber dann hat er seinen Job verloren, und es wurde erst richtig schlimm. Er hat mich zu allen möglichen Tages- und Nachtzeiten angerufen und gedroht, reinen Tisch zu machen. Damit ich *meinen* Job verliere. Weil ich meinen Job doch so viel mehr lieben würde, als ich Johnnie geliebt hätte. Johnnie hätte noch Monate am Leben bleiben können, meinte er. Ich hätte es doch nur vorangetrieben, damit ich schneller wieder zur Arbeit zurückkehren könnte. Aber natürlich war es nicht so. Jack hat komplett den Halt verloren, und ich konnte absolut nichts dagegen tun. Ich habe versucht, ihn dazu zu bringen, einen Entzug zu machen, aber natürlich wollte er nicht.«

Sie seufzte. »Ich hätte darauf bestehen müssen. Ich wusste, wenn ich ihn zu einem Entzug zwinge, würde er irgendwann gestehen, was wir getan hatten, und am Ende hätte ich sogar das in Kauf genommen. Zumindest hoffe ich es. Allerdings werde ich es niemals erfahren, weil Jack irgendwann spurlos verschwunden ist. Niemand wusste, wo er sich aufhielt. Etwa einen Monat später kam ich von einem Fall zurück in meine Wohnung. Ich hatte außerhalb der Stadt gearbeitet. Zu diesem Zeitpunkt war ich seit etwa drei Jahren in Washington. Mein Apartment lag im dritten Stock. Einen Aufzug gab es nicht. Ich schleppte also meinen Koffer die Treppe hinauf, als ich sah, dass meine Tür einen Spaltbreit offen stand.«

O Gott, dachte Decker. *Jetzt kommt's.* Er hörte die grimmige Endgültigkeit in ihrem Tonfall.

»Ich dachte, jemand wäre eingebrochen, und wollte gerade den Notruf wählen, aber dann habe ich seine Stimme gehört. Jacks Stimme. Es stellte sich heraus, dass er irgendwann vorher einen Schlüssel hatte nachmachen lassen. Deshalb habe ich aufgelegt und bin reingegangen. Und da war er. Er saß mit meiner Waffe im Mund im Sessel. Nicht mit meiner Dienstwaffe, sondern einer der privaten. Er hatte offenbar meinen Waffenschrank geknackt – die Kombination war mein Hochzeitsdatum, also ein Kinderspiel, darauf zu kommen. Allerdings wurde später noch eine weitere Waffe bei ihm gefunden, sprich, er hatte sich vorbereitet. Er hatte sich alles ganz genau überlegt. Sogar die Häkeldecke meiner Großmutter hat er vom Bett genommen und über den Sessel gelegt. Sie war das Einzige, was ich aus meinem Elternhaus mitgenommen hatte.«

»Was Jack wusste, weil er zu dieser Zeit ja schon dein bester Freund war.«

»Genau. Ich habe versucht, es ihm auszureden, habe ihn angefleht, sich nicht umzubringen, aber er hat nur gelacht und gesagt, ich sollte mich endlich entscheiden, ob er nun töten sollte oder nicht. Und dann hat er abgedrückt.«

Decker zuckte zusammen. »Er wollte also, dass du es siehst.«

»So ist es. Und ich sollte *wissen,* was in ihm vorgegangen ist. Deshalb hat er alles auf Band aufgezeichnet, während er im Sessel in meiner Wohnung saß. Er würde schon seit zwei Tagen dort sitzen und warten, dass ich endlich nach Hause käme. Er sei so unglaublich wütend. Ich hätte ihn dazu gebracht, dass er sich selbst hassen würde. Dass er nicht sicher sei, ob er seinen Bruder aus Mitleid, Feigheit oder Egoismus getötet habe. Er hat getobt und geschrien, sinnloses Zeug, aus dem trotzdem ganz klar hervorging, wie sehr er gelitten hat. Und genau davon träume ich. Wieder und wieder. Ich renne die Treppe hinauf und sehe ihn im Sessel sitzen. Und dann lacht er. Und drückt ab. Und ich stehe da und kann nichts tun.«

Genau das war der Schlüssel, dachte Decker. In jenem Moment, ehe Jack abgedrückt hatte, war sie hilflos gewesen. Genau das dürfte ihre größte Angst sein. Hilflosigkeit. »Und wen hast du angerufen und um Hilfe gebeten?«, fragte er leise.

»Meinen Chef, Joseph Carter, und seine Frau Daphne. Daphne war Deacon und mir sehr ans Herz gewachsen, und sie hat alles Menschenmögliche versucht, damit es mir bessergeht. Ich glaube, Joseph hat geahnt, dass Jack sich nicht nur aus purer Trauer um Johnnie erschossen hat, sondern dass da noch etwas anderes gewesen war, hat aber nie nachgehakt. Und als ich um die Versetzung gebeten habe, hat er mir geholfen.«

»Ich bin froh, dass du sie an deiner Seite hattest«, bemerkte Decker.

Sie stützte sich auf die Ellbogen. »Bist du denn nicht entsetzt?«

»Doch, natürlich, aber nur, weil du so gelitten hast. Kate … in Afghanistan habe ich so viele Männer erlebt, die vor Kummer schier verrückt geworden sind. Manchmal war nicht mehr allzu viel von ihnen übrig, aber sie waren am Leben. Und sie haben schrecklich gelitten. Du hast dem Mann, den du geliebt hast, geholfen, in Würde zu sterben. Für mich ist das ein Zeichen von Stärke.«

Sie schluckte. »Danke, aber die meiste Zeit fühle ich mich alles andere als stark.«

Er lächelte sie an. »Aber du spielst es gut. Und manchmal ist es das Einzige, was man tun kann.«

Es überraschte ihn nicht, dass immer noch Tränen in ihren Augen standen. »Ich bin so froh, dass ich hinter dir von diesem Baum gesprungen bin«, flüsterte sie.

Er nahm ihr Gesicht in beide Hände und küsste sie so sanft und zärtlich, wie er nur konnte. »Ich auch. Lass uns jetzt schlafen. Du brauchst morgen deine Kraft, um weiterhin die Starke zu spielen, genauso sehr wie ich.«

Sie kuschelte sich an ihn, den Kopf an seiner Schulter, einen Arm um seine Taille gelegt. »Okay.«

Cincinnati, Ohio
Samstag, 15. August, 8.45 Uhr

Mallorys Hände zitterten, als sie ihm seinen Kaffee einschenkte. Schon als er aufgewacht war, hatte er schlechte Laune und Schmerzen gehabt, und bisher hatte sie ihm nichts recht machen können – die Eier waren zu flüssig, die Hitze im Haus unerträglich, außerdem hatte sie die falschen Süßigkeiten für seine jugendlichen Gäste gekauft, die schon bald eintreffen würden.

Zumindest Gemma schien einen positiven Bericht über ihre Begegnung abgegeben zu haben, denn er hatte sie nicht weiter erwähnt. Oder aber er sparte sich seine Vorwürfe für später auf.

Sie konnte nur hoffen, dass es richtig gewesen war, das Antiseptikum in den Ausguss zu schütten, da sie auf diese Weise zumindest eine Ausrede hätte, um einkaufen zu fahren und sich an die Polizei zu wenden. Und dass ihre Aussagen glaubwürdig genug waren, um Macy unter Schutz zu stellen, bis er verhaftet war und seine Drohungen nicht länger wahr machen konnte.

Aber das war eher unwahrscheinlich. Niemand würde glauben, dass Macy in Gefahr schwebte, schließlich war ihr Adoptivvater bei der Polizei. Verdammt.

Vor Jahren hatte Mallory versucht, ihm zu erklären, wozu

sein Schwager sie ständig zwang, aber er hatte sie nur an die Wand gedrückt und ihr gedroht, sie in ein Heim zu geben und dafür zu sorgen, dass sie Macy niemals wiedersah. Und dann hatte er es seiner Frau erzählt, die es wiederum ihrem Bruder erzählt hatte.

Und der hatte Mallory drei Tage lang in den Schrank gesperrt. Als sie endlich wieder herauskommen durfte, hatte er eine kleine Überraschung für sie gehabt – ein neues Studio. Und einen neuen Partner. Woody McCord.

Bei der Erinnerung an McCords Hände auf ihrem Körper überlief sie ein Schauder. Er war der einzige Grund, weshalb sie den Doc nicht schon vor Jahren getötet hatte. Wenn der Doc stürbe, würde McCord das Ruder übernehmen, und McCord hatte eine Schwäche für Mädchen in Macys Alter.

So weit durfte es niemals kommen. *Vorher bringe ich beide um. Obwohl ...* Sie runzelte die Stirn. McCord war schon lange nicht mehr bei ihnen gewesen, vielleicht ein Jahr oder so. Vielleicht war ihm ja etwas zugestoßen.

Sie verspürte einen Hoffnungsschimmer. Augenblicklich ließ das Zittern ihrer Hände nach, so dass sie wenigstens die Tasse auf dem Tisch abstellen konnte, ohne etwas zu verschütten.

Er blickte von der Schinkenscheibe auf, die er zu schneiden versuchte. »Los, schneid das klein«, befahl er und schob ihr den Teller zu.

Gehorsam schnitt sie den Schinken in Stücke, während sie wünschte, sie würde den Mut aufbringen, ihm das Messer in den Leib zu rammen. Aber die Klinge war nicht lang genug und zudem nicht sonderlich scharf.

»Bevor meine Gäste kommen, musst du den Verband wechseln«, fuhr er fort und knöpfte sein Hemd auf. »Los, geh und hol den Erste-Hilfe-Kasten.«

Sie bemühte sich, ganz ruhig zu atmen. Jetzt. »Ja.« Sie machte sich auf den Weg, um die Sachen aus dem Schrank zu holen, und hörte ihn lautstark fluchen. Als sie zurückkehrte, entfuhr ihr ein erschrockener Laut. »O Gott.« Sein Arm war dunkelrot verfärbt, die Wunde stark entzündet. Eiter quoll aus dem Schnitt. *Igitt.*

Er starrte sie finster an. »Was zum Teufel hast du mit mir gemacht?«

Panik stieg in ihr auf. »Gar nichts. Ich ... ich habe genau das getan, was du gesagt hast. Ganz genau.«

»Verdammt.« Mit seiner gesunden Hand massierte er seine Nasenwurzel. »Ich brauche ein Antibiotikum.«

»Soll ich deine Tasche holen?«, fragte sie kleinlaut.

Er sah sie an. Sein Blick war so eisig, dass sie wie erstarrt stehen blieb. »Nein.« Er blickte wieder auf seinen Arm. »Medikamente bis zum Abwinken, aber nicht mal ein Antibiotikum im Haus«, brummte er. »Okay. Mach die Wunde sauber und leg einen frischen Verband an. Ich stelle dir ein Rezept aus, und damit fährst du zur Apotheke.«

Ihre Hände zitterten, als sie den Erste-Hilfe-Kasten aufklappte. »Ich will dir nicht weh tun«, sagte sie, aber das war eine glatte Lüge – am liebsten würde sie ihn vor Schmerz zum Heulen bringen.

Mit einem ungeduldigen Schnauben riss er ihr den Kasten aus der Hand, nahm das Antiseptikum und schüttelte es. »Die Flasche ist ja fast leer«, herrschte er sie an.

»Ich ... ich habe gestern einiges davon gebraucht. Der Schnitt war völlig verdreckt, deshalb wollte ich ihn gründlich säubern.« Sie versteifte sich in der Erwartung, dass er sie schlagen würde, doch es kam nichts.

Stattdessen stieß er langsam den Atem aus. »Ich werde dich nicht schlagen. JJ hat dich schlimm genug zugerichtet, das soll reichen. Die Leute zerreißen sich sonst bloß das Maul.« Er stand auf, ging nach oben in sein Arbeitszimmer und kehrte kurz darauf mit einem Rezeptblock zurück, von dem er die oberste Seite abriss. »Hier ist das Rezept für ein Antibiotikum. Und bring noch eine zweite Flasche Antiseptikum mit. Fahr nur zum Drugstore, nicht den ganzen Weg bis zum Supermarkt.«

»Ab–« Sie hielt gerade noch rechtzeitig inne und nickte, in der Hoffnung, dass er den Ausrutscher nicht bemerkt hatte. »Also, ich bin gleich wieder da.«

»Beeil dich. Ich will, dass die Wunde ordentlich versorgt ist, bevor ich in die Stadt fahre, um meine Gäste abzuholen.«

Wie üblich war das Rezept auf Roxys Namen ausgestellt. Mallory fragte sich, was er wohl tun würde, wenn sie erst tot war – heute Morgen hatte sie fürchterlich ausgesehen. Aber Mallory verkniff sich jeden Kommentar. Sie durfte das Haus verlassen. Eilig senkte sie den Blick, damit er die Mischung aus Erleichterung und Triumph in ihren Augen nicht sah. »Ich beeile mich.«

Cincinnati, Ohio
Samstag, 15. August, 10.30 Uhr

»Wo ist Kate?«

Decker löste den Blick von seinem Laptop und sah Deacon Novak an, der ihm gegenüber am Tisch in Zimmermans Konferenzraum Platz genommen hatte. »Sie und Troy wurden heute Morgen zu einem Tatort gerufen. Sie sollten aber jeden Moment hier sein.«

Adam setzte sich neben seinen Cousin. »Tatort?«, fragte er. »Was ist denn jetzt schon wieder passiert?«

»Wussten Sie, dass eine Schwester aus der Notaufnahme des County-Krankenhauses als vermisst galt?«, fragte Decker. »Troys Kontaktmann beim Sicherheitsdienst hat es ihm gestern Abend erzählt«, erklärte er, als die beiden Männer ihn mit ausdruckslosen Gesichtern ansahen. »Zu der Zeit war noch nicht ganz klar, was mit Dani ist, deshalb wollte er Sie vermutlich nicht damit behelligen.«

»Ich weiß nur, dass er darum gebeten hatte, ein Auge auf jeden Angestellten zu haben, der außerhalb seiner Schicht auftaucht. Und darauf zu achten, ob jemand gar nicht zum Dienst erscheint«, gab Novak zurück. »Wir haben also ein weiteres Opfer?«

»Ja. Janet Jungers. Sie hat sich vorgestern, als ich unter Drogen gesetzt wurde, auf der Station herumgedrückt.«

»Und jetzt ist sie tot?«, hakte Adam nach.

»Allerdings«, sagte Kate, die in diesem Moment mit Troy und Zimmerman den Raum betrat, alle drei mit Kaffeebechern in den Händen. Sie setzte sich neben Decker und roch am Ärmel ihrer Bluse. »Sie ist tot, daran besteht kein Zweifel.«

Troy setzte sich hin und verzog das Gesicht. »Ich staune immer wieder, wie schnell eine Leiche derart stinken kann.«

»Ein Augusttag im Kofferraum eines Wagens bewirkt so einiges«, erklärte Zimmerman grimmig.

»Teenager haben die Leiche gefunden«, sagte Troy. »Miss Jungers' Wagen stand mit laufendem Motor vor einem 7-Eleven, also sind die Kids eingestiegen und haben eine kleine Spritztour gemacht. Etwa vier Stunden später haben sie an einer Tankstelle angehalten und gemerkt, dass es ›irgendwie komisch‹ roch, haben den Kofferraum aufgemacht und gekotzt. Dann sind sie abgehauen. Der Tankstellenbesitzer ist ihnen hinterhergerannt, weil sie nicht bezahlt hatten. Glücklicherweise mussten sie noch mal stehen bleiben, weil ihnen immer noch schlecht war, deshalb konnte er sie schnappen und zurückschleifen. Dann rief er die Cops, die das Kennzeichen überprüft haben. Es war jenes, das ich zur Fahndung ausgeschrieben hatte. Die Kollegen vom CPD hatten die Kids zur Befragung aufs Revier mitgenommen, und ich habe den Wagen abschleppen lassen. Die Rechtsmedizinerin lässt gerade die Leiche in die Pathologie bringen, und Quincy Taylor kümmert sich um den Wagen.«

»Woher wollen Sie wissen, ob es stimmt, was die Teenager sagen ... dass der Wagen tatsächlich mit laufendem Motor vor dem Supermarkt stand?«, fragte Decker.

Kate verdrehte die Augen. »Weil wir die beiden Genies befragt haben, die den Wagen dort stehenließen. Sie saßen bereits in der Arrestzelle des CPD, weil sie allen Ernstes den 7-Eleven ausrauben wollten und der Wagen als Fluchtfahrzeug dienen sollte. Nur haben unsere jungen Schwachmaten ihn sich leider unter den Nagel gerissen, so dass die Räuber plötzlich auf dem Trockenen saßen. Der Typ an der Kasse hatte eine Waffe und hat sie festgehalten, bis die Cops eintrafen.«

Adam schnaubte. »So was kann sich kein Mensch ausdenken.«

Kate schüttelte den Kopf. »Absolut. Die Möchtegern-Räuber behaupten, sie hätten den Wagen gestern Morgen vor einem Holiday Inn gesehen und geklaut. Sie waren per Anhalter unterwegs, haben gesehen, dass der Schlüssel steckte, und dachten, es sei Karma, Kismet oder ein Geschenk des Himmels. Aber sie behaupten auch, sie hätten nicht in den Kofferraum gesehen, sondern einfach den Wagen genommen und sich vom Acker gemacht.«

»Todesursache?«, fragte Novak.

»Das steht noch nicht fest«, antwortete Kate und nahm einen Schluck aus ihrem Kaffeebecher. »Die Leiche war zerstückelt und auf drei Koffer aufgeteilt.«

»O Gott, wie ich so was hasse«, stöhnte Adam angewidert.

»Na ja, ich bin auch nicht gerade scharf darauf.« Kate trank noch einen Schluck. »Es dauert jedes Mal ewig, den Geschmack wieder aus dem Mund zu kriegen. Fakt ist jedenfalls, dass es sich bei den Koffern um eines dieser gewöhnlichen Dreiersets handelt, wie man sie in jedem großen Ketten-Supermarkt bekommt. Carrie gibt uns Bescheid, ob sie verwertbare Spuren findet, allerdings bezweifle ich das. Er hat es so hingedreht, dass wir sie auf kurz oder lang finden, genauso wie bei Eileen Wilkins, und ich gehe davon aus, dass auch dies eine Warnung an andere Zuträger sein soll, es sich lieber nicht mit ihm zu verscherzen.«

»Genauso wie bei Rawlings und seinem Jungen«, folgerte Decker. »Er wiegt sich in Sicherheit, weil er sich ja als Professor verkleidet.«

»Und was wissen wir über diese Janet Jungers?«, hakte Novak nach.

»Sie hat seit fünfzehn Jahren als Schwester in der Notaufnahme gearbeitet«, antwortete Troy. »Noch konnten wir im Krankenhaus niemanden fragen, aber mein Kontakt vom Sicherheitsdienst meinte, sie hätte praktisch nie eine Schicht versäumt. Laut Personalakte ist sie unverheiratet.«

»Ich habe unmittelbar nach der Vermisstenmeldung gestern Abend ihr Haus überwachen lassen«, sagte Zimmerman. »Aber es ist weder betreten noch verlassen worden. Sowie wir hier fertig sind, fangen wir mit der Durchsuchung an.« Er sah Novak an. »Wie geht es Dani?«

Novak seufzte. »Sie lebt, liegt aber noch auf der Intensivstation. Es ist wirklich schlimm, nicht zu wissen, wem man trauen kann. Bailey ist gerade bei ihr, aber natürlich kann nicht einmal sie wissen, ob jemand einen manipulierten Infusionsbeutel auswechselt. Wir haben alle Schwestern, die in ihre Nähe kommen, vorher auf Herz und Nieren geprüft und uns auf Empfehlungen von Leuten wie Carrie Washington verlassen. Und natürlich lassen sie sie nicht aus den Augen, falls Anzeichen für eine Infektion auftauchen sollten. Das wird der schwierige Part.«

Kate drückte seine Hand. »Wir können uns in Schichten abwechseln, so dass immer jemand von uns bei ihr ist.«

Er lächelte dankbar. »Danke. Das Gute ist, dass ihre Werte vor dem Angriff sehr gut waren und sie sich in einem stabilen Allgemeinzustand befunden hat. Diesel hat ihr das Leben gerettet.«

»Und er hat seither das Krankenhaus keine Sekunde lang verlassen«, fügte Adam leise hinzu. »Was für ihn mit seiner Krankenhausphobie ein echter Kraftakt ist.«

»Konnte sie schon etwas zu dem Angriff sagen?«, wollte Decker wissen. »Hat der Typ etwas zu ihr gesagt?«

Novak schüttelte den Kopf. »Bisher war sie noch nicht ausreichend bei Bewusstsein, um Fragen zu beantworten. Sie weiß, dass wir bei ihr sind, und hat nur ein paar einzelne Worte gesagt. Es scheint ihr gutzugehen.« Sein Kiefer spannte sich an. »Diese Frau – wieso musste sie auch unbedingt in die Klinik gehen?«

Adam packte Deacon bei der Schulter und drückte beinahe brutal zu. »Sie ist hart im Nehmen«, sagte er, sowohl zu Deacon als zu den anderen am Tisch. »Sie schafft das schon.«

Decker schloss die Augen, als ihn das schlechte Gewissen erneut überrollte. Mit einem Mal spürte er einen harten Stoß an der rechten Schulter. Überrascht schlug er die Augen auf. Kate rieb sich die Hand.

»Du hast mich geboxt«, sagte er verblüfft.

Kate blickte Deacon und Adam an. »Da ist dieser Mann doch voller schlechtem Gewissen, weil er glaubt, er habe Dani davon abbringen müssen, in die Klinik zu gehen.«

Deacon grinste. »Wenn er das glaubt, ist er ein Idiot.«

Adam schüttelte schmunzelnd den Kopf. »Niemand bringt Dani dazu, etwas zu tun, was sie nicht möchte. Und niemand kann sie von etwas abhalten, das sie sich in den Kopf gesetzt hat. Und deswegen wird sie durchkommen.«

Deacons Grinsen wich einem aufrichtigen Lächeln. »Aber danke«, meinte er an Decker gewandt, »dass Sie wünschten, es wäre möglich gewesen, sie aufzuhalten.« Er schlug sein Notizbuch auf und zückte seinen Stift. »Also, wie machen wir jetzt weiter? Ich will dieses Dreckschwein so schnell wie möglich schnappen.«

Es klopfte an der Tür, und Meredith trat ein. »Ich habe Wendi Cullen bei mir. Darf sie hereinkommen?«

»Aber natürlich.« Zimmerman winkte die beiden Frauen herein.

Eine junge Frau, die Decker gestern Abend im Warteraum der Notaufnahme gesehen hatte, folgte Meredith in den Konferenzraum ... gefolgt von einem Agent, den Decker noch nicht kannte – doch dass er ein FBI-Mann war, stand zweifelsfrei fest. Der Typ war ein Agent wie aus dem Bilderbuch.

Ach ja. Jetzt fiel es ihm wieder ein. Meredith und Wendi Cullen hatten vorgestern auf der Suche nach potenziellen Opfern des Professors Frauen und Mädchen befragen wollen, die es dank Wendis Einrichtung geschafft hatten, sich aus der Prostitution zu befreien. Dabei hatten Wendi und Meredith zwangsweise eine Begleitung gehabt, die Meredith verscheucht hatte, da sonst kein Herankommen an die Frauen gewesen war.

Und jetzt, wo Decker den Kerl sah, leuchtete ihm auch ein, warum.

»Meredith, Miss Cullen«, begrüßte Zimmerman die beiden Frauen, »setzen Sie sich doch. Sie auch, Agent Colby. Es gibt mehr als genug Stühle.«

Colby gehorchte steif, ohne auch nur ein Wort zu sagen.

Wendi lächelte Zimmerman freundlich an, nachdem dieser alle einander vorgestellt hatte. »Ich weiß die Unterstützung wirklich zu schätzen«, sagte sie, »aber eigentlich brauche ich keinen Anstandswauwau. Die Steuergelder lassen sich sicherlich sinnvoller einsetzen, beispielsweise für eine Spende für mein halbfertiges Heim.«

Zimmerman sah sie verblüfft an, doch seine Augen weiteten sich noch mehr, als er Colbys strengen Blick sah. »Nun ja«, stammelte Zimmerman und räusperte sich. »Sie und Meredith haben womöglich mit Ihrer Aktion die Aufmerksamkeit unseres mutmaßlichen Täters auf sich gezogen. Deshalb wollten wir nach dem Angriff auf Dr. Novak lieber Vorsicht walten lassen.«

Wendi rutschte auf ihrem Stuhl ein Stück nach hinten. »Sind Sie sicher, dass Sie FBI-Agent sind, Sir? Dafür lügen Sie nämlich nicht allzu gut. Agent Colby hat sich doch außerhalb seiner Dienstzeit an meine Fersen gehängt, stimmt's?«

Colby starrte weiter finster vor sich hin.

Zimmerman lachte. »Tja, früher konnte ich tatsächlich besser lügen. Offensichtlich habe ich zu lange hinterm Schreibtisch gesessen.« Seine Miene wurde ernst. »Aber dass wir vorsichtiger sein müssen, ist trotzdem wahr. Ich hätte nicht gedacht, dass unser mutmaßlicher Täter auf Dr. Novak losgehen würde.«

Wendi blickte zu dem Agent hinüber, der nach wie vor stumm auf seinem Stuhl saß. »Danke«, sagte sie leise, worauf Agent Colby dunkelrot anlief. »Ich nehme die Hilfe für mich und meine Mädchen gern an.« Sie straffte die Schultern und wandte sich den Anwesenden zu. »Ich habe mehrere Reaktionen auf unsere Straßenbefragung von vorgestern bekommen. Es hat sich rumgesprochen, dass es jemand auf uns abgesehen hat, und die Mädchen passen aufeinander auf. Um mich selbst habe ich keine allzu große Angst, aber wenn der Mann, der Dani überfallen hat, auf die Mädchen losgeht, für die ich verantwortlich bin ... kann ich für nichts mehr garantieren.«

Sie zog einen gefütterten Umschlag und einen USB-Stick aus

ihrer Tasche. »Bis jetzt haben sich vier Leute gemeldet, alles Mütter oder Großmütter, die sich um die Familie kümmern. Sie sind unter dem Vorwand vorbeigekommen, etwas zu essen bringen zu wollen, aber in Wahrheit wollten sie mit mir reden. Jede von ihnen hat ein Kind verloren. Drei sind einfach verschwunden, wie vom Erdboden verschluckt, und ein Junge hat sich mit Tabletten das Leben genommen.«

Decker spürte, wie sich die Härchen in seinem Nacken aufrichteten.

»Alle vier haben mir geschildert, wie sehr sich die Teenager verändert hatten«, fuhr Wendi fort. »Plötzlich schienen sie Geheimnisse vor ihnen zu haben und waren extrem launisch, und bei allen fanden sich Drogen. Koks, Tabletten und Gras. Alle vier haben mir erzählt, ihre Kids hätten schreckliche Angst gehabt, als sie sie zur Rede gestellt hätten. Anfangs hätten sie nicht mit der Wahrheit rausrücken wollen, aber die Mütter und Großmütter hätten sich nicht beirren lassen und so lange nachgebohrt, bis die Kids zugegeben hätten, dass sie sexuell belästigt wurden. Mit den Drogen hätte man sie gelockt, und jetzt wären sie süchtig. Jemand hätte Fotos von ihnen gemacht und sie ins Internet gestellt, und dafür bekämen sie noch mehr Drogen. Und der Täter hätte ihnen eingeschärft, dass er ihre gesamte Familie töten würde, wenn sie auspackten.«

Decker brauchte seine Notizen gar nicht erst zu Rate zu ziehen. Im Jahrbuch von McCords Schule hatte er zwei weitere Kids gefunden, die zu jenen in den Dateien passten, die Diesel ihm hatte zukommen lassen. »Hieß eines der Opfer zufällig Wesley Young? Der Junge, der sich das Leben genommen hat?«

Wendi sah ihn entsetzt an. »Ja. Woher wissen Sie das?«

Auch Zimmerman wirkte perplex. »Ja, genau, Agent Davenport, woher kennen Sie diesen Namen?«

Decker schilderte, wie er an die Dateien gekommen war, ohne dabei Diesels Namen preiszugeben – stattdessen nannte er ihn nur seine »vertrauliche Quelle«, doch er sah Novak und Adam an, dass sie im Gegensatz zu Meredith und Wendi ganz genau wussten, um wen es sich handelte. Zimmerman wusste natürlich von der Existenz der Dateien, doch Decker hatte noch keine Gelegenheit gehabt, ihm von seiner nächtlichen Arbeit zu erzählen.

»Irgendwann müssen sich McCord und der Professor über den Weg gelaufen sein. Stone wurde in der Mittelschule angesprochen, deshalb sollten wir vielleicht einfach an der Schule anfangen, an der McCord unterrichtet hat.«

»Wann haben Sie das alles in Erfahrung gebracht?«, fragte Zimmerman beeindruckt.

Decker spürte, wie ihm die Röte den Nacken hochkroch.

»Letzte Nacht und heute Morgen.«

»Weil er anscheinend keinen Schlaf braucht«, beschwerte sich Agent Troy. »Ich kann immer noch nicht ganz glauben, dass es sich bei ihm um ein menschliches Wesen handelt.«

»Ich habe eine ganze besch…eidene Woche lang geschlafen«, erwiderte Decker.

»Ich bin zwar kein Arzt, aber wenn jemand im Koma liegt, zählt das meines Wissens nicht als Schlaf«, schaltete sich Adam ein, der ebenfalls beeindruckt wirkte. »Das war wirklich gute Arbeit.«

»Danke«, erwiderte Decker trocken. »Habe ich die Musterung endlich bestanden?« Er blickte Kate und Troy seufzend an. »Außerdem bin ich heute Morgen auf zwei weitere Opfer gestoßen. Lashonda Hubell und Trina Pasco.«

Wendi hatte ihn die ganze Zeit über mit ernster Miene gemustert. Einen Moment lang schien sie nachhaken zu wollen, wer sein geheimnisvoller Informant sein mochte, doch dann kippte sie den Inhalt des gefütterten Umschlags auf dem

Tisch aus. »Lashonda war eines der Mädchen, die verschwunden sind. Ich habe noch zwei weitere, von denen Sie wohl noch nichts wissen. Hier sind die Fotos und Beschreibungen der vermissten Kids und Angaben darüber, wann die Mütter beziehungsweise Großmütter das erste Mal Verhaltensänderungen bemerkt haben, wann sie verschwunden sind und so weiter.« Ihre Lippen zitterten. »Aber es sieht ganz so aus, als würde der Dreckskerl jeden beseitigen, der ihm in die Quere kommt, deshalb hat er die Jugendlichen aller Wahrscheinlichkeit nach ermordet.«

Einen Moment lang herrschte betroffenes Schweigen am Tisch, ehe Zimmerman das Wort ergriff. »Von wie vielen Teenagern sprechen wir hier, Decker?«

»Ich habe mir noch nicht alle Dateien angesehen, Sir.« Decker wünschte sich, er hätte den Mut aufgebracht, es zu tun, doch Kate stieß ihn behutsam unter dem Tisch an. »Lass es«, sagte sie leise. »Du schaffst das nicht alles ganz alleine.«

»Topf und Deckel«, murmelte er, ehe er sich an Zimmerman wandte. »Auf den Dateien von McCord, die ich bisher geprüft habe, waren zehn Kids, die Hälfte davon afroamerikanischer Herkunft, die andere weißer. Acht Mädchen, zwei Jungen, alle zwischen dreizehn und fünfzehn, schätze ich. Und alle wurden in einem Zeitraum von fünf bis zehn Jahren mehrmals fotografiert. Ich habe die Dateien mit Bemerkungen versehen, damit die ICAC sie checken kann.«

»Zehn«, wiederholte Wendi düster. »Plus die beiden, deren Mütter zu mir gekommen sind. Und das sind nur diejenigen, von denen wir wissen.«

»Was ist mit Trina Pasco?«, hakte Decker nach. »Sie hat ein Jahr nach Lashonda ihren Abschluss gemacht. Ich habe ihr Foto aus dem Jahrbuch der Abschlussklasse auf meinem Laptop.« Er fuhr ihn hoch, suchte das Foto und drehte den Rechner so hin, dass sie es sehen konnte.

Zuerst schüttelte Wendi den Kopf, doch dann stand sie auf und kam näher heran. »Ja, das ist sie. Natürlich sieht sie nicht mehr so aus, und ihren Namen hat sie auch geändert.« Sie blickte auf. Ihr Kiefer war angespannt, doch in ihren Augen lag ein weicher und ... bestürzter Ausdruck. »Ich habe sie mindestens ein, zwei Jahre lang nicht gesehen, aber beim letzten Mal ist sie anschaffen gegangen. Sie war auf Meth und sah eher aus wie sechzig und nicht wie zwanzig. Es würde mich sehr wundern, wenn sie noch leben würde, aber natürlich können wir uns umhören. Schicken Sie mir alle Fotos von den Teenagern zu, die Sie bislang noch nicht identifizieren konnten. Vielleicht erkenne ich ja welche.«

Decker zögerte. »Sie sind wirklich schrecklich, aber ich kann sie so bearbeiten, dass man nur die Gesichter sieht.«

Ein bitterer Zug lag um Wendis Mund, als sie sich wieder setzte. »Agent Davenport, ich weiß, wie solche Fotos aussehen. Auch von mir kursieren massenhaft davon im Netz. Aber, ja, bitte schneiden Sie die Bildausschnitte entsprechend zu, damit ich sie herumzeigen kann – sofern Sie nichts dagegen haben, Agent Zimmerman.«

Zimmermans Blick ruhte auf dem immer noch schweigend dasitzenden Colby, der nur knapp nickte. »Wenn Sie einverstanden sind, dass Agent Colby Sie begleitet, habe ich nichts dagegen einzuwenden.«

Wendi seufzte. »Könnten Sie vielleicht versuchen ... ganz normal auszusehen und nicht wie ein Fed?«

»Vermutlich nicht, aber ich versuch's.« Das war das Erste, was Agent Colby von sich gab.

»Mehr kann ich wohl nicht verlangen.« Wendi schob Decker eine Visitenkarte hin. »Meine Mailadresse steht drauf. Könnten Sie mir die Fotos so schnell wie möglich schicken? Und irgendwann muss ich wissen, woher Sie die Dateien haben. Jemand muss sie ja gesammelt haben ...« Ihre Augen blitzten auf. »Nur weil dieser Jemand Ihr geheimer Informant ist, wird ihn das nicht vor einer Bestrafung schützen.«

Inzwischen war Decker klar, wieso sie ihn so eindringlich gemustert hatte. »Das ist nicht der Punkt. Ich kann leider nicht mehr sagen, als dass mein Informant zutiefst betroffen war, als er diese Fotos gefunden hat.«

Wendi richtete ihren Röntgenblick auf Deacon Novak. »Sehen Sie das genauso?«

Novak nickte. »Absolut. Derjenige, der sie gefunden hat, ist rein zufällig darauf gestoßen, als er etwas Gutes tun wollte. Darauf können Sie sich verlassen.«

»Gut. Denn ich vertraue Dani und weiß, dass sie Ihnen vertraut.« Wendi berührte Merediths Schulter. »Du sorgst dafür, dass Kendra wegen all diesem grässlichen Zeug nicht in irgendeinen Schlamassel gerät?«

»Kendra ist Polizistin, Wendi«, gab Meredith mit einem ironischen Lächeln zur Antwort. »Sie kann sehr gut auf sich selbst aufpassen. Aber natürlich habe ich ein Auge auf sie.« Sie machte eine Handbewegung in die Runde. »So wie wir alle.«

Merediths Lächeln hielt so lange an, bis Wendi und Agent Colby den Raum verlassen hatten, dann fiel es in sich zusammen. »Kendra geht es überhaupt nicht gut.«

24. Kapitel

Mallory parkte vor dem Drugstore und kämpfte gegen ihre Tränen an. Hier gab es kein öffentliches Telefon, außerdem wusste der Apotheker, wo sie wohnte. Er hielt sie für eine gefährliche, launenhafte Straftäterin, die von zu Hause weggebracht worden war, weil sie einen Nervenzusammenbruch erlitten und jemanden zu töten versucht hatte. Wenn sie ihn fragte, ob sie telefonieren dürfte …

Er würde es herausfinden. Und dafür war sie noch nicht bereit. Erst wenn die Polizistin ihr versprochen hatte, dass sie ihr helfen würde. Erst wenn sie sicher sein konnte, dass Macy nichts passieren würde.

Er hatte einen Peilsender an ihrem Wagen montiert. Das wusste sie bereits, seit er sie das erste Mal mit einer Einkaufsliste losgeschickt hatte – das hinterlistige Grinsen war ihr nicht entgangen. Sonst hätte er doch niemals zugelassen, dass sie sich so weit vom Haus entfernte, hätte ihr nie eine so lange Leine gelassen. Trotzdem hatte sie unter den Wagen gespäht. Der Sender war unübersehbar und hätte sich problemlos entfernen lassen – was ihr verriet, dass er einen zweiten an einer weniger ersichtlichen Stelle angebracht haben musste. Er hatte sie auf die Probe gestellt.

Sein verschlagenes Lächeln beim Nachhausekommen hatte ihre Vermutung noch bestätigt. *Kluges Mädchen,* hatte er gesagt und ihr den Kopf getätschelt. Deshalb hatte sie nie eine andere Route gewählt, sondern war immer brav gewesen.

Denn er hätte es herausgefunden. Unweigerlich.

Sie schloss die Augen und dachte nach. Sie hatte zehn Dollar in Vierteldollarmünzen. Damit würde sie nicht weit kommen. Nur ... Sie blickte zur Bushaltestelle hinter ihr. Vielleicht reichte es ja für eine Fahrkarte.

In diesem Moment fuhr ein Taxi einige Meter neben ihr heran und hielt vor einer Anwaltskanzlei. Dort kannten sie ihn auch, deshalb konnte sie nicht reingehen und fragen, ob sie telefonieren dürfte. Jeder in diesem kleinen Shopping-Center kannte ihn. Und Mallory – zumindest glaubten sie das.

Aber ein Taxi ... da konnte doch nichts passieren. *Schließlich kennt ihn nicht alle Welt.*

Beweg dich, Mallory. Aber was, wenn ihr Geld nicht reichte? *Frag doch erst mal. Los, mach schon, bevor er wegfährt.*

Sie stieg aus dem Wagen, schloss ab, steckte den Schlüssel ein und ging zu dem Taxi hinüber, wo sie wartete, bis die Frau auf dem Rücksitz ausgestiegen war und die Anwaltskanzlei betreten hatte. Mit klopfendem Herzen beugte Mallory sich zum Fahrerfenster vor. Ein älterer Mann saß am Steuer. Er trug einen Turban. Und er lächelte sie an.

Es war ein nettes Lächeln. Ohne jede Lüsternheit.

»Kann ich Ihnen helfen?«, fragte er mit ausgeprägtem Akzent.

Sie öffnete den Mund, doch kein Laut drang hervor. *Los, sag etwas.* »Ich muss zur Kroger-Filiale auf der Enright in Price Hill.« Es war die nächstgelegene Filiale, wo es sicher ein Münztelefon gab. »Wie viel kostet das?«

»Mindestens zwanzig Dollar, Miss.«

Ihr Mut sank. »Oh. Trotzdem danke.« Sie richtete sich auf.

»Warten Sie!« Er stieg aus dem Wagen und musterte sie. »Wie viel hast du denn dabei, Kind?«

»Zehn Dollar, aber fünfzig Cent brauche ich noch.«

Ein weicher Ausdruck erschien in seinen Augen. »Dann

fahre ich dich für neun Dollar und fünfzig Cent dorthin. Steig ein.«

Sie zögerte. »Aber wieso?«

»Weil du so verängstigt aussiehst und mich an meine Enkelin erinnerst. Ich hoffe, jemand hilft ihr, wenn sie mal nur neun Dollar und fünfzig Cent bei sich hat. Setz dich auf den Rücksitz. Bei mir bist du sicher.«

Mallory musste ein Schluchzen unterdrücken. »Okay. Danke.« Sie stieg ein, trotzdem blieb sie wachsam. Im Zweifelsfall würde sie einfach aus dem Wagen springen, wenn er etwas Gemeines mit ihr vorhaben sollte. Denn sie wusste genau, wie Männer in solchen Momenten dreinsahen.

Er stieg ein und blickte sie im Rückspiegel an. »Und wie kommst du von dort wieder nach Hause?«, fragte er.

»Ich treffe dort jemanden.« *Die nette Polizistin kommt bestimmt gleich her, wenn ich anrufe. Hoffentlich. Und bringt mich an einen sicheren Ort. Hoffentlich.* Und falls nicht, würde sie sie zumindest zu ihrem Wagen zurückfahren. Hoffentlich. Sie würde sein Rezept einlösen und dazu noch das Antiseptikum besorgen. Falls sie nach Hause zurückkehren sollte, würde sie ohnehin bis zum Hals in Schwierigkeiten stecken, weil sie so lange gebraucht hatte. Mit leeren Händen zurückzukehren, wäre schlichtweg dumm.

Er musterte sie ernst. »Okay, ich werde dir die nächste Frage nur ein einziges Mal stellen und deine Antwort respektieren. Brauchst du die Hilfe der Polizei?«

Sie schluckte, dann brach die Wahrheit aus ihr heraus. »Ja, genau deswegen muss ich zu Kroger. Weil ich sie dort treffe.«

Er nickte. »Gut.«

»Wieso geht es Kendra nicht gut?«, wollte Decker wissen.

Wieder blickte Meredith zur Tür, als würde sie erwarten, dass Wendi wieder hereinkam, dann seufzte sie. »Weil sie jede Minute, die sie nicht in der Notaufnahme mit uns gewartet hat, nutzt, um von einer Kroger-Filiale zur nächsten zu fahren. Sie macht sich völlig verrückt wegen dieses Mädchens und hat schreckliche Angst um sie.« Sie zuckte die Achseln. »Ich mache mir Sorgen um sie und auch um das Mädchen. Wendi hat es ja vorhin gesagt – dieser Mann schreckt nicht davor zurück, Menschen zu töten, wenn er dadurch seine Spuren verwischen kann.«

Schuldbewusst wandte Kate den Blick ab. »Ich überlege dauernd, ob wir Corey Addisons Verhaftung nicht so sehr an die große Glocke hätten hängen dürfen. Es ist fast, als hätten wir ihm damit den Fehdehandschuh hingeworfen.«

Verärgert wandte Decker sich ihr zu. »Hör auf damit. Du hast doch Sunshine Suzie kein einziges Mal erwähnt. Und du durftest die Verhaftung sehr wohl an die große Glocke hängen. Dabei ging es nicht darum, den Professor hervorzulocken, sondern es war eine klare Warnung an all die Dreckschweine da draußen: *Euch blüht genau dasselbe.* Also hör auf damit.«

»Du hast ja recht«, sagte sie leise.

»Natürlich habe ich recht«, gab er zurück und lächelte Meredith entschuldigend an. »Ich schätze, wir haben uns alle schon mal in einen Fall hineingesteigert. Und solange Sie der Ansicht sind, dass Kendra niemandem Schaden zufügt, ist es doch völlig in Ordnung, dass sie sich umsieht, oder?«

Meredith nickte. »Ich denke schon. Außerdem gibt es ihr das Gefühl, etwas Sinnvolles mit ihrer Zeit anzufangen. Wahrscheinlich hätte ich den Mund halten sollen. Ich kann es nur nicht ausstehen, wenn ich die Probleme anderer Leute nicht lösen kann.«

»Willkommen im Club«, bemerkte Kate trocken. »Soweit ich sehe, führt unser Weg zu dem Mädchen über den Professor. Was haben wir bisher?«

»Rawlings sitzt immer noch in Untersuchungshaft«, antwortete Novak. »Er weiß doch, wie man zu dem Mann Kontakt aufnehmen kann.«

»Wir haben Rawlings' Telefon untersucht«, sagte Troy, »und auch eine Nummer gefunden, bei der es sich um die des Professors handeln könnte, aber Typen wie er wissen ganz genau, wie sie ihre Spuren verwischen müssen. Er hat wahrscheinlich mehrere Nummern. Und entweder ist das Handy abgeschaltet, oder er hat Rawlings blockiert, denn als wir angerufen haben, ist jedes Mal sofort die Voicemail angesprungen. Wir haben gestern Abend überlegt, dass wir weitere Erwachsene finden müssen, die inzwischen clean sind, um sie nach dem Professor zu befragen. Wenn wir nur eine einzige Person aufstöbern, könnten wir unter deren Namen Kontakt zu ihm aufnehmen. Derjenige könnte so tun, als wäre er rückfällig geworden, und um ein Treffen bitten.«

»Eigentlich will ich keine Zivilisten als Lockvogel benutzen«, sagte Zimmerman. »Er könnte im Zweifelsfall versuchen, deren Familie zu töten.«

Adam runzelte die Stirn. »Und was, wenn diese Person ein Cop wäre?«

Alle Blicke richteten sich auf ihn. »Adam?«, sagte Meredith bestürzt.

»Nein, nein.« Er schüttelte den Kopf. »Nicht ich. Ich habe nie etwas bei ihm gekauft, aber bestimmt gibt es Cops, die genau das getan haben, sonst hätte er wohl kaum zwanzig Jahren lang unbehelligt seinen Geschäften nachgehen können. Wir wissen, dass irgendetwas über die McCord-Dateien durchgesickert ist, allerdings immer noch nicht, wer die Festplatte, die in seinem Haus sichergestellt wurde, später an sich genommen hat. Wir wissen nur, dass es nicht Scarlett war. Was, wenn der Cop, der ihm die Informationen zuschanzt, auch sein Kunde ist?«

»Gutes Argument«, meinte Zimmerman. »Aber wir wissen trotzdem noch nicht, wo unsere undichte Stelle ist.«

»Vielleicht können wir demjenigen ja eine Falle stellen«, schlug Kate vor. »Informationen preisgeben, die so verführerisch sind, dass er oder sie gar nicht anders kann, als sie dem Professor zukommen zu lassen.«

Zimmerman überlegte kurz, dann nickte er. »Okay, gehen wir es an. Ich habe dem Captain gegenüber schon angedeutet, dass möglicherweise ein Cop in den Fall verwickelt ist. Und ich muss ja sowieso an meinen Fähigkeiten als Lügner feilen.«

Kate grinste. »Ich bin sicher, in Ihnen steckt ein erstklassiger Lügner, Sir.«

»Schleimerin«, bemerkte Novak mit einem Schnauben. »Aber zurück zu Rawlings. Er weiß mehr, als er rauslässt. Und wir wissen immer noch nicht, wie er Alice genau getötet hat. Er hatte definitiv Hilfe, freiwillig oder unfreiwillig. Jemand sollte noch mal im Gefängnis vorbeigehen und mit den Leuten reden. Am besten, jemand mit einer Menge Charme. Ich bin jedenfalls nicht der Richtige dafür.«

Kate lächelte Decker an. »Ein Schlangenbeschwörer.«

»Ich hasse es, wenn man mich so nennt«, gab Decker zurück. »Weil ich Schlangen hasse.«

Zimmerman musste ein Grinsen unterdrücken. »Also gut, dann fahren Sie und Decker zusammen zum Gefängnis, Kate. Nehmen Sie die Fotos von gestern Abend mit, damit die Insassen denken, er hätte Beweise geliefert.«

»Oder dass er eingeknickt ist und nicht länger eine Gefahr

darstellt«, meinte Kate. »Nach dem Motto *Ding, dong! Die Hex ist tot.* Das entscheiden wir spontan.«

»Ich bin heilfroh, wenn ich mir mal eine Weile keine Fotos von missbrauchten Kindern ansehen muss«, gestand Decker.

»Das ist nur allzu verständlich«, warf Adam leise ein. »Aber wo wir gerade von Fotos sprechen – ich habe mir das Fenster des Zimmers angesehen, in dem die Suzie-Videos entstanden sind. Der Großteil wurde bei Dunkelheit gedreht, und man kann die Sterne im Hintergrund erkennen. Noch bin ich nicht sicher, ob uns das irgendwie weiterhilft, aber es ist immerhin ein Detail. Wir gehen immer noch davon aus, dass er hier in der Stadt lebt, weil er seinen Stoff hier verkauft. Aber wir wissen auch, dass er immer wieder abtaucht, was den Verdacht nahelegt, dass er in diesen Phasen die Filme dreht. Vielleicht tut er das ja nicht hier in Ohio. Ich möchte ungern die Umgebung nach einem Studio absuchen lassen, das gar nicht in der Nähe liegt.«

»Das ist ein Argument«, meinte Zimmerman.

»Außerdem wurde das letzte Suzie-Video vor drei Jahren hochgeladen. Mit McCord hat er auch später noch gedreht. Falls er also dasselbe Set benutzt hat, sollten wir es mit dem der Videos abgleichen können, die Decker von seinem Informanten bekommen hat. Ich habe nun Zugriff auf die beste FBI-Software, deshalb wäre es gut, wenn ich weiter nach diesem Studio suchen würde.«

»Okay.« Zimmerman blickte auf seine Liste. »Ich habe hier noch ein paar Punkte. Carrie Washington hat den Mageninhalt von Rawlings' Sohn untersucht. Das Rizin ist von derselben erstklassigen Qualität wie das, mit dem Alice ermordet worden ist und das auch in der Gasbombe enthalten war, die auf Sie zielte, Kate. Das ist ein weiteres Puzzlestückchen, auf das wir lieber verzichtet hätten. Es deutet alles darauf hin, dass es ein und derselbe Mann war.« Er blätterte um. »Ach ja.

Eines ist noch interessant. Bevor ich es vorlese, möchte ich noch einmal betonen, dass wir keine Zivilisten bei unseren Bemühungen einsetzen, diesen Dealer zu schnappen. Okay? Okay. Lieutenant Isenberg hat mir heute Morgen eine Mail geschickt. Bestimmt erinnern Sie sich an Mrs. Chalmers, Charlies Mutter.«

»Ja«, sagte Kate. »Ich musste gestern Abend ständig an sie denken. Geht es ihr gut? Sie … sie hat sich doch nichts angetan, oder?«

»Nein. Zumindest hat sie keinen Selbstmordversuch unternommen, falls Sie das meinen«, antwortete Zimmerman. »Sie und Decker waren schon weg, als Mrs. Chalmers so hysterisch wurde, dass man ihr ein Beruhigungsmittel geben musste. Sie hat beinahe einen Herzstillstand erlitten. Es stellte sich heraus, dass sie high bis unter die Hutschnur war, als sie in die Notaufnahme kam. Methamphetamine. Sie hatte ein ganzes Fläschchen mit Tabletten in der Handtasche. Offensichtlich ist sie schon geraume Zeit süchtig. Und raten Sie mal, woher sie das Zeug bezieht.«

»Von unserem reizenden Professor«, antwortete Novak bitter.

Decker sah Kate beeindruckt, aber zugleich auch ein wenig bestürzt an. »Du hattest recht. Soccer Mums und Karrieremütter. Charlies Mutter war direkt vor unserer Nase.«

Kate holte tief Luft. »Bei allem Respekt, Sir, aber ich bin nicht damit einverstanden, bei der Jagd auf diesen Mann nicht auf die Hilfe von Zivilisten zurückzugreifen. Immerhin hat er den Sohn dieser Frau getötet. Etwas Schlimmeres konnte er ihr wohl kaum antun, und wenn sie gern helfen will, bin ich dafür, dass wir das Angebot annehmen.«

»Ich nehme Ihren Einwand zur Kenntnis, trotzdem lautet die Antwort immer noch nein«, gab Zimmerman zurück. »Außerdem ist die Frau nicht in der Verfassung, in der sie die Konsequenzen ihres Angebots einschätzen kann. Sie wäre gestern Abend beinahe gestorben. Die Ärzte mussten sie mit dem Defibrillator wiederbeleben. Und selbst wenn sie in der Verfassung wäre, würde der Professor doch nie im Leben auf sie hereinfallen.« Zimmermans Kiefer war angespannt, und sein Blick stählern. »Er weiß schließlich, dass sie den Mörder ihres Sohnes kennt. Deshalb würde er keine Sekunde lang glauben, dass ihr Motiv nicht Rache sein kann, wenn sie Kontakt zu ihm aufnehmen würde.«

Kate nickte betrübt. »Da haben Sie völlig recht. Aber ... verdammt.« Ihre Augen weiteten sich, und sie holte tief Luft. »Verdammt.«

»Ich weiß, Kate«, sagte Zimmerman leise. »Ich weiß es. Aber wir müssen trotzdem eine andere Möglichkeit finden.«

»Wir haben immer noch Alice' Videos, die wir analysieren müssen«, sagte Troy. »Ich opfere mich für das Team und sehe mir Amateurpornos an.«

Kate musste lachen. »Heilige Scheiße, Troy, du bist ...«

»Hey, du bist doch diejenige, die gesagt hat, wir müssten häufiger lachen, schon vergessen?«

Sie lächelte ihn an. »Ja. Du bist wirklich ein toller neuer Partner.«

Troy strahlte. »Weiß ich«, sagte er und seufzte. »Aber ganz im Ernst. Mir graut vor diesem Zeug. Alice war ... na ja, ziemlich laut.« Er erschauderte. »›Ja, los, mach's mir‹«, zitierte er mit Falsett-Stimme. »Bei den Teilen muss ich vorspulen, aber die Gespräche danach ... vielleicht stoße ich ja auf etwas, das uns weiterbringt. Ich konzentriere mich erst mal auf die Gesichter ihrer Partner. Aller Partner. Und das sind verdammt viele.«

Zimmerman räusperte sich. »Okay, an die Arbeit.«

Alle standen auf, noch immer kopfschüttelnd über Troys äußerst derben – aber absolut notwendigen – Sinn für Humor, als das Telefon auf dem Tisch läutete.

»Ich habe meine Assistentin gebeten, nur wirklich wichtige Anrufe durchzustellen«, sagte Zimmerman und hob ab. »Zimmerman«, sagte er und lauschte. »Welche?«, fragte er und sah Meredith an, die von einer Nachricht auf ihrem Handy aufblickte. »Bleiben Sie, wo Sie sind, Officer. Gehen Sie nicht auf sie zu. Ich schicke Verstärkung.« Er legte auf. »Ist die Nachricht von Kendra?«

Meredith nickte. »Ja, ihre Hartnäckigkeit hat sich ausgezahlt. Sie hat gerade gesehen, wie das Mädchen vor dem Kroger in der Enright aus einem Taxi gestiegen ist und einen Anruf von einem Münztelefon getätigt hat. Dann ist sie hineingegangen. Ich muss sofort dorthin. Wer kann mich mit Blaulicht hinbringen? Kate?«

»Okay, aber Sie nehmen Verstärkung mit«, ordnete Zimmerman an und zeigte auf Adam. »Sie gehen mit Meredith, halten sich aber bedeckt. Ich will nicht, dass das Mädchen Angst bekommt und wegläuft. Decker und Deacon – Sie wissen, was Sie zu tun haben.«

Kate drückte Deckers Knie unter dem Tisch. »Mir passiert nichts, keine Angst.«

Aber natürlich hatte Decker Angst um sie. Er saß immer noch reglos am Tisch, als die anderen den Raum bereits verlassen hatten. »Unsere Vorstellungen von ›nichts passieren‹ gehen wohl ziemlich auseinander.«

»Das können Sie laut sagen«, stimmte Novak zu, der sich ebenfalls nicht vom Fleck gerührt hatte. »Eigentlich hat Zimmerman mir gar keine Aufgabe zugeteilt.«

»Ich glaube, er will, dass Sie wieder ins Krankenhaus fahren, um bei Dani zu sein.«

»Und ich glaube, er will, dass Sie ins Penthouse zurückfahren und sich ausruhen, jetzt wo Sie nicht mit Kate ins Gefängnis fahren werden.«

»Tja, daraus wird wohl nichts.«

Novak zog eine Braue hoch. »Woraus wird nichts? Reden Sie von mir oder von sich?«

»Von uns beiden. Haben Sie einen Wagen dabei?«

»Klar. Und ich will den Dreckskerl unbedingt schnappen.«

Sie musterten einander einen Moment lang. »Sie fahren.«

Novak nickte. »Dann los.«

Cincinnati, Ohio
Samstag, 15. August, 11.00 Uhr

Wo, zum Teufel, steckte sie? Bestimmt zum zehnten Mal spähte er aus dem hinteren Fenster. Sie war immer noch in diesem verdammten Drugstore. Nicht zum ersten Mal überlegte er, ob es klug gewesen war, ihr kein Handy zu geben, ehe er zu dem Entschluss gelangte, dass es die richtige Entscheidung gewesen war. Ein Handy war gleichbedeutend mit Freiheit, und der Wagen stellte bereits mehr als genug Freiheit dar. Aber das würde sich ändern, sobald sie nach Hause kam. Wenn sie es noch nicht mal schaffte, innerhalb einer halbwegs vernünftigen Zeitspanne zur Apotheke und wieder zurückzufahren, brauchte sie das Haus überhaupt nicht mehr zu verlassen.

Er rollte seine Schulter nach hinten und zuckte vor Schmerz zusammen. Er hatte sich eine saftige Infektion eingefangen, so viel stand fest. Höchste Zeit, dass Mallory ihren Arsch endlich nach Hause schaffte.

»Entschuldigung, Sir.«

Er zwang sich zu einem Lächeln und drehte sich zu dem ältesten der vier Teenager um, die er für heute als seine Gäste ausgewählt hatte. »Ja, Seth?«

»Ich wollte nur fragen, ob wir eine Limo im Wohnzimmer trinken dürfen.«

»Aber klar!« Er öffnete den Kühlschrank. »Es gibt Cola, Sprite, Kräuterlimo und ein paar Diät-Limos.«

Der Junge verzog das Gesicht. »Keine Diät-Limo. Da ist ja doch bloß Chemie drin.«

In Cola auch, Dummkopf, dachte er. »Dann nimm einfach, worauf du am meisten Lust hast.«

Der Junge schnappte sich vier Coke-Dosen. »Danke. Wir schauen uns jetzt *Eyes Wide Shut* an«, sagte er mit dem Anflug eines Zögerns in der Stimme.

Aha. Einer der schärferen nicht jugendfreien Streifen. »Den mag ich besonders gern. Ich komme gleich zu euch. Ich muss nur noch ein paar Dinge für die Arbeit erledigen. Nehmt euch einen Snack oder ein Eis, wenn ihr Lust habt.«

»Danke, Sir.« Trotz der höflichen Antwort des Jungen bemerkte er dieses typische Glitzern in seinen Augen, das ihm verriet, was er dachte. Er glaubte, jemanden gefunden zu haben, den er ausnehmen konnte wie eine Weihnachtsgans.

Hervorragend. Der Junge war der perfekte Anführer, den er brauchte, um den anderen dreien ein bisschen Dampf zu machen.

Er ging in sein Arbeitszimmer und warf eine Handvoll Ibuprofen ein, in der Hoffnung, dass die Schmerzen endlich nachlassen würden. Etwas Stärkeres wollte er nicht nehmen. Er musste wach und klar im Kopf sein. Bereit.

Sein Handy summte. Er runzelte die Stirn. Hoffentlich nicht schon wieder Rawlings. Der Schwachkopf hatte ihn mindestens zehn Mal angerufen, seit er in Untersuchungshaft saß. Doch es war nicht Rawlings' Nummer auf dem Display. Das hier konnte etwas viel Schlimmeres sein. »Ja?«

»Du musst aufpassen.«

Wieder runzelte er die Stirn. »Wieso, was ist passiert?«

»Der Typ, den sie gestern hopsgenommen haben. Corey Addison. Hast du die Nachrichten gesehen?«

»Nein, ich war beschäftigt.« *Damit, mich abstechen zu lassen und diesem verdammten Davenport schon wieder vergeblich hinterherzurennen.*

»Addison wurde wegen des Besitzes von Kinderpornografie verhaftet.«

Er war heilfroh, dass er auf seinem Stuhl saß. »Was?«

»Special Agent Kate Coppola hat ihn in seinem Büro festgenommen.«

Er schluckte das dumpfe Grollen hinunter, das in seiner Kehle aufstieg. Er hätte sie umbringen sollen, als er die Gelegenheit dazu gehabt hatte. *Scheiß kugelsichere Weste. Scheiß verletzter Arm. Scheißtyp mit seinen Scheißtattoos, der dieses Scheißmesser nach ihm werfen musste.* »Und?«, fragte er, um einen beiläufigen Tonfall bemüht.

»Und sie wurde von Officer Kendra Cullen begleitet. Die beiden waren in den Nachrichten um sechs und um elf und so ziemlich überall im Internet.«

Los, komm endlich auf den Punkt. »Noch mal … und?« Er zwang sich, gelangweilt zu klingen.

»Und … Cullen ist erst ganz kurz dabei. Noch nicht mal zwei Jahre von der Polizeiakademie runter.«

Aha. »Und wieso begleitet ein Grünschnabel eine so erfahrene FBI-Tante zu einer wichtigen Verhaftung?«

»Genau das ist der Punkt. Ich habe ein bisschen nachgebohrt und herausgefunden, dass Cullen letzte Woche einen Bericht geschrieben hat. Offensichtlich hat sie beobachtet, wie Corey Addison eine junge Frau belästigt hat, und ist dazwischengegangen. Er hat sie Sunshine Suzie genannt.«

Scheiße, scheiße, scheiße. Er holte mühsam Luft. »Und?«

»Und Sunshine Suzie hat daraufhin in der Zentrale angerufen und mit der Kollegin dort geredet, die dann eine Nachricht an Officer Kendra Cullen weitergeleitet hat, in der steht, sie solle sich mit ihr in der Kroger-Filiale auf der Enright treffen.«

»Unmöglich. Mallory ist im Drugstore.«

»Sicher? Für mich hat es sich eher so angehört, als wäre sie bei Kroger.«

Er wusste lediglich mit Bestimmtheit, dass der Wagen vor dem Drugstore stand. Plötzlich ergab alles einen Sinn. Sie hatte seit Tagen nur im Supermarkt einkaufen wollen. Sein Instinkt hatte ihn also doch nicht getrogen. Sie führte irgendetwas im Schilde. *Verdammt noch mal!*

»Danke.«

»Kein Problem. Die Bezahlung wie üblich.«

»Klar. Bis dann.« Er legte auf und stützte den Kopf auf seine gesunde Hand. *Denk nach, verdammt, denk nach!* Sie würde nichts sagen. Weil ihr sowieso niemand glauben würde.

Bis letzte Woche mochte das noch gestimmt haben. Je nachdem, wie viel sie wusste …

Verdammt. Er schnappte seine Schlüssel und stürmte ins Wohnzimmer. Vier Augenpaare richteten sich auf ihn. Er rang sich ein Lächeln ab. »Es gibt einen kleinen familiären Notfall, um den ich mich kümmern muss, Leute. Kann ich mich darauf verlassen, dass ihr hierbleibt und keinen Unsinn anstellt?«

Seth nickte. »Ich sorge dafür, dass sich alle benehmen.«

»Pff«, schnaubte das ältere Mädchen abfällig. »Es ist ja wohl eher so, dass wir Mädels aufpassen, dass ihr Jungs keinen Blödsinn macht.« Sie lächelte ihn an. »Wir schaffen das schon, Sir. Ich hoffe, es ist nichts Schlimmes.«

»Das wird schon«, sagte er mit einem aufgesetzten Lächeln und verließ in normalem Tempo den Raum. Doch kaum hatte er die Tür hinter sich zugezogen, rannte er los zu seinem Mercedes.

»Da.« Kate deutete auf Kendra, die sich gegen einen auf dem Behindertenparkplatz abgestellten Wagen lehnte – es konnte nicht ihr eigener Wagen sein, da er mit einem Aufkleber mit dem Rollstuhl-Symbol versehen war. Sie blickte wie gebannt auf den Ladeneingang. Troy kam hinter ihr zum Stehen, und Kate ließ die Scheibe herunter. »Ist sie noch da drin?«

Kendra nickte. »Ja. Mein Partner ist mit dem Streifenwagen hinter das Gebäude gefahren, falls sie Angst kriegt und abhauen will. Er hat ein Foto von mir dabei, um sie zu beruhigen.«

»Sie sagten, ein Taxi hätte sie hier abgesetzt?«, meinte Troy.

Kendra nickte. »Hätte ich nicht zufällig gerade zum Telefon hinübergesehen, hätte ich sie verfehlt. Ich hatte die ganze Zeit nach ihrer Schrottkarre Ausschau gehalten.«

»Ich bin mir nicht sicher, ob wir die jemals wieder zu Gesicht bekommen«, sagte Kate leise. »Er hat sie bei dem Angriff auf Dani benutzt.«

Kendras Augen weiteten sich, ohne dass sie den Blick vom Ladeneingang löste.

»Noch halten wir einige Details vor den Medien unter Verschluss«, fuhr Kate fort. »Oh, da ist Meredith.« Adam hatte direkt vor dem Supermarkt angehalten, um sie aussteigen zu lassen. »Meredith und ich gehen jetzt da rein und kaufen ein bisschen ein.«

Kendra runzelte die Stirn. »Ich will Ihnen ja nicht zu nahe treten, Agent Coppola, aber Ihnen sieht man den Cop schon von weitem an. Meredith nicht. Ich habe Angst, Sie könnten das Mädchen verjagen.«

Kate seufzte. »Ich weiß, das höre ich nicht zum ersten Mal.« Sie sah Troy finster an, dessen Mundwinkel zuckten, der jedoch wohlweislich nichts darauf erwiderte. »Aber Meredith braucht Deckung. Adam sieht noch mehr wie ein Cop aus als ich, deshalb scheidet er aus.« Sie fuhr das Fenster hoch. »Behalte das Mädchen im Auge, okay?«, sagte sie leise zu Troy.

Er nickte. »Die hängt sich mächtig rein, was?«

»Das ist eine hübsche Umschreibung. Ich würde eher sagen, sie ist regelrecht besessen.« Sie stieg aus und trat zu Meredith, die vor dem Laden auf sie wartete. »Ich folge Ihnen, aber mit etwas Abstand. Sie tragen doch eine kugelsichere Weste, oder?«

»Ja, und sie juckt wie verrückt.«

»Ich war heilfroh, dass ich gestern Abend eine getragen habe.«

Meredith zog die Brauen hoch. »Ich habe schon davon gehört. Wir sollten uns später mal über die Risiken unterhalten, die Sie eingehen, Kate.« Sie schnappte sich einen Einkaufswagen und ging los.

Kate nahm ihren Korb und füllte ihn mit Konservendosen aus dem erstbesten Regal. Damit ließe sich ein perfektes Chaos anrichten, falls sie ein Ablenkungsmanöver brauchen sollte. *Proppenvoll, der Laden. Mittagszeit an einem Samstag. Suzie hätte keinen ungünstigeren Zeitpunkt wählen können.*

Aber das Mädchen war wild entschlossen gewesen, herzukommen. *Mit dem Taxi. Nicht schlecht.*

Kate folgte Meredith und behielt sie von den Querregalen aus im Auge. Sie bemerkten das Mädchen in derselben Sekunde. Sie stand an der Kasse. Auf dem Band vor ihr lagen Verbandszeug und andere Erste-Hilfe-Utensilien. Sie sah genauso aus wie auf dem Foto, das Kendra aus dem Netz heruntergeladen hatte, praktisch keinen Tag älter. Sie wirkte nervös, aber entschlossen. Und offensichtlich hatte sie Prügel bezogen. Ein verblassender blauer Fleck prangte auf ihrer Wange, und ihre Lippe war geplatzt. *Aber sie lebt.*

Meredith ließ ihren Wagen stehen und schlenderte um die Kassen herum, dicht gefolgt von Kate, die unterdessen Troy anrief. »Sie kommt gleich raus«, sagte sie leise und legte auf.

Das Mädchen verließ den Laden, stand am Straßenrand und sah sich unsicher um. In diesem Moment bemerkte sie Kendra, die die Hand hob, und ein Ausdruck grenzenloser Erleichterung zeichnete sich auf ihrem Gesicht ab. Sie war im Begriff, ihren Einkaufswagen loszuschieben.

In diesem Moment brach die reinste Hölle los. Aus dem Augenwinkel bemerkte Kate den dunkelgrünen Mercedes, dessen röhrender Motor die Geräusche der Supermarktkunden mit ihren Einkaufswagen übertönte. Der Fahrer beschleunigte und schoss die schmale Spur entlang, geradewegs auf das Mädchen zu. Kate zog ihre Waffe und rannte los, schaffte es jedoch nicht mehr, das Mädchen rechtzeitig zur Seite zu reißen.

Die Leute schrien. Kate zielte. Sie hatte nur einen kurzen Moment freie Bahn, deshalb musste sie die Gelegenheit nutzen. Sie schoss. Noch mehr Schreie gellten, doch sie konzentrierte sich ausschließlich auf die Heckscheibe, die zwar von der Wucht der Kugel zu splittern begann, aber nicht heraussprang. Mit quietschenden Reifen schleuderte der Wagen über den dichtbevölkerten Parkplatz. Entsetzt sprangen die Leute zur Seite. Das Kreischen von Metall zerriss die Luft, gefolgt von einem markerschütternden Schrei. Eine ältere Frau hatte es nicht geschafft, sich in Sicherheit zu bringen.

Ein zweiter Wagen preschte heran, ein großer schwarzer Geländewagen mit Deacon am Steuer und Decker auf dem Beifahrersitz. Deacon war dem Mercedes hinterhergejagt, jedoch sofort vom Gas gegangen, als die alte Frau zu Boden gestürzt war.

Kate ließ den Blick über das Szenario schweifen. Suzie lag mitten auf der Straße, reglos und mit geschlossenen Augen. Ein Bein war in einem grauenvollen Winkel abgespreizt. Aus einer Kopfwunde lief Blut, doch Meredith beugte sich bereits über sie. Adam Kimble und Kendra hatten die Waffen gezogen und gaben dem Mädchen Deckung.

Kate lief zu der älteren Frau hinüber und signalisierte Deacon weiterzufahren. Die alte Dame stöhnte leise. Aus dem Augenwinkel sah Kate, wie Adam sein Handy zückte – vermutlich, um Hilfe zu rufen. »Ich bin Special Agent Coppola. Bitte bleiben Sie ganz ruhig liegen. Der Krankenwagen ist gleich da.«

Als Adam auflegte, rief Kate ihn an. »Hier ist noch ein weiteres Opfer. Sie ist verletzt, aber bei Bewusstsein.«

»Ich hab's gesehen. Zwei Krankenwagen sind schon unterwegs. Dieser grüne Mercedes ...«

»Es dürfte derselbe sein, den Delores gestern Abend gesehen hat. Ist das Mädchen ...«

»Sie lebt, ist aber bewusstlos.«

In diesem Moment signalisierte Kates Handy, dass ein Anruf einging. »Ich muss Schluss machen.« Sie legte auf und nahm das Gespräch an.

»Er ist weg«, stieß Decker wütend hervor. »Er ist in eine Reihe parkender Autos gefahren und hat seinen Wagen dann einfach stehenlassen. Wir überprüfen gerade die Fahrzeuge, aber es sieht so aus, als hätte in keinem davon jemand gesessen. Wahrscheinlich gehören sie den Mitarbeitern. Leider konnten Deacon und ich ihn nicht richtig erkennen. Du?«

»Nein. Der Wagen hatte getönte Scheiben.«

»Wir wissen also nicht mal, nach wem wir suchen, Kate.«

»Ich weiß.« Der Mann verkleidete und maskierte sich. »Er könnte Gott weiß wer sein. Sag Adam Bescheid.«

»Wo bleibt unsere Verstärkung vom CPD?«

Lieutenant Isenberg hatte vier Zivilfahrzeuge losgeschickt. »Die blockieren die Zufahrten und überprüfen die Menge. Zwei von ihnen sehe ich.« Sie winkte einen der Beamten heran, damit er bei der verletzten Frau blieb, bis der Krankenwagen eintraf. »Ich sehe mich mal um.«

Sie legte auf und schob sich durch die Menge, wobei sie den Blick über die Gesichter schweifen ließ, in der Hoffnung, irgendwo das Augenpaar zu erkennen, das sie gestern Abend vor dem Haus von Jeremy O'Bannion angestarrt hatte. Bevor auf sie geschossen wurde. Sie sah Troy den Tatort abriegeln und lief hinüber, um ihm zur Hand zu gehen. »Nichts«, sagte sie nur.

Troy zuckte mit den Schultern. »Habe ich mir fast gedacht. Der Kerl könnte überall sein.«

Das Läuten ihres Handys entband sie von einer Erwiderung. Es war noch einmal Decker. »Ja?«

»War Kendra mit ihrem Partner da?«, fragte er. »Weiß, männlich, um die vierzig?«

Kates Schultern sackten herab. »Sie meinte, er bewacht den Hinterausgang. Er saß in seinem Wagen.«

»Genau das war zu befürchten. Jetzt wissen wir auch, wie der Professor geflüchtet ist.«

»Er hat den Streifenwagen geklaut«, sagte sie. »Lebt Kendras Partner noch?«, fragte sie, während Troy einen Seufzer ausstieß.

Deckers Zögern sprach Bände. »Nein«, sagte er schließlich. »Er wurde mit zwei Schüssen getötet. Einer in die Schläfe, einer in den Hinterkopf. Sein Waffengürtel und seine Dienstwaffe sind verschwunden. Und auch sein Hemd und seine Mütze. Die Knöpfe liegen überall herum. Er hat es ihm regelrecht vom Leib gerissen. Es gibt Spuren von einem Schalldämpfer auf seiner Haut. Es ging offensichtlich ganz schnell. Der Kerl fackelt nicht lange. Wir haben den Streifenwagen sogar noch vorbeifahren sehen, dachten aber, er gehöre zur Verstärkung. Er hat die Zufahrtsstraße hinter dem Laden genommen. Wir waren nicht mal fünf Meter von ihm weg, verdammt noch mal.« Die Bitterkeit in seiner Stimme war unüberhörbar. »Novak gibt gerade die Fahndung raus. Wir hätten ihn fast gehabt. Verdammt!«

»Toll.« Plötzlich drohten Kate die Tränen zu kommen. »Absolut großartig.«

Troy stieß sie an. »Kate, Adam will, dass wir zu ihm rüberkommen.«

»Ich rufe dich zurück«, sagte Kate zu Decker und legte auf, ehe sie Troy folgte. Adam kauerte zur Linken des Mädchens. Meredith kniete zu ihrer Rechten und hielt ihre Hand, während Kendra über ihnen wachte.

Die Augen des Mädchens waren immer noch geschlossen, und sie schien Mühe mit dem Atmen zu haben. Ihr Bein war gebrochen, aus der Haut ragte ein Knochenstück. Kate ertrug zwar eine zerstückelte und auf drei Reisekoffer aufgeteilte Leiche, doch der Anblick dieser Knochen ging ihr ganz gewaltig an die Nieren. *Die Schmerzen müssen bestialisch sein.*

Kate zwang sich, den Blick von dem Bein des Mädchens zu lösen, und sah Kendra an. *Sie weiß es noch nicht, dachte sie. Ich muss es ihr sagen. Ganz toll.*

»Kendra«, sagte sie. »Sind Sie mit Ihrem Partner hergekommen?«

»Nein. Ich habe ihn angerufen, als ich sie aus dem Taxi steigen sah. Wieso?« Etwas an Kates Gesicht musste sie verraten haben, denn Kendra riss die Augen auf. »Nein. Nein!«

Kate berührte ihren Arm. »Ich …« Sie hatte keine Ahnung, was sie sagen sollte.

Troy übernahm. »Kommen Sie mit mir, Officer Cullen«, sagte er sanft. »Wir warten in meinem Wagen.«

Kendra schien wie betäubt zu sein, als Troy sie am Arm nahm und wegführte.

Adam sah Kate finster an. »Ihr Partner ist tot?«

Kate nickte. »Und der Streifenwagen ist weg.«

Meredith schloss die Augen. »Das ist der reinste Alptraum.«

Adam bedeutete ihr, sich neben ihn zu setzen. »Ich will nicht so laut schreien müssen.«

Kate ging neben ihm in die Hocke. »Sie hat gerade die Augen aufgemacht und gesagt, dass sie Mallory heißt. Wir müssten die Kinder im Haus retten. Und Macy.«

Kate runzelte die Stirn. »Wer ist Macy?«, fragte sie.

Meredith strich Mallory das Haar aus der Stirn. »Das wissen wir nicht. Wir wissen nur, dass Mallory ihr Leben aufs Spiel gesetzt hat, um sie zu retten.«

25. Kapitel

Cincinnati, Ohio
Samstag, 15. August, 12.45 Uhr

Atme. Einfach nur atmen. Tief sog er die Luft durch die Nase ein und versuchte, seinen Puls zu beruhigen. *Jetzt ist nicht der richtige Zeitpunkt, in Panik zu verfallen. Sondern kühl und logisch zu denken.* Er würde da irgendwie wieder herauskommen. Irgendwie.

Mallory hatte die Polizei gerufen. Er konnte es immer noch nicht fassen. *Ich hätte das kleine Miststück längst umbringen sollen.*

Aber wie hatte sie das angestellt? *Zu viel Freiheit.* Er hatte ihr eindeutig viel zu viel Freiheit gelassen.

Aber das war jetzt nicht mehr wichtig. Er musste dringend seine Probleme in den Griff bekommen, aber wann immer er sich kurz umdrehte, flogen ihm schon die nächsten um die Ohren.

Wenigstens wissen sie nach wie vor nicht, wer ich bin. Die gesamte Fahrt über hatte er dem Polizeifunk gelauscht. Niemand hatte ihn zur Fahndung ausgeschrieben. Den Professor, ja, aber nicht ihn. Niemand wusste, wie er wirklich aussah. Noch nicht.

Was bedeutete, dass Mallory noch nichts preisgegeben hatte – laut Funk war sie immer noch bewusstlos. Aber sollte sie das Bewusstsein wiedererlangen, würde sie den Mund aufmachen, und dann wäre er geliefert. *Ich hätte die elende kleine Schlampe heute Morgen umbringen sollen.*

Aber er hatte es nun mal nicht getan, und jetzt stand er hier, auf der Treppe hinter Gemmas Haus, und schlotterte wie ein nasser Hund. Er hatte nicht geklingelt, weil sie nicht wissen sollte, dass er da war.

Außerdem besaß er einen Schlüssel zu ihrem Haus. Er zog ihn heraus und schloss leise die Hintertür auf. Dann griff er sich einen Schlüsselbund von Gemmas Minivan, der neben der Tür hing. Den gestohlenen Streifenwagen hatte er auf dem Parkplatz eines gutbesuchten Einkaufszentrums etwa eine Viertelmeile von hier entfernt abgestellt, die Tasche mit dem Werkzeug geschnappt – die er geistesgegenwärtig aus dem Mercedes mitgenommen hatte – und war den Weg hierher zu Fuß gelaufen. Unterwegs hatte er das zerrissene Hemd und die Mütze des toten Officers in einen Mülleimer geworfen.

Leise schlich er durchs Haus. Sein Schwager war bei der Arbeit, aber Gemma musste hier sein – schätzungsweise zog sie sich gerade irgendetwas rein, um high zu werden. Er hörte den Fernseher in Macys Zimmer laufen. Wahrscheinlich Trickfilme. Er trat zum Schrank und schaltete die Alarmanlage aus. Seine eigenen Kameras waren an ein anderes System angeschlossen und so gut versteckt, dass weder Gemma noch ihr Mann jemals erfahren würden, dass sie überhaupt existieren. Genauso, wie es sein sollte.

Er würde Gemma im Auge behalten müssen, sobald sie mitbekommen hatte, dass ihr Kind entführt worden war, um sicherzugehen, dass sie nicht ausflippte oder ihr Mann, der Cop, zwei und zwei zusammenzählte und zum ersten Mal in seinem fragwürdigen Leben auf vier kam.

Er hatte vor, Macy einfach mitzunehmen und sie so lange versteckt zu halten, bis sie alt genug war, um sie vor die Kamera zu schubsen. In der Zwischenzeit würde er in tiefe Trauer und Bestürzung über ihre Entführung fallen, wie man es von einem braven Onkel und Taufpaten erwartete.

Dass er Macy hatte, würde Mallory erst einmal das Maul

stopfen, zumindest bis er nahe genug an sie herankam, um zu Ende zu bringen, was er auf dem Parkplatz zu erledigen versucht hatte. Sie kaltzumachen. Und zwar hoffentlich unter großen Schmerzen.

Er kramte im Flurschrank nach etwas, womit er sein Gesicht verdecken konnte. Es war nicht davon auszugehen, dass Gemma eine Skimaske im Haus hatte, aber eine alte Mütze würde schon genügen. Er fand eine bei den Wintersachen und zog sie so weit herunter, dass Augen und Nase bedeckt waren und lediglich sein Mund zu erkennen war.

Nur für den Fall, dass sich irgendwo Kameras befanden, von denen er nichts wusste. Was ja immerhin möglich wäre. Er zog sich die Mütze vom Kopf, um mit dem Messer Löcher für die Augen zu säbeln, dann setzte er sie wieder auf. Ideal war es nicht, aber es würde schon gehen.

Er öffnete seine Tasche und nahm die Flasche mit dem Äther heraus. Eigentlich hatte er vorgehabt, Mallory damit zu betäuben, wenn sie aus dem Laden zurückkam, aber die Cops waren schneller gewesen und hatten sie bereits erwartet und abgeschirmt, so dass kein Herankommen mehr möglich gewesen war.

Wäre seine rechte Hand unverletzt, hätte er ihr einen Schuss genau zwischen die Augen verpasst. Aber mit der Linken ein bewegliches Ziel zu treffen, war ausgeschlossen. Deshalb hatte er das einzig Richtige getan, nämlich den Mercedes als Waffe eingesetzt.

Er kippte einen Schuss Äther auf den Lappen und schlich den Flur entlang zu Macys Zimmer. Sie saß an ihrem Schreibtisch, las und hörte währenddessen über Kopfhörer Musik von ihrem Handy. Der Fernseher neben ihrem Bett lief auf voller Lautstärke. Wie lächerlich – einem Kind ihres Alters ein Handy zu schenken. Es war rosafarben, die Hülle mit Glitzersteinchen und mit Powerpuff-Girls-Aufklebern verziert. Wenigstens würde sie wegen der Ohrstöpsel nicht mitbekommen, dass er sich ihr näherte. *Sehr gut.*

Gerade als er hinter sie getreten war, hob sie den Kopf und bemerkte sein Spiegelbild im Fenster über ihrem Schreibtisch. Sie stieß einen schrillen Schrei aus, bevor er ihr den Lappen auf den Mund pressen konnte. Das Mädchen war erstaunlich kräftig für eine fast Zehnjährige. Sie trat um sich und rammte ihren Ellbogen gegen seinen verletzten Arm, so dass er Mühe hatte, ein lautes Stöhnen zu unterdrücken.

Mit letzter Kraft bäumte sie sich noch einmal auf und trat dabei ihren Stuhl um, der polternd zu Boden fiel. Er erstarrte und lauschte.

»Macy?«

Verdammt. Gemma. Er legte das mittlerweile schlafende Mädchen aufs Bett und trat hinter die Tür. In der Flasche war noch genug Äther, um auch seine Schwester zu betäuben. Er würde sie fesseln und einfach hier sitzen lassen. Sie hätte keine Ahnung, was passiert war, sondern würde lediglich bei der Polizei angeben, ein maskierter Mann sei in ihr Haus eingedrungen. Mit angehaltenem Atem stand er reglos da und packte sie, sowie sie zur Tür hereinkam.

»Ma–«

Er drückte ihr den Lappen auf den Mund. »Wenn du stillhältst, passiert keinem etwas«, knurrte er.

Doch sie wehrte sich mit aller Kraft – und auch sie war deutlich stärker, als er erwartet hatte, kämpfte wie eine Wildkatze, schlug ihm die Fingernägel in die Unterarme und versuchte, den Lappen von ihrem Mund wegzuzerren. Nach ein paar Sekunden erschlaffte sie. Schwer atmend ließ er sie zu Boden sinken und lehnte sie mit dem Rücken an die Wand. Sein Arm pochte vor Schmerz, und vor seinen Augen tanzten dunkle Punkte. Er hyperventilierte. Das war ihm noch nie passiert.

Verdammt! Seit wann hatte sie so viel Kraft? *Seit sie kokst,* dachte er und schnappte nach Luft. Er ließ seinen schmerzenden Arm sinken …

In diesem Moment sprang sie auf, schnappte die hübsche rosa Lampe vom Nachttisch und holte aus. Erschrocken fuhr er hoch. Sie war gar nicht bewusstlos gewesen, sondern hatte nur so getan, als ob. Er hatte seine kleine Schwester unterschätzt, das musste er sich zähneknirschend eingestehen.

Sie versuchte, ihm mit der Lampe eins überzuziehen, doch er blockte ihren Angriff mit dem linken Arm ab, schlug ihr die Lampe aus der Hand, packte ihren Arm und drehte ihn auf den Rücken.

Mit einem Ruck stieß er sie zum Bett, wo sie ihm den nächsten Schock versetzte – und damit ihr Todesurteil unterschrieb. Sie riss ihre freie Hand zurück, zerrte ihm die Mütze vom Kopf und blickte über die Schulter.

Sie starrte ihn aus weit aufgerissenen Augen an. *Verdammt, Gemma, wieso musstest du das tun?*

»Brandon? Was tust du da?«, fragte sie verwirrt.

Statt einer Antwort packte er ihre Hände, stieß sie aufs Bett und drückte sie mit seinem gesamten Körpergewicht nach unten, dann zog er sein Messer aus der Tasche, ließ die Klinge aufspringen und schob sie zwischen die Tagesdecke und ihren Hals, ehe er sie mit einem Ruck über ihre Kehle zog.

Ihre Augen waren starr vor Entsetzen, als das Blut aus ihrem Hals sprudelte und auf die Matratze ihrer Tochter spritzte. Und dann erlosch ihr Blick, und mit ihrem Blut floss auch alles Leben aus ihrem Körper. Er drehte sie auf den Rücken, zog seine Waffe mit dem Schalldämpfer heraus, setzte sie mitten auf ihre Stirn und drückte ab. Danach blickte er ihr in die Augen und überprüfte ihren Puls, um sicherzugehen, dass es zu Ende war.

Sie war tot. Und er hatte sie ermordet.

Und ich würde es sofort wieder tun. Das hatte sie sich selbst eingebrockt. Er setzte sich die Mütze wieder auf und hob Macy hoch. Sein Arm brannte wie Feuer, und als er die Kleine in die Garage geschafft und auf den Rücksitz von Gemmas Minivan gelegt hatte, war ihm speiübel.

Aber er würde sich nicht übergeben. Das wäre ein Riesenfehler – er würde auf keinen Fall seine DNS hinterlassen.

Er lehnte sich gegen den Minivan und atmete so lange tief und gleichmäßig, bis die Übelkeit verflogen war, dann fesselte er Macy an Händen und Füßen und gab einen Streifen Klebeband über ihren Mund. Schließlich zog er sein Handy heraus und schoss ein Foto, das er …

»Scheiße«, stieß er hervor. Ein ganz grober Fehler in einem überstürzt zurechtgezimmerten Plan. Wie sollte er das Foto Mallory zeigen? Sie befand sich in der Notaufnahme, inmitten von Ärzten und Schwestern, und ein rosa Glitzerhandy, auf das er ihr das Foto schicken konnte, hatte sie nicht. Er konnte schlecht einfach ins Krankenhaus marschieren und … anderseits … Dreistigkeit siegte. Schließlich funktionierte seine Taktik der unauffälligen Auffälligkeit seit über zwanzig Jahren.

Er ging ins Haus zurück und betrat den begehbaren Kleiderschrank neben Gemmas, in dem die Uniformen ihres Mannes hingen. Er war ein bisschen größer als sein Schwager, aber schlanker, da Gemmas Mann eine Schwäche für Bier und Donuts hatte. Aber eines seiner Hemden würde ihm sicher passen, vielleicht nicht perfekt, aber gut genug.

Er zog sich an und kehrte in Macys Zimmer zurück, um ihr rosa Glitzerhandy zu holen, dann ging er zum Minivan und machte ein Foto von Macy. Schließlich breitete er eine Decke über ihr aus, schloss die Tür und fuhr zum Krankenhaus.

Er würde einfach hineinspazieren und Mallory wissen lassen, dass er Macy hatte. Das Mädchen würde kein Wort verraten.

Weil sie sich vor Angst in die Hose macht. Und sobald er sie allein erwischte, würde er sie töten.

Cincinnati, Ohio
Samstag, 15. August, 14.05 Uhr

Ihr war kalt. Eiskalt. Und ...
O Gott. Es tat so weh. Ihr Bein schmerzte unbeschreiblich. Sie hörte ein leises Wimmern. *Das war ich,* dachte sie. Es war, als würde sie schweben. Panisch versuchte sie, sich zu bewegen, doch es ging nicht. Wieder drang ein Wimmern über ihre Lippen.
»Hi, Süße. Hab keine Angst.«
Sie kannte die Stimme. Sie hatte sie schon einmal gehört. *Aber wo? Und wann?*
»Ich bin Meredith. Ich bin mit dir im Krankenwagen hergefahren. Du wurdest vor dem Supermarkt von einem Auto angefahren und hast dir das Bein gebrochen. Es tut bestimmt sehr weh. Der Bruch ist ziemlich kompliziert.«
Mallorys Zähne klapperten, und sie spürte, wie jemand eine Decke über sie breitete. »Wo ... wo ist die Polizistin?«
»Sie ist nicht hier«, antwortete Meredith. »Aber wir sind Freundinnen. Wir hatten gehofft, dass du anrufst, damit wir dir helfen können.«
So kalt. Und sie wollte, dass die Polizistin kam. *Jetzt fällt es mir wieder ein. Sie war dort.*
Mallory schlug die Augen auf und blickte in das lächelnde Gesicht einer bildhübschen Frau. Aber es war nicht die Polizistin. Die Polizistin hatte ebenfalls gelächelt. *Sie hat vor dem Laden auf mich gewartet.* Sie hatte gelächelt und gewinkt.
Und dann ... der Wagen. Sein Wagen. Der grüne Mercedes. Er hatte es gewusst. *Er hat es gewusst.*

Aber wie konnte das sein? Wieder drang dieses verhasste Wimmern aus ihrem Mund, aber sie konnte es nicht verhindern.

Wie hatte er sie gefunden? Sie hatte ihren Wagen doch vor dem Drugstore stehenlassen und war mit dem Taxi weitergefahren. Und der nette ältere Mann hatte kein Geld von ihr angenommen, für den Fall, dass niemand kam, um sie abzuholen. Vielleicht hatte er es ihm ja verraten. *Aber wie?* Sie hatte ihm nicht gesagt, wie sie hieß.

Ihre Augen füllten sich mit Tränen, die ihr über die Wangen liefen, als sie blinzelte. Wenigstens waren sie warm. Sie spürte, wie jemand sie mit einem weichen Taschentuch abtupfte.

»Nicht weinen, Mallory«, sagte Meredith.

»Woher wissen Sie, wie ich heiße?«

»Du hast es mir gesagt. Dass du Mallory bist und wir unbedingt die Kinder retten müssen. Und Macy.«

Das war eine Lüge. Mallory erinnerte sich nicht, so etwas gesagt zu haben. Sie würde doch nie einer Wildfremden von Macy erzählen. Aber die Polizistin war da gewesen. *Vielleicht habe ich es ihr ja doch gesagt.* »Ich will, dass die Polizistin kommt«, krächzte sie. Meredith schob ihr einen Strohhalm zwischen die Lippen, so dass sie ein paar Schlucke Wasser trinken konnte. Es tat gut.

»Vielleicht können wir Kendra holen«, sagte eine andere Stimme, die ebenfalls einer Frau gehörte.

Ganz langsam drehte Mallory den Kopf. Der Schmerz hämmerte hinter ihren Schläfen. Meredith trug eine hübsche grüne Bluse und eine Freizeithose. Und eine hübsche Halskette. Die andere Frau trug eine schwarze Hose und Jacke und dazu eine weiße Bluse, auf der Blutflecke klebten.

Und in einem Holster steckte ihre Waffe. Aber sie lächelte, was sie nicht mehr ganz so gefährlich aussehen ließ.

»Kendra?«, fragte Mallory.

»Sie heißt Kendra Cullen«, erklärte die Frau in Schwarz. »Und ich bin auch Polizistin. Special Agent Coppola vom FBI, aber du kannst gern Kate zu mir sagen. Kendra und ich haben gestern den Mann verhaftet, der dich letzte Woche belästigt hat.«

Mallory runzelte die Stirn. *Wen? Ach ja.* »Den Football-typen«, murmelte sie.

»Ja. Er heißt Corey Addison«, sagte Kate. »Und er sitzt in Untersuchungshaft und kann dir nichts mehr tun.«

»Danke«, sagte Mallory höflich. »Trotzdem will ich die Polizistin. Kendra.«

Die Frauen tauschten einen Blick. »Ich tue mein Möglichstes, aber es geht ihr gerade nicht so gut«, sagte Meredith.

»Wieso?«, wollte Mallory wissen.

Meredith seufzte. »Ihr Partner hat auf der Rückseite des Ladens gewartet, falls du Angst bekommst und wegläufst. Der Mann, der dir weh getan hat ... nun ja, er hat Kendras Partner erschossen.«

Mallory starrte sie verständnislos an. Dann begriff sie. *Wegen mir. Es ist alles meine Schuld. O Gott. Alles meine Schuld.*

»Wir hatten gehofft, du könntest uns vielleicht sagen, wo wir diesen Mann finden«, sagte Kate sanft.

Mallory drehte den Kopf nach rechts, um sie anzusehen. In diesem Moment fiel ihr Blick auf das rosa Glitzerhandy. Macys Handy. Sie hatte es von ihrer Mom zu Weihnachten bekommen. Es lag auf dem Tischchen neben Mallorys Bett.

Mallorys Atemzüge beschleunigten sich. Vorsichtig tastete sie nach dem Handy, als sie registrierte, dass es ganz still im Raum geworden war.

»Wo kommt das denn auf einmal her?«, fragte Meredith mit eigentümlicher Stimme.

Kate zuckte mit den Schultern. »Ich dachte, Sie hätten es für sie aufbewahrt, solange ihr Bein versorgt wurde.«

»Nein. Und vor einer Viertelstunde lag es noch nicht hier, das weiß ich ganz genau. Die Schwester hat den Klapptisch zur Seite geschoben, als sie den Tropf angehängt hat.«

Kate schnappte sich das Telefon, doch Mallory riss es ihr aus der Hand und schaltete es ein.

Und starrte. Und starrte. Und hörte abermals dieses leise Wimmern. Das aus ihrer Kehle drang.

Kate trat neben sie, ganz langsam. Sie trug Handschuhe und drehte das Handy vorsichtig so um, dass sie das Display erkennen konnte. Sie stieß abrupt den Atem aus, als wäre sie wütend.

Gut. Sei wütend. Jemand sollte wütend sein. Er hatte Macy. *Er hat sie gefesselt. Und in einen Wagen gesperrt. Er hat ihr den Mund zugeklebt. Er wird ihr weh tun.*

Er wird aus ihr die neue Suzie machen.

Meredith beugte sich herüber. »O Gott«, stieß sie hervor. »Ist das Macy, Mallory?«

Mallory schloss die Augen und schürzte die Lippen. *Sag nichts. Er ist hier. Irgendwo. Er hat Macy, und er ist hier. Er kann dich sehen. Dich hören. Er ist hier.* Ihre Hände wurden schlaff, und Kate nahm ihr behutsam das Telefon ab.

»Ist es doch nicht Macy?«, fragte Meredith.

»Doch, sie ist es«, warf Kate ein. »Auf der Rückseite steht der Name in Glitzerbuchstaben.«

»Mallory«, sagte Meredith leise. »Wer ist Macy?«

Mallory presste die Lippen aufeinander. *Nichts sagen.*

»Soll ich Ihnen sagen, was ich denke?«, meinte Kate. »Sie ist ihre Schwester. Die beiden sehen sich sehr ähnlich.«

»Ist Macy deine kleine Schwester, Mallory?«, fragte Meredith, immer noch sanft.

Mallory zitterte. *Sag nicht ja. Sag überhaupt nichts. Er ist hier.*

»Dieses Foto wurde nicht per Nachricht geschickt, sondern

mit diesem Handy aufgenommen. Jemand hat es hergelegt, um Mallory Angst zu machen«, sagte Kate.

»Ich hasse dieses Schwein«, stieß Meredith leise hervor.

Tränen liefen Mallory über die Wangen. *Ich auch. Ich auch.*

»Hat er Macy bedroht?«, fragte Kate. »Hat er dich so die ganze Zeit gezwungen, den Mund zu halten?«

Sag nichts. Sag nichts. Sag nichts.

»Mallory«, beharrte Kate. »Wir brauchen deine Hilfe. Du wolltest, dass wir den Kindern helfen, dafür musst du uns aber sagen, wo sie sind.«

Die Kinder? O Gott. Die Kinder. Sie wollte es ihnen sagen. So gern.

»Wir wissen über die Videos Bescheid«, sagte Meredith. »Wir wollen dir helfen.« Sie seufzte. »Sie hat Angst, Kate. Und Schmerzen. Ich glaube nicht, dass sie uns jetzt etwas sagen wird.«

Kate fuhr sich mit den Händen übers Gesicht. »Ich hasse diesen Kerl auch aus tiefster Seele. Wir sind so nahe an ihn herangekommen, und dann fängt das Theater von vorn an.« Sie schwieg kurz, dann beugte sie sich vor. »Ich muss jetzt gehen, Mallory, aber ich komme bald wieder. Und ich versuche, Kendra mitzubringen. Aber eines muss dir klar sein, Süße. Du bist die beste Spur, die wir bislang haben, um den Mann zu finden, der dir weh getan und deine Schwester entführt hat. Ich brauche deine Hilfe, so viel steht fest. Also ruh dich aus. Ich bin bald zurück.«

Sag nichts. Er ist hier.

Eine Hand strich ihr liebevoll übers Haar. »Ruh dich einfach aus«, sagte Meredith. »Ich werde dich nicht allein lassen.«

»Kate?« Zimmerman kam aus seinem Büro, gerade als sie und Decker aus dem Aufzug traten. »Nur ganz kurz, bitte.« Kate drückte die Schultern durch. Vor diesem Gespräch graute ihr schon seit Stunden. »Ja, Sir, ich bin sofort bei Ihnen.« Zimmerman nickte und kehrte in sein Büro zurück, während sie Decker ansah. »Wenn du Ausdrucke von den Fotos machen könntest, die wir gestern Abend von Rawlings gemacht hatten, können wir später ins Gefängnis fahren und versuchen, endlich mehr über Alice' Mörder zu erfahren. Es sei denn, ich … na ja … es gibt kein Später mehr für mich.« Sie hatten bereits auf dem Weg vom Supermarkt ins Krankenhaus darüber gesprochen, und auch auf dem Weg vom Krankenhaus ins Büro. *Ich habe die Kontrolle über die Situation verloren, und meinetwegen wurden Menschen verletzt. Ein Officer wurde sogar getötet. Und der Professor ist uns entwischt. Schon wieder.*

Decker stieß sie behutsam mit der Schulter an. »Du konntest die Situation gar nicht unter Kontrolle haben. Weil es vom ersten Moment an ein Riesendurcheinander war.«

»Genau. Aber ich lasse mir jetzt die Abreibung verpassen.«

»Falls du dich dann besser fühlst – ich glaube, auf Deacon und mich ist er noch wütender.«

Sie musste grinsen. »Falls ja, bedeutet das, dass ich ein eiskaltes Miststück bin?«

Er grinste. Ihr ging das Herz auf. »Geh jetzt. Ich kümmere mich so lange um die Fotos. Troy hat mir Rawlings' erkennungsdienstliches Foto geschickt. Das können wir auch verwenden.«

Kates Lächeln verflog, als sie Zimmermans Büro betrat, die Tür hinter sich schloss und sich auf den Stuhl vor seinem

Schreibtisch setzte. Sie ballte die Fäuste und wünschte, sie hätte ihr Strickzeug mitgebracht, doch es lag im Wagen. »Es tut mir leid, Sir.«

Zimmerman stützte die Ellbogen auf und legte das Kinn auf seine gegeneinandergelegten Hände. »Was genau?«

Kate starrte ihn verblüfft an. »Ich weiß noch nicht mal, wo ich überhaupt anfangen soll.«

Er lehnte sich zurück, zog etwas aus einer Schublade und warf es ihr zu. Ein Proteinriegel. »Essen Sie erst mal den hier.« Als Nächstes stellte er eine Wasserflasche vor ihr auf den Tisch. Sie verputzte den Riegel, trank etwas Wasser und wartete dann mit ineinander verkrallten Fingern.

Sie war tatsächlich ruhiger. Wenn er vorhatte, ihr nach allen Regeln der administrativen Kunst den Hintern aufzureißen, würde er ihr bestimmt nicht vorher noch etwas zu essen spendieren. Das hoffte sie zumindest.

»Wie klar sind Sie gerade auf einer Skala von eins bis fünf?«

»Etwa auf CAT4«, antwortete sie wahrheitsgetreu, worauf er leise lachte.

»Dann nehmen Sie das hier.« Er warf ihr eine flache Schachtel zu, in der normalerweise altmodische Spitzentaschentücher verkauft wurden.

Ihr blieb der Mund offen stehen, als sie sie aufmachte. »Origamipapier«, hauchte sie und spürte, wie ihre Kehle eng wurde. »Okay, runter auf CAT3. Sie haben mir etwas zu essen und zu trinken gegeben, jetzt kriege ich auch noch Geschenke, also kann ich nicht allzu tief in der Patsche sitzen.«

Wieder lachte er. »Das würde ich zwar nicht sagen, aber geteiltes Leid ist halbes Leid.« Er wurde ernst. »Decker hatte recht mit dem, was er gerade auf dem Flur zu Ihnen gesagt hat.«

»Was meinen Sie? Dass Sie wütender auf ihn und Deacon

sind? Oder dass diese ganze Kroger-Geschichte von Anfang an ein Riesenchaos war?«

»Beides«, antwortete er trocken. »Sie alle haben sehr schnell gehandelt, um die Gefahr für die Zivilisten zu minimieren. Es hätte schlimmer ausgehen können.«

»Wir haben ihn entwischen lassen«, sagte sie und strich mit der Hand über das Papier. Es war so wunderschön, mit seiner Struktur.

»Sie haben den Ort des Geschehens nicht ausgewählt, sondern das Mädchen. Der Täter hat sich nur das Wissen zunutze gemacht, dass Sie das Risiko, einen unschuldigen Dritten zu gefährden, indem Sie auf ihn schießen, nicht eingehen würden. Um die Konsequenzen werde ich mich kümmern. Das gehört schließlich zu meiner Arbeit.« Er deutete auf das Papier. »Das ist von meiner Frau. Ich habe ihr erzählt, dass Sie gern Origami falten, und sie dachte, Sie können es nach den Ereignissen der letzten Tage bestimmt gut gebrauchen.«

Wieder strich Kate über das dicke Papier, das förmlich danach schrie, zu etwas Hübschem gefaltet zu werden. »Sie haben ihr davon erzählt? Warum?«

»Weil es mich am Ende eines Arbeitstages besänftigt, mit ihr zu reden. Es hilft mir, das Chaos in meinem Kopf in den Griff zu kriegen. Von den wirklich hässlichen Dingen, die ich tagtäglich erlebe, erzähle ich ihr lieber nichts, beispielsweise von der Leiche einer zerstückelten und in drei Koffer verpackten Frau. Über laufende Ermittlungen kann ich ihr nichts preisgeben, dafür erzähle ich von meinem Team, was sie besonders gern hört, weil sie so ein fürsorglicher Mensch ist.«

Kate war verblüfft, aber zutiefst gerührt. »Ich habe Ihre Frau noch nie gesehen.«

»Doch, sogar zweimal. Letzte Woche bei der Beerdigung von Agent Symmes. Sie haben ihr eine Kleenex-Schachtel hingehalten und sie angelächelt. Und gestern auf dem Parkplatz. Sie wollte mir gerade etwas zu essen bringen, als Sie in Ihren Wagen gestiegen sind und irgendetwas darüber sagten, dass alle Männer ein Kindermädchen brauchen. Sie meinte, Sie hätten kurz innegehalten, um sie anzulächeln, bevor Sie weitergewettert hätten. Meine Frau mag Sie.« Er zuckte die Achseln. »Man stelle sich vor!«

Kate musste lachen. »Du meine Güte, danke. Ich muss ihr unbedingt ein Dankeskärtchen schreiben. Sie wissen schon … eines von den hübschen, altmodischen.« Sie nahm das oberste Blatt Papier heraus und begann, es zu falten, während ihre Miene ernst wurde. »Also. Kroger. Die ältere Dame hat es schlimm erwischt, eine gebrochene Rippe und Hüfte, aber sie überlebt, sofern es nicht zu Komplikationen kommt. Officer Heinz, Kendras Partner, wurde inzwischen in die Pathologie gebracht. Deacon und seine Vorgesetzte informieren gerade die Angehörigen.« Sie holte tief Luft. »Und Mallory – so heißt Sunshine Suzie mit richtigem Namen – weigert sich, mit uns zu reden.«

»Was ihr im Augenblick wohl keiner verdenken kann«, bemerkte Zimmerman leise. Kate hatte ihn von der Notaufnahme aus angerufen und über das Glitzerhandy und das Foto von der entführten Macy informiert, worauf sie unverzüglich Amber Alert eingeschaltet hatten. Die Organisation würde überall das Foto und den Namen Macy veröffentlichen, um mit Hilfe von Hinweisen aus der Bevölkerung die Suche nach ihr zu unterstützen. Schließlich war weder Macys Nachname bekannt, noch wusste man, von wo sie entführt worden war.

»Keiner hat mitbekommen, wie er das Handy auf Mallorys Nachttisch gelegt hat«, fuhr sie fort. »Deacon, Decker und ich haben uns die Überwachungsbänder angesehen, und wir glauben, dass wir ihn gefunden haben.« Sie sah auf. »Er war wie ein Cop angezogen. Zwar ohne Dienstmarke, aber er hatte ein Uniformhemd mit langen Ärmeln an. So sind wir überhaupt erst auf ihn aufmerksam geworden.«

»Um die Wunde an seinem Arm zu verdecken.« Ein Anflug von Erregung schwang in Zimmermans Stimme mit. »Konnten Sie sein Gesicht erkennen?«

Sie zuckte mit den Schultern. »Nicht richtig. Er hatte eine gewöhnliche Dienstmütze auf und den Schirm tief ins Gesicht gezogen. Außerdem trug er einen Bart. Vermutlich war der nicht echt, aber wer weiß.«

Zimmerman stieß frustriert den Atem aus. »Inzwischen haben wir den Streifenwagen gefunden. Er stand auf dem Parkplatz eines Einkaufszentrums. Das Handy des kleinen Mädchens konnten wir nicht nachverfolgen. Es ist ein Wegwerfhandy.«

Sie sah ihn erstaunt an. »Wer schenkt einem kleinen Mädchen ein Wegwerfhandy?«

»Wer zwingt die Schwester eines kleinen Mädchens zur Kinderpornografie?«, gab Zimmerman bitter zurück. »Solange Mallory noch nicht bereit ist, mit uns zu reden, sind wir genauso weit wie heute Morgen. Wir gehen den Spuren nach, die uns zum Professor führen. Ich habe vorhin gehört, dass Sie und Decker noch ins Gefängnis fahren wollen?«

Sie vollendete ein Körbchen und zog das nächste Blatt Papier aus der Packung, das sie in gleichmäßige Streifen riss. »Ja. Wir nehmen die Fotos von Rawlings mit und sehen, was wir herausfinden können. Hoffentlich etwas, das uns sagt, wie er Kontakt zum Professor aufgenommen und das Gift bekommen hat, um Alice damit zu töten. Deacon bleibt im Krankenhaus bei Dani, Meredith bei Mallory, die inzwischen auf die Normalstation verlegt worden ist. Wir haben einen Beamten vor ihrer Tür postiert. Kendra ist mit Wendi nach Hause gefahren. Sie ist am Boden zerstört, Sir. Und Adam und Troy sind unterwegs hierher.«

Zimmerman nickte. »Adam versucht herauszufinden, wo die späteren Suzie-Filme aufgenommen wurden, wie wir es besprochen hatten, und Troy sichtet Alice' Videos. Hoffentlich hat Alice es mit jemandem getrieben, der Informationen über die Kontakte der Menschenhändler besitzt.« Er seufzte resigniert. »Denn es gibt nach wie vor jede Menge Kinder und Jugendliche, die noch nicht identifiziert sind.«

Kate konzentrierte sich auf den Papierstreifen in ihrer Hand und dachte an die Kids – sowohl an jene, die Decker und Wendi identifiziert hatten, als auch an all diejenigen, die McCord Alice abgekauft hatte. »Vielleicht hat Decker ja recht. McCord und der Professor müssen sich vor rund fünf Jahren begegnet sein. Davon gehen wir aus, weil die Videos danach in einem anderen Haus aufgenommen worden sind. Ich frage mich die ganze Zeit, wieso er den Drehort geändert und die alten Videos aus dem Netz genommen hat. Schließlich hatte er finanzielle Einbußen dadurch. Das ergibt nur dann einen Sinn, wenn irgendetwas mit diesem Haus war … oder mit den Videos. Wenn da etwas zu sehen war, das ihn in irgendeiner Weise hätte belasten oder seine Identität verraten können.«

»Sollte sich Adam lieber auf die Videos aus dem ersten Jahr konzentrieren, meinen Sie?«, hakte Zimmerman nach.

Sie nickte. »Vielleicht hat McCord sein Video gesehen und gesagt – Hey, Kumpel, ich habe dich im Handumdrehen gefunden, weil dieses Detail in deinem Video auftaucht. Ich zeige dir mal, wie man das richtig macht –, und dann sind sie Partner geworden. Oder vielleicht hat er McCord genau wegen dieses Details aufgesucht, wegen dem er beinahe aufgeflogen wäre. Er hat es mit der Angst bekommen, aber nicht so sehr, als dass er mit dem Filmen aufgehört hätte. Er hat Drogen an die Kids verkauft, die er von den Videos erkannt hatte, und sie haben ihm von McCord erzählt.«

»Vielleicht hatte McCord auch einfach nur die bessere Location«, schlug Zimmerman vor.

Sie schüttelte den Kopf. »In diesem Fall hätte der Professor die Videos im Netz gelassen und weiter abkassiert. Aber gemessen an dem Gespräch zwischen Alice und ihrem Vater, hat er alles auf einen Server im Ausland verfrachtet. Sie wissen schon, das Gespräch, das Decker mit Hilfe der Wanzen abgehört hat.«

»Das Gespräch, das den Stein ins Rollen gebracht hat.«

Sie nickte. »Decker hielt es für wichtig genug, sein Leben aufs Spiel zu setzen, um uns darüber zu informieren. Die ›Spitze des Eisbergs‹, so hat Alice es bezeichnet. Der IT-Mann der Bande – Alice' Halbbruder – hat ihm geholfen, gegen regelmäßige Bezahlung seinen ganzen Kram auf einen ausländischen Server zu schaffen. Er hätte die Videos aus dem ersten Jahr von dort wieder anbieten und sich damit eine goldene Nase verdienen können, aber das hat er nicht getan.«

»Sie könnten durchaus recht haben«, sagte Zimmerman nachdenklich. »Ich sage Adam, dass er sich auf die Suzie-Filme aus dem ersten Jahr konzentrieren soll – die, die Sie auf Corey Addisons Computer gefunden haben.«

»Adam sollte das nicht allein tun. Ich helfe ihm, sobald ich aus dem Gefängnis zurück bin.«

»Er ist nicht allein. Ich stehe mit dem Leiter der ICAC in engem Kontakt, um den Maulwurf möglichst schnell zu finden. Wir dürfen nicht zulassen, dass ein fauler Apfel die gesamte Abteilung lahmlegt. Die ICAC arbeitet eng mit unserem Dezernat für Internetkriminalität zusammen. Wir finden schon heraus, wer es ist. In der Zwischenzeit steht die Suche nach dem Haus, in dem die Filme gedreht wurden, an oberster Stelle, weil Sie natürlich völlig recht haben – der Professor ist derjenige mit der größten Reichweite. Die ICAC hat auf Anhieb alle seine anderen Filme gefunden, allerdings nicht den dazugehörigen Server, das wird noch etwas dauern. Aber es geht zumindest voran.«

»Gut. Dann fahren Decker und ich jetzt ins Krankenhaus.« Kate nahm ihre gefalteten Blumen und legte sie in das Körbchen, das sie als Erstes gebastelt hatte. »Für Mrs. Z«, sagte sie lächelnd. »Als Zwischendankeschön, bis ich eine richtige Karte schicken kann.«

Ein erfreutes Lächeln breitete sich auf Zimmermans Gesicht aus. »Das wird ihr bestimmt gefallen. Danke.« Er hob den Kopf und blickte über Kates Schulter hinweg. »Sie können jetzt reinkommen, Decker.«

Kate fuhr herum – sie hatte gar nicht mitbekommen, dass Decker im Türrahmen stand. »Wie lange stehst du schon da?«

»Seit du angefangen hast, Papier zu falten«, antwortete er. »Aber ich wollte dich nicht unterbrechen. Du warst gerade mittendrin. Doch ich wollte dir etwas zeigen. Ihnen auch, Boss.«

Kate und Zimmerman folgten ihm aus dem Büro. In Deckers Stimme hatte etwas mitgeschwungen, das ihre Besorgnis erregte. Er führte sie in das abgeschirmte Büro, in dem Kate am Vortag Corey Addisons Videos von Sunshine Suzie angesehen hatte. »Troy und Quincy Taylor haben inzwischen Alice' Videos unter die Lupe genommen«, sagte er.

Die beiden Männer saßen vor einem großen Monitor. »Quincy hat das Foto vergrößert«, erklärte Troy, »damit man das Gesicht besser erkennen kann.«

»Aber Sie müssen nicht mehr Haut ertragen, wenn Sie nicht wollen«, fugte Quincy hinzu.

»Dafür wäre ich mehr als dankbar«, murmelte Kate und wappnete sich innerlich.

Auf dem Monitor war ein Mann zu erkennen. Gutaussehend, aber … Kate war sich nicht ganz sicher. Er hatte den Kopf in den Nacken gelegt, seine Augen waren geschlossen, auf seinem Gesicht lag ein Ausdruck höchster sexueller Konzentration. »Was sollen wir …«

»O mein Gott«, stieß Zimmerman entsetzt hervor und ließ sich auf den Stuhl neben Troy fallen. »Das gibt's doch nicht.«

»Doch«, sagte Troy ernst.

»Wer ist das?«, wollte Kate wissen.

26. Kapitel

»Also?«, bohrte Kate nach, als keiner der Männer antwortete. »Wer ist dieser Kerl?«

Troy sah sie an. »Ach ja, Sie sind noch neu hier und können ihn nicht kennen. Er ist eine Fernsehberühmtheit des Lokalsenders und gibt regelmäßig Tipps zum Thema Gesundheit in den Nachrichten. Das letzte Mal, als ich ihn gesehen habe, ging es um ein neues Implantat, das die Insulingabe von Diabetespatienten reguliert.«

Zimmerman schüttelte fassungslos den Kopf. »Er hatte Sex mit Alice?«

»In den unterschiedlichsten Stellungen.« Troy verzog das Gesicht. »Alice war ziemlich gelenkig, das muss man ihr lassen.«

»Du lieber Gott.« Kate starrte das Standfoto an. »Er ist Arzt?«

»Dr. Brandon Edwards«, sagte Zimmerman, immer noch sichtlich geschockt. »Er hat eine Praxis in der Stadt.«

»Ein Arzt kennt sich doch mit Chemie aus«, sagte Decker und trat neben Kate, wobei er sich schwer auf seinen Stock stützte. »Mit Gift. Drogen. Rizin selbst herzustellen, muss für jemanden wie ihn ein Kinderspiel sein.«

Sie starrte ihn an. »Du glaubst, dass er der Professor ist?«

Decker zuckte mit den Schultern. »Vielleicht. Vielleicht auch nicht. Die Größe passt jedenfalls schon mal. Und die Statur auch.«

»Und bisher ist er der Einzige, auf den die physischen Parameter passen«, fügte Troy hinzu.

»Ich bin diesem Mann schon mal begegnet und habe ihm sogar die Hand geschüttelt«, sagte Zimmerman und erschauderte heftig. »O Gott. Meine Töchter waren bei ihm in Behandlung, als sie noch aufs College gingen.«

Kate hatte Mühe, selbst einen Schauder zu unterdrücken. Eigentlich sollte sie ihn trösten, aber was könnte sie schon sagen? Stattdessen presste sie die Schachtel mit dem Origami-Papier noch fester an ihre Brust, als wäre sie ein Talisman.

»Ich habe gestern Abend seine Augen gesehen und müsste sie wiedererkennen. Gibt es eine Aufnahme, auf der er die Augen offen hat?«

»Nein«, antwortete Quincy. »Zumindest keine, auf der er direkt in die Kamera sieht. Ehrlich gesagt, sieht er Alice überhaupt nicht in die Augen, solange sie … es tun.«

»Er macht fast den Eindruck, als wäre er am liebsten ganz woanders.« Ein seltsamer, beinahe gekränkter Ausdruck huschte über Troys Gesicht. »Er stellt sich vor, er wäre anderswo. Oder sie wäre jemand anderes.«

»Okay, dann …« Kate betrachtete das auf dem Monitor erstarrte Gesicht. »Inzwischen kommt mir dieses Gesicht irgendwie bekannt vor. Vielleicht habe ich ihn vorhin auf dem Parkplatz in der Menge gesehen, aber … nein, ich glaube nicht. Aus dem Fernsehen kann es nicht sein, weil ich den Fernseher nicht anhatte, seit ich hergekommen bin. Vielleicht …« Entsetzt schnappte sie nach Luft, als der Groschen fiel. »Können Sie das Foto auf die ursprüngliche Größe zurückbringen, Quincy?«

»Sie wollen ihn sehen, wie der liebe Gott ihn erschaffen hat?«, fragte Quincy erstaunt.

»Von wollen kann keine Rede sein, aber tun Sie's endlich.« Ihre Anweisung war barsch gewesen. Kate rief sich seufzend zur Ordnung. »Tut mir leid, ich wollte nicht unhöflich sein. Bitte verändern Sie die Bildgröße.«

Quincy tippte auf ein paar Tasten. »Bitte schön, der reizende Herr Doktor in seiner gesamten Pracht.«

Plötzlich schien sich eine zentnerschwere Last auf Kates Schultern zu legen, als die Erinnerung an das zurückkehrte, was sie gesehen hatte, als sie zuletzt in diesem Zimmer gesessen hatte. »Da«, krächzte sie und deutete auf die Körperseite des Mannes. »Zoomen Sie diese Stelle bitte näher heran.«

Quincy gehorchte. Keiner sagte ein Wort.

Kate presste die Lippen so fest aufeinander, dass sie weh taten. »Ja. Das ist er. Deshalb hat er die Videos aus dem Netz genommen. Dieses elende Dreckschwein, verdammte Scheiße!«

»Kate?«, fragte Decker vorsichtig.

Ihr Blick hing wie gebannt auf der kleinen Tätowierung auf der linken Pobacke des Arztes. »Sie erinnern sich an die Videos mit Sunshine Suzie, die nicht mehr im Netz abrufbar sind? Jene aus der Zeit, als sie zwölf Jahre alt war?«

»O Gott«, stieß Decker hervor. »Er ist darauf zu sehen? Dieser Arzt? Das Tattoo. Stone hat es gesehen, als er vierzehn war.«

Kate nickte und öffnete die Papierschachtel.

Decker setzte sich neben sie. »Ich mag Papierlöwen«, sagte er leise. »Tiger und Bären sind auch gut.«

Das Lächeln auf ihren Zügen war flüchtig und gezwungen, trotzdem war sie ihm dankbar. *Ich muss das in den Griff bekommen. Ich kann nicht den Rest meines Lebens Figürchen falten und Decken stricken, nur weil ich unter Strom stehe.* Aber jetzt war nicht der richtige Zeitpunkt dafür, deshalb begann sie, ihre Hände zu bewegen, während ihre Kehle eng wurde und ein Schluchzen in ihr aufstieg, als sie an all diese Monster dachte, die kleine Mädchen vergewaltigten. Und dann auch noch Geld damit verdienten.

»Dieser Mann da war in allen Videos zu sehen. Im ersten, im

zweiten und auch im dritten Jahr.« Ihre Hände falteten weiter, als sie gegen den riesigen Kloß in ihrem Hals anschluckte. »Er hat sie … vergewaltigt.« Sie holte tief Luft, und ihre Hände zitterten so heftig, dass sie nicht fortfahren konnte. Sie beugte sich vor und ließ den Kopf hängen. »O Gott.« Decker legte seine Hand auf ihren Rücken und streichelte sie schweigend. Auch die anderen sagten nichts.

Nach einer Weile hatte sie ihre Selbstbeherrschung wiedergefunden. *Ich muss es schaffen, meine Gefühle in den Griff zu bekommen. Sie kommen immer wieder hoch, auch wenn ich noch so sehr versuche, sie beiseitezuschieben.* Sie legte die Hände einen Moment lang flach auf den Tisch, dann faltete sie weiter. »Ich glaube, er hat eine Perücke getragen. Auf den Videos. Sein Haar wirkte irgendwie unnatürlich, als wäre es festbetoniert. Wie ein lebender Ken. Er hatte Sprühbräune auf der Haut, und in den ersten Videos sieht man das Tattoo ganz deutlich, in den späteren allerdings nicht mehr.«

Decker strich noch immer mit der Hand über ihren Rücken. »Offensichtlich hat er inzwischen herausgefunden, wie er es abdecken muss.«

Sie nickte. »Aber hier …« Sie nickte in Richtung Bildschirm. »Hier wusste er nicht, dass er gefilmt wird. Alice' Kamera war ja versteckt, deshalb hat er es auch nicht abgedeckt. Das ist er.« Ein stählerner Ausdruck schlich sich in ihre Stimme. »Und wenn wir ihn festnehmen, können wir beweisen, dass er eine Zwölfjährige vergewaltigt und darüber hinaus Kinderpornografie hergestellt und verbreitet hat.«

Sie sah Zimmerman an, dessen Gesicht sich grünlich verfärbt hatte. »Ich frage nur ungern, Sir, aber auf welchem College waren Ihre Töchter?«

Er schloss die Augen. »Auf dem King's College, so wie Sidney Siler und Stone O'Bannion. Edwards' Praxis ist ganz in der Nähe. Wir hatten unseren eigenen Hausarzt, aber meine

Mädchen waren sportlich sehr aktiv und brauchten jemanden, der ihre Tauglichkeit bescheinigen konnte. Seine Praxis lag direkt um die Ecke, deshalb konnten sie hingehen, ohne den Unterricht zu versäumen. Er hat seine Funktion als Arzt ausgenutzt, um neue Kunden zu gewinnen ... indem er ihnen als Professor Drogen verkaufte. Das wird ja immer schlimmer.«

»Aber er muss Ihren Töchtern nicht zwangsläufig etwas angetan haben«, sagte sie sanft und wich erschrocken zurück, als er die Augen aufriss – blanke Wut loderte darin.

»Er hat sie angefasst«, wetterte er. »Er hat sie angesehen!« Wieder schloss er die Augen und schüttelte den Kopf, während er die Fäuste ballte und sich damit auf die Knie schlug. Als er fortfuhr, schien er sich einigermaßen unter Kontrolle zu haben. »Es tut mir leid, Kate. Ich weiß, dass Sie nur helfen wollen, aber dass dieses elende Dreckschwein meine Töchter angefasst hat ... ich muss zugeben, dass es mir schwerfällt, in diesem Fall objektiv zu bleiben.«

Kate zögerte, dann strich sie vorsichtig mit der Hand über seine Fäuste. »Wie auch?«, fragte sie sanft. »Ich würde ihn am liebsten auch umbringen.«

Zimmermans Adamsapfel hüpfte auf und ab. Er schlug die Augen wieder auf, machte jedoch keine Anstalten, ihre Hand wegzuschieben. Sie ließ sie dort liegen, in der Hoffnung, ihm zumindest ein wenig Trost zu spenden. »Meine Kinder sind nicht die Opfer hier. Sondern die Kids, die er in die Abhängigkeit getrieben und gemeinsam mit McCord als Darsteller für ihre Pornovideos missbraucht hat. Wir müssen unbedingt herausfinden, wie er an Mallory herangekommen ist. Vielleicht gibt uns das ja einen Anhaltspunkt im Hinblick auf die anderen Kids.«

Decker nahm seine Hand von Kates Rücken. »Ich weiß, wo ich ihn noch gesehen haben könnte. Könnten Sie mir bitte die

Tastatur geben?« Quincy reichte sie ihm, worauf Decker darauf einzuhämmern begann. Er öffnete ein neues Fenster auf dem Monitor, und Kate wurde das Herz schwer.

»O nein«, stöhnte sie. Denn jetzt ergab plötzlich alles einen Sinn.

»Die Meadow, eine städtische Notunterkunft mit angeschlossener Klinik«, sagte Quincy. »Die ist doch drüben in Over-the-Rhine, richtig? Aber was hat die damit zu tun?«

»Einige der Opfer kamen aus der Gegend«, antwortete Decker.

»Und dort wurde auch Dani Novak angegriffen«, fügte Troy hinzu. »Sie sagen, sie hätte dort anfangs ehrenamtlich gearbeitet, bevor man sie angestellt hat. Wenn er dort auch ehrenamtlich tätig war, kannte er logischerweise die Kinder, die in der Gegend wohnen. Und damit wusste er auch, wer anfällig war. Das muss das reinste Paradies für ihn gewesen sein, der reinste Selbstbedienungsladen.«

Decker schüttelte den Kopf. »Er hat nicht nur ehrenamtlich dort gearbeitet. Ich habe mir gestern die Webseite angesehen, als Dani meinte, sie sei dorthin gerufen worden.« Er ging auf den »Wir über uns«-Reiter, worauf sich ein Foto von Dr. Brandon Edwards, freundlich und kompetent wirkend, öffnete. »Er ist der Direktor. Seit Jahren. Und Danis neuer Boss.«

»Diesel hat gemeint, der Täter sei aus heiterem Himmel aufgetaucht«, murmelte Kate. »Logisch. Weil er aus dem Haus kam. Mallory muss ihn identifizieren. Außer Alice könnte sie die Einzige sein, die sein echtes Gesicht kennt.«

»Und genau aus diesem Grund musste Alice sterben«, sagte Zimmerman. »Aber erst, als feststand, dass es keine schriftlichen Unterlagen über ihre Machenschaften gab. Okay. Ich will, dass die Angelegenheit sauber und korrekt erledigt wird. Aber keiner braucht hier den Helden zu spielen. Verstanden?« Die Anwesenden nickten pflichtschuldig, und Zimmerman fuhr fort: »Wir greifen von drei Seiten an. Ich schicke Beamte zu ihm nach Hause und in seine Praxis, die dort warten, bis ich Durchsuchungsbeschlüsse für beides habe. Vermutlich werden wir Mallorys Identifizierung dafür brauchen.«

»Wir könnten die Tätowierungen miteinander abgleichen«, schlug Kate vor.

Zimmerman schüttelte den Kopf. »Wir haben es hier mit einem angesehenen Arzt zu tun, der mindestens einen Polizisten in der Hand hat. Und wer weiß, wen er sonst noch erpresst. Ich werde nicht riskieren, an einen korrupten Richter zu geraten, oder an einen, der vor Ehrfurcht erstarrt, nur weil der Typ regelmäßig im Fernsehen ist. Wir brauchen hieb- und stichfeste Beweise, dass es sich bei ihm um den Täter handelt. Vielleicht können wir einen Haftbefehl gegen ihn erwirken, aber keinen Durchsuchungsbeschluss für sein Haus und die Praxis, zumindest nicht sofort, was ihm wiederum Zeit gibt, Beweise zu zerstören. Oder gar Macy etwas anzutun.«

»Was sollen wir tun?«, fragte Kate.

»Sie und Decker fahren ins Krankenhaus und sorgen dafür, dass Mallory ihn identifiziert, selbst wenn es nur ein Video mit ihrer Reaktion ist, wenn sie sein Foto sieht. Ich kümmere mich um den Haftbefehl und die Durchsuchungsbeschlüsse und lasse sein Haus und die Praxis überwachen. Sobald Sie so weit sind, geben Sie mir Bescheid, dann schlagen wir zu. Troy, Sie bleiben bei den Beamten, die die Praxis überwachen. Kate und Decker, Sie fahren vom Krankenhaus direkt zu ihm nach Hause. Troy, wir sehen uns vor seiner Praxis.«

»Irgendwo dreht er all diese Filme«, meinte Kate. »Vielleicht hat er sich ja in seinem Haus ein neues Studio eingerichtet.«

Zimmerman nickte. »Hoffen wir es. Wenn nicht, kann Meredith Mallory vielleicht dazu bringen, ihr zu sagen, wo. Ach ja, Kate, und Ihrem ehemaligen Partner können Sie ausrichten, dass ich ihm seinen weißhaarigen Kopf höchstpersönlich abreißen werde, falls ich ihn auch nur in Edwards' Nähe erwische. Er soll sich von ihm fernhalten. Das ist mein voller Ernst. Falls er meinen Befehl missachtet, kostet ihn das seine Karriere, das schwöre ich. Normalerweise ist er ein vernünftiger Kerl, aber wenn er das Schwein in die Finger bekommt, das seine Schwester um ein Haar getötet hätte, bringt er ihn um, und dann kann ich ihm nicht mehr helfen.«

Kate nickte. »Ich werde es ihm sagen. Habe ich auch Ihre Erlaubnis, ihn im Zweifelsfall zu fesseln?«

Zimmerman nickte. »Gute Idee. Oder, noch besser, Sie rufen Faith an und sagen ihr, sie soll ihn im Zaum halten.«

»Ja, Sir.«

»Also, Westen, an und auf geht's. Seien Sie vorsichtig.« Zimmerman scheuchte sie mit einer Geste aus dem Raum.

Cincinnati, Ohio
Samstag, 15. August, 15.00 Uhr

Er fuhr Gemmas Minivan rückwärts vor die Küchentür. Er musste sofort die vier Kids aus dem Haus schaffen, und mit nur einem unversehrten Arm würde er sie nicht allzu weit schleppen können. Sobald er sie an einen sicheren Ort gebracht hatte, würde er sich um Mallory kümmern. Dass er an sie herankommen würde, stand völlig außer Frage. Er war vorhin einfach ins Krankenhaus spaziert, ohne dass ihn jemand eines Blickes gewürdigt hätte, deshalb würde es auch noch ein zweites Mal klappen.

Er würde den Kids etwas K.-o.-Pulver in die Getränke mischen, so wie er es bei JJ getan hatte. Sie waren alle klein und schlank, und im Keller stand noch der Rollstuhl vom letzten Mal, als er Roxy ins Krankenhaus gebracht hatte. Er würde sie damit zum Wagen schaffen und anschließend ins Studio fahren.

Denn das Geld, das er mit ihnen verdienen würde, brauchte er inzwischen dringender als je zuvor, weil es lange dauern würde, ohne den Professor seine Geschäfte so erfolgreich zu betreiben, wie er es gerade tat.

Und der Professor würde leider sterben müssen.

Hm. Ein interessanter Gedanke. Er könnte einen von denen töten, die ihm ans Leder wollten, und es so aussehen lassen, als wäre er der Professor gewesen. Auf diese Weise könnte er zwei Fliegen mit einer Klappe schlagen – derjenige, der ihn bedrohte, wäre beseitigt, und die Cops würden nicht länger nach ihm suchen, weil sie davon ausgingen, dass der Professor ohnehin tot war.

Ein überlegenswerter Gedanke. Er öffnete die hintere Klappe des Vans. Macy war mittlerweile zu sich gekommen und starrte ihn verängstigt an. Sie weinte. Er tätschelte ihr die Wange.

»Nicht weinen. Bald bist du an einem Ort, wo es ganz schön ist.« Er breitete wieder die Decke über sie und betrat das Haus durch die Küchentür, wo ihm der süßliche Geruch nach Marihuana entgegenschlug. Die Kids hatten seine Vorräte also gefunden.

Hervorragend. Wenigstens *etwas* lief nach Plan.

Sie fläzten vor dem Fernseher herum, wo einer der härteren, nicht jugendfreien Filme lief, die er für sie herausgesucht hatte. Wenn er sie erst einmal weggeschafft und ihren Willen gebrochen hatte, würde es ein Kinderspiel werden, sie zu unterweisen. Es wäre ihm lieber gewesen, es nicht ganz auf die harte Tour tun zu müssen, aber wegen Mallorys Flucht blieb ihm dafür jetzt keine Zeit mehr.

Dafür würde Mallory büßen. Rizin wäre nicht annähernd schmerzhaft genug. Eigentlich war *gar nichts* schmerzhaft genug. Aber jetzt war nicht der richtige Zeitpunkt, über Mallory und ihren Tod nachzudenken.

»Hi, Sir«, begrüßte Seth ihn vergnügt.

»Hallo, Kinder.« Er setzte ein finsteres Gesicht auf. Normalerweise würde er so etwas nicht tun, da seine Bereitschaft, ihren Drogenkonsum zu akzeptieren, ein Garant dafür war, dass die Kids immer wieder freiwillig zu ihm kamen. Doch da er nicht vorhatte, sie gehen zu lassen, änderte er die Taktik. »Was zum Teufel ist hier los? Seid ihr etwa alle high?«

Sarah, die Ernsthafte unter den vieren, runzelte die Stirn. Sie machte nicht den Eindruck, als hätte sie etwas geraucht. Es war immer dasselbe Schema: In jeder Gruppe gab es einen oder eine, die alles ganz besonders richtig machen wollte, einen kleinen Musterschüler. Sie würde er sich gleich als Erste vornehmen, wenn sie im Studio waren. Ohne ihren moralischen Rückhalt würden die anderen viel schneller einknicken.

»Ich habe versucht, sie daran zu hindern, Sir, aber sie wollten nicht auf mich hören.«

»Das ist nicht gut, Kinder«, sagte er streng. »Eure Eltern und Großeltern vertrauen darauf, dass ich gut auf euch aufpasse. Und ich muss mich darauf verlassen, dass ihr spurt.« Er wandte sich an Sarah, die Superbrave. »Vielleicht kannst du mir ja helfen, sie wieder nüchtern zu kriegen. Ich könnte Hilfe beim Kaffeekochen gebrauchen.« Das perfekte Getränk, um es mit GHB zu versetzen.

Noch immer stirnrunzelnd, folgte sie ihm in die Küche. »Ich dachte, Sie sind Arzt.«

Er sah sie an. »Das bin ich auch.«

»Wieso tragen Sie dann eine Polizistenuniform?«

Ich hasse schlaue Kinder. Er drückte ihr den Kaffee in die

Hand und zeigte auf die Maschine. »Weil ich bei einem Autounfall Erste Hilfe geleistet habe. Dabei ist Blut auf meine Sachen gespritzt, und einer der Polizisten hat mir sein Hemd gegeben.«

Das schien sie zu beruhigen. »Oh. Okay. Soll der Kaffee stark werden?«

»Ja, bitte. Die sind ja ziemlich hinüber.«

»Ich weiß«, sagte sie angewidert. »Es tut mir echt leid.«

»Das muss es nicht. Ich hätte sichergehen sollen, dass sie nichts dabeihaben.«

Sie schüttelte den Kopf. »Nein, Sir, sie haben es hier im Haus gefunden. In der Keksdose.«

Er seufzte. »Herrje. Meine Nichte lebt bei mir. Sie hat ein Drogenproblem. Manchmal schleppt sie das Zeug nach Hause. Tut mir leid, dass ihr das mitbekommen habt.«

»Danke, dass Sie es mir erklären«, gab sie höflich zurück. »Ich verstehe es ja, aber meine Oma wäre wahrscheinlich stocksauer gewesen. Meine Mama nimmt Drogen und ist komplett von der Rolle.«

Das wusste er, da ihre Mutter eine seiner besten Kundinnen war. Er hatte keine Ahnung, wie sie ihn all die Jahre hatte bezahlen können, aber ihre neueste Währung war jedenfalls ihre Tochter Sarah. Allerdings war ihm nicht klar gewesen, dass auch noch eine puritanische Großmutter mitmischte.

»Hast du es deiner Großmutter erzählt?«, fragte er beiläufig und registrierte erleichtert, dass sie den Kopf schüttelte.

»Mein Handy funktioniert hier nicht. Außerdem hat Mama gesagt, ich sei den ganzen Tag mit ihr unterwegs, weil sie gewusst hat, dass Gran es nicht zulassen würde, dass ich herkomme. Gran ist echt streng ... na ja, wegen Mama.«

Gut. Damit wäre Sarahs Großmutter eine weniger, die er würde töten müssen. Sarahs Mutter hingegen ... sie hatte ihn belogen und erzählt, es gäbe keinerlei Schwierigkeiten wegen

Sarah. Die Granny hatte sie mit keiner Silbe erwähnt, deshalb war Mama ein Problem, das es zu lösen galt.

Er seufzte innerlich. Er hatte gegen seine Regel Nummer eins verstoßen: Traue niemals einem Junkie. Nächstes Mal wäre er nicht gezwungen, sich auf einen überstürzten Handel wie den mit Sarahs Mom einzulassen.

Er musterte das Mädchen, das maximal fünfundvierzig Kilo wiegen konnte. »Trinkst du Kaffee, Sarah?«

»Nein, aber Coke mag ich gern«, sagte sie lächelnd.

»Dann schenke ich dir eine ein.« Er goss Coke in ein Glas und gab genug von den K.-o.-Tropfen hinein, um sie im Handumdrehen auszuknocken. Sie leerte ihr Glas mit einem Zug und stellte es auf den Tisch. Er schenkte noch einmal nach und bat sie, ein paar Snacks zu holen. Während sie ihm den Rücken zukehrte, gab er das K.-o.-Pulver in den Kaffee.

Sarah trug die Tassen ins Wohnzimmer, wo sie die anderen wie eine strenge Mama aufforderte, den Kaffee zu trinken. Die drei gehorchten und kippten ihn hinunter, obwohl der Kaffee brühheiß war.

Ja. Sarah muss definitiv als Erste dran glauben. Sie könnte einen Aufstand anzetteln, und das muss ich verhindern.

Er sah auf die Uhr und registrierte, dass sie allmählich müde wurden. Sarah führte er als Erste hinaus und hielt sie fest, als sie ins Straucheln geriet. Er schob sie in den Kofferraum, fesselte sie und klebte ihr den Mund zu, ehe er zurück ins Haus ging, um die anderen zu holen.

Alles klappte wie am Schnürchen. Wenig später hatte er alle vier Kids in den Transporter verfrachtet. Er setzte Macy auf einen der mittleren Sitze, damit sie hinten nicht von den größeren Kids zerquetscht wurde. Dann schloss er die Haustür ab, stieg in den Minivan und fuhr davon. Endlich schien seine Pechsträhne ein Ende zu haben.

Er würde sie ins Studio bringen und sich dann ein wenig ausruhen, ehe er sich überlegte, wie er mit Mallory verfahren sollte. Und allmählich brauchte er das Antibiotikum für seinen Arm. Der pochende Schmerz war einem dumpfen Taubheitsgefühl gewichen. Und man brauchte kein Arzt zu sein, um zu wissen, was das bedeutete.

Cincinnati, Ohio
Samstag, 15. August, 15.20 Uhr

Decker zog einen Stuhl neben Agent Triplett, der wieder einmal zur Wache eingeteilt worden war, diesmal vor Mallorys Krankenhauszimmer. Zimmerman hatte sämtliche Securitykräfte vom Penthouse abgezogen, da sich im Augenblick niemand dort aufhielt, der beschützt werden musste.

Meredith sah völlig erschöpft aus, als sie aus dem Zimmer trat.

»Wie geht es ihr?«, fragte Kate leise.

Meredith zuckte mit den Schultern. »Rein körperlich gesehen, hat sie bloß Schmerzen. Ich behalte ihren Puls und ihre Atmung ununterbrochen im Auge, falls jemand versucht haben sollte, etwas anderes in ihren Infusionsbeutel zu geben als Schmerzmittel. Sie schläft immer wieder ein, dann ist sie wieder eine Weile wach. Und sie hat die ganze Zeit nach Kendra gefragt, also habe ich Wendi angerufen und sie gebeten, sie herzubringen. Sie sind unterwegs.«

»Bisher hat niemand versucht, in ihr Zimmer zu gelangen«, fügte Trip hinzu. »Es war alles ruhig.«

»Das wird wohl nicht mehr lange so bleiben«, meinte Decker.

»So viel steht fest«, bestätigte Kate, ehe sie Meredith und Trip erklärte, was sie vorhatten.

»Sie wollen Ihre Reaktion auf Video aufzeichnen?«, fragte Meredith, die nicht ganz überzeugt zu sein schien. »Für mich hört sich das nach einem ziemlichen Eingriff in ihre Privatsphäre an. Andererseits fällt mir keine bessere Lösung ein. Haben Sie Ihre Idee mit den Ärzten abgesprochen, für den Fall, dass sie einen Schock erleidet?«

Decker nickte. »Ja. Die Ärzte sind in Alarmbereitschaft. Aber viel wahrscheinlicher ist, dass Sie sie beruhigen müssen, Meredith.«

»Hoffentlich kommt Kendra bald. Mallory lässt sich nicht davon abbringen, dass sie sie an ihrer Seite haben will, was nicht weiter ungewöhnlich für Missbrauchsopfer ist. Sie entwickeln häufig eine sehr enge Bindung zu einer einzelnen Person – oder ihrer Vorstellung von dieser Person. Kendra ist ihre Retterin, diejenige, bei der sie sich sicher fühlt. Ich schätze, die Gewissheit, dass jemand hinter ihr steht, hat ihr überhaupt erst den Mut verliehen, den Stein ins Rollen zu bringen. Dass Kendra vor diesem Laden auf sie gewartet hat, als sie herauskam, ist ein ungeheuer starkes Bild für sie. Und wir sollten versuchen, sie nicht zu zwingen, sich von diesem Bild zu verabschieden.«

»Aber wir können nicht warten, bis Kendra hier ist«, erwiderte Kate. »Zimmerman ist in dieser Minute beim Richter, um einen Haftbefehl zu erwirken.«

Meredith nickte resigniert. »Dann bringen wir's hinter uns.«

»Decker übernimmt die Kamera, während Sie und ich mit ihr reden«, sagte Kate.

»Und meine Aufgabe besteht bloß darin, hübsch auszusehen?«, fragte Trip und verdrehte die Augen.

Meredith tätschelte seinen muskulösen Arm. »Durch Ihre Anwesenheit fühlt sie sich sicher, auch wenn sie es bisher noch nicht mit Worten ausdrücken kann.«

Decker erhob sich mühsam. »Ich muss zugeben, allmählich geht mir die Puste aus.«

»Wann haben Sie beide das letzte Mal etwas gegessen?«, fragte Trip.

»Ich kann mich nicht mal mehr daran erinnern«, antwortete Decker und schnaubte. »Wir besorgen uns etwas, sobald wir hier fertig sind.«

Trip tippte mit dem Fuß gegen die Kühlbox auf dem Boden. »Sie können gern mein Abendessen haben. Ich habe schon eine der Schwestern im Auge, die ich bestimmt überreden kann, mir später etwas vorbeizubringen.«

Decker knurrte der Magen. »Eigentlich sollte ich ablehnen, aber mein Magen würde mich umbringen, wenn ich das tue.« Er folgte Kate in Mallorys Zimmer, blieb jedoch an der Tür stehen, für den Fall, dass sie Angst bekam. Diskret zog er sein Handy heraus und aktivierte die Kamera, ohne dass sie es mitbekam.

»Hi, Mallory«, sagte Kate und zog einen der Stühle heran. »Ich bin wieder da.«

Mallory blinzelte verschlafen. »Kate.«

»Genau. Und das dort drüben ist einer meiner Partner, Agent Davenport.«

Das Mädchen wirkte etwas wacher. »Davenport?«

»Ja, aber du kannst gern Decker zu mir sagen. Das ist mein Spitzname.«

»Wieso?«

»Weil ich als Junge ein ziemlicher Rabauke war und jedem eins auf den Deckel geknallt habe, der mir in die Quere kam«, antwortete er grinsend. Das war seine Standardantwort, aber etwas sagte ihm, dass sie für dieses Mädchen nicht ausreichte. Seine Miene wurde ernst. Es war an der Zeit für die weniger spaßige Antwort. »Ich bin auf jeden losgegangen, weil meine Mama die ganze Zeit high war und wir deswegen in Pflegefamilien gekommen sind, wo es manchmal besser lief, manchmal aber auch nicht so gut.« Argwohn flackerte in Mallorys zusammengekniffenen Augen auf. Sie schien sich nicht sicher zu sein, ob sie ihm die Geschichte abkaufen sollte oder nicht.

Decker beschloss, ihr die ganze Wahrheit zu erzählen. »Eine Zeitlang war sie clean, gerade lange genug, um mich und meine Schwester zurückzuholen, bevor alles wieder von vorn anfing. Das ging so lange hin und her, bis meine Mama sich eine Überdosis verpasst hat, nachdem sie einem perversen alten Sack erlaubt hatte, sich an meiner kleinen Schwester zu vergehen.«

Mallory schnappte entsetzt nach Luft, und aus dem Augenwinkel registrierte er, wie Meredith die Augen aufriss ... wohingegen Kate ihm ein ermutigendes Lächeln zuwarf, das es ihm so viel leichter machte, Mallorys nächste Frage zu beantworten. »Was ist aus ihr geworden? Aus ihnen beiden?«

»Meine Mama ist gestorben, in einer Lache aus ihrem Erbrochenen, die Nadel noch im Arm.« Er holte tief Luft. »Meine kleine Schwester ist auch gestorben ... was schlimm für mich war, weil sie sehr leiden musste. Unglaublich leiden. Sie war noch so klein und er ... ein erwachsener Mann. Er hat ihr sehr weh getan, so schlimm, dass sie ihren Verletzungen erlegen ist. Aber sie konnte noch nicht einmal in Frieden ruhen, weil dieses perverse Schwein vorher noch Fotos von ihr gemacht hatte.«

Mallory musterte Decker reglos. »Das tut mir sehr leid«, flüsterte sie.

Er schenkte dem Mädchen, das ebenso entsetzlich gelitten hatte, ein winziges Lächeln. »Danke, aber damit nicht genug. Das Dreckschwein hat die Fotos ins Internet gestellt. Und ein paar Jungs, die ich kannte, haben sie gesehen. Und fanden das alles wahnsinnig witzig. Ich nicht.«

Mallory schluckte schwer. »Also haben alle eins auf den Deckel gekriegt?«

»Allerdings, das haben sie.«

Mallory zitterte am ganzen Leib. »Gut«, hauchte sie. »Ich bin froh darüber.«

»Rückblickend betrachtet, bin ich es auch. Ich konnte es nicht einfach mit ansehen. Auf diese Weise konnte ich wenigstens von mir sagen, dass ich etwas dagegen unternommen habe. Das ist immer noch besser, als danebenzustehen und gar nichts zu tun.«

Wut flackerte in ihren Augen auf. »Sie wollen, dass ich Ihnen etwas erzähle. Aber das kann ich nicht. Er hat Macy. Und er ist hier. Das weiß ich ganz genau. Und er weiß, dass ich es weiß.«

»Weil er das Telefon hingelegt hat«, sagte Kate leise.

»Sie haben keine Ahnung, wie es ist, die ganze Zeit beobachtet zu werden. Ununterbrochen. Ich dachte, wenn ich es schaffe, da rauszukommen, könnte ich die Wahrheit erzählen und etwas tun, aber er beobachtet mich immer noch, genauso wie zu Hause. Er hat überall Augen. Seine Spione, seine Kameras, überall. Ich will Ihnen so gern alles erzählen, wirklich.« Ihre Augen füllten sich mit Tränen, und Decker spürte, wie ihm das Herz brach. »Ich will unbedingt das Richtige tun, aber ich kann es einfach nicht.«

»Darf ich näher kommen?«, fragte Decker.

Mallory nickte. »Ja ... danke, dass Sie gefragt haben.«

Decker reichte sein Handy Trip, der herangekommen war und die Kamera nun weiter auf sie gerichtet hielt.

»Ich will auf keinen Fall, dass du Angst hast. Noch größere Angst«, sagte Decker und ließ sich mit einem leisen Stöhnen auf den Stuhl auf der anderen Seite des Bettes sinken. »Entschuldige, bitte«, sagte er mit seinem gedehnten Südstaatendialekt und lächelte, in der Hoffnung, ihr ein Gefühl der Sicherheit zu vermitteln. »Ich wurde letzte Woche angeschossen. Und dann ... wollte mir noch jemand unbedingt ans Leder.«

»Heißen Sie Griffin mit Vornamen?«, fragte sie, worauf Decker sie verblüfft musterte.

»Ja. Woher weißt du das?«

»Ich habe gehört, wie er über Sie geredet hat. Er … hatte Angst. Es war das erste Mal, dass ich ihn so erlebt habe. Er hat jemanden losgeschickt, um Sie im Krankenhaus zu ermorden, und als das nicht geklappt hat, wurde er schrecklich wütend.« Ihre Lippen verzogen sich zu einem befriedigten Lächeln. »Ich bin froh darüber.«

»Ich auch. Aber eigentlich muss ich Agent Coppola danken. Sie ist wie eine Verrückte über den Krankenhausflur gerannt, um mir das Leben zu retten. Sie hat den reinsten Hürdenlauf mit den Essenswägelchen veranstaltet.«

»Das war bestimmt ein Wahnsinnsanblick«, murmelte Mallory und schürzte nachdenklich die Lippen. Fast eine geschlagene Minute lang herrschte Stille. »Sie müssen jemanden namens Dani warnen. Sie ist Ärztin. Er wird versuchen, sie ebenfalls zu ermorden«, sagte sie schließlich.

»Das hat er bereits versucht«, sagte Decker. »Aber er hat es nicht geschafft. Ein Freund hat ihn daran gehindert. Er hat ein Messer nach ihm geworfen und ihn am Arm verletzt.«

»Oh«, stieß Mallory hervor. »Daher hat er also die Wunde. Sie ist entzündet. Könnte sein, dass etwas Verkeimtes auf den Verband gekommen ist, als ich ihn anlegen sollte. Eigentlich sollte ich ihm ein Antibiotikum und Desinfektionsmittel besorgen, aber dann hat er mich angefahren, und jetzt weiß ich nicht, wo die Sachen sind. Das ist doch Karma, oder?«

»Und wie«, murmelte Decker. »Aber manchmal reicht Karma nicht aus, sondern jemand muss ein bisschen nachhelfen. Manchmal braucht man jemanden, der auf einen aufpasst und im Zweifelsfall einen Hürdenlauf über Essenswägelchen veranstaltet, um einem das Leben zu retten.«

»So jemanden habe ich nicht. Ich habe nur mich selbst. Und Macy hat nur mich.«

»Das stimmt nicht«, widersprach er mit sanftem Tadel. »Du

hast mich. Und Kate. Kendra. Meredith. Und Agent Triplett. Jeder, der zu dir will, muss zuerst einmal an uns vorbei. Unser ganzes Team steht hinter dir. Dass du diesen ersten Anruf gemacht hast, war unglaublich tapfer von dir. Ganz abgesehen davon, heute in dieses Taxi zu steigen, um noch einmal anzurufen. Du hast uns vertraut, obwohl du uns noch gar nicht kanntest. Und jetzt musst du uns noch ein bisschen mehr vertrauen. Du musst dir ein Foto ansehen. Bitte. Nur ein einziges. Tust du das für uns?«

»Was für ein Foto?«

»Es zeigt sechs Männer, und wir müssen wissen, ob er einer von ihnen ist«, antwortete Decker.

Sie blickte zur Tür, wo Trip immer noch mit Deckers Handy stand. »Sie filmen mich?«

»Ja«, antwortete Decker aufrichtig. »Weißt du, was ein Durchsuchungsbeschluss ist?«

»Damit darf man das Haus von jemandem durchsuchen, auch wenn derjenige nicht damit einverstanden ist, stimmt's? Haben Sie so einen Durchsuchungsbeschluss? Für sein Haus?«

»Eins nach dem anderen«, antwortete Decker. »Du hast zwar recht, allerdings braucht man einen Richter dafür. Und dieser Richter wartet in diesem Moment darauf, dass du uns sagst, ob wir den richtigen Mann haben. Wenn du nicht mit uns reden willst, schicken wir ihm deine Reaktion auf das Foto, sozusagen als Beweis. Aber wir wollen natürlich sichergehen, dass dir nichts passiert. Wir gehen davon aus, dass dieser Mann viele einflussreiche Freunde hat, deshalb muss gewährleistet sein, dass keiner glaubt, wir hätten dir irgendwelche Aussagen in den Mund gelegt.«

Noch immer spiegelte sich ein leiser Zweifel in ihrer Miene wider, gleichzeitig sah er ihr an, wie sehr sie sich wünschte, ihm glauben zu können. »Muss ich etwas sagen?«

»Wenn du nicht willst, nicht.«

Sie biss sich auf ihre aufgeplatzte Lippe. »Er wird es herausfinden, und dann tut er Macy etwas an. Sie kennen ihn nicht so wie ich.«

Sie will überredet werden, dachte Decker. Und sie war stark genug, um seine Ehrlichkeit auszuhalten. »Wenn du nichts sagst, können wir ihn nicht festnehmen, und Macy hat er dann weiterhin in seiner Gewalt. Aber wenn du uns hilfst, stehen unsere Chancen gleich viel besser.« Er streckte die Hand aus. »Vertrau uns.«

Mallory blickte auf seine Handfläche, dann in sein Gesicht. »Versprechen Sie mir, sie zu finden?«

»Nein«, sagte er leise. »Versprechen kann ich es dir nicht. Ich will dich nicht belügen. Du verdienst es, dass ich ehrlich zu dir bin, und du bist klug genug, um zu merken, wenn dir jemand die Unwahrheit auftischt. Ich kann nicht versprechen, dass wir sie finden, aber dass ich alles in meiner Macht Stehende dafür tue. Und dass das eine ganze Menge ist.« Er hatte seine Hand nicht bewegt.

»Er denkt, ich hätte Angst vor ihm«, flüsterte sie. »Und das stimmt auch. Ich habe tatsächlich Angst. Aber wenn ich nichts sage und er aus Macy die neue Sunshine Suzie macht, könnte ich nicht weiterleben.« Sie holte tief Luft und legte ihre Hand in die seine. »Okay. Zeigen Sie mir die Fotos.«

Kate warf ihm einen Blick zu, an den er sich für den Rest seines Lebens erinnern würde, ganz egal, was passierte – Stolz lag darin. Und noch etwas anderes. Etwas, das ihn mit einem unendlichen Glücksgefühl erfüllte.

Kate hatte eine Fotocollage mit mehreren Gesichtern auf ihrem Handy abgespeichert, auf der auch Dr. Brandon Edwards zu sehen war. »Hat einer dieser Männer dich gezwungen, pornographische Filme zu drehen, als du zwölf Jahre alt warst?«, fragte sie.

Mallory erstarrte. Dann nickte sie knapp.

»Ich weiß, dass das sehr schwer für dich ist, aber kannst du mir zeigen, welcher?«

Mit zitternden Fingern zeigte Mallory auf das Foto von Edwards.

Kate schloss es sofort wieder. »Danke, Mallory. Mehr brauchten wir nicht zu wissen.«

»Warten Sie«, sagte Mallory und sah Trip an. »Läuft die Kamera noch?«

»Ja«, antwortete er.

»Gut.« Sie umfasste Deckers Hand noch fester. So fest, dass er einen Schmerzlaut unterdrücken musste. Dann sah sie direkt in die Kamera. »Ja, Herr Richter, wie auch immer Sie heißen mögen«, sagte sie klar und deutlich. »Der Mann in der rechten oberen Ecke ist Dr. Brandon Edwards. Er hat mich gezwungen, diese Filme zu drehen. Angefangen habe ich mit zwölf Jahren, aufgehört mit fünfzehn. Er hat grauenvolle Dinge getan. Sexuelle Dinge. Ich wollte, dass es aufhört, aber er hat es nicht erlaubt. Ich wollte Hilfe suchen, aber er hat Lügen über mich erzählt … ich sei drogensüchtig und geisteskrank. Er hat dafür gesorgt, dass meine kleine Schwester sich vor mir fürchtet. Zur Strafe hat er mich tagelang in den Schrank gesperrt, und als ich wieder herausdurfte … waren andere Leute da … Männer … die diese Dinge mit mir getan haben. Und wenn ich nicht mitspielen würde, müsste Macy all diese Dinge auch tun, hat er gedroht. Ich habe oft überlegt, ob ich ihn umbringen soll, aber er hat gesagt, wenn er tot sei, würde sein Partner, Woody McCord, seinen Platz einnehmen. Und dass der nicht warten würde, bis Macy älter ist.« Sie atmete schwer. »In den Jahren, seit ich bei ihm lebe, hatte er auch andere Kinder in seiner Gewalt. Jungen und Mädchen. Auch sie mussten diese Filme drehen. Und heute … sind vier Kinder in seinem Haus zu Besuch. Zumindest war es so geplant. Ich weiß nicht, ob sie tatsächlich gekommen sind. All das würde ich vor Gericht wiederholen.« Sie reckte trotzig das Kinn. »Es sei denn, er bringt mich vorher um. Was er angedroht hat, falls ich jemals etwas sage.«

»Das lassen wir nicht zu«, sagte Decker. »So weit wird es nicht kommen.«

»Ich weiß. Sie tun alles in Ihrer Macht Stehende, um es zu verhindern«, wiederholte sie mit einer Resignation, die einem das Herz bluten ließ. Einen Moment lang schloss sie die Augen. »Lassen Sie die Kamera weiterlaufen. Ich bin noch nicht fertig.«

»Ja, Miss«, erwiderte Trip respektvoll.

»Er hat seine Freundin getötet. JJ. Er ...« Sie schluckte hörbar. »Er hat sie zerstückelt und in drei Koffer gepackt. Diese Koffer musste ich zu dem Motel bringen, wo sie ihren Wagen abgestellt hatte, und in den Kofferraum legen. Die Schlüssel sollte ich stecken lassen. Vielleicht hat ja inzwischen jemand den Wagen genommen, keine Ahnung. Und er ist verheiratet. Seine Frau heißt Roxy, sie ist schwerkrank. Sie ist in seinem Haus. Bitte helfen Sie auch ihr.«

»Noch etwas?«, fragte Trip.

»Äh ... seine Schwester heißt Nell. Sie ist nett, denkt aber, dass ich ein schlimmes Mädchen bin. Ich glaube nicht, dass sie weiß, was er tut. Seine andere Schwester, Gemma, ist ein Junkie. Und sie hat Macy adoptiert. Er hat uns beide von unserer richtigen Mutter weggeholt. Ich musste bei ihm bleiben, und Macy hat er zu Gemma gebracht, als sie noch ganz klein war.« Nervös leckte sie sich über die Lippen. »Gemmas Mann ist Polizist. Er heißt Bob. Seinen Nachnamen kenne ich nicht. Und ich weiß auch nicht, wo sie wohnen.«

Polizist. Das erklärte einiges. »Okay«, sagte Decker. »Wir suchen nach ihnen. Bob ist ein ziemlich gebräuchlicher Name, Gemma nicht. Bestimmt steht er in der Personalakte.«

Ihre Augen füllten sich mit Tränen. »Sie glauben mir?«

»Ja, natürlich glaube ich dir«, antwortete Decker.

Ein unterdrücktes Schluchzen drang aus ihrem Mund. »Niemand hat mir geglaubt. Keiner.«

Deckers Augen brannten. »Wer hat dir nicht geglaubt, Kind?«

»Bob. Ich dachte, er hilft mir. Ich dachte, er hat Macy lieb und will sie beschützen. Aber er hat mir kein Wort geglaubt, und dann hat er mich sogar geschlagen. Schlimm. Er hat gesagt, ich solle aufhören zu lügen, und dann hat er es Gemma erzählt, die es dem Doktor erzählt hat. Da hat er mich das erste Mal in den Schrank gesperrt, aber nicht das letzte Mal. Er hat dafür gesorgt, dass alle Leute rings um uns herum dachten, ich sei verrückt ... die Nachbarn, seine Familie, jeder, der mich gesehen hat. Dass ich mich selbst verletzen würde und er doch so ein wunderbarer Mensch ist, der mich bei sich aufgenommen und mir ein Zuhause gegeben hat. Niemand hätte mir geglaubt, wenn ich gesagt hätte, dass er ein schlechter Mensch ist.«

Decker schluckte. Da war noch viel mehr, daran bestand kein Zweifel. So viele Menschen hatten dieses Mädchen im Stich gelassen. Hatten sie verraten. Und er würde sie alle finden, jeden Einzelnen. Aber als Erstes mussten sie den Professor schnappen. Das hatte oberste Priorität.

»Wir glauben dir«, sagte er mit brüchiger Stimme.

Meredith stand am Kopfende des Bettes und strich Mallory das Haar aus der Stirn. »Was ist mit deiner Mutter, Mallory?«

»Sie hat uns weggegeben. Gegen Drogen. Sie war heroinsüchtig und wollte immer mehr. Deshalb hat sie ... uns verkauft.« Sie blinzelte, als die Tränen über ihre Wangen liefen. »Sie hat uns für Drogen verkauft«, schluchzte sie. »Und keiner hat mir geglaubt.«

Decker wischte sich mit der freien Hand die Tränen ab. Unter keinen Umständen würde er Mallorys Hand loslassen, selbst wenn sie ihm jeden Knochen einzeln brach.

Trip räusperte sich. »Soll ich die Kamera weiterlaufen lassen, Mallory?«

Mallory holte tief Luft. Die Tränen liefen immer noch ungehindert über ihre Wangen, doch es gelang ihr mit schierer Willenskraft, ihr Schluchzen zu unterdrücken. Kate erging es nicht anders. »Ja. Sie müssen im Keller nachsehen. Dort stellt er seine Drogen her. Manchmal stinkt es fürchterlich. Ich weiß nicht, was er genau tut, aber manchmal muss ich wegen der Dämpfe im Freien schlafen. Der Keller ...« Sie runzelte die Stirn. »Ich glaube, das ist alles.«

»Eine Frage hätte ich noch«, sagte Kate. »Vielleicht auch zwei. Wir wissen, dass er den Drehort gewechselt hat. Weißt du, wo er seine Filme inzwischen dreht? In seinem Haus?«

»Nein, im Haus nicht, und ich weiß auch nicht, wo. Wirklich nicht. Tut mir leid. Vermutlich dort, wo er auch Macy hingebracht hat. Er hat mir immer ein Schlafmittel gegeben und die Augen verbunden, wenn wir hingefahren sind. Ringsum stehen viele Bäume. Mehr weiß ich nicht. Tut mir leid.«

»Schon okay«, sagte Kate. »Du hast uns enorm geholfen. Eine letzte Frage noch. Wieso dreht er seine Filme inzwischen anderswo?«

»Nachdem ich zum zweiten Mal versucht hatte, es jemandem zu erzählen, hat er etwas Neues gesucht. In einem Laden hatte ich mir von einer Frau ein Handy geborgt und die Polizei angerufen. Sie kamen zu ihm nach Hause, in sein altes Haus, und haben sich umgesehen, und einer von ihnen ... kannte mich. Von den Videos. Er hat dem Doktor gedroht, er würde ihn verraten, wollte an den Videos beteiligt werden, sonst würde er ihn hochgehen lassen. Also hat der Doktor das alte Haus verkauft und ist in das gezogen, wo er jetzt wohnt. Soll ich Ihnen die Adresse sagen?«

»Bitte«, antwortete Kate.

Mallory nannte ihnen die Adresse – jene, für die Zimmerman in diesem Moment einen Durchsuchungsbeschluss ausstellen ließ.

»Aber ich weiß nicht, wie der Polizist hieß«, fuhr Mallory fort.

»Würdest du ihn wiedererkennen?«, hakte Decker nach.

Mallory kniff ihre verquollenen Augen zusammen. »Ja. Aber nur … aber nur ohne Kleider. Er hat den Doktor gezwungen, dass er … es mit mir tun darf. Sein Gesicht habe ich nicht gesehen, aber an ein Muttermal erinnere ich mich.«

Decker musste gegen eine Woge der Wut ankämpfen. Verdammt! Noch ein Cop, der dieses Mädchen hätte beschützen müssen. Kein Wunder, dass sie sich nicht schon früher gemeldet hatte. »Gut. Denn auch das glauben wir dir natürlich.«

Sie lächelte schwach. »Danke. In meiner Tasche ist der Hausschlüssel.«

Meredith zeigte auf eine Plastiktüte mit Mallorys Sachen. Kate streifte Latexhandschuhe über und begann zu suchen.

»Der ist nagelneu«, sagte sie und hielt den Schlüssel in die Höhe.

»Ja, er hat gerade erst die Schlösser ausgetauscht. JJ hatte sich einen Schlüssel nachmachen lassen und wollte ihm Drogen klauen. Die Alarmanlage hat er auch neu programmiert. Der neue Code lautet 4655.« Mallory ließ sich in die Kissen zurücksinken. »Ich bin sehr müde. Sie können jetzt die Kamera ausmachen.«

Aus dem Augenwinkel registrierte Decker, wie Trip das Handy sinken ließ und sich flüchtig die Augen trocken wischte. Er drückte Mallorys Hand. »Ich muss jetzt für eine Weile weg, komme aber bald wieder. Wir tun alles Menschenmögliche, um deine Schwester zu finden. Aber eines musst du wissen – du bist ein sehr tapferes Mädchen. Und ein guter Mensch. Nichts von alldem hier ist deine Schuld, und

Macy kann sich glücklich schätzen, dich als große Schwester zu haben. Okay?«

»Okay«, flüsterte sie. »Danke, dass Sie mir von Ihrer Schwester erzählt haben. Wie hieß sie?«

»Shelby Lynne. Und sie fehlt mir. Jeden Tag.«

»Dann konnte sie sich glücklich schätzen, Sie als großen Bruder zu haben.«

Decker schloss seine Hand um ihre Finger und hob sie an seine Wange. »Danke. Und jetzt schlaf ein bisschen. Wir sehen uns bald wieder.«

Sie ließ seine Hand los, und er stand auf. Seine Beine schlotterten. Sein ganzer Körper schien zu zittern. Er musste aus diesem Zimmer hinaus, bevor er vollends zusammenbrach.

Kate führte ihn zur Tür und nahm das Handy von Trip entgegen. »Habe ich vorhin richtig gehört, dass Sie ihm etwas zu essen angeboten haben?«, fragte sie Trip.

»Richtig.« Trip reichte ihr seine Kühlbox. »Hier. Passen Sie gut auf sich auf.«

»Das werden wir.« Ohne ein weiteres Wort führte Kate Decker hinaus zu ihrem Wagen, half ihm beim Einsteigen und gab ihm einen Kuss auf die Stirn. »Ich war so stolz auf dich da drin. Du bist ein wunderbarer Mann, Griffin Davenport. Griff und Mama D wären auch stolz auf dich.«

Er rang sich ein Lächeln ab, doch selbst das fiel ihm schwer – er war völlig ausgelaugt, sowohl körperlich als auch emotional. »Wir müssen Zimmerman anrufen.«

»Ich habe ihm schon eine Nachricht geschickt und grünes Licht gegeben. Ich werde die Aufnahme in einer Cloud speichern müssen, weil sie zu groß ist für eine Mail. Nachdem Mallory erst mal angefangen hatte, konnte sie gar nicht mehr aufhören, und ich wollte sie nicht unterbrechen.«

»Kate?«

»Was brauchst du?«

»Dich, aber vorher dringend ein kleines Nickerchen.«

Sie küsste ihn auf die Schläfe. »Gut, aber iss zuerst etwas.«

Decker schaffte es, bis auf ein Stück Apfelkuchen den gesamten Inhalt der Kühlbox zu verputzen, noch bevor Kate die Interstate erreicht hatte. Dann schloss er die Augen.

Und gab sich seiner Trauer um Mallory und Macy und um Shelby Lynne und all die anderen Kinder hin, deren Namen er niemals erfahren würde. Erst als Kate ihm ein Päckchen Papiertaschentücher in die Hand drückte, wurde ihm bewusst, dass er weinte, doch es war ihm nicht peinlich. Nicht vor ihr. Normalerweise würde er sich vor niemandem so … ungeschützt zeigen. Nur vor ihr. Weil auch sie weinte.

27. Kapitel

Cincinnati, Ohio
Samstag, 15. August, 18.30 Uhr

Decker schreckte aus dem Schlaf hoch. Seine Fäuste waren geballt, sein ganzer Körper war angespannt. Weil Kate nicht bei ihm war und er ihren Duft nicht länger in der Nase hatte.

»Nur die Ruhe.« Troy saß mit dem Laptop auf dem Schoß auf dem Fahrersitz. »Sie ist reingegangen.«

Decker lag immer noch auf dem Beifahrersitz, der so weit wie möglich nach hinten geklappt war. Er wusste nicht, wie lange er geschlafen hatte. Noch war es nicht dunkel, doch die Sonne stand deutlich tiefer. Er rieb sich das Gesicht. »Wo reingegangen?«

»In Edwards' Haus. Verdammt, es fühlt sich so gut an, das Schwein nicht länger Professor nennen zu müssen.«

Decker brummte zustimmend, fuhr den Sitz wieder hoch und sah auf die Uhr am Armaturenbrett. Er hatte über zwei Stunden geschlafen.

Und er fühlte sich erstaunlich gut. »Ich dachte, Sie und Zimmerman wollten in seine Praxis fahren.«

»Dort waren wir auch. Wir haben die Schwester abgeholt, Nell Edwards. Sie ist Arzthelferin und arbeitet in der Praxis ihres Bruders.«

»Mallory hat sie erwähnt, ja. Sie meinte, sie sei nett und hätte wahrscheinlich keine Ahnung, was ihr Bruder treibt.«

Troys Miene wurde weich. »Ja. Ich habe das Video gesehen. Ziemlich nett von Ihnen, Mallory von Ihrer Schwester zu erzählen, Decker.«

Trotz des Luftstroms aus der Klimaanlage wurden Deckers

Wangen heiß. »Na ja. Keine Ahnung. Und was hat diese Nell gesagt?«

»Dass wir uns irren. Dass ihr Bruder niemals in so etwas verwickelt sein könnte. Dass Mallory geisteskrank und psychisch labil sei. Dass er sich wie ein Vater um sie gekümmert habe und das nun der Dank dafür sei und so weiter und so weiter. Sie sitzt in einem unserer Befragungsräume, unter Aufsicht. Sie behauptet zwar, sie wüsste nicht, wo ihr Bruder steckt, aber ich gehe jede Wette ein, dass sie lügt und versucht, ihn zu schützen. Wir sind drauf und dran, ihr die Videos – von ihm mit Alice und von ihm mit Mallory – zu zeigen, damit sie endlich begreift, dass er ein gerissener Pädophiler ist, aber bestimmt findet sie auch dafür noch Ausreden.«

»Wahrscheinlich. Die Leute glauben nun mal gern, was sie glauben wollen. Edwards war also nicht zu Hause? Was ist mit den vier Kids?«

»Nichts als eine stinkende Marihuana-Dampfwolke. Offenbar hat jemand in diesem Haus mächtig gefeiert. Die Kollegen meinten, sie seien allein vom Herumlaufen high geworden. Inzwischen ist es ein bisschen besser, aber der Teppich stinkt immer noch fürchterlich. Im Wohnzimmer stehen Kaffeetassen und in der Küche ein halbvolles Glas Coke herum. Alle mit Resten eines K.-o.-Mittels.«

»Also hat er sie unter Drogen gesetzt und irgendwo hingebracht.«

»Unser Landei ist wach und läuft zu Form auf«, verkündete Troy mit sarkastischem Vergnügen. Decker zeigte ihm bloß den Mittelfinger, worauf Troy lachte.

»Wie lange sind wir schon hier?«

»Sie seit einer guten Stunde, ich bin allerdings erst vor zwanzig Minuten gekommen. Ich habe mich freiwillig als Decker-Kindermädchen gemeldet, weil ich so wenigstens in einem klimatisierten Wagen sitzen kann.«

»Ich brauche kein Kindermädchen.«

Troy sah ihn nur an. »Vor nicht mal vierundzwanzig Stunden ist auf Kate geschossen worden, davor ist der Typ auf Dani losgegangen, weil sie wusste, wo Sie sich aufhalten. Wir dürfen keinen Schritt mehr alleine machen. Anweisung von Zimmerman. Und apropos Boss: Inzwischen haben wir herausgefunden, dass Nell die Sporttauglichkeitsuntersuchungen an Zimmermans Töchtern durchgeführt hat, nicht Edwards' selbst.«

»Gut«, sagte Decker aufrichtig erleichtert. »Was ist mit Edwards' Frau?«

Troy verzog das Gesicht. »Das muss ziemlich schlimm gewesen sein. Sie war schon abgeholt worden, als ich gekommen bin, aber offensichtlich ist sie schwerkrank. Sie liegt quasi im Sterben. Massives Leberleiden. Ihre Haut war ganz gelb, und sie war nicht bei Bewusstsein. Das Bettzeug war völlig verdreckt, allerdings hat sich wohl bis heute jemand um sie gekümmert.«

»Mallory«, sagte Decker. »Und kein Anzeichen von Macy, nehme ich an? Habt ihr etwas über einen Polizisten namens Bob herausgefunden?«

»Bisher nicht. Und Macy wurde auch noch nicht als vermisst gemeldet.«

»Und der Keller?«

»Die Tür ist aus Stahl. Wir wollten erst alle Beweise sichern, bevor wir sie sprengen.«

»Und was ist, wenn er sich mit Macy und den vier anderen Kindern dort unten aufhält?«

»Es gibt keinen anderen Ausgang. Wenn er dort unten sein sollte, haben wir ihn. Aber ich kann mir nicht vorstellen, dass er das Risiko eingeht, so in der Falle zu sitzen.«

»Stimmt.« Decker wurde allmählich unruhig. »Ich gehe jetzt rein. Kommen Sie mit?«

»Klar. Ich musste ja nur warten, bis Sie Ihren Schönheitsschlaf beendet haben.«

Troy nahm seine Sachen, stieg aus dem Wagen und folgte Decker ins Haus, wo sie auf Kate, Adam und Quincy Taylor stießen, die sich in Edwards' Arbeitszimmer um seinen Computer versammelt hatten.

Kate sah ihn aufgeregt an. »Mallory hat doch vorhin erzählt, er hätte sie die ganze Zeit beobachtet.«

»Richtig. Über Kameras und Spione überall«, bestätigte Decker. »Habt ihr die Überwachungskameras gefunden?«

»Auf kurz oder lang finden wir alles«, antwortete Adam. »Es hat eine Weile gedauert, seine Passwörter zu knacken. Am Ende mussten wir Diesel fragen, wie er sich damals in McCords Computer gehackt hat. Danach war es ein Kinderspiel.«

»Na ja, in Wahrheit natürlich nicht«, warf Quincy ein. »Diesel ist ein echtes Genie. Damit hatte ich nicht gerechnet.«

»Ich schätze, er hat seine Gründe, wieso er sein Hell's-Angels-Image kultiviert«, meinte Decker und dachte daran zurück, wie der tätowierte Riese vor seinen Augen zusammengebrochen war. »Ich hatte ihn auch völlig anders eingeschätzt. Also, was habt ihr bisher gefunden?«

»Wir haben gerade erst angefangen«, sagte Kate.

»Das Überwachungssystem hat über mehrere Jahre alles aufgezeichnet und gespeichert. Ein echter Volltreffer«, erklärte Quincy sichtlich begeistert und tippte auf der Tastatur herum, worauf die Kamera auf die einzelnen Räume wechselte – den Keller, die Küche, das Badezimmer, Mallorys Zimmer. »O Gott. Er hat sie tatsächlich rund um die Uhr überwacht. Das arme Mädchen.« Er rief die Kamera im Wohnzimmer auf und spulte zurück, bis die vier Teenager ins Bild kamen. Drei von ihnen rauchten Joints und starrten wie gebannt auf den riesigen Fernseher, wo ein Softporno lief.

»Er heizt sie sexuell an«, stellte Kate angewidert fest. »Setzt sie unter Drogen und bringt sie dann dazu, diese widerlichen Pornos von sich drehen zu lassen. Es war eine reine Zeitfrage, bis er sie an dem Punkt hatte, wo sie posieren und miteinander Sex haben würden. Und mit ihm.«

Quincy spulte ein Stück vor, zu der Stelle, an der Edwards nach Hause kam und die Teenies gerade ihre Party feierten. Er schimpfte mit ihnen, dann verließ er gemeinsam mit einem der Kids den Raum. Quincy schaltete auf die Kamera in die Küche um, wo sie verfolgen konnten, wie Edwards ein weißes Pulver in den Kaffee und in die Coke mischte. »Hier versetzt er die Getränke mit einem K.-o.-Mittel in Pulverform. Wir haben die Reste in den Tassen und dem Glas gefunden.«

Sie sahen zu, wie die Kinder eines nach dem anderen benommen wurden und er sie aus dem Haus brachte.

»Gibt es draußen auch eine Kamera?«, wollte Kate wissen.

Quincy schaltete um, so dass sie zusehen konnten, wie Edwards die Kids in einen Minivan verfrachtete, sie fesselte und knebelte.

»Verdammt, wir haben ihn ganz knapp verpasst«, stieß Adam frustriert hervor.

»Was ist mit dem Keller?«, fragte Decker.

Quincy schaltete dorthin und stieß einen Pfiff aus. »Wow!« In dem Raum war ein Chemielabor mit allem Drum und Dran eingerichtet, außerdem gab es mehrere hohe Türen. Quincy zoomte sie näher heran. Eine führte in einen Lagerraum voller Tüten mit weißem Pulver, die mit *Heroin*, *Meth* und *Kokain* beschriftet waren, daneben reihten sich Behälter mit *Steroid*-Aufklebern. Eine Tür gehörte zu einem Waffenschrank, in dem sich vorwiegend halbautomatische Gewehre und Handfeuerwaffen befanden.

»Bingo«, sagte Decker, während ein Grinsen auf seinem Gesicht erschien. Damit hatten sie Edwards am Kragen – sowohl wegen der Pornos als auch wegen der Waffen. Jetzt mussten sie nur noch die Beweise mit den Morden in Übereinstimmung bringen. Der Kerl würde nie wieder auf freien Fuß kommen.

»Und er hat einen erstklassig sortierten Weinkeller«, fügte Troy hinzu. »Wir haben es hier mit einem sehr gebildeten, weltgewandten pädophilen Drogendealer zu tun.«

Quincy hämmerte auf die Tastatur ein.

»Das ist seine Praxis«, sagte Troy und beugte sich vor. »Wo wir vorhin waren.«

Quincy spulte die Aufnahme ein Stück zurück. »Genau. Hier, Luther«, sagte er und ließ die Aufnahme laufen. »Die Kamera lässt einen tatsächlich fünf Kilo schwerer aussehen.«

»Leck mich«, entgegnete Troy lakonisch. »Das ist Nell.« Sie schüttelte heftig den Kopf. »Sie wollte uns nicht glauben, dass ihr Bruder irgendetwas Schlimmes tun könnte.«

»Hat er sonst noch irgendwo Kameras installiert?«, fragte Decker. »In seinem Studio vielleicht?«

Kate warf ihm einen wohlwollenden Blick zu. »Das Nickerchen hat dir wirklich gutgetan.«

»Ich habe ihm ein Glas Milch und ein paar Kekse gegeben«, bemerkte Troy trocken, ehe er sich abrupt aufsetzte. »Was zum Teufel ist denn das? Stopp. O Gott. Halten Sie das Band an, Quincy!«

»Tue ich doch schon.« Alle Anwesenden starrten wie gebannt auf den Bildschirm. Ein Wohnzimmer war zu sehen. Eines in einem anderen Haus. »Das ist weder hier noch in der Praxis. Und wer ist das?«, fragte er, als ein Mann durchs Bild lief. Er wirkte aufgebracht, raufte sich das Haar. Geradezu panisch. Am Rande der Hysterie. »Das sieht nach einer CPD-Uniform aus.«

Decker beugte sich näher heran. »Nach den Fotos auf dem Regal zu schließen, dürfte das Bob sein, Edwards' Schwager und Macys Adoptivvater. Erkennt ihn jemand wieder?«

»Nein«, antwortete Adam, der als Einziger dem CPD ange-
hörte. »Aber wir könnten eine Standaufnahme ins Revier
schicken, damit sich meine Vorgesetzte umhört. Irgendjemand muss ihn kennen. Auf einigen Fotos auf dem Regal ist
eine Frau zu sehen. Vielleicht seine Ehefrau. Machen Sie auch
von diesen Fotos eine Kopie.«

»Dafür bräuchte ich den Speicherort«, wandte Quincy ein.
»Und der könnte sonst wo sein, vielleicht noch nicht mal hier
im Haus. Wie es aussieht, ist das Überwachungssystem
kabellos. Wir können nur einen Snapshot vom Monitor
machen.«

»Das reicht erst mal für den Moment.« Decker sah zu, wie
der Mann vor der Kamera auf und ab ging. »Bob wirkt ziemlich aufgebracht, aber er hat Macy nicht als vermisst gemeldet, richtig?«

»Richtig.« Kate runzelte die Stirn. »Niemand hat sie als vermisst gemeldet. Wir haben die Meldung an Amber Alert nur
auf der Basis des Fotos auf dem Handy weitergegeben, das
Edwards Mallory hingelegt hat. Aber wieso hat Bob keine
Vermisstenanzeige aufgegeben?«

»Oder ihre Mutter?«, fügte Decker hinzu, als ein schlimmer
Verdacht in seinem Innern aufkeimte. »Überprüfen Sie bitte
die anderen Zimmer in diesem Haus, Quincy.«

Langsam wechselte Quincy von einer Kamera zur nächsten,
die das Arbeitszimmer, die Küche, das Elternschlafzimmer
und schließlich ein Kinderzimmer mit einem Bett zeigten.

»O Gott«, stöhnte Decker. Eine Frau lag auf der rosa Spit-
zentagesdecke. Ihre Kehle war auf obszöne Weise aufgeschlitzt, ihre Augen waren geöffnet und blicklos ins Leere
gerichtet. Unter ihr war alles voller Blut. Mitten auf ihrer
Stirn prangte ein Einschussloch. »Das ist Gemma. Edwards'
jüngere Schwester.«

»Der Schreibtischstuhl ist umgekippt«, sagte Kate und zeigte auf den Bildschirm. »Es gab einen Kampf. Offenbar hat er Macy von dort entführt. Könnten Sie noch mal zurückspulen?«

Quincy gehorchte. Entsetzt beobachteten sie, wie ein maskierter Mann das Kinderzimmer betrat, Macy von hinten packte und ihr einen Lappen auf den Mund drückte. Sie wehrte sich und trat wild um sich, wobei sie den Stuhl umwarf, ehe sie erschlaffte. Sekunden später kam Gemma herein, die er ebenfalls zu überwältigen versuchte, doch sie stellte sich tot und ließ sich zu Boden sinken, worauf der Eindringling sich für einen Moment in Sicherheit wähnte. Doch dann sprang sie unvermittelt auf und schnappte sich die Nachttischlampe, allerdings war sie zu langsam. Der Mann bekam sie neuerlich zu fassen, doch es gelang ihr zumindest, ihm im Gerangel die Maske vom Kopf zu reißen. Edwards' Gesicht war klar und deutlich zu sehen. Mit weit aufgerissenen Augen starrte Gemma ihren Bruder an, ehe sich eine Mischung aus Verwirrung und Entsetzen auf ihrer Miene widerspiegelte. Augenblicke später war sie tot, ihre Kehle aufgeschlitzt.

»Das sollte reichen, um Nell zu überzeugen, dass ihr Bruder nicht der nette Mann von nebenan ist«, meinte Decker. »Könnten Sie trotzdem weiter nach dem Studio suchen? Nur für alle Fälle?«

Wie erwartet, war auch das Studio mit Kameras ausgestattet, sowohl drinnen als auch draußen. Es schien sich um ein alleinstehendes Haus inmitten zahlreicher Bäume zu handeln.

»Der Ausblick aus dem Fenster ist genau derselbe wie in den neueren Suzie-Videos«, bestätigte Adam. »Weit und breit keine Nachbarn. Und nichts, was darauf hindeutet, wo dieses Haus stehen könnte. Verdammt.«

»Wie sieht es innen aus?«, drängte Decker. »Gehen Sie noch mal auf die Kameras im Haus.«

Im Keller des Hauses waren fünf Kinder zu sehen, allesamt gefesselt und geknebelt, doch sie schienen zumindest noch zu atmen. Unter ihnen war auch Macy. Die anderen waren etwas älter als sie. Die Kinder aus Edwards' Haus.

Decker musste sich an der Schreibtischkante festhalten, als seine Knie vor Erleichterung nachzugeben drohten. »Sie leben noch. Alle miteinander. Gott sei Dank. Aber wo ist Edwards?«

»Da.« Kate zeigte auf die Aufnahme eines hübschen Schlafzimmers, in dem ein schlafender Mann lag. Er hatte sein Hemd ausgezogen, so dass sein verbundener Arm zu sehen war – genau auf der Höhe, wo Diesel ihn mit seinem Messer erwischt hatte. »Danke, Diesel, dass Sie so fleißig Messerwerfen geübt haben«, murmelte Kate. »Was ist das da auf dem Nachttisch?«

»Ein Fläschchen mit Medikamenten«, sagte Quincy. »Die Kamera kann nicht zoomen, aber wir könnten eine Bildersoftware drüberlaufen lassen, dann sind die Aufnahmen deutlicher.«

»Sieht nach einem ziemlich neuen Fläschchen aus«, sagte Decker. »Hat Mallory nicht vorhin erzählt, sie hätte in der Apotheke des Kroger-Markts ein Rezept von ihm eingelöst, bevor er sie über den Haufen gefahren hat?«

»Inzwischen wurde das Medikament gefunden«, sagte Troy. »Es handelt sich um ein Antibiotikum zum Spritzen. Der Behälter war auf die Straße gerollt. Einer der Kollegen von der Spurensicherung hat ihn gefunden. Das Rezept war auf eine Roxanne Edwards ausgestellt.«

»Vielleicht hat er ja inzwischen noch ein zweites ausgestellt«, meinte Decker. »Wenn wir sämtliche Apotheken abklappern und nach einem Rezept mit ihrem Namen darauf fragen, wissen wir wenigstens grob, in welche Richtung er gefahren ist.«

»Sehr gut«, murmelte Troy. »Vielleicht sollte ich es auch mal mit so einem Nickerchen versuchen. Wo ist der Minivan? Auf den Außenaufnahmen habe ich ihn nirgendwo gesehen.«

Quincy ging die Kameras durch, bis sie den Minivan in der Garage fanden. »Aber aus dem Winkel kann ich das Kennzeichen nicht erkennen.«

»Gehen Sie noch mal zurück zu Bobs Haus«, meinte Decker. »Wenn Edwards den Streifenwagen hinter dem Supermarkt gestohlen und ihn …« Er runzelte die Stirn. »Der Streifenwagen wurde doch hinter einem kleinen Einkaufszentrum gefunden, richtig?«

»Genau«, bestätigte Troy. »Entweder hat er ihn geklaut, um zum Haus seiner Schwester zu fahren, oder aber er ist zu Fuß weitergegangen. In beiden Fällen ist es gut möglich, dass er den Minivan von Bob und Gemma mitgenommen hat. Wenn wir das Kennzeichen herausfinden, kennen wir zumindest Bobs Adresse.«

Mittlerweile hatte Quincy Bobs Doppelgarage auf den Schirm geholt, in der jedoch nur ein Wagen stand – ein neuer Honda Accord. Die Kamera war direkt auf die Motorhaube gerichtet. »Auch hier kann ich das verdammte Nummernschild nicht erkennen«, knurrte er. »Damit hätten wir die Adresse gehabt.«

»Vielleicht gibt es ja noch eine andere Möglichkeit«, meinte Troy. »Gehen Sie noch mal zu der Stelle zurück, als Edwards ins Haus kommt.«

»Nein«, warf Decker ein. »Moment. Warten Sie.« Sie sahen zu, wie die Tür aufging und Bob herausgetaumelt kam – in Echtzeit. Er hielt eine Waffe in der Hand. »Ach du Scheiße. Da ist ein Schalldämpfer drauf. Was …« Wieder erfasste ihn diese düstere Vorahnung, die sich noch verstärkte, als Bob in den Honda stieg und in sichtlicher Verzweiflung die Augen schloss. »Tu's nicht, Bob«, murmelte Decker, halb flehend, halb betend. »Lass es einfach sein.«

Aber Bob tat es. Mitten vor der Kamera steckte er sich den Lauf in den Mund. Und drückte ab.

Einen Moment lang herrschte völlige Stille.

»Scheiße«, stieß Adam schließlich hervor. »Verdammte Scheiße noch mal!«

»Kate?«, fragte Troy besorgt. »Alles in Ordnung?«

Zu spät fiel es Decker ein. Jacks Selbstmord. Verdammt. Er fuhr herum, gerade noch rechtzeitig, um sie aufzufangen. Er schlang den Arm um ihre Taille und hielt sie fest, während sie sich zu sammeln versuchte. Sie war kreidebleich geworden und zitterte am ganzen Leib. Ihre Augen waren weit aufgerissen und glasig.

»Kate«, flüsterte er ihr ins Ohr und schüttelte sie leicht. »Nicht hier.«

Er wusste, dass sie unter keinen Umständen vor all den neuen Kollegen die Fassung verlieren wollte. Seine Ermahnung schien genau das zu sein, was sie brauchte – er sah zu, wie sie ihre Selbstbeherrschung zurückgewann, sie fast wie einen Umhang überstreifte. Trotzdem hielt er sie fest, bis sie sich aus eigener Kraft wieder aufrichtete.

»Mein Gott«, hauchte sie, den Blick noch immer auf den Bildschirm geheftet, wo die Hirnmasse des Polizisten über das Innere des Hondas gespritzt war.

Troy warf Decker einen wissenden Blick zu und verzog das Gesicht. »Großer Gott, Quince, könnten Sie endlich auf eine andere Kamera umschalten? Ich muss mich gleich übergeben. Und das will keiner hier miterleben.«

Mit hektischen Bewegungen schaltete Quincy zu dem Zimmer mit dem schlafenden Edwards zurück.

»Danke«, stöhnte Troy melodramatisch und drückte flüchtig Kates Hand.

Sie nickte erleichtert. Mit einem Mal empfand Decker tiefe Dankbarkeit, dass ausgerechnet Troy Kates neuer Partner war. Er wusste, dass er es keinesfalls sein konnte – nicht wenn er nicht Gefahr laufen wollte, den Verstand zu verlieren. *Ich stehe ihr viel zu nahe* ... dicht davor, sich in sie zu verlieben.

Aber Troy ... er würde auf sie aufpassen.

Quincy schnaubte verächtlich. »Das Dreckschwein schläft immer noch friedlich. Eigentlich hätte ich gedacht, dass ihn sein schlechtes Gewissen aus dem Schlaf reißt. Ganz schön dämlich, was?«

»Nein«, gab Troy ohne jeden Sarkasmus zurück. »Ich mache diesen Job jetzt seit über zwanzig Jahren, und das ist erst das zweite Mal, dass ich sehe, wie sich jemand das Hirn rauspustet. Den Anblick werden wir alle wohl nicht so schnell vergessen.«

Sie standen um den Computer herum und starrten auf den schlafenden Edwards, während jeder von ihnen um sein inneres Gleichgewicht rang.

»Wir müssen ihn finden, bevor er aufwacht«, sagte Decker. »Wenn er nicht mit uns rechnet ...«

»Aber wir wissen immer noch nicht, wo er sich aufhält«, unterbrach Adam barsch. »Weder der eine noch der andere.«

Kate stieß zitternd den Atem aus. »Aber wir haben genug Beweise gesammelt, um Nell zu überzeugen, dass sie uns helfen muss. Sie ist kein schlechter Mensch. Los, reden wir mit ihr.«

Cincinnati, Ohio
Samstag, 15. August, 19.50 Uhr

»Haben Sie Kate schon mal bei einer Befragung erlebt?«, fragte Zimmerman, als er mit Decker im Beobachtungsraum auf der anderen Seite des Einwegspiegels stand. Kate und

Troy saßen am Tisch, glichen ihre Notizen miteinander ab und legten die Befragungsstrategie fest.

»Nein, zumindest keine offizielle«, antwortete Decker.

»Sie macht das sehr gut. In diesem Fall hat sie natürlich mehr als genug Munition gegen Miss Edwards' Einwände, dass ihr Bruder ein hochanständiger Mensch sei, deshalb kann sie hier wohl nicht zeigen, was wirklich in ihr steckt, aber trotzdem.«

Zimmerman hatte angeordnet, dass Kate und Troy die Befragung durchführten, und Decker hatte seine Entscheidung nicht in Frage gestellt. Er war nur froh gewesen, Edwards' Haus endlich verlassen zu dürfen.

Bobs Selbstmord live und in Echtzeit mit ansehen zu müssen, war ein echter Schock gewesen ... die Hilflosigkeit im Angesicht der Tat ebenso wie die schmerzliche Gewissheit, dass der Anblick Kate mehr an die Nieren gegangen war als ihnen allen zusammen.

Aber damit nicht genug – allmählich spürte er, wie ihm die Anstrengungen der letzten Tage zusetzten. Während der vergangenen beiden Tage war es ihm gelungen, seine Müdigkeit halbwegs in Schach zu halten, doch allmählich wurde das Bedürfnis, eine weiche Matratze unter sich zu spüren, schier unerträglich. Und Kates Körper dicht an seinem, natürlich. *Bald.* Nicht mehr lange, dann wäre der Fall Edwards gelöst, und sie konnten den Täter in Untersuchungshaft nehmen. *Und dann können wir schlafen. Und danach Sex haben. Viel Sex.* Sie würden sich lieben, ganz langsam und voller Süße und ... Er musste aufhören, solche Dinge zu denken, während er neben ihrer beider Boss stand.

Decker zog einen Stuhl heran und setzte sich, fest entschlossen, sich auf den Fall zu konzentrieren. »Quincy hat Kopien der Überwachungsaufnahmen gemacht, und er und Adam sehen weiter die Bänder durch.«

»Was wir in der Hand haben, ist ziemlich überzeugend.« Er zögerte kurz, dann stieß er einen Seufzer aus. »Ich weiß von der Sache mit Kates Schwager ... dass sie seine Leiche gefunden hat.«

Nein, so war es nicht. Sie hat mit angesehen, wie er abgedrückt hat, wie vorhin bei Bob.

»Falls sie irgendwie Hilfe braucht«, fuhr Zimmerman fort, »sagen Sie ihr bitte, dass das okay ist. Wahrscheinlich will sie mir nicht sagen, dass ihr die Belastungsstörung zusetzt, aber Ihnen vielleicht.« Er sah Decker an. »Mehr sage ich zu diesem Thema nicht.«

Decker wusste sehr wohl, was Zimmerman mit »zu diesem Thema« meinte – sowohl Kates posttraumatische Belastungsstörung als auch die zunehmend enger werdende Beziehung zwischen Decker und ihr. »Ich sage es ihr«, meinte er.

Die Tür ging auf, und Deacon Novak kam herein. »Ich bitte respektvoll um Erlaubnis, an Bord kommen zu dürfen, Sir«, sagte er und salutierte in gespieltem Gehorsam.

Zimmerman seufzte. »Deacon ...«

»Ich bin nicht in der Nähe eines Tatorts. Und ich werde mir Edwards nicht vorknöpfen.« Deacon hielt inne. Mittlerweile spiegelten sich Wut und Angst, aber auch Entschlossenheit auf seinen Zügen wider. »Bitte. Ich will es einfach wissen. Es mit eigenen Ohren hören.«

Wieder seufzte Zimmerman. »Na gut, aber ein Ausbruch ...«

»Und Sie reißen mir den Kopf ab. Jaja, Kate hat es mir schon gesagt. Äh ... Scarlett ist draußen. Sie wäre aber auch gern mit bei uns im Sandkasten.«

Zimmerman verdrehte die Augen und öffnete die Tür. »Los, kommen Sie rein, Detective. Sonst noch jemand, der ›zu uns in den Sandkasten‹ will?«

Grinsend kam Scarlett herein. »Nein, Sir, sonst niemand. Danke, Sir.« Sie und Deacon zogen Stühle heran und setzten sich. »Als ich Kate das letzte Mal in Aktion gesehen habe, hat sie Alice verhört. Kein allzu großer Verlust, diese Frau. Ich hoffe, sie schmort in der Hölle«, brummte sie.

»Dem kann ich nur zustimmen«, konterte Zimmerman trocken. »Sie und Deacon haben es verdient, sich das anzusehen, schließlich waren Sie von Anfang an dabei. Und wo wir gerade vom Anfang sprechen – es wundert mich, dass Sie Marcus O'Bannion nicht mitgebracht haben.«

Schließlich hatten Scarlett und Marcus die Menschenhändler von außen ins Visier genommen, während Decker undercover aus deren Mitte operiert hatte. Wieder grinste Scarlett.

»Oh, er wäre schrecklich gern mitgekommen, aber ich wollte es nicht übertreiben.«

Zimmerman schnaubte. »Jetzt? Nach all dem, was passiert ist?«

Sie zwinkerte ihm zu. »Marcus meinte, er würde sich mit einem Exklusivinterview zufriedengeben, wenn alles vorbei sei.«

»Was hoffentlich bald passiert«, warf Deacon ein. »Wo ist Nell Edwards?«

»Nebenan«, antwortete Decker. »Sie holen sie herein, sobald Kate und Troy so weit sind.«

Deacon musterte Kate durch den Spiegel. »Ich habe gehört, was dieser Bob getan hat. Geht es ihr gut?«

»Was glauben Sie wohl?«, brummte Decker.

Deacon seufzte. »Klar. Konnte Bob schon identifiziert werden?«

»Nein«, antwortete Zimmerman. »Niemand hat den Schuss gehört, weil er einen Schalldämpfer benutzt hat. Irgendwo in dieser Stadt sitzt ein Polizist tot in seinem Wagen. Mir ist allerdings immer noch nicht klar, wieso er das getan hat. Er hat Macy nicht als vermisst gemeldet. Dachte er, sie sei tot?«

»Kann sein«, meinte Decker. Auf der Fahrt von Edwards'

Haus zum Revier hatten er und Kate genau darüber gesprochen. »Mallory hat uns erzählt, Edwards hätte Macy damals zu seiner Schwester und ihrem Mann gegeben. Wieso? Hatten sie bereits versucht, ein Kind zu adoptieren, und es hatte nicht geklappt? Macy muss zu der Zeit etwa drei Jahre alt gewesen sein. Wie konnten sie erklären, dass sie plötzlich ein Kind hatten? Ist sie zur Schule gegangen? Nell muss etwas wissen, weil sie auf einigen der Fotos in Bobs und Gemmas Wohnzimmer zu sehen ist. Sie, Gemma und Macy. Kate wird sie auch danach fragen.«

»Im Gegensatz zu Bob ist Gemma kein ganz gewöhnlicher Name«, sagte Scarlett. »Haben wir einen Robert, verheiratet mit einer Gemma, schon überprüfen lassen?«

Zimmerman nickte. »Ja, aber wir haben nichts gefunden. In der Datenbank des Standesamts ist zwar die Geburt einer Gemma Edwards registriert, aber eine Heiratsurkunde gibt es nicht. Vielleicht waren die beiden ja nicht verheiratet, sondern haben nur zusammengelebt. Eine gemeinsame Steuererklärung haben sie jedenfalls nicht abgegeben. Von Gemma gibt es überhaupt keine Steuererklärung.«

Deckers Handy summte. »Von Adam«, sagte er und öffnete die Nachricht. »Sie konnten das Rezept zurückverfolgen, das Edwards vor ein paar Stunden eingelöst hat. In einem Drugstore, aber nicht in der Nähe seines Hauses. Und es wurde von einer Nell Edwards ausgestellt.«

»In Notfällen dürfen auch Arzthelferinnen Rezepte ausstellen«, meinte Deacon nachdenklich. »Wenn sie es tatsächlich ausgestellt hat, weiß sie, dass er verletzt ist. Falls nicht, hat er es gefälscht.«

Kate und Troy hatten ebenfalls ihre Handys zur Hand genommen und lasen die Nachricht. Kate hob den Kopf und machte ein Zeichen. Zimmerman drehte den Lautsprecher auf. »Wir lassen sie jetzt reinholen«, sagte sie.

»Sie haben die Nachricht wegen des Rezepts gelesen?«, fragte Zimmerman die beiden Agents.

»Ja«, antwortete Troy. »Wir wissen also grob, wo er sich aufhält. Hoffen wir, dass Nell uns noch ein bisschen mehr verrät.«

»Haltet uns die Daumen«, sagte Kate. »Okay, Showtime, Leute.«

28. Kapitel

Nell Edwards war um die fünfzig, sah allerdings wesentlich älter aus, fand Kate. Die Sorge hatte sich tief in ihre Züge eingegraben. Ebenso wie sorgsam verhohlene Wut. Hoffentlich konnten sie und Troy sich diese Gefühlsregung zunutze machen.

Nell kniff die Augen zusammen, als sie Troy am Tisch sitzen sah. »Sie schon wieder.«

»Ja, Ma'am«, erwiderte Troy respektvoll. »Ich bin Special Agent Troy, nur für den Fall, dass Sie es nicht mehr wissen. Und das ist meine Partnerin, Special Agent Coppola.«

»Ich weiß, wer Sie sind«, sagte Nell eisig. »Ich weiß, dass Sie und Ihre Horde wilder Affen in die Praxis gestürmt sind, alles kaputt gemacht und nichts als Lügen erzählt haben.«

»Wir hatten einen Durchsuchungsbeschluss, Ma'am«, wandte Troy ein. »Und jetzt haben wir sogar noch ein paar Informationen mehr in der Hand.«

Kate übernahm das Ruder, so wie sie im Vorfeld vereinbart hatten. »Wir haben einige Videos, die Sie sich vielleicht ansehen sollten.« Sie und Troy hatten die Aufnahmen sorgsam ausgewählt, in der Hoffnung, Nell nicht alle zeigen zu müssen, um ihren Widerstand zu brechen. Wenn sie wirklich ein so anständiger Mensch war, wie Mallory sagte, wäre es grausam, ihr das Video zu zeigen, in dem ihre kleine Schwester getötet wurde. »Das hier wurde heute Nachmittag im Krankenhaus aufgenommen.«

Nell presste die Lippen aufeinander, als sie Mallorys übel

zugerichtetes Gesicht sah. »Dieses Mädchen ist verrückt. Sie braucht Hilfe und niemanden, der sie in ihren Lügen auch noch unterstützt.«

»Hören Sie einfach zu«, sagte Kate sanft und drückte die Abspieltaste. Es war der Teil, in dem die Worte nur so aus Mallory herausgesprudelt waren.

Äh ... seine Schwester heißt Nell. Sie ist nett, denkt aber, dass ich ein schlimmes Mädchen bin.

»Sie hat völlig recht«, sagte Nell. »Das Mädchen lügt.«

»Ich habe mit dieser Stelle angefangen, damit Sie wissen, dass Mallory sie für einen guten Menschen hält«, sagte Kate. »Und ich möchte, dass Sie das im Hinterkopf behalten.« Sie startete das nächste Video – die Aufnahmen, auf die Quincy Taylor gestoßen war, als er auf die Kamera im Arbeitszimmer von Edwards' Praxis geschaltet hatte.

Nell schnappte nach Luft. »Das ist mein Büro. Woher haben Sie das?«

»Aus dem Arbeitszimmer im Haus Ihres Bruders. Er hat überall Kameras installiert, auch in Mallorys Zimmer und in dem Badezimmer, das sie benutzt. Und in der Praxis und bei Ihnen zu Hause.« Kate ließ das Band ablaufen. »Das hier wurde gestern Abend in der Praxis aufgenommen.«

Wieder schnappte sie nach Luft. »Aber er ... ist verletzt. Wie ist das passiert? Er hat mich nicht angerufen.« Sie verzog das Gesicht, als er anfing, die Wunde an seinem Arm zu nähen. »Das sieht schlimm aus. Er hätte mich anrufen sollen.«

»Er hat eine Ärztin hinter der Klinik angegriffen«, sagte Kate.

»Das ist doch absurd!« Nell stand auf. Sie zitterte am ganzen Leib. »Ich höre mir das keine Sekunde länger an.«

»Sie setzen sich jetzt sofort hin«, befahl Kate in einem Tonfall, den sie nur sehr selten anschlug, der jedoch stets Wirkung zeigte. Und auch jetzt, denn Nell ließ sich vorsichtig auf ihren Stuhl zurücksinken. Aus dem Augenwinkel registrierte Kate, wie Troy beeindruckt nickte. »Danke«, sagte sie zu Nell.

»Sie sind doch verrückt«, flüsterte Nell. »Alle beide. Ich rufe jetzt meinen Anwalt an.«

Aber Kate wusste, dass sie es nicht tun würde. Sie konnte weder ihren Anwalt anrufen noch einfach aufstehen und gehen. Noch nicht. Kates langjährige Erfahrung bei der Militärpolizei und als FBI-Agentin sagte ihr, dass Nell eine Frau war, die sich leicht ins Bockshorn jagen ließ. Ein perfektes Manipulationsopfer. Vermutlich war es ihrem Bruder deshalb gelungen, sie so lange in Schach zu halten.

»Sie stehen nicht unter Arrest, Ma'am«, sagte Kate höflich. »Natürlich dürfen Sie jederzeit einen Anwalt zu Rate ziehen, aber ich muss nicht so lange warten, bis er oder sie eintrifft.« Sie zog mehrere Standaufnahmen heran und breitete sie vor Nell auf dem Tisch aus. »Die hier wurden gestern Abend in der Notaufnahme gemacht. Bei dem Opfer handelt es sich um Dr. Dani Novak.«

Entsetzen spiegelte sich auf Nells Miene. »Dani? Aber wir haben sie gerade erst eingestellt. Sie wurde angegriffen? Wer tut so was? Sie würde doch keiner Fliege etwas zuleide tun!«

»Genau das versuche ich, Ihnen die ganze Zeit begreiflich zu machen, Ma'am«, sagte Kate. »Dani wurde gestern Abend beim Verlassen der Klinik angegriffen, aber ihr Angreifer wusste nicht, dass ihn jemand dabei beobachtet hat. Dieser Jemand hat ein Messer nach ihm geworfen und hat ihn am rechten Arm erwischt. Der Angreifer hat das Messer aus der Wunde gezogen und auf Dani eingestochen. Sie wird überleben, aber nur, weil der Mann, der die Tat beobachtet hat, schnell reagiert und Hilfe geholt hat. Das Messer dieses Mannes hat die Wunde verursacht, die Ihr Bruder gerade genäht hat.«

»Das ist doch absurd«, wiederholte Nell, doch ihre Stimme bebte.

Kate sah ihr an, dass erste Zweifel in Nell aufzukeimen begannen, und legte nach. »Wieso hat er Sie dann nicht angerufen? Wieso hat er Sie nicht um Hilfe gebeten? Wieso hat er Ihren Namen auf einem Rezept gefälscht?« Sie zeigte Nell ihr Handy, auf dem eine Kopie des Rezepts abgespeichert war.

Nell starrte es reglos an. »Es gibt bestimmt eine Erklärung dafür. Das ist nicht meine Handschrift. Und das Rezept ist auf Roxy ausgestellt, meine Schwägerin.«

»Die inzwischen auf der Intensivstation liegt.«

Nell verdrehte die Augen. »Weil sie sich zu Tode gesoffen hat. Ich habe Remy gesagt, dass sie Hilfe braucht.«

»Wieso nennen Sie Ihren Bruder Remy?«, fragte Kate.

Sie zuckte mit den Schultern. »Eigentlich heißt er Brandon. Die Kinder haben ihn früher Brandy genannt, um ihn zu ärgern. Unser Vater hat es auch getan, um ihn herabzusetzen. Deshalb habe ich meinem Bruder gesagt, Remy sei der beste Brandy, den man kriegen kann. Es war unser Privatwitz.« Sie reckte trotzig das Kinn. »Im Grunde war ich diejenige, die ihn großgezogen hat, Agent Coppola. Und deshalb werde ich kein Wort von dem glauben, was Sie mir da erzählen.«

»Ich habe Sie verstanden«, sagte Kate. »Und ich hoffe, Mallory schätzt Sie richtig ein, weil ich Ihnen jetzt gleich etwas zeigen werde, von dem ich gehofft hatte, ich könnte es Ihnen ersparen.« Sie startete das Video, in dem Mallory als Zwölfjährige zu sehen war. »Das ist eine sehr ernste Angelegenheit, Ma'am. Ich würde Ihnen das Video nicht zeigen, wenn ich nicht unbedingt müsste … wenn es nicht so ernst wäre, befände es sich noch nicht einmal in meinem Besitz. Meine Aufgabe beim FBI besteht darin, Menschenhändler aufzuspüren. Vor allem solche, die ihre Opfer als Sexsklaven verkaufen.«

Nells Augen glühten. »Sie beschuldigen meinen Bruder, ein

Perverser zu sein? Jetzt reicht's aber!« Sie sprang auf. Kate erhob sich ebenfalls und beugte sich vor, bis ihre und Nells Nase nur durch wenige Zentimeter voneinander getrennt waren.

»Wenn Sie sich nicht sofort wieder hinsetzen, tue ich es für Sie, das schwöre ich. In diesem Video wird ein Mädchen vergewaltigt. Und es ist nicht das einzige. Sie. Setzen. Sich. Hin. Sofort.« Sie starrte Nell eindringlich an, bis sie sich auf ihren Stuhl zurücksinken ließ. In ihren Augen standen Tränen.

»Wieso tun Sie das?«, flüsterte sie. »Wieso veranstalten Sie so eine Hexenjagd auf meinen Bruder?«

Wieder drückte Kate die Abspieltaste und lehnte sich mit verschränkten Armen auf ihrem Stuhl zurück. »Sehen Sie es sich an.«

Nell drehte sich weg. »Nein. Das ist ekelhaft.«

»Das ist Mallory«, gab Kate eisig zurück.

Nell schnaubte. »Ich … das wundert mich nicht. Das Mädchen ist doch nicht normal. Ich kann mir durchaus vorstellen, dass sie etwas mit einem erwachsenen Mann anfangen würde. Sie ist so … aufreizend.«

Kate starrte sie an. *Unfassbar!* Kein Wunder, dass es ihrem Bruder so mühelos gelungen war, sie all die Jahre zu manipulieren. »Sehen Sie sich den Mann an, Miss Edwards. Sehen Sie ihn an.«

Doch Nell weigerte sich, auf den Bildschirm zu sehen, deshalb hob Kate den Laptop hoch und hielt ihn ihr direkt vor die Nase. »Machen Sie die Augen auf, und sehen Sie ihn an!« Endlich gehorchte sie. Mit vor Entsetzen offenem Mund. »Sie … sie hat ihn verfuhrt.«

Behutsam stellte Kate den Laptop wieder auf den Tisch, obwohl sie ihn am liebsten an die Wand geschleudert hätte.

»Sie sind … Mallory hat sich geirrt. Sie sind kein guter Mensch. Absolut nicht.«

Nell reckte das Kinn, doch ihre Lippen bebten. »Kann ich jetzt gehen, Agent Coppola?«

»Noch zwei Videos«, sagte Kate. Eigentlich hatte sie es ihr ersparen wollen, aber ... *Jetzt tue ich es doch. Ich will, dass sie leidet, und zwar richtig.* Sie rief das Video auf, das zeigte, wie Bob die Garage betrat. »Kennen Sie diesen Mann?«

»Natürlich. Das ist mein Schwager. Wieso haben Sie ein Video von ihm?«

»Das habe ich Ihnen doch gerade gesagt. Ihr Bruder hat überall Kameras installiert. Auch in Ihrem Schlafzimmer, aber darum geht es gerade nicht. Sehen Sie sich das Video an.«

Kate starrte auf Nells Gesicht, weil sie es nicht über sich brachte, auf den Bildschirm zu sehen. Nicht noch einmal. Schon beim ersten Mal hatte es sie völlig umgehauen. Nur Decker und Troy war es zu verdanken, dass sie nicht vor ihren Kollegen zusammengebrochen war.

Das hebe ich mir für später auf.

»O mein Gott.« Nells Atemzüge beschleunigten sich. »O mein Gott. Nein. Nein!« Sie zuckte zusammen, als Bob abdrückte, und ein Schluchzen drang aus ihrem Mund. »Warum? Warum hat er das getan? Und warum muss ich mir das ansehen?«

»Weil ich sicher sein musste, dass Sie mir zuhören«, antwortete Kate tonlos. »Und weil ich mir stundenlang Videos ansehen musste, in denen Ihr Bruder ein zwölfjähriges Mädchen vergewaltigt.«

»Das hat er nicht getan. Sie hat ihn verführt. Mein Bruder ist ein anständiger Mann!« Sie schrie die letzten Worte förmlich heraus, sprang auf, die Finger zu Krallen gekrümmt, als wollte sie auf Kate losgehen.

Kate bekam ihre Handgelenke zu fassen und hielt sie sich vom Leib. Zum Glück war Troy genau in der Sekunde aufgesprungen, als Nell zu schreien begonnen hatte. Unsanft riss er sie zurück, legte ihr Handschellen an und drückte sie auf ihren Stuhl, damit sie nicht noch einmal aufspringen konnte.

»Großer Gott«, stieß er schwer atmend hervor. »Jetzt drehen wohl alle komplett durch.«

Kate schüttelte den Kopf. »Und eigentlich dachten wir, sie sei die Vernünftige hier.« Die Tür ging auf, und Decker stürmte mit wutentbrannter Miene herein.

»Brauchen Sie Hilfe, Agent Coppola?«, fragte er.

Kate lächelte. »Nein, aber trotzdem danke, Agent Davenport. Oh, ich möchte Ihnen gern Miss Nell Edwards vorstellen. Ihr Bruder, Dr. Brandon Edwards, ist derjenige, der Sie ermorden lassen wollte, während Sie im Krankenhaus lagen.«

Wie erhofft, hatten Kates ironische Worte Decker geholfen, sich ein wenig zu beruhigen. »Normalerweise würde ich ja jetzt sagen, dass ich mich freue, Ihre Bekanntschaft zu machen«, gab er mit seinem gedehnten Dialekt an Nell Edwards gewandt zurück, »aber das wäre eine glatte Lüge.«

Nell starrte ihn an. »Sie haben doch alle völlig den Verstand verloren.« Sie blickte wieder auf den Bildschirm, wo inzwischen Bobs Hirnmasse im Inneren des Hondas klebte, und schloss die Augen. »Ich glaube all das nicht. Wieso sollte Bob so etwas tun? Wieso? Er und Gemma führen ein wunderbares Leben. Sie haben eine Tochter.« Sie versteifte sich. »Wo ist Gemma überhaupt? Und wo ist Macy?«

»Ah, ja, genau.« Kate registrierte, wie Decker den Kopf leicht schief legte – die unausgesprochene Frage, ob er bleiben sollte. Sie nickte, woraufhin er sich setzte. »Also, Nell, erzählen Sie mir doch von Bob und Gemma. Bob war Polizist, soweit wir wissen?«

Nells Blick schweifte zwischen Kate und Decker hin und her. Troy stand immer noch hinter ihr, um notfalls einzugreifen.

»Ja. Er hat die Funkzentrale im Polizeipräsidium geleitet.«

Das erklärt einiges, dachte Kate. »Damit wusste er über sämtliche eingehenden Anrufe Bescheid und logischerweise auch, wer wann wo verhaftet wird.« *Und konnte damit seinen Schwager warnen, wenn junge Frauen anriefen, weil sie Hilfe brauchten, so wie Mallory heute.*

»Ich denke schon. Sie müssen mich jetzt gehen lassen. Ich muss Gemma suchen und es ihr sagen. Was ist, wenn sie ihn so findet?«

»Wie lautet Bobs Nachname?«, fragte Kate.

Nell erstarrte. »Das sage ich Ihnen nicht. Ich muss jetzt gehen und meine Schwester und meine Nichte finden.«

»Ihr Bruder hat Ihre Nichte entführt. Auch das haben wir auf Video«, herrschte Kate sie an. »Seit heute Nachmittag läuft die Suche nach ihr. Vielleicht könnten Sie uns ja helfen, sie zu finden, statt uns als Lügner zu bezeichnen und unsere Arbeit zu behindern.«

Nell wurde blass. »Macy ist verschwunden? Entführt? Aber wie ist das möglich?«

»Ihr Bruder hat das getan«, sagte Kate und beugte sich erneut vor. »Und Sie haben zugelassen, dass er junge Menschen in seiner Praxis behandelt. Wachen Sie endlich auf, Herrgott noch mal!«

»Sie sind gemein«, stieß Nell hervor, als wäre sie ein kleines Kind. »Gemein und grässlich, und ich werde mich bei Ihrem Vorgesetzten über Sie beschweren.«

»Gern, er steht direkt hinter dem Einwegspiegel.« Kate nickte in Richtung des Spiegels, holte tief Luft und bemühte sich um einen etwas gemäßigteren Tonfall. »Miss Edwards, Ihre Nichte wurde entführt, und Ihre Schwester ist tot. Bitte zwingen Sie mich nicht, Ihnen auch noch diese beiden Videos zu zeigen.«

Mit bemüht würdevoller Miene setzte Nell sich auf und straffte die Schultern. »Ich glaube Ihnen nicht, und ich möchte jetzt meinen Anwalt anrufen.«

Kate schnaubte aufgebracht. »Sie stehen nach wie vor nicht unter Arrest.«

»Dann nehmen Sie mich doch einfach fest«, blaffte Nell. »Ich will meinen Anwalt sprechen.«

Kate zuckte mit den Achseln. »Eigentlich dachte ich, es wäre alles ganz einfach. Weil Sie ein anständiger Mensch sind. Aber na gut, dann verhafte ich Sie eben, damit Sie endlich Ihren Anwalt anrufen können, aber vorher werden Sie sich das hier ansehen.« Sie rief das Video von Macys Entführung und Gemmas Ermordung auf und drückte die Abspieltaste.

Entsetzt verfolgte Nell das Geschehen und gab einen gequälten Laut von sich, als der maskierte Mann hinter Macy trat, um sie zu betäuben. Und als Gemma Edwards die Maske abriss, brach sie in Tränen aus. »Oh, Remy, was hast du nur getan? Was hast du getan?«

Kate drückte auf Pause. »Er hat ihr die Kehle aufgeschlitzt und dann in den Kopf geschossen. Deshalb hat sich Ihr Schwager das Leben genommen. Er hat die Leiche Ihrer Schwester gefunden. Müssen Sie sich das allen Ernstes ansehen? Ich zeige es Ihnen nur, weil ich Sie nicht leiden kann, Ma'am.«

Nell wiegte sich schluchzend auf ihrem Stuhl vor und zurück. »Wieso tun Sie mir das an? Uns?«

»Großer Gott«, stieß Kate leise hervor, als ihr bewusst wurde, dass ihr diese Frau erst glauben würde, wenn sie es mit eigenen Augen sah. »Na gut.« Sie startete das Video.

Mit angehaltenem Atem verfolgte Nell das Szenario. Nur bei dem Schuss zuckte sie zusammen. »Remy«, wisperte sie. »Warum?«

»Das können Sie ihn fragen, wenn wir Ihre Nichte und die vier anderen Kinder aus seiner Gewalt befreit haben«, sagte Kate und zeigte ihr das Video von Macy und den vier Kids im Keller. »Ihr Bruder befindet sich in diesem Haus.« Sie breitete Standaufnahmen von dem Studio vor ihr aus. »Wo steht dieses Haus?«

»Ich weiß es nicht. Wirklich nicht. Ich würde es Ihnen ja sagen ... für Macy, aber ich weiß es nicht.«

Kate wusste nicht, ob sie ihr tatsächlich glauben sollte, fest stand allerdings, dass sie ihren Bruder auch weiterhin schützen würde. Sie fing Deckers Blick auf, der genau dasselbe dachte. »Wie heißt Ihr Schwager?«, fragte er ruhig.

»Seifert«, schluchzte Nell. »Robert Seifert.«

»Und wie lautet seine Adresse?«, fragte Kate. »Wir müssen ihre Leichen abholen lassen.«

Nell gab einen Laut von sich, der an ein gequältes Tier erinnerte, und begann erneut, sich rhythmisch vor und zurück zu wiegen. Schließlich nannte sie die Adresse.

»Ma'am«, sagte Decker, worauf Nell den Kopf hob. »Fahren Bob und Gemma einen grauen Minivan?«

Nell sah ihn erschrocken an. »Ja. Einen Chevy Traverse. Remy hat ihn den beiden zum Hochzeitstag geschenkt.«

»Danke.« Decker stand auf. »Mein Beileid, aber dass Sie eine Zwölfjährige beschuldigen, sie hätte Ihren Bruder verführt ... Nein, Ma'am, Sie sind eindeutig kein guter Mensch.«

Er machte auf dem Absatz kehrt und verließ auf seinen Gehstock gestützt den Raum. Kate und Troy folgten ihm. Sie zitterten am ganzen Leib, alle drei – aus Wut, vor Anspannung, von all dem Adrenalin in den Adern.

Zimmerman trat aus dem angrenzenden Raum zu ihnen. »Ich dachte, sie sagt Ihnen, wo das Haus steht«, meinte er.

»Vielleicht weiß sie es ja tatsächlich nicht«, meinte Troy.

»Oder sie hat es verdrängt. Das scheint sie ja ganz besonders gut zu können.«

»Wir überprüfen die Datenbank der Zulassungsstelle nach einem Robert Seifert«, meinte Decker. »Der Chevy ist offensichtlich noch neu.«

Kate spürte, wie neu gewonnene Energie sie durchströmte.

»Vielleicht hat der Wagen ja OnStar, dann können wir ihn über den Hersteller aufspüren.«

Decker sah sie an. »Gute Idee.«

»Und wir können einen Vorsprung herausholen«, fügte Troy hinzu, »indem wir zu der Apotheke fahren, in der er sein Rezept eingelöst hat.«

»Ich schicke Ihnen Verstärkung mit«, meinte Zimmerman. »Los geht's.«

Cincinnati, Ohio
Samstag, 15. August, 21.35 Uhr

Das Schlimmste an einer Operation war die Warterei, bis es endlich losging, dachte Decker. Im Transporter herrschte angespanntes, aber keineswegs feindseliges Schweigen. Sie hatten den Minivan ziemlich schnell ausfindig gemacht, dafür hatten sich die Minuten im Drugstore scheinbar endlos in die Länge gezogen. Obwohl Troy durch die Straßen bretterte, als wäre er auf einer Formel-1-Strecke, trennten sie immer noch mehrere Meilen von ihrem Ziel.

Ironischerweise gehörte das Haus Edwards' Schwager, Bob Seifert – zumindest stand sein Name im Grundbuch und auf den Auszügen des Bankkontos, von dem die Raten der Hypothek abgebucht wurden. Ob er von dem Haus gewusst hatte – oder davon, was sich darin abspielte –, würden sie womöglich niemals herausfinden.

Denn Bob hatte sich dafür entschieden, sich auf die feige Art aus der Affäre zu ziehen. Decker steckte der Vorfall immer noch in den Knochen. Er hatte so viele Menschen schon sterben sehen ... zu viele. Er hatte miterlebt, wie feindliche Geschosse Köpfe von Kameraden explodieren ließen. Aber heute war er zum ersten Mal Zeuge geworden, wie jemand sein Leben freiwillig beendet hatte. *Im Gegensatz zu Kate.*

Er blickte zu ihr hinüber. Sie saß mit ausgestreckten Beinen auf dem Boden des Transporters und strickte. Nur ab und zu hielt sie inne, wurde einen Moment lang stocksteif und schloss die Augen, um ihre Atmung wieder gleichmäßig werden zu lassen.

Wann immer Decker es sah, stieß er sie leicht mit dem Fuß an, und sie lächelte ihn an. Zwar war ihr Lächeln nicht ganz aufrichtig, schien jedoch zu helfen, sich ein wenig zu fangen. Er ging fest davon aus, dass die Alpträume sie noch für lange Zeit heimsuchen würden.

Verdammt, er würde in ihrer Situation sicherlich ebenso empfinden. Nun, sie könnten sich in jedem Fall gegenseitig ablenken, und das so sehr, dass sie anschließend vor Erschöpfung einschliefen. Bei diesem Gedanken besserte sich seine Laune beträchtlich. Decker warf einen Blick auf den Monitor, der am Wagenhimmel des Transporters angebracht war und auf dem die Aufnahmen von Edwards' Kamerasystem liefen. Quincy hatte einen Weg gefunden, sich Zugang zum kabellosen System zu verschaffen und das Videomaterial auf ihre Hardware umzuleiten. Edwards lag im Bett und schlief. Sie konnten nur hoffen, dass sich daran nichts änderte, bis sie eintrafen.

»Wir sind gleich an der Abzweigung«, rief Troy dem Team über die Schulter zu. »Sind alle so weit?«

Ein kollektives *Ja* ertönte – Decker, Kate, Adam und Triplett, der von seinem Wachdienst vor Mallorys Krankenhauszimmer abgezogen und durch einen Kollegen ersetzt worden war, der bislang in der Tiefgarage des Penthouse Sicherheitsdienst geleistet hatte. Zimmerman hatte sich bewusst für ein kleines Team entschieden – aus Leuten, denen er hundertprozentig vertrauen konnte.

Nun, da Bob nicht länger am Leben war, dürfte sich zumindest eine undichte Stelle im Polizeiapparat geschlossen haben, trotzdem konnte Edwards unmöglich ohne hochkarätige Verbündete beim CPD – oder sogar beim FBI – so viele Jahre ungehindert seinen Geschäften nachgegangen sein. Bis sie sicher sein konnten, würde Zimmerman keinesfalls das Leben von fünf Kindern aufs Spiel setzen.

Selbst das SWAT-Team, das ihnen Deckung geben würde, bestand aus handverlesenen Beamten. Sie waren zwar sofort losgefahren, als OnStar die Position des Minivans ermittelt hatte, doch Zimmerman hatte sie zuvor zurückgehalten, falls der Drugstore, in dem Edwards seine Medikamente gekauft hatte, sie in eine andere Richtung führte. Doch jetzt war auch Verstärkung unterwegs und würde in Windeseile da sein.

Kate legte ihr Strickzeug beiseite und überprüfte ihre Waffen, darunter auch ihr Gewehr, das sie sich auf den Rücken schwang. Wie an dem Abend, als sie und Decker sich zum ersten Mal begegnet waren. Sie kam auf die Knie und drückte den Knopf für den Lautsprecher auf der Konsole unterhalb des Monitors.

»Quincy, könnten Sie einen letzten Schwenk durchs Haus und über das Grundstück machen? Ich will ganz sicher sein, dass ich mich richtig orientieren kann.«

Sie würde gleich als Erstes versuchen, einen Baum zu finden, von dem aus sie das gesamte Gelände gut im Auge behalten konnte. Sie hofften darauf, die Kinder heimlich aus dem Haus bringen zu können, bevor Edwards aufwachte, und ihn anschließend im Schlaf zu fesseln. Trotzdem mussten sie auf alles vorbereitet sein.

Denn der Mann war jederzeit bereit, mit Rizin um sich zu werfen, und sie wollten ihr Leben lieber nicht von purem Glück und günstigen Windverhältnissen abhängig machen. Außerdem bezweifelte keiner auch nur eine Sekunde, dass

Edwards die Kids ohne ein Fünkchen Skrupel umbringen würde.

Auf dem Monitor waren die wechselnden Aufnahmen der Räume zu sehen, die alle leer waren, bis auf das Schlafzimmer und den Keller, wo die immer noch gefesselten und geknebelten Kinder lagen. Inzwischen waren drei von ihnen aufgewacht und drohten vor Angst beinahe den Verstand zu verlieren. Die beiden anderen lagen mit geschlossenen Augen da – hoffentlich schliefen sie nur, denn mittlerweile war es zu dunkel, um sagen zu können, ob sich ihre Brustkörbe noch hoben und senkten. *Bitte, lieber Gott, mach, dass sie noch leben. Bitte.*

»Brauchen Sie noch eine Runde, Kate?« fragte Quincy, der sich immer noch in Edwards' Haus befand, über den Lautsprecher.

»Ja, bitte. Noch einmal von innen und außen.«

Quincy machte einen letzten Schwenk, während der Transporter langsamer wurde. Troy bog in eine Seitenstraße, die zum Haus hinaufführte, und hielt an.

»Weiter kann ich nicht fahren, solange wir nicht wissen, ob er die Straße mit Sprengfallen versehen hat. Kate, Adam? Sind Sie bereit?«

Sie waren die besten Schützen der Gruppe, deshalb sollten sie das Gelände auskundschaften.

»Bereit«, bestätigte Kate, während sie und Adam sich zum Aussteigen bereitmachten. Kate überprüfte ihre Waffen ein letztes Mal und lächelte Decker zu. »Bin gleich wieder da.«

Sie hielt inne. Quincy war auf die Kamera gegangen, die das Schlafzimmer von Edwards zeigte.

Das Bett war leer.

»Verdammt«, fluchte Decker. Das Monster war erwacht.

Er taumelte ins Badezimmer und spritzte sich kaltes Wasser ins Gesicht, um vollends wach zu werden, während der Alarm weiterhin durchdringend schrillte.

Jemand ist hier. Und dieser Jemand hatte den Alarm am Ende der Einfahrt ausgelöst. Er verpasste sich mit der gesunden Hand eine kräftige Ohrfeige, dann versuchte er dasselbe mit der Rechten, wobei er erleichtert feststellte, dass sein Arm sich besser bewegen ließ. Das Antibiotikum schlug offensichtlich an.

Dann lief er ins Studio, wo er die Nachbearbeitung der Filme erledigte, fuhr das Überwachungssystem hoch und schaltete als Erstes auf die Kameras in der Einfahrt.

Ein Transporter. Schwarz. Fensterlos. Mitten in der Einfahrt. Mit laufendem Motor. *Verdammt.*

Er schaltete auf den Keller und spürte, wie seine Anspannung ein klein wenig nachließ. Die Kinder waren noch da, genau so, wie er sie zurückgelassen hatte. Niemand war ins Haus eingedrungen.

Aber dieser Transporter in seiner Einfahrt bedeutete, dass jemand ihm auf die Schliche gekommen war. Wie konnte das sein? Wie konnten sie wissen, dass er hier war? Jemand musste es ihnen gesagt haben. Sein Puls begann zu rasen, und er wechselte auf die Kamera in seinem Arbeitszimmer zu Hause. Sein Herzschlag setzte aus. Ein Mann saß an seinem verdammten Schreibtisch. Vor seinem Computer. Zwar konnte er nicht erkennen, was der Kerl sich da ansah, aber eigentlich spielte das keine Rolle. Menschen waren in seinem Haus. *Cops. In seinem Haus. Wühlten in seinen Sachen.* Er stieß einen wütenden Schrei aus, während er auf die nächste Kamera schaltete.

Sie waren in jedem Zimmer, bis auf den Keller, ohne dabei den Alarm ausgelöst zu haben. Wie zum Teufel war das möglich? Und dann wusste er es plötzlich.

»Mallory.« Das Mädchen würde sterben. Qualvoll.

Aber vorher musste er sich um diese Arschlöcher auf seinem Grundstück kümmern.

Er holte tief Luft und schaltete auf die Kamera in der Praxis um. Auch dort war jemand gewesen. Aktenschränke waren ausgeräumt, die Computer abmontiert.

Sie wussten es. Alle wussten es.

Macy würde als Erste sterben. *Dann soll Mallory sehen, wie sie damit klarkommt.*

Er schaltete auf Gemmas Haus. Ihre Leiche lag nicht mehr auf dem Bett. Mit zitternden Fingern zog er sein Handy heraus und wählte Bobs Nummer. Es läutete und läutete, ehe die Voicemail ansprang. Bob ließ sonst nie die Voicemail anspringen. *Vor allem nicht, wenn ich anrufe.*

Also hatten sie auch ihn geschnappt. Und Bob war ein Weichei ohne jedes Rückgrat. Vermutlich hatte er ihnen längst alles erzählt, was er wusste.

Aber von diesem Haus hier wusste Bob nichts. Niemand wusste davon. Wie also kamen sie hierher? Wie hatten sie ihn gefunden?

Egal. Fest stand nur, dass er verschwinden musste.

Atmen, befahl er sich. *Du hast Druckmittel in der Hand. Und zwar mehr als eines.*

Aber so gut wie keine Waffen. Er hatte sie fast alle zu Hause zurückgelassen, in seinem Keller. Nur zwei Waffen hatte er bei sich – seine eigene 9-mm-Pistole und die Dienstwaffe des Cops, dem er hinter dem Kroger-Supermarkt eine Kugel verpasst hatte.

Konzentriere dich einfach darauf, hier rauszukommen. Hol die Kinder und hau ab.

Er setzte sich in Bewegung. Erstarrte. Die Ansicht auf seinem Monitor wechselte. Ohne sein Zutun.

Der Typ an meinem Schreibtisch.

Mit zusammengebissenen Zähnen gab er ein paar Zahlen ein. Der Selbstzerstörungscode. Sein Monitor wurde mit einem Schlag weiß, dann schwarz. Er konnte den Transporter nicht mehr sehen, die Typen ihn aber genauso wenig.

Hol die Kinder, und dann sieh zu, dass du hier rauskommst.

Cincinnati, Ohio
Samstag, 15. August, 21.43 Uhr

»Was tun Sie da, Quincy?«, fragte Kate, als unvermittelt andere Einstellungen von Edwards' Kameras auf dem Monitor erschienen. Doch in Wahrheit kannte sie die Antwort bereits.

Sie waren aufgeflogen.

»Das bin nicht ich«, sagte Quincy durch den Lautsprecher. »Er hat die Kontrolle übernommen. Ich kann erst wieder zugreifen, wenn er aufhört, seine Maus zu bewegen oder auf der Tastatur herumzuhämmern.« Macys Zimmer kam ins Bild. Gemmas Leiche war verschwunden. Die Rechtsmedizinerin hatte sie offenbar abholen lassen.

Als Nächstes erschien wieder das Haus, vor dem sie sich gerade befanden. »Jetzt bin ich wieder am Ruder«, sagte Quincy. In diesem Moment wurde der Bildschirm zuerst leuchtend weiß, dann schwarz. »Er hat den Stecker gezogen, verdammt noch mal. Das war's, wir sind blind.«

»Festhalten«, sagte Troy entschlossen und drückte aufs Gas, woraufhin der Transporter die Einfahrt hinaufschoss. »Wenn er weiß, dass wir kommen, können wir genauso gut gleich loslegen.«

»Wenn wir blind sind, ist er es auch. Immerhin etwas«, meinte Decker.

»Okay, Troy, Planänderung«, sagte Kate. »Ich suche einen Baum, von dem aus ich die Garage im Blick habe. Er wird versuchen abzuhauen und mindestens ein Kind mitnehmen.«

»Und zwar Macy«, erklärte Decker. »Inzwischen weiß er vermutlich, dass Mallory diejenige war, die ihn verpfiffen hat.«

»Stimmt.« Kate nickte. »Und das ist in diesem Fall sogar noch gut, weil sie so klein ist und er sie nicht als Schutzschild benutzen kann. Wenn ich ihn ins Visier kriege, mache ich ihn kalt. Okay?«

»Okay.« Troy lenkte den Transporter auf den Rasen vor dem Haus, wendete und stellte ihn so ab, dass er mit der Schnauze zur Straße stand, dann schaltete er die Scheinwerfer und die Innenbeleuchtung aus. »Adam, Sie und ich gehen ums Haus herum und versuchen, durch eines der Kellerfenster reinzukommen. Abgesehen von Kate, bin ich vermutlich der Einzige, der durchpasst. Ich hole die Kinder heraus. Hoffen wir, dass wir schneller sind als er. Quincy, Sie rufen uns schon mal mehrere Krankenwagen. Sie sollen am Ende der Einfahrt auf unser Zeichen warten. Ich will nicht, dass sie ins Kreuzfeuer geraten. Trip, Sie und Decker bleiben hier. Sie, Trip, nehmen die Kinder in Empfang, wenn wir sie durchs Fenster rausbringen. Decker, Sie fahren. Sobald wir sie haben, hauen wir ab. Aber wenn ich Ihnen ein Zeichen gebe, verschwinden Sie mit so vielen Kindern, wie Sie retten können. Warten Sie nicht auf uns, wenn ich Ihnen sage, Sie sollen abhauen. Das bedeutet, dass wir aufgeflogen sind. Wir versuchen, so viele wie möglich in Sicherheit zu bringen. Alles klar?«

Alle nickten.

»Los geht's«, sagte Troy. »Und lasst euch nicht umbringen, Leute.«

Kate warf Decker einen letzten Blick zu. Er sah sie durchdringend an. *Pass auf dich auf.*

Sie nickte. *Du auch.* Dann sprang sie hinaus und rannte in Richtung der Bäume.

Cincinnati, Ohio
Samstag, 15. August, 21.45 Uhr

Decker sah zu, wie Kate mit dem Gewehr auf dem Rücken in der Dunkelheit verschwand. Nicht einmal eine Minute später war sie mit einer Behendigkeit auf einen Baum geklettert, die ihn eigentlich nicht überraschen dürfte. Schließlich hatte sie ihn ähnlich agil im Bett geritten. Er betete, dass diese Operation glattging und er wieder so etwas mit Kate erleben durfte.

Trip und er blieben angespannt schweigend im Wagen zurück. Vom Fahrersitz aus hatte Decker die Vorderseite des Hauses im Blick, ebenso das Garagentor, das wie erwartet aufging.

»Er kann den Minivan nicht mehr anlassen«, sagte er leise zu Trip. »Mit dem OnStar-System kann die Zündung lahmgelegt werden. Machen wir uns auf …«

In diesem Moment ertönte ein wütender Aufschrei aus der Garage.

»… Ärger gefasst«, endete Decker.

»Ich habe sie!«, schrie Edwards. »Ich habe die Kleine des Polizisten und knalle sie ab, das ist mir völlig egal.«

Decker sah Trip an, der auf die hintere Hausecke zeigte, wo Adam mit einem der gefesselten Teenager am Arm erschien. Trip lief los, geradewegs auf ihn zu.

»Und ich komme nicht heraus!«, brüllte Edwards, der die Geschehnisse von der Garage aus nicht sehen konnte. »Ich weiß, dass Sie bewaffnet sind. Wenn Sie das Mädchen lebend haben wollen, müssen Sie mich hier rausbringen. Ich will Ihren Transporter haben. Ich meine es ernst! Sonst stirbt zuerst das Mädchen und dann die vier anderen! Ich habe nichts zu verlieren.«

Das stimmte.

Kate konnte erst auf Edwards schießen, wenn er aus dieser verdammten Garage herauskam.

Behutsam legte Trip den ersten Jugendlichen auf den Rücksitz des Transporters. »Ich habe es gehört«, sagte er. »Was soll ich jetzt machen?«

»Ich versuche, ihn herauszulocken«, antwortete Decker leise. »Sie gehen zurück und sagen Troy und Adam, sie sollen sich beeilen.«

Er zog die Schlüssel aus der Zündung. Falls Edwards es schaffen sollte, zum Transporter zu gelangen, würde er zumindest nicht wegfahren können. *Vorher muss er mich umbringen.* Seine Waffe in der Linken, mit der Rechten auf den Gehstock gestützt, näherte er sich vorsichtig dem Haus. Vor der offenen Garagentür blieb er stehen und spähte um die Ecke. Edwards stand, den linken Arm um die gefesselte und geknebelte Macy gelegt, neben dem Minivan. Inzwischen schien er seinen rechten Arm wieder bewegen zu können, denn er hielt die Waffe anscheinend mühelos fest und hatte den Lauf gegen ihre Schläfe gedrückt.

Macys Augen waren glasig und starr auf Decker gerichtet. Entweder stand sie unter Drogen, oder aber sie war stocksteif vor Angst. Oder beides zusammen.

»Ich kann Sie sehen, Davenport«, stieß Edwards hervor. »Die schicken ernsthaft ihren Krüppel her?«

»Ernsthaft«, gab Decker tonlos zurück. »Alle anderen waren mit den Spielsachen in Ihrem Haus beschäftigt, während ich diesen Standort gefunden habe. Aber sie sind schon unterwegs.«

»Klar«, gab Edwards höhnisch zurück. »Diese Schlampe Coppola zielt mit ihrem Gewehr auf mich und wartet bloß darauf, dass ich rauskomme.«

Wie auf ein Stichwort ging das Licht in der Garage aus.

Edwards lachte. »Was nicht ganz einfach sein wird, wenn sie mich nicht sehen kann.«

Decker wich ein Stück zurück und lehnte den Gehstock an die Hauswand, um das Funkgerät an seiner Weste zu aktivieren, ehe er sich vorbeugte, so dass die anderen mithören und entsprechende Vorkehrungen treffen konnten.

»Da sie nicht hier ist, spielt es keine Rolle.«

Wieder lachte Edwards. »Sie sind ein guter Lügner. Und das ist aus dem Mund von jemandem wie mir ein echtes Kompliment.«

»Danke. Aber ich lüge nicht. Ich habe herausgefunden, wo Sie sind, und bin sofort hergefahren. Allerdings habe ich den anderen gesagt, sie sollen nachkommen.«

»Jaja. Und wie haben Sie herausgefunden, wo ich bin?«

Er ist neugierig, dachte Decker. *Sehr gut.* Und nicht ganz unerwartet. Der Mann war ein Narzisst, wie er im Buche stand. »Ich bin Buchhalter, Edwards. Deshalb folge ich immer der Spur des Geldes.«

»Soso? Sie sind also tatsächlich Buchhalter? Ich dachte, das wäre nur Tarnung gewesen.«

»Nein, der Job als Bodyguard für diese Drogendealer- und Menschenhändler-Bande war eine Tarnung. Ich bin ausgebildeter Buchhalter und auf Wirtschaftskriminalität spezialisiert, deshalb habe ich die Bücher Ihres Schwagers unter die Lupe genommen, nachdem er sich eine Kugel in den Schädel gejagt hat, was im Übrigen eine echte Schweinerei ist. Er hat den Honda komplett ruiniert, den Sie ihm wahrscheinlich gekauft haben, weil er sich von seinem Gehalt wohl keinen hätte leisten können.«

Decker redete einfach nur ins Blaue hinein. *Ich muss den anderen genug Zeit verschaffen, die Kinder herauszuholen.* Aber er hatte gerade einem kleinen Mädchen gesagt, dass sich ihr Vater umgebracht hatte. *Verdammt.* Er konnte nur hoffen, dass Macy so sehr unter Drogen stand, dass sie nichts mitbekam.

»Scheiße!«, stieß Edwards hervor. »Bob hat sich umgebracht? Andererseits ist es besser, als erwischt zu werden. Er hätte ein paar wichtige Geheimnisse ausplaudern können.«

»Das stimmt, aber seine Sozialversicherungsnummer hat uns schon genug verraten. Beispielsweise über die Häuser, die ihm gehören, darunter auch dieses hier.«

Was nicht stimmte, aber immerhin plausibel klang. Vielleicht sogar plausibler gewesen wäre, als den Wagen über OnStar aufzustöbern. Und Edwards schien es ihm abzukaufen.

Edwards schwieg einen Moment. »Selig sind nicht die Sanftmütigen, sondern die Computeridioten, denn sie werden das Erdenreich besitzen«, ätzte er dann. »Netter Versuch, Davenport. Und jetzt bringen Sie mich zu Ihrem Transporter, sonst sorge ich dafür, dass das Gehirn dieses Mädchens durch die Gegend spritzt.«

Aus dem Augenwinkel registrierte Decker eine Bewegung in den Bäumen. Etwas Helles blitzte auf. Kate war heruntergesprungen. Offensichtlich wechselte sie die Position, um Edwards besser im Visier zu haben.

Gut. »Ich tue, was Sie von mir verlangen, aber ich will, dass Sie Macy hierlassen.«

»Vergessen Sie's«, gab Edwards zurück. »Sie kommen mit mir. Sie fahren, während ich das Mädchen weiter festhalte.«

»Okay. Aber tun Sie ihr nichts. Bitte.«

»Lassen Sie Ihre Waffe fallen, und schieben Sie sie mit dem Fuß herüber.«

Decker zögerte, doch dann tat er, was Edwards verlangte.

»Okay. Sie haben meine Waffe. Eine weitere habe ich nicht bei mir. Wollen Sie mich filzen?«

Edwards lachte. »Sie sind ein echter Witzbold. Das gefällt mir.« Er trat die Pistole unter den Minivan. »Nur für den Fall, dass Sie es sich anders überlegen.«

Sollte ich das tun, bräuchte ich keine Pistole, mein Freund. Ich kann dir das Genick brechen, als wäre es ein Streichholz. Aber diese Gedanken behielt er lieber für sich. »Das war meine Lieblingspistole«, maulte er stattdessen.

»Zeigen Sie mir die Wagenschlüssel«, schnauzte Edwards ihn an.

Decker ließ den Schlüssel zwischen Daumen und Zeigefinger baumeln. »Wohin fahren wir?«

»Das werden Sie schon noch erfahren. Wenn wir hier raus sind.«

Decker stieß ein bitteres Lachen aus. »Sie wissen doch gar nicht, wohin Sie sollen, weil Sie nirgendwo mehr unterkriechen können. Aber das ist okay. Wahrscheinlich merken Sie es, wenn ich Ihnen geholfen habe, von hier wegzukommen, und dann bringen Sie mich um.«

»Ach, seien Sie kein Frosch«, gab Edwards höhnisch zurück. »Los jetzt. Sie geben mir Deckung. Ich weiß, dass Sie nicht allein hier sind, und wenn Ihre kleine Schlampe irgendwo da draußen ist, soll sie nicht auf mich zielen können. Sie werden mein Schutzschild sein. Los, machen Sie sich nützlich, und breiten Sie die Arme aus.«

Decker streckte einen Arm aus. »Den anderen brauche ich, um mich auf dem Stock abzustützen. Schließlich bin ich erst vor kurzem aus dem Koma aufgewacht«, fügte er trocken hinzu. »Und das habe ich bestimmt nicht Ihnen zu verdanken.«

»Jaja«, gab Edwards verdrossen zurück. »Keine Tricks.«

Über Edwards' Kopf hinweg registrierte Decker, wie die Tür

von der Garage zum Haus geöffnet wurde und Troy hindurchschlüpfte. Er hatte seine Waffe gezogen und zielte auf Edwards.

Doch auch Troy war der Lauf von Edwards' Pistole an Macys Schläfe nicht entgangen. Sein Finger lag auf dem Abzug – das leiseste Zucken würde den Tod des kleinen Mädchens bedeuten. Deshalb unternahm Troy nichts. Doch er war da. Was bedeutete, dass die vier Teenager in Sicherheit waren. Decker trat einen Schritt zurück, gerade so weit, dass Edwards vorsichtig die Garage verlassen konnte. Dabei dirigierte er mit seiner Körperhaltung Edwards bewusst so, dass dieser die hintere Seite des Hauses im Rücken hatte.

Wo Kate inzwischen Posten bezogen hatte. Sie trat kurz vor, um sich Decker zu zeigen, dann wich sie erneut in die Dunkelheit zurück und wartete auf die perfekte Gelegenheit. Er musste Edwards dazu bringen, seine Pistole von Macys Kopf zu nehmen, damit Kate feuern konnte.

Seine Finger krallten sich um den Messinggriff des Gehstocks, während eine Idee in seinem Kopf Gestalt anzunehmen begann. Er konnte nur hoffen, dass Kate sie beobachtete. Er grinste innerlich. Natürlich tat sie das. Vermutlich hatte sie den Plan lange vor ihm im Sinn gehabt.

Er tat so, als würde er stolpern, und riss dabei den Arm mit dem Stock weit nach hinten, als wollte er verhindern, dass er das Gleichgewicht verlor. Dann umfasste er ihn mit beiden Händen und schwang ihn wie einen Golfschläger, worauf das Messingende geradewegs Edwards' Ellbogen traf, ehe er vollends durchzog, so dass der Schwung Edwards' Arm nach oben riss.

Edwards stieß einen Schmerzensschrei aus und geriet tatsächlich ins Stolpern, was Decker Gelegenheit gab, ihm das kleine Mädchen zu entreißen. Macy an sich gepresst, wirbelte er herum, den Gehstock immer noch fest in der Hand. Er holte ein weiteres Mal aus und traf Edwards am Hinterkopf. Der Mann fiel auf die Knie.

Decker blieb gerade genug Zeit, Macy einige Schritte in Richtung des Transporters zu ziehen, als zwei Schüsse abgefeuert wurden. Beide trafen ihn im Rücken. Trotz der kugelsicheren Weste waren die Schmerzen höllisch. Er stieß einen Fluch aus, geriet ins Straucheln und schlug mit beiden Knien ungebremst auf der gepflasterten Garagenzufahrt auf. Ein lautes Knacken hallte durch die Dunkelheit. Im Fallen rollte er auf eine Seite ab, um Macy nicht unter sich zu begraben, zog den Kopf ein und biss die Zähne zusammen, in der Erwartung des nächsten Schusses.

Mehrere Schüsse ertönten. Doch keiner davon traf ihn.

Innerhalb von Sekunden war das Spektakel vorüber – ohrenbetäubende Stille machte sich breit. Stöhnend rollte er sich auf den Rücken. Troy stand über ihn gebeugt, bereit, ihm das Mädchen abzunehmen. Er hob Macy hoch, während Decker beide Arme weit neben sich ausstreckte.

Schmerzen. Sein ganzer Körper war ein einziger Schmerz. Aber er war nicht tot. Und Macy auch nicht.

Blinzelnd betrachtete er die Sterne am Himmel, während er sich zu sammeln versuchte. »Kate!«, rief er. »Geht es dir gut?«

Zu seiner Erleichterung erschien ihr Gesicht über ihm. Sorge spiegelte sich in ihren braunen Augen wider. »Ein Wort von dir, es wäre alles in Ordnung, und es gibt eine Ohrfeige«, stieß sie barsch hervor.

Er lachte. »Ich glaube, ich habe mir beide Kniescheiben gebrochen. Und mein Rücken tut fürchterlich weh. Ich habe echt Schmerzen. Zufrieden?«

Mit zitternden Händen strich sie ihm das Haar aus dem Gesicht. »Ja.«

»Du bist eine sehr harte Frau, Kate.« Er schmiegte seine

Wange in ihre Handfläche und gab sich ihrer zärtlichen Berührung hin. »Habt ihr ihn?«

Auch sie entspannte sich, und ihre Hände hörten auf zu zittern. »Ich habe ihn erwischt, ja. Und Troy. Und Trip auch. Aber du warst der Erste.« Sie grinste. Ihre Laune schien sich von Sekunde zu Sekunde zu heben. »Das mit dem Gehstock war eine coole Nummer, Decker. Du hast ihn plattgemacht, wie Kung Fu Panda.«

Offenbar setzte der Adrenalin-Kick ein und ließ sie in hysterisches Gekicher ausbrechen. »Das stimmt doch gar nicht«, gab er empört zurück. »Vielleicht wie Bruce Lee. Oder von mir aus Jackie Chan. Aber nicht wie ein Panda, schon gar keiner aus einem Zeichentrickfilm.«

»Hey, Pandas sind echt fiese Typen, Decker. Die fressen dir das Gesicht weg.«

Er warf ihr einen Blick zu, der ihr den Atem raubte. »Ich würde mir lieber dein Gesicht …«

»Decker!« Sie presste ihm die Hand auf den Mund und sah auf, als Troy zu ihnen trat.

»Kinder, Kinder«, bemerkte Troy nachsichtig. »Brauchen Sie einen Krankenwagen, Decker? Es sind bereits mehrere auf dem Weg hierher … für die *richtigen* Kinder.«

»Du lieber Gott, nein. Ich habe schon genug Krankenwagen von innen gesehen.« Er erschauderte. »Helft mir einfach nur, mich aufzusetzen. Es wird schon besser.« Was eine glatte Lüge war, aber keiner der beiden widersprach. Kate half ihm hoch. Mit geschlossenen Augen saß er auf dem Boden und wartete darauf, dass der Schwindel nachließ. »Am liebsten würde ich eine ganze Woche am Stück schlafen, aber einen Krankenwagen brauche ich nicht.«

Triplett kam angelaufen und half ihm auf die Füße. Decker wollte den Gehstock aufheben, doch Troy hatte ihn bereits an sich genommen.

»Tut mir leid, aber der ist jetzt ein Beweisstück. Außerdem klebt überall Edwards' Blut dran. Den wollen Sie nicht ernsthaft zurückhaben.«

Kate legte einen Arm um Deckers Taille. »Ich halte dich«, sagte sie leise. Decker zweifelte keine Sekunde daran.

»Nur zu gern«, sagte er, denn er hatte nur einen Wunsch – ihre Hände zu spüren. »Was ist mit den Kindern?«

»Körperlich geht es ihnen gut«, antwortete Troy sichtlich erleichtert. »Sie sind verängstigt, dehydriert und hungrig. Und sie stehen unter Schock. Ohne Therapie kommen sie vermutlich nicht mehr auf die Beine.«

»Ich glaube, Macy steht auch körperlich unter Schock«, sagte Trip besorgt. »Adam hat sie mitgenommen.«

Decker sah zu dem Transporter hinüber, wo Adam Macys Fesseln aufgeschnitten hatte und behutsam das Klebeband von ihrem Mund löste.

»Ich glaube, Edwards hat ihr etwas gegeben, um sie ruhigzustellen«, rief er. »Ihr Herzschlag ist extrem verlangsamt. Wann kommt der Krankenwagen?«

»Die Sanitäter warten an der Einfahrt zum Grundstück, wie vereinbart«, sagte Troy. »Ich habe schon Bescheid gesagt. Sie sollten jeden Moment hier sein.«

»Gut.« Adam wiegte das Mädchen in seinen Armen. »Um sie müssen sie sich als Erstes kümmern.«

Decker drehte sich zu der Leiche um, die nur wenige Meter von der Stelle entfernt lag, wo er sich mit Macy zu Boden geworfen hatte. Erst jetzt wurde ihm bewusst, wie wenig gefehlt hatte, und es hätte ihn auch noch ein drittes Mal erwischt.

»Er hat auf deinen Kopf gezielt«, sagte Kate leise. Nüchtern.

»Das habe ich mir schon gedacht. Dieser elende Drecksack«, stieß er hervor.

»Kate hat zuerst auf seine Hand geschossen, nachdem er auf

Sie geschossen hatte«, sagte Troy. »Er hat die Waffe zwar fallen lassen, aber er hatte noch eine zweite bei sich. Er hat versucht, mit der linken Hand auf Sie zu schießen. Auf Ihren Kopf. Aber er hat danebengeschossen. Zum Glück haben Sie sich auf den Boden geworfen, so dass wir ihn niederstrecken konnten, ohne Sie oder Macy dabei zu verletzen.«

»Ich wollte ihn lebend«, sagte Kate. »Ich wollte wissen, was er all den Kindern angetan hat. All die Jahre lang. Aber er stand da und hat auf deinen Kopf gezielt. Und du ...« Ihre Stimme brach. »Du wolltest das kleine Mädchen beschützen und ... ich konnte nicht zulassen, dass er dich erwischt. Keinen von euch. Aber jetzt werden wir es nie erfahren. Wir werden niemals herausfinden, was er mit all den anderen angestellt hat.« Ihre Augen füllten sich mit Tränen, während ihre Stimme endgültig versagte. »O Gott, Decker, wenn wir nicht wissen, wer sie waren, können wir sie noch nicht mal nach Hause bringen.«

Decker legte ihr den Arm um die Schultern, zog sie eng an sich und küsste ihre Schläfe, ohne sich darum zu scheren, dass die anderen es mitbekamen. Zärtlich wiegte er sie in seinen Armen und spürte, wie seine Kräfte ihn mit einem Mal verließen, so dass er Mühe hatte, sich auf den Beinen zu halten. »Aber heute Abend haben wir immerhin fünf gerettet. Fünf, Kate. Und Mallory. Das macht sechs. Sechs junge Menschen bekommen eine zweite Chance für ein gutes Leben. Sechs junge Menschen sind in Sicherheit, weil du etwas Schlimmes getan hast, aber für diese sechs Kinder war es das Richtige. Heute Abend denken wir darüber nach, und morgen überlegen wir, wie wir all die anderen retten können.«

»Sieben«, flüsterte sie. »Mit dir.«

»Richtig«, flüsterte er. »Du hast mich gerettet. Schon wieder. Also sieben.«

Troy und Trip hatten sich taktvoll zurückgezogen und führten das Notarzt-Team zu den Kindern.

Decker schmiegte seine Wange an Kates Kopf. »Weißt du, was wir meiner Meinung nach jetzt tun sollten?«

Sie lachte. »Decker! Ist das dein Ernst?«

Er lachte ebenfalls. »Das wollte ich nicht damit sagen. Nein, wir sollten ins Krankenhaus fahren und Mallory erzählen, dass ihre kleine Schwester und die vier anderen Kids gerettet werden konnten. Und dass dieser Mann, der ihr das Leben zur Hölle gemacht hat, nie wieder in ihre Nähe kommen kann. Und dass sie auch keine Angst mehr haben muss, dass er anderen jemals wieder etwas antun kann. Niemals. Wir müssen es ihr sagen, weil es wichtig ist. Sie muss es hören, und wir auch. Und dann fahren wir nach Hause und kümmern uns um die andere Sache. Und dann können wir vielleicht eine ganze Woche durchschlafen.«

»Ich finde, das ist eine ausgezeichnete Idee. In jeglicher Hinsicht.«

29. Kapitel

Behutsam berührte Meredith Mallorys Hand. Es fiel ihr schwer, das Mädchen zu wecken, schließlich war sie gerade erst eingeschlafen. Nach ihrer Aussage hatte sie lange Zeit reglos dagelegen und an die Decke gestarrt. Natürlich war ihr klar gewesen, dass sie das Richtige getan hatte, aber auch, welchen Preis sie womöglich dafür zahlen würde. Das Leben ihrer kleinen Schwester, für das sie so gelitten hatte, um es zu schützen, war in Gefahr. Meredith hatte mit ihr gelitten, hatte all ihre Ängste und Sorgen gespürt. Wäre Macy gestorben ...

Aber sie lebte. *Und ich darf es ihr erzählen.* »Mallory, Süße, wach auf.«

Mallory fuhr zusammen, doch dann entspannte sie sich ein klein wenig, als ihr bewusst wurde, wo sie sich befand. In Sicherheit, aber nicht sicher. Vielleicht würde sie sich nie wieder wirklich sicher fühlen, doch Meredith würde alles dafür tun, was es ihr ermöglichte, sich ein richtiges, ein gutes Leben aufzubauen. Weil dieses Mädchen ein gutes Leben verdiente. Mallory fuhr sich mit der Zunge über die rissigen Lippen. »Sie sind wieder hier«, krächzte sie.

Meredith goss etwas Wasser in einen Becher und hob ihn ihr vorsichtig an die Lippen. »Ich war die ganze Zeit hier. Zuerst habe ich oben in der Cafeteria etwas gegessen und mich dann eine Weile bei meiner Freundin in der Intensivstation ans Bett gesetzt.«

»Die Ärztin. Dani Novak. Wird sie wieder gesund?«

»Ja. Sie ist hart im Nehmen.« *Gott, bitte mach, dass Dani durchhält. Nur noch eine Weile.* »Ich habe gute Nachrichten.«
Mallory schloss die Augen, trotzdem war Meredith die Angst nicht entgangen, die darin aufgeflackert war. Ebenso wenig wie die Resignation und die Niedergeschlagenheit. Sie straffte die Schultern und wappnete sich innerlich für die Nachricht, in der festen Überzeugung, dass sie schlecht sein musste, obwohl Meredith genau das Gegenteil angekündigt hatte. Weil in ihrem Leben niemals etwas Positives passierte.
»Okay. Ich bin so weit.«
»Nicht alle Nachrichten müssen schlecht sein, Mallory«, sagte Meredith. »Kate und Decker haben Macy gefunden. Sie lebt. Und es geht ihr gut.« *Irgendwann.*
Mallory sackte in sich zusammen, und ein Schluchzen drang aus ihrer Kehle. »Ich dachte, dass sie es bestimmt nicht schaffen. Sondern dass ich schuld an ihrem Tod bin, weil ich alles erzählt habe.«
»Trotzdem hast du es getan. Weil du Decker vertraut hast. Vergiss das niemals. Vergiss nie, dass du jemandem vertraut hast, Mallory. Nicht alle Menschen lassen dich im Stich.«
»Wo …« Sie schluchzte wieder auf. »Wo ist sie?«
»Sie ist hier, in der Notaufnahme. Sie haben sie gerade hergebracht.« Meredith war dort gewesen, um sicherzugehen, dass die vier anderen Kinder von Sozialarbeitern in Empfang genommen würden. Und dann … Ihr Herz zog sich zusammen. Adam Kimble, der Macys Hand festhielt und neben der Trage herlief. Der Ausdruck auf seinem Gesicht … Sie holte tief Luft. Sie war so unendlich erleichtert. Unendlich dankbar. Und stolz. Er hatte ein Kind gerettet. Sogar fünf.
Fünf Kinder. Und er hatte sie angelächelt, als sich ihre Blicke über den Raum hinweg begegnet waren.
Und schon morgen würde er an die vielen Kinder denken, die er nicht hatte retten können, und vielleicht wieder zu ihr

kommen, um zu reden und zu malen. Aber heute Abend hatte er gelächelt, und Meredith würde den Anblick so lange in ihrem Herzen tragen, wie sie nur konnte.

Mallory runzelte die Stirn. »Aber wenn es ihr gutgeht, wieso sehen Sie dann aus, als würden Sie gleich weinen?«

Meredith räusperte sich. »Manchmal machen wir uns einfach viel zu große Sorgen um Dinge, die wir nicht bewältigen, und um Menschen, denen wir nicht helfen können. Und an manchen Tagen passieren wiederum wunderbare Dinge. Und das ist schön. Deshalb sind meine Tränen ein gutes Zeichen.«

Mallory nickte, trotzdem schimmerte ein Rest von Argwohn in ihren Augen. Meredith zog ihr Handy heraus. »Ich habe ein Foto von ihr gemacht.« In Wahrheit hatte sie ein Foto von Adam geschossen, aber das brauchte Mallory ja nicht zu wissen. Sie reichte Mallory ihr Handy, woraufhin sich die Augen des Mädchens mit Tränen füllten.

»Danke.« Mallorys Stimme versagte, und ihre Hände zitterten. »Vielen, vielen Dank.«

»Das ist nicht mein Verdienst. Ich habe nur die wunderbare Aufgabe, es dir zu sagen.« Es klopfte an der Tür.

Kate und Decker sahen herein. »Dürfen wir reinkommen?«, fragte Decker.

Mallory nickte, während sich ein zittriges Lächeln auf ihrem Gesicht ausbreitete. »Bitte. Meredith hat mir gerade erzählt, dass es Macy gutgeht.«

»Dank ihm«, sagte Kate. »Heute Nachmittag haben wir dir doch erzählt, dass ich einen Hürdenlauf veranstaltet habe, um ihn zu retten. Aber er hat gerade mit ein paar coolen Ninja-Moves Macy gerettet.«

Deckers Grinsen verriet, dass es sich um einen Gag zwischen ihm und Kate handelte. »Ninjas sind cool. Damit kann ich mich anfreunden.« Er trat an Mallorys Bett. »Darf ich mich setzen? Ich bin hundemüde.«

»Bitte.« Stirnrunzelnd beäugte Mallory den Gehstock, als Decker sich auf den Stuhl sinken ließ. »Der, den Sie vorhin dabeihatten, war anders … glänzender.«

»Der ist mit Brandon Edwards' Blut beschmiert«, erklärte Decker befriedigt. »Er ist tot, Mallory. Er wird niemals wieder jemandem weh tun, weder dir noch Macy noch sonst jemandem.«

Völlig ergriffen schlug sich Mallory die Hände vor den Mund. »Aber wie ist das möglich? Wer hat das getan?«

Kate trat neben Decker und lehnte sich gegen ihn. »Decker hat ihm mit dem Gehstock eins übergebraten, Macy von ihm weggerissen und dann … habe ich ihn erschossen. Gemeinsam mit zwei weiteren Beamten. Deshalb war es eine Gemeinschaftstat.«

Mallory stieß den Atem aus. »O Gott. Aber … was ist mit Macy? Muss sie zu Bob und Gemma zurück? Ich würde sie gern zu mir nehmen. Ich würde alles dafür tun.« Sie beugte sich vor. Auf ihrer Miene spiegelte sich eine Mischung aus Ernsthaftigkeit, Angst und Anspannung wider. »Ich besorge mir einen Job. Bitte, helfen Sie mir, dass ich sie zu mir nehmen kann.«

Meredith strich ihr über den Rücken. »Wir finden schon eine Lösung. Zu Gemma und Bob geht sie jedenfalls nicht zurück.«

Mallory ließ den Blick über ihre Gesichter schweifen und sank in das Kissen zurück. »Sie sind auch tot, stimmt's?«

Decker nickte. »Ja. Der Doktor hat zuerst Gemma getötet, und Bob …« Er zögerte und sah Kate an, die in sich zusammenzusinken schien.

»Bob hat sich das Leben genommen«, sagte Kate. »Deshalb brauchst du dir wegen den beiden keine Sorgen mehr zu machen.«

Mallory schüttelte den Kopf. »Aber da ist noch dieser andere

Mann. McCord. Edwards hat immer gedroht, McCord würde Macy zu sich nehmen, wenn ihm etwas zustieße. Er würde gleich anfangen, Videos mit ihr zu drehen, weil er auf kleine Mädchen steht. Dass er nicht warten würde, bis sie älter ist. Vor ihm muss ich sie trotz allem beschützen.«

Kate öffnete den Mund, schloss ihn jedoch mit einem leisen Seufzer wieder. »Von McCord droht ebenfalls keine Gefahr mehr. Er ist schon seit mehr als einem Dreivierteljahr tot.«

Wut wallte in Mallorys Augen auf. »Wusste Edwards davon?«

»Ja«, antwortete Kate.

Mallory presste die Lippen zusammen. »Hätte ich das gewusst, hätte ich Edwards schon damals umgebracht. Ich hatte viel größere Angst vor McCord, weil er auf kleine Mädchen in Macys Alter scharf war. Und Edwards war das bekanntere Übel.«

»Jetzt brauchst du dich vor keinem der beiden mehr zu fürchten«, entgegnete Kate ruhig. »Sie sind alle tot. Und durch deinen Mut, als du das erste Mal auf dem Revier angerufen hast und Kendra sprechen wolltest, konnten wir dafür sorgen, dass keiner mehr jemandem weh tun wird.« Sie sah sich um. »Ich dachte, Kendra wollte vorbeikommen.«

»Ich habe sie nach Hause geschickt«, sagte Mallory leise. »Sie hat geweint. Sie wollte es nicht zeigen, aber … ihr Partner ist tot, und das hat sie sehr traurig gemacht.«

»Du bist ein wirklich guter Mensch, Mallory«, sagte Decker. »Weißt du das eigentlich? Ich bin stolz auf dich.«

Mallory holte tief Luft, während ihre Augen glasig wurden. Sie wischte sich die Tränen mit dem Bettzipfel ab, ehe sie Meredith ansah. »Jetzt verstehe ich es. Gute Tränen.«

»Sehr gute sogar«, bestätigte Meredith. »Aber ich fürchte, Decker schläft gleich im Sitzen ein. Vielleicht sollten wir ihn lieber auch nach Hause schicken.«

Decker lächelte, trotzdem stand ihm die Erschöpfung ins

Gesicht geschrieben. »Noch habe ich kein richtiges Zuhause. Aber bald. Ich denke, niemand wird etwas dagegen haben, wenn wir noch eine Nacht im Penthouse schlafen.« Er stand auf und drückte Mallory einen Kuss auf die Stirn. »Danke.«

Mallory wurde rot. »Mir danken? Wofür?«

»Dafür, dass du so tapfer warst und mir erlaubt hast, dir von meiner Schwester zu erzählen. Denn kürzlich hat jemand zu mir gesagt, dass sie niemals vergessen sein wird, solange ich über sie spreche.«

»Ich werde sie niemals vergessen«, sagte Mallory. »Und Sie auch nicht.« Sie sah Kate an. »Und Sie auch nicht, Kate.«

Kate lachte. »Jaja, ich sehe schon, wer hier der Charmebolzen von uns beiden ist. Los, komm, Ninja-Man. Zeit, schlafen zu gehen.«

Mallory sah den beiden hinterher, ehe sie sich mit besorgter Miene Meredith zuwandte. »Ich habe auch kein Zuhause.«

»Ich habe etwas für dich organisiert, keine Sorge. Im Augenblick brauchst du nur zu wissen, dass Macy und die vier anderen Kinder in Sicherheit sind. Dank deiner Hilfe. Okay, ich glaube, es wird langsam auch für mich Zeit, nach Hause und ins Bett zu kommen. Ich kann nur hoffen, dass die Hütte überhaupt noch steht. Meine Nichte hat ein paar Freundinnen zu einer Pyjamaparty eingeladen, es könnte also sein, dass es aussieht, als hätte eine Bombe eingeschlagen.«

»Ich kann gerne putzen kommen«, bot Mallory an. »Sobald mein Bein wieder heil ist, meine ich. Putzen kann ich gut. Ich könnte auch für andere putzen. Und vielleicht Geld verdienen, um eine Wohnung für Macy und mich zu mieten.« Doch ihre Stimme bebte, was Meredith verriet, dass sie der Zusicherung, für immer in Sicherheit zu sein, noch immer keinen rechten Glauben schenken konnte.

»Kendras Schwester leitet ein Heim für junge Frauen wie

dich, wusstest du das? Dort kommen Mädchen unter, die zu ähnlichen Dingen gezwungen wurden wie du.«

»Aber wieso? Warum leitet sie so ein Heim?«

»Weil Wendi vor zwanzig Jahren auch eine Sunshine Suzie war.«

»Oh!« Mallory hielt inne, dann verstand sie. »Ich habe also ein Zuhause? Für wie lange?«

»Solange du willst. Wendi hat schon ein Zimmer für dich herrichten lassen. Nur für dich allein. Und wie ich sie kenne, besorgt sie dir alles, was du so brauchst. Sobald du entlassen wirst, bringe ich dich hin. Dort kannst du dich in Ruhe erholen.«

»Und Macy? Kann sie auch einziehen?«

»Vielleicht. Allerdings ist sie noch ein Kind und hat andere Bedürfnisse. Aber ich verspreche dir, dass wir eine gute Lösung für sie finden. Jemand wird ihr helfen, den Schock über all das, was passiert ist, zu verarbeiten. Im Augenblick kann sie all das nicht begreifen. Sie hat Angst. Ihre Welt wurde aus den Angeln gehoben. Wir müssen für sie und für dich da sein.« Meredith hielt inne. »Was das Putzen betrifft ... wenn meine Nichte das Haus auf den Kopf gestellt hat, wird sie auch alles wieder aufräumen. Aber ich bin mir ziemlich sicher, dass sie das schon getan hat. Du brauchst dich für meine Hilfe nicht zu revanchieren. Wenn du bei anderen Leuten gegen Bezahlung putzen willst, gibt es nichts dagegen einzuwenden. Allerdings wäre es mir lieber, du würdest dich für eine andere Lösung entscheiden. Für etwas, das dir mehr Entscheidungsspielraum gibt. Denn den hattest du ja bisher nie.«

»Was meinen Sie damit?«

»Wir geben dir die Möglichkeit einer Ausbildung. Dann kannst du dir selbst aussuchen, was du gern tun würdest. Du könntest auch aufs College gehen, wenn du willst.«

»Aber ich kann nicht aufs College.« Sie sah Meredith verle-

gen an. »Ich war noch nicht mal auf der Highschool. Er hat
es nicht erlaubt. Ich habe alle Bücher in seinem Haus gelesen,
aber eine Schule durfte ich nicht besuchen. Er hat allen
erzählt, Roxy würde mich zu Hause unterrichten, aber das
stimmt nicht.«

»Dann finden wir auch hierfür eine Lösung. Dir stehen alle
Möglichkeiten offen, Mallory. Aber darüber können wir spä-
ter reden. Im Augenblick zählt nur, dass du nicht allein bist.«
Sie drückte Mallorys Hand. »Ich komme morgen wieder.
Ruh dich aus und schlaf ein bisschen. Das ist der Beginn dei-
nes eigenen Lebens.«

Mallory schluckte und kniff entschlossen die Augen zusammen. »Und zwar eines guten Lebens.«

Cincinnati, Ohio
Sonntag, 16. August, 15.45 Uhr

Schokolade. Decker holte tief Luft und lächelte, während er
in jenen köstlichen Zustand zwischen Schlafen und Wachen
glitt. Er liebte diesen Zustand. Vor allem, wenn es noch dazu
so herrlich roch. Als er das letzte Mal aufgewacht war, hatte
er Kates Duft eingesogen. Er runzelte die Stirn und strich mit
der Hand über das Kissen neben ihm. Es war kalt.

Doch der Schokoladenduft wurde stärker. Mit dem nächsten
Atemzug schlug er die Augen auf. Kate stand in ausgebliche-
nen Jeans und einem Baltimore-Orioles-Shirt neben dem
Bett und sah ihn an. In der einen Hand hatte sie einen Teller
voll Brownies, in der anderen mehrere Gehstöcke mit Messinggriff. Es waren drei, um genau zu sein. Drei mit rotem,
zu einer Schleife gebundenem Geschenkband umwickelte
Gehstöcke. Fast wie ein Blumenstrauß, aber doch etwas ganz
anderes.

»Wieso das Geschenkband?«, fragte er mit belegter Stimme. Er hatte praktisch den ganzen Tag verschlafen und war immer gerade lange genug wach gewesen, um etwas zu essen und mit Kate zu schlafen – doch von beidem hatte er offenbar noch nicht genug, denn er verspürte immer noch Hunger … nach Essen und nach Kate.

»Die sind ein Geschenk von Keith und Jeremy O'Bannion. Hier ist die Karte.«

Er setzte sich auf und schob sich ein Kissen in den Rücken, ehe er die Karte entgegennahm und sich einen Brownie in den Mund stopfte. »Hmm. Gut.«

Sie lachte. »O Gott, verschluck dich nicht. Ich habe keine Lust, dir noch mal das Leben retten zu müssen.«

»Hunger«, brummte er.

»Wie immer«, bemerkte sie und setzte sich auf die Bettkante.

»Was steht in der Karte?«

»Wieso bist du schon angezogen?«

»Das steht bestimmt nicht drin«, bemerkte sie trocken. »Ich habe Berichte geschrieben, während du wie ein Murmeltier geschlafen hast.«

Er sah ihr an, dass das längst nicht alles war. Der Ausdruck in ihren Augen sprach Bände, doch er beschloss, sie nicht zu bedrängen. Stattdessen schlug er die Karte auf und grinste. »›Wir haben gehört, dass Sie meinen Gehstock ruiniert haben. Hier sind noch drei Stück – für den Fall, dass Sie Gelegenheit haben, sie noch einmal zum Einsatz zu bringen.‹ Es sind zwei verschiedene Handschriften, und ich vermute, der Anfang stammt von Keith.«

»Hört sich ganz danach an.« Sie schmiegte sich an ihn und legte ihren Kopf an seine Schulter. »Was steht noch drin?«

Sein Lächeln wurde weicher. »Jeremy schreibt: ›Danke, dass Sie den Mann beseitigt haben, der einen Vierzehnjährigen ausgenutzt und ihm Drogen verkauft hat, als er traurig und wehrlos war. Die Welt ohne Brandon Edwards ist eine wesentlich bessere Welt.‹ Und Keith schreibt noch: ›Und nächstes Mal halten Sie den Stock einfach etwas tiefer. So kann man besser zuschlagen. Ich zeige Ihnen gern, wie es geht. Und falls Sie schon gut darin sind … das Baseball-Team des *Ledger* kann gute Schlagmänner immer gebrauchen.‹«

Sie lachte. »Ganz schön blutrünstig, aber das gefällt mir.«

»Zu schade, dass ich den Stock nicht mehr lange brauchen werde«, meinte er. »Damit sieht es wenigstens halbwegs würdevoll aus, wenn man hinfällt.«

»Außerdem machen die Dinger als Waffe wirklich etwas her.«

»Aber hallo.« Er legte die Karte weg, legte den Arm um sie und zog sie an sich. »Was ist passiert?«

»Troy war hier. Er wollte nach uns sehen und die Stöcke vorbeibringen. Keith hatte sie in der Dienststelle abgegeben. Ach ja, außerdem hat er eine Riesentüte M&Ms von Diesel mitgebracht. Als Dank, weil du dem ›elenden Drecksack, der Dani verletzt hat‹ das Licht ausgeblasen hast.«

»Wie nett von ihm. Und wieso war Troy außerdem hier?«

Sie seufzte. »Weil er uns erzählen wollte, was sie im Garten hinter Edwards' Studio gefunden haben.«

Seine gute Laune verflog. »Kinder, die er nicht mehr gebraucht hat.«

»Genau. Quincy hat die Bänder der Überwachungskamera zurückgespult und gesehen, wie Edwards mehrere Leichen vergraben hat. Sie haben mit dem Radar den Boden abgesucht. In diesem Garten liegen sechs Leichen. Es müssen nicht zwingend Kinder oder Jugendliche sein, aber Quincy hat auch Beweise für die … Verkäufe gefunden. Er sucht weiter, sowohl im Computer als auch im Garten. Vielleicht können wir trotzdem noch weitere Kinder retten. Oder zumindest einigen der Eltern die Möglichkeit geben, abzuschließen, indem wir ihnen sagen, dass ihre Kinder gefunden wurden.«

Decker holte tief Luft und stieß sie geräuschvoll aus. »Verdammt!«

»Ich weiß, aber ... wir geben nicht auf, okay? Wie hast du neulich erst gesagt? ›Das Ganze breitet sich aus wie ein Krebsgeschwür, jeder Perverse in jeder noch so finsteren Ecke des Planeten kann sich diese Fotos ansehen. Und man kann nichts dagegen tun, außer die Schweine zu schnappen, eines nach dem anderen.‹ Richtig? Also werden wir genau das tun. Und dann retten wir alle, die wir retten können.«

»Wann?«

Sie streichelte seine nackte Haut. »Wann was?«

»Wann fangen wir damit an?«

Sie löste sich von ihm und sah ihn an. »Ich arbeite ab Mittwoch wieder. Mit Troy ... meinem Partner, schon vergessen? Du bist noch ein paar Wochen außer Dienst. Anweisung von oben. Offenbar hat Zimmerman eins auf die Mütze bekommen, weil er dir erlaubt hat, bei diesem Einsatz mitzuarbeiten. Er hätte zuerst seine Vorgesetzten um Erlaubnis bitten müssen, hieß es wohl.«

»Ich habe ein etwas schlechtes Gewissen deswegen«, sagte er wahrheitsgetreu. Er mochte Zimmerman.

»Das brauchst du nicht. Troy sagt, Zimmerman regelt das schon. Er hat sich bei den oberen Rängen entschuldigt und versprochen, sich nächstes Mal genau an die Vorschriften zu halten. Troy kennt ihn schon seit Jahren. Offensichtlich ist es nicht das erste Mal, dass sich Zimmerman für einen seiner Alleingänge entschuldigen musste, und es wird wohl auch nicht das letzte Mal gewesen sein.«

»Aber wenn du erst am Mittwoch wieder arbeitest, was machen wir dann morgen und am Dienstag?«

»Meine Wohnung herrichten. Am Dienstag werden meine Möbel geliefert. Und vielleicht hole ich mir einen Hund. Einen kleinen.«

Er sah sie verblüfft an. »Ernsthaft? Von Delores?«

»Woher sonst? Ich finde die Idee ziemlich gut.«

»Wie lange läuft der Mietvertrag für deine Wohnung?«

Ihre Hand verharrte auf seiner Brust. »Erst mal für drei Monate, danach von Monat zu Monat. Es ist einer dieser Verträge für Leute, die für zeitlich begrenzte Aufträge herkommen. Warum?«

»Ist dein Auftrag hier auch zeitlich begrenzt?«

»Nein. Aber ich habe ein Apartment gebraucht und hatte nicht viel Zeit, eines zu suchen. Ich war schließlich pausenlos damit beschäftigt, an deinem Bett zu sitzen und dir beim Schlafen zuzusehen. Außerdem wollte ich keinen längerfristigen Vertrag unterschreiben, nur um dann vielleicht festzustellen, dass mir die Gegend nicht zusagt. Warum fragst du?«

»Weil ich mir ein Haus wünsche, sollte ich dauerhaft in Cincinnati bleiben. Mit einem Garten für einen Hund. Einen großen. Ich hatte noch nie eine richtige Bleibe für mich.«

»Dann solltest du eines mieten. Du könntest ja zu mir ziehen, bis du etwas Passendes gefunden hast. Ich habe zwei Schlafzimmer. Wir könnten uns Zeit lassen, uns besser kennenlernen.«

»Und wenn ich drei Monate brauche, bis ich das Richtige gefunden habe?«

»Wir können doch einfach mal abwarten. Schließlich ist das hier kein Wettrennen.«

Er lachte. Innerhalb kürzester Zeit war dies ihr geflügeltes Wort geworden, wenn der eine zu sehr Gas gab, der andere es hingegen lieber langsamer im Bett angehen wollte. Allein heute war der Spruch zwei Mal zur Anwendung gekommen. Beim dritten Mal jedoch hatten sie es beide hart und schnell gewollt ... ohne überflüssige Worte. »Okay. Alles klar. Kein Wettrennen.«

Sie küsste seine Brust, direkt über seinem Herzen. »Los, genug geschlafen. Du musst dich anziehen. Scarlett und Marcus haben uns zum Essen eingeladen. Scarlett hat ihren neuen Herd eingeweiht und Marcus bestimmt schon Steaks auf dem Grill. Es sind eine ganze Menge Leute eingeladen. Offenbar braucht Marcus Hilfe, um eine Laube zu bauen.« Er strahlte. »Super, dann können sie mir helfen, wenn ich mein Haus gefunden habe.«

»So läuft das bei den Leuten hier wohl. Los. Ich will vorher einen Abstecher ins Krankenhaus machen und noch ein paar Dinge besorgen. Dani ist auf die reguläre Station verlegt worden, und nach Mallory und Macy wollte ich auch noch sehen.«

»Wohin musst du?«

»Ins Wollgeschäft, weil ich versuchen will, ein bisschen Gesellschaft beim Stricken zu bekommen, damit ich nicht mehr wie eine Außenseiterin dastehe.« Sie machte kehrt und ging hinaus. »Ich warte im Wohnzimmer auf dich. Wenn ich hierbleibe, liegst du morgen noch im Bett, und ich habe Hunger.«

Er ließ sich von ihrem Augenzwinkern und ihrem eiligen Rückzug nicht in die Irre führen. Dass sie ihre Hände beschäftigen musste, um nachdenken zu können, bereitete ihm Sorge. »Du hast versprochen, es mir beizubringen«, rief er ihr hinterher. »Vielleicht könnte ich es ja mit diesen dicken Nadeln versuchen … das wäre bei meinen Händen vielleicht ganz praktisch.«

Diesmal war ihr Lächeln aufrichtig amüsiert. »Ich dachte, du hättest das nur so gesagt. Willst du allen Ernstes stricken? In aller Öffentlichkeit?«

»Natürlich würde ich das tun. Und zwar aus rein egoistischen Gründen. Dir hilft es offensichtlich, auf die besten Ideen zu kommen, und das will ich auch. Außerdem musst du dich ganz dicht neben mich setzen, um es mir beizubringen. Du siehst, mir ist jedes Mittel recht ...«

»Dann kannst du mir vielleicht beibringen, wie es sich als verdeckter Ermittler so arbeitet.«

Er hob die Decke an. »Du bist herzlich eingeladen.«

»Du bist schrecklich. Ich habe es durchaus ernst gemeint. Ich will, dass nicht jeder sofort merkt, dass ich beim FBI bin.«

Er tat so, als würde er eine Grimasse schneiden. »Tja, das wird nicht ganz leicht werden. Nur gut, dass ich vor keiner Herausforderung zurückschrecke.«

Lachend schloss sie die Tür hinter sich. Decker war stolz auf sich – er hatte es geschafft, sie zum Lachen zu bringen. Er war glücklich. Glücklich, hier zu sein.

Endlich würde er ein Zuhause haben. Und jemand Wundervolles, der es mit ihm teilte. Das war mehr als genug. Es war das Schönste, was er sich wünschen konnte.

Cincinnati, Ohio
Sonntag, 16. August, 18.00 Uhr

Sie standen vor Danis Zimmer. Decker drückte einen Kuss auf Kates Wange. »Geh schon rein, ich komme gleich nach.«

Kate lächelte traurig. Im Vorbeigehen hatten sie Diesel am Fenster des Warteraums stehen sehen. Er hatte ausgesehen, als hätte er seine beste Freundin verloren. »Geh zu ihm. Vielleicht möchte er uns ja zu Marcus und Scarlett begleiten. Es würde ihm guttun, mal für eine Weile hier rauszukommen.«

»Ich versuche es.« Er warf einen kurzen Blick in Danis Zimmer – sie saß aufrecht im Bett, zwar immer noch ein wenig blass, aber mit einem Lächeln ... das noch breiter wurde, als sie Kate sah.

»Endlich taucht mal jemand auf, der mir die Wahrheit erzählt«, rief sie und verdrehte ihre zweifarbigen Augen. »Deacon will nicht damit herausrücken, weil er Angst hat, ich könnte mich zu sehr aufregen.«

Kate setzte sich auf den Stuhl neben ihrem Bett. »Deacon ist schon seit Tagen nicht zu ertragen. Ich erzähle dir alles, was du wissen willst, und was er nicht weiß, macht ihn schließlich nicht heiß, stimmt's?«

Decker trat sichtlich erleichtert den Rückzug an. Er hatte sich Dani im Bett liegend vorgestellt, mit Schläuchen und Sauerstoffmaske, dem Tode näher als dem Leben. Zwar hing sie tatsächlich an einer Infusion, trotzdem sah sie … ganz okay aus. Bei weitem noch nicht in bewährter Form, aber auf dem besten Weg dorthin.

Dafür sieht Diesel wie der Tod auf Latschen aus, dachte Decker, als er neben den tätowierten Riesen trat.

»Sie sehen echt beschissen aus«, stellte Decker fest.

Diesel verdrehte nur die Augen.

»Das ist mein voller Ernst. Tausend Mal schlimmer als sie. Dani wird es schaffen. Das hat ihr Arzt gesagt.«

»Ich weiß«, erwiderte Diesel mit kaum hörbarer Stimme.

»Wieso stehen Sie dann hier draußen herum und blasen Trübsal, statt an ihrem Bett zu sitzen?«

»Weil sie Familie hat, die das übernimmt.«

Decker entging der bittere Unterton in seiner Stimme nicht. »Sogar eine große. Was das angeht, hat sie wirklich Glück«, fuhr er vorsichtig fort.

Diesel sah ihn an. »Was ist eigentlich mit Ihrer Familie? Ihrer Pflegefamilie, meine ich.«

»Sie sind tot. Sie waren schon etwas älter, als sie mich bei sich aufgenommen haben, aber sie haben mich von ganzem Herzen geliebt, deshalb kann ich mich wohl zu den Glückspilzen zählen.«

Diesel sah wieder zum Fenster hinaus. »Sie brauchen nicht den Babysitter zu spielen. Ich komme schon klar.«

»Das war auch gar nicht meine Absicht. Ich dachte, ich unterhalte mich einfach mit einem Freund, der mich möglicherweise braucht. Aber ich kann auch einfach nur hier stehen bleiben. Und nichts sagen.«

Diesel schnaubte. »Das möchte ich sehen.«

Decker grinste unbeirrt. »Mann, ich habe eine ganze Woche im Koma gelegen und davor für die übelsten Dreckschweine gearbeitet, die man sich nur vorstellen kann und mit denen ich nur geredet habe, wenn es gar nicht anders ging. Deshalb hat sich einiges aufgestaut. Ich kann mich mit Ihnen oder dem Universum unterhalten, fest steht allerdings, dass es rausmuss.«

Diesel grinste. »Aha.«

»Genau.«

Sein Blick fiel auf Deckers Gehstock. »Wie ich höre, haben Sie mit diesem Ding ziemlich hart durchgegriffen.«

»Das stimmt, allerdings nicht mit diesem hier. Meiner ist in der Asservatenkammer … mit Edwards' Blut dran.«

»Danke«, erklärte Diesel in aller Aufrichtigkeit, während sich ein befriedigtes Grinsen auf Deckers Gesicht ausbreitete.

»Ich wünschte, ich hätte so fest zugeschlagen, dass ein bisschen Hirnmasse gespritzt wäre, aber das hat Kate dann übernommen.«

»Auch bei ihr muss ich mich bedanken.«

»Da sind Sie nicht der Einzige. Edwards hat so vielen Menschen weh getan.« Decker schwieg einen Moment, dann seufzte er. »Also, wieso genau stehen Sie hier? Niemand zwingt Sie, allein zu sein.«

»Ich weiß.« Diesel zögerte. »Ich bin nur nicht sicher, wie ich mich anderen Leuten gegenüber verhalten soll.«

»Das kann ich gut verstehen. Es ist genau dasselbe, wie wenn man von einem Einsatz nach Hause kommt, überall nur Zivilisten sind und man sich fragt, ob man jemals wieder seinen Platz unter ihnen finden wird. Wir sehen wie ganz normale Leute aus, reden und benehmen uns auch so, aber in Wahrheit sind wir das nicht und werden es auch nie wieder sein.« Diesels massive Schultern hoben und senkten sich, doch seine Miene blieb unverändert. »Nein, das werde ich ganz bestimmt nicht.«

Doch das Gefühl, ausgeschlossen zu sein, war nicht das Einzige, was ihn umtrieb. »Sie haben gerade einen Stein angehoben, unter dem es vor Würmern und Maden nur so wimmelt. Indem Sie sich diese Fotos angesehen haben, meine ich. Und vielleicht denken Sie jetzt ja, dass Dani zum Glück eine Familie hat, die sich um sie kümmert, und jemanden wie Sie nicht braucht oder nicht um sich haben will … jemanden, der dieses verdammte Gewimmel aus Maden nicht mehr aus dem Kopf bekommt.«

Endlich brachte Diesel es über sich, Blickkontakt mit Decker aufzunehmen. Und wieder hatte Decker das Gefühl, als würde es ihm das Herz brechen. »Ja«, murmelte Diesel. »Das Bild ist wirklich ekelhaft, trifft es aber ziemlich gut.«

»Ich kann mir vorstellen, dass auch Dani ihre Maden im Kopf hat.«

Diesel starrte ihn finster an. »Mag sein, aber nicht durch ihre eigene Schuld.«

»Vielleicht, vielleicht auch nicht. Keiner von uns weiß, woher sie kommen. Ich will nicht behaupten, dass es ihre Schuld ist, aber fest steht, dass man sich nicht über einen Toilettensitz mit HIV infiziert, deshalb muss es irgendeine Geschichte dahinter geben. Sie wissen nicht, was in ihr vorgeht. Zumindest nicht, solange Sie sie nicht danach fragen.«

Diesel schnaubte ungläubig. »Und Sie glauben, sie würde es mir einfach erzählen?«

»Vielleicht. Womöglich nicht heute oder morgen, vielleicht auch überhaupt nie, wenn sie es nicht will. Aber vielleicht freut sie sich, wenn sie weiß, dass sie Ihnen wichtig ist, denn ich weiß, dass sie genauso einsam ist wie Sie.«

»Wie gesagt, sie hat ihre Familie«, wiederholte er, schroffer diesmal.

»Okay, okay, ich will Sie nicht weiter bedrängen.«

Wieder zuckten seine Mundwinkel. »Wer's glaubt, wird selig.«

Was keine direkte Anweisung war, den Mund zu halten. Immerhin. »Kate und ich wollen nicht lange bleiben. Wir sind auf dem Weg zu einer Party bei Marcus.«

»Ich weiß. Ich bin auch eingeladen.«

»Wieso sind Sie dann noch hier? Ich wette, da gibt es leckere Steaks und ein Bier.«

»Marcus will doch bloß, dass wir ihm helfen, seine verdammte Laube aufzustellen«, brummte Diesel.

»Ich weiß. Andererseits ist er mir dann einen Gefallen schuldig, wenn ich Hilfe bei meinem Haus brauche.«

Ein Anflug von Interesse flackerte auf Diesels Miene auf. »Sie haben ein Haus gekauft?«

»Nein, aber ich habe es vor. Morgen fange ich an zu suchen. Ich weiß genau, was ich will, aber mein Budget ist begrenzt, deshalb wird es wohl ein Objekt werden, an dem noch einiges getan werden muss. Ich habe gehört, dass Sie und Marcus Häuser auf Vordermann bringen.«

»Das stimmt, allerdings ist es schon einige Zeit her.«

»Aber Sie haben doch die notwendigen Qualifikationen. Vielleicht könnten Sie sich die Häuser, die in Frage kommen, einfach mal ansehen und mir sagen, ob sie ihr Geld wert sind oder sich als Fass ohne Boden entpuppen.«

»Das sind sie alle, selbst die guten Häuser, Davenport.«

»Das stimmt, trotzdem will ich eines kaufen. Ich will ein

Zuhause haben. Und einen Hund. Ich will einen Ort, an den ich meine Freunde einladen kann, mit einem großen Fernseher, auf dem ich mir Baseballspiele ansehe, und Möbel, die nicht zusammenbrechen, wenn man sich draufsetzt. Und wenn Sie sich draufsetzen, und es passiert nichts, sind wir auf der sicheren Seite.«

Diesels Grinsen war flüchtig, aber echt. »Ich soll also als Versuchskaninchen herhalten, was?«

»Aha, eigentlich läuft es mit dem Reden doch ganz gut, oder? Los, gehen wir zu Dani, und danach kommst du mit zu Marcus und haust dir ein Steak zwischen die Kiemen.«

Zu seiner Verblüffung folgte Diesel ihm den Korridor hinunter.

Dani schien sich aufrichtig zu freuen, als Decker hereinkam, doch bei Diesels Anblick strahlte sie förmlich. »Kommt doch rein, Jungs. Kate bringt mir gerade Stricken bei.«

»Wieder jemanden bekehrt, Kate?«, neckte Diesel.

»Definitiv.« Kate nickte. »Wenn nur eine strickt, sieht es nach Verschrobenheit aus, bei zweien ist es schon ein Club.«

Decker beugte sich vor, um Dani einen Kuss auf die Wange zu drücken, ehe er sich auf den Stuhl auf der anderen Seite ihres Bettes setzte. »Sie hatten recht, Dr. Novak. Ich hätte noch etwas mehr Ruhe gebraucht, bevor ich mich wieder ins Getümmel stürze. Und genau das rächt sich jetzt.«

Dani musterte ihn ernst. »Sie wissen genau, dass es mir nicht darum geht, recht zu haben.«

Decker lachte. »Aber Sie widersprechen mir auch nicht.«

Sie lächelte ihn an. »Nein. Danke, Decker. Ich habe gerade gehört, was Sie gestern Abend getan haben. Kung Fu Panda und so weiter. Süß und kuschelig, aber rasend gefährlich.«

Diesel gab einen erstickten Laut von sich, während Decker Kate einen vernichtenden Blick zuwarf, doch sie beachtete ihn nicht, sondern strickte in aller Seelenruhe weiter.

Decker seufzte. »Jedenfalls gehe ich es inzwischen etwas ruhiger an und habe mir viel Bettruhe gegönnt.«

»Da habe ich von Kate aber etwas anderes gehört«, sagte sie und zog vielsagend die Brauen hoch. »Zumindest über Ihre Ruhezeiten. *Baby, oh Baby!*«

Er brauchte keinen Spiegel, um sich davon zu überzeugen, dass sein Gesicht dunkelrot angelaufen war. »Kate!«

Kate hob abrupt den Kopf und sah ihn mit weit aufgerissenen Augen an. »Nein! Das habe ich nie gesagt. Kung Fu Panda, ja, aber nie *Baby, oh Baby!* Nicht mal ein einziges *Oh, Baby!* Dani, hör sofort auf, Ärger zu machen. Verdammt, jetzt ist mir auch noch eine Masche heruntergefallen.«

Diesel lachte, während ein breites Grinsen auf Danis Gesicht erschien. »Immerhin hat es Coach Diesel zum Lachen gebracht, und das war es wert.«

Kate sammelte ihre Sachen zusammen. »Das war das letzte Mal, dass ich dir ein Buch aus meiner Sammlung mitgebracht habe«, erklärte sie mit gespielter Verärgerung.

»Äh, welche Sammlung?«, fragte Decker, als ihm der erotische Roman in Kates Tasche wieder einfiel.

Kate zog eine Braue hoch. »Genau das eine, an das du jetzt denkst.«

Dani hielt das Buch in die Höhe – eines von der Sorte, die Kate in aller Öffentlichkeit lesen konnte, ohne dass ihr jemand in die Augen sehen oder sich an ihr Gesicht erinnern würde. »Das hier habe ich schon zu Ende gelesen«, sagte Dani. »Aber ich wollte es den Schwestern geben. Damit kann ich Extrapunkte sammeln. Vielleicht kriege ich ja eine zweite Portion Wackelpudding.«

»Dafür sollte es reichen«, meinte Kate. »Ich komme morgen vorbei. Und wenn du brav bist, bringe ich dir ein neues Buch mit.«

Danis Lächeln verflog, und mit einem Mal schien sie eine

tiefe Müdigkeit zu überkommen. »Gern. Ich kann mich sowieso nicht lange aufs Lesen konzentrieren, weil mein Kopf noch ein bisschen weh tut.«

Alle waren so besorgt wegen ihrer Stichwunde gewesen, dass ihr Kopf völlig in Vergessenheit geraten war, aber Edwards' Hieb hatte eine Gehirnerschütterung verursacht. »Vielleicht ein Hörbuch«, schlug Decker vor. »Ich habe Stimmen als äußerst angenehm empfunden, als ich aus dem Koma aufgewacht bin.«

»Vielleicht«, sagte Dani. »Das wäre nett. Ich will ja nicht unhöflich sein, aber ich bin kurz vor dem Einschlafen. Ich habe gehört, bei Marcus findet eine Party statt. Schöne Grüße. Und morgen müsst ihr mir erzählen, ob Deacon dort war. Ich habe gesagt, er soll hingehen, weil er mir so auf die Nerven geht. Könnten Sie vielleicht noch eine Sekunde bleiben, Coach?«

Diesel sah sie verblüfft an, dann nickte er. »Klar. Wir sehen uns später bei Scarlett und Marcus«, sagte er, an Decker gewandt. »Ich komme nach, versprochen.«

Cincinnati, Ohio
Sonntag, 16. August, 19.15 Uhr

Diesel traf sogar noch vor ihnen ein, da Kate auf dem Weg noch einmal anhalten musste. Scarlett Bishop wohnte in einem farbig gestrichenen Haus auf einem Hügel. Zum Glück hatte jemand in weiser Voraussicht einen Parkplatz in der Auffahrt für sie frei gehalten, sonst hätte Decker den gesamten Hang hinaufgehen müssen.

»Die haben ja die ganze Stadt eingeladen«, raunte er, als sie durch das Haus in den Garten gingen, wo etliche Männer damit beschäftigt waren, eine Gartenlaube aufzubauen. Aus zwei Lautsprecherboxen drang Country-Musik, die sich unter die Kulisse aus Hämmern und Sägen mischte. Es gab Burger und Bier, aber der Alkohol schien in Maßen zu fließen – eine nette, entspannte Familienparty mit Kindern, ganz anders als das, was Kate aus ihrer Kindheit gewohnt war.

Etwa zwei Drittel der Gäste kannte sie. Marcus, der logischerweise am Grill stand. Stone war ebenfalls gekommen und sah deutlich besser aus als bei ihrer letzten Begegnung. Delores musste auch irgendwo sein, da sich ihr Hund neben Stones Rollstuhl gelegt hatte. Und er war nicht der einzige Vierbeiner: Zu Marcus' Füßen saß ein Sheltie, und eine dreibeinige Bulldogge jagte einen Labradorwelpen, dessen Gebiss vermutlich zu den Spuren in Deacons Schuhen passte. Jemand hatte eine kleine Grube ausgehoben, in der eine Handvoll Kinder Hufeisenwerfen spielten. Das kleine Mädchen, das gerade an der Reihe war, verfehlte das Ziel.

»Mr. Decker!«, rief sie, als sie sich umdrehte und Kate und Decker an der Terrassentür stehen sah. Sie kam angelaufen und schlang die Arme um Deckers Taille, dann löste sie sich von ihm und sah ihn an. »Ich freue mich, dass Sie kommen konnten.«

Decker streckte seinen freien Arm aus. »Eine richtige Umarmung. Bitte.« Das Mädchen strahlte und schlang die Arme fest um ihn. »Hope, das ist Kate. Kate, darf ich dir Hope Beardsley vorstellen? Sie hat mir geholfen, Alice' Apartment zu finden.«

Kate schüttelte die ausgestreckte Hand des Mädchens. »Freut mich, deine Bekanntschaft zu machen. Ich habe schon eine Menge von dir gehört.«

»Und ich habe gehört, dass Sie wahnsinnig gut schießen können«, gab Hope rundheraus zurück. Unwillkürlich fragte Kate sich, ob sie jemals so unschuldig gewesen war wie dieses Mädchen.

Wahrscheinlich nicht. Aber eigentlich spielte es keine Rolle. Wichtig war, dass sie hier stand, neben einem wunderbaren Mann.

»Ich schieße ziemlich gut«, räumte sie ein. »Wenn du größer bist und deine Eltern es erlauben, kann ich es dir gerne beibringen.«

Hopes Augen leuchteten. »Mein Dad sagt ganz bestimmt ja. Er will auch schießen lernen.«

»Na, dann steht dem ja nichts mehr im Weg. Wo sind denn die Damen?«

»Drinnen. Wegen der Hitze. Wir spielen Hufeisenwerfen. Wollen Sie mitmachen?«

»Ich schon«, meinte Decker. »Früher konnte ich das ganz gut. Was ist mit dir, Kate?«

»Ich komme gleich nach. Ich will nur noch kurz mit Deacon reden.«

»Mr. Deacon ist auch drinnen«, sagte Hope. »Er sagt, das Licht tut ihm in den Augen weh, deshalb kommt er erst heraus, wenn es dunkel ist. Und dann fangen wir zusammen Glühwürmchen. Aber natürlich dürfen wir sie nicht festhalten, weil das gemein ist.« Sie deutete auf Kates Tasche. »Was ist da drin?«

»Ein Geschenk für Mr. Deacon. Viel Spaß euch beiden.« Kate sah zu, wie die beiden über den Rasen gingen, und fragte sich, ob das Mädchen die Arme ausgestreckt hatte, um Decker aufzufangen, falls er ins Straucheln geraten sollte. *Pass bloß auf, Davenport, du würdest sie zerquetschen wie einen Käfer.*

Kate ging ins Haus, wo sich ein Grüppchen Frauen um einen zerschrammten Esstisch versammelt hatte. Am Kopfende saß eine junge Brünette, der sie noch nie begegnet war, Faith zu ihrer einen und Wendi Cullen zu ihrer anderen Seite. Meredith, Scarlett, Bailey und Kendra unterhielten sich angeregt und zeigten auf ein Blatt Papier, auf dem sich die Brünette eifrig Notizen machte.

Offensichtlich heckten sie irgendetwas aus.

Deacon trat mit einer Flasche Wasser in der Hand hinter Kate. »Hier. Du siehst völlig ausgetrocknet aus.«

»Das bin ich auch. Was für eine Wahnsinnshitze. Und was läuft hier?«

»Ah. Das Benefiz-Komitee, unter der Schirmherrschaft von Audrey O'Bannion.« Deacon zeigte auf die braunhaarige Frau. »Jeremys Tochter. Wendi braucht eine neue Bleibe für ihr Heim, deshalb hat Faith ihr das alte Haus geschenkt, das sie von ihrer Großmutter geerbt hat. Jetzt wollen sie versuchen, die nötigen Mittel für die Renovierungsarbeiten zusammenzubekommen.« Er grinste boshaft. »Die armen Kerle da draußen haben keine Ahnung, was in nächster Zeit noch an Arbeit auf sie zukommt.«

Kate lachte. »Ich finde das fantastisch. Genau das, was wir nach der letzten Woche alle brauchen.«

»Das ist wahr. Viel zu viel Traurigkeit. Und Angst und Sorge. Was wir brauchen, ist ein Hoffnungsschimmer.«

»Ja, vor allem, weil es ja noch nicht vorbei ist.«

»Das ist wahr.« Er seufzte tief. »Adam und ich haben uns Bob Seiferts Telefonaufzeichnungen angesehen. Er hat Edwards am Abend der Razzia bei McCord nicht angerufen.«

»Verdammt«, sagte sie. »Also gibt es irgendwo eine weitere undichte Stelle bei der Polizei.«

»Ja. Und über das Netzwerk der Menschenhändler wissen wir auch bei weitem noch nicht alles ... von wem sie die Kinder gekauft und an wen sie sie weiterverkauft haben. Ob einige ihrer Opfer vielleicht überlebt haben und so weiter.«

»Das ist Deckers Aufgabe. Er versucht weiterhin, sich an alles zu erinnern, was er aus den Büchern erfahren hat, und irgendwann kann ich ihm helfen, sämtliche Transaktionen aufzudröseln. Und wenn nichts hilft, können wir immer noch der Spur des Geldes folgen.«

Deacon schwieg einen Moment. »Troy hat mir von den vergrabenen Leichen hinter Edwards' Haus erzählt. Es wird ziemlich schlimm werden, sie zu identifizieren und die Eltern zu informieren. Ich habe ihm meine Hilfe angeboten.«

Das war eine großartige Geste, zumal Deacon nur allzu genau wusste, wie schwierig so etwas war. Er hatte sich dieser Aufgabe schon einmal gestellt, damals in Baltimore, und Kate konnte sich noch ganz genau erinnern, was für einen hohen Preis er dafür bezahlt hatte. Sie hatte ihm geholfen, hatte ihm morgens Kaffee gebracht, wenn die dunklen Ringe unter seinen Augen wieder einmal von seinen schweren Alpträumen zeugten.

Aber wir werden alle von unseren Alpträumen heimgesucht.
Kates jüngster Alptraum bestand aus dem Anblick von Edwards, der auf Deckers Kopf zielte, während Decker ein unschuldiges Kind zu beschützen versuchte. Ein Kind, das aber nicht verscharrt in einem Garten enden würde – das sagte sie sich wieder und wieder, und der Gedanke verlieh ihr neue Kraft.

»Das ist ein sehr großzügiges Angebot, Deacon, und ich weiß, dass Troy dir mehr als dankbar dafür ist. Das hat er mir selbst gesagt, als wir darüber geredet haben, was im Hinblick auf die Identifikation der Leichen erledigt werden muss.«

»Du sollst ihn dabei unterstützen?«, fragte Deacon bestürzt.

»Er ist mein Partner, genauso wie du früher. Ich habe dir damals auch geholfen. Troy und ich kriegen das schon irgendwie hin. Aber falls es zu viel werden sollte, sage ich dir Bescheid. Wie früher.«

Der Anflug eines Lächelns erschien auf seinem Gesicht. »Mit unserem Marvel-DVD-Marathon? Als wir Schawarma gegessen haben, so wie die Avengers am Ende? Weißt du noch?«

»Als sie so fertig waren, weil sie die Welt gerettet hatten. Ja, ich erinnere mich«, antwortete sie lächelnd.

»Mist, genauso fühle ich mich gerade. Todmüde. Als hätten wir gerade die Welt gerettet. Wieder mal.«

»Oder zumindest die Stadt«, sagte sie. »Du, Scarlett, Marcus, Decker und ich. Adam und Meredith. Troy und Quincy Taylor und Diesel. Ich finde, das sollten wir feiern.«

»Diesel dürfen wir nicht vergessen, das ist richtig. Ohne ihn wäre Dani jetzt nicht mehr am Leben. Ich muss unbedingt ein gutes Schawarma-Restaurant finden. Faith will die ganze Zeit nur Chili, was völlig okay ist. Es ist ihr Lieblingsessen, aber manchmal muss man sich einfach ein anständiges Schawarma mit seinen Kumpanen aus dem Schützengraben gönnen«, sagte er.

»Stimmt.« Sie hielt die Tasche in die Höhe. »Ich habe eines gefunden. Ein Schawarma-Restaurant, meine ich. Es ist gar nicht weit weg von hier und absolut spitze.«

Seine Augen leuchteten. »Du hast im Wagen Hunger gekriegt und etwas davon probiert, gib's zu.«

»Und ich habe Stricknadeln in der Tasche, die ich notfalls auch als Waffe benutzen würde«, erwiderte sie lässig. »Wollen wir uns hinsetzen, ein bisschen relaxen und uns darüber freuen, dass wir wieder mal ein paar Leben gerettet haben?«

»Tolle Idee. Das Problem ist nur, dass die Leute hier ziemlich zulangen.«

»Ich habe genug für alle mitgebracht. Heute sind wir alle müde Superhelden.«

Deacon holte tief Luft, während seine Augen unvermittelt feucht wurden. Er setzte seine Brille auf, doch Kate hatte es gesehen. Und das war gut so.

»Auf geht's«, sagte er. »Scarlett? Meredith? Ladys? Kommt

mit«, sagte er, ging hinaus, um den Männern Bescheid zu sagen. »Du auch, Davenport«, rief er, was Decker mit einem breiten Grinsen quittierte, während er, mit Hope an der Hand, dem Hufeisenwerfen den Rücken kehrte.

»Neue Freundschaft?«, fragte Kate, während Deacon das Essen verteilte.

»Vielleicht. In zehn oder zwanzig Jahren, wenn ich sicher bin, dass er dir nicht weh getan hat.«

Kate trat auf Decker zu. »Und wie fand er dein Geschenk?«, fragte Decker.

Sie schlang den Arm um seine Taille und legte den Kopf an seine Schulter. »Danke, dass du das Restaurant für mich gefunden hast.« Decker hatte die Internetsuche übernommen, während Kate das Strickzeug besorgt hatte.

»War mir ein Vergnügen. Für das Team immer gerne.«

Kate ließ den Blick über die lächelnden Gesichter schweifen. »Ja, für das Team immer gerne.«

Decker drückte ihr einen Kuss aufs Haar. »Ich habe aber auch von uns geredet. Du und ich.«

»Du und ich. Mit deinem Mississippi-Dialekt klingt das so schön. Ja. Du und ich. Los, lass uns feiern gehen.«

»Und später … feiern wir dann noch ein bisschen alleine weiter. Nur das Zweier-Team. Okay?«

Sie lachte. »Klingt gut.«

Dank ...

... Marc Conterato, der sich stets die Zeit nimmt, meine medizinischen Fragen zu beantworten.

... Amy Lane, die mir die Kunst des Strickens (inklusive des therapeutischen Nutzens) wieder nahegebracht hat. Stricken ist das perfekte Mittel, um meinen hyperaktiven Verstand zur Ruhe kommen zu lassen.

... Mike Magowan für seine Fachkenntnis in Sachen Schusswaffen.

... Terri Bolyard und Kay Conterato, die mir mit Rat und Tat zur Seite gestanden haben, wenn ich nicht weiterwusste.

... dem Seestern – Cheryl, Chris, Kathy, Sheila und Susan für all die ermutigenden Worte und die Disziplin. Zeit, endlich in die Tasten zu hauen!

... meinem wunderbaren Ehemann Martin, der sich um unsere Familie kümmert, während ich mich auf Tauchstation befinde und schreibe.

... meinen einzigartigen Lesern. Nur euch habe ich es zu verdanken, dass ich den tollsten Job der Welt habe. Danke!

Wie immer liegen alle Fehler in meiner Verantwortung.

Karen Rose bei Knaur

Eine Liste aller Karen-Rose-Romane in chronologischer Reihenfolge:

1. *Eiskalt ist die Zärtlichkeit (Don't Tell)*

   Chicago, North Carolina
   Dr. Max Hunter / Caroline Stewart
   Dana Dupinski / David Hunter / Eve Wilson /
   Special Agent Steven Thatcher / Nicky Thatcher /
   Aunt Helen

   Die Rolle der glücklichen Ehefrau spielt Grace Winters perfekt – doch in Wahrheit ist ihr Leben die Hölle. Ihr Ehemann Robb ist ein unberechenbarer Psychopath. Schließlich setzt die junge Frau alles auf eine Karte: Sie täuscht ihren eigenen Tod vor, um endlich frei zu sein. Und der Plan geht zunächst auch auf. Doch während Grace sich in ihrem neuen Leben einrichtet und sich schließlich sogar einer neuen Liebe zu öffnen wagt, hat Robb ihre Spur aufgenommen. Er will sich zurückholen, was ihm gehört!

2. *Das Lächeln deines Mörders (Have You Seen Her?)*

   Raleigh, North Carolina
   Fortsetzung der Ereignisse aus *Eiskalt ist die Zärtlichkeit* um Familie Thatcher
   Steven Thatcher / Dr. Jenna Marshall

Detective Neil Davies / Brad Thatcher /
Nicky Thatcher / Aunt Helen

Sie alle verschwinden in der Nacht, sie alle sind hübsch,
haben lange dunkle Haare, und sie alle werden wenig
später tot aufgefunden. Special Agent Steven Thatcher
hat sich geschworen, den Serienmörder zu stellen, der
die jungen Frauen auf dem Gewissen hat. Die Zeit
drängt ... Und wie soll Steven in dieser Situation die
Zeit finden, sich um seinen schwierigen Sohn zu kümmern? Bei dessen höchst attraktiver Lehrerin Jenna
Marshall findet er Verständnis – und mehr. Was die beiden nicht ahnen: Der Mörder hat sein nächstes Opfer
gewählt. Er hat seine Fallen ausgelegt. Er wartet
bereits – auf Jenna.

3. *Des Todes liebste Beute (I'm Watching You)*

Chicago
Detective Abe Reagan / Kristen Mayhew
Detective Mia Mitchell / Aidan Reagan

Staatsanwältin Kristen Mayhew hat einen Verehrer. Er
bezeichnet sich selbst als ihren ergebenen Diener – und
schickt ihr regelmäßig Fotos seiner grausam zu-
gerichteten Opfer: Alles Verbrecher, gegen die Kristen
vor Gericht keine Verurteilung durchsetzen konnte. Als
der selbst ernannte Rächer den Sohn eines Mafiapaten
auf seine Todesliste setzt, ist Kristen in Gefahr. Denn
nun hetzt die Mafia ihre Killer auf sie. Detective Abe
Reagan, der in der Mordserie ermittelt, setzt alles daran,
die schöne Staatsanwältin zu schützen.

4. Der Rache süßer Klang (Nothing to Fear)

Chicago
Detective Ethan Buchanan / Dana Dupinski
Caroline Stewart / David Hunter / Eve Wilson

Als Sue und ihr Sohn Zuflucht im Frauenhaus suchen,
hat dessen Leiterin Dana Dupinski keinen Grund, an
ihrer Geschichte vom gewalttätigen Ehemann zu zweifeln. Wie sollte sie auch ahnen, dass sie damit dem Tod
die Türe öffnet? Denn Sue ist eine psychopathische Killerin, die vor nichts zurückschreckt, um ihre Rachege-
lüste zu befriedigen: nicht vor der Entführung eines
taubstummen Jungen, nicht vor mehrfachem Mord.
Danas Name steht schon bald ganz oben auf ihrer Ab-
schussliste – und nur der Privatdetektiv Ethan Buchanan, der Sues Spur verfolgt hat, könnte Dana retten.

5. Nie wirst du entkommen (You Can't Hide)

Chicago
Detective Aidan Reagan / Dr. Tess Ciccotelli

»Komm zu mir!«, lockt die Stimme, die Cynthia seit
Wochen verfolgt. Gequält von entsetzlichen Erinnerungen, stürzt sich die junge Frau schließlich vom Balkon
ihrer Wohnung. Sie ist nur die Erste in einer ganzen
Serie von Toten. Allen ist eines gemeinsam: Es sind Patientinnen von Tess Ciccotelli. Detective Reagan, der die
Ermittlungen leitet, hält die bildschöne Psychiaterin
zunächst für eine äußerst gefährliche Frau. Bis er endlich erkennt, dass Tess Opfer einer bösen Intrige zu
werden droht, ist es beinahe zu spät.

6. *Heiß glüht mein Hass (Count to Ten)*

Chicago
Lieutenant Reed Solliday / Detective Mia Mitchell
Aidan und Abe Reagan / Ethan Buchanan /
Todd Murphy

Zu spät erkennt die Studentin Caitlin, dass ihr Leben in
Gefahr ist – wenig später verschlingen Flammen ihren
toten Körper … Sie ist nicht das erste Opfer eines Mörders, der in Chicago wütet und seine Taten dann durch
Brandanschläge zu vertuschen sucht. Um ihn zu fassen,
muss Detective Mia Mitchell mit dem eigenwilligen
Brandexperten Reed Solliday zusammenarbeiten. Als
der Killer Mia auf seine Todesliste setzt, ist Reed ihre
einzige Hoffnung.

7. *Todesschrei (Die for Me)*

Philadelphia
Detective Vito Ciccotelli / Dr. Sophie Johannsen

Als die Polizei von Philadelphia auf einem verwilderten
Grundstück eine Leiche findet, bittet sie Sophie Johannsen, Archäologin und Spezialistin für mittelalterliche
Kunst, um Hilfe. Mit einem Ausgrabungsdetektor sucht
sie nach weiteren Toten – und wird fündig. Und noch
während sich Detective Vito Ciccotelli fragt, warum der
Mörder die Leichen wie mittelalterliche Grabfiguren
drapiert hat, nähert sich der Täter schon seinem nächsten Opfer.

8. Todesbräute (Scream for Me)

Dutton, Georgia
Special Agent Daniel Vartanian / Alex Fallon
Luke Papadopoulos / Meredith Fallon /
Deputy Randy Mansfield

In Dutton geschieht ein kaltblütiger Mord an einer jungen Frau, der dreizehn Jahre zuvor schon einmal genauso passiert ist. Als Special Agent Daniel Vartanian die grausam zugerichtete Frauenleiche sieht, setzt er alles daran, den Mörder zu finden. Eine erste heiße Spur führt zu seinem toten Bruder Simon.
Zur gleichen Zeit macht sich in Washington, D. C., Alexandra Fallon auf die Suche nach ihrer verschwundenen Stiefschwester Bailey und muss dazu nach Dutton, an den Ort, an den sie niemals zurückkehren wollte. Dort angekommen, gerät sie ins Visier des gnadenlosen Killers.

9. Todesspiele (Kill for Me)

Dutton / Georgia
Luke Papadopoulos / Susannah Vartanian
Daniel Vartanian / Meredith Fallon / Dr. Felicity Berg

Ein Bunker voller Mädchenleichen, die von ihren Mördern versklavt, vergewaltigt und gebrandmarkt wurden, bevor sie qualvoll sterben mussten. Susannah Vartanian und Special Agent Luke Papadopoulos stehen vor einem Albtraum. Die Suche nach dem Kopf des Mädchenhändlerrings ist schwierig und lebensgefährlich. Susannah fühlt sich am Scheideweg ihres Lebens, ihrer

Karriere und ihrer Träume. Auch sie hat ein Brandzeichen auf der Haut. Um diesen Fall zu lösen, muss sie sich ihren Ängsten und ihrer traumatischen Vergangenheit stellen. Und dieses Mal will sie das Richtige tun.

10. Todesstoß (I Can See You)

Minneapolis, Minnesota
Noah Webster / Eve Wilson
Caroline (Stewart) Hunter / Max Hunter /
Dana (Dupinski) Buchanan

Eve Wilson hat die Hölle auf Erden erlebt: Ein Wahnsinniger hatte einen Mordanschlag auf sie verübt und sie dabei schwer verletzt. Nach einer Reihe langwieriger Operationen versucht sie nun, in Minneapolis ein neues Leben zu beginnen. Sie studiert Psychologie. Für ihren Abschluss untersucht sie die Teilnehmer einer virtuellen Plattform. Doch als sechs ihrer Versuchsobjekte auf grausame Art ermordet werden, erlebt Eve ein schockierend grausames Déjà-vu. Kann es sein, dass sie erneut auf der Liste eines verrückten Killers steht?

11. Feuer (Silent Scream)

Minneapolis, Minnesota
David Hunter / Detective Olivia Sutherland
Noah Webster / Micki Ridgewell / Tom Hunter /
Phoebe Hunter

Eine verheerende Brandserie hält Feuerwehrmann David Hunter und Detective Olivia Sutherland in Atem. Wer könnte Interesse daran haben, ganz Minneapolis in

Angst und Schrecken zu versetzen? Eine fatalistische Umweltorganisation, die eigentlich seit zwölf Jahren nicht mehr aktiv ist? Oder doch die vier College-Studenten, die sich aus unerfindlichen Gründen immer in der Nähe der Tatorte aufhalten? Ein Wettlauf gegen die Zeit und gegen einen skrupellosen Erpresser beginnt …

12. Todesherz (You Belong to Me)

Baltimore, Maryland
Lucy Trask / J. D. Fitzpatrick

Die erfahrene Gerichtsmedizinerin Lucy Trask ist einiges gewohnt. Doch der Anblick dieser verstümmelten Leiche schockiert selbst sie nachhaltig. Zunge und Herz wurden dem Toten fachmännisch entfernt. Nur wenige Tage später erhält Lucy ein grauenvolles Paket. Darin: ein blutiges Herz. Detective J. D. Fitzpatrick vermutet einen persönlich motivierten Rachefeldzug. Doch wer könnte solchen Hass auf die attraktive Gerichtsmedizinerin haben? Als die Polizei auf eine weitere brutal zugerichtete Leiche stößt, drehen sich Lucys Gedanken nur noch um folgende Fragen: Gibt es tatsächlich eine Verbindung zwischen ihr und dem Killer? Und wer weiß von ihrem gefährlichen Doppelleben?

13. Todeskleid (No One Left to Tell)

Baltimore, Maryland
Privatdetektivin Paige Holden
Staatsanwalt Grayson Smith

Privatdetektivin Paige Holden ermittelt für einen
Klienten, der wegen Mordes im Gefängnis sitzt.
Unschuldig, behauptet er. Doch dann wird seine Frau auf
offener Straße von einem Scharfschützen erschossen. Ein
zweiter Schuss fällt – und verfehlt die attraktive Paige um
ein paar Millimeter. Die Geschehnisse der nächsten fünf
Minuten entscheiden über Leben und Tod …

14. Todeskind (Did You Miss Me?)

Baltimore, Maryland
Anwältin Daphne Montgomery
FBI-Agent Joseph Carter

»Habe ich dir gefehlt?«, stammelt der 20-jährige Ford
wieder und wieder. Er liegt verwirrt im Krankenhaus.
Tagelang irrte er durch verschneite Wälder, auf der
Flucht vor seinen Entführern. Doch er kann sich an
nichts mehr erinnern. Seine Mutter, Daphne Montgomery, ist schockiert, als sie hört, was ihr Sohn wie ein
Mantra vor sich hin murmelt. Seit Jahren wird sie von
quälenden Erinnerungen gepeinigt. Ausgerechnet diese
Worte flüsterten die Männer, die sie selbst als Kind
gefangen gehalten und missbraucht haben. Sie vertraut
sich FBI-Agent Carter an, der alle Hebel in Bewegung
setzt, um der attraktiven Anwältin und ihrem Sohn zu
helfen. Die Wahrheit muss endlich ans Licht …

15. Todesschuss (Watch Your Back)

Baltimore, Maryland
Detective Stevie Mazzetti
Privatermittler Clay Maynard

Drei Anschläge innerhalb von zwei Tagen: Knapp entgeht die attraktive Polizistin Stevie Mazzetti den tödlichen Schüssen. Glück oder Zufall? Als auch ihre siebenjährige Tochter ins Fadenkreuz des Killers gerät, ist Stevie vor Angst wie von Sinnen. Doch Stevie weiß, dass sie ihr Leben und das ihrer Tochter nur retten kann, wenn sie den Grund für die Attentate herausfindet. Zusammen mit Privatermittler Clay Maynard stößt Stevie bei ihren Ermittlungen auf eine Reihe alter Fälle, die nur einen einzigen Schluss zulassen: Ihr Tod ist Teil eines sorgfältig kalkulierten Plans …

16. Dornenmädchen (Closer Than You Think)

Cincinnati, Ohio
FBI-Agent Deacon Novak
Psychotherapeutin Faith Corcoran

Gnadenlos gejagt von einem Stalker, flieht Faith in das leer stehende Herrenhaus ihrer Familie. Hier will sie einen Neuanfang wagen – doch ihre vermeintliche Zufluchtsstätte entpuppt sich als Ort des Schreckens. Im Keller der Villa macht das FBI einen grauenhaften Leichenfund, und Faith gerät ins Visier der Ermittler. Auch FBI-Agent Deacon Novak kann sie als Täterin nicht ausschließen, doch gleichzeitig fasziniert ihn die hübsche Frau. Gemeinsam betreten sie einen düsteren Pfad, der weit in Faiths Vergangenheit führt.

17. Dornenkleid (Alone in the Dark)

Cincinnati, Ohio
Detective Scarlett Bishop

Marcus O'Bannion
FBI-Agent Deacon Novak

Ein Schuss fällt in der Dunkelheit. Vor Marcus O'Bannions Augen bricht eine junge Frau zusammen. Ihr Name ist Tala. Über Wochen hat er sie ermutigt, sich ihm anzuvertrauen. Weil sie verzweifelt wirkte. Weil sie offensichtlich misshandelt wurde und Marcus ihr helfen wollte. Sie stirbt in seinen Armen.
Marcus, ein Journalist und Ex-Soldat, schwört sich, ihren Mörder zu finden. Gemeinsam mit Detective Scarlett Bishop, der einzigen Polizistin, der er vertraut, legt er sich mit übermächtigen Gegnern an.

18. *Dornenspiel (Every Dark Corner)*

Cincinnati, Ohio
FBI Special Agent Kate Coppola
FBI Special Agent Griffin »Decker« Davenport

Als Griffin »Decker« Davenport nach mehreren Tagen aus dem Koma erwacht, wandern seine Gedanken sofort zu seinem letzten Fall. Er hat drei Jahre damit zugebracht, als Undercover-Agent einen Menschenhändlerring auszuheben. Doch er weiß auch, dass ihm das nur teilweise gelungen ist – und dass Kinder in Gefahr sind ...
FBI Special Agent Kate Coppola ist entsetzt, als sie von Decker erfahren muss, dass ein Partner des Rings Jugendliche für seinen Online-Sexhandel benutzt. Sie und Decker eröffnen die Jagd auf ihn und werden gleichzeitig zu Gejagten. Denn ihr Gegner beseitigt alle, die ihm in die Quere kommen ...

19. Dornenherz (Edge of Darkness)

Cincinnati, Ohio
Detective Adam Kimble
Meredith Fallon

Die Kinder- und Jugendpsychologin Meredith Fallon
betreut Opfer von sexuellem Missbrauch und hilft
ihnen, die Vergangenheit zu verarbeiten und wieder
einen Platz in der Welt zu finden. Als sie einem Mordanschlag nur knapp entkommt, wendet sich Meredith an
Detective Adam Kimble vom Cincinnati Police Department. Während Adam noch mit den Dämonen seiner
eigenen Vergangenheit kämpft, geschehen weitere
Morde – und auch Meredith gerät erneut in Gefahr …

Verzeichnis der auftretenden Figuren in den Romanen von Karen Rose

Die Numerierung in Klammern entspricht den jeweiligen Titeln.

1. Eiskalt ist die Zärtlichkeit
2. Das Lächeln deines Mörders
3. Des Todes liebste Beute
4. Der Rache süßer Klang
5. Nie wirst du entkommen
6. Heiß glüht mein Hass
7. Todesschrei
8. Todesbräute
9. Todesspiele
10. Todesstoß
11. Feuer
12. Todesherz
13. Todeskleid
14. Todeskind
15. Todesschuss
16. Dornenmädchen
17. Dornenkleid
18. Dornenspiel
19. Dornenherz

Dr. Russell Bennett (12)
Dr. Felicity Berg (8, 9)
Scarlett Bishop (16, 17, 18, 19)
Dana Buchanan (1, 4, 6, 10)
Ethan Buchanan (4, 6, 15)

Luke Papadopoulos (8, 9)
Abe Reagan (3, 4, 5, 6, 19)
Aidan Reagan (3, 5, 6)

LISA JACKSON

YOU WILL PAY –
TÖDLICHE BOTSCHAFT

Thriller

Camp Horseshoe, Oregon: Vor zwanzig Jahren arbeitete eine Gruppe Jugendlicher als Betreuer in einem Ferienlager. Nachts, wenn ihre Schützlinge im Bett lagen, schlichen sie sich aus ihren Hütten, hatten Sex, feierten wilde Partys mit Alkohol und Drogen, spannen Intrigen – bis etwas gründlich schiefging und zwei von ihnen spurlos verschwanden. Die polizeilichen Ermittlungen dazu liefen ins Leere, die Akte wurde geschlossen.

Heute, zwei Jahrzehnte später, tauchen Knochen auf dem Grundstück des Feriencamps auf. Detective Lucas Dalton, einer der damaligen Betreuer, möchte den Fall erneut aufrollen. Zunächst will keiner der ehemaligen Betreuer aussagen. Doch dann erhalten sie einer nach dem anderen ein grausiges Foto mit der unheilvollen Botschaft »You will pay« – »Strafe muss sein«. Und bald darauf geschieht ein Mord ...